YINYUEHUI

朱秀海·著

上册

团结出版社

图书在版编目（CIP）数据

音乐会 / 朱秀海著. —— 北京：团结出版社，2020.5
ISBN 978-7-5126-6819-5

Ⅰ. ①音… Ⅱ. ①朱… Ⅲ. ①长篇小说－中国－当代 Ⅳ. ①I247.5

中国版本图书馆CIP数据核字(2018)第 277141 号

出　　版：	团结出版社
	（北京市东城区东皇城根南街 84 号　邮编：100006）
电　　话：	（010）65228880　65244790　（出版社）
	（010）65238766　85113874　65133603（发行部）
	（010）65133603（邮购）
网　　址：	http://www.tjpress.com
E-mail：	zb65244790@vip.163.com
	fx65133603@163.com（发行部邮购）
经　　销：	全国新华书店
印　　装：	天津盛辉印刷有限公司
开　　本：	185mm×260mm　　　16 开
印　　张：	48
字　　数：	853 千字
版　　次：	2020 年 5 月　第 1 版
印　　次：	2020 年 5 月　第 1 次印刷
书　　号：	978-7-5126-6819-5
定　　价：	128.00 元（全 2 册）

（版权所属，盗版必究）

英子,你就当自己还是个孩子,一直坐在大连的剧场里欣赏世界著名乐团的演出好了。你经历的一切非常可能都是假的,只有朝朝暮暮聆听到的音乐会才是真的。你不是在经历人间的苦难,而是在这个辽阔无垠的音乐学校里完成你的音乐课。

——书中人语

人 物 表

金英子　朝鲜籍烈士孤女、格节游击大队及抗联十六军女战士
秋雨豪　格节抗日游击区创始人、抗联十六军军长，后牺牲
赵尚志　抗联三军军长、北满抗联总司令，后牺牲
汪大海　格节抗日游击区创始人、抗联十六军副军长，后牺牲
秋　云　秋雨豪之妹、汪大海之妻、格节游击大队女战士，后牺牲
赵玉珠　秋雨豪之妻、格节游击大队女战士，后牺牲
霍小玉　格节游击队女战士、烈士孤女，后牺牲
老邵头　格节游击大队炊事员，后牺牲
卞　霞　抗联十六军女战士，后牺牲
邱　梅　抗联十六军女战士，后牺牲
安福顺　抗联十六军女战士，后牺牲
胡秀芳　抗联十六军女战士，后牺牲
张老爹　抗联三军独立三十二团团长、邱梅之夫，后牺牲
胡爷爷　地下交通员、抗联十六军后方密营管理员，后牺牲
胡奶奶　地下交通员、胡老爹之妻，后牺牲

松下浩二　日军俘虏、格节游击大队和抗联十六军战士
中井弘一　日军驻格节地区司令官，战犯，日本战败后自杀
河原信行　日军驻格节地区继任司令官，战犯，获释后死于1972年
　　　　　中日恢复邦交之际

目　录
Contents

正　篇

上　部

第一天	005
第二天	046
第三天	115
日记（1）	164
第四天	166
第五天	238
第六天	320
第七天	358
日记（2）	437

下　部

第八天	443
第九天	469

日记（3）…………………………………………………………517

第十天（录音Ⅰ）…………………………………………………519

第十一天（录音Ⅱ）………………………………………………654

第十二天（大结局）………………………………………………724

附　篇

给局领导的正式报告…………………………………………………737

附件一　中国某驻日机构关于前侵华日军士兵、抗联老战士
　　　　松下浩二及战犯河原信行回国后情况给××局老干
　　　　处的复函（摘要）………………………………………740

附件二　有关抗联十六军情况的简略说明……………………743

日记（4）……………………………………………………………744

留给自己的秘密录音文档……………………………………………747

正　篇

上　部

第一天

1

"可以开始了吗?"

"可以。"

2001年1月15日,我如约走进一位老人的家,坐下来。她马上开了口。

我不是中国人。

我是朝鲜人,1919年生于汉城。父亲是一所大学的日语讲师,母亲则在一家颇负盛名的乐团里担任小提琴手。

父亲是在一场乐团为母亲举办的独奏音乐会上认识母亲的。那天父亲是个普通观众,与其说他是一见钟情地爱上了母亲,不如说是爱上了母亲用手中的小提琴演奏出的美妙音乐。

父亲不懈地追了母亲三年。那三年里,母亲每一次演出结束后,都会收到他亲手送上的一束鲜花。父亲还是个诗人,这三年间每天为母亲写一首诗。他的炽烈而持久的爱终于征服了母亲的心,使她不顾家庭的反对,坚持和这个一无名气二无家产的大学教师结了婚。

这是一小套两居室的公寓。客厅小而简朴,却非常整洁——工薪阶层式的整洁。一大一小两只简易沙发,式样陈旧的木茶几上放有一套简易茶具。让这个厅里显得奢侈一点的是脚下一块栽花化纤地毯。

开放式客厅七八平方米大小,一边通门厅,其余三面白墙,一面墙上孤零零挂着一只石英钟，减价商店十块钱就能买到的那种；一面墙上是一张放大的老年男人照片，普通的黑镜框上挂着黑纱。与门厅相对的一面墙上是窗户，很大，关得很严。门厅只有两平方米左右，一面是门，另外两面是小厨房、卫生间，与之成九十度角相对的是两个门扇关得紧紧的房间。

她注意到我的精力不太集中。

"我的故事很长，你要是没有耐性，我就不讲。"

"不，我有耐性。"我忙说。我就是为这个来的。

老人身材瘦小，让人想到一棵没有长高就已成熟并且枯缩的树。她的面容如同那一类岩石，由于长年累月被时光压迫封闭于深谷之底，无数丑陋的沟壑和裂纹替代了原有的平滑湿润，生命中积聚的喧嚣也化作了一种只有用心才能体察到的极具震撼力的沉寂。

然而她的目光却是热烈的，火焰一般微红。这目光幽深、犀利而又有点儿悠远，不像是来自坐在对面简易沙发中的老人，而像是来自两孔隐秘的洞穴。

她用这样的目光盯了我一分钟。

"你真的准备好了，要听我一直讲下去？"

"啊，是的。"

1910年，中日甲午海战后实际占领了朝鲜的日本，强行宣布与我国"合并"。说是合并，其实就是吞并。我的祖国，美丽的三千里江山，在日本人的刺刀下灭亡了。

朝鲜民族是个不屈的民族。他们为光复故国组织起来，展开了英勇的反抗。我的父亲成了秘密组织"光复社"的骨干成员，积极参与对日本占领军的袭击、暗杀活动。到了后来，他还成了组织里的一名暗杀专家。

父亲做这些事一直瞒着母亲。作为一名优秀的青年小提琴演奏家，母亲正逐步接近自己事业的巅峰，他不想毁了她。在这个世界上，除了祖国，父亲最爱的就是母亲了。母亲醉心于自己的不断成功，竟有两三年时间对父亲做的事情毫无察觉。

大约是在日本人吞并朝鲜三年之后，具体日期我记不清了，根据所谓"天皇谕旨",日军占领当局开始对整个朝鲜民族实行文化灭绝,他们逼迫朝鲜人不说朝鲜话,只说日本话,勒令所有的音乐团体只能演奏日本乐曲和西洋乐曲,不得再演奏朝鲜乐曲。母亲所在乐团全体人员在同一个夜晚秘密宣誓加入"光复会",并拒绝演出。像父亲一样,母亲投入"光复会"的秘密斗争时也没有告诉自己的爱人,她的初衷也是要保护父亲。

父亲和母亲在组织里相识于一年之后。当时父亲接受了一项从中国边境偷运军火的任务,上级给他派来一名女会员,以妻子的身份配合他行动。到了会合地点,父亲发现组织上派给自己的"妻子",就是母亲。

1920年夏天,我还不满一岁,"光复会"在汉城的秘密机关被日本特务破获,几名重要成员被捕。这一秘密组织的最高领导层经过讨论,决定一不做二不休,动员全朝鲜人民举行反日大暴动。一夜之间,南到釜山,北到鸭绿江边,上百万人拿起各种武器,向日本占领者展开了大规模攻击行动。整个朝鲜,到处是暴动者的大旗,到处响彻着朝鲜人不屈的歌声!

日本人血腥镇压了这场著名的大起义。他们攻击参与暴动的义军,并借机向誓死也不愿屈服的全体朝鲜人民发动了种族灭绝式的大屠杀。日军所到之处,尸横遍野,血流成河。只要是朝鲜人,无论大人孩子,义军还是普通老百姓,都被不分青红皂白地杀戮净尽,所有房屋和庄稼,也都被点上火烧光!

朝鲜人民没有屈服。他们夏末起事,一直顽强坚持战斗到冬初,到底寡不敌众,暴动失败。义军被杀者上万,和他们一同殉难的同胞则没法统计,组织的最高首领也在战斗中牺牲。这时父母亲身份已经暴露,被迫随着一批侥幸逃脱的义军越过中朝边境,以难民身份流亡到了中国东北。

"你真有耐性听我说下去吗?"
"是的。"
我点头。

2

1922年冬,在中国东北流浪了将近两年的父母亲终于改换姓名,带着我在名城大连定居下来。父亲在一所朝鲜人办的中学教日语，母亲先在市区一家深宅大院里为有钱的小姐做家庭音乐教师，后来就冒充中国人，加入了当地一个由旧军阀出资创办的乐团。同年，我弟弟英男出世。

这年我三岁，直到1930年，我十一岁，都是在那座我今天仍然怀恋的美丽的海滨城市度过的。我们在市郊的海边租了一座小木头房子，母亲将它布置成了一个真正的家。但它很快成了亡命中国的朝鲜"光复会"志士聚会的秘密场所。我虽然还很小，许多事却记得清楚：一到周末，我们家的小木头房子里就会来一些和父母亲同样年轻的叔叔阿姨，他们带来自己的乐器，以举办小型家庭音乐会为掩护，商讨、争论一个又一个光复祖国的计划。这些计划多半是一些空想，但是其中之一却在我们到达大连一年后被实施了。这个计划是：在流亡中国的"光复会"成员中组织敢死队，分批潜回朝鲜，像安重根刺杀伊藤博文那样，对驻朝日本达官显贵展开大规模暗杀活动，为此他们自己不惜牺牲生命。

我父亲是这一计划的制订者，又是它的第一批实践者。1923年秋，我不满四岁，英男两岁，父亲朴雄哲和一位名叫安荣光的叔叔就作为第一批敢死队员，离开大连，由安东出境，回国去执行暗杀新任日本驻朝鲜总督的使命。

我现在觉得老人的眼睛就是那双从内向外闪烁着微红的火光的洞穴。
这双闪光的洞穴又一次直直地投向了我。

"你很快就会明白，我的记忆力可能比你想象的要好。对我以后极为清楚地讲出记忆中的事件，你不要吃惊。"

我点点头，心里猝然一惊。这个年逾八旬的老人，到底要对我讲些什么？

时至今日，我仍然记得那个秋天的黄昏，父亲和我们一家离别的情景。我那年轻的父亲高大伟岸，他和安荣光叔叔背着简单的行囊，走出家门，沿着海边的沙滩向市区火车站方向走。他们将从那里乘车去安东，再化装偷越国境。母亲一手抱着英男，一手拉着我，跟在父亲身后，为他们送行。父亲和安荣光叔叔走得很快，母亲带着我们很快就落到了后头。这时母亲干脆站住了，她既不能阻止父亲回国去冒险杀敌，也无法让他走得慢一些，她能做的只是站在那儿，带着自己的孩子目送丈夫和他的战友越走越远。四岁的我已经记得很多事了，我以为父亲不会再停下来回头望我们一眼了，可是走着走着，父亲仿佛突然想到了我们，站住了，让安荣光叔叔一个人往前走，他慢慢回转身，一步步踏着沙滩走回来。母亲也像是突然醒悟了，带着我和弟弟飞奔过去！父亲一个个地亲了我和英男，然后和妈妈紧紧拥抱在一起。父亲的眼睛望着母亲的眼睛，严厉、决绝，却又像涨潮的大海一样蓄满着深情。父亲再次对妈妈重复他出门前说过的话："顺姬，我和安荣光很快就会回来，不管成功与否，不出半年就会回来，除非国内的组织需要我留下。真是那样，我也会让人带信给你们，想办法把你们接回朝鲜去。相信我的话好了，我们一家人很快就会团聚！……"父亲说一句，母亲就点一次头，她什么话也没有说，可是她的眼睛在说："我知道。我相信。我和孩子等着你！"

父亲走了，最后留在我记忆中的是一个高大的背影。母亲没有带我们继续往前走，我们一直站着，望着父亲和安叔叔在我们的视野里越来越小，渐渐消逝。那时我多么希望父亲能再回头看我们一眼，可是没有。父亲只是大步朝前赶，走着走着还跑了起来，好像只要他站住了，就再不会有力量离开我们一样。

夕阳西下，海面半噙着落日，天地间金灿灿一片，一些动荡不宁的波光在母亲脸上和眼睛里流动。母亲没有流泪。按照朝鲜人的习惯，亲人离家时妻子和母亲不能流泪。母亲那时只有二十七岁，母亲在我眼里年轻又美丽，痛苦又刚毅。母亲一定比我更清楚地记住了这个黄昏，记住了父亲临行时说出的话。无论是这一天还是以后漫长的岁月里，母亲从来没有怀疑过一件事：父亲和我们的分离是暂时的，他很快就会平安归来。如果不能马上回来，他也会让人将我们接回国内，和他团聚。同一个黄昏，四岁的我依偎在母亲身边，猛然心头涌起的却是另外一番苦涩：爸爸走了，从此我和弟弟就只有妈妈的身躯和胸膛可以依傍了。从现在起，我没有爸爸了。这个感觉那么强烈，对我幼小的心灵的冲击那么大，以至当父亲的背影终于从我的视野中消逝的一瞬，一直沉默不语的我突然号啕大哭起来。

我哭了很久，自己也不知道为什么而哭，只是突然之间，朦朦胧胧地、全身心地感到了一种恐惧，它不像是来自我身边的现实之中，甚至也不全是由父亲离开家的事情引起，我说不清楚它来自哪里，却知道它巨大而且不可抵御。我的身子骨一向不结实，当天夜里就发起烧来。

母亲在床前守了我一个星期，我又能起床了，那天感觉到的恐惧也被我忘记了。可是以后几年间，我的身子再也没有强壮过。

3

爸爸走后一段日子里，妈妈和我陆续听到过他的一些消息：他和安荣光叔叔安全越境；他和安叔叔顺利抵达平壤；爸爸和安叔叔顺利抵达汉城，和留在那里的"光复会"组织取得了联系；爸爸和安叔叔组织了一个暗杀小组，成功地进行了对驻朝日军司令部参谋长久保横二的炸弹攻击，虽没将久保炸死，却炸掉了他一只胳膊。这件事打破了"光复会"起义失败后国内万马齐喑的局面，给日本人带来了巨大恐慌，却在生活于水深火热之中的朝鲜人心中重新燃起了民族复兴之火。一年后，妈妈听到了从国内传来的新消息：爸爸让人捎话给她，他不能很快回中国了，"组织"要他和另外几个同志成立城市游击队，与日本人展开战斗。他现在的环境太不稳定，太危险，不能如约接我们回朝鲜团聚。爸爸要妈妈继续带着我们待在大连，一有机会，他就会到中国来，接我们回朝鲜。

妈妈接受了这些关于爸爸的消息。你听清楚了，我说的是"接受"。也许早在爸爸决定冒险回国的时候，她就想到爸爸一旦离去，归期就不再是她甚至爸爸自己所能料定的了。但是这些消息到底给她、也给一天天长大的我带来了安慰和在异乡生存下去的勇气。我们的亲人不能回来，可我们至少知道：第一，他还平安地活着；第二，他正在英勇地履行自己为国战斗到底的誓言。还有，即使他身在祖国，处境凶险而艰难，却从来没有忘记过我们。我们和他虽然天各一方，却在思念中相互支撑，给对方和自己以力量。时光流逝，爸爸的消息越来越少，但在我们寄居大连的日子里，这些消息到底没有中断过，它们不知不觉给了妈妈和我这样一种信念：爸爸不会很快回来；那里的同志、战斗、事业比我们这普通的一家人更需要他；爸爸总有一天会回到中国来找我们，或者托人接我们回去。我们终究要胜利地团聚在一起，只是那个日子还没来到！

但这只是事情的一面。我看得出来，无论妈妈多么坚强，爸爸的离去也像是在她心里豁开了一道伤口，妈妈的心在流血。她毕竟是个女人，一个送丈夫上了战场的妻子，不思念自己身处险境的亲人、不天天为丈夫高悬着一颗心是不可能的。送走爸爸时妈妈没有流泪，以后漫长的日子里，她也很少在我和弟弟面前流泪。可是我知道妈妈天天都在流泪，她无日无时不在思念爸爸，为爸爸的生和死担忧。

妈妈用苍凉激烈的琴声缓解内心的痛苦和压力。在一些最难承受的时刻，那些天色阴郁的清晨和夜晚，妈妈一个人立在小木房子的窗口，用自己从朝鲜带出的小提琴拉起一支又一支曲子。我不知道这些曲子的名字，可我知道她是为爸爸也在为自己演奏，她的琴声，是她思念爸爸、呼唤爸爸平安归来的心声。

我和弟弟英男在妈妈悲愤而又充满炽烈思念之情的琴声中度着自己童年的每一个日子。我生长在动荡不安的岁月，还在襁褓里就熟悉了作为一名出色的小提琴演奏家的母亲的琴声，她通过琴弦上流泻出的乐句裸现出火焰燃烧般的内心。妈妈的琴声时而悲婉凄凉，时而激烈慷慨，思念和对胜利、团聚的想象成了妈妈琴弦上不变的旋律，它就像一只精灵，日日在我们这个小小的三口之家飞翔，在我幼小的心灵中飞翔。无论醒时梦中，我的耳边和心头回旋着的都是它那双无所不在的翅膀扇动出的嘹亮的颤音与和声。

爸爸走后七年里，乐团和剧院的后台成了我和英男的另一个家。妈妈一直在那个乐团做第二小提琴手，无论是排练还是演出，平时她都不愿意留我们在家里。她在舞台上或是排练场内演奏，我和英男就蜷缩在后台的一角，日复一日夜复一夜地聆听他们的演奏。这样的童年，让我很早就知道了一个乐团的几乎所有秘密，认识了那些长长短短奇形怪状的乐器：钢琴，大提琴，中提琴，小提琴，巴松，小号，圆号……我还似懂非懂地知道了许多音乐知识：独奏，合奏，旋律，变奏，对位，和声；知道了圆舞曲，小夜曲，奏鸣曲，赋格曲，独唱，合唱，贝多芬，勃拉姆斯，格里格和他的《天鹅之死》……它们也是一些精灵，音乐的精灵，日日夜夜在我幼年的灵魂里像风中秋叶一样盘旋飘荡，又像山中的冷泉，点点滴滴，在一块还没有镌刻上多少生命记忆的青石板上敲打出动人的印痕。

我在剧场的后台聆听了多少场音乐会，现在是说不清了，那就是我的童年。可是真正唤醒我的心灵，引起我对音乐狂迷的，却是1929年夏天的一场音乐会。一个做全球巡回演出的欧洲著名皇家乐团来大连演出，只演出一场。妈妈非常渴望欣赏到这场高水平的音乐会，但票价那么高，而且演出前三天，所有的票就被当地的权贵富人和他们的夫人小姐订购光了。妈妈心灰意冷地待在我们海边的家里，脸色苍白，大病了一场似的，正是这一天我悄悄地窥视到妈妈可能并不是、也不想做一名光复祖国的斗士，她真正向往和迷恋的仅仅是她从小就为之献身的音乐殿堂。没有机会欣赏到世界上最高水平的演出对她不只是一种遗憾，而是一种如同剥夺了她生命中最重要的东西一样残酷的伤害。就在这时奇迹发生了：初到大连时她教过音乐课的一位富商小姐，因和未婚夫闹别扭，不想去听这场音乐会了。她派人将自己订的两张票送给妈妈，让她带我一起去欣赏演出。那天傍晚妈妈简直快乐疯了，她抱着我亲了又亲，接着匆匆将英男托付给一位住在不远处的邻居，先是把我，然后又把自己像过节一样打扮起来，又特意花钱叫了一辆黄包车，飞一样去了剧场。

我说过了，我是在音乐会中长大的孩子，可是这天晚上的音乐会，却让我这个不满十岁的孩子，对什么是音乐、什么是音乐会、什么是音乐演奏家，第一次有了全新的领悟。在那个灯火璀璨、花团锦簇的晚上，我平生第一次见识了当时世界上最负盛名的乐团指挥和演奏家，亲耳聆听到了他们的演奏。今天我已不可能说清那天我到底都听到了什么曲子，可我却记住了他们的演奏给予我的整体印象——另一个世界的印象，人不在人间而是步入了天国的印象，没有战争、侵略、反抗、仇恨、杀戮、屈辱，没有骨肉分离、思念、悲伤、担忧和眼泪，有的只是和平、宁静、欢乐、感动、喜悦……它们只是音乐，却又由于艺术家的演奏暂时化为全部的现实，让我们在这天夜晚像是漫步在天国的花园里一样宁静而又欢悦。我被这场似乎再也不会结束的音乐盛宴迷住了，像父亲离家那天朦胧地感到恐惧一样深深地震动了。我的心狂喜，我为自己今天这么近地发现了一个如此美丽的人间而又完全不同于人间的美丽的世界无声地哭起来。

我用一双热烈、湿润、迷狂的眼睛望着舞台。这是整个晚上最让我难以忘怀的一幕：一名小提琴手，一个像妈妈一样年轻和美丽的女子，走到台口来。这时我连哭也忘记了，我忘记了我自己，甚至忘记了妈妈。我的生命完全被她的光辉遮没了。她有一头长长的黑发，一张白皙的脸，一袭缀有无数金色闪光片的黑色长裙将她修长的身躯雍容华贵地勾勒出来，使她不再像个西方人而像是个东方女子，一个中国或者朝鲜女子。在舞台灯光的照耀下，不，是在那仿佛来自天国的仙乐的衬托中，这个正在用手中的弓弦为全场观众引来仙乐的女提琴手的光彩照人的形象一下就嵌进了我的脑海与生命。她多像妈妈——如果不是该死的日本人占领了朝鲜，今天站在舞台上用手中的琴弦将剧场里所有的人引进天国的天仙般的丽人，就有可能是我的妈妈。妈妈！我低低地在心里叫了一声：我爱音乐，爱这个美丽幸福的女子，我长大了也想像她一样光彩照人，我要学音乐！

那天晚上也是妈妈生命的节日！妈妈的感动比我更深。妈妈坐在那儿，两眼湿润明亮，脸颊上如同起了大火，妈妈比任何时候都更加陶醉，也更加美丽。音乐会结束，妈妈带我回到家里，可无论是她还是我都无法入睡。英男睡着了，妈妈睡下又披衣起来，取过了自己的琴和琴弓。妈妈拉起来了。妈妈忘我地拉了一曲又一曲，它们都是今晚那个美丽的女提琴手在音乐会上演奏过的，可在妈妈的琴弦上，这些乐曲却有了新的意蕴和魅力，不，它们是被融入了新的悲伤和欢乐、力量与梦想。我又一次想道：如果不是日本人将战争强加给朝鲜人民，今天晚上站在舞台聚光灯下的那个仙女般的女提琴手，就一定会是我的妈妈！

这天夜里我们睡得很晚。已经睡下去很久了，我还是忍不住，叫了一声"阿妈妮！"

"英子——"

"今晚你的琴声多好听，像那个女的拉得一样好听！"

妈妈的脸色一下子苍白了，妈妈对我背过脸去。啊，我知道妈妈想到了什么，妈妈的心在流血！可她还是慢慢地转过了身子，脸上再次现出了坚毅和慈祥的笑容。

"英子，睡吧，太晚了。"

我鼓足了勇气，对她说出了一晚上盘旋在心底的话：

"阿妈妮，我想跟你学琴！"

妈妈已经转过头去，这时却又猛然回转过来，惊讶地直视着自己的女儿。渐渐地，妈妈的神情变了，冷峻、严厉、痛苦，仿佛我的话像刀子一样刺伤了她的心……可是，妈妈脸上的严厉和痛苦很快就消逝了，她一把抱住我，用颤抖的声音问道：

"英子，你真的喜欢音乐？"

"阿妈妮，长大后我也想当一名首席小提琴手，像今晚我在剧场里看到的那个女子一样！"

"啊，"母亲叹息一声，热泪盈眶，"英子，英子，"有点语无伦次了，"好孩子，你真的想学音乐、学小提琴？"

"阿妈妮，当然是真的！"

"那好，你要是真想学它，妈妈秋天就送你去上城里的音乐学校！"

"真的？"

"真的。阿妈妮的梦想今生今世不知道是不是还能实现了……可是你还小，你应当去学音乐，学小提琴……战争会过去的，有一天，你也会像今晚那个女子一样，登上全世界所有国家最辉煌的舞台，演奏人心中流淌出的最美的音乐！"

"妈妈，我爱你！你是天下最好的妈妈！"我跳起来一次次亲吻妈妈，大声喊着。大连城里是有一所音乐学校。妈妈曾去那里代过课，这件事我知道。

这天夜里我和妈妈拥抱着睡在一起。我做了一个梦,梦见自己已经成了那个在万众瞩目下走上舞台的仙女般的小提琴手,用颤抖的琴弦演奏出了一支支动人的、仿佛来自天国的乐曲……睁开眼时,天已经亮了。

可是到了秋天,我却没能走进那所音乐学校。

我意识到这个稍显简陋的客厅里缺点什么已有好一阵子了。现在我终于明白它缺的是什么了:音乐。这里没有一套如今在京城人家已很常见的组合音响,没有CD或者VCD机,没有音乐光碟,甚至连一台能放磁带的磁卡收录机也没有。

而她刚刚告诉我,自己是在音乐中长大的。

她的一双眼睛再次向我转过来。她又发现我走神儿了吗?

"我告诉你自己那年冬天为什么没能去读音乐学校,因为我病了。"

打从父亲离开,我们家的日子就非常艰难。仅靠母亲一点可怜的收入,我们一家三口不可能天天有饭吃。这年我十岁了,个头却像个七八岁的孩子,加上从小体质就弱,害病是经常的事。

这次我害的却不是一般的病。那场在我心中激起巨大波澜的音乐会过后不久,我就病了,开始是低烧,接着就是幻听。

你肯定不知道什么叫幻听。现在已经没有人会患这种病了。今天的人们营养充足。幻听是这样一种病:你患上了它,你就不再是你,世界也就不是原先的世界了。不,应当这么说,你还是你,世界还是那个世界,只是你听见的已经不再是原先那个世界的声音了。风声雨声,海浪拍击礁石的轰鸣,岸边林涛从昼到夜又从夜到昼的呼啸,在你听来都是某种或高亢凌厉或沉蕴悠远的乐音,是这一支那一支你早就熟悉的乐曲,是一场场你曾在剧场里听到的辉煌无比的音乐会了。不同的是世界成了一个剧场,一个舞台。你终日被包容浸润在这场广大无边雄浑壮丽的音乐会里,随着它的乐曲起舞飘飞。你自己也成了这场浩大壮丽的音乐会的主角,天地大海森林中涌来的音乐的主角。此外,你就再也听不到任何别的声音了。

我就是这一刻听到了音乐。这有一点令人心惊。老人简朴整洁的小客厅里没有音乐。窗外是飞雪的冬天,一些黑白相间的屋顶,如同一张张旧照片。周围没有谁家播放音乐。可我还是听到了，它轻盈，飘忽，似有若无，却又惊动人心。

她的眼睛又盯住了我。

"我说过了，我的故事很长，你要是没耐性，可以不听。"

她生气了。我再一次解释：

"我只是……听到了一点音乐。……好，现在请你讲下去。"

现在想起来，当时我患那种病的主要原因是缺乏营养。秋天到了，由于我一直病着，母亲不能送我去音乐学校。其后我们又在大连住了一年多，我的病断断续续，一直没有痊愈，虽然妈妈一直在为我攒学费，可我到底没能走进那所音乐学校。

她沉默了，目光却悄悄变得严厉而明亮。她又想到了什么？

有件事我要说一下，父亲走后，我们家在海边的小房子就冷清了。为避免日本特务注意我们母子，流亡大连的"光复会"组织的活动地点转移到了别处。母亲仍是组织中的重要成员，但她一般不再去参加会议。妈妈很可能从那时起就转向做了地下工作，但有关这方面的情况，她至死也没来得及对我透露什么。

1930年夏天，我十一岁，身体强壮了一点，妈妈又对我提起上音乐学校的事，她甚至带我去见了学校的校长。但命运已经不给我机会了。

这年夏末的一个夜晚，我们已经睡下了，小房子的门突然被人急促地拍响。妈妈披上衣服，跑去把门打开，一个陌生的中国青年闯进来，神情急迫地说："快，快带上孩子跟我走，余下的话上了马车再说！"

妈妈只在黑暗中迟疑了一秒钟，就带着我、英男和一个匆匆收拾起来的小行李箱，登上了等在门外的马车。陌生的中国青年亲自赶车，拉起我们风驰电掣般地狂奔而去。

这位陌生的叔叔就是中共大连城东区区委委员秋雨豪，当时秋叔叔才二十二岁。在飞奔的马车上，仍然没有暴露身份的他断断续续告诉妈妈，"光复社"在大连的组织已被破坏，再过一小时日本人就要在全城开始大搜捕，已有人告发妈妈是这个组织的重要首领。

"大兄弟，你是谁，为什么要救我们？"到了这时，妈妈反倒显得十分镇定，问。

秋叔叔什么也不回答，他只是笑一笑说自己是"一个朋友"，家里有人在日伪特务机关工作,偶然知道了消息,不能见死不救。"就是这样。"

天亮前,秋叔叔将我们母子送到距大连几十公里外的一个小火车站。尽管他救了我们,妈妈仍对秋叔叔这个人的真实身份和意图保持着高度警惕。下了马车秋叔叔问妈妈有什么打算,还说如果没地方可去,他和他的"朋友"愿意为我们一家做出临时安排,以躲避日本人的追捕。妈妈神情冷静地谢绝了他的提议。妈妈说:"不,大兄弟,你把我们救出来就够了,以后的路,我们自己往前走。"

秋叔叔点点头,赶上马车走了。他知道妈妈害怕什么,妈妈害怕他是日本人的奸细,斗争形势那么残酷,妈妈不可能随便相信一个素昧平生的人。秋叔叔走了妈妈也没有马上带我们离去,直到她确信秋叔叔真的走了,身边又没有别的"尾巴",才买票上了开往沈阳——那时叫奉天——的火车。

两天后我们在奉天"光复会"秘密成员的帮助下安顿下来。妈妈这时得到了消息:我们出逃的当天深夜,大连城里所有"光复会"成员全部被捕,并立即遭到了杀害。妈妈此刻才相信了秋叔叔在马车上对她讲过的话:只要再晚一小时,我们一家三口就逃不出来了!

夜里睡在"光复会"的叔叔为我们临时安排的一家小客栈里,我和妈妈进行了一次对话。

"阿妈妮,那个救我们的中国叔叔是谁,他为什么要救我们?"

妈妈长久不语,像在沉思该对我讲些什么。

"阿妈妮不知道他是谁。"后来她说,"可阿妈妮知道他是什么人。他是共产党,中国的共产党。"

"中国的共产党为什么要救我们?"

"因为他们是中国人,因为日本人也在侵略中国。这些中国人也像你的爸爸妈妈一样在为自己的祖国战斗。"

我们没能在奉天住多久。妈妈这时已成了日本特务通缉追杀的"要犯",大连"光复会"组织被破获后,奉天的"光复会"组织也开始遭到破坏。事发前一天,一个冒冒失失闯进我们住处的朝鲜人引起了妈妈的警觉,她当机立断,没有和安置我们住下的那位"光复会"的兄弟打一声招呼,就火速带我和英男坐火车逃往了当时吉林省的省会吉林市,住进了由流亡当地的"光复会"开设的布店。这天晚上,我们就听到了奉天的"光复会"组织被彻底破坏、被捕者全体被杀的消息。

我们在吉林市住了半年,再次离开。为我们母子三人的安全考虑,当地的叔叔将我们送到哈尔滨，在朝鲜难民中住下来。这时妈妈已多次变换姓名，身份也完全改变，她不再是一名音乐演奏家或者一名音乐教师，像生活在哈尔滨东郊外的许多朝鲜难民一样，她成了一个蓬头垢面、衣衫褴褛的普通纱厂女工，靠每天早出晚归做苦力维持一家的生活。但就是这样，她也没有气馁。

"英子，别泄气，咱们能活下去。你爸爸不会忘记我们的，咱们的人也不会不管咱们。说不定哪一天，你爸爸派的人就到了，那时我们就跟他回国，见你爸爸去！"

1931年8月，由于一份秘密文件落到日本人手里，流亡中国东北的"光复会"组织再次遭到灭绝性的破坏。我们家在哈尔滨与"光复会"的唯一联系人被杀害，妈妈和"光复会"的最后联系，被突然切断了。

妈妈没有放弃寻找新的组织联系的努力。这期间，她将我们姐弟托付给邻居，自己大着胆子回到吉林、奉天、大连，寻找过去的同志，发觉事实比她想象的还要坏，全东北的"光复会"组织已被日本人破坏殆尽。至少她想在短时间恢复与组织的联系，已经不可能了！

一个月后，震惊世界的"九一八"事变爆发，接下来短短几个月，日本人迅速占领了包括哈尔滨在内的东北主要大中城市和交通线。大批日本特务随着日本军警涌入朝鲜难民聚居区，捕杀从朝鲜国内逃出的反日志士和他们的亲属，引起了朝鲜难民的大骚动和大迁徙，他们纷纷涌出哈尔滨，沿松花江东下，辗转进入当时尚地广人稀的三江平原。妈妈这时并不愿意离开哈尔滨，只有留在哈尔滨这样的城市里，她才有可能恢复与"光复会"组织的联系，我们一家才有可能恢复和国内的爸爸的联系。但是一天晚上，刚刚离开做工的纱厂，妈妈就发觉自己被一个在大连时就怀疑是日本特务的瘦小男人盯上了。妈妈的直觉向来是准确的，她知道这个特务刚刚发现她，等他回去叫人来抓她，还有一点时间，可用来逃走。妈妈从容不迫地回到我们在难民区的家，该做什么做什么，等那个盯梢的家伙转身跑回去报告，马上拉起英男和我的手，上了一辆黄包车，连夜逃出城，裹挟在一群和我们一样无家可归的朝鲜难民中间，迤逦向东行进。我们走走停停，一个月后，终于在位于松花江中下游之交的格节县乌兰镇停下来，这里还没有日本人，镇外却聚居着大量不同时期来到的朝鲜难民。妈妈这时已无处可去，就带着我们，在难民区边上搭了两间草房，暂时住下来。

那时妈妈肯定没有想到要在这里长住。她的心思还在大连、奉天、哈尔滨这些大城市，仍然相信只有回到那里，她才能找到自己的"组织"。像所有意志坚定的爱国者一样，妈妈永远也不会相信自己的"组织"会被日本人一网打尽，更不相信自己和国内的爸爸的联系再也不能恢复。可是这年冬末,她先是大病了一场,无法带我们离开,紧接着,一位在朝鲜民族解放史中占有重要地位的人物走进了我们家,她就是想走,也不能了。

她用那双红红的、闪烁着火焰似的微光的眼睛直直地盯着我。
"这个新来的人就是崔庸健。崔庸健你知道吗?"
"知道一点。"
这个崔庸健,他好像当过朝鲜最高国务会议的委员长?
她的目光里现出一丝不信任。她怀疑我是否真的知道崔庸健是个什么人。
"你不知道也没关系,我可以告诉你。一般中国人只知道崔庸健叔叔曾在朝鲜解放后做过最高国务会议的委员长,却不知道他首先是朝鲜民族的一个大英雄,一位和中国共产党人、和中国人民并肩战斗过的抗日斗士。"

崔庸健叔叔投入反日斗争时只有十四岁,他不是"光复会"会员,却参加了"光复会"的大起义,失败后只身流亡中国,投考广州黄埔军校,毕业时还加入了中国共产党。"九一八"事变前,他来到中国东北,在朝鲜难民中从事反日活动。崔庸健那时有一个梦想:在流亡中国的朝鲜难民中组织一支规模浩大的义勇军,打回祖国去,光复祖国!

这是崔庸健第一次到乌兰镇,也是最后一次。他的落脚点就在我家,因为我们家人口少,可以腾出一间房给他住。真正的原因是,崔叔叔是一位革命者,妈妈也是一名革命者,他们仅凭最初的一席话就大致互相辨认出来了。开始崔叔叔只是说要在难民中办一个朝语学校,请妈妈帮助她。妈妈答应了。学校很快办起来,我和英男都成了他的学生,接下来,一个反日秘密组织就在学校里成立了。妈妈是这个新组织的第一批骨干成员,崔叔叔的得力助手,而崔叔叔也在这些日子里,知道了妈妈的真实身份和我们一家流落格节的经过。让妈妈感到吃惊和欢欣的是:多年来一直流亡国外的崔叔叔,居然知道我爸爸的名字!

"大姐,你真是朴雄哲朴大哥的妻子?英子真是朴大哥的女儿?……真没想到,我能在这里遇见你和孩子们。朴大哥是我们朝鲜的民族英雄,不只是我,每一个流亡中国的朝鲜人都知道他的名字。大姐,兄弟在这里向朴大哥、也向你致敬!"

崔叔叔成了我们一家的亲人。母亲对他讲了她要带我们回大城市里找组织、恢复和爸爸联系的想法。崔叔叔皱了皱眉头，说：

"大姐，据我所知，你要带着孩子去找的'光复会'组织在中国东北已基本不存在了。你们的组织里出了奸细。不过……既然你在这里碰上了我，和国内的朴大哥恢复联系的事儿就交给我办好了。眼下格节还比较安全，你就带着孩子暂住在这里，等我要帮你办的事有了眉目，就马上通知你和朴大哥，或者让他到这里来找你们，或者我从这里找朋友，送你们回国，和朴大哥团聚！"

妈妈决定接受崔叔叔的帮助，虽然直到这时，她仍然没有下决心在乌兰镇上长住下去。

1932年春天，占领了佳木斯的日军向西推进，格节连同乌兰镇相继沦陷。妈妈就是再想带着我们离开，也走不了了。

一批原籍格节的中国共产党员奉命返回故乡，开展反日斗争。有一天，崔叔叔将一个相貌清癯的年轻男子引进了我们家。他还没有正式介绍客人和我们认识，妈妈和年轻男子就先惊叫起来：

"啊，大兄弟，是你——？！"

"大姐，没想到是你！"

崔庸健叔叔一脸惊奇地看着他们，没有人想到要对他作出解释。来人是秋叔叔，一年半前的那个深夜，是他用一辆飞奔的马车将我们母子三人从大连城中救了出来！当然，直到这时，妈妈和我才知道他的名字。

"秋雨豪。秋天的秋，雨水的雨，豪杰的豪。"崔庸健笑吟吟地介绍秋叔叔，"我的中国同志和朋友。"

"秋……兄弟，你怎么会来到这里？"妈妈高兴得泪都流下来了。与秋叔叔分开后，她一直没能忘记这位从日本人屠刀下救出过我们一家的恩人。

秋叔叔很年轻地很灿烂地笑了。

"大姐，我家就在这里，我就是乌兰镇人。我到这里来，是回我自个儿的家呀。"

秋叔叔一家马上就和我们稔熟起来。到乌兰镇几个月，妈妈和我举目无亲，可是我们一下子就有了那么多"亲人"：秋叔叔和他年轻的妻子赵玉珠阿姨；秋叔叔的妹妹秋云姑姑。那时秋姑刚和汪大海结婚，头一次见面她就喜欢上了我，搂住我噗噗地亲个不停，对妈妈说：

"大姐，让英子认我做干妈吧，我喜欢她！"

"好哇，"妈妈说，"你就把她领走吧，我一个人带着他们姐弟俩，怪累的！"

秋姑高兴地望着我的脸。"英子,叫妈!"

我看了看妈妈,妈妈欢喜地点头。

"妈!"我叫了一声。

秋姑喜欢得脸都红了,见一个人就说一遍:"英子是我闺女了,以后谁敢欺负她,我可不乐意!"

秋姑就这样做了我的干妈。她还按照当地的风俗,给我扯了一身新衣服,让我穿上。

崔叔叔也向秋叔叔、秋姑讲了我们一家人流落格节的经过。

"金顺姬大姐是我们朝鲜人的英雄朴雄哲的妻子,英子和英男是他们的儿女。知道朴雄哲大哥是谁吗?在我们朝鲜人心里,除了刺杀了伊藤博文的安重根,他就是最了不起的英雄了!"

秋叔叔当时的表情是:虽然他早就听说过我爸爸,可既然崔叔叔还要这么隆重地介绍,他也就不再愿意承认自己知道。

"哦,哦,原来是这样。我知道了!"秋叔叔说。

崔叔叔没有马上放过他们,又说:

"雨豪、玉珠妹子、秋云小妹,我崔庸健在这里,金顺姬大姐一家的安全由我负责。万一哪一天我离开了,他们一家的安危我就托付给你们!你们要向我保证不能出一点儿差错,不然我不但对不起朴雄哲大哥,也对不起全体朝鲜人民!"

秋叔叔爽朗地、玩笑般地回答了他:

"庸健,我们可舍不得你走。不过哪一天你真走了,又不大放心我们,就请你把金大姐和孩子们一起带走。只有你信任我们,我们才能答应你,让她们留下来,照顾好她们!"

崔庸健笑了,和秋叔叔击掌:"行,就这样,我信得过你、秋云和玉珠!"

妈妈这时已积极投身于当地的抗日活动,并出任了中共格节县委领导下的秘密组织全县妇女反日大同盟的委员长。妈妈对敌斗争坚决,做事干练,很快赢得了当地党的信任和尊敬。在崔叔叔和秋叔叔的介绍下,妈妈认识了越来越多的成立不久的格节中心县委的成员,我们在镇外难民区里的家,也成了县委成员秘密聚会的主要场所。

可这时崔叔叔却要走了。由于格节中心县委的成立,他在这一地区朝鲜难民中开展反日活动的任务已经完成,上级让他东下中苏边境的虎林、饶河,在朝鲜人中进行新的反日动员工作。他在格节朝鲜难民中负责的工作交由一名非党人士——就是妈妈——承担。

崔叔叔临行前的那个夜晚,和妈妈在我们家进行了一次只有他们两人在场的秘密谈话。

"大姐,我就要走了。"

"我知道,你走吧。这里的工作,我会全部担负起来的。"

"大姐,我想说的不是这个。……我知道你一天也没有忘记自己的组织和祖国,一天也没有忘记国内的朴雄哲大哥。大姐,你是不是仍想回到大连、奉天、哈尔滨这些大城市去寻找自己的组织?"

妈妈没有马上回答,但崔叔叔说中了她的心思。

"大姐,我告诉你一件事吧。我已将你和英子、英男的情况报告给了我的上级。他们答应帮助你在全东北寻找自己的组织,恢复你和'光复会'及国内的联系。大姐,这次去虎林、饶河开展工作,也是我主动要求去的。那里靠近中朝国境,朝鲜人不少,说不定就有'光复会'在活动。你记住我的话,你和孩子们就住在这里,哪儿也不要去。不管是我,还是全东北的中共党组织,都会把你的事放在心上的。我到了虎林、饶河,一旦联系到'光复会'的人,就会将你现在的住址转告国内的朴雄哲大哥。那时,就是他不能来接你回国,我和秋雨豪也会负责将你和孩子送回国内去的!"

妈妈接受了崔叔叔的安排:在乌兰镇上住下去,等候崔叔叔给我们带来好消息。就她自己的内心而论,在这个陌生的北满的镇子上住的时间越久,认识的像秋叔叔这样的亲人越多,她和我们心里就越是觉得这里是自己的第二故乡,越是不愿意轻言离开。是的,在中国东北流浪十一年之后,我们在哪里受到过这样的关怀、信任和照顾,遇到过如此众多的将我们看成是一家人的亲人呢?

第二天早上崔叔叔就走了,妈妈一直送他走了十多里路。他是带着妈妈和国内的"光复会"组织与爸爸恢复联系的希望走的。从崔叔叔来到乌兰镇到离开,只有三个多月,时间虽短,他却使我们一家的命运骤然转变了方向。首先,他成了我们一家和当地中共党组织建立联系的关键人物,没有他,妈妈和我就不可能会与秋叔叔重逢,就是重逢了也不敢贸然相认;其次,他的到来和离去还使我们一家不再可能离开格节。他给我们带来的希望是那样巨大,于是我们一家三口在乌兰镇上暂时的滞留,就变成了对已断绝联系的"光复会"组织和爸爸的坚忍的守望。妈妈、我、英男的命运因之改变，而秋叔叔、秋姑、赵玉珠阿姨、汪大海这些原本极为陌生的中国人，也就意外地进入我的故事。

4

啊，我还是先对你讲一讲乌兰镇所在的地理位置吧。它将是我今天开始讲给你听的这个漫长的故事展开的第一个场景，我生命的第二故乡，你想要知道它在何处，需要先在地图上找到松花江。松花江自长白山天池流下，奔向扶余，和嫩江汇合，是为上游；自两江汇合处向东，经哈尔滨至汤原、依兰，是为松花江中游；再从这里东流到同江，汇入黑龙江，流出境外，是为下游，当地人一般称之为下江。格节的位置正好在松花江中下游之交，小兴安岭的东麓，下江地区的西缘。东去百余里，便是天下著名的三江平原（三江指黑龙江、乌苏里江、松花江）；向西百十里，便是莽莽苍苍的小兴安岭腹地，人烟稀少，原始森林一望无涯。格节县境分为南北两部，北部是小兴安岭的一部，崇山峻岭，深沟大壑，森林茂密；南部则是半山区，到了最南部，则几乎成了平原。一条格节河自小兴安岭密林深处发源，由北向南流过全境，在县城附近汇入松花江。乌兰镇不在南部的半山区，也不在北部的崇山峻岭之中，它正好位于北部山区和南部半山区之间，南去县城百余里，是格节中北部最大的镇子，有上百户人家，几千口人。

1932年春节前后，由于崔庸健、秋雨豪等一大批共产党员的到来，乌兰镇马上成了全县反日活动的中心。接着，这里又成了新成立的中共格节中心县委机关的所在地。妈妈一直没有加入中共，她至死都是一名朝鲜"光复会"会员，但这一点也没有影响她积极投身党领导下的抗日斗争，也没有妨碍当地党组织将她看成是自己的一个最可信赖的同志。妈妈的初衷当然不是长久留在这里参加斗争，她只是要在这里等待崔叔叔和有一天可能突然来到的爸爸，妈妈主动投身当地的抗日斗争是因为她本来就是一名反日斗士，现在又生活在一群中国的反日斗士中间并受到他们的保护。崔叔叔走了，从哈尔滨、奉天甚至关内来的中共要人却接踵而至，我们家不知从何时起就变成了县委接待这些要人的秘密交通站。只是1932年一年间，妈妈就在家里替县委先后接待了中共满洲省委的主要负责人罗登贤、杨靖宇、周保中、赵尚志、赵一曼、李兆麟。而这些名垂东北抗日斗争史册的大英雄们也就从这时起知道了妈妈。

我心里突然泛起一阵热潮。

"你很小的时候就见过杨靖宇、赵尚志、赵一曼？"

她蓦然抬起眼睛，目光中多了诧异，半晌才开口：

"当然。杨靖宇当时还不叫杨靖宇，他叫张贯一；赵一曼也不叫赵一曼，那时她叫李一超。不过这和我今天讲的故事没有关系。"

我闭嘴。我发觉我的激动刚刚开始。真没想到，我今天遇上了一位重要的历史见证人。

1932年夏天，为了更好地开展工作，县委又在镇北一里远的山坡上为我们建了两间草屋，围起一个百余平方米的院子，从此我就有了一个新家。新家背后是山，前面是坡，周围丛生着白桦、赤桦、橡树和蒲草。树都很大，能挡住外人的眼，不走近你根本看不见里面还有一户人家。新家的左边不远就是格节河，夜里睡在炕上，也能听到河水淙淙流淌。新家落成之日，妈妈和县委的叔叔们又在院子后面挖了个很大的地窨子，从此，这个地窨子不但成了来格节从事秘密活动的满洲省委要人的住宿地，还成了县委机关的所在地。自从有了这个新家，妈妈的事情就更多了，她要经常替县委接待"客人"，照顾他们的吃住，要列席县委会议（虽然她不是党员），讨论决定重大问题，平时她还负责在县委成员间传递情报。同时妈妈还是朝鲜难民中反日活动的组织者和领导者。长久动荡不安的生活、漂泊途中太多的忧虑和不安、我和英男的沉重拖累，过早地损害了妈妈的身体，她未老先衰，时常咳嗽，有时还会吐血。但妈妈一直很要强，从来不让人看出什么来。她像当年在朝鲜从事"光复会"斗争时一样满腔热情地投入中国人的反日斗争，不但赢得了当地党和群众的称赞，就是在整个东北党内，"朝鲜大姐金顺姬"也成了一个响亮的、令所有人敬仰的名字。

我自己也在乌兰镇一天天长大。走进乌兰镇时我还是个有病的孩子，我说的是幻听，由于离开大连后一直过着漂泊无定的生活，没有见好反而加重了。但是到了这里，由于生活暂时安定下来，另一方面，也由于我离开了城市的喧嚣，走进了辽阔的大自然之中，终日聆听着与城市音响全然不同的清新的音响，我那在城里求了多少医生也没有治好的幻听的痼疾居然一天天不治而愈起来。格节河帮助了我，是这条河两岸突然长卷一样展开在我眼前的景物、色彩、声音帮助了我。北满不像关内一样四季分明，差不多只有夏天和冬天两个季节。冬天刚过去，夏天就来了，树绿了，花开了，睡梦中还在结冰的河一下就成了明净的流水，阳光照耀着大河，水边的芦苇丛半浸在绿水中，无论是河面还是苇丛，一切都在闪闪发光，将人的眼睛、人的心也染绿、染亮起来，像这条突然变得汹涌浩茫的大河一样明丽欢乐；反之夏天还没过去，几场秋风扫过，一场大雪袭来，大地就进入了滴水成冰的寒冬，山山岭岭，一片银装。朔风怒号，雪泡子一个接着一个在荒原上掠过，饿急了的熊涉过茫茫雪原，从深山里直走到山脚下人家的院里，偷吃圈里的小猪……最初的日子里，我仍能从耳畔听到许多别人听不到的声音，那一场场缭绕不去的音乐会，可是渐渐地我发觉自己听到的声音变了，它仍然是一些乐音，却已不是来自幻觉而是真实的世界，来自格节河和广大山林里的自然的音响了。风声雨声，虫鸣蝉噪，拂晓时河水的流淌，清晨屋后林木的摇曳，夜半野草拔节的脆响……所有这一切，都是悦耳动人的、真实的。终于有一天，我发觉自己全好了，我听不到那些过去在妈妈的乐团后台上听过的音乐会，也听不到那一场我在大连的剧院里欣赏过的激动人心的音乐会了，我现在听到的，只是每个人都能在任何一个平常的白昼和夜晚听到的自然的音响，是她恩赐给每个人的一场永无休止的音乐会。我这个一直病恹恹的孩子，也成了健康的孩子了！

　　妈妈为我恢复正常的听觉喜欢得流下了眼泪。可关于送我去读音乐学校的事，她离开大连后就一次也没有再提起。妈妈没有荒废我的学业，到了乌兰镇后她先是让我在崔庸健叔叔的学校里念小学，然后又去镇上秋叔叔和赵玉珠阿姨当教员的小学读书。1933年冬，我读完了五年制的小学，回到家里帮妈妈做事。妈妈要我做的事是替她照看英男（从小时起我就开始帮她带英男，这个弟弟几乎是我带大的），当她不在的时候留下来照看家。一般情况下，妈妈既不让我知道更不让我参与她和叔叔阿姨们的斗争，但遇到一些特别危急的情况——这种时候不多——她有时不得已也大着胆子让我为县委的叔叔阿姨们送过情报。生活在妈妈身边，就是她和叔叔们有意避开我，他们做的事我也仍然略知一二。我渴望为妈妈做事。长期营养不良让十四周岁的我个头还比不上一个正常发育的十二岁的孩子，在别人眼里我就比自己的实际年龄更小，我再把捡煤核的篮子往胳膊上一拐，脸上抹两把烟灰，走到哪里，这么个邋里邋遢的孩子都不会特别引起日本兵的注意。我还有另外一个优势呢：爸爸妈妈的日语都很好，流亡中国后为避免被日本特务注意，父母在家里也只说日语，我在这样的环境里长大，从小就能听懂日本话。送情报的路上免不了要碰上日军岗哨，他们以为我不懂他们说什么，可实际上我懂，遇到复杂情况我的反应就比别人快。我还相当机灵，妈妈每次让我送情报，都没有出过岔子。

但这样的日子仍然不是渴望中的日子。我知道这个，妈妈也知道我知道。

有过许多个长夜，妈妈一边咳嗽，一边在黑暗中睁大眼睛，我这时就想到她又在想念爸爸、想念祖国、想念崔叔叔了。崔叔叔走后就再没了消息，如同泥牛入了大海。妈妈一次私下向县委书记汪伯伯打听过他，汪伯伯只是说他已顺利到达虎、饶地区，开始工作。妈妈不好意思问别的事情了。在她，似乎只要知道崔叔叔已平安到达中苏边境的朝鲜人中间就够了，剩下的事情只能是等待。可等待是熬煎人的，因为你等着，等着，让时光一天天从身边滑过，最后却有可能什么也等不到，甚至等到一个你根本不想知道的消息！

除了我之外，知道妈妈心思的是秋叔叔、秋姑和赵阿姨。也正是这一家人，看出妈妈的生命正在一天天焦灼的等待中衰弱和耗尽。

"咳咳，雨豪兄弟，秋云，玉珠妹子，咳咳，要是庸健兄弟那边的消息来晚了，咳咳，要是我等不到那一天了，你们能答应我一件事吗？"一次，妈妈终于忍不住，半开玩笑地对一起来看我们的秋叔叔、赵阿姨和秋姑说。

"大姐，你这是说啥呢！"秋姑先忍不住责备妈妈，"你这是太想雄哲大哥了！中国有句古话，叫作心诚则灵，你天天在心里念叨他，就是崔庸健没有在国境线上和他取得联系，只凭你这颗心，他也能想到你们在这儿，找到这儿来的！"

"那敢情好。咳咳。"妈妈说。

"大姐，秋云虽说是个傻丫头，可她这回的话没说错。"秋叔叔接上来，笑着说（随即就被秋姑抢白了一句："你才傻呢！"），"你放心，庸健到了那边，别的事会忘，你的事他敢忘吗？你别急，耐心等着就是了，说不定朴大哥这会儿已经知道了你们在格节，就要过来接你们了！"

一脸病容的妈妈笑了。

"雨豪兄弟，借你们的吉言。就怕庸健一时半会儿碰不到'光复会'的人，再说就是碰上了，人家一时半会儿也不敢信任他。这几年，'光复会'让混进来的日本奸细害苦了。"

妈妈最后也没说明他要秋叔叔、秋姑、赵阿姨答应她什么。可谁都懂得妈妈的意思：万一她等不到父亲来中国就不在了，她想让他们答应她，一定要替她照看好我和英男，等有一天爸爸来中国找我们时，将我和英男好好地交给他。虽然她不能和爸爸团聚，可她希望我们姐弟俩平安地活到和爸爸团聚的一天。我们和爸爸的团聚，也就是她、我们全家和爸爸的团聚！

但在当时，无论是秋叔叔，还是秋姑和赵阿姨，谁也没把妈妈的话当真。没有人想到后来发生的事情。

流落乌兰镇的两年间，妈妈即使对我也不愿提及的另一个话题是音乐。自从三年前仓皇逃出大连时丢弃了自己心爱的小提琴，她的音乐生涯就猝然中断了。可是我知道，她既没有真正忘记它，也没有忘记自己在音乐世界里的梦想。和我一样——或者应当反过来说，我如妈妈一样——尤其不能忘记我们在大连一同欣赏过的那场世界水平的音乐会，那个重新唤醒了她在舞台追光灯下的抱负和梦想，也像舞台聚光灯一样一下就照亮了我生命的前程的女提琴演奏家。妈妈关于这些从来不提起一个字，是因为乌兰镇地处偏远，既没有音乐和音乐会，也没有剧场和她熟悉的那些高水平的听众。可以想象得到，在一些宁静的白天或夜晚，妈妈耳边或许就会突然回响起昔日自己优美动听的琴声，她的眼前也会闪现出剧场华丽的灯火和盛装的人群。那儿才是她的世界，她的舞台，她的人生。命运已将她和她的女儿放逐到一个远离舞台追光灯的世界之角，无论她多么渴望，也不可能再回到失去的天堂里去，她知道这个；她还知道自己甚至无法像她答应过的那样送我进一所音乐学校，在将来的某一天代替她走回灯火璀璨的舞台中央，让她毕生的梦想在我身上成为现实。妈妈并不相信——不愿相信——她今天这样的生活会持续很久，这是个充满暴力、不义、血腥和罪恶的时代，一个与人类理性根本悖逆的时代，因此她会觉得它肯定是个短命的时代。这个时代已经毁掉了她和爸爸的生活和梦想，却不应当再毁掉她的儿女的生活和梦想。但妈妈并不知道这样的日子哪一天会突然结束，让她的女儿如愿以偿地走进一所造就未来的小提琴演奏家的音乐学校。妈妈越是不知道这个，妈妈就越是痛苦，她就越是不会轻易对我提起我最终没有走进的音乐学校。啊，妈妈！

同样我也从没有再向妈妈提起过音乐学校的事儿。我不愿提起它除了上面说过的我已经知道的原因，还因为我和妈妈一样知道中国东北除了哈尔滨和大连，别处并没有第三所音乐学校。世界上也许有别的音乐学校，可它们在哪里我不知道，就是有妈妈也没有力量送我到那儿就读。长期和妈妈、弟弟相依为命的日子让我懂得我已没有权利要求比今日在乌兰镇上得到的一切更多。我仍然没有忘记音乐，在只有自己一个人的时候，我的耳边仍然会不时响起妈妈的琴声、当年在乐团后台聆听过的一支支动听的乐曲、那场第一次照亮我童年的心灵的世界级的音乐会。我常常半晌半晌地坐在格节河边，让这些优美动人的记忆在耳边回旋，等秋叔叔教会我用两片竹叶吹奏出各种音阶，这些过去一直在脑海里和耳际回荡的旋律，就一支支在我的唇边被吹奏出来。我陶醉于自己的演奏中，竟没有发现它已引起了别人的注意。

一天上午，秋姑一个人悄悄地走到了我的身后。

"英子，好孩子，你吹得真好听。这些曲子都是谁教你的？"她问，眼睛里闪着大为惊喜的光亮。

"没有人教。"我说，"吹竹叶是秋叔叔教的，吹这些曲子是我自己琢磨的。"

秋姑眼里的惊喜更重了。"你还会吹别的东西吗？譬如说云雀子叫？"

云雀子叫我是听过的。"我试试。"我说。

我吹起来。开头两声还不大像，但接下来就像了。

秋姑的眼睛瞪得越来越大。

"英子，鸫鸟呢，会吹吗？"

我又吹起来。忽然，我觉得在鸫鸟的叫声里，还融进了一段和声。我吹出了这段和声。

秋叔叔来了，赵阿姨来了，县委书记汪伯伯也来了，最后妈妈也来了。所有的人都惊喜地望着我，像是不认识我了一样。

"英子，你刚才吹的是啥？"妈妈也一脸吃惊地问我。

"鸫鸟的叫声啊。"我不解其故，说。

妈妈想了想，问："你听到的鸫鸟的叫声真是这样，还是它只在你脑子里是这样？"

我忽然明白了。"妈，鸫鸟在林子里叫不是这样。我在它们的叫声里加了一点东西。"

妈妈不说话了，看得出她很激动。妈妈脸色苍白。

赵阿姨和秋姑走过去围住她。"大姐，你怎么啦？"

"英子这孩子，她天生应当去学音乐。她这么小，就懂得和声和对位。"妈妈说着，猛地捂住脸，哭了。

大家都沉默了。过了一会儿，赵阿姨最先开了口："原来英子音乐天赋这么高，金大姐，不送她去学音乐，是亏了孩子！"

"只有大连和哈尔滨有音乐学校。"呆了一会儿，妈妈痛苦地说。

秋姑看了看秋叔叔，愣了一下，疑惑地问："谁说只有那两个地方才有音乐学校？佳木斯就有一所音乐学校，还是咱们的人办的。金大姐，过了秋天，再过了冬天，那里一开学，咱们就把英子送那儿去！"

妈妈不相信地望着秋叔叔，秋叔叔点头。妈妈的脸一下就红了，眼睛放光，我也高兴起来，扑进妈妈怀里，回头泪眼模糊地望着秋叔叔和秋姑。我们母女两个几乎同时发出了那一声喊：

"——真的？"

"当然是真的！"秋叔叔大声说，"明年春天，我去送英子上佳木斯的音乐学校！"

我和妈妈的眼泪都流出来了。我多高兴啊，原以为一辈子再也没机会读音乐学校了，可是突然间，实现梦想的路就在眼前出现了，它越伸越远，一直伸向灯火璀璨的远方！

5

沉默突然发生了，虽然只有极短暂的一会儿。老人那张岩石般嶙峋的脸上，一对依然如鹰隼般犀利的目光抬起来，久久盯着一个我视线不及的地方。她的神态依旧平静，从衰迈得只剩下薄薄一层几近透明的皮肤表层很难看出她内心的波动。我的心一紧，明白老人望到什么了：她的眼睛正越过六十余年的时光，注视着自己故事中一个极为重要的时刻。

1933年阴历腊月十二，距离秋叔叔说到了春天就要送我去佳木斯读音乐学校还有四个月。

这是个我永世都不会忘记的日子。天刚蒙蒙亮，我就被妈妈从炕上叫醒了。

"英子，起来——"

"阿妈妮——！"

"英子，去王岗煤矿，替妈妈给汪大海叔叔和秋云姑姑送一封信！"

我从被窝里爬起来。妈妈让我给叔叔们送信已不是第一次。但是这天清晨，她脸上多了一种异常的紧张的神情。

可是我明白什么都不能问，这是规矩。我三下两下穿好衣服下炕，看到门外一直飘个不停的雪住了，地下积雪有一尺多厚。

"阿妈妮，这会儿就走？"

"马上走！"妈妈说。

妈妈像往常一样把一个细细的纸条子扎进我的小辫,又用一条大毛巾仔细包严我的脸。可能是觉得天气太冷,想了想又把身上的大棉袄脱下来,套在我的小棉袄上,这才让我挎上捡煤块的篮子,拉开屋门,顶着刺骨的寒风走出去。

沉默又发生了。现在我明白,她那空洞的、闪烁着微红的光焰的眼睛穿过六十余年的时光,望见的是一个多雪的严冬的清晨,一个刚满十四岁的小姑娘和那条在她眼前延伸开去的积雪的山路。

妈妈将我送到门外,送出院子,送上了去王岗煤矿的山道。妈妈虽不常把送情报的事交给我,但她一旦决定了,对我总会十分相信,出门时从不送我。可这天早上,她像是有了某种预感,一直将我送过屋后的山梁,又要跟着我往坡下走。

她突然变得这样让我不高兴。我站住,一生中在母亲面前最后撒了一次娇。我说:

"阿妈妮,你要是不放心,就自己去,我在家看着英男!"

妈愣了一下,做错事一样看着我,笑了,说:

"好,我不往前送了……到王岗可有十几里路呢,你要小心,别掉到雪窝子里!"

"我知道!"

"你干妈要是留你,就别急着回来!"

"为啥?"我又不解了(干妈就是秋姑)。

母亲有些语塞。我看出一早起就让她神情紧张的那件事在她心里也只是一种预感,她还拿不准是不是真的。

"嗯……没啥。妈妈也就这么说说。你走吧……路上要小心!"

我走了。我喜欢妈妈今天给我的差事儿。秋姑自从认我做了干女儿,一直待我如同亲生,自从她和新婚的丈夫汪大海——县委书记汪伯伯的亲弟弟——去王岗煤矿上做工,我还一次也没看到过她呢!

"阿妈妮,我走了——"

"走吧——"

我走了。可只走了两步,又被妈妈喊住了!

"英子——"

"阿妈妮——"

"你回来，妈有一句话想对你说——"

我站住了，走回来，有点生气。妈妈一向做事干练，今天怎么婆婆妈妈的……

"妈，有事你快说——"

妈妈欲言又止。"英子，妈有一句话要嘱咐你……妈不是别的意思，就是一句话——"

我有点急了。"阿妈妮，你到底要说啥呀——"

"英男。妈要说的是英男。万一有一天我不在了，你要替妈照看好英男——"

我没有听出妈妈的弦外之音。"阿妈妮，你又说这样的话了！"我生气地喊。

"啊，英子甭生气，"妈妈愧疚地说，"妈就是说说罢了，你快走吧——"

我就这样离开了妈妈，没有多想她的话。走了很远，我才想起回头去看她一眼。妈妈还在原地站着，目送着我一步步走远。看见我朝她回头，妈妈又最后朝我招了招手！

凛冽的寒风将她的话吹得断断续续：

"英……小……心……日……人……"

"妈……你……回……去……吧……"

我站住了，朝她喊了最后一句话，也被风吹散了。不知道为什么，这一刻我心里突然有点不好受。可我想起的却是这样一件事：妈妈把大棉袄脱给我，这会儿只穿一件小棉袄站在风口里，她多冷啊！

"妈……回去……冷……"

我又朝她支离破碎地喊了一句，转身上路时已下了决心：把信送到后，不管秋姑怎么留我，我都要赶紧跑回来，把大棉袄脱掉还给妈妈！

心里有了这个念头，一路上我走得飞快。

可我毕竟还是个孩子，走了一会儿，就把刚才的事忘了，想起别的事来了。

"妈妈让我送一封什么信呢？"我想，"妈妈以为我还小，其实我什么都知道。"日本人占领格节后，中共格节县委曾两次夺枪拉队伍，准备像南满的杨靖宇，哈（尔滨）东的赵尚志，东满的周保中、李延禄那样举起武装抗日大旗，但两次起事，都被敌人破坏了，牺牲了好几个同志。春节将近，新县委决定再次组织暴动，向日伪军夺枪，拉队伍进山，为此还把最年轻的县委委员秋雨豪叔叔派往赵尚志的哈东游击区考察学习。忽然我想起来：前几天赵阿姨来开会，走时对妈妈说，秋叔叔这几天就要回来了！

"秋叔叔要回来了,那就是说,县委又要搞反日武装暴动了,"我一边想,走得更快了,"哼,就是妈妈不说,我也能猜到她今儿要我送给汪叔叔和秋姑的是封什么信。准是县委又给汪大海叔叔和秋姑发了指示,要他们收拢党员,做好准备,秋叔叔一回来就以王岗煤矿的矿工为骨干,实施年关大暴动,夺枪进山!"

想到这里,我很兴奋。

"真要是暴动了,妈妈去不去参加游击队呢?……家里是县委的秘密交通站,妈妈不会去。妈妈不去,秋叔叔、汪大海叔叔、秋姑和赵阿姨一定会去。他们都去了,我们家就要冷清了。我去不去呢?"

这件事让我想了好远的路。当然,我是想去的。妈妈和叔叔阿姨常讲杨靖宇、赵尚志打鬼子的事,听了叫人羡慕得不行。去了又能天天跟秋姑在一块儿,她待我比妈妈还好……

忽然我想到了妈妈刚才的话。

"对了,还有英男呢。我走了英男咋办哩?"这个意念突然横插进来,将我的心扰乱了,"妈妈一天到晚忙着县委和交通站的事,我要是走了,谁来照顾英男呢?……从小到大,英男都是我带,今年十一了没有我还连鞋带都系不上。英男从小胆小体弱,没有了我他可怎么活哩!"

雪花在山道上纷飞,一个新的意念冷不丁涌进了我的心。"啊,我怎么把那么大一件事忘了!过了年,到了春天,秋叔叔和妈妈说好就要送我去佳木斯读音乐学校了!"

一想到这里,我的心就热烘烘起来,耳边飞旋起了欢快的旋律。

"参加游击队打鬼子是好事,我也舍不得把英男丢在家时没人照看,可是我心里真想去的还是佳木斯读音乐学校……我太喜爱音乐了,这一生只要能做一个妈妈那样的小提琴演奏家,做一个在大连的剧场里见到过的小提琴演奏家,我死都愿意啊!……"

我就这样胡乱想着,闯上了第一个日本人的卡子。这个卡子设在一个平常他们从没有出现过的山垭口上,我发现它时,要躲开已来不及了。

卡子上的"黑狗"和日本兵也发现了我。一个大胡子日本兵立马冲我喊起来:

"你的,小孩,过来——!"

我的心怦怦大跳,可还得壮着胆子走过去。

我跟你说过我的胆子吗?我是在大连长大的,那里早在中日甲午海战后就被日本人统治了。我从小见惯了日本兵，和乌兰镇上的孩子比起来，我在日本兵面前可能算是个胆大的，但实际上我的胆子并不大，至少每次见到日本兵，浑身仍会一阵阵发抖。

我一步步挨了过去。

在卡子前，刚才喊话的日本兵用刺刀逼住我，声色俱厉地喊：

"你的，小孩子，雪大大的，哪里去——？！"

我的脸可能早就被吓得没一点血色了。可这种场面过去我也碰上过，虽然害怕，却也懂得该怎么对付。我浑身哆嗦着，半真半假地瘫坐到雪地上，像个没出过门的傻丫头，一把鼻涕一把泪地号哭起来。

"呜呜呜——！"

日本兵招呼身后的"黑狗"过来。

"我的话的他的不懂，你们的问他！"他说。

几个"黑狗"围上我，其中一个踢了我一脚，没好气地喊：

"嘿，皇军问你话呢，你哭个球！"

我再装着听不懂话就不行了，他们讲的是中国话……我抬起泪涟涟的脸看他们一眼，哭得更凶了，一边喊：

"我娘病了，家里没吃的，叫我去矿上找我爹……呜呜呜……"

"黑狗"听懂了我的话，回头对日本兵说：

"是个小要饭的，娘病得快死了，爹在矿上……放她过去吧！"

往常我用过这一招，挺灵，日本兵见你是小孩子，挥挥手就让你过去了。这回不同。领头的日本兵狐疑地望着我，围着我转了一圈，又转了一圈，突然弯下腰，从我的篮子里抓起出门前妈妈放在里面的一个毛巾包的米糠团子，"呀呀"地叫着，掰碎了，没发现什么，有点失望，直起腰，朝我身上一指，凶神恶煞地吼：

"你的，衣服的，统统脱光！"

这下我比刚才还要怕了，我是个十四岁的姑娘了，不知道日本兵要干什么。我坐在地下，照旧装作听不懂他的话，用更大的嗓音喊：

"你们行行好，我去找我爹，我娘快死了……啊啊啊……"

"黑狗"也以为我听不懂话，将日本兵的意思讲给我听。我听完了，傻傻地望着他，还是一副什么都不懂的样子。大胡子日本兵恼了，刺刀顶着我的脑门，喊：

"你的不脱，死啦死啦的有！"

我不哭了。今天的事有点邪，不脱是不成了。我瞅他一眼，脱下临行前妈妈穿到我身上的大棉袄。

"继续的脱！"日本兵喊。

我又慢慢地脱下了自己的小棉袄，只剩下小裤小褂，站在零下三十度的严寒里。我的身子哆嗦成一团，自己却没感到冷！

日本兵在我棉袄里乱翻一通，把缝线的地方都扯破，什么也没发现。我认为现在他们会让我走，可他直起腰，眼睛斜视着我，突然一指我的小裤小褂：

"这个的，统统的脱！"

我的头轰地一声炸了，血往脑袋上涌，身子也大抖起来，却不是因为冷！我是个女孩儿，虽然还像个十岁的孩子那么小，可我听说过——那时还没亲眼见过——日本人就是对一个孩子，也能干出那种事来！

我坐在雪地上，再次放声大哭。"哇哇哇……"

"你的，死啦死啦的有！"日本兵恼了，脸上青筋暴跳，大声吼着，一边用手中的步枪冲我做了个刺杀的动作。

我一边哭，一边望着面前的日本兵，心里想，我要是不脱，这个日本兵真能随随便便挑了我。也许日本兵只是要搜我全身，不是要……忽然我想到了妈妈以前教导我的话：日本兵不是人，他们是一群畜生。万一你遇上了什么，就别当他们是人，就当碰上了畜生。现在想起来真是不可思议，一刹那间，那么小的我怎么能下定那样的决心：我在一群人面前脱光衣服会害臊，可在一群畜生面前，我不害臊！

牙关咯咯响着，我把身上的衣服脱光了。

她的眉头突然皱紧，脸色像骤然布满乌云的天空一样，昏暗下来。

日本兵哈哈大笑，领头的大胡子日本兵也大笑。后来，那个畜生走过来，摸了我的身子。

她的不显眼的喉结艰难地搐动了一下。我意识到了什么，迅速避开了对面那双眼圈微红却又像在冒火的眼睛。

她省略了过程。

那一会儿，我以为自己死了。不，我还没死，可我的两眼死盯住日本兵手中向我斜竖过来的刺刀尖，只要他们……我就向刺刀尖上扑过去！

我望着窗外的雪花。她需要平静。

我不能说日本兵对我没有那种欲念，我说过了，他们是天底下最肮脏的畜生，不是人，哪怕像我这么大的小姑娘落到他们手里……那天他们没祸害我，不是单单对我发了善心，而是当时的情势不允许，他们有比糟蹋一个女孩子更要紧的事做！

"你的，开路开路！"过了好一会儿，日本兵才心满意足地冲我喊了一句。

一个"黑狗"，大概是可怜我，也冲我喊：

"太君叫你走呢，还不快跑！"

我穿上衣服，挎起篮子，穿过卡子，飞快地向前跑去。看不到他们了，我才一头扎进了路边的林子，扑倒在雪地上，捂着嘴大哭失声！

我为刚刚受到的惊吓哭，更为自己受到的污辱哭，为自己差点死掉哭，一会儿前我还想着做一名万众瞩目的小提琴演奏家呢……我哭着哭着，忽然想起了妈妈让我来做的事，头脑陡然清醒：这里出现了日本人，妈妈还不知道！我要赶快把信送给汪叔叔和秋姑，然后赶回去将路上发现日本兵的消息告诉妈妈！

我爬起来，疯一样地飞奔！

长话短说吧，这天上午，我在统共只有十五里长的山路上一共发现了日本兵新设的四道卡子。有过第一次，再往前我就不走路了，我绕过日本人的卡子，从森林里走。

等我在王岗煤矿的一间工棚里找到汪叔叔和秋姑，晌午都过了，他们两个人正要出工。

"英子，小丫头片子，你咋来了——！"一见我，汪大海既意外又高兴，一把将我举起来。所有常到我们家去的叔叔中，我最讨厌他，也最怕他，只有他一直把我当成小丫头，动不动就揪我的小辫。有一次，他还要将我带到大山里去，扔在那里，说是看能不能招来熊瞎子……不过这一次，他只举了我一下，就把我放下了。

我的脸色不对。一见到他们，我就"哇"的一声哭了！

汪大海和秋姑将我围住，焦急地问：

"英子，出啥事儿了？快说——对了，你是不是送信来了？先别哭，快说话！"

我没有对他们讲路上受辱的事，就是对他们，我也讲不出口！

"汪叔叔，妈，我在路上碰上了日本兵，有四道卡子呢！"

汪叔叔和秋姑神情变了，两人严肃地交换一下目光。接着，我松开小辫，取出信交给他们。汪大海看完交给秋姑，两人迅速交换了一下目光。汪大海说：

"我去通知咱们的人，照县委的指示做好准备，春节前谁也不准离开！我还要派个人下山，把英子路上发现鬼子的事告诉县委！你留下守在家里，哪儿也甭去！对了，赶紧给英子弄点饭，这孩子怕是饿坏了，也冻坏了！"

他说完就走了出去。秋姑让我上炕，做了一大碗酸白菜熬饼子让我吃。平时我最喜欢吃她做的饭，可这天我惦记着路上的鬼子和妈妈，多好的饭我也吃不下去，胡乱扒拉了几口就下了炕，要往家走。

"雪太大，路上还有敌人，你今天就在妈这儿住，明天再回去。"秋姑说，"要不等你汪叔叔回来，我再送你回去！"

妈妈身穿单薄的小棉袄站在雪地里送我的情景在我眼前一闪。

"不，干妈，我得回去，我还穿着我妈的大棉袄呢！"我说。因为担心妈妈，还因为来时路上受的惊吓和屈辱，我的眼泪不知不觉又下来了。

秋姑没有再留我。看她的本意，是要送我回去的，可汪叔叔没回来，"家里"不能没有一个人守着。

"英子，路上有日本人，千万小心！"

我点头。

"碰上日本人，要躲着走！"

我点头。

"看见日本人太多，走不回去，就回来！"

"知道！"我大声说。

6

一离开矿山，我的心就飞回到了乌兰镇外的家，回到妈妈和英男身边。今天通王岗煤矿的道上到处都是日本人，不知道镇子上是不是也来了日本人！

为避开日本人在路上设的卡子，我一下矿山就离开大路，钻进了林子。

林子里雪到膝盖那么厚。开头想着妈妈和英男，我心里紧张，脚下的步子迈得又大又疾。开头我还走在一条依稀可辨的小路上，但走了一会儿，发现自己不知不觉把路走岔了，走进了森林深处。雪早就停了，森林里一点动静也没有，无边的岑寂像一种突然降临的、沉重得仿佛有了形质的东西压迫着我的心，来时日本人带给我的不安情绪消失，现在让我一点点害怕的已是这浩茫无际、凶险莫测的大森林和它深处的岑寂。那一年，不说别人还都把我看成是个孩子，我自己也从没认为自己长大了。我走着走着，真的害怕起来。为了给自己壮胆，我大声唱歌。

　　那天我唱的是朝鲜民歌《桔梗谣》。这不是一首普通的歌。朝鲜沦陷后，我的祖国的人民曾广泛地用这首歌倾诉过一个被践踏的民族的悲愤。后来，它又成了"光复会"的会歌和会员们接头时的暗号。

"你听过这支歌吗？"
我咂了咂嘴唇。
"没有。"
"想听我唱一唱吗？"
我不知道该如何回答。
而她已经用低哑的嗓音唱起来了——

"3 3 3 ｜ 3 3 2 3 ｜ 5 5 6 5 ｜ 3·2 1 ｜
　桔梗啊　桔梗啊，　桔呀　梗　呀，
 3 — 3 ｜ 2 3 2 1 6 5 ｜ 6 1·6 ｜ 5 — — ｜
　白　白的　桔　梗　哟　长满　山　野……"

她没有唱完。

　　我没有唱完，歌声就停住了。在我眼前的林中空地上，不太厚的积雪中，一丛干枯的枝条探出头来，每根枝条上，都挑着一串圆圆的、鲜红似血的马林果！

"呀，好漂亮的马林果！"我惊叫起来。

　　你知道马林果吗？那是一种东北秋天成熟的浆果，可有时在深山里，它会一直挂在枝头，直到严冬时节，叶子落完它也不落，光洁、晶莹，如同一粒粒藏在林海雪原里的红玛瑙,还像一个个活的欢喜的小精灵,瞪着眼望着你,就要开口说话:"来呀,来呀,来采我们呀……你瞧我们多漂亮,把我们丢在这里,多可惜呀!"不过这是罕见的,谁能遇上它,就会想到是山神特意给你的恩赐。

我既高兴又害怕,朦胧中不是觉得自己离马林果近了,而似乎是离山神近了。我摘不摘呢?——忽然,我看到了英男的一双黑亮的眼睛,耳边也响起了他的叫喊:

"姐,别害怕,快去采呀,这是山神给我的礼物!"

我的胆子大起来,走过去一粒一粒,小心地摘下那些马林果,从脖子里解下母亲出门给我裹上的大毛巾包在里面,然后情不自禁地向着空荡荡的山林鞠了一个躬,我在心里说:山神爷,谢谢你了,我替我的弟弟谢谢你,替我自己谢谢你!你能赏给英男这么珍贵的马林果,就能保佑我妈妈今天在家里一切平安!山神爷,我的弟弟英男是个苦孩子,长这么大了也没吃过什么好东西,等会儿要是见到了你赏给他的这些红玛瑙般的浆果,会有多开心!

我捧着一包马林果,就像捧着一包珍宝,重新走起来。说也奇怪,刚才我还觉得自己迷了路,还害怕起来,现在却突然认出自己的位置在哪里了,头一年夏天,我和英男到林子里采蘑菇,曾走到这里过。我的步子快起来,也不再害怕了。——这是山神在给我指路,我还怕什么?

但我还是在森林里多走了路,黄昏时才走到离我家三里远的一片赤桦林里。天就要黑了,这时我想只要我能从这片林子里横穿过去,回到山道上,然后爬过我家院子背后的山冈,下去就到家了。再过一会儿,我就能见到妈妈,见到英男了!

她的声音突然消失。她一直挺直腰身坐着,这一会儿,在身体的某处,一阵细微却强烈的战栗,寒风扫过草梢一样出现了,又过去了。

我没能走上山道。刚靠近林边,就发现了一个日本人。接着,在通向我家的路上,我看到了更多荷枪实弹的日本兵!我的心咯噔一下,就像是什么东西碎了——那是我的心,从那个时候起就碎了!

"阿妈妮——!"

我心里叫了一声,转身回到林子里,一边抖一边掉头向我家所在的方向奔去。我还没看见家里是不是出了事,就明白那里出事了,妈妈出事了!巨大的恐怖感像一条冰蛇一样缠紧了我的脖子,让我无法呼吸;它又如同一道高墙,遮住了其余的人和世界，只将妈妈一个人留在我的意识里！

我对你说过我家的位置，我说过我们家的院子后面就一面山坡，山上山下长满杂树。如果你从山那边爬上山梁，就能居高临下地看清院子里发生的一切。现在我走的就是这条路。我一跌一撞地跑着，从后面的山坡林中往我家屋后的山梁爬。这里没有日本人，我一边爬，心里一边想：但愿我家院子里也没有日本人，就是有日本人，妈妈也早就离开了，妈妈！

刚刚爬到半山腰，我就从山梁那边看到一团火光，冲天而起，映亮了渐暗的天空。同时我也就听到了枪声、狂乱的犬吠、汹涌嘈杂的人的哭声与叫喊！我的头"嗡"的一声响，一下子就没了感觉，没了思维，也没有了我自己。我的身子轻飘飘的，就像一片纸，一朵云！我不是正在往山梁上爬，我是像一团云那样往上飘。我摔倒了爬起，爬起了又摔倒，什么都忘了，可那捧马林果，仍旧被我捧在手里——我已经想不到它了！

我终于爬上了山梁，向山下我家的院子里望去。这时我望见的不再是一团火光，而是一堆熊熊燃烧的大火，一支冲天的火炬！好半天我也不明白，我们家的院子那么小，怎么会燃烧起那么大一支火炬——忽然我明白了：那是我们家的草房被点着了，正在燃烧！

我在耀眼的火光的一边望到了母亲、县委书记汪伯伯（汪大海的哥哥）、县长陈叔叔、常在我们家里印传单的何阿姨（汪大海的亲嫂嫂），还有其他几位叔叔阿姨，一共十一人，除掉去哈东赵尚志那儿考察学习的秋叔叔，格节县委的成员全在这儿了，他们一律被反绑着，高高吊在不知什么时候搭起的木架子上，人人都只穿着单衣，身上血肉模糊。在他们中间，有的人身子软软的，头耷拉着，已经死了；有的人圆瞪着双眼，用那种根本不是人而是别的什么——我说不上来——的目光望着天空或别处，大概也快要死了，而几个膀大腰圆的日本人，仍在朝他们身上抽鞭子！

团团围着这批死去或将死的人的，是上百名荷枪实弹的日本兵，他们旁边是几个"黑狗"，正在挖一个又大又深的坑。绰号叫"屠夫"的日本大佐中井弘一，驻格节地区日军的最高指挥官，东洋刀挎在小腹前，一脸杀气地对"黑狗"们吆喝着什么。我听不清楚他的话，可我明白那是要他们快一点。中井弘一前后，站在大坑四周的，是一群猖猖狂嗥的日本狼狗，又高又大，足有五六十条之多！

我已经不会思考了。从被捕的人中间一眼看到死去的妈妈，我就晕了！妈妈看上去不再是妈妈，妈妈软耷耷地被反绑着双手吊在那儿，头和脚垂得一样低，再也不可能抬起头看自己苦命的女儿一眼了！一股热腥的东西猛地蹿上我的喉咙，从嘴里喷出来。我没意识到那是一口血，吐血后头脑却清醒了点儿，猛然想起日本人为什么要挖那个大坑：他们是要把妈妈，把所有那些被他们折磨致死或者奄奄一息的人，埋到坑里去！

"阿妈妮——！"

我扑倒在地下，没有叫出声来，这一刻我觉得心里是清楚的，身子却轻飘飘的。我又吐了一口血，仍然没想到英男。我心里只有妈妈，我的思维变得那么简单，似乎英男既然不在日本人抓到的人里头，他就没有危险，于是我也就想不到他了！

下面我要告诉你的事，几十年来我连自己的孩子也没说过。

不但我没有想到英男，日本人也没想到他。那一会儿，日本人的注意力似乎集中在木架子上吊着的活人和死人，集中在那个越挖越深的大坑上。可是忽然间，从我们家冲天高烧的草屋背后，传来了一声撕心裂肺的叫喊，一个孩子的叫喊！我说过了，方才我没有想到英男，我已经想不到他了，可是这一瞬间，我却冷不丁一下想到了他，明白了这是英男在叫！刚才他一定藏在什么地方了，日本人没发现他，这会儿他却被日本兵找到了！我趴在山梁上，从树林中间，还不能看见他的人，只听到他的叫喊，这一阵子一直控制着我的眩晕和轻飘飘的感觉就消逝了！我叫了一声"英男"，声音不大，没有人听见，可是我叫了！"阿妈妮——！"我又叫了一声，巨大的恐怖和悲伤——比刚才还要巨大——立即像汹涌的海水一样漫过来，将我自己吞没了。我不再是我，恍惚间我觉得自己有了力量，要从地下爬起来，向山坡下奔去，向妈妈和一声声叫喊的英男奔去。我甚至觉得自己已经跳起来了，奔下山去了，实际上却仍旧待在山梁上，趴在雪地里，不知道自己在抖，却像风中秋叶一样嗦嗦地大抖着！借助山下的火光，我看到了英男：一个又高又壮的大胡子日本兵——又是一个大胡子——左手提着枪，右手从背后提溜着英男，像提溜着一只小鸡，从屋后——不，现在是从那堆冲天燃烧的大火后面——走出来。英男在他手中挣扎着，身子乱扭，四肢拼命踢踏，可在这个日本兵手里，他的挣扎和扭动却是那么无力！与此同时，悬空提溜着他的日本兵却在狞笑。不但这个日本兵在笑，我们家院子里所有的日本兵都在笑，为他又意外地从屋后抓到一个中国孩子发笑，仿佛他们一举捕获格节县委在家的全体成员以后这个日本兵又抓到一个不停挣扎和哭喊的孩子，是件不值一提、非常可笑的事⋯⋯大胡子日本兵一步步走向中井弘一，我的晕乎乎的脑子突然想到一件事：英男还是个孩子，日本人到我家来，要抓的不是他！他们抓错了！啊，是的，只有站在院地中央的日酋中井弘一才能决定英男的命运，他不发话，亲手抓到英男的大胡子日本兵是不敢对英男怎么样的！我两眼一眨不眨地盯着中井弘一……我注意到他开始并没看到大胡子日本兵的把戏，没有注意到院子里日本兵的笑声，中井弘一这时正面对着那个越挖越深的大坑站着，背对着手提着英男走过来的日本兵……但是现在他听到身后的骚动了，是日本兵们的笑声、英男的哭喊和大胡子日本兵走过来时引起的众多日本狼狗的兴奋的狂吠，惊动了他，让他慢慢转过身来……中井弘一先是恼怒地看了一眼大胡子日本兵，仿佛对由他引起的这场逐渐蔓延的骚动十分不满似的。他也看到了这个日本兵手里的英男，不过最初那一刻，他明显地对英男视若无睹，他的心、他真正的兴趣仍在木架子上吊着的那些死的和活的人身上，在他面前的那个大坑里。不过我马上就感觉到了：这只是看英男第一眼时他给我留下的印象，接下来，他又看了英男一眼！

　　她突然打住了，泪水似乎就要从干瘪深陷的眼窝里流出来。可是没有。她的枯干多皱的脸上还是没有一滴泪水。她停下来似乎只是为了积蓄气力。马上，她又急急地说了下去——

　　中井弘一这一眼真正看到了英男。他看到的是一个在大胡子日本兵手里胡乱挣扎和哭喊的英男，一个被自己刚刚看到的景象——吊在木架子上已经死去的母亲、荷枪实弹的日本兵、一大群吐着长舌头猸猸狂叫的日本狼狗——吓傻了的孩子。与此同时他手里牵的一条日本大狼狗也一声声狂吠着，跳跃着，要向英男扑去。大胡子日本兵现在已走到离中井弘一几米远的地方了，他讨好地看了一眼中井弘一，中井弘一也看了看他，不知是否受到了某种暗示，后者把手一松，英男就"扑通"一声落到了地上。他叫喊着，爬起来，要往屋后跑，看样子是想跑回刚才他躲藏的地方。我那苦命的弟弟那时可能以为，只要他跑回到原先待的地方去，就安全了！
　　直到今天，我仍然清清楚楚地记得随后发生的所有事情，就是死了，我也不会忘记：英男还只是哭喊着跑出去一步，这会儿一直目不转睛地盯着他的中井弘一，这个杀人不眨眼的恶魔，低头看了看仍被他牵在手里的狼狗，忽然咧开嘴一笑，接着，他就松开了手中的皮带！
　　我还没有讲完。今天我一定要把事情讲完。中井弘一刚刚松开手中的狼狗，那畜生就狂叫一声，向英男扑过去。这时，所有手里牵有狼狗的日本兵也都像中井弘一那样笑了,放开了手中的狼狗!

英男最后微弱地叫了一声——我一辈子都记得这一声喊,英男是在叫我,他叫的是"姐姐"!妈妈死了,他不叫我又能叫谁呢——就被中井弘一放出的狼狗一下咬住了脖子!

我不哭。我已经不会哭了。我的眼泪在那个夜晚就流尽了。几十年都过去了,虽说很多人——包括我丈夫——一直认为那是我的错觉,可我仍然认为,假若当时我能一溜烟地冲下山梁,冲进日本兵群中,把日本狼狗和英男隔开,英男或许就不会死……不,他还是会死,但至少不会那么死。说真的,刚刚看到中井弘一和他手中的狼狗,我心里就有了一种可怕的预感,我已经从地上站起来了,就要不顾一切地向山下奔去,可是脚下一条树根妨碍了我,我刚迈出一步,就被它绊倒了!我在摔倒下去的同时看到一切都晚了,中井弘一和他身边的日本兵,已经松开了手中的狼狗!

可我还是想冲下山去,将英男从狼狗群里夺回来!我确实是那样想的……可等我爬起来,抬头朝山下看,英男已不见了,五六十条狼狗已由方才的一群变成了好几群,疯狂地撕扯着一块块模糊的血肉……那已经不是英男,这个世界上已经没有英男了!

我还是向山下踉跄跑了几步,扑倒在一棵山毛榉下,朝雪地上一口一口吐了好多血。这时我才想起了手中的马林果,我倒下去时这捧马林果也撒了,滚了一地。我昏死过去前的最后一个念头是:可怜我的弟弟英男,再也吃不到这些马林果了!

巨大的寂静来了。它来得突然。我不敢看她的脸和眼睛。可是我没有听到我以为会有的号啕大哭或者抽泣。

夜里日本人撤走了,秋姑找到了昏死过去的我,一步步背回去。我刚刚离开他们那儿汪大海就回来了,秋姑不放心我,随即踩着我的脚印跟过来。开始她没找到我,但我趴在我们家后面山梁上看到的景象,她也趴在我身边不远的雪地上看到了。秋姑一口一口呕吐着,将我背上身,摇摇晃晃地往回走。后半夜的光景,我们在半道上和从矿山赶过来的汪大海他们相遇,秋姑一句话也没说,将死人一样的我交给汪叔叔,立马也昏了过去!

汪叔叔后来就在那片吐满血的雪地上将她唤醒,问明白发生了什么事,据说当时他也"哇"的吐了一口血。在死去的县委成员里,就有他的大哥和嫂子,汪大海从小没有父母，是大哥和嫂子把他养大成人的！汪大海吩咐和他一起来的人背起我和秋姑先回矿山，他带着另外几个人连夜赶到惨案发生的现场去，在我家院子里那个大坑里扒呀扒，却已经扒不出一个活人来了。他们能做的只是将烈士的遗体移走，在一个新的秘密地点重新安葬，并连夜派人去佳木斯，通过那儿的秘密交通站，将情况紧急报告给哈尔滨的中共满州省委。

我哑着嗓子哭了一天一夜。我哭，是我亲眼看到了妈妈和弟弟的惨死，看到那一切时我还不能完全理解它，现在它们一点一滴地重现在我的眼前，将无边无际的苦楚加载到我的生命中，让我的心如刀割般地疼痛、流血、颤抖；我哭，是此刻涌上我心头的还不只那些恐怖惨痛的回忆，还有对自己全新处境和凄凉身世的猛醒和思考。三天前的早上离开乌兰镇外的家时我还是个除了爸爸不在身边什么都有的女孩儿，可是有过那个不堪回首的黄昏，突然间我什么都没有了，没有了妈妈和弟弟，在这块陌生的土地上失去了所有亲人和自己的家，我成了一个连栖身之处也不再有的异国孤儿。我不知道自己今后怎么活下去，更不用说像妈妈一直希望的那样活着回朝鲜去和爸爸团聚了！妈妈，日本人害死了你，只把我一个人留在异国他乡，你的女儿该怎么办呢，她还能不能长大？啊，妈妈！

我在黑暗中瞪大着眼睛。我发热病一样一声声长号。到了后来，我的眼前出现的就不再是妈妈和英男惨死的景象，也不是对成了孤儿的我的未来的可怕想象，我看到的是另外一团东西。我曾在爸爸离开我们时朦胧地感觉到了它，现在我又一次清晰地看到了它，这是一团黑暗；似乎一直追逐着我和妈妈，追逐着我们一家，现在妈妈和英男不在了，它追逐的目标只是我了。正因为我看到了它却不知道它到底是什么，才觉得它比任何能看清的东西还要可怕！

一天后我和汪叔叔、秋姑、赵阿姨一起亲手埋葬了妈妈和别的叔叔阿姨。我在为烈士们重新选择的墓地上和妈妈最后一次告别。我又哭了一场，可这时我的心已经硬了。我已经看清楚那团东西，我的心硬成一块石头，不再怕它了。我只是还有一件事没有做，那就是英男。

大家就要离开时，我又失声恸哭起来。

"英子，怎么啦——？"秋姑弯下腰，关切地问我，话刚出唇，她的眼里又涌满了泪水！

"英男……这里没有英男。"我说。我是英男的姐姐，妈妈牺牲前已经预感到了自己的牺牲，欲言又止地将英男托付给了我。可是我回到乌兰镇外的家太晚了，没能在妈妈临难前将他救出来，也没能在他遇难时从山岗上冲下去为他挡开日本人的狼狗群，不让他死得那么惨，现在所有死去的人都有了长眠之处，只有英男，连尸骨也没有找到！

英男活着时我没能救得了他，辜负了母亲的期望，现在他死了，我还不能将他的尸骨找到，让我这可怜的弟弟也有一个长眠之地吗？

"嫂子，我和秋云去找英男，你在家好好看着英子。我们俩一定要替英子把英男找回来！"汪大海眼里含着泪，大声对赵阿姨说。

"不，我也要去！"我大声喊起来。英男死了，我也很难再活下去。死去以前，我要亲自为我那苦命的弟弟做完最后的事。

这天黄昏，汪大海和秋姑背着我，和赵阿姨一起回到了乌兰镇外我那成了一片焦土的家。我的身子软得很，汪大海让秋姑扶我站着，他和赵阿姨在院子里寻找英男。他们很快就找到了他，不是遗体，而是一块块遗骨，堆成了一小堆。不，我望着那一小堆骨头，脑子里多了一堵墙，接着就迷糊了！我无法相信它们就是英男。骨头是骨头，英男是英男，我是来找英男的，不是来找这些骨头的！

我以为我永远找不回英男了，再也不能亲手为他做点什么，让自己愧疚的心得到一点安慰了。可就在这时，我却看到了他！

在场的人中是我最先看到了英男，就在离我不远的地方。不知何时我家院子里出现了一条野狗，它从烧毁的木栅栏外面，啃着一个圆圆的东西，一点点向我站的地方走近。最初我没看清那是什么，汪叔叔秋姑赵阿姨也没太注意它，可这条狗一边啃，那个东西一边往前滚，差一点就滚到我的脚下了。我低头一看，脑袋里立时响起了一声炸雷，全身筛糠般地寒战起来，想喊又喊不出，喉咙像是被什么东西死死地卡住了。英男！没有吃到姐姐摘来的最后一捧马林果的英男！英男的头！我一声也没喊出，身子就又一次瘫软了！

长时间的沉寂。

全国解放后，我的一些老战友都要求到东北工作，我却执意留到了北京。我不愿意回到那块我战斗了十几年的地方去。

告诉你为什么，我害怕再见到马林果，秋天的马林果，冬天林间雪地里的马林果。只要你留在东北，不知什么时候，总会碰上它。

"你走吧,今天就说到这里,我累了。"

我站起来,拉开门,走出去,一次也没回头。我需要镇静,需要户外的新鲜空气。走前我终于朝她脸上看了一眼,她那干涩的眼窝里,仍然没有一滴泪水。可是我知道,除了没有眼泪,你觉得那里面应当有的东西,都会有的。

不,我所以匆匆离去,她所以突然提高嗓音让我离开,是因为方才就有过一次的、如同寒风骤起般掠过她全身、后来又被一种我无法理解的力量遏止的战栗正卷土重来。我没有看到,却感觉到了,假若方才袭过她全身的还只是初冬吹过山林的寒风,现在就是三九隆冬卷起雪泡横扫茫茫雪原的狂劲的烈风了,那是连深山里的百年老树也要被剧烈地撼动的……

※　※　※

晚上,我平静了很多。

从单位图书馆抱回一大堆图书,从中找到了一些我要找的名字:

金顺姬:朝鲜"光复会"会员,"九一八"后流落格节,格节县妇女反日大同盟委员长,1947年格节解放后被追认为革命烈士,中国共产党党员。

安重根刺杀伊藤博文:安重根,朝鲜革命志士。伊藤博文,日本明治维新后对外侵略扩张的代表人物之一,1885年后四任首相,三任枢密院议长,中日甲午战争后,曾迫使清政府签订《马关条约》,割占中国领土台湾,1905年又逼迫朝鲜接受《日韩保护条约》,使朝鲜沦为日本的附属国。1909年,安重根不堪忍受国破家亡的耻辱,将其在中国哈尔滨车站刺死。

崔庸健:朝鲜革命志士,朝鲜劳动党的创始者之一。早年曾参加过中国共产党,在松花江中下游和中国同志一直组织领导了抗联七军。朝鲜解放后,曾任最高国务会议委员长,1972年去世。

罗登贤:中共六届中央委员会政治局委员,"九一八"前后曾任中共满洲省委书记。

杨靖宇:东北抗联第一军军长,抗联第一路军总司令。"九一八"后曾任中共满洲省委军委书记。

周保中:东北抗联第五军军长,抗联第二路军总指挥。"九一八"后曾接替杨靖宇任中共满洲省委军委书记。

赵尚志：东北抗联第三军军长，东北（其实是北满）抗联总司令。"九一八"后曾短时期任中共满洲省委军委书记。

赵一曼："九一八"后曾任中共满洲省委委员，妇女反日大同盟委员长。

李兆麟：东北抗联第三路军总指挥。"九一八"后曾接替周保中任中共满洲省委军委书记。

……

从罗登贤、杨靖宇、周保中、赵尚志、赵一曼、李兆麟的简略传记中，我发现在1931年12月到1933年初这段时间里，他们真地都以中共满洲省委领导或者巡视员的身份，相继去过格节！

第二天

7

"可以开始了吗?"

"可以了。"

早饭后随着上班的人群到部里去了一趟,将情况向领导简单作了汇报。

进门时已是九点。

老人依然坐在昨天坐过的地方。给我的印象是,自从我离开,她就一直这么坐着,坐了一夜,一动也没有动过。

窗子依然关得很严。窗帘竟是两层厚重的黑布做的。这是今天的新发现。一般人家是不用黑布做窗帘的。

脑子里忽然冒出一个念头:只要拉上它,即使是阳光猛烈的夏天,屋里也定会马上一片漆黑。

想起昨天进门时的感觉。当时还不知道那是什么感觉,现在知道了。

像是意外地走进了一个洞穴。

老人什么时候闭上这块窗帘呢?如果她闭上它,这个房间立即就会成为一个漆黑阴冷的洞穴。

有个情况我已经了解,这些年她一直一个人生活,没和子女住在一起。

如果是深夜,她将紧闭的窗帘拉开,一缕清冷的月光就会悄悄透射进来……

——我在想什么?

三天后秋叔叔就赶回来了,把活下来的人聚集在王岗煤矿,召开了紧急会议,大家痛哭失声，决定按省委的指示立即成立新的格节中心县委，由秋叔叔任县委书记，汪大海等人任县委委员。新县委作出的第一个决定就是：以地下党员和汪大海掌握的矿工为主，成立格节游击队，开始武装暴动，从日伪军那里夺枪，拉到山里去，要日寇血债血偿！

会议结束后天已擦黑，秋叔叔带大家来到烈士们的墓地，泣不成声地向死去的人发出了誓言：亲人们，日本人杀了你们，他们就不是我们一般的敌人了，他们成了我们不共戴天的仇敌！从今天起，我们就要战斗！除非是死，除非格节地区最后一个日本人被我们杀掉了，我们决不停战！

队伍随即行动起来。一个冒死逃出格节城的地下党员带来了新消息：中井弘一惨杀了格节县委十一名成员后，又根据奸细的密告，把目光转向了王岗煤矿，不是今夜，就是明早，便要包围这里，将受他们怀疑的上百名矿工一网打尽！

这个晚上风雪交加。队伍尚未出发，就在如何安置我和霍小玉——也是一名烈士孤女，比我还小一岁，父母都是县委成员，和我妈妈同一天被屠杀——的事情上发生了争吵。

我必须先说说汪大海。自从中井弘一杀死了县委书记汪伯伯夫妇——他的大哥和大嫂，我熟悉的那个大孩子般喜欢玩闹的汪大海就不见了，他变得两眼通红，怒气冲冲，看到谁都要扑过去掐住你的脖子似的，如果说有一天之内突然长大的人，汪大海就是一个。

他主张将我和小玉交给当地老乡收养。"我们是要进山打仗，是要跟鬼子拼命，不能带着两个孩子！"他现在一说话就大声吼叫，眼里噙着一层红红的泪水。"英子和小玉一个十四，一个十三，别说叫她俩和我们一起打仗，就是走也走不动。我的意见是：就地找可靠人家把她们安置下来！"

这时屋里只有他、秋叔叔和我，他的话是对秋叔叔一个人说的。看秋叔叔当时的表情，似乎也想这么做，毕竟汪大海的话说得不错。可是我不愿意。母亲和英男被日本人残杀过后，成了孤儿的我本已觉得自己也在世上活不久了，可是秋叔叔一回来，我那颗一直被可怕的黑暗追逐着的心就不害怕了，我心里像是照进了一道阳光，我觉得有了依傍，可现在汪大海却要我离开队伍，离开秋叔叔、秋姑和赵阿姨。不！

"秋叔叔，我就跟着你，跟着秋姑和赵阿姨，我哪儿也不去！"我冲着秋叔叔哭喊起来，扑过去抱住了秋叔叔的腿。

秋叔叔的脸色难看起来。

秋姑原本不在屋里，这时一阵风似的跑进来，面色苍白，蹲下去一把将我搂在怀里。

"英子，咋啦？出了啥事儿——"

"妈，汪叔叔要把……"

我一时哭得说不出话来，可秋姑还是迅速明白了发生的事。她猛地站起，气愤地对汪大海喊：

"你想把她们交给谁？乌兰镇方圆几十里的地面上，谁不知道英子是金大姐的闺女，你把她放到谁家？眼下谁家还真敢收留她？还有小玉，我们不带走她们，有活路吗？我看你是昏了头了！"她一回头看到秋叔叔，眼泪也要下来了，"哥，金大姐在世的时候可是对你、我、我嫂子说过话，难道你现在忘了？！"

秋叔叔的喉结一下子搐动起来，眼里闪出亮晶晶的怒火。汪大海不容他开口，继续红着眼睛冲秋姑嚷嚷：

"带上她们俩咋办？你能天天背着她们？留下她们有危险，带她们走就不危险了？打起仗来谁能保证子弹都长着眼睛？这些事你都想过吗？！"

我不想让他再喊下去，我喊起来，打断他的话：

"就是那样我也愿意！妈，秋叔叔，我就是要跟你们走，我死也不留下！呜呜呜……"

秋叔叔没让汪大海和秋姑再吵下去。队伍已在门外集合完毕，没有吵的时间了。秋叔叔这一会儿也急了，想了想，做出了个暂时的决定。

"行了，都给我住嘴！就是眼下马上去给英子和小玉找人家，也来不及了。今天咱们先带她们进山。以后怎么办，等我们到了山里再说！"

汪大海听了，气哼哼地往外走。秋姑发了一声喊：

"汪大海，你给我站住！"

汪大海站住了，回头恼怒地望着秋姑。

"你这回遂了心愿了，还有啥事？"他恶狠狠地说。

"你就这么轻轻省省地走了？这么大的风雪，英子怎么走？总不能让我背着她吧！"

汪大海瞪她一眼，气呼呼地从门外走回来，不看我，蹲下去。

我不哭了。虽然秋叔叔只是让我暂时跟他们进山，我的心还是放下了，不害怕了。我朝秋姑和秋叔叔看一眼，注意到他们正悄悄地瞅着我笑。秋姑还冲我朝汪大海努嘴。

"英子，你汪叔叔要背着你走，还不快点去！"

秋姑说的是假话。汪大海根本不想背我，可是有秋叔叔和秋姑在，我不怕他，我谁也不怕，我就让他背着我走！

汪大海背起我，秋叔叔背起了小玉。队伍立即顶着狂暴的风雪，顺格节河向北方的大山区出发了！

8

三个小时后，我就参加了格节游击队的第一场战斗。我和小玉在最后时刻才被允许随队伍出发，却意想不到地在战斗中扮演了重要角色。

秋叔叔为游击队确定的第一个袭击目标是距王岗煤矿二十华里的靠山屯伪自卫团大院。那里有三十多名伪团丁，二十几支长枪，两支短枪，这些情况早先就探明了。我们有五十多人，可是仓促起事，一支枪也没有。我们有的只是满腔的杀敌热情和必死的勇气。离开矿山时我注意到了，每个人都望着前面的风雪之路，没有一个回头望一眼自己的家和故乡。

半夜十二点光景，队伍在靠山屯外面的山林里停下来。秋叔叔从背上放下小玉，汪大海也从背上放下了我。全队简单地准备了一下，便悄悄向山脚下扑去！

我们停在山脚下林子里。林子外面是一条官道，伪自卫团大院就在官道旁边，距屯子一里多路。一个四四方方的大院，门口竖着一座岗楼，岗楼里站着两个荷枪实弹的伪团丁。

虽然队伍刚刚组建，没有任何战斗经验，但我觉得，从踏上征途的第一刻，刚从赵尚志的哈东游击区学习归来的秋叔叔就对打好事关暴动成败的第一仗充满信心。我意识到的另外一件事是：虽然背着小玉大步行军的秋叔叔一直在紧张思考怎么打好第一仗，可是到了这里，看清了地形和敌情，他才明白该怎么做，不该怎么做！

要想夺下这个伪自卫团的枪，爬墙进去不行，围墙太高，而且容易惊动敌人。再说我们手里没有枪，一旦惊动敌人，就是爬进去了，赤手空拳的也没办法对付。办法只有一个：先设计下掉岗哨里两个敌人的枪，不让里面的敌人发觉。然后一鼓作气冲进院里，夺下其余所有的枪！

"司令，我带人冲过去，不管三七二十一，先把岗楼里黑狗的枪夺下来，就是里面的敌人听到动静，我们也有两支枪了，那时趁乱冲进去，不愁拿不下剩余的枪！"见秋叔叔一直在沉吟，汪大海急了，一不做二不休地说。（顺便说一句，从这天起，队伍里都叫秋叔叔为秋司令了。）

秋雨豪没有回答他的话。秋叔叔沉默着。从这一天起，直到今天，我一直认为秋叔叔是位天生的军事家。虽然是夜间，地面上反射的雪光仍让我觉得自己模糊地看清了他脸上勇悍严厉的神情。汪大海的主意他一定也想到了，但他明白那不是最好的一招棋：现在敌人的两名岗哨待在岗楼里，如果让汪大海不顾一切地冲过去，敌哨兵要是不离开岗楼，只躲在岗楼里打枪，枪一响院里的敌人也会搋着枪冲出来，那样事情就砸了！

"不能蛮干，"我听到他低声对汪大海说，"这是第一仗，暴动能不能成功，格节游击队能不能建立起来，就看今晚上了。——英子，小玉，你们过来！"

我说过了，即使进了游击队，我仍然没想到秋叔叔会让我和小玉去打仗。可接下来的一刻，我明白自己错了！

我和小玉走到秋叔叔面前。

"英子，小玉，"秋叔叔在雪光中望着我们，目光忽然变得异常热烈而明亮，我甚至听到了他突然急促起来的呼吸，"你们都是好孩子，勇敢的孩子，今天咱们要夺黑狗子的枪。没有枪就不能打日本人，给你们的爹妈报仇，懂吗？"

"懂。"我们说。其实什么也不懂，心却怦怦地跳起来！

"要把黑狗们的枪都夺过来，先得把院门口岗楼里两个黑狗的枪拿下，那时咱们手里就有枪了，就有办法对付院里的黑狗了！"

"知道了。"

"秋叔叔知道你们是两个聪明孩子，胆大的孩子……要把站岗的黑狗子的枪夺过来，得先把他们引出岗楼，引到官道上。你们人小，黑狗子不会想到要防备你们——"

我的心猛然跳得快了。我知道秋叔叔想让我们做什么了。"秋叔叔——"

"英子，小玉，秋叔叔想让你们去把两个站岗的黑狗子引出来。只要引出来，叔叔们就好下手了——你们敢不敢？"

我没有意识到自己在打战，就已经在打战了。某种沉重可怕的事情猛然压到自己身上的感觉如冰水一样涌进了我的心。我不由自主地觑了小玉一眼。我与其说是看到了不如说是逼真地感受到了，小玉的全身也在打战！

……

我们没有马上回答。心急如火的秋叔叔等了我们一秒钟，明显有点失望，刚才他一直弯着腰跟我们说话，现在他把身子站直了，不知为什么回头用异常愤怒的目光望了望前面那座黑乎乎的伪自卫团大院，神情陡然变得异常可怕！

——秋叔叔看出了我们的胆怯，他要下另一个决心了！

不！

我的心情不知不觉变了。在我的游击队生涯里，以后还会有许多这样的时刻：不是因为别的，仅仅是因为发现了秋叔叔内心的变化，仅仅是觉得我让他伤心了，失望了，仅仅因为这些，我的感情就会突然发生一种连我自己也会感到吃惊的变化。一个比几秒钟前的我胆大、疯狂、忘我的我在我生命中出现了，它替代了原先那个胆怯的我！

"秋叔叔，我们去！"我说。

秋叔叔猛地回转头，有点不相信地望着我和小玉。

"英子，你……真的不怕？"

"我不怕！"

"小玉，你呢？"

我感觉到了，小玉这会儿也坚强起来了。

"秋叔叔，英子不怕，我……也不怕！"她用颤抖的声音说。

"好！"秋叔叔眼里不见了的热烈又回来了，他在我和小玉面前蹲下，语速极快地说下去，"我想好了，你们俩装成卖烟叶的孩子，离开林子走到官道上去，把黑狗引出来。只要把他们引出来，你们的任务就完成了，你们就立了大功，咱们的事就成了！"

"知道了！"

说了这句话，不知为什么，我又打起战来！

秋叔叔一回头从谁手里拿过一个篮子，里头真的还有烟叶。可我相信，这个篮子和里面的烟叶，都不是他事先为这场战斗准备好的，它们只是临时被派上了用场！

不过我已没时间细想这些事情了，秋叔叔望着我们，汪大海、秋姑、赵阿姨……所有的叔叔阿姨都望着我们俩，谁也不说一句话。我接过篮子，挎到胳膊上，回头看一眼小玉，小玉也看了我一眼。忽然我又想到了：小玉还在发抖！

一想到这里，心里刚刚鼓起的勇气又消散了，我又成了原先那个胆怯的我了！

"秋叔叔……"

"怎么了英子？"秋叔叔敏感地注意到了我情绪的变化，目光中的热烈消失，他蹲下去，用两只手紧紧抓着我的肩膀，"怎么啦，害怕了吗？"

他不说"害怕"二字，我还没有清楚地想到它，这两个字一出了他的口，我全身上下就抖得更厉害！

秋叔叔又一次显出了失望，猛地离开我，站直了身子！

一直站在我们身后紧张地注意着眼前发生的事的秋姑忽然冲到我面前，蹲下来抱住我。我发现了：这会儿秋姑浑身也在打战！

"英子，别害怕！"她用一种奇怪的抖抖的声音对我说，猛回头看了看秋叔叔，"哥，让我去，她们到底是孩子！"

秋叔叔不看她，也不回头看我们，这一刻他的脸色那么难看，腮上的肉坚硬地鼓起来，我注意到了！

秋叔叔又在想另外的办法了，那一定不是最好的办法，它会给游击队带来危险！——我脑海里一下子冒出了这个念头，并且觉得它十分可怕！

那个新的、比真实的我更胆大、疯狂、忘我得多的我又回到了我身上！

"秋叔叔，我们去！"

没有人注意小玉。林子里所有的人都在望着我，除了秋叔叔一个人。他仍然目不转睛地盯着伪自卫团大院的方向，像是没有听到，或者是不愿听到我的话！

这时小玉也往前跨了一步，说："秋叔叔，我和英子去！"

没有人说话。连风雪也停了。静寂中，秋叔叔慢慢转回头，望着我们。

秋姑慢慢松开我，站起身。

"你们真的不怕？"秋叔叔问。

"真的不怕！"

秋叔叔的眼睛里又热烈而且明亮了。这一次，他缓缓地蹲下身，将我和小玉一起揽在怀里，用力亲了亲，低声地、语气坚定地说：

"好孩子们，去吧，秋叔叔相信你们一定能行！"

他站起来，为我们让开路。

林子里所有人都望着我们，为我们闪开路。

秋姑和赵阿姨也在望着我们，她们的眼睛在闪光，嘴唇有些哆嗦。

"小玉，咱们走！"我说。我的声音听起来异常尖厉，仿佛是另一个比我更勇敢的人的声音。

似乎只有不多的几步，我们俩就出了林子。那一刻不像是你在走，而是一种力量——背后那一道道期待的目光——推着你往前走。这是格节游击大队的第一场战斗，也是我自己的第一次战斗。没有谁知道真正的战斗是什么样子，包括我和小玉在内。虽然我过去替妈妈送过情报，可那毕竟是送情报，眼下却是真枪真刀地跟敌人干，我没有想到自己会害怕，但刚刚出了林子，还是不由自主地害怕了！

　　现在我们已经看到伪自卫团大院黑黝黝的影子了，同时也就望到了院门外的岗楼和岗楼里两个晃来晃去的黑狗。"别怕，小玉，往前走！"我对身后的小玉说，一半是说给她听，一半给自己壮胆。我回头看了一下——雪光反射下，小玉的嘴唇可怜地动了一下，想应一声，却什么也没说出来。一个念头迅即袭过我的心，我清醒了：现在她比我还怕得厉害！

　　——今天的事你不能指望小玉了！

　　——秋叔叔能指望的是你！

　　——妈妈！妈妈要是活着，也一定会在队伍里，会从林子里向外望着我。妈妈！

　　——不！我不能让秋叔叔失望，不能让秋姑和赵阿姨失望，不能让妈妈失望！

　　我又不是原先的我了。另外一个胆大、疯狂、忘我的我正一步步向前走，如同踏在薄冰之上！啊，我又一次想起了妈妈的死，心里骤然弥漫起了浓烟一般的愤怒——日本人不杀死妈妈，我怎么会来到这里！

　　我为什么要害怕！是我自己要求跟着队伍进山。除了跟游击队进山，我已经没有别的活路！我要活下去，有一天回朝鲜和爸爸团聚，就只能走这一条路！我为什么害怕！

　　谁说得准呢，前面那两个站哨的黑狗，就不是杀害妈妈和英男的凶手？！

　　这时我心中一点也不怕了，有的只是仇恨和愤怒！——只有夺下岗楼里两个黑狗的枪，秋叔叔才能给妈妈和英男报仇雪恨，给所有死去的叔叔阿姨报仇雪恨——是的，报仇雪恨！

　　我加快步子，顺着官道向前走。岗楼里的黑狗，马上发现了我们！

　　"谁，三更半夜的，妈拉个巴子——给我站住！老子要开枪了！"一个黑狗骂起来，接着是拉枪栓的声音。

　　我站住了。方才被驱赶走的恐惧冷不丁一下全回到心里。朦胧的夜色中，我发觉自己被这个黑狗用枪瞄准了——啊，他就要开枪了！

　　以后的岁月里，我有许多次同样的经历，可这一次却是我第一次面对黑洞洞的枪口站着。死亡的预感猛地如同一条冰蛇一样缠住了我，一个绝望的声音高叫起来：我就要死了，就要被黑狗打死了！

我闭上了眼睛！我等待着！

可是没有枪声。也许只有半分钟，也许只有几秒钟，我就从最初一瞬间蓦然袭来的巨大的死亡幻觉中清醒了！没有枪声，我对自己说。秋叔叔的话是对的，因为你和小玉是两个孩子。可我还是不停地发抖。走出林子前秋叔叔嘱咐过，一旦被黑狗发现了，要主动和对方搭话，把他们引出来，可这一会儿，我紧张得气也喘不匀，更甭说开口说话了！

是的，我身后还有小玉。但我刚才大步往前走时她也跟着我大步往前走，我停下了她也紧贴着我停下了，这一会儿我浑身发抖，话也说不出，她站在我身后，比我抖得还厉害！我们像两个傻子站在那儿，像被定身法定住了……

一个黑狗这时却自己从岗楼里走了出来。我又想到了秋叔叔的话：你们是两个孩子，黑狗们不会太戒备……可能正因为这个，两个黑狗才放松了警惕。这一个甚至大胆地向我们走来，一边走一边喊：

"站着别动，不然老子开枪！"

我已经想不起身后的小玉了，她比我怕得还厉害，这会儿无论如何不能指望她。可是谁也没想到，这时小玉突然在我身后叫起来，声音又响亮又可怜：

"大叔……别开枪！俺是卖烟叶的……"

我被她的叫声吓一跳，这句话是她怕极了不由自主说出来的，却起到了意想不到的作用。那个向我们走过来的黑狗刚才还平端着枪对着我们，随时可能搂火的样子，听到小玉这一声喊，放心了，把平端的大枪放下，松松垮垮地走过来，对着我俩吆喝：

"哟，真是两个丫头片子！你们干啥的，半夜三更，打哪儿来，到哪儿去？"

突然，我能够说出话来了——

"大哥……俺们……卖……卖烟叶……回家……晚了……"

"卖烟叶？这都啥时候了，还到哪儿卖烟叶！……前两天乌兰镇杀反日分子，你们跟他们是不是一伙啊？"黑狗怪声怪气地说着，一眼瞅见了我胳膊上的篮子，伸出手在里面乱摸。他拿出一把烟叶，放到鼻子前闻，打了一个喷嚏，又打了一个喷嚏。

我的心咚咚地大跳着，头脑却越来越清醒，好像从没有这么清醒过：秋叔叔要

我们将两个黑狗都引出来,现在只引出来一个……我灵机一动,拖着腔哭喊起来:

"大叔,你不能拿俺的烟叶呀……俺一家子就靠这几把烟叶子活命呢……大叔,你行行好……"

我的哭喊果然被岗楼里另一个黑狗听到了,他一刻也没犹豫,提着枪离开岗楼,一溜烟地跑过来了。

"哎哎,捞着啥好东西了,别一个人独吞呀,见面分一半!"他边跑边冲先来的黑狗喊。

后来的黑狗跑到我面前,将大枪拷到身后,伸手就去我的篮子里抢烟叶。我朝小玉使了个眼色,一人冲上去抓住一个黑狗,和他们撕扯着,一边哭喊:

"你们不能这样啊……俺家里有病人,俺娘叫俺出来卖烟叶,没卖到钱,要是叫你拿去了,回家去了俺就是个死啊!……"

两个黑狗以为我们真是舍不得那几把烟叶,生气了,骂道:

"松开!快松开!……我们院里还有十几号弟兄呢,只要我们喊一声,别说是烟叶,就是人,也别想利利索索地走了……你们还不松手?"

我的心一下提到了嗓子眼上!

"——秋叔叔快动手吧,我们把两个黑狗都引出来了!"

我们俩的哭喊声就在这时像是被卡在嗓子眼里,哑掉了。从路边林子里,几个人影一闪,黑狗们还没回过神儿来,就被死死抱住了,嘴也被捂上。秋叔叔和汪大海一人手里一只酒瓶,从后面用瓶嘴顶住黑狗的腰。

"不准叫!我们是格节抗日游击大队——叫一声打死你!想想你家里的老子娘!"

黑狗们傻了,转眼间,他们背上的枪就被夺了去!

以后的战斗我和小玉没有参与。两个黑狗刚被拖进林子,秋姑和赵阿姨就跑出来,一人一个将我们拖了回去,紧紧搂在怀里,上上下下亲着,嘴里一连串地说着安慰的话:

"好孩子,吓住你们了!你们真行!为咱游击队立了大功!……"

我站在林中雪地上,一动不动,任秋姑的热吻雨点般落到脸上。这一刻我的脑子空空的,那个胆大、疯狂、忘我的我正在离我远去,胆小、怯懦的我一点点回到我身上。忽然,我想到了刚刚发生的一切,浑身不由自主地大抖起来!我有一种号啕大哭的愿望,可是不能哭,战斗刚刚开始,我不敢哭出声!

就在我们身边,秋叔叔他们三下两下就把两个黑狗捆了个结实,堵上嘴扔到雪地上。接着，他们举着刚夺来的两支大枪和几枚手榴弹，刮风般地冲进了伪自卫团大院，冲到黑狗们住的屋门前。汪大海一脚将门踢开，跳上火炕，举起手榴弹，喊：

"都别动，谁动炸死谁——！"

都下半夜了，十几个黑狗还在闹哄哄地赌钱。没等这帮家伙醒过闷儿来，秋叔叔就带着队伍冲过去，拿下了墙上和炕上的长枪与短枪！

一刻钟后队伍已从那里离开。临行前秋叔叔让人把所有黑狗都堵上嘴，捆起来扔进后院的地窖里，不等天亮来人，谁也不会知道他们哪里去了。风雪猛烈起来，但如此狂暴的大风雪对我们有利。风雪迅速扫平我们的脚印，也就遮没了游击队的踪迹与去向。在格节游击大队的历史上，靠山屯一战的意义怎么说也不会过分：天黑时从王岗煤矿出发时还不是一支真正的队伍，我们手里没有一枪一弹，几小时后情况就不一样了，我们有了二十五支长枪、两支短枪和一批弹药，是一支真正的军队了。秋叔叔继续带着队伍向目的地前进，虽然狂风呼啸，雪片打在脸上如刀割一样疼，全体队员仍然放声说笑，兴高采烈。是的，同志们，我们手里有枪了，从今而后，就能用它们为死去的亲人复仇了！

这个夜晚剩下的路我还是在汪大海和别的叔叔背上走完的。没有谁注意到这一仗对我的影响。战斗结束后我和小玉受到了秋叔叔和全队的称赞，我知道我应当为自己也为全队的胜利高兴，至少不该为自己战斗中的经历害怕，可恰恰相反，我就是在战斗已经结束、所有的危险都已经消失、每个人都高兴得又唱又跳的时候，开始为自己刚刚经历过的事害怕起来。我的眼前一次又一次清楚地闪现出战斗开始时那个黑狗从岗楼里用枪口瞄准我的情景，我不愿意这么想——却又抑制不住：那一会儿只要他手指头一动，我就死了，现在汪大海背的就不是一个活人了。我今天虽然成了一个孤儿，虽然埋葬了妈妈和英男之后我曾经想到自己也不会在这个世上再活多久，可也就是这个夜晚，我第一次发觉我仍然是那样渴望活着！妈妈和英男都死了，世界上我只有爸爸一个亲人，爸爸也只有我这一个亲人了，我要活下去，直到有一天能回到朝鲜去和爸爸团聚，将妈妈和英男的死讯告诉给他！今天也只有我一个人能做这件事了，不然我那亲爱的爸爸，就再也得不到我和妈妈、弟弟的一点消息了！我要活下去，我不想死！

狂暴的风雪扫荡着暗夜中的山林，天地间灰暗一片。夜正长，游击队的路也正长。一个悲凉的念头突然闯进了我的心，让我的眼里涌满了泪水！

——我已经走进了游击队!今天这一仗我是挺过去了,没有被一发子弹迎面打死。可下一仗我不知道自己还会不会这么幸运。假若接下来还让我像今天这样面对一个黑洞洞的枪口,是不是能挺得住,我真就不知道了!……

9

我为下一场战斗提心吊胆,可它马上就来了,比我想象得还快。

按照原定计划,夺枪后队伍的目的地是格节河上游的一条大裂谷,那里有秋叔叔和牺牲的县委书记汪伯伯当初为游击队设置的密营。可是只朝大裂谷方向走了大约两个小时,汪大海就站住了,对秋叔叔说:

"司令,咱们别这么走了!咱们手里有枪,去打他狗日的日本人一个警察所!"

秋叔叔只考虑了半分钟,就点了头:

"行,今天就打一个警察所——咱们离哪儿最近?"

"铁木警察所。离铁木警察所最近!"

"那好,出发——!"

队伍掉头向西,爬了好几道山,过了一条冰河,黎明前,到了铁木警察所左侧大山坡上。

铁木警察所是日本人设在小兴安岭林区南缘的一个森林警察所。从坡顶望下去,这个日本警察所设在谷底的两三间房子像火柴盒子那么小。山上山下的林子被狂风猛烈地摇撼着,如同大海的波涛,日本人的警察所则像海边的两三块小礁石,时隐时现。

秋叔叔手一挥,队伍向下摸去,一直摸到距日本警察所二百米左右的地方。从这里,我望见日本人了——一个在岗楼里站哨,一个从房子里走出来,刚刚起床的样子,举起胳膊,伸了伸懒腰。

"司令,怎么打?"一名队员将身子挪到秋叔叔身边,问。

"啥叫怎么打,冲下去就完了!"汪大海抢先回答,一看到日本人,他的声调都变了。微明的晨曦中,我注意到他脸上的肉一块块跳起来,两只血红的眼睛里如同起了大火。没容秋叔叔发话,他已端起上了刺刀的大枪,高喊一声,带头向山下冲去。

"杀狗日的日本人,给咱的亲人报仇啊!——"

全队一起跳起来往下冲。秋叔叔跑了两步，又回头看了看我和小玉，对赵阿姨和秋姑说：

"看好小玉和英子——你们别下去！"

枪声响了起来。这是真实的枪声，响亮，刺耳，每一声都像打破了玻璃一样在我头顶划过。它们让我立马浑身发起抖来！

"英子，你害怕了吗？"秋姑一直趴在我身边，这时回头瞅我一眼，关切地问。

"不，我不怕……"我说。可我的声音，却是颤抖的！

可能因过去格节地区从没出现过游击队，日本人即使听到山坡上有人叫喊，也没马上明白发生了什么事。等到他们想要投入战斗，秋叔叔和汪大海已带人打到他们的小房子里头了。十二个日本警察六个被打死在炕上，六个仓促抵抗了一阵，被打死五个，最后一个成了俘虏，原因是他的腿被打断了。

我们趴在上面林子里，看不到下面谷底的情况，只听到一阵阵的枪声。秋姑和赵阿姨急了，回头对我和小玉说：

"你们俩老实在这儿趴着，我们下去帮他们！"

话刚说完，她们就喊一声，举起每人手里仅有的一颗手榴弹，冲下山去。我还在发愣，身边一个人也沙哑地叫了一声："冲啊——！"紧跟着她们冲了下去！

——是小玉！

小玉从我身边冲下去时一脸惨白，可她还是冲下去了！我们原先待的地方，只剩下我一个人了！

我的脑子热起来，像是有团火"砰"的一声炸了。虽然枪声响起后我一直怕得发抖，可这时要我一个人待在山上，我也不愿意。一个人待在这里我也害怕！

"啊——！"我也叫了一声，一时间，第一次战斗中出现过的那个冲动、疯狂、忘我的我又回到我身上来了。我也举起手中仅有的一颗手榴弹，冲下山去！

"冲啊！……打死日本人！"我一边跑一边大叫着，绊倒了又爬起来，爬起来又绊倒！

山沟里，日本人的小木房子烧起来。战斗已近尾声。队员们正在最后搜索残敌，打扫战场。这一仗我们又缴获了十一支清一色的日本大盖枪，两支短枪！对活着的日本人的处置是汪大海进行的。他用枪口对着那个日本兵的眼睛，"砰"的扣响了扳机！

老人今天第一次停顿。干枯多皱的面部，一道丑陋的光影一闪即逝。

"我既然决心向你说出一切，就会把什么都讲出来。"

跟在秋姑、赵阿姨、小玉后面冲下谷底，枪声已大致停息，我不知怎的就到了正在熊熊燃烧的日本人的小房子前，看到了那个断了腿的日本兵。他身材高大，脸上皱纹很深，年龄在四十岁以上。汪大海开始离他很远，正指挥队员们搜集散落在战场上的子弹，可那个日本兵躺在被血水染黑的雪地上，瞪着两只金鱼般的鼓泡眼，不停地大喊大叫，用一些连我也听不懂的日本土语咒骂着，似乎一点也不明白自己的处境，或者即使明白，他也不能理解今天发生的事。这个家伙，死到临头仍然不相信中国人竟会不怕他！

刚冲下山来的我心里异常激动，他的叫骂在引起我那么深的憎恶，我不由自主用日语骂了他一句：

"丧天良的……"

听到有人说日语，日本人猛地吃了一惊，转过脸来看我。可是只过了一秒钟，大概他看清了我不是日本人，又接着大声叫喊和咒骂起来！

汪大海就是这时快步走了过来，手提着一支冒烟的短枪。一夜成功地袭击了两个日伪据点后，燃烧在他那血红的眼睛里的怒火不但没有丝毫减弱，相反却更加狂烈了。他开始好像并没想对日本兵做什么，可是听到日本人的叫喊，脸上的表情一霎间变得可怕了。他大步走过来，只瞅了对方一眼，什么话也没说，一个多余的动作也没有，就抬手对准日本兵的眼睛，"砰"的开了一枪！

枪口对准自己的眼睛时，那个日本兵才像是猛然醒悟了，叫骂声一下哑了，脸白得如同掺过水的石灰，一点活气也没有了。这个刚才还十分狂妄的家伙，再也不像我过去熟悉的日本兵，这时的他在我的感觉只是一个垂死的可怜而又可怕的人了！他大概想迅速喊出一句求饶的话，可是晚了，汪大海的枪响了！

日本人的血"啪"的一下溅在我的脸上，我的脑袋"轰"的一声响，像是子弹击中的是我而不是那个没有发出最后一声喊的日本兵。等我再睁开眼睛，看到的就是一个奇怪和异常可怕的东西了：日本兵的头盖骨整个儿被掀掉，眼睛以上的部分全不见了，你说它像什么都行，就是不像是一个人了！

肠胃里有什么东西在撞。我还没来得及弯下腰，一股热辣辣的东西就从我嘴里直喷出来，落到一丈开外的日本人死尸上。接着，我就晕倒了！

10

我被这个日本兵的死相吓坏了!

再醒过来时我已经躺在大裂谷腹地一个叫葫芦谷的密营里。所谓密营,就是一些经过伪装的地窨子或者山洞。我发高烧,昏迷,说胡话,浑身打摆子一样发抖。一闭上眼,就是那个死去的日本兵的身子。虽然不久前刚刚目睹过母亲和英男的惨死,可他们毕竟是我的亲人,就是死了,在感觉里也不过觉得他们死了。可这个黎明,我却从被我军袭击的日本铁木警察所,从那个被揭去天灵盖的日本兵那里,看到了另一种死亡,于是也就真正明白了什么是死!

这个白天秋叔叔又带着队伍走了,留下秋姑、赵阿姨和小玉照看我。当天夜里他们没回来,我的病更重了。第二天早上,这个没头的日本兵已成了一个鬼,一次次在我眼前摇摇晃晃地站起,伸出手来抓我。一直处在半昏迷状态中的我一声高一声低地喊着:

"啊……我怕!……我怕!……不!……我不死!……啊!……你走开!……你走开!……你甭吓我……我要回朝鲜见爸爸……我们一家人不能都死在中国……啊……秋姑,妈,快来救我!……阿妈妮,快来救我!……"

秋姑紧紧把我抱在怀里,满眼是泪,嘴里胡乱说些安慰的话:

"英子,秋姑在这儿!……妈妈在这儿!……妈妈护着你哩!……咱谁也不让他来!……这儿没有鬼!……好孩子你睁睁眼,睁睁眼看看我,看看妈!……"

我从昏迷中睁开眼睛……那个要来抓我的无头鬼不见了……我看到了一张张熟悉的面孔:秋姑、赵阿姨、小玉……

这天,我一连昏过去十几次。

天黑后秋叔叔和汪大海带队伍回来了,这两天他们一口气袭击了日本人的五个森林警察所,游击队的枪支弹药问题全部解决,队伍也扩大到了一百多人。刚回到营地,秋叔叔就听到我在昏迷中叫喊,急忙和汪大海一起赶过来。

"咋啦?……英子咋成了这样?"他问秋姑和赵阿姨,脸色特别难看。

秋姑和赵阿姨从我面前站起来,将草铺前的位置让给他。

秋叔叔在我面前蹲下,大声喊我:

"英子！英子！醒醒！是秋叔叔！……"

像是从极遥远的地方，我模糊地听到了一个熟悉、亲切的声音……我停止了叫喊，大喘着粗气，一身大汗，睁眼醒过来。

"秋叔叔——！"一眼看见秋叔叔，也不知哪儿来的力气，我一下就从草铺上折起身子，伸开双臂紧紧搂住了他，再也不愿松开！"秋叔叔，我怕！快带我离开这儿……这儿有鬼！……"我哭喊着。

秋姑和赵阿姨蹲下来，帮秋叔叔拉开我的手，让我重新在草铺上躺好。

秋叔叔站起来，生气地问赵阿姨和秋姑：

"她这是怎么啦？叫你们好好照看她，怎么成了这样子？！"

赵阿姨和秋姑相互看一眼，什么话也没说出来。她们不可能不知道我是被吓坏了，可是她们怎么能将这样的秘密讲给秋叔叔呢！

秋叔叔回头看一眼一直冷冷地站在窨子口的汪大海，又看了看秋姑和赵阿姨。

"小玉看着英子，你，还有你，"他对秋姑和赵阿姨说，"都到我的地窨子里去！"

秋叔叔走了，秋姑和赵阿姨走了，最后汪大海也走了。这段时间里，汪大海一直局外人似的，没有走近来看我——他不喜欢我，他讨厌我！

地窨子里只剩下了我和小玉。我知道现在他们一定是说我的事去了！

小玉忽然流着泪，生气地说起我来了：

"英子，都是你闹的！本来就有人不想让秋叔叔带咱们进山，你这么一闹，咱俩就甭想留下来了！"

我的头脑忽然清醒了一点，就像一线日光照进来……可是，到了这时候，我还真想留在山里，跟着秋叔叔汪大海他们打仗吗？我又不害怕看见昨天我在铁木警察所见过的战场景象了吗？

妈妈没死以前，我也想过参加游击队，可那时想的和现在经历的、亲眼看到的一切都不同。游击队以后每天过的一定都是这种日子，我真的愿意这样待下去吗？

可我也不想让秋叔叔随便把我送到山外，寄养到一户陌生人家里去！一想到这个我又害怕了。我怕的不是那户人家待我不好，我害怕的是日本人！眼下山外哪里都有日本人，说不准哪一天他们就会找到我，像杀死妈妈和英男那样把我杀死！

可我不愿意死！我要活下去，实现回国和爸爸团聚的愿望，我不能死！

可我到底能到哪里去呢？留下来我害怕，让秋叔叔送到山外去还是个害怕，天地这么大又这么小，哪里有我活下的地方？……

这时，在秋叔叔的地窖子里，就送我和小玉出山的事，汪大海和秋姑又吵起来。

"我早就说过不能带她们进山！"汪大海一开口就火气极大，仇人似地瞥了一眼秋姑，"现在怎么样？……司令，事到如今，啥也别说，赶紧找人送她和小玉离开，越快越好，最好今天夜里就送她们走！"

秋姑大声冲他嚷：

"英子病成这样子，今天夜里怎么走！冰天雪地的，她还发着烧，害着热病，这会儿要送她走，不是要她的小命吗？……汪大海，她不是你的孩子，是不是，啊？！"

汪大海火气更大了：

"你就护着她吧，护着吧！……热病，说得好听！那是吓的！"说到这里，他脸上现出极为憎恶的表情，"你当我不知道她是咋病的？别为她瞒着了！她是吓的！我真不懂了，亲娘和亲兄弟都叫日本人杀了，可她才刚刚看见我们打死了一个日本人，就受不住了，吐了！吓晕过去了！呸！这样的孩子，马上给我送走，离我越远越好！"

秋姑的脸红了又黑，黑了又红。她不愿意了，声音也更高了：

"她就是被吓着了，你又能咋？她是不是个孩子？是不是个没爹没娘的孩子！汪大海，她要是你自己的亲闺女，你也会说这样的话吗？！"

一句话把汪大海的火气逗起来了，他瞪圆血红的眼睛，大声喊：

"她要是我的闺女，我早就一巴掌扇得她满地找牙去了！她是谁？她妈是谁？她妈是金顺姬！她爹妈都是朝鲜抗日志士！她不小了，都十四了，亲眼看着亲娘和亲兄弟叫日本人害死，见了日本人，她该恨得活吃他们的肉！可她——"

"行了，别吵了！都想想该怎么办！"

秋叔叔插进来打断他们的话。游击队进山那天，他同意我和小玉随队进山，是因为情况紧迫。现在游击队在山里安顿下来，我又出了这种事，他就不能不认真考虑该怎么安置我和小玉了。游击队当然不能带着两个孩子打仗，在这件事上他和汪大海意见一致，但在怎么送、送到哪里去这些事情上，他和汪大海的想法却大不相同。

没有人说话。秋叔叔等了一会儿，生气了。

"你们怎么不说话了？刚才吵得那么凶，这会儿哑巴了？……咱们是要把英子和小玉送下山，可是不能只为了卸包袱！英子和小玉是谁？她们的亲人都不在了，我们现在就是他们的亲人！记得金大姐活着的时候就曾料到过这一天，那时他就把她的两个孩子托付给了我、秋云和玉珠。她说万一她不在了，我们一定要替她保住英子和英男，直到战后有一天让他们回朝鲜去和爸爸团聚。还有庸健兄弟，他走时特别嘱咐我，要我替他保护好金大姐一家。可我没有做到！今天金大姐死了，英男也死了，一想到这件事我心里就疼得很！金大姐为抗日而死，为咱中国人而死，咱们这些中国人，眼下她就留给我们一个英子，我们这些五尺高的汉子，这些中国人，就不能实现她的最后一个心愿，替她好好地保住最后一个孩子吗？小玉也是一样，她爹妈都死了，除了我们她还有谁？行了，你们别都这么看着我，我告诉你们，就我的本心，我一天也不想让她们离开我，可是不行，留在山上她们就得和我们一起行军打仗，只有送到山外去我心里才会踏实些！——好了，都想想吧，哪儿有可靠的地方，绝对保证不能出事，咱们这几天就赶紧派人把她们分开送出去！……"

一屋子人沉默起来……这天夜里，他们说了一个又一个地方，一户又一户人家，又被自己否定了，很久也没能作出最后决定。

另一个地窖子里，重新陷入谵妄状态的我又看到那个没头的鬼了，叫起来，一声比一声凄厉——

"啊！……啊！……他又来了！……他又来了！秋姑！……妈！……不，我不去！……我不跟你走！……啊！……啊！……妈妈！……英男！……我不去！……啊啊！……"

秋叔叔地窖子里的会开不下去了。他们回到我身边。说也奇怪，一看见秋叔叔，眼前的那个鬼影子就不见了！

秋叔叔蹲在我跟前，眼里猛然蒙上一层泪光。

"英子，你醒了？"

"秋叔叔——！"

"英子，你要是真醒了，就注意听秋叔叔的话。有件事我要告诉你，我和汪叔叔，秋云姑姑，赵阿姨，以后就要长期留在山里了！不把日本人从中国赶走，我们是不会再出去了。可我们不能把你和小玉也留在山里，你们还小，打仗不是你们的事，那是大人的事。英子，现在秋叔叔问你，你自个儿想让叔叔把你送到哪去，你觉得去哪里，找谁，才不会像今天这样害怕？"

秋叔叔的话说得很慢，可他的心急切。我一下就明白了他的意思！秋叔叔已经下了决心要送我出山了，只是他还不知道要把我送到哪里，才能让自己安心些！

所有人的目光都投射到我一个人身上。可我一时却想不起来一个我能去也愿意去的地方！离开了这儿，我就离开了那个没有头的日本鬼，这个是我愿意的，可是除了身在朝鲜杳无音信的爸爸，我在世上、在中国，连一个可投奔的亲人也没有了！

想到这里，我又"啊"的一声哭起来！

秋姑走过来，帮我擦泪。

"好英子，甭哭，好好想一想，除了格节，别处还有你爸你妈的熟人吗？不管是大连、哈尔滨、吉林，哪里有你愿去的地方，我们都派人送你过去！"

我不哭了。秋叔叔在等待，地窨子里每个人都在等待我。我知道，只要我能答出一个地方，就是赴汤蹈火，他们也会送我前去！

"没有。"我又哭了，说，"我想不起来。没有这个地方。"

秋叔叔这一刻显得极有耐心。

"英子，你再想想，只要是你爸你妈的朋友，只要他们在东北，能收留你、照顾你，以后能帮你找到爸爸，都行。我们就送你去！"

我拼命地想了一阵子，脑子都想疼了，一晕一晕的，还是想不起来。

"没有。"我说。我们家住在大连时一些叔叔阿姨常来，可自从"光复会"组织被破坏，他们中间是不是还有人侥幸活下来，我不知道。就是有人活下来，眼下住在哪儿，是不是能收留我，我也还是不知道。

秋叔叔的脸上现出悲伤和决绝的影子，这表明一个决心在他心中形成了。他站起来又蹲下，对我说：

"英子，日本人很快要进山讨伐，往后这里会很不安全。叔叔阿姨们这两天一定得先给你和小玉找个地方，把你们送下去……你要是想不起能去的地方，秋叔叔就先帮你在山外屯子里找一户好人家，暂时隐蔽起来。秋叔叔一有空儿，就会派人去看你。以后你们要是能在那里长期住下去就住，觉得不好，秋叔叔就再帮你们找更好的地方……行不行？"

我的心又是慌慌的了！刚才我还盼着出山，这会儿秋叔叔说出了他的决定，我却又害怕了！出了山就是日本人的地盘，一想到那些惨杀了妈妈和英男的日本兵，想到那一群日本狼狗，我的头又一圈一圈地大了！

"不，我不去！我不去给人家当闺女！"我哭了，喊起来，双手抱住秋叔叔，"我哪儿也不去了，我就跟你们在一起！"

秋叔叔的脸色变难看了。我以为他会一把推开我，站起来走掉。但是他没有。

一直站在别人身后的汪大海这时却生气地"哼"了一声，转身走掉了！

秋叔叔站了起来。我忽然意识到，他的决心已定，也要走掉了！一想到这里，我就不哭了。

秋叔叔已经向地窨子外走了两步，忽然又站住了，回过头来：

"英子，秋叔叔再给你两天时间。这两天你要是能想起一个自己愿意去的地方，我就派人送你去。要是真想不起来，秋叔叔也要把你送出山。你要是真不想住在那儿，等日本人讨伐完了，我再接你回来！"

挂在地窨子门口的草帘子一声响，秋叔叔走出去了……

这一夜风雪猛烈，可能是白天被我折腾得太苦，秋姑、赵阿姨很快就睡着了。小玉在草铺上折腾了好大一阵子，后来也睡着了。我却一直不能入睡。一种无力左右自己命运的悲哀如水一样慢慢涌满了我的心胸。我想哭，却哭不出声。和白天和晚上时不同，这一会儿我的头脑完全清醒了。秋叔叔已把话说给我了，我只有两天时间。如果仍不能为自己想出一个可去的地方，秋叔叔就是再心疼我，也不能不照他说的那样往山外安置我了！

妈妈死后我就想过自己会有一个流离失所的命运，像天下所有的孤儿一样，那时我的心里就曾涌满悲凉和恐惧……是秋叔叔将我带进了山，将我收在游击队里，烟一样充满我生命的可怕的黑暗才暂时消散，可是今天，这团仿佛从小就潜藏在我生命中可怕的黑暗又回来了……

过去我不知道在人生那些最艰难的时刻，内心的凄苦与悲凉也能化成音乐，小风一样回旋起来。可是这个难眠的夜晚，我知道了。

我听到了音乐，凄凉而又缠绵，深含着无边无际的绝望和不幸！

我没能一直听下去，一件被我完全忘却的事，就闪电般在我暗夜般的心间猝然一亮……音乐！是的，就在不久以前，妈妈没死的时候，秋叔叔还对妈妈说过，到了春天，冰雪消融，他就亲自送我去佳木斯读音乐学校，那所学校是自己人开办的，会有人照顾我！

妈妈牺牲那天的早上，我去矿山给秋姑和汪大海送信的途中，还想过这件事。我当时想春天一到我要是去佳木斯读音乐学校了，谁来照顾英男……今天英男不在了，世上已没有这个小人儿要我这个姐姐照顾了！

音乐声就在这时消逝。我没有再听到它，也不再需要听到它了。我的心里已被狂喜所充满：秋叔叔让我想一想愿意去哪里，现在我不需要再想了，我要去佳木斯音乐学校！到了那里，我就不会再看到血肉横飞的战场惨景，开始学习我的音乐课！

"妈，赵阿姨，你们醒醒！我想好了，我想去佳木斯上音乐学校！"半夜里，我大声将秋姑和赵阿姨唤醒，将我的愿望告诉她们，秋姑和赵阿姨的眼睛也立马亮了！

天亮后，秋叔叔、汪大海，跟着秋姑匆匆走进我们的地窖子。

"英子，你想去佳木斯读音乐学校？"秋叔叔开口问。

我点头。

他和赵阿姨、秋姑、汪大海飞快地交换了一下目光，脸上泛起了兴奋的红晕。

"很好。秋叔叔就送你去佳木斯读音乐学校！今天走来不及了，明天！你做好准备，明天秋叔叔派人送你去！"

我的眼泪滚滚而下。

秋姑这时急忙对秋叔叔说：

"哥，明天我去送英子吧！……你让我送她去，亲眼看看那儿怎么样，安全不安全，人可靠不可靠。再回来就放心了，行不行？"

秋叔叔没有马上答应她。他看了自己的妹妹一眼，皱了皱眉头。后来我才明白，他当时为什么会有这样的表情。

那时我还不知道，佳木斯已成了日军在整个下江地区的统治中心，敌特遍布，去了就可能回不来。秋叔叔知道这个。

接下来的事是我没有料到的：秋姑突然将一双既像是心疼又像是责备、暗示、催促、期待的目光投向了汪大海！汪大海和秋姑的目光碰撞了一分钟，终于转向秋叔叔，说：

"司令，我也去——我跟秋云一起去！"

秋叔叔心里并不乐意让秋姑和汪大海一起去冒这份险，可是这一次往山外送的是我，他同意了。

"好吧。今天你们准备准备，我也准备准备，让人先下山联络一下。你们明天一大早就走！"

中午，赵阿姨回来把小玉叫出去。我等了好久，也没见她们回来。后半晌赵阿姨回来了，告诉我：小玉已经被秋叔叔派人送下山下一个屯子里去了！

"就是昨天你秋叔叔说过的那个屯子，原打算送你去的……那户人家只有一对老人，无儿无女，是咱们的人。"赵阿姨说。

一整天我仍然躺在地窖子里，没有过多地想小玉，也没有想别人，我能够想和愿意想的只是明天就要去读佳木斯音乐学校这件事。我快乐得就要疯了……有一阵子我热辣辣地想到了死去的母亲：阿妈妮，你一定没有想到，你活着时没有帮女儿圆了读音乐学校的梦，你不在了秋叔叔他们却要帮我圆这个梦了！从今以后我将沿着你没有机会走完的音乐之路往前走，做一个像你、像我们在大连的剧场里见到的世界著名女小提琴家一样的人，拥有和她一样辉煌的音乐生涯和美好命运！妈妈，你要是地下有灵，也会高兴得落泪吧！

白天很快过去了，又是夜晚，我在山里、在游击队营地里的最后一个夜晚！这时一切在我眼里都是暂时的！天黑时秋叔叔又领着队伍冒雪出发，我听到了全队离开营地时杂沓的脚步声、枪械的碰撞声，前前后后的口令……忽然想到这些跟我再没有关系了！夜深人静，地窖子里只有秋姑和我，赵阿姨也跟着队伍上了战场……我怎么也睡不着，睁大眼睛望着地窖子的顶棚，也望着自己的内心，止不住热泪盈眶：不，不仅因为明天要去读音乐学校，因为妈妈和我多年的愿望就要实现，让我从生命深层如此欢悦和激动的另一个原因是：我再也不会待在山里，待在游击队里、待在战争、流血和杀戮中了。汪大海讲的道理都是对的，日本人杀了我的妈妈和弟弟，我和他们有不共戴天之仇，我要是还有一点血性，就该留下来跟日本人拼命！可我即便明白这些道理，还是更加渴望离开这里，到佳木斯的一所音乐学校去完成我的音乐课，将来做一名音乐家。我是妈妈的女儿，我的妈妈就是一名音乐家，无论是从她还是从那位仙女般出现在大连剧场里的世界著名女小提琴家身上，我都看到了另外一种人生，生命也可以以那样一种辉煌灿烂的方式度过。有了这样的感受，就是为了给妈妈和英男报仇，跟日本人以命相拼，我也觉得不值得，以我的命换一条日本兵的命不值得。我的生命，比他们的命更珍贵！想到这里，我忽然抑制不住内心的感伤，抽抽嗒嗒地哭了！

"英子，你咋啦？"秋姑被我惊醒了，一骨碌爬起来，问。

我不哭了，我不能说出我感伤的理由。可是一转念我就想到了：我明天就要走了，可是秋姑和秋叔叔，营地里每一个待我如同亲骨肉的人，却要留在这里，留在战争、血腥、死亡之中！

"妈，我心疼你们——！"猛然，我大叫一声，扑到秋姑怀中，号啕大哭起来！

11

说是天亮走,其实当天后半夜我们就出发了。汪叔叔和秋姑扮成一对贩山货的年轻夫妻,我扮成他们的孩子。我以为再也见不到秋叔叔了,可他还是赶在我们出发之前带着队伍回来了。秋叔叔一口气也没歇,一直送了我们十几里路,反复叮咛我:到了佳木斯要听一个叫赵健民的叔叔的安排,什么时候都不要暴露自己的真实国籍和身份;我现在的名字不叫金英子而叫金莺,汪叔叔和秋姑不但是这次我去佳木斯时的爹妈(汪叔叔不姓汪而姓金,叫金大海,秋姑改名傅秋云),以后进了学校,他们也是我的爹妈,等等。秋叔叔最后的几句话是我不喜欢的,他说:英子,但愿你在佳木斯过得好。要是觉得那儿不好,不安全,你就让赵健民叔叔给我捎话,我派人接你回来!无论什么时候,你到了哪里,游击队都是你的家!不,我离开了就不会再回来,我不想回来,这一次离开游击队,在我就是永远的离别!

天快亮时秋叔叔停下了,我们继续朝前走,走了很远很远,我还能看到秋叔叔站在原地,向我们招手。我们出了山,在山脚下一位"老炮"(猎户)的掩护下,混过日本人的好几道卡子,中午时分进了格节县城。"老炮"将我们交给一个开杂货店的商人,商人什么话也没问,就让我们在他家吃饭、换装。黄昏时再出门,汪叔叔已是一身皮袍马褂,我和秋姑也扮成了富家的太太小姐。商人看上去和日本人很熟,没让我们受什么盘查就登上了去佳木斯的小火轮。往年一进腊月,松花江就冻上了,那一年冷得晚,眼看就是春节,江上却还可以行船。上了船才知道,这里也有我们的人,他将我们安置在船长室,什么麻烦也没有遇上。事情进展得如此顺利,让我暗暗高兴。我觉得这一切都是吉兆。小火轮好半天也没起航,我的心却早已离开格节,飞向了东方的佳木斯,飞向了那座城市里一所我憧憬了很久——像是已经憧憬了一生——的学校。夜深了,一轮冬日的银白的圆月升起,小火轮终于启锚航行,我站在船舷边,忍不住回头眺望了一下格节城,连同北方那被皑皑白雪覆盖、此时却被月光从暗夜中显眼地映出的大地和群山,那里有我刚刚离别的叔叔阿姨,有我过去的生活和死去的亲人的墓地。我从心底默默地和我死去的亲人以及游击队的叔叔阿姨告别,我想除非战争结束,我自己事业有成，回来为母亲上坟，是不会再回来了，可你们却会像今晚格节的山河大地一样，一生一世刀刻般地留在我的心底。我说不清自己当时的全部感情，既沉重又痛苦，还有在遭遇巨大不幸后终于逃脱的欢欣，虽然这欢欣里也充满了悲伤！

我走到船头去，望着前面的航程。江面宽阔，两边是积雪和厚厚的冰，月光在江水中央的航道上映照出一片耀眼的银白，这银白的月光又从水面反射起来，散漫地映照着两岸漠漠的荒野和辽远的天空，使这个寒冽黑暗的夜变得异常明亮、空旷。小火轮走到哪里，这片映亮了大江和黑夜的银白就延伸到哪里，我觉得我未来的生活也会这么一路明亮下去。

小火轮走得很慢，第二天中午才到达位于三江平原中心的佳木斯。

上岸时就不顺利。原先说好有人来船上接我们的，但一直等到乘客下光，也没见人来船上接头。事情这时起已经有变，照原先的应变计划我们不应当下船，船上的自己人会主动将我们藏起来，于返航时带回格节。秋姑最初也是这个意思，汪大海一时拿不定主意，我却受不住了！不，我不回去！我已经到了佳木斯，到了我朝思暮想的音乐学校的门口，怎么只遇到一点小岔子就说要回去呢！自打离开格节我就没打算再回去，现在就更不想回去！——我不愿意回去！

一看到我的脸色苍白，眼里噙着那么大的两泡泪水，汪大海的脸色就变了。以后你会明白的，这是一个事情一旦开始做就会不顾一切做到底的男人。他看了我一眼，生气地哼一声，提起格节城中那个不知名的商人为我准备的小行李箱，就要下船。

"孩子她爹，不要！"秋姑小声地警告他，站在舱门前挡住他的路，"来时我哥叮嘱过的，英子的安全第一，办不成咱们下次再来嘛！"

"我们已经来了，就是办不成，也要弄清出了啥事！"汪叔叔说，"别怕，咱们手里证件齐全，没人认得我们是谁，走，下船！"

秋姑这时看我一眼。我觉得，她与其说是被汪叔叔说服的，不如说是被我脸上的悲凄和哀求打动了心。

"好吧，咱们下船。不过要小心。英子，跟紧我！"她说。

汪大海提着我的小行李箱，秋姑紧紧抓着我的一只手，跟在最后一个旅客后面下了船。码头上的日本兵没有在我们的证件上查出什么漏洞，可是汪大海那双血红的眼睛，却让日本兵中的一个警觉起来。我们已经走过去，日本兵却喊起来：

"你们的，站住——！"

汪大海还要往前走，秋姑猛地拉了他一把！

日本兵端着刺刀跑过来，上上下下打量汪大海，满脸狐疑。

"你的，什么的干活？"

我注意到，秋姑的脸色就在这一刻慢慢地变了，先是一点点白，接着一点点发青，眼睛不知不觉瞪得极大。她目不转睛地望着汪大海，目光里有恐惧，也有暗示，甚至还有恳求，与此同时，她那只一直拉着我的手也在不自觉地用力，用力……我觉得，再过一分钟，我手心的骨头就要被她捏碎了！

后面的一幕我今天也记得清清楚楚：日本兵追过来时，汪大海又用那双可怕的血红的眼睛瞪了对方一眼；可是忽然间，他的目光和秋姑的目光相遇了。汪大海忽然低下头，再抬起来时，那双有可能泄露内心中所有仇恨的眼睛突然眯细了，只剩下两条缝！汪大海突然取下头上的貂皮帽子，对日本人点了一下头，嘴里急急说出了一段话。让我大吃一惊的是：他说的不是大家都能听懂的下江官话，而是地地道道的乌兰镇土话！

"狗日的日本人，老子是中国良民大大的！我现在就想一枪崩了你！……"

别说日本兵听不懂他的话，我和秋姑一下子也没全部听清他对日本人说了什么。但日本兵却被他表面上的恭敬迷惑住了，转过头盯着秋姑和我，问：

"他的，说的什么？"

这一瞬间我已经明白汪叔叔说的是什么了，我的头轰的一声响，想也没想，就急急地用一串日语将事情遮掩了过去：

"我爹说，他的良民大大的！商人，他是皮货商人！"

没想到我的日本话会在这里派上了大用场。就像我冷不丁听到朝鲜话会不由自主地感到亲切一样，这个日本兵忽然听到一口流利的日语，警惕性顿时放松。他有点惊讶地看看我，又看了看依然眯细着眼睛的汪大海，脸上甚至现出了一点笑意：

"你的，会说日语？"

我越来越镇静：今天能不能顺利地通过这个卡子，就看我的日语了！

"是的，我从小就学日语。我今天到这里来，就是要去读这里的日语学校！"我说。

日本兵终于咧开嘴笑了，满意地冲我点头。"吆西吆西！"他说，挥挥手让我们走,"开路开路——!"

出了码头,走到一个街角,我的心还在怦怦大跳,一直大步走在前面的汪大海突然停下来,恨恨地看我一眼,恶毒地说:

"没想到你连日本鬼子的话都会说!"

我的心一沉。他话里的意思我听出来了,猛然间眼里全是泪水!

"汪大海!"秋姑冲过来,压低嗓门冲汪大海喊,"不是英子,我们三个人今儿就完了!你应当为你刚才做的事害臊!——你到底是想把孩子平安地送到这儿来,还是想让我们三个人一起死?!"

汪大海不说话,他提起我的行李箱,引我们快步走向佳木斯的中央大街。

我和秋姑跟着他走,过了好一阵心情才平静下来。

她为什么停下来,她望见了什么?

我记得那是一条东西走向的大街,街很长,两边是做各种买卖的铺面,日本人没来的时候一定很热闹的。可是这一天,我们刚走了一段路,就发现整条街上一个人都没有,所有的店铺都关着门!

"不好!"汪大海最先站住,不回头,低声对我们说。

他匆匆走到街边,猛敲一家商铺的门。"咚咚!""咚咚!"

"谁呀!"门里,一个男人用怕极了的声音喊。

"三叔,是我,快开门!"汪大海胡乱说着,继续敲门。

店门忽然打开了一条缝。不是店主真以为外面的人是他的侄子,他是害怕门外的人一直敲下去,给他引来日本人。不过这已经够了,汪大海回手一下就把我和秋姑推进了门,接着,他也一闪身进了屋!

门马上就关上了!

"你们——,"店主人一脸惊恐地问了半句话,就不问了。外面大街上响起了沉重的脚步声。一大队荷枪实弹的日本兵跑过来,沿街撒开,接着,更大一队日本兵跑来,朝相反的方向奔去!

很明显,一场大搜捕正在全城进行!

从早上到黄昏,我们一直躲在这家皮货店的薄薄的木门板后面,直到大街上的日本人撤走,因为我们已担心受怕一天的店老板才开口问我们是什么人,从哪里来,到哪里去。

在中国人面前,汪大海表现得十分自信和自如。

"大叔,我是格节的皮货商人,今儿送女儿来佳木斯念书,没想到会碰上日本人全城戒严,一时没地方去,就闯到你这宝店里来了,请多多包涵!"

商人毕竟是商人,一听汪大海说他也是皮货商,又见我们"一家三口"衣着华丽,马上就热情起来,请我们去后面的客室里歇息。老板娘也出来了,像是非常喜欢我的样子,马上叫佣人给我端来一碗滚烫的面汤。

她的身子可怕地一抖!

日本人撤走后半个时辰,死气沉沉的街道上开始有了行人。汪大海带我们离开了那家皮货店,溜着街边走向东城苇子街148号——直到今天我还记得这个门牌号码,它就是我要去的佳木斯女子音乐学校的校址。

尽管受了半天惊吓,明白佳木斯也是日本人的天下,可是一步步走近这个地址时,我的心还是悄悄地激动了!

——哪怕这里也有日本兵,它也将是我新的寄居地,有我从童年时就朝思暮想的音乐学校和音乐课。现在我离它越来越近了!

这是一个多雪的冬日的黄昏,我们从西城走进东城,拐了不少路,最后走进一条偏僻的巷子。巷子很深,两侧都是老屋高墙,光线阴暗,冷风飕飕。走了几步,汪大海站住了,回头对我和秋姑说:

"有点不对头!"

"怎么啦?"秋姑问。

汪大海没说话。可是我们已经明白了:长长的巷子里,一个人也没有!

秋姑和汪大海飞快地交换了一个眼神。

"怎么办?"

"你们在这儿等着,我进去看一看!"汪大海说。

秋姑望着他,苍白的脸上浮出了红云。她用一种只有恩爱夫妻间才能见到的眼神望着自己的丈夫。

"要去咱们一起去——英子留下!"

"不!"我说。我也不想一个人留在空荡荡的巷子口,这里什么人也没有,他们还没有离开我,我就害怕了!

"那就一起走!"汪大海快刀斩乱麻地说。

我们三个人快步向巷子深处走。秋姑紧抓着我的手,她又把我的手攥疼了!

音乐学校就在巷子尽头。那儿有几棵没有叶子的树,半遮着一座灰黑的旧式门楼,我们看见了。可到了这里我们还是没有碰上一个人。我的心跳得更厉害了。汪大海已凭本能嗅出事情不对头了。他又站住了,又朝前走,性格里那股一不做二不休的劲头,反让他加快了脚步。

冷不丁他站住了,低下头去——

就在他面前三步远的地下,扑倒着一个人——穿着棉袍,却没了头,一具男尸!

我"啊"的叫了一声,马上被秋姑捂住了嘴!

我们三个人——巷子里仅有的三个人——不约而同地停在那儿,朝前面望去。这一次我更近地望见了那所学校的门楼,连同大门旁挂的那个白底黑字的木头校牌。一个悲怆的意念在我脑海里倏尔闪过:现在我走到了音乐学校的大门外,距离这座本应属于我的学校,我的音乐课,只有不到三十步!

可我没有走进去!三十步内,每隔三两步,地下就倒着一个没头的尸体,有男人也有年轻女子,这从他们身上的衣服可以看得出来。这些人的头都被刽子手们割掉了,一颗颗悬在前面那座乌黑的门楼上方,总共有两排,上面六个,下面五个!

黄黄的冬日的余晖越过西边的破墙,照着门楼上高悬的这些人头。汪大海的目光在一个中年男人脸上停住了——这个人连眼也没有闭,被血弄脏的左脸上有一块清晰可辨的黑痣!

我要再说一遍,在我的抗日生涯中,多次有过走进音乐学校的机会,可这一次,我距离走进一座实实在在的音乐学校,只有三十步!

汪大海不认识门楼上悬挂的都是谁的人头,却从它们中间认出了左脸上有黑痣的中年人。他就是赵健民叔叔,佳木斯音乐学校的校长,秋叔叔原来就是要将我托付给他!日本人赶在我们前面毁灭了这所学校,杀死了赵叔叔,也关上了三十步外那已对我敞开的音乐殿堂的门!

汪大海神情骤变!他朝那个大门洞开的门楼瞥了最后一眼,就一手抓住我,一手抓住秋姑,牙缝里急急蹦出两个字:

"快走！——"

……

人的命运就是这样，有时候，只差三十步，一种命运就和你失之交臂，哪怕你再去用一生的力量去寻找它，找到的也可能只是一些美丽的影子！

12

所幸离开那条巷子时没有遇到什么麻烦。当晚我们又回到了那条依然停泊在江边的小火轮上。

一脚跨进舱内，我两条腿就瘫软了！

"英子，坚持住！"秋姑一把抱住我，提醒道。

"这儿不是你晕倒的地方！"汪大海也低声严厉地说。

我的精神已经垮了，我心里大河涨潮般涌动着苦水，可我没有瘫倒——我们还没有平安地回去呢！日本人到处都是，船上也有他们的人，他们能杀了赵健民叔叔，就能杀了我们！佳木斯音乐学校对我来说已经不存在了，天下虽大，眼下又只有深山中的游击队营地才是我的家了，我只能跟秋姑和汪大海回这个家，我得挺住！

第二天黄昏我们回到了格节。在下船后遇到的每一道卡子前，面对日本兵的刺刀和逼问，我都没有任何失态。我们的归来让当初帮助过我们上船的皮货商吃了一惊，可他什么话也没问，就让我们脱掉身上的好衣服，换上来时穿的旧衣服，然后在他家后院的地窖里住下。

秋姑一路上都在担心我是不是能支持得住，可我支持住了，我脸色苍白，一点血色都没有，可我的神情专注、平静，单从脸上看不出任何内心的波动，尤其看不出生命的渴望遭受重大打击后一定会表现出的软弱与痛苦，那是因为我一直在硬撑，不让她和汪大海发现我的痛苦和脆弱，同时还因为一路上我的感觉、思维已经麻木。我只让自己想一件非常简单的事：这没完没了的路快走完吧，快让我回到游击队营地里去吧，那时我就能见到秋叔叔了，就能倒下去休息了！

第二天天亮我们顺利地出了城，太阳要落未落时走近了靠近山边、曾掩护过我们出山的"老炮"家的屯子。远远望去，屯子里十分安静。我的心猛然松弛下来：过了这个屯就要进山，我不用再怕日本人了……

汪大海却站住了，神情一下变得阴沉和警觉！

"好像有问题，"他将我们俩拉进路边草甸子里，皱紧眉头朝屯子里望，"你们听见什么没有？"

秋姑侧耳听了一会儿，回头看他，神情茫然。

"你听见什么了？……我怎么一点动静没听到！"

汪大海的神情更严肃了。

"这会儿天还大亮着，屯子里咋会一点响动也没有？"他说，气也喘得粗了。

秋姑一下明白了他的意思。"你是说——"

"你带着英子在这里，我去看看就回来！"他说。

这次秋姑没要和他一起去，反而将我紧紧搂在怀里。汪大海拔出枪，猫腰从草甸子里向屯子摸去！

只过了十几分钟，他就从屯子边，远远地冲秋姑学了一声布谷鸟叫。

"布谷布谷——！"

我和秋姑进了屯子……我的已经麻木的心再一次受到了巨大的震撼！

从屯子口开始，地下到处躺着一具具分明是在惊慌四散中被日本人枪杀的人的尸体，有老有少，有男有女，而且，每一具尸体还都不是完整的，不是缺胳膊，就是少腿，要不就是哪儿被生生地撕下一块血淋淋的肉！

我在街口路边看到了一个孩子，他平躺着，什么都还好好的，头部，四肢，什么都不缺，眼睛闭着，像是睡着了。我不知道发生了什么事，为什么这样一个孩子的尸体能这样完整。但我马上看到了他的肚子，这孩子的肚子破了，里面什么也没有了，像是被狼掏空了一样！——蓦地，我想到了什么，头"轰"的一声大了！不，这不是狼作的孽，作孽的是另外一群野兽，那群曾在我家院子里活吃了英男的日本狼狗，是它们在日本兵血洗了这个屯子后又啃嚼了所有的尸体！

"啊——！"我低低叫了一声，刹那间天旋地转，就什么也不知道了！

我又不敢看她了，像昨天一样。我担心那种令人心悸的寒战又要在她身上出现了。

汪大海和秋姑将死人一样的我背回了游击队的营地。当晚我就发起高烧，昏迷，说胡话……这趟悲惨的佳木斯之行，尤其是黄昏时在山边的屯子里见到的那一幕幕人间地狱般的景象，在我心里留下了更多新鲜和恐怖的印象，让我就是在昏迷造成的谵妄里，也忘不掉它们。我的眼前一会儿是那个被日本狼狗掏去了肚肠的孩子，一会儿我看见的又是日本狼狗正在活活撕扯英男，接着它们又吐着长舌向我扑来……我"啊啊"的叫着，醒了，睁开眼看到秋姑，心怦怦地狂跳，明白是一个噩梦，可是一转眼间，又回到刚刚离开的那一连串悲惨恐怖的场景里去了！

秋叔叔没有回来，他带队伍出去两天了……直到天亮，我一直都在大声嘶哑地惊叫着，浑身大汗，像是水浇过一样……赵阿姨也不在，汪大海回到营地里就不见了，只有秋姑和留守营地的老邵头（游击队的后方勤务副官和伙夫，那时还不兴叫炊事员）在身边守着我，照顾我……接下来的那个白天，我迷糊过去一会儿，忽然又被梦中的景象惊醒了，我又历历在目地看见佳木斯音乐学校黑洞洞的校门，看到了门楼上高悬的赵健民叔叔的人头，这一次我发现赵叔叔好像是在向我微笑。他仿佛在说：英子，你看，我本来都为你安排好了，可是……忽然间他的脸变得那么大那么大，带着笑容，一直向我逼近过来，我又害怕得大叫起来！

"英子，醒醒！英子，醒醒！"在我身边，秋姑高一声低一声地呼唤着我，脸上全是泪水。我的游击队妈妈，她一定被我的昏迷和叫喊吓怕了，她怕我再也醒不过来！

"妈！"我醒过来了，睁开眼看清她，一把搂住她，"妈，妈，我害怕！……"

"好孩子，别怕，妈在这儿！"秋姑紧紧抱住我，像我一样大声喊叫着，泪水扑簌簌落下来！

夜里昏迷过去的我蒙眬醒来，看到了一个似乎只能发生在梦中的景象：一个"老炮"模样的白胡子老头出现在我面前，号了号我的脉，又翻起我的眼皮看……过了不知多久，我又一次醒来，发现梦中的景象还在延续：白胡子老头和老邵头不知从哪儿弄来一碗热腾腾的苦药水，要我喝下去……我不喝，我的眼前一阵恍惚，白胡子老头就又化作脸上带着血污的赵健民叔叔，又冲着我无声地大笑！我大叫一声醒来，打翻了药碗……过后，是秋姑和老邵头强按着我，让那个白胡子老头——我这时又能看清他了——往我嘴里灌了一碗药水，苦得让我浑身打战……我不再喊叫了，我一点点地迷糊过去，无论是被日本狼狗掏空了肚肠的孩子，还是那个无声大笑着的赵健民叔叔的人头，都不见了，随后那个一直在我眼前晃动的白胡子老头的形象也模糊了，它们都化成一团白烟，散了！

第二天拂晓我醒了。外面风雪呼啸，地窖子里静悄悄的，秋姑双手搂着我，还沉沉地睡着，这几天她被我折腾坏了……我一动不动地躺着，头还在隐隐作痛，心还在一阵阵迷乱，可我还是想到了：一场大"病"过去了，佳木斯之行留给我的所有可怕幻觉，都悄悄地逝去了，我又能像以往那样清楚地想想自己的事了！

我哭了……当然是无声地哭，害怕惊动了秋姑，泪水顺着眼角静静地流……似乎直到此刻，佳木斯之行对于我的全部意义，才真实、全部地显现在眼前！母亲和弟弟死后，成了孤儿的我并不知道，除了秋叔叔他们，我的生命中还有一座音乐学校，一个音乐家之梦，可是今天，这个梦又被日本人用屠刀击碎了！不，我在佳木斯失去的不只是一所音乐学校，我失去的可能是世界上所有的音乐学校，失去了我醒时梦中都在向往的音乐之路和生命之旅！

不，我失去的还不只是它们。对我来说更重要的是，我还失去了一个离开游击队，离开战争、流血、杀戮的机会！出发时我曾下决心，走了就不再回来了，可是只过了七天，我就又回到了游击队的营地里，回到了我对之心存巨大恐惧的战场上来了！

不，我甚至还不能说我是回到游击队和战场上来了。佳木斯音乐学校不能收留我，游击队也是不会长期收留我的，我会很快像小玉那样，被秋叔叔送到山外一户陌生人家去！

啊，不！我的心恐怖地叫喊起来！我的眼前又出现那个被日本兵和日本狼狗蹂躏过的屯子……不，我不能让秋叔叔把我送到那样的地方去，到了那里我一定会死，像他们一样死，像英男，像那个被日本狼狗掏空了肚肠的孩子一样惨死！

可是我不想死啊！一个凄惨的声音高叫着……几年前我还不在游击队里，可是今天，我却宁愿留在这里和叔叔阿姨一起打仗了。留在游击队里我身边至少还有秋叔叔、秋姑和赵阿姨，有许许多多的叔叔，离开这里，我就一个亲人也没有了，我害怕！

可是秋叔叔——不，主要是汪大海——会让我留下来吗？母亲死后，秋叔叔为了我，把他能做的事都做完了，我要跟他们一起进山，他就让我进了山；我要去佳木斯音乐学校读书，他就让汪大海和秋姑冒死送我去那里。汪大海说过，秋叔叔其实也是这么想的，游击队不能带着一个孩子打仗。今天我虽然把秋叔叔看成是天底下我最亲的亲人，可秋叔叔并不是我一个人的，秋叔叔首先是个中国人，是一支中国抗日游击队的司令，他不可能仅仅因为可怜我把我留下……啊，这样想来，除了像小玉一样被送下山去，我是没有别的生路了！

天大亮了。这时发生了一件事，虽然它没能立即帮我想出一个主意，能够在游击队里留下来，却坚定了我留下去不走的决心！

小玉回来了！被送到山下十天以后，她自己一个跑回来了！进了地窨子，小玉一头扑进秋姑怀里，死命地搂住，喉咙里"咯咯吱吱"响了好半天，才"哇"的一下哭出声来。一边哭她还一边浑身打战，好久好久止不住哭声！

"他们……日本人……不是人！……他们杀人……强奸妇女……强奸了还要……"说到这里她一口一口呕吐，重新抬起头来时眼里已经没有泪，只有一种吓人的亮光，"你知道他们干了啥？……他们……他们……他们是一群畜生！"

"小玉，好孩子，别害怕，你到底看见了啥？！"秋姑紧紧抱住她，安慰她，问她。

小玉浑身又刮风般地哆嗦起来！她大张了张嘴，"哇"的一声又哭了！

秋姑不往下问了。过了好久，小玉才抬起泪痕斑斑的脸——这张脸上多么可怕，差不多不敢是一张人脸了！

就在汪大海和秋姑送我去佳木斯的头天中午，小玉被送到山外，寄养在梨树屯一户没儿没女的猎户家里。没想到刚过六天，一支日军"讨伐队"就在天不亮突然包围了屯子。他们不知从哪儿得到了消息，说这个屯子里有反日组织在活动。那对老夫妇醒得早跑出了门，小玉醒得晚，跑不出去，情急之中钻进了鸡窝。就在那里，她看到了后来发生的事情。

"他们……他们……他们吃……吃人肉！吃女人……年轻的……小姑娘……在当街架起火……烤着吃！……"

就是今天，我还能记得自己当时那种仿佛浑身起了大火一样的感觉！耳畔"轰"的一声巨响，什么也听不见了！

然后我就一阵阵地寒战，刮风般地寒战，如同赤身裸体掉进了冰窟！

小玉这时却猛醒过来似的，死死抱住秋姑，瞪着大眼，用嘶哑的嗓音上气不接下气地喊：

"我再不回去了！杀了我也不回去了！你们叫我干啥我干啥，我啥都能干……你们一天吃两顿饭，给我吃一顿就行！要是没吃的，我饿着也愿意，就是不回去了！呜呜呜……"

这一夜小玉和我们睡在一起。她一只胳膊死抱着秋姑，一只手死揪着我，再也没有松开，好像一松开我们就不见了似的。她一直在哭，但哭着哭着还是睡着了，睡着了手仍然抓得很紧。这一夜，秋姑一直噙着眼泪躺在那儿，一只胳膊搂着我，一只胳膊搂住小玉，一次也没有松开过！

不过天亮前她还是睡着了。

我却突然醒了过来，一种仿佛来自地窖子外面风雪荒原上的惊心动魄的声音，将我惊醒过来——很快我就明白了：那是我自己的声音，是我正在风雪荒原上呼唤我自己！

"不，就是死在战场上，也不能让秋叔叔把你送到山外去！"这个凄惨、绝望却又坚定、视死如归的声音说，"我是去不成佳木斯音乐学校了，秋叔叔也再不能给我找到这样一个地方……留下来我当然就要参加战斗，可就是这样我也不要到山外去！以后我还只怕被日本狼狗吃掉，现在我还怕被日本兵抓到我，生生地烤着吃掉！"

我是不愿这样的，就是他们杀了我的妈妈和弟弟，我也情愿躲进一所音乐学校，是他们自己毁了我的音乐课，把我逼回到战场上来了！……秋叔叔——不，主要是汪大海——为什么不愿意让我留在游击队里呢？那是因为我还是个孩子，留下我会成为游击队的累赘。可是从今天起，我不会再让汪大海或者别人把我看成是累赘了，我也不能再让别人觉得我是个孩子。只有合格的游击队员才能留在游击队里，我要想留下来，就要尽自己的力量做一名合格的游击队员。至少我不能再看到一个日本人被打烂了脑袋，就在全队面前呕吐和晕倒了……

13

当天下午秋叔叔带队回到了营地。听完汪大海和秋姑的报告，脸色立马像冬日飘雪的天空一样阴沉下来！

"都坐下，看看该怎么办！"半晌，他在篝火边坐下，说。

没有人说话。秋姑和汪大海都闷声不响地站着。

秋叔叔抬起充血的疲惫的眼睛看他们，怒冲冲地喊：

"叫你们说话，咋就不开口——？！"

秋姑不看自己的哥哥，急急地说：

"小玉死也不走了。英子她也不走！我跟我嫂子商量过了，我们也不让她们走了！"

秋叔叔回头看一眼自己的妻子，又看看秋姑，生气地喊：

"为啥？"

"不能让她们走了！"秋姑突然大叫起来，猛回头，两眼冒火地看着秋叔叔，眼泪也要流出来了,"日本人正在山外搞'绥靖治安'!你们知道不知道他们怎么对待小玉这样大的女孩子?他们……吃她们的肉,烤着吃!这会儿你把她们送出去,是不是想让她们死!"

秋叔叔怔了一下,充血的眼睛里蓦地起了大火……他站起来,在地窖子里转了一个圈子,背对着大家站住了!

汪大海蹲下去又站起,气不打一处来似的,冲秋姑喊:

"不送她们走怎么办?把她们留下来?跑不能跑,打不能打,谁能天天背着她们?你能吗?日本人扫荡完山外的屯子,肯定就要进山讨伐,仗一打起来,就不会现在这个样子,那时候你就是想送她们走,也不会很容易了。万一……你就不后悔?"

"谁背她们?我和我嫂子背!"秋姑气恼地对着自己的丈夫喊,声音打着战,"汪大海,我看你的心肠真是变了,你没有一副人的心肠了……要是将她们送出去是个死,留下来大不了也是个死,我们干吗不把两个孩子留下来?就是死,我们也一起死!"

一直没有说话的赵阿姨插上话来:

"大海,秋姑,都甭说气话!这俩孩子没有了爹妈,就是咱们自己的孩子,咱们游击队的孩子。一定要送她们走,也不能像以前那样送了,得给她们找到更可靠的地方再送出去!"

汪大海的声音突然变得既低沉而又痛苦:

"嫂子,整个东北都沦陷了,日本人天天杀中国人,哪里还有什么可靠的地方!……你觉得这俩孩子可怜,可那些每天都在被日本人杀死的中国孩子,他们就不可怜?……既然她们生到了这种年头,既然她们的爹妈抗日,许多事她们就得忍!能忍也得忍,不能忍也得忍!这就是她们的命!……"

他们在隔壁地窖子里的争吵我和小玉在这边一句句全听到了,小玉当时浑身就哆嗦起来,我也害怕极了!事关生死的时刻到了,我不能让汪大海再把我们送到山下去!

我一把拉起小玉,风一样冲出去,闯进了秋叔叔的地窖子!

秋叔叔吃了一惊,脸色铁青地从篝火旁转过身起来看我们。秋姑和汪大海也停止了争吵。

"是你们?有啥事?"秋叔叔高声发问。

走进这个地窖子前我下了决心不哭,怕一哭就说不成话了,可是一见了秋叔叔,嘴还没张开,泪珠子就扑簌簌掉下来……我和小玉扑到秋叔叔跟前,抱住他放声大哭！一边哭，我还一边上气不接下气地喊：

"秋叔叔，我们……不走！我十四了，小玉……十三，刚才你们的话……我俩都听到了，从今儿起，你们就当我们俩长大了，不是孩子了！……秋叔叔，妈，赵阿姨，我们能行军，能跟你们一起打仗，我们不要别人背着，我们……要留下来杀鬼子，给爹妈和弟弟报仇，我们不会成为累赘！啊啊啊……"

小玉却只是抱着秋叔叔的腿大哭不止……有一阵子我一直觉得，秋叔叔后来所以会同意让我们留下来，和我刚才的哭喊一点关系也没有。是小玉的这一番铁石心肠听了也会落泪的痛哭，还有后来她那断断续续凄凄惨惨的哀求，让他的心打颤了！

"秋叔，你就留下我吧……我大了，啥都能干，能给你们洗衣服，也会做饭……我给我姑（秋姑）说过了，你们叫我吃饭，我就吃，不叫吃，我就不吃，就是别赶我走……我没有亲人了呀，你们就是我的亲人……秋叔，你们就是送我走，我也不走……实在非让我走，我就去死……"

秋叔叔最初想弯下腰去拉我们，没有拉起来，后来他就一直站在那儿，让泪水在眼圈里打圈，不让它们落下来……猛地，他用两只粗壮有力的手，将我和小玉从地下提溜起来！

我们不哭了。我们被他这一突然猛烈的动作吓住了，被他脸上的表情吓住了。秋叔叔脸上的表情异常怕人。好像什么人在我们不知道的什么时候，将一把刀子扎进了他的心窝窝！

过了好大一会儿，他才让自己平静一点，一字一字地问我们：

"你们俩，真商量好了，要留下来？"

我和小玉不约而同地喊：

"我们商量好了，哪儿也不去！秋叔叔，你就让我们留下吧！"

"留下来你们就不是孩子了。你们就是游击队员了，就要和叔叔阿姨们一起行军打仗，吃苦受罪，说不定还会被日本人打死。这些事都想过吗？"

说不清为什么，听了这些硬邦邦的话，我的心立马怦怦跳起来，可我还是和小玉一起，大声回答：

"我们想过了，就是死我们也愿意！"

"那好吧。你们回去吧——记好了，是你们自己要留下来的！留下来你们就不是孩子了，你们是两个游击队员了！游击队员该做什么，不该做什么，你们心里要明白！就是秋叔叔，也顾不了你们很多了……听明白了吗？"

"明白了！"

"回去吧，做好准备，夜里还要行军！"

我和小玉走了，回到自己的地窖子里，紧紧拥抱在一起。我们不知道，我们走后隔壁地窖子里的会议并没有结束。我们刚走，汪大海就对秋叔叔的决定提出了异议。

"司令，你真要把她们留下来？！"他用不相信的目光望着秋叔叔，大声说出了这句话，不但脸涨红了，脖子也粗了。

就连秋姑和赵阿姨，也对秋叔叔的决定大吃一惊。秋姑急急地问：

"哥，你真要她们当游击队员，像大人一样去打仗？她们还这么小——"

他们原以为秋叔叔已在和我们的对话中恢复了平静，谁也没想到，秋叔叔勃然大怒：

"谁说过我真要留下她们？谁说我要她们像大人一样去打仗？我说过了吗？！"他望了汪大海一眼，又望了望秋姑，气愤地喊，"这次你们没能把英子安全地送出去，我也没把小玉的事安排好，"一时间他的声音低沉下来，马上又高亢起来，"一见这两个孩子又回来了，你们知道我心里啥滋味？……行了，不说了，总之还是我没把事情办好。英子和小玉还是要送走，但是不能像上次那样送了。这次一定要先给她们联系好一个绝对可靠、绝对安全的地方，再把她们送走！"

"大海、秋云，今天你们都在这儿，我还是把话都说出来算了！刚才大海的话不对！不能因为英子小玉她们的爹妈抗日，她们就该比别人的孩子更该受苦。不，正因为她们的爹妈爱国，为抗日而死，她们更不应该再被日本人杀死！我们这些人抛家舍业出来打日本人为了什么？难道是为了自己？我们不是为了她们这些孩子吗！我们连她们都不能保护，还能消灭日本鬼子、将他们赶出中国吗？

"从现在起，不准再说小玉和英子是孤儿，她们不是孤儿，有我们这些叔叔阿姨在，她们就不是孤儿！刚才玉珠说小玉和英子是我们游击队的孩子，我们自己的孩子，这话说得好！留下还是送她们出山，都不是目的，我们的目的是要她们活着，活到胜利，活到中国人和朝鲜人能和和平平地过日子的那一天。上次送我们走时我就说过了，金大姐没死以前曾把英子和英男托付给我、玉珠和秋云，现在她牺牲了，不是为自己的祖国而死，是为帮助咱中国人抗日而死。金大姐死后，我第一眼看到英子，就有了一个心愿：为了我们的国家，我们的土地和人民，我们这些大人可以死，也一定会大批大批地死——中华民族要战胜日本人，一定要付出巨大的代价，我们很可能就是这些代价的一部分，可是这两个孩子，我们却一定要让她活下去！我再说一遍，日本人可以杀死我们这些大人，但不能让他们伤了这两个孩子。英子和小玉，一个都不能死！

"大海刚才的话也是对的，日本人很快会来'讨伐'，我们不能将她们长期留在山里。今天我说要留她们，是要用这段时间好好地为她们安排一下，给这两个孩子找一个能长期安身、没有危险也不用我们再为她们担心的地方。小玉是咱中国人的孩子，她也听话，给她找一个这样的地方我想不是很难。英子不一样，她是个朝鲜孩子，金大姐生前最大的心愿就是让她去学音乐，这孩子心里一直也有这个念想。就是刚才，我忽然想起来：我们这些人今生今世都不能再给英子一个亲娘、一个家了，可我们连一个上音乐学校的机会也不能给她吗？因为她亲娘死了，我们能让这孩子连她的这样一个心愿也实现不了吗？英子在音乐上那么有天分，秋云、玉珠，你们都是知道的！

"我决定，还是要送英子去上一所音乐学校。据说这种学校大连和哈尔滨就有。不过眼下只靠我们自己的力量做不到，我们得请省委帮助安排。前几天派去哈尔滨省委机关的人还要一个月才回来，我们不等他了，今天，过一会儿，我要为这件事再派一个人去。

"把英子安排好了，就剩下一个小玉。这件事我也想好了：既然能送一个朝鲜孩子进哈尔滨的音乐学校，为啥不能连小玉也一块儿送去呢？两个孩子在一起还有个伴儿。过个三年五年，我们中国人总能打败日本人了吧，她们那时也该毕业了。我们这些人里只要还有人活着，就记住我今天的话——我还答应过金大姐，战后一定把英子送回朝鲜，和她爸爸团聚。那时我要是还活着，事情就由我办；我要是不在了，事情就交给你们！

"我刚才的话你们谁也别告诉两个孩子。直到我和省委联系好，将她们平安送进哈尔滨，这以前都不要讲。让她们以为我真要留下她们好了。让她们以为我真要让她们去打仗好了。也许我能很快把事情办好，也许不能，她们还要在山里待一段时间。她们留在这里一天，就要和我们一起行动，说不定还要参加战斗。让她们认为自己成了游击队员有好处，至少她们可以尽早学着像一个游击队员那样生活。

"散会。"

众人走出去，汪大海虽然并不赞成秋叔叔的决定，这次却也没有再说什么。秋叔叔的警卫强林很久后告诉我，地窖子里只剩下他一个人时秋叔叔仍然原地挺直身子站着，久久地保持着原有的姿势，一动也不动。强林说，看上去那天晚上秋司令是对身边几个最亲密的人说出了一个关于我和小玉的决定，实际上——他自己这么觉得——他更像是刚刚对自己说出了一个不可更改的誓言！

很快游击队就出发了。白天密营附近发现了日军。这次我们向西走了半夜，突然向南包围了一个地名叫毛刺的日本森林铁道看守所。行军前秋叔叔正式把队伍分成两个支队，他和汪大海各带一个，我因为一直跟着秋姑，就成了一支队（又叫汪支队）的人；赵阿姨和小玉去了二支队（又叫秋支队）。秋姑和赵阿姨这时也自己分了工：在秋叔叔通过省委为我们联系好哈尔滨的音乐学校之前，由秋姑具体照看我，小玉则归赵阿姨照管。汪大海随即把我和秋姑分到粮秣副官兼伙夫老邵头的战斗小组。我们跟在全队后面顶风冒雪走了一夜，黎明前终于到达了攻击出发地，埋伏在敌铁道看守所东北方的森林里。

老人干涩枯皱的脸上突然淡淡地浮出了罕见的红晕。深深的洞穴般的眼窝里的神情忽然有些激动。她歇息片刻，又急急地讲下去：

"我就要对你说出我的秘密。你不要觉得它过于荒诞，就怀疑它是不是真的。

"不，我的故事一点儿也不荒诞，从头到尾，它连一个最微不足道的细节都是真实的。我的故事还很长，如果你从下面就开始觉得它荒诞，以后还会听到更荒诞的情节。你要是真有耐心听下去，现在对这件事就要有心理准备。

"我有好一阵子没跟你说到音乐会。我自己也很久没有听到它了。可在接下来的这个黎明，我的耳边却又一次响起了它！"

"我是在一个极为特殊的时刻、极为不寻常的精神状态下蓦然听到它的。这个时刻即战斗打响的一霎间，下面我会说到它；而这种极不寻常的精神状态，我现在就会对你交代清楚。"

我说过了，我是自己和小玉一起在秋叔叔面前哭喊着要求留在游击队里的，事前我已经下了决心，为了能留下来，自己先就要做一名合格的游击队员。可是，刚刚离开秋叔叔的地窖子，想到他对我和小玉说的那些话，我心底突然就又只剩下一个非常简单而又看似毫无道理的念头了。这个念头是：我要死了，战斗一打响，我就会被第一颗迎面飞来的子弹打死！

我的心里重新充满了黑暗!

哪怕是今天,详细说明一切仍是困难的。我参加过战斗,经历过战场上的枪声和弹雨,要说我会被一场新的战斗吓得发疯,似乎是不大讲得通的。可这天黎明,战斗打响前那段时间内,我确实被它吓得浑身打战,连最后的一点自制力也要失去了!

现在想起来,吓坏我的可能不是一场还没开始的战斗,甚至也不是马上就要被打死的念头,吓坏我的是另外一些事情:那个在铁木森林警察所外的雪地上被打烂脑袋的日本兵;佳木斯音乐学校门楼上高悬的那些脸上残留着血污的人头;山外屯子里被日本狼狗掏空肚肠的孩子的尸首……它们(不是妈妈和英男的惨死)加在一起,在游击队进山后的短短一个多月里让我真正明白了什么是死,一旦想到今夜自己也有可能被打死,马上就联想到了它们,一颗心立即为我自己也会这么死发疯地打起了冷战!

不,这还不是全部。也许真正让我害怕、精神几近崩溃的还不是死。死我是见过的,单是它不会使我怕得难以自制,而是它同时带给我心理上的另一种巨大和沉重的打击。我的意思是:妈妈和英男死后我就不再只为我自己活着了,我为自己活,更是为妈妈和英男活,为孤身一人回到朝鲜去的爸爸活,为了不让日本人把我们全家所有人都杀死活。我还为自己能代替母亲和英男亲眼看到日本鬼子被打败和我在世间的最后一个亲人——我的爸爸——团聚而活!我心里装着这么多活下去的理由,今天却发觉自己就要被一颗日本人的子弹打死了!如果是这样,妈妈死后所有这些支撑着我咬牙活下去的心愿,也就跟我一起被日本人打死了!我一个人死了不算什么,可要是因为我的死,我的心愿一个也不能实现,今天的死对我来说就太可怕了!日本人造了那么多孽,他们欠下的血债还没有偿还,我就要死了!这件事对别人来说可能没什么,可对我来说却太可怕了,比死亡还可怕!

可它就要发生了!

不是别的时候,恰恰是在这个拂晓,战斗就要打响的一刻,我真正看清了自己的命运:被送到山外去是死,留下来也是死!

我的脑子里什么都没有了,只有一片炫目的惨白!

你经历过心灵被无边无际的黑暗与绝望充满的时刻吗?听到过这种时刻突然从远方传来的一声细长的、困兽一样的嗥叫吗?……它来自漫天呼啸扫过荒原的暴风雪深处,来自随暴风雪没命地摇曳和吼叫的山林,来自你那像结了厚厚冰层一样寒冽的内心,悲惨、悠长、凄厉,不是人的声音,甚至也不像野兽的声音!

啊啊，既然走也是死，留也是死，既然马上我就要被日本人打死，我干吗还要害怕死？是万恶的日本人把我逼到这步境地的，我就是死，也要冲下山去杀死他们一个两个的，为我自己报仇，我不能白白地被他们杀死！

我突然异常急切起来。我知道我该做什么了，这是命运给予我的最后一个机会。失去这个机会，我可能就没有第二个机会了！可是我也知道，我就是想那样做，也没有力量了。那种可怕的寒战仍在我身上持续着，对死亡的简单、原始的恐惧仍然不由地左右着我，我做不成我想做的事情！

"啊——啊——啊——啊——"

我的心绝望地叫起来……我渴望从恐惧中、从周身一波波的寒战中挣脱出来，从一种无力的状态里挣脱。我不想屈服，我想在死亡到来前有所作为，我在想象中束缚住我的无力的绳索中拼命扭动、挣扎，我似乎用尽了全力，却还是做不到。与此同时，内心中的悲愤、激烈和急切却如同汹涌的大河水漫天而来，就要把我淹没了！

就在这时，枪声响了——

"叭——！"

一颗曳光弹划破黎明前昏黑的天幕，飞起来，向前方山谷中落下去。

战斗开始了！

如果没有这一声枪声，我作为一个人的精神世界很可能就要崩溃了。它在这个风狂雪急的黎明分裂为彼此互不相容的两部分：内心的愤激急切和感觉中的软弱无力。二者相互撕扯的结果就是我昏死过去。生命不能承受如此巨大的压力之时，暂时昏死过去也是一种解脱。

"然而这时枪声响了。随之，我就听到了音乐！"

她停下来，喘一口气，脸上方才已经浮出的潮红更加鲜亮。

"音乐。一场音乐会。枪声不再是枪声，而是音乐会奏响的第一个响彻天地的音符，然后就是轰然袭来的音乐，它从广大的山林间，从这个渐见曙色的冬日的黎明，从原本就无比狂烈和野性的风雪声中升起，海潮般一波波涌来，又像是暴风雪自己在无边无际的山林间，在广阔的雪原上，在格节河冰封的河道里，狼奔豕突，盘旋嚎叫。可它又不是单纯的风雪呼啸声，它是音乐，一场真正的音乐会，我已经从那如同风雪声一样宏大和凄厉的呼啸声中听到了它激荡人心的旋律，深厚雄浑的和声，辨别出了一个又一个强大的音部，它们交叉重叠，升沉变幻，阴郁沉重，悲愤莫名，杂乱无章，暴虐狂烈而又嘹亮。它不是当年妈妈带我在大连的剧场里欣赏过、后来又曾在病中反反复复幻听过的音乐和音乐会，后者在过去的岁月里给我带来了那么多欢悦、感动、幸福、沉思和遐想；它更不是我和英男从小就在妈妈乐团的后台上听惯和熟悉的音乐和音乐会。不，它是一种我从没感觉到的、新的、可怕的、充满悲愤和狂野力量的音乐，一场仿佛在整个宇宙间引起巨大回响的音乐会。世间的一切都在它的包容之中，并且一下子就全部音乐化了，我再也听不见风雪的呼啸声，山林的摇撼声，正在激烈炸响的枪声，我的耳边只有一支我看不见却远远近近列于地平线和山林间、以无比的激情演奏着的庞大乐队，只有万万千千的乐器急切地奏响了同一支野性、疯狂的风雪森林交响曲。我听到了它，也就一下懂得了它异常急切地要在我心灵中灌注的东西。那是悲愤、怒火和力量，是的，这场不期而至的音乐会要带给我的正是悲愤和怒火，尤其是力量，恐怖的力量，暴虐的力量，野性的力量。世界有多么大，音乐会就有多么大，它用自己数不尽的繁管急弦奏出的悲愤、仇恨的力量就有多么大……

我得说，这场音乐会在最初那一瞬间就把一切全改变了。刚刚我还在深深地陷入那种恐惧和无力的状态不能解脱，这场音乐会，它最先响起的那个嘹亮的音符，就在一转眼之际将束缚在我身上那根无形的虚弱的绳索挣断了；我已经听到了枪声，但因为枪声也融入了音乐，成了音乐会的一部分，那本应随着战斗打响而变得更加真实的死亡恐惧，就一下被音乐会的强大音浪遮蔽了，感觉不到了。战斗成了一场充满激情的音乐会，风雪黎明成了一个音乐会式的风雪黎明。我自己对战场上正在发生的一切的感受也音乐化了。我的业已破碎的心狂喜地接受了音乐会和它带给我的一切，包括音乐中的全部疯狂与激烈，它内含的全部悲愤和怒火，它们化作一种从来没有在我身上出现的力量，一种不是我本人，而是一种异己的、比我的力量更强大的力量，在我身上风雪般回旋、冲撞和咆哮。我从雪窝子里一跃而起，举着出发时刚刚发给我的短枪，大叫一声，随着前面已经跃起的队员，疯子一样冲向山下的敌铁道看守所！

"英子——！"秋姑在我身后惊慌地大喊一声，伸手去拉我，只拉了一个空。她那一声喊，我也没有听到！

"啊——啊——啊——啊——！"我一路叫喊着，向下奔去。我没有意识到自己独自一人在风雪之中叫喊，在枪声震耳的战场上叫喊，我以为我是在我已置身其间的一场疯狂、暴虐、充满力量、气势宏大的音乐会中叫喊，在音乐会的巨大声浪中叫喊，我的叫喊也是响彻天地的音乐。音乐和叫喊扩张了我心中原有的仇恨和悲愤，化作熊熊怒火在我体内燃烧，使我的眼睛一时也像汪大海的眼睛一样充盈着红红的泪水。我绊倒了，爬起来，再绊倒，再爬起来，一路冲下了山坡！

秋姑在后面喊着名字，跟着冲了下来！

现在我冲到谷底了，疯狂、暴烈、气势宏大的音乐会里添加了更多的枪声，它们不但没有损害音乐会的完整和强大，相反还为这场本来就无限疯狂、杂乱、恐怖的音乐会增添了新的暴烈和激昂。战斗正在进入高潮，万万千千的乐器奏出了亢亮峭拔的高音，这场浩大无边的风雪森林音乐会的演奏也进入了高潮！

啊啊……

可我还是来晚了，等我在一堆堆高烧的大火间奔走了几个来回，也没有见到一个活着的日本鬼子。我虽然是在一场疯狂的音乐会中奔跑战斗，可是我没有忘记我是做什么来了，没有忘记就要有一发子弹打死我，今天是我报仇雪恨的最后机会，我在让日本人打死之前，一定要打死他们中的一个或者几个！音乐会给了我力量，可是我一个日本人也看不到！

一度爆豆般响亮的枪声忽然稀落了。我不知道战斗就要结束，在音乐会巨大声浪的裹挟中，我已经听不清任何非音乐化的声音。我仍旧手举短枪，在一丛丛战火、一具具被打死的日本人尸体中间疯狂奔跑、跳跃着，我要找到一个日本人，亲手打死他。我怒不可遏！

一只铁一样的手突然从后面抓住了我的肩膀！猛回头，我半天才看清，不是秋姑，秋姑早就被我甩掉了，是汪大海！

"——你疯跑什么，不怕叫子弹打死你吗！"

我望着他那张不停颤动着的嘴，惊愕和愤怒的眼睛。音乐会的声浪排山倒海而来，我听不清他说了什么！汪大海吃惊地注意着我脸上的反应，又大声冲着我的耳朵，将刚才的话大吼了一遍。

"我告诉你，不要乱跑！你聋了吗？！"末了，他又血红着眼睛，恨恨地补了一句。

秋姑听到了他的叫喊，在战火和人群中发现了我，赶过来，上前一把扯住我。

"英子——"她上气不接下气地喊，一脸惊慌，几滴硕大的泪水挂在腮边。

"你怎么搞的？不是叫你看好她吗？！"汪大海像见了仇人一样，大声吆喝她。

秋姑没有对他解释什么，却只是噙着泪，对我喊：

"英子,站住!别跑了!仗打完了,结束了!"

音乐会猛然去远——巨大的音浪弱下去。我听清了秋姑的话,可我仍旧满腔悲愤和怒火。今天枪一响我就一路狂奔下来,却连一个日本人也没杀死!

——日本人今天没有杀死我,可是下一次他们就会杀死我!

——我的仇没有报成!

大滴大滴的泪水滚落下来。我哭了!

天大亮了。我大步在依然飘散着大团大团硝烟的谷底走,我仍想找到一个还活着的日本人。上次在铁木日本警察所我就看到了一个没死的日本兵,今天我还想找到一个。音乐会的声浪弱下去又响亮起来,我又听不到紧跟在我身后的秋姑的喊叫了。这个黎明,面对着一具具死后奇形怪状的日军尸体,我一点也不觉得害怕了!我心里仍然风雪呼啸般——音乐化的——回荡着仇恨:这就是那些不管我留下还是出山都要杀死我的强盗,他们死得再惨,也没有妈妈和英男死得惨,没有被日本人虐杀的中国人和朝鲜人死得惨,我一点儿也不可怜他们!

一个人——汪大海——忽然快步赶上来,抓住了我:

"英子,你在干什么?"

这次我听清了他的叫喊。

"我要找一个日本人!"我也在喊,在强大的音乐会中喊,我声嘶力竭,"我要杀死他,为我妈,为英男,也为我,报仇!"

汪大海松开了我,我又在战场上跑起来!

我不知道过了多大一会儿,他又跑着赶上来了!

"英子,你瞧!"他大声喊,像是怕我听不清似的,"前面是个什么——?!"

音乐会的声浪弱下去——我顺着他手指的方向看——山坡上林子里,一个日本兵正奋力向上爬。雪太厚,他爬了两步,跌倒了,爬起来,又跌倒了!

我大吃了一惊。音乐会猛然恢复了它的全部音量,疯狂、嘹亮、激烈。"日本人!"我嘶哑地叫喊。

"快打死他!不能让他逃!"汪大海血红着眼睛喊。

我答应了一声,什么也没有想,就抬起了手里的枪——马上我又放下了!这么远的距离,用手中的短枪是打不死他的!

汪大海将手里提的长枪递过来——

"英子,给你!"

猛然间我听不到音乐会了。它没有远去，我知道，只是我的悲愤、怒火暂时将它和我屏蔽开了。我接过长枪，眼睛和生命中就只剩下那个正要逃走的日本兵了！

——不能让他逃掉！

——他就是那个要杀死我的日本兵！

"呀——！"我叫了一声，什么也没想，一秒钟也没犹豫，就举起枪来，晃晃悠悠地瞄准了日本兵的后背，"嘭"的开了一枪！

以前我差不多没有摸过长枪。游击队里长枪比短枪宝贵，一般只发给男队员。但这一次隔着五六十米距离，我却一枪击中了他！我亲眼看着日本兵跑着跑着一头栽倒下去，再没有动弹一下。这不像是被击中，而像是被绊倒了，赖在地上不起来。

"丧天良的……！"

我骂了一句，心中的怒火更盛。音乐会没有回来，我还没有杀死那个日本兵，不想让它回来。汪大海看了我一眼——这一眼仍是严厉的，可给我的印象却是：打得不错！

我和他一起大步向山坡上跑去。他在前，我在后。在我，是要亲手抓到那个倒在地下不起来的日本兵；在他，却是要看看日本兵是死还是被我打伤了。他跑得快，我跑得慢，很快他就把我落下了。我赶到地方时，他早就一脚把日本兵翻过来了。

"死了。"他看了一眼，淡淡地说一句，仿佛办妥了一件事一样，有点意外地瞥了我一眼，挪开位置，让我走近去。

音乐会还在不远处酝酿，如同山那边的海涛，一阵阵汹涌着，却不响亮。我还是不想听不到它。我想看看这个被我打死的日本人——第一个被我打死的鬼子兵！

他仰脸躺着，三十岁左右年纪，个子很高，大睁的双眼直勾勾地望着天空，不过那已经是一双盲人似的眼睛了。我没有看见伤口，只看见从微微张开的、临死前像是喊了一句什么的嘴边，一道细细的血条条还在流淌，它流了一摊，弄脏了地下的白雪和枯草。他死了，还很年轻的面部仍然保留着一种凶狠丑劣的表情。这个日本鬼子，杀了那么多中国人，死时竟然还这么吃惊，似乎根本没想到自己会死！

汪大海不知何时已经走了。音乐会没有回来，我仍不想让它回来。心里还有些什么事要解决，却一下想不清楚。又有一些人上来看这个死人，对我表示祝贺！我冲他们笑，又看一眼那个日本兵。忽然，我想起那是件什么事了，失望和愤怒重新暴风雪般涌满了我的心：刚刚打死他时，我想象他是那个长着大胡子、参与杀害了妈妈又将英男搜出来扔给日本狼狗的日本兵！可他不是，我打死的只是今天要在这里杀死我的日本兵中的一个！

我是要死的，今天没被一颗日本人的子弹打死，明天就会被它打死！可我还是没有找到和杀死那个害死母亲和英男的大胡子日本兵，没有碰上和亲手杀死"屠夫"中井弘一，我甚至不相信我刚刚杀死的这个日本兵真的就是那个要用一颗子弹打死我的鬼子，我的血海深仇，一点儿也没有报！

……

音乐会一直没有回来。我仍然固执地不让它回来。还有一件事没有想起来——不，我想起来了——我的脑瓜里电光石火般一闪——今天，至少我上了战场，亲手打死了一个日本人，没有呕吐，也没有晕倒！

——无论是秋叔叔，还是汪大海，都不能说我不是个真正的游击队员了！我能像他们一样冲锋，一样英勇杀敌，我不是个孩子，更不是累赘！

我带着一直没有离我远去的音乐会和一种全新的——骄傲的——心情随全队走向深山，进入另一个营地宿营。我不想让音乐会回来，不想让它破坏我的好心情。可是我也知道，只要我想让它回来，它随时都会回来的！

夜里，我为一件事到汪大海的地窖子里去，走到门口，忽然听到里面传出秋姑压低的、愤怒的声音：

"今儿早上的事是你有意安排的，对不对？……日本兵也是你故意放跑的，是不是？"

没有人回答。

"你不承认？……日本兵跑了，你手里就有枪，为什么自己不打？"

这时我听到了汪大海激愤的声音，激烈、愤怒：

"你怎么啦？……我这样做是为她好！……她要留在游击队里了，谁知道要留到哪一天。既然这样，她越早过这一关越好！……你以为我在干什么？我在帮她，我可怜她！"

秋姑仿佛愣了一下，半晌，我才重新听到她用气愤得打战的嗓音喊：

"我把话给你搁这儿好了——你这么干，会害死她的！"

我没有力量走进那个地窖子了，刚刚听到这里，我就一转身跑了！

——我忽然什么都明白了！

今天黎明，我以为自己亲手杀了一个日本人，为自己和自己的亲人报了一份仇，没想到那竟是别人有意安排的！我以为有了这场战斗，我没有呕吐也没有晕倒，已经是一名英勇的游击队员了,可在别人眼里,我还是一个可怜的、什么事情也不会做的孩子!

早上战斗结束后,音乐会一直被我远远地阻隔在山的另一边,可是就在这时,它又回来了!

14

她的微红的眼睛直勾勾地望着我。

"你懂得一点音乐吗?"

"懂一点。不是很多。"

"一点就够了。……喜欢什么音乐,东方的,西方的?"

"喜欢好听的音乐。"

她在沉吟,一时目光中居然波翻浪涌。

"知道圣桑的《动物狂欢节》吗?"

我有些口拙。

"不……对不起。"

话一出口我就明白了,她对我不熟悉这首曲子早有预料,但脸上还是不自觉地流露出了一点失望。

"我想对你讲一讲我重回游击队后幻听到的这场音乐会。我一直称它为风雪音乐会,或风雪森林音乐会。它的风格和旋律和圣桑的《动物狂欢节》有几分相近。"

我以为我不会对她的故事吃惊了。可是此刻,她如此平静地说出上面的话,还是令我的心一震。如果是幻听,她就不该将那场所谓的风雪音乐会看成是一场真正的音乐会,并在六十多年后还自以为是地记得它的风格与旋律,仿佛世界上真有过这场音乐会似的。

"1950年9月,我在中央音乐学院听音乐欣赏课,老师给我们播放圣桑的《动物狂欢节》。只听了开头几个乐句,我就发现我熟悉它,它就是我重回游击队后幻听到的那场风雪音乐会。"

我可能小看她了。她以后还会让我吃惊的。

"你当时就没有想过,这个早上耳边突然响起一场音乐会,是你又开始幻听了?你就没想过这是一场病,你又是个有病的孩子了?"

她定睛望着我,一时神情极为安静。

"我知道。我还有些惊讶。为什么我没在妈妈和英男被害的当夜重新开始幻听,也没有在面对着佳木斯音乐学校门楼上高悬的人头、明白我永远也走不进这所学校时重新出现幻听的症状,自妈妈和英男死去那天我的精神受到了那么多的打击和摧残,要犯幻听的旧病早就该犯了。可是没有。我是在这个早上,被一个简单的可怕的预感——我就要被日本人打死了——吓得浑身发抖、精神几近崩溃的一刻,突然重新幻听起来。

"不过我一点也不为这种病回到我身上难过。恰恰相反,因为它给我带回了这么一场音乐会,因为后者在我最需要帮助的时候从我的生命中排除或者说遮蔽了死亡和我对死亡的恐惧,灌进了暴风雪一样疯狂、猛烈、寒冷的意志、力量、勇气,我不但并不因此而害怕(它毕竟是一种病),相反还对之充满了感激。我以狂喜的心情迎接我的幻听和它带来的音乐会,有一段时间还生怕它像来时那么突然地消逝。没有幻听就不会有音乐会,病弱胆怯如我就无法面对我每天都要投入的战争,格节游击大队也就不会突然多出了一个无论什么敌人见了都应当胆寒的女队员!"

"我是不是扯远了?"

"没有。"我说。

"有件事我要告诉你,就在我恢复幻听的同时也就获得了控制幻听的能力。我的意思是控制耳边那场音乐会的能力。只要我不让它回来,它就会像退潮时的大海,不再澎湃汹涌;但当我需要它或者它自己感觉到我需要它时,立即就会像打在礁石上的巨浪,訇然而至。这天晚上自汪大海地窨子外走开后它知道我需要它,就自己回来了,连同它的猛烈、疯狂与嘹亮……"

我扑倒在自己和秋姑同住的地窨子里。秋姑还没有回来。我在音乐会中高高地昂起头。我知道自己在汪大海——也许还有别人——眼里是个什么人了,我仍然是过去那个我,可是这样一个我是不能长久待在游击队里的。我已经不是原先那个我了，自从有了这场音乐会，我已经是一个新人了，只是我还没有让他们知道我现在是谁！

一支哀怨凄凉的小提琴突然颤抖地加入了林间广大无边的乐队的演奏！啊，那是妈妈的琴声吗？它从天地间的风雪声中，从音乐会强大、沉浑、杂乱的声浪中陡然升起，悲苦而凄切，却又激烈、高亢，风雪的呼啸声那么大，音乐会的声浪铺天盖地，一时间我觉得自己听不到它了，它就要被淹没掉了，但它还是一次次地重新出现，勇敢地攀升，成了飘荡在风雪——音乐背景之上的最为嘹亮的乐音！啊，妈妈是在为我演奏，她的琴声就是她的心声……妈妈知道我今日置身何处，知道我只要留在游击队里，每时每刻都会被打死，妈妈还知道我只能留在这里，哪怕是死也要杀日本人。妈妈不让我屈服，不要她的将要死去的女儿向任何一种命运屈服！

我从风雪——妈妈的琴声中坐起来，擦去脸上的泪水。没有妈妈，妈妈死了，这支从风雪音乐会中不屈地升起的琴声是我自己的音乐……早上这场风雪音乐会带给我的只是暴风雪般的勇气和力量，悲愤和怒火，此刻我却从这个琴声里感觉到了自己的命运！……不，妈妈，我不会屈服的，既不会向任何人的轻视屈服，也不会向死亡屈服。我还要去打仗，要去杀人，杀日本人！不给自己还有妈妈、英男报了血海深仇，我就不死！

……

三天后我们又打了一大仗。这一仗过后，不但一向看不上我的汪大海，就连秋姑和秋叔叔，也明白不能让我跟大队一起行动了。

毛刺日本铁道看守所破袭战第二天，我们全队在风雪中走了十小时，才在一处从没到过的新密营里停下来。秋叔叔汪大海他们一连开了两天会，作出了一系列重大决定。

第一个决定是我军由攻击山边分散孤立的日伪据点，立即转向攻击山外有较大屯集的日伪军驻防地。格节游击队进山以来，横扫格节河上游大裂谷四周百余里范围内的大小日伪据点，一片属于自己的游击根据地已初步形成。但战争形势是不会一直这样发展下去的，一个刚刚冒死从格节城赶到山里来的"内线"称，仍然控制着格节南半部半山区的日军正加紧筹划，要于开春后大举进山"讨伐"，一战"剿灭"游击队。为应付即将到来的战争，坚守、巩固、扩大游击区和根据地（这也是中共满洲省委给秋叔叔的任务），赶在日军大"讨伐"前尽可能多地从敌人那里获取弹药和给养，为以后的长期战争作准备，就成了当务之急，而要获得大批弹药给养，不打敌人的大目标是办不到的。

秋叔叔选定位于格节西部的大蒲河镇，作为游击队攻击的第一个目标。这是座有几千居民的大镇子，位于大山区外半山区，守敌众多，防守坚固。秋叔叔所以选定了它，一是因为那里距我军主要活动区域有一百多里，游击队从没在那里出现过，我军要打它就必须离开大山区，在半山区内冒险行走五十多里，当地日伪军做梦也不会想到我军会这么冒险实施这种可能导致全军被围歼的长途奔袭战斗，因此警惕性很差；二是大蒲河镇上有一座日军仓库，里面储存着大批面粉、黄豆和枪支弹药，一旦打下来，我军靠它在山里支撑半年绝对没有问题。促使秋叔叔下决心的最后一个原因是：大蒲河镇的地下党组织说好了会接应我们。战斗打响，一名在伪军当班长的党员将悄悄为我军放下吊桥，打开寨门。事成之后，当地党的负责人还要亲率五十多名爱国青年帮我们背大批战利品进山，然后集体加入游击队。大战在即，游击队急需扩大，这件事要是成了，游击队不但有了弹药给养，人数也要扩大到一百七十多人。这样的好事，秋叔叔焉能不干！

会一开完，当天晚上队伍就出发了。

这一仗秋叔叔没打算让我去。毛刺破袭战打响的早上，不但汪大海、秋姑看到了我在战场上疯子一样狂叫奔走的样子，秋叔叔也看到了。可能是秋姑向他告了汪大海的"状"，秋叔叔大怒。队伍出发前，他干脆对秋姑说：

"你、你嫂子，还有英子和小玉，这次都留下来，别去了！"

可我已在地窨子里做好了出发的准备。一听秋姑回来传达秋叔叔的命令，我就哭了！

不，自从中午我从别人那里听到今晚要行动的消息，耳畔就疯狂地回荡起了那场暴烈、宏大的音乐会，心里只剩下一个简单的、不顾一切杀敌、为妈妈英男和我自己报仇的念头，我怎么能不去参加战斗！

还有，我还要让汪大海看看，没有他"帮"我，我也能做一个英勇无畏的游击队员，我怎么能不去！

"不，我不留下！"我哭了，一边哭一边喊，"我要跟着队伍走，我不留下！"

秋叔叔显然理解错了，他可能以为我是害怕和秋姑、赵阿姨、小玉几个人留下来不安全，事实上日本人的小分队也随时可能找到我们的营地。出于不让我和小玉出事的考虑，他又同意我们几个人跟队伍一起走了！

"我告诉你们，今天的路很长，你们无论如何要坚持到底！"他说。

"知道了！"我说。耳边疯狂回响着音乐会，别人说什么话我听不清楚，但是秋叔叔的话，我一字一句都听得清楚！

队伍顶着风雪急急踏上征途。我走在队列里又不是走在队列里，我还是走在一场和满世界的风雪呼啸声一样宏大嘹亮的音乐会里。我的心里并没有因为能和全队一起上战场感到宽慰和高兴，相反，无论是音乐会还是秋叔叔同意我上战场这件事，给我带来的都是一种越来越高涨的无法排解的悲愤和怒气！我又要上战场了，日本人又要用一颗子弹打死我了。我要杀死他们，要把所有的日本兵统统杀死！

虽然路上一次也没停歇，到达大蒲河镇外时间还是晚了。路太远，向导又带岔了路。天已大亮，寨门已开，吊桥也放下了，守寨门的日伪军刚刚换岗，站在吊桥后面的不是伪军而是两个日本兵了。原定的攻击方案无法实施，但是不实施攻击也很危险：我们刚刚出现在镇外林子里，就被当地老百姓发现了，日本人很快也会知道这个情况，如果不打一下就仓促往山里撤，镇里的鬼子会轻而易举追上来，缠住我们，别处的敌人也会闻讯而至，我们就有可能被日军包围和全歼在半山区！

关键时刻秋叔叔显示了他的魄力与决心。审时度势，他一咬牙做出了决定：

"趁镇里日本人还没发现我们，马上发起突袭，突袭不成就强攻！"他对汪大海和迅速围拢过来的分队长们说，"就是打不掉镇里的日伪军，拿不到战利品，狠狠打击他们一下，让他们不敢大胆追击，再把镇里的几十名青年接出来参加游击队，也是胜利！"

秋叔叔是对的，事到如今，能不能得到战利品已不重要，重要的是保证全队安全撤回深山区！

队伍顺着官道两边的林子，迅速向寨门和吊桥接近。

距离寨门和吊桥只有不到一里路了，走在前面的秋叔叔站住，抬头向前。这时不只是他，我们所有的人都看清了寨门上方那道用石头修得很高很坚固的围墙和吊桥下一条宽达丈余的护城河。事情再明显不过：拿不下吊桥和寨门，无论是突袭还是强攻，都很难打进镇子！

秋叔叔的眉头紧锁，神情愤怒而激烈。他忽然想到什么似的，回过头，明亮的目光在队伍里急急寻找。

"司令，你要找谁？"汪大海看懂了他的目光，问。

秋叔叔没答话。他的目光落在我和小玉身上，一下又跳开，直射到秋姑和赵阿姨身上。

"看见没有？路上已经有人了，你们俩赶紧化一下装，扮成这里的老百姓，到吊桥上去，把那两个日本兵给我干掉！"

在场的人一下全明白了：只能从寨门打进镇子。而要拿下寨门，就得先夺下吊桥！

秋姑和赵阿姨匆忙互视一眼，下意识地瞅了瞅身上的衣裳。进山两个月后，她们身上已经不全是原来的衣裳了——秋姑穿一条缴获的日军裤子，赵阿姨则穿了一件日军上装。

她们的目光迅速落到我和小玉身上——

"孩子们，快，咱们换换衣裳！"秋姑急匆匆地说。

小玉为难地看了一眼秋叔叔。我明白那一刻她不是害怕当众脱衣裳，而是想说，我们俩的衣裳太小，秋姑和赵阿姨穿不上！

一直在我耳畔回荡的音乐会突然变得比任何时候都更加猛烈和响亮了。我是来杀日本人的，现在已经看见他们了！我一步走上前去，喊：

"秋叔叔，秋姑，赵阿姨，让我和小玉去吧！我们俩不用化装——再说我们的衣裳你们也不能穿！"

秋叔叔的目光一下变得极为明亮，明亮而严厉。他盯着我的眼睛——这一眼极为有力——我经受住了他的严厉注视！

"好，"他已经来不及多想了，"你和小玉，跟着路上的人走过去。只要你们俩能像上次打靠山屯自卫团一样吸引住敌人，让叔叔阿姨靠近吊桥，突然冲过去，任务就完成了！"

"明白了！"

看得出来，秋姑和赵阿姨忽然为秋叔叔的决定担心起来，可是就连她们，这时也来不及劝阻了。秋叔叔果断地挥一下手，说：

"开始行动！"

秋姑只对我喊了最后一句话："孩子们，小心！"就被汪大海一把拉开了，转瞬连这声喊也被狂风吹掉了，不，它从一开始就淹没在我耳畔狂暴嘹亮的音乐会的声浪中了。我明白秋叔叔为什么竟会同意了我的要求：我们是孩子，让我们去吸引日本人比秋姑和赵阿姨去更有可能成功。更重要的是：此次战斗的胜败，甚至整个游击队的安危，都系在这件事上。作为指挥员，在此千钧一发之际，他没有别的选择！

我和小玉走出了林子，远远地在一个吊桥上的日本兵看不见的拐弯处上了官道。

耳畔的音乐会更加狂烈。我检查了一下短枪，插好在腰后一把就能拔出的地方，没有看一眼小玉，也没有注意到秋姑和赵阿姨已在路旁林子里悄悄跟上来，准备随时冲出来保护我们，就大步向前走过去了！

就是今天，要我说清楚这天早上的全部心理活动也是困难的。我是在音乐会的声浪中，在它带给我的疯狂的勇气、力量——它们在我心中化作巨大的怒意——的推动下，主动要求了这项战斗，然后就急急地走出来，向前方的吊桥和吊桥后面的敌人走去的。音乐会的声浪充塞了我的生命，我的感觉和思维空间，我已经不能像平常时候那样想些什么了。一走上官道我就远远望见了寨门和吊桥，前面路上，有三三两两的老乡赶着大车挑着担子往镇里走，我在前，小玉在后，我们跟在他们后面向前走。我不知道害怕。也没想到秋叔叔此时正带着大队跟在我们身后，从两侧林子向吊桥和寨门接近。一切都在音乐会中。我自己也在音乐会中。我的眼睛盯着吊桥后面的日本人，我心里只剩下一件事：我要走过去杀死他们！我急不可耐！

由于出发时准备时间太仓促，我和小玉甚至没有像靠山屯袭击战时那样在胳膊弯里挎一个烟叶篮子，我们俩身上除了各有一把短枪，什么也没有！短短一里路很快就走完了，吊桥后面的两个日本兵，已经看到我们了！

一个日本兵，突然冲我们喊起来：

"喂，小姑娘，快快地过来——！"

一时间我的脑子乱了。我还没有想出一个如何接近日本兵的主意，生命中只剩下一片狂乱嚣叫着的音乐！躲是躲不掉了，掉头跑想也没想（也没有那种可能，日本兵正目不转睛地盯住我们），回头瞅一眼小玉，她的脸色那么白，吓了我一跳。一个念头猛然在我心里掠过：怎么办？！

一个颤抖、嘹亮的小提琴声突然从音乐会狂杂的声浪中升起来，那是我自己的琴声，我的音乐！也许我想到了：我和小玉已身处绝境，只要再迟疑一会儿，想做什么就来不及了，日本兵发现了我们的可疑，但也许我什么也没想到，一眼瞅见两个活生生的日本兵站在那儿，我的眼睛就红了，被狂乱的音乐和怒火充斥的脑子里又只剩下一个疯狂的念头：杀死他们！

我脑子一热，什么也没想，就向两个日本兵飞奔过去，一边跑一边拔出短枪！

我和小玉到底是两个孩子，日本兵什么反应也没作出来，我就到了他们面前，枪口一下就戳上了他们的脸，"砰""砰"两声枪响，鬼子兵就像两捆苞米秆，一左一右倒下了！

这时，已从官道边林子里秘密接近过来的秋叔叔喊了一声，汪大海就带着突击队，"叭叭"的响着枪，冲过吊桥，冲进了寨门！

我仍然无法解释接下来发生的事情。打死了两个日本兵，我的怒气非但没得到缓解，相反随着汪大海和秋叔叔他们在我之前冲进了寨门，杀进镇子，我的怒气反倒更旺盛了。激烈的枪声加入了我的音乐会，让它也变得更嘹亮更疯狂了！我心里又只剩下那个念头：杀死日本人！杀死镇里的日本人！我记不得自己，也似乎不再是自己了。我成了我的怒气，我耳畔狂暴的音乐，是它们裹挟和推动着我，提枪飞快冲进镇子，沿街筒子一路向前猛冲！枪声大作，手榴弹在我前后左右炸起团团黑红的烟火，但这时它们的爆炸声也音乐化了，成了我耳边狂乱的音乐会新增加的一部分，也成了我那被音乐鼓荡着的怒气的一部分。我就在这样一场更狂乱更响亮的音乐会的宏大声浪中向前飞奔，一边不停地向迎面涌来的日伪军开枪。枪声越猛烈，我耳边的音乐就越嘹亮，我的怒气就越猛烈。我与枪声、音乐以及自己的怒气已无法分开。我怒不可遏！镇子燃烧起来，战场本身也成了一场气势磅礴、正在疯狂演奏的音乐会。我并非一点儿也听不到子弹蝗群般从耳边飞过的尖利的啸音，并且仍能模糊地想到只要这些正在飞翔和尖叫的小东西有一粒打中我，我就会死！可这点还算清醒的死亡预感，反过来又增添了我的愤怒。我一点也不怕死，是日本人要杀死我，他们已经杀死了我的母亲和弟弟，毁了我的音乐课，我的一生，我要亲手把他们杀死以后再死！这些日本人却要我现在就死，我怎么能不愤怒！怎能不更加凶猛、更不顾一切地向正冲我开枪的鬼子兵冲过去，猛烈射击！开头我手里握的还是自己的短枪，过一会儿我手里端着的就是一挺日本歪把子机枪了！我一直冲在队伍最前头，但是后来秋姑和汪大海赶上来，汪大海瞪圆血红的眼睛冲我大吼一声什么，我没有听清，随后我就被秋姑拦腰抱住了，狠狠地摔倒在地下！我回头一看，秋姑的眼睛瞪得那样大，里面满是惊恐和疯狂，那么可怕。陡然间，我听清了她的叫喊——

"英子，你给我停下，你不要命了！……"

忽然，我又听不见她的喊声了，一串子弹从前方日军仓库门外的阵地上打来，贴着我的头顶飞过去！音乐会的声浪弱下去重新炸响，同时炸响的还有我心里的那团怒气！我猛地甩掉秋姑，端着机枪冲向日军阵地，迎面打死了一个也抱着机枪从掩体后面站起来的日本兵！我的眼睛虽然看不清面前的每一个人或物，却看清了他——我觉得他是那个杀死了妈妈又害死英男的大胡子日本兵，可后来看清了，他并不是！

更多的人从我背后冲过来，其中就有秋叔叔，他们冲进日军阵地，消灭了最后几个顽抗的鬼子。我停下来，一动不动地站着，耳畔依然回荡着狂杂嘹亮的音乐，我怒气冲天，浑身抖个不住！

停顿。

两小时后队伍就撤出了镇子，带走了日军仓库里的所有粮食和武器弹药，以及新入队的七十余名队员。大蒲河镇一仗的胜利意义重大，我军不但扩大到将近两百人，从这里缴获的一大批黄豆还成了以后数年间在山里坚持下去的主要原因之一。然而我还是我，战斗过后我还是没有感到任何杀死仇人后的欢悦，我仍然感到悲愤填膺，一腔怒火：在被打死的鬼子兵中间，我模糊认出了那些要杀死我的凶手，可我还是没找到那个害死了我妈妈和英男的大胡子日本兵！

停顿。又一次停顿。

从大蒲河镇向山里撤退一百余里，我们才甩掉了大批追踪过来的敌人，进了密营。夜里，秋叔叔开了一个会。会上他皱着眉头问秋姑：

"英子这孩子怎么啦？她是不是疯了！像她这样，这次没被打死，下次准会被打死！"

"不能让她跟着队伍了，这不是勇敢，这是不要命！"赵阿姨也忧心忡忡地说。

秋姑眼里涌出大滴大滴的泪水。半晌，她才将近几天从我身上发现的秘密讲了出来，让秋叔叔和所有在场的人都大吃一惊：

"你们就没发现，这孩子最近耳朵不好使吗？"她怒气冲冲地喊。

"是发现了，"秋叔叔有点迷惑，说，"那又怎么样？我正想问问呢，她的耳朵是不是被枪声震聋了……难道不是？"

秋姑大声说：

"你们的耳朵都没聋，她的耳朵怎么会被枪声震聋？她不是聋，这孩子一定是又犯了病！"

汪大海插话进来：

"犯病？……这么小的孩子，她犯啥病？"

秋姑转过脸，冲着丈夫嚷起来：

"你是个死人吗？这孩子一打仗就什么也听不到了，你就没注意？告诉你们吧，她可能是真听不到！她幻听，小时候就害过，后来自己好了……这几天，我看像是这病又在她身上犯了！"

汪大海扭过头去，不再说话。秋叔叔的脸色变了，他严厉地盯着秋姑，问：

"你是说，在战场上她听到的不是枪声？"

秋姑赌气不说话。

秋叔叔喉咙里"骨碌"响了，想再问一句什么，突然又止住了……过了一会儿，他抬起头，看着大家，果断地说：

"要真是这样，就不能让她再跟着队伍了——得让她和队伍分开！"

这天夜里，他们做出了决定：一、为应付日军大规模"讨伐"，坚持长期斗争，现在就派出几个小组，沿大裂谷向北，在原始森林里设置一批新的密营和阵地；二、主力继续出山，攻击新的目标，筹措更多的给养弹药；三、我和秋姑、赵阿姨、小玉以及粮秣副官兼伙夫老邵头组成一个单独的小组，离开队伍，参加设营行动。

15

第二天一大早，我们这个单独的设营小组，就和大队分开，沿着大裂谷，向北进入了茫茫原始森林。

我当然不知道秋叔叔让我参加设营小组的真实原因。那个时候的我，自以为已是一名真正的游击队员，耳畔终日回响着一场疯狂的风雪音乐会，心中充溢着怒火，接到命令只会想到去执行，不会想到别的。有过上一次战斗，我的英勇已被全队甚至汪大海悄悄认可，这一点我心里有数，由此我不再担心秋叔叔还会把我送出山去。打仗也好，设置新密营也好，在我看来都是任务罢了。我们一直向北走，头天还能隐约听到枪声，第二天就听不到了。黄昏时分，我们找了一座半废弃的、夏天猎人进山时搭建的窝棚住下，然后我就和赵阿姨一起到大裂谷的谷底去打水。已经是春三月，山坡上雪还很厚，谷底向阳地方的冰雪却一点点融化了，冰上冰下淅淅唦唦地流淌着从深山老林里流淌出来的雪水。我们在溪边蹲下，撩起冷水洗脸。这时，赵阿姨突然用一种奇怪的目光望了望我的眼睛，无意似的。

但这件事却让我生气了——这两天，她和小玉常这样偷觑我！

"赵阿姨，我脸上长东西吗？！"我问。我最近火气特大，且总是控制不住，一开口就不觉怒气冲冲。

赵阿姨有点惊惶地笑了，小心地躲闪着我的目光。"英子，我……啊，阿姨是看你又长了一岁，长大了些，好看了！"

我不信她的话，她对我隐瞒了什么，我知道。她端着一锅日本行军水走到坡上去。不一会儿小玉又下来了，这个鬼丫头，洗了洗脸，站起来要走了，突然又回头，也用赵阿姨刚才那种奇怪的目光望了望我的眼睛！

我勃然大怒，冲她大喝一声：

"你甭走，给我站住——！"

小玉站住了。她装得倒像，眯着眼睛，微笑着，什么事儿也没有发生似的望着我，说：

"英子，有事儿？"

一边说着谎话，她一边又用那种让我又吃惊又生气的奇怪目光望了望我的眼睛！

这最后一眼，让我像只被点燃的火药筒一样爆炸了。我冲她喊：

"你们都是咋啦？——这么看我？！"

小玉回头朝坡上小心地看一眼——那儿没有人——脸上假装的笑容一下消失，悄悄地、声音里充满怜恤地对我说：

"英子，你对着水瞧瞧你那双鬼眼，哪还像个人！"

说完，她像是怕赵阿姨和秋姑知道了会责备似的，看我一眼就匆匆地走了。

我在水边蹲下去。一低头就从清冽的溪水里看到了自己的眼睛！我被它们结结实实吓了一跳！

是一双血红的、怒气冲天的、似乎有一团大火在其中熊熊燃烧的眼睛，一双凶狠、暴戾、望之让人胆寒的眼！就像格节惨案发生后汪大海的那双眼，像每次战斗打响后秋叔叔的一双眼！

我差一点叫出声来！这不是我的眼睛！我过去有的是一双点漆般美丽的黑眼睛，如同面前这一泓被夕阳的余晖映照着的春水，清澈、明亮、安详。现在水面上映出的这双眼睛甚至连人的眼睛都不像——像什么我不知道，可就是不像人的眼睛！

我呆呆地望着这双眼睛，突然，自己也被它们吓得发起抖来！

再一次停顿。我看不清她的眼睛。可是仍觉得有那么两道目光，红红的，越过我的头顶，向远方凝望。

我们走了三天，才到达那条长达百余公里的大裂谷的腹地，找了一个猎人丢弃的地窨子，住下来。连续三天的行军把大家都累坏了，简单地煮点东西吃过就睡倒了。

大概是因为远离战场，紧张的情绪完全松弛，我一躺下就睡着了。

我睡了长长的一觉，醒过来时，一线明亮的阳光已经从林间透射进来，直照到我的眼睛上……我睁开眼，半天才明白自己身在何处。地窨子里没有人。我明白了这是清晨，以为自己睡了一夜，一时模糊地想到秋姑她们可能去设营了，自己也该爬起来，和她们一起去……可我还是躺着，一点也不想动。这一会儿，我的耳畔充满了各种新奇细碎悦耳动听的声响：雪水在融化的雪层下咝咝地流淌；微风在万万千千的枝头拂动着仍然光秃的细枝；林间空地里，同样浸润在轻风中的枯草哗哗响了一阵子，停下来，又哗哗地响一阵子，像有一只手顽皮地拂动着它们……接着，我竟然听到了一声鸟鸣，然后又是一声！我听清楚了，那不过是一只孤零零的鸹鸟在叫，但它的叫声是那么清亮、明丽、愉快，而且是那样的心平气和，它还刚刚落下去，一种广大无边的宁静，连同这宁静中深蕴着的庄严，就极为突兀地被我感觉到了，不，是它自己凸现在我心底了……

我那还半沉在梦境中的心已经被惊动了，虽然我自己并不知道，我的心仍然向着地窨子外面那只孤单的鸹鸟，身子仍然僵硬地保持着原有的姿势半躺着，等待着它的鸣叫一声一声接着响起来……啊，已经很久了，我的耳边不是风雪呼啸，就是枪声震耳，我都不记得世界上还有如此清脆婉丽的鸟鸣了，但在这个清晨我却重新听到了它！不，惊动我的心、让它激动起来的还不全是这个……我彻底醒过来了，不只是这一声声的鸟鸣，我也很久很久没听到过此刻正从林间传过来的所有这些细碎悦耳的响声了，它们与其说显示了自身，莫如说一起集体地显示了一个正在来临的春天，一个春天的世界，让我的耳朵重新听到了纯正自然的音响，甚至听出了大森林腹地的广大、辽远、沉浑与宁静，让我仿佛一觉醒来，突然进入了一个新的美丽的世界，一个久逝的梦境……我知道真正惊动我的心是什么了：有过妈妈和英男的惨死和一场场血腥的战斗，再次陷入严重幻听中的我的耳朵听惯了那场疯狂回响的音乐会，我以为自己再也听不到来自真实世界的任何自然清新的音响，可是没想到，刚刚远离战场三天，我就在这个清晨，重新听到了它们！

有好长一阵子我就那么躺着，生命里充满着悄悄的、突如其来而又无边无际的激动。即使在昨天入睡之前，我的耳边还只有那场风雪音乐会，可是现在，我听到的、在我心里回响起的，就已经是一个真实、宁静、美丽的世界在你的心灵里唤醒的音乐了。我什么也不想，什么也不需要了，只要能永远拥有这个清晨，拥有它带给我的安静、幸福和感动，只要拥有这些点点滴滴断断续续的美妙声响，连同心中已经悄悄响起的音乐就够了。我愿意一直这样躺下去，躺一生……

3 1 3 | 3·3 4·3 | 3·1 7 | 7 —— | 3 4 3 | 6 7 1 | 7 3 6 | 1 7 6 |
3 —— | 4 3 7 | 1 7 6 | 1 7 6 | 3 —— | ……

她那苍老的声音在这个小房间里回荡了很久。

小玉回来了。她端着一锅水走进地窨子，见我睁着眼躺着，动也不动，大声叫道："哟，英子，你怎么啦！——你醒了？"

我醒了过来，怔怔地看她一眼，不明白她脸上为何有那样的惊骇与欢欣。

"你知道不？你都睡了三天了，像个死人一样！"她说。

我被她的话吓了一跳！

"瞎说！"

"哄你是小狗。你睡了吃，吃了睡，一边吃一边睡。睡着了还做梦，还骂人，怒冲冲的，你都快把我们吓死了！"

我还是不信。

"谁稀罕哄你？"小玉放下水，蹲到我面前，大人似地摸摸我的头，"这会儿不发烧了……要不要喝点水？"

我没有回答她。我忽然想起一件事：我才刚刚远离战争和死亡，那场终日在我耳边回响的风雪森林音乐会就悄然消逝了，此刻点点滴滴充满我听觉和内心的，只是那些和春天相关的细碎、自然、美好的音乐了——最重要的是，我不再幻听了！

我高兴得流出了眼泪。

小玉又慌了："英子，你这又是咋啦？"

我什么也不想告诉她。我的秘密她是不会懂得了，也不需要。我掩饰地笑了，将话题岔开。"小玉，我妈（秋姑）呢？赵阿姨呢？邵爷爷呢？他们是不是设营去了？"

小玉点头。

"嗯。她们走了，让我在家守着你，我都伺候你三天了！"

我身上来了气力，爬起来要出门。"小玉，我妈和赵阿姨她们去了哪里？咱们去找她们！"

"别别，"小玉说，"你别到处乱跑，她们去哪了我也不知道。"忽然她惊奇地冲我瞪大了眼睛，"英子，我刚才的话你都听见了？……你的耳朵好了？"

我被她说愣了，半天才明白……这些天，秋姑她们一直大声跟我说话，我也习惯了大声跟她们说话，却没有仔细想一想为什么。今天小玉也发现我不再幻听了，她只用平常的声音跟我说话，我也听到了！

小玉对我的重新发现并没到此为止——

"英子，快！"她又朝我脸上看，拉起我出了地窨子，在林中一池泉水前站住，让我朝水里看。"你看到了啥？"她问。

头一眼我什么也没看见，接下来就看见了：是我的眼睛，它们又变得又黑又明亮，像一池春天的泉水那样清澈了！

"小玉……"

"英子……"

我们俩拥抱在一起，拉着手跳着，笑着，声音如同一串串珍珠，洒落在林间……别责怪我们，我们毕竟还是两个孩子啊！

我想问什么？她真的不再幻听了吗？她刚刚唱出的那些乐句呢？真的不是听来的，而是从她的心灵之河中流淌出来的吗？

第二天我就参与设营了。

按照秋叔叔对格节游击大队两个支队未来主要活动区域的划分，我们这个小组为汪支队设置的密营大都位于大裂谷西侧……抗战结束五十多年后的今天，我可以对你说出那些密营的位置和数量了……它们共有十七处，由南向北，分散隐蔽在密林深处，山冈上下。秋叔叔的设想是：若敌人来得少，我们就在大裂谷入口处打退他们；

日寇来得多，我们就退入大裂谷，依托这些梯次设置的密营和阵地，在节节抵抗和节节后退中大量消耗敌人，最后粉碎"讨伐"。我们有上百公里的纵深地带，敌人每次进山时携带的弹药和给养总是有限的，中井弘一在格节县的兵力——日军加上伪军——不过八百多一点，要想在如此大纵深的战场上与我们周旋并吃掉我们，几乎是不可能的。而日寇一旦"讨伐"不胜，退出大裂谷，我们又可以利用这些密营和阵地，杀一个回马枪，打得敌人大败而逃！

虽然后来的战争进程不像我们想的这样，但设营过程中我们却是这么认为的。最初，想到我很快就要在这些预设的战场上消灭敌人，我的心情仍保持着一种惯性的激奋，但随着设营数量的增加，我们这个小组沿着大裂谷向北方的小兴安岭腹地越走越远，我的心情就不知不觉发生了很大改变。

你深深地进入过原始森林吗？……一个人平生第一次进入原始森林时，首先感觉到的不会是它的浩瀚无际，而是它那特有的、仿佛亘古以来就存在了的、从来没有受到过干扰也不会被任何力量干扰的寂静……不，不是什么声息也没有，该有的音响这里都有，冬天的风雪虽已过去，不再肆虐，但林涛依旧日日山呼海啸，每一条沟谷，每一座崖头，冰雪都在融化，春水都在流淌……春天真的来了，每一种生命都在萌发、生长，所有的动物和鸟类都在走动、飞翔和鸣叫。风声雨声，溪水泛滥，电闪雷鸣……但你置身其中，耳畔回荡着这些我觉得是自然和真实的、其实仍然被我音乐化了的声响，深深感觉到的仍然是大森林内在的广大无边的寂静。你在茫茫林海中走得越深越远，这种仿佛本身就具有某种生命的灵性的寂静就越会惊动和感染你的心，让你生出一种与世隔绝尤其是与战争与死亡无涉的安全与平静感。这段日子里，我吃得很多，睡得更好，干起活儿来很有力气。所谓设置密营，就是利用些天然的隐蔽的山坳、洞穴、沟壑，开挖一些地窨子，并将其伪装好，这些事我都愿意干，并觉得愉快。设置阵地麻烦一点，要选择好适合我军打伏击又能迅速撤离的山梁或坡地，日后敌人必然会经过之处，挖掘出一道道秘密战壕和一个个单兵掩体。秋叔叔这么早就让我们准备好战场是有远见的，等到敌人过些日子打进来，这些预设阵地的草窠子都长起来了，对方根本无法提前发现。虽然天天在准备战争，这段时间里，我却很少再梦到战场和战斗——只要身边没有战争，一个孩子是很容易被初春大森林间鲜亮明丽的景色完全吸引住的……

16

四月的最后几天，我们设置完成了十五座密营，正在设置第十六座，秋叔叔突然出现在我们的临时宿营地，住了一夜，天不亮就只带着老邵头走了。一个星期后他们又像走时那样突然回来了，说说笑笑，干了什么事却一字也没对我们提。我们当然也不能多问，这是游击队的纪律。但就是不问，大家心里还是猜出了大概：他们也肯定是去设营了，这些新设的密营在哪里，只有这两个人知道，显然，那是为格节游击大队设置的最后的密营，以应付最坏的局面。

临走那天夜里，秋叔叔才有时间看我。

"英子，怎么样？……听说你的病好了？"

"嗯，好了！"我说。他的话吓了我一跳。我不想让他知道我有幻听的病，可秋叔叔还是知道了！

"真好了？不骗秋叔叔吧？"

"真好了，不信你就——"

"好了就好。"秋叔叔说，他看到我被问急了，忙打断我的话，不再说这件事。

第二天他就走了。黄昏时分，我从山谷里打水回来，小玉悄悄把我拉到一边，既神秘又激动地说：

"英子，你知道吗？秋叔叔派人去哈尔滨了！"

"干什么？"我问。她的话把我说懵了。

"刚才听赵阿姨小声对秋姑说：秋叔叔派到哈尔滨的人，现在还没见回来！"

"谁还没回来，你倒是把话说明白点啊！"我急了，问。

小玉的脸鲜亮亮地放出光来：

"秋叔叔要送你去哈尔滨上音乐学校！秋叔叔还说，把我也一起送去，让那儿的叔叔们帮我们安排……这个人就是去哈尔滨说这件事的，人都走了一个多月了！"

我是第一次听到这事，心像撞钟一样响了，眼泪马上就流出来！

"小玉，这话是真的？"

"谁骗你嘛。今天秋叔叔走，赵阿姨跟上去问他这件事儿有消息没有，秋叔叔就说还没有，不过他算过那么来回要用的时间，说大概不会再拖多少天了。赵阿姨回来把这话悄悄说给秋姑，叫我听见了！"

从佳木斯回到山里，我就绝了读音乐学校的念想，可没想到，秋叔叔却记得这件事，他就要帮我梦想成真了！妈妈地下有知，也会和我一起欢喜得落泪的！

走进哈尔滨的音乐学校，我也就再一次走出了战场。日本人就是想杀我，也办不到了！

我眩晕了。恍惚间觉得自己已经走进了哈尔滨的音乐学校，坐在课堂上开始了我的第一节音乐课……夜里躺到草铺上，脑子里转的尽是出山后的事了。我越想越多——要是真到了哈尔滨，说不定哪天我还能在街上遇上一个当年和我妈妈有过联系的"光复会"的叔叔，通过他我也许会马上听到爸爸的消息！谁知道呢，爸爸说不定已经回到中国，正到处寻找妈妈、我和英男呢！啊，爸爸……

半夜里，我被一个梦惊醒了。我见到了爸爸，可这个我在哈尔滨街头见到的爸爸，竟然长着一张陌生人的脸！

我被这个可怕的梦惊醒了，哭起来。

地窨子里的人全被吵醒了。

"英子，咋啦——"秋姑惊慌地爬起，搂住我，疑惑地问。

我清醒过来，止住哭声。"没……没啥。"我说。

后来别人又睡着了，我却醒着，突然想到不是爸爸认不出我，是我自己在分别十一年后对爸爸的音容笑貌已经记不清了。啊，爸爸，就是我真能在哈尔滨街头遇见你，我们父女俩恐怕也认不出来了啊！

我又哭了，无声地哭，牙齿死命咬住被角……

第二天我们继续向北，设置第十七号也即最后一座密营。在这里，我们很意外地见到了汪大海。

他提前半天来到那里等我们。大裂谷延伸到这里，越来越窄，最后收缩为一个只有十几米宽的山口。过了山口是另一条从西北方群山中斜伸过来的峡谷，与自南向北伸过来的大裂谷形成了一个大约60度的夹角，夹角处是一道高高耸起、长满落叶杉的分界岭，岭下一处山坳里，有一个隐蔽性极好的山洞，洞口小而洞腹大，不仅可以容得下整个汪支队，格节游击大队全队二百人全住进去也能容得下。这里是汪大海亲自为汪支队选定的最后一座密营，我们要做的事只是在洞口增加点伪装，并在洞外山林里再散开挖一些地窨子，做游击队平常日子的营地。另外，就是还要在最后一段大裂谷的西侧预设一处阵地。

汪大海布置完任务就走了，一句话也没多说，我们仍没敢问什么，心里却多少明白他为什么独独对这座密营如此重视：大裂谷到了这里已经结束，这座密营和密营外的阵地不只是汪支队最后的营地和阵地，也有可能成为格节游击大队在整个大裂谷地区的最后一处密营和阵地。

汪大海没有过夜就走了。天黑下来，老邵头招呼我们进山洞。赵阿姨、秋姑已经弯着腰钻进去，我和小玉也要进去了，蓦然，我清清楚楚地听到了一个声音！

老人突然停下来，全身猛然一抖。我有一种感觉：她似乎还没有动员起生命中全部的力量面对下面的事变，那个令她下意识寒战一下的声音就响起来了。

——发生了什么事？

苍白凹陷的两腮上，两片鲜艳的晚霞热腾腾地烧起来。
"你听过狼嗥吗？"
"没有。"
"你当然没有，你怎么能听到狼嗥呢？你的年龄和我的大儿子差不多，一定是解放后才出生的。现在听说狼快要绝迹了，都成了国家的保护动物了，你怎么能听过狼嗥呢……

"可我做小姑娘那会儿，小兴安岭腹地的狼比人还稠，不像现在，森林没有了，小兴安岭真成了'小兴安岭'了，想见一条狼，得去佳木斯或者哈尔滨的动物园。

"小时候我是在城市里长大的，虽然后来举家流落到乌兰镇，也没见过狼。乌兰镇人烟稠密，家家都有猎枪，狼占不了便宜，就不往那里跑……"

这是我平生第一次听到狼嗥，声音拖得很长，凄厉、阴森、不像人的啸声，也不像别的野兽，比东北虎的吼叫还要瘆人。不仅如此，它还似乎是从我们身后的林子里突然响起来又落下去的！

"嗷儿……儿……儿……儿……"
还没明白这是什么野兽的叫声，我浑身的寒毛就全炸起来！

已经进洞的老邵头、赵阿姨、秋姑又从洞里钻出，人人手里都提着枪，人人的脸都白了。

"邵爷爷，这是啥东西在叫？"小玉已经害怕地抖起来，用一种听来非常奇怪的声音问。

老邵头望她一眼。我立即从这个见多识广的老汉眼里发现了巨大的惊恐。

"狼。"他说。

这时,狼又叫了一声!

一时间大家没说什么,都站着,听着这声长得没完没了的狼嗥。这一次我听清了,它不是从我们洞口外的林子里,而是从山洞背后分界岭那边——确切地说是从分界岭另一侧的峡谷里传过来的。我们距离这道将狼和我们隔开的岭脊,不过几百米!

狼不叫了,一切又归于沉寂,好像从没发生过一样。夜里洞内气氛沉闷。围着一堆篝火,大家吃了点水煮黄豆,老邵头让秋姑去洞口把站岗的我换回来,和赵阿姨、小玉一起坐下来。他说:

"有件事要告诉你们俩,以后不要随便到后面的山谷里去!"

"为啥?"我知道不该问,游击队里不兴多提问,可因为那两声仿佛是幻听到的狼嗥,我还是问了。

老邵头闷坐一会儿,不情愿地说:

"它就是狼谷——狼谷你们听说过吗?"

我看看小玉。小玉也在看着我,可是她的脸色在火光的映照下,正一点点变化,如同一滩蜡油在融化!

我的脑子里火光一闪,想起来了,脸也给吓白了!狼谷,方圆几百里谁没听说过狼谷!在人们的传说中,这里是整个小兴安岭山区最恐怖的所在,这里不是人能来的地方,这儿是狼的世界!狼谷里的狼不但多而且凶悍残忍,就是一头东北虎误入其中,也会被狼群吃掉的!就因为这个,多么有名的猎人,对它都谈之色变,从不敢靠近它!

可我们今天却来到了这里,和它只隔着一道岭脊!

我记得清楚,就是这一刻,那随着春天到来而一直在我耳边轻风般回荡着的大自然的美妙音响,突然消失了——就因为这个,后来我明白这些被我认为是真实的和自然的音响,其实也是一场音乐会,一场春天的森林音乐会!我现在听到的,只是这个仍然春寒料峭的荒山之夜发出的声响,点点滴滴,细碎、刺耳、恐怖!

夜里我们五个人,两个人一班,握紧枪守在洞口。上半夜是我和秋姑。我没有再听到狼嗥,可是总有一种极为可怕的预感:那条刚刚还在长嗥的狼,马上就会跑过来,走近我们藏身的这个月光清白的山洞的洞口,突然出现在我们面前,出现在我面前，瞪大眼睛瞅着我，咻咻地对着我喘气——背后那一道在夜间越发显得低矮的岭脊线，是挡不住它的！

我在黑暗中紧张得浑身发抖——我又发抖了！我的手指再也没有离开枪机，眼睛紧盯着前面的林子。参加设营小组走进大森林之际，我已经不害怕什么了，无论战争还是死亡；可是这个夜晚，仅仅因为两声凄厉的狼嗥，我比任何时候都怕得厉害了！我的头又开始眩晕，我又想到那场走进大森林后才离我而去的风雪音乐会！当初是它在战场上帮助我驱走了恐惧，今天我又需要它再次回响，给我新的勇气和力量，以抵御狼嗥带来的恐惧……可我马上就明白了，没有那场音乐会了，阻止它回到我耳边来的仍是那两声狼嗥本身——狼嗥不是音乐，凄厉、单调、恐怖，刚刚在夜空下响起，世界上所有的音乐就都被它利剑似地刺破了，有了它，世界上就再没有音乐了！

可是我没有再听到狼嗥。下半夜赵阿姨和小玉出来替换了我和秋姑，回到洞内躺下，是不是有过狼嗥这件事在我脑子里也变模糊了。没有狼嗥的夜晚仍是个平静的夜晚，我没想到自己会睡着，但还是睡着了。

醒过来又是个明媚的清晨。残雪融化，阳光透进林间，一条条如同金色长带，一些青嫩的草芽已经给向阳的山坡披上了一层浅浅的新绿。我又要说自己是个孩子了，望着这样的春光和景色，昨天的事越发显得不真实！

可我并没有忘记它，心中的巨大惊悸还在。早上吃了点东西，老邵头让我和小玉去山洞后面的林子里挖一个地窖子并伪装起来。我们顺着山坡向上走了一会儿，才找到汪大海昨天走前留下的记号，用力挖起来。这里离那道将我们和狼谷分开的岭脊线已经很近了，可我们还是没听到一声狼嗥——没有狼嗥，我们就什么也不怕了！

干了一上午才把活儿干完，要下山了，我悄悄拉住了小玉！

"咱们爬到岭脊上看看，到底那边有没有狼！"

小玉的眼睛瞪得贼大！

"你疯了！"

"我没疯！"我一字一句对她说，"我就是想亲眼看看狼谷里到底有没有狼，多少狼——不亲眼看一看，我夜里睡不着觉！"

小玉用惊讶的目光看了我一会儿，勇气一点点来到她身上。

"走，咱去看看去。昨儿我也一夜没睡着！"

小玉也被我生命里时时会爆发的、冲动的、不顾一切的力量左右了。十几分钟后我们登上了那道西北—东南走向的岭脊线，那里视野不开阔，只能看到一面向下倾斜的大山坡和山坡上茂密的冷杉林，我们沿着岭脊线向东走，想看到峡谷深远处的景物，不知不觉间就走上了狼谷谷口西侧的峭壁。在这里，我面朝西北方，望见了狼谷——一条曲折幽深的大山峡，两侧山体陡峭，怪石嶙峋，山上山下森林密布，残雪皑皑，比谷外还要深厚，谷底是一片片新生的草地，中间白花花地流着一条细细的溪水。

这还不是我一眼看到它时的全部感觉。深刻的、一下就震慑了我的心的感觉是它扑面带给我的那一种寂静，完全陌生的、只有在非人间的境界中才能感觉到的寂静。不，一下震慑了我的心的还不是寂静本身，而是寂静下面深藏的阴森恐怖。我虽然还是没看到狼，却本能地意识到了，这里有的只是强大浓重的死的气息，没有丝毫生的气息！

她那泛着两片病态的兴奋的红晕的脸突然一点点变白。

我只能简单地给你叙述下面发生的事：这种极为恐怖的寂静很快被打破了！我还没有从我看到的这段长长的峡谷间看到一头狼，狼谷深处就隐隐响起了声音，开始只像有人远远地擂鼓，稀疏，低沉，听不清楚，接着，这鼓音就沉浊而繁急，越来越响亮，鼓音也不是鼓音，像是山洪乍泄，万马初奔。开始我还有一种错觉：以为是狂风摧动满山林木、摇动林涛发出的巨大而骇人的轰鸣，可我马上就知道自己错了：在我视线所及的范围内，从发出巨响又被密林遮掩的西北方的谷底，一头漂亮的马鹿箭一般蹿出，笔直地向谷口奔来。接着，在它的身后，便是如同灰色波涛般奔涌而出的狼群！我听到的声响，就是狼群奔驰的蹄音！

啊，狼群！不是十几头，上百头而是几百头，高大而凶猛，口边急切的喘息汇成了飓风，数千只蹄趾敲击着地面，如同擂响了战鼓，森林和峡谷间随之响起了巨大的回声，薄薄的瓦蓝的天空也发出撕裂般的炸响……它满山满谷而来，乌云卷过一般笼罩了我视线可及的山谷，立即改变了这条大峡谷的颜色……一看到它们，你就知道下面要发生什么事了。这是极为饥饿、凶残、疯狂的一群，渴望也能够吞噬下世间所有的生灵。它们争先恐后在谷底和两侧山林中飞奔、跳跃，相互拥挤，碰撞，撕咬和咆哮，红红的眼睛却一直盯着前面那头有着美丽犄角的马鹿。马鹿显然是由谷口迷失进去的，当它明白这是一条死亡之谷并试图飞快逃逸时，可能连它自己也知道来不及了。马鹿的个头比每头狼都要高大强壮，但与这满山满谷席卷而来的饥饿的狼群相比，它就显得孤单、弱小、可怜了！开始时它还向着谷口疾奔，后来四条腿就发了软，跑不快了，最后竟然只会原地跳动，直到高大的头狼逼近，才猛然醒悟似地重新开始飞奔，却被箭一般跃起的头狼一下扑倒在地！

一眨眼工夫狼群就洪水般漫上来了，打着旋儿挤成一团，咆哮着，撕咬着！又是一眨眼的工夫，狼群就像退潮一般散开，化作旋涡。它们散开的地方，马鹿不见了，谷底磊磊落落的卵石上，只留下了一滩暗黑的不似血迹的血迹！

狼群从山谷里涌出时，一种巨大的、难以言传的恐怖蓦然充斥了我的心。我只有一个急切的意念：马鹿快跑！马鹿快跑！跑出谷口，你就没事儿了！头狼扑倒了马鹿，我的感觉就变了：狼群变成了一群日本狼狗，马鹿成了英男！等我睁开眼睛，留在谷底的那一滩滩黑血，就成了英男留在世界上的最后一点痕迹了！

巨大的寒战狂风大作般袭击了我，我晕倒了——不，是昏死在狼谷谷口左侧的峭壁上！

狼群咆哮而去之后，小玉才将我背下分界岭。我重新睁开眼睛，寒战在我身上消失，幻觉却没有，我现在知道了：为什么一声枪响能给我带来一场疯狂、暴烈的音乐会和冲锋陷阵的力量，昨晚听到的两声狼嗥却让我不但失去了勇气和力量，还失去了那场音乐会和世间所有的音乐！

——自从中井弘一让他的一群日本狼狗活吃了我的弟弟英男，自从生命中有过那个悲惨恐怖的黄昏，我就再也不能听到一声犬吠或者狼嗥了！今天在我听来，狼嗥和日本狼狗的吠叫是同一种声音！

我躺在小玉怀里，望着她的眼睛。她知道我想说什么，我不想让秋姑和赵阿姨知道刚刚发生的事。小玉懂事地点了点头。我们一起走回去……可是从这个中午起，我的心就再也无法恢复平静了！

夜里躺在山洞中，我又清晰地听到了狼嗥，长一声短一声。这一夜狼群像是转移到谷口来了。我们在彻夜的狼嗥声中睁着眼睛躺到天亮。我的恐惧越来越大，甚至到了无以复加的程度。我忽然不明白了：明知背后就是狼谷，秋叔叔和汪大海为什么还要在这里为游击队设置最后的密营和阵地！

第二天刚刚起床，秋姑就发现，我又听不见她用平常声音对我说出的话了！

"英子，瞧瞧你那双鬼眼，又血红血红了！"在泉水边洗脸时，小玉大声冲我的耳朵喊。

我低头朝水里看——已经看不见我眼睛里的颜色了！

她停下来。那种狂扫过雪原似的战栗就要到来的预感，又在我心中清清楚楚地出现。

"你可以走了。今天我说的不少了……"

我走了。风雪声在我身后狂烈地呼啸，我又听到了万万千千的林木摇撼的声音！

第三天

17

  我的印象是：昨天我走后，她仍然没有离开过自己坐的地方。

  昨晚上我从网上下载了圣桑的《动物狂欢节》，听过以后大吃一惊。它基本上是一首节奏、情感都很舒缓、轻松的乐曲。

  "可以开始了吗？"

  "对不起，我有一个问题。"

  "问吧。把每一件事都搞清楚，是你的职责。"

  我再次感觉到了她的尖刻和不宽容。不过我是不会计较的。

  "重回游击队后，第一场战斗的黎明，你从耳畔的暴风雪中听到的音乐，真是《动物狂欢节》？"

  她的神情表明她对这个问题有些诧异。

  "这话我昨天说过了。我不想重复。"

  我默默地不介意地望着她。像是她真的回答了我的问题，或者我真的毫不介意。

  "我可以讲了吗？今天我们已经晚了。"

  我怎么啦？她当然可以认为自己听到的是圣桑的《动物狂欢节》。犯错儿的是我，我忘记了她是一个病人。还有，1950年9月，她在中央音乐学院听到的圣桑的《动物狂欢节》很可能不是我昨晚上听到的《动物狂欢节》。她听到的任何音乐都可能不是——也不可能是——我听到的音乐。

  "好吧。"

我天天盼着离开狼谷,盼着秋叔叔把我和小玉送到哈尔滨的音乐学校去。不是害怕战争和日本人——有过毛刺破袭战和大蒲柴河攻击战斗,我什么都不怕了——而是害怕身后的狼谷和那一群饿狼!只要听到一声狼嗥,我就会想到中井弘一的那群日本狼狗,想起它们活活撕扯英男的情景,立马就会浑身瘫软,不能自已!

这个愿望很快就实现了。

半个月后我们完成了最后一座密营和阵地的设置,回到位于大裂谷中部的六号密营,就在那里意外地遇上了全队。这时格节游击根据地的反"讨伐"战斗,已经打响了。

一直待在深山老林中的我们并不知道,格节游击大队的出现,它新开辟的这块方圆百余公里的抗日游击区,已经惊动了占领中国东北的日本关东军司令官南次郎本人。南次郎没有用孤立的眼光看待这支新出现的游击队。此时的东三省在这个日酋看来可谓处处烽火,危机四伏:南满活跃着杨靖宇、王德泰、魏拯民的抗联第一、二军,哈尔滨以东的珠河、宾州活跃着赵尚志的抗联第三军,东满活跃着李延禄、周保中的抗联第四、五军。现在一支新的抗日武装又在松花江北岸冒出来,整个"满洲国",简直没有一处"王道乐土"了。南次郎对格节游击大队活动的区域在战略上尤其敏感:一旦让它站稳脚跟向周围发展,和松花江南岸的四军、哈东的三军联手,日寇在三江平原和北满的统治就会瘫痪(后来的战争史实表明,他的估计极有预见性),于是以"滚水泼雪"的决心与手段扑灭这支羽毛未丰的游击队,就成了关东军的急务。南次郎命令驻佳木斯地区日军最高司令官田圆直木少将,务必在四个月内消灭格节游击大队,为此不惜使用重兵;田圆直木则把南次郎的命令原封不动地变成自己的命令,下达给格节日军最高指挥官中井弘一大佐,只是把"剿灭"格节游击大队的期限缩短为三个月,同时完全不顾中井弘一的反对,坚持向格节增援了一千名日军,这样加上格节地区原有的日军,中井弘一的总兵力就达到了一千八百余人,是游击队兵力的九倍还多。田圆同时严令中井,为了在格节地区"绥靖治安",他可以使用"一切军事和心理的恐怖手段"。但若是三个月内中井弘一不能取胜,就请他切腹自杀!

中井弘一以深感耻辱和不屑的心态接受了从佳木斯增援来的日军。从一开始他就不认为消灭一支"小小的"游击队需要如此众多的兵力。这个东京帝国军官大学的老牌毕业生,曾在旅顺关东军总部任过要职,直接参与策划、发动过"九一八"事变,自觉为大日本帝国立过大功,理当像他的同僚板垣征四郎、石原莞尔一样飞黄腾达,成为帝国军界一名权高位重的人物,却因为和新任关东军司令官南次郎闹翻,官没升成，半年前还被贬到松花江北岸这个小地方屈就新职。中井弘一是这样一名日寇：自从他满怀"兔死狗烹""鸟尽弓藏"的悲凉和愤懑来到格节，就开始对当地抗日群众和平民使用包括枪杀、刀劈、活埋、剜心、砍头、剖腹、挖眼、放狼狗撕咬、做日本兵练刺杀的"肉靶子"等等被他称为"最彻底的心理摧毁手段"。格节游击队出现以前，年近五旬的他以为自己就要在这个远离故土的异乡喝喝清酒，练练剑道，埋没终生了，没想到这里居然还冒出了一个抗日游击大队！受命之日，中井的感觉好极了，"讨伐"一支小小的游击队不算什么，最大的愉快则是重新让他觉得"英雄"又有了用武之地。既然连你关东军司令官大人都认为秋雨豪的游击队成了"满洲国"的心腹之患，他这个遭贬之人一定要以"完胜"的战绩铲除的也就不是一般的"胡子"了。出发之日，中井弘一喝了清酒，听了东京来的艺人唱的江户小调，醉意迷蒙中忽然想起，他借此机会东山再起，也不是不可能的！

五月初的一天拂晓，中井弘一骑上他那匹青白毛色的大洋马，率领着全部一千八百名日伪军，以日军打头，出了格节城北门，浩浩荡荡向大裂谷杀来！

由于我军在格节县城的"内线"被破坏，日军这天上午大举进山后两个钟头，秋叔叔才接到报告。中井弘一这次带进山的不只是现在归他指挥的全部一千八百名日军，还有四门大炮，二十几挺机关枪，五十多条日本狼狗。这样庞大的一支队伍摆成一字长蛇阵，顺谷底进了大裂谷。

敌人的兵力发生了这么大的变化，秋叔叔甚感意外，一面急派交通员去哈尔滨满洲省委汇报，请求指示，一面修改原定的反"讨伐"计划，率全队由大裂谷入口处的一号密营退至中段的六号密营，进入预设伏击阵地，打算给中井弘一一个迎头痛击。秋叔叔选择这里打第一仗的原因是：它距六号密营不远，便于我军机动；伏击阵地位于大裂谷西侧的葫芦谷里，有一个细窄的豁口和大裂谷相通。葫芦谷内林木茂密，敌人就是到了豁口外面，仍看不清里面的地形，一旦钻进来，正好进了我们的伏击圈！

全队到达六号密营后秋叔叔立即命令进入阵地，在葫芦谷四周围的山林间居高临下埋伏停当。然后他把汪大海喊了过去：

"大海，照原定计划行事！"

汪大海二话没说就带领几名队员，前出到豁口外面的山林里埋伏下来。他们的任务是：日军一到就开枪，将其由大裂谷引进葫芦谷！

一场大战在即，回到本队的我们没来得及和秋叔叔见一面，就分开随自己的支队进入了阵地。因为一回来就听说中井弘一自己带着队伍来了,我把去哈尔滨上音乐学校的事也忘了。无边的仇恨涌上来,充满了我的心,也烧红了我的眼睛。秋姑和赵阿姨本来不愿意让我和小玉和队伍一起进入阵地,可是我不愿意,我要和秋叔叔汪大海他们一起杀日本人,我要亲手杀掉中井弘一!

秋姑和赵阿姨同意了。她们这样做不是体谅我的心情,而是仅仅出于另一种考虑:日军已大举进山,哪怕为了我和小玉的安全,她们也宁愿带我们跟队伍在一起,而不是几个人孤零零地留在密营中。不过,带我进入汪支队的掩体时,秋姑还是没有忘了大声交代几句:英子,枪一响你就趴在战壕里,我不叫你抬头,你就不要抬头!

时间一分一秒地过去,我的心情越来越紧张、亢奋、激烈。我不是为了参加这场反"讨伐"战才急急地回到队伍里来的,但是一旦闯入这场不但是我而且游击队所有人都没有经历过的大战,我的感觉就不一样了。归途中所有关于秋叔叔就要送我和小玉去哈尔滨上音乐学校的想象都不见了,它们全部简单地化作对于即将开始的大战争的警觉和期盼;过去我参加的都是一些小仗,打的只是仅有十几二十几名守敌的日军孤立据点,最激烈的战斗也不过是跟随全队远程奔袭大蒲柴河镇,即使那一次也是我众敌寡,我几乎从没想到过我军会失利。眼下不同了,敌人的兵力远远超过我们并且是有备而来,不"剿灭"我们就不收兵,失利的阴影一开始就不知不觉袭上了我的心!

不过这种担忧很快就从我心头抹去了。我还是一个十四岁的孩子,哪怕面临一场大战,想的依然只会是自己愿意想的那些人和事。以后的时间里——我说了你可能不信——我脑子里想的只有一个人:中井弘一!

啊,当初带日本兵残杀了我妈妈的是这个中井弘一,放狼狗活吃了英男的是这个中井弘一,此次率大批日军进山"讨伐"的还是这个中井弘一!就是因为世界上有了这个中井弘一,我失去了在中国的所有的亲人,成了无家可归的孤儿,就是因为他,我不能如愿以偿地在春天到来时去读音乐学校,小小年纪就不得不做了一个游击队员!还有——一闪念间我又想起今天的事了:不是他带人来"讨伐",我和小玉也许就要离开这里去哈尔滨开始我们的音乐课了!两个月过去了,秋叔叔派去找省委的叔叔不可能到现在还没回来,要不是有了这场战斗,也许秋叔叔今天一见面就会高兴地对我们说:哦,你们回来了,我正要派人通知你们呢,哈尔滨的音乐学校我已经帮你们联系好了,你们准备准备,今天就走吧!……中井弘一来了,我的生活、我的命运又一次被改变,至少今天我又出不了山、读不了音乐学校了!他不是全格节的中国人的仇敌,他只是我一个人的仇敌,我和这个日本鬼子不共戴天!过去我要亲手杀死他,可我没有机会。今天机会来了,我要亲手杀死他,我要亲手杀死他!

我的情绪越来越亢奋,也越来越狂躁,其中隐藏的唯一不安是:我真能把握住这个机会吗?我能吗?万一真的有了机会,我一枪不能击毙中井弘一该怎么办!不。失去这个机会或许就没有第二个机会了,我就是不去哈尔滨读音乐学校,就是死,只要能给惨死的妈妈和英男报仇,我也不能放过他!

我忘了恐惧。那是和内心的紧张、激愤、狂躁互为表里的另一种强大感觉。来自生命本能的感觉。恐惧的背后是更为逼真的死亡预感:以前日本人没打死你是你的运气,今天不同了,今天日本人来得这么多,要一举荡平格节游击根据地!今天你可能还没打死中井弘一就被日本人打死了,那颗一直要打死你的子弹今天就要冲你迎面飞过来了……啊,不!恐惧让我微微打战,却不能左右我报仇雪恨的决心。它的存在只能给我带来更多更强大的愤怒和激烈,令我的心情越来越狂躁,想法越来越简单。到了后来,我心里就只剩下一个念头了:战斗一打响,我只要看到中井弘一,不管三七二十一就冲过去,一枪打死他!……

停顿。我不该说出下面的话,可还是说了。

"你忘了日本人的狼狗。"
老人的身子一颤。

"是的,我忘了日本人的狼狗。就像我离开狼谷后马上就忘记了狼群一样。可我没有全忘掉。我只是下意识地将它封冻在思想的表层之下了。冰层其实很薄,只要一点触动,它就会破裂。"

老人的身子还在不经意地打战。虽然她自己似乎没有感觉。我第一次亲眼看到了这种可怕的景象。我后悔提起这件事了。

赶快转移话题。

"音乐会呢……这场大战之前,你没有再听到一场音乐会?"
她抬起头来。
"你说的是哪一场音乐会?"

我一惊。

"啊，当然是那场总在你上战场时响起的……啊，不对，是你一到那种时刻就会幻听到的音乐会。风雪森林音乐会。"

是的，还有一场春天大森林的音乐会。

她不寒战了。神情庄重、平静。

"那场音乐会还没有回来，不到枪声响起，它不会回来。事实上，自从参加了设营的队伍，与它在茫茫大森林里分手，后来我的内心又经历了狼谷之夜的打击，它是不是还会回来，我自己也不知道了。你已经知道了，它毕竟不是一场真正的音乐会。"

我知道自己不该再讲话。可还是没有忍住。

"但它至少能在战斗中减少你的恐惧，给你勇气和力量。这样它也就保护了你。"

她为什么要严厉地看我一眼？

"如果你指的是过去的战斗，这么说也许不错。但是这一天，埋伏在葫芦谷深处的阵地里，焦急地等待着我的不共戴天的仇敌赶来送死，我却不再需要它给我力量和勇气。我的愤怒、狂躁、由害怕错过报仇雪恨的机会引起的紧张与不安，就是我的勇气和力量！"

我的急切与狂躁不安没有逃过秋姑的眼睛。我的游击队母亲，自从我又不能听清她用平常声音和我说的话，自从我的眼又变得血红、肿胀和混浊，她就时刻用一双怜恤、担忧、警觉的目光留意我的一举一动……秋姑这时尽可能地贴近我，压低声音喊：

"英子，我再说一遍，这是你秋叔叔的命令，今天枪响以后，不准你离开这个掩体，不准你乱跑！我、你，还有你邵爷爷，我们的任务不是打仗而是战斗打响后照顾伤员，你一定要听话！"

"知道了！"我简单地、大声地回答她。内心却只响彻着一个声音，唯一的声音：我要亲手杀死中井弘一！我要亲手杀死中井弘一！

太阳偏西，久等不到的日军大队人马才来到葫芦谷外的大裂谷里。

中井弘一在那里停下来。他们是早晨进入大裂谷的，除了在谷口挨了游击队潜伏哨的几声冷枪，没有遭到任何抵抗。以后他又带着全军在大裂谷内长驱直入三十公里，一声枪响也没有再听到，内心十分放松。他本来就认为田圆直木让他动用如此庞大的兵力进山"清剿"一支小小游击队是杀鸡用了牛刀,田圆这么干是有意污辱他本人和他统率的日军,现在就更这么认为了。他是带着这一股狂妄和愤怒交织的情绪开始这次"大讨伐"的,进入大裂谷后一直骑着他的日本大洋马走在队伍前头,对身后的队伍也没作任何部署,只是一路纵队跟在他身后前进,看上去不像是打仗倒像是游山玩水。但是从早上到午后,在大裂谷里行进了三十公里后,这个老鬼子还是累了,身上出了汗,不想继续前行。中井弘一在葫芦谷豁口外悠闲地下了马,命令部队就近在溪水边安营扎寨,埋锅造饭。

如果不出意外,今晚他就打算在这里宿营了。

汪大海的枪声就在这时打响了。一声枪声过后,一个正在溪水边撅屁股吹火的日本兵,一头栽进面前的行军锅里,再没有爬出来!

日本人乱作一团。中井弘一大吃一惊后躲到卵石背后。他显然很气恼,抗战胜利后我和他有过最后一次会面,那时这个日寇仍顽固地认为游击战术不是真正的战争艺术,游击队也不是真正的军队,跟游击队打仗对他来说不是光荣而是耻辱。但是这天黄昏,枪声一响,他仍然要指挥部队和游击队开战。中井弘一抽出指挥刀,向着葫芦谷豁口方向做了一个砍击动作,用沙哑的嗓门喊:

"游击队的有——!突刺格格——!"

日本兵丢下锅碗瓢盆,端起大枪,成散兵线向葫芦谷豁口冲来。

埋伏在那里的汪大海回头看了一眼,说:"撤!"

日本兵眼睁睁地看着他们一边打枪一边跑进了葫芦谷,还发现他们人数并不多。百余名日本鬼子乱哄哄地追进来,过了豁口,进了葫芦谷!

阵地上的秋叔叔看得真切,随即喊了一声:"打!"

停顿。她的脸色微变。

我原来以为风雪音乐会不会回来了,可就是这一刻,它又回到我耳边来了。枪声一响,它就自己回来了!

连同那支小提琴——过去我以为是妈妈在为我演奏,这一刻也是——也回来了,它在狂暴、沉重、激烈亢扬的音乐会的声浪中奏响,一开始就高高地颤抖地飘扬在所有的音乐之上,嘹亮得如同一支冲锋的号角!妈妈!我心里喊了一声。妈妈知道今天我要去杀死中井弘一,妈妈在激励我!

音乐会回来了,除了枪声,除了我心中已经响彻起来的一声要杀死中井弘一的叫喊,忽然我又什么也听不到、什么也记不得了——感觉不到恐惧,也想不到自己会被打死了！

枪声大作。一道道青烟从山腰林草间飞下去。日本人几分钟前还气势汹汹，这时一下子乱了套，前面的就地卧倒，后面的掉头慌不择路地逃回去！

这时我看到了汪大海，他已经回到了汪支队的阵地上。"手榴弹！"他高喊一声，领先把一颗手榴弹扔了下去。音乐会的声浪陡然升高！汪大海的手榴弹在敌人群里炸开，一个小个子日本兵随着一团烟火腾空而起，然后软软地落到地下，不动了！

"好！"我失声叫道。

汪大海一扭头看到了我，大吃一惊似地，眉头一皱，冲秋姑大喊：

"她怎么在这里——你快带她撤下去！"

说完他又顾不上我们了，从谁手里拖过一挺机枪，向谷底的日军激烈扫射。又有七八颗手榴弹扔下去，日本兵中升起一团团烟火，随即是一片呜哩哗啦的痛苦叫喊——音乐会的声浪弱下去又高亢起来！

"英子！你快跟我走！"一个声音在我耳边响起，是秋姑。可我不想听到这个声音，耳边忽然就没有这个声音了！我的耳边只有音乐会！战斗已经打响，我亲眼看见日本兵从豁谷冲进来，生命里就只剩下了那个异常急切的叫喊：杀中井弘一的时候到了！杀日本人的时候到了！

我盯着一个边打枪边后逃的老鬼子，一下觉得他就是我一直在寻找的那个大胡子日本兵！

"啊——！"我叫起来。我又想到英男了。我的可怜的弟弟，他直到死也没有吃到我从林子里给他采回的马林果！我开了一枪，以为击中了，他扑倒在地下，可是过了一会儿，他竟又爬起来，飞快地往豁口外面跑去！

秋姑就在这时站起来拉住了我。"走，跟我下去！"她在我耳边大喊。我听见了，又听不见了，音乐会的声浪淹没了她的声音！我不会撤下去，我被刚才那个老鬼子气坏了，原来我没有击毙他，他用假死骗过了我！我一下甩脱秋姑的手，趴在掩体上冲他又开了一枪，他还在跑！我干脆从掩体里站直，又开了一枪，日本兵脑袋往前一栽，扑倒在地下，不动了！

我把他打死了！我把残害了我母亲和弟弟的大胡子日本兵打死了！

我激动得浑身打战。音乐会的声浪激烈而疯狂！可同时我也明白过来了：他并不是我要找的大胡子日本兵，这个死鬼子没有胡子！

一个人猛地扑过来，将我压倒在掩体内！说时迟，那时快，一发子弹"吱吱"

叫着，紧贴着我的头顶从草皮下钻过来。抬起头，我没看到秋姑惊惶而又愤怒的脸，却看到一道青烟，正从草窠子里冉冉飘起，散开。

"英子，不要命了你——！"秋姑从我身上爬起，母狮一样怒吼。我这会儿发觉，她的眼睛也血红血红的了！

音乐会的声浪又高亢起来，我又听不到秋姑的喊声了，猛回头，一个日本兵已爬到离我们的掩体只有十几米的地方！这个鬼子显然吓蒙了，竟昏头昏脑地爬上了我方的阵地！

他不是中井弘一，丑陋的脸上也没长大胡子，可他正冲着我和秋姑举起手中的枪！我猛地站起，在他之前搂响了扳机！日本兵扑通一声向前倒下，一道鲜血飞来，鞭子一样抽在我面前的草丛里，将草都打塌了！

秋姑再次惊慌地喊叫着将我按倒在掩体里，躲过了一串新的子弹。我心中的怒火更旺了：怎么搞的，战斗只打了十几分钟，我还没有发现中井弘一，没有不顾一切向他冲过去，战场上的枪声——它们一直和我的音乐会交融在一起——就稀落下来了！

我抬头向前望去。一团团黑红的手榴弹炸起的烟尘仍在葫芦谷底升腾又散开——音乐会的声浪太响，我听不到爆炸声——可是活着的日本兵已像一群被吓疯的羊，乱哄哄地向后跑出了豁口，剩下的十几个东倒西歪躺在地下，全都不能动了！

"英子，日本人跑了，咱们打赢了！"秋姑冲我大声地、激情地叫道。她也没想到战斗会进行得如此顺利。此前她一直要把我按在掩体内，这时自己就先情不自禁地从掩体内爬起来。

连秋叔叔也没想到会是这样。虽然早上从大裂谷谷口赶回来的潜伏哨报告说进山的日军有近两千人，但葫芦谷豁口的树木挡住了他的视线，妨碍他观察到外面全部的敌情。按照原来的计划，在葫芦谷里完成对日本人的第一次打击后，游击队就马上撤出阵地，遁入山林。这样中井弘一抓不到我们，我们却可以在下一个预设阵地狠狠地打击他。可是，被击毙的日军士兵扔在谷底的几十支大枪吸引了阵地上众多游击队员的目光。秋叔叔从掩体里站起，发出撤退的命令，可这个命令没被马上执行。大家七嘴八舌地说：

"司令，让我们下去把枪捡回来！"

"还有子弹袋，我的子弹都打光了！"

"……

秋叔叔还没回答，几个性急的队员就跃出掩体，跑下去了。秋叔叔想拦住他们，却没有来得及。

战场局势就在几分钟后发生了逆转。我的眼睛一直注视着豁口，这时突然发现，原本逃出葫芦谷的敌人，又突然掉转枪口，"呀呀"地叫着，向谷内冲来！

"司令，快趴下！"汪大海远远地、嗓音嘶哑地叫一声，刚刚还站在掩体外的秋叔叔马上消失在掩体里！

几乎在同时，我也被秋姑拉下了掩体！

一个奇怪的、有点像鸟叫的声音，急遽地划破空气飞过来，越来越近。我还没有明白这是什么声音，"轰"的一声响，一团黑红的火焰就在阵地里升腾起来！接着就是一声声惊慌的叫喊！透过翻滚上涌的黑褐色烟雾，我看到一个只有十九岁、外号"小钢炮"的队员，刚才脸上还带着一种奇怪的笑容向谷底射击，现在两条大腿忽然不见了，他只来得及喊一声，头往旁边一扭，就断了气！

我的脑袋里"嗡"的一声响，像是又有一发炮弹爆炸了。眼前发生的一切我既明白又都不明白——我知道发生了什么事，却不明白它是怎么发生的！战斗已经打赢，我军就要撤退，为什么逃走的日本兵又从谷口跑回来，还带来了炮弹，炸死了我们的人！

又一发炮弹在我身后林子里炸了！我伏在掩体里，被刺鼻的烟尘呛得鼻眼流涕，大声咳嗽。秋姑又对我喊了一句什么，可是我的耳朵里嗡嗡响，一发发炮弹在林中飞行爆炸的声音化作一种全新的、极具震撼力的声响，加入了耳畔再次猛然轰响的音乐会。我没有听到秋姑的喊声，也不想听到。我渴望弄清发生了什么事，摇摇晃晃从掩体内站起，向前面豁口处望去——音乐会的声浪陡然升高，我全身的血也一下涌上了大脑！

我看到了中井弘一！这次真地看到了那个老鬼子！随着大批日军涌进葫芦谷，他出现在豁口左边小山坡上，站在一棵百年老橡树后面，举着东洋刀，声嘶力竭地号叫！刚才不明白的事现在全明白了：遭到伏击后败退回去的日本兵就是被这个老鬼子堵回来的，他还让更多的鬼子兵加入到战场上来，给我军造成惨重伤亡的炮弹也是他下令打过来的（后来查明，中井弘一在这场战斗中动用了他带进山的全部四门大炮）！

"突刺格格——！"隔着两三百米，他那如同狼嗥的叫喊仍然穿透音乐会的声浪，在我耳边炮弹爆炸般地回响着！

"丧天良的——！"我骂起来，泪水迅速模糊了眼睛！

我今天不是一直等着这个机会吗？现在机会到了！为了妈妈和英男，为了我自己，我要杀死他！只要能杀死他，就是我也要被一颗子弹打死，也瞑目了！

这个念头虽然只是在脑子里一闪，却强烈地左右了我的心！我"呀"的大叫一声，跃出掩体，穿过林子，向豁口方向冲过去！

随后就是一些快速闪过的零乱的场景了。树木在我眼前快速地闪过，子弹从耳边"嗖嗖"地飞，"啪啪"地打在树干上。它们没有引起我的恐惧，相反却在我心中激起了更大的怒火！我的脑子完全空了，音乐会的巨大声浪化作一个火车鸣笛时一样响亮刺耳让人难以忍受的长长的啸音。我就在这个啸音中奔跑，眼睛盯着中井弘一，心里只有一个强烈到极点的信念：杀死他！我要杀死他！

我不知道自己在林间跑了多远，最后为何在一棵高大的冷杉树旁停下来，又没有躲在树后，而是站在树前，向中井弘一开了枪！但有一件事我是清楚的：到了这里，中井弘一就在我的短枪的有效射程内了，我能打死他！

我开了一枪，又一枪，直到打光枪膛里的全部五发子弹！

我看见了——亲眼所见——中井弘一的身子向后一歪，就倒在地上了！

啊，我击中了中井弘一，我杀死了他！

一个男人忽然从背后冲过来，用铁钳一样的手从后面抓住我的膀子，将我整个人扳转过来！

"你——你——你想死吗？！快走——！"

耳边火车鸣笛似的啸音还在。可我还是听到了这一声声嘶力竭的叫喊。这一刻，我看到的不是人，而是一双血红的、瞪得极大的、怒火迸溅的眼睛！

"我打中中井弘一了！我打中他了！"我还在叫喊，胸中充满了复仇后的快感和向中井弘一射击时那样旺盛的怒火，眼里满是泪水，"我打中中井弘一了！我打中'屠夫'了！"

"你快跟我走——！"那人气急败坏地喊了一声。

我不叫了。不是汪大海的怒吼止住了我，而是这一刻，无论我耳边疯狂回荡的音乐会，还是刚才声如火车鸣笛般的啸音，都消逝了！

从身边突然炸响起来的密集的枪声背后，从子弹蝗群般打在周围树干上的颤音里，穿透炮弹的一发发地落地爆炸的巨响和林子里冲天的大火与浓烟，连同日本兵沉重杂沓的脚步声，传来了日本狼狗的激动的吠叫和喘息！

我的心一颤。方才还在我耳边嘹亮无比的音乐会突然远去了，消逝了。浑身仿佛立马从火炭中落进了冰窟。我的腿发软，脑袋一圈圈地眩晕，一步也跑不动了！

她脸色苍白。眼里红红的光焰却更亮了。

可这时我已在狂奔。汪大海用那只铁钳般的手拉扯着我，穿过大火、浓烟、密密的弹雨，向密林深处狂奔。我的脚已感觉不到地面，听觉变得无比空旷，我听到的不是枪炮的轰鸣和追过来的日本兵的叫喊，只是日本狼狗狼群般奔涌过来的蹄音，是它们那此起彼伏连成一片的狂吠。极度的恐惧控制了我，意识变得模糊，浑身的寒战也变成了剧烈的抽搐。汪大海一下将我甩在肩上，用更快的速度在林子间狂奔，没命地狂奔！最初我们身边没有别人，只有他和我，接着我就看见人了，我们出现在一群和我们一样狂奔的游击队员前面，我一回头看到了那些比日本兵更快地追上来的日本狼狗，正和落到后面的叔叔们扑打撕咬，人的大叫和狗的狂吠在林间响起一片。也就在此时我看见了一条晚霞映照下闪闪发光的林中之河。汪大海跳进河里，他仍在狂奔，仍在大口大口地喘息。河水很浅，只到他的腰部，他疯狂跳跃溅起的水花模糊了我的眼。这时我看见了秋叔叔，秋叔叔站在河心，血红着眼睛，浑身湿漉漉地往下淌水，正手持一挺机枪，向身后对岸追过来的日本狼狗猛烈扫射……

过了河我们仍在狂奔，我的意识更不清楚了，可我没有昏过去，因为我仍能听到远远传来的日本狼狗的吠叫，仍然知道我们在狂奔，却记不清又过了几道沟，爬了几道梁，才进入一片更大更深的林子……终于，听不到日本狼狗的叫声和它们那比叫声更可怕的咻咻的喘息了，身上的力量一点点恢复。汪大海放下我，弯下腰去像一匹刚刚长途狂奔过的烈马一样剧烈地喘气，接着又拉起我的手跑起来……这时，一个人从旁边接过了我，我努力睁大眼睛，半天才看清，是秋姑！

在她身后是我们的队伍，秋叔叔和赵阿姨，秋叔叔手提着机枪，枪口还冒着烟，他身后一名体格健壮的队员背着小玉。全队停下了，汪大海走过来，一巴掌打在我脸上！

我被他这暴怒的一击打倒在草地上！我被打愣了，哭起来，睁开眼，没看清他的脸，看到的还是他那双瞪得极大的、血红的、歇斯底里的眼睛，连同一张不停哆嗦着的嘴！

"你这是干啥？你为啥打她？……她是你的孩子吗！"秋姑母狮一样扑上去，和汪大海撕扯，一巴掌一巴掌打他的脸，打得"啪啪"作响！我的游击队妈妈——这时她也放声大哭！

汪大海像是被她打醒了，站在那儿，余怒未息地瞪着我和秋姑，一双眼里竟也滴血般地流出了泪水！

"我……我……我干吗打她，她自己知道！"从没看见过汪大海这样，边说话边浑身哆嗦，"她……她不是我的孩子，要是我的孩子，我……我今儿就毙了她！"最后，他终于从牙缝里迸出这样一句话！

秋叔叔走过来，愤怒地看了看我们三个人，喊：

"别吵了，快收拢队伍，向十号密营转移！"

停顿。

天黑后全队又后撤了二十多公里，进入十号密营。清点人员，牺牲了十四个，伤了十个，我军毙敌估计有五十多名。虽是胜仗，营地里却没有欢乐，只有巨大的悲痛沉重地压在人们心头。这是格节游击大队创建后第一次遭遇大面积伤亡，因为撤退得仓促，烈士遗体全部遗留在阵地上，有了那群日本狼狗，遭遇可想而知；十名撤下来的伤员中，有一名被炮弹炸出了肠子。整整一夜，他躺在用树枝临时绑起来的担架上，一直在痛苦地叫喊：

"弟兄们，别让我受罪，给我补一枪吧！……行行好吧！……"

他通宵达旦的叫喊折磨着所有人，而他濒死的目光又那么可怜，谁都不忍心多看一眼。

天亮时他死了，然后就埋了，埋在营地里。下葬的时候，谁也不说一句话，但是骤然间，全体活着的人刮大风般呜咽起来！

这天夜里，因为我在白天的战斗中擅自行动，去攻击中井弘一，差点影响撤出阵地、撤过松干河——就是狂奔中汪大海带我涉过的那条闪闪发光的林中之河——的时间，秋叔叔当着全体队员训斥了我。进山之后，这是他第一次当众毫不留情地骂了我！

夜里，汪大海又和秋姑激烈争吵起来。汪大海坚持要秋叔叔马上把我——这次他没提到小玉——送走，无论送到哪里去都行，就是不能再留在队里了，一天也不能！

"今儿幸好还有一条河,没让日本人和那群狼狗撵上!……以后要是再有这么一回,我就救不出她来了!……早点让她离开队伍是为她好!山外再危险,有这里危险吗?万一因为她全队都跑不出来,你们再后悔,也来不及了!"

秋叔叔坚忍地沉默着。这时秋姑问他,上次他派到哈尔滨去的人回来没有?秋叔叔听了,勃然大怒,红着眼睛,大声对秋姑说:

"你,还有英子和小玉,还有伤员们,不能跟着队伍了。明天一大早,你就和你嫂子,老邵头,带着伤员和小玉、英子,到后方密营里给我藏起来!"

谁也没想到,在队伍里一向不怎么说话的赵阿姨态度却突然强悍起来。她说:

"雨豪,我不能走!你让邵大爷和秋云带着英子小玉和伤员们走好了,我是你的女人,这个时候,我不能离开队伍!"

秋叔叔大怒,脸腾腾地红了:

"我是司令,这里我说了算!我叫你走,你就得走!"

"你以前说了算,以后说了也算,就是今儿这话说了不算!"赵阿姨平静地说,"我说过我不走,我就不走!"

她突然表现得这么冲动和激烈,血红的眼睛里清晰可见地涌出了深深的痛苦和不顾一切的神情,秋叔叔不知道说什么,哼了一声走了!

夜里我受到了更严重的打击:一名侦察员带回消息说,中井弘一没死,我打光了枪里的子弹,甚至没能打伤他,我只是吓得他向后摔了一跤!

啊,中井弘一竟没有死!我本来可以杀死他的,却白白浪费了机会!由于今天我的表现,秋叔叔已经下命令把我和小玉连同伤员们一起送到后方密营里去了。我浪费了这么一个机会,可能以后再也没有机会了!我再也杀不死中井弘一了!

回首一天来的经历——包括那群日本狼狗带给我的恐惧,汪大海背着我狂奔后给我的那一巴掌——我偷偷躲在营地外一棵大树下,无法忍受内心的悲伤,一个人呜呜地恸哭起来!

秋姑在营地外面找到了我并且安慰了我。她给我端来了用黄豆、苞谷渣熬的稀粥,游击队的晚餐……夜里她和我裹着一床日本军毯,在大树下露营。秋姑开头还劝我不要再记得今天的遭遇,说英子你并没有做错什么。后来就不再说话,只是像个亲娘一样紧紧将我搂在怀里,用自己的胸膛口暖我,用一颗温柔纤细、至大至爱的心包容我,抚慰我心灵的伤口。我一直在断断续续地哽咽,渐渐地就在秋姑火烫的胸膛前睡着了,一颗被夜气和无尽的悲凉沉沉浸润着的心,终于安静下来……

可又不那么安静。下半夜光景，我又被一个模糊的梦中的声音惊醒了——

日本狼狗的吠叫！

也许是一声真实的犬吠，也许只是幻听，可我的心，立马又发疟疾般地恐怖地大抖起来！

宿营前秋叔叔让我、小玉明天和伤员们一起离开队伍，我还满心不愿意，可是刚刚在梦中听到一声日本狼狗的吠叫，我的想法就变了！我变得异常热切地盼望天明，好让我尽快离开队伍、离开战场！啊，秋叔叔愿意把我送到哪座密营就送到哪座密营好了，天一亮格节游击队和日本人的战争又要开始，我不怕日本人也不怕中井弘一本人，可我真怕再遇上那群凶神恶煞般的日本狼犬！我已经听不得它们的一声狂吠了……

18

她停下来。她在微微喘息。目光投向看不见的远方。

天亮后秋叔叔派了一个小分队将我、小玉、秋姑和伤员们护送进了第十二号密营，这里距前线已有三十多公里，我听不见枪声，也听不到日本狼狗的狂吠了。

临时分配给我和小玉的任务是帮助秋姑、老邵头照料伤员。当天晚上，我的心又突然受到了极为沉重的打击！

"英子，那件事你知道了吧？"晚饭后，我帮一位我总叫他"小宋叔叔"的伤员换绷带，就要离开时，他用感激的目光望着我，突然说。

"啥事？"我站住了，回头问他。

他久久地望着我，目光中显出同情，半响才说：

"也许我不该告你……前些天，汪队长带人摸进格节城，在十字街毙了一个叛徒——"

……

"就是他，受不了日本人的老虎凳和辣椒水，把什么都招了——"

我一头雾水。"他招了什么？"

"他把秋司令为你和小玉派到哈尔滨去的老秦供出来，让日本人害了！"

我的头顶如同响了一个炸雷。"嗡——！"

"老秦叔叔！"

"……事情本来很顺利，老秦到了哈尔滨，和省委机关也联系上了，你和小玉的事好像也有眉目了，老秦这趟回来，就要带你们走……"

我的头晕得越来越厉害！

"……可就是这个老秦，刚回到格节城，就叫日本人抓住了！"

我觉得天旋地转，用一只手扶住了身边的土壁。

"后来呢？

"没有后来了，英子。后来老秦就让日本人给杀了！"

……

"英子，刚才的话我不该告诉你的，可是……可是……你看我还是对你说了，"他不好意思了，目光里涌出了越来越多的同情与怜恤，"英子，我看你和小玉眼下还是先绝了去哈尔滨上音乐学校的念头吧。格节城里那个家伙叛变后，我们埋伏在县城里的人全都被捕了，和省委、和佳木斯的联系也断了！"

……

"还有一件事你可能不知道。老秦头前几天没能带你们走不是件坏事。前天秋司令才接到了一份由赵尚志从哈东送来的情报，说哈尔滨的省委机关被日本人破获了，上百人被捕，逃出来的人在那里站不住脚，都去了哈东游击区……你想想吧，省委都不在哈尔滨了，就是老秦活着，带你们去了哈尔滨，他又能把你们交给谁呢！找不到安置你们的地方，你和小玉不还是要回来嘛！……"

我突然明白了，昨夜在十号密营，秋叔叔为何对秋姑提的那个关于哈尔滨音乐学校的问题勃然大怒！原来我和小玉还在狼谷谷口为汪支队设置十七号密营时，我们的命运就被确定了！秦叔叔牺牲了，省委也被敌人破坏了，眼下秋叔叔就是再想送我和小玉去读音乐学校，也办不到了！

我的心撕裂般地疼起来！我想到了秦叔叔，他为我们而死，为我而死，不是小宋叔叔告诉我，我还会什么也不知道！秦叔叔我是熟悉的，他是老交通员了，当年赵尚志叔叔到我家，就是他带去的。现在……

我也忽然明白秋叔叔昨夜为什么要让我和小玉随伤员们一起藏到这座远离前线的密营里来了！不能去哈尔滨，又不能长期留在山里，我们俩又只剩下被送往山外去这一条路。可是日军的大规模"讨伐"已经开始，通往山外的大小山道都被封锁，秋叔叔连派人去山外给我们寻人家，也不能了！

也就是说，我眼下就是再想离开游击队，再想出山，日寇结束"讨伐"前也很难办到了！

上次出山后又回来，我下了决心要留在游击队里，就是今天，我仍然愿意留下不走，我已经不怕日本人，也不怕死，可我害怕中井弘一带进山里的那群日本狼狗，我一听见狼狗的叫声就浑身发软，跑不动路，如果今天再留下来，就只能成为游击队的拖累，说不定真会像汪大海说的那样，留下来不但害了我，还会害了游击队……已经有一个秦叔叔为我死了，我还能让别的叔叔阿姨再为我死吗？

啊，就是秋叔叔现在把我随便送给山外什么人家，我也不会怨他了。秋叔叔不是我和小玉的秋叔叔，他是属于所有人，属于一支游击队的。如果我是他，为了游击队的安危，也不能再把我们留在山里了！

每个人都只有一条命。为什么要牺牲别人的生命让我活着？如果只有别人死我才能活下去，我还有什么活的权利？何况就是留在山里，牺牲了别人，也不一定能保住我不死！

也许秋叔叔今早把我们送到这里来的同时，就打发人出山去了。我和小玉待在这里是暂时的，不是明天就是后天，我们就又要被人送到山外什么地方去！

那就走。为了游击队，为了不让别人再为我死，为了秋叔叔、秋姑和赵阿姨这些亲人。进山后的日子里我看得清楚，只要我留在他们身边，他们心里就不可能不时时刻刻牵挂着我，不可能不想到要保护我。实际上，从进山第一天起，我就成了他们的拖累……既是这样，我为什么不走！

这个漫长而痛苦的夜晚过去了，我连秋姑也没有告诉，小玉也没告诉，就悄悄地做好了被送走的准备。只要秋叔叔的人一到，我什么话也不问，就跟着他走！离开这里，我至少不会听到一群日本狼狗的狂吠了，我也不用再看见汪大海那双血红的、责备的目光了！

我以为我很快就会走，可一个星期过去了，我一直在等待的人没有来。一个月过去了，秋叔叔的人还是没来。我们在十二号密营照料伤员的工作却要结束了，六名伤员陆续痊愈归队，三名重伤员牺牲，我们亲手把他们埋在营地里。接着，六月初的一个夜晚，不是我们主动归了队，而是秋叔叔和汪大海突然带领全队，顺着大裂谷，向北退进了我们藏匿的密营。

这段时间说到自己的死，她十分平静。

中井弘一正带着日军向大裂谷深部推进。有过葫芦谷战斗的教训，这个老鬼子再也不敢像头一天那样大意。一个月来，他把队伍分成几路散开，沿谷底和两侧山梁向前搜索前进。秋叔叔也相应变更战术，全队分为若干小队，在敌人可能到的地方设伏，能胜则打，不胜就走。这样，在刚刚过去的一个月里敌我之间像葫芦谷那样规模的战斗就没有再发生，小的战斗却十分频繁。枪声每天都在大裂谷上下及两侧山林间响起，进攻成了偷袭，防御也成了偷袭，偷袭者与被偷袭者又总处于运动中并在运动中不期而遇，偷袭也就不再是偷袭，它变成了不分时间不择地形的遭遇战。而这种遭遇战，对于兵力和火力都十分弱小的我军是不利的。游击队虽取得了一些胜利，却没能像原先设想的那样挡住日军向大裂谷腹地的推进，自己的活动空间反倒一天天缩小了，终于被迫退进了大裂谷北段的十二号密营，离我军设置在狼谷谷口的最后一处密营和阵地只剩下了二十几公里。

当天夜里，我再次从日军所在的南方，清楚地听到了日本狼狗的吠叫，浑身上下立马又要瘫软了！

不是错觉，她是在微微发抖。我忍不住开了口：

"我不明白，你能将战场上激烈的枪声融进耳畔的音乐会，为什么就不能将日本狼狗的叫声也化作音乐会的一部分？"

她的眼睛睁大，目光一时有点惊讶而慌乱。

"那不可能！我试过。和我听到第一声狼嗥音乐会就从耳边消逝了一样，只要听到日本狼狗叫一声，我就什么音乐也听不见了。"

停顿。她望着我，似乎要问：还有别的问题吗？

没有。她的脸色慢慢恢复。

游击队进驻十二号密营，并打算在这里跟日本人打一大仗，补充我军急需的子弹和药品。如何安置我、小玉和四名新伤员，就成了秋叔叔必须马上决定的事。会上赵阿姨和秋姑提议，让老邵头带我们继续向北撤进狼谷谷口的最后一座密营——十七号密营，她们两个这次则要留在队里。她们俩一个是秋雨豪的妻子，一个是秋雨豪的妹子、汪大海的妻子，仗打得越来越残酷，她们不应当再离开本队！

秋叔叔盯着秋姑和赵阿姨的眼睛，看了很久，同意了。老邵头被叫过来，受领了带我们后撤的任务。他道儿熟，十七号密营就是他带我们设置的。而且，他自己就是个老人，不该留在本队。

这天夜里从距我们很近的日军宿营地又一声声传来了日本狼狗的吠叫。虽然明知回到十七号密营还会听到狼嗥，我也不觉得多么可怕了。我愿意跟邵爷爷走！

她为什么要在这里停顿？她方才为何突然哆嗦了一下？

1935年阴历六月，大裂谷内的战局再次发生重大变化。日军在一个月的战斗中损兵折将，却只推进到大裂谷中段，不但让中井弘一恼羞成怒（上司命他三个月内"剿灭"格节游击大队，他给自己定的期限是两个月，现在已过去了一个月，离他的目标还遥遥无期），佳木斯日军司令田圆直木也急了，战局的进展让他确信，要是他不继续给志大才疏的中井弘一增加兵力，那头猪在关东军司令官南次郎给自己的期限内是绝对不能消灭格节游击大队的。田圆直木不想帮中井弘一打赢这一仗，但为了向南次郎交差，却不能不向中井弘一继续增兵。

中井弘一再次以十分耻辱的心情接受了田圆直木为他增派的三千名日军。他明白，田圆这次是把自己能调动的兵力全都给他派来了，他要是还不能于剩下的时间内取得胜利，剩下的就是只有切腹谢罪一条路了。中井弘一不相信自己打不赢这一仗，即使在他连吃败仗时也没想过。随着援军的到来，他已拥有总数为四千八百名日军，和游击队的兵力对比已达将近二十五比一，火力方面占的优势更大。这样一种局面，让他哪怕打了胜仗也觉得耻辱，更不用说有人还怀疑他会失败了。但手里握有这么多兵力也让他在开战以后第一次有了速战速决的念头：游击队为了对付他化整为零，分散出击，但无论他们如何分散，总是离不开面前的这条大裂谷，离不开大裂谷两侧的山林。中井弘一再次改变战法，将四千八百名日军兵分五路，一路由谷底大摇大摆前进，吸引游击队注意力，其他四路则分头悄悄潜入裂谷左右两侧的山林溪谷，撒开大网，搜索前进。他的打算是：趁游击队还没有觉察到日军兵力的重大变化，突然将其包围在大裂谷两侧的山林里，然后慢慢收拢收网，一举歼灭。他确信，他有这么多兵，就是二十个拼一个，也把格节游击队"剿灭"了！

秋叔叔对日军大举增兵一无所知，也就没想到在中井弘一进山时带来的日军背后，还会突然出现大批装备精良的日军。这天早上，接到一路日军正由谷底向前推进的报告，他一面急令部队收拢，进入十二号密营附近大裂谷两侧的预设阵地，一面命令老邵头赶紧带着我、小玉和四名伤员迅速离开队伍，向十七号密营转移。

秋叔叔所以要将前一时期分散作战的队伍收拢，退到这里设伏，第一因为此地是日军的必经之路，第二地形有利，大裂谷到了这里突然变得狭窄，两壁山崖陡峭，便于我军隐蔽，并在战斗后迅速撤离。更重要的原因是：由于日军以分散对分散，我军分散制敌的战法已不奏效，秋叔叔认为眼下又是改变战术，集中兵力对付日军的时候了。秋叔叔的另一个想法是：一个多月的战斗后，日军已将我军压迫到距狼谷谷口的最后一处密营不过二十余公里的范围内，只有迅速打一仗，获得足够的弹药补充，杀出重围，跳到背后去打他的屁股，我军才能一举改变目前的被动局面。秋叔叔最不愿意设想但又不能不想到的事情是：万一这一仗打得不顺，突围又不成功，撤向其他密营的路被截断，我军不得不退入十七号密营，从这里顺裂谷北撤，又成了一条最短和最便捷的路线。

老邵头带着我、小玉和四名伤员离开时，全队也在密营外的林子里集合，就要出发。我们和小玉在林子外面和秋叔叔、赵阿姨、秋姑告别。这是我随游击队进山后第一次和秋姑分开，我心里难过，默默地望她一眼，然后跟着老邵头和伤员们往前走。秋姑突然从队列里跑过来，蹲下去帮我理了理衣领，扎紧了松开的小辫，笑着说：

"英子，别难过，先到十七号密营等我，这边的仗一打完，妈和赵阿姨就去和你们会合！"

她还冲我那么灿烂地一笑！我却什么话也说不出来。心里有一种不祥的预感，似乎这一去就再也不能和她相见。又觉得这个念头不好，不敢说出口。我最后只冲她点点头，强忍着眼泪，回到了小玉和老邵头的队伍里。

当我们沿着一条依稀可辨的林中小路，向北方走去时，秋叔叔也带着秋姑和全队走上了阵地。

如果说离开秋姑和秋叔叔时我的心情还是压抑的，但是走了一段路，它就一点点地变了。

我们离开大队，又走进了莽莽森林。大森林特有的沉重、神秘、寂静的气息感染了我们。我内心的注意力开始转移到路途上，原有的压抑和不安虽没有消失，却被弱化了，分散了。

小兴安岭原始森林中的季节变换是迅速的和神奇的，直到五月上旬，林间还有片片残雪，春天刚刚姗姗而来，可是才一转眼，春天就过去了，山里到处已是初夏的景象：树上的新叶已长大变绿，完全覆盖了天空；脚底下的青草和灌木丛蓬蓬勃勃地长，掩埋了线一样细的小路；透过难得见到的林隙望上去，天空斑斑点点，清澈湛蓝，像晨曦初照下的清潭，像童年时妈妈望着你的眼神，我说的是像妈妈的眼神一样安详。间或遇上一片林中空地，你就能看到一大块天空，横飘着一两道轻纱般的白云，就像一动不动浮在清亮的溪水中的白鱼……还有那潺缓流淌的山潭水，我刚才用它形容初夏的天空，现在要反过来，用天空形容它了，这些积聚在山林间的清潭，一滩滩、一片片，透亮、明净，从下向上倒映着天空和群山，每一滩都是一幅美丽的山水画，让人流连不去……我忘了说那些花儿了，初夏的野花，粉白黛绿，姹紫嫣红，开遍林间，不远一朵，不远又是一朵，一转头身旁山崖上，竟是满满一树……我的耳边又渐渐地回响起了音乐，夏日森林里所有的声响又都化成了音乐：林涛漫山遍野，远远近近袭来，是大提琴浑厚低沉的奏鸣；泉水铮铮淙淙地从山崖上滴落、流淌，是一双双玉手弄响了无数根琵琶弦；一声一声清脆婉丽的鸟鸣，是小提琴琴弦上划过的花哨的装饰音……我没有想过自己又进入了一场音乐会，就已进入一场新的悦耳动听的夏季森林音乐会……

接下来，我听到的就不只是这些点点滴滴的音响了，音乐会变得宏大起来，欢乐起来，山林、天空、树木花草，都参加到一种激动人心的无歌词的大合唱里了……

我又成了一个孩子。我从路边的竹丛里摘下两片叶子，放到嘴里吹起来。我学着吹我刚刚听到的这场夏日林间的音乐会，吹其中每一种乐器演奏的动人的音乐。

3 1 3 | 3·3 4·3 | 3·1 7 | 7 —— | 3 4 3 | 6 7 1 | 7 3 6 | 1 7 6 |
3 —— | 4 3 7 | 1 7 6 | 1 7 6 | 3 —— | ……

她停下来，脸色微白。她注意到我在注视她。

"你不觉得这场夏日森林音乐会的出现有些不自然吗？"我突然问。

她看着我，语调却一下变得尖刻。

"你觉得它有什么不自然？是音乐会不自然，还是我听到一场音乐会不自然？"

真的，我觉得它有哪些不自然？

"我说不清楚。我的意思是，你们虽然离开了本队，却仍然走在日本人的包围中，至少是仍然生活在战争的环境里，怎么还能听到一场如此美妙动人的音乐会？"

"我明白你的意思。你认为我是个有病的孩子。是不是？"

她恼了吗？

"对不起。如果一定要我回答。我得说是。"

她沉默。她为什么沉默？

"你不要紧张。我并不想责备你。你一点儿也没说错，我是一个有病的孩子。我在那些难忘的岁月里听到的音乐会有可能都不是真的。但你要明白，我同时也还是个对世上所有声音——尤其是大自然的声音——敏感得出奇的孩子。我听到的音乐会，也不一定不是大自然在春夏秋冬不同季节里自动演奏给我一个人听的真实的音乐会。

"你还有问题吗？"

我摇头。我承认她讲得不是没有道理——她自己的道理。

我常常会在某些事件没发生以前就有了预感。这天早上，我是带着巨大的不安离开秋姑和本队的，虽然那时并不知道出现在心底的不安意味着什么。可以想到的唯一解释是：打完这一仗秋叔叔就有可能带队突围到敌人后方去了。这样躲进十七号密营里的我们就会和他们长期分开，我们就将独自面对日本人、日本狼狗和背后的狼谷。至于我还能不能再和秋姑——我的游击队母亲——见面，就不知道了！

没有心里这种隐隐的不安，可能就不会有大战之前在我耳畔回响起来的夏日森林音乐会。不过这仍然不是最准确的解释，也不是全部的解释。全部的解释是：即使大战在即，我内心里充满了不安，我仍然是个孩子，一个耳边时时刻刻会幻听到音乐和音乐会的孩子。不安和音乐会的关系仅仅在于：我的不安就是惊恐，而每当我开始惊恐时，音乐会就会悄然而起。

我全身心地沉浸在这场音乐会里。我的心情越来越愉快，没有发觉走在前头的老邵头冷不丁站住了。我走过去，一眼就看到他一双老眼瞪大了，老得和枯树皮一般模样的脸上竟然现出一种可怕的奇白的亮光！我顺着他的目光透过林子望出去，心"咯噔"响了一声就不跳了，宏大、优美、欢乐的森林音乐会听不见了，森林变成了无声的森林，世界变成了无声的世界！

我看到了日本人！

我们一直行进在林木茂密的山梁线上，而在山梁线左侧的谷底，一队日本人正无声地从林子里走出来，和我们同方向前进着。一霎间我虽然什么也听不到，脑子却仍然能够转动：最初我以为那只是一小队日本人，可是我错了，时间一分一秒地过去，日本人没完没了从林子里冒出来，不是几十个上百个，而是浩浩荡荡的一大队日本人，足有七八百人！

"吱——吱——吱——！"

一个巨大、单调、刺耳的声音的冲击波在我脑子里炸响——我又能听到声音了，可听到的只是它！

"英子，小玉，弟兄们，大事不好！"老邵头终于能说出话来了，"你们看清他们身上的符号了吗？这不是跟咱们打仗的日军，这是新来的！"

"邵爷爷，这……这咋办呀！"小玉哆哆嗦嗦地喊，眼里含着泪，她马上就要哭了！

老邵头迅速做出了决定——人在危急时刻是很容易在极短时间内做出唯一正确的决定的！他用一双亮得可怕的眼睛瞪着我和小玉，说：

"你们俩赶快往回跑，报告秋司令，让他快带队伍撤！你们要分开跑，今天新出现的敌人可能不止一路！要是谁在路上和敌人遭遇了，马上打枪，掩护另一个——至少你们俩要跑回去一个——听到没有？！"

"听到了！"小玉回答。

我的耳边仍然没命地响亮着那个巨大的声音的冲击波，可还是听清了老邵头的话。

老邵头可怕的目光转过来望着伤员们，又说：

"弟兄们，我们留下来就地狙击敌人！今天的事情可能要坏，只要我们活着，就要给秋司令他们保住一条向北突围的路！"猛地他又回过头望着我们，"告诉雨豪，只要我们这儿还有枪声，他就可以带队伍朝这个方向撤！"

"明白！"这次是我抢先回答了他的话。

我和小玉掉头就往回跑，飞快地跑了一段路，分开下到山半坡和大裂谷谷底，没命地朝十二号密营方向狂奔！

由于我军侧后方发现了正在实施大纵深迂回包抄的日军，邵爷爷想让我报告秋叔叔，仗不要打了，赶快撤出阵地，想办法突围。可当我和小玉分两路跑回我军位于十二号密营附近的阵地上时，游击队已和沿谷底向前推进的中井弘一打响了。这天中井弘一带一路日军在大裂谷内向前推进得极快，十点钟刚过，前锋就进入了我军的伏击阵地。秋叔叔放过了这一小队日军，等到中井弘一的大队开来，一声令下，埋伏在裂谷两侧的我军百余条枪同时打响！

由于是居高临下，射距极近，谷底的日本人立即被撂倒一大片。中井弘一跳下马，藏到一块一人高的巨石后面，偶尔露一下脑袋，对日军发出命令：

"突刺格格——！"

战斗开始时进展得很顺利。但让秋叔叔惊异的是，虽然地形明显对日军不利，中井弘一却不像往常遭到袭击后那样马上后撤，再重新组织攻击。今天他一点儿也不慌张，自己不退却，也不让中了我军埋伏的日军后退。这个老鬼子一下一下挥舞着指挥刀，让四散奔逃的日本兵就地卧倒在石头和树丛后面，向山崖上的我军疯狂还击。这样的射击，根本不可能击中崖上的目标！

"日本人怎么回事？"他问身边的人。

没有人能够回答他。

这时我和小玉一前一后，一个从谷底，一个从山梁线上赶到了他身边，气喘得话也说不出来了。秋叔叔一眼看到我们，吃了一惊：

"怎么回事？你们俩咋又跑回来了——！"

我和小玉呼哧呼哧地喘着气，向他报告了老邵头要我们向他报告的话。秋叔叔的神情变得极为严峻：

"你们没有看错？真有那么多敌人？——说错了杀你们俩的头！"

那个巨大、刺耳的声音的冲击波仍在我脑子里响亮地鸣叫，我大声喊起来，就要哭了：

"没错！真有那么多日本人，是新来的！"

秋叔叔猛然醒悟：只有一个原因会让中井弘一不惜代价留在地形不利的谷底作战，那就是他想拖延时间，不让游击队离开战场！他要等新来的大批日军听到枪声后向这里包抄过来！

"不好！"他对身边的警卫强林说，"通知全队，快撤！"

两发信号弹飞上天空。在白天明亮的日光下，它只是两道浅蓝色的烟，划着弧形落下去。可这已经够了，裂谷东西两侧的我军队伍已交替掩护着，撤出阵地，撤进背后的山林！

我和小玉跟着秋叔叔的队伍撤下阵地，撤进林子。一颗心还没落下来，左右两翼就爆炸似地响起了枪声，日本兵已包抄过来！

"一分队掩护，弟兄们快撤！"不知怎的汪大海的队伍就从裂谷东侧撤到了西侧，我在奔跑中落到这支队伍里，听到他正在大声发出命令。

然后他就自己也留到了最后，带着一支十几个人的小分队边打边撤，掩护全队向狼谷方向突围。当时我并不知道，撤下阵地后秋叔叔所以没有立即带队沿裂谷谷底向十七号密营撤退，一是从两翼山林中包抄过来的日军距我们已经很近，有可能一下将游击队封死在谷底；二是那一刻他可能还没清醒地意识到敌人都在哪个方向，除非我军已陷入重围，他并不愿意带全队撤向最后一座密营。但当他率队撤进裂谷西侧林子里以后，我军所以会自动朝十七号密营方向狂奔，就不是有意而是为情势所迫了：东、南、西三面连同更远一些的东北、西北方向，都激烈地响起了枪声，每个人凭感觉都明白只有北方还有一线生路。这是一场猝然于山林间展开的遭遇战，虽然我们撤退的速度够快，日本人却也以出乎意料的速度跟上来，并在运动中调整了兵力，在林子里架起了机关枪，猛烈扫射奔跑中的游击队员。我开始还和秋姑、汪大海在一起，后来一眨眼工夫我就和他们跑散了，既看不见汪大海，也看不到秋姑了！

你听到过机枪射击声吗？不是在平常的地方、平常的时候，而是在原始森林里，在被敌人疯狂追逐的一刻，突然响起了那样一种震耳欲聋的啸叫……你没有听到过……你不会听到的……它在密不透风的林间响起，音量无法扩散，你听到的也就不是以往在空旷处听到的那种清脆的"嗒嗒"声，而是擂鼓一般沉闷、回音异常响亮却同样沉闷的"嗵嗵"声；这样的声音还不是从一个方向响起，说不清有多少挺机枪——至少有十几挺——在你的周围三二十米的近处同时打响，所有的声浪汇合起来，其震撼力是一个人脆弱的神经不能承受的……我立即陷入了下面一种状态：还没有真正明白——也不可能明白——自己遭遇的危险有多大，这种极具震撼力的机枪声,连同随之弥漫在林间的、可以从身边狂奔过去的人们的脸上清楚看到的极度惊恐的气氛,就控制了我,让我也跟着别人没命地狂奔起来。日本人的机枪声,由它引起的巨大恐怖甚至让我在短时间内忘掉了另一件事——那群被中井弘一带进山来的日本狼狗,我已听不见它们的一声吠叫!震耳欲聋的机枪声把林间其他的一切声响都遮蔽了!飞奔中我亲眼看到一个一直跑在我身边的大个子队员胸部中弹,轰然倒在草地上!我只来得及瞥他一眼,脑海里留下一张歪歪的、像是在奇怪地嘲笑着什么的脸,转瞬又忘了;一个很年轻的、豁唇的队员,刚刚提着枪、像累极了的马一样大喘着气从我身边跑过去,忽然全身一颤,头部猛地绽开了一朵鲜红颜色的花——我连眼也没来得及眨,一大片热乎乎的东西就巴掌一样打到我脸上,打疼了我的眼!这一瞬间我的恐惧无以复加,我以为自己也被击中了,我扑倒在地下,半响才睁开眼,从脸上扒下那块黏稠的东西——我始终没闹明白那是一团脑浆,却清醒了一点——极度的恐惧中有时你也会忽然清醒——想到自己并没有被击中!我还活着,是刚才那个不知名的年轻队员挡住了射向我的一梭子机枪子弹!

我浑身上下刮风般地抖起来,机枪声已经听不到了,什么都听不到了,只有一种简单而又无比巨大的对死亡的恐怖感觉,盲目地攫住了我——这是极为短暂的一瞬,却又漫长可怕,它来了,又去了——忽然我又能听见林子里所有的响声了,机枪声,人的叫喊,还有马嘶。为什么还有马嘶呢,我一点儿也不明白……刚才我还什么也听不见,忽然间我的生命里似乎又只剩下听觉了,听觉也成了一张薄纸,每一声细微的声响都会引起它剧烈的震颤与哗响……可是真正恐怖的一刻刚刚到来,我什么都能听到了,林子里却什么声音都没有了,一下子静下来,静极了,只有日本人的机枪还在爆豆般地响,"嗵嗵嗵——!"带着金属味的死亡颤音,每一声都像用锤子一下下敲击我生命中的最后一层薄纸。我不明白林子里为何会突然变得这么静,这种寂静比日本人的机枪声更让我害怕,我想理解它,可我做不到,我的想象力一点也没有了,头疼得要炸,可还是不能思考,我理解不了它!——忽然我能够思考了,被阻断的线路接通了,我想到的第一件事是:所有的人都被打死了,秋姑、汪大海被打死了,秋叔叔、赵阿姨、小玉也被打死了,整个格节游击大队,只剩下我一个人活着了!

我也很快要被日本人打死了!

泪水一下从脸上流下来,身子仍在剧烈地打着战。我不是为自己也要死去了而悲伤,所有的人都死了,我也绝不会活着冲出包围圈,这一点我明白,我只是恨自己竟会这样死,死前再没有杀死一个日本人,更没有给妈妈、英男报了血海深仇!

一个声音在可怕的寂静中响亮起来。"嗒嗒""嗒嗒"！……我的意识清醒了一点，我听出来了，这是一匹马，一匹被枪声和死亡的浓重气息惊得发了狂的日本战马在飞奔！我没有看见它，却即刻在心里认定它是中井弘一骑进山里的那匹高大的毛色青白的日本洋马！马蹄声一忽儿离我远了，一忽儿又近了……不，它越来越近！我的脸仍然埋在草丛里，不敢抬头，却听出来了，随着这一串烈马狂奔的蹄音越来越响亮，一挺日本机枪停止了射击，接着又一挺机枪也停止了射击！

所有的机枪都停止了射击。静极了的山林里，只剩下一串更加响亮的马蹄音！

一个熟悉的声音，在我身边两米远的地方叫起来：

"秋云，抓住马尾——！"

是秋叔叔！他在喊秋姑！我吃了一惊。原来他就卧倒在我身边不远的草丛里，我却一直没意识到！他身边还趴着秋姑！秋叔叔什么时候和我们汇集到了一起，我不知道，也根本没时间想它！我甚至没来得及歪过脸去看他一眼，秋叔叔就一跃而起，抓住了那匹狂奔过来的马！

接着，秋姑也应声从草丛中跳起来！

现在我的眼里只有这两个人和那匹日本洋马了，青白色日本大洋马并没有马上停住，它拖着秋叔叔狂奔了几丈远，才兜了一个大圈子站住了，秋叔叔随即一跃飞一样上了马背，并没有立即策马狂奔，他和马一起在原地打转！

他在等秋姑！

转眼之际，秋姑紧跑两步，一把抓住了马尾！

一个无比焦急和可怕的念头在我脑海里一闪而过：就像我不知道秋叔叔和秋姑就在我身边一样，秋叔叔和秋姑也不知道我就趴在他们身边！

"秋叔叔！妈——！"一种来自下意识的恐惧与绝望，让我失声喊叫起来！

马上的秋叔叔和马下的秋姑——我的游击队妈妈——同时转过头，看到了我！说时迟，那时快，此刻也血红了眼睛的秋姑冲我尖叫了一声：

"英子，快！——！"

我忽然意识到他们正在等我！我的恐惧消逝了！不，不是消逝，是被忘却了，生命意识里刚才只有日寇的机枪声，现在却只剩下那匹日本洋马和马上马下的人，只剩下刚才秋姑对我喊出的那句话！只剩下求生的本能！

一股强大的力量将我从草丛中弹起来，我奔过去，跌倒了，又跳起身，抓住了马尾——白马几乎立即就狂奔起来！

一个声音在空阔的山林里高叫着：

"弟兄们，冲出去啊——！"

林子里一下子就跃起那么多人，围着那匹飞奔的白马，他们自己也像马一样在飞奔，而我原来以为他们都死了！我对周围世界的意识是那么模糊，竟以为和我一起飞奔的是一群重新复活的死人！

很快就连这点模糊的意识也消逝了，脑子里只有一个强烈的意念：抓住马尾！抓住它不放手，要想活就死死地抓住它，我要活着冲出去！我觉得不是我的双脚在跑，确确实实是大青马（后来我们给它起的名字）在拖着我跑。上坡下坡的时候，我甚至觉得大青马不是在拖着我跑，而是在拖着我飞……飞起来落下去，落下去又飞起来，我的身子、我的心掠过空气，发出"嗖嗖"的箭镞一般的啸音……

日本人的机枪又在狂叫了！我没有注意它们何时又开始狂叫，却模糊地记得身边的人一个一个、一批一批倒下，速度之快就像一些虚假的、一闪即逝的影子。我的两只手越来越疼，随着马的飞驰跳跃，它们像被无数细小的锋利的刀片用力切割着，疼入骨髓。我一直不明白这些刀片是从哪里来的，不，那是马尾一丝丝切进了我的掌心和指尖！

我也没有想过真地能从日本人的重兵合围中冲出去，即使在抓到了马尾，飞一样随着秋叔叔和大青马狂奔起来以后，也没想过。我只是在一种求生的本能的支配下狂奔和飞翔，根本就没有想过是不是能活着突出重围。我的耳边呼呼地嘹亮地响着风声，我自己的脚步声和飞翔的声音也在划破空气，它们一时间充满了我的听觉和生命，日本人的机枪声和日本狼狗的狂吠也被遮蔽了。不知道过了多久，像是很久，又像是极短的一会儿，大青马停下了，秋叔叔从马上回转过来——我注意到这一刻他的眼睛是血红的，明亮的，水汪汪的——一下将我拉上了马背！这只是短暂的一瞬，大青马随即又飞驰起来，周围剩下不多的人也跟着狂奔起来！但是这短短的一瞬已改变了一切，它让我明白了至少秋叔叔和我，连同仍和我们在一起的人们，已冲出了日本人的包围圈。我的头一晕，接着就什么也不知道了。

19

喉咙在艰难地搐动。

明白秋姑没有突出重围，是后来的事。游击队残部退入了十七号密营。昏死过去的我在越来越近的枪声中醒来，睁开眼看到自己参与设营时睡过的狼谷前的岩洞里，身边那些侥幸突围出来的游击队员个个衣衫褴褛、血肉模糊，正随着在一天的血战中变得无比悲愤、激切、迷乱的秋叔叔，冲出洞口，走向密营外狼谷谷口的最后的阵地，要与合围上来的日寇决一死战！

没有人注意我！我被他们孤零零地扔在岩洞里了！

"妈——！秋叔叔——！"我习惯地、慌乱地叫道，从草铺上爬起来。

我的脑瓜混沌不清。像每次到了危急时刻一样，我的第一个反应就是在人群中寻找秋姑——我的游击队妈妈！

没有人回答。就连随队伍行动的赵阿姨和小玉，也只是回过头，用充满战斗狂热、满是泪水的眼睛匆匆看我一眼，并没有停下脚步！

猛然间似乎有一支火炬闯进了我黑暗的心，照亮了储藏在那儿的记忆！我想起秋姑，在包围圈中，秋姑将她已经抓到的马尾交给了我，这以后我就再没看到过她了！眼下还活着的人我都看见了，这些人中间没有她！

"啊——！"我大叫一声，冲向洞口，追上队伍，追上赵阿姨和小玉！

"赵阿姨，小玉，我妈呢？……你们谁看到我妈了？"我死死拽住她们，大声叫着——我不想掉泪——怕我想到的事情是真的——可泪水还是飞溅出来！

赵阿姨站住了，充血的眼睛呆呆地望着我，足足有半分钟……猛地，她反身紧紧搂住了我，身子抖得如同飓风中的枯草！

接着，她就山崩地裂般地哭出声来——

"英子，秋云她没有跑出来呀！……"她大哭着，半晌才喊出了这句话！

小玉也扑过来了，我们三个抱成一团。队伍已经走过去了，密营外只剩下我们三个，放声大哭！

"不！我不信！我妈她不会……"我哭着，叫着，抬起头来向南方的大裂谷望……我不相信，绝对不相信秋姑没跑出来！

"英子，这是真的！……"小玉哭着，流泪的脸贴着我的脸，一声声大叫。

我吐了一口血……

方才还不甚清晰的战场细节全部浮现在眼前……秋叔叔让秋姑抓住马尾，秋姑已经抓住，因为我的一声喊，秋姑把马尾给了我，我抓住了，她却丢开了手……

接着，大青马就飞驰起来！

"秋姑！……妈呀！……"我大叫着，又吐了一口血。我不能再不相信那个可怕的噩耗！秋姑真地死了！我的游击队妈妈，母亲死后世界上最疼我的一个人，今天为了让我活下来，自己选择了死！

我在赵阿姨怀里晕过去又醒过来……为什么不是别的时候，恰恰是这时，我想起了汪大海的话……他一直认为，让我和小玉留在山里，会害了游击队，害了别人，现在他的话应验了！

而且死的不是别人，竟是秋姑！为了让我活下来，世间心肠最好、最不该死的一个人死了！她是秋叔叔、汪大海的亲人，也是我的亲人哪！

我不能再哭了。枪声正沿着大裂谷由南向北响过来，越来越清晰和密集。成功地对我军实施了包围攻击之后，中井弘一的队伍在狼谷谷口前的深谷里聚集到了一起，正向我军阵地推进，最后的决战就在眼前！

我也不想再哭了……我哭不出眼泪了，现在滴出的都是鲜红的血！我要报仇！为秋姑报仇！

为了我这个朝鲜孤儿，出山去寻找满州省委的秦叔叔死了，秋姑那么好的人也死了，我干吗还要活着？我还有什么理由活着？我活着干什么，还要再让别的人为我死吗？

今天中井弘一也不会再让我活下去了。中井弘一已把我们逼进了最后一处阵地。背后就是狼谷，我们已无路可退。今天每个人都将在最后的阵地上战死！

……

风声。风声在我耳边响起来了。狂风大作，满山满谷林涛轰鸣……音乐。战场音乐。音乐会。低沉、宏大、疯狂，内心里却第一次透出了成人似的坚执和平静，连同一种要和敌人一起毁灭的决心！

扭头望去，队伍末尾的队员也消失在山棱线下面了。即使听到了我们三个人在恸哭，也没有人再回头看我们一眼！游击队就要进行最后一场血战，现在连为死者痛哭一场也没时间了！也不需要。我们今天和狗日的日本人拼了！秋姑——妈妈，你的英灵不远，英子就要跟着你来了！英子要杀日本人，杀中井弘一，为妈妈、英男、你、还有我自己报仇！

我们跑步跟上队伍，在狼谷谷口西侧半山腰的单兵掩体里分散趴下。一眼望出去，日本人就要到了！

首先听到的不是枪声，在一种狂风袭击山林般的音乐声——久违的风雪森林音乐会的巨大声浪中，我又听不到枪声了，可我却听到了上午突围时被日本人的机枪声遮蔽的日本狼狗的狂吠！

我是抱着必死的决心进入阵地的，早已离弃了我的风雪音乐会却在这时回到了我的耳边，重新给了我与敌人最后决一死战的勇气。可是，刚刚听到日本狼狗一声声凶悍的吠叫，我的老毛病就又犯了，生命中刚刚积聚起来的力量，我的决心和勇气，连同响彻在耳边的狂风大作般的音乐声，都一下子被削弱了。

恐惧像冰水一样流遍全身，我又不由自主地寒战起来！

除了日本狼狗的叫声，我又什么也听不到了！

啊，哪怕是在最后的一战中，我仍然不怕日本人，不怕死，相反我还渴望以死为秋姑报仇，赎我自己的罪（不是我要留在游击队里，秋姑就不会死！）……可是我害怕那群日本狼狗！

我向犬吠声响起的谷底瞪大了惊恐的眼睛。一支队伍刚刚出现在我的视野里。走在前面的不是中井弘一和日本兵，不，他们竟然是上午战斗中被俘的二十多名游击队员！在这些已被折磨得血肉模糊，步履蹒跚的身影中，我看到了老邵头，接着在老邵头身边，又看到了秋姑！

我的心狂跳起来。日本狼狗的叫声听不见了，音乐会又回来了，巨大的声浪化作广大无边、雄浑苍凉而又狂烈的呜咽，在山上山下响彻……我的游击队妈妈，我以为你死了，没想到又在被俘者的队伍里看见了你！

我的头开始眩晕！看到秋姑，我也就看到了那群日本狼狗，重新听到了它们一声声的狂吠！这些畜生一头头出现在被俘者身后，被更后面一点的日本兵松松地牵着，吐着血红的舌头，凶恶地叫着，跳跃着，边走边向前面被俘的游击队员身上扑咬。转眼间一名拖着伤腿走在后排的队员就被扑倒了，狗群马上汹汹地狂叫着扑上去，扑倒的人不见了，能看见的只是疯狂拥挤冲撞在一起的日本狼狗……可是就从那个地方，却一声声清晰地传来了惨绝人寰的叫喊！

"啊——！啊——！……"

我晕得更厉害了，现在不是巨大的音乐会的声浪和与音乐会一样巨大猛烈的风声，而是一阵阵像狂风一样剧烈的寒战和它们一起袭击着我的身心。就是这群畜生！它们吃了英男，现在又吃了那个还在一声声叫喊的游击队员！……被俘者的身子是被日本人用铁丝穿透膀子串在一起的，因此这名游击队员被日本狼狗撕扯和吞噬的时候，其余的人还只能停下来站着，近在咫尺地听着他一声声惨叫，听着日本狼狗在自己身后发出撕嚼人的骨肉的声响!

头一个被俘者的叫喊声刚刚消逝,我马上看到,又有一名后排的小队员倒下了,那群日本狼狗又扑了过去!

我已经没有办法控制自己的恐惧了,眼前的一切本来会让我再一次丢脸地晕过去,可是没有,我被心中另一种更为急切的意念从昏厥的边缘拉了回来:秋姑!我的游击队妈妈,她也正在那个被日本狼狗不断撕扯着的、人数越来越少的队伍里走着!

一个低沉的、飓风横扫荒原般的声浪响起来⋯⋯不,这不是风声和林木的呼啸,也不是我重又幻听到的风雪音乐会狂风大作般的轰鸣,这是山腰中我军两排阵地里队员们发出的悲怆的哭声!

我的哭声也响起来。我泪眼模糊。我抬起头又看到了谷底的秋姑,我的亲人,我的像亲妈一样亲的人,我在山下被俘的人群中间只能看到你!秋姑的个子低,被日本人用铁丝穿透了脖颈,一只胳膊已经断了,浑身上下成了血人,可她却瞪着眼睛,一小步一小步走着!

蓦地,她朝我们埋伏的山腰中抬起了头——她或者听到了我军阵地上的哭声,或许没有,可她知道这里有她亲手预设的阵地——秋姑用一种极为凄凉的声音大声喊叫起来:

"弟兄们,哥,大海,你们干吗还不开枪?!你们开枪呀!⋯⋯亲人们,快开枪呀,别让我们都这么死呀!⋯⋯"

山腰上下,飓风横扫荒原般的哭声停了一下,又变得更加响亮了!

秋姑还在一声声喊:

"哥,大海,嫂子,英子,弟兄们,大叔大爷们,快开枪!我们不怕,你们也别怕!日本人就是要用这种阵势吓咱们,要咱们怕!⋯⋯你们一开枪,我们就不怕了!⋯⋯"

跟在被俘者后面一直狞笑着的日本人不笑了,山上山下的哭声洪大而响亮。一个粗壮的汉子猛地从最前面一排掩体里立起半截身子,大声喊道:

"司令,弟兄们,还看什么,打呀!前面就是狼谷,让咱们的亲人痛快一点死吧——!"

开始我没听出来是谁的声音,后来听出来了,是汪大海在喊,他的声调变了,变哑了,一点也不像他自己了!

接着,秋叔叔的声音就响起来,这声音也变了,变得苍凉、沙哑。秋叔叔在喊:

"弟兄们，打呀——！"

枪声立即在山谷间炸响起来。随即——我泪眼模糊，却看见了——秋姑身子一歪，倒下了！虽然后来我一直没问过汪大海，可我至死都相信这一枪是他打的，他是格节游击大队的神枪手，不是他，别人一枪是打不死他的妻子——他最亲的亲人的！

接着是老邵头。老人倒下后不知为什么又折起身子，朝我们据守的山腰阵地望了一眼！后来我一直觉得他最后的眼神里充满了遗憾和愤怒，老人似乎要说：你们朝秋云开枪就行了，不该把我也打死，我本来还有力量，要一直走进狼谷，把日本人也引进去！秋司令，汪队长，你们打早了！

我也开了枪……干吗不愿讲出来呢？那样的时刻，如果英男和我的亲妈走在山下的队伍里，我也会流着眼泪开枪的！我的身子刮风般地颤抖，脑袋一圈圈地眩晕，可我还是开了火！我被阵地上飓风般的哭声裹挟着，被自己生命中的滔滔泪浪充盈着，原先由日本狼狗的出现带来的恐惧不知不觉就被减弱了。这一刻，我也觉得只有向山下的亲人们开枪，才是对他们好，无论如何，不能让日本狼狗一个个吃了他们，也不能让他们继续往前走，走进狼谷里去，那里有一群狼啊！

啊啊！只有一分钟，也许连一分钟都不到，暴露在游击队枪口前的就只是被枪声激怒的日本狼狗和跟在它们后面的日本人了。日本兵迅速卧倒在地，向山腰射击，而那群吃人的狼狗则暴怒地狂吠着，跳跃着，向我们的阵地扑来！

"弟兄们，打日本狼狗，咱们跟这些家伙拼了——！"这一次，我又听清楚了，是秋叔叔在悲愤、嘶哑地叫喊！

阵地上的哭声陡然高亢了……顺便说一下，这场战斗从始到终，那种飓风扫过荒原一般嘹亮、宏大的哭声，一直没有消逝过——日本狼狗群已闪电般冲上山腰，与坚守在第一道堑壕内的汪支队的队员们撕扯到一起。枪声大作。我眼睁睁地看到一条日本狼狗被打倒，又一条跑着跑着也倒下了！但是更多的日本狼狗却穿过枪烟，越过前排的掩体，向山腰更高处的我们扑过来！

我和赵阿姨、小玉是最后进入的阵地，我的掩体就在后一排的最上方。瞥见一头狼狗向我们的阵地扑来，刚刚忘却的恐惧又回来了！我的脖子又像是被一只巨大冰冷的铁手卡紧，我不能呼吸，一双手也不听使唤，无法瞄准那头正向我扑来的狼狗！我在极度的惊恐中本能地、盲目地打光了短枪里的子弹，然后挣扎着，迎着那头似乎从一开始就盯上我的灰褐色日本恶犬，扶着掩体，握紧仅有的一颗手榴弹，浑身大抖着站起来！

过去几十年里，常有人问我：你在抗日战争中有没有经历过那种时刻——明知道自己要死，而又无法躲避，只能眼睁睁地等着，那一刻你的感受是什么？……不，我不能告诉他们，六十多年过去了，我从不开口谈这些事。一次也没有。这是说不得的，哪怕偶尔想到它，我还会浑身打战，就像这天在阵地上一样，随时可能昏厥过去。可我今天愿意对你说一说……是的，当时那头灰褐色的日本狼狗箭一般穿过灌木丛和枪烟，从山坡下方笔直向我扑来，我的头脑虽已不大清楚，却知道自己就要死了！同时也明白地意识到下面一件事：我不会像英男、像方才在谷底被日本狼狗活活吞噬的游击队员那样死！我一听到日本狼狗或者狼谷内的狼群的叫声就要战栗和眩晕，不是害怕死，而是害怕像他们那样可怕地死！……那一刻我能想到的是：尽管这条正向我扑来的日本狼狗想让我那样死，藏在谷底某一块石头后面的中井弘一也想让我那样死，可我举起了这颗手榴弹，掏出了拉火环，站起来迎候日本狼狗的时候，就知道我不会那样死了！不但不会那样死，还会在死的时候消灭掉这条也许就撕吃过英男的日本恶犬！我会在手榴弹爆炸的一瞬间毫无痛苦地死，这头日本狼狗从此却再也不能吃中国人的肉，让他们凄惨地叫喊着惨死了！你能想得到吗？虽只是一闪念，所有这一切我都想到了。我为自己能这样死高兴，而高兴本身也让我战栗！

　　我还笑了起来，笑出了声！只要再过几秒钟，我不但不会再害怕这条向我扑来的日本狼狗，世界上任何一条日本狼狗我都不会害怕了！

　　日本狼狗扑上来了，我仍然在笑，同时猛地拉断了手榴弹的弹弦。我可能还大叫了一声："跟你拼啦！你去死吧——！"然后闭上眼睛，等候着我热切渴望着的那一声爆炸，那是结束一切的一声轰鸣，也是复仇的、让我在快意中死去的一声轰鸣！

　　我没有听到这一声轰鸣，自己却被猛扑过来的日本狼狗一下撞倒在掩体里。它显然是被掩体前面的灌木绊了一下，跟着一个前冲，也摔倒在掩体内，砸在我身上。我没有起身，手里仍然紧抓着那颗瞎了火的手榴弹，巨大的恐怖一瞬间攫住了我的心，我瞪大眼睛，拼尽全力，冲着眼前那颗丑陋的畜生的脑袋，就是一下子！

　　我从没有想到过，一个陷入巨大的恐惧的人，哪怕她浑身正在打战，也会生出超乎想象的气力！我拼尽全力一击下去后，生命中最后的力量也耗尽了。我昏过去，可是飞溅的狗血和破碎的狗头骨连同脑浆，随即又有力地打在我的脸上，让我苏醒过来。这时我抵近看到的不是原先那条日本狼狗，而是一个可怕的、红白流漓的狗头，一双直视着我、瞪得极大、似乎只剩下无限惊骇的人一样的狗眼……这条日本狼狗在我身上抽搐了一下，就不动了！

20

枪声、日本狼狗的狂吠、游击队员在搏斗中发出的声嘶力竭的叫喊，让我在极短的昏厥后又醒过来。我推开压在我身上的日本狼狗，浑身瘫软地从掩体里站起，重新看清了战场上的景象——

我杀死的只是一条日本狼狗，更多的日本狼狗还在阵地上狼奔豕突，它们扑向每一个掩体，咬住游击队员的脖子，咬断他们的喉咙。山坡下，则是大群日本兵，端着枪，嗷嗷叫着，向山腰冲来！

我的哭声融进了战场上飓风一般浩大的哭声里。一头土黄色的日本狼狗，满嘴滴血，圆睁狂怒的狗眼，透过缕缕硝烟和火光，又远远地望见了我，旋即就四蹄攒动扑过来！

除了手中一颗瞎火的手榴弹，我没有别的武器，再说一切都来不及了。我猛地闭上眼睛，甚至逼真地感觉到日本狼狗咬住我的脖子时的痛楚！

即使到了这种时刻，我仍在恸哭！我知道我也要像英男那样死了！我早就知道自己要死，一直害怕的就是这样的死，但我还是要这样死了！我的力量可以击毙一只日本狼狗，却打不死这另一头了！

这时我听到了一种响声，一生一世我都不会忘记的响声。它一开始就有别于战场上已有的风声、哭喊、枪声和犬吠，又比它们更可怖，像是真正的狂风大作，又像是山洪暴发，穿越峡谷，扫荡森林，单调、低沉、宏大、势不可当！

"呜——呜——呜——呜——！"

刚听到它，我的胸腔里就咯吱响了一下，像是什么东西断裂了；等候日本狼狗扑上来时我已经紧张得不抖了，可是这种蓦然加入进来的响声又让我大抖起来！

我听出那是什么声音了。狼群来了。我听到的是它们从狼谷里涌出来时惊天动地的蹄音！

我瞪大眼睛朝谷底望去！那条刚才还向我扑来的土黄色日本狼狗不见了！我的目光透过阵地上一丛又一丛烟火望到了谷底……比起这时我看到的景象，刚才阵地上发生的一切，又不算什么了！

狼群……

大约狼谷谷口外的战斗刚刚打响，浓烈的血腥气就惊动了它们。现在，几百条狼——不但我觉得它们是饥饿的，事实上它们也是饥饿的——如同一道灰色的波浪，滔滔滚滚，涌出了谷口。于是一忽儿间，原本对我军已十分绝望和悲惨的局面就改观了，对日本人极为恐怖的一幕开始了。狼群大举涌出狼谷的声音初起，方才还在阵地上与我军搅成一团的日本狼狗就嗅到了某种特殊的恐怖气息，马上慌乱不安起来，它们小声地、可怜地叫着，掉头向谷底回窜，可是已经晚了，那道滚滚涌出的灰色激流已长江大河般漫过谷口，漫进了大裂谷。令我恐怖莫名又难以置信的是，刚才还在我们面前扮演势不可当的吃人恶魔角色的日本狼狗见到灰色的狼群，威风一下全没有了，凶猛的狂吠在回窜中变成了一片凄惨的垂死的哀鸣，总是旗帜一样高高竖起的耳朵和尾巴也像战败投降时的日本军旗一样耷拉下来，它们不再像是一群强悍有力的东洋狗，而是成了一群可怜的小羊，似乎连抵抗一下的愿望也没有，跑都不会跑了，只会尾巴夹在两腿间就地团团打转，等候着蜂拥而来的狼群把它们和跟在它们后面冲上山坡的日本兵一起扑倒，咬断喉咙，撕开肚肠，大口大口地吞掉。日本狼狗和日本兵的惨叫与狼群热烈的兴奋的狂嗥混杂在一起，与留在谷底尚未完全展开、猝然间遭到猛烈攻击的日本兵的绝望叫喊混杂在一起，还与跟在更后面的、在狼群的骇人的攻击下突然崩溃、没命后逃的大队日军的脚步声混杂在一起，如同夏日雨季骤然而降的闷雷与狂风，轰隆隆地扫过了整条大裂谷……巨大的烟尘冲天而起，狼群一样滚滚向前，两侧的森林也发出一种类似山岳崩摧、江河倒流时的哗响，人的心灵和草木一起披靡——这一刻，除了巨大的、最原始的恐惧，人的心中是什么也没有，什么也不会再有了！

我像是置身于一个极其可怕的梦里了！正因为它太可怕，又不敢相信它不是真的！刚才日本狼狗向我扑来是真的，后来它们又从我眼前、从我军阵地上一下子全都消失了也是真的。可是太阳转眼之际已推动了光辉，天色变得如此阴沉低暗，如同黑夜，两山间的广大空宇混沌不明。我自己的手脚如同中了魔咒，一动也动不了，又不敢相信自己不是置身于一场黑色的梦魇中了。我就在这种似梦非梦的可怕感觉中，经历了狼群袭击日本狼狗和日军的最初的也是最为恐怖的时刻！

我告诉你一个秘密吧，狼眼是直的。它们直着眼冲出狼谷，看到的只是谷底和从山坡上退回谷底的日本狼狗和日本兵。一下子发现那么多活物奔走跳跃在它们的视野里，就没有也不可能要偏过脑袋朝山腰上望一望……不，就是它们朝山腰上望，也望不到什么，整个一面大山坡上，只有弥漫的青烟和战火，血腥气浓重如雾，它们是看不到人的……狼群顺着裂谷谷底凶猛地攻击在猝然的打击下山洪狂泄般退却的日本人和日本狼狗，那种景象真不像它们杀死了他们，而只像是用自身那可怕的飞快向前涌动的灰颜色迅速地淹没了他们。狼群也并非只咬死那些从山腰间退下去的日本狼狗或日本兵，不，它们是一群被饥饿折磨得发了疯的野兽，今天一下在谷口外遭遇这么多活物，最初那点小小的收获非但不会满足其欲望，相反倒让这种从没有机会得到满足的欲望不可遏止地、无限地膨胀起来。在长久的、似乎是永远的饥饿之后，狼谷谷口突然出现了如此多的猎物这件事，似乎还空前有力地激怒了它们，让它们毫无必要又不顾一切地丢下所有被扑倒、咬死的日本人和日本狗，继续扑向前面那些仍在狂奔的人和动物，包括一匹不知为什么只会一跳一跳却不会跑的日本洋马，这匹马一转眼也被那道灰颜色的波涛淹没了，不见了……当初我一点儿也不明白，明知背后就是狼谷，秋叔叔和汪大海为什么要将游击队的最后一处密营和阵地设置在这里，经历了这个恐怖到极致、内心惊骇到极致的下午，我得说我似乎模模糊糊地懂得一点了。如果我的猜测和秋叔叔汪大海的本意多少有点接近，他们俩要利用狼谷达到的目的已经达到了，不过却是在一个谁也没料想到的时刻，以一种可能连他们自己也极为意外极为恐怖的形式达到的：日军午后向游击队发起最后的攻击之前，有可能不知道大裂谷的尽头就是狼谷，或者说他们就是知道，狂傲和不可一世的中井弘一也没有把它放在眼里，不就是一条有狼的山谷吗，而他今天带来的却是一支装备着当代最精良的武器的军队！他压根儿想不到这里有如此规模的一大群狼，没想到他和他的大队人马会受到如此规模如此凶猛的攻击。这个下午，狼群的攻击开始之初，中井弘一似乎也被吓昏了，不知抓到什么人的马骑上去，顺裂谷向后狂奔了好几里才停下来，气急败坏地命令部队就在谷底架起机枪，放过落荒而逃的日本兵，对随后奔涌而来的狼群实施猛烈打击。这次他又错了，同样没遭遇过日本人这样的劲敌、不知机枪为何物的狼群并不害怕日本人的机枪，冲在前面的被打倒了，后面的仍一波一波涌过去，咬死机枪手后还用钢铁般的牙齿撕啃机枪，吓得中井弘一不得不一次再次地骑上马，带领大队向后狂奔。这场日军与狼群的大战从午后三四点钟一直持续到黄昏，双方同样死伤累累。黄昏后，获胜的狼群不再追击，日本人的胆气也耗尽了，后退二十多里安营扎寨。

已准备全军战死的格节游击大队得救了。夕阳西下，全队活着的最后六十多名队员——只是原有队员的三分之一——个个血人一般，相互搀扶着走出阵地，转入了十七号密营。

21

她可能没有意识到，仅仅是她那双洞穴似的眼睛里下意识地显现出来的、随时会蓦然看到世间最可怕景象的神情，就给了我多么强烈的恐怖感受。

刚才这对微红的、要蹿出火焰似的目光一直瞪大着，给你的印象是恐怖景象就在眼前，可现在这目光又忽然眯细了，仿佛她看到的景象又从眼前拉得远了。

我们得救了。狼群对日本人大规模的出乎意外的攻击帮助了我们，它们让我们死而复生……我这么说话你不要惊异，我们最深刻的内心体验确实是死而复生。连这一点也不是马上能感觉到的：我们走进密营，靠洞壁坐下，有那么一忽儿，似乎谁也不明白发生了什么事，为什么我们还活着，又回到了出发的山洞里，而没有全部战死……但这段时间过去了，山洞里猛然爆炸起了悲恸的哭声！

半天以前，我们从这个山洞走向最后的阵地，由生赴死，很少有人掉泪，现在大家由死回到生，却控制不住自己了！我们为自己经历的这一天哭，为死去的亲人哭。我头一次在失声恸哭的人们中间发现了秋叔叔，原本那个沉稳有力、遇事总是成竹在胸的秋叔叔不见了，我看到的是一个浑身上下血肉模糊的人，一个像孩子一样双手捂着脸尽情大哭的人……也许是我的错觉，可我却真真切切地觉得从他捂在脸上的指缝间流下来的泪水鲜红如血……我还看到了汪大海，这个粗壮的汉子，自从哥嫂被日本人残害后就没再痛哭过，可是今天，我却看到了他的又一场大哭，与此同时他的肩膀和身体也在剧烈地抖动……那不是一般的颤抖，而是可怕的摇摆，仿佛一场飓风正在他身上掠过，要摧毁他这个人！

这汹涌在一个只点燃着一根豆油灯芯的山洞中的哭声里也加入了我的哭声……我不为我自己哭，我只为秋姑——我的游击队母亲的死大哭，为她死得那么惨而哭！我已经能够想到下面的事情了：不是秋姑舍命救我突出重围，今天在谷底被日本狼狗撕扯的就是我了！

我不知道我们恸哭了多久，也不知道如果后来没有从狼谷谷口外大裂谷谷底传来那一种声音，山洞里的恸哭还会持续多长时间……还是秋叔叔，最先听到了这个声音……他不哭了，警觉地抬起头，脸色突变，血一样的眼泪也不再流淌。

"大海，弟兄们，别哭……你们听听，这是什么声音？！"

他的话音并不大，而且嘶哑，可许多人还是听到了。哭声渐渐隐去，终于完全停住了！

惊动了秋叔叔、后来又惊动了所有人（也包括我）的是从狼谷谷口外的谷底传来的狼嗥，不是一声，而是一片，此起彼伏！这是黄昏时分顺大裂谷追逐日军的狼大群大群地回来了，正在撕咬和争夺谷底的尸体！

汪大海腮帮子上的肉哆嗦起来，血红的眼里猛然涌满怒火。他已大致明白是怎么回事儿了，目光骤然转向秋叔叔……秋叔叔身上迅速卷过一阵细微的战栗，但马上又停止了！

他站了起来，目光明亮而怕人！

"弟兄们，咱们的人还在谷底，不能让狼糟蹋他们！——能跟我走的，都跟我走！"

血人似的队员们相互搀扶着，一个一个，全站起来了！

我也站起来，并且下意识地拔出了没有子弹的短枪。突然间我不想哭了，一颗心比秋叔叔还急切！秋姑还躺在谷底，她是为我死的，死得那么惨！我就是死，也不能再让狼群踩躏她的遗体！……

"一支队，跟我来！"汪大海大叫一声，持枪在手，转身冲出去。这不是一声叫，这是一颗受了重创的血流汩汩的心，又被一把利刃再次刺穿时发出的痛极了的呐喊！

汪支队跟在他身后出了山洞，接着是秋叔叔和他的队伍。我手提没有子弹的短枪，赶在秋支队前头，跟上了汪支队！

风顺着大裂谷从南方猛烈吹来，带着浓重的血腥味和硝烟味，满山林涛轰鸣，一弯新月如钩，为什么直到今天还记得这些，我一点也不清楚……开始时我们在林间行走，后来走上了大裂谷西侧的山梁线。接着，就一眼看到了谷底的景象！

夜色清朗而惨淡。自东南弯向西北的一大段裂谷大半沐浴着月光，雾蒙蒙地亮，小半处在黑暗中——有月光的夜晚黑暗处也不是那么暗，只要你的眼睛一点点适应了它们，无论亮处还是暗处你都能看清一个大概……说实话，朝谷底望下去，我第一眼并没有看到狼群，在谷底及两侧山坡下，我看到的全是一些如同月明之夜的涧水一样银白或灰白色的亮点，一条条一片片，拥挤着、蠕动着，水一样翻滚流淌，匆忙而激切……在这最初的一望中我也没能听到本以为会马上听到的狼群高一声低一声的嗥叫，听到的却是一种极为意外的、像大风吹过一样"呜呜"的低音，长而单调，它不是从口中发出，而是从鼻孔哼出的，又不是一双鼻孔，只有无数双鼻孔同时发出这样的声响，才能汇成如此响亮如此有气势令人立马就毛骨悚然的吼叫，让黑夜的大裂谷中所有那些银白的灰白的活动的亮点变得极其恐怖……猛然间我明白了，谷底及两侧山坡下那些泛着银白的或灰白的水光的亮点，一条条一片片，全是狼的脊背……满山满谷涌动的是一条狼的闪光的脊背之河！

我的感觉就在这一刻发生了变化，我已经被自己眼前的景象震慑了，视觉和听觉开始出现人在目睹极度恐怖的情景时会陡然生出的迷乱。我没能马上听出那种强大的风贯深谷般的"呜呜"声由何处而来，相反它却让我的心底生出了错觉，似乎这些处在月明和暗影中的银白的和灰白的脊背下面，有一条汹涌可怖的大河在"呜呜"地流淌，而下面那条河比上面这道狼的脊背之河还要可怕！这些错觉和迷乱都是随着第一眼发生的，转瞬它们就被谷底响亮起来的汹汹声浪打破了！狼群嗥叫起来，撕咬和争斗起来，刹那间从那无数白或灰白的脊背间，森林般地昂起了数百只狼头，脊背之河变成了狼头之河！我看到了狼，看到了它的眼睛、嘴、利齿以及那上面撕扯着的一团团一块块暗黑的东西！半天的人狼大战过后，狼的眼睛也是血红的，在月光下荧荧闪烁，凶残而愤怒，如同无数暗红的鬼火在山谷里飘荡……转眼间所有的狼头又低了下去，我在月光下和暗影处看到的又是一条不停涌动翻滚、泛着银白和灰白月色的脊背之河了！

马上，我听出那种震撼人心、如风贯空谷、又如闷雷滚过的"呜呜"声是什么声音了，那是几百头狼正在谷底大嚼！

我的头又晕了，浑身冷得打战，牙关直响……人只有到了地狱里，才能看到这样悲惨的景象，听到这样可怕的声音！刚刚看到听到它们，你就不是你自己了，你浑身毛发直竖，身子一忽儿重一忽儿轻，飞起来落下去。你的心——不是别处——会突然感到撕裂一般的疼痛，仿佛被狼群大嚼的不是别人而是你自己！

队伍在山梁线上林子边缘伏下去。

一个人抖抖地举起了手中的枪——汪大海！

接着，许多人向谷底伸出了枪管！

我也下意识地伸出了枪，没想到枪里已没有子弹。

是的，只要有一声枪响，这种地狱式的景象和声音，就不会继续下去了！

"不许开枪……"

这是秋叔叔的声音。刚才率领全队出来抢救烈士遗体的是他，此刻阻止汪大海和全队开枪的也是他……山风，猛烈的山风似乎让秋叔叔的脑袋清醒了一点，月光下他的眼睛里亮晶晶地闪烁，秋叔叔的面色惨白，可离开山洞时鲜明地显现在他脸上的混沌和狂热却在一点点减弱下去。秋叔叔的声音是坚决的，也是战栗的，仿佛那不是一个命令，而是受了重伤的生命深处的一声呻吟！

我恨起秋叔叔来……我听到了点点滴滴压抑的哭声。是汪大海……又听不到了……接着，我听到了秋叔叔战栗的声音：

"一定要等狼群走了再行动！秋云和邵大爷他们已经死了。就是同归于尽，格节游击队也要和日本人同归于尽，不能和一群狼……大海，你和你的人留下，我带我的人去分界岭……狼群总要回狼谷，它们一走，我就用机枪封锁住谷口，不让它们出来，这时你带人下到谷底，把秋云他们抢回来！"

秋叔叔带着秋支队走了……在我的感觉里，他甚至都没容汪大海回答他一句话……我趴在那儿，一动不动。我不走，我本来就是汪支队的人，今夜我要亲自下到谷底去，把秋姑的遗体找回来！

我这个被她以命相救的人，能做的就是这件事了！

啊，那个夜晚，如果我的短枪里还有一发子弹，说不定我会开枪，可是没有。我只能继续趴在原地，望着谷底地狱般的景象延续……秋叔叔走了，他为秋姑心疼如刀割，泪眼滴血，可还是把亲自从谷底找回秋姑的愿望压抑下去，将它让给了汪大海。秋叔叔在这一刻不但是司令，更是一位兄长……虽然已经死去了不少，眼下麇集在谷底的狼仍有五六百条之多……今天我们不是狼群的对手，我们只能等待！

虽然如此，我却不知道汪大海是否能一直等待下去，他不在那场一直猛烈摇撼着他的战栗中崩溃，就该在这可怕的战栗中火山一般爆发，朝山下打响第一枪，不顾一切地冲下去！

可他没有这样做，虽然我逼真地感觉到，他每时每刻都可能这么做——那种可怕的毁灭着他的战栗一直没有离开他！

这以后我能够感觉到的就只是自己了。这一夜十分短暂而又漫长……短暂因为我内心的注意力高度紧张和集中，面对谷底地狱般的景象，我既无法放松也不可能转移；漫长同样因为你的精力高度紧张和集中，一分一秒都像刀子割着你的心，你甚至能听到咯咯吱吱的响声。我都在狼群大嚼的声音、它们争抢食物的嗥叫声中战栗和眩晕，你可能以为我会昏过去……不，没那么容易，在这样的夜晚昏死过去，会是命运对我的恩宠……每当我在巨大的眩晕中将要昏死过去时，蠕动在谷底的那些闪烁着银白或灰白色水光的脊背就会骚动起来，撕咬，争斗，一次次让你的注意力回到生命的表层，去感受和承负新的恐怖，于是寒战和眩晕尽管一直没有停止，却也没有真地让我昏死过去……

我知道我处在地狱般的情景中了，别的可以不知道，想不起来或者忘却，我却清楚地知道这件事……它是下午由狼群攻击日本人开始的黑暗的梦魇的延续，从那时地狱对我和我身边的人来说就开始了……它甚至还不是死亡，死亡是生命的结束，也意味着苦难的结束，而是介于生和死之间的状态，未死者步入了死亡地狱后的状态……最初你看到的是狼群，很快就会觉得它们不是狼群了，而是一群只在夜间、在这样惨淡的月色下、在地狱里跳跃奔走、撕咬和大嚼着的野兽；开始你还明白它们正在撕扯别人的尸体，很快这感觉就变了，它们今天撕扯的是别人的尸体，明天就会撕扯你的尸体。你还活着，就亲眼看到了自己的死和死后的景象，看到了自己的血肉之躯被这群地狱里的恶鬼撕扯着吞吃下去的景象……

长时间置身于一种地狱般的境况与感觉中，无论谁都不可能什么事情也不发生。谷底的景象一直没有改变，能够改变的只有它在你那悲惨的心灵里的可怕映象。这种改变是：眼下这样的地狱之夜一直持续下去我是受不了的，它在我就有可能不是真实的。我忽然想到我从下午狼群攻击日本人之时就陷入一个黑暗的梦魇中，现在为什么不是还置身于这个梦魇的后一半章节之内？一直散漫地浮动在大裂谷上方的月明帮助了我，加深了我心中这种置身梦魇中的感觉。另一方面，我依然醒着，不但知道谷底发生的一切是真的，知道我今夜看到的一切不久后也将在自己身上发生，谷底的烈士只是暂时走到我前头去了。然而由于有上面这种沉入梦魇的感觉在，包括我要面对的谷底的可怕景象和声音在内，一切却都不再像它原先那样恐怖了。我正在现实中经历我生命中这最可怕的一幕，却又像是在一场噩梦中经历它。不过即使是梦中的经历，也让我的心充满了恐惧。又不完全是恐惧，还多了一种似乎比恐惧还要深沉、巨大、难以承负的悲凉：天下所有的事，一旦它正在发生并且大量发生，你不知不觉就会习惯。从今夜起，无论死或者生，也无论生前死后会不会遭遇狼群（日本狼狗已被消灭，对它我不会再谈之色变了），我都会习惯的。你不能不习惯它，因为你已经知道了一件重要的事：你的噩梦也是你的生活……

"音乐会呢？……这么悲惨的夜晚，为什么没有音乐会？"我的声音听起来像一种急迫的叫喊。

"没有音乐会。那天下午，我先是在狂风大作中，在满山满谷的林木的猛烈摇曳声中，后来又从枪声中，从游击队员们刮风般的哭声中听到了它，但是，由于日本狼狗和狼群的加入，它就中断了，消逝了，完全离我而去。

"这个夜晚，经历着平生最大的恐怖，它本应在我耳边回响起来，将来自谷底的真实的声响遮蔽掉，让我只听到一些幻想中的音响，并且给予我熬过这可怕的一夜的力量和勇气。

"它还将成为一场为谷底死去的烈士和亲人安魂的音乐会。我的游击队妈妈秋姑，死去的邵爷爷，每一个倒在谷底的叔叔和大哥哥们的魂灵，都将在这场充满悲情的音乐会里得到抚慰和安息。

"可是没有。我知道因为什么。因为狼群。因为狼群大嚼的声音和嗥叫彻夜不休，音乐会就一直没有回来。"

我盯着她的眼睛。我想知道这是不是我渴望知道的全部隐情。

她用冒火的眼睛久久直视着我，声音突然大了。

"你真想知道那个夜晚我耳边为何没有响起一场既能给我安慰又能为死者安魂的音乐会吗？告诉你我不知道，几十年了，我一直都在想这件事。今天我能猜到的解释只有一种：那天夜晚我的生命之上还有生命，眼睛之上还有眼睛，是它和满山满谷的狼嗥一起阻隔了我的音乐会。它这么做仅仅是为了让我这个有病的可怜的朝鲜孤儿，像一个听觉、意识、思维都正常的孩子一样经历所有的恐怖。它一定要我看到一切，听清一切，记住一切。

"我解释得够清楚了吗？"

我点了一下头。她仍用那样一双眼睛直视着我。

22

天快亮时，月光暗下来。山谷间起了一团团的雾，开始是暗褐色的，随着东方乌沉沉的山脊后方模糊地出现一片晨曦，雾团渐渐变白，渐渐升高、散去。狼群陆续回到狼谷里去了。但是仍有几头狼，恋恋不舍地在谷口外的尸堆里徘徊。

就是这一刻，从秋支队据守的狼谷谷口，响起了激烈的枪声。

"啪啪——！"

"嗒嗒嗒嗒嗒——！"

枪声就是信号，就是秋叔叔的命令！昨天日军在这里丢下了大量尸体，天亮后中井弘一一定会卷土重来。而且，留下大批食物在谷口，天亮后回到狼谷里去的狼群也会再涌出来的！

"弟兄们，下谷底啊！"汪大海嘶哑地喊了一声。全支队从山梁线上跃起，跟着他，冲下山谷！

枪声也驱散了我心中那种置身梦魇的感觉。我也跳起来，冲下山去！

清晨的越来越明亮的光线下，原先被夜暗隐藏的一切清楚地显现出来。我看清了被狼群糟蹋了一夜的谷底的惨况！

她的声音开始打战，越来越甚。

跟秋叔叔进山后，我见的世面已经不少了，可这一次，刚刚冲到谷底，还没看清一个具体的人尸（我们的人或日本人）或狼尸（已经不好分辨了），我的头就晕了，喉咙里抽搐几下，就"哇"的一声吐了！

是谷底那雾一样浓稠的血腥气，还是眼前那个被狼扒开的血淋淋的、空空的胸膛，一根长长的、绳子一样拖在灌木丛上的肠子，让我吐起来的，我说不清楚。可这个胸膛，这根肠子——可能是人的，也可能是狼的，狼对同类的尸体和对人的尸体一样贪婪——还只是我刚刚从无数同样被扒开的胸膛和拖出的肠子中看到的一个或一条。我的眼睛睁开了又闭上：一个空空的胸膛下面就是另一个空空的胸膛，一根肠子旁边就是又一根被拖得更长的肠子……

头颅……我曾经在我家被烧成一堆灰烬的院子里，亲眼看到过被一条野狗一边滚动一边啃吃着的英男的头颅……这里，仅仅在那个空空的胸膛下方的草丛里，就出现了一个人头，接着又是一个人头！

我并没有看到谷底全部的景象，我看到的只是一个小小的局部，眼前几米远的地方……可这已经就够了，这会儿我连悲痛的感觉都失去了，只是恶心，头重脚轻，发冷，不能呼吸，更不能思想，能体验到的只有胃的痛苦而猛烈的抽搐。它每抽搐一下，我就要吐一口，它一下一下抽搐，我就一口口地吐！

我到底把什么都吐净了，胃里的强烈抽搐才弱下来。我大汗淋漓，身子软得没有一点气力，可还是重新睁开了眼睛。我不朝尸体堆上看，我看此刻活动在谷底的活人……没有人注意我，没人理我……不知道你是否有过那种经历，我说的是晕车或者晕船，大吐一番后你的头脑会在最初几分钟内变得异常清醒。当时我的感觉就是这样。最重要的是，这短短几分钟的清醒帮了我的忙，我不但看到了一个正在我身边大口呕吐的男队员，还在眼前又一个血肉模糊的尸体堆旁，发现了原本被压在下面、不知何时被狼群翻出来的秋姑！

啊……我不能够再注意那个正张大嘴，吐出一根黑红的黏条的男队员了（我觉得那是一根肠子，正被他自己吐出来），我就是为寻找秋姑——我的游击队母亲——的遗体下到谷底的，没想到我没费什么周折就找到了它！但这时我心里爆炸般涌起的却不是悲痛，而是一次新的巨大的震骇，连同反感和厌恶……不，这不是她，一张变得极为陌生可怖的脸被狼啃去了三分之一，露出白森森的头骨，而且我怎么也不明白，为什么她的下身会少一条腿！不，我不能将这具血污的、丑陋的死尸看成是我在游击队里最亲的亲人的遗体！

第一次呕吐后短短几分钟的清醒很快就过去了，我的头又开始晕了，一个刺耳的声音在脑子里响亮。头疼得如同被切开了一般。我的胃又开始抽搐，我想吐，并且立即就吐了起来！

像刚才我偶然看到的那位男队员一样，这次我吐出的也是一条长长的、黑红相间的、血腥的黏条！

一个男队员——不是刚才的一个，是另一个——跑过来，将摇摇晃晃往下倒去的我扶住了！

"英子，你怎么啦——？"他叫起来，惊恐地看着我的脸。

呕吐结束了，我的头脑又一次出现了几分钟的清醒。我站稳，睁开眼，抬起软绵无力的手，指着地下那具残缺不全的尸体，口齿不清地说：

"秋姑……"

男队员只朝地下看一眼，脸就黑了，好像正在来临的白昼又消失了，黑夜去而复来。他没有马上去把那具尸体背起来，却一脸惊惶地跑到一边去，跑几步吐一口，跑几步又吐一口！

我恨起他来：他应当帮我辨认地下的尸体是不是秋姑，可他却跑了！啊，可恶的家伙！

可是转眼之间，我就明白他干什么去了——他把一直在谷底寻找秋姑遗体的汪大海喊了过来！

是汪大海帮我确认了那具尸体就是秋姑！看到妻子变了形的残尸，他最初像是被人猛击了一拳似的趔趄了一下，醉汉似地扶住了身边的男队员，眼泪马上就落下来……不，不像我们女人那样流泪，而是大滴大滴地往下掉……我总说那些年我看到的眼泪全是血水，没人相信人眼里真会滴血，我可却觉得自己亲眼看见过，这天黎明汪大海眼里滴出的绝对不可能是泪水，它们只会是鲜红的血……接着，他十分别扭地、力不能支地弯下腰，想将那个破碎的尸体背起来，却没能做到……猛地，他像一座山一样，轰然向后倒了下去！

"汪队长——！队长——！"男队员惊慌地叫着，将他扶坐起来。

她的脸色大变。

汪大海把眼睛睁开，牙关仍然紧咬着，半天才透出了一口气。这以后他不再看那具尸体，一眼也不再看，却转过脸去看狼谷谷口，仿佛他的注意力已不在妻子的遗体上了。接着，我注意到他的神色突然变了，仿佛有一团火，从内向外将他的脸、脖颈、那双滴血的眼睛，连同浑身上下每一处裸露的皮肤，都烧红了，发散出一层怕人的红亮的光……汪大海大口大口喘着粗气，一把推开男队员，硬挣扎着站起，还是不看地下的尸体，含混地对后者说：

"你……将……背回去！"

说完他就走了，眼睛盯着狼谷谷口方向，一步，一步，开头还有点趔趄，渐渐脚下就有了根，步子迈得越来越大，越来越快！

汪大海直奔狼谷谷口而去！

可我又没有力气注意他了，短暂的清醒又过去了，我明白那具破碎的尸体就是秋姑，我又想吐了……男队员这时已把那具尸体背上肩，往坡上走了一步，又回头看我，嘴唇哆嗦着，眼里满是怜恤，半晌才把想说的话说出来：

"英子，你要是不行……就跟我上去吧！"

我心里还朦胧地记得一件事：秋姑找到了，我不能死在这里，我要回到山上去……我蹒跚地跟着他往坡上走了几步……他比我走得快，我再次抬头望他，已经找不到他了……

也许是心底残留的一点记忆，也许我只是模糊地想起了汪大海还在谷底，没有上去……不过是不是这样，我也没有太大的把握……也许我只是无意间回头朝谷底一望，就望见了下面的一切！

因为事情太荒诞，太不像现实中会发生的事，有好大一阵子我不敢相信它是真的，我觉得它非常可能又是身心极为虚弱的我生出的幻觉。

我说过的，从山梁上下到谷底时，我曾在狼谷谷口看到过两头仍旧徘徊不去的狼，后来就忘了，可现在，我又看见了其中的一头，另一头哪里去了我不知道，也没有认真去想。这是一头土灰色的幼狼，腰身瘦短，腿高而细。真正深深震惊我的心、让我觉得难以置信不可思议的是：过去都是狼扑人，现在却是人扑狼！

汪大海正在追扑这头狼！它一忽儿朝谷口方向跑，想回到狼谷里去，但谷口枪声依然密集，它跑了几步又折回来；一忽儿它又想向右侧山坡上逃，忽然被荆棘绊了一跤，如同路也走不稳的孩子似的摔倒了，又爬起来，躲避着猛扑过来的汪大海，逃向另一个方向！令我越来越惊骇的是，它不是在跑，而是在跳，以至竟然给了我这样一种印象：这头狼并不真想跑掉，它只是在一跳一跳地和汪大海玩一种捉和躲的游戏！

我的头脑里已经什么都不明白了，出现在眼前的一幕越来越像一个极为荒唐的梦境。这个梦境中最可怕的部分是：狼固然想跟汪大海闹着玩，汪大海似乎也想和狼做这种游戏，他本来可以用枪打死它，可他没有，他也像狼一样一跌一撞地跑着，扑过去，摔倒了，爬起来，又扑过去——他似乎一定要亲手抓到它！

晨曦越来越亮，一道阳光透过东方山口，黄灿灿地直射进裂谷，照耀着汪大海和狼所在的那一小片谷地。忽然，我注意到了：狼腿上正在淌血——原来它不是不想跑，它是不知何时被击断了一条腿！

我心中那巨大的、因为不可思议而越来越可怕的幻觉并没因此消失，相反却被我的惊骇深化了。我看清了狼的眼睛，它们已不是那种每次看到都让我寒战和眩晕的狼眼了，一双狼眼里应有的凶猛、暴戾、野性都不见了，它成了一双因极度恐惧而痛哭着的、仿佛要向谁乞告哀怜的小孩子似的眼睛，狼的叫声也不再凄厉嘹亮让人毛骨悚然了，它成了一声声死亡前的可怜巴巴的哀鸣。

"嗷！……嗷！……嗷……！"幼狼叫道！

这不是叫，这是哭泣……

谷底已没有别人……阳光斜斜地照到谷底那一道窄窄的、涨满和流淌着鲜血的溪水上，溪水一片片闪烁着鲜红的光……我不知道汪大海为什么要捉这只幼狼，可我疼得要炸裂的脑袋却明白：他现在下了决心，一定要捉住它，活着捉住它！

他终于捉住它了……在我的印象里，不是他捉住了它，而是狼最后放弃了跳跃，它没有气力了，承认了失败和死亡的不可避免，于是就不再躲避那只一定要捉住它的铁手……那一刻，幼狼哀鸣了一声，绝望地闭上了眼睛！

汪大海用一根从死尸堆里找到的血绳子，捆住了狼的脖子和腿，又在狼嘴里狠力塞进一段拳头粗的干树枝，把树枝和狼嘴一起捆了个结实。做这一切时，他的表情和目光是疯狂的和迷乱的，又显得执着和镇静，仿佛此刻除了他正在做的事，既没有随时可能从狼谷中重新涌出的狼群，也没有正在坡上等他撤离的游击队，更没有随时会从南方的大裂谷内出现的日本人。

明晃晃的日光下，他的最后一个动作是将捆成一团的狼背上肩，像个真正的猎人一样，趔趄着步子往山上走。

忽然，他在山坡下一眼看见了我！

薄薄的没有血色的嘴唇又开始打战。

自从秋姑——他的妻子——牺牲到现在，汪大海是第一次看见了我！马上，我注意到他的眼睛、面部、脖子，他全身那些裸露的、刚刚还在发红和放光的部分，又被生命中的大火从内向外照亮了！

"是你？……你还活着？……你怎么还在这里？……你为啥还不走！"他凶狠地、语无伦次地冲我喊叫起来。

如果我也是一只狼，他一定也会亲手捉住我，用尽生命中所有的残忍将我捆起来背到身上去的；如果他能一口吞掉我，他就一口吞掉我了！……他最后的一句话是——

"你为什么还不死——？！"

说完这句话，他又用那双似乎能一下置我于死地的可怕目光盯我一眼，背着幼狼，再也不管我，大步向坡顶走去！

啊，过去秋姑一直为我和汪大海争吵，可今天我知道了，汪大海对她的感情有多深，秋姑为救我而死，他现在又是多么恨我！

因为秋姑的死，汪大海已经疯了，他能下决心活捉一头狼，带回去杀死它，也就不会轻易放过我！

我应当自杀！

我要是自杀，汪大海就能放过我了！

为了秋姑，我也该自杀！

可是我枪里没有子弹。我要下到谷底去找到子弹！这些果决的意念一瞬间从我脑海里飞快地闪过，而这时我的决心已经下定了！

我顺着山坡往下滚，我又看到了谷底的惨景……可我还是发现了两粒散落在草丛里的不同型号的手枪子弹。

我飞快地将它们攥到手心里，飞快地将其中的一发压进枪膛，飞快地举起枪，顶上脑门，开了一枪！

枪响了，一串青烟冒出来，弹头却没有打进我的脑壳。它卡在枪管里了！

此时我的头脑居然又像两次呕吐后一样清醒了：这不是一发我的枪能打出去的手枪子弹，可是另外一发，一定能把我的脑袋打穿！我把枪放在石头上猛磕，将卡住的弹头磕出来，把第二发子弹压进去！

三个人飞奔下来，冲在前头的一个满脸涨红，满眼是泪，厉声冲我喊叫：

"英子，你怎么回事儿？你要干什么？……快跟我走！"

——秋叔叔！

我在一抬头之际看见了他，余光也就马上扫见了正从狼谷谷口涌出的灰色狼群。而从大裂谷的南方，日本人的枪声也"啪""啪"地响了过来！

秋叔叔没有再说话——已经来不及了——他只用了一个手势，跟他下来的两名队员就一人架起我的一只胳膊，飞快地向山上跑去！

山梁线上，游击队没有回十七号密营，全队已迈开大步，穿越密林，向西北方急行！

在疾步行进的队列里，我又看到了汪大海和那头倒悬在他背上的幼狼。幻觉并没因我刚才的自杀未遂而消解。这头狼在我眼里已不是一头狼了，它的眼睛闭着，眼角湿漉漉的，它在流泪！它甚至能意识到有人在注意它，紧闭的眼睛突然睁开，让我看到了一双明知自己会死因而极度恐惧的目光……这头对死亡满怀悲惨预感的狼，像一个知道自己会死去的孩子一样，浑身上下刮风般地打着寒战！

黄昏时分我们秘密进入位于十七号密营西北三十公里外的十八号密营。在这里，游击队为秋姑和其他烈士举行了葬礼。葬礼刚结束，汪大海就在秋姑坟前，将幼狼捆在树上,一刀一刀活剥了它!

直到被剥掉了皮,幼狼还没死,还在一声一声凄惨地嚎叫……

她不往下说了。身子僵硬得如同一块岩石……忽然她急急地说:"你走吧——!"

我匆匆走出去。我知道要是我再不走,那块僵硬的岩石也要剧烈地抖起来了!

日记(1)

今晚回到家里,锅是冷的,屋子是冷的。妻子留了一张条子,说暖气坏了,她带着孩子回娘家去住。我一个人走到街上,在快餐店吃了一碗羊肉烩面。快餐店里太冷,羊肉有臭味,我怒冲冲地扔下钱,一眼也没看走过来向我赔笑脸的老板娘,出去时把玻璃门甩得山响。我不想回家,我沿着长安街走。依然车水马龙,灯火辉煌。天安门广场上有许多人闲逛,一个骑自行车的小伙子从旁边碰了我一下,我怒不可遏,停下来盯住他,可他已经骑远了,还回头冲我吹了个口哨。我满腔愤怒,越来越愤怒。

后来我走上人民大会堂西侧人行道。灯火阑珊,人影稀落。一个穿漂亮皮衣的小伙子和一个衣着单薄的姑娘在一起。姑娘十八九岁的样子,正在嘤嘤哭泣。她身边的小伙子却一点不为所动,左顾右盼。

我远远地站住了。

"你说怎么办?"后来,姑娘伤心地止住啜泣,说。

"我知道该怎么办?……我不能跟你结婚……孩子的事你最好……"小伙子卑鄙地说出了那句分明早就想好了的话。

我走过去,站住,冲他的脸猛击一拳。很高大的小伙子,像个面口袋一样向后倒下……

下半夜处长把我从派出所接出来,他没睡好,一边打哈欠,一边不耐烦地问:

"你今天是咋啦……是不是工作进展得不顺利?"

我的火气本已消了,这时又腾腾蹿上来。

"你怎么知道我的工作不顺利？！"我冲他大喝一声，拳头攥得咯咯嘣嘣响，"我顺利得很！今天我就是想揍人！"

这声喊让他从残梦中完全吓醒过来。

"我马上用车送你回家，"处长和解地、有点害怕地说，"你累了，好好睡一觉，今天的事我不会说出去……"

他一直把我送到家。我一个人在冰冷的床上躺了好久，终于吐出来……胸口能透过气儿来……感激挨了我拳头的小伙子，他那过于平凡的卑鄙，让我又回到了人间。

三天来一直觉得老人房间里缺少点什么，一些可能并不重要、一个家庭一旦缺少了它们却会让人不习惯的东西。电视机，音响，没有。甚至一台最廉价的收音机。老人房间里没有这些东西。

替代它们的是报纸和书。今天我其实已注意到它们。只是所有的书都在书架上，所有的报纸都于写字台的一角被码放得砖块般整齐（她的书房在和小客厅相对的那个房间，早晨刚到时这个一直对我紧闭着房间的门不经意地开了一道缝），让人感觉不到那是她每天要看的东西。

还有，哪怕是在卫生间和厨房里，窗缝也都用胶带糊得严严的。

从远东军事法庭的《战犯名录》里，我查到了曾和中井弘一在关东军司令部共过事的两个日本人：

板垣征四郎：甲级战犯，中华民族最凶恶的敌人之一。20世纪30年代初曾在关东军任高级参谋，"九一八事变"的策划者和直接指挥者。"七七事变"后率日军第五师团长驱直入，曾在平型关、台儿庄同中国军队发生激战。战后被远东军事法庭判处极刑。

石原莞尔：战犯。20世纪30年代初曾任关东军高级参谋，日本军界这一时期最有影响的所谓"战略家"之一，参与策划"九一八事变"，事变后任关东军副参谋长，与日本军界要人在如何灭亡中国的问题上发生冲突。石原一直认为日本至少应在占领中国东北后十年内不再向中国关内进攻，集中力量将其"建设"成未来侵略中国吞并世界的"后方基地"。石原甚至还建议一旦西方列强攻击日本本土，应将整个日本民族迁徙到朝鲜和中国东北。因与当局意见相左，石原在日本全面侵华战争后一直不受重用。战后受到远东军事法庭审判，病狂而死。

第四天

23

早八点才醒。

头还在隐隐作疼。胡乱吃点早饭出门,赶到老人家去。

下楼时一个缠绕在昨夜梦中的不快意象重新从脑海里浮出:老人本身就是一个巨大的洞穴。时间、空间、事件的洞穴。如同人们在宇宙中发现的黑洞。无论你是一个人、一种思想还是一粒原子,都会被它飞快地吸进去。

……

她像昨天那样面窗侧身坐着。我看不清她的脸。

我说过了,这天晚上在十八号密营里,我们全队为秋姑和别的烈士举行了葬礼。葬礼一结束,汪大海就在秋姑坟前,将幼狼捆在一棵树上,一刀一刀活剥了它!

直到他把狼皮全部扒掉,幼狼还没有断气,还在一声声惨叫……

营地里发生的另一件事是我的自杀。早上在谷底下定了自杀的决心,其后一整天我都没放弃过这个念头。只是白天队伍一直行进在向十八号密营转移的途中,周围人太多,我没找到机会。

我还在队伍里看到了秋姑,她被一副临时捆绑起来的担架抬着,上面蒙着一条日本军毯,我的头脑尽管混乱不清,却能想到接下来一定会有一场葬礼。秋姑没有孩子,我就是她唯一的女儿,我要为她送了葬再自杀!

天黑前我们终于顺狼谷西南侧的分界岭,到达了十八号密营(从这时起,我知道了在十七号密营之后,秋叔叔还设置了更多的密营)。秋姑的后事是她的亲嫂子赵阿姨和小玉操办的,我自认是她的女儿,可赵阿姨刚刚揭去她身上的毯子,看到她那残缺不全的身体,我就又晕过去了,什么事也没能为她做!

可我却躺在同一个地窨子里,目睹了秋叔叔和汪大海——她在世上最亲的两个亲人——与她的最后诀别:秋叔叔先进来,在妹妹的遗体前站了一站,飞快地瞥一眼,眼圈一红,眉头一皱,喉咙里发出一声响,是哭声,却又不似哭声,山摇地动的一声响,事情就结束了。他一跺脚,走了出去!

接着是汪大海,整个脸像是肿了,两只眼睛充盈着血一样的泪水,也像是被泪水泡大了。秋叔叔走进来后还朝妹妹身上看一眼,他走进来后却连一眼也没朝秋姑身上瞅,目光直直地望着地窨子顶棚,咬着牙忍着,似乎只要看秋姑身上一眼,他这个人就会像昨天狼谷谷口一战后那样摧毁般摇撼起来!可是,忽然间,我还是敏感地意识到那场曾经在过去一夜又一个白天里猛烈摇晃他的生命的可怕风暴要来了!……但是更加令人惊骇的事情发生了:汪大海久久地站在那里,用尽所有的力气,竟将这场可怕的风暴抑制住了!

这时他才猛然转身,走了出去!

我又想自杀了。秋叔叔进来时,赵阿姨和小玉害怕自己忍不住眼泪,匆匆走出了地窨子;现在汪大海也走了。只有我一个人和秋姑在一起,我可以自杀了!早上那发子弹和我的短枪型号不配,眼下压进枪膛的另一发,却是我这种短枪的专用子弹!

可是葬礼还没有举行。我用枪顶上自己的额头就放下。不,我要亲眼看到秋姑落葬,再回到这个地窨子里自杀!

赵阿姨和小玉转眼就回来了。我忙把短枪藏起来。赵阿姨惊慌地看了我一眼,有些怀疑似的,却到底没有说什么。

接着就是葬礼。

秋叔叔主持了葬礼。全队活下来的人——包括躺在担架上的重伤员——都赶来参加。像歌儿里唱的那样,我们把烈士们埋葬在山冈上,一大片松柏树下。汪大海来得比别人都晚,可他还是来了。葬礼进行的过程中,他仍然一眼也不朝摆放着秋姑遗体的担架上看,似乎他不是来送别自己的妻子,而只是要咬紧牙关挺住,不让潜藏在他身上的那场可怕的风暴再发作起来!

"弟兄们,今天我们在这里……埋葬我们的同志和亲人,他们是——行了,我不想多说了,下葬吧!"

秋叔叔就讲了这几句话。看上去他本想多讲几句，可是突然就说不下去了，摆手让队员们把烈士们一个个放进墓坑里去。

谁也没想到葬礼会是这样，连让大家哭一声也没有，将人埋掉了，就结束了。人们走散，我也朝自己的地窨子走，只走了几步，就从刚刚埋了秋姑的松树林子里，秋姑的新坟前，传来了一声奇怪的、凄厉的哀号！

不是人的惨叫，也不像是野兽的惨叫，刚听到它，我浑身上下就疯狂地战栗起来！

我停在散落着片片月明的林地里，从背后跑过来的人们从交谈中知道发生了什么事。是早上被汪大海活捉到的幼狼在惨叫，拖延了一个白天之后，汪大海要亲手杀死那头有着孩子一样眼睛的狼了！

但我仍然没有想到，他会活剥了这头狼！

没有人劝他。甚至也没有人过去看。在场的只有他的警卫。后来他们告诉我，剥狼时汪大海像是一声也没听到它的哀号，他像是一个失聪的人，平静而又愤怒，不像是在剥一条活狼，而像是剥一条死狼！

把狼皮全部扒掉后，它又活活肢解了那头仍在哀号的畜生！

我没有听完那头幼狼的最后一声惨叫。不，那个凄惨的哀号刚在月光下响起，我刚刚明白汪大海是在活剥那头狼，我就听不下去了。我的联想是奇怪的：虽没有亲眼看见被活剥的幼狼的觳觫和扭动，我却觉得自己看到了它此刻的眼神……马上，幼狼的一声声惨叫在我耳边变得无比恐怖，天地间再没有比它更恐怖的声响了！

我三步并作两步回到了我和秋姑的地窨子里——现在这里只剩下我一个人了——浑身战栗着，拔出短枪，一下就顶住了右边的太阳穴！

从早上到现在我一直想自杀。现在秋姑落了葬，我以她的游击队女儿的身份为亲人送葬的心愿已了结，我可以自杀了！

我的心一点不迷乱。那正从秋姑坟前传过来的一声声撕心裂肺的惨叫，让我的大脑有了从没有过的清醒！

如果当初我不是固执地要留在游击队里，秋姑昨天就不会惨死，汪大海、秋叔叔、赵阿姨就不会失去他们的亲人！现在因为我这个和任何一个中国人都没瓜葛的朝鲜孤女，他们失去了自己最亲的人，而且死得那么惨，我怎么还有脸活着？！

我已经没有了妈妈，没有了弟弟，只有一个远在国内生死不明的爸爸。我想到了崔庸健叔叔。他走后一直杳无音信，有可能不是忘了妈妈的嘱托，也不是没有打听到爸爸的下落，而是他打听到了一个不愿让妈妈和我听到的消息，爸爸已不在人间的噩耗！我也不再能走进音乐学校，实现做一名小提琴演奏家的梦想。格节游击队已经因为我牺牲了两个人——秦叔叔和秋姑——我为什么还要活，为什么不能和秋姑一起死！要是我活着，别人还会为我而死，我为什么不马上就死？！

妈妈死了，秋姑死了，汪大海不会放过我，因为秋姑的死，他已经疯了！今晚他能剥一头狼，明天就能用盯着一头幼狼同样的目光盯上我……他就是不会像活剥幼狼一样杀了我，游击队里也不可能再容我活下去！我对不起他，更对不起秋叔叔、赵阿姨，秋姑也是他们的亲妹妹。我也对不起游击队里所有的叔叔……我只有一死，才能向所有人表明我无限悔恨的心迹！

我在黑暗中坐直……一小片清蓝的月光从地窖子口照进来，两三片叶形的暗影在被它映亮的地面上摇动……我一刻也没有迟疑，就扣响了扳机！

枪"轰"的一声响了。可是随着这声响，子弹却和我手中的枪一起飞向了一侧的土墙！赵阿姨早一秒钟风一般冲进来，打掉了我手中的枪，接着就又惊又怕地搂住我，大哭起来！

"英子，你……你你你这是想干啥……你这个死丫头……你你你……"

我的头脑又一点点清醒。开枪时我浑身已不打战了，现在却又刮风般地寒战起来！我"哇"的一声大哭，不是为刚才想做而没做成的事，是为了开枪时脑瓜里突然闪过的一个念头——这下我再也不能回朝鲜了，要是可怜的爸爸还活着，他就再也见不到我，不能知道妈妈和英男的消息了！

我和赵阿姨抱头大哭，这一会儿，赵阿姨的声音比我还要响亮！

秋叔叔转眼就血红着眼睛赶来了。方才就是他想起了我，让赵阿姨跑着赶过来的。赵阿姨来了，打飞了我手中的枪，秋叔叔和她，又救了我的命！

秋叔叔在我面前蹲下来，脸色惨白，红红的眼睛里飞快地涌满了泪水。赵阿姨仍紧紧把我搂在怀里不松手，像是一松手就会丢了我似的。他想抱住我，赵阿姨不给他，于是秋叔叔就抓到了我的一只手！

"英子，你这是咋啦？……你别瞎想一气！"他又惊恐又心疼地喊，"你秋云姑姑是日本人杀的！要恨咱们恨日本人！……那群畜生不只杀了秋云，还杀了金大姐和英男，杀了无数的中国人和朝鲜人！……你是个孩子，你什么错儿也没有啊！……"

是秋叔叔的话，他脸上的惊惶之情，他眼里的泪水，打动了我的心！我从赵阿姨怀里挣脱开，扑进他的怀里，让他能够像亲人一样紧紧地搂住我。我浑身大抖！这一刻我又害怕了，为自己刚才做的事！为了爸爸，为了有一天回到朝鲜和他团聚，我又不想死了！

但我也不想再留在游击队里！

烈士墓那边，被一刀刀活剥的幼狼仍在一声声惨叫，我又听见了！

"秋叔叔，我害怕！我害怕！……你你你送我走吧！你你你送我走吧！……不管送到哪儿，送给谁，我都听话！我再也不留在山里了！我不能害了秋姑，害了秦叔叔，再害了你和赵阿姨，害了别的叔叔啊！秋叔叔……啊啊啊……"

秋叔叔喉咙里发出了响亮的一声……和秋姑诀别时，他喉咙也只是这样响一下，现在我知道这也是痛哭……为了我，秋叔叔现在也这样哭出了声！……秋叔叔猛地将我从怀里推开，瞪大红肿的泪眼望着我，接着，又猛地把我紧紧搂回怀里！

"好英子，别害怕！"他大声叫道，"是秋叔叔错了！秋叔叔早就该把你送出山的！……秋叔叔早先没把你送出去，还是想实现金大姐生前的心愿，你自己的心愿，送你和小玉去哈尔滨或者大连……好孩子你别怕，秋云死了还有你赵阿姨，还有我，格节游击队还有这多人呢！我们活着，你就会活着，我们死了，你也要活着！……哈尔滨和大连咱眼下暂时去不了，秋叔叔还有别的地方！……好孩子别怕，秋叔叔真有地方，能让你离开游击队！……"

夜里赵阿姨和小玉搬过来和我一起睡。第二天天刚亮秋叔叔就过来了，身后是一个四十来岁、一身"老炮"打扮的游击战士。

"英子，这是冯伯伯，他带你去一个地方，"秋叔叔在我面前蹲下，哄小女孩一样拉着我的手说，"到了地方你要听胡爷爷和胡奶奶的话，以后他们就是你的亲爷爷亲奶奶，你就是他们的亲孙女……等秋叔叔另外给你和小玉联系好了音乐学校，我就亲自去接你！要是一直没有找好，你就耐心在那里待着。记住了吗？"

"记住了。"我含着泪回答。

——我现在还……想上什么音乐学校！只要能让我离开游击队，只要我不再留在这里害死秋叔叔和别的叔叔阿姨，我就满意了！

我泪眼巴磋地跟秋叔叔、赵阿姨、小玉告别，简单地收拾了自己的一点个人物品，跟着冯伯伯上了路。离开密营时不少人出来送我，其中没有汪大海。那时我还不知道昨晚剥完幼狼后他身上发生的事，更不知道其后的三天里，他一直高烧，谵妄，胡言乱语，什么人也不认得。但奇怪的是，这时他也没忘记秋姑和那头幼狼！

"秋云，我活剥了一头狼……剥完才看清楚，那不是日本人……日本人杀了大哥和嫂子,又杀了你……我没有保住你……啊不,他们杀不了你,我还活着!我活着你就活着……我跟那些狼不只是国恨,还有家仇了!……他们怎么待你,我就怎么待他们……别人我管不着,我和那群狼,千秋万代,永不讲和!……"

我这是把后面的事放到前头说了……这天早上,在营地外面,刚刚走出几步远,突如其来的悲伤就像海浪扑上海岸一样袭击了我。我忽然想到:这次离开秋叔叔和赵阿姨,离开游击队的叔叔们,我也许就再也见不到他们了!

我发疯般地跑回来,扑向秋叔叔和赵阿姨,抱住他们,岔着腔儿喊:

"秋叔叔,阿姨,你们……可别忘了我啊!英子走了,我会想你们的!"

秋叔叔再次把我紧紧抱起,眼里含着泪,笑着,大声说:

"英子,你放心去!秋叔叔和赵阿姨忘不了你!要是在胡爷爷那儿待不住,我就让冯伯伯再把你接回来!……好孩子,走吧!"

我就这样走了,跟着冯伯伯,一步一步走进原始森林。一路上这位伯伯都不怎么说话,可我明白参加游击队前他很可能真是个常年钻山的"老炮",这次他为我们俩选择的是一条似乎只有他一个人知道的隐秘小路。开始时我的耳边还习惯地模糊地回响着零星的枪声(真实的枪声或者幻听到的枪声),后来,回响在我耳畔的,就是大森林无边无际的风声和林涛了……

她停下来,目光越过我的头顶望去。她望见了当年小兴安岭莽莽苍苍的原始森林吗?

头一夜我们在一个半废弃的猎人小屋里睡到了黎明。第二夜我们在一条和格节河一样宽阔和漂亮的大河边露营。第三天太阳快下山时,我们终于找到了胡爷爷和胡奶奶搭在大山区边缘的小木屋,木屋周围是一个用木桦子草草插起来的小院。刚走进去我就看出来了:这里与其说是两位老人的家,不如说是一个临时的避难处。

胡爷爷和胡奶奶接待了我们。对于事先没接到一点信儿,秋叔叔就把我送来了这件事,他们既不感到吃惊也没表现出欣喜。两位老人都六七十岁了,他们的年纪和态度让我猜测:此处可能只是我漂泊生涯中的又一个中转站。我很快会再离开他们,走向新的落脚处,至于它在哪里,我并不知道。

可是这天夜里,我的想法变了。我认出了胡爷爷,原来他就是当初到游击队密营里帮我治过热病的白胡子老头。这时胡爷爷也认出了我。

"英子，原来你是英子！……我认识你妈妈，她可是个了不起的人！……"他高兴地说，眼睛也湿了！

存在于我和两位老人间的一点看不见的心理隔膜当晚就消失了。两位老人待我热情起来。啊，妈妈，又是你，帮我离开游击队后又走进了一个温暖的家！

24

停顿。她长久地望着一个我看不见的地方。深长的怅惘与痛苦如同黄昏时分山野里的暮气一样升腾起来。

冯伯伯第二天早上就走了。我以为我很快会被再次送走，可是没有。我一天天在两位老人的家里住下去，渐渐地竟习惯了。

啊，虽然我只在这个新家住了二十几天，感觉上却像是住了一年。自从秋叔叔带我进山，我就再也没有过这样安稳的日子了。我吃得好，睡得稳，人也胖了。

要是能一直在那里住下去，住到战争结束，该多好啊！

二十多天后日本人就来了。这不是格节地区的日军，而是当地的日军。令我吃惊的是，一发现大队日本人出现在山下，胡爷爷和胡奶奶就丢弃了我们在山边林中的家，带上我、一杆猎枪和一卷兽皮做的铺盖，往深山密林里走。

"爷，奶，咱们这是去哪？"出了门，我一边跑，一边问两位老人。我已经有点舍不得这个家了！

"咱还有家！"胡奶奶说，神情十分平静，眼角还带着笑纹，仿佛眼下发生的事早在预料之中。

我跟着他们往前走，从早晨走到天黑，才到达胡奶奶说的"新家"。也是一座和我们在山边林中的木屋一样的木屋，藏匿在密林深处。两位老人真像到了家一样，熟练地开门，从草铺下的土洞里扒出一口锅和半口袋玉米糁子，还从墙洞里掏出了一小口袋盐，然后让我去屋后打来泉水，点上火就煮起晚饭来。

吃完玉米糁子粥胡奶奶就让我睡下了，他们自己却没睡，胡爷爷去屋后支套野兽的夹子，胡奶奶忙着修门窗，好像我们要在这里长住下去一样。做着这一切，两位老人却还是什么话也不对我说。

后来他们也睡下了。听不到枪声，大森林里的寂静立马就凸显出来。我很快就沉沉地睡着了。

她注意到我在注视她。
"没有听到音乐会？"

"听到了。可不是这天夜里。白天我们一直在森林里不停地走，太累了，躺下我就睡着了，一觉睡到天亮，连个梦也没做。

"不过我也说不清楚……也许就在夜里，原始大森林内的音响就已悄悄地进入了我的心灵。天亮后我是最早醒来的一个。我听到了屋外啾啾喳喳的鸟鸣声，听到了深沉的林涛和种种林间特有的轻盈、细碎、悦耳的声响。猛地，我有了一种感觉，那场久违的夏日森林音乐会，在我醒来前就开始演奏了。"

　　3 1 3 | 3·3 4·3 | 3·1 7 | 7 —— | 3 4 3 | 6 7 1 | 7 3 6 | 1 7 6 |
3 —— | 4 3 7 | 1 7 6 | 1 7 6 | 3 —— | ……

我静静地听着它那熟悉的优美动听的旋律，它的不同的音部，它那宏大、沉远、辉煌的和声，流出了眼泪。我在音乐会的声浪里寻找我自己的旋律，我竟然找到了。我还发觉，它化作了另外一种音乐，在我的生命中大河一样流淌，我几乎不敢相信那就是我的旋律和在音乐会中的形象了！

两位老人还睡着，我被木屋外的音乐会吸引着，悄悄爬起，蹑手蹑脚拉开一条门缝，走出木屋，眼睛马上亮了——

木屋前山坡下，真的有一条大河在闪闪发光！

它就是通松河。以后当我的生命进入了更艰难的时期，还会再一次和它相遇。有一个时期，我还沿着它做过这次以外的第二次长途旅行，并试图将它作为我和我丈夫的长眠之地……之所以会这样，都与这个清晨我在木屋里听到的音乐会有关，与我第一眼看到这条河时的感受和心理有关……

你可能已经注意到了，此时我和两位老人已在格节以西松花江北岸的小兴安岭腹地。我们身边的通松河也是松花江的支流，像格节河一样发源于小兴安岭东麓的群峰之巅，后者穿山越林流向东南，它却曲曲折折穿过西南方的崇山峻岭，最后在通松县城附近注入松花江。

　　那个早上我还不知道它就是通松河，出现在我眼前的只是一条美丽的、绿色的、闪闪发光的大河罢了。它自西北方流来，在我面前的峡谷间绕了一个 S 形的大弯，折向东南，消失在群山密林之中，处在我当时的心理状态下，它又不像是只从西北方流过来的，也是——应当说更像是——从一场正在演奏的广大无边的森林音乐会中流出来的；它浩浩汤汤，涨满河谷，涌进一道道沟岔，将两岸的峰岭渠谷全部变成伸进大河内的半岛或者探入群山间的河湾。无论半岛还是河湾都覆盖着郁郁苍苍的森林，直到水际，直到水中，于是你第一眼看到的就不是群峰和峡谷，而是一望无际的绿色森林和野苇丛，它们被河水反射的阳光照亮，反过来自己又将汹涌的河水染绿。而这一切景色也就进入了音乐会，成了它流动的音乐化的组成部分，它的主旋律、变奏和和声。初升的阳光并不强大，森林和河床上方的大气清洁明净，使两岸山峰沟谷间显得高旷空远——天空是亮蓝色的，河水、森林、苇丛是亮绿色的，所有的景物、色彩在天地间无比广阔的背景下，都是那么清晰而又层次分明，和谐、宁静、美丽又富于动感，并且生气勃勃，一切都在闪光，于是这场一直在我耳边回响的森林音乐会，也就是一场生气勃勃、闪闪发光的音乐会了……

　　　　3 1 3 | 3 · 3 4 · 3 | 3 · 1 7 | 7 —— | 3 4 3 | 6 7 1 | 7 3 6 | 1 7 6 |
3 —— | 4 3 7 | 1 7 6 | 1 7 6 | 3 —— | ……

　　我站在河岸上，完全被自己看到和听到的一切迷醉了。我忽然想到妈妈生前说过的话：人间是有天堂的，音乐就是天堂，绘画也是天堂，但真正的天堂却是音乐化的大自然。过去我不懂这番话的意思，今天我明白了：这条闪闪发光的大河，两岸的森林、苇丛、河水乃至水边的杂草，树林里的野花，一切都是非人为的、自然的——汹涌的和清亮的河水是自然的，水边大片大片新生的青草是自然的，岸边和林中的衰败和腐朽的老树和枯叶也是自然的……这里除了人和战争什么都有，包括生和死，就是没有非自然的生存与死亡，它就是天堂，而只有在天堂里，你才能聆听到如此浩大动听的音乐会。天堂本身就是最美的音乐……

　　后来我坐下来。那一刻我不但情愿长久地住在这里，甚至还渴望死在这里，融入这天边无际的绘画般的美丽与天堂似的音乐之中，在岸边，在河水里，在河边的苇丛间，如同一棵老树一样朽败和消逝……

长久的停顿。今天是第四天了,她不知道她唱的一直是几个同样的乐句吗?

我以为我们能在这个"新家"多住上一些日子,可我们只住了五天,就又从通松河的下游,听到了枪声!

像上次一样,两位老人依旧异常冷静地收拾了不多的几件东西,埋好锅、粮食和盐,放弃了这个家,带着我向北方更深的山里走去。

身边的音乐会没有马上离开我。我们一家三口一直是沿着这条闪闪发光的大河走。枪声一响,它就被打断了,可是我们刚刚走进更深的森林,听不见枪声,它就又和满山遍野的林涛,和大河的汹涌的流淌声一起回到我的生命中来了。

即便是些没有月光的夜晚,这条河也是明亮的,宽阔的河面上闪烁着星光,岸边的森林、苇丛在夜光里会闪现出一种浓得像化不开的油彩一样的墨绿;星光不只落在河水中,也落在岸边的树木和草叶之上,在顺河道刮过来的微风中,所有这些叶片也都在反射着、摇曳闪烁着亮晶晶的星光。有时我们还能看到一团团一片片明亮的萤火,在林中、河边甚至在河道中流飞过,最大的萤群居然能充塞整个河床上空,那时整条大河就都会被美丽和缓缓游动的萤光布满和照亮,河水被它照亮,森林和水边的苇丛也被它照亮……它顺着河床飞过去了,大河及岸边的景物却没有马上昏暗下来,你的视觉里一直保留着萤群飞过时那种明亮的感觉,久久不会消逝,而这时的音乐会,也就成了一个被无边的飘逝的萤群照亮的音乐会了……

和过去我耳边回响过的所有的音乐会不同,这还是一场以无歌词的咏唱为主、让人的心灵充满着感激的音乐会。大河日日夜夜汹涌流淌,一天二十四小时拂弄森林和河边野苇丛的风声或弱或强,鸟叫虫鸣,树叶落地,所有这一切声响都成了音乐会"有形"的部分,而似乎由一支庞大的女性合唱队发出的长长的、赞美诗式的咏唱,则始终漂浮在这些"有形"的音乐之上,成了音乐会"无形"却恢宏、浩大、感动人心的部分。我知道用有形和无形描述音乐是愚蠢的,可它们确实是我当时的感觉。有形的部分是音乐会的大地、森林和河流,而那无形的,则是音乐会的天空中飞翔和咏唱着的精灵。

常常是深夜或拂晓,我一觉醒来,马上就听到了这一场无歌词的咏唱……我还不知道是谁在天地间大河上森林中咏唱,她们咏唱的是什么,明白那一切还需要等到我再次沿着这条大河旅行,还需要我经历更多的苦难……不过就是这样,我还是已经被这合唱中蕴含的深情打动了。它们让我那已随着行程的增加和身后的枪声重新惊惶起来的心得到了抚慰与呵护。没有它和身边的音乐会，我和两位老人的旅行还只是一次纯粹的逃亡性质的森林与大河之旅，有了它们，我的旅行就成了一次关于大河、森林的音乐与风光之旅。我不惊慌……

数天后我们到达了又一个"家"，还是位于河边半山腰中，还是一座小小的木屋，从屋里和屋外，两位老人又找到了锅、盐和一袋粮食。刚在这个"家"住了一天，就又听到了枪声。于是两位老人继续带我向前走。两天后我们又走进一个"家"，这次不再是大河边的木屋，而是一个山崖下的土洞。

日本人已经追上了我们。他们当然不是为了追杀我们才派了大队人马进山，但是我们一家三口——首先是两位老人——显然也是他们追杀的目标。日本人为了在北满"绥靖治安"，从那年就开始对山里山外的居民实施"并大屯"的政策。他们进山来，不只要消灭小股抗日队伍，搜捕隐匿于深山里的抗日分子，还要将山里的所有居民逼迁到山外的大屯子里去，不愿出山的人一概"格杀勿论"。这时我心里已大致明白了两件事：一、两位老人在山里有许多家这件事，正说明他们在山外已经没有一个让我安居的家了；二、虽然事先在深山里建了这么多"家"，我们一家三口的处境仍是危险的，如果让日本人这样一直紧追不舍，我们很可能逃脱不了被捕杀的命运。想到这里，我也就再次影影绰绰地想到冯伯伯刚送我来时心里生出的感觉：我不会待很久的，如果发现不安全，两位老人一定会马上带我离开。这个在深山里拥有着不少木屋和土洞的家，仍然是我漂泊人生路上的一个中转站。

"音乐会呢？"我问。

"音乐会结束了。一旦天天能从身后听到日本人的枪声，它就马上离开了我。音乐会是和战争、屠杀无法相容的。"

第二天我们又换了一个河边的土洞藏身。果然，这天夜里，我听到了胡爷爷和胡奶奶关于我作出的决定。

一般情况下，一天的长途跋涉之后，我会睡得很沉，可不知为什么，这天夜里我只睡了一会儿，就突然醒了。

土洞里一片漆黑，两位老人正悄声说话，我先听到的是胡爷爷的声音——

"……我就把英子给他送去！当年我救过他的命，他一直想报答。过去我嫌他这个人肮脏，就是不给他这机会！这回我把机会给他，就说我们岁数大了，长年在山里无法抚养自己的孙女。孩子的爹妈都死了，只能让他替我们把孙女养几年。他的心待别的人黑，待我的孙女却不会！"

好长时间没人说话。后来，我听到了胡奶奶的一声抽泣。

"我不是不让你送她去，我是怕万一，"胡奶奶说，"这事儿没啥闪失好说，万一出点儿差错，哪天雨豪来要人，咱该拿啥话回孩子哩？……上回冯明贵来送她，可是反复交代过，说是雨豪的话，英子她妈已经死了，为咱中国人死的，金顺姬生前把孩子托付给了他，就是咱中国人死一百个，也不能再让这可怜的孩子出岔子！……"

胡爷爷不高兴了，责备地说：

"你看你看，我也不想送她走，可这样下去，你和我总有跑不动的一天，我们老的老，小的小，日本人比我们走得快，早晚有一天抓到我们……老婆子，你心里别难受，早晚有一天咱得把她送出山对不对？这些天我半夜睡不着，翻来覆去地想，眼下这种时候，把她送给自己人，反倒不保险，日本人天天都在找我们，杀我们！要送干脆就送到一个谁也想不到的地方去，送到日本人根本不会怀疑、不知道她到底是谁的地方去！……"

后来他们不说了。后来又说起来……我终于明白了胡爷爷要送我去哪里，还明白了两位老人自己的故事：还在格节游击队初起的时候，老人在通松城外的家就做了游击队的交通站。秋叔叔送我来前三个月，这个家突然被日本人抄了，房子被烧掉，满大街都贴上了追杀他们的告示。侥幸逃脱后两位老人想来想去，只有投奔秋雨豪的游击队，可走到半路又停下了，一个对另一个说：咱们年岁这么大，到了雨豪那儿能干什么？不能跟他们一起打仗，去了只会成为孩子的拖累！另一个想了想，说对，没有我们俩，雨豪和游击队就够难的了，咱们不去了，咱们回去！两个人一合计，又回来了。家是不能回了，不如进山吧，打猎，开点小片荒，也能活下去。他们还做出了另一个决定：不仅不能去投奔游击队，也不能把自己现在的情况告诉秋雨豪。接着，决定自己想办法活下去的老人做了两件事，一是在山边林中搭了一座木屋，继续接待来往的交通员，为游击队传递情报；二是沿通松河往深山老林里走，搭起一座座木屋，开凿出一个个土洞，准备在山边的住处被鬼子发现后躲进来。当然，老人这样做似乎也是为自己准备好了死所——他们已经很老了，最终很可能逃不过日本人的追杀，既然他们不能为抗日做什么事了，死就死吧，而且最好是人不知鬼不觉地死在深山里，不给秋雨豪和游击队添麻烦；他们一辈子都以打猎为生，是小兴安岭的猎人，通松河畔的猎人，山外不是故乡，深山老林里才是故乡，他们走进深山而死，就仍然是死在自己的故乡。

他们没有想到，刚刚做好了独自活下去的准备，秋叔叔就把我送来了。像以前接受任务时一样，两位老人什么也没说就把我留下了。知道我是金顺姬的孩子后，他们本想让我一直跟他们生活在一起，可到了这会儿，却不能不想办法把我送走了。

两位老人做出的决定是：明天开始，他们不再带我沿通松河北行，相反要带我掉头南归，从日军"讨伐队"的缝隙中穿过去，走出大山区，走进通松城，寻找胡爷爷早年的一个师兄弟，将我安置下来。此人是个木材商，"九一八"前就和日本人有来往，眼下和鬼子联手办了一个木材商号，深受日寇占领当局的信任。以前胡爷爷认为此人是汉奸，多年断绝了与他的来往，可这次为了我，他就顾不得那些了。

第二天早上胡爷爷向我详细讲了他们的决定。虽然他们夜间的谈话我都听到了，可还是流了泪。胡奶奶也哭了。我接受了老人的安排，虽然他要把我送给一个汉奸暂时收养。离开游击队一个多月后，我明白自己正站在一个新的人生路口。老人为我做出的当然不是最好的安排，可这却是他们能为我做出的最好安排，我们还没出发，我就看到我的新生活：我将要走出深山，走进一座陌生的县城，一户陌生的人家，和一群过去与我朝夕相处的人完全不同的人一起生活。这种新生活给予我的第一个感觉居然不是憎恶而仍然是恐惧：这个当汉奸的木材商人家肯定不断接触日本人，但现在我最见不得的就是日本人，见到他们我就会想到妈妈和英男的死，秋姑的死，我会因仇恨和愤怒而迷乱，浑身发抖，大喊大叫，甚至会操起身边的什么器物扑过去。那样的话我仍然会暴露自己的身份，末了还是一个死……我栩栩如生地想到了这一切，却没有把它们讲出来。不，这时的我已不是刚随秋叔叔进山的那个小姑娘了，甚至也不是刚随冯伯伯离开游击队时的英子了，我没有过去那么小，那么任性了，一想起秋叔叔和游击队，想起那些因为我留在游击队里而牺牲的人，我就是明知自己去了那个汉奸家会死也还是会去的，我擦干眼泪，对两位老人点了一下头，又点了一下头。

"爷，奶奶，我听话，我去！"我说……

本来当天夜里就走。可是一支日本"讨伐队"突然出现在我们的土洞旁边，并在那里宿营，我们就在这个"家"里多留了一天一夜。枪声时刻在土洞外响起，可是那场大河和森林的音乐会，特别是那种一直漂浮在大河的流淌声和广大无边的林涛之上的、像母亲温暖粗糙的手一样抚慰着你的心的无歌词的咏唱，却在这个夜晚突然回来了。我知道这是为什么，我又一次从这种无歌词的咏唱中感觉到了母亲，她的一颗为女儿深深悲悯着的心,她的鼓励和期望的眼神,母亲正在给予我向命运的前方勇敢走过去的力量……我同时也知道没有母亲,只有我自己,独自面对着新的人生和自己的决心……我同意去那个汉奸家生活并不是因为我能够接受这种生活,而是表明我的决心已经形成,不可更改:到了那里,我可能很快就会死;但也可能不会死,因为死在那里不是秋叔叔,也不是身边两位老人的愿望……我会咬着牙活下去,我会遭许许多多的罪,受好多好多的折磨……不,真正的转折点在于,我一旦离开了胡爷爷和胡奶奶,或者两位老人万一在日寇的追杀中牺牲,我和秋叔叔、和游击队的最后一线联系也将中断,那时我就真的要独自一人面对着自己漂泊不定的命运了。不知为什么,我忽然想到和相信,那个汉奸家肯定仍然不是我最后的一处漂泊之地,我去了那儿还会离开那儿,继续在这片到处响着枪声、流淌着鲜血的大地上流浪,不知是否真能活到战争结束。

　　这是她今天第几次沉默了?她仍然在倾听那场大河和森林的音乐会、那仿佛来自母亲的咏唱吗?我已经想到了,其实这场去而复归的音乐会也是一场告别的音乐会。告别深山和大河,告别过去的生活,告别她决心不再拖累的秋叔叔和游击队。她的目光像是仍在眺望六十余年前那个命运的岔路口,这里一条小路通向山里,另一条通往山外。不,没有岔路口,那一刻她的生命中只有一条出山的小路。
　　她也许只是在眺望一片夕阳斜照下的山林,眺望那条至今仍在她苍老的记忆中闪闪发光的大河。眺望也是告别的眺望。这是一双恋恋不舍而又充满决绝意味的目光,一种不想悲伤心中就涨满了悲伤,没有想到激烈就已壮怀激烈的目光。
　　我激动了吗?我只应当保持平静。不过,在这个有着严重幻听的人身上,一件我意识到了她却没有想过的事发生了。随秋雨豪进山时她确实还是任性的,孩子气的,甚至是矫情的,可到了今天,金英子却真的长大了,一个新的、就是自己死也不愿意拖累别人的信念已在她心中生长、成形并且石块一样坚硬起来。有了这个信念,她人生的旧阶段就极有可能已经结束,而一个崭新的阶段也就有可能开始。
　　我真的平静下来了吗?

　　这天中午日本人走过去了,我们没有等到天黑,就踏上了出山之路。来时路上没有敌人,我们白天走,现在到处都是敌人,就改为夜间走。只是到了这时,我才发觉日本人投入到山里来"讨伐"的兵力有多大。头天夜里,我们一连和日本人的三座野战营地擦肩而过,这还只是日军第一波攻击搜索部队的一部分,第二天晚上起,我们才开始遭遇日军的大队,到了第三天,才接近日本人设置在大批"讨伐队"身后的一道道封锁线,林中的每一条小路、每一处山口,只要能行人的地方,你都会发现有日军重兵把守。日本人当然不可能封锁住一望无际的小兴安岭原始森林,但是日本人没有封锁的地方也常常没有路,无法通行。不过,这一次我仍然是幸运的,因为引领我出山的是胡爷爷一位一辈子钻山的"老炮",仅凭微风吹过来的一丝一缕常人难以觉察的枪烟味,他就能准确辨明哪儿有日军的阵地,而这时他也就为我们找好了另一条可以悄悄潜越的小路。这样的小路往往距日军封锁线不远,只有少数猎人知道。有几次,连这样的小路也被封锁了,胡爷爷就带着我们贴着日军阵地下方的崖壁,从他们的鼻子底下溜过去。当然,除非万不得已,他不会让自己和我们这么冒险,而每次冒险成功,我们就会长久地停下来,像长途急奔的马一样,大口大口地喘气。

五天后的黎明我们悄悄潜回到了山边林中的家。小木屋已化为灰烬。一个人从灰烬旁站起来。

"冯伯伯——!"我眼睛一亮,叫道。

"明贵,是你?"胡爷爷也吃惊了,喊,"你咋来了!"

"胡爹,我在这里等了你们三天了!"冯伯伯说。终于等到了我们,他高兴极了。"

她呼吸急促,脸颊泛红,目光悠远。

你根本想不到冯伯伯是为什么来的,他是为我来的!

冯伯伯带来的消息是:一个多月前,秋叔叔派他送我到这里来时,还派了一个人前往赵尚志的哈东游击区寻找满洲省委。几天前这人奇迹般地穿过日军重重封锁,进入了格节游击队位于以狼谷谷口为中心的游击区,还带回来一名省委交通员。后者向秋叔叔传达了省委的紧急指示:鉴于格节地区敌我力量过于悬殊,为避免更大损失,秋雨豪应马上率领格节游击大队向西突围,进入小兴安岭腹地的深山老林,然后向南转入我哈东根据地与赵尚志的三军会合,休整补充后再重返格节,坚持斗争。冯伯伯还说:秋叔叔这次派去哈东的人不但向省委汇报了格节地区的战争形势,还讲了小玉尤其是我的事情。省委同意我和小玉随格节游击队向哈东突围,到达后再由他们安排我们进哈尔滨的音乐学校。冯伯伯说,一接到这个指示,秋叔叔就命令他启程,到胡爷爷这儿来接我回游击队，准备随队西上！

我放声大哭……胡爷爷胡奶奶慌乱起来，他们不明白连送我去通松县城一个汉奸家去的事我都平静地接受了，为什么刚听完冯伯伯的话，我却爆炸般地哭起来！

啊，有些话是不能对两位老人讲的……接受他们的安排去一个汉奸家生活，对我来说那不是去生而是去死，现在秋叔叔接我回去却不但是让我去生，他还要实现当初许下的心愿，要让我成为音乐学校的学生，将来做妈妈那样的小提琴演奏家！

我长江大河般地哭了一场，一刻钟也不愿意多留，马上要冯伯伯带我上路，竟没有想想两位老人此刻的心情。这时冯伯伯才想起对胡爷爷胡奶奶说："你看看我，差点把大事忘了，秋司令这次不是让我带英子一个人回去，上次我回去讲了你们的情况，秋司令就没有一天不为英子和你们担着心，他又不能马上派我来接你们走，就是接过去了也无法保护你们啊，仗打得太惨了！现在不一样了，游击队要突围，他要我带你们一起走，然后一起突围！"

这次是两位老人掉眼泪了。他们互相望着，默默交流着思想和感激的目光……后来，胡爷爷擦干了泪水，努力露出笑容，说：

"明贵，回去告诉雨豪，我和你胡娘谢谢他的好意……要是我年轻十岁，一定跟你们走，不是跟你们突围，是扛上枪打鬼子！可眼下我和你胡娘都老了，去了只会拖累你们，我们俩就留下来不跟你们走了……你对雨豪说，别担心我们俩，我今年七十岁，你大婶六十九，就是现在死，也不算短寿。我们能活下去，我们还要活着看你们打回来呢！……"

无论如何他们也不愿意走。冯伯伯只好带着我一个人上路。离开的时刻，我才像另外一个完全不相干的人一样，突然回头望见了自己这一个多月的日子，看到了两位老人对我的恩情，也看到了那条终日在闪亮的通松河，河两岸郁郁葱葱的大森林，听到了河上和林间的音乐会……我知道我是很难忘记这段日子，忘记身边这两位白发苍苍的老人了，他们自己的生命同样处在危险中，却帮助和保护我度过了秋姑牺牲后生命中最黑暗最脆弱的时刻，让我的心灵里重新升起了生的希望和勇气……我心如刀绞，和两位老人难分难舍，抱着胡爷爷和胡奶奶大哭了一场，气都哭岔了。不知为什么，我忽然觉得今天我离开了他们，很可能再也见不到他们了！

"爷，奶，你们一定要活着，等咱们的亲人打败了日本鬼子，我也上完了音乐学校，我就回来，还做你们的孙女，亲孙女，给你们拉琴！"我一边哭，一边心疼欲裂地喊。

两位老人也落了泪。他们也和我紧紧拥抱。后来他们松开手，胡奶奶帮我抹掉脸上的泪，刚强地说：

"英子好闺女，记住奶奶的话，只要人活着，就有见面的一天！奶奶和爷爷等着你回来！……"

我们上路了。走了很远再回头，仍看到两位老人站在高坡上朝我挥手……我猛地把头转回来，我不能再看他们了！两位老人的身影在我的最后一望中突然显得那么瘦小、可怜、无助！可是我又没力量帮助他们活下去，我自己的路还很长，自己还要鼓足力量走下去！

我的眼里满是泪水。我在密林里跑起来……

25

其后两天，我和冯伯伯一直沿着当初他送我来的那条林中秘密小路往回走。他断断续续向我讲了一个多月来狼谷地区的战争。冯伯伯的话深深地震撼了我的心！

还记得一月多前的那个早上吗？我们刚刚从狼谷谷口外的死人堆里抢回了自己人的残尸，汪大海还在那里活捉了一头幼狼……就是那个早上，我们刚刚撤走，日本人和狼群就回来了……

狼群作为第三方的加入，毁掉了头一天中井弘一对游击队唾手可得的胜利，反而让他遭遇了一次极为意外和惨痛的失败，可以想象这个内心中不可一世的日酋是如何恼怒。一方面，丢在狼谷谷口的上百具日军尸体必须抢回去；另一方面，他尽管不愿意，却不能不承认，狼群成了日军必须面对的比游击队还要可怕的对手。有过这一次挫折，中井弘一看得清楚，不是狼谷谷口而是狼谷本身成了游击队的最后依托，狼群则成了游击队的同盟军，这件事听来令人惊骇，但它却成了事实，并使战场局势发生了重大逆转。在他看来，不首先消灭狼群，要想消灭游击队是不可能的；另一方面，头天的惨败留下的心理创伤也极大地影响着中井弘一的情绪，他与其说是不能容忍日本兵的大批死亡，不如说是无法忍受失败和日军战无不胜神话的破灭，不管造成这一切的是游击队还是狼群。现在他恨狼群比恨游击队更甚，既然狼群成了最大威胁，他下定决心于第二天一大早就率领日军开进狼谷，对狼群实施灭绝性打击，就是极为正常的事情了。为此他彻夜不眠，制订了一个在他看来是万无一失、完美无缺的作战计划：动用全部四千八百余名日伪军的一半，以两辆铁甲车、四门大炮和机枪为先导，进攻狼谷，消灭狼群，并夺回昨天丢在狼谷谷口的日军尸体；其余一半日伪军在以狼谷为中心的地区内，拉开距离构成三道封锁线，不让游击队趁他攻击狼群之际逃离。中井弘一仍然没有忘记他为自己规定的两个月内消灭格节游击队的计划，可眼下对狼群恨之入骨的他却认定，要实现这个目标，只有在他秋风扫落叶般"剿灭"了狼群之后！

一场以日本人为一方、狼群为另一方的战争开始了。日本人始而大胜，五天后却又一次出乎所有人的意外，不是狼群大败，而是日军再次大败，狼狈逃出了狼谷！

事情是这样的……发生在狼谷地区的第一场人狼大战打响的头天早上，七八点钟左右吧，日军的两辆铁甲车和两辆架着机枪的卡车就隆隆抵近了狼谷谷口，后面跟着近两千名战战兢兢的步兵。这时的狼谷谷口又成了狼群的天下，它们不只是回来吃昨天死去的日本兵和死狼，还开始大批向狼谷内拖拉这些一时吃不了的食物。日本人的到来搅乱和激怒了它们，狼群咆哮起来，再次奔驰涌动，集群式地扑向铁甲车和日本人的机枪卡车。但今天不比昨日，中井弘一是有备而来，狼群遭到了对手的猛烈射杀。它们英勇地抵抗了一阵，终于挡不住铁甲车和卡车上机枪的扫射，丢下拖不走的尸体，大规模败退回了狼谷。中井弘一就坐在铁甲车内，一见此情，大喜，命令铁甲车和卡车开进狼谷，对狼群展开追击和扫射，他同时还命令炮兵，将四门大炮成一字形架于谷口，向狼谷内山林中猛轰，意在把成群结队逃进林中的狼群轰出来，打散，以便于铁甲车、机枪卡车以及随后进入谷内的步兵一头一头、一小股一小股地将其消灭！

所有这些命令都迅速得到了执行。于是整个狼谷内，一时间到处升起了一团团爆炸的烟雾，黑红相间的大火熊熊燃烧。狼群真被打散了，成一个个小群落，东逃西窜，没入密林。没有逃过日本人机枪和炮弹的狼的尸体躺满了山谷。狼群往日那令人毛骨悚然的嗥叫，此时也变成了一声声哀嚎，四处回荡！

夕阳西下，立于谷口一辆铁甲车上的中井弘一眯细眼睛，志得意满地望着战场。他相信自己已胜利在望，有过如此打击，狼谷内的狼群即使没有全部被消灭，剩下的也不会再有大的攻击力，只需要他继续带队伍进谷"清剿"两天，这条被中国人称作"狼谷"的山谷，就不会再有一头狼活着了！他一点也没想过战争进行到现在，一些对日军不利的事态已悄悄出现：首先，进入狼谷不久，铁甲车和机枪卡车就开不动了，峡谷太窄，地势太险，只好停下来，就地远远向山林间出现的一小股一小股目标射击；其次，谷口的四门大炮轰击了一天，炮弹打完了，只好停止轰击。于是，这对于狼群来说极为可怕的一天就这样过去了，失去装甲车和机枪卡车掩护的日军步兵没有继续向狼谷深处展开纵深攻击，被从没经历过的打击搞得一片混乱丧魂失魄的狼群也有了机会进食和喘息。

这一夜狼和日本人双方相安无事地过去了。日本人退回到谷口宿营，狼群则在狼谷内躲藏，双方相隔着百米左右的深谷对峙。日本人不再拿狼群当作一回事，他们在炮阵地前又设置了机枪阵地，不时朝鬼火般闪烁着狼的红红的电灯泡一样的眼睛的林子中"嗵嗵"地打上一梭子，在狼群中造成新的伤亡和惨叫；已经有了足够教训的狼群则派出了自己的"卫兵"，一直警觉地注意着谷口日军的动静，通宵达旦。狼群和日本人，都没有进行夜间攻击。

第二天清晨战争重新开始。由于缺少炮弹，日军的炮击没有进行，铁甲车和机枪卡车依然像昨天那样开进了山谷，可也只开到了昨天到达的地方，就停下来了，"嗵嗵嗵""嗒嗒嗒"地对已没有一头狼出现的深谷内盲目射击。中井弘一显然已乐观地认为狼群作为一个整体已不复存在，命令步兵分成若干"讨伐队"，一队队越过铁甲车和机枪卡车，进入深谷，对狼群进行最后"搜剿"。过去不管是谁，大白天进入狼谷肯定有来无回，现在日本人没有遇到这样的危险。狼群遭到惨重打击后都分散躲进了密林中，惊魂未定，不再主动攻击日本人。可日本人进是进来了，却没有取得中井弘一期望的战果，狼群只是害怕日本兵，日本兵却对狼群怕得要死。一旦失去铁甲车和机枪卡车的火力掩护，他们只敢战战兢兢地在谷底开阔处行走，不敢进林子，走两步退两步；为了吓唬狼，也给自己壮胆，边走边胡乱开枪，一旦发现目标——真的或是幻觉——就全体卧倒，砰砰啪啪乱打一通，天不黑便急急地撤回去。如此激烈且此起彼伏的枪声没有迷惑住别人，却迷惑了谷口的中井弘一，让他觉得自己正越来越接近最后的目标，而实际上日军对狼谷的控制力却减弱了，现在的狼谷，白天属于日本人，夜里却又属于狼了！

接下来的一夜依然如故。日本人退入营地宿营，狼群也在狼谷内由巨大的惊恐中渐渐恢复镇静，积蓄力量，重新聚集，准备卷土重来。显然意识到作为一个整体它们的生存面临着巨大威胁，还由于谷内谷外冲天的硝烟和浓郁如酒的血腥气无日无时不在刺激它们的神经。由于饥饿，由于白天不敢袭击日军，它们也变得比过去任何时候都更加兴奋和疯狂。这一夜过去，又一个白天来了，狼群没有出动，它们仍然躲藏着。有一句话叫作从战争中学习战争，它对这群狼也适用，它们是一群异常聪明——人们只说它们狡猾，其实是聪明——的狼，既然像过去那样波涛滚滚般袭击日本人占不了便宜，它们便令人吃惊地自动改变了战术。不仅这个白天它们没有出动，接下来的一夜又一个白天——第五个白天——它们仍然按兵不动，一任日军继续在空阔的谷底进进出出。它们甚至也不叫，以至这个黄昏，中井弘一立于狼谷谷口，竟认为战争已经结束——连一声狼嗥也听不到了，不就是说明狼谷内的狼被他彻底干净完全一个不剩地"清剿"完了吗？中井弘一下令全军撤回谷口地区宿营，准备从明天开始，重新动员自己亲率的这支队伍和布署于封锁线上的全部日军，里外一起行动，对依然活动于狼谷地区的格节游击队实施分进合击，争取在最短时间内"一网打尽"。他原来下决心两个月消灭格节游击队，现在两个月都过了。佳木斯的田圆直木只给他三个月期限，他只能提前，不能超过，超过了田圆真会逼他切腹自裁。不，他不会切腹的，他一定要在这个月十五日以前消灭格节游击队，让田圆、也让旅顺的关东军司令官南次郎看看，他中井弘一不是什么"帝国陆军之耻"，它是大日本帝国陆军的中坚，是大和民族开放在铁血战场上的美丽樱花！

这天夜里中井弘一心情很好。他喝了一点日本清酒，还借着月光对一群平时异常畏惧他的士兵舞了一会儿军刀，唱了故乡兵库县的一首民间俚曲。接着他就睡了，睡梦中回到了樱花开放的四月的东京，那时他恋上了一名伊豆的艺妓，差一点娶她为妻。直到下半夜月光都很亮，拂晓前月落下去，天地间漆黑一片。就在这时，一大群灰狼——狼群中最凶猛的一族——绕开日军设在炮阵地前的机枪阵地，突然从谷口一侧的密林里蹿出，袭击了中井弘一的炮队，十几名毫无防备的日本兵当即被咬断脖子。接着，早已全体潜行至距谷口百米之遥的林间的狼群大举涌出，攻击谷口外的日军营地。仓促之中中井弘一全军大乱，来不及抵抗，再次顺着大裂谷狼狈逃窜，把铁甲车和大炮也丢下了。天亮后他们重整旗鼓，回到谷口，夺回了丢失的重武器，却没敢再鼓余勇进入狼谷。日本人和狼群的第一次大战结束了，竟是狼而不是中井弘一重新控制了狼谷，夜间狼群此一声彼一声的嗥叫，又像以往那样凄厉、嘹亮、不可一世了！

中井弘一下令全军后撤。事到如今，无论他多么刚愎自用，也不能不明白一意孤行下去，固然有可能消灭狼群（他毕竟有四千多人呢），但却要和这群暴戾的、行动如疾风骤雨的狼长期在狼谷争夺下去，而他是耗不起的，距离田圆直木给他的三个月期限只剩下不足一个月，狼群拖得起，游击队拖得起，他不行！他的另一个担忧也不是多余的：一直和狼群纠缠下去，万一秋雨豪率领游击队乘机突围，在山外发动攻击，逼得他非要回师与之周旋不可，他就惨了，游击队当然不可能消灭他，可他也不能在规定期限内消灭游击队。进入大裂谷后他的部队已死伤四五百人，要是再让游击队突了围，田圆直木这头一直对他心存恶意的猪不会只扇他几个耳光，哪怕是为了推卸责任，田圆也会逼他切腹！

必须想新的办法对付游击队和狼群。而他也想到了。狼谷谷口的两次大败让他明白了一件事，这件事看起来很小，对于他却意义重大：原先他认为狼谷是游击队的最后依托，现在想来是他错了，他的队伍进不了狼谷，秋雨豪同样进不了。游击队既然和他一样进不了狼谷，狼谷连同狼群的威胁对他和对游击队也就是一样的了。先前他只是凭感觉意识到游击队仍在狼谷之外，现在这个信念就更坚定了：游击队像日军一样，只能在狼谷之外。中井弘一豁然开朗：游击队能利用狼谷和狼群对付他，他为何不能利用狼谷和狼群对付游击队！而且他比秋雨豪更有力量。中井弘一想：他实际上根本不需要进入狼谷，更不需要消灭狼群，最聪明的做法倒是应当加强和利用现有的封锁线，一点点向狼谷压缩游击队的活动空间，直到有一天将其逼进狼谷。刚刚结束的和狼群的大战告诉他，游击队就是最后与日军决死一战，也是不会退入狼谷的，他们已到了山穷水尽之地，凭实力是对付不了狼群的，那时他们就是不想与他决战，也得与他决战。凭他手中现有的兵力，完全可以在狼谷边缘以泰山压顶之势，将游击队一举"剿灭"，然后班师凯旋！

中井弘一的新战术很快奏效。几天后我军就被压缩到狼谷谷口周围几十平方公里的山林里，没有粮食，缺少药品，子弹匮乏，战斗频繁。在加强封锁线上日伪军的攻势之时中井弘一还派出大批森林搜索队进入密林，对我军展开拉网似的搜索攻击。游击队每天不是同步步紧逼的日军封锁线遭遇，就是同日军的森林搜索队遭遇！

我军还越来越频繁地遭遇到了来自狼的威胁……你能想到吗？自从狼谷谷口发生第一场战斗，浓重的血腥气就弥散到了小兴安岭东半部的广大地区，等日本人和狼群的大战打响，几百里外的狼群也都嗅到了这种令它们兴奋得发狂的气息，从那时起，无论白天还是夜晚，也无论是在山林间，营地四周，你随时都会突然与一头头、一队队正向狼谷方向迁徙的狼不期而遇，它们咻咻地喘着，忙不迭地在林间赶路，如同一道道小溪从四面八方流向大河，通过各种人迹不至的小路——不只是狼谷谷口——汇入狼谷，与谷内原有的狼群日夜发生冲突，然后合为较大的几群。也就是说，虽然有过了日本人与狼群的第一次大战，狼谷内狼群的规模不但没有减弱，相反还越发空前地壮大了！

新来的狼给战场上增添了一个既出乎秋叔叔的意外又让中井弘一始料不及的因素，使战场局势再次复杂化。没有添加这个因素时，格节游击队前面是步步紧逼的日军，背后是狼谷和狼群，日军取胜似乎成了指日可待的事，但是大批远道而来的饥饿的狼出现在战区林间，首先就给游击队和日军森林搜索队的活动带来了很大麻烦。你可能注意到了，我的故事讲到这里，狼在其中的位置越来越显著，就像一个真正的主角，开始在以狼谷为中心的战争舞台上露出身影。不知是不是出于遗传的原因，狼谷内的狼向来不大出狼谷，就是出来也不会走太远，完成袭击后会马上退回去，新迁徙过来的狼却不是这样，它们比前者更凶残也更饥饿，又因为饥饿更加凶残，不管是遇到人还是其他活物，都会立即扑过来将其撕碎后吞吃掉。还有，那些年头里小兴安岭的狼所以会凶猛地攻击它们遇到的每个人，是因为它们当时在山林里遇到的人不是日本人就是游击队员，他们身上都浓烈地发散着那种让它们不远数百里迁徙过来的浓重的血腥气。狼群的攻击首先使游击队停止了活动，躲进密营不出，但它们对日军的威胁比对我们更大。我说过，中井弘一为了防止游击队突围，以狼谷谷口为中心设置了三道封锁线，每道封锁线我军都极难通过，但它们却无法挡住大批涌向狼谷的狼。狼不害怕日本人的攻击，他们的攻击只会在封锁线的这一处或者那一处上扩散起新鲜的血腥味，引导更多的狼朝那儿狂奔。最初日本人当然没有经验，但有过几次教训之后，中井弘一便下令凡是大股小股的狼要通过封锁线，日军一律闪开路，放它们顺利通过。中井这时仍在一厢情愿地想：既然他现在要狼群帮助他消灭游击队，那么走进狼谷和游击队活动区域的狼越多，游击队受到的威胁就越大，他就越有机会坐收渔人之利。让中井烦恼的是这些大量涌入狼谷的狼不仅妨碍了游击队活动，也使得他每日派进山林里去的日军搜索队受到了凶猛攻击。谁也没有想到的事情发生了：就在格节游击队的全体队员都认为他们进入了最后的斗争时期、每个人心里都充斥着与敌最后一搏的悲凉慷慨之气时，日军山林搜索队和日军封锁线对我军的压迫与攻击却突然步履迟缓下来——大批狼群加入战场的最后结果造成了游击队和日军的暂时停战。

"对不起，我有一个问题不明白。既然那么多日军围困游击队，明知我军寡不敌众，为什么秋司令不早带着队伍突围？"

她的目光里陡然现出了恼怒。她直视着我。
"这是个十分幼稚的问题。我现在告诉你为什么：没有命令。你懂吗？那是极端残酷的战争时期，东北党内实行的是'铁的纪律'。开辟和坚守格节游击根据地是省委交给格节县委和秋叔叔的任务，没有接到省委新的命令之前，秋叔叔要是带队突围，就是主动放弃根据地，那在党内是要被杀头的！"

"在日本人大军压境、游击队即将全军覆没的时刻也不可以？"

"对。你可以将情况报告省委，提出建议，但没有接到明确指示之前，即使全军覆没，也不可以！"

"可你说过，早在秋司令带游击队在十二号密营附近设伏的当天，他就想过带队伍突围，打到敌人后方去。为什么到了这时，他倒不那么做了？"

"秋叔叔在十二号密营附近设伏时是想过打到敌人后方去，可那只是战术意义的突围，所谓的敌人后方，是指中井弘一带进山里的大队日军的后方，是我军尚未动用过的大裂谷谷口地区的一号到六号密营地区，并不是说要离开大山区。等他发觉田圆直木给了中井弘一大批援兵，后者又在大裂谷谷口地区布下了重重封锁，这个计划就没有意义了。我军就是突围成功，进入一号至六号密营地区，仍会马上被几十倍于我的日军迅速包围，而那一带山区更靠近山外而远离狼谷，对日本人有利，对我们不利！"

"狼群正大批涌向狼谷，日本人又把游击队逼到了狼谷边缘，秋司令和游击队仍不愿意离开那里？他们心理上这时仍把狼谷和狼群看成是帮助自己对抗日本人的力量？"

"不错。就是到了这时，狼群对我军和对日本人的威胁同样大，他们也会觉得狼群对日本人的威胁更大。日本人投入战争的人数更多，与狼群遭遇的概率就更大。而且，它们都是些中国的狼。"

四天来第一次，我的头也猛地眩晕了……又过去了。

我忽然想起另一件事情。

"既然如此，省委来了指示以后，秋叔叔为什么还要把你接回来。为什么他不能率队突围后再去胡爷爷那儿接你？"

"秋叔叔有自己的考虑。他担心我军行动一开始，就会被日本人发现，那时他就没有时间派人到胡爷爷家里接我了。

"不过这还不是最重要的。最重要的是，冯伯伯掌握着我们脚下这条秘密小道，它能保证我军人不知鬼不觉地通过日军封锁线，迅速进入小兴安岭腹地的原始森林。

到了那时，日本人想抓到我们，就如大海捞针一样困难了！"

我松了一口气。"这也就是说，他觉得先把你接回来并不会有什么危险。"

"你说得很对。"

她又用那双微红的冒火似的目光直视着我了。像是在问：我充分满足了你的好奇心了吗？

她满足了。

我和冯伯伯在森林里走了三天，头两天什么事也没发生。我们甚至没有遇到很多向狼谷迁徙的狼。我的心情也随着就要见到秋叔叔、赵阿姨、小玉和全队的叔叔们越来越高兴，就像一天厚重的乌云中间突然裂开了一道缝，现出了碧蓝的天空和灿烂的阳光。我想的不是突围，不，有秋叔叔和冯伯伯，突围成功似乎已经不是问题，我想的是音乐学校，我回到久违的哈尔滨后就要开始的音乐课。我热泪盈盈地想：过去我渴望去读音乐学校仅仅是为了自己，为了逃出战争，今天却不完全是了。我去了，自己的心愿得到了满足，秋叔叔和游击队里的叔叔阿姨们，也就不会再挂念我，更不可能再为我牺牲了！

第三天早上我们走过通松、格节间的一条大山谷。这是两县的自然分界。到了这里，距游击队现在的营地只剩下半天路程。冯伯伯坐下来歇一会儿，抽一袋烟，我则到身后的山崖下弄回一点泉水来喝——

她的脸色正在发生急剧的变化。

我用一只随身带的小瓢接满泉水，痛痛快快地喝饱，又接满，端回去给冯伯伯喝。一回头，从那条我们刚刚走过的大山谷的谷底，看见了日本人！

我手里的水洒了。"冯伯伯——！"我叫了一声，跌跌绊绊跑回去，又要叫，却被他捂住了嘴——冯伯伯也看见日本人了！

不是几个日本人，而是一大队，分明早就埋伏在这道山谷、这条隐秘的林间小路上，显然出于一种他们自己才知道的目的，竟然放过了冯伯伯和我，但是我们才刚刚走过去，他们就马上将这条山谷、这条小路封锁了！

冯伯伯的脸一霎间白得如同一张纸一个样。"英子，快走——！"他忽然从巨大的惊骇中反应过来，喊了一声，拉起我就跑！

我们很快又扑倒在树丛中。一队分明刚刚从日本人的封锁线上被放行的狼正咻咻地气喘着从我们身边跑过去。我已经有一个多月没有见到它们了，这会儿瞅到它们，浑身上下的毛孔一下炸开了！

"英子，英子——"冯伯伯在旁边小声叫我。

我又什么也听不见了，我能听见的只是一场疯狂、暴虐、充满着无数破碎音、深处却蕴含了深重无边的惨痛与悲伤的风雪音乐会。生命中刚刚显现出的蓝天和阳光全消逝了，它又像严寒的风雪之夜一样漆黑一团！

事情就是这样：秋叔叔让冯伯伯接我回来，是要我和他们一起突围，这个任务冯伯伯完成了；黄昏时分我们躲过好几队拉成长线络绎不绝奔过去的狼，终于回到游击队营地，却给秋叔叔和全队带回了一个可怕的消息：我军突围西上的最后一条小路上埋伏了大批日本人！

26

我的心从那时就是惊悸的了。我是回来参加突围的，可现在我却有了一种极为清醒的意识：我回到了一个被日本人和狼群断绝了生路的地方，我回到的是一个死地！

我的心既悲痛欲绝，又愤怒而激烈，甚至荒草一样生长出了某种没有意识到的疯狂。"我就要死了！"这个念头清晰地在脑海里闪过，成了左右我思想、行为的出发点和唯一力量。离开胡爷爷和胡奶奶时我还是个快乐的、充满希望的人，现在却比游击队里所有人都更早看到自己的死和别人的死。我意识到了这一点，心却突然决定了——死就死吧，它既然来了，就让它来！

游击队领导层连夜开会。冯伯伯和我被叫到会上来，详细报告在预定突围路线上发现的重大敌情。我惊讶地发觉，虽然只离开一个多月，我面前这些人都变得非常厉害，有的我根本就认不出来了！

变化最大的是汪大海。最初我没有认出他。我和冯伯伯汇报完我们发现的敌情，地窨子里鸦雀无声，所有听到这个消息的人都惊呆了。秋叔叔原本坐着，突然跳起，烦躁地在地窨子里来来回回地走。就在这时，一个人"嚯"地从门口站起，血红着眼睛，大声说：

"有敌人更好！我们不走了！上次开会我就说过，你们愿意走谁走，我反正不走！"

他说出了这番话，我仍然没能马上认出他是汪大海。我当然已经注意到了他，但真正吸引我、让我心头一震的并不是他讲的话，他那怒冲冲的语气，而是这个人带给我的一种极为奇怪的感觉！

——这样一个夜晚，全队面临生死存亡，每个人的精力都高度集中，唯独他的精神似乎一直游离于会议之外，而他却完全没有意识到这一点！

忽然我认出他是谁了。汪大海！和一个多月前相比，你就是打死我，我也不敢认他了！不过是一个多月的时光，他的模样儿就大变了：原本结实和健壮的他，身上的肉好像一夜间就全掉光了，只剩下了些粗大惹眼的骨骼。他整个人变得极瘦，身子也好像比当初矮小许多；由于没有后方供给，游击队服装基本上来自缴获，因此全队包括他自己穿的都是没有军衔符号的日军军服，现在他却是一身"老炮"打扮，衣服又破，显然是宁肯穿这一堆碎布片也不要再穿日本人的衣裳；他的面容变化更大，不但肉没有了，只剩下了些骨骼，还增添了许多模糊而粗糙的疤痕，一堆乱蓬蓬的胡子，左眼到下颌之间，尤其令人吃惊地多了一条斜斜的丑陋的刀疤，一旦他激动——他总是激动的——这条刀疤就会一下一下抽搐起，使这张脸显得异常凶狠可怕。最后是他的眼睛：在脸上许多新添的褶子中，眼睛四周的褶子最深，颜色乌青，像被人打了一拳似的，不但皮肉受了伤，还让血红润湿的眼睛从那一刻起就向外渗血不止！

正是这样一双眼睛，长在那张突然变得丑陋和凶狠的脸上，固然令人生畏，但也一下子就让你生出了一种心脏被猛地戳疼的感觉，一种你不由自主就要为他悲伤、要可怜他的不幸的印象！

可是这种印象很快就过去了：那双眼睛大部分时间都微眯着，外人一下子看不清隐藏在里面的光芒。但是，因为刚才的话题，他猛然将它们大大地睁开，你就会被它们结结实实地吓了一跳：这双眼睛又大又圆，血红明亮，混沌不清而又疯狂迷乱，凶悍有力。有了这样一双眼睛，他一开口说话就会给你一种甚为可怕的感觉：他的神志乍看上去是清醒的，喊出的话也是清晰的，但不知为什么，你随后就会觉得他像是一个梦游中的人，越是要表现得清醒镇静，你越会觉得他神志恍惚；这双眼睛——刚才我好像说过了——它们混沌不清，疯狂迷乱，但其中最主要的部分——那两点明亮的目光，却依旧犀利和具有穿透力，不过你只要照直朝它们望一眼，仍会猛地觉得这个人如同一个盲者，大睁着眼睛却看不清周围的东西，能看清的只有他自己想要看清的一点什么。

我的心已经激烈地跳起来。不是恐惧，而是痛苦！我看到了汪大海，可他已经不是以前的汪大海了，他是一个被秋姑的死伤害到今天这副模样的人，一个因自己的盲目和脆弱随时都可能死去的汪大海！

可是我却什么话也不能对他说。这样的会议上是没我说话的机会的。汪大海方才的话一出口，就激怒了秋叔叔，他坐下又站起，满脸涨红，大声冲汪大海喊：

"汪大海，今天是讨论全队怎么走，不是讨论你自己走不走！……你给我把脑瓜放明白点儿！"

汪大海似乎已习惯了秋叔叔这种冲动的、怒气逼人的态度，倔强地、毫无反应地舔了舔干裂的嘴唇，说：

"反正我说过了，你们要走就走，我不走！"

他这种公开不把秋叔叔放在眼里的态度，把所有人都惹翻了！

"汪大海，你说的是什么话！省委指示你也不执行吗？你还是党员吗？"

"汪大海，我们可以对上级党的指示提出自己的意见，却不能不执行上级党的指示！为了保存实力，暂时突围到哈东根据地有啥不好？"

"汪大海，你要考虑自己的党籍！"

"……"

像一个真正的梦游者一样，汪大海开头似乎没有听懂这些话，可是后来他终于听明白了，马上，他怒冲冲地抬起头，满脸通红地望着每一个人，意思是说：我就是不走罢了，这和我的党籍有什么关系！

"我说不走，就不走！你们要是愿意，就枪毙我！别扯我的党籍！"终于，像一头被猎狗围攻的独狼一样大嗥起来。

地窨子里忽然静了。秋叔叔摆摆手止住大家，血红着眼睛，凶狠地、斩钉截铁地对他说：

"你有不同意见可以保留，但是省委指示必须执行！现在我们要讨论决定的问题是，老冯掌握的路线不能走了，我们还能从哪里突围！"

汪大海明亮的目光忽然黯淡下去。我的感觉是：一说到这个话题，他又不再关心了。他蹲下去，卷起一根烟抽起来。

与开始时的鸦雀无声相反，与会者马上就秋叔叔的话展开了热烈讨论。我盯着蹲在门口、回来后一直觉得异常陌生的汪大海，忽然意识到除了在他那双混沌、狂迷的目光后面还有一双内心的目光，那双目光一点也不迷乱。现在，这双目光只盯着他生命中仅存的一个目标，一个无论别人怎么阻止都一定要去实现的目标！

大约过了半小时，地窖子里的争论声停息，秋叔叔的目光再次回到汪大海身上，用打雷一样的声音冲他喊：

"汪大海——！"

他像是从梦中被惊醒，猛抬头，瞪大眼睛望着秋叔叔。

怒火又腾腾地烧回到秋叔叔脸上。

"汪大海，你没睡着吧？！……你给我听好了，明天起我和你兵分两路，你带一支队去为全队打粮食，为突围作准备；我带二支队去侦察敌情，重新确定一条突围路线！"——一时间他把严厉的目光转向大家，最后仍旧怒冲冲地落到汪大海脸上——"都给我听清楚了，后天夜里，不管准备好还是没有准备好，全队都要开始突围行动。这是命令，不服从者军法从事！"

秋叔叔的语气这么严厉，大家都高声回答说："知道了！"汪大海站了起来，显然也听清了秋叔叔的话，却什么也没有回答。

"听清楚的可以走了！"秋叔叔的火气分明更大了，瞪了他一眼，喊，"没听清楚的给我留下！"

众人出了地窖子。汪大海没有走。我忽然为汪大海害怕了（这是从没有过的）。汪大海一直等的就是这个时刻，我不担心他没听清秋叔叔的话，担心的是他听清楚了却拒不执行秋叔叔的军令。要是那样，秋叔叔一怒之下真有可能撤掉他的职务，派人把他关起来！

地窖子里除了我，就剩下他们两个人了。我站在地窖子门口灯影里，他们谁也没看到我，我却能看到他们……汪大海盯着秋叔叔，眼里突然闪烁起两片刚强而湿润的光。他用一种伤心而又低沉有力的腔调问道：

"司令，你真的要我跟着你们一起走？！"

秋叔叔再次勃然大怒。他满面通红地向汪大海走了过来，狠狠地打量对方，像是马上就要打他一巴掌似的，又没有动手，却用尽了全身的气力，冲后者大吼：

"汪大海，你到底是醒着还是没醒！你给我听好了，这话我不再说第二遍！你要是不走，我就关你的禁闭，捆上你走！"

会议进行期间，汪大海在秋叔叔面前一直处于守势，可是这一霎间，他那眯细的、混沌迷蒙的目光陡然变得明亮……现在除了大火燃烧般的愤怒，这双眼睛里还一下就涌出了那么多的凶狠和强悍。他似乎要说：你就是捆上我走，我也不走！

他就用这样的目光和秋叔叔互不相让地对视了一分钟，没有把那句已在嘴边上的话说出口，就突然转身，大步走出了地窨子！

这时我不觉得汪大海是个内心和神情一样迷乱的人了。显然他还明白，如果他方才不顾一切地将那句话说出口，秋叔叔马上就不会让他自己走出地窨子！非常可能的是他忽然想到：如果那样，他坚决要留下去做的事就没有条件做成了！

我不知道自己的猜度有几分把握，心里还是突然打了个大大的冷战，不但为他，更为就要出发为全队去打粮食的汪支队！在汪大海最后不屈的目光和神情中，我清楚地感觉到了某种和秋叔叔的意愿截然相反的决心！

……我回到赵阿姨和小玉的地窨子里。赵阿姨去照顾伤员了，没有回来。我和小玉沉默地坐着，突然我向她问起了汪大海——秋姑死后这一个多月，他怎么变成了这副模样！

小玉没有马上回答我，却上上下下看着我的脸。

"英子，你的脸色很难看，出了什么事？汪大海又为难你了吗？"她担心地问。

"你告诉我他现在怎么样就行了，别的不要多问！"我粗暴地回答她。

小玉看了我一眼，什么也没有问就讲了起来。于是我也就知道了这一个多月有关汪大海的一切——

这么说吧，自从他在秋姑坟前活剥了那头自狼谷谷口捉来的幼狼，然后昏迷过去，四五天后苏醒过来，就是眼下我看到的样子了。他带给全队的印象是：秋姑死了，过去的汪大海也随她去了，现在昏迷后又活过来的人是那两个死去的人留在世间的一个使者、一个复仇的代表和工具！汪大海昏迷不醒之日，正是中井弘一在狼谷内外与狼群大战之时。狼谷大战失败后日本人又将攻击重心转向游击队，苏醒过来的汪大海也恰恰从这时起改变了自己的战斗方式和作风。过去总是日本人天天派出大批山林队到我军活动区域打我们，现在却是汪大海主动带着汪支队寻找日本人作战了。这个思想和行为都变得格外简单的新人日日夜夜沉浸在自己暴风雨般的愤怒中，一双血红的、总是蒙着薄薄一层明亮水光的眼睛看不到周围几米的人和事物，却能穿透哪怕极远的山林，看得见每一队正在走来的日本人；他的听觉变得尤其敏锐，往往日本人还在一座大山的那一边，别人在山这边只能听到风声和林涛，他就听到了日军的脚步声。汪大海不再像过去秋叔叔打仗时那样设伏和一味组织阵地战（在敌强我弱的情况下，它们逐渐成了游击队的主要战法），现在的汪大海已经没有什么战法，一眼见到日本人，他总是高呼一声，就豹子一样跃出隐蔽处，举着枪冲上去！于是全队也就没了战法，跟着他一起喊，猛冲过去！这时冲在全队前头的汪大海的姿态和表情仍是令人吃惊的，他那双狂迷的眼睛盯着面前的日本人，可是你不知为什么又会觉得，他盯住的仍然不是某一个具体的日本人，甚至也不是全体的日本人，而是日本人中间某个他对之怀有深仇大恨的家伙！因为他心里眼里只有这样一个人，置身战场上的他实际上就再也看不见迎面飞来的子弹和死亡。汪大海是可怕的，他冲过去了，用手中的短枪，用大刀，有时用双手和牙齿杀死日本人，他的吼声震山动地，有一种不像是人而像是一头绝望和疯狂的猛兽那样的威力。但是很明白，当他冲向一个日本人时，你觉得杀死这个日本人就是他每天红着眼睛要实现的最大心愿，可当他把这个日本人杀死后，你就又会觉得他的目的并没有实现，现在他盯上的另一个日本人才是他真正要找的目标。转眼间他又把这个日本人杀死了，可是你仍然在他的眼睛里看到了那个目标并没有实现。每次战斗队员们都觉得他会被打死，可战斗结束时他却没有死，而日本人却在他和队伍的疯狂冲杀下落荒而逃！

老人锋利地盯了我一眼。

"这些年，我看过不少人写抗日战争的书。不管是日本人写的，还是中国人写的，都有一种偏见，说什么日本兵打仗，从不逃跑。

"这不对。我自己就和日本人打过无数次仗，遇上汪大海和他的队伍，日本人也怕得要死，常常一触即溃，逃起来比兔子还快！"

我心里微微一惊。可我不能打断她。

后来队伍里就没有谁真正知道那个火一样燃烧在汪大海心中的目标是什么了。他好像每次战斗都要实现这个目标，战斗过后却对横七竖八躺在地下的日军尸体看也不看一眼，情绪比战前还要沮丧和暴戾。秋姑的死给他带来了巨大的苦痛，这一点大家理解，可今天的胜利理应让他心中的苦痛和愤怒有所消减。但是不，似乎亲手杀死的日本人越多，他就越是对自己和别人满腔愤怒，这样的话，谁还能猜透他的心思呢？不过几天前的一场战斗却似乎向人揭开了这个秘密的一角：这也是一场在行进间向日本人突然发起袭击且迅速取胜的战斗。战斗就要结束，汪大海像往常那样悻悻地站着，面部表情极为沮丧和愤怒。但是突然间，前面林子里出现了一名正拼命逃跑的日军少佐。一刹那间，沮丧和愤怒从汪大海脸上一扫而光，他满脸通红，两眼放光，左腮部的刀疤猛地抽搐起来，大吼一声就追了上去！

以后的事汪支队所有人都看到了：日本人在前面跑，汪大海在后面追，一边山摇地动地吼叫，跟着他追上去的一名警卫害怕他被日本人回头一枪打死，远远地从后面冲日本人"砰"地放了一枪。汪大海吃了一惊，大怒，一时脸色苍白，回头怒冲冲地喊了一句："不准开枪！谁开枪我毙了谁！"他的脸色和眼神那么可怕，警卫只开了一枪就不敢再打了，汪大海自己却又狮子般地追了过去。现在大家明白他要亲手抓到那个日本人，他就要抓到他了，日本少佐可能是觉得逃生无望，干脆将一发子弹打进了自己的脑壳！令人惊讶的事发生了：日本人枪声一响，不但他自己倒下了，正在狂奔中的汪大海也猛地踉跄一下扑倒了，像是那一枪也打在他的脑袋上！过了一会儿，警卫跑上去，看到他正费力地爬起来，好半天才站稳。忽然，他像是清醒了，怒不可遏地用脚一下下狠踢日本人的尸体，然后出人意料地照自己脸上抽了一巴掌！

回到营地里，他朝地下一倒就昏睡了过去。第二天醒来，血红的眼睛里又溢满了怒火，脸色惨白，对谁都不看一眼！

由于发生了这样的事，有人就渐渐明白汪大海心里真正的目标是什么了：不是消灭更多的日本兵，而是要亲手活捉一个日本兵。至于他为什么要这样，别人就只能猜了……

小玉说完了。赵阿姨仍然没有回来。我心里打了一个冷战，又打了一个更大的冷战。一个模糊的预感陡然清晰。一瞬间我的决心就下定了！

——我要回汪支队去，回汪大海身边去！

我可以告诉你这一刻我心里发生了什么。我的思绪是跳跃式的，却抓住了最主要的东西：假如小玉说出的不是猜测——汪大海今晚反对突围是他的心愿没有实现——秋姑死后汪大海一直疯狂地渴望亲手抓到一个活的日本兵（他为什么这样小玉不知道，我也来不及细想，只是朦胧地觉得那绝不是一件好事情，它首先就使汪大海自己的生命陷入到一种可怕的、极为危险的状态里）——却没有抓到——后天夜里全队就要突围——突围前他若是执着地要实现自己的愿望——他的机会只剩下这次突围前打粮食的行动——离开秋叔叔时我已经从他的表情和目光中预感到一种不祥——他一定知道这是他最后的机会——他是不会放过这个机会的！

我的思绪就流畅起来……如果这一切都是真的，那么明天汪大海和汪支队就处在危险中了！汪大海会带着队伍去为全队打粮，但他真正的愿望却是亲手抓一个活的日本兵。过去他没被日本人打死是幸运，明天他就不会这么幸运了——汪大海的死期到了！

我的心境悲凉而绝望，我没有意识到自己也陷入疯狂、焦灼、不顾一切的精神状态中。我为我的死绝望和疯狂，我的耳边和心里一直响着一支凄楚的歌声，不像是安慰一个活人而是对一个死者的慰藉，它是我生命中刚刚升起的，也是此时全部的音乐，一场只有一支歌在缭绕、其余的弦管全部息声的音乐会。我还小，不懂得这就叫作死亡的压力，同时它也就是生命的压力，却感到了它的巨大和难以承负。然而，也许营地离狼谷较远，我没有听到狼群的嗥叫，也就第一次没有从自己的死亡预感中，从死亡带进我潜意识的疯狂中感受到恐惧。我就要死了，我为之悲伤和绝望，为之焦急，因为死竟没有马上到来！可是我已经能想到别人了——这是第一次——我想到了汪大海，想到他处在危险中，我要救他，我要回汪支队，回到他身边，保护他，必要时就替他去死！

其实不是为了汪大海。今晚在汪大海身上每一处令我心悸的变化里，我真正看到的都是秋姑。秋姑因我而死。秋姑不死，汪大海就不会成了今天这个样子。明天汪大海就要死了，他就要被日本人打死，可他同样也是因我而死！

过去我深深厌恶汪大海，就是他一直反对我留在游击队里，可后来发生的事却证明他是对的！……现在他看不见自己的死，可我却看见了，我要是不在这时挺身而出，就是眼睁睁地看着他死！

我在黑暗中望见了秋姑的眼睛。一双殷殷的泪眼……秋姑在说：英子，我不在了，现在能保护他的，就是你了！

我在黑暗中坐直。我心里一阵激动。如果突围不成功——我相信那是非常困难的——我自己也会很快死去。我已经不能活着回朝鲜和爸爸团聚了，今生今世，我也不能再进任何一所音乐学校，完成妈妈和我自己的夙愿。假如我能在死去时替秋姑保住汪大海，假如秋叔叔和汪大海能活着突出重围，我就是死了，九泉下的秋姑也会明白，她没有白白疼我一场，没有白白为我而死！

我有这种力量吗？我还没有想过。我刚才想到的就是一件事：马上回汪支队。我本来就是汪支队的人，现在我回到了游击队，自认为又成了一名游击队员，当然应当回去。我没有想过我能为汪大海做多少事情，可我知道我能在明天的战斗中为汪大海挡住一发致他于死命的子弹，这就够了！我也许做不了这件事，可什么事都有万一，万一我做到了呢？万一因为我，汪大海度过生命中最黑暗最脆弱最不幸的日子活了下去呢？

我在黑暗中站起，摸索着收拾起自己的枪。一回到营地里，小玉就把我的短枪和一枚手榴弹还给了我。她已经睡下了，这时听到响动，又点亮了豆油灯，问我到哪里去。我轻描淡写地说我想到汪支队的营地里看看，到我和秋姑住过的地窨子里看看，那里还留下了我的东西。小玉不大相信地望了望我，眼圈马上红了——这一刻她的心思被转移，她也想到了秋姑！

"英子，你去了就快回来，"她哽咽了一下，说，"别让我和赵阿姨担心。"

我答应着，走出了地窨子。我什么也没带。已经不需要带什么了。心里只剩下那个疯狂的声音：汪大海处在危险中，我拼上自己的命也要替秋姑保住他！

27

我回到了汪支队的营地，住进和秋姑一起住过的空空的地窨子。没有人注意到我。我却注意到了外面林子里正在发生的事！

汪支队已经集合，就要出发！

汪大海等不到天亮就集合他的队伍出发，似乎证实了我的猜测是对的！

该发生的让它发生好了……我的头又有点晕，我的心更急切，我没有意识到自己的疯狂程度正在加深，什么也没想，就在枪膛里压上子弹，扎紧衣袖和裤腿，悄悄出了地窨子，站到队伍的末尾。

还是没有人注意到我。马上，队伍就行动起来！

天很黑，我以为别人看不到我，有着那样一双盲人似的眼睛的汪大海尤其看不到。可是队伍刚刚前进了十几步，汪大海偶然一回头，就发现了我！

"是你？……怎么是你？你怎么在这儿？！"他先是吃惊，继而大怒，一时我觉得他一定想起了秋姑，想到了秋姑因我而死。他在黑暗中用那样一种眼神瞪着我，我都说不清里面是些什么样的感情了……憎恶、愤怒、深仇大恨……仿佛我是他不共戴天的仇敌！突然，他豹子似地冲我大吼起来，激动得声音打战：

"出去！你给我走开——！"

在他的吼声里，我听出了另外的话：你害死了她，还不够吗？！你还想害死别人吗？——你这个害人精！

不，我不恨他。我知道回到汪支队会遭遇什么。只要他不像活剥幼狼一样杀了我，对我就算客气的了。我不回嘴，也不反驳，我站住，和队伍拉开距离，让他们走……可我仍然下决心为他去死！

汪大海带上队伍，向山谷下面走。我躲在一棵大树后面，等最后一个人过去。我闪身出来，快步跟在队伍后面。我不会跟上队伍的，可我也不会让他们把我甩掉！

夜色清朗，没有月光，山林里黢黑一片，行进中谁也看不太清谁的脸。拂晓到来前我们一直在林中潜行。开头我远远地跟在队伍后头走，后来不知不觉地就跟进去了。大半夜都没有人发现我，到了后半夜，再有人认出我已经晚了。我是自作主张跟汪支队出发的，汪大海事先在队前的讲话没有听到，不知道它往哪里去，目的地在何方。汪大海此番行动的目的固然可能像我猜测的那样，要在全队突围前的最后一次出击中实现心底那个疯狂的渴望，但同时他也必须执行秋叔叔的命令，为全队"打"到粮食。日军"讨伐"大裂谷及狼谷地区三个月后，我军的秘密补给线全被切断，游击队几近弹尽粮绝。秋叔叔在头天夜里的会上算过，仅仅突破日军三道封锁线就需要一天一夜，再往前走还要两天两夜，才能潜入小兴安岭腹地，摆脱敌人。如此就需要汪支队至少为全队"打"到三天的粮食，不然不但突围无从谈起，全队的生存本身也成了大问题。

一旦随队伍沉入茫茫夜色，我内心的情感就变化了。我不再担心汪大海发现我，会赶我回去了；我的心已随队列里渐渐紧张起来的气氛紧张起来，警惕着时刻会出现的敌情。我大致辨认出了我们的行进路线和方向。一开始我们沿狼谷西南侧的一条山谷朝东南走，忽然发现我们已走在大裂谷西侧的山梁线上，没走多久，又突然放弃这条路线向西走下一道山谷，再爬上一道山梁——汪大海究竟要带我们到哪儿去？！

就在这时我透过密密的树干，看到了前方谷底一丛丛暗红的闪光。日本人的封锁线！我明白了：汪大海方才放弃沿大裂谷西侧前进，是要避开敌人的封锁线，可在这里，我们还是遇到了敌人的封锁线！

这还只是中井弘一为我军设置的第一道封锁线，两公里后又是一道封锁线，再往后五公里，是第三道封锁线。一星期前接到省委的突围命令，秋叔叔就将全队的活动范围限制在日军第一道封锁线内，避免再发生大规模的战斗和伤亡。但今天汪大海显然是要带我们越过敌人的这道封锁线，到敌人的两道封锁线之间去。这是疯狂，细想却是不得已，否则他已不可能给全队"打"到足够多的粮食！

夜仍旧深沉着，但常年在山林里露营的我知道，快到昼夜交替的时候了，再过一会儿天就要麻麻亮。队伍没有停下。即使发现了谷底的日军封锁线，汪大海仍朝行进中的队伍挥了一下手，队员们自动顺着他发现的一条半人深的雨裂沟向山下潜行。

我的心猛地紧张起来——是我走到汪大海面前的时候了！队伍只要下到谷底，战斗就要打响，汪大海又要不顾一切冲向敌阵，那一发子弹就要打死他了！我匆匆越过别人，快速滑行到前面去，靠近了走在最前面的汪大海。大家都在黑暗中，汪大海大半夜都没发现我，这会儿也不会发现的！

可是，队伍继续朝下潜行时，他却一扭头看到了我，尽管看不真切，还是认出来了，遭了雷击一般怔了怔，随即瞪大了眼睛！

"怎么是你——！"他小声吼起来，立马又止住了。我心里清楚，他想冲我发作，又忽然想到这儿不是他发作的地方，也不是他发作的时候。随后，我听到他咬着牙，低声地、一字一字地对我说：

"金英子，你听好了！回去我要处罚你——我饶不了你！"

现在我们已顺雨裂沟潜行到谷底了，他就是想赶我回去，也做不到了。日军封锁线就在面前，顺着四五丈宽的谷底，每隔两三丈远就是一顶帐篷，帐篷间是一堆堆没燃尽的篝火，不时发出或明亮或暗淡的红光，将简易掩体和掩体上架着的歪把子机枪的模糊轮廓显示出来。一个个流动哨来回走着，嘴里不时向附近什么地方嘟哝一句口令。此刻人最渴睡，除了哨兵，我最初一眼没有从掩体后面篝火四周发现敌人。但这个错觉马上被纠正了：日本人是在睡觉，却不像我想的那样睡在帐篷里，他们或躺或坐，横七竖八地睡在篝火旁的壕沟或掩体里，每人怀里都抱着自己的一杆大枪，仿佛随时都会跳起来，投入战斗！

我的心"咚咚"地狂跳起来。我意识到我们的处境不妙：天色正一点点亮起，全队趴伏在雨裂沟底一片一人高的野苇丛中，谁的身子一动，苇叶就哗哗作响。离我们最近的两顶日军帐篷之间，我们的左前方，就有一名日本哨兵来回晃动着。只要谁在苇丛中弄出的声音大些，惊动了他，枪声一响，我军就会被日本人堵在这个低凹如同锅底的苇滩里，用机枪全部打死，一个也不剩！

这正是我从汪大海身上感觉到脆弱和危险的原因啊，后来我想。进行突围前的最后一次出击之前，他肯定没有对行进路线进行过认真侦察，他心里只有一个自己的热烈的渴望，其他的什么事情就不大能想得周全了。和日本人的距离这么近，退回去也不可能了。不过人到了这种时刻，也就不会再回头去想什么，只会全神贯注于眼前的敌情，脑子里飞快地想着怎样能让全队——首先是趴在我身边的汪大海——从目前的绝境里逃生！

我本来就是疯狂的；我那悲凉和绝望的心里早就认定自己这次不可能突出重围。我生命的目标不再是生，而是保住汪大海，一个疯狂的念头，马上就在我早就眩晕着的大脑里出现了：不顾一切地冲出苇滩，冲过敌人的封锁线，回头将我身上仅有的一颗手榴弹甩进敌人的掩体，然后向对面山林中狂奔！

啊啊！

熟睡中的日本人受到突然袭击，会立马大乱，会在大乱中发现我，赶来追我，那就好了！那就不会注意这片苇滩了，汪大海就可以利用这段时间，带全队退出苇滩，回到身后的山林里去，选择别的路为全队"打"粮食！我一准会被日本人打死，可我的死却救了汪支队，救了汪大海！

我就是为他来的，为了秋姑替他而死。即使身陷绝境，内心依然激烈而又急切。如果我真能救了他又救了全队，我就在死之前对秋姑、秋叔叔和游击队里所有关心过我爱过我的叔叔们有所报答了。我还是一个没长大的孩子，我做不了别的什么，现在做的就是我能做的最大的事情了！

这个念头那么中我的意，它还刚刚在我脑海里形成，我可能就已悄悄行动着了。"哗啦——"，我碰响了身边的一棵苇秆。一只铁一样的手猛地抓住我的膀子，狠命向下按去，它是那么无情而又有力，若不是我身下有石头挡着，它一定会一点点将我按到地下去的！我的脸也被按得紧贴地面——我喘不过气来了！

我知道那是谁的手，从一开始就知道它是汪大海的一只手！可是忽然间那只手又离开了我，一个暗影"窸窣"地弄响苇丛，从我身边向前爬去！

是汪大海在向前爬！我的心慌起来——这个被自己的痛苦弄得疯狂、迷乱、胸中时刻燃烧着熊熊大火，已记不得生死、看不见任何危险的人，他要干什么？他又要猛地跃起，不顾一切地冲向敌阵吗？可我今天看得真切，他若是那样做，就一准是个死！

不，不能让这件事发生！我要抓住他，就像他方才抓到我一样！我向他伸过手去，可是还没有抓到他，左前方敌阵地上那个日本哨兵就听到了什么，端着枪走了过来！

我的心一下悬到喉咙口上，与此同时它跳得那么急那么疼，简直不像是我自己的心在跳了！汪大海已经停下，他爬动引起的轻微的窸窣的响声也随之停息。可日本兵还在朝这边走！

一个声音突然在我耳边响亮地叫起来，"曲儿——！曲儿——！"是一只地蛐蛐儿在叫。在万籁俱寂的拂晓，敌我近在咫尺，即刻就要刀光剑影人头落地之际，突然一只地蛐蛐儿如此嘹亮地叫起来，竟叫我有点闹不明白了！它为什么要叫？哪儿来的地蛐蛐儿？它就是不叫，汪大海和全队的处境也危险到了极点，它这么一叫，逃出绝境的最后一线希望似乎也被它掐断了。日本兵正在走过来，方才是因为他听到苇丛内发出的可疑的声音，现在却是因为这一头雄壮的地蛐蛐儿的叫声了！

接下来发生的事有点让我措手不及：日本哨兵端着枪，刚刚走近苇滩，低下头去苇丛中寻找地蛐蛐儿的叫声从何而来，那个响亮的叫声却戛然而止，汪大海豹子一样从苇丛中跃起，一下将他扑倒在地，并立即用两只铁钳般的手捂住了他的鼻子和嘴……只是一眨眼工夫，日本兵就不见了，汪大海从苇丛边缘半支起身子，回头低低向我发出命令：

"往后传——一个跟着一个，爬过去！"

说完这句话，他头上多了一顶日本兵的帽子，手里端着日本哨兵的三八大枪，竟然一不做二不休地从苇丛中站起，走到外面去，像刚才那个被他掐死的日本哨兵一样来回走动着！

沉默。两只眼睛里全是火焰般热烈跳跃的回忆。

"我还没说到风哪。不是我耳边音乐化的风，而是真正的山风，就在那只雄壮的地蛐蛐儿叫起来时，原本一片沉寂的山林里，忽然就起了风声。苇滩里马上也哗哗大响起来，遮没了此后的一切声响，也掩护了我们全队悄悄爬出苇滩，一个一个分散从熟睡的敌人的缝隙间爬了过去。

"后来我问过我丈夫——我说的是我的第一任丈夫——为什么会在那种节骨眼上来这么一阵风。当时他躺在我的怀里，濒临死亡，可他对这件事仍然记得清楚。他对我说了一句话。

"'那是中国的风。'他说。'我们是中国的游击队员。那个时候，应当有那么一阵风。它就来了。'

"六十余年过去了，我不但仍然记着他的话，也一直相信他的话。"

一刻钟后，黎明尚未到来，我们已奇迹般地通过了那道直到最后我仍然不敢相信能够通过的日军封锁线。又过了半小时，全队已神不知鬼不觉地运动到十二号密营地区，在大裂谷东侧的山岗上潜伏下来。

28

她久久地沉默在无言的激动里。

天亮了，山树沟溪都显现在夏日的阳光里，阵地四周的景物在我眼前一览无余。我注意到汪大海一念之间选择的这个伏击阵地位于大裂谷的一个转弯处，谷底是中井弘一为推进到大裂谷深部的日军补充给养草草修建的汽车路，前后各有一个拐弯和一座小山头挡住我的视线，这也就是说，战斗打响后它们也能挡住远处敌人投向这里的视线。我趴在半山腰的一棵大树后面，一手握枪，一手握着仅有的一颗手榴弹，靠近汪大海。今天我要一直紧靠着他！

山下汽车路上转眼就出现了日本人，是从敌第二道封锁线上出发去狼谷周围山林里寻找我们的日军搜索队。头一队刚刚过去，第二队就出现了。日本人刚刚出现，我的心又马上揪紧了起来。我说过，我的心是悲凉的和绝望的，又是疯狂和焦灼的，汪大海不只是为了给全队"打"粮食来到这里的，他同时——或者主要是——为了实现自己的心愿来的，通过日军封锁线时他没有那样做，是因为他毕竟还记得自己的责任，记得身后队伍的安危，没有不顾一切地扑上去，亲手活捉到一个日本兵，这会儿就不同了，我们已进入了伏击阵地，只要合适的目标出现，他就有可能血红着眼睛猛冲过去——通过敌封锁线时他还是在暗处，待会儿他就是在明处了，每一发子弹都可能打死他。不，这时我要冲在他前头，为他挡住那一发将致他于死命的子弹！

我已经不愿意回忆方才越过日军封锁线时的情景了。汪支队陷入绝境的一刻，如果不是他抓住我的膀子，我一定鲁莽地冲出去了！我是想将日本人引向自己，掩护汪大海和全队撤回到身后的山林里去，可过了封锁线我就明白了，我要是真那样做了，对汪大海和全队才真正危险：我的行动会唤醒封锁线上的日本人，他们在发现我的同时也就发现了我藏身的苇滩，汪大海和全队可能根本来不及撤出，就被近在咫尺的机枪全部打死。我以为我那样做是英勇的牺牲行为，却只会将汪大海和全队更快地带入死亡！我是来替秋姑保护他的，可这次又是这个我认为精神已经疯狂、迷乱、盲人般看不清战场上的一切危险的人，在关键的一刻学起了地蛐蛐儿的叫声，诱杀了日本哨兵，英勇地保护了全队，也再一次保护我。不，他那么做只不过是延缓了我的死期！我还是要死的，虽然我们成功地通过了日军的一道封锁线，不是死在突围前的战斗中，就是死在突围的途中。不，在我的感觉里，他在又一次救了我的同时却再次给了我巨大的羞辱和苦痛：我不想做游击队的累赘，不想再让别人为我而死，可至少在汪大海眼里，今天我仍然是一个令他憎恶的累赘，而且是一个极为任性的累赘。我是违背他的意志跟队伍出来的，如果我们还能平安地回到营地，他一定不会轻饶了我！

不。今天我是不会让他回到营地后惩罚我了。今天我将在弹雨横飞中冲到他前面去。今天是我为他而死的日子，是让他和队里每个叔叔们真正明白我的心迹的日子——不，最主要的是，今天是我对秋姑履行自己誓言的日子！

……

从早晨到上午，山下简易的汽车路上，不停地来来回回地走过好多批日本兵，汪大海两只血红湿润的大眼一直紧张地、激动不安地盯着山下，身子像一支拉满了弓弦的箭，随时准备飞出丛林，飞向山下，给予某个他看准的敌人致命的一击！我比他还要紧张，我悄悄地时时刻刻盯住他的眼神、他的表情和身体的每一个细小的动作，我全部的心愿就是要赶在这支箭飞出去之前飞出去，精神不敢有半点松懈。但我也不知不觉地接受了拂晓前通过封锁线时的教训，在紧张和激动不安中保持着一点清醒和另一种在我身上显得很陌生也很强大的自制力，防止自己轻举妄动。尽管日军一队队来往，却没有发现给养车的影子。我很快也在汪大海那疯狂、迷乱、冲动的神情里发现了一点刚刚在我自己身上发现的清醒和自制力——他身上鼓涌的力量时刻都会让他冲出林子，冲下山去，杀日本人，是这不多一点清醒和自制力阻止了他，就像它们阻止我做傻事一样。"不，不是因为给养车，"最初我这样想，"他一次次抑制住自己的情绪，没有像一匹早就不停地倒动着蹄子的战马一样冲下山去厮杀，是因为山下走过的每一队日本人都太多，他带着我们这支小小的游击队冲下去无异于以卵击石，没有一点儿成功的希望"——不，很快我就不这么想了，令人惊奇地出现在汪大海精神中的那一点清醒和自制力，很可能是因为我，因为我就趴在他的身边！我不时紧张地盯着他的神情时，他也不时看我一眼……一个念头在我脑海里明亮地闪过，我的头轰地一声响！我是为保护汪大海来的，可我的存在却让他睁大了一双血红、迷狂、盲人似的眼睛！仅仅是因为我，他没有像每次战斗中那样，一眼看到日本人，就不顾一切地冲了过去！

啊啊！此刻他心里一定更恼怒了吧，他一定更恨我了吧！如果这次还因为我偷偷地随队出发，他甚至放弃了对日本人的攻击，既没给全队"打"到粮食，又没能实现他心中那个烈火烤炙般的愿望，回到营地后，我还能活着吗？就连秋叔叔，也不会原谅我的！

啊啊！林子里闷热难耐。无数小虫在我脸上脖子里叮咬，我却不能动弹。我感觉到了，随着时间过午，一种愤怒和失望相夹杂的情绪正在全队弥漫开来，像傍晚的暮气一样越来越浓重。我开始悔恨了：要是我没有来，汪大海和全队的行动就自由多了，他们现在可能已经"打"到了粮食，汪大海也实现了自己那个可怕的愿望……

日本人！我心里忽然起了大火，我恨起这些东洋鬼子来！你们为什么在我知道自己要死之前，仍不愿让我满足一下自己的心愿！我的心愿不过就是替一个为我牺牲的亲人保住她的丈夫罢了，为此我甚至还准备好了牺牲掉我的性命！可我知道我还是会死！不只我会死，游击队、汪大海、秋叔叔他们，也会因没有粮食突围不成而死！

太阳偏西时，我终于疲倦了。长达一个白天紧张的守候之后，我的心里已经涌满了苦痛和饥渴困乏。汪大海仍然趴在自己的位置上，一动也不动。落在大家身上的树影开始染上深重的暮气。在我的感觉里，不仅是他，全队也要随着山林间渐渐浓重的暮色沉入黑夜，等到明天再作打算。秋叔叔正等着粮食呢，汪大海不可能空手而归。

日军的给养车就在这时出现了。不是一辆，是整整四辆，四辆汽车前后紧跟着，像串糖葫芦似的从南方谷底远远开了过来。

一个爬到树顶上担任了望哨的小队员最先叫出了声：

"队长，发现敌人汽车——！"

汪大海浑身一震，像是要从地下跳起来似的。他神情愤怒地朝头顶树上的小队员望了一眼，仿佛在说：喊什么！接下来他反而将身子趴得更低，这样能使他更容易看到谷底的敌情。汪大海的眉头可怕地皱起，脸上的刀疤一动一动地抽搐——原来他可能只打算打掉一辆日军的给养车，现在却一下来了四辆！他知道，一般情况下每辆这种车上至少要有一个司机和两个荷枪实弹的押送兵，四辆车加起来，就是十二个日本兵；敌人的武器比我们好，子弹又充足，如果十二个日本人一起跟我们干，汪支队虽有三十来人，却很难迅速解决战斗。这是在敌人两道封锁线之间，只要稍有迟慢，四周的大队日军就会闻风而至，我军就可能被日本人包了"饺子"。不过事情的另一面是：日本人一次运这么多给养到山里，说明他们不是每天都送给养，放弃了眼前的机会，汪大海就有可能在我军突围之前再也"打"不到粮食！

"全队，准备战斗！"汪大海瞪圆眼睛，脸上的刀疤一颤一颤，异常凶狠地发出了命令，"把前面三辆车放过去，截住最后一辆，打掉它！"

全队向下悄悄移动了一段路，不动了。我的眼睛瞪得极大，全身激动得一阵阵打战。"你一定要赶在汪大海之前冲下去！"我听到一个声音在喊，"失去这个机会，就永远不会有机会了！我要这么做！一定要这样做！"

四辆日本汽车一路黄尘开过来。大家把头在草丛中埋得低低的，目不转睛地盯着它们。我不怕日本人的汽车，可是我怕汪大海在我之前冲下去！我的心跳得擂鼓一般，又像鸣钟一样响亮！

日本人第一辆汽车过来了，又过去了……那时我的眼神特好，能从山上看到山下驾驶室里的日军司机，连同车大厢里两个荷枪实弹的日本兵。他们也不停地朝我们埋伏的山林里张望，有一忽儿我觉得他们要朝山上开枪了……可是没有。第二辆紧跟着开过来，然后是第三辆、第四辆。我的手脚已支起身子，随时可以跃将出去！回头看一眼汪大海，我又在他眼睛里清楚地看到了冲天的愤怒和迷狂！现在他也发现了刚才没来得及细琢磨的事：四辆日本汽车靠得太近，很难将最后一辆截下来！

现在他脸上的神情变得越来越凶狠和冲动了！忽然我生出了一种直觉：就是截不下第四辆车，必须不顾后果地攻击所有的日军汽车，他也要打！

"冲……"

我以为他要喊出这个字了！而只要这个字一出唇，我就要跃出树丛，第一个冲下山去……可这时汪大海的嘴角一颤，目光陡然起了变化！

我转脸朝山下望去，一个意外的情况发生了：前两辆汽车开过去后，第三辆车走着走着，就在我们眼皮底下抛了锚。司机下车打开前盖板，开始鼓捣发动机。两个持枪的日本兵从车大厢里跳下来，看司机修车，其中一个还帮他摇车。第四辆车在它后头耽搁了一会儿，鸣了一声喇叭，很不耐烦的样子，摇摇晃晃地从第三辆车旁边开了过去。抛锚车的司机冲它招手，但它不但没停下，反而加大了油门，害怕什么似的，紧紧追赶前面两辆车去了！

鲜艳的血色猛地涌上了汪大海的脸——一道晚霞的红亮的光正好透过树叶照到这张脸上，让我一下子看清了汪大海眼里翻涌的激动！我又以为他要喊出那个字了，可还是没有。汪大海脸上的肌肉绷得紧紧的，都不像他自己的脸了——他像是在强迫自己：再忍一会儿，让前面的车走远一些，再远一些！

现在那三辆车都拐过山冈，不见了。我盯着山下那辆抛锚的车，看到司机"砰"地关上前盖板，向身边的日本兵吹了一声口哨！我明白他把车修好了，正招呼两个日本押送兵上车！我大吃了一惊，想到这辆日本汽车要跑！

——不，不能让它跑掉！

我忘记了汪大海，忘记了秋姑，忘记了一切，从树丛间一跃而起，左手举枪，右手握着手榴弹，嘴里高喊着："你给我站住——！"就冲了下去！

也许是被我的行动惊呆了，一霎间山上山下的人都有点反应不过来。三个日本兵从车前头仰起脸看我，忽然明白了什么似的，其中一个惊慌地叫一声，竖起枪拉扳机；另一个却像是要往汽车底下钻，忽然也掉头过来拉枪栓。汪大海大约也愣了一下，我的贸然出击太出乎他的意料，可这时他也别无选择，只能怒冲冲跳起来大喊一声："冲啊——！"就带队伍冲了下来！

我没有听到他的喊声；我已经冲到距敌人汽车十几米远的地方了。从冲下来那一刻起，我心里就只有那三个日本兵了。可是跑动中我忽然发现三个日本兵只剩下两个——一个持枪的押送兵，另一个是司机——前者"砰"地打了一枪，子弹贴着我耳边飞过去！我发疯的大脑被他这一枪打醒了一点，试图停一下脚步，没有停住，却用嘴扯断了手榴弹弹弦，顺势投下山去！

接着，我就被脚下的一根枯树枝绊倒了！

轰——！

我是扑倒在地下后才听见这个声响的，抬起头，谷底日军汽车前升起一团黑红的浓烟。浓烟散去，原来站着的两个日本兵——其中一个是司机——已经躺在地上了！我爬起来，举着枪一路冲到谷底，自己也不知道自己在喊，却一直高声喊着：

"缴枪不杀！我们是格节游击队——！"

躺在地下的两个日本兵已经死了，身上的血还在往外流！我想起了第三个日本兵，举着枪车前车后找，他却像地遁了一般，哪儿也找不见了！

汪大海带着队员们风一样冲下来。他站在汽车前，低头看一眼被我炸死的日本兵，再抬起头时，两只眼睛像是要喷出火来！我从没见他这么愤怒过，一瞬间甚至觉得他就要对着我的脸"砰"地放一枪！

"你……你……你干的好事！谁让你这么干的？！我……我饶不了你！"他歇斯底里地叫起来，左脸上丑陋的刀疤一上一下、可怕地颤跳，好像我不是杀死了两个日本人，而是放走了与他不共戴天的仇敌！接着，他自己一点也没有意识到，两道懊恼的、气愤至极的泪水就顺着脸颊流下来！

我的头真像挨了他一枪似的响了！我忽然明白他为什么要这样对我：昨晚我的预感是对的，他不只是为全队"打"粮来的，也是想利用突围前的最后一次出击实现自己的心愿——他想亲手活捉一个日本人！方才那一会儿他所以会表现得那么坚忍与沉着，就是因为这个——日本兵有三个，我们却有三十多个，在这种情势下活捉一个日本兵没有问题！可我却用一颗手榴弹，毁掉了他满足自己心愿的最好机会！

但我并不后悔，这一刻我的心尤其刚强：汪大海，你怎么骂都好，你的心愿也许没有实现，可我的愿望实现了。这次我到底没让你第一个冲下山，让日本人一枪打死你——我替秋姑保住了他！

我哭了。我为刚刚发生的事情哭。我的头脑正在清醒，我想起了那一发贴着我耳边飞过去的子弹。它极有可能把我打死，它没有打死我，只不过是放枪的日本兵慌乱之中没有很好地瞄准！他的准头要是再好一点，眼下躺在地上鲜血直流的就是我了……

汪大海突然向两个死在地上的日本兵冲过去，用脚一下一下猛踢，一边破口大骂：

"你们这些猪，怎么一下就死了？——你们怎么这么容易死！……"

我不哭了，无论是委屈，还是愤怒，忽然间都消失了——远处响了一枪，又响了一枪，日本人很快就会赶过来。我们仍然身陷重围，今天我还没死，可仍有可能死掉！我的心又像石头一样硬了，我转身走到车后面去，和队员们从车上卸战利品——满满一车面粉和子弹。我走了两步，无意间朝前方一瞥，心里"咯噔"一响——

三四十米远的路沟子里，一个黑影正跌跌撞撞向前跑！

——是那个刚才一闪就不见了的日本兵！

"嘿，还有一个！——你往哪儿逃！"一刹那我的头脑又被简单的仇恨和愤怒充满了，我喊了一声，举着枪，不顾一切地追过去！

听到我的喊声，前面那个日本兵跑得更快了。

"站住——！不站住开枪了——！"我又喊了一声，心中的怒气更盛了。我停下来，举枪瞄准！

就在我的身后，一个人怒狮一样吼起来：

"金英子，不准开枪——！"

这声音那么凛冽，无情，我抖了一下，回过头去——

汪大海已飞奔过来，脚步声山摇地动，两旁的草叶为之窸窣大响！一转眼他就越过我跑到前面去；又是一眨眼的工夫，他已经从前面山坡上草棵子里，揪住了那个一边跑一边不停地被绊倒因而跑得并不快的日本兵！

日本兵狼一样"啊啊"地嗥叫起来，挣扎着，反身和他撕打。汪大海忽然松开手，用尽全力，照对方脸上一拳打过去！

"砰——！"

我一直跟在汪大海身后跑，虽隔着好几丈远，还是听到了这沉闷的、惊天动地的一响。这不是打人的声音，这是巨石从高处崩落到地上、砸出一个大坑那样的响动——随着这一声响，日本兵从他面前飞出去，"扑通"一声落在两米外的地方！

随后我就听到了汪大海与其说快意不如说是愈加愤激的叫喊，其间夹杂着无法遏制的激动与战栗：

"小子，你往哪里跑——！"

"日本兵肯定被他打死了！"我一边朝前跑，脑子里一边闪过了这个念头。最后几步我跑不动了，大喘着气，一步步往前走。不需要这么急着赶过去了，汪大海刚才那沉重的一拳，牛都能被他打死！

可我还是走了过去……日本兵倒在地上，脸上、嘴、鼻子里全是血，帽子被打飞，露出了一个剃得精光的脑袋，上面满是青紫的伤和肿包！

"啊……呀……呀……啊……"

日本兵没有死！他又从地下爬起来，痛苦地吸着气，不是哭而是干号着，仰脸向上望着一步步走近他的汪大海，一转身还要跑。汪大海一脚踢过去，又把他踢倒了！

现在日本兵不跑了。他像是已经明白，逃是逃不了了！望着又一次走近他的汪大海，脸上、眼睛里除了巨大的恐怖，什么也没有。而且很显然，由于被厚重的恐怖笼罩着，他的眼睛似乎什么也看不见了！

相反此刻汪大海脸上的表情却是可怕的：他像是要笑，却笑不出来；全身开始只是不自觉地一下下打战，后来这颤抖就越来越强烈，如同大风袭过山林！

"哈哈哈——！"他终于笑出声来了，却一点笑的愿望也没有，脸上的神情那么凶狠，几乎可以说是狰狞！

"我还想我就捉不到一个活的了，没有这一天了……苍天有眼，它没有辜负我！"忽然他又不笑了，一字一字切齿说出了上面的话。同时方才出现在他身上的可怕的战栗也在消失，极度迷狂的、大火燃烧般的眼睛里，却又涌出泪水！

躺在地上的日本兵重新"呀呀"地大叫着，爬起来再跑。跑了两步被绊倒，又爬起来跑。汪大海走过去，一脚踢翻他。日本兵爬起来，汪大海又一脚踢翻了他！

日本兵爬起来几次，他踢翻他几次！

日本兵停下了，回头看一眼汪大海，给我的感觉是他似乎直到此刻才透过那层让他什么也看不清的巨大惊恐，看清了面前这个人，于是也就看清了自己的真实处境！

马上，不是汪大海在打战，而是他浑身上下不由自主地哆嗦开了！

——我突然看清了，那竟是一张残留着部分稚气的半大孩子的脸！

汪大海回头，厉声喊：

"来人，拿绳子，捆起来！"

两个队员跑过来，从地上将日本兵拽起，反绑起他的手。日本兵没有反抗，也没有再叫喊，他咬着下嘴唇，似乎只有这样，才能阻止自己号啕大哭起来。

但他身上那种不由自主的哆嗦却更厉害了！

不知为什么，我的记忆里有什么东西一闪——汪大海在狼谷谷口捉到那头幼狼时，它浑身上下也这么不由自主地大抖过！

从日本兵的裤腿下面，慢慢地泅出了一道暗湿的、越来越宽阔的水流！

"队长，瞧他，尿裤子了！"一个队员说着，笑了，神情里却充满憎恶。

汪大海已经转过脸，不看日本兵了。最初的满足、兴奋过去了，此刻他脸上和眼睛里对这个被活捉的日本兵，涌满了又只是那种梦幻般的、狂迷和切齿愤怒的光了。我忽然想到一件事：我和汪支队的全体队员，就要知道汪大海为什么执意要活捉一个日本兵了！

而这时尿了裤子的日本兵却抬起泪痕斑斑的脸，用一种死到临头的、可怜和无助的目光望着汪大海，孩子气地、大声地、哀哀地叫了一句：

"你们……不要杀我！我要回家！"

这是他被活捉后讲的第一句话，第一句日语。汪大海被惊动了，却不看他，猛回头看我一眼——我注意到，他眼里那两团愤怒、迷狂的大火仍在猛烈地燃烧！

"英子，你听得懂日语……他刚才说了啥？"

日本兵用更大的声音挣扎着喊：

"不要杀我……我要回家！"

"他要回家。"我说，"他说不要杀他。"

汪大海忽然又疯子似的哈哈大笑起来，最初是嘲弄式的，后来却一点点变得阴鸷恐怖。这样的笑声，狼听了也会发抖！

忽然，他一下止住了笑声，恶狠狠地对我说：

"他想回家？！他还想回家？……你告诉他，叫他好好跟我们走，路上别捣乱，我就保证不枪毙他，让他回家！"

日本兵听不懂他的话，却听懂了汪大海笑声中的恐怖，幼狼一样的颤抖停了一会儿，又在他身上恢复了！

他把自己那只剩下两团死气的目光转向我，似乎已经发觉：面前这些中国人里，只有我一个人能听懂——不，是理解——他的话！

我用日语把汪大海的话说给他听。半天没醒悟过来的日本兵忽然不哆嗦了，原本混沌的、一片死气的眼里，竟透出了一丝丝生气！

"吆西吆西！"他频频冲我点头，一边说着日语，"我一定乖乖地跟你们走，乖乖地，只要你们不枪毙我，让我回家！……"

说到这里，他的眼泪又掉下来了。虽然在流泪，却还要小心地、讨好地冲我露出感激的、胆怯的笑。

这一会儿汪大海一眼也没有再看他，可是听完我翻译的俘虏的话，却猛回头最后看了他一眼，脸上的刀疤突然有力地抽搐起来——不知是俘虏脸上浮出的那点可怜的笑容刺疼了他的心，还是他想到了别的！

"金英子，你牵着他走！……全队，扛上东西，撤！"他大声发出命令，不看日本兵，就怒冲冲地向汽车走去！

两名刚才过来捆俘虏的男队员之一——以前我曾提到过的小宋叔叔——将绳子交给我。

"英子，把绳子抓牢！……路上要小心，看他的个头，不比你小哩！"他有点替我担心地说。小宋叔叔也看清楚了，俘虏是个半大的孩子。

日本兵不知道刚才汪大海关于他又对我说了什么，浑身下意识地打起了哆嗦。我没有再看他，我不想看他了……正是他脸上那点可怜的笑容，让我自心底生出了极度的憎恶！不，他不是一个孩子，他只是一个穿着日军军装、提着三八大枪在中国到处杀人的活生生的日本兵！汪大海这会儿不想杀他，我倒想一枪毙了他！

我不知道——没时间细想——汪大海为何还要把俘虏带走。可我却不能不执行他的命令！我转过身向着日本兵，短枪杵上他的脸，恨恨地、满怀憎恶地用日语喊：

"你听好了，路上有一点不老实，我就毙了你！"

"啊啊！吆西吆西——！"日本俘虏顺从地答应着，脸上那点消逝了又浮现的笑容不见了，眼神又重新惊惶散乱起来。

队员们已把一袋袋白面和子弹扛上肩，走进山林。南北两方裂谷里，枪声听起来越来越近了。汪大海一不做二不休，让人点燃了刚才被我炸趴窝的汽车。他是要把日本人引到这里来，为我们的撤离争取时间！

他也要上山了，却又不放心似地回头看了看我和日本兵——这表明他的心思大半仍在俘虏身上了——凶神般瞪着眼，直着嗓子喊：

"怎么还不走？！你，金英子，路上要看好他！——要是叫他跑了，我找你算账！"

说完他就扛上两袋面粉，快步走进了队伍！

一天来一直克制着的对他的反感，就在这时突然爆发了！汪大海，我再也受不了你了！要不是我今天舍命救了你，说不定你早就被日本兵的头一发子弹打死了！就是这个俘虏，也是我先发现的，不是我你想亲手活捉一个日本兵，做梦去吧！……啊，不，我为什么要为这么个人生气？今天我不是为他来的，我是为秋姑而来！我要替秋姑救他一命，我做到了。只要回去的路上不叫日本人打死，到了营地我就离开他，离开汪支队，回秋叔叔身边去。我就是死，也不要再见他！

我用日语凶凶地朝日本兵喊了一声："走！"日本兵回头害怕地看了看我，跟跄了一下，就乖乖地在我前面走起来！

29

老人脸上勃然起了怒容，直盯着我，如同盯着一个仇敌。

我怎么啦？不，她怎么啦？

"年轻人，你要是有那样的想法……认为我此时就对这个日本俘虏生出了怜悯之心，就想错了！不，你就是污辱我！……一个被日本人害死了母亲和亲弟弟的人，一个被他们毁掉了全部的生活和梦想的人，一个看见他们就恨不得食其肉寝其皮的人……你一定要她怜悯这个刚刚被俘的日本兵，哪怕知道他是个半大的孩子，这种要求还是……还是过分了！我不能容忍别人对我有这样的猜测！"

我想打断她。我没说过这样的话。我既没有权利说这样的话，也没有这样的打算。

我心里忽然打了个冷战：她不是在对我说话。她是对几十年来一直存在于她心底的另一个人说话！

日本人从来没怜悯过我们的人，不论是朝鲜人还是中国人，我怎么会怜悯一个被俘的日本兵！自打参加了格节游击大队，每在战场上打死一个日本人，我心里就会涌出巨大的、疯狂的快乐！眼下这个俘虏虽是汪大海抓到的，却是我发现的，在感觉里就像我亲手抓到的一样！虽然眼下他还活着，还被我牵着走路，但我心里明白，过不了多久汪大海就会杀了他！我仍然没有多想汪大海会怎么杀他，但他绝不会一枪毙了他，他一定会用自己心里一直在酝酿、一直在渴望的方式杀了他，只有那样他才会觉得自己真为惨死的妻子报了仇，他才能从疯狂、迷乱的状态中解脱！我不知道那是怎样一种方式，但在他亲手活剥过自己捉住的那头幼狼之后，他现在用什么办法杀死这个日本兵，我都不会吃惊！

于是……当汪大海让我牵着俘虏走进密林之时，我也就明白自己牵着的是一个活死人了。他的生就是他的死，他一步步乖乖地向前走，不是走向生，而是走向汪大海渴望给予他的那一种死。这些油然袭上心头的意念不但丝毫不会让我对他心生悲悯，相反还引起了我对他的强烈厌恶：他不但是个日本人还是个活死人了；我不是在和一个活人、一个敌人一起行进，而是和一个死人一起行进。和他待在一起的时间多一分钟，我心中的厌恶就增加一分。说实话，如果我能够，仅仅为了让他尽快从我眼前消失，我也会立马毙了他！

可是为了实现汪大海心中那个疯狂的愿望——某种意义上也是为了秋姑——我

只能尽力忍受着这个人!

但是……是的,话又说回来了,虽然没有对这个日本兵心生怜悯,但随着和他一起行进的时间增加,要说我心里没有出现一点异样的感情波动——那仍然不是怜悯,只是一点和憎恶相混杂的烦恼——也是不真实的。我坚决否认那是怜悯!

正是这点烦恼不知不觉地扰乱了我的心。这是我第一次面对面接触一个日本兵,虽然我一点儿也不想可怜他,我对他的感觉除了仇恨就是憎恶,可有一点却是我没想到的:他不像过去我熟悉的那一类日本兵,比如中井弘一;比如在乌兰镇我家里、在狼谷谷口的大裂谷内残杀母亲、英男、秋姑的日本兵。那些日本兵个个凶残,毫无人性,完全是一群吃人不吐骨头的野兽,让你见了就止不住想直冲着他们的眼睛开一枪。今天这个不同,无论是面对死亡时表现出的巨大惊恐,还是他对意外得到的可以活下去的承诺的轻信,他懦弱、可怜的表象后面深藏着强烈的发自本能的求生欲望,都不是我过去认为有在日本兵身上见到的东西,那是一个俘虏、一个人、一个孩子面对死亡时应当自然表现出来的感情。正是这点烦恼引导你不知不觉这样想下去:他不像是一个日本兵,他只是个还没长大就被人套上了一身日本军装的日本孩子,一个不想死、只想回家的日本孩子,一个很快就要死掉的日本孩子!汪大海不会放过他的,今天汪大海终于实现了自己的愿望,像活捉一头幼狼那样活捉到了他,他就是用杀死幼狼的办法杀死这个日本兵,也不是很难想象的……

这就是我当时模糊想到的东西,并且马上恼怒起自己来:我怎么啦?我胡思乱想些什么?他就真是个日本孩子,也是个拿着枪踏上中国土地烧杀抢掠的日本孩子!我不会怜悯他的,汪大海要怎么做就怎么做好了,让这个日本人也像幼狼那样在清冷的月光里一声声号叫好了……可是,尽管我努力在心里驱除掉那点异样的刺痛的感情,却仍然没能像大风扫荡尘沙一样将它完全清除。我生起自己的气来,对走在前面的俘虏更憎恶了!

让这种异样的感情完全消逝的是日本人的枪声。我们刚刚离开伏击阵地一两公里,跟过来的枪声就在前后左右响起,密集的子弹"啪啪"地从我们头顶和身边飞过去。日本人显然已准确地判断出我们的大致位置,正从前后两道封锁线上一起出动,向我们潜身和穿行的山林里压来。我一边紧张地倾听周围的枪声,一边高度警觉地注意着面前俘虏的反应。他在我心里一下就不再是一个日本孩子,而只是一个日本兵了。越来越密集的枪声也大大地惊动了他,日本兵回头朝枪声响起的方向胡乱看了两眼,面色苍白,似乎心底陡然升起了一丝希望,可他的目光马上就和我极为严厉和凶狠的目光碰撞上了，慌乱了，害怕地避开，低下头去！我心里一惊，想：这家伙大概想逃！要是他下了决心不顾一切地逃走，哪怕仅仅出于惊恐的原因一路大喊大叫，日本人也会马上被他引过来！一旦发生这种情况，我就是一枪毙了他，日本人也会闻声迅速合围过来。那时我们——汪大海和汪支队的全体队员——就完了！

不！我必须先发制人！我喝令日本兵站住，一把从他身上撕下一块布，同时也顺手撕下了他衣领上那些不停刺痛我眼睛的日军军衔符号（比起日本兵我更受不了它们）。我用这块布把他的嘴一圈圈缠住，在他脑后打了个死结。日本兵"啊啊"地叫了两声就叫不出声来了，他只能回过头，用濒死的眼神望了望，鼻子里呼哧呼哧喘着粗气，那种神情像是我就要毙掉他了！……做完这事我的心松弛一点，又没有完全松弛。我冲他晃晃手中的枪，脸上的表情一定极为可怕，我说：

"我警告你，你要是想跑，我就一枪毙了你！……别说跑，只要你敢出一声大气，我立马就让你的日本脑袋开花！"

日本兵半张脸都被我缠住了，剩下的半张脸一点血色也没有，就像换了一张脸！可是忽然间，他的精气神儿缓过劲儿来了，明白我不是要杀他了！

"呜呜！"他赶忙点了点头，小声地、含糊地发出一点声音。他是在答应我，我的话他明白了！

"快跟上，走——！"我又喊了一声。

前面不是在走，而是在奔跑。一队发现我们踪迹的日本兵正从后面急追上来，枪打得"啪啪"直响。俘虏两眼死盯着前面的人和路，既不回头，也不左顾右盼，只是跌跌撞撞地跟着跑。我没有想到我的警告竟起了那么大作用，比起后面追来的日本人，眼下他分明更关心和害怕身后的我，知道自己哪怕做出一个多余的动作都会给脑袋上引来一枪。很快他就汗流浃背了，脸上、光头上、脖子后面，汗水小河一样流淌，鼻息如同牛吼，一半是喘不过气，一半是对死亡的恐惧！

后面的敌人更近了。尽管我们七拐八拐，还是没能甩掉他们。我们越来越接近日军的第一道封锁线。我知道有一条隐秘的林沟夹在两座峭崖之间，可以掩护我们通过，不过眼下前后左右都是枪声，我不敢保证日本人不在那里设防。

真是如此，我们今天就完了！

回想起来，我觉得那天汪大海本来并不想走那条林沟，但情况紧急，除了我，队员们包括他自己个个背负着给养和弹药，跑不过两手空空的日本人。不进那条林沟，我们就要被追上了！

是一条陡峭的小山沟,不深也不长,从头到尾只有二三十米,沟里密密长满了杂树、荆条和一人高的茅草。日本兵在两侧崖壁上都设了防,因沟壁太陡,上下不方便,两壁之间只有丈把宽,对面说话都能听得清清楚楚,日本人就没有在沟底布防。汪大海带全队转向这条林沟时可能想到日本人会在沟里设防,然而一旦抵近它,发现沟里没什么动静,就毅然决然带队伍进了林沟!

还在距林沟百余米的茅草丛里我们就趴下来了,一个接着一个往前爬。事后我想汪大海情急之下一定把队伍里有一名日本俘虏给忘了,没有想到在此千钧一发之际派人回头把俘虏干掉,以防过沟时暴露了目标,给我军带来灭顶之灾。但是也有另一种解释:他并不是没想到这件事,可当时的他疯狂、迷乱到那种程度,就是知道带日本兵过沟十分危险,他也还是要把俘虏弄回营地的!

那时我一定也过于紧张了,竟然也没想到这个。终于能想到带俘虏过沟的危险时,要做什么已来不及了。他赶在我之前匆匆钻进了林沟,我随着他往前爬,一转眼我们就一起钻进沟底茅草丛中,处在两侧山崖上的敌人眼皮底下,只要有人喊一声,上面的敌人就能发现我们!过度的紧张这时又让我忘记了这件事,只能感觉、注意前面俘虏的动作:全队正一点点向前潜行,他在我前面瞪大恐怖的双眼,奋力地、警觉地、小心翼翼地钻着,前面的队员没有停下,他也就没有停下;由于他的手仍在背后反绑着,不能像别人那样爬,就尽可能俯低身子,半蹲着,头低着,一步步朝前挪动。我一手握紧枪,一手拽紧绳子,眼睛死盯着日本兵的两条腿,和他一起挪动。啊,这时我的全部感官里,全是崖上的敌人和面前的日本兵了!

我们已经进入林沟中部的深草里。忽然前面那两条腿不动了,整个队伍都停下来,我清楚地从两侧崖壁上听到了日本兵的对话!

这是一个日本兵在对另一个日本兵说话,口气很严厉,意思是:小心看着沟底,发现有动静,马上开枪。另一个日本兵马上大声回一句:"嘿!"

我们全队——从头到尾——都好像被这一声"嘿"定在那里了,连姿势也不敢变一下。我的心紧张得好像都不会跳了!我又忘了日本兵,忽然又想到了他!这一会儿日本人在沟崖上,我们在沟底,逃没地方逃,躲没地方躲,只要这个被吓得半死、一心想逃命的俘虏猛地从草丛里蹿出去,挣脱缠在嘴上的破布片,"哇"地喊一声,我们就完了!——我可以打死他,但我自己和整个汪支队却再也逃不出这条林沟!

要说那一刻我心里没有生出绝望和黑暗,我今天就是在骗你。连我这个耳朵不好使的人,都听到崖上日本兵说话的声音了,面前这个一动不动半蹲半趴着的日本兵更不会听不到！他成了俘虏，生死未卜，时刻都渴望逃脱，又遇上了这样的机会！现在不是他会不会一下从草丛中蹿出，而是他会在哪一刻大叫一声蹿出去！我忽然想到，那时我能做的只有一件事——不等他蹿出去发出那一声我预料中的叫喊，就"砰"地一枪打死他！

不……我有主意了，我悄悄地把短枪杵到他后腰上！

必须让他早早地就明白：他可以跳起来蹿出去喊一声，但这样做他马上就得死！我的感觉是他的身子立即就抖起来，却没有回头，甚至也没改变原来的姿势！

以后的时间里，我的枪一直没离开他的腰，他的身子也一直没停止哆嗦！

两个小时后天才完全黑下来。我不知道自己是怎么熬过来的，好像只是不大一会儿工夫，又像是异常漫长，极端的紧张让我失去了准确的时间概念。这中间，一队队追赶我们的日本兵到了，和林沟两侧崖顶上的日本兵大声问答一些话，又一队队转向左右两侧山林，没有一队怀疑我们就藏身在他们面前这条窄窄的林沟里！

夜来临时，一直微弱的风也大了，响亮了，面前的日本兵突然开始往前挪动。我吓了一跳，以为他就要做我一直想象着他要做的事！一下子又明白过来：是全队又开始向前爬，他也跟着向前挪动！我忽然大吃一惊：时间过了这么久，他竟然没有跑，为什么？！

有风作掩护，我们秘密爬出林沟时并没有被日本人察觉。但在通过一片开阔地爬向前面的林子时，却被他们发现了。山崖上的机枪立即开了火，"嗵嗵嗵嗵——！"汪大海焦急地喊了一声："冲过去——！"全队一下从地下跃起，不顾一切地向前面的林子狂奔！这时敌人有更多机枪和步枪加入了战斗，子弹瓢泼大雨似地向我们打来，立即在我们中间砍高粱一样击倒了好几个。我不再担心日本兵会喊叫了，他却没命地拖长声音大叫起来："呀——！"这是恐怖到了极点的叫喊，也是失去理智的狂号！他一边叫喊，一边也随着我们的队伍向前面林子里飞奔。他的劲儿那么大，跑得那么快，从林沟到林子间这段开阔地差不多是他拉着我冲过去的！进了林子，他上气不接下气地大喘着，回头朝我们刚刚奔走过的地方看了看，这时我才发现原先缠在他嘴上的布条早滑脱了，小孩子围嘴一样套在他的脖子上——一双圆溜溜的大眼里涌满骇人的死气，身子一下一下抽搐，惨白的脸上，半天也没变出一丝活气儿！

日本兵已"呀呀"地叫着，冲下山崖，追赶过来！队伍继续向前狂奔。半小时后全队到达狼谷谷口，仍没能摆脱掉身后的日本人。我们从大裂谷东侧越过谷底，爬上西侧山坡，日本人已出现在东坡的林子边缘。汪大海原来大概是想甩掉敌人后带队伍秘密进入十七号密营，让日本人无处去找。但日本人跟得这么紧，再去十七号密营，只会把敌人也引过去！

何况从西方和正南方，也"啪啪"地响起了枪声。这也就是说，除了东面这路日军，南面和西面又有两路日军朝我们包抄过来！

十七号密营不能进，又不能退回到大裂谷东侧去，东南西北四个方向只剩下北方没有枪声。但那儿是狼谷！

一时大家都望着汪大海。绝境总是突然出现的：狼谷不能进；突围受地形和敌情所限，不会成功；留下来则会全军覆没！

汪大海只朝狼谷望了一眼，皱了一下眉头，就发出了命令：

"进狼谷——！"

假若在平时，他的命令一定会引起异议。但是这一刻，没有人说一句话，全队立即奔向了狼谷！

30

十分钟后我们进入了狼谷。我们是通过分界岭峭壁上的一个豁口进来的，然后顺山坡下到距岭脊线三百米左右的林子里。日本人随后就登上了分界岭，停止了追击。既然他们已把游击队撵进了狼谷，剩下的事就是守在那儿，守在那儿就够了。分界岭在狼谷一侧全是立陡立陡的悬崖，不从我们刚刚通过的那个豁口，我们休想再走出去！

我得说进入狼谷和发觉自己已置身狼谷之中感觉是不一样的。林间漆黑，只有点点幽蓝的天光透进来。方才大家是抱着宁死也不能被日本人抓到的决心通过那个豁口的，一旦进入狼谷，大家想的就不是日本人而是狼群了。我们处在狼谷大山峡西南侧的坡顶，离岭脊线近而离狼群经常活动的谷底远。汪大海命令队伍停下。我们还没有遭遇狼群，但不能保证接下来狼群就不会发现我们。我最初想到他让全队停在这里，一是出于生存的本能——一旦狼群袭来，我们至少能迅速向分界岭回撤，即使要和日本人发生血战；二是想让自己狂热的头脑冷静一点，想一想下一步怎么办。日本人虽离我们很近，却不需要考虑了，现在我们面对的、在我们心里引起更大恐怖的是随时可能袭来的狼群。我们天天说到狼谷，可谁都没有进过狼谷，但是现在我们被日本人撵进来了，包括汪大海在内，每个人都要迅速做好与狼群拼死一战——最后的血战——的准备。进入狼谷时我没有想到什么，这一刻我的心里却战栗起来。我们到了狼谷！我是在狼谷里了！一个与其说是恐怖不如说悲凉的声音高叫着提醒我。然而我没有往下想，我的注意力一方面要警觉地关照着队伍里随时发生的情况，随全队一起行动，一方面还要倾听着狼谷内的动静，狼的动静，准备那最后的一战！

日本人忽然在分界岭上打起枪来。"啪啪——！""啪啪——""嗵嗵嗵嗵——！"狼谷内响起了巨大而响亮的回声，久久不息。有半分钟时间我们呆立在那儿不动，却觉得日本人一枪一枪打在自己心上——枪声马上就会惊动狼群！日本人这么干，就是想把狼群引向谷口，引向我们的藏身之地！

我想对了。日本兵枪声没落，从狼谷深处，就一声高一声低地响起了狼嗥——阴森、恐怖、令人毛骨悚然！

"嗷儿儿儿儿儿儿儿——！"

"快转移！"汪大海低低叫了一声。

这是一次逆狼群而动的转移。狼群从谷底向谷口涌来，我们必须在它们能够嗅到我们气味前离开这片林子。循原路撤到狼谷外去是不行了，日本人已堵死了豁口，其他地方都是断壁悬崖。汪大海只能带全队离开谷口地区，向狼谷深部转移！

全队马上跟他行动起来。这时我才想到手中还牵扯着一个日本兵，他也和我们一样进了狼谷！我有点吃惊：不只全队秘密通过敌人封锁线时他没想办法逃跑，后来的狂奔中他也没想到要逃跑！缠在他嘴上的布条早就掉了，他有那么多机会大声喊叫，将近在咫尺的日本人引来，可他居然一声也没喊。每次听到日本人的脚步声和枪声逼近，他相反像是比我还害怕被追上似的，两眼发直，一脸惊恐，没命地飞跑，这时你会突然觉得他不知何时已经成了一个完全丧失理智和判断力、脑子里只剩下简单的逃命欲望的人，一个已被一直在背后追逐着他的死亡吓疯的人，一个因为疯狂出乎意料地拥有了不是一个孩子而像是一个大男人的力量的人。有一阵子我曾想：如果不是我一直都在背后拉着那根绳子，让他拉着我猛跑，今天真不知道能不能逃脱日本人的追击和子弹！

进入狼谷前曾有过一个疑团倏尔浮上我的心头：难道他真相信了汪大海的话，真相信我们不会杀他而会送他回家？他为什么和我们一样害怕被日本兵追上？狂奔中间他为什么一直不喊也不逃，仅仅因为他害怕背后有一支枪对着他吗？！

……现在我又有时间看他一眼了。虽是夜间，借助林间散落的星光，我仍能看清他那双一闪一闪的眼睛。日本兵用陌生的、惊恐万状的目光环顾着周围的人和地形地物，他的眼睛里仍然保持着狂奔时那种盲人一般的疯狂……我看出来了：虽然他进了狼谷，却一点儿也不知道自己置身何处！

难道他和分界岭上的日本人不一样，既没有进入过狼谷，也不知道狼谷这个地方？

一转眼我又把日本兵忘了。随着远处传来一声声凄厉的狼嗥，我听到了另一种巨大的响动——千百头狼在夜色下涌向谷口的蹄音！昨夜随队伍出发前我已经想到了自己一定会死，不是死在突围途中，就是死在突围前最后一次战斗中。不过还是个死罢了，应当更英勇些，我想。可是我做不到。因为这不是我想象中的死，一想到它，我就会浑身发软！我愿意被一发猝然飞来的日本子弹打死，被一枚手榴弹或者一发炮弹炸死，在白刃格斗时被日本人用刺刀捅死，可就是不愿意——受不了——像英男、秋姑那样死！我的手仍下意识地牵着那根绳子，队伍运动了日本兵也跟着动，他仍然走在我前面，不用我催促他走而是他拉着我走。我听到的声音他也听到了，全队都听到了，他之所以还没有拉起我没命地狂奔，是因为还没有人狂奔。但是正在队伍里弥散开的危急、恐怖的气氛已经影响了他，让他本能地做好了再次狂奔的准备。我们一直在林子里走，脚下并没有路。因为狼群在谷底，走在前头的人——汪大海——就有意识地带全队斜着向坡顶运动。我们被赶进狼谷是不幸的，进入狼谷后却是幸运的。黄昏时刮起的大风从东南方横扫过来，林间起了波涛似的轰鸣，我们能远远地嗅到狼群的气味，狼群却嗅不到我们的气味——我们还只离开谷口地区向前行进了一华里，东南方谷口一带就传来了狼群大举赶到后激切的沸腾般的叫声，虽然它被风声弄得断断续续，听来依然凶悍而恐怖！汪大海一边催促大家快走，一边提着枪，带几名身强力壮的队员断后，防备狼群追来。我相信这一刻存在于他感觉的东西也都在大家感觉中存在着：我们不可能一直这样幸运，只要风向一变，或风势一弱，或者行进中碰上一头狼，幸运的时刻就会结束，狼群便会蜂拥而至，那时让日本人一直期望的事就要发生了！

必须尽快找到一个地方，既可以藏身，狼群袭来时又可以做与之一搏的阵地。进了狼谷就没人相信自己还能活着走出去，但是哪怕我们到了这步田地，尽管浑身打战，脑袋一圈圈眩晕，内心依然不愿屈服，依然渴望与那些行将致我们于死地的仇敌——刚才是日本人，现在成了狼群——进行一场最后的血战。毕竟我们命定了要在与狼群的最后一搏中悲惨地死去，但我们只愿意在血战中死去！

但是没有这块可以让我们据守的阵地。我们继续朝前走。每分钟幸运都可能结束，但事实上幸运却在延续，不但风向没变，风势还愈加猛烈了，许多人一直觉得会在行进中突然遇到的一头狼或一个小规模的狼群也没有出现。我恍惚觉得一切都不大真实了，不敢相信真的置身于狼谷之中，与狼群同在！但队伍终于停下了，一抬头，就在眼前，岭脊线峭壁下方的林子里，奇迹般地耸出了一座孤立的土崖。土崖大约两丈高，四壁陡峭，只有搭人梯才能爬上去。汪大海似乎连思考的时刻也没给自己留，一眼瞅见它，就急急地朝队伍挥一下手，轻声喊：

"快，搭人梯，爬上去！"

人梯很快搭起来。全队队员，连同我前面的日本俘虏，都迅速地爬上了土崖！

我们在圆鼓鼓的崖顶上背靠背坐下，枪口自动向外，组成一个圆。汪大海手握着一挺机枪，守在狼群最可能涌来的谷口方向。我的位置在汪大海身后，日本兵则进入了自动形成的人圈中央，一条腿蹲着，一条腿跪着，上体绷直，微微前倾，随时准备跳起来飞奔出去似的。夜色中他的牙齿在咯咯作响，我听到了，脸上和那双瞪得极大的眼睛里，除了巨大的失去理智的惊恐，什么也没有！谁也不说话，但人们彼此能听到对方响亮而急骤的心跳。狼群还没有来，这让我们在巨大的沉寂中惊魂稍定。但这一刻的松弛马上过去了，精神重新紧张起来：狼群是会来的，我们虽没有在谷口地区被它们发现，却总是会留下痕迹和气味，狼群会顺着它们寻寻觅觅找过来——这座土崖，就是我们与狼群最后一搏的阵地！

夜色清朗。土崖周围是一小片林间空地，我一抬头就看到了天空，进入狼谷后第一次看到了天空。天空中有稀疏的几颗星星在闪烁，很大很亮。星光将前面的林子的轮廓以及某些细部一点点显现出来。我们都朝谷口方向张望，谛听着浩荡的长风断续传来狼嗥。我忽然想到土崖前的林子里说不定就有狼！心里刚刚掠过这个念头，一头狼的身影就从林子里闪现了出来！

我的心发出嘶哑的一声响，像是什么东西碎了，什么东西被撕裂了！

——首先看到的是一双暗红的、在夜色中萤火般晃动的狼眼，然后才是它那小牛般高大的身影！

是一头公狼！它一抬头，就望见了崖顶上的我们。接着，它就应和着谷口地区断续传来的狼群的嗥叫，伸直脖子，凄厉地发出一声长嗥！

"嗷儿儿儿儿儿儿儿——！"

要说清那一刻的感受是不可能的……天塌地陷。心脏轰隆隆地碎裂。寒战冰水般袭过全身。从生到死，却又介于生死之间……我觉得自己已经死去。身边响起一连串细碎的声音，铿锵有力，这是拉动枪机的响动，是和死亡一样强大——不，比死亡还要强大，比它还要有震撼力——的金属的撞击声！死去的感觉没有过去，却又被来自身边这群不畏死似乎也不会死的人中间的音响惊动。我振作起来，本能地扳动枪机，趴下去，做好了射击准备！

但是狼群没来。风声浩大。在土崖上我们什么声音都能听到，而逆着风势，从这里响起的一声狼嗥却很难传到谷口。但这件事我们是想象不到也不会相信的。公狼叫了一声，又叫了一声，在我的感觉里，就是距离比现在更远些，风势更大些，谷口的狼群也该听到了。

狼群就要来了——应该来了！

谷口方向，沉寂了一阵子的枪声又猛地炸响起来！这是为什么？发生了什么事？除了我们，目前活动在这一地区的只有秋叔叔的队伍，莫非他们接应我们来了，引发了分界岭上日本人的又一轮枪响？……不，很快听明白了：枪声、子弹飞行的啸音全冲着一个方向，冲着我们所在的地方，冲着狼谷！这就是说，没有秋支队，打枪的还是分界岭上的日本人，他们显然因发现狼群没能很快找到我们，和我们发生人狼大战，而大为失望了，他们继续打枪的目的是要留住狼群，继续在谷口一带搜索游击队并发动他们期望中的大规模攻击，一举将汪支队吃掉——日本人没有想到，他们用枪声激怒狼群，将它们留在谷口的愿望是实现了，因此狼群才没有响应——也可能是真的没听到——犬坐在土崖前林边的那头独狼的嗥叫和召唤；更令日本人难以想象的是：由于他们的枪声时断时续一直响到拂晓，狼群也就一直被反复激怒着，在谷口地区滞留到了黎明！

啊，我当然也不能忘记那持续了一夜的强烈的东南风。没有它掩护我们，帮我们驱散留在狼谷内的气味，狼群就不可能一直没有发现我们。一整夜我们都在等待的狼群的大规模攻击所以会没有出现，它和在分界岭上胡乱打了一夜枪的日本人的贡献一样大，也许更大！

但这一夜我们过得一点儿也不轻松。虽然没有狼群，我们却是在土崖上，和土崖下林子边那头小牛般强壮的独狼在紧张的对峙中度过的。公狼没有用它的嗥叫引来狼群，却也没有离去，它一直犬坐在下面，耐心地面对着我们，一动不动，时不时地长嗥一声，召唤一夜都在谷口奔走咆哮的狼群。时间一分一分地流淌，这头孤独的公狼在我们心里引起的情感也在不断地变化：它是一头狼，一头已经发现了我们的狼，一头将要引来狼群的狼，一个狼群的使者和斥候。在它身后来的就是狼群。狼群会把我们围困在土崖上，它们会急不可耐地攻击我们，我们和狼群之间会有一场也许将持续很久的战争，但最后我们仍然会死，尸骨还会被它们毫不留情地吞噬掉。但是由于狼群一直不来，时间无休止地拖下去，恍惚间它是狼又不是一头狼了，它成了横在我们所有人脖子上的一道刃锋，一个就要执行却不知为什么被一直拖延下来的死刑判决。没有人合过眼，在这样的夜晚甚至没有人打过一次瞌睡，人的神经一根根紧绷着，在感受狼群撕扯的痛楚之前首先感受着这种薄刃在喉，甚至可以模糊地嗅到血腥味儿的压迫和疼痛。惨淡的星光下，我有一两次无意间回头看了看身后的日本兵，我看到的仍然是他的眼睛——我立马打了个哆嗦！那里充斥的已经不是可怕的死亡预感而是真实的死亡——这双既像孩子又像一只濒死的幼兽的、为简单而巨大的恐惧涨满的眼睛瞪得那么大，仅仅说它们看到了死亡是不够的，不，它们正被动地、刀片切进肉体一样真实感觉着死亡的进程。整整一夜，这个日本兵都在下意识地发抖，甚至没有想到改变一下他那个可怜的、半蹲半跪的、随时都要飞奔出去的姿势——对死亡的预感与恐惧让他把一切都忘了！

拂晓时分，分界岭上日本人的枪声终于停了。东南风依然刮着，狼谷内林涛汹涌，将一切杂乱的声音包容在其中。谷口一带山林里奔腾嗥叫了一夜的狼群撤了，它们又顺着谷底滔滔滚滚地回到狼谷深处，风声也没有遮没它们那使大地为之震颤的蹄音！我们没有松懈，反倒更紧张了。一夜间，日本人的枪声已在心里渐渐转化成了对于我们的安慰，现在它消失了，我们自然会本能地觉得真正的危险要来了！天快亮了，大白天里狼群更容易发现我们，只要我们继续待在这里，不被它们发现几乎是不可能的！

但我们依然束手无策。我们不是不想撤出狼谷。可是日本人的枪声虽然停了，他们在分界岭上坚守了一夜之后是不是也像狼群一样疲倦了，撤离了，抑或仍在那儿埋伏着，我们并不知道。最直接的威胁是土崖前林子边那头守了我们一夜的公狼，它依然犬坐在那里，没有一点儿离去的意思！我们可以开枪，就是我，这么近的距离也能一枪打碎公狼的脑壳！但是不能。枪声一响，刚刚退回狼谷深处的狼群就会卷土重来，还有那会马上随风散开去的新鲜的血腥气！我们要再想不让狼群发现我们，是不可能的！

东方现出第一片彩霞时，我的死去的心曾为可能出现的重生的机会动了一下，可马上又重新陷入了绝望。公狼不走，我们又不能开枪，只有继续相峙。但这样的相峙是不会长久的。白天来了，保护了我们一夜的大风正在弱下去，只要公狼直起脖子再叫一声，狼群就会汹涌而至——那时我们的死期就到了！

我一点儿也没留意，汪大海这时是怎样滑下土崖的。我还没有发现他不在我面前了，心灵就轰隆隆地起了震撼。我看到了下面的一幕！汪大海手拿着一个绳圈，正在崖下的空地上一步步走向那头独狼。——这个人亲手活捉过一头幼狼，这件事我说过了，可我认为他是在一种迷狂的、自己不知道自己做了什么的精神状态下做了那件事，此刻他又要去抓这头孤独凶悍的大公狼时，我马上想到他一定又是疯狂和迷乱的了，他不知道自己正在做什么，就去那样做了！

跟着，我身边响起一片哗啦啦拉响枪栓的声音！

我的眼睛一眨不眨地盯着汪大海。心悬到了嗓子眼上。不是为了他和独狼的搏斗——一定会有一场搏斗，今天他的对手不是一头幼狼而是一头健壮如牛的大公狼——会造成混乱、叫喊和狼嗥，最终为我们引来狼群，这件事已经不算什么了，反正不管我们做什么不做什么，狼群都会来的，我是担心他会被公狼咬死！

——我是为了保护他，才参加了汪支队的这次出击，等会儿要是他被公狼咬死了，我就仍然没能替秋姑保住他！

下面的事情是一瞬间内发生的：我还没有想到要为汪大海做点什么，汪大海就走到距公狼一米远的地方了。如果狼谷里的狼像别处的狼一样害怕人，公狼或许就因为危险的到来而自动跳开，但是狼谷的狼是不怕人的，这头大公狼没有跳开，它只是犹豫了一下，保持着自己凛然不可侵犯的姿势，骄傲地望着汪大海——就是这千分之一秒的犹豫帮助了后者，他以一个我从前没见过、以后也没有再见过的迅速的前扑动作倒向公狼，转眼间就用双手卡住了公狼的脖子！公狼挣扎着，四腿乱蹬，可是再要嗥叫，已经不能出声了！

说时迟，那时快，土崖上又有几名队员跳下去，几双手同时伸过去，像汪大海一样卡死了公狼的脖子。怕血腥气飘散出去，他们连匕首也没有用！

这惊心动魄的一幕只持续了几分钟就结束了。汪大海他们松开手，公狼扑通一声倒了！

"快下来，撤！"站起身，汪大海回头冲土崖上的我们喊，他面无人色，身上被狼爪抓出的血口子一条条往外渗血。

太阳出来了。一道黄亮的光线斜射到崖顶。大家像是从梦中醒过了一样，想到因为杀死了大公狼，我们面前突然出现了一线生机！

队伍很快撤下了土崖，循昨晚的路向回走。我们当然不知道分界岭上还有没有日本人，但我们要想活命，只能朝豁口那儿走！

昨夜我们走了好久才找到那座土崖。可这个黎明，只走了一小会儿，分界岭和我们昨晚通过的豁口就在我们的眼里了。

"宋田贵，你们小组去侦察一下！"汪大海发出了命令。

宋田贵——就是我多次说过的小宋叔叔——带着他的战斗小组出发了。其他人全部隐蔽在林子里。

小宋叔叔他们在前面的一片桦树林里消失了，不知过了多久，我仍然没在豁口那儿看到他们……时间似乎不再流动了，我也不再能听到任何声音——幻听不时能让我听到万万千千乐器的演奏，却也会在某一个时刻突然让我失聪，什么也听不到——你不知道这广大的和无声的世界里隐藏着什么危险……我的心急起来……可就是这时，他们回来了，一个也没有少，每个人脸上都像是洒满了清晨灿烂的阳光，轻松，兴奋，喜气洋洋。

"支队长，日本人撤了，分界岭上什么人也没有！"小宋叔叔高兴地向汪大海报告，眼里闪烁着喜悦的泪花！

汪大海没有马上相信他。

"你都看清了？"他严肃地问。

"没错。都看清了！"小宋叔叔下意识地站直，神情一下变得异常严肃。

激动和欢欣悄无声息在队伍里传播着，水一样漫过每个人的心灵和眼睛。我的头又有些晕——那是欢乐的眩晕，是不敢相信的事情发生了引起的眩晕！

汪大海回头看一眼全队。离开土崖后他还是第一次这么做。他的目光掠过每一个人，然后划过我和我身边的日本兵。日本兵的眼里也有泪光在闪动，厚厚的嘴唇也在微微打战。尽管语言不通，他显然也明白对我们全体来说巨大的危险已经过去了，此刻洋溢在每个游击队员心头的欢欣，也洋溢在他的心头上！

"冉队副，你带队伍撤，"汪大海对一名叫冉雄飞的副支队长说，然后把身子半转向我和日本兵，用打雷似的声音说：

"英子，把他给我！"

她突然停下来。为什么在这里停下来？

身子似乎不由自主地打了个冷战。

当时发生的一切一直让我有这样一种感觉：哪怕在刚刚过去的一夜间，面对着土崖前的独狼和随时可能蜂拥而至的狼群，汪大海也没有真正忘掉昨天下午被他亲手捉到的日本兵！还有，昨晚就是日本人不把我们追进狼谷，进入十七号营地后，他也会一个人把这个日本兵带进狼谷！

啊……我忘了讲汪大海对我说出上面那句话时的神情了。我说过的，秋姑死后，他脸上和眼睛里的神情就是凶狠、疯狂、迷乱的了，如同盲人一样；不多一会儿前他带着这样一副神情扑向了土崖下的公狼，现在他又带着同样的神情——不，比刚才还要可怕——向我和日本兵走了过来！

仅仅和汪大海的目光碰撞一下，从昨天下午被俘后开始一直模糊地存在于小俘虏兵心里的安全感就崩溃了！汪大海脸上清楚现出的杀机让他浑身大抖了一下，接着这哆嗦就连贯起来。一时间他全身都在打战，而且是下意识地颤抖，不由自主地颤抖！

还有一件事，直到今天我也忘不了：虽然他对汪大海的眼睛怕得要死，这时却一直没有避开它。他始终紧盯着这双可怕的、除了杀人的意志和愿望之外什么也不再有的眼睛！

他是不敢避开汪大海的眼睛！虽然已惊惶到了极点，恐怖到了极点，他的脑子却还没有全糊涂，他还有幻想。凭直觉知道自己到了生死关头，他想从这双吓得他浑身打战的眼睛里尽早地捕捉到准确信息——对方到底要怎样处置他，是不是真的要杀他！

不是我把绳子交给汪大海的。是他自己走过来从我手里抢走的。他立即用它猛拉了小日本兵一下，将后者向前扯了个趔趄。

"走——！"他厉声对日本兵说。

日本兵的眼神光一下就散乱了。现在，他似乎明白这个人要如何处理他了。日本兵"啊"地叫了一声，又叫一声，突然回头，用求救的目光望了望我和别人，嘴张得更大，喊声更加响亮了：

"啊——！啊啊——！"

汪大海已经被激怒了，昨天活捉日本兵时出现在他脸上的和巨大的愤怒交织在一起的同样巨大的悲伤，此时又清楚地出现在他的脸上和眼睛里……他本来已经拉着绳子向山坡下走，这时却又站住，回头啪地给了日本兵一巴掌，炸雷般地吼了一声：

"你叫什么叫！跟我走——！"

日本兵脸上全是死鱼一般的灰白了，他不顾汪大海的警告，用更大的声音哭叫着，语无伦次地嚷着日本话。就是不懂日语的人这时也能听出来，现在他本能地感觉到自己就要死了，可他并不想死，他要用尽最后的气力反抗它！

"我不想死！……你们说过不杀我，放我回家的！……我要回家！……"

汪大海不理会日本兵的哭喊，只是放长了绳子拉着日本兵，坚决地、毫不犹豫地向坡下走。汪大海的步子迈得极大。我站在那里，猛然意识到他又回到一个多月前活剥幼狼时疯狂的心境里去了！表面上看他是镇静的，可这镇静里蕴藏了极可怕的愤怒与执着，一种非这样做不可的决心！

日本兵被他拉得跟跄了一下，被动地跟他顺山坡往下滑，又爬起，跌跌撞撞地往回走，又被绳子拉倒了，被动地往下走，一边仍在哭喊！

脸色越来越白。

最初我什么也没做。我站在那里，无动于衷地望着正在发生的事。汪大海从我手里夺走日本兵时，我还不明白他要做什么。我知道他昨天不杀日本兵是为了回到营地后再杀。我甚至模糊地想过他非常有可能让日本兵像那头幼狼一样死在秋姑的坟前（虽然我还不能确定，那到底是可怕的，可以想象的）。可是这一会儿，我却明白汪大海要带他去哪里、做什么了：汪大海现在不想带他回营地了，他要在狼谷里就杀掉他……日本兵被汪大海一步步跟跄着拉下山坡时，我的心曾猛地疼一下，针扎似的，可这点刺痛的感觉马上就消逝了。说不清楚为什么，明白了汪大海要做什么，我心里非但没有对这个要死的日本兵生出同情，相反随着他被拖下山坡时发出一声声可怜的叫喊，进行一次又一次徒劳的挣扎，还突然激起了我在刚刚过去的一夜里对他淡漠下去的憎恶。我的身子已经在打战——看到杀人的场面你不会不打战——可一边打战，我却一边清醒地想到了母亲、英男和秋姑，想到所有被日本兵残害的游击队员！我难以呼吸，眼里涌满泪水。汪大海今天杀的是一个日本兵，我对自己说。就是他今天像活剥幼狼一样活剥了这个家伙，我也不会可怜他的。他们不配！

"他真会把他绑在树上，然后用刀……？"接下来我脑海里转动的就是这个念头了。我以为我内心的问题已经解决，我不会同情这个日本兵了，我目不转睛地望着往下越走越远的汪大海，也望着那个被他拉扯着的要死的人，心里渐渐地重新变得又急切又愤怒。"现在他们离我们够远了，汪大海要是想动手……他为什么还要拉着那个家伙往下走呢？他要把他拉到哪里去？我们还没有离开狼谷，他就不怕动静闹得太大了，引来了狼群？……"

再等下去，汪大海已拉着小日本兵下到离谷底只有几丈远的冷杉林里了，再往下走就是谷底！日本兵仍在哭叫，但是无论哭叫也好挣扎也好，汪大海都好像没有感觉似的。他一直用力地牵着他往下走，一次也没有回头！

可能是突然明白反抗没有用，小日本兵顺从了。他开始跟着汪大海往下走，边走边回头，远远地用恐惧的和哀求的目光找寻我们……那根刚才刺痛我的针又出现了，我的心又被它冷不丁地扎了一下。我打了一个哆嗦！觉得日本兵不是在找坡上所有的人，他只是在找其中的一个——他是在找我！他隔着这么远向我投过来的是濒死的一瞥，也是渴望获救的一瞥，还是明白自己不可能获救因而满含哀怨、绝望、惨痛的一瞥！

我的心疼了一下，又疼了一下，那根针接二连三地剜着它了……我恼怒起来，不明白为什么会是这样，有一件事却明白了：正因为小日本兵不再哭叫，因为他此刻这么乖顺地跟着汪大海往下走，刚才涌满我心间的对他的憎恶与仇恨，猛然动摇了。我又发现他是一个没长大的日本孩子了。我的心现在是为他的死一下一下疼着！

我恨起自己来。我又想起了母亲、英男、秋姑的惨死……无论汪大海用什么方式、在哪里处决这个日本兵，他都有这种权利！我们无论怎样杀日本人，都赶不上日本人杀我们时那样残忍！我还再次想到了——也许只有这样，汪大海才能从秋姑惨死后的疯狂与迷乱中苏醒过来！

汪大海没有做错什么！他不过是要日本人以血还血、以命还命罢了！日本人害死了他的哥嫂，害死了他的妻子，把他自己也害成眼下这个样子。他无非是想通过这个日本兵的死，重新回到人间，像正常的人一样活下去。啊啊！

这会儿汪大海和日本兵进了那片冷杉林……我的心更急切了，却也更迷惑了：要是他今天只想用活剥幼狼的方式结果掉这名日本兵，犯不着走这么远……事情正朝着一个和我的想象大有出入的方向发展，汪大海似乎不是让日本兵像幼狼一样死……我差不多完全糊涂了……一念之间想到了另一种可能，马上又被我自己否定掉：不，那太恐怖，我不相信！

有一会儿汪大海和日本兵消失在冷杉林里，我看不见他们，可是马上他和日本兵又出现了。这个汪大海，他真把小日本兵牵到了谷底！

然后，他就把小日本兵拴到一棵独立的赤桦树上！

停顿。面色惨白。

我的心狂跳起来！我现在明白他想要日本兵怎么死了！我还想到了小玉对我讲过的事情：活剥幼狼后，汪大海曾在昏迷中对秋姑许过愿：日本人怎么让你死，我就让他们怎么死！当时都以为那是他的呓语，现在我知道那不是呓语，那是他对秋姑许下的生死不变的誓言……

——日本人放狼狗残杀了他的妻子，后来狼群又糟蹋了秋姑的尸体。他已经用活剥幼狼的方式向狼群报了仇，现在要让日本兵也尝尝被狼群撕咬的滋味！

原来这一个多月的激战中，汪大海疯狂地渴望活捉一名日本兵，就是为了这个……

日本兵被拴在那棵树上了……他又在哭喊，声音听来非常微弱。汪大海做完了他要做的事，并没有马上离开，他围着那棵树转了一圈，似乎很满意，这才掉头朝坡上走回来！

我不敢望那个日本兵了。我只望着汪大海，隔着一面长长的大山坡和一片片林子，望他的眼睛……那是我望不见的，可我觉得我望见了！我在他的眼睛里望到了依然如故的疯狂与激烈，望见了终于对亲人履行了誓言后的巨大的满足，不知为什么，我还望见了实现了这一誓言后出现在他心底的同样巨大的悲伤，我望到了此刻涌满他眼窝的红红的泪水！

你想说什么？……你没说什么？……不，我的表现并不像你想象的那样简单。意识到汪大海要拿这个日本兵喂狼，最初从我心里喷涌而出的绝不是怜悯……心里重新燃起的仍然是对包括这个小日本兵在内的所有日本强盗的强烈仇恨与怒火，连同我刚刚从汪大海做的事情中感觉到的巨大恐惧……我仍然站在山坡上，望着谷底，什么事也没做，什么事都没想到去做！

真正的原因是那一声狼嗥。不是汪大海牵着日本兵走下谷底的时候，也不是他将日本兵捆在树上的一刻，而是他转身离开、走进冷杉林之后，从狼谷深处的森林里，冷不丁传来的一声狼嗥！

"嗷儿——！"

是这声远远的、模糊不清的狼嗥，让进入狼谷后我身上一直完全消失的寒战又剧烈地、刮风般地恢复了！我的眼前蓦然闪过小日本兵被狼群撕扯的情景……转眼之际，浮现在我眼前的已经不是小日本兵，而是英男和秋姑被日本狼狗、狼群撕扯的恐怖景象了！

这一刻我就疯了。我"啊"地叫一声，向山坡下飞奔而去！

我的精神崩溃了。这是我游击队生涯中为数不多的精神崩溃中的一次……汪大海正从坡下走上来，猛然看到我一路狂啸着向山下奔去，这个始终沉浸在自己残酷的梦境中的人被惊动了，站在那儿，大声吼叫：

"金英子，你到哪去？你给我站住——！"

我没有听见他的喊叫……我的耳边只有那一声狼嗥了，凄厉、恐怖、悠长……我飞快地从他身边跑过去，树根绊倒了我，我爬起来继续跑……我也没听见身后两个男人已跟着我跑下来，其中一个是汪大海，另一个是小宋叔叔。汪大海跑下来，是要追上我，拉住我，不让我跑下去；小宋叔叔跑下来追我，是因为他这时已经看到了自狼谷深处汹涌而出的狼群！

"支队长，你快看——！"他一边跑，一边冲汪大海大叫。

汪大海头一扭，他也远远地看到狼群了！

从狼谷深处，大山峡拐弯的地方，一群灰狼——很可能是前些日子袭击过中井弘一的炮队的最凶猛的一群狼——正跃动着奔涌过来！

没有看到狼群的只有我一个，这时我已经跑到谷底了。我看清了日本兵的脸和那身牛屎色的军装，我打了一个冷战！不，这不是英男，不是秋姑，这是一个和残害我的亲人的日本兵穿着同样军服、来自同一个国家的家伙！当时——极短的一瞬间——我肯定是愣在那儿了，我仍在迷乱和疯狂中，头脑却正一点点清醒。不，我不能救一个日本兵，让狼吃了他好了！……

日本兵这时却尖叫起来：

"狼——！"

要是他晚一点叫出这一声，或者我根本不懂日语，一定转身跑走了！可他叫了，我也听懂了，就被这句话惊动了。猛回头，我也远远看到了狼群！

我寒战起来……其实我身上一直在发抖，但这时是那种总是和狼群联系在一起的习惯性的寒战在袭击我了……我想到应当马上离开这里，回坡上去，无意间一回头又瞥见了那个小日本兵！这次我望见的不再是他那身可憎的军服，而是他的脸，他的眼睛，他这个人……不，也不是这些，而是此刻他脸上、眼睛里、身上发生的那些可怕的事情！

啊，日本兵现在已经不看我了，他已经看不见我，只能望到狼群了……不，这时他的目光都散了，恐怕连狼群也望不见了，嘴里却还在"啊啊"地叫，声音不大，巨大的恐怖完全慑服了他……他的脸不但是死白的，还被即将到来的死亡扭曲了，真正可怕的是，你现在就知道他已经是一堆正在狼嘴里痛苦扭动挣扎着的肉了……他的两眼仍在流泪，可泪水也不多了，多的是绝望……人的眼睛竟能涌出那么多的绝望并被它撑开得那么大，几乎是原来眼睛的两倍，完全不像是人的眼睛，真是恐怖极了！……我的感觉断断续续……忽然我又看清了他的身子，它在发抖，不由自主地、面对无可避免的惨死发抖，它们是微弱的，一阵一阵，却又是剧烈的，不可控制的，来自最后一点生命本能，比死亡还要可怕，它本身就是死亡，是人在巨大的恐怖中可怕地死去的过程！

——日本狼狗扑向英男时，英男身上也这样寒战过的！

——汪大海活剥那头幼狼时，幼狼也一定这样寒战过吧！

"姐姐……"

日本兵临死之际为何发出这一声微弱的叫喊呢？这是死前迷乱中的一声叫喊，本来没有意义，我却因此全身大震，心像被一把刀猛地刺开了，剧烈的疼痛令人眩晕……恍惚间我眼前的一切都变了，日本兵不见了，我的眼前只剩下一个濒死的、因为我不知道的理由被绑在这里的孩子！我看不见他身上的日本军装了！这个还没长大的孩子，他刚刚用尽生命中最后的力气，向另外一个人，他的亲人，他的姐姐，发出最后一声求救的叫喊！

——英男被日本狼狗咬断脖子的一刻，也向我投过可怜的一瞥，喊过一声"姐姐"！

——汪大海活剥幼狼时，它发出的一声声不像人声也不像狼嗥的哀嚎，说不定也是它在喊它自己的亲人！

我内心迷乱得那么厉害，忽然又觉得这个马上就要落入狼口的孩子不是别人，他就是英男！

啊，英男！那天我没能从日本狼狗的利齿中把你救出来，这次姐姐却是有机会的！而且——这一点尤其令我心疼——除了我没有人能救你！

"啊啊啊啊啊——！"

我发疯般地大叫着，三步两步扑过去，扯开捆住日本兵的绳子，拉起他就朝坡上猛跑——一边跑一边仍在大叫！

停顿。剧烈的喘息。

刚刚钻进靠近谷底的冷杉林，汪大海和小宋叔叔就冲下来了。我没有看到他们，我的目光迷离。只听"啪"的一声响，我脸上结结实实挨了一个耳光！

我被这一巴掌打昏在地下。耳朵里"嗡嗡"地响了好大一会儿，才听见汪大海的厉声叫骂：

"你——你——你——我要杀了你！"

他的话音里一定充斥着不共戴天的愤怒，不共戴天的仇恨，血红的眼睛里一定全是狂迷的泪水，可我什么也没看到！我能看到的仍然是那个刚刚被我救出的人，那个差点落到狼嘴里的孩子！

接着，我又看到了远处正朝我们涌来的狼群！

我从地下爬起来，拉起和我一起倒在地下的日本兵——仍然想不起来他是个日本兵——朝山坡上疯跑，嘴里发疯地大叫着：

"呀呀呀呀呀呀呀——！"

和我一样处在极度疯狂和迷乱中的汪大海站在那儿，望着发了疯的我，目眦尽裂。这一会儿，他只会破口大骂：

"你你你——"

"队长，快走吧，狼来了！"是小宋叔叔站在身边大喝一声，提醒了他，他才跟着我和日本兵，跑上山坡来！

最后一段路是小宋叔叔拉着小日本兵跑完的。我跑着跑着就没劲儿了，忽然，我意识到一个人从旁边抓住了我的膀子，他的力气那么大，几乎是提着我，带我爬上了坡顶！

是汪大海——除了他，哪里还会有别人！

刚到坡上，他就重重一掼，将我摔在地上了！

"全队，快上分界岭！"他已经顾不得骂我了，急急地对全队发出了命令。

队伍已在运动中了……我们迅速爬过分界岭上的豁口，爬上岭脊线，喘着粗气回头望去，狼群已经到了，正在谷底拴过日本兵的那棵独立的赤桦树周围盘旋着，胡乱地嗅着，接着就失望地、长一声短一声地嗥叫起来！

两道目光突然悄悄投向我。是小日本兵！是他在偷觑我！他的脸色依然死白，刚刚遭遇过的一切仍像一道可怕、凄惨、黑暗的鞭痕，清晰地留在这张脸上；曾在谷底和死亡一起出现在他身上的可怕战栗，如大震后的余震一样在他身上不时发作一下……这一刻，他像是清醒过来了，又没有完全清醒，他用那样一种目光望着我，仿佛刚刚明白是我把他从谷底救出来的，还为我当时那么做感到了一点意外和惊讶！

正是这一点意外和惊讶刺痛了我的心！我的目光和他的目光只碰撞了这一下，我的迷乱就消失了，我又想起他是个地地道道的日本兵了！我为自己做过的事情羞耻和愤怒起来：他根本不是英男，他只是一个日本兵！但他却在狼群袭来之前冲我喊了声"姐姐"！要不是有这声喊，我就不会迷乱，不会把他错当成英男不顾死活地救上来！……这个家伙，看他是个孩子，没想到这么狡猾，竟然骗了我！我不该救他，我方才应当把他留在谷底，让狼活吃了他！

停顿。她突然对我抬起头。
"你可以走了！"

我站起来了，可我没有马上走。今天我有太多的问题。
"对不起，假如这个日本兵当时没有对你喊出一声'姐姐'，你也没有在迷乱中错把他看成弟弟，你还会把他从狼口里救出来吗？"

她久久地、有点惊诧地盯住我的眼睛。慢慢地我觉得她眼睛的感情变了。又过了一会儿，她才沉沉地问我：
"这件事对你的调查很重要吗？"

我想了想。
"不。但它对我个人很重要。"

她还是没有回答我的问题。
"如果不方便，你可以不回答。"我说。

这次她的反应很敏捷。
"这件事我可以告诉你，没有什么不方便。就是他没喊那声'姐姐'，我的精神也不像当时那样迷乱，我可能还会救他！"

我的心一震。没想到我的心这么容易受震动。

"为什么?"

"为什么,小伙子。当然不全是为他,我那样做也是为自己。我感觉到狼群就要来了,他就要被狼吃掉了,我受不了狼群撕咬活人的声音和场面,我害怕他会像日本狼狗咬住英男脖子时那样再发出一声可怕的叫喊,我怕他再像英男一样叫出一声'姐姐'!……只要听到这一声,我就可能晕死过去!

"不过这一切仍然是想象。真正的原因我说过了,他喊了我一声'姐姐',我就在迷乱中错把他当成了英男。"

一定还有别的,可她不愿意说。她的眼睛告诉我她在坚守自己的秘密。

这是一个老游击队员,不是我这种没经历的人随便对付得了的。

虽然我已经想到了另一种解释。可只要不从她的口中讲出,我就不能认为它是真的。

但我是那么容易对付的吗?

"我还有一个问题。"
"说吧。"
"那一刻,如果他没有叫出一声'姐姐',你也没有迷乱,会不会仅仅因为想到他是一个人,而去救了他?"

她生气了。目光严厉。
"小伙子,你说的那个人是没有的!世上只是朝鲜人、中国人、日本人。认为世界上有你说的人,是你们这种人的想法。"

我不相信。不愿意相信……但她还是给了我一个答案。

"还有一个问题。"
"今天你的问题比前几天都多啊。问吧。"

"有一阵子你没说到音乐会了。"

她猛然把目光移开,望着窗户。
"是的。我有一阵子没说到它了……没说到它的原因是自从随冯伯伯回到游击队里来,天天都能听到狼嗥,我就听不到它了。"

"没有音乐会,你耳边回响的都是什么声音?"
"狼嗥。枪声。人狂奔时的脚步声。冲出包围圈时的呐喊。剧烈的心跳和喘息。你难道没有感觉到吗?"

我也是不容易被人吓走的。
"你听到这些声音,和正常人听到它们有没有什么不同?"

"当然不同。我再一次提醒你我是个病人。自从回到幻听的世界里,我的耳膜就成了两台声音放大器。没有音乐会,枪声还是枪声,人的呼喊还是呼喊,狼嗥也还是狼嗥,它们的音量却被我的耳膜十倍百倍地放大了。我不分白天黑夜听到的,就是这些被放大了的、格外响亮、凄厉的声音!"

我的心又震动了一下。我为什么激动?
"对不起,今天——不,这几天你跟我讲自己的故事时,听觉是不是仍然像两台声音放大器,不管是音乐会,还是枪声、日本狼狗和狼群的嗥叫,人的叫喊和狂奔时的心跳、喘息,仍像当年一样响亮、凄厉?"

脸色在泛红。她怒冲冲地望着我。
"是的。这一点你直到今天才看出来吗?!"

我喉咙发干。

"六十多年过去了,直到今天,你仍然在幻听?"
"有时候。小伙子。有时候我还幻听……不,我常常幻听,常常能像当年一样听到战场上在我耳边回响过的音乐会，或者在没有音乐会的时候听到狼嗥、枪声、人们狂奔的脚步声、冲出包围圈的呐喊、心跳和大口大口的喘息……你还有问题吗？"

脑海里飞快地想起了一个问题。那个我不相信——不愿相信——的问题。离开前我要再做一次努力。

我一边收拾录音机和笔记本，一边站起来，做好跑步逃走的准备。

"最后一个问题。是不是因为你的听觉一直像一台音量放大器，日本兵在狼群奔来时叫的那一声'姐姐'显得又响亮，又凄厉，让你猛醒过来，想到了他是一个人？"

我已经这么卑鄙了吗？

她勃然大怒。我知道会是这样的。

"我说过你可以走了！……就是今天，它们也和当时一样响亮！但是我没有想到他是一个人！我再说一遍，世界上只是中国人、朝鲜人、日本人，没有人！——我的话要么你听不懂，要么你不愿意听懂。……还有问题吗？"

"对不起，我没有问题了。"我说。

整个晚上我都在听《月光》。贝多芬的《月光》，德彪西的《月光》……因为她老是说到音乐和音乐会，我在家里换了一套全新的音响……心情完全松弛下来，我一点也不愿再想正在进行的工作……

告诉你吧，比较起来我还是更喜欢贝多芬的《月光》。你听着，听着，就会明白，这个人只是在随意弹奏，只是心到手到地将自己的感觉、情绪、思想，乃至回忆的片断，自然地通过手指流泻到琴键之上……他没有想要写或者演奏一个作品，他只是随意弹奏罢了……这样的轻松真让人羡慕……德彪西不一样，他的《月光》表面上是放松的，自由自在的，但是你静静地听下去，听下去，就会意识到一些和原先的感觉不大相同的东西……太多的技巧，为别人写作或者演奏的愿望，渴望获得赞赏……当然，我想告诉你这个，不是要将我的感觉强加给你……我知道，这只是我一个人的印象罢了，对你或者别人来说，德彪西的《明月之光》也许会比贝多芬的《月光曲》更好……

那么我就告诉你一点别的……后来我就只听贝多芬的《月光》。我需要休息……今天访问的末尾我突然对老人无来由地起了恶意，我很后悔，主要是惭愧……不，我说过不谈工作的……咱们只是聆听琴声……

下面的事是后来想到的：一个人写出或者仿佛漫不经心地弹出这样一支优美明净的曲子，常会使人觉得他的心境一定是平和、宁静、快乐的……可是听着听着，你就发现自己错了……写出或者弹奏出这样的曲子，有可能他的心境并不是平静的和快乐的，相反恰恰说明他既不平静也不快乐，但他渴望从这支舒缓、优美的曲子里获得平静……他没有达到，那条你想哪怕暂时忘却的波翻浪涌的心河还在，一团暗黑的影子似的东西正在被月光映亮的河道中流沉下去又浮上来……事实上，它一直结结实实地堵在你的胸膛里，让你感到憋闷、痛苦……你的心始终要炸裂，可它没有炸裂，它没有炸裂的原因不是它不想炸裂，它只是觉得这样下去你会更多地和它一起受苦……

今晚我一直在想什么？我为什么不直截了当地说出我心里一直充满了莫名的恼怒？我为什么不对自己说我心里痛苦——痛苦极了？虽然这个词儿已被人用滥了，可我确实痛苦，不是悲伤也不是愤怒——我为什么不说？！

今天老人为什么就是不亲口对我承认她的真实感情？她是一直在戒备我，还是戒备属于一个民族的集体无意识？

她为什么就不愿意说出，她看出了那也是一个人？

第五天

31

今天她还在那里，还在原来的地方。

苍老的眼睛有一种新的、可称之为强大的东西。一种勃勃的英气。

已经是第五天了，一个年逾八旬的人，她怎么就没有倦意？

在什么情况下，她才可能对发生在六十余年前的事包括所有的细节都记得如此清晰？除了幻听，她一生中还患有别的病吗？

"可以开始了吗？"

"可以了。"

日本人黎明前撤下分界岭，显然是不明白我们在狼谷里到底怎么了。他们猜不准我们是已被另一群狼吃掉了，还是早就顺着自己才知道的一条秘密小路逃了出去。仗打到现在，人数高出我们数十倍的日军竟对我们这支小小的游击队产生了某种迷信心理，以正常情况论，他们认为我们肯定是被狼群吃掉了，无论是人还是别的活物，只要进了狼谷就甭想再活着出来；而就内心深处的直觉言，他们却又不敢完全相信刚才的判断。于是日本人在分界岭上折腾了一夜后撤是撤了，却没有走远，他们在山下的林子里生火做饭，并部署了严密警戒。

于是我们刚刚撤上岭脊线，就被他们发现了。日本人撤下饭碗，立即发起了攻击！

"突刺格格——！"距离那么近，连日军指挥官的叫声我都听得一清二楚！

她当然听得清楚。我现在已经知道，她为什么听得那么清楚。

退回狼谷是死路一条，只有趁日军仓促投入战斗之际拼死突围，才有一线生路。汪大海瞪大眼睛冲大家吼了一嗓子："弟兄们，冲啊——！"然后双枪齐发，迎着弹雨向日军攻击线猛扑过去！

枪声震耳。它们直到今天仍在我耳边炸响……我们付出了代价：三名队员倒下，昨天打到的粮食与弹药丢了一半多，但其他的人还是带着剩下的战利品，从日军攻击线西北侧杀出了重围！

十四年的游击生涯里，有过许多次没命的突围与狂奔，这天就是一次。与它相比，昨天伏击日军给养车后的狂奔简直不算什么了。一件我们不知道的事情是：随着周围广大地区的狼群向狼谷大举迁徙的活动告一段落，中井弘一对我军最后一块活动区域的挤压已重新开始。昨天我军在日军两道封锁线中间的活动激怒了他，这天拂晓，他命令所有能够机动的日军，分散组成一支支山林队，拉网般穿林越谷，去寻找我军决战；同时命令守在三道封锁线上的日军整体地向前移动，一天移动距离竟达十多公里。我们不知道这些情况，却知道这个白天，无论我们往哪里走，总会不停地与一队队日军遭遇。枪声一响，附近的日军也会赶来，使我军不停陷入两面三面甚至四面包围之中。我们只能不停地突围——不停地卧倒，爬起，狂奔，再卧倒，再爬起，再狂奔。在这种没命的突围和狂奔中，你渐渐地把什么都忘了，头脑里被一种简单而到了极端的恐惧和生存本能所控制，耳边只有枪声、子弹呼啸声、炮弹的爆炸声、人们紧张的喘息和你自己疯狂的心跳！

而且都是些被那架声音扩大器无限放大的声音，无比响亮，也无比凄厉。

我已把俘虏忘了。离开狼谷后汪大海就不让我再管这件事，他将俘虏和绳子一起交给了小宋叔叔。开始我还能跟着队伍跑，渐渐就不行了：胸口像堵了一块砖，喘不过气，头晕眼花，意识也开始模糊。后来我身边就来了两个叔叔，架着我的膀子往前跑。前天夜里跟汪支队出发时我已下定决心，不再做游击队的累赘，这时却悲哀地发觉自己还是成了累赘！

再往后意识里连一点这样的愧疚也没有了，只剩下对敌情的简单感觉和狂奔，连同薄刃在喉一般的恐怖。我完全记不得那个日本兵了。自从撤回分界岭，我认为他用一声"姐姐"骗了我，我对他的心肠就变了。可是日本兵没有忘记我。每当到了危急关头，全队冒着枪林弹雨冲向敌人攻击线，他就会用一双疯狂的眼睛在队伍里到处找我。只要发现我还活在队伍里，他那双因疯狂而显得空洞、可怕的眼睛就会突然清亮一点，仿佛他又从某种精神崩溃的临界点上醒过来了；而一旦暂时看不到我，这双眼睛就马上又变得混沌、疯狂、空洞，又似乎什么也望不见了……

我们从早上狂奔到黄昏。枪声沉寂下来时，我们才发觉自己生命中的最后一点力量也耗尽了。我们藏在一条堆满落叶的雨裂沟里，看和我们一样消耗了气力的日本人一队一队开回去。天将黑未黑时我们从这条雨裂沟里爬起，迂回曲折地潜入最近处的一座密营。一天来我的脑子一直是木的，进了密营外的林子才猛醒过来：这是十八号密营，秋姑就葬在这儿！

我又有很长时间记不起日本兵了，可是刚认出我们到了哪儿，我就陡然想到了他，回头一眼望到汪大海，心头陡然一震！

——汪大海就在这里活剥了那头幼狼！这个日本兵当初抓到时我就想过，汪大海当时不杀他，是要将他带回营地里来，像活剥幼狼那样在秋姑坟前杀了他！虽然今天早上我从狼谷里救了他，今天一整天由于日军逼得太狠，汪大海没有时间杀他，让他活到了现在，但到了这里汪大海就不会放过他了！我有理由相信我在狼谷里救了他这件事相反还加倍激怒了汪大海，知道在一整天的突围和狂奔中汪大海也不会一时一刻忘掉了这个日本兵！

突然记起的一件事支持了我的想法：这里并不是前天夜里汪大海和秋叔叔商定的会师地点，可他却把全队和日本兵带到了这里来！除了我已经想到的那件事，还会有别的什么原因！

还有，今晚格节游击大队就要按计划突围，汪大海已不能再把日本兵带进狼谷了，哪怕他仍想那么做！他要杀死他，要化解心里大火燃烧般的仇恨，只能选择十八号密营，在秋姑坟前，用活剥幼狼一样的法子！在他那惨痛而迷狂的心里，日本兵和野兽早就没有区别了！

可这一次我却不想阻止汪大海。我说过，早在将日本兵从狼谷谷底救上分界岭，他用意外的和吃惊的目光偷觑了我一眼，我对他的心情就变了。一天的狂奔过后，他在我心里又成了一个简简单单的日本兵。他很快就要死在这里，这件事不但没让我再次对他心生怜悯，相反一种似乎消失很久了的憎恨和厌恶突然又死灰复燃……是的，他不过是个日本兵，一个到中国杀人放火无恶不作的强盗罢了！日本人杀死了那么多中国人和朝鲜人，他们每个人都该死——让他死吧，像狼一样死！

还不止如此。我心里甚至还迅速生出了一种激切——如果日本兵一定要那样死，那就让他快点死好了！

处在当时的心境里，我不可能也没有反问自己一声为什么会这样。早上我还在狼谷里救了他，为什么到了晚上，我却急切地盼望他死！

……

可是我的预感没有变成现实。不是汪大海不想杀死日本兵了，而是我们刚刚走进营地，迎面就看见了秋叔叔！

这一刻我清清楚楚地在汪大海脸上看到了惊讶。正是这点惊讶，让我猜出来了：不但我没想到会在十八号密营见到秋叔叔，他也没有想到！

"弟兄们，你们回来了……"秋叔叔一边说着，一双眼睛一边急切地在队伍里前前后后地寻找。忽然，他也看见了我，双目一亮，脸马上就黑了！

——我把前天夜里没请示他就随汪支队出发的事忘光了！秋叔叔望着我，勃然大怒！

我害怕了，叫起来：

"秋叔叔——"

"你别叫我秋叔叔！"他怒吼道，"你眼里哪还有我这个叔叔！你长大了，不听秋叔叔的话，也不遵守游击队的纪律了！……你你……谁批准你跟他们出去的？你要是说不出来，我……我就关你的禁闭！"

赵阿姨风一样从他身后冲了过来，上前搂住浑身打战的我，回头高声冲秋叔叔嚷：

"你是咋啦？发这么大的火？孩子平安回来了你还骂人？！……好了，走，英子，跟赵阿姨回去！"

队伍已自动站住。汪大海宣布解散。秋叔叔的一顿骂，把我脑子里关于日本兵的想法一下全赶跑光了！

秋叔叔却在这一刻望到了日本兵！

"这是谁？怎么蒙着眼？"他走过去，扯开走进营地前小宋叔叔蒙到日本兵眼睛上的黑布，吃了一惊，两眼马上严厉起来，有了生气，"怎么，是个俘虏？"他吃了一惊，转脸望着汪大海，一下子激动了，"你们抓了个俘虏！"

汪大海站着，脸色微微发白。

"啊。"他轻描淡写地说着，避开秋叔叔追问的目光，却一下对牵着日本兵的小宋叔叔发起火来，怒冲冲地喊：

"还不把俘虏带回营地去？！"

因为在队伍里发现了日本兵，正带我往她和小玉的地窨子走的赵阿姨也站住了，回头朝日本兵望去。日本兵局促地站在那儿，被扯掉了黑布的眼睛还不习惯眼前的光亮，忽然他又开始用无比惊恐的神情到处寻找什么了——我忽然想到了：他是在找我！

他看到了我。虽然隔着很远的距离，他还是在赵阿姨身边看到了我！

顺着他的目光，秋叔叔也回头看到了我，又回头看一眼日本兵，眉头疑惑地皱起来！

现在赵阿姨的目光也从日本兵那儿收回来望着我了！

我的脸红了，心中大怒！"丧天良的……！"我心里骂起来。

这时汪大海又飞快地愤怒地瞪了小宋叔叔一眼。其中的意思是：还不快带他走？

"走！"小宋叔叔说，猛拉了一下日本兵手上的绳子。

日本兵踉跄了一下，又要叫起来！

"慢！"秋叔叔突然大声说，"宋田贵，把这个俘虏带到我那儿去！"

小宋叔叔答应了一声——不敢不答应——又小心翼翼地望一眼汪大海。汪大海的脸色剧变，可他什么话也没说出来。

秋叔叔刚才是对小宋叔叔下命令，而在格节游击大队，秋叔叔的命令是绝对要被执行的！

小宋叔叔把俘虏带到秋支队的营地去了，秋叔叔也急匆匆地走了。从我身边走过去时，我又一次在他脸上看到了激动！

汪大海站着，望着秋叔叔和被带走的日本兵。忽然，他脸上那道丑陋的刀疤厉害地抽搐起来，整个人像是刚刚清醒过来，又被发生的事弄疯了！

32

回到赵阿姨和小玉的地窨子里，吃掉一个冰凉的糠菜团子，简单地讲了讲这两天的情况，秋叔叔就派人来把我叫了去！

我以为他还要抓住我不请示就随汪支队出发这件事不放，可是走进他的地窨子，我头一眼看到的仍是那个日本兵！

拴在他手上的绳子已经解开了。他坐在地下，两只胳膊围在膝头，头深埋下去，正在痛哭。面前放的菜团子和水，看上去一点也没有动。他的哭喊别人听不懂，可是我懂。

"我要回家！……我要回日本！……你们不要杀我！……"

有件事我要对你说清楚：从这时起，我心中对日本兵的感情就是复杂的了。看见坐在地下痛哭不止的他，心里突然又生出了一点痛苦的和怜恤的感情——虽然我不愿意！

我当时并不知道这是为什么：他那一身牛屎黄的军装先是被我撕下了军衔符号，又在一天的狂奔中被树枝荆棘划得一条条的，使他越发不像一个日本兵而只像一个孩子了。我虽然明白他只是个日本兵，心里却仍然要想这是一个日本孩子，是一个日本孩子在哭；另一个方面：尽管我看出他是个日本孩子，心里却仍然有一个声音，要自己记住他到底是一个日本兵，他是到中国杀人放火来了！第一眼看见他哭生出的痛苦的怜恤的感情非但不能削弱想到他是一个日本兵时心中勃然而起的厌恶和憎恨，相反倒使它们变得更强大了——我因他是个日本兵而痛恨他，还因他在我心里引起了痛苦的怜悯的感情恨他！

看样子秋叔叔一直在急切地等着我的到来。一抬头看到我，两眼就亮了！

"英子，你来了！"他朝围在俘虏身边的人挥一下手，口气严厉，"你们都走！"

秋叔叔把他说过的要处分我的话忘了，现在他心里只有这个俘虏了——一刹那间我想。

围在俘虏四周的人走光了，地窨子里只剩下秋叔叔、俘虏、我。秋叔叔的两个警卫退到门口。秋叔叔今天情绪有点反常：他一边不停地、下意识地在地窨子里疾走，一边不时用一双激动、锋利的目光朝日本兵望……秋叔叔正为什么重要的事焦灼不安，却又尽力掩饰着！

"英子，你懂日本话，你给他说，叫他吃东西，完了我要问他话！"他说。

俘虏这时突然不哭了，抬起头迅速地认出了我，全是惊恐、混沌、精神快要崩溃的眼里顿时闪烁出一点我已经熟悉的清亮的光……接着，他就像看到了很久不见的亲人一样，含混地、多少有点欣喜地用日语对我喊了一句：

"姐姐……"

秋叔叔的目光一下回到我的脸上，警觉地注视着我。"英子，他在说什么？——他认得你？"

我的脸腾地一声着起了大火。我又羞又怒：这个日本兵，在狼谷谷底叫了我一声"姐姐"，现在他在这儿又叫了我一声"姐姐"！……谁是他的姐姐！我是被日本兵放狼狗咬死的英男的姐姐，我不是一个日本兵、一个不共戴天的仇人的姐姐！

"你……少胡说！……再这样胡喊乱叫，我就枪毙你！"我气急败坏地用日语冲他喊，又害怕秋叔叔听懂了我和他的话。这一忽儿，我又一点也不怜悯他了，他在我心里只是一个日本兵，不是一个日本孩子！

日本兵眼里那点清亮的光迅速消散……他有点惊愕地张大嘴巴，哀凄地望着我，好像不明白发生了什么事。

秋叔叔惊奇地看一眼我，又看一眼小日本兵。接着，他突然发问：

"英子，你认识他？"

"不不，我不认识他！"我慌忙起来，说。我的脸一定红得厉害：我想起了早上发生在狼谷里的事——秋叔叔要是知道我救过一个日本兵，会怎么想？！

秋叔叔并没有马上放过我：

"要么……是他认识你？"

"不不！"我更慌了，"他也不认识我！"

一个人突然插进话来——是站在门口的秋叔叔的警卫刘传宝——帮我解了围：

"司令，刚才我听人说，这个俘虏是英子先发现的，汪支队长抓到的！不是她眼尖看得真，就叫这家伙跑掉了！"

"是这样！"秋叔叔说。他脸上的迷惑消逝了，可他仍然盯着我看了一眼，又看了一眼。

我的心又害怕地、耻辱地跳起来：秋叔叔在想什么？一边又愤怒地想到了地上的日本兵：都是因为你！

但这时秋叔叔想到的又是那件一直令他焦灼不安的事了……他疾步从日本兵和我身边走开，又大步走过来，站住，看着浑身一阵阵下意识地打战的日本兵，皱一下眉头，用生气的口吻大声说：

"英子，你告诉他，不用怕，只要他老实回话，我们可以不杀他！"

我忽然明白秋叔叔要我来干什么了。全队就要突围，他有重大理由在突围前审问这个刚抓到的俘虏，而全队懂日语的只有我一个！

"好的。"我说，转脸向着日本兵——我觉得自己只是在对他翻译秋叔叔的话，其实却加进了自己的情绪：

"你，好好听着！现在我们要审问你，你要是不老实回答，就毙了你！"

日本兵浑身一震，抬头看我，眼里又只剩下那种简单的、几近疯狂的恐惧……接着，他又大声哭喊起来：

"不！……不！……你们不能杀我！你们说过的，要放我回家！……"

秋叔叔不高兴了，虽然不懂日语，却听出我没有准确地对俘虏表达出他的意思，他皱了一下眉头，说：

"英子，别那么凶……对他重复一遍我的话，只要他老实讲，就让他活着！"

——我明白了：现在重要的不是俘虏本人，而是他藏在肚里的话，秋叔叔迫切想知道的是这个！

我重新大声对日本兵翻译了秋叔叔的话，号啕大哭的俘虏一下就安静了，抬起头胆怯地望一眼秋叔叔和我，沉默了一会儿，却什么也没有说。

秋叔叔又焦躁起来，在地窖子里来回疾走。

"英子，问他叫什么名字！"

"你，叫什么名字！"我问日本兵。

"松下……松下浩二。"

看得出来，他明白审问开始了，但他并不想回答我们的问话。在我和秋叔叔的威逼下，他才勉强说出了自己的名字。

我生气了。受骗的感觉再次从心底冒出来：他的目光，他迟迟疑疑的态度，让我觉得他没有我想象中那么小。他很狡猾！

"我再说一遍，你要老实回话，不然就枪毙你！"我再次声色俱厉地冲他喊。

日本兵的身子又开始打战了……他惊恐地望着我，拿不准我的话是不是真的。"不不，别枪毙我！"猛地，他又像受伤的狼一样嗥叫起来。

秋叔叔的脸黑了。

"英子，不要吓唬他！问他是日军哪一部分的！"

"你是哪一部分的？"

"日军第一一○五师团，第三旅团，第七联队。"

我翻译了他的话。秋叔叔正在地窖子出口处疾走，一下朝日本兵冲过来，瞪大了眼睛，语气惊讶而又激烈：

"哪个师团？哪个旅团？——英子，叫他再说一遍！"

"松下……你叫松下什么？"

"松下浩二。"

"松下浩二，你把刚才的话再说一遍！"

"一一〇五师团，第三旅团，第七联队。"

人的感觉有时是非常奇怪的。我那么熟悉秋叔叔，可就在这一瞬间，我突然发现不熟悉他了。秋叔叔站在那儿，一动不动，什么都没改变，可我却觉得，他整个人都变了，已经不是原先那个人了！……突然，我觉得秋叔叔又变回来了，站着，尽可能不动声色地说：

"问问他是哪里人，什么时候到的中国，什么时候到的格节！"

我把他的话翻译给俘虏。日本兵嘴唇突然哆嗦起来，眼里晃动起了泪水……我的感觉是，要不是怕我训斥他，他又要号啕大哭了！

"兵……库县。大鱼市，三番町。"

"年龄？"

"十四。"

"胡说！"

"是十四。"他有些惊惶，"去年十三，今年十四。"

"问你什么时候来中国的？什么时候到的格节？你在日军里什么的干活？"

"去年冬天来到贵国……先在大连关东厅直属第七分遣队当卫兵……今年三月违犯军纪，受罚到作战部队当给养车押送兵。我们半个月前才开到这里。"

秋叔叔刚才已经转过身去，这时又猛地转回来，努力控制着情绪，问了一个好像不那么重要的问题：

"你违犯了什么军纪？"

我把他的话翻译过去。日本兵低下头，泪水又在眼里鼓涨起来……半响，才操着哭腔说：

"我想回家……我开了小差！"

他的话不但让我，也让秋叔叔吃了一惊。

"你……还开过小差？"

没想到这句话竟像有人拿一根棍子捅到他的伤口上。他一下没忍住，两手捂住脸，"哇"的一声大哭起来……边哭边断断续续地喊：

"我……不要来中国打仗……我有病，他们都打我……我想回去找——"说到这里，他忽然不哭了，从指缝里小心地看我和秋叔叔……接着，他又呜呜地哭了！

秋叔叔脸上翻腾起乌云……他急切地想知道的不是这些！

"英子，你快问他，第三旅团到了格节后布署在什么地方！……不，这些他不会知道，他只是个给养车押送兵……对了，你问他最近都往哪些地方运过给养，运去了多少？！"

我喝住日本兵，不让他再哭，把秋叔叔的话翻译过去。这一次，日本兵抬起被泪水打湿的脸，像是突然清醒了，却没有马上回答……他不安地瞅一眼秋叔叔，想了想，才小声地、胆怯地说：

"我是战俘。可以不回答问题。"

他的话让我大吃了一惊，随即一股怒火腾腾地蹿上了脑门！第一，看上去是个孩子，可他居然知道自己是战俘；第二，他竟认为自己可以不回答我们的问题！

"不，你不是战俘！你只是个到别人国土上杀人放火的强盗！"我没向秋叔叔翻译他的话，就冲他大声嚷嚷起来，"你们日本人杀了多少人，你们抓到我们的人以后从来不把他们当战俘，今天我们抓到了你，你也不是战俘！"

日本兵完全不哭了，他被我的愤怒吓坏了，瞪着两只小眼睛望着我——昨天和今天狂奔时这双眼睛却瞪得那么大……忽然，他全身又哆嗦起来，用哭腔喊：

"不！你们不能杀我！我没杀过中国人……杀中国人的是他们！你们不能杀我！"

"哇"的一声，他又哭了！

秋叔叔走过来，一脸铁青。

"英子，他刚才对你说了什么？"

我把日本兵的话翻译给他。

"胡说！"秋叔叔大喊一声，脸色顿时变得那么可怕，一直被压抑在内心的深仇大恨清晰地浮现在他含泪的目光里。秋叔叔勃然大怒！他一步迈到日本兵面前，像是就要对他大吼出一些什么话来，忽然又想起对方听不懂，转回头恶狠狠地盯住我，大声地、一字一顿地说：

"英子，你告诉他，他们不配称自己是战俘！他们不是一支军队，他们是一群畜生！……你再次替我警告他，不说实话，我马上枪毙他！"

我把秋叔叔的话翻译过去。不过就是我不翻译，日本兵也明白秋叔叔的意思了。一时间他面无人色地坐着，嘴唇打战，看样子马上就要晕倒了……忽然，他含糊地、快速地说出了一些时间、地点和数字。

我把他的话翻译过去。秋叔叔原来背对着我们站着，让自己的情绪平静……忽然，俘虏讲出的一个地名让他猝然一惊，转回身来！

"什么？英子，你再问问刚才他说的是哪儿？……虎跑？"

日本兵没通过翻译就听清了这个地名。极度惊恐的他迅速朝秋叔叔点了点头！

秋叔叔望着他，半晌没说出话来。可是这一忽儿，我清楚地看到他的脸色一点点发生了变化，残留在两颊上的红晕褪去，一层油状的惨白液体般从皮肤内渗出来，让他的脸显得格外怕人……但这一忽儿过去了，他很快就让自己恢复了镇静，山一样沉稳地立在那儿，不看日本兵和我，大声说：

"英子，你再问问他，前天到底往虎跑运去了多少车给养？是不是真有那么多？"

我又将他的话翻译过去。这次，日本兵的眼里闪出了迷惑和委屈的泪光！

"我说了，是十车给养。我们每星期给他们送一次！"

我回头将他的话翻译给秋叔叔。秋叔叔不再说话，可他的呼吸已不知不觉变得急促，一点突如其来的慌乱和恼怒悄悄漫上了他的脸……但这一刻也迅速过去了，一种新的英勇的和凶猛的神情重新出现在他的脸上和眼睛里。他猛转身，大声地对地窖子出口的两个警卫说：

"刘传宝，把俘虏带出去！……强林，通知各队队长，马上到我这儿开会！"

接着，他异常灵活地转过身，恼怒地看了看我——他的目光让我觉得自己在这里一下子成了多余的人。"你，英子，你也回去待命！"

强林已经跑走，刘传宝走过来将俘虏从地上拉起，要带他走。日本兵这时却不干了，他看一眼秋叔叔，又看看我，看一看满脸凶相的刘传宝，神情大为惊惶，接着就大哭大叫起来：

"我不走！……你们不能杀我！……我是战俘！……你们讲过的，我只要说实话，就不杀我！……我要回家！……你们不能杀战俘！啊啊啊！……"

这次和刚才任何一次哭喊都不同：虽然是哭喊，他却是在用一种濒死者才会有的强悍的、破罐子破摔似的态度和眼神仇恨地逼视着秋叔叔和我，似乎要说出另外一番话来：我知道你们问完话就要杀我！我知道我一定得死，知道不管怎么挣扎都没有用，可我还是要挣扎，还是要哭喊，还要对你们说，你们不该杀我，我不能死，我要回家！……

秋叔叔的心思已经转向那个只有他自己才知道的方向，俘虏的大哭大闹却又把

他从那个方向拉扯了回来。他仇恨地直视着日本兵,好半天也不明白他为什么要这样闹,忽然,怒火再次烧红了他的脸,他大声问我:

"英子,他吆喝些啥?"

我对他重复了日本兵哭喊出来的话。"他说他是战俘,说我们不能杀他!"

秋叔叔的目光重新回到了俘虏脸上——他盯着对方那双因为我翻译了他的话而忽然停止了哭喊的脸,像是要一直把自己的话像钉子一样打进对方的灵魂里去——秋叔叔炸雷般吼道:

"你怎么知道我们要杀你!……你是什么战俘?我们不承认你的战俘身份!你是日本鬼子!你不是不该杀!可我现在还没想到要杀你!——你叫唤什么!"

俘虏的哭喊声停住了,瞪大惊恐的眼睛望着秋叔叔。我猛地觉得,这次他似乎没通过我的翻译,就听懂了秋叔叔的话!

"刘传宝,还磨蹭什么——把他带走!"秋叔叔一回头,怒不可遏地喊。

刘传宝把日本兵带出时,他没有再反抗,可是浑身仍在打战。不,他没有听懂秋叔叔的话!不过这时我注意的已是另外一件事:此刻又有两片鲜艳的红晕,在秋叔叔的脸颊上乱云般翻滚扩散开来!

——他现在想的已经不是日本兵。他想的是日本兵带给他的那个情报!我还不知道它意味着什么,就看出来秋叔叔的全部内心,已被它轰隆隆地摇动了!

蓦然,他回过头来看着我,眼里满是怒火:

"你,为啥还不走?……走!"

33

当夜我就从别人那里,明白了俘虏带给秋叔叔的是怎样一个消息!

原来,前天夜里我随汪支队离开后,秋叔叔也率一支精干的小分队出发了,去为游击队侦察确定一条新的突围路线。秋叔叔觉得自己对敌情是了解的:狼群大批向狼谷地区迁徙的活动一旦结束,日本人与我军的最后一战就将开始,中井弘一肯定要充分利用其绝对优势兵力,加快挤压我军的活动空间,能将我军一举歼灭在狼谷之外或者压迫进狼谷与狼群同归于尽当然好,做不到这一点,也会迫使我军不顾一切向外突围,将我军消灭在他的封锁线之间。虽然冯伯伯熟悉的那条秘密的突围路线已被封锁，秋叔叔并不认为我军的突围就一定不能成功。秋叔叔甚至认为：如果我军下决心拼死突围，眼下中井弘一在狼谷周围布下的三道封锁线并不真能挡住得我们。日军人多枪多，这是它的优势，但我军地形更熟，又是事关生死的一战，每一片山林、每一条山沟都会帮助我们。日本人或许能挡住、消灭我们中的一部分，却不可能挡住、消灭我军的全部！秋叔叔担心的是另外一件事：他怀疑中井弘一近期很可能又在原有的三道封锁线后面为我军设下了新的"死亡地带"。我和冯伯伯在通松、格节间的山谷里发现大批日军这件事唤醒了他的这种军事上的直觉。如果说秋叔叔对我军全体或者一部分成功突破敌三道封锁线具有充分信心，那么在突破敌三道封锁线后一旦再与敌军遭遇是否还有力量作战，他就不那么有把握了。秋叔叔想：如果那时我军再进入了敌人设下的"死亡地带"，处境就将变得异常凶险！——那里很可能成为格节游击队的死地！

秋叔叔并不愿意相信自己的这种直觉。他也有理由不相信它：第一，他为中井弘一算过账，目前这个老鬼子已将自己全部四千多兵力投入狼谷战场，没有力量在三道封锁线后再为我军设置新的"死亡地带"。反过来说，如果真有"死亡地带"，那也一定是日军另外又向格节战场增了兵。第二，他也为佳木斯的田圆直木算了一笔账，自从上次把最后三千名兵力增援给中井弘一，他手里已没有机动兵力了。除非从远处往这里调。可这又是难以想象的：中井弘一向来刚愎自用，为消灭格节游击队，田圆直木已将投入战场的兵力累计增加到四千八百人，让他深感耻辱，再从远处调来重兵，对付一支已剩下不足百人的游击队，这个一向瞧不起中国人的日酋自己就能够忍受吗？还有，就是他愿意接受新的援兵，田圆直木到哪儿给他弄呢！

可话又说回来了，如果没有这一道新的"死亡地带"，通松、格节之间的山谷里，为什么又会出现一队数量不小的日军呢？他们埋伏在那里出于什么目的？

前天深夜，秋叔叔正是为把事情搞清楚，才率领一支侦察小分队离开了营地。拂晓前他们已成功越过敌人的最后一道封锁线，潜入到了中井弘一的"后方"。在以后一天一夜的侦察行动中，他原来还认为不可能的事情被证实了：在中井弘一的三道封锁线后面，我军突围后可能走的每一道山谷、每一座山口、每一条林间小道，都有日军封锁！这就是说：为了保证三个月内消灭格节游击队，向关东军司令官南次郎交差，佳木斯的田圆直木终究还是再次向格节地区增派了大批援兵，并将他们秘密布署到了中井弘一的后方，为有可能从中井的包围圈中突围而出的我军布下了真正的"死亡陷阱"！

秋叔叔意识到局势比他想象的还要严重。越是这样，他越是感到时间迫切——格节游击队一定要突围，而且要马上突围，在中井弘一还没有觉得自己已把我军逼到山穷水尽之地时突围。他带着小分队继续在敌封锁线后面寻找着突围之道。昨天下午天黑前，这最后一条秘密通路还是被他找到了，它就位于敌三道封锁线之后，距狼谷西北三十五公里，一条被当地人称作虎跑的峡谷。这条山峡又窄又深，经常有东北虎出没，一般人视为畏途，因此长年人迹罕至，密布着原始森林。秋叔叔过去一次也没想过从那里走，但眼下的情况不同了，走虎跑这条"路"，我军虽然可能遇上老虎，但也可能遇不上；不打那儿走，无论走哪里，都一定会进入日本人设下的"死亡地带"。秋叔叔当晚没在虎跑地区发现日军的踪迹，他据此做出的判断是：日本人或者没注意到这条隐蔽于茫茫山林中的峡谷，或者注意到了，却认为既然这里有老虎，比狼谷更不适合游击队进入，秋雨豪当然不会选择它作突围之路。出于同样的原因，日本人当然也不便于在这条山谷里伏兵设防！

秋叔叔为自己发现这条秘密通道激动不已。在几乎每一条生路都被日本人切断之后，这条不能供人行走的路，可能正是命运留给格节游击队的生路！游击队员们死都不怕，还怕老虎吗？另一个有利条件是：穿过虎跑，前进就是小兴安岭腹地的茫茫林海，无论中井弘一还是田圆直木，要想再找到我们，都不能了！

从虎跑回来的路上秋叔叔是兴奋的。但在通过敌第一道封锁线回到预先说好的密营与汪支队会师时，小分队却遇到了麻烦，不得不改道奔十八号密营而来。秋叔叔没想到会在这里与汪支队相遇，但在相遇之后，他的决心也立即下定了：兵贵神速，今夜全队就从这里出发，明天凌晨时分散通过敌人的三道封锁线，然后向虎跑方向突围！

这天黄昏，如果他没有在汪大海的队伍里发现一名日本俘虏，或者说日本兵被他看到前就被汪大海在狼谷里喂了狼，秋叔叔的决心当天晚上一定被执行了，格节游击队将全队一起踏上向虎跑地区突围之路。可是由于我在狼谷里一时的迷乱，日本俘虏被从狼口里救了出来，还由于他自己那种强烈的求生愿望，一次次拼命逃出了日本人的枪林弹雨，终于随我们走进了游击队的营地。这之前秋叔叔虽然已下定率全队从虎跑突围的决心，但对一件事仍然心存疑虑：如果田圆直木已在中井弘一的三道封锁线后面又设置了一道铁桶似的严密的"死亡陷阱"，他单独不在虎跑地区设防就是不合逻辑的，这不是日本人的做派，日本人一贯的追求是"四面包围"和"赶尽杀绝"！事关全队生死存亡，秋叔叔确实渴望能从哪儿抓到一个日本俘虏来问问实情！

他没有想到，汪支队天黑前也走进了十八号密营，自己还真地从这支队伍里发现了一名被俘的日本兵——这一刻，秋叔叔的心里是如何激动，你就自己想象去吧！

甚至到了这时，秋叔叔可能仍没有打算从日本兵嘴里问出多少惊天动地的消息。他急不可耐地突审日本兵的原因，很可能只是想通过这场突审帮自己打消最后的疑虑，使他更加满怀信心地带全队踏上西上之途。但是这场突审的结果却着实让他大吃一惊：第一，他关于田圆直木有可能秘密向格节地区大规模增兵的猜测被证实了，半个月前——松下浩二就是这时来到格节的——他通过关东军司令部，将一个四千多人、装备精良、原本摆在中苏边境准备对付苏军的精锐旅团，突然调到了格节，摆到中井弘一的三道封锁线之后；其次，日本人不但在虎跑地区设了防，而且还把那里当成了我军最有可能选择的突围之路进行了重点设防。这一点可由松下浩二的口供做证：三天前他们刚往那里送去了足够五百人吃用一个星期的给养，而日军的给养车又是每星期往那里跑一次！让秋叔叔既吃惊又愤恨的是日本人的狡诈：五百人守一条山峡，竟隐蔽得那么好，昨晚他居然没能发现！

秋叔叔原先的决心就被动摇了！虎跑这条路不能走，如何突围就又成了需要他重新决定的大问题。这件事就发生在队伍开始行动的前夕，不能不让他的情绪变得格外激动和恶劣！

34

一个对游击队来说生死攸关的会议立即在秋叔叔的地窨子里召开。而这时全队——包括秋支队和进入营地不久的汪支队——都知道了今夜就要突围，并为即将开始的行动做好了最后准备。许多人将自己收拾停当后干脆不再回到住处，大家齐聚在秋叔叔的地窨子外面，等待着会议结束后就从这里踏上征途！

就是游击队的领导们——支队长、分队长和他们的政治部主任，走进秋叔叔的地窨子前也没想到会听他亲口说出这样一个消息：原定突围路线被取消，现在走哪条路突围要重新考虑！

——秋叔叔刚把这话说完，会场上就炸了锅！

"司令，怎么会这样？"

"到底出了什么岔子！"

对秋叔叔的话最吃惊的是两天来一直和他在一起侦察日本人封锁线的人。"司令，为什么我们不走虎跑了？为什么？"

"为什么，因为那里埋伏着整整五百名鬼子！"他大声地、气愤地喊。

他讲了日本俘虏房松下浩二的口供，以及他据此做出的判断。会场一下变得异常安静。每个人都瞪大了眼睛，他们被这个意想不到的情况惊呆了！

气氛变得沉闷而险躁。没有谁说话。大家都在抽烟。用很少的土烟和干桦树叶子掺在一起。地窨子里烟雾腾腾，如同点着了一堆湿稻草。

"大家发言！"秋叔叔发怒了，喊。

没人发言。其实秋叔叔刚刚说出虎跑地区出现的新情况，每个人的情绪就马上和他一样激烈了！最后一条秘密通道已被堵死，游击队的处境已完全绝望：中井弘一正疯狂向狼谷挤压我们，他的背后，是田圆直木整整一个旅团的精锐日军在等待我们自投罗网。哪里还有我们的一线生路！

但这时大家心里想的仍是突围。首先这是省委的指示，执行也得执行，不执行也得执行；其次如果现在还不突围，让中井弘一的重兵压上来，我军就可能丧失掉最后一个突围的时机，不被日军压进狼谷，就得在分界岭上和他们血战到底。那样我们还是没完成省委交给的任务，并且丢弃了烈士们用生命和鲜血打下来的根据地。对于他们中的许多人来讲，即使虎跑地区也发现了日军，我军也只能先选定一个方向，然后冒死突围！但是新问题接踵而至，除开中井弘一的三道封锁线和田圆直木的"死亡陷阱"，我们自己的队伍里还有十几名伤号，其中两名重伤号被日本机枪打断了腿，必须用担架抬着前进。我军在敌人的封锁线和"死亡地带"之间冒死突围，哪怕只盼望能有一小部分人杀出去，也必须寄希望于行进和冲杀的速度，抬着两名重伤员突围，是不可能有什么速度的。

我的嘴唇动了动。我确实想说什么，可我没说。

她的眼睛已飞快地盯上了我，目光变得严厉和明亮。

"你说什么？……你没有说什么？……不，你说了，你是在心里说的……你是想说在那种情形下，为什么不放弃重伤员……不，那是不可能的，你想也不要那么想！

"啊，放弃他们……我们走了，把重伤号丢在密营里……一种前景是他们会被日本人发现和残杀，另一种前景，是被近来受浓烈的血腥气引诱，时常大群大群越过分界岭跑出来的狼群发现，后果是什么可以想象……对他们来说，最好的一种前景是饿死……

"坦率地讲吧，那时决定带重伤号走，不是怕他们死，而是怕他们惨死！仗打到这一步，你无论对自己和别人的死，都不再害怕也不再惊奇了，你心里明白那是早晚的事……但是，不怕死是一回事，把自己人留给日本人和狼群、让他们惨死又是一回事！那些年代，我和队伍里许多人受不了的只是后面这种死……若是必须留下重伤号且要让他们惨死，还不如我们离开时自己先动手杀了他们！"

她的眼睛红红的——洞穴深处那堆大火正在熊熊燃烧。我应当插话，应当澄清我和上面那种提问没有关系。

"是不是真有人提出过这种问题？"

"有过。不过不想告诉你是谁，总之他没有参加过游击队……我没有答他的话，因为这甚至不是个可以讨论的问题……它是那种只能由你的心灵做出决断的事……后来，他们又问我，东北抗日联军一无后方，二无援军，艰苦卓绝地战斗了十四年，没有完全溃败，靠的是什么……我还是没回答他。不愿意。其实我真想对他说：不把重伤员留给日本人和狼群，就是原因。你的前一个问题，正是后一个问题的答案之一。当然，不会只有一个答案……"

她沉默了。她此刻的沉默分量极重。

我已经澄清了我自己吗？

我扯远了……那个夜晚出现在会场上的真正问题并不是重伤号，重伤号即使成了问题，谁也不会提出来讨论的，那是个不容讨论的问题……

需要讨论的是游击队该怎么办？这还是个必须马上决定的问题，大家都明白，任何拖延、任何迟疑不决，都将使全队处于更被动更危险的境地。

必须做出一个决议，马上行动，就在今天晚上！

可即使不想讨论重伤号的问题，它仍然沉甸甸地进入了每个人的心。谁也没有想到，就是这两个重伤号，让大家突然明白了我们的处境其实已经十分绝望，并因此完全愤怒起来。随着时间一秒一秒地延伸，几乎所有人都突然觉得会议其实不需要再开下去了!

——既然还是要执行省委的命令突围西上,既然没有更好的办法对付日军的封锁线和封锁线后面的"死亡地带",既然抛弃重伤号的事想也不必想,那就不要再开会了。今晚就开始行动好了。不过是向日本人发起最后一次攻击罢了,不过是和中井弘一拼个鱼死网破罢了,不过是让我们像所有死去的战友那样英勇地战死在杀敌的疆场上罢了!

没人将这样的话说出来。但通过会场上那些越来越不耐烦的呼吸、相互间偶尔投过去的急躁的目光,这些话已在他们心里交流过了,并且引起了共鸣。

"大丈夫死则死矣,闷坐在这里干鸟!"

"什么也别想,冲出去就活,冲不出去就死!"

"冲出去一个是一个,冲出去两个是一双!一个都冲不出去,就算我们全部杀身成仁、为国捐躯了!"

"……"

会场上的紧张气氛就这样被放松了——十四年的游击队生涯中,我有过许多次这样的经历,到了最危难的时刻,最难决定的事,往往突然间就以一种极简单的方法决定了。虽然事情本身一点儿也没有得到解决。有人出去小便,有人被烟气呛得大声咳嗽,还有人站起来,拉出要走的架势,却用烦闷的目光斜视着秋叔叔,仿佛事情已被他们自己决定了,只是因为秋叔叔还坐在那里,大口大口抽烟,不说让他们走,他们才没有大步走出这个气闷的地窖子……

我又要说到汪大海了……这天夜里他的心思显然跟要走的人不一样。他也坐在那里抽烟,可他心里想的却是另一件事,后者牵系了他的注意力,让他既像别人一样满脸怒容,极不耐烦,又对引起别人怒气冲冲的事情毫不关心。他没有第一个站起来准备离开,但当别人纷纷站起来打算离开时,他也站起来了,但他不是要走,而是在盼望着别人快走,让地窖子里只剩下他和秋叔叔两个人,他好开口同秋叔叔谈他心里装的事情!

但是秋叔叔没有发话,拉架子要走的人们也就只能那么站着。汪大海忽然明白了是怎么回事,突然恼怒起来,望着秋叔叔大声喊:

"司令,会是不是就开到这儿?……今天夜里就要突围,大家都得回去准备准备!"

此前秋叔叔一直像是什么人的话也没听到一样,独自一人沉浸在自己激动的心绪里。汪大海的话打断了他的思绪，让他抬起头看了一眼地窨子里的情势……秋叔叔站起来，严厉地瞪一眼汪大海，沉沉地说：

"都给我蹲下，继续开会！"

站起来的人在他的目光的威逼下，又不情愿地或蹲下或干脆又坐下了。

秋叔叔突然猛兽一样在地窨子里转起圈子来。一张整个晚上表情都在剧烈变化的脸再次被一团内心的大火照亮，眼睛里雾一般涌满了愤怒和果敢！

"弟兄们，刚才我一直在想……除了不惜全军覆没去突破日军的封锁线和'死亡地带'，我们还有没有别的路可走……这一会儿我琢磨出来了，我们可能还有路走——应当有路走！"

大家的目光一下全投向他的脸和眼睛。他们都被他的话强烈地震动了，吸引住了。就连汪大海，也像从自己那场永远做不完的迷梦中短时间地被惊醒，浑身一颤！

秋叔叔用他那对能将人的脸炙出青烟的热烈目光，一个个扫过在场的人，说：

"日本人用超过我们近百倍的兵力围困我们，又在我们可能选择的每一处突围路线上设下了陷阱……还有伤员。不能不带他们走，带他们突围又绝对不能成功……中井弘一和田圆直木可能以为，我们这下死定了！

"可是——不！日本人认为我们会冒险攻击他们的封锁线和'死亡地带'，是因为他们不相信一件事——他们不敢相信我们会退入狼谷。后面这条路，我自己过去也没想过。一想到它，我自己也觉得我们一定会被狼群吃掉，或者和它们同归于尽！

"但天下的事都是随情况改变而改变的。日本人把我们逼到眼下这一步以前，退入狼谷的事咱们想也不要想，可现在不同，日本人对我们的威胁超过了狼群。他们一准认定会在狼谷之外消灭我们，要是忽然之间发觉我们真的退入了狼谷，会怎么想？……不，到了那时，他们就会发现，他们的美梦破灭了。格节游击队还在，他们想消灭我们，就必须和我们一样进入狼谷！

"我一直不认为田圆直木和中井弘一愿意用如此众多的日军来'讨伐'我们。他们这么做的目的可能仅仅因为想在南次郎规定的三个月期限内，完成'剿灭'格节游击队的任务。他们大兵云集，利在速战，如果我们不顾一切突围，那就正中日本人的下怀！他们就可以将我们一网打尽！但如果我们退入狼谷，日本人再多，要想在三个月期限内消灭我们就办不到了——我说过了，要想彻底消灭我们，他们也就必须跟着我们进入狼谷，同狼群作战！"

他中途停下来。巨大的惊愕持续了整整一分钟，终于有一位年轻的分队长承受不住，叫起来：

"司令，你真的要带我们进入狼谷？"

秋叔叔用那双热烈的、火焰般明亮的眼睛扫视了一遍大家，一字一顿说出了自己的主意：

"对。我想好了，突围计划暂时取消，全队退入狼谷！大家可能不知道，当初为防备万一，我和牺牲的邵玉辰（老邵头）在狼谷里为全队秘密设置了几处密营，当时我没想过真能用得上它们，可是现在，我们就要使用它们了！

"我的话还没说完呢。我们退入狼谷，不是败退狼谷，只是转入了我们设在狼谷里的密营，依托狼谷继续和日本人作战。田圆直木也好，中井弘一也好，是想不到我们还有这步棋可走的！一旦我们进了入狼谷却没有和狼群同归于尽，被动的就不是我们而是他们了！想消灭我们，他们自己就得进入狼谷，不进狼谷势必就要隔着一道分界岭和我们长久地对峙，在狼谷内外对峙！我估计他们不会这样，日本人不会容许我们这支小小的游击队长期牵制住自己近万人的重兵，守在中苏边境上的日军第七旅团一定是临时抽调过来的，日子长了，就是他们愿意，关东军司令部也会让这支日军回到原先的防地去。那时这里就又剩下我们和中井弘一了！时间一久，守在分界岭上的中井弘一的队伍就会懈怠，就可能出现可以利用的空子，我们突围西上的机会就到了！"

他的话刚刚说完，大家的眼睛就齐刷刷地亮了！

"司令，快说说该怎么办！"还是那个年轻的分队长，眼含泪花，激动不已地叫道。

"突围计划暂停执行。"秋叔叔斩钉截铁地说，"今晚全队化整为零，分散进入狼谷内的密营！记住一件事，我们不是要躲起来，我们是要继续战斗，既要打得着敌人，又不能让敌人消灭，更不能让狼群缠住！我们要用自己的行动搞昏中井弘一和田圆直木的脑筋，让他们认为我们退入狼谷，是不再打算突围了！那时他们——主要是中井弘一——只有两条路可走：一条是随我们进入狼谷，首先与狼群、其次与我们作战；一条是不进入狼谷，将'讨伐'大军开上岭脊线，把狼谷团团围困起来，无限期围困下去——我不相信他会有这种耐心，我甚至不相信田圆直木和南次郎会给他这种机会。只要他有时间将我们围困在狼谷里，我就有时间奉陪！弟兄们，不管多困难，我们都要在狼谷里坚持下去，直到有一天我们可以胜利突围！"

会场上的气氛变了。大家纷纷表态，情绪热烈，还爆发了争论：

"同意司令的计划!退入狼谷当然会遇到很大困难,可我们进去了,日本人就难受了!"

"他们消灭不了我们,我们就有机会消灭他们!"

"分散坚持,冷不丁出击一下就躲起来,让敌人打又打不着,抓又抓不到,把他们的脑袋搞疯!"

"可是还有狼呢!"

"那不怕!只要进了密营,能够藏身,总有办法对付狼!"

……

秋叔叔的目光掠过大家,落到汪大海脸上。

他等了一分钟。

"汪大海,你的意见!"

汪大海一直没有开口。可是这一会儿,他却像完全从梦中醒来一样,慢慢转过脸,用一种冷淡得出奇的声调答道:

"我同意退入狼谷。——告诉你们,我原本就没打算走!"

在场的人都愣了一下,一起回头望他,热烈的争论停止了。

秋叔叔不再理他了,他望着大家,果断地、快刀斩乱麻地做出了决定,然后宣布散会。

"大家马上回去做准备,两个小时后行动!"

一个极为重大、事关游击队生死的决定就这样做了出来。而且,除了汪大海——他的心思人们还看不懂——没有谁会怀疑它是当前形势下游击队能做出的最正确的决定。

要不怎么说,秋叔叔是这支英勇不屈的抗日游击队的心脏和灵魂,没有这个人就不会有格节游击队呢……

35

人们从地窨子里散去;最主要的事情决定了,秋叔叔马上要考虑的是那些和退入狼谷有关的具体事务。可这时他一抬头,看到汪大海还在原地站着,没有走。

"大海,还有事吗?"秋叔叔说,语气严厉。他仍处在每做出重大决定后总会表现出的激动状态里，皱着眉头。

处在他当时的心境里，一定把日本兵的事忘了。可是汪大海一句话，就让他重新想起了这个刚才还在他面前大喊大叫的俘虏。

"司令，那个俘虏你审也审了，全队就要退入狼谷，是不是该把他还我了！"

秋叔叔明白了：会议进行期间汪大海一直心不在焉，原来想的就是这个日本俘虏！

"啊，对，我是审问过了……你想把他要回去？"他一边说，一边严厉地打量着汪大海，想看明白他到底想干什么。忽然，他的眉梢一挑——这意味着他想起了一件什么事——脸色马上难看起来！

"你什么意思？是不是想弄回去——杀掉他？"他问。

这些日子，汪大海在他面前总是尽可能眯着眼，他不想让对方看清楚自己内心的真实情感。可是这一次，他的眼睛却突然睁大了，灼灼放光！

"不错！"他大声回答，一点也不想掩饰自己的真实目的，"怎么？你总不会想着留下他，让他跟着我们进狼谷吧？！"最后一句话，他是用突然显现出的恶毒、讥讽、难以置信的语气说出来的。

与其说是他的话，不如说是他后面这句话的语气，把秋叔叔惹翻了！

"你猜对了，我就是想留下他！"秋叔叔大声回答。表面看来他不动声色，内里的姿态却十分强硬，"这个松下浩二，是格节游击队抓到的第一个日本俘虏，眼下看来，还是一个基本上愿意和我们合作的俘虏。我们是中国人的队伍，是中国共产党领导的队伍，而我们的队伍是有纪律的，我们不杀俘虏！"他注视着汪大海的眼睛，语气一下变得极为冷淡，"啊，你走吧，俘虏的事你不要管了。对了，等会儿我让刘传宝带你们一支队进狼谷，他知道密营的位置！"

汪大海后来的目光和神情都表明，就在秋叔叔对他讲这番话时，他的精神仍然处在某种和现实相脱离的状态里，他可能想到了，秋叔叔不会那么痛快地把俘虏交还给他，却没有想到后者已经决定了，竟要留下这个俘虏——留下了也不是为了自己去杀，而是让这个日本兵在游击队里活下去！明白这件事后汪大海的第一个反应不是勃然大怒，而是真正的惊愕——他完全不相信自己的耳朵了！

但这一刻很快就过去了，他那双盲人般的眼睛明亮起来，整个人也像是从梦中突然醒了……汪大海圆睁双目，浑身大抖，炸雷般地冲秋叔叔吼叫开了：

"你你你……你说啥？！他是战俘？你让他活着？还要把他带进狼谷？……不！

不行！我不同意！"

秋叔叔盯着他的眼睛，一秒钟也没犹豫，就用比他还大的嗓门，响亮地、一点余地也不留地回答了他：

"你不同意也不行！我是司令！这个队伍里的事我说了算！——你为什么还不走！"

汪大海眼里的最后一丝迷茫也不见了，巨大的惊愕已经消逝，他满腔悲愤，双目明亮。

"你你你……这不行！……不！"他仍在声嘶力竭地叫喊，可是心中突然涌上来的巨大痛苦和悲伤一下子就把他击垮了，让他的声音低沉下去，面色改变……他用那样一种神态望着秋叔叔，仿佛对方这一刻不但不是格节游击队的司令、他的上级、秋姑的哥哥，也不是一个他能认得的人，他仅仅是一个阻碍他实现自己复仇愿望的死敌！

接着，他就用一种低沉、颤抖、石头听了也会碎裂的痛苦声音，一字一句叫起来：

"秋……秋雨豪，你告诉我……为啥不让我杀这个日本兵？……你忘了秋云咋死的了？……日本人来到中国，杀了我们多少人，杀了我们多少亲人，他们拿我们的人喂狼狗！他们不让我们活，你干吗还要让这个日本畜生活着？！……你是司令，你当然可以决定杀他还是留下他！可你也是一个中国人，也是秋云的亲哥，你对她来说不是一个外人！今天你要是不能说出一个让我信服的理由，我就不听你的了！……我对秋云发过誓，日本人怎么待她，我就怎么对付日本人！昨天我就想拿这个日本人喂狼，可我没有做到！……回到这个营地里，我以为我没有这种机会了，我只能在秋云坟前，像剥一头狼一样剥了他，因为我们就要突围西上，我就是不愿走也不能不跟着你们走！可是刚才你又作出了决定，要我们全体退入狼谷！你不知道你这个决定让我心里多高兴！中井弘一也好，田圆直木也好，他们不让我们突围，一定是老天有眼，知道我的心愿还没了，又给了我一个把日本兵带进狼谷喂狼的机会，给我一个报仇雪恨的机会，履行誓言的机会！秋雨豪，我这里还在感激你，你却对我说，他是战俘，格节游击队不杀战俘！……不，我的司令，你就是枪毙我，我今天也不听你的了，我向你发誓，我一定不让这个日本兵活着离开这座营地！……你听好了，我说过要这么做就一定会这么做！除非你现在就枪毙我！"

说到最后，汪大海已不是在吼，而是像一座悲愤的活火山在爆发。他的声音那么大，聚集在秋叔叔地窨子外面林子里的队员都听到了他的叫喊！

但是，接下来，谁也没想到，地窨子里会传出了秋叔叔那样一声叫喊……这一天到来前，我还从没听秋叔叔这么响亮地叫喊过，如同山崩地裂！

"汪大海，你给我住嘴——！"

我和闻声赶来的赵阿姨冲进了地窨子，他刚才的那一声喊太怕了，我觉得他会随着这一声喊对汪大海拔出枪来！……冲进地窨子后我第一眼几乎认不出秋叔叔了！秋叔叔高度充血的脸上满是泪水，两只大眼窝里溢满了红红的泪水，在刺目的灯光下，这张脸和这双眼睛都似乎被放大了，一点也不像秋叔叔了！……秋叔叔站在地窨子中央，整个身体似乎大幅度地向上耸起，每块骨头、每块肌肉都涨大了，硬邦邦地鼓出来，使他突然成了一个比过去任何时候都强壮高大和孔武有力的人……最惊人和可怕的是，他全身上下的姿态和神情都表现出了一种从没有过的疯狂的精神——要是他不用尽全身的力气喊出刚才那一句话，我刚刚看到的这个巨人自己就要崩溃了！

"雨豪——！"赵阿姨叫一声，扑过去抱住他。秋叔叔摇晃了一下，站稳了！这一瞬，我才发觉秋叔叔浑身上下抖得多么厉害！

"雨豪，你怎么啦？你醒醒！"赵阿姨大声地害怕地叫着，谁也没想到，秋叔叔这时却一把就把她甩开了！他使的是一股子蛮力，只一下就把赵阿姨甩倒在地上！

"赵阿姨——！"我扑过去把她扶起来……还没回头，秋叔叔那种山崩地裂的声音又响亮起来！

"汪……大海！你今儿敢在我面前再说一句小云试试？……你敢再说一句？！"他大声喊着，被泪水打湿的的脸上表情极为恐怖，"小云死一个多月，我一直忍着……你可好，只要两个支队在一起，你就总在我面前提起她！……你为她的死心疼，我的心就不疼？……你是她男人，我是谁？我是他亲哥哥！我就这么一个妹妹，是我把她带到山里来的！……我还没问你呢，我妹妹是怎么死的？他是你媳妇，那天她需要你在她身边拉她一把，你又在哪里？……啊，你有什么资格在我面前提起她的死！我的妹妹死都死了，还要你对她履行什么誓言？！"

我亲眼看到，随着秋叔叔的一声声怒吼，汪大海的脸色一点点变白，身子一点点萎缩……他那么吃惊地望着秋叔叔，仿佛他今天才第一次看清这个人……马上，他的脸色又变了，变黑了，不是人脸的颜色了，刚才已停止发抖的身子，又剧烈地大抖起来！

赵阿姨突然推开我，母狮一般向秋叔叔冲过去，"啪啪"地打着他的脸，一声声喊：

"雨豪，你说的是什么混账话！……你疯啦？你自己说过，小云的死不怪任何人，她是日本人杀死的，跟大海有什么关系？！……你为什么不骂你自己？那天你也在，你为啥没有拉住你亲妹妹的手？……你快醒醒，向大海兄弟道歉！"

她的话说晚了，汪大海慢慢蹲到地下，双手捂住脸，他没有大放悲声，并且也没意识到自己在哭，血红的泪点子就扑簌簌地掉了下来，如同一场急雨！

但秋叔叔已被赵阿姨骂醒了！他发了一下愣，突然明白了什么，脸色苍白，几乎站立不稳……突然，他向汪大海走去，伸出双手，要把对方从地上拉起来——却没有办到！

地窨子里一时静得可怕……可是我已经在这里待不下去了，汪大海和秋叔叔的话都让我想起了秋姑！秋姑因我而死，归根结底，是我给这两个顶天立地的男人带来了这样的悲痛！

出了地窨子门，我"哇"的一声哭了，向远处的林子跑过去！

秋叔叔这时一定是完全清醒了，他听到了我的哭声，对赵阿姨一回头，赵阿姨会意了，跟着我跑出来，一边喊着："英子！英子！……"

她在黑暗的林子里撵上我，把我紧紧抱在怀里，百般劝慰着：

"英子，好孩子！今儿你秋叔叔一定是疯了，他的话是说给汪大海听的，你可不要多心！……我再说一遍，秋云是日本人杀的，不怨你，咱们要是恨，就恨日本人！……"

停顿。今天第一次，我在她眼里看到了不断晃动着的眼泪。

她到底没让它掉下来。

"后来地窨子里发生的事，是汪大海讲给我的——"

我和赵阿姨一前一后跑出去了……沉默持续了很久……秋叔叔重新开口时，语气已变得低沉、和缓：

"大海，就算我刚才胡说八道！你别记恨我，就当我一时糊涂！

"我知道你想的是啥！你想杀那个日本兵，难道我就不想？我也想。可是我们……我们不能！

"我现在就给你讲这不能的理由。第一，这是纪律。这个纪律不是我定的，也不是平白无故定出来的，它是有道理的。我们不能因为日本人抓到我们的人从来不当战俘看，也不要因为中井弘一今天把我们逼到了绝境，就不遵守这个纪律了；第二，我之所以决定不杀这个俘虏，是因为你也可能看到了，他也许根本不能算是个兵，他是个还没长大的日本孩子！

"大海，听了我的话，你一定会说，你把他们的人当战俘，当孩子，日本人啥时候这么做过？……日本人不但放狼狗活吃咱们的人，还活吃咱们的孩子！你会说，他既不是战俘也不是孩子，凡是拿着枪到中国杀人的人都不是孩子！

"大海，既然今天咱们要谈这件事，就谈个彻底……小云死后我一直想跟你谈一次，可是没有机会……大海，今天你这个俘虏真是抓得太及时了，没有他和他的口供，我们就有可能在虎跑地区全军覆没！……可是我对你说实话，就是刚才审问结束时，我也没打算留他。日本人杀了我们太多的人，其中就有你和我的亲人，我干吗要留下他？还有，我们总不能带着一个俘虏打仗！

"可是，就在审问结束时，我发现我只能留下他！

"大海，我就在那一刻看清他确实是个战俘，是个孩子！只有孩子才能准确地看透别人的心思！他也就在那一刻看透了我的心思！他知道我是要杀他的，于是就冲我来了一场大哭大叫！不是别的，是他那双眼，让我相信了他确实是个孩子，是一名战俘！这双眼睛告诉我的是：虽然你不想把我当成孩子，当成战俘，可我自己相信我是个战俘，是个孩子，你要是杀了我，你就是杀了一个战俘，杀了一个孩子！大海，就是这一刻，我明白我不能杀他了！道理很简单：日本人虐杀战俘，我们中国人不能这样做。我们要是也那样，和日本人又有什么区别！……"

汪大海后来说，听着秋叔叔的话，开始他还没觉得什么，可是慢慢地，他却被自己的一种感觉震撼了：从秋叔叔这一番貌似非常理智的话里，他突然听出越来越多的疯狂……他想开口制止对方，却被秋叔叔挥手止住了——秋叔叔还要接着说下去！

"大海，咱们说说秋云吧……刚才我的话错了，我向你道过歉了！秋云的死我不怪你，你嫂子说得对，我是她哥哥，我也没有在她需要我拉她一把的时候拉住她的手！……我带她进北平，参加学生运动，后来又把她带回家乡，带进游击队……有时我觉得，他的死我这个当哥哥的也有份儿……可是我知道我不能那样想，那不是事实！秋云参加游击队，首先就因为日本人侵略了中国，我们不抗日就要亡国灭种！秋云被俘后死得那么惨，是因为日本人不把中国人当人，他们自己先就没了人性，成了一群狼，一群闻到血腥气就发狂的野兽！

"大海，埋秋云那天你活剥了一条狼……我没有阻止你，是当时觉得你的心也是我的心，我的心里也充满了愤怒和悲痛！可今天想起来，我不能说你那天是做对了！狼糟蹋秋云的尸骨是因为它是狼，你恨它，可以一刀杀死它，一枪打碎它的脑袋，可你不该一刀一刀活剥它，那是虐杀！用那样的法子杀死一头狼，咱自己就变得像狼一样了。可我们不是狼，我们是人！

"这会儿你可能听懂了，今天我决定留下这个俘虏不是为了别的，譬如说有一天可以用他和日军交换战俘。不，日本人不把我们中国人当人，就不会把自己的人——包括这个孩子——当人，不会和我们交换战俘，我们不杀他，是为了我们自己！我们不是不杀这个日本兵，我们是不杀俘虏，哪怕是在极端困难的境况下！我再说一遍，如果日本人怎么残忍地对付我们的人，我们就用同样残忍的办法对付他们的人，我们就把自己也变成日本人了！我说过了日本人是一群狼，一群野兽！不管日本人多么残暴地对付我们，我们都不能让他们把我们也变成野兽！

"战争会结束的，无论我们现在坚持斗争多难，中国人都会胜利。你知道为什么？过去我虽然相信这一点，却不是十分清楚。但我现在清楚了。就是因为日本人不把中国人、朝鲜人当人，也不把他们自己的人包括孩子当人，因为他们先把自己变成了畜生。因为这些，我们和他们进行的就不再是一场国家与国家、民族与民族、人与人的战争，而是一场人和野兽的大战。要是人打不赢这场战争，人性不能赢得胜利，这个世界就该是畜生的世界而不是人的世界！可那是不会的！除了不让世界成了畜生的世界，不只我们要和日本人战斗到底，世界上所有的人——只要他是人——都会和它们战斗到底！只要地球上还有一个人活着，就不会让世界遂了畜生的愿！

"大海，有时因为秋云，有时因为别的牺牲的弟兄，我整夜整夜睡不着，就想啊想啊，就想到了，战争一结束，人类总会回头清算它，清算战争中的军队、民族、人，不管是中国军队还是日军，中国人还是日本人，中华民族还是大和民族，都要站在历史的审判台前接受最后审判！不只是军法审判，关于战争责任和罪行的审判，还有更重要的，道德和人性的审判！……只要日本人还要作为人活在世界上，它就不能不让自己学得像人一样生活，像人一样对待别人和自己！到那时它就会明白今天的行为不只是赤裸裸的侵略暴行，还是令人发指的兽行！历史会把这些参与战争的日本人、这支军队、这个民族永远钉在耻辱柱上，想挣脱也办不到！因为是他们自己把自己钉上去的！……同样，历史也会回头审判中国人，审判我们这支抗日游击队在战争中的行为，如果我们也用日本人对付我们的人的办法对付一个被俘的日本兵，一个日本孩子，我们也就会让自己、让这支队伍、让这个民族蒙羞！不，我们决不能这样做！……"

这天夜里秋叔叔还说了许多，他的目光越来越明亮，面色越来越凝重庄严，声音也越来越激切、高亢和富于激情，不像是对汪大海一个人诉说，而像是对自己、对后人和历史诉说……但是他的话并没有真正打动洞内唯一的听众，这些话只起到一种作用——它们让汪大海突然意识到秋姑的死在秋叔叔心中造成的惨痛是自己根本没有想到的，自那天起真正疯狂的不是自己而是面前这个人……秋叔叔终于说完了，寂静笼罩了地窨子，但汪大海又想到了那个日本俘虏，而且想起了一个非常现实非常残酷的问题……他忽然想道：只要他马上说出这个问题，就能让秋叔叔的大脑从疯狂中猛醒过来！

"司令，我问你，你就是想留下这个俘虏，又怎么留？怎么留得下！……真把他带进狼谷，带进我们的密营？要是他跑了呢？要是他压根儿就不想留下呢？……万一他不但跑了，还暴露了密营，引来了日本人，怎么办？……你是县委书记，是游击队司令，你的责任是保护好这支队伍！万一因为今天做的事害了全队，你怎么向弟兄们交代？怎么向省委交代？！"

秋叔叔真像是从一个狂热的迷梦中被惊醒了……他久久盯着汪大海，神情一下变得极为愤怒！

"他自己提醒我他是战俘。我这是把他当战俘留下来。如果他不遵守战俘纪律，下决心继续和中国人为敌，那他就是自寻死路！……我既然决定留下他，就有办法。除非他老老实实待着，不然我随时……"忽然他打住了，像是意识到了什么，飞快地看了汪大海一眼，嗓门更大了。"——行了，你说得够多了，可以走了！"

汪大海像被打了一拳似的，身子摇晃一下。他站着，没有马上走。刚才他还以为只要自己讲出那句话，就能从秋叔叔那儿把俘虏要回来，这时明白那是不可能了。他的话使秋叔叔的大脑是清醒了一些，可秋叔叔留下俘虏的决心反倒更坚定了！

无边的愤怒又乌云一般袭上了他的脸，左腮部的伤疤大跳起来……我一直认为，此刻一定有两种相互冲突的力量在汪大海心里激烈搏斗着：一种是反抗的力量，不顾一切也要实现自己意志和愿望的力量，似乎不如此，他生命中的烈火就会把他自己也烧成灰烬；另一种是服从的力量，即使在悲愤和迷狂之中，他也能模糊地意识到自己应当服从，到底对方是司令……虽然我不在场，可我总觉得自己亲眼看到过当时的情景：只要再有一分钟他不走掉，第一种力量就有可能战胜第二种力量，让他做出不理智的举动！

可后来却是第三种力量——一种突然袭上心来的怜恤的情感——占了上风，让汪大海在对峙中让了步……是他后来告诉我的，这天晚上对他的真正意义是他仿佛也突然从梦中睁大了眼睛，意外地发觉秋叔叔正处在一场比他还要疯狂的梦境之中。如果那时他不让秋叔叔相信自己关于人一定会战胜野兽的梦想，一直支撑着他的精神上的坚定就会崩溃……发生了这种事是汪大海根本没想到的：过去总是秋叔叔用怜恤的目光看他，现在却是他用同样的感情望着秋叔叔了！他不能不退让，但也不能算是退让，毕竟秋叔叔是要把俘虏带进狼谷，留在游击队里，他就是想拿他喂狼，以后仍有机会。他对任何人都坚信这个日本兵是不会愿意长期留在游击队里的，他一定会千方百计逃出去，秋司令总有一天会发现自己错了，那时他的机会就到了！……汪大海转身要走，却又回头，盯着秋叔叔，一字一字地说：

"你要带俘虏进狼谷，我只有服从！可我是有条件的。只要发现这个日本兵想跑，或者想危害我们，你不要让别人处决他！他是我抓来的，你要保证把他交还给我，让我处决他！"

秋叔叔苍白的脸上再次浮起红晕，他受辱一样挺直胸膛站在那儿，用自尊的、严厉的目光盯着汪大海，大声说：

"行！要是他自己找死，我就把他还给你！"

汪大海走了，但他最后的话一定沉重打击了秋叔叔的心……不，是对他内心深处某种最基础最不可动摇的信仰构成了挑战……他想了想，猛地转过身，对站在地窨子外面的警卫大喊：

"刘传宝，去把英子找来！……越快越好！"

刘传宝响亮地答应一声，跑走了。而我的命运，日本兵的命运，就在这一刻被确定了！

停顿。目光重新变得清澈。我早上到来时就发现的一点英气重新出现在她眼睛里。

"我该说说我自己了，对我来说，这是一个改变命运的夜晚！"

……赵阿姨在林子里找到我以后，我没有马上随她回到她和小玉的地窨子里去。汪大海和秋叔叔为秋姑发生痛苦的争吵，他们没注意到我的在场却重重地刺伤了我的心。虽然赵阿姨后来劝住了我，让我停住了哭声，我却没能再从那一刻受到的伤害中解脱和清醒。不，那是不可能的！不是为了救我，无论是汪大海还是秋叔叔，都不会失去自己的亲人，还是为了不伤害我，秋叔叔一直将自己痛苦的心掩盖起来，不让我察觉。但我今天还是看到了这颗受了重伤的心仍然在汨汨地流血！我又回到近来我一直在思考的问题上来了：如果我活着只能让那些爱我心疼我的亲人死，让另外一些爱我的人长久地心疼如割，我为什么还要活着？我还有什么权利、什么理由再活下去？！

　　停止哭泣后赵阿姨仍旧守在我身边。秋姑死后她成了我的又一个游击队母亲，可我毕竟大了，又经历了这么一个惨痛的夜晚，我突然意识到自己已不再需要新的游击队母亲了——我怕我会在另一场战斗中像害了秋姑一样害了她！这时一个男队员跑来，告诉赵阿姨说小玉一个人和俘虏兵待在一起有点害怕（这时我才知道俘虏刚才是被带到赵阿姨的地窨子里去了），要她快回去。对了，还有小玉呢，她比我还小一岁，比我更需要赵阿姨的呵护！赵阿姨要带我一起回去，被我拒绝了。天黑前我想的还是离开汪大海，回到秋叔叔和赵阿姨身边去，此刻我的主意又变了。我不愿意回秋叔叔身边去了，我就待在汪支队，待在像恨一个仇敌一样恨我的汪大海身边，不再是为了替秋姑保护他，那件事我已经做过了，我的内心已经平静，而是像一个最普通的游击队员一样待在这里，行军打仗，独立地活着、战斗和死去，不再连累任何人，也不要再负担那些待我如爹娘一样的亲人的温情，不要他们用生命庇护我，替我去死。死现在对我来说不再是一件可怕的事，它成了一种不可回避的终局，甚至成了一种诱惑！

　　我用冷淡的甚至有点粗暴的语气对赵阿姨说，我想一个人在这里坐一会儿。你们别打扰我。赵阿姨惊讶地看着我，她并没有因为我对她发这点小脾气生气，相反她可能认为我要一个人坐着想想秋姑，她知道我对秋姑的一腔深情。她说，好，英子，我走，可你哪儿也别去，我回去安置一下就来。我知道她很快就会回来，这个夜晚她对我格外放心不下。但我的决心已经下定，她刚刚离开我就起了身，摸黑走进另一片林子，在一个谁也注意不到我的地方坐下来。在我的身边，汪支队的全体队员或倚或坐，等待着出发的时刻。今晚全队就要突围（我们还不知道突围的计划已被取消），照以往的经验，秋支队和汪支队一定会分为前后两队行动，不会一起走，这样可以在战斗中相互配合、接应和掩护；我还知道，一般说来，汪支队总是在打前锋，在秋支队出发前就开始行动。我的决心是：今晚汪支队一动，我就悄没声地跟上去，离开秋叔叔和赵阿姨，独立地和身边的叔叔们一起上路，和他们一起冲锋、死去或冲出重围。有后一种可能吗？我问自己，并马上得到了回答：不，那是不可能的，我会死在突围途中，可就是它也是我渴望的！

我休息了一会儿，让自己平静。我可能还打了一个盹，也许没有，就突然发觉身旁的叔叔们纷纷站起来。原来汪大海走回自己的队伍里来了！他嗓音嘶哑地说了一句什么，林间就此起彼伏地响起了口令。一支支小队伍迅速列队集合，接着汇合成一个大队。我想立即融进队伍里去，又站住了。汪大海不会欢迎我的，现在进去会被他发现了赶出来！我要耐心等一会儿，队伍出发时再跟他们一起走！

就在这时我从杂沓的脚步声中听到了两个人正向我这边来。一个是赵阿姨，一个是刘传宝。我马上想到赵阿姨一定是找我来了。不，不能让她找到我！我一闪身躲到一棵大树后面，听到刘传宝这时气喘吁吁地说：

"这个金英子，到处乱跑——秋司令正急等着见她呢！"

"传宝，到底什么事儿？"赵阿姨一边匆匆朝前走，喊我的名字，一边问他。

"不知道。不过一定是挺要紧的事儿，要不司令不会那么急！"

刘传宝的话惊动了我的心！秋叔叔要见我！有挺重要的事儿！——我虽然下了决心不再跟秋叔叔和赵阿姨走，但是秋叔叔为哪怕最不要紧的一点事需要我，我还是会飞一样地跑到他跟前去的！我不愿意让他和赵阿姨再为我去死，却愿意执行他的一个最微不足道的命令，为这样的一个命令去死！

"赵阿姨，我在这儿。"我从藏身的大树后面迎出去，叫了一声。

赵阿姨吃了一惊，看着我，半天才看清似的，她有点生气，却没有说什么。刘传宝不一样，他发起脾气来：

"英子，你跑哪去了，叫人好找——快去，司令等着你呢！"

我离开赵阿姨，跟着他向秋叔叔的地窖子走。这时我心里已全是秋叔叔找我这件事了。"刘传宝，秋叔叔找我有啥事儿？"我一边走，一边问道。

"我哪知道！"刘传宝越发不高兴了，"到地方你就知道了！——喂，"他忽然想起一件事来，"英子，你该叫我叔叔，怎么叫我的名字？你叫强林叔叔，叫别人也是叔叔，为啥不叫我叔叔？！"

刘传宝只大我四岁，还不到二十。全队除了我和小玉，他年龄最小，我不愿意叫他叔叔。

"英子，咱们商量商量，你当人面就叫我叔叔，背着人你爱叫不叫，行不行？"后来，他对我说。

我没回答他的话。秋叔叔的地窨子到了！

停顿。

我进了地窨子。一眼就发现，秋叔叔正处在前所未有的激动里！

下面就是这天晚上秋叔叔和我的谈话。我一生都记得很清楚，一句话也没忘，一句话也不会忘——那是不可能的！

秋叔叔真是在等我，而且不是为了随便想起的一件小事！

"啊，英子，你来了……来得好！"他一开口就是严肃的，冲动的，让我意识到有件事他已下了决心，也正因为如此，他才如此不安、烦躁、激动！

"秋叔叔……"

"英子，第一件事，秋叔叔让老冯把你从胡老爹那儿接回来，想带你一起突围，眼下这件事做不到了。由于敌情变化，今天夜里，再过一小时，我们全队就要分散退入狼谷！"

"退入狼谷？！"我失声大叫起来。

秋叔叔盯着我的脸。这段时间，他那双火焰般明亮的目光，一直盯着我的脸，虽然我知道他本不想这样做。如果有可能，他宁愿躲开我的脸、我的眼睛。

"英子，昨天夜里秋叔叔越过敌人的封锁线，到了通松河八岔沟去找胡老爹，我是想要是突围不成，就还把你送到他和胡娘那儿去，可我在那里没找到他们。有人说你走后不久，日本人就洗劫了那个地方，两位老人活下来的可能性很小……英子，秋叔叔今晚想说的是，我现在就是再想把你送出去，托付给咱们的人，也不成了。再过两小时，你也必须和我们一起退入狼谷！"

我哭了，我还刚刚听到胡爷爷和胡奶奶的噩耗，就想到了：不是为了我，两位老人就会一直躲在深山里不出来，也就不会惨遭日本人的毒手——像秋姑和秦叔叔一样，他们也为我死的！

但我的哭声没有响亮起来……秋叔叔摆了摆手，我的哭声就止住了……他红着眼睛，急急地对我说下去：

"英子,别哭!眼下不是哭的时候……相反我们的头脑要比任何时候都要清醒、都要冷静才行。秋叔叔告诉你,现在咱们跟山外的最后一点联系也被切断了,你心里要有个谱,很可能要在山里、在游击队里待很长一段日子。除非有一天日本人给了我们突围的机会,你可能再也出不了山了……英子,秋叔叔一直不想让你留下来当一名游击队员,可是现在,你也只能和我们一起退入狼谷,做一名真正的游击队员了!"

我的心叫起来,我觉得自己听懂秋叔叔的意思了……我三把两把抹掉眼泪,喊:

"秋叔叔,别说了,我愿意和你们一起进狼谷!愿意做一名游击队员——"

秋叔叔打断了我的叫喊:

"英子,秋叔叔的话还没说完呢……秋叔叔今晚要交给你一项任务……既然你要长期留在游击队里,秋叔叔就不能再把你当成孩子,我要把你当成一名真正的游击队员……英子,秋叔叔这样做是信任你,你不会辜负我的期望吧!"

我的泪刚刚止住又流了出来!我高兴!过去我自己认为自己是个孩子,别人包括秋叔叔也把我看成一个孩子,可我自己知道,自打秋姑死后,我就不是孩子了。我高兴的是今天这个夜晚,秋叔叔也不把我看成个孩子了!啊啊,今晚的事我心里清楚,秋叔叔本不想带队伍进狼谷,更不想带我进狼谷,他尤其不想把一项他还没说出口、就已让我的心怦怦乱跳的任务交给我,但又似乎不能不把它交给我……我流出了眼泪,又迅速把它擦去!在秋叔叔面前,我要表现得刚强,像一个大人,一名真正的游击队员!

"秋叔叔,你说吧,不管什么任务,别人能干好,我也能干好!英子不怕死,就是死,我也要完成它!"

秋叔叔的目光更加热切,脸颊更红。忽然,他用极快的语速简捷地说:

"英子,秋叔叔要交给你这样一项任务!我说的是那个俘虏……我决定不杀他,把他当作战俘留下来!留下来对我们有好处……留下他就得有人看管他,不能让他乱跑,回头再带日本兵祸害我们。这个看管他的人,一要勇敢,二要心细,更重要的是还要能跟他说话,也就是说要会说日本话,不然俘虏是没法长期在游击队里待下去的……英子,这可不是一般的任务,这是个非常非常特殊的任务!秋叔叔想遍了全队的人,就没有一个合适的人,只有你。头一条,全队除了你,没有人会说日本话;二一条,秋叔叔都听说了,你在狼谷里救过他的命,他在队里好像也只愿意相信你……三一条,你可能看出来了,他只是个没长大的日本孩子。如果他不是个孩子,我是不会让你去看管他的。最后一条,秋叔叔说是让你看管他,却不是让你一个人和他在一块儿，我是让他和咱们的队伍在一起，你只需要管他生活方面的事。只有队伍离开时，才需要你看管他……不不，就是到了那时，秋叔叔也会另外派人和你一起看住他的！"

秋叔叔喘一口气，认真地看了我一眼，又急急地说了下去：

"英子，我的话说完了……我的意思你不一定懂，叔叔眼下也不一定要你懂。你会说，一个日本兵，为什么我们要留下他……英子，有些事你长大了就会懂了，我们留下的不是一个日本兵，我们留下的是一个战俘。啊，眼下秋叔叔不要求你做别的，只要求你执行命令！你执行命令就够了！……你的任务是照管他的吃喝拉撒睡，牵着他的手和全队一起行军、宿营，不让他逃跑，不让他出事。还有一件事，这是我给你的另一项任务，可能是更重要的任务，这个任务是：你要想办法让他明白，我们不是不杀他，或者他不该杀，我们是不杀战俘，因为我们和日本人不是一样的人。我们是打算让他作为战俘长期留在游击队里，直到日本兵懂得中国人也是人，中国战俘也是战俘，愿意和我们交换战俘的那一天。你要对他讲清楚，我们是想让他活下来，但他必须作为一名战俘活下来。他是不是真能在我们这里活下去，这件事我们自己说了并不算，只有他心甘情愿作为战俘留下来，只有他每时每刻遵守游击队的战俘纪律，不逃跑，不和我们作对，不做任何和战俘身份不符的事，我们才能保证他活下去，不然他就还是得死，因为那时他就不是战俘了！我知道，比起前一个任务，这个任务更艰巨，你更不好完成。

"可秋叔叔相信你。英子，今晚秋叔叔本想把俘房交给赵阿姨，可她怀孕好几个月了，队伍里还有两名重伤员，退入狼谷后她、小玉要和重伤员一起进入另一座密营，不能和我们在一起。我也想到过别人，可最后还是决定把这个任务交给你！英子，你人虽小，可是心细，意志坚强，爱憎分明……好了，我不多说了，最后一点是，退入狼谷后我们可能会比现在还要困难，我把一个日本俘房交给你，你肩头的担子可是不轻，你要有心理准备。

"英子，我知道这件事对你很突然，很意外。你现在是个大人了，可以自己作出决定，是不是接受这个任务。你要是不愿意，现在就告诉秋叔叔。秋叔叔也不会为难你，秋叔叔可以另外找人，但就是那样，你也还是要经常待在俘房身边，因为只有你懂日语！……"

我这时已经能用自己的脑子思考了……是秋叔叔异常激动和痛苦的表情，他对自己做的事忽而异常坚定忽而又充满怀疑的态度，让我渐渐冷静下来。我至少明白了：

一、由于秋叔叔的决定，那个日本孩子不会像我原先想象的那样在全队突围行动开始前惨死了，我也不会从秋姑坟前听到一声声非狼也非人的惨叫了（我害怕听到它甚于日本兵的死）；二、绝对不是单单为了要留这个日本兵在游击队里，秋叔叔才决定不杀他。秋叔叔不杀他也不是不想杀他，甚至也不是为了这个日本兵本人，秋叔叔不杀他有秋叔叔自己的、我还不那么清楚的理由。我朦胧地想到这个理由也许和游击队的纪律有关，但更可能更重要的是和他内心中某个执着的信念有关，只和某个与他的信念相连的狂热梦境有关。但它们对我来说仍不是最重要的；最重要的、让我的全部生命激动起来的是我第一次在秋叔叔心里发现了自己的地位：秋叔叔并不把我看成是一个游击队的累赘，一个只会让别人为我而死的害人精，在他心里我也是可以信赖的游击队员，一个可以将重要任务甚至自己的信念和梦境托付的人！我看清的最后一件事是：直到此刻，秋叔叔仍然不知道自己将这个任务交给我是对还是错了，他对让我做这件事乃至留下俘虏本身都没有他表现得那么有信心。但是只要今晚我接受了这个任务，他对自己的决定就会重新充满信心！

不是为了那个俘虏，仅仅是为了让秋叔叔对自己的信念和梦境充满信心，仅仅是为了感激我在他心目中有这样一个可以信赖的位置，我也要接受这个任务！我早就想过我要死了，不论是在和汪支队一起突围的路途中死，还是因为接受这个任务死，在我都一样！我不需要考虑什么，我需要的只是给秋叔叔一个充满信心的回答！我还要感谢他，在秋姑、秦叔叔、胡爷爷和胡奶奶接连为我死去之后，他终于给了我一个报答游击队、报答他的机会！

但我仍然有一些疑问。在接受这个任务的时候，我必须——不，是非常渴望能知道答案！

"秋叔叔，我接受这个任务！"我没有想到自己会突然就叫喊起来，"可我还有问题！"

"英子，你有什么问题？"

"要是这个日本兵想跑，我该怎么办？"

秋叔叔的脸色一下就白了，大火燃烧般的红晕消退下去，目光利剑般射过来，明亮、犀利、寒气逼人：

"英子，我把看管他的任务交给你，也就把随机处置他的权利交给了你！我说过了，我们是想让他以战俘的身份活下去，但要是他自己不想活，就怪不得我们了——你就毙了他！"

我的心一震。

"明白了！"我说，"还有一个问题！"

秋叔叔眉头严厉地皱起来。他有点烦躁了。

"说！"

"秋叔叔，要是日本人一直不愿意和我们交换战俘，我们怎么办，让俘虏一直在游击队待下去吗？"

秋叔叔愣了一下，像是被子弹击中了头部……但是很快，今晚主宰着他的那种梦幻般激昂的情绪又全部恢复了，他激动、热烈地说起来：

"英子，日本人过去没和我们交换过战俘，不能说他们永远不会和我们交换战俘……就是他们一直不愿这样做，我们也要打得他们同意和我们交换战俘！退一万步讲，就是他们永远不和我们交换战俘，我们也总会有打败他们的一天，那时就不是交换战俘了，那时就是我们全部将他们驱逐出中国！英子，我们就是为这一天而战，要是不相信这个，我们今天就不会战斗下去了！"

他突然停顿了一下，望着我，目光中现出太多太深的柔情，语气也变得和缓了：

"英子，当然……我不是说我自己，还有你赵阿姨，你汪叔叔，不是说我们这些人，一定能看到那一天，可是我坚信你和小玉，你们一定能看到它！"

我再一次热泪盈眶！

"秋叔叔，为啥？"我问。我的声音打战。

秋叔叔的神情、目光、语气，又像一个真正的梦中人一样执拗、激烈了：

"你们小啊！要打败日本强盗，中国人、朝鲜人，一定会付出代价，沉重的代价，无数的鲜血和生命！不过就是要死人，死的也会是我们，这是我们这一代成年人的责任，你们只是些孩子，记住叔叔今天说的话，不管多难，你和小玉都一定要活下去。为了我们，你们也一定要咬牙活着，看到那一天！不然，我们这些要死的人，就不能瞑目！"

"秋叔叔……"

我被他突然吐露的内心的秘密震撼了。我泪流满面。进山这么久，今天我才意外地看清了秋叔叔心灵深处的信念和梦境！从此以后，他在我心里就不会是原来那个秋叔叔了，他成了一个在最艰难、绝望的时刻让我看到希望和未来的人，一个永远的指路人……秋叔叔的话也许只是一场梦，可为了这场美丽的梦，为了一直执着地做着这个梦并不惜为它前仆后继死去的叔叔们，我也不会轻易就想到死了——秋叔叔不经意间，又把我从死亡的悬崖边拽了回来！

"没有问题了吗？"

"没有了！"

"那好，你回去准备一下，我们过一会儿就走！"秋叔叔说。说过这一句话，我发觉俘虏甚至我又不在他的注意中了，这会儿他脑子里飞快想到的是队伍进入狼谷前他必须做的另一些更重要的事情了！

36

我跟着秋叔叔走出地窨子。秋叔叔走向一直在林间等待他的队伍，我走向赵阿姨和小玉的地窨子，松下浩二眼下就关押在那儿。突围计划取消、全队退入狼谷这件事在我心里形成的震撼巨大而沉重，但秋叔叔方才对我一个人讲出的那番话给予我的影响更大。狼谷是狼的国度，退入狼谷就是走进狼群之中。日本人肯定会随即将封锁线推上狼谷四周的分界岭，将我们围困在狼谷里。战争将进入一种更为残酷的阶段，但不管是死是活，只要能和秋叔叔在一起，和自己的队伍在一起，我就什么也不怕！

我说过对我来说这是个改变命运的夜晚。走进秋叔叔地窨子前我的心是绝望的，想到的只是突围和死，以便不再拖累他和赵阿姨这些我的亲人和恩人；离开这个地窨子时，我心里却又想到了战斗和生！格节游击队不是自愿退入狼谷，它是被日本人逼入狼谷的，从表面上看我们的处境更加绝望了，可就我内心的直觉而言，秋叔叔决心率全队走这步谁也想不到的棋却在绝境中给我们带来了希望。这希望首先就存在于秋叔叔那终日熊熊燃烧着火焰似的热情的心中，并通过方才的一番话也点燃了我心中的希望之火。秋叔叔给我的最大鼓舞是他自己从来也没承认过失败，今天更没有承认；如果秋叔叔绝望，如果他认为我们退入狼谷后不可能再走出来，今天他就不会下决心把那个叫松下浩二的日本俘虏留下来，带进狼谷，和我们长期生活在一起。连一个日本俘虏他都相信自己能让他活下去，直到能和日本人交换俘虏的一天，甚至是我们彻底打败日本人的一天，我还有什么理由不相信秋叔叔的话！不，归根到底，我还有什么理由不相信我们不能胜利，我自己不能活到战争结束、回到朝鲜去和父亲团圆的一天！

啊啊！

我向赵阿姨和小玉住的地窨子快步走去。夜风冰冷而猛烈，穿过长长的山峡迎面吹来，让我的头脑一点点冷静。不，我不可能完全冷静。从现在起，我在游击队里就不像过去一样纯粹是个拖累了。秋叔叔已当面对我说我已经长大，除了游击队初创时他给过我和小玉两次麻痹敌人的任务，今天是他正式将一项别人都担负不了的任务交给我！将松下浩二长期留在游击队这件事里寄托着秋叔叔对我军最后胜利的信心，但是担负这个任务的人却是我。我会说日语、能和对方交流是他作出这个决定的直接原因，却不是全部原因，秋叔叔一定是相信我能够看管好俘房才下这个决心的！啊，秋叔叔，仅仅是因为你从今天起开始把我看成一个大人，我就要感激你！仅仅是因为你让我突然觉得自己在游击队里也是一个能单独履行战斗任务的队员，我就要感激你！前面就是赵阿姨地窨子的入口处，我要想一想，接受这个任务对我还意味着什么，我该如何履行秋叔叔单独交给我的第一项任务？

我站住了。我想到了松下浩二……是的，尽管我曾在迷乱中错把他当成英男从狼嘴里救出来，今晚走进营地时，我也曾以一种隐秘的痛苦的心情想象过汪大海在秋姑坟前杀死他的景象，但我才刚刚接受长期看管他的任务，我们之间的关系、我对他的感觉，就全变了。心底那一点模糊的怜恤之情消失，因为没有人会杀死他了；现在涌上我的心的只是一个将要长期看管俘房的游击队员对一个将要被她长期看管的战俘的简单的和全新的感情，其中有责任心，更有警觉与戒备。这一刻我觉得自己比过去两天内对他看得更清楚了：他既不是被俘时那样一个让我充满仇恨的日本兵，也不是后来我感觉到的那个没长大的可怜的日本孩子，他不像他有时故意表现得那么小，却可能比我眼下想象的还要狡猾。但即使这样，我也不怕他！秋叔叔之所以会留下他，是因为他口口声声哭喊着说他是个战俘，但秋叔叔也说过，只有他愿意作为一个战俘长期留下，我们才能长期留下他！

可他真地愿意长期留下吗？当秋叔叔在自己的地窨子里审问他时，他是怕审问完就要杀他，才一声声哭喊着自己是个俘房，他那时想要的只是活命，也许根本就没想到"战俘"这两个字还有其他的意义。这个不是被我及时发现就逃走了的日本兵，这个只要留在游击队里就会时时刻刻担心自己的小命的家伙，他会愿意长期留在游击队里，直到有一天日本人愿意和我们交换战俘吗？如果日本人一直不愿意和我们交换战俘，他必须和我们一起待到抗战胜利才能离开，他会愿意吗？要是他压根儿就不信任我们，不愿意长期留下，我该怎么办……啊，是的，如果那样，哪怕我天天带着他和我们的队伍在一起，哪怕我再善待他，他还是会想方设法逃走！一旦他逃走了，再把日本人引过来，游击队就完了。而且，看管他的人就是我，他要想逃走，第一个就必须除掉我。这样想来，不只是我的性命，整个游击队的安危也都系在我一人身上了。这个将和我朝夕相处的日本兵，一有机会，随时可能杀了我！

不，这一刻很快就过去了。林中漆黑，林子外面的夜色清朗如水，深蓝的天空里有几颗小小的寒星在闪烁。我迎风而立，觉得头脑更清醒了。不，我不会让这种事情发生，我不是为我自己活下去而活下去。从今天起，接受了秋叔叔交给我的任务，我就是为秋叔叔、为游击队活着了！我就是一个正在履行重要职责的游击队员了。我看管的不是一个俘虏，我还看管着另外一个人——世间我最热爱最崇敬的人——的信念和梦想。我是不是会死并不重要，重要的是游击队的安危，是秋叔叔那个中国人和朝鲜人一定会获胜的信念，人一定会获胜的信念。秋叔叔将任务交给我时一定想到这一点了吧？他想到了还把这个任务交给我，是他相信我能够对付得了松下浩二。何况我并不是单独和松下浩二在一起，秋叔叔不会让我和俘虏离开他和他的队伍。秋叔叔也许正是出于这种考虑，才让队内唯一懂日语的我负责看管俘虏。我当然不会因此而对日本兵放松警惕。不，一旦我开始履行职责，我和他之间发生的就是我们两个人的事了，是一个日本俘虏和一个中国游击队员的事了，是一对一的事了。松下浩二要是一心想逃走，我是拦不住他的，但我也不是个死人，就是他遇上了我俩单独相处的机会，他能杀了我就杀了我，他要是杀不了我却被我发现了，他立马就是一个死！

停顿。我又在这双苍老的眼睛里看到了大火燃烧般的亮光。

一脚踏进赵阿姨和小玉住的地窨子，我就看到了俘虏。他俯伏在地窨子的一端，手腕被捆着，半边脸贴着地上的草铺，一点声响也没有。

赵阿姨和小玉正在地窨子另一端的草铺上收拾东西，做出发的准备。我第一次注意到赵阿姨的行动其实已有一点不方便了。

"英子，你来了？"她看见我，放下手中的东西站起来，说，一边担心地看了看我的脸，我忽然明白她和小玉已经知道了秋叔叔派给我的新任务，也知道退入狼谷后我和俘虏会天天和秋叔叔的队伍在一起，可还是不放心。啊，赵阿姨表情中蕴含的东西我一下就懂了：我的又一位游击队母亲，她在心疼我，不同意秋叔叔把一个俘虏交给我。可是今晚情况危急，要改变秋叔叔的命令在她也不可能了！

可我也不是过去的金英子了！我现在是游击队里一个肩负着重要责任的队员，

我不想要她再为我担忧！分别在即，我也不能留给她那样的印象，仿佛我难以胜任秋叔叔交给我的任务！不，我现在不但要让她和小玉对我充满信心，还要让她们知道我非常愿意承担这项任务！

"啊。"我淡淡地应了一声，装作没有注意到她表情的样子，像个大人一样，径直大步向俘虏走去。"他怎么样了？"我故意大声大气地问，自己听起来也底气十足。

俘虏那边一点反应也没有。

"刚才我让小玉给他吃了点东西。"赵阿姨说，似乎愣了一下，然后飞快地惊奇地看了看我的脸。我做对了，我的语气和动作不知道能不能增强她对我履行责任的信心，但至少让她突然发现我是另外一个人了。赵阿姨想了想，忽然松了一口气似的，跟着我走过来，注意力不自觉地就转向了俘虏。"啊，刚才他还在哭，这会儿像是睡着了。"她说。

我的心情变了。站在地窨子外，俘虏和看管俘虏的职责还只在我的想象中，现在一眼看到俘虏一动不动地趴在草铺上，头脑中关于他的意念马上就被这个活生生的人的形象取代了。就是在这一瞬间，他成了我必须动员起全部力量长期应付的人！在地窨子外面我曾想过自己对他的态度：我不能再以初见时那种怜恤的心情待他，也不能再像过去许多时候一样对之抱有刻骨仇恨。他是一个战俘，只是一个战俘。可是，一看见他，不知道为什么，一点最初没有意识到的憎恶和不信任，还是在心里迅速生长起来！

地窨子里只有一盏豆油灯，离俘虏很远，我看不见松下浩二的脸。可越是走近他，我心底的那一点不信任就越是膨胀。

——这个夜晚，做了游击队的俘虏，他不可能睡得着！

——他这么一动不动一声不响肯定是装的！

"小玉，把灯端过来！"我回头大声说。

小玉端着灯，走到地窨子这一头来了。

松下浩二在流泪。不是哭，一点声息也没有，就是一个人闭着眼默默流泪，铺草被他打湿了一片。感觉到灯光照在脸上，松下浩二那对湿漉漉的睫毛突然张开，让我看到一双泪水涟涟的眼。他没有马上认出我，于是最初一分钟就只是茫然地望着我，无动于衷地趴伏在那儿。

这个人给我的第一个感觉是：事到如今，他对游击队里任何一个人连同自己能否活下去这件事，都不抱希望了！

我生起气来——他认为我们要杀他，可秋叔叔并不想杀他！他错想秋叔叔了！

"你，松下浩二，坐起来！"我用日语沉沉地冲他喊。秋叔叔说过全队马上就要出发，我必须用这段时间让他知道已经发生的一切——游击队要长期留下他的决定，我的身份和他的身份，以及想要留在游击队里，他就必须遵守的最起码的战俘纪律。

日本兵浑身一震，眼睛睁大，一脸惊恐地坐起来。忽然他脸上现出了一种我非常熟悉的孩子式的可怜巴巴的表情。他认出了我，好像在说：是你，刚才你跑到哪里去了，让我一个人待在这里！

接着，就从他嘴里，嗫嚅出两个字来：

"姐姐——"

我的头嗡然一响，他又这样称呼我了，我感到羞耻、愤慨！不，从今天起，我和他就不是这种他现在一厢情愿地想象出来的或是假装想象出来的关系了。以后他没有"姐姐"了！以后我和他只有一种关系，那就是战俘和看守的关系。我现在必须就让他也明白这个！

我向前走了一步，又开腿站在他面前，一脸冰冷和轻蔑地望着他，大声叱斥道：

"你，松下浩二，听好了：头一条，从现在起，不准你再叫我姐姐！我不是你姐姐，你也不是我弟弟！你要再敢叫我一声姐姐，我就枪毙你！"

俘虏望着我的眼神变了。

"第二条，我代表游击队正式通知你，你现在是我们的俘虏，也就是你所说的战俘。我们可以不杀你，但从此以后你的一举一动都必须服从我们的看管。从今天起，这个看管你的人就是我！

"你必须事事服从我，不然，你就是有意违反我军的战俘纪律，我就枪毙你！"

俘虏惨白的脸腾腾地变红。

"三一条，在我们能按照国际惯例（这几个字是从秋叔叔那儿学来的）和日方交换战俘以前，你必须长期留在游击队里。你要记清楚，你只能以战俘的身份留在我们这里！要是想逃跑，或者有意捣乱，我马上让你脑袋开花！……这三条你都听明白了吗？！"

松下浩二瞪大眼睛看着我，脸上残留的最后一点孩子似的可怜巴巴的表情不见了，一种新的、既吃惊又绝望的神情现出在脸上和眼睛里……他的嘴角抽搐一下，又抽搐一下，突然又像不久前在秋叔叔地窖子里那样爆炸般地号哭起来：

"啊啊……不！你们不能把我留下！……你们放我回去吧！……你们说过让我回

家的！……我不留下来！……你们放我走！……呜呜呜……"

他一边哭一边拿眼睛偷觑我，我看见了，火气直蹿上来——这个鬼子兵，我说他比我想象的还要狡猾吧，他真是这样，他想用大哭小叫来骗我，让我可怜他！

"别哭了！给我住嘴！"我冲他大吼，一边恼恨地想他把自己看成什么人了！把游击队看成什么地方了！秋叔叔决定不杀他就是天大的恩典了，他还大哭小叫要我们放了他。"我再次警告你，"我说，"马上就要出发了，你要是再这么闹，不听我的话，我就不带你走了，在这里我就枪毙你！"

松下浩二的哭声戛然而止。他张了张嘴，眼睛里有两点光斑悄悄闪过——我的感觉是，他终于明白我的话是真的，也明白我和他现在的身份了。他是突然明白过来的！

可令我吃惊的是，刚过了一分钟，他又低下头大哭起来！

"不，我不是要回他们那边去！……我是要回日本的家！呜呜呜……你们想错了……我要回自个儿的家！……"

我没有想到会发生这样的事。他违抗了我的命令，我却很难像方才说的那样枪毙他！

赵阿姨走到我身边来，帮我解了围。

"英子，甭那么凶，"她说，"有话好好跟他说……你秋叔叔说得对，他真的还是个孩子！"

小玉端着灯，脸上全是鄙夷。她一直没说话，这时突然冲俘虏狠狠地叫嚷起来：

"你现在知道哭了！……你哭啥！……该哭的是我们！你们杀了多少人，我爹，还有我妈……你们不是人，是一群畜生，你哭啥！"

说着，她自己的泪珠子先掉下来了！

松下浩二止住了哭声……他听不懂小玉的话，却不知不觉被她的喊叫和眼泪弄得有点发傻。

我气愤地把小玉的话大声翻译给他听。俘虏怔怔地想了一会儿，居然委屈地分辩道：

"我没有杀过人……你们说的不对……杀中国人的不是我……是那些整天打我的人……就是他们不让我回日本的家……"

说到这里，他又哭起来。我的火气更大了：好你这个鬼子兵哩，我头一天看管你，你就给我来这一手。更让我气恼的是，虽然他不听我刚才的命令，照旧哭他的，虽然我心里一点也不想再把他看成个孩子，可他表现得还是像个孩子，让我拿他没有一点办法。还有，我越是不让自己对他心生怜悯，就越是止不住又对他生出了怜悯！

"好了，你这个日本野盗，别哭了！"我对他喊，声音不知不觉就没有了原先的声势，"我再次警告你，你既然做了游击队的战俘，就是不想待在这里，也得待在这里！你愿意跟我们走也罢，不愿意也罢，都得老老实实跟我们走！……我再告诉你一句，我们不杀你就够便宜你了，过会儿上了路，你要是不老实，耍花招，别说回日本，你哪儿都回不了，立马你就是个死。就是我不杀你，别人也会杀你——这话我绝对不对你说第三遍！"

丢脸得很，说着这些话，竟觉得自己的眼泪也要下来了。俘虏听了我的话，不哭了，但这时我还是不由自主地觉得他像个孩子，没有完全理解我的话，或者像天下所有的孩子一样不想理解我的话！

我的心情变坏了：秋叔叔让我长期看管他，今天这只是个头，可这个头我开得一点也不好！

如果不是秋叔叔突然走进地窨子，用急迫的语气简单地招呼赵阿姨和小玉马上出发，我真不知道事情如何收场。赵阿姨和小玉走了，秋叔叔看了我和俘虏一眼也急匆匆地走出去，接着进来一名秋支队的队员，告诉我秋叔叔让我出去一下，他暂时帮我看着俘虏。

我跑出了地窨子。外面林子里，一支护送重伤员进狼谷的小分队已集合完毕，两名重伤员上了担架，秋叔叔那匹叫作"大青"的日本洋马和他的警卫强林叔叔的一匹白马，也在队伍前备好了鞍子，不耐烦地刨着蹄子。我没有看见刘传宝，也没有再看到汪大海他的队伍，一下子明白汪支队已经走了，刘传宝肯定是和他们一道去了狼谷。现在林子里只剩下了秋支队！

我又看到秋叔叔了，他从哪儿走回来，就要上马，一只脚已踩上马镫，回头一眼看见我，又下来了。我发觉他正在生气，背过脸去不看我，望着前面的夜色，简单地说：

"英子，你和队伍先在这里等着，我把重伤号和你赵阿姨送到地方，回来咱们就走！"

我的心是敏感的，像我这么大的女孩子的心都是敏感的。蓦地我明白秋叔叔生气和我有关——很可能他刚刚决定把看管俘虏的任务交给我，又后悔了，也可能赵阿姨离开地窨子后又对他说了什么担心的话，让他生起自己的气来！我的心又慌乱又惊愕：因为这个看管俘虏的任务，我觉得自己在游击队里成了个有用的人，秋叔叔这会儿要是又反悔了，撤销了那个命令，我该怎么办！

不，我不能让他反悔！

"是！我知道了！"我大声说。我的回答尽可能地简捷，响亮，像个大人！我要让他觉得我对执行他交给我的任务充满信心，让他觉得整个游击队再没有谁比我更适合做这件事了！

秋叔叔猛回头多看了我一眼。我觉得自己的目的达到了，这一次他是真正在对我刮目相看。他身边的大青马这时也不失时机地"咴咴"地叫起来，秋叔叔忙着去拉马，又回头看了我一眼，夜色中我虽然看不见他脸上的表情，却意识到一刹那间他的心又变硬了，不想改变关于我和俘虏的安排了！秋叔叔一跃上了马，一句话也没有说，挥一下手，带着小分队就出发了！

他们顺着山坡走下去。这时我又有了一种感觉：秋叔叔还会突然打马回来的，那时他就会对我说："英子，把俘虏交给别人，你还是跟你赵阿姨一起走！"

不。秋叔叔没有回来。走了一段路又折转回来的是赵阿姨！

我跑过去迎她。我知道她是为我才折转回来的！赵阿姨抱住我的头，嘴贴上我的左耳，用微颤的声音低低地说：

"英子，阿姨和小玉要走了，以后就不能照顾你了，你要知道自己照顾自己！"

"知道了，阿姨！"

"阿姨要你记住一句话，退入狼谷后不管遇到啥情况，都要和你秋叔叔在一块儿，和他的队伍在一块儿。他们走到哪里你就带俘虏跟到哪里，一步也不要离开——听懂我的话了吗？"

我点头。我不但听懂了她说出的话，还听懂了她没说出的话，并且一直抑制着就要夺眶而出的泪水——分别的时刻，我不愿意流泪！

"万一——我说的是万一——要知道保护自己。不管出了什么事，你都要对阿姨保证，要坚持住，活下来！千难万难都要活下来，只剩下你一个人也要活下来，我说的是只剩下你一个人，你明白吗？为了阿姨、为了你死去的妈妈和你秋云姑姑也要活下来——孩子，活下来！"

"赵阿姨，我记住你的话了！"我说，我心如刀绞，泪就要流下来。赵阿姨为什么不马上走呢！

赵阿姨走了……我回到地窖子里，坐等秋叔叔。我以为他会很快回来，可到了下半夜，我们还是没等到秋叔叔，却从离营地不远的山林间听到了激烈的枪声。是日本人！没想到他们离我们这么近了！

只过了十几分钟秋叔叔就回来了，随他而去的小分队不见了，回来的是他和强林的两匹马。秋叔叔跳下通身汗水的马，看了看整装待发的队伍，走进去对一名分队长说了几句什么，转身立刻命令我带上俘虏，跟他出发！

"队伍不跟咱们一起走？"我有点吃惊地问。

"情况有变化，他们必须绕道进狼谷……快上马，我带你们抄近路冲过去！"

我没敢多问什么，秋叔叔也没有给我留下提问的时间，他的神情那么严厉，一举一动都显得十万火急，怒气冲冲。转眼之际队伍就动了起来，向另一个方向行进。秋叔叔自己让我和强林上了一匹白马，他和被结结实实捆起来、蒙上眼睛又堵上嘴的松下浩二上了自己的大青马。我还没有坐稳，两匹马就一前一后，跃出营地，在林间飞奔起来！

我们和秋支队就这样分开了。当时我并没有想到什么。夜暗似漆。既然有一支日军到了距我们很近的地方，就可能有更多日军在我们周围。我们两马四人先是在山坡下的林间奔驰，后来转向另一条更深、两边峭崖直立的山谷。忽然我听到秋叔叔的大青马从后面越过我和强林叔叔的白马，冲到前面去了，同时听到他的一声喊："快！"只是一眨眼的工夫，两匹疾驰的战马就再次冲进了方才被惊扰过的那支日军的露营地，呼啸着从营地中央穿过。等日本人爬起来举枪射击，人和马已经消失在茫茫黑夜笼罩的山林中了！

37

她停下来。微红的目光直视着我。我知道她在回忆，看到的仍然不是我而是那个黑夜。连同夜色下的茫茫山野和林海。

突然她发觉我在注视她。

"你是不是又有了问题？"

"啊，没有。"

当然不是没有问题。今天她一直没有提到音乐会。而这一阵子我的耳边和心际却一直回荡着激昂的音乐。我非常想知道，当她迎着命运不测的黑暗一步步向前走去时，那场总在生死关头庇佑她的音乐会是不是也在她耳边回响？

"你有问题。"老人说，目光严厉起来。

"啊，是的。"我说，"可我不想现在就打断你，我想将问题留到最后。"

她深深地盯我一眼，像是要一直看到我心里去。可我还刚刚注意到这一点，这目光却一点点移开，重新变得散漫和明亮。我忽然明白她此刻注视的又不是我而是那片黑夜中的山林了！

我不知道秋叔叔这次是不是迷了路，虽然狼谷离我们的营地不远，但他带着我们在林子里绕来绕去，天亮前才在分界岭外的密林里找到了自己的准确位置。秋叔叔让强林叔叔和两匹马留下，只身带着我和日本兵向岭脊线攀爬。我们爬上了分界岭，从一个不大的、林木壅塞的隐秘山口越过岭脊线，进入狼谷。正是黎明前伸手不见五指的时刻，林子里好像比夜色本身还要漆黑。我什么也看不见，可还是明白，秋叔叔正带着我和俘虏顺着一面大山坡向下摸索着走。我觉得我们走了好一阵子，秋叔叔才停下脚步，低声地对我说：

"英子，到了！"

进入狼谷的第一个感觉就是静寂。万籁俱寂。虽然我仍然什么也看不见，但我知道我们已在狼谷深处，这种仿佛突然出现的静寂本身就是令人吃惊、异常恐怖的……不，不是什么声音也没有，有一种声音正在我的后左方不远处回响，沉重、宏大、响亮——忽然，我听清了，那是一道瀑布从崖头溅落到谷底发出的阵阵轰鸣。

我终于没有忍住。

"这时你的听觉，是不是仍然像一台音量放大器？"

她对我这时打断她的话有点生气。

"当然！"

"这么说，静寂本身也成了一种巨大和响亮的声音？"

"当然！"

脸颊上又浮出了红晕，眼里现出惊讶。我低下头去，装作记录的样子，躲避她那越来越愤怒的目光。

她方才吃惊什么？是我也感觉到了，寂静本身也是一种巨大的声音？

你知道我说万籁俱寂是什么意思。没有狼嗥。没有狼群活动的声音。只有静寂。虽然是静寂，却是狼谷内的静寂。

可正是这如同夜暗本身一样浓稠的静寂，减弱了进入狼谷后就在我心里聚积起的巨大惊恐。我忽然发觉我的眼睛能看到东西了，到了这里林子稀疏了些，借助东方透过的一点点夜色，我辨认出自己正站在狼谷西南侧大山坡上方，面对着一道暗黑的、宽而深的大峡谷。我的身后是一道石壁，石壁下一小片台地坡度较缓，落叶深厚；左侧山坡森林茂密，右侧不远是一道裂谷，瀑布溅落声就是从裂谷里传过来的。虽只是短短的一会儿，我也还嗅到了这里的每一种气息：黎明到来前原始森林里封闭的令人窒息的荒凉气息、野兽的气息，阳光、雨、青草、枯叶的气息……它们强大而浓重，其中唯独没有人的气息！

秋叔叔转过身，将身后贴着崖壁密匝匝生长的一丛极为厚实的荆棘分开一道缝，一个小小的、黑咕隆咚的洞口马上显露出来！

"带俘虏进去，要小心！"他低声说。

我带着俘虏侧身走进去，明白这就是秋叔叔路上说的二十七号密营。洞内比外头更黑，依然伸手不见五指……秋叔叔进来，不知从哪儿摸到一盏豆油灯，用火石一下打着火绒，点燃了它，黑沉沉的山洞马上亮起来！

十四年的抗联生涯，我见过各式各样的山洞。这个洞不算大也不小，深有二十几米，洞顶一人多高，宽有两三米。能称得上特点的是中部有一个S形的弯曲，一个天然的、高过膝盖的石"门槛"将它分成了内洞和外洞。

洞内可以住人。这一点我刚进来就发现了。地上铺着干草，放着几条日本军毯；洞口旁的石凹窝里，三块石头上架着一口日本行军锅，旁边是一摞十几只粗瓷大碗。看得出来秋叔叔和老邵头当初设置这座密营，确实是为了在最困难的时刻带全队进来长期坚守。如果能保证粮食和水，洞里住上几十上百号人，一点问题也没有！

秋叔叔把灯交给我，从我手里接过俘虏，将他带进内洞，拴在一根天然的石柱上，又仔仔细细地检查了一遍，怕捆得不结实似的。确实放心了以后才扯下了蒙在俘虏眼上的黑布和塞进嘴里的毛巾。松下浩二大口喘着气，目光惊惶而散乱，一声恐怖的、歇斯底里的哭喊像是又要从他嘴里发出来……可是没有，他显然不清楚自己置身何处，但一眼看到我，迷乱中的他又似乎猛醒了，混沌的目光也开始转亮……他还是想哭，却被秋叔叔厉声叱止了：

"不许哭！也不准叫！老实待着！"秋叔叔低声却异常严厉地说完，又回头对我说,"告诉他!"

我把秋叔叔的话翻译给了松下浩二。

他大概也从我脸上看到了我同样的严厉,张张嘴又合上了。进入狼谷后秋叔叔和我身上不知不觉发生的变化无形中也震撼了他,我们的神情里一定充斥了过分的紧张和凶狠,于是他在长期被捆绑后憋在嗓子眼里的一声委屈的哭喊就没有发出来!

安置好俘虏后秋叔叔带我回到外洞,在这里,他一一向我介绍了密营里的种种物件:锅和碗,放盐、引火柴、打火石和火绒的地方,放粮食——一小口袋黄豆——的地方。然后他又带我出了洞口。在洞外林子里,他停住了。

"这棵树下埋着粮食。从这棵树往前走,每隔五棵树,树底下都埋着粮食——不要告诉别人!"

"知道!"

"打这儿往西走,山沟底下有水!"

"嗯,记住了!"

"不是情况有变我不会先带你和俘虏到这里来。现在我要走了,去找咱的队伍,他们不知道到这里来的路。你一个人先留下来看一会儿俘虏,不害怕吗?"

出现这样的情况不是我出发时能想到的,秋叔叔显然也没想到。可事情已经发生了。

"秋叔叔,没事儿,"我鼓了鼓勇气,说,"你快点带队伍来,我先一个人看着他!"

林子里一片昏暗,我看出秋叔叔仍在犹豫!

"要不这样,"他突然说,"我让强林留下和你一起守着俘虏,我一个人走!"

"不要!"我惊慌地叫起来,强林叔叔并没有和我们一起进狼谷。他留在狼谷外看马。我一闪念想到了:强林是秋叔叔的警卫,现在他身边只有这一个警卫了,说不定他还要像方才那样穿过日军宿营地去接队伍。"秋叔叔,只要你们能快点来,我一个人能行!"

——格节游击队里可以没有人,却不能没有秋叔叔!

——应当让强林叔叔跟着秋叔叔,保卫秋叔叔!

但说出最后的话时我的心其实也是虚的,一想到我要一个人守着俘虏,留在狼谷的一个山洞里,我的心里就要起寒战。可我忍住了。秋叔叔看了一眼天色,他很着急,并且越来越着急,他担心着秋支队的安危!

"英子,这会儿也没别的办法了,记住叔叔的话——只要俘虏不老实,你随时可以对他执行纪律！"

"秋叔叔，我知道！"我差点叫起来了，勇气又回到了我身上，"你快走吧，天要亮了！别让强林叔叔来，叫他跟你一起走，我一个人能行！"秋叔叔是为了我和俘虏的安全——首先还是为了我的安全，我知道这个——才先将我和松下浩二带进了密营，那一刻他肯定没有细想，到了密营后我必须单独一个人看守俘虏！

"好吧！"秋叔叔终于下了决心，声音显得凶狠，"英子，秋叔叔和强林叔叔马上走，争取赶在天亮前回来——你不会等我们多一会儿的！"

"知道了，秋叔叔快走吧！"——我差一点要喊起来了。

秋叔叔再没说一句话，转身就走了，一眨眼就消逝在黑暗中，我看不见他……我的心大跳起来，我害怕了。秋叔叔走了，强林叔叔也和他一起走了，这里只剩下我孤零零一个人，守着一个被俘的日本兵了！

我回到洞里，把灯熄掉，坐下来等待。我等了好久，一直觉得洞外马上就会重新响起轻悄悄的脚步声，或者是秋叔叔一个人回来，或者是秋叔叔和强林叔叔一起回来……却从分界岭那一侧，听到了一阵阵激烈的枪声！

这是秋叔叔！是秋叔叔和强林叔叔。他们一定是被日本人发现了！

我站起身，走出洞外。忽然我又什么也听不见了，我听见的又只是狼谷内外巨大、沉重、像夜暗一样浓稠的静寂！

强林叔叔没有回来！秋叔叔也没有回来！一个意念倏然浮上了我的心！

无论是秋叔叔还是强林叔叔都不会回来了！

秋叔叔方才一定想到分界岭那边把强林叔叔带进来，和我一起看守俘虏，但他们被日本兵发现了！

为了不暴露这个密营，秋叔叔和强林叔叔没有回来！

秋支队还没有退入狼谷，秋叔叔不能让日本人发现我军有退入狼谷的迹象！

——这里真的只剩下我和一个日本兵了！

接下来的一个意念是：

——天亮前秋叔叔可能带队伍来，也可能来不到了！

你有那种经历吗？几乎是一霎间，你发觉你和这个世界完全隔绝了，处在一个极端危险的境地里。此前即使你已置身狼谷，虽然恐惧，却不觉得孤独，因为你觉得身边还有别人，有游击队的亲人和你在一起，可忽然间你就发现这里只有你一个人了！一句话，你发现你现在要一个人面对狼谷和洞内的日本俘虏了！

啊，如果有枪声，我的感觉还会好受些，可是没有！秋叔叔没有再打枪可以理解，他们不想让日本人怀疑他们出现在这里的原因，日本人不再响枪，就令人生疑了……不，现在想起来也容易理解，对他们来说，不过是发现了两个游击队员，打了几枪又跑掉了，他们自然不会再打枪。可对于这一刻的我来说，日本鬼子也不打枪却让我受不了：只要有枪声，我就不会感到孤独，就会想到秋叔叔并没有离我而去，没有了枪声，就会让我马上想到无论是日本人还是秋叔叔他们，都离开我了，眼下这段狼谷里，确实只剩下我一个人，守着一个日本俘虏了！

但是，让一个人——尤其是一个孩子——完全绝望是不容易的。虽然再也听不到枪声，我仍然没有放弃自己的希望。秋叔叔一定不会忘记我，他一定不会让我一个人留在这儿守着日本俘虏，就是分界岭那边出现了日本人，就是出于害怕日本人发现二十七号密营的原因没有马上让强林叔叔进狼谷来和我在一起，他也不会离开这里走得太远。秋叔叔会回来的，也许他会很快带着队伍回来，也许他会让强林叔叔一个人来！

但他们也许不会马上回来，这件事我也想到了。只要分界岭那边的日军不走，他们就没有机会。日军一个小时不走他们一个小时不会回来，一早上不走他们一早上不会回来，一天不走他们一天不会回来……不，我不愿意想下去。我必须想的是他们回来之前，我一个人也要在洞里看守住俘虏的事了！

内心一旦转回到这件事情上，我马上又听到了——是的，是听到了，你可能不大理解——狼谷内那巨大的静寂。我和俘虏已经置身狼谷，我一直以为自己马上会听到狼嗥和狼群奔走涌动的声音，可是没有，就是刚才分界岭外响起枪声，我以为狼群会闻声而至，奔向二十七号密营所在的峡谷和大山坡，可是一切都静下去后，我从狼谷内听到的仍然只有静寂，连同密营左后方——我现在知道那个方向是西北了——裂谷内瀑布的轰响。天色正在亮起来，峡谷对面的大山坡的上空，一小块灰云慢慢变成紫色的云，又变成红色的和金黄色的云，夜气一点点从林间散去，只有浓重的雾在峡谷底部升沉涌动……我回到洞里，趴伏在洞口，透过荆棘丛朝外面望着，脑子里激灵一下想到了一件事：天就要亮了，秋叔叔还没有回来，他自己既没有带着秋支队赶来，他也没有让强林叔叔一个人来，现在他们来不了，接下来的一整个白天里他们来到的可能性就更小了。我有可能要和俘虏单独待上一个白天！

我心里又慌了。我刚刚发现了自己的真实处境。狼谷里的静寂——至少是二十七号密营所在的这一段狼谷——仍持续着，但我不敢相信，天亮起来它仍能持续下去，不敢想象白天里狼群就不会找到这儿来。我忽然想到一些很细碎的事：枪、手榴弹、洞口这层厚的荆棘、粮食……洞里什么都有，就是没有水，我应当趁天还不太亮，趁这种让人觉得虚假、因此连巨大的恐怖感本身也有点虚假的静寂尚未被破坏，到西北方的裂谷下面取一锅水回来，那样，就是秋叔叔白天不能带队伍进入狼谷，就是狼群出现了，我和俘虏也能在洞里熬过去，熬到天黑，熬到秋叔叔带队伍赶过来！

处在当时那种异常简单的惊恐里，我的头脑已不能作稍微深刻一点的思考，我的思考变得简单和表层化，它们更像一个个不连贯的意念而不像是思想，犹如河面上的落叶，在湍急的水流中出现了又消逝，你的注意力抓不住它，但那些被抓住的意念便会立马成为意识的中心点，你急着要去做或者已经在做的事……我还刚刚想到水，甚至模糊地想到只要有了水，哪怕秋叔叔更长时间不能进入狼谷，我和松下浩二也能在洞里坚持下去，就从地下爬起来了。我提起了那只水桶一般粗细的日本行军锅——它还差不多是崭新的——出了洞口，向西北方的裂谷走去！

也就是在林中走了几十米吧，那条裂谷就出现在我面前了，它上面是一道高高的山崖，从那里直上直下白练般垂挂下来一条细细的瀑布。黑暗正在淡去，在极度的紧张中仿佛才过了不大一会儿，一道道微黄的带子样的晨曦就横出在林间和裂谷里了，让我一眼就看清了谷底瀑布冲击下的巨石和一潭深水，一条十多米宽的山溪从那里流出，一路翻腾着雪白的浪花，曲曲折折地流向下面的大山峡。溪水对岸是一大块平展展的野苇滩，一些苇秆上已高高挑起了雪白的芦花；溪水这边是很陡的山坡，白桦树越往下越稀，接近溪边是半人深的草滩，朵朵秋天的野花从草丛中高挑出来，一道红亮的晨光就横在那些红的黄的蓝的小花之上……我的思想既是不连贯的，又是迅捷的，人只有在极度惊恐的状态下才会有这样的思想——刚刚想到这些小花多么鲜艳漂亮，就想到了它们鲜艳漂亮的原因：瀑布和溪水滋润了溪滩两岸的野苇丛和草滩，连同这些叫不出名字来的野花。狼谷是可怕的，可这样一条裂谷，却是我今生今世见到过的最美丽的山谷……

我没有忘记我正置身狼谷，但我还是被眼前这条山谷开得有点眼晕了。那种一进狼谷我就听到了、一直持续到此时的巨大的静寂不知不觉地让我一点点胆大……我飞快地向谷底跑下去，边跑边下意识地想道：地下落叶很厚，我的脚步起落没有一点声响，它是不会惊动狼群的……

我从山坡上方的桦树林子里一直下到谷底，走过草滩，在溪水边弯下腰去，满满地舀了一锅水……我就要端水往坡上走了，又忍不住把锅放下，伸手去掐一朵红色花瓣黄色花蕊的野花……我还是不知道那是什么花，就是去掐它时，也知道我不该这么做，可我还是做了，那一刻，我真的觉得不是我而是那朵漂亮的花自己，在摇摇闪闪地诱惑我，让我掐下了它……

老人突然停下了。我忽然有了预感：两天来一直没再在她身上重现的那种狂风袭过山林一般的战栗，又要出现了。

我掐下了那朵花……除了瀑布的巨大轰响，整个裂谷，它周围的山林，它下面的大山峡，仍被沉入深水一般的静寂笼罩着，就是落下一片树叶，也能听到声音……而瀑布的轰鸣声你一旦习惯，为谛听别的声音下意识地将它从听觉中剔除，它也就不存在了……

可这时我却听到了一个微弱的、十分有规律的响声——

"嚓，嚓，嚓，嚓……"

我最初以为那是一个人走在林中落叶上的脚步声。我被吓了一跳，本能地抬起头，向溪水对岸望去。声音就是从那边的野苇滩里发出来的……这一刻我全身紧张得发抖……接着我趴下来，却发现身边什么遮蔽物也没有……事实上我根本来不及选择一处能将身子隐蔽起来的地方，就看到了它！

一头狼。灰狼。一头走到溪边喝水的狼。开头它没有发现我，一直迈着闲散的步子走出苇丛，走上溪滩，要低下头饮水了，忽然被什么惊动了似的，身子遽然大抖了一下，一身的毛可怕地炸开，同时也就猛地抬起了头，警觉地（我觉得它还有一点惊慌地）向对岸望过来——立即望见了我！

今天想起来，那时惊动它的一定是我的眼睛，我从十几米宽的溪流对岸朝它望过去的那双恐怖到极点的眼睛。这双眼睛里的神情也在狼抬头盯上我的一刹那间发生了变化：那一双狼眼立即就变作巨大的恐怖，迅速地、直截了当击垮了我！马上，我觉得自己成了被日本狼狗咬住脖子的英男，想叫却叫不出声，也没想到过逃走或者反抗……我的呼吸停止，头一晕一晕地，感觉和思想似乎凝固了。我完全失去了自制力，身子先是软成了一摊泥，接着又可怕地寒战起来！

如果那头狼——后来我才看清是一头刚生育不久身子极为羸弱的母狼——这时涉水过溪，向我猛扑过来，我知道会发生什么事情……我多半会眼睁睁地看着它咬断我的脖子，却什么也不会做，想不到做，只会一阵阵疯狂地觳觫！

母狼没有扑过来。真正的原因是，它根本没想到会在这里看到一个人。冷不丁看到我，它也需要一个极短的瞬间让自己镇定，相信那不是它眼晕了……母狼这一刻的迟疑对我是如此重要：一旦我看清狼的迟疑和包藏于迟疑中的一点点惊慌，刚才击垮我的巨大的冰水一样的恐惧就部分地从身上消失了，生命的力量——它总是存在的，不管什么时候——卷土重来，一眨眼间我又能感觉和思考一些最简单和最紧迫的事了！我想到了抵抗，拔出了短枪，打开保险，枪口抖抖地冲着溪水那边的母狼，虽然可怕的寒战和眩晕并没有离去！

我和那头狼对峙了多久，我不知道……我们隔着一道溪水，眼睛盯着眼睛，一眨也不眨。我有一种很真实很深刻的感觉，母狼最初的迟疑一过，便立即意识到自己错了，失去了发起攻击的最好时机；而它刚刚转过这个念头，我也就从它眼睛里读懂了它的这个思想。它已经感觉到来自我这一方的威胁，可它既没有走开，也毫不畏惧，反而摆动尾巴，做出了一个更自然更无畏的姿势。生活在狼谷的狼多半不知道畏惧，它们只知道别的活物都畏惧它们……忽然，母狼坐下来了，昂着头，像是眯上了眼睛。可我也马上看出了它的伎俩——它只是假寐，并没有完全闭上眼，它在悄悄盯着我——它在打量我！

我没有离开我的阵地。说是阵地，就是我卧倒下去的那片草滩。母狼不走，也没有对我发起攻击，我却也不敢贸然开枪射击。我第一害怕自己打不中它，第二更害怕一旦打中，新鲜的血腥气将会引来更多的狼。这是狼谷！但是不开枪我也身处绝境，对峙的时间越长，我遭遇第二头狼、第三头狼的机会就越大，我觉得那几乎是不可避免的……我没有了时间感，也失去了活下去的信心。我知道我的末日到了……但是，一件让我难以置信的事情发生了：眯着眼望了我一会儿后，母狼忽然立起来，摇摇尾巴，轻轻松松地走了！它走回苇丛中以后又回头瞅了我一眼，仿佛是说：今天早上我是发现了一个奇怪的活物，可我对它既没有兴趣，也没有敌意……再见吧！

我自己也不知道后来是怎样跌跌撞撞跑上山坡，跑回洞里来的，我甚至不明白自己那一刻怎么没有扔下那一锅水，却把它端了回来……进了洞，把手中的日本行军锅放下，我就一头栽倒在地上，人事不省了——刚刚经历的一切，终于击垮了我！

只过了不大一会儿，人们常说的第六感就让我苏醒过来……我挣扎着爬到洞口，拨开荆棘丛，只往外看了一眼，浑身上下立即起了风暴！

不是风暴。是我刚才预感到的那种狂风袭过山林般的战栗，又在我身上出现了！

我是被突然出现在心底的一种模糊的直觉惊醒的。它马上就被证实——洞外几米处一棵冷杉下，犬坐着一头狼！

不是我在溪边见过的母狼。是一头身子骨更高大的狼，一头凶猛的公狼。它一声也没叫，就堵住了我和松下浩二藏身的洞口！

38

与不久前在溪水旁瞅见的母狼不同，第一眼发现这头公狼，我的喉咙就像是被一只冰凉的死亡的大手扼住了，头一晕，意识又不清楚了！

让我恢复知觉的仍然是这头公狼。我的意识模糊了又清醒——那个恐惧到极点的直觉还在——我觉得洞外的公狼会马上向洞内扑过来！

我本能地在地下摸索到了枪，抖抖地将它握在手中，瞄准了洞外那头可怕的野兽！我的牙齿咯咯地响，浑身刮风般地打战，可我什么也不知道了。我心里只有一个念头：这头狼就要扑过来了，它就要来了，今天就是我的死期！

我气喘吁吁地守了多久，我不知道，我的精神已经迷乱，既记不得洞内的日本俘虏，也不记得洞外随时可能涌来的狼群……每一秒钟公狼都好像要扑过来，可随后我就会发觉那是我在极度迷乱中的幻觉。公狼一直犬坐着在那儿，双目炯炯地注视着洞口（我觉得它望见了洞中的我）。我浑身上下仍在发疯般地寒战，手中的枪一刻也不敢离开瞄准的目标，但是毕竟我的意识能力恢复了一点点，脑瓜里能够转悠一点事情了。

我想到的第一件事就是，公狼为什么不马上扑过来？为什么它要坐在洞外，它在等什么？忽然我眼角的余光看见了洞口那一丛厚密坚实的荆棘……啊，是了，将这头狼挡在洞外的正是这一道荆棘之墙，它那些粗硬锋利的刺让公狼不敢贸然冲进来！

我迷乱的心里卷过一阵狂喜。我又想到另一件事：这头公狼从何而来？它怎么知道洞里有人？怎么知道我和松下浩二藏在这里？……猛地我想到了方才从溪水对岸大摇大摆走掉的母狼。啊，我明白了（今天为止我也不知道自己是怎么明白的），这头公狼是母狼唤来的。它一定是母狼的伴侣，方才母狼觉得和我单独较量不一定能占到便宜，就佯装轻松地离开了我，却回头唤来了公狼！

我又用手中的短枪瞄准了公狼。啊，它没有冲进来，却也没有走，它是在等我走出洞去。它似乎知道我总归是要出洞的，不会老待在洞内。它知道自己动也不要动，只要在洞外等着就够了！我的心刚因为发现了挡在洞口的一道荆棘之墙而轻飘飘地如上云端，此刻却又坠下了冰挂千尺寒意彻骨的深谷！啊不，公狼没有向洞内攻击，我为什么不能先对它开枪，一枪打死它！

我已经在想象中扣响了扳机。我想象自己听到了那一声清脆的枪响，它在这片一直保持着浓稠的水一样静寂的山林间引起巨大回音……猛然我意识到自己抖得更厉害了，一种更大的恐怖感如无边深水一样袭上来淹没了我。狼群。我又一次想到了它！直到此刻狼群仍没有出现，是因为从黎明到现在这片山林里依旧一片静寂。枪声和新鲜的血腥气会惊动狼群……不，不，我不能开枪，让这里的静寂保持下去吧，现在天已经亮了，秋叔叔说不定就要带队伍赶过来了；就是现在不能赶过来，就是他们整个白天都不能赶来，夜里也一定会赶来的。秋叔叔就是忘了洞里的俘虏，也不会忘记我的！眼下洞外只有一头公狼，秋叔叔来了还好对付，要是我打死了公狼，引来了狼群，秋叔叔就是带队伍来了，他就是一心想把我救出去，也不能了！

还有日本人，这时他们大概已将封锁线推上分界岭了吧！要是他们也听到了枪声，发现和堵住了黎明前秋叔叔带我进入狼谷的那个秘密山口，秋叔叔就是再想带队伍赶到这里来，也不能了！

啊，我不开枪！秋叔叔来了就好了，我和内洞里的日本俘虏就得救了。在这以前我和公狼只能隔着洞口的荆棘丛对峙下去。只要它不敢穿过荆棘闯进来，我就不开枪。让无边的静寂在这片山林、这段峡谷内持续下去吧……

我仍在寒战，意识中自己却不再寒战了。秋叔叔也许马上就来了！洞口有这一丛荆棘，我手里还有一支枪，秋叔叔来以前我不害怕洞外这头狼！……刚刚想到这里，心里出现的一点勇气和力量又崩溃了！——是的，我渴望洞外的静寂持续下去，害怕枪声和血腥气引来狼群，可这些事都不是我能左右的。万一秋叔叔很长时间还没赶来，洞外的公狼等啊等啊等得不耐烦了，用一声饥饿的长嗥打破这里的静寂，我就完了！只要一声长嗥狼群就会呼啸而来，那时秋叔叔就是想来，也来不到这个洞口了，我和内洞的日本俘虏就将被狼群堵在这个阴冷的山洞里，无法逃脱！

我的心又一次绝望地叫起来……是的，公狼随时都会因为等得不耐烦叫起来，那时我和松下浩二就死定了！

我不知道在这种可怕的预感里过了多久，周身上下像发疟疾一样冷了又热，热了又冷，不停地打哆嗦；大脑里积满了那么多的恐惧和悲痛，一时竟什么也想不清楚了……今天回忆起来，处在那种状态下的我其实仍是在等待，不过是在做另外一种等待：等待洞外的一声狼嗥，等待狼群呼啸而去，等待自己最后的惨死！

可这段在感觉中极为漫长和可怕的时间也过去了。借助透过荆棘丛射进洞口的阳光，我忽然发觉天将过午。一个别样的念头在极度迷乱的心里冒出来：自己等了公狼这么久了，它早该叫了，却还是没有叫！——洞外的静寂持续着，狼群没有来！

我已经不太明白了：公狼为什么不叫？……对了，黎明时在溪水边，母狼本也可以长嗥一声，把公狼唤出来，那样我就完了。可是它也没有叫！为什么？我想不通这件事，我想啊想啊，脑瓜都想痛了……我不想它了，我想别的事，混沌一片的脑瓜里却闪出了一线亮光：母狼和公狼发现我之后一声也不叫，只能是因为它们不愿意那样，它们也像我一样渴望保持这片山林、这段狼谷里的静寂，它们也像我一样害怕狼群的到来！——我终于恍然大悟：公狼和母狼发现我以后一声也不叫，是不想让别的狼分享已到了自己嘴边的猎物，我这个人是只属于它们的！

我的想象力就在这儿卡住了。心灵再次沉入了无边的恐怖与黑暗。虽然我想到了公狼和母狼不叫的原因，可这种想象本身却不能给我濒死的心带来安慰。恰恰相反，明白了公狼一声不叫的真正原因，我也就感觉到了它要吃掉我的决心可能比我想象得还要坚定，这头公狼，它达不到目的是不会撤走的！而且就在这时，我发觉洞外的公狼真的不耐烦起来，原先它一直坐着，姿态十分悠闲，这一会儿它突然站起，不安地在洞口外转起圈子来！我看到了它那双红红的、只有饥饿的野兽才会有的眼睛！公狼向洞口走近了！一步又一步，它的眼睛已经隔着荆棘丛盯上了我的眼睛……我的心狂跳，头又开始一圈圈眩晕，脑海里只有一个意识：握紧枪，别哆嗦，准备射击！……公狼走近了荆棘丛，就在那儿站住了，用脑袋朝里面拱了拱，退了回去，就地转了一个圈子，想了一想似地，走了回去，在原来的地方卧倒下去！

我的手一软，枪落到了地上！

但我马上又警觉了，重新抬起头，抓住了那把枪！原因是我看到公狼又站起来了，接着又卧下去，又站起来……我的目光又回到洞口的荆棘丛，不知为什么突然觉得它其实并不那么密实，如果公狼不顾一切硬要闯进来，成功的可能性还是有的！这个发现摧毁了我内心的最后一道安全线，让我大为惊慌起来，脑瓜里出现了一连串逼真的想象：公狼刚才的行动只是试探，当我明白洞口的荆棘丛是它可以穿越的时候，它也看清了这件事，接下来，虽然等得不耐烦却仍然不愿长嗥一声的公狼就要向洞内发起冲击了，那时我就是不愿意，也只好向它开枪，打破静寂，引来狼群！……

可公狼还是没有过来。它只在洞外兜圈子，兜了一会儿又卧倒，卧倒一会儿又站起……可是我内心的防线已经崩溃了，我已经不再信任洞口的荆棘丛了！公狼随时都可能下定向洞内发起攻击的决心，这道荆棘的墙是挡不住它的。我一刻也不敢离开洞口，手握短枪，扣住扳机，眼睛一眨也不敢眨地盯着洞外那头可怕的野兽，浑身发抖，随时准备跃起与它作最后的拼死一搏……忽然我有了一个新发现：以前我亲眼看见英男和秋姑被日本狼狗撕咬时的情景，觉得自己是懂得他们身历的苦楚，现在我才知道我什么也不懂。无论是英男还是秋姑，他们面对死亡时全身发出的战栗都和我过去体验到的每一次席卷全身的寒战不同，那时虽然他们的身心已狂风骤雨般觳觫起来，作为一个人他们对自己正在遭遇的惨死仍是清醒的，就像此刻的我一样——虽然活着，却不能不大睁着眼清醒经历自己的惨死！

——虽然公狼眼下还没有咬住我的脖子，可我已经在经历秋姑和英男那样的死了，并且像他们死时一样可怕地战栗着！

这样一个白天……要说我始终没有忘记过秋叔叔是不可能的！但只要内心里有一点松弛，我就会马上热泪盈盈地想到了他。秋叔叔，我的亲人，你快来吧，快带着队伍进入狼谷，来到这个洞口，赶走洞外的公狼，英子就能活下去了！……有一阵子我还想到了：因为日军在分界岭那边的意外出现，秋叔叔黎明前没能把强林叔叔派来和我在一起，现在他应当比那时候更急！秋叔叔从来没想过让我和俘虏单独待在一个山洞里，现在出了这样的事，他一定急不可耐地带着秋支队赶过来。被困在洞里的我，随时都可能从洞外听到他和队伍的脚步声！

不！——忽然间我又想到了一件事，心里急起来——秋叔叔大白天进入狼谷是危险的，他们非常容易被此刻肯定已经占领了分界岭的日军发现！就是成功地过了分界岭，没被日军发现，他们的脚步声和气味也会惊动并且引来狼群……不管哪一种意外发生，秋叔叔和秋支队都完了！……啊，我不能为了我和一个日本俘虏让秋叔叔冒这个险。真要是那样，我就再一次拖累了游击队，拖累了秋叔叔和别的叔叔！我就是死，也不愿意秋叔叔和别的叔叔们再为我死！

啊啊，秋叔叔，你们快来吧！不，你们别来，至少白天别来！要来就等到夜静更深，日本人不会发现你们，狼群也不会发现你们。那时洞口只有一头公狼，它是好对付的！

可那时秋叔叔也许就见不到英子了，金英子恐怕早就被冲进洞内的公狼、母狼和随后滔滔滚滚地涌来的狼群吃得什么也不剩了!

不!秋叔叔,你还是快来吧,到了这会儿,英子又不想死了,英子不想拖累你和叔叔们,可英子是个孩子,她想活下去,英子真想活下去啊!

她又停住了,深陷的眼窝里突然涌满了红红的泪水。

我什么也不问,只是坐着。只想这么坐着。

心灵的荒原上,哪儿来的风暴,如此猛烈?

39

白天就这样过去了。秋叔叔和他的队伍没有来。一种危险过去的感觉——事实上是长时间紧张过后的疲惫——袭击了我的心……不,你想错了,公狼没有走,它还在那里,却也没有试图穿过荆棘丛向洞内发起攻击。明白这件事后我模模糊糊地觉得它本身就是一桩奇迹,而洞口的荆棘丛,此刻又突然成了一道我原先没有估计到的公狼不敢逾越的屏障。

给了我这种新的安全感的还有洞外的公狼。从清晨到黄昏,它一声也没叫,于是那种巨大浓稠的静寂,就仍在这片山林里、这段狼谷间持续着……

人在危机中的心态是难以解释的。白天公狼没有对洞内发起攻击,不说明夜里这件事就不会发生,但这时在我的已经不十分清醒的脑瓜里,却觉得它至少暂时不会发生了。有过一整天的对峙,我和公狼在生命等级上的差别早已消失,似乎它不再是狼,我也不再是人,我们成了一对平等的、彼此不但用眼睛也在用心力观照和较量的对手。此时我生命的力量已经耗尽,生命不再是生命,它成了一具空壳,于是也就模模糊糊地认为,狼的力量也耗尽了,随着夜的来临,和我一样,也渴望休息。

我没有马上离开洞口,一天来这儿已成了我的阵地,我的战壕,但我到底爬起来了。我木呆呆地、面色苍白地在洞口坐了好久,才一点点地想到了洞内的日本兵,不过这个念头很淡,一闪即逝。真正促使我手扶洞壁摇摇晃晃站起来的是嗓子眼里火烧火燎的焦渴……

我一步步挪向早上打回来的那一锅水，背靠洞壁坐下去，我想趴到锅沿上喝水，腰却硬得弯不下去，只好从地下捡起一只粗瓷大碗，连上面厚厚的尘土也想不到抹一把，就放进锅里，用它舀水牛饮般地喝下去……我喝了一碗又一碗。我不只是渴，我肯定也饿了，可我还想不到那个，就只是一碗一碗地喝水。喝完了我闭上眼睛坐了好久，才觉得劲儿缓过一点儿了，心里不再那么焦渴，空壳一样的脑子里意念一点点如同水中浮萍一样漂浮起来……我再一次想起了内洞里的日本兵，仍然很淡，却没有再被别的浮萍般的意念抹去，相反我却接着想到了：一天了，我没喝水，他也没喝；我渴了，他大概也渴了；现在我喝过水了，也该让他喝一点儿……

有件事我说了你一定不会相信……我迷迷糊糊地想起日本兵时竟然也想到了公狼，一天的紧张对峙后它的嗓子眼儿也一定像我一样干得冒火，要回去喝点水了……下面的一个意念是：不过它是不怕的，紧挨着它的巢穴就是那条翻滚着浪花的溪水。日本兵不一样，日本人被捆在洞里，我要不给他端一碗水，他就只能一直渴下去……

再站起来时我觉得自己多少有点气力了。我舀了一碗水，一手端着，另一只手扶着洞壁，头晕晕的，摇摇晃晃向内洞走。我觉得我会摔倒，可是竟没有。

跨过分开内洞和外洞的石门槛，我的脑瓜还是空的，刚刚抬起头，我就被一双瞪得极大的近乎疯狂的眼睛吓了一跳！松下浩二张了张嘴，突然野兽般拖长声音大号起来：

"啊啊啊——！姐姐——！"

这一声喊让我浑身上下打了个哆嗦，头脑立马清醒了许多！第一种感觉不是别的，竟是无边无际的恐惧！跟上来的一个念头是：他这一声喊打破了静寂，狼群就要来了！……我像是被定身法定在那儿，一步也挪不动，一身上下化作无数只耳朵，战栗着、高度紧张地向洞外倾听，久久地倾听……没有，外面山林间没有狼群袭来的惊心动魄的蹄音！我喘了一口气，回头去望松下浩二，突然对他生出了切齿的愤怒：这个家伙，他乱叫什么，不知道这儿是狼谷？我要是有气力，这时一定冲上去给他个大耳刮子！

我还没对松下浩二发作起来，就先被他脸上、眼睛里流露的可怕神情吓住了！显然在我走进内洞以前，这个日本兵就被什么东西吓坏了，现在他的魂儿还没有回到自己身上，他在喊，却不知道自己在喊！

我走过去，朝他脸上拍了一巴掌，喊：

"松下浩二，你怎么啦？——你醒醒！"

松下浩二呼哧呼哧喘着粗气……他用那样的眼光望着我，像是正从一场噩梦中醒来……他好歹认出我来了，眼睛一点点清亮，原有的疯狂和急切渐渐变成大梦乍醒后的茫然和悲凄……他可怜巴巴地看我一眼，接过水碗，几乎一口气就喝了个净光，然后又瞪大惊恐的眼睛望着我，大喘着粗气，喊起来：

"姐姐……啊啊……你到哪去了……我一直在喊你！……啊啊啊……"

对狼群的恐惧又涌上了我的心，一点残存的敌意和憎恶迅速在心底膨胀。我冲他低声叫道：

"不准哭！——不要大声哭！……你刚才是怎么啦？"

松下浩二浑身一震，像是模糊地记起方才发生在自己身上的事了。大滴大滴的泪蛋子滚下他那脏污的脸，叫喊声却一点点低下去：

"我……我以为姐姐不在洞里……你把我一个人丢下了……"

忽然他仰起脸，余悸未消地望着我，声音又大起来，"姐姐，你到底去哪儿了……一天了，我在这里喊，没一个人答应我！……"

我又被他的话吓了一大跳。这不可能，一天来除了静寂，我什么也没听见！

"你胡说！"我低声愤怒地叱斥他，"今儿一天我都在洞里，就没听到你叫一声！"

现在是他在惊骇地望着我了……松下浩二舔了舔干裂得起了皮的嘴唇，脸色一点点变化……我觉得在他看来，一定是我而不是他疯了！

"姐姐在洞里就好……姐姐在洞里，浩二就不怕了！"末了，他低下头去，和解地说。

可我清清楚楚地知道，他刚才对我的感觉并没有改变，这使他害怕了，不敢再看我的眼睛！

此时内心起风暴的已经是我：这个白天里松下浩二一定喊叫过，我却真地没有听见！……我知道是什么淹没了他的叫喊，是这片山林、这段狼谷内从黎明一直持续到现在的静寂，那像一个巨大的无所不包的啸声一样响亮的静寂！

不。

她直视着我的眼睛。我没有说出口的话她也听到了吗？

"我知道你想说什么……那毕竟也是一种解释。我这个严重幻听的人，有时不想听到任何声音时，就会什么声音也听不到！"

进入狼谷的第一个白天，她最渴望的就是洞外的寂静能一直持续下去。于是她就听到了寂静？

就是这一刻也过去了，那种虚弱到极点的感觉，对于休息的渴望，突然控制住了我，刚刚恢复的生命意识又不太清晰了……我是来让这个日本兵喝水的，现在他喝过水了，我要回到外洞里休息了……

我端着空碗，一步一晃地走出去，在外洞的草铺上坐下来。我也没想起吃点什么，更奇怪的是这时我也不再关心洞外的公狼了，巨大的疲乏让我就那样背靠着洞壁，半躺半坐着闭上了眼睛，睡着了！

天什么时候黑的我一点也不知道。我被一种奇怪的声音惊醒了。睁开眼除了洞口的一小片月色，山洞全处在昏暗中！

我冷不丁一下子坐直起来，侧耳辨认这种在深夜里显得异常可怕的声响，我急切地想知道它来自何处！

最初我以为它来自洞外，是那头公狼正撕开荆棘丛钻进来，这个意念登时让我睡意全消，全身寒毛直竖！我一把提起了身边的枪……但是不，我听清了，奇怪的声音是从内洞里传出来的！

我的心仍旧慌得不行，可没有刚才一霎间那么厉害了。我摸索着洞壁站起，一种毛骨悚然的感觉在心底出现！我听出来了，内洞里传出的并不像是人的声音！我哆哆嗦嗦地在黑暗中摸到油灯，用打火石打燃火绒……灯亮了，幽深的山洞里浮动起了亮光，我的胆子变大了，一手端灯，一手举枪，向内洞走去！

一脚迈过石门槛，我就看到了内洞里的景象。我再次大吃一惊：内洞里没有别人，只有松下浩二一个！他倒在地下，手腕被捆着，双手抱着头，身子胡乱地在地上翻滚，一张被痛苦扭歪的脸上大汗淋漓，微启的嘴角不停地向外溢出一团团白沫！我刚才听到的那种奇怪的声音，就是此时仍从他嘴里发出的一声声含混的叫喊！

"啊！……啊！……啊！……"

朝内洞走过来时，我脑子里闪过了许多可怕的想象，却没想到会看到这种景象。我被松下浩二的样子吓坏了，失声叫道：

"松下浩二，你……你在干啥？！"

他一点反应也没有，只是在地上翻滚，两只眼开始还茫然地胡乱地望着，现在却一点点翻出眼白，黑色的眸子不见了……再往后，他的身子不再乱滚，却开始一次比一次厉害地抽搐。我想不出别的比喻，觉得就像鞭子抽在牲口身上那样，抽一下，浑身就会跟着哆嗦一下！接下来，那种奇怪的叫声也不再能从他嘴里发出来了，松下浩二牙关紧咬，脸色青紫，什么声音也没有，嘴里的白沫，却比刚才更多地涌出来！

我的心情变了，恐惧、焦灼和怜恤之情完全左右了它。松下浩二刚才还是一个需要我防备的俘虏，现在却是个要我帮助的病人了。到了这会儿，我不可能再看不出来，他真是害了病，处于可怕的昏迷和谵妄中，这个样子是装不出来的！

我在他面前蹲下，放下油灯，慌乱地喊：

"松下浩二，你怎么啦？……你这个家伙，你搞什么鬼！……"

松下浩二没有回答，他已经不能回答了。他的牙关咬得更紧，脸憋成了乌青色，只露出眼白的眼睛大睁着，仿佛最后一点生命之火也要熄灭了……我被他这副死像吓得哽咽了一声，一刹那间，听到一个声音在心底叫道：

"英子，快救救他，除了你没人能救他了！——快掐他的人中！"

我丢下手里的短枪，一条腿跪着，从地上抱起松下浩二的头搂在怀里，用右手拇指尖狠掐他的人中，一边继续下意识地用变了调的声音喊着：

"松下浩二，你醒醒——！你这个家伙，你醒一醒——！"

"啊——！"

他长长吐出一口气，叫喊一声，醒过来……一双无神的眼睛，一点点地有了光！

我的大拇指还停在他的唇上，没有挪开。刚才我觉得他就要死了，这时仍然不敢相信他真的又活了过来……虽然醒过来了，松下浩二的目光依旧混浊，让你不明白他到底醒了没有。我的心跳得厉害，脸上仍然保留着半分钟前那种极度惊慌和悲悯的神情……忽然，我觉得他真的醒过来了，看清了我脸上的表情，连同眼里急出的泪水，同时也明白了我刚才为他做的事情！

"姐姐……"

他情不自禁地、温柔而含混地叫了一声，完全像个孩子。接着，大粒大粒的泪珠就雨点般从眼窝里滚落下来！

啊，过去他也叫过我"姐姐"，我也因他叫我"姐姐"迷乱过，恼怒过，可是这一次，我却本能地意识到他之所以叫出这一声"姐姐"，并不是感激我刚才救了他，而是他认错人了！这一会儿，他虽然醒了过来，脑瓜却仍然不清醒，他把我错当成另一个人了！

"松下浩二，你叫谁？……你到底醒过来没有？"我又害怕了，失声叫道。

虽然他认错了人，可这一声"姐姐"，于无限凄凉中爆发出了那么巨大的欢欣，欢欣中又蕴含了无限的悲伤与苦痛，完全像一个走失了许久、终于回到亲人怀抱里的孩子发出的一声悲喜交加的呼唤，让外人的灵魂也为之打战！

不知为什么，这一声"姐姐"，竟深深地打动了我的心，我觉得自己也要跟着他哭起来了！

我告诉你为什么。我想起了英男。英男活着的时候，一次次从病中醒来，也在我的怀里，用同样的音调，喊过我一声"姐姐"……

但这一幕也过去了，正是因为想起了英男，我才猛然意识到自己的失态！不，这个日本兵不是英男，英男却是日本人放狼狗咬死的。这个意念让我生自己的气，也生怀抱中的俘虏的气……我将他的头从怀里挪开，放到草铺上，站起来，重新提起枪，怕沾上什么脏东西一样拍了拍衣服，脸上的温情随之消逝，只剩下了隔膜、戒备与仇恨的表情！

松下浩二怔怔地望着我，像是刚刚睁开眼睛，看清了我是谁……猛地，他脸上那种悲喜交集的感情消逝了！

"我……对不起……刚才……又犯病了！"他惊惶地坐起来，低下头去，畏惧地说，脸又变白了。

我的判断被证实，他有病，并且知道自己犯了病。但是让我的心重新软下来的不是这个，而是看清我是谁时突然乌云般涌满他眼窝的失望——他才刚刚重新发现自己的真实处境，那双尚未干涸的眼窝里，就又猛然晃动起了泪水！

而且，由于我手里提起枪站在他面前，他还不敢悲声大放……

我的神情不那么严厉了。他是俘虏，我是看管他的游击队员。我想我应当知道刚才他身上发生了什么。

"你……松下浩二，老实讲，刚才是咋啦？"

他已经完全清醒了，重新想起了自己的身份，害怕地、自卑地望了我一眼，说：

"我有病。头痛病。刚才又犯了。"

我不相信他的话。我也头痛过，却不像他那副样子。

"我是有头痛病。"他感觉到了我的怀疑，说，头抬起来又垂下去，"我……还是个傻子。我痴呆。"

他的话又让我大吃一惊。毕竟一个人说自己是傻子是令人惊讶的。"你说啥？你是个傻子？"

他越发自卑地、畏惧地望着我，点了点头。

他不是傻子，也不痴呆，即使他害着我刚才看见过的病。不过那也不是头痛，它有点像羊角风，我想。可是他的表情却告诉我，他自己不但相信自己有头痛病，还相信自己真是个傻子，是个痴呆！

我想起了另一件事——刚才从昏迷中醒过来，一时间他脸上为什么会出现那样动人的悲喜交加的表情？如果那一刻他看到的不是我，那么这个人是谁？

其实我已经模糊想到可能是谁了……可我还不敢相信自己的猜测是对的。

"你家里还有什么人？"

我的声调不知不觉已变得和缓，他听出来了，抬起头看我，一下子泪花闪闪……好大一会儿，他才让自己稍稍平静下来，说：

"家里还有……姐姐。"

我已经猜到了。可我的心还是再一次被震动了！

"只有一个姐姐？"

"嗯。"

"没有爹妈？"

"没有。"

"他们呢？"

"死了。"说到这里，我觉得他要张开口号啕大哭，又强迫自己止住了，半晌才接着说下去。"我五岁，姐姐九岁，他们就死了。"

我的心疼了一下……原来他也是个孤儿！

"你怎么长大的？……就跟着姐姐过？"

"跟叔叔。爹妈死后，叔叔收养了我们……不过我是姐姐一个人带大的。"他像是要说下去，又突然打住。一道痛苦的光影迅速掠过他的脸。猛地我觉得他的心像是被人抽了一鞭子似地痉挛了。

——现在不但他不愿意多谈自己的身世，就连多想一想也不愿意了！

接下来，他低着头，什么也不再说。过了一会儿，眼泪却静静地流了下来。

我的心里却起了风暴。关于他的姐姐，我想知道得更多。如果刚才他那一声"姐姐"不是冲我喊出来的，那么前不久在狼谷谷底，面对着滚滚涌来的狼群，他在极度迷乱中喊出的一声"姐姐"，也就非常可能不是叫我，而是叫他那世上唯一的亲人！

"她叫什么——你那个姐姐？"我问，语气里多了急切。

松下浩二抬起头，求饶一般望望我的眼睛。我明白他不想再多讲自己的姐姐和身世……但后来还是回答了我：

"秀子。松下秀子……现在叫田仓秀子了。"

"她结婚了？"

"是。"

"啥时候？"

"今年。今年春天。"

他又打住了。

我也突然不想再问下去了！这个孩子，日本孩子，他不想让我更深地进入他凄惨的内心，那里分明深藏了太多悲凉的往事。刚才他回答我，是因为我是他的看守，他不敢不回答我！

——如果一个陌生人问到我的身世，我也不愿意随便说给他——那只会勾起我心底的悲伤，让我一刹那间泪浪滔滔！

可我心里毕竟已经同情他了……思绪一下跳到了一件很具体的事情上。

"你……饿吗？"

他抬头看我，眼里涌满泪水，脸上的神情却有些愕然……他看清我确实没有恶意，才小声地、老老实实地说：

"饿。"

我也饿了。从昨夜到现在，生命的一分一秒都被恐惧充满着，我一次也没有感到饿，此时这个日本兵说他饿了，我也觉得自己饿了！

我端着豆油灯走回外洞，打开日式作战背囊，掏出两个昨夜带来的菜团子，留下一个给自己，拿起一个，又舀了一碗水，给俘虏端进去。

"吃吧，吃了好好睡觉！"我简短地说，用的又是命令的口气了！

他吃了那个菜团子……我又有了一种直觉："头痛病"发作后，松下浩二像是比平常更清醒了！

我没有多想什么。等他吃完菜团子，喝完水，才拾起碗，端着灯走出去，跨过石门槛时忽然感到刚才的直觉仍在：俘虏没有睡，正从背后无声地盯着我！——这时他在我的心里又不是个孩子而像是个成人了。不，至少像个半成人！

我仍然没有多想什么……我回到了外洞，给自己舀了一碗水，灭了灯，坐到铺上，摸黑吃掉了留给自己的菜团子，躺下来……忽然，我又想到了洞外的公狼，心里一惊，马上想到了秋叔叔——白天里秋叔叔没有来，这会儿夜深了，他就要来了！

我睡意顿消，从地铺上爬起，提起枪走回到洞口，重新伏下身去，马上就看到了洞外的狼！

啊，我知道了，就在我离开自己的防线以后，公狼也没有离开它的攻击位置！它显然下了决心，要一直守到最后，守到我坚持不下去时自己走出洞来！

夜风袭过山林，发出巨大的轰鸣。可是我也听到了，静寂仍在狼谷内持续着！秋叔叔快来吧，洞外只有一头公狼，狼是聪明的，也许你们来了，它就会一声不叫地撤走，真是那样的话，这里的静寂就不会被打破，狼群也不会来！

以后有段时间内我一直高度警觉地谛听着洞外的风声和林叶的喧哗，也一直谛听着那如同白天一样响亮的静寂。但困意也潮水般地涌上来。我以为自己不会睡着，可后来还是睡着了。睡着了仍没想到自己会睡着，仍觉得自己正警觉地注视着洞口外的公狼，知道静寂仍在狼谷内持续，知道秋叔叔就要带队伍来了！

一个声音断断续续高叫着……秋叔叔快来吧……赶走洞外的狼……然后就带着英子和俘虏，永远离开这里！……

40

如果没有松下浩二的惨叫和公狼呜咽似的低噪，接下来的那个清晨我的沉睡就差不多是幸福的了。我回到了自己的少女岁月，回到了母亲和英男中间。我不知道自己为什么偏偏在这个清晨会有这么个好梦……家里好像正在过年，窗外飘着鹅毛大雪，窗棂上贴了窗花，我换上了一件颜色鲜艳的红衣服，正要帮妈妈从地窖里取出白菜，包三十晚上吃的饺子……一忽儿又像是饺子包好了，大锅的水也煮开了，一家人喜气洋洋，我就要吃到香喷喷热腾腾的饺子了，心里又欢喜又悲伤……梦中不知道为什么悲伤，却那么渴望扑到妈妈怀里痛哭一场！

我终于没有吃上大年夜的饺子，就在这时我被惊醒了！

醒来后头一个清醒的意识就是天亮了，秋叔叔却没有来！第二个意识是内洞里寂然无声。说不清为什么，我当下就明白俘虏跑了！

我一骨碌爬起来，提着枪跑进内洞，那里果然只剩下半截被弄断的绳子！可是接下来我又听到了方才惊醒我的声音，它从洞外传来的，是松下浩二和公狼在叫——一个低沉，一个响亮！

"啊啊——！"

"呜呜——！"

我全身立马大抖起来……松下浩二跑了，可他却不知道洞外有一头公狼！秋叔叔让我看管着他，我却让他跑了！……这会儿狼要把他吃掉了！

我不知道自己是怎么出的山洞。我一定是飞出去的，像一颗子弹那样，洞口厚厚的荆棘丛一点也没能挡住我……我看到了：距离洞外那片稍显平缓的台地下方五十米左右的林子里，松下浩二和那头公狼正缠在一处，大力翻滚颠扑着！和我最初的想象不同，公狼不知为什么没有咬往松下浩二的脖子，它咬住的是他左脚踝上面的小腿！

松下浩二挣扎着，大声叫着，也许是因为剧痛，更可能是出于恐惧，他拼命要甩掉公狼，公狼却死死咬住他不松口。公狼也在叫，但由于被堵着嘴，它的叫声就只能是呜咽似的，低沉而响亮。公狼是那么兴奋，两只大睁的狼眼闪烁着红红的吓死人的光！……这一瞬间我明白的另一件事是：在日本俘虏和公狼的搏斗中，前者刚才也许还占过上风，这会儿就不是了，松下浩二已被吓傻了，他的眼睛瞪得那么大，没有血色的脸上鼻涕眼泪一塌糊涂，除了恐惧和绝望，他心里又什么也没有了。这个日本兵仍在"啊""啊"地叫，却有点叫不出声来了。现在是狼占上风，正主动地、奋力地、锲而不舍地拖着摔倒在地上的松下浩二那条受伤的小腿，一点一点向林子左下方的裂谷挪动，向它在溪水对岸苇滩里的狼巢挪动！

你听说过巨大的惊恐能让人的脑袋膨胀吗？那一刻我的感觉就是头轰地一声大了！松下浩二是游击队的俘虏，作为看管他的人，我接到过明确命令，只要他逃跑，就一枪毙了他！这种念头出洞前曾在我脑海里闪过，可是一眼瞅见坡下的景象，我心里就只剩下另外一个念头：这个松下浩二，他就要被一头狼拖走吃掉了！

"松下——浩二——！"我大叫一声，举着枪就冲了下去！

我的过分惊恐的叫喊和朝坡下狂奔的脚步声一定异常响亮，它们立即就惊动了公狼。这时它仍然死死咬住松下浩二的小腿，却扭过脸来看了看我，可能一下子它就意识到自己处在危险中了，想叫一声，没有叫出来，猛地从松下浩二的腿骨间拔出利齿，只后退一步，做了一个下蹲的动作，随后，连眨眼的工夫也没留给我，就闪电般地跃到半空中，豹子一样凶猛地扑过来！

"啊——!"我大叫一声,"砰!"地冲它开了一枪,这一枪是下意识的,我已经跑到距它不远的地方了,它闪电般的一击速度太快,我来不及作任何准备,就扣响了扳机,却没有击中它!

公狼是机灵的。直到今天,我仍然认为那是一头异常骁勇聪慧的公狼,几乎就是一位应当受到尊敬的狼的战术家和格斗家。它不但一眼就看出目前我才是对它的最大威胁,毫不迟疑地撇下松下浩二来攻击我,还在进行凶猛的第一扑前就意识到在我和我手里的短枪之间,后者对它的威胁才是致命的,于是公狼的这一扑就不是笔直地冲着我,而是冲着我手中的枪!我脚下一滑,一声枪响过后,它就被扑掉了,掉到地上的草丛和落叶中去了!我自己也仰面摔倒在地上!这用尽全力的一扑也使公狼自己跌了一跤,但随即它就一个鹞子翻身跳将起来,呜呜地吼叫着,露出雪白的利齿,调整一下姿势,再次腾空向我扑来!

这时我手里已没有枪了!情急中我摸到一块石头,向狼头砸去!公狼没有躲得开,"砰"地一声闷响,我击中了它的脸。公狼愤怒地哼了一声,一个滚翻落到地上,又跳起来。我想站起来,却再次滑倒,手里的石块也骨碌碌滚下了山坡!

公狼又向我扑过来!这次我逼近地看到了它那双充满仇恨和疯狂的眼睛,见我手中的石头滚落下去,这双狼眼立即就像一对小电灯泡一样骤亮起来!我还没有爬起,就被它扑倒了!转眼间我和公狼就它在上我在下,撕打起来!

要说清以后几秒钟的经历和感觉是不可能的。公狼扑到我身上时,我的脸、衣服、我裸露的胸和肩膀,就被它撕破了。我开始还没命地和它撕打,后来就只能下意识地用双手推挡公狼伸向我脖子的利齿!突然我逼近地——一生都没有这么近过——看见了公狼的血盆大口,它那血红、疯狂的眼睛里黄黄的瞳孔,从那里、也从狭长的脸上透出的阴森森的死气!我的身子早就觳觫不止,抵抗的意志接近崩溃,求生的本能却让我坚持,我终于坚持了最后几秒钟!我没命地叫喊,自己根本不知道在叫喊,继续拼死力用两手往外推狼的下颚,不让它靠近我的咽喉!狼的嘴被我死命推歪了,扭到一边去,它就改用两只前爪拼命撕扯我的前胸!我听到了皮肉被"呲呲"地撕开,感受了狼爪切入肌体的巨大痛楚,我就要昏死过去了,脑子里却还剩有最后一个意念:不能丢手,只要手一松,让狼咬住我的脖子,我就完了!

啊,正是这最后几秒钟的顽强不屈给了松下浩二时间。公狼撇下他扑向我以后,他一直趴在地下,惊惶地叫着,望着,喘着气,但在我和狼搏斗的几分钟内,他眼里的迷乱部分地消失了,他看清了正在林地里搏斗的我和公狼!松下浩二这时看到的情景一定比我感觉和想象的还要可怕：由于我在下狼在上，他一定认为狼已经咬住了我的脖子！他"啊"地一声叫，跳起来又扑倒，又跳起来，拖着一条伤腿，爬到我和公狼近旁，手抖抖地从地下捡起那支方才被狼扑掉到草丛里的枪，然后一下站起来——真不知道他打哪儿来的力气——从后面照准狼头，"砰"地开了一枪！

我没有听到这声枪响。在我和公狼的较量中，我的手越来越没劲儿，狼的利齿已渐渐抵近我的喉咙，我觉得它们就要切断我的喉管……可是，虽然我没有听到枪响，却感受到了一次猝不及防的、狂风暴雨似的打击：狼的脑袋轰然炸开，脑浆、血和被击碎的骨碴有力地打在我脸上！我承受了那么大的打击，甚至连那粒击碎狼头的子弹贴着头皮钻进土层的声音都听到了，可就是没有听到这一声救了我命的枪响！

然而……我却随后就听到了它在下面大山峡内引起的连绵的回响，它打碎了我一直在倾听、现在仍在倾听的狼谷内的静寂……有那么一两秒钟时间，大半个脑袋都被击碎的公狼仍立在我身上，一只完整的、血红的狼眼定定地凶残无情地望着我，仿佛对这一突然到来的结束不甘心似的——然后才向我身体左侧的草地上訇然倒去！在我的感觉里，那就像倒下了一棵大树，一座高山！

我得救了，但是明白自己没有死仍需要几秒钟时间。我茫然地听着那声枪响在狼谷内的回声，等待眼前的树木、蒿草重新清晰起来……我又能看清楚这片山坡和林子了，头脑也一点点清醒，随即就被惊呆了：那支击碎狼头、还冒着青烟的枪口，正颤巍巍地对准着我的脸！

"松下浩二——你想干什么！"发自本能的恐惧让我大叫一声。

一点什么东西飞快地在松下浩二大睁的、极度恐惧和迷乱的瞳仁里掠过，他握枪的手抖了一下，短枪软软地落到地上……忽然，他像是刚刚明白自己又一次脱逃了狼口，猛地扑上来搂住我，浑身剧烈地打着战，咧开嘴，大声哭起来，一边叫着：

"姐姐……"

我头脑里那一点清醒仍然保持着，我把他丢在地下的枪重新抓到手里，随后就明白了：他方才用枪对着我是无意识的，他打死了狼，却不敢相信自己真能又一次死里逃生……一时间，劫后余生的悲痛也猛地袭击了我，我忘记了我和他的不同身份，紧紧地搂住他，和他一起大哭失声！

"啊啊——"

"啊啊啊啊——"

狂风袭过山林般的战栗，再次清楚地出现在她身上。

我的这次迷乱并没有持续很久，一种异常紧迫的恐怖直觉就让我猛醒过来！我想到了一件事：从昨天黎明持续到今天清晨的静寂到底被方才的两声枪响打破了！血腥气正在这片山林里、在狼谷内散开，它们马上就要引来狼群！

我的眼睛开始搜索四周的山林，一颗受伤的心猛地揪成了一团！

坡底响起了一声尖细的狼嗥！"嗷儿儿儿儿——！"……不是狼群，这是我昨天黎明在西北方的溪水对岸看到的那头母狼，是它在叫。我刚刚在坡下林子里看到它，也就看到了跟在它身后的四条小狼。母狼和小狼，正一起向我和松下浩二抱头大哭的地方奔来！

松下浩二也听到了这声狼嗥，哭声一下就止住了。"姐姐——！"他叫了一声，看我一眼，立即面如土色，浑身大抖，眼看着就要瘫倒在地上了！这一刻，我又忘记了他是一个从密营里逃走的俘虏兵，脑子里只有就要袭来的狼了！我全身也下意识地大抖，可我又一次想到了：这里除了我，没有人能救出我自己和松下浩二！这个念头刚冒出来，我身上就又有了力气，我跳起身，一手提枪，一手架起浑身发软的松下浩二，嘶哑地冲他喊：

"快走——回到洞里去，狼又来了——！"

重新陷于迷乱中的松下浩二像是听懂了，却又没有全懂，但他还是"呀呀"地大叫着，瞪大白多黑少的眼睛，爬起来，一条腿跳着，跟我朝坡上洞口方向跌跌撞撞地跑。落叶层和树根绊倒了我们，正在来临的巨大恐惧让我们气喘吁吁，两条腿发软，一次次倒下去，同样还是它，让倒下去的我们立即四肢着地爬起来，没命地向前跑。跑了十几步，我又一回头看到了母狼，并且第一次——你说奇怪不奇怪——看见它脑门上有一块醒目的白色大斑点！昨天黎明我见过它以后就没有再见到它了，我不知道刚刚过去的白天和夜晚它到哪里去了，能想到的是它一定和自己的狼崽在一起，但几分钟前的那两声枪响惊动了它，正在林间洁净的空气中弥散开的血腥气很可能一下就让它明白了发生了什么事情（狼的嗅觉是异常敏锐的）。现在，它正从坡底一下一下跳跃着，向我和松下浩二箭一般地疾驰过来！

我真不该回头望这一眼！我望了这一眼，松下浩二也下意识地跟着我回头望了一眼！"啊！"他大叫了一声，转身就伸开两只胳膊死死地抱住我！"姐姐——！"他大叫着，声调也变了，浑身筛糠般地大抖。他也看到了正在朝我们狂奔过来的一头大狼和四条小狼！我被他用那么大的劲儿抱着，竟一步也走不动了。"松下浩二——！"我也大叫一声，"你松开我，不然我们俩都要死了！"我不知道他是听清了我的话，还是从我大睁的恐怖的眼睛里忽然明白了我的意思，但他紧搂着我的手松开了，两腿一软，倒向地下，嘴里嗷嗷地叫着，两手乱扒乱舞，没命地朝落叶层里钻——他完全被吓傻了！

我也浑身打战，两腿发软，一步也跑不动了！一时我觉得我们俩真要死在这里了！一条母狼，外加四条小狼，冷静下来想也许不那么可怕，可自从那两声枪响过后，我就再也没有忘记随后就要到来的狼群！是对后者就要到来的恐惧击垮了我！我也像松下浩二一样趴在地下，却不像他那样完全失去了理智。我已经回头望见了距我们越来越近的母狼，忽然空前绝后地恨起它和身边的日本兵来。"没用的东西！今天我们是要死在这儿了，可我们总不能就这么被吓死吧，我枪管里还有四发子弹呢！留给我和你两发，还有两发能对付母狼和小狼！等我打死了母狼和一头小狼，再打死你和我，以后的事情就随便吧。接下来肯定就是赶到的狼群了！"我一边悲愤莫名地骂着，一边气喘吁吁地向迎面奔来的母狼伸出了枪管——反正逃回洞里去是不能了，我就在这里，跟你们拼了！

母狼离我们更近了，连跟在它身后的四只狼崽子我都一只只看清了……世界忽然间变得鸦雀无声，仿佛这段狼谷内刚刚被打破的静寂又完整地复原了……不，不是这样的，静寂中我听到了母狼的蹄音，一声又一声，越来越近，沉闷，巨大，如同雷鸣！

不是母狼的蹄音如同雷鸣，是这蹄音在她的不管什么声音都会被十倍百倍放大的听觉里如同雷鸣。

我把枪口顶上自己的太阳穴……我会先把松下浩二打死，再打自己一个脑袋开花，但这么做以前，我先要击毙这头正在雷鸣般的蹄音里向我们狂奔过来的母狼！

母狼距我们趴倒的地方只剩下十几米了……我没有开枪，也没有睁开刚刚闭上的眼睛，也没有从太阳穴上调转回枪口。我想等母狼扑上来的一刹那间再猝然冲它开一枪，打它个脑浆迸裂，然后再瞄准最先到来的一只小狼，接着是松下浩二，然后是我……松下浩二还在我身边一声声号叫，声调越来越不像是人的，而像是别的什么声音。对了，像那头被汪大海活剥的狼，可眼下我不会再关心他了！

忽然我意识到什么东西消逝了，它是一下消逝的！那越来越近、越来越嘹亮的蹄音！……这不可能……我睁开眼睛，望见母狼竟然停下了，在离我们只有四五米的地方！母狼回头向身后宽阔的大山峡一望，低低地哀鸣一声，没有忘记用一双黄黄的、疯狂和仇恨的眼睛——和公狼一样的眼睛——愤怒地、恋恋不舍地望我们一下，全身的毛炸起，竟像人一样打起了寒战……接着，它突然夹起尾巴，浑身哆嗦着，动作敏捷地向西北方那道有着一条瀑布和一道溪水的裂谷跑去，向狼巢跑去了！

接着，那四条跟在它后面的小狼也哀哀叫着，跟着它消逝在山腰中的灌木丛中！

可我已经想不到它们了！那种如同飓风搅动山林的呼啸声，又像是有一千只鼙鼓被擂响的音浪正贴着山坡滚滚而来。一刹那间，地面上枯叶簌簌乱飞，林梢层中鸟儿乌云般腾空而起，尖叫着飞向远方！

我知道发生了什么事情！最初这种声音让我浑身瘫软，想站也站不起来……可还是它，在随后的一刻给了我力量，让我一跃而起，从身边落叶中扯起了还在胡喊乱叫的松下浩二，没命地向山坡上的岩洞跑去！

刚刚拨开洞口的荆棘丛，扑倒在洞里，那种飓风横扫、洪水暴发、遮天蔽日的强大声浪就来到了。洞口外几米远的大树，也一棵棵呼天扯地地狂啸起来！

狼群到了……

41

我趴在洞口荆棘丛后面，脸贴着地表，浑身大抖着，又要昏过去了……可是没有，透过荆棘丛根部的隙缝，我看到了出现在坡下的狼群！……先是一头小个子的灰狼，尖兵似的，孤单单地跑到我们和公狼搏斗过的林地间，站住不动，仿佛发现了什么，却踌躇起来；接着一头大狼赶到，用警觉而兴奋的目光看了看四周，只一跳就找到了那头被击毙的公狼。它嗅了一下，突然高高昂起头，大大地张开口，兴奋地长嗥一声，就低头在死狼身上撕扯起来。小狼跑过来，要和大狼争夺，大狼凶残地吼一声，龇了龇牙，小狼被吓跑了，又不甘心，围着大狼和死狼绕圈子……一转眼就又奔过来几十头大狼，投入了对死狼的争夺……接着更多的狼蜂拥而至，我看不到大狼和小狼，也看不到那头死狼，只能看见一个越来越大的狼群，像一个滚动的雪团一样疯狂旋转，越滚越大，越转越快……到了这时，就不是几十头狼而是上百头、几百头狼了，它们奔走着，盘旋着，咆哮着，相互撕咬，圈外的狼拼命挤进去，里面的狼被挤出来，再往里面挤，仿佛它们不是同类，而是不共戴天的仇敌……

忽然，我听到的已经不是狼群涌来时山摇地动的声浪，整个林间响彻、怒号着的，都是洪水一般汹涌、浩漫的阴风了，它随着狼群而来，灌满了狼谷和天地，而这时在林间旋转滚动的也不再是狼群，而是地狱里的鬼魅，是鬼魅们在地狱里舞蹈，它们在无边无际的阴风里跳着死亡之舞！

死狼很快就被吃尽了，吃到食物的是少数强壮的狼，却没有吃饱；更多的狼投入撕咬却什么也没吃到，但它们同样被林间弥漫的血腥气激怒了……好像只过了几分钟，林间所有的狼都感到了同样的愤怒和委屈，咆哮起来，它们不再挤成一堆而是自动分散，狂嗥着，撕咬着，范围越来越大地寻觅着新的血腥气和猎物，似乎根本不相信也不会原谅这里没有更多的食物了。就是没有别的食物，它们也要找出些什么，毁灭些什么，吞掉些什么！

狼群——不是一头狼而是一队狼——顺着松下浩二留在地上的血迹，一边嗅着一边小跑着过来了！头狼——一头土褐色的公狼——最先蹿到洞口外，长长地叫一声，将自己那个丑陋而凶恶的大头，穿过荆棘丛，探了进来！

尽管我早就想到过那道荆棘丛挡不住一头执意要闯进来的公狼，更挡不住外面这数百头能吞吃掉世间一切生灵的狼，并且觉得自己做好了与一头率先闯进来的狼同归于尽的准备（我在洞口摸索到了一颗手榴弹，那是昨天我放在这里的），可在这条土褐色的公狼将它可怕而丑陋的头伸进荆棘丛以前，我的最后一根生命之丝依然没有崩断，它仍维系在那儿，渴望奇迹！但这头狼把它的头伸进来了，我生命中的这一根细丝就"砰"地断了！我清楚地听到了它的一声轻微的脆响，如同折断一根枯枝！

随后的一瞬间我一定是昏过去了，失去了对眼前发生的事情的反应能力。我拿不住枪，更想不起使用地上的手榴弹。我的脸和狼的脸贴得那么近，用近在咫尺形容都不够贴切。狼头伸进来时，我也本能地惊惶地昂起头，几乎与狼脸对着脸，狼的呼吸直喷到我脸上！我不再是我，我成了一具等候狼的利齿撕扯的活尸！

——大脑里残留的最后一个意象是：这头狼就要看见我了！只要它看见我，我这具除了发抖什么也做不了的活尸，就要变成一具被撕扯着的死尸了！

你可能根本不会想到，就是这样我也没有闭上眼睛——没这个能力了——于是我的眼睛就一眨不眨地看到了后面发生的事，一桩奇迹：可能是一根干硬的荆棘猛地扎疼了它的脸，脑头钻过荆棘丛伸进来时，狼眼却因疼痛猛地闭上了！我死人一样望着它，不，是望着母狼的两只紧闭的梭形的大眼！我觉得它们就要突然睁开，而只要它们睁开，那根扎疼它的荆棘，就不再能阻挡它清楚地看见我，然后突进洞内，张开大口咬住我的脖子！

我经历了平生最为漫长的几秒钟：一颗狼的大脑袋就杵在我面前，停在那儿，一动也不动。那根扎伤它的荆棘一定让这头狼疼得厉害，它一直没有再睁开眼，就又猛地把头缩了回去！

我在随后的一刹那间活了过来。我的心狂跳不止！仿佛不是一颗心，而是一千颗心在跳；又仿佛它们不是心，而是一千面鼓面，被一千只重锤同时敲响！那根生命之线，我又感觉到了它！我仍在抖，浑身像被浇了一场透雨一样大汗淋漓，头疼得要炸裂，可到底觉得自己有些力气了！我抓紧了手中的枪，另一只手抓起手榴弹，感觉、意识部分地回到了我身上，让我一下就想起了下面的事：这一头狼一定是顺着松下浩二留下的血迹和气味找过来了，这头狼既然能找过来，别的狼也有可能找来，将狼头伸进洞口；刚才那头狼没有睁开眼睛，再来的一头狼就会睁开眼睛，发现荆棘丛后面的我和日本俘虏……我居然还能想到，松下浩二腿上的伤口还在渗血，我和他守在洞口的时间越长，这里的血腥味就越浓，越容易引起狼群的注意。不，我们必须到内洞去，离开洞口越远越好！……接下来又是一个念头闪电般地在我脑子里一亮：内洞和外洞之间还有一道石门槛，那里正好可以做我们抵抗狼群的最后阵地！

虽然想到了这些，但它们只是些在脑子里飞快闪过的意念。真正促使我将它们化作行动的是松下浩二！进洞后我一直注视着洞外的狼群，一眼也没看他。这时我却不能不朝他看一眼了，我从自己的身旁突然听到了一种奇怪的响声！回头瞥一眼松下浩二，刚刚退潮的寒战立马又在我身上恢复了！我记得进洞后他就趴倒在了地下，不知何时已经直直地跪在那儿，面向着洞口；松下浩二的脸惨白如雪，又像一张纸做的假面，被厚厚敷上了一层白色的油彩，这使他的脸不但像一张假脸，还成了一张可怕的死人似的假脸！……真正的可怕之处还在后头：不知为什么，我第一眼看见这张脸时就觉得它正在熔化，自上而下地流淌着明晃晃的白色津液，蜡做的一般……松下浩二的眼窝里又没有了黑眼珠，只有正在向外翻出的白眼珠。他的嘴唇紧闭，在两腮下方绷出一对坚硬的棱角，牙关紧咬，一粒不大的白沫正从嘴角溢出来……松下浩二的身体又在可怕地大力地抽搐……先从左肩开始，猛地摇动一下，然后那抽搐的力量就像风或光影一样斜着滑过上体，带动锁骨、胸骨、肋骨一起抖动，接着头部、四肢和其他部位也跟着地震般摇动起来!

啊,虽然昨天半夜里我已经见过松下浩二抽搐,但这一次,他还是把我吓坏了!你却觉得这抽搐在他身上是和生命分开的,纯机械的,他本身则成了一个可怜的被操纵的木偶,一次次被某种不知名的可怕的力量恣意地摇撼着,蹂躏着,不是让他死,而是要把他像一架机器一样摇散架!

刚刚看清松下浩二身上发生的一切,我就想道:松下浩二又犯"病"了,像昨天夜里一样,他被这个清晨经历的一切吓得犯了"病"!

松下浩二现在要张开嘴了?他要干什么?昨夜里他曾在犯"病"时"啊""啊"地大叫,现在他又要叫了!……不,不能叫他在这里叫,只要他叫出一声,就会惊动洞外的狼群!

我不知道是从哪儿来的力量,也许仅仅是巨大的恐怖本身,让我一手提着枪和手榴弹,一手从地上将他抱起,半拖半拉地将他从洞口向内洞里拖去!

我和他抱在一起滚过了内洞和外洞间的石门槛,我们一起扑倒在地下,我的心里仍旧那样急切,一个念头像暗夜中的火把一样明亮:必须把他弄醒,不能让他喊出声,不能让他惊动了狼群!我身上的力气本已耗尽,这时又回来了,我翻身按住他的头,用大拇指猛掐他的人中。现在想起来,那时我恐怕已接近疯狂,我的力量极大……松下浩二开始没有任何反应,忽然就疼得大抖一下,不但那声已到了喉咙里的叫喊没有发出,浑身上下那一次次吓死人的抽搐也停止了!我松开手,惊恐地望着正在苏醒过来的他,他半天才睁开眼,怔怔地望着我……终于他的记忆部分地恢复了,不知从哪里来了力气,一下折直上半身,伸出两臂死死抱住我,张开大嘴,就要号哭起来,又被我用手死死捂住了!

"别哭!不准哭!洞外有狼……"我低声叱斥着,将他的头和脸捂上我的胸口,让那一声无比惨痛的哭号化作破碎的呜咽,只在我的心头狼奔豕突……我做到了这件事,却发觉自己可能止不住另一个哭声了,它也悲愤到极点,压抑而又有力,就要像长江大河一样惊天动地地奔涌流泄出来!

那是我自己的哭声。为了不让它传出洞外,一刹那间我也猛地搂住了松下浩二,用牙齿死死咬住了他的衣襟!

42

我不知道我们搂抱在一起哭了多久……后来我们都累了，我松开了他，他也抬头望了我一眼……这是回到洞里后我们第一次真正清醒的相视，不是作为敌人，游击队员和俘虏，而是作为两个同样身陷狼围的绝望的人……有那么一瞬间我又有了那种感觉：他又犯过"病"了，这一会儿他的大脑比平时更清醒。松下浩二朝我望来的目光明亮而异样，它是畏惧的，又是亲近的，甚至还突然不自觉溢满了怜惜和自怜之情……我的心被他的目光惊动了，痛苦在消失，愤怒却一点一滴地生长：这个眼下还半躺在我怀里的日本兵，他竟然在可怜我——他竟敢可怜我！

不！

我粗暴地从怀里推开了他。仅仅有过这一次清醒的对视，洞内的气氛就已发生了变化……尽管我已身陷狼围，死到临头，我仍然不能忍受一个日本俘虏也用我看他的目光看我！这个早晨以来被忘却的事一下都想起来了：松下浩二，该死的家伙，如果不是他弄断了绳子逃出去，就不会被公狼发现，我也就不用跑出洞口救他，终于惊动和招来了狼群！……啊，秋叔叔昨天夜里没来（此时我还不能说秋叔叔昨夜为什么没来，想清楚它是头脑更为清楚的时候才能胜任的事），今天一定会来。我已经让公狼在洞外苦等了一个完整的昼夜，只要坚持下去公狼也会绝望，那时说不定它就会自动走开，让秋叔叔带着队伍平安走进这个密营！……啊，进入狼谷前我专门对他讲过战俘纪律，警告过他别想着逃跑，可他还是逃跑了，将我和他自己置于如此的死地，也让秋叔叔不能带队靠近这座密营，把我们救出去。这个日本兵，我真恨他，我要枪毙他！

一定是我目光的变化惊动了他——我说过犯"病"过后他的头脑会比平常更清醒——松下浩二脸上的形容变了，他看出了我的愤怒，看出了我内心的冲动，他害怕了，身上又上下抽搐起来——看样子，他又要犯"病"了！

憎恨、鄙夷的感情混杂在一起猛地涌上了我的心。我又不想枪毙他了——枪声同样会惊动洞外的狼群——不错，是他的逃亡给我引来了狼群和死亡，可他自己如今也陷入了狼围，如果说我今天一定要死，他也活不了！既是这样，那就让他暂时活着，万一狼群涌进来，让他自作自受吧！

洞外的狼群猛然一起嗥叫起来！我的心一抖，又想到那件事了：如果有一头狼钻过荆棘丛，蹿到洞里，我该怎么办？……我翻身伏在石门槛上，冲着洞口准备好了枪和手榴弹……来吧，既然它们一定要来，这里就将变成我和狼群的最后战场。我先用这颗手榴弹消灭最早冲进洞的狼，然后像方才在洞外林子里等候踏着擂鼓般的蹄音扑来的母狼一样，把短枪中的两发子弹留给后来进洞的狼，再用剩下的子弹打死我和身后的俘虏！

——不，狼群是松下浩二引来的，我要把第三颗子弹留给狼，只给自己留下一发子弹。至于松下浩二，我把他给狼好了！

狼群没有钻进来，那道荆棘丛在我的感觉中又成了一道坚固的生命之墙……我心中的疯狂如大海之潮，涨起来又落下去，悲哀却如落潮之水，在心灵的大海边喧哗鼓涨……这时我完全下意识地——出于本能的戒备之心——做了一件事：回头看了一眼松下浩二。只这一眼，我的心情又变了！

松下浩二又在地下打滚，两手攥着受伤的左小腿，那里仍有血不停地渗出来！疼痛扭歪了他那脏污的满是泪水的脸，让他浑身打战，可他却紧咬着嘴唇，不让自己哭出声来——他是不敢哭出声来！

不……你仍然不要以为我又是动了恻隐之心，才为他包扎伤腿。我的第一个意念是：让他的伤腿这样继续流血不止，内洞里的血腥气也会浓重起来，惊动洞外的狼群！接下来才是那个略显得惊慌的念头：血这样流下去，他会死的！……不久前我还想亲手杀了他，这一忽儿我又把这个决心忘了……我的头脑已经混乱，前一秒钟和后一秒钟想的事会完全不同……忽然我觉得不能让他就这样死掉，毕竟秋叔叔将他交给我时他是个活人。而且……而且说到底，他仍然是一个可怜的日本孩子！

我爬起身来为他包扎了伤口。我从他身上撕碎一件衣服作绷带，没有药，只能用游击队的办法，从短枪里卸下一粒子弹，砸开它把火药倒在伤口上，再取来一点盐（内洞里就有秋叔叔藏的一包盐），撒在伤口四周……松下浩二疼得直抽冷气，却咬牙忍着，直到最后我为他包扎完毕，才低低地哼了一声！

（顺便说一句，我用的办法虽土，效果却不错，松下浩二腿上的伤虽没很快痊愈，但在接下来的日子里，也没有发生感染化脓发烧等等足以要了他的命的症状。在他从公狼嘴里救了我的命以后，我又一次从死亡边缘救了他的命！）

做完这件事我又回到石门槛后面。松下浩二一声不吭地向后倒下去，像是死过去了。这时我又顾不上他了……狼群没有退去，它们仍在洞外广大的山林间盘旋奔走，撕咬和怒嚎。它们在搜索，在寻觅着那些已被它们嗅到的猎物的气味，它们不相信这些可怜的猎物能藏到一个它们找不见的地缝里去。越是找不到，狼群就越发愤怒和疯狂。猎物的气味，说到底还是那种不容易散去的新鲜的血腥气，是从我和松下浩二藏身的山洞里发出的，山洞也就成了它们寻觅的中心。白天余下的时间内，一头又一头、一批又一批的狼，一次次将脑袋探进洞口的荆棘丛，朝里面窥视。我觉得一定会有不少狼发现了里面有一个山洞。不可能每头狼将脑袋探进来后都没有睁开过眼睛，它们没有钻进来的原因只有一个：虽然发现了山洞，却没看到什么，它们从外面向里面望，是从亮处望暗处，一下子是看不清什么的，再加上冒险钻进洞来有可能划破皮肉，就放弃了进洞的打算——这当然不是我当时的想象，当时我没有什么想象，我脑子里能想到的只有一头随时会钻进洞、也把狼群带进来的狼，那时我和死一样躺在我身后的松下浩二，就将与最先进来的一头或几头狼同归于尽！

　　……再后来我一定是昏过去了。说起来令人难以置信，但我确实昏过去了。也许从早上到了午后，我的最后一丝气力也耗尽了；内洞和洞口虽只有七八米远，但置身于内洞之中，时刻感觉着洞口那道荆棘丛的存在，从心理上拉开了我和狼群的距离……另一种原因说来是奇怪的，在我却真实而重要：松下浩二的逃跑让我和他陷入了狼群之围，可到了这时，我也突然发觉自己再不用戒备身后的日本俘虏了。他腿上有伤，洞外有狼群，他就是还有力量杀我，也逃不出这个山洞了……我没有想过自己会昏过去，可还是昏了过去！

　　醒来时天已黑了。狼群没有走，但洞外持续了一整天的狂风大作般的蹄音却低沉下去，代替它们充满山林和峡谷、不时将夜的静寂撕成一片片的是群狼长一声短一声的嗥叫。由于刚刚过去的白天里大多数狼一无所获，它们此时的叫声里包含的饥饿感更强大，听起来更加凶猛凄厉，愤怒而又焦灼。这个白天，虽然死亡每一刻都可能来临，我心里仍有一线希望的光亮在闪烁。我盼着黑夜！狼群是白天来的，天黑下来它们在这里找不到猎物，就会撤走，像来时一样，像我过去在狼谷谷口看到的情形一样！那时我和松下浩二就会得救，秋叔叔也会带队伍赶来！——啊，我又心痛欲裂地想到秋叔叔了：秋叔叔，我的亲人，你快来吧，英子和俘虏被狼群困在二十七号密营里，就要死了！

43

  这一夜我一分钟也没有睡着。夜越来越深，洞外狼嗥的声浪时断时续，却渐渐弱下去。我死人般地躺在石门槛后面，一动不动。我在谛听，也是在等待，等待夜半或拂晓，一个我根本没想到的时刻，最后一声狼嗥消逝，而在狼群完全从洞外撤走后出现的一片静寂中，响起秋叔叔带队走近洞口时轻悄悄的足音。我甚至还想到了狼群一定会离开、非离开不可的原因：游击队已全部退入狼谷，日本人这时也肯定将封锁线推上了分界岭，不管是狼谷内的游击队还是岭脊线上的日本人，都随时会和狼遭遇而打起枪来。激烈的枪声一响，受惊扰的狼群就会蜂拥离去，我和松下浩二——首先是我，其次才是他——得救的时刻就到了！

  我的心意就定在这一点希望上了，它就是大海深远处的一点微光，在死亡的黑夜里闪烁，映照着我的生命。夜在加深，时光一秒一秒流逝，月光在洞口亮起来又暗下去，暗下去又亮起来。我没有听到枪声，更没听到狼群受到惊扰而大举撤走的巨大骚动。天快亮时有一阵子我觉得自己听不到狼的动静了，狼谷内外静悄悄一片，如同进入了太古洪荒年代。我的心"怦怦"地大跳起来，我从石门槛后爬起，两手扶着洞壁，无声地走向洞口，我要亲眼看到狼群确实像我想象的那样离开了……刚刚在外洞里走了一半我就站住了，洞口外紧贴着荆棘丛，一头狼突然响亮地嗥叫了一声！我对狼的嗥叫是那么熟悉，立马就听出这是一头大公狼，它堵着洞口卧了一夜，现在大概刚刚睡醒，站起来摇摇尾巴，昂起头对着这片始终弥漫着血腥气却找不到任何果腹之物的山林，发出了一声愤怒而狂躁的悲鸣！

  我的心被这一声狼嗥震撼了，黑暗生命的远处，那最后一点萤火样的希望之光猝然熄灭！我从外洞跌跌撞撞爬回内洞、重新在石门槛后卧倒的这一瞬间，我立马又听到了一声长长的啸叫！

  一声绝望的尖啸。一声悲欲难言的尖啸。生命自己尖叫起来！如同洞外那头饿急的狼，在黎明到来之际，突然间长啸不止！

  你不会明白发生了什么……我当时也不明白……那一刻我只是蓦然感到一颗心绞痛起来，如同一把刀正一下下切剥着它，每一刀下去都剧痛难忍……啊，狼群没有走，秋叔叔没有赶到！不，真正令我心痛得尖啸不止的是另一种异常清醒、我不愿相信却又不能不信的直觉：秋叔叔来了，他来过了！理由非常简单：我和松下浩二待在这座密营长达一个昼夜了，秋叔叔不可能不来！他一定带着队伍来了，却被直到此时仍没有离开的狼群挡住了路，无法靠近这个山洞！

啊，那一声响亮、绝望的尖啸就是从这里升起来的！我还不知道这个可怕的直觉有没有道理，就已经相信了它，觉得自己终于睁开了眼睛，看清了秋叔叔直到现在还没能赶来解救我们的秘密！啊，你会问秋叔叔为什么不开枪赶走狼群！这件事我也想过了：他们不能开枪！岂止如此，我还害怕他们开枪！秋支队只有六十几个人，他们开了枪也不是狼群的对手。这座密营距岭脊线那么近，枪声一响，日本人就会发现他们——一边是狼群，一边是日本人，秋支队转眼就会全军覆没！

于是秋叔叔他们，虽然靠近了狼群，靠近了这座密营，也就没有开枪！

这就是那个黎明我明白了的事情。过去一到危急关头，意识到自己会死，一声绝望的尖叫也会在心头响亮起来，但危机一旦消除，这声尖叫就停止了，我会马上忘掉它，仿佛它从没发生过一样……我没意识到，事实上自从我进了游击队，这一声绝望的、注定要在死前发生的尖叫就在心里响彻着了，不过它在平常的日子里是那么模糊，我听不到它，可到了这个黎明，刚刚想到秋叔叔他们就是来了也不能开枪惊散狼群——再说也惊散不了——救出我和松下浩二，我也就想到了：狼谷内一天不响起枪声，狼群就有可能一天不离开这片山林；狼群一天不离开这片山林，秋叔叔和他的队伍就一天不能靠近这个山洞，我和日本俘房就一天不能获救！明白这件事，我内心里那一声模糊的尖叫，就突然化作一声痛断肝肠的长啸，响亮起来！

啊，此前我还一直相信狼谷内外总会响起枪声，而枪声将帮我和松下浩二引走洞口外的狼群。此刻却突然想到事情也可能是另外一种局面：如果不是为了救我和松下浩二（最主要的是救我），退入狼谷的格节游击队决不会贸然开枪，暴露自己，何况眼下他们明知响枪也救不了我；游击队不响枪，找不到攻击目标的日本人自然也不会响枪，他们的一般作战习惯是发现目标前决不响枪！还有，今天中井弘一也知道自己已置身狼谷边缘，一旦用枪声惊动狼群，就有可能与之发生大规模冲突。为避免这个，真正发现游击队的藏身之地前他不会让他的队伍轻率地开枪，打破目前狼谷里的静寂。中井弘一是会让日军开枪的，甚至不惜与狼群一战，但要等到他发现了游击队以后！

——游击队不能开枪，日本人也不开枪，随着黎明的到来重新在洞外奔走咆哮的狼群就不会被引走，我和松下浩二就将一天天被困在这里，直到被一头或一群突进洞内的狼杀死，或者——另一种可能——被狼群围困至死！

啊，想到了这些，你生命中最后的一点希望的亮光不可能不熄灭，它本来就细微如豆，且是在远处闪动。死亡如同无边的黑夜一样立在你面前，你一睁眼就在自己面前几公分的地方看到了它，你那颗被一刀刀剜割着的心，怎么会不骤然野兽般地发出一声悲凄的长嗥！

落进陷阱的困兽，喉头也会发出一声长长的垂死的哀鸣；冬天凛冽的风雪袭过荒滩，最后一根苇秆也会在偃抑起伏、就要折断时响起一声细久的尖啸……接下来的几分钟，我的内心是那么清醒，生命里却只剩下了眼泪和这一声痛楚至极的嗥叫，连同全身上下我意识不到的一阵阵的死亡战栗……死亡像大山一样向我倒压过来，我的头眩晕……啊，我就要死了，什么人也不会来救我了，什么人也来不到这个洞口了！……我昏死过去，再也没有醒来……

她停住了，双目前视，眼窝里满是红红的愤怒的泪水！

我沉默着。我只能等她自己回到现实中来。只能如此。

整整过了五分钟……她清醒过来了，用明亮得近乎锋利的目光盯我一眼，大声说：

"你难道还不该走吗？今天我们谈得够多了！"

我站起来。窗外天全黑了。她说得对，这是她接受我的访问以来我们在一起待过的最长的一天。

可我还有许多问题。秋司令和他的队伍在哪里？他们到底来过没有？到底发生了什么？

音乐会。当这个不满十五岁的女孩子陷入狼围、死亡迎面扑来、心底只剩下一声长而凄厉的尖啸之时，总会在她生命的危急时刻出现的音乐会在哪里，它会不会再次回到她耳边来？哪怕仅仅为了让她较为轻松地经历这一次死亡？

不，不要问了。让她平静下来吧，我自己也想早一点平静。问题不会消失，它将留在我的心头，但将被留到明天。

……不。今晚我真想记下来的是：我匆匆离开老人的家是因为我也听到了那一声尖叫。她刚刚说到它时我就听到了；我以为走出老人那个洞穴似的家，我就不会再听到它，受它的折磨。我出了门，走过院子，走上马路，以为自己已经听不到它了，可是蓦地，我又听到了，比刚才更嘹亮，更凄厉，几乎震耳欲聋，让我头晕目眩！

我怎么啦？

我在马路边站了好大一会儿，坚忍地站着（这个年代还有使用坚忍这个词儿的机会吗？）让自己聆听那个声音！风雪很大，马路上人车出奇地稀少。我头疼欲裂，可我还是挺住了。我挺住了！

我听清楚了：这一声尖啸不是来自我刚刚离开的那个洞穴似的房间，也不是来自老人那一颗苍凉悲惨的心，它就来自眼前，是马路边的电线杆和电线在风雪呼啸声中凄厉地号叫！

忽然间我又一点也不明白了：它们，这些木的石的金属的造物，也像人心一样懂得疼吗？！

我到底怎么啦？……

第六天

44

头疼欲裂。

走进那个小客厅时已是清晨九点。她仍旧坐于房间深处,苍老的颜面上,浮动着晨曦一般明亮、油彩一般湿润的感动之光。

今天她的目光清澈如水。

——为什么?

"甭以为我死了。人的生命不会那么脆弱……我要是死了,今天就没人坐在这里跟你讲我的故事了。

"归根到底,人的生命是怎样的一种东西呢?人是不容易死的,就是你的心觉得自己要死了,你的肉体仍不会让你那么快去死……肉体的死亡不同于心的死亡,它需要一个逐渐衰竭的过程。这个过程结束以前,你心里即便已经充满了黑暗,仍不会马上死去……

"……从无边的绝望的渊底,从末日的暗夜般的深水之中,我听到了一个声音……开头隐隐约约,若有若无,后来就变成点点滴滴的音响,如同一些细碎的幻觉,丝丝缕缕的雾气……但是渐渐地,它们清晰了,连贯和响亮起来,我听到了音乐……

"啊,那是我的音乐。我的音乐会。昨天你就想问这个了是吗?……你一直注视着这个。你在我的故事中始终寻找着它的下落。有一段时间你找不到它了,可我要告诉你,无论我的生命处于何种时刻,它都没有离我远去,只是有时候你还是我都暂时听不到它了，原因我说过了，我回到了游击队，耳边响起了狼嗥，音乐会就听不到了，狼嗥和我的音乐会无法相容，一个是野兽的声音，一个是来自天国的歌唱……现在不同了，狼群虽然仍在洞外咆哮，可由于我的内心只愿意盯着眼前那盏在生命的最后的一段隧道里前行的摇摇闪闪的灯火，不愿再听到狼嗥，就听不到它了。我知道我正在经历着什么，我正在经历死亡，我就要死了，它不可能不来，于是它又回来了……

"你一定想知道那是怎样的一种音乐，怎样的音乐会。我从你的眼睛里能看出来，你想像我一样清晰地听到它……当然，我当然会讲给你听。关于我，关于新的音乐会，我都会讲给你，后者本来就是我故事的主要部分，我生命中最美丽动人的风景，所谓画中之画，诗中之诗，花中之花，黑暗中的阳光……不，重要的是不讲到它们你可能根本无法理解我是谁，我经历了什么，我走过了怎样的一条路。

"我们已经认识好几天了。我知道你懂得一点音乐，不多，可对于听懂我的话，我的音乐会，已经够了。听懂一场音乐会——哪怕演奏的是大师最晦涩的作品——也不需要每个人都去读音乐学院。你有一个正常的听觉、一颗正常的心灵就完全够了。这个黄昏——又是黄昏了——再次将我从昏迷中唤醒的不是你曾经听到过的（我并没有听到过，只是听她用语言描述过。——笔者），从童年直到走上战场后我耳边响起过的那些音乐会，至少最初不是它们，因为这一次，我面对的不是疾病和战争，而是真实的死亡……

"你肯定听过莫索尔斯基的《荒山之夜》，可能也熟悉苏联作曲家普罗柯菲耶夫的《罗密欧墓前的朱丽叶》。前一支曲子我童年时在母亲乐团的后台上就熟悉了，后一支我只在解放后进音乐学院短期学习时听到过一次，只听一次就够了，说实话我甚至没能听完它，只听了开头的一个乐句，我就又有了那种感觉，是的，我听到过它，熟悉它，它就是当年我在二十七号密营里等死时听到的音乐，我的音乐！"

她高估我了。我没有听过《荒山之夜》。我甚至没听说过莫索尔斯基这个名字。可是听过《罗密欧墓前的朱丽叶》，我的感觉只能用四个字来形容：肝肠寸断。

"《荒山之夜》，开头它的节奏是缓慢的，有一种巨大、沉重的悲伤在流淌，它的许多音符乍听起来是零乱的，不和谐的，就像夜间游击队营地里那些零星的响动……可是接下来，你就会感觉到沉沉大山的存在，感觉到一条隐在夜暗中的河流淌起来，你会听到水声……不，它没有你想象的那么汹涌，河水的流淌有时也断断续续，就像你不时被打断的啜泣和思绪……但有时，你也会突然感到内心的激烈——广大无边的激烈。你会发觉，世界一下子就在你的心中荒凉起来……

"接着就是它了，我说的是《罗密欧墓前的朱丽叶》……《荒山之夜》无论如何对我来说仍是熟悉的，它就不一样了，它是陌生的，突然的，从《荒山之夜》的广大无边却又显得低沉杂乱（作曲家有意要造成的效果）的音浪中一下升起，急骤地升起，越升越高！

"刚刚从死亡的深水里听到它的第一个乐句，我就醒了！

"如果你根本不知道、更没听过这支曲子，我当然可以用语言为你描述一下它，尤其是它那由男性的手在小提琴上拉出的第一个乐句。可是你一定听到过它……这第一个乐句首先是强健有力的，响亮的，如同一个美丽的灵魂遭遇到巨大痛苦时发出的头一声撕裂般的叫喊，其次，这样一声叫喊里竟能包容下那么多的凄楚和悲愤，甚至能让你想到它容下了人世间所有的苦难和眼泪，不能不立即震惊你的心……接下来你听到的就不是叫喊和眼泪了，你听到的是一颗纯洁的心面对突然出现的不幸和死亡的意外感觉和不平，它不但让你觉得这种结局是它没有想到的，更是它根本不该接受的，同时又明白这又是它不能不接受的，因为它在看到它之前就成了她悲凉的命运本身，成了一种她无法选择的铁定无疑的事实！

"啊，无论是谁，听了这第一个乐句，如果还不潸然泪下的话，他就没有一颗人心了。一支优秀的曲子常常只有一个打动人心的乐句，有这样一个乐句就够了，其他的乐句都是对它的陪衬、应和与诠释……有了这个乐句你就听懂了一切，明白了一切……这是一颗受了致命伤的心在流血和颤抖，是一个纯洁、美丽而无辜的灵魂面对上苍时大声的不屈的申诉。它是哭泣和叫喊……尽管它知道看起来一切都不能改变，可它却仍然不愿意相信，因为那不公平，不应该，她知道这个相信这个就够了，那个已经发生或者正在发生的悲惨事实就不再是不可变更的事实，一定会成为自己的命运……

"一边是《荒山之夜》，一边是从《荒山之夜》的深处响亮起来的《罗密欧墓前的朱丽叶》，我不但听懂了后者，也听懂了前者，前者讲述的那个不可变更的事实——我的死亡，后者却是我自己的音乐，自己的旋律，虽然它在诉说苦痛和不平之后就开始辗转反侧地讲述无奈和绝望，可归根结底，它还是将你从死亡之河陡峭的岸边唤醒了回来，让你体味死亡的刀割似的痛苦，然后再用一声声怜恤、同情的吟唱安慰你，尽最大的力量让你较为平静地去死！

"可这时我已经不能死去了，我不愿意。我的内心本已接受死亡——不是无声无息的死，而是在无边无际的《荒山之夜》的音乐中死——现在却又接受了悲愤和不平，它是后一个乐曲（那时我当然还不知道它就是《罗密欧墓前的朱丽叶》）带来的，让你突然从自己的死亡中看到了巨大的屈辱和不公，于是你不可能再平静地死去了！啊，是的，为什么我一定会死？谁让我这样死去？……让我死去的并不是洞外的狼（它们至今并没有冲进洞来）；也不是走上了分界岭的日本兵（他们也没有找到这个洞里来杀死我），让我相信自己没有希望的只是我自己，只是我自己的猜测，以为秋叔叔没来狼群也没走，我和松下浩二就会被这群狼吃掉或者围困至死，可是我并没有死！"

我的心境就在这时发生了改变。我的音乐，那个由小提琴强劲有力地奏出的、听来悲痛欲绝其实却发出了不屈的叫喊的主题乐句（今天我可以说是《罗密欧墓前的朱丽叶》的第一个乐名）仍然响亮而凄厉，渐渐地它自己就发展为另外一场新的音乐会，悲痛而凄楚，却又宏大有力……我还是第一次在自己的耳边同时听到两场音乐会，它们势均力敌而又相互冲突、碰撞，在生命的黑暗的夜空中亮起闪电……我在这样两场音乐会中思考：谁说狼谷内外的寂静一定会这样持续下去，不会响起枪声？中国人、朝鲜人和日本人的战争停止了吗？狼谷内外人和狼的战争停止了吗？……不，枪声随时都会响起，狼群每时每刻都会离去，狼群一去，秋叔叔就会第一个带着队伍赶到，在我剩下最后一口气时将我救走！世上所有人都可能忘了我和这个山洞，只有秋叔叔不会！

啊，我要等待，我不能死，我不愿意！我曾经渴望替汪大海死在战场上，为了不再成为游击队的累赘愿意死在突围的途中，可我却不愿意孤零零地死在异国他乡一座荒凉的山洞里，成为一群狼的食物。我要坚持，需要我坚持多久我就坚持多久，我要回家，回朝鲜，和爸爸团聚，我就是不死！

我在我耳边这两场新的音乐会中活了下来。我开始想到与坚持下去相关的一些事情。秋叔叔昨天没来，今天也没来，不说明他明天就不会来。眼下盘踞在洞外的狼群也一样，枪声总会在狼谷内外响起，那时狼群就会退走。可是我也明白，这个日子可能明天就来，也可能长得超越我的想象。我必须做长期坚持的准备，只要狼群不突进洞内，逼着我和它们同归于尽，我就要坚持下去！

已经两天水米没打牙了，可我一点也没想到饿。你知道自己就要死了是不会再感到饿的。现在重新想到了活，我也就马上想到了食物和水。我的精神抖擞起来，拖着已经非常虚弱的身子，一点一点艰难地爬到外洞去，将秋叔叔留下的一小口袋生黄豆挪进内洞（它是洞内唯一能吃的东西）。接下来我歇了一会儿，重新鼓起勇气，爬到洞口，将三天前从瀑布下的裂谷里打来的一锅水也搬了进来。黄豆虽是生的，可有了它我和松下浩二就饿不死了，尤其是水，虽然再过几个月才满十五岁，我也早就懂得只要有水喝不吃东西人也可以活很久的道理。做完这两件事我的力气又耗尽了，心里却突然不那么害怕了——只要狼群不闯进洞内，哪怕它们围困我们的日子更久些，我和松下浩二也能活下去了！

躺下去以前我做了最后一件事情：将仅有的一枚手榴弹掏出拉火绳，横扎在我的枕头边。现在需要我担心的只有不知何时闯进洞来的狼。只要它们越过石门槛，就会蹬到这根我为它们设置的细细的"狙击线"，那时我就会和它们同归于尽。这种结局虽然不是我盼望的，但我不能不做好准备。音乐会仍在我耳边回响，但我的头又开始眩晕了，我知道我现在虚弱得更厉害，我非常可能马上昏死过去，也许还会长睡不醒。不过无论如何，我都不再害怕了：我为自己也为狼群做的事做完了。只有等待了，不是等待生，就是等待死，和我的音乐会一起，和那一点摇闪在黑暗的死亡隧道里的灯火一起……

45

有时是黎明，有时是夜半，我也会突然从越来越频繁的昏迷中醒过来，那时我的耳边就会重新回响起我的音乐会。两场同时为我演奏的音乐会。我仍然眷恋着它们，就像仍然眷恋着自己的生命，可是我已经习惯它们了，于是也就不太在意它们，我只要知道它们和我同在就够了。我的听觉时常越过它们，注意地谛听洞外的动静。哪儿有没有突然响起枪声？狼群还在洞外林间盘旋咆哮吗？更令人心动的是不时会出现的那一种想象：秋叔叔是不是到了洞外，我刚刚听到的一串微弱的有节奏的声响是不是他们走近的脚步声？……一次又一次，我透过音乐会的无边声浪从洞外听到的只是狼嗥，其次就是仿佛藏在狼嗥背后的、如同深水一样灌满狼谷的静寂。深沉的寂静。风雨袭过山林，林涛怒吼，草叶乱响，远处瀑布的喧哗声突然震耳欲聋……但是在这一切之外又在这一切之中、浸润着一切包容着一切的，仍然是那无边无际的深水一样的静寂。铜墙铁壁似的沉寂。坟墓似的沉寂。没有枪声，没有狼群离去的喧嚣，也没有秋叔叔的脚步声。我的心会一下子从狂喜转向悲凉，我又听不到洞外的一切声响了，我只有音乐会，只有音乐会和我的坚忍的等待，和音乐会一起坚忍地等待下去……

我没有意识到自己正是在等待中衰弱。等待本身就成了生命力一点点被消耗的过程。虽然往内洞里挪进了黄豆和水，可除了头天喝过一碗水，以后的几天我什么也没有再碰过。我一直没有对你讲过另一件事：音乐会一直在陪伴我，可我心里的那一声绝望的、凄凉的尖叫也从来没有消逝，它也一直和我在一起。有时它隐藏在音乐会的声浪之中，有时却突然孤独地响亮起来。这是死亡的声音，生命中另一部分似乎更为清醒的意识对死亡的预感。音乐会的声浪有时能将这声尖叫淹没，有时却不能。这是另一场战争，声音的战争，心灵的战争，有时比真实的战争还要激烈。它一时让你飘上希望的云端，一时又让你坠下绝望的深谷。而无论是狂喜还是绝望，又都在不知不觉中一点点消耗着你的生命。

有时我的思想会纠缠到一个看似异常清醒、重要、现实和急迫的点上：都过去五天了……过去七天了，狼谷内外为什么还没响起枪声？秋叔叔他们到底在哪里？我知道并且相信他们来过了，又被洞外的狼群堵了回去，可在别的地方，另外的密营，他们和日本人或者狼群，也应该发生战争啊，就是离这里太远，藏在阴冷的山洞深处的我听不到枪响，洞外的狼群也应当听到！就是它们听不到枪响，它们敏锐的嗅觉也应当能嗅到硝烟和鲜血的气味，蜂拥而去！就是没有和日本人以及狼群遭遇，秋叔叔想到被困在二十七号密营的我，也该想办法——譬如说故意鸣枪——将狼群引走，再回头来救我呀？还有日本人，游击队没有开枪，他们为什么不开枪？难道将游击队逼进狼谷——是游击队自己退入了狼谷——他们的事情就做完了吗？中井弘一从佳木斯日军司令田圆直木那儿、后者从关东军司令南次郎那儿，接到的难道是将秋雨豪的游击队赶进狼谷就算完事的命令吗？他们接到的不是彻底消灭格节游击队的命令吗？对了——有一天我突然想起来——南次郎和田圆直木不是只给了中井弘一三个月期限吗？中井弘一一直守在狼谷四周的分界岭上不开枪，他就不怕过了期限，佳木斯的田圆会逼他切腹自杀吗？……啊，别人有理由不开枪，他为什么也不率队伍开进狼谷，不管是对游击队还是对狼群，打响第一枪！

我的头脑清醒过来。有那么一两天，我只要醒着能想到的就是它们了。尤其是一个关于中井弘一的疑问，是那么疼地扯动了我的心，恍恍惚惚地，我觉得我最后的一线生机就系在这件事上面！秋叔叔明知我和松下浩二遭遇了狼群而不能救，甚至不能开枪将狼群引开，肯定不是他不愿意这么做，唯一可能的解释是他不能这么做或者无法这么做，虽然我不知道他为什么不能或无法；中井弘一就不同了，他必须在三个月期限到来的日子之前消灭秋雨豪的游击队，为了这个哪怕他不得不再次将日军开进狼谷，和狼群展开一场更惨烈的大战，他也得那么干。他已经没有时间了，他不这么干是不合情理的，让人难以置信！

但是日军没有开进狼谷。一天天过去了，谷内没有响起枪声就是最好的证明。洞外的狼群没有离去。我想不通这件事，一天深夜醒来后却想到了另外一件事，它虽然不是上面那个不解之谜的答案，却让我从另一个角度大致明白了洞外发生的事情。我活下来的唯一希望是狼谷内外的战争，可是我从洞外一直延续到今天的寂静中突然醒悟过来的一个事实是：游击队和日本人的战争停止了。我不知道它为什么停止，是什么时候、怎么停止的，可是我的心清清楚楚地感觉到它停止了！

我的心慌乱了，由音乐会带给我的那一点坚持下去等待救援的信念，忽然就像眼前死亡隧道里的那一点灯火，摇摇闪闪，就要熄灭了！可以找出狼谷内外的战争突然停止的许多理由，但没有一条理由可以帮助我和松下浩二逃出这个山洞，逃脱死亡！——我忽然能用一种新的眼光看待这场正在狼谷内外延续和对峙的战争了，并且立即有了新的极为震惊的发现：如果不考虑我和松下浩二的生死，秋叔叔今天最应当做的就是绝对安全地躲藏在狼谷内，一声枪响也不让日本人听到。长久的静寂本身就会对日本人形成巨大压力，逼迫中井弘一丧失理智，像秋叔叔率全队退入狼谷前希望的那样率领日军进入狼谷，和狼群作战。（啊，我甚至已经想象到这一场新的人狼大战的规模和惨景了：比起发生在狼谷谷口地区的第一次人狼大战，今日狼谷内的狼群更庞大，日本人一旦进入狼谷，一定会比第一次人狼大战时伤亡更惨重！）反过来说，游击队退入狼谷后日本人之所以一枪不放，恰恰是因为他们明白这个，明白今日狼谷里的狼群有多大的威势，别说进入谷内，就是守在分界岭上，只要一声枪响，狼群也会霎时涌至。日军虽然为数众多，但要中井弘一下决心为消灭游击队进入狼谷首先与狼群大战，也是不容易的。如果不考虑南次郎和田圆直木给他的那个三个月消灭游击队的期限，中井弘一一定宁愿使用今天这样的战术——一枪不放地守在分界岭上，等待谷内的游击队弹尽粮绝，自己走出来与狼群以及日军作战，那时才是他最后消灭游击队的时机！

中井弘一不知道的是要让游击队弹尽粮绝并不容易。就我大致听到的情况，游击队在狼谷内坚持两个月是没有问题的。当年大蒲柴河战斗之后，秋叔叔和老邵头他们往这里运进了不少粮食。但真正的问题不在这里，真正的问题是就算到了弹尽粮绝的时刻，如果日军不退，狼群仍在，游击队也绝对不会贸然走出来的。游击队这时贸然走出来就是自寻死路！秋叔叔为什么要带着他的队伍自寻死路！

还有日本人。我原来认为日本人一定会开枪甚至大举开进狼谷与狼群开战的，理由是中井弘一不可能一直在分界岭守下去。可是最后消灭格节游击队的期限是南次郎和田圆直木为他定下的，他们也有可能为他改一改，将这个日子向后延长。那样的话，中井弘一就会继续一天天在分界岭上守下去，一枪不发！

明白了游击队和日本人突然停战的原因，我也就第一次清楚地看到了藏在这些原因背后更强有力的原因：秋叔叔和中井弘一进行的是一场真正的战争，不但事关许多人的性命，更重要的是它事关整个格节地区战争的全局。再将我和松下浩二的生死和它放到一起衡量，前者就一下显得无足轻重，如同尘沙了！秋叔叔为了让我活下去可以牺牲自己的妹妹甚至自己，但他不会也不应该牺牲掉整个格节游击队和这场战争。秋叔叔此刻不能来救我一定心如刀绞，可为了游击队和战争的全局，他也只能咬紧牙关，率领全队在狼谷内躲藏得好好的，一枪也不能放，一步也不能移动！

过去我一直站在自己的立场上想洞内洞外发生的事，觉得秋叔叔不管遇上了什么困难都一定会来救我，他应该来救我；现在刚刚站在一位游击队首领和战争全局的角度上观照它，马上就明白了与之相反的一件事：只要日本人不开枪，狼群不离开，秋叔叔不但无法来救我，还根本就不该赶来救我！他没有这个权利！想到这些事情前我还只凭本能感觉到狼谷地区的战争停止了，现在又明白了接下来的事：狼谷内外的战争还会一直这样停止下去，直到游击队或者日本人中的一方，不愿意再这样对峙下去为止！

——这样想来，我和松下浩二能在这里等到什么，已经清楚了！

啊，刚刚从战争全局的角度上，从作为一个游击队首脑的秋叔叔的角度上想过上面的一切，我心中的那一声尖啸便又重新嘹亮起来！

令人惊奇的事是后来发生的：最初这一声长长的绝望的尖叫过后，我那重新被死亡的黑暗充满的内心里竟突然出现了一种从没有过的空旷和寂静！

无论是秋叔叔还是狼谷内外的战争，突然间都离我远去了；我看到了一个新的世界，这个世界里只有我和松下浩二，我们置身的山洞，洞外的狼群，以及作为狼群活动背景的森林和山谷。世界上还有别的人，别的森林、山谷和平原，可它们和我们没有关系了！

这种新的、似乎异常清醒——从来也没有这么清醒过——的发现改变了我和洞内另一个人的关系。不，它首先改变的是我看待我、他和我们所在的这个山洞的目光。我和他过去是分属于不同阵营、军队、民族的人，被狼群围困之前一个是游击队员，一个是战俘，可是到了这会儿，我们却突然成了世界上仅有的两个人，两个正在中国东北一个叫作狼谷的荒凉的山谷里，在这条可怕的山谷中一个阴冷的岩洞里死去的人。没有人能救我们了。我们——主要是我——也突然地不再关心别人和洞外仍在进行的战争（狼谷内外寂静中的相持也是战争）。狼群之围和将要到来的死亡解除了我对身边这另一个人原先负有的责任，同时也就不再负有照管的义务。我需要照管的只有我自己——我的生命、我的心灵、我的死。

我不再想松下浩二。这个人对我也像外面的世界一样不存在了。既然不能活下去，就也没必要再坚持了。我躺在那里，想自己只有两种死法，一是被狼群发现了吃掉，二是自然死亡。我为自己选择了自然死亡，同时马上想道：我的生命本已十分虚弱，现在又主动放弃了它，我距离那个不可避免的死，就不会太远了。

46

我闭上了眼睛……

需要说明的是，就是到了这时，音乐会也仍然没有离我而去。不过我听到的已经不是《荒山之夜》，也不再是后来被我发现是《罗密欧墓前的朱丽叶》的我的音乐了。

我听到了新的音乐。我听到了巴赫的《圣母颂》……

我的心突然激烈地跳动起来。

"你说你那时听到了巴赫的《圣母颂》？"

"你觉得不可能吗？《圣母颂》也是我童年时在妈妈乐团的后台上就熟悉的……妈妈当年告诉过我，它与其说是献给神的，不如说它是神对人的恩赐。我正在死去，身边没有一个亲人，只有一群狼堵在洞外，我应当得到这样的恩赐……"

她的脸微微向上，眼睛里有两道庄严圣洁的光……

"我告诉你一种经历，虽然你一生也不会遇到它：人在渴望自己快点死去时，内心里会出现类似你在谛听夜的大地时一样广漠深厚的沉寂。从那仿佛绝对无声的阒静的深处，穿越千山万水一般，会有听觉平时无法感觉到的声音透过来……开头我还以为是来自大自然的普通的音响：风声、雨声、远处漫山遍野的林涛，洞口处荆棘叶片的摇曳……渐渐地就听出来了，这是真正的音乐了，舒缓而又凝重，如泣如诉，巨大的悲悯中渗透着无限的深情……"

她听到的真是《荒山之夜》，真是《罗密欧墓前的朱丽叶》，真是《圣母颂》吗？

我突然不想再打断她了。

一个本来就极虚弱的人，一旦下了决心孤独地死掉，那是不用费多少气力的。我很快就进入了长久昏迷和谵妄的状态，而且开始发烧。唯一能让我稍感安慰的是：只要我能清醒一点，马上就能听到《圣母颂》……

啊，我清清楚楚地记得那个夜晚。天黑前我醒了，知道自己只要再次昏迷，便有可能长眠不醒……后来我问过许多病人，现在他们都不在了，死前不少人对我说，人对自己的死期是有预感的，除非你的死亡过程被意外中止……那个傍晚出现在我心底的就是这样一种预感……奇怪的是我心里却一片平静，甚至觉得眼前一片光明，就像被映进内洞的月光照亮了。我忽然想到我为什么会这么渴望快点死了……是的，死了我在尘世上受的罪就有了了结，以后无论是日本人还是洞外的狼群，都再也奈何不了我！……我死了，秋叔叔和赵阿姨、小玉，游击队的叔叔们，也都不用再因为我受苦甚至牺牲了，他们终于可以摆脱掉我这个累赘了！

我的意识渐渐模糊过去……我心里仍旧一片坦然，一片月明……什么时候完全昏死过去的我不知道。我的这一次死亡一点儿也不痛苦，真像睡过去了一样平静……

要是我能就此睡过去，那该多好啊！

可是没有。不知过了多长时间，一个悲凉的、惊慌的、哭泣的声音在我耳边不停地回响着：

"姐姐！……姐姐！……姐姐！……姐姐！……"

我醒了，意识仍是模糊的。我不能确定这声音是真的，还是人在死亡过程中一定会经历的幻声。

"姐姐，你醒醒……我是浩二……松下浩二……姐姐，你睁一下眼，喝一点水……"

我的唇突然碰触到一个冰凉的东西，然后是一股冷冽的液体，点点滴滴流进了我的喉咙……我感受着它的清甜与冷冽，迷迷糊糊地觉得那不是水，而是人间难得一遇的玉液琼浆……

然后我睁开了自己的眼，很久才看清手里端着水碗的松下浩二……这一刻我还意识到了从洞口反射进内洞的淡漠漠的月光，看见了松下浩二那张因极度惊恐而变形的泪水涟涟的脸。

"浩二……"

我叹息地叫了一声，睁开的眼又闭上。我已经死过去了，不想再活过来，看见这个山洞，看见这个人……可是先前那个惊恐、凄凉的声音，又在我耳边不停地响起来：

"姐姐……姐姐……你醒醒……你醒醒……"

我又醒了过来……以为只过了一会儿，其实却可能是一个夜晚……我没有睁眼，嘴唇又碰上了那个冰冷的水碗。我还是不想再活过来，可我却喝下了感觉中像是玉液琼浆的水……睁开眼，我再次恍恍惚惚地看见了松下浩二，他那双惊恐的含泪的大眼，他端在手里的那只粗瓷大碗！

简单说吧，是松下浩二一天天在身边守着我，不停地呼唤我，喂水给我喝，将嚼碎的生黄豆抹进我嘴里，我才渐渐活转过来……我曾两次从狼嘴里救过他，他也曾从公狼的爪牙下救过我一次，现在，他又一次把我从死神的怀抱里拉了回来！

我在一个阳光明亮的清晨——那也是从洞口反射进来的——活过来……我睁开眼，头仍在眩晕，身子一动也动不了，大脑却异常清醒。我再次想到自己置身何处，想到我身边那个昏睡不醒的人（已经想不到他是一名俘虏了），想到他为我做了什么，心里淡淡地涌出了感激之情。可我也马上听出来了：狼谷内外的静寂仍在，游击队和日本人以沉默为武器进行的战争仍在继续。松下浩二将我救活过来，可我和他仍要在广大厚重如铜墙铁壁般的静寂中死去……刚刚出现的一点柔情很快消失，我不愿意感激他了——这个人干吗要将我从死亡中救活？要不是他，这会儿我已经死了，再也感觉不到痛苦了！

可我毕竟能够清醒地想到他了。我的感觉变了。我觉得他不再是一个日本人，我也不再是一个朝鲜人，我们只是两个人，两个同样流落异乡、身陷狼围的孩子，正在这个阴冷的山洞里一同死去！

我却没有喊醒他，这个清晨，我没有气力，也没有这样的心情……我的心依旧是冷的，既然知道摆在我们面前的仍然只有一个死……我渴望尽快死，再也不要有人来打扰我，不要有人来救我……

可我毕竟活过来了……我甚至不能让自己完全忘掉身边还有一个人。松下浩二沉默着……我也沉默……我的沉默出自尽快死去的渴望，松下浩二的沉默是我难以理解的了……不，像我一样，对他来说那些惊慌失措的时刻、不平和痛苦的时刻也过去了，他的沉默表明他也于长时间的痛不欲生之后虚弱下来，以一种无力和无奈的心情接受了它……

我们还会交谈吗？我们还有交谈的心情吗？但是如果我们一两天内死不了，我们说不准还会交谈……但是话题，却不会是死了……

也许不必再谈什么。我的意识一会儿迷糊，一会儿清醒，清醒的时间越来越短，昏迷的时间却越来越长。他可能也差不多了。也许等不到他或者我开口，我们就昏迷过去，再也醒不过来了……

47

"姐姐……

"姐姐……你醒着吗？"

"浩二，是你吗……我醒着。"

谈话开始在一个深夜。有淡淡的月光斑斑点点地反射进洞内。我被松下浩二唤醒了，睁开眼睛，忽然意识到一点什么已经惊动了我的心。

松下浩二的声音变了。他的嗓音沙哑、发沉。过去不带泪音不说话，今天泪音消失了。不像是半大的孩子，而像个成人，一个突然间完全长大了的人。

他沉默着……静寂在洞内如同流水一般响亮起来……这时我又听到了他的声音：

"姐姐，我们就要死在这儿了……我们出不去了……是这样吗……"

我不说话。我知道他一定不需要我回答他的话。他的内心里正在响起一声酸楚的尖叫……可这一刻很快过去了……静寂又像大河流水一样响亮……

"姐姐，我知道……我们就要死在这里了……你再也见不到你的父母，回不到你的家……我也见不到我的秀子姐姐，回不到我日本的家……"

隔了一会儿，他的声音又响起来，静寂的大河流水般的响声落下去。

沉默。也许一个小时，也许是一夜……我听到了自己的声音，这声音连我自己也冷得微微打起战来：

"浩二，不要跟我说话，我不想说话……你就是想和我说话，我也告诉你，不要提起我的爹妈，我的家……"

"姐姐，为什么……你就不想自己的爹妈，不想自己的家？"

我觉得自己的心里又起了怒火……

"自从日本人进了朝鲜，我就没有家了……后来，流落到中国来的母亲也被你们日本人杀了，一个弟弟也被你们喂了狼狗……"

"啊……"

"就是因为你们日本人，我也没了父亲……他在我很小的时候就回到朝鲜去，再也没有音信，今天我也不知道他是死还是活着……"

我不知道为什么要突然对他讲出这些话。是他刚才的话，不，是我自己内心里那一声消失了又突然响亮起来的尖叫，让我说出来的……

静寂又大河奔涌般响亮了……我有些后悔……为什么对他说这些？这个日本孩子——不，这个日本俘虏（我又想到他原来是一名俘虏了），哪里会理解我心中的惨痛！……我就要死了，可是无论死去的妈妈和弟弟，还是活着的爸爸（我相信他依然活在人间，我们家的人不会都死！），都不会知道我死在哪儿了……我原本有一个家，有那么多的亲人，可我死在这里时，除了身边的日本兵，竟没有一个亲人知道。我是孤零零地死在这里的！……

他不说话……虽然他两次救过我，我也两次救过他，但这一会儿，就内心中最真实的感觉而言，他又成了我金英子的仇敌！……

是他在啜泣吗？大声地啜泣！只是因为身上已没有了多少力量，他的啜泣也成了蚊子飞过一样嘤嘤的低声——他哭什么？他为什么要哭？

他很快就不哭了……有好久一阵子，他那边一点声息也没有……无论我提起自己的身世心中多么悲伤，都是我自己的事，和他不搭界的……现在他也明白这一点了！

重新开口时，他的嗓音又像成人一样沙哑、浑浊了：

"姐姐……"

我没有回答他。

"姐姐……真没想到，原来你不是中国人……"

"我当然不是。"隔了一会儿我才回答他,"我生下来是朝鲜人,现在还是。"

沉默。我知道他正在想我的话。

"姐姐……我知道你不喜欢说自己的伤心事……可是……我们就要死了……没有人和我们一块死……死前浩二就剩下一个念想……我想知道姐姐是谁……也想让姐姐知道浩二是谁……就是死了,也想让姐姐记住我,也让我记住姐姐……记住咱们俩怎么死到了这里……

"姐姐,到了这会儿……除了我们自己,不会有人知道咱们就要死了……我死了,我的秀子姐姐就再也找不到我……没人知道我死到了这里,怎么死的,没有人会告诉她……姐姐你比我好些,你是游击队的人……就是死了,他们也会来找你的……可你死了,你的爸爸也就见不到你了,如果他还活着的话……

"姐姐,你就说说吧……说说你自己,说说你是怎么来到了中国,怎么进了游击队……我已经知道你妈妈和弟弟是怎么死的了……浩二最想知道的是,他们——游击队——为什么最后没有杀我,却让你和我一起进了这个山洞,一起死在这儿……姐姐,浩二要死了,浩二不能再回日本见姐姐了……浩二只想知道自己是怎么死的,知道和我一起死在这儿的朝鲜姐姐是谁,她为什么也要和我一起死……

"姐姐,这就是我死前求你的事……你就讲给我听吧。浩二就是到了阴曹地府,也想做个明白鬼……"

他这些话并不是一次说出来的,像我一样,一口气说出这些话已经不可能了。但也正因为他拖了很长时间,心中本已积郁太多悲怆的我反倒一点点冷静……我忽然觉得对他讲一讲自己的身世没什么不可以……是他要我讲的,我就对他讲好了,我的故事是不会让他这个日本人心里舒坦的!

我讲起来。讲得很慢。可我讲述了一切:我是谁,从哪儿来,为什么会走进游击队。我讲到了母亲和英男的死,讲到了我在人世间的最后一个亲人,我的爸爸,他现在何方。我没有意识到,这是我平生第一次向一个至今仍很陌生的人——一个曾经是敌人的人——完整地回忆我的一生。开始还以为讲述过程中我会肝肠寸断,但奇怪的是,我的心情竟然一直十分平静。我说着自己的事,却像是在说一个别人的事!

后来我明白了:死亡就在眼前,是它让我能够站在一个新的位置上回首往事了;与今天的遭遇相比,过去经历的那些痛苦的分量似乎突然减轻了……

夜很静。他一直在听……接着,我又听到了他的啜泣声!

——这个日本兵，他也会为我这个普通的朝鲜女孩的遭遇痛苦吗？

……后来就连啜泣声也停息了，啜泣也是需要力量的，他也没有这种力量了……很快一切又平静下来……

我的心却起了波澜：为什么我要对他讲这些？没有这些我的遭遇还不够凄惨吗……我让一个最不应当让他怜悯我的人怜悯我了！……

可我已经不能动怒了……我以为自己动怒了，其实却是在眩晕，然后就昏迷了过去！

醒来时又是一个深夜，马上凭直觉明白：松下浩二醒着。我们之间的谈话并没有结束。

"姐姐，你醒着吗？"

"……"

"姐姐，你让浩二知道了姐姐是个什么人，以前你为什么那么待我。现在该让浩二告诉姐姐自己是个什么人了。"

我微微有些吃惊，却没有开口。这个夜晚我一次也没有开口。

开始我以一种淡漠的心情听，接着就激动了。

这是一个充满奇迹的夜晚，天快亮时，我突然发觉自己听到了一个日本孩子的一生。

48

侵华日军一一〇五师团第三旅团第七联队汽车押送兵松下浩二1920年6月生于日本兵库县的一个佃农家庭。像所有生来不幸的人一样，他三岁时死了父亲，五岁死了母亲，只剩下大他四岁的姐姐松下秀子与他相依为命。

如果以为这就是他不幸的全部，那就错了。父母死后，这一对孤苦无助的姐弟被身为地主的伯父收养。伯父当然不愿收养他们，但迫于舆论又不能不这样做，而他们也不得不被收养。这种关系一开始就在伯父和他们姐弟的关系中种下了厌恶、嫌弃和无奈的种子。伯父一家是些极吝啬的人，对他们的厌恶和嫌弃很快就变成了肆意的轻蔑，后来就发展成了施虐，仿佛这就减少了他们因浩二姐弟俩的到来遭受的损失一样。

他们在伯父家过了九年寄人篱下的日子，姐姐成了这一家不花钱的女佣，弟弟不但不能像这一家的孩子那样得到长辈的呵护和读书的机会，相反成了这家孩子施虐的对象。他们动不动就合起伙来揍他，揍他的头。松下浩二反抗过，结果引来了伯父的憎恨和毒打，大雪天撵出去不给饭吃。小小年龄的他不再反抗，伯叔家的孩子再打他，他只会浑身发抖，缩成一团，用两只手护着头，一边大声号哭。他以为这样伯父就不会再打他。伯父是不打他了，围着打他的头的孩子们也哈哈大笑着住了手，却自此认定他傻，是个痴呆。以前他们嫌弃他、打他似乎还没有太充分的理由，现在松下浩二既然是个"傻子"，打他、嘲弄他、不让他吃饭，似乎就真有理由了。松下浩二开始挨更多的打：在伯父家里挨他们大人孩子的打，出了门挨街上别的孩子的打，所有这些人又像都串通好了，全喜欢打他的头。八岁那年冬天，一个大雪纷飞的清晨，挨过街上野孩子一顿揍，松下浩二第一次犯了"病"：他倒在地下，浑身抽搐，眼白外翻，牙关紧咬，口吐白沫，人事不省。

姐姐赶来救醒他，将一身泥水的弟弟抱回去。有了第一次就有第二次，他们动不动就打他，一打他他就要犯"病"，这下他简直就是出了名，不但野孩子，就连大人们也将他看成是个有病的"傻子"，孩子们在大街上欺负他不但被允许，后来还几乎成了让所有人都快活的事。松下浩二挨打次数更多，"病"犯得更频繁，天天倒在肮脏的泥地里，滚来滚去，让伯父一家人加倍厌恶他。再往后，他的所谓"头痛病"甚至还变成了一种定时发作的"狂疾"，就是没人打他也会发作，这时就连那些对他存有恻隐之心的人也厌恶他了：这个孩子可怜是可怜，可也真脏、真"傻"，已经是个废人了。

认为他不傻、仍然把他看成正常孩子、尽可能用心去呵护着他的只有姐姐。可怜的姐姐没办法阻止别人打他，她能做的只是在他每次挨打后，将他紧紧抱在怀里，用大拇指掐他的人中，让他"活"过来，然后从外面背回家，躲进伯父柴房的一角。这时姐弟俩就会抱在一起，悄悄大哭一场。但就是这样，有一个姐姐和没有姐姐还是大不一样。没有姐姐，这个悲惨的世界上就再没有一个人记挂着浩二，挨打后犯了"病"就有可能再也无法苏醒；有了姐姐，每次受欺负后就仍然有一个温暖的怀抱可以依傍和哭泣，有一个亲人能替他包扎伤口，给他弄来饭吃。不，有一个姐姐对松下浩二还有更大的意义：她能让他从自己黑暗的人生中看到希望，咬着牙忍受所有的不幸，一天天地活下去。

没有姐姐世上早就没有松下浩二了。这个可怜的孩子很小就对姐姐抱有一种异常偏执的感情：半天看不到姐姐，他就会惊慌失措，放声大哭。而只要一眼看到姐姐，他的惊慌失措甚至正在发作的"病"就会停止，他会很快变成一个安静、乖顺、几乎是快乐的孩子。

他一直等待着姐姐的出嫁之日，那是姐姐从小就在他心中灌注的对于人生的全部希望。姐姐只有长大了才能出嫁，出了嫁就能带他离开伯父家，离开这个视他为"傻子"的地方。姐姐最好能嫁到天涯海角，他也跟姐姐一起走，再也不用回来，再也不见故乡人的面孔。去年年底，他等到了，他满了十四岁。姐姐满了十八，和伯父家米铺里一个姓田仓的学徒订了婚。田仓是北海道偏僻地方的农工，大家都知道那一带像他这样的人很穷，没有家产，可姐姐还是执意嫁他。订婚仪式上，姐姐对未婚夫的唯一要求就是婚后带自己回北海道去，还要让弟弟和他们一起走。田仓是个好人，无父母也无兄弟，当下就答应了。几天后，姐姐与田仓举行了简单的婚礼，回到内室就和弟弟抱在一起，无声地大哭起来。只有他们知道为什么哭，这不是悲伤，这是喜极而泣，他们一直等待的一天到了，姐姐实现了对弟弟许下的诺言，他们就要离开伯父家，离开给这对姐弟带来那么多屈辱和苦难的故乡，到一个什么人都不认识他们、谁也不会认为浩二"傻"和有"病"的地方去了。在那里，无论姐姐和弟弟，都将得到新生。

他们已经定下了去北海道的日子。只是因为伯父米铺里的事没有完，田仓还要多待几天。这一耽搁，就出了岔子。

还在姐姐成亲的第三天，一向不怎么能见到的伯父突然出现在他栖居的柴房里。长期寄人篱下和受作践已让松下浩二有了一颗极敏感和脆弱的心，他预感到伯父不同寻常地来看他，一定不会有什么好事。伯父哼了一声就走了，但第二天又来了。替早死的弟弟和弟媳收养了他们姐弟九年后，伯父认为是自己而不是姐姐对浩二的将来具有支配权。伯父不想让姐姐和田仓把浩二带走，他觉得这样子自己似乎吃了"亏"，又不想让浩二继续留在自个儿家里。这个废物一天天大了，留在家里就得吃粮食。伯父的心思让身边的人知道了，就有一个人提醒他说：叫他当兵去！眼下大日本皇军在满洲的仗越打越大，正加紧征兵呢，你们家总得有人出征，你把浩二送去，不就算是为国家出了兵嘛！伯父一听，一双小眼马上就亮了，说：好，好，好，叫傻子去为天皇陛下效力，这个主意好极了，当兵本来就不要有脑子！他别的什么不会干，到战场上放枪还不会？浩二当了兵，说不定还能从天皇陛下那里给我挣回个大勋章呢！

姐姐和姐夫无法阻止伯父实施自己的计划。松下浩二被他送到征兵站，虚报一岁年龄当了兵，训练了一个月就登上了去中国的运兵船。临行前姐姐抱着弟弟大哭一场，分手时悄声告诉浩二她还是要和丈夫一同回北海道，到那个偏僻的山坳里种地。他要弟弟保重，为了她这个可怜的姐姐，一定要想办法活着回日本，到北海道去找她。姐姐将一个写有她和丈夫新家地址的纸条塞到弟弟手里，让他牢记在心！姐姐哭着对弟弟说的最后一句话是：浩二，姐姐就你这一个亲人，你一定答应我活着回来，到北海道和姐姐团聚！你要是不回来，姐姐一定会死的！她的话还没说完，就有人将浩二赶上了大船。

运兵船起锚，驶向茫茫大海。姐姐一个人站在码头上，她那越来越渺小的身躯在弟弟的眼中成了最后的关于故乡、亲人的记忆。海风迎面吹来，刚刚做了人妻的十八岁的姐姐鬓发散乱，转眼间她整个人变得如同终年白雪皑皑的富士山那样苍老。松下浩二破碎的心里充满了凄凉与疯狂。他不想去当兵，却无法违抗伯父的意志，在这个突然完全改变了他的生活的事变中，只有离开伯父家这一点合他的心愿，新的生活前景带给他的是恐惧和绝望。踏上中国土地时，他对发生在这片别国土地上的战争既一点儿也不理解，又怕得要死。是这场战争让他不能不来当兵，让他失去了姐姐和姐姐出嫁后就要带给他的新生活。更让他惶惶不可终日的是：他还有可能在战场上被那些他根本不认识、不关心、一点瓜葛都没有的中国人打死，再也回不到日本，去不了北海道，见不到唯一的亲人姐姐。他真恨那些将他带到中国的日本人！

松下浩二从这时就下定了决心逃亡。他要利用一切机会逃回日本，逃到北海道去找姐姐，他不想打仗，更不想死在这块陌生的土地上！不知不觉间他已对姐姐的新家和自己的新生活生出了无数美好的憧憬：北海道一定是一个人迹稀少、山明水秀的地方，冬天大雪纷飞，千里银白，春天鲜花盛开，绿草如茵。姐姐说得对，到了那里，他将只和他们在一起，没有人认得他，也就不会再有人欺负他，打他的头，这样他也许就不会再"犯病"。他那么渴望活着回日本，与姐姐姐夫在一起的新生活相比，刚满十四岁的他过去的日子都根本算不上是日子，只能算作一连串不堪回首的、令人心惨痛的噩梦！他的本来就有些偏执的内心甚至道：姐姐分手时不会平白无故说那些话，她让他记住自己和丈夫新家的地址，就是告诉他自这天起，她和姐夫就在北海道等他了！姐姐是他唯一的亲人，他也是姐姐唯一的亲人，多年来他已习惯于想没有姐姐就没有他，没有他也就没有姐姐，少了谁另一个也活不下去，那么现在哪怕为了姐姐，他也要马上逃回日本去。若是他死在中国，可怜的姐姐在北海道望眼欲穿也等不到他，真地会死！

松下浩二还在船上就想着逃跑，可是没有机会。这时却发生了另一件事：他开始挨打。第一次打他的是一个恶毒的、长着一张猪脸的伍长。不是他有错让伍长揪住了，完全是无缘无故，伍长就打了他，据说在日军中老兵打新兵是天经地义的事，是一种绝对的权利。松下浩二被这顿暴风骤雨般的拳脚打翻在甲板上，旧"病"复发，口吐白沫，人事不省。后来虽被军医救醒，船上的日本兵却似乎一下子都知道了他才十四岁，有"病"，是个傻子。船上有和他同乡的新兵，他的事是他们讲出来的。等运兵船到达大连，新兵上岸，入营，他这个"傻子"已经成了所有日本兵施虐和取乐的对象。长官打他，老兵打他，比他岁数大、也比他更有力气的新兵打他，放开手脚打，天天打。他们可不是故乡街头的野孩子，这是些穷凶极恶的成年人，有几个还像相扑运动员一样粗壮，一拳头就能把他击昏。当兵前他只是遇到别人施暴时才犯"病"，当了兵他天天都要犯"病"，常常一天还不止一次。就是犯"病"的时候他们也要打他，因为他引起了他们的厌恶，因为他竟是个傻子，他们不打傻子打谁！

在每次犯"病"后都会出现一小段头脑清醒的时间，内心充满了眼泪的松下浩二明白了：就是不为去北海道找姐姐，他也要逃走！再不逃走，用不了多久，就会被这些野兽打死！

松下浩二第一次逃跑是在下船后的第一个星期天。他被分到旅顺关东军司令部门外站岗。前面不远就是旅顺港。这天早上，他趁上岗的当儿，丢下枪钻进了一条驶往日本的货船。半小时后，货船还没开航，他就被抓回来了，一顿毒打后被关进了禁闭室。松下浩二又犯了一回"病"，醒来受到严重警告：要是再逃跑，就送你去打仗！出了禁闭室，他被送到大连的日本监狱做看守，这里的日本人用虐杀中国人的办法取乐已经腻歪了，想换个花样，就用折磨他这个众人皆知的"傻子"取乐，他下决心再次逃走，并提前做了准备。一天半夜，他爬上一条开往日本的煤船，将自己埋在货舱的煤堆里，脸弄得乌黑。这次日本人没找到他，一天后煤船起锚，驶向大海，他松了一口气，心想这回一定能逃回日本了！

两个日本宪兵在煤船到达日本横滨港时逮捕了他。这时他已五天没吃东西了。对方先让他洗了洗一身的煤屑，才履行公事一般将他毒打了一顿，直接塞进一条开往朝鲜西海岸的运兵船。松下浩二在船上死人似地躺了三天三夜，在一个不知名的朝鲜码头上被抬上岸，扔进日军设在朝鲜的惩罚营。刚刚能走动，松下浩二就被派到一个山洞里做苦工。三个月后"惩罚"结束，他被直接送到佳木斯，成了一一〇五师团第三旅团的一名给养车押送兵。那些威胁过他的人说话是算数的，这次他们真把他送到打仗的部队来了。

有过以往的经历，松下浩二不会想到还有比他过去待过的地方更野蛮、残忍、更无人性了，但现在他知道自己错了。到达新部队里，他的处境更悲惨，挨打的次数更多，打他的人出手更凶狠，他的"病"也犯得更频繁和严重。后来竟然会出现这样的情况：前一伙人将他打昏过去，后一伙人再把他打醒过来。醒过来后脑子里想到的仍是两个字：逃跑！过去他待过的地方还不能算是地狱，眼下这个地方才是地狱。不逃跑他一定会死在这儿，逃了不成功最多也就是个死。都是个死，他为什么不逃！

松下浩二再次做好了逃跑的准备。到达这支日军部队两个月后，他甚至画好了从佳木斯逃往牡丹江、再从那儿爬上驶往珲春去的火车的路线图。过了珲春就是朝鲜，一路东去，终点就是釜山。无论如何，他觉得自己总能在那里找到开往日本的船只。这是一条比过去复杂得多也难得多的逃亡路线，下决心时他却一点也没有犹豫。他还想好了，这次一定不能像上次那样，一上岸就让宪兵抓到。但这时他也发现了新的障碍：到了作战部队，要逃跑可不容易，此处军纪极严，他的上司知道他已逃跑过两次，对他格外不放心，他觉得一天二十四小时都有人暗中监视他，他们动不动就借故痛打他一顿。他们这样做是有原因的：打得他犯了"病"，爬都爬不起来，他就不会再逃跑了！这时他们还会站在旁边哈哈大笑，说：吆西吆西，你怎么不跑了？你跑哇！

这年七月末，第三旅团突然奉命离开驻地，加入对格节游击队的"讨伐"，松下浩二为真要去打仗怕得发抖，可也突然意识到自己逃跑的机会到了，一旦日军开出军营，别人要天天看死他就不容易了。他想过上了战场马上设法逃走，但这时却发觉一直贴身藏在内衣里的那张路线图用不上了。这里是格节，没有铁路线，他还没有打听清楚从哈尔滨通往朝鲜的铁路线在何方，如何才能逃到那里，继续实施自己的逃亡计划，就在第一次押车往狼谷运给养时做了俘虏。

49

刚被抓到时，松下浩二的第一个反应就是：我要死了，再也回不到日本见姐姐了！

他这样想是不奇怪的。踏上中国的土地后他是第一次遭遇游击队；此前在日本军营中，他也不知不觉就接受了上司灌输给一般日军士兵的观念：游击队都是些顽固不化的中国土匪，专杀日本人！给松下浩二印象最深的是新兵训练时教官关于游击队的一种恐怖到极点的说法：这些中国土匪常年待在深山老林里，他们没有饭吃，因此每抓到一个日本兵，就会把你放到火上，活活烤熟了吃掉！

松下浩二被抓到后，回头第一眼看到汪大海，马上想到的就是自己已被这么一个"中国土匪"俘虏了，他马上就会把对方架起火来烤熟了吃掉！于是那一瞬间，他就杀猪般声嘶力竭地号叫起来，拼命地同汪大海撕打，直到被后者一拳打倒在地。他才不叫了，死的意念却一下如水一样充满全身，让他寒战起来，尿了裤子！

可在内心深层，被俘这件事对他来说又是极突然的。他到底还只是个十四岁的孩子，十分钟前坐在卡车大厢里想的还是如何逃回日本，死亡蓦然来临之际，他不但感到了恐惧，还火山爆发般感到了惊愕和委屈。一时间他心里有许多话要对面前这个"中国土匪"喊出来，于是就喊出来了：我不要死，你们不要杀我（他的意思是不要把我烤熟了吃掉，只是没说出来），我要回家！

是求生的本能、是他那颗已被极大惊动的心让他不能不喊，但当他喊出这些话时，却不敢相信汪大海和我真会听懂，这些"中国土匪"听不懂他的话！

但是接下来奇迹发生了：他不但发现有人——一个比他大不了多少的女"土匪"——听懂了他的话，还把他的话翻译给了抓到他的人，后者竟又让这个女"土匪"用日语告诉他：只要他老老实实地跟他们走，就不杀他，还要放他回家！

假如松下浩二不是一个孩子，他是不会相信这些话的，并且一定能从汪大海的话尤其是他那疯狂迷乱的神情中明白这些话的真实意思；但松下浩二是个孩子而且和我们语言不通，他听懂的只是我翻译过去的几句简单的话。于是一刹那间，他不但相信了这些话，一颗心还为之激动和狂喜起来。这样一颗简单的和孩子气的心以为那个已离他而去的"中国大土匪"——汪大海——现在又不想烤熟了吃掉他了，只要他乖乖跟这个人走，对方就会放自己回家！

松下浩二说这时他如同置身梦境。他不能完全相信自己竟交上了这样的好运，游击队抓到他不但不把他烤熟了吃掉，反倒要放他回日本，但一点死里逃生的希望已在他内心里生长起来，他不敢——主要是不愿意——轻易放弃它。他那颗简单的心想道：他从"自己人"——日本兵——那边跑了两次都被抓回来了，万一这次中国人的话是真的呢！

这就是在那一天的狂奔中他为何会一心一意地跟随着游击队在日本人的追击下狂奔的原因。虽然被反绑着手，后来又被我用布条缠上了嘴，拿短枪逼着，松下浩二并不觉得意外和害怕（原因是我们已经答应不杀他，放他回家了！已经答应过了！），他更害怕身后追来的日本人和纷飞的弹雨。他害怕的是被日本人追上了，自己又会被抓回去，害怕的是被日本人的子弹打死了自己就回不了日本，见不到姐姐了！他的没命的狂奔还拉动了我，让我和他一起逃脱了日本人的追捕，最后终于把我也把他自己带进了狼谷。

刚刚进入狼谷那会儿他没有感到惊慌，因为他还不知道我们到了哪里。随后就是那个令人心惊胆战的夜晚，狼谷谷口是咆哮的狼群，土崖前林子边整夜蹲着一头狼，不时嗥叫一声，虽然没人告诉他这是什么地方，他还是明白了，来格节的日子虽短，他仍然听说过狼谷，巨大的惊恐令他全身发抖，一夜也没改变自己那个半蹲的、随时要飞出去的姿态！

他没有想到接下来会出现那样的事：太阳升起，狼群声消，土崖前林子边的独狼也悄然离去，每个人都觉得自己死而复生的时候，汪大海会从我手中要过他，牵着他大步朝狼谷谷底走下去！

还在汪大海回头第一眼望见他时，松下浩二就明白这个人要杀他了！他那颗简单却又十分敏感的孩子的心最关注的就是自己的生和死，他是为了生跟着这伙中国人逃到这里来的，他盼着他们很快就能放了他，可是，刚刚注意到汪大海眼里的杀机，他就本能地想到那人对他说了假话，他把他带到这里来不是要放他而是要杀他！他叫起来，习惯地回头寻找一个能救他的人。他没有在人群中找到自己的秀子姐姐，却发现了我！

松下浩二说他回头在游击队员中找到我的同时并没想到我会救他。他说自己找到我时就明白了另一件事：他那个远在日本的秀子姐姐，这次是救不了他了！他就要死在中国，死在这条叫作狼谷的可怕山谷里了！

等汪大海将他绑到谷底树上并且转身离开之后，一眼望见滚滚涌来的狼群，他的目光就散了，神志已经不清。这时他相信已经没有人能够救他，从小到大，世界上只有一个人能从永远的屈辱、不幸和死亡中救他，这就是他那远在日本的秀子姐姐……他盼着秀子姐姐出现，于是眼前模模糊糊出现了一个人时，他也就几乎用欢欣的语气喊出了那一声"姐姐……"！

直到全队安全撤上分界岭，松下浩二才从死亡的迷乱中清醒过来，瞪大眼睛看清了是谁救了他！也就是这一刻，我发觉他用惊讶的目光偷觑我，重新在我心中引发了对他的憎恨与厌恶！但松下浩二却不这么想：经历了狼谷内的一幕，他不敢再相信游击队——主要是汪大海——不会杀他了,他那颗恐慌到极点的心迫切需要一个人来保护,而我又刚刚从狼群嘴中救了他,于是这个内心充满黑暗的日本孩子,就从那一刻起将自己活下去的全部希望寄托到了我的身上!

这就是在接下来的那个白天他一边跟随着游击队狂奔,一边用眼睛在队伍里惊慌地寻觅我的原因。只要能看到我,他一直处于极度惊怖中的心就会马上安静下来,而若是一眼瞅不见我,这颗心里马上就会充满了绝望和疯狂……

后来的事情你都知道了:天黑前汪大海将他和我们一起带进了十八号密营,很快就被秋叔叔派人带到了自己的窨子里去。他忽然发现自己看不到了,心又慌了。他以为这下他被弄到汪支队的营地里了,这伙"中国土匪",就要架起火把他烤吃掉了!

松下浩二再次号啕大哭!这一会儿他已经认命了。他以为自己死前既再也见不到远在日本的秀子姐姐,也见不到从狼谷谷底救了他、在他的感觉里又保护了自己整整一天的我了。可他很快又在秋叔叔的地窨子里看到了我!他不哭了。对我的强烈的信任和依赖感以及求生的愿望还让他异想天开地认为,我是听到了他的哭声,害怕有人杀掉他,才赶过来的,我仍然要保护他!

松下浩二说他对我的信任在随后的审问中改变了。他虽然听不懂中国话,却不会看不出来,我对他其实比真正在审问他的那位游击队首领——秋叔叔——还要凶。松下浩二的依赖感——这么个十四岁的孩子,又处在生死之间,脆弱的内心总是渴望着信赖一个什么人的——就在这时发生了转移:不知不觉在我和秋叔叔之间,他开始信赖秋叔叔而不是我了。秋叔叔的态度也让他的心渐渐平静,他仍然在努力想象着活下来的法子,接着竟也就想到了,自己是一名战俘!

日军内部的教育中是没有"战俘"这个词儿的,松下浩二知道这个词儿连同它的用处,是自己第二次逃跑后被罚做苦工时听一个被苏军在边境线上俘虏过的老兵讲的。他讲出这个词儿,有如一个快淹死的人于绝望中随手抓了一根不知从何处漂来的树枝,虽然不知道它能不能救命,却至少在第一时间内给自己带来了救命的希望。他没想到的是秋叔叔听到这个词儿之后竟会勃然大怒,还把他也看作在中国杀人放火的日本兵中间的一个,说他们做的事他也有一份!不,他惊恐地叫起来:那些事和他都没有关系!他没有杀过中国人,也没杀过朝鲜人,甚至连枪也没放过,他只想回家,只想回日本!

可他已经清清楚楚地从秋叔叔和我的怒火中看到了我们对他的仇恨!当然不是

对他一个人的仇恨，而是对所有的日本人，但不幸的是他自己就是一个日本人，而且是被我们抓到的唯一的日本人！还是出于求生的本能他不敢不回答秋叔叔的问题，但在审问结束时，从秋叔叔突然变色的脸上，他再次觉得游击队要杀他了——唯一的不同是他明白了，我之所以要杀他，不是因为他真地杀过中国人和朝鲜人，而只是因为他是个日本人，是个日本兵！他忽然大声哭喊起来，再一次申明自己是个战俘，自己没有杀过人，他这个日本人现在只想回家，可就在他大声喊出这些话的同时，其实已不相信秋叔叔真地会让他活下去了。他这么哭喊，是他为了活下去做的最后一次挣扎，是他觉得自己不应当死，觉得自己这么死了，既悲惨又委屈——最主要的是他感到委屈！

让他大吃一惊的是秋叔叔竟然怒气冲天地用那样的话回答了他。秋叔叔说他不是战俘，也不是不该杀，但他现在还没想过要杀他！松下浩二的哭喊声一下就打住的原因是他突然间在面前这个暴怒中的游击队首领的眼里发现了两点闪烁不定的泪水！正是它们让他有些吃惊了。这个中国男人有什么可伤心的，现在哭的应当是他！

被押到赵阿姨的地窖子里以后松下浩二的心理已全然绝望，无论是我还是秋叔叔都不再相信。秋叔叔虽没有在审问完后马上杀他，却也没有说不杀他！相比秋叔叔他更不敢相信我，因为这个晚上他在我眼中看到的对他——不，是对一个日本兵——的恨意比秋叔叔还要强烈！现在他知道自己的死不是因为他做错了事，而是因为别的日本人在中国和朝鲜犯下了滔天大罪。来到中国后他自己也亲眼见过日本人怎样对付抓到的抗日分子，现在连他自己也觉得无论中国人今天用什么样的办法处死他，都是不奇怪的！

可他心里仍然觉得委屈。原因非常简单：这些中国人不知道他不是那些杀人放火血债累累的日本兵，他却知道自己不是。他只是一个被人强迫送到中国来的可怜的日本孩子，他不想死却要死了！他死了，他那可怜的姐姐也不能活！

松下浩二又想到了那件事：逃跑。过去想的是怎样从中国逃回日本，现在想的却是如何逃出游击队。他要活下去并回到日本，就仍然只有一条路——逃！

50

但他已来不及做什么了。当夜我对他宣布了游击队要把他作为战俘长期留下来的决定，连同他必须严格遵守的战俘纪律。松下浩二已经不大相信游击队对他说的话真的会兑现，就是能够兑现，他也不愿意长期留在这样一支队伍里。他一心一意想的只是要回日本，回自己的家！不过只叫喊了两声他就不叫了，自从心里有了那个从游击队逃走的念头，他就不大愿意向包括我在内的每一个游击队员表白什么了。他需要做的只是等待机会，然后抓住它实现自己的心愿！

被秋叔叔送进二十七号密营后松下浩二又一次想到他要被处死了，一转眼看到我仍然和他在一起，一颗高悬的心才又落下去。无论如何我都曾经在狼谷谷底救过他的命，就是游击队要处死他，他相信那个对他执行死刑的人也不是我。我非常可能真像自己讲的那个是游击队派来看管他的人！

但他眼下必须更多地关注自己的新处境了。进入这座密营的第一天对他来说极为恐怖：他被捆着手拴在内洞深部，外洞发生了什么一点也看不见，秋叔叔走了他是知道的，随即他也听到了我出去了又回到洞里的声音，但接下来他就突然发觉我不在洞里了。山洞内外的寂静令他惊慌，他怀疑我在秋叔叔走后也扔下他走了，就乍着胆子叫了一声，又叫了一声。他没有听到我的回答，心里原有的恐怖立即炮弹落地似地炸开了。他不愿意相信游击队会将他一个人抛弃在这个山洞里不管，还把他的手捆得结结实实。他挣扎过，用力撕扯手腕上的绳子，可是秋叔叔走前将绳子捆得那么结实，他用尽全力也没能挣脱。这时松下浩二内心的恐怖已达到极限，他真地相信他是被游击队捆绑着扔到这儿等死了。他扯起喉咙号起来，喊我（仍然叫我姐姐），也喊他的秀子姐姐。他号了一天，也没有听到任何回答。但当天黑后和公狼对峙一天的我终于想起他、将一碗水端到内洞里去时，神志已近疯狂的松下浩二一眼看到我，竟然吓得浑身发抖——他不敢相信自己还能活着见到我！而后来我告诉他自己一整天都在洞里，从没听到过他的叫喊，他立马就在心里断定如果我不是故意对他撒谎，就一定是疯了——后面这种想象让他心里持续了一整天的恐怖和疯狂膨胀到了极点！等我回到外洞熄了灯，黑暗和巨大的恐惧卷土重来，他的精神再也支持不住，就一下犯了"病"！

后来是我从梦中被惊醒，赶进内洞救了他。苏醒过来的一刻，他的大部分脑细胞仍处在不能清楚分辨现实与幻觉的状态里，我的怀抱让他恍惚间回到了童年。我的黄瘦的脸，小小的个子，将他抱在怀里的姿势，用大拇指掐他人中穴的动作，还有我眼睛里不知不觉地流露出来的怜悯和焦急之情，都让他将我错看成了他的秀子姐姐！松下浩二离开日本后朝思暮想的都是姐姐，每到生死之际想到的仍是姐姐，于是就悲喜交加地冲我叫了一声"姐姐"！

这一点迷乱很快就消逝了……他认出了我是谁，想到了自己置身何处，心里刚刚涌出的狂喜马上化作巨大的哀痛，涌上喉头……等我重新回到洞口去警戒洞外的公狼，没想到却沉沉睡去之后，他的大脑却像每次犯"病"后一样处在极为清醒的状态里……松下浩二再次下定了决心：他必须逃走，马上就逃，趁山洞里只有我一个人时逃，不管留在这里是否真能活下去，他都不愿意待在这里了，一刻也不愿意！他要逃出这个山洞，逃离游击队，逃出中国，逃回日本和姐姐团聚！——今生今世他最大的心愿就是逃回日本和姐姐团聚了，留在中国人的游击队里，就是我们不杀他，他也不可能实现自己最大的心愿。而要是不能实现这个心愿，他活着和死去又有什么不同！

这个夜晚直到天快亮时松下浩二一直在悄悄磨自己手腕上的绳子。黎明前他终于成功。他站起来活动一下手脚，开始向外洞摸索。他想到了我讲过的战俘纪律，想到了手里的短枪。但是逃跑的愿望已强烈地控制住了他，像一只疯狂的手那样推着他不顾一切越过石门槛，走进外洞。松下浩二就在那儿站住了！身体影子一样贴着洞壁，脑子里灌进了凉水一样一点点清醒，忽然又觉得自己要逃掉是不可能的，我马上就会发现他，一枪毙了他！……外洞的光线依然昏暗，他半天也没从靠近内洞的草铺上找到我，这就是他半天没敢再朝洞口迈步的原因。他很吃惊，不知道我在何处……忽然他在洞口荆棘丛后面发现了我，并且隐约听到了我沉入梦乡后发出的轻轻鼻息……松下浩二的心原本一直被巨大的恐怖震慑着，现在忽然觉得自己不但不害怕了，还意识到逃亡的机会到了！他背贴着洞壁一小步一小步地蹭向洞口，再一抬腿就要从我身上跨过去了——忽然又愣在那儿，浑身打战，一动也不能动了！

原来就在他要抬腿迈过我，伸出一只手拨开荆棘丛时，又下意识地瞥了我一眼。这多余的一瞥立马让他魂飞魄散——我的两只眼睛大睁着！……这一瞬间他首先想到的是自己已被我发现了，我就要举起睡着了仍握在手里的枪，"砰"地一声毙了他！松下浩二心里迅速袭过一个疯狂的念头：趁我的枪还没有打响，就势扑下去，用身子压住我，再从我手里把枪夺过来，一枪把我打死！

噢，要是他当时那样做，我就死定了……我虽然比他大一些，可体重和个头都比不过他，何况我正在梦中！对一个被逃生的欲望强烈地驱使着，又被自己的逃亡行动吓得要死的孩子来说，他就是那样做了，也是不奇怪的。我们活在一个你死我活的时代，你想活下去，有时就得扭断别人的脖子！

如果不是这时我轻轻地打了一声鼾，他一定那样做了！……是这一声鼾让他浑身又打了一个寒战！他清醒了一点，又朝我脸上看了一眼，发现了：虽然我大睁着两眼，却没有看到他，我仍在沉睡！

松下浩二停在那儿了，两只张开了就要扑下去的手抖抖的，我沉浸在和亲人团聚的喜悦与悲伤之中，对正在发生的事一点儿也不关心……松下浩二说，他就是这个早上借助透过荆棘丛的晨光，头一次清清楚楚地看清了我的脸，我的身子，我这个人。他发觉我竟是那么瘦小，还是个没有长大的小女孩！这一刻他不但没有下手杀我，反倒可怜起我来，突然想到我可能和他一样不幸，不然我就不会小小年纪和他一起走进这个阴冷的山洞里受苦！

"那一刻我还想到你可能和我一样没了爹妈，有爹妈的孩子是不会走到这里来的……我就要杀你了，却看见了你在狼谷谷底救我时的那双眼睛，你的眼神是那么急切，眼窝里满是泪水，你那时真是害怕我被狼吃掉，才成了那个样子的！……姐姐，虽然我不知道你是个什么样的人，你为什么救了我还那么恨我，可我和你相处几天下来，还是醒悟了：你和秋叔叔，你们也是一些和我一样的人，不是那种抓住日本人烤着吃的野人。为了逃走我可以杀死别人，却不会杀死一个从狼嘴里救过我的人……

"忽然间我又害怕了，不知为什么我觉得我这么一犹豫，你就要醒了，你醒了还是要枪毙我的！我必须赶快逃！这次我也不敢从你身上跨过去了，我依旧后背贴着洞壁，从你身边蹭出去，用手小心拨开荆棘丛，没有再弄出太大的声响，就一点点滑了出去！逃出洞口后我又疑心你醒过来了，发现我已经逃走，就要朝我后背开一枪！我发疯般地往坡下跑，跑了一段路才想到身后并没有一声枪响！……"

松下浩二开头没看到那头狼。他在山洞里待的时间太久，刚出洞一下子很难适应外面明亮的光线。知道自己真的逃了出来，他的心反而乱了。太阳就要出来，一条大山谷横在眼前，他虽然不知道这就是狼谷，却已迅速辨认出了南北，那一刻他想到的是自己必须马上离开这儿，向南走，奔向通往朝鲜的铁路线所在的大致方向，快走！

还没有朝前走一步，他就听到了那个声音。这是一根树枝被碰折的声音！逃出洞后他的精神一直高度紧张，狼谷内外一片静寂，这一声响虽然微弱，还是马上惊动了他，重锤一般敲疼了他的心……他以为这是一个人——刚刚还在洞口沉睡的我的脚步声——猛地转头去望，却看到了一头公狼！

"我呆住了。我的腿脚立马就软了。我在日本的家乡也见过狼，却没见过骨架如此高大的狼！也就是这头一眼，我脑瓜里就轰隆隆地起了响雷！我明白了两件事：第一，这儿是狼谷！第二，这头狼在你和我藏身的洞外已等了很久，浑身的毛都被露水打湿了，一块块粘着，饥饿的肚皮收紧，露着一条条肋巴骨……啊，这是一头难看的饿急了而又凶残有力的大公狼！……"

公狼也正望着他，眼睛细眯着，神情疲惫、困顿，虽然站立起来，向前移动了一步，碰折了一根枯枝，但最初的样子似乎还是无动于衷的。在洞外守了漫长的一天一夜后，它自己似乎也不相信能等到什么了，现在却从洞口蹿出了一个人，这是真的吗？……公狼摇了一下耳朵，浑身猛地大抖一下，像是从梦中醒了，眼睛瞪大，目光陡亮，拖在地下的尾巴"噌"的一声竖起。公狼"呜"地哼了一声（不是叫，像人发怒时一样），然后一点过渡都没有，就后退一步，一个助跑跟着一个弹跳，跃起，越过十几米的距离，从上而下箭一样扑向了他！

"姐姐，头一眼看见狼，想到自己是在狼谷里，我浑身就酥了，连跑也忘了……我只是本能地向后退一步，哑哑地叫了一声！这样，猛扑过来的公狼第一口就没咬住我的脖子，却咬住了我的一条小腿，一口就切进了骨头缝，再也没有松开！……

"我的眼前这时什么也看不清了，除了马上就要被狼吃掉的恐怖感觉，我心里什么都没有了……我叫起来，顾不上左边小腿钻心地疼，半折起身子，用手、用拳头、用从地下胡乱抓到的树枝和石头，胡乱回身同狼撕打，打它的头，要把腿从它嘴里挣脱出来！可它既不躲避，好像也不在乎，它只是用一双可怕的血红的狼眼望着我，咬住我的小腿不松口，只是用力一下一下把在地上的我朝坡下拖去！……我更大声地哭喊起来，我的心突然迷乱了……不，你理解错了，让我的心迷乱起来的不是狼的疯狂和残忍，而是狼眼里流露出来的那一种平静……它用利齿咬住我，弓着身子向下拖我，眼睛却一眨不眨地盯着我，仿佛是说：不管你怎么挣扎，怎么叫喊，我都逮住你、要吃掉你了！

"这时我不可能想起你……我是背着你逃出来的，你在我心里的形象比狼还要可怕，我怎么可能想到你会来救我呢……我还刚刚从狼眼里看出了那一点平静和执着，生命中最后的一点东西就崩溃了……现在不只狼觉得我再反抗也没用，我自己也觉得自己一定要被狼吃掉了……啊，我还能模糊地记得这是狼谷，只要这头狼叫一声，引来狼群，我这个人马上就不见了，不管中国还是日本，都不会再有我这个人了！

"可你却从洞里飞出来，救了我……姐姐，这时我的神志虽然迷乱，却不像被你们的汪支队长拴在狼谷谷底那一回……这一回我也看到了救我的人是我的姐姐，却没有再将你错认为日本的秀子姐姐，我的这个姐姐就是你，你就是我在中国的姐姐，以前我一直没看清你，可那天清晨我看清楚了！……

"姐姐，我的疑问这一天就存在心底了。这个疑问是：我今年十四了，见过许许多多的人，主要是各种各样的日本人，却从没有见到过像你们——现在我把秋叔叔也算在内——这样的人。你们恨我，把我看得和别的日本人一样的人，可你们到底没有杀了我，反倒一次次地救了我。我知道你们并不愿意这样，可还是让我一天天地活下来了……现在，又让我用自己的逃跑为你也引来了狼群，走上了今天这样的绝路……姐姐，到了今天，浩二相信你和秋司令的话了，他让你和我藏进这个山洞确实是不想杀我，今天的死是我自己找的，不但我自己要死，还连累了姐姐你——除了我的秀子姐姐，你就是世界上待我最好的人！可是再说这些也没用了，你因为我而死，我今生今世都对不起你了，我就是愿意，也不能替你去死啊……可是我对你还有念想，我之所以咬着牙坚持活到这忽儿，就是为了这个念想：姐姐，我想听你清醒过来后亲口帮我解开一个谜：你们——你和秋叔叔——到底是些什么样的人哪。浩二就是死了，也要知道这个！"

51

"姐姐，这会儿我可以闭上眼了。你和秋叔叔是些什么样的人，你都告诉过我了。我说一句话你不要生气：你们是些和我、我的秀子姐姐一样的人。你们是世界上最普通的那一种人，又是这个世上最善良的人。你们什么人都是，就不是你们痛恨的那些到中国杀人放火无恶不作的日本人。你说得对——不，是秋司令说得对——你们是人，不是畜生！

"姐姐，知道这个就够了。知道这个浩二就好死过去了。虽说我没能实现自己的心愿，逃出中国，逃出这场该死的战争，虽说我还是死在中国的一个山洞里了，可我是和你一起死的，我是和一个像我的秀子姐姐一样的好人一起死的，想到这些，我的心也就不那么疼了。

"姐姐，浩二有一个请求。在家时常常有和姐姐一起抱头痛哭的日子，那时姐姐就说，要是活不下去，你就和姐姐一起死。现在我不是和我的秀子姐姐一起死，我是和你一起死。我虽说是个让中国人、朝鲜人痛恨的日本人，可我也是一个和你们一样的人，我想正式认你做我的中国姐姐，请你认我做你的日本弟弟。你的弟弟英男已经不在了，就把我当成是他好了，这样我们死在这儿时，两个人都不会感到孤单了。你是和你的弟弟一起死，我死时身旁也有姐姐了。

"姐姐，你能答应浩二死前这最后一个请求吗？能吗？"

啊，这是一个奇异的、在我的虚弱的内心里留下了魔幻般印象的夜晚。松下浩二一直用十分平静的语气叙述了自己的故事。也许他说出的不是我刚才那些话，也许我在转叙中加上了自己的分析与感觉，不过其中最基本的曲折，内心中最细微最隐密的感情变化，却都是他自己的。松下浩二已经接受了我所接受的东西，一动不动地躺在洞内，等待死亡，等待那一点微弱的生命之火的熄灭，但他也像我一样平静了，并且完全去除了孩子气，被俘后第一次展现出了一个真实的他，在这个夜晚突然完成了一个孩子向一个成人、一个男人的蜕变。我想到了一个比喻——如同一束月光照亮了一潭死水。今晚他讲出这一切，与其说为了我，不如说是为了自己。过去的十四年他一直活在一个梦里，现在梦终于醒了，他需要这样一次死前的清醒。

这还不是我的全部感觉……我的另一个感觉是：没有这一夜，即使我愿意怜恤他，不把他看成是一个日本兵，只把他看成是一个日本孩子，一个和我、秋叔叔一样的人，心里——内心的极深处——仍会觉得他是一个日本人，一个日本兵，和他相距很远；今夜我虽然仍记得他是一个日本兵，可我也真地觉得他成了一个人，一个离我很近、和我一样，甚至与我有了亲情的人。刚才是一个和我一样身世凄凉、被命运悲惨地抛弃在异国他乡的一个阴冷山洞里等死的人，一个像我一样身患重病的孩子，真诚地向一个他刚刚找到的姐姐——失散多年，过去对面也不认得、今天却突然相互辨认出来——诉说自己的悲苦与不幸。更重要是我发觉他对我的感觉也正是我此时此刻对他的感觉。我已经没有弟弟了，日本人害死英男在我的心间留下了极大的空虚和伤痛，可是今天我觉得自己又要有一个弟弟了。我不能拒绝认回他，这个可怜的、没有姐姐就活不下去的弟弟，他虽然生在日本，却和我一样苦命受难，孤苦伶仃，并且惨遭狼围，正等待着悲惨地死去。他不是别人，他就是我的弟弟，我就是他的姐姐——今天除了我，他在死前还能到哪再去找一个姐姐呢！

"浩二，我答应你。"我说。我的眼里一点点地涌满了泪水。认下这个仿佛离家太久、此刻突然回归的弟弟，一股暖流很突然地就涌进了自己的那颗虚弱的、将死的心。我就要死了，本以为死前再也不会激动和欢欣，可现在我的心沉浸在欢欣中了。浩二，浩二，你以为我认下你这个弟弟你在死时就不会孤单了，你会觉得自己是和一个亲人、一个姐姐一起死，你还不知道这一刻姐姐心里的感受：浩二，姐姐也要死了，姐姐死时也是孤单的，姐姐的死也是凄惨悲凉的，姐姐像你一样，本以为死时身边再也不会有一个亲人，可现在却有了你，你原本就在我身边！还有，妈妈和英男死后姐姐就认定除了爸爸，我在世上永远也不会再有一个亲人了，现在你却意外地闯进了我生命中专为亲人留下的空间。仅仅知道自己还有一个弟弟、仅仅知道这个弟弟愿意喊我一声"姐姐"，姐姐就心满意足了。姐姐没有白白救你一场，你是个知情知义的好兄弟！

浩二，这是一个非常的时刻，一桩非常的遭遇，从今以后，无论我们还能活上多久，哪怕只有一天，哪怕只剩下几个时辰，姐姐的生和死就都是幸福的了。我不会再孤单了，我的垂垂待毙的心里充满的也不全会是黑暗和凄凉，我拥有了你！……

52

"浩二，你醒着吗？"

"姐姐，刚才我睡着了，你一喊，我就醒了。"

"……"

"浩二，这儿有黄豆，实在受不了，你就嚼几颗吧。"

"……"

"浩二，你要不要喝一点水……"

"姐姐，谢谢你……"

我们的新关系就在这种濒死的时刻，在有时返照着微弱的月明、有时漆黑一团如同深井的山洞里发生了，开始了。它使我对身边这个和我一样奄奄一息的人有了一种全新的骨肉亲情，让我能用生命中残存的最后一点力量去关照他，并从中获得感动和新的力量。英男死后我已经有好久没能像当初关心他那样关心过另外一个人了，松下浩二现在让我重新找回了做姐姐的感觉，也找回了做姐姐的感动。我不可能不用很多时间和精力去想到他，不能不让那种于临死之际重新温暖、感动了的姐弟亲情欢畅地向他流泻。对我来说他不再是别人，不是日本人，也不是朝鲜人，他只是我的弟弟，而且是一个像我一样就要死去的弟弟。松下浩二的童年、他当兵后的遭遇造就对来自任何方向尤其是姐姐方向的关怀的极度敏感，现在不管什么时候，哪怕他在昏迷中，只要一听到我充满亲情的声音，甚至只是凭直觉感受到我关注的目光，他都会马上醒来，做出热切的和感动人的回应。同样，这种关切也不是单方面的，只要他醒着，无时无刻，哪怕彼此相对无言，你也会突然感觉到他在用心感觉你，用身心中的最后一点力量和温情想着你，担心着你会不会突然逝去。山洞还是原来那个山洞，洞里还是那两个人，我们仍在一天天衰弱，但山洞里原有的阴冷的空气改变了，仿佛有一小丛篝火在我们中间燃烧起来，让我们彼此都感到了暖意。两个人的人间也是人间，两个濒死的姐弟也是姐弟，只要是姐弟和人间，像无所不在的气息一样流动在山洞里的，就不再是死的沉重绝望和死前巨大的孤独与苦痛，而是一种新的强大的感觉了，仿佛彼此都有了依傍，仿佛我们不是正在死去，也不会死去……

但我们是在死去。那点最后的生命之火仍在死亡的暗黑的隧道前方摇闪，它的光焰越来越微弱……可我们却不像以前那样想尽快死去了。我在我心里发现了这种新的感情，也从浩二那边感觉到了它。一个迹象是我们又都愿意说话了，而原本我以为有过上面的长谈，洞内就会长久地沉默下去。我们在人间的话说完了，想知道的事情、想从对方那里发现的谜底，都知道和发现了，我们关于对方的了解甚至超过了他自己。还能有什么话说呢？现实是清楚的，关于未来我们连想也不愿去想……但我们还是愿意说话，说些和现实、未来——归根结底是同死——无关的话。

"浩二，你真没睡着……"

"姐姐，我醒着呢……"

"浩二，给姐姐说说你小时候的事儿……别说不痛快的事儿，说点高兴的事儿……姐姐想知道。"

他一定要耗费很大的气力去想我的话，因为我等了很久，才听到了他的回答：

"高兴的事儿……小时候……我最喜欢过盂兰盆节了……村子里的人抬上神像去游行……人人穿着过节的衣裳……抬神像的人要过一座桥，看热闹的人就挤在桥栏杆上……

"有一年人太多，桥栏杆给挤断了，'轰'的一声响，人都掉到河里去……岸上的男人顾不得看热闹，纷纷跳到河里去救人……抬神像的人也脱了衣服就往河里跳，倒把神像扔在地上不管……

"那是条小河，水不深，水流也不急，落水的人除了弄湿一身过节的衣裳，什么事儿也没有……岸上的人都在笑，河里的人也在笑……一村人那个高兴啊……

"每年春末，樱花就开了……伯父院子里栽满了樱花树，后面河岸上也栽满了樱花树……樱花一开人心里的花也绽开了，日子就像过节一样高兴……喜欢吵嘴的不吵嘴了，酗酒的人醉得更厉害了……可人人都是一张笑脸，就是伯父家的孩子，也不打我了……

"冬天，大雪堆着门……夜里姐姐搂着我，给我讲桃太郎的故事……姐姐知道很多故事……她讲啊讲，我听啊听……常常听着听着我就睡着了，睡着了还觉得自己成了世上最勇敢最幸福的孩子，像桃太郎……"

我也给他讲自己童年时的故事……和爸爸妈妈在大连海边的小木屋里过除夕，放鞭炮，剪窗花……冬天带着弟弟坐着冰床子溜冰……我讲着讲着就停下了，猛然意识到自己颠沛流离的童年，竟然还有着那么多快乐的日子！

这些断断续续的谈话的结尾总是沉默。沉默的原因是你的衰弱的大脑能够鲜明地感觉到的。我们为了避开今日的绝望回忆生命中有过的明丽与快乐，这些快乐的回忆反过来却让我们清醒地想到了现实。沉默越来越久，接着是更多更长久的昏睡不醒。这是越来越厉害的虚弱引起的昏厥。我们知道接下来是什么，我们清楚地看着它。

可也就在这频繁发作的昏厥中，一种新的心情出现了！以前我们从不谈论死，现在却不由自主地想谈论它了——谈论我们为什么不能不死！

"姐姐……我们要死了……我知道秋叔叔就是想来救我们，也不可能了，狼群在那儿呢……可是我不想死……就是到了这会儿，我还是想活着，回日本去！……"

一直被长期压抑的痛苦猛地在我心中翻腾起来！

"浩二，姐姐也想活着……我也想离开中国，回朝鲜去，和爸爸团聚……我要告诉他妈妈死前留给我的话，告诉他离开我们后妈妈怎么带着我们在中国生活、流浪，怎样等待他，后来妈妈和弟弟又怎样被日本人杀死！……"

"姐姐……我们为什么就不能不死呢……我知道狼群不走，我们就出不了洞……可我们为什么就不能这样想……等不到我们死，狼群就会离开……秋司令就会来的……"

我不知道他已经进入了幻觉……有一阵子我以为他仍是清醒的，于是他的话再次把我的心从死亡中拉了回来……我也开始回头想他的话了：是的，我们为什么就不能不死！狼群直到今天都没走并不等于说它们再也不会走了，狼谷内总会响起枪声，中国人和日本人的战争总要打下去，我们只要能在这个山洞里坚持下去，只要我们自己不死，为什么就没有可能活着回到人间呢！

"浩二，你说得对……秋叔叔不会忘了我们……知道我们被狼群困在这里，秋叔叔会比我们还要着急……我们不能总想到死，我们还要想到活……我们要一直等，不是等死，是等着活下去！……"

"姐姐呀……"松下浩二突然叫一声，如果说他刚才是在迷幻中说出了那番话，这会儿他却完全清醒了，并且听懂了我话，激动了，流出了眼泪。

我们开始吃东西了……生命里原本没有了目标，只剩下了一个悲惨暗淡的结局，现在却又似乎有了……有一阵子，因为我只想早死，已经不再去枕头边摸索生黄豆放到嘴里嚼，也不再去日本行军锅里舀水喝，现在又想到它们了……我不敢相信自己还能嚼得动生黄豆，我只是想劝浩二这样做，但我知道只有我这样做他才会跟着做，于是就试着伸出一只手，颤抖抖地去布口袋里摸到几颗黄豆，一粒一粒放在嘴里。受到了鼓舞的浩二果然也跟着我这么做。我的牙齿一点劲儿也没有，可我却一下一下地坚持嚼着。一个意念已在我心中形成：我嚼不动这些黄豆不说明松下浩二嚼不动这些黄豆，只要我在奋力地嚼，为了让我高兴他也会用力嚼。我可能一粒黄豆也嚼不碎，可浩二也许能嚼碎它们！

别的事情有些我已经记不得了，可我知道只要能鼓励他每天吃一点东西，他就不会很快死，就有可能一直坚持到秋叔叔赶来救我们的一天——那时我也许已经死了，但只要浩二活着，我们这对在苦难中相认的姐弟就有一个活下来了，他就有机会活着回日本去，和他的亲姐姐秀子团聚！

我的嘴里有了痛感……我的牙床磨出了血，可我仍没停止嚼那几粒黄豆……我以为我只是在鼓励松下浩二，可到了最后，那几粒硬如石子的黄豆居然被我嚼碎了！将它们咽下去时我喉头抽搐，浑身打战，然后是呕吐和昏迷，重新醒过来以后却兴奋得很——不只是浩二，我也还能嚼烂这些黄豆！只要我能，松下浩二就一定也能，他应当能！那样，只要狼群一天不突进洞内将我们吃掉，我们俩就能挣扎着活一天……我们也许真能一天天坚持着活下去，直到秋叔叔来了把我们救走！

后来我也陷入那种不时会在松下浩二身上出现的迷幻中了……我们昏迷过去的时间越来越多，醒过来时我们就嚼黄豆，喝一点水……我以为我们会比以往更清醒，但事实上清醒的时间比以往更少，而且越来越少……往往我们觉得自己清醒的时候，却是陷入了迷幻……可是在迷幻中，我们却看到了清醒时一直不敢遥望的未来，沉浸在一个又一个幸福的遐想中——

一天夜里，浩二突然对我说：

"姐姐……要是狼群走了，秋叔叔来了，我们会怎么样呢？……游击队真会让我离开这里，逃出中国，逃回日本去吗？"

同样是在迷幻中，我的心急切起来！

"啊，浩二，那怎么不会呢？……你不是认了我这个姐姐吗？你不是我弟弟吗？以前游击队不放你走，因为你是个日本兵，是个俘虏，可是自从你成了我的弟弟，你就不是个俘虏了……我不会让任何人把你当俘虏看了……到了那时，我不要你先对他说什么，你要走、为什么要走、他为什么一定要让你走，所有这些，我都会对他说的……秋叔叔一听就会懂了……

"不过，浩二，我们被救以后，秋叔叔不会马上放你走……你别误会，不是因为你仍然是个俘虏，而是因为你的身子还很弱……你到底被狼群困在这个山洞里好久了呀……他一定会让你留下来，养好了身子，又像以前那样强壮了，再让你走……"

浩二长久地沉默起来……他陷入了更快乐的遐想之中，一边泪流满面。

"姐姐，要是那样……我马上就走……我知道我们是在狼谷……秋叔叔一定会告诉我去朝鲜的铁路线在哪儿……以前我两次逃跑，之所以会很快被抓住，是因为我一走他们就发现了……要是我能从游击队这里走，他们就不能发现我又逃走了……"

他越来越深地进入自己的幻觉里了——

"姐姐，这下我一准能够成功！……我是神不知鬼不觉地逃回日本的，没有人知道我已经爬上了开往朝鲜的火车，到了朝鲜，也不会有人知道我爬上了一条去日本的船……回到日本后也没有人知道我逃回去了，没有宪兵在码头上等着抓我……就连我的秀子姐姐，都不会知道我回去了！……"

他一直在欢喜地流泪，我也在他的幻觉里为他高兴，为他流泪，好像他已经踏上了北海道的土地。

就在这时他打住了，半响没有说出话来。

"浩二，你在想什么……你还醒着吗？"

忽然我凭直觉知道他在流泪，并且从迷幻中完全清醒了！

"姐姐，我在想你……想我走了以后你怎么办。"他说，"姐姐，我要是走了，你就又是一个人留在中国、留在游击队、留在战场上了！姐姐呀……"

我的心一动。我也清醒了，记起了我和他刚才说了什么……我的泪水涌泉一样顺脸流淌。可是我说：

"浩二，你走吧……你能活着回到日本，姐姐为你担着的一颗心，也就放下了……姐姐只要不死，早晚也会离开中国，回朝鲜去……我死去的妈妈生前将我和弟弟托付给了秋叔叔……只要我们活着离开这个山洞，不管有多难，秋叔叔都会想办法把我活着送回朝鲜……姐姐眼下还不能走，因为游击队还没有从狼谷突围，但是只要有一天游击队突围成功，姐姐也就会离开战场。秋叔叔说过，他要送我和小玉去读哈尔滨的音乐学校……浩二，你就放心走吧，有秋叔叔，姐姐一定能活下去，一定能活到战后，回朝鲜和爸爸团聚，将妈妈和英男的事情说给他听……姐姐今天做梦想的也是这一天！"

浩二那边又沉默了……他这次沉默了好久。忽然我觉得，他一定又回到迷幻中去了！

"姐姐……可我也不愿意为了见我日本的秀子姐姐，就再也见不到你了！……我回到日本，你回到朝鲜，我们可能一辈子再也见不着了……姐姐，浩二来中国前，他在世上只有一个亲人，现在我有两个了，我不想再失掉你这个亲人……"

他又在流泪了……虽然他是在幻觉中，我的心还是刀绞般地疼起来！

"不，我的好兄弟……只要你活着，我也活着，我们总能见面的……就是不能见面，姐姐也不会忘记你！……姐姐每年除夕和亲人团圆时，会在自己家的灶台上一直给你放一副碗筷，那时你就是不在我身边，也像是在我身边一样。我会一直祝福你好好活下去、长命百岁……"

浩二不流泪了。他又渐渐地清醒过来。"可我还是会想念姐姐，"睁大眼望着洞顶好一会儿，他忽然清晰地说，"一辈子再也见不到姐姐，会想死我的……不，姐姐，就是我回到日本，你回到朝鲜，我还是要见你……像现在急着要回日本和我的秀子姐姐团聚一样……可那时我又到哪儿去找你呢……"

他无声地哭起来……我的心又疼起来！……我是姐姐，不能让他像我一样心疼如刀割地死去！

"浩二，你别哭……咱们姐弟俩要是想见面，总会有办法……这会儿我也不知道爸爸在哪里，回到朝鲜后我和他会住在什么地方……可有一个地方我是不会忘的，以后我会经常回来，这个地方就是中国……到了那一天，日本人一定被打败了，战争也结束了……我就是不回来看望别人,也一定会回来看望秋叔叔和赵阿姨,回来为我妈妈和弟弟扫墓,为死去的秋姑和秦叔叔他们扫墓……就是这些人舍命让我活下来的啊,我只要不死,就不能不来看看他们中活着的人,祭奠死去的人……"

我也无声地大哭起来。我想到了妈妈和秋姑,想到了为了我死去的那些人和活着的秋叔叔!

"浩二,到了那一天,你也来吧……我们姐弟俩不能在别的地方团聚,就回到中国、回到格节来团聚……这里不是我们的故乡,却是我们重生的地方……战争过后,我们就到这儿来团聚吧!"

浩二答应了。

"姐姐,我们就这样说定了……这就算是我们俩的一个约定……浩二今天要对姐姐发个誓,今生今世,只要浩二不死,一定不会忘记……你也要记住这个约定,不要让浩二失望!姐姐,你记住了吗?"

"浩二,姐姐记住了!……"

这段时间她一直在流泪。

可我这时也明白我和他的日子都不多了……我们有了一个战后之约,可我们谁也不会去赴这个约了……我心如刀绞,我一直在哭……却没有忘记做姐姐的责任。狼谷内外的静寂一直延续着……我们继续嚼着黄豆,一点点地喝水……小口袋里的黄豆越来越少,日本行军锅里的水也不多了……我们正在死去,可我却不能在松下浩二之前死去。我是姐姐,我不能让他在我死后孤零零地伴着一个死人,那对他就太可怕了,我宁愿让他先我而死,最好是在某个白天或夜晚,他一边和我说着话儿,一边不知不觉昏迷过去,再没有醒来。我甚至还渴望能在他死后再活上一两天,至少是几个时辰,让我静静地陪伴着他。按照我们朝鲜人的风俗,一个人死后要是没有亲人守灵,送他一程,这个人到了来世也是不幸福的。我这个姐姐不能不让他死,但至少我应当躺在他身边,向这个被我视为最后的亲人的人表达我的哀悼,为他送行。人世间每一个姐姐都会为死去的弟弟送行……最初这还只是个模糊的意念,但它渐渐地就变成了我的一个执着的决心——我就是再也支撑不下去了也要支撑下去,不是为了我,只是为了松下浩二!

可是,为什么狼谷内外的静寂仍然持续着?为什么日本人和游击队都这么死一样地沉默着？秋叔叔他们到底在哪里？为什么他们就不能在我们最后闭上眼睛之前来到这里？……这个世界，为什么就不能让我们这两个历尽苦痛和辛酸的可怜孩子活下去？为什么？谁非要这样干不行？他们有什么理由？！

……

"今天你早点走吧……要是你没有别的问题。"

我站起来。我还是想问些什么，可我没有问，像昨天一样。

不愿意问。时间还没过午，离天黑还早，她并不想现在就赶我走。可我不想看着一个老人在我面前流泪。

我甚至不想再问有关音乐会的话题。弥留之际，它仍会在她耳边陪伴她吗？

我愿意它一直在她耳边陪伴着她——不，是他们——吗？

出了门，我为什么要哭？

第七天

53

昨天回家后接到处长电话,问我事情是不是快完了,上头急了!

"不是快完了,而是才开始。"我回答。

他显然又惊讶又生气。

"你能做些解释吗?"

"目前我什么解释也不能做。"我说。

"我不知道你在说什么,"他说,"可是你要快点,有关各方谁都等不下去了!"

我什么也没说就挂掉了电话。天黑前骑车去菜市场,过马路时在冰面上摔了一跤,半天没爬起来。

今早上腿还在痛。进门时老人早就坐在那儿了,满面通红,目光明亮。

——她有可能又是一夜没睡吗?

"开始吧?"

"开始吧。"

狼谷内外的静寂一直持续着。

十天,二十天,整整一个月。躺在二十七号密营里的我们早就记不清日子了,除了洞外狼群的奔走咆哮,狼谷内外仍旧一点动静也没有。你一定要问:秋叔叔在哪里,日本人为什么也一枪不发?

秋叔叔就在离我直线距离不足三百米的地方。出了我和松下浩二躺着等死的岩洞，向西走过瀑布下方的溪谷，对岸那片苇滩的山根处，有另一个开口很小、里面却比二十七号密营大得多的岩洞。

这就是二十八号密营，秋叔叔、赵阿姨、小玉和整个秋支队都在那里。

公狼堵住我们洞口的那个早上，秋叔叔就将秋支队带进了狼谷。由于黎明前和强林叔叔在分界岭那一侧和日军意外遭遇，秋叔叔冲出重围后只能先去找队伍。

他在距二十七号密营不远的一条山沟里找到了秋支队，接着就带着他们，匆匆地赶回来。

但是黎明时与他们遭遇的那队日军并没有走，还登上了岭脊线，堵住了那个隐蔽的山口。秋叔叔只能再次绕了一个大弯，从二十八号密营西北侧的一条秘密小路，匍匐着通过了分界岭，进了狼谷。

秋叔叔直起腰来，带着队伍沿脚下的大山坡由西北向东南走，虽然晚了一点，他仍想于天大亮以前率队进入二十七号密营。

队伍走上了二十八号密营前的那一大片苇滩。只要涉过前面的溪水，上一道斜坡，再走二百多米的路，就到了！

这时走在队伍最前面的秋叔叔站住了！他在前面不远处的苇丛间，望见了狼！

不是那头已跟脚堵在我们洞口的公狼。秋叔叔望见的是黎明时我去瀑布下的溪谷里打水时见过的母狼，以及站在它身后的四头小狼。它们出现在前面的苇滩里，挡住了他们的去路，并且摆出了架势，要和游击队拼死一搏！

我现在想，进入狼谷后秋叔叔肯定也感觉到了我曾经感觉到的那种冰层一样厚实却又极易打破的静寂。它显然也影响了他的感觉和思维。秋叔叔陡然一惊后站住了，队伍也跟着他停下来。在狼谷里遇上狼，本在他的预料之中，可此时此地遇上这几条狼挡住他的去路，却完全出乎他的意料。

秋叔叔当然不会怕这一大四小五条狼，但我黎明时在他面前的溪谷里想到的事秋叔叔也想到了：只要一声枪响，一声狼嗥，就会打破狼谷内外的静寂，引来狼群。秋叔叔知道的事情比我更多：黎明时和他遭遇的那一队日军已上了分界岭，只要一声枪响，日本人就会根据枪声和狼群奔涌的方向发现我军的位置！

秋叔叔不明白前面的母狼和小狼看见自己的队伍后不迅速走开——它们是对付不了这么多人的，可它们就是不走！秋叔叔想也许是游击队的突然出现让狼感受到了威胁，这样它们反而不好逃走了。秋叔叔让全队在苇丛里就地卧倒，不让母狼和小狼再看到他们，以为这样过会儿它们就会自动走开，为他和他的队伍让开去路。

他错了。时间一分钟一分钟地过去，半小时后母狼和小狼仍隔着二十多米的苇滩，警觉地、虎视眈眈地和游击队对峙着，既不退让，也不主动发起攻击！

天大亮了。黎明前弥漫在谷内和分界岭上的薄雾散去，人的视野变得开阔而清晰。秋叔叔到底明白这一小群狼是跟他们杠上了，如果他不先带着队伍走，母狼和小狼是不会先走的。到目前为止这几头狼还没叫一声，再对峙下去他就很难相信它们不会突然嗥叫起来，为游击队招来狼群和分界岭上的日军！

秋叔叔命令全队就地转移，一个一个地后退，进入他们身后的二十八号密营，与已被他提前安置在这里的赵阿姨、小玉和两名重伤员相聚。他本不想于退入狼谷之初就把这个与二十七号密营近在咫尺的岩洞暴露给大家，想将它留到最危急的时刻再用。可眼下出于不得已他还是带着队伍进来了。

秋叔叔没打算在这里久待下去，他在洞口布置了一个瞭望哨，密切关注洞外苇滩里的狼。它们一走开他还要马上带队离开这里，涉过溪水去二十七号密营，与我和松下浩二会合。夜里先把我和俘虏送进那个山洞在他是不得已，送去后他的心又不安了。秋叔叔惦念着我的安全。真正让他吃惊、令他难以置信的是这天从早到晚，直到天黑，苇滩上的母狼和小狼不但没走，反而仍旧警觉地挡在那里，一刻也没松懈过！秋叔叔不知道母狼和小狼不走的真正原因是狼巢就在苇滩深处，那儿就是它们的家。他来狼谷为全队设置密营时苇滩里还没有狼和狼巢，现在却有了！

母狼和小狼还一直盯着他们藏身的那个地形隐秘的洞口。秋叔叔曾想过派人摸出洞用匕首解决掉它们，可最后还是放弃了——这时他越来越焦急地想到被他单独留在二十七号密营里的我，而越是这样他就越是担心杀死这些狼时会让它们凄厉地嗥叫起来，为全队也为二十七号密营里的我引来狼群和日本人。二十七号密营和二十八号密营近在咫尺，狼群或者日本人一来，我们会同时陷入可怕的围困之中！

秋叔叔告诫自己要有耐心。他自己继续等下去。他不相信这些狼会一直待在那儿不动——这些畜生总会知道饿，总要找食物，于是就总会离开那里——只要它们一走，他就带着队伍直奔我和松下浩二藏身的岩洞！

一夜过去了。天大亮后母狼和小狼还是没有走。秋叔叔简直觉得不可思议：这几条狼，它们像是一步也不打算挪动了！为什么？出了什么事？

秋叔叔心急如焚。我猜此刻他一定在想若是母狼和小狼一直待着不走他该怎么办……不，我想他一定不让自己相信这个，对他来说母狼一直待下去不走是极难理解的，他只有昏了头才会相信这个。不过他已经没多少时间思考这个不解之谜了，天亮不久，他就从二十七号密营下方的山林中隐约听到了人和狼的叫喊，接着就是那两声击碎了狼谷内外静寂的枪声！秋叔叔这时猛然想到我和松下浩二那边一定出事了，不管洞外苇滩里还有没有狼，大喊一声就带着人冲出洞口，急急向二十七号密营方向奔来！急切中他甚至没有注意到一直在苇滩里挡住他们去路的母狼和小狼这时也不见了。他带人涉过溪水，拼命爬上山坡。却又站住了！前面山林间，狼群大举袭来时卷起的风声，连同那万千鼓面被擂响一般狂野的蹄音，已经在山上山下响彻起来！

仓皇中秋叔叔只来得及带人退回到二十八号密营，狼群就到了，洪水一般在山林间泛滥开来，封锁了我和松下浩二的洞口也封锁了他们那个岩洞！秋叔叔的心从这时起就乱了，有过方才那两声枪响，他已经认定是二十七号密营出事了，它们多半和我的安危有关！自从前天夜里他决定将松下浩二作为战俘留下来，随后又匆匆决定由我看管他，并且单独将我们俩放进了一个山洞，他就一直怀疑自己是不是把事情做错了，有过了那两声枪响，他心中原有的怀疑已完全变成了惊恐和自责。他是这么理解那两枪的：不是俘虏夺过我的枪打死了我，就是我用那支枪击毙了他！如果是后者，他相信我当然是出于不得已，却为自己和整个秋支队引来了狼群！不，在秋叔叔心里，我又一直是个病弱的女孩子，于是他这时就更有理由觉得，随着方才那两声枪响死去的是我而不是叫松下浩二的日本俘虏！

可这时他已经什么都不能为我做了。秋叔叔在最初的震动、懊恼、悔恨之后，命令自己恢复镇静。他暗暗希望他当时是听错了，二十七号密营下方林间的枪声并不存在；他还希望就是真地响过那两枪，被击中或者击毙的人也不会是我。秋叔叔内心并不相信这些猜测，可这些猜测却使此刻内心已陷入绝境的他重新找回了等待下去的信心与理由。秋叔叔焦灼万分。现在他只能等待。像遭遇狼围后的我一样，他也坚信狼群来了不久就会走的，它们在这里盘旋咆哮一阵子就会走，找不到食物或者狼谷内外哪儿再响起枪声，它们就会像来时那样山呼海啸般离去，那时他就能带人去寻找、解救被他昏了头放进二十七号密营的英子了！他还想好了：这次不管有没有一头母狼和四头小狼挡着去路，他都要一路奔过去，涉过溪水，爬上山坡，奔向二十七号密营，他不会再担心狼嗥和枪响会招来分界岭上的日本人了！枪声已经在这片山林里响过一次，它引来了狼群却没引来日本人！后一件事虽令秋叔叔迷惑不解，却也在他那悲凄而急切的心里添加了大胆和坚定。日本人要是来已经来了，他们不来一定也是害怕狼群，这样的话他也就不在乎洞外的母狼和小狼叫起来了！只要狼群去后还能在二十七号密营里找到我，只要那时我还活着——其实在他的想象里我早已随着那两声枪响死了——他片刻也不会犹豫，就要将我带回到二十八号密营来，和赵阿姨和小玉在一起，和他以及整个秋支队在一起，再也不分开。至于那个日本俘虏，他已经想不到了！

但是狼群没有很快离去。不但当天没有离去，第二天、第三天也没离去。随着时光移转，它们还分明在二十七、二十八号密营外的广大山林中盘踞下来，不走了。秋叔叔这下发觉自己如同掉进一口暗黑的深井里一般，什么也看不到，什么也不明白了：狼群来了为什么就不走了呢？我在二十七号密营里感觉到的事情他心里也感觉到了：狼群不走是因为狼谷内外一片沉寂，游击队和日本人的战争突然停止了。游击队不开枪的原因他是知道的，逼上分界岭将狼谷团团包围起来的日本人为什么也不开枪？以前他怕他们开枪，因为那意味着秋支队或者汪支队被敌人发现了；现在他却盼着日本人开枪——只要他们开枪，就能从这片山林里引走狼群，将秋支队和二十七号密营里生死不明的我解救出来——日子一天天过去，枪声一直没有从分界岭上响起，秋叔叔简直什么也搞不懂了：三个月的期限眼看就要到了，中井弘一不想在规定时间内彻底消灭格节游击队了吗？他睡着了吗？

54

中井弘一没有睡着。但他已没有权力指挥分界岭上的日军了！

游击队退入狼谷后，在将封锁线一直推上分界岭的日军内部，发生了一件对格节地区的战局影响至大的事：由于三个月内没能彻底"剿灭"格节游击队，中井弘一被佳木斯日军司令田圆直木报请关东军司令官解除了职务。一名叫河原信行的日军大佐被派到了格节战场，来替了中井弘一。于是，在中井离职、河原到任这段时间里，狼谷内外的战争就突然停止了！

至于中井弘一的下场，第二年春天我们才听到一个消息：接到停职谢罪命令的当天，这个不得不承认不是自己打败了游击队、而是被游击队打败了的老鬼子，就在自己的野战指挥所切腹自杀了！为我们带来这个消息的人还说：中井弘一自杀时悲愤填膺，连切腹的方式据说也是正宗"武士道"式的：他先是面朝东方跪下，用军刀在小腹用力横切一刀，再自下而上朝胸口处竖拉一刀！这个杀人魔王、死有余辜的刽子手事先就知道完成这套仪式后自己还不会马上死，自杀前还特别命令自己的马弁，待他切腹后一刀砍掉自己的头，免得他痛苦太久。一直守在他身边的马弁这时就果真给了他一刀，于是中井弘一的头，就骨碌碌地从野战帐篷滚进了外面的一个水坑，鼻子眼里沾满了泥！

中井弘一这一页就这样翻过去了……接下来我们与之浴血搏斗的，就是新上任的格节日军最高司令官河原信行了。在我的记忆里，河原信行不但就凶狠残忍刚愎自用而言比中井弘一有过之而无不及，论起内心歹毒和阴险狡诈中井弘一更是没法和这个新来的日酋相提并论。我们等到的，是一个比中井弘一更无人性且更有心计的敌人！

但就是发生在日军内部的这次指挥权的更替让我和松下浩二，也让藏身于另外一座密营里的秋叔叔和秋支队陷入了绝境。河原信行迟迟没有从旅顺的关东军司令部来到格节，围在狼谷四周的八千名日军的枪声就一直沉寂着，狼群对我们的围困也就一直没有结束，秋叔叔终于陷入了完全的绝望！

人的感觉在某一个时刻总会发生变化，那个时刻对他的心灵来说就成了一个关键的分水岭。最初的一些日子，由于他对狼群很快离去一直心存希望，虽然为我的生死存亡担心，却依然坚定地让自己相信我还活着，并且能一直活到狼群离去，他带人将我救出来的日子，此外他不愿相信任何别的事情！在接下来那些狼群日夜奔走肆虐的日子里，秋叔叔像一头被关在笼子里的困兽，躲进岩洞深处团团转圈，内心饱受着痛苦的煎熬，却从不允许身边的人包括赵阿姨说出一句和他的信心相反的话。秋叔叔怎么也不会相信狼群会一直滞留在这里不走，他是无法想象他和他的这支身经百战的队伍，竟会因自己一时筹划不周，被一群狼封锁、困死在这个山洞里！他尤其不愿相信被他亲手送进另一个岩洞里去的我——一个烈士孤女，一个他答应过孩子的妈妈，要保护她活到战后回朝鲜去的孩子——会因为他的这个错误，被俘虏杀死，被狼群围困至死，或者干脆被狼吃掉！秋叔叔努力在心里寻找各种找得到的理由：我不是个经历了多次战斗，表现得相当英勇的小战士吗？他不正是相信我能够看管好俘虏才将那个任务交给我的吗？还有，他不是告诉过我一旦俘虏违反战俘纪律我可以随时处置他吗？那天黎明在二十七号密营外分手前他不是给我和松下浩二在山洞里留下了一小口袋黄豆和一口日本行军锅、嘱咐过我赶在天大亮前打一锅水回来吗？……受狼群围困的日子越长，秋叔叔的信心就越变得偏执。他不能不让自己栩栩如生地想象我还活着，那一小口袋黄豆和我听他的话于天亮前打回的一锅水就放在我身边，至于二十七号密营洞口的荆棘丛，他对它更有信心（只要我自己不走出去，狼绝对发现不了荆棘丛后面的山洞！），不然无论白天黑夜，只要他一闭眼，就清清楚楚地看到了我的死!——秋叔叔不能让自己看到后面这个场景,一想到我非常可能已经死掉,或者正在另一个与他相距不远的阴冷的山洞里被围困至死,他就要发狂!

但一个处在如此困境中的人也会感觉时光的流逝,并在某一个他根本没有想到的白天或深夜突然明白那个最后的时刻过去了。它与其说是个真实的时间刻度,不如说是他的一个心理的极限点,后者自遭遇狼围的第一天就成了他关于我不死的信心的基础,他终于没有发疯的原因。他这个心理的极限点就是一个极具活力的人——先是个孩子,后来不知不觉在他心中就换成了大人——能在一个只有生黄豆和水的山洞里孤独地存活下去的最长时间,也就是我生命的终点。以前他以为这个终点永远也不会到,在它到来前狼群之围就会解除,可现在这个点过去了,狼群还是没有撤走!秋叔叔的信心崩溃了,先前我一直在他的想象中活着,现在我却死了!狼群已在二十七号密营外围困了这么多天,没有一个人——别说一个孩子,就是成人——能坚持活到今天,何况在这一切开始前这片山林里就响起过两声枪声。英子一定死了,她早就死了,只是前些天他不愿那么想罢了!不死是不可思议的!

秋叔叔的神志迷乱了。这是一种由他陷入的巨大的痛苦、悔恨和愤怒导致的迷乱,他迷乱了却不知道自己迷乱。死去的我再一次在他的迷乱中复活,不过已是一个垂死的、奄奄待毙的我,让他突然下定决心不惜一切冲出洞去攻击狼群,杀出一条通往二十七号密营的血路,把将死未死正在生死线上挣扎的我抢出来,他觉得那样我也许还可以不死,他也就不会真正犯下那个不可饶恕的大错,亲手将一个自己和全队一直要舍命保护下来的烈士孤女送进了死亡之地和狼群之围!秋叔叔在迷乱中不但自己抄起枪来,还像往常一样下令秋支队全体跟他出击!大家被他的命令惊呆了,站在那里不动;是赵阿姨发现了他神情不对,赶在他冲出洞口前扑上去搂紧了他。秋叔叔被随后上来的几个叔叔抱住,拉回到深深的洞底,赵阿姨不得不让人用绳子捆住了他!秋叔叔先是奋力反抗,破口大骂,接下来大放悲声!他在自己长江大河般的哭声中倾泻了自己的悔恨和悲痛,一点点安静下来。他咬紧牙关不让自己再做出疯狂的举动,也不让自己再想起我,因为在他的感觉里我已经死了!他开始想他的队伍,他未竟的抗日大业!狼群的围困在没完没了地延伸,二十八号密营储藏的粮食即将告罄,到那时这支队伍就将陷入突围是死不突围也是死的境地!情绪极不稳定的秋叔叔后来又有几次要带人冲出去,他幻想着趁大家身上还有力量,或许有希望从狼围中杀出一条血路,让一部分人——他不奢望全部了——活着冲出去。至于他自己,却打算和狼群同归于尽!全队退入狼谷的决定是他做的,将我和一个日本俘虏单独送进另一个山洞的也是他,现在我死了,还有许多弟兄也要为突围而死,造成这一悲剧性后果的人是他,他为什么还要活着?日后他还怎么活得下去!

没有赵阿姨和身边人的监视和强力制止,秋叔叔也许已经把他的一次次冲动付诸实施了。他们让秋叔叔从自己的悲愤、狂怒和迷乱中清醒,重新想起自己的责任。为了游击队,他渴望冲出洞去与狼群拼死一搏;还是为了这支队伍,不到最后关头,他仍不能这么做!这么做就是放弃全队突围的希望,是率领这支队伍集体自杀!

我又要说秋叔叔当初决定攻打大蒲柴河镇日军仓库,是件多么有远见的事了!正是那场战斗中我军缴获了大批黄豆,其中相当一部分运进了二十八号密营,秋支队此时才在狼群的围困中一直坚持了下来。山洞深处就有一道暗渠,与瀑布下的溪流相通,因此洞内也不缺水。虽然如此,随着被狼群围困的日子之长超出了所有人的想象和忍耐力,这支队伍突围成功的希望在人们心里也越来越渺茫。正是这些日子,赵阿姨和秋叔叔身边的人发现他添了一种他自己也没意识到的毛病:无论日间还是夜晚,秋叔叔都会突然恶狠狠地磨起牙来。尤其是深夜,他的磨牙声噩噩作响,听起来十分瘆人。后来有人说,这样的声音,就是狼听见了也会浑身打哆嗦的!

55

我突然想起一件事。

"汪大海和他的队伍呢?……秋支队遭遇了狼围,汪支队为何也停止了战斗?为什么他们也一枪不发?"

老人目光迷蒙。她并不激动。

"汪支队也遭遇了狼围。不过你有权提出这个问题。忘掉汪支队是我的疏忽。我给你讲一个秘密吧。秋叔叔之所以在二十八号密营坚持到最后一天也没发疯,就是想到并且相信你说到的这件事:狼谷内除了秋支队,还有汪大海的队伍。

"但那时他也不知道汪支队同样遭遇了狼围。退入狼谷前我们以为自己知道其实并不知道,狼谷内不是只有一个狼群而至少是三个,在二十七、二十八号密营前围困我们的是其中最大的一群,另外一群没有发现藏进狼谷东南侧一个岩洞里的汪支队,可汪支队也不知道岩洞外就是狼群的栖居地。退入狼谷之夜那群狼正在谷口一带活动,让汪支队有机会进了岩洞,可不到天亮这群狼就回来了,重新盘踞在洞外的林子。实际上,汪支队比秋支队更早地遭遇到了狼围!"

我背上的毛孔正一点点炸开。
"啊,我没有问题了。"

"你没有问题了,我的话却还没有说完。事实上,不论是秋叔叔还是汪大海,遭遇狼群围困后马上想到的都是对方。秋叔叔在内心最黑暗的日子里一直相信汪大海会用枪声引走狼群,汪大海这段日子想象的却是秋叔叔和秋支队会用同样的办法为自己解围。他们都不知道对方陷入了狼围,而不知道这件事却反过来让他们在绝望中各自保存了最后一线生的希望!"

她今天越来越平静。她整个人给我的印象是比过去任何一天都更加强大有力。

我已经说到狼谷之战的一个转折点了。寂静即将被打破,枪声又要炸响!
打破寂静的是日本人!
格节游击队遭遇狼围后一个月,新任日军驻格节地区最高司令官河原信行终于到任。当时有过一种说法,后来被证实:出身和"背景"与中井弘一大不相同的河原信行开始并不想来接替中井弘一。河原出身贵族,妻子据说是皇族一脉,一个叔父在内阁任职,另一个在东京的日军参谋本部位高权重。自小就被周围的人视为"神童"的他一向对自己期望甚高,而就内心而论,他知道自己不是一般的日本人和日军军官,而是那种生下来就将接替父兄的事业,做大日本帝国的柱石并且名列青史。到关东军司令部任职是河原自己对叔父的要求,第一眼下除了中国东北,并没有更多能让他这样命定日后要肩负大任的日军军官建功立业的地方,第二尽早到一个有仗打的地方完成"镀金"的过程,是他日后飞黄腾达必不可少的一步。河原不愿意到格节接替中井弘一的原因之一是他觉得格节游击队的名气太小,不像南满杨靖宇、哈东赵尚志、东满李延禄和周保中的队伍名气大,与这样一支小小的游击队作战,他能够施展的空间太小,就是取得完胜也不足以成就"大功",万一失手,那就是双倍的耻辱。后面虽然答应来了,却并不想在这里待时间太久。他对上司的要求是一俟他将秋雨豪游击队"剿灭",完成在格节地区"绥靖治安"的任务,就离开那里回旅顺的关东军司令部（他的真正野心是在关东军和日本军部此时已在酝酿的对中国的全面入侵中担负要职，成就"大业"）。他的另外两个要求是：第一上司不要把最后"剿灭"格节游击队的时间限制得太死；第二他如何对付游击队，无论旅顺还是佳木斯的田圆直木，都不要干涉太多。河原的所有要求都得到了满足，理由也很简单：没有人犯得着和这位出身和"背景"非同一般的皇亲国戚较真儿。不但河原走马上任时的打算与中井弘一不同，心态也与中井两样：中井当初下决心消灭不了格节游击队就切腹自裁，河原却根本不相信自己消灭不了游击队。以后你就会知道，就是他发现自己消灭不了游击队，仍会要自己活下去，目的是继续消灭游击队。作为日本军界正在冉冉上升的一颗明星，河原从心眼里瞧不起出身低微的前任，对中井弘一过去的战术更是不屑一顾。到任后河原立即看出了狼谷之战的一个关键点：中井弘一与其说是败给了游击队，不如说是败给了狼谷和狼群。河原暗中冷笑：包括板垣征四郎、石原莞尔在内的"前辈"都在私下里说中井凶悍能战，在他看来中井恰恰是凶悍得不够，更不要说能战了。这个人竟然没有在游击队退入狼谷后下决心将日军开进狼谷去消灭狼群！河原认为自己的目光比中井弘一犀利十倍：游击队之所以要退入狼谷，就是认定了这是它最后的庇护所，认定有了狼谷内数量庞大的狼群，日军不敢进入狼谷作战。但是今天在他看来，哪怕为了将游击队赶出狼谷，他和他率领下的大军也要首先开进狼谷，"剿灭"狼群。没有了狼群，狼谷就成了一条徒有虚名的空谷，不能再为游击队所利用。其次，只要日军大举开进狼谷"剿灭"狼群，躲进狼谷的游击队自然就在被"剿"之列。河原手里握有整整八千名士兵，游击队在连遭打击后据说只剩下不到一百人，他就是将四千人开进狼谷去对付狼群，还有四千人留在外面对狼谷形成重重合围之势，游击队即便逃出狼谷，也不可能冲破他在狼谷外为他们设下的合围圈，等他消灭了狼群从狼谷回过头去，指挥大军里应外合，秋雨豪这支小小队伍的末日就到了！河原既然不想长期被困在格节这一隅之地，就希望真正用"滚水沃雪"的战术结束这里的战争，好让他尽快以得胜之身回到关东军司令部甚至东京日本参谋本部去。而要达到目的，关键就在于迅速"剿灭"狼群！

河原还有另外一本账。虽然他自己也不愿承认，但它确实藏在他内心很深的地方，并从另外一个角度坚定了他消灭狼群的决心。河原认为中井弘一之所以会身败名辱的另一个原因是他把在格节地区"剿灭"游击队，机械地理解成了消灭游击队的每一个人。河原过去一直身居日军统率机关，明白做到这一点太不容易，甚至于不可能，既然如此也就不该是他要追求的；上司无非要他在这里"治安"，因此哪怕他只把这支游击队赶出格节,也算是"不辱使命"。他手中有一支八千人的大军,就是消灭不了游击队,将它赶走难道还做不到吗?值得忧虑的倒是日后游击队或许会卷土重来,那时狼谷和狼群就仍会被他们利用来对抗日军。河原虽然知道自己不会在格节待多久,但他在乎自己的名声与"功业"。如果他前脚走游击队后脚就回来了,那些一直嫉妒他的"背景"、才气与前程的家伙会怎么说他呢?——为了杜绝这种"后患",他今天也要不惜一切代价消灭狼群,让游击队永远失去狼谷这个庇护之所!

河原雷厉风行。到任第三天,他已经完成了对八千名日军的重新部署:四千名他认为最能打仗的部队被派往狼谷,寻找并通过每一个口子开进去"扫荡"狼群;四千名日军被他分别布署于分界岭以及分界岭外围两公里一线,构成两道严密的封锁圈,准备围堵万一从狼谷内溃围而出的游击队和狼。他给所有日军发出的命令是:不准放过一头狼和一个游击队员。尤其是狼,发现一头,打死一头,发现一群,消灭一群!谁因为疏忽或作战不力放走了它们,他就以通敌罪将其军法从事!

1935年9月8日(这个日期是赵阿姨后来告诉我的),一队日军发现了二十七号密营背后分界岭上的豁口,就从那里进入狼谷。

一个多月来,占领分界岭的日本人早就发现这片山林里栖居着一个数量极大的狼群,现在它自然成了日军要寻找和消灭的主要目标之一。

狼是有灵性的,这一点今天我仍然深信不疑……过去,无论狼谷内外任何一个地方响起枪声,它们都会在瞬间作出反应,呼啸而去。可是这一天,河原信行指挥日军同时从十多个方向进入狼谷,它们却依旧待在二十七、二十八号密营前的山林中一动不动,像是知道一场大劫难就要到了,打定主意全体一致藏在这儿,准备与带给它们劫难的人拼死一战!

这天,日本兵刚过分界岭,狼群就被发现了!

也许明白自己的生命已到了最后关头,也许明白这将是它们作为一个群体与侵入者的最后一战,一旦意识到自己已经暴露,狼群立即迎着走在最前面的一小队日本兵猛扑过去。它们比任何时候都更凶悍和疯狂地嗥叫着,山呼海啸地冲向刚刚越过豁口的日军,如同向上倒流的灰黄色怒涛涌上山坡。转眼间走在前面的几个日本兵也狂叫起来,他们与其说看到了狼群不如说望见了那滔滔滚滚逆流上来的灰黄色波涛!他们魂飞魄散的叫声也让后来的日军乱作一团,跟着掉头往回跑。但是跑在后面的二十多个日本兵还是随着惊天动地的蹄音、被倒流上来的灰黄色波涛淹没了,他们在喉断腹裂之际发出的叫喊凄惨而响亮,但马上又消逝了,战场上只剩下狼群兴奋的喘息和嗥叫，只剩下于清新的空气中迅速弥漫开的浓重的血腥气！

侥幸活下来的日本兵飞一般逃回分界岭，并且一直向山那边逃去……日军对狼群的攻击，就这样伤亡惨重、仓皇四散地收了场！

河原信行接到报告匆忙赶来时日军已重新占领了分界岭并控制了那个豁口。这之前他接到另一路日军的报告，说他们在狼谷东南侧山林里也发现了一个很大的狼群（你一定能想到就是那个将汪支队困在洞里的狼群）。他以为这就是狼谷内最大的狼群了，匆忙赶过去指挥攻击，现在接到另一个报告，说狼谷内最大的狼群在这里。他不愿意相信，但还是火速赶到，一见才明白他在狼谷内要"剿灭"的最大的一群狼果真在这里！日军遭受的惨重伤亡让河原信行疯狂，大批日军被他紧急从别处调来，他们还奉命带来了迫击炮、轻重机枪、火焰喷射器和毒气弹……中午时分，大批重新做好准备的日军再次越过豁口，准备顺大山坡而下，以"决战"架势对狼群展开攻击。但他们毕竟还是没有经验，豁口太窄，妨碍了日军进入狼谷的速度，一直严阵以待的狼群却又利用这个机会，闪电般地向进攻队形尚未完全展开的日军发起了攻击。一时枪声大作，狼群大嗥，新鲜的硝烟味、浓烈的血腥气强烈地刺激了它们的神经，让这群一开始就陷入疯狂的狼更加疯狂。进入豁口前日本兵已觉得自己做好了准备，但刚刚看到一眼望不到边的狼猛扑上来，不少人的精神立马就崩溃了，谁发出了一声喊，全体哗地一声哭喊着向后逃去，跑得快的挤过了豁口，爬上了分界岭，后面没挤过去的就成了狼嘴里的大餐。这一次攻击，日本人被狼群咬死咬伤的总数竟高达七十六人！

站在分界岭一个制高点上的河原信行看到了这一切，气得脸都青了。不知不觉也进入了狼一样疯狂状态的他下令已架上分界岭的所有火炮一起开火，向攻上大山坡没有马上退下去的狼群猛轰。狼群猝不及防地遭到了一天来第一次沉重打击，有些狼嘴里还撕扯着日本兵的肚肠就被炮弹击中，飞上天又落下去，雨点般漫天飞溅的狼血与躺在地下的日本兵的血混合在一起……活下来的狼群潮水般退下山坡，躲避纷纷下落后像黑红两色花朵一样炸开的炮火……一时间山坡上静了，除了炸烟和被打燃的火光，除了一动不动的狼尸，河原信行连一头活狼也看不见了。他舒了一口气，挥手令炮兵停止射击，同时命令步兵，再次越过豁口，向狼谷内攻击！

其后的十几分钟什么事情也没发生。狼群好像已被方才的炮火彻底消灭了，至少从山坡上被彻底击溃了，他望着一队日军顺利地通过豁口，在大山坡上展开了攻击队形。这次步兵指挥官已有了经验，让一排机枪手端着歪把子机枪小心翼翼地走在前面，步枪手端着上了刺刀的大枪紧随其后，一小步一小步搜索前进，一旦发现狼群冲上来，立即就地卧倒，猛烈射击，用机枪的交叉火力组成一道封锁网，让它们无法冲上来，冲上来了也无法靠近……这队人已经战战兢兢地向下走动了……他们已一点一点向下走了几十米，快要接近大山坡中部的平台，那儿坡度较缓，有一大片林间空地……河原信行高兴起来，但是他的心猛地又打了个冷战，不祥的感觉油然而生……他还没来得及弄清楚心里发生了什么，这段时间一直销声匿迹的狼群就从距日军极近的林子里全部冒出来，猛扑过去……林间令人心悸的静寂结束了，枪声和狼的嗥叫声又响彻了云天。如果说，狼群方才的攻击让侥幸活下来的日本兵感到心胆俱裂的还只是它们涌上来时那种整体的震撼力和威慑力，这次他们面对的和感觉到的就是冲进日军队伍后单个的或小群的狼具有的豹子般可怕的力量了！它们那么敏捷地向你扑来，你连一点反应也来不及作……只要有一头狼将你扑倒在地，转眼就有几头狼涌上来，咬断你的脖子，撕开你的肚肠……日军精心布署的阵势全都没有用了，一下子进攻队伍就被冲散，变成了单个日本兵和单个的狼、几个日本兵和几头红了眼的狼的对决。前面队形一乱，后面那些日本兵的精神就垮了，现在是他们潮水般地、鬼哭狼嚎着向分界岭上涌过去了！……这一次攻击，日本人用的心思最多，下的赌注最大，却被改变了战术的狼群一举击溃，又有三十多个日本兵倒在地上，成了狼的战利品！

　　太阳正在落山，战场上日本人和被打死的狼尸交相枕藉，惨不忍睹……从没想到自己会在狼群面前如此大败的河原信行最后一点自制力也失去了，一向心高气傲的他走到豁口处，一气毙了两个回逃得最快的日本兵，嘴里大声咒骂，要把退回来的日本兵再赶回到战场上去。已被吓破胆的日本兵此时已完全失去理智，木偶一般被自己的上司重新推回豁口，马上又被咆哮的狼群再推回来，没有那么幸运的就大声惨叫着倒下去，再也跑不回来了……河原信行这时清醒了一点，他明白这样蛮干下去不行，下令让队伍停止攻击，全军退回到分界岭，再次命令所有炮火，对狼谷这一侧大山坡实施长时间轰击。眼下他也不再奢望自己能把这一群勇猛强悍令人生畏的狼整体地消灭了，他想的是把它们轰散，再一小股一小股地消灭！马上，二十七号密营所在的大山坡上，枪声没息，没有咽气的日本人还在狼群的撕扯下一声声惨叫，隆隆的炮声、震天动地的炮弹爆炸声就不分辨地响起来，连成一气……炮弹不但在林间燃起了团团大火浓烟，还在浓稠如粥的血腥气中增加了另一种甜腻腻的令人作呕的大规模焚烧尸体的气味。日军的这场炮轰一直延续到黄昏时分，据说一共打了几百发炮弹才住了手——不是想住手，是没有炮弹了！战场突然令人难以置信地沉寂下来，河原信行没有马上让日本兵再次越过豁口向山坡下攻击，他要等一会儿，看看这番狂轰滥炸的效果……他用望远镜将下面的大山坡和峡谷扫视一遍，发觉连一条狼也看不见了。他松了一口气，朝一直紧张地等候他命令的日本兵挥了一下手！

这是日军这个白天里最后一次进入狼谷，此前他们已在和狼群的厮杀中伤亡惨重，饱受惊吓，个个如同惊弓之鸟，于是刚过豁口，某人不知为何惊叫一声，全体立即变色，呼啦一声又跑回来。河原信行没阻止这一次溃退，他明白他的队伍已经垮了，今天对狼群的攻击将不得不停止。

天黑下来，一轮清冷的没有光亮的圆月浮上夜空……无论是日本人还是狼群，都隔着分界岭停止了厮杀……已进入弥留状态的我和松下浩二正在死去，我们醒着的时候少，昏迷的时候多。如果没有这场战争突然惊动了我们的心，我们俩或许就死掉了……这天夜里，我的死又一次被阻碍：一生中第二次，我听到狼群彻夜大举咀嚼死人的声响，宏大、低沉、令人毛骨悚然，像狼谷谷口之战后那个夜晚一样，我还刚刚明白自己又听到了什么，生命中残留的最后一点点力量，就让我寒战起来……

56

当夜河原就改变了部署。这个残暴而阴险的日酋咬着自己的手指甲坐在野战营帐里，痛定思痛，认为白天里自己会如此惨败，原因是指挥上出了点儿小差错：分界岭上仅有的那个小小的自然形成的豁口限制了日军进入狼谷的速度和数量，这就造成了狼群在攻击力方面的优势；其次，对付如此庞大和凶猛的狼群，他只从一个方向攻击是不够的，这也造成了狼群在攻击点和攻击力上的集中和强大。河原连夜命令工兵在战场两翼的分界岭上用炸药炸开两个新通道，又将在别处"讨伐"狼群的两支共千名日军调来，部署于两个新通道的入口，命令他们天一亮就分别开进狼谷，对狼群实施包抄攻击。河原的算计是：明天他将从左中右三路同时对狼群发起攻击，能一举消灭狼群最好，就是不能，也要实现一个目标，那就是把狼群打散，然后再一股一股地消灭。天亮前，河原严令三路日军的指挥官：务必以突然猛烈的火力打击狼群，就是只能将狼群打散成一群一伙，他们也算是完成了大半的任务！

天亮时东南一路日军最先打响。夜间工兵为他们开辟的通道较宽，距狼群盘踞的林子也远一些，这队日军进入狼谷比较顺利，狼群也没有觉察。随即他们就秘密靠近了狼群的栖居地，突然用机枪和步枪从侧后打响。狼群立即大乱，在枪声和日本兵的叫喊中四散奔逃。这路日军此时犯了一个错误：他们把狼群的大乱看成了河原信行天亮前盼望的狼群的大溃散，并且以为另外两路日军肯定也已经打响，和他们一起对狼群形成了围攻之势。这种错觉让他们过早地离开了原先占领的阵地，向狼群展开了运动攻击。如果此刻另两路日军真和他们同时行动，这队日军如此蛮干或许还不会酿成大错，但偏偏事情不是这样：中央一路日军昨天已被狼群吓破了胆，行动开始后很久还没有全部通过豁口，左翼打响时他们虽过了豁口，但还没有摆好阵形，更不用说向下攻击了；右翼日军的情况又与前两路不同：他们虽然也顺利地由新开辟的通道越过了分界岭，开头进展神速，很快靠近了二十八号密营前的苇滩，却与一直盘踞在那里的狼群遭遇，受到了后者凶猛的反击。这队日军是第一次与狼群作战，慌乱中就地卧倒，胡乱抵抗一阵子，就且战且退，潮水似地逃回了分界岭。这样，左翼日军就成了对狼群威胁最大、必须全力对付并且也有力量全力对付的敌人。遭受到意外打击后狼群并没有溃散，它们逃向林子深处，惊魂稍定，马上重新集结，回头向这支冒险深入的日军展开了凶猛反扑。可怜这队日本兵还没明白发生了什么事，狼群就袭击并打乱了他们的进攻队形，一时广阔的山林间，人狼混在一起，日军官兵的凄惨号叫和狼群疯狂兴奋的喘息、嗥叫混成一片，造成了一种极为恐怖的效果，让后面的日本人一下子乱了套，哇哇大叫着往后逃去，爬上了分界岭才停下脚步！这个白天日军对狼群的第一次攻击，就这样被粉碎！

但这时中路日军却顺着大山坡悄悄地走下来，在狼群追击左路日军的必经之路上占领了阵地。右翼日军的出现和退却无意中也让狼群分成了两大块，一块向西北去追击日军，另一块击退了左翼日军后不愿放弃猎获物，也没能马上返回。等它们终于带着血淋淋的战利品陆续走回来，中路日军早已埋伏停当，十几挺机枪突然开火，把这群毫无防备的狼打得四散奔逃，遗尸累累。这是开战以后狼群遭受到的最大的一次打击，日本人的弹雨将它们大部分压到一条小山沟里，后面的无处躲藏，一片片倒下，前面的刚要回头逃出山沟，被河原信行二次驱赶进狼谷的左翼日军也从它们背后重新打响。狼群再次大乱，各自迎着前后左右飞来的子弹夺路而逃，有的迎着子弹扑向日本人，半路上被打死，有的三五成群逃向下面的林子和大峡谷。战场局势第一次出现了对日本人有利的转化。

河原信行站在分界岭上看到这一切，心中大快，他没想到日军就要遭受这一天的第二次重大失败。东南方山林里响起的激烈枪声惊动了朝西北方追逐右翼日军的狼群（它们就是数量小些也足有二三百头），它们调头回来，不期然地出现在中路日军背后，冲进了他们的阵地。十七名日本兵没来得及逃跑，当即就被咬死，所有的机枪也都在其余日军仓皇逃命时被遗弃到阵地上，后面这件事直接削弱了日军的战斗力，让河原信行当天消灭狼群的意愿再也无法实现。但随后狼群也付出了巨大代价：中路日军的被袭给了右翼日军机会，他们尾随这群回返狼谷的狼顺利进入了狼谷，占领阵地后从背后用机枪、火焰喷射器和毒气弹攻击刚刚攻击了中路日军的狼群。天色又一次黑下来时，河原虽然损兵折将，却还是实现了他那个将狼群打散的目标。遭受重大牺牲的狼三五成群逃到山下去，藏匿在沟谷之中，林子深处，像是再没有力量集结起来，向日军发起像样的反扑了！

战场之夜重新来临，满山满谷都是被打散打伤垂死的狼凄惨凌厉的嗥叫，长一声短一声……河原信行没想到，别的人也没想到，这个夜晚看似已元气大伤穷途末路不堪一击的狼群却又奇迹般聚集起来，向占领了大山坡上部并在那儿安营扎寨的日军发起了最后一次攻击。从战后缴获的河原信行的《阵中日记》看（因为有了这本日记，今天我才能对你讲清这场人狼大战的过程和细节），狼群这天夜里的反扑之突然，规模之大，攻势之猛烈，都让他大感意外，头脑里甚至产生过一种极为恐怖的意象：狼似乎不再是狼，而是某种人一样的智慧生物，会思考，有感情，且具有极可怕的愤怒的和凶悍的力量。它们知道自己作为一个集体已被击败，知道它们全体都要死亡，但即使这样它们也没有屈服，不愿屈服。它们在生命的最后时刻仍要向对手显示自己人一样的力量和尊严。这天夜间的最后一次攻击在它们不是要扭转战局，而仅仅是要复仇，向白天里残酷杀戮了它们的大批同类的侵略者讨还欠债，让一心要灭绝它们的对手牢牢记住——即使你们打赢了，你们也没有全部消灭我们；即使你们能够全部消灭我们，你们也要在我们集体死亡之际永远对我们肃然起敬！

我注视着她。我注意的是她生命中岩浆一样沸腾着的激烈。内心的火焰再次从里向外燃亮了老人的脸，让原本苍白的、薄如蝉翼的皮肤鲜红明亮。她的一双眼瞪得又大又圆，虎视眈眈，愤怒而威猛。

仗打到这种时候，不但狼群整体地表现出异乎寻常的疯狂和歇斯底里，河原信行自己也不知不觉地进入这种疯狂、歇斯底里的状态。狼群的大举攻击让他又一次陷入惊慌之中，河原怒不可遏，被迫应战，下令刚刚四散逃回分界岭的中路日军不惜一切代价向狼群反攻！连续两天与狼群血战已让这队日军元气大伤，此刻迫于他的严命，不得不狼哭鬼嚎地投入了对狼群的反击。早在白天的战斗中被吓破胆的日本兵们此时一定也疯了，分不清他们攻击的是人还是狼，不然我就无法理解他们怎么会像换了一批人似的，不顾生死地和狼群展开了反复拼杀……

简单一点说吧，这一夜，因把狼群看成人而出现了可怕幻觉的河原信行逼迫中路日军对狼群发起了一次又一次疯狂反击，而看上去下定决心誓死与日军最后一拼的狼群也向他们发起了同样多次的凶猛反攻；狼群每次越过我和松下浩二藏身的岩洞冲向大山坡高处，向分界岭败退回去的日军中就马上会响起一片凄厉恐怖的哭喊，它们和狼群奔走的沉重蹄音混杂在一起，连山上山下的枪声也被淹没了；但是转瞬之间，日军的枪声又自上而下刮风般地响起来，淹没了所有的狼嗥和人哭，狼群则被它们从大山坡上一直赶到坡下林子里。跟在狼群后面的是大声哭号着的日军，他们疯子一样冲下去，脚步声如同狼的蹄音一样杂乱沉重，接着又是狼群冲了上来，把他们重新鬼哭狼嚎地赶回到分界岭上去……天麻麻亮时，狼群和日本人才似乎耗尽了自己的精力，整个战场上，突然地、意外地沉寂下来！

我一定要跟你说一说我的感受……我告诉过你，若不是这场大战在我藏身的山洞外惊天动地地打响，我和松下浩二已经死了……它在垂死之际惊动了我的心，让我不得不被动地听着、感受着洞外的厮杀，在枪炮声、狼群的蹄音和日本人山摇地动的脚步声中，在人和狼的惨叫里，一次次死去活来。妨碍了我和松下浩二的死的还有那如同大雨将至时充满天地的水汽一般浓重沉闷的血腥气，大雾一样涌进洞内，填满你的鼻孔和喉咙，窒息你的呼吸，让你活不了又无法死……于是，我和松下浩二不但没有死成，反倒一点点地明白了洞外发生的事情：我们一直盼望的枪声响了，狼群却没有随枪声离去；秋叔叔没有赶来救我们，来的是日本人，是他们和狼群正在洞外进行一场不是你死就是我活的大血战！

我也有必要对你说一说我在这场大血战中的立场，我的情感所系……是洞外的狼群把我和松下浩二推向了死亡，可是刚明白是日本人而不是游击队与狼群在洞外展开了这场大血战，我的心就向着狼群这一方了。在日本人和狼之间，我更恨的是日本人！只要听到是狼群向日本人发起攻击，我的心就兴奋，就觉得解恨、痛快；而当明白是日本人将狼群打退了下来，我的心就悲痛而愤怒！……啊，即使它们是狼，也是些中国的狼，蹄下踏的也是中国的土地，日本人脚下践踏的却是别人的国土！就是从狼的角度想事情，日本人也是侵略者，狼群才是这里的主人，此刻它们也是在为保卫自己的土地、自己的家园而战，不惜流尽最后一滴血！……我和松下浩二当然不能直接参加战斗,可是直到今日,我仍然不认为自己置身在这场血战之外……不,我以自己特殊的方式置身于这场大战之中,经历并且承受了它的全部惨烈、悲壮与苦痛!

第三天……是的,第三天天亮前,狼群的攻击已全部停止。它们作为一个整体拼尽了全力,也没能战胜侵略者,却给了对手一个极意外的、损失惨重、令其十分难堪的打击,这已经够了。被狼群夜间的攻击和日军的大批惨死激怒而彻底发了狂的河原信行不但没有停止战争,反倒下令所有三路日军对这片山林内残余的狼——他现在像恨人一样对这里的每一头狼都恨入骨髓——进行一场比前两天规模更大、具有最后灭绝性质的"围剿"……于是太阳还没升起,这片沉寂了不大一会儿的山林间枪炮声又轰鸣起来,日军重新进入狼谷,对逃匿到下面林子和沟谷里残余的狼展开最后的搜索性攻击……令河原吃惊和愈发恼怒的是这场"围剿"战竟又激烈地进行了整整一天,虽然狼群作为一个整体已不存在,现在投入抵抗的只是侥幸活下来的一小群一小群的狼甚至单个的狼,它们仍对侵略者进行了不屈不挠的抵抗,给每一路日军带来了不小的伤亡!

她用微红的、要蹿出火苗一般的目光直直地逼视着我。

还在这最后一天的黎明,战场上突然沉寂下来,我就明白我心之所系的狼群失败了,我听不到它们再次从山下向山上发起攻击的蹄音了……此刻我听到的是另一种声音,杂乱,沉重,迟缓……这是日本兵笨重的军靴踩在洞外土地上的声响,它们从山坡上大批移动下来,接近了我和松下浩二所在的洞口,并在那儿停住了……我垂死的心忽然警醒起来,我意识到洞内除了我之外还躺着另外一个人,他也像我一样醒着,睁大眼睛紧张地谛听着洞外的动静!我的心轻微地一惊:狼群一直没有发现我们藏身的山洞,现在它就要被日本人发现了!

啊,这个黎明到来以前,我已经习惯了和松下浩二一起死,此刻却又想到我和他的处境就要发生的不同变化!……松下浩二不是一个中国人或者朝鲜人,他是一个日本人!现在走到这个洞口外的也是日本人!他不是一直渴望活下去,离开这个山洞,离开中国,回日本去见他的秀子姐姐吗?他不是为自己被狼群困死在这个山洞里内心充满了悲伤吗?……现在日本人来了,如果他愿意,他的这个愿望就有可能实现,刚刚消灭了狼群的日本人会帮他实现的!……不,就是日本人发现不了藏在荆棘丛后面的山洞,松下浩二也可以让他们知道这个山洞和他自己的存在!我的短枪就放在我们俩的身体中间,只要他生命中还残存着一点气力,足以伸手抓到这把枪,扣响扳机，就行了！

这一刻我的头脑清醒得可怕：我不能肯定松下浩二会那样做，可也不敢相信他绝对不会！我就是现在再想把短枪挪个地方，也没有力量了……但我不想死前再被日本人抓到，做他们的俘虏！我要死，在他们发现这个山洞以前就死！

我伸手摸索放在自己枕头边的手榴弹……我摸到了，闭上了眼睛，只要拉响了它……接着，我就死了！

57

老人目光如炬。

战争并没有结束。虽说狼谷内已没有一个大的或较大的狼群存在，河原信行仍然余怒不息，他命令日军再在狼谷全境对残余的狼进行一场梳篦式的"大扫荡"，将这条山谷踏平，将最后一头狼找出来杀死！他要让日军撤走之后，狼谷内再没有一头活着的狼！他的命令被执行，四千名日军在其后两天里，气势汹汹地走进每一片山林，每一条沟壑，搜索、杀死所有的狼。为了将那些被打散后藏匿起来的狼驱赶出来，日本人使用了喷火器和燃烧弹，大面积焚毁森林。一条长达十几公里的狼谷，从谷口到谷尾，山上山下，大火熊熊，浓烟冲天。血战之余逃进山林的狼不是被活活烧死，就是在冲出火海时被日军枪杀。直到第二天深夜，这场大杀戮还没有完全停止。河原信行立于分界岭上，望着谷内的冲天火光，耳边缭绕着最后一批狼被杀死前的哀号，脸上终于现出一点冰冷的笑容。此时他终于相信自己战胜了狼群这个可怕的对手，从此狼谷就不再是狼谷，他已经将它变成了一条没有一声狼嗥的死谷，游击队再也没法利用它了！

河原信行此时已不相信游击队还在谷内。与狼群的大血战激烈进行的第二天夜里，他就接到报告说一支游击队突破了东南方分界岭上的日军封锁线，逃出了狼谷。一向刚愎自用的河原认为这就是秋雨豪的游击队（你可能想到了，这其实只是终于找到机会突围的汪支队），被他大举"剿灭"狼群的行动逼出了狼谷。这时消灭狼群仍是他的首要目标，河原严令部署在狼谷外围的四千名日军加强警戒，不放一名游击队员逃出去。现在不同了，狼群已被消灭，狼谷不再能庇护游击队，他就要实施他的第二步计划了。这一新计划是：让狼谷内的四千日军回师狼谷之外，用刚刚对付过残余狼群的办法，对逃出狼谷却没有逃出狼谷外围日军封锁圈的游击队进行一场新的梳篦式的"大扫荡"。他的兵力如此庞大，先前有意留给游击队的生存空间又十分有限，说到最后，他甚至也不怕游击队突破封锁圈逃出去（没有了狼谷，他不相信秋雨豪还愿意回来），既如此他还有什么理由不相信自己不久就会"剿灭"格节游击队——虽说这算不上什么大功，但毕竟是一项值得炫耀一下的成就，它说不定就能成为他高升的台阶！

直到第二天早上，狼谷内最后一声枪响归于寂灭，这种愉快的情绪还在河原心里保持着。开始实施第二步计划之前，他让各路日军用半天时间打扫战场，从遍地狼尸中找回一具具日本兵的残尸，然后伐倒大树，架起火堆，就地化为骨灰，装进一个个蒙着白布的坛子，一车车运回格节、佳木斯、日本……不要小瞧日军的损失。据我所知，北满抗联历史上，战果最大的一次战斗是赵尚志1936年12月于黑龙江海伦、通北进行的冰趟子伏击战，共击毙日军三百余人，而这场在抗联史书上没有记载的人狼大战，日军的伤亡总数竟高达三百八十名。事后算起来，如果狼谷里当时有狼一千余条，那么平均三条狼就咬死或重伤了一个日本兵！

河原信行对死伤的大批日本兵毫不在意。在《阵中日记》里，他只简略地记载了日本兵伤亡的数目和他接下来准备做的事。河原自以为聪明绝顶，却至少有两件事是他完全没有想到的：第一，虽经四千日军反复搜索，仍没能发现游击队的任何一座密营（包括汪支队已撤出的密营），他以为秋雨豪的队伍已离开了狼谷，其实秋雨豪和秋支队仍在谷内；第二，他虽然对下一步计划的成功踌躇满志，但这个计划却注定要被中止了：由于日苏关系骤然趋紧，关东军与苏联红军在边境地区爆发一场大战看来已不可避免，关东军司令部急令滞留在格节战场上的日军一一〇五师团第三旅团星夜返回乌苏里江西岸的密山一线。佳木斯日军司令田圆直木也来了命令，要他先前增援给中井弘一的三千名日军火速撤回，于佳木斯—密山之间组织二线防御。一天之内，六千多名日军主力离开了格节，狼谷外围的日军封锁圈自动瓦解，河原手中只剩下中井弘一开战之初率领的那一千多名日军。由于这时汪支队已在格节城外连续袭击了两个日本警察所，河原终于明白尽管他已消灭了狼群，但想在近期"肃清"甚至赶走格节游击队，都不再可能。河原在日军主力撤出的当天黄昏也率剩余的日军撤出了狼谷。没有了狼群也没有了游击队，再留在这条山谷里对他已没有意义。对此种结局失望和愤怒至极的河原在自己的《阵中日记》中写道：不是我而是整个日本关东军，突然失去了开战以来消灭格节游击队的最佳时机。

久久停顿。红红的目光仍在望我，却又望不见我。

日本人走了，狼谷又像太古洪荒时代一样静寂下来……正是这巨大的、突然归来的静寂，让一动不动死去两天的我又活了过来！

这是日军撤走后的第一个黎明。苏醒后的我依旧一动不动地躺着，游丝一样浮上脑际的头一下意念竟是深深的惊愕！惊愕自己没有死，两天前我只在想象中完成了自杀，其实什么也没做成；惊愕松下浩二竟没有让日本人发现这个山洞！……忽然，我明白真正令我惊愕的是什么了：一心想逃回日本的松下浩二，竟没有扣响那一枪，惊动日本人，把自己从这个山洞救出去！

我的意识一点点清晰……松下浩二没那么做，要不就是他也像我一样没了气力（不过这一点我不敢确信），要不就是有意想让我躲过一场大难……他却为此失去了逃生的机会……失去了这个机会，他也许就只能和我一起死亡……

我激动了，可我连承受激动的力量也没有了……进入弥留状态后我就一直抓着他的一只手，没有丢开……这一刻，我能做的也只是在想象中用更大的力量握紧他的手……

再睁开眼时我已在秋叔叔的怀抱里了……我好久都没认出他是谁，也没认出站在他身边、手中举着明晃晃的火把、将我围在中心的那些人是谁（其中就有赵阿姨和小玉）。可我心里却明白这都是我的亲人，他们终于赶来救我和松下浩二了；我还看见了，这个半蹲在地上、将我紧紧搂在怀里的亲人（秋叔叔）正在大声地哽咽，终于放声大哭……我听不到他的哭声，可我觉得自己听见了……这时候，他身边的人也一个个泪落如雨！

啊，自从我走进游击队，除了狼谷谷口之战的那天黄昏，为了秋姑和其他被俘队员的惨死，秋叔叔放声恸哭过一次，我看到他大声哭泣就是这一次了！……这个黎明，感觉到狼谷内外已没有了最后一个敌人，秋叔叔终于走出了被困三十八天的岩洞！他做的第一件事就是带人走过苇滩，涉过溪水，直奔我和松下浩二藏身的山洞……我觉得，这时无论是他还是别人，没有谁会想到我还活着……他们只是要到二十七号密营来，跟秋叔叔一起痛哭一场，然后再收敛我的骸骨……可是当他们在这个山洞里找到我时，秋叔叔却发觉我口里还有最后一口气！走进山洞之前、想象着自己只能看到一个死去多日的我时他没有哭，在长期被围困的日子里，为我的死和就要到来的全军覆没一直处于疯狂边缘的秋叔叔没有哭，可是这一刻，发现我还没有死，秋叔叔却止不住自己内心的悲伤，突然大声哽咽起来，终于放声大哭！

我的目光又惊动了她吗？她将一双蒙着红红泪水的目光警觉地、愠怒地朝我逼视过来。

"你没必要不好意思……想问什么就问什么好了！秋叔叔当然是为了我在被困三十八天后还活着哭，但他也是为他在这个山洞里看到的一切哭：他看到了内洞石门槛下我为可能冲进洞内的狼群和我自己准备好的手榴弹，也看到了放在我和松下浩二枕头中间的黄豆口袋和日军行军锅——口袋里的黄豆已所剩无几，行军锅里的水也只有锅底那浅浅的一层。秋叔叔看到了这一切，也就猜到了刚刚过去的漫长的三十八天里我和松下浩二是怎么活过来的，我们俩——不，这时他想到的只是我自己——都遭遇了些什么。秋叔叔明白：只要狼群或日本人晚走几天，他再见到的我就会是一具死尸了！——秋叔叔是为我受的罪哭，为他当初犯了那个将我和俘虏单独放在这个山洞里的错误哭，也是为居然奇迹般地活下来了恸哭！

"秋叔叔还为他一个多月来在二十八号密营里饱受的熬煎、痛苦、愧疚、悔恨而哭，为自己的疯狂和自我折磨而哭。那些日子里，他曾经几度要冲出洞与狼群同归于尽，是他对游击队的责任让他活了下来，活下来的他却看到我依然活着。巨大的意外引来了巨大的欢欣，巨大的欢欣又带来了压抑不住的悲伤，秋叔叔不能不哭！

"秋叔叔非常可能也是为这个黎明他看到的狼谷内的战场景象而哭，不过这一点是我的猜测……有过这个黎明，秋叔叔一直拒绝对别人讲他看到了什么。就是后来抗联三军和格节游击队会师，赵尚志军长问到这个，他也只是在沉默后简单地说：啊，场面比在狼谷谷口进行的第一场人狼大战惨多了。过了一会儿，他才又自言自语地补了一句：头一场人狼大战的失败者是日本人，第二场人狼大战的输家却是中国的狼。不，是格节游击队，是我们中国人……

她沉默有力地望着我。她想让我说话，让我提问。
可我这会儿不想说话。沉默就是力量。

"好吧，我现在告诉你他看到了什么。六十多年了，我已经承受得够了，现在应当由你们这一代人来承受了，那个黎明……秋叔叔在一片沉寂中走出二十八号密营，向晨曦初现的狼谷内一望，立马就石像一般僵立在那儿！从这一刻起，他觉得自己不是从死地回到了人间，而是走进了一个活生生血淋淋而又寂然无声恐怖到极点的地狱！

"山上山下，坡上谷底，狼尸横七竖八，迭相枕藉，密密层层……这样说并不准确，应当说一眼望去，到处都是狼：坡上是狼，谷里是狼，溪水里也是狼，空中还是狼……我的意思是说，在那些依然被一丛丛残余火光映亮的林间，每一棵树上，从最下端的枝杈到最高处的梢尖，无处不悬着狼的残肢断肠……它们林林总总、长长短短地挂在那儿，有些还在烈火烤炙下咝咝啦啦作响，急雨般往下滴着血水……

"静寂。除了零星的噼啪作响的野火，广大的狼谷内一片沉寂，整个世界一片沉寂，树梢儿一动也不动。没有狼嗥，没有鸟叫，甚至没有一声虫鸣，什么也没有……有的只是灰白色的雾，这儿一团那儿一块地横在山林沟谷间，却也像是凝固了，它们遮没了一部分战场景象，又将另一部分血淋淋地显露出来……在巨大的寂静里，一切都是恐怖的，连这些一动不动的、仿佛不是雾气的雾气也是恐怖的！

"还有浓稠如粥的血腥气。被烈火烧焦又被露水打湿或者依然被丛丛野火烤炙着死尸散发出来的臭气。它们毒化了狼谷内外的空气，成了狼谷内仅有的气味。这不是人间的气味，既然你恍惚间觉得自己走进了地狱，自然会想到它只可能是地狱的气味……

"经历了长期的围困，你的内心里只想到死而没有再想到过生，出洞后一眼看到这样一幅景象，会对你的灵魂产生怎样的震撼，只有身临其境才能体会！

"秋叔叔很快就从最初的震骇中清醒了。透过眼前这幅血淋淋的地狱景象，他至少明白了两件事：第一，为了彻底"剿灭"格节游击队，日本人彻底灭绝了狼群，他们以这种令人难以置信的手段让游击队失去了狼谷；第二，日本人不但杀光了狼群内所有的狼，还用它们的尸骨、用这样一幅地狱般的惨景大声向游击队发出了威胁与挑战：我们能杀尽中国的狼，就能这样杀尽坚持与日本人为敌的中国人！

"六十多年过去了，今天我在这里、在我家里对你说，秋叔叔那个黎明抱着我放声大哭，也是为了被日本人杀戮殆尽的狼群，你不会以为我疯了吧？……不管别人是否相信，我却觉得自己的猜测是真实的……狼群是差一点让我们全军覆没，可在与日寇长期苦战的日子里，甚至在我们被逼无路不得不退入狼谷的时候，它们客观上都是站在我们一边、一直庇护着我们的。没有狼谷和狼群，日本人也许早就将我们一网打尽了。可是现在没有狼群了，日本人将它们消灭了，我们失去的不是一群狼，而是同盟者和朋友，是狼谷这块国土的最坚定最英勇的守卫者！"

我有这种感觉已经很久了（但我怕说出来惊动了她），即她在叙述中已不大能将狼和人、狼的生命和人的生命、狼的死和人的死分清楚了。

正是这一点格外令人震惊。

"我还要再告诉你一遍，为了保卫中国的土地，英勇战死的不只是中国的人，也有中国的狼……狼群全军覆没之后，为它们流下悲愤眼泪的不只是我们，还有上天，也止不住为它们的悲壮牺牲大声恸哭……你当然听不懂我的话，你怎么能听懂我的话呢……我说的是那场持续了三天的暴风骤雨。狼谷之战刚结束、日本人刚撤走它就来了。那真是一场来势猛烈的雨呀，狼谷内外狂风大作，林木呼啸，地动山摇，整整三天一分钟也没停过……暴雨引发了山洪，洪流荡涤了战场，冲刷着每一具狼尸，让渗进落叶层和土层里的血水小河一样流向谷底，汇成滔滔滚滚的血河，流出狼谷，流向格节河，流入松花江，一百里内的江水为之半赤……

（几天后，我在《格节地方志》里看到了这一记载。）

"我还没说完呢……暴雨和山洪虽然洗净了狼谷内的血腥气，但还是把大批狼尸留了下来，它们仍旧躺在每一面山坡上下，挂在广大的林间，只是看上去突然不像狼尸了。无论是完整的狼的皮毛，还是狼的断肢残肠，都失掉了血色，变得纸一样白，薄且透明，只要你用小手指轻轻一捅，就能捅出一个大洞……这仍然是一幅地狱的图景，不过是更深一层的地狱，一个寂然无声、连死亡也变了形、比死亡本身还要恐怖的地狱！

"上天悲悯狼群，也怜悯我们这些仍然留在狼谷里的人，不愿意让我们因长久置身于这幅地狱图景中发疯……暴雨和山洪过后，一场大雪接踵而至……北京的九月是不会下雪的，可在我的故乡格节，一到九月冬天就来了。大雪掩盖了一切也淹没了狼尸，雾凇和树挂则遮盖了那些不是树挂的树挂（我说的是狼的残肢断肠），世界又像每个冬天一样，在一望无际的纯净的雪色中，在雪后的晴朗里，透出一抹迷迷茫茫的烟蓝……这时你会突然觉得心里头不那么堵了，似乎一切都已过去，空气也重新变得清新和凛冽……但是，如果你是一名游击队员，被秋叔叔从狼谷外派回来看望我们，走进狼谷后口渴得冒火，顺手从垂到头顶的树挂中折断一节，塞进嘴里，或许就会发现冰挂中裹着一截狼爪，上面还抓着一点东西……那是一只人耳，很完整，狼爪将它整个地穿透，如同枯枝上挂着一片树叶……这时候一切又都想起来了，人狼之战，血淋淋的地狱景象，狼群的被屠戮和对日本人的深仇大恨……你会呕吐，会一夜一夜睡不着觉，眼里含着热泪，你会多一天也不愿意待，只想马上回到战场上去，和鬼子拼命！……"

58

我还是接着说我的故事……秋叔叔走进我和松下浩二藏身的山洞，为我还有最后一口气失声恸哭，但这一刻也过去了……赵阿姨帮他把我背起来，离开那个山洞。这时我看到了松下浩二，他一定是昏死过去了，孤零零躺在一旁，没有人理他，大家关心的只是我一个人。我的心一慌，又昏过去了！

"英子！英子！……"

这时我又能听到一点声音了，是赵阿姨在惊慌地叫喊，眼含泪水……我还是认不出她是谁，可有件事却没有忘，它让我的心急切而悲伤……啊，我记起来了，他们要丢下松下浩二，我的亲人们，他们以为他死了！……不，他没死，他只是像我刚才那样发昏了，我不能让他们扔下他，只把我带出洞去！我试着感觉自己的手，我感觉到了，我的手还抓着浩二的一只手，我在想象中把它抓得更紧，我不愿松开，不能松开！

不知是这次我的手上有了力，还是这两只手一直死死拉在一起，现在已不好分开，总之由于我的手死死地拉着松下浩二的手，秋叔叔和赵阿姨就一下没能把我从地上背起来……秋叔叔回头吃惊地望着我，刚刚干涸的眼里突然又涌出了泪水，他把嘴贴近我的耳朵，大声冲我喊：

"英子，好闺女，你是不是想对秋叔叔说，你完成了任务，俘虏还在，对不对？……秋叔叔知道了，你松开他的手，咱们离开这里……"

我的心更急切也更悲伤，因为我大致听清了他的话。我想对他说我不是那个意思，我的嘴唇在动，却说不出话……我只能继续抓紧松下浩二的手，我不能让他们丢下了他！

忽然大家眼睛都望着松下浩二……他醒过来了，眼睛一点点睁开，望着面前的人，干涸的眼窝里，慢慢地湿润……秋叔叔看看他，又看看我，眼睛一点点明亮，又一次大声对我喊：

"英子，你不想让我们丢下他，是不是？……你想让我们也把他带走，对不对？……"

我的嘴唇动了动，还是不能说话，但秋叔叔和赵阿姨已经懂得我的意思了！

"好，我们带他走，你松开手吧！"秋叔叔仍然用很大的声音喊。

我松开了浩二的手，睁眼看着秋叔叔让两名队员从我身边将他抱起，放到一副临时担架上，抬起来……我放心了，一点心劲儿也耗尽了，又昏了过去！

走出洞口我又一次醒来。于是我也看到了方才秋叔叔看到过的悲惨的一幕。二十七号密营所在的大山坡是人狼大战的主战场，我在这里看到的就是那幅地狱般的景象中最恐怖的部分！

但它却不是我在这个黎明看到的唯一的东西……秋叔叔背着我向西北方走，我们走过冷杉林，走下长满桦树的斜坡，越过草滩，涉过溪水，走上对岸那片没被烧尽的苇滩……这段时间我仍然记不得秋叔叔是谁，赵阿姨是谁，却一直记得躺在担架上和我们一起走向前去的松下浩二……我们的亲人救了我，也没有丢弃他，一直没有丢弃他……他们似乎已经知道了我现在是他的姐姐，他是我的弟弟了……我心里很满意，头一晕，就又什么也不知道了！

可是我在随秋叔叔他们走进二十八号密营之前仍然要再醒过来一次……我一定要看到另一幅景象，那是不可能不让我看到的！

事情发生在全队涉过溪流走上苇滩之后……开始时除了大家的脚步声，狼谷内再也没有一点声响，只有一片广大无边的、凝固似的沉寂……可也就在这时，秋叔叔和他身边的赵阿姨忽然被一个微弱的声音惊动了！秋叔叔站住了，大家也不约而同地跟着他站住，齐刷刷地扭过脖子，回头向东方一座山岗上望去！

离开二十七号密营后我的头一直无力地趴在秋叔叔肩上，他转身向东方望去，我的眼睛也正好向着东方。于是他望见了什么，我也就望见了什么！

……天越来越亮了，在从东南方大山坡向西北谷底伸来一条长长的山腿尽头，突然耸起一个高高的山冈。不久前才结束的人狼大战中的最后一场大火一定是在这里熄灭的，与山冈两旁长廊似展开的血淋淋的地狱景象相比，这儿的景色异常单调：山冈上下的林子全被烧光了，只剩下焦黑的树桩，一截截戳在那里；山冈顶部烧得最厉害，几乎看不到一棵一米高的树干；别处还零星燃烧着的火光这儿一点也没有，山上山下乌黑和死沉沉的一片。但从山顶到山脚下，却一团团一堆堆地蜷缩着一些黑乎乎的东西，它们的密集度之高，是任何地方都没有的！

——是大火烧焦的狼的尸骸，足有上百头之多！

惊动了秋叔叔和全队的声音是从山冈顶部发出来的，它尽管微弱，却异常清晰，在无边的死沉中听来极为恐怖。现在大家看见这点微弱的声音是从哪儿发出来的了，在广大的一片乌黑的死亡背景中，在初升的、被山间雾气濡染成硕大血红的一轮太阳里，竟然还有一个活物——一头奇迹般地活下来的狼——孤独地踊跃着，一声声发出它那低声的、凄惨的嗥叫！

天色尚没大亮，我们看到的这轮血红的太阳还没有照亮四周晨雾半遮的山林，只将自己和在其中不停跳跃着的狼的身影在将醒未醒的天地间触目惊心地凸显出来——如果说此前你在这个黎明看到的一切都是死，它却让你在这一刻、在广大的死的景色里意外地看到了生！

——尽管死是巨大的，压倒一切的，而生是这么渺小，只有不停跃动的一个点，但毕竟你看到了它，并且听到了它的声音！

人的心情就在这时发生了变化：原先你已经认定狼谷内已没有一头活着的狼了，现在却亲眼看到了至少还有一头狼活着；原先你以为日本人对狼群也对中国人取得了绝对的胜利，现在却又突然发觉，日本人不但没有全胜，甚至也根本没有取胜，胜利的是狼——只要还有一头狼活着，日本人就没能做到想做的事——将狼谷内的狼赶尽杀绝！

啊，那真是个神奇的黎明！你久久地眺望着那头在血红的太阳中不停踊跃的狼，其实也是眺望这个不同寻常的黎明，黎明的狼谷，黎明的山林，黎明的新生的太阳，然后才是位于新生的太阳中心的狼……开始你还只觉得这头狼是在东方的太阳里孤独地跳着一种奇怪的舞蹈，但是随着它一边跳跃一边发出那种凄惨的叫声，你的刚刚亢奋起来的心就不知不觉又被巨大的惊惧塞满了！不，这天地间剩下的最后一头狼不像是在跳舞，而是在这座最先沐浴到阳光的山冈上，以一种不属于人类、只属于狼的神秘仪式，哀悼所有死去的狼，向天地神明哭诉自己和狼群的不幸！

最先看出这头狼正在做什么的不是秋叔叔，也不是赵阿姨和别的叔叔们。最先看清狼正在做什么的是一个比我还小一岁的孩子。"秋叔叔，这头狼是在自杀！"小玉说……大家被她颤颤的话声惊呆了，大人看不清的事情孩子们往往一眼就能看清……随后所有的大人也都看清楚了：是的，小玉说得对，哪里有什么神秘仪式，这头狼确实是在自杀，它一次次高高跳起、落下，将脑袋用力摔在地上的石头上，摔一次嘴里就发出一声痛不欲生的哀嚎……这头狼给大家的感觉是：似乎今天它不把脑袋在山石上摔碎，是不会停下来的。这不是自杀又是什么！……狼在哀嚎，它的悲伤是广大的，它仿佛要用这样的行为和声音说，整个狼谷只剩下它这一头狼，天地间只剩下它一个活物，它为什么还要活下去！……

我的心多半已没有知觉，此刻望着那头出现在太阳中心的狼，不知为什么却猛疼了一下……我从这头狼身上看到了什么？……啊，我认出了它！……它就是进入狼谷的头天早上，我在溪水对岸见过的那头额上有白斑的母狼！……我真地想起来了，内心又急切又悲伤……我知道这天地之间剩下的最后一头狼为何要自杀：原先它在狼谷里有过自己的家，有过自己的一头大公狼和四头小狼，可今天它什么也没有了，公狼死了，小狼也死了，所有的狼都死了，如此沉重的苦难一股脑儿向它压过来，就是一个人，也是受不了的……与其像眼下这样心痛如割、孤苦伶仃地活着，它宁愿和它们一起死去……

世人常说坏人是狼心狗肺，有过这个黎明，我不会同意这种说法了，它委屈了狼也玷污了狼……狼的心不像人的心，它比人的心还要单纯和脆弱……世界上有一种人心比狼还要凶残，我说的是在那个年月在中国土地上不但大规模屠杀人也大规模屠杀狼的日本人，是他们把狼谷里这最后一头狼也逼得走投无路，宁愿悲愤自杀！

秋叔叔的队伍里，突然牛吼一样响起了哭声！……叔叔阿姨们为这头狼哭，也为所有死去的狼和我们在与日本人的血战中死去的亲人哭！秋叔叔没有哭，刚才他哭过了，他的眼泪已经流尽！秋叔叔听着哭声，望着东方山岗上那轮血红的太阳中不停踊跃着的狼，如同一尊石像一样站着，脸上悲愤的神情也一点一点地石化！蓦地，我听到了一种声音："咯咯吱吱"，"咯咯吱吱"——他又在狠狠地磨牙了！

59

这个冬天发生的许多事这个黎明就决定了。秋叔叔当初带全队退入狼谷，本意是等日军的封锁线在与我长期对峙中出现漏洞，我军好趁机突围，西上哈东，现在狼谷之围得解、日军已全部撤走，我军可以轻轻松松地走了，秋叔叔却在当天召开的会议上作出了相反的决定。这个决定是：突围计划搁置，游击队要留下来，与日本人战斗！

秋叔叔作出这个决定的理由是：一、省委两个多月前指示我们突围，是认定我们无法抗击几十倍于我的敌人。现在日军主力出于我们眼下还不知道的原因突然从格节地区撤离，格节游击队是否还应当继续执行省委指示，撤出自己浴血奋战创建起来的根据地，就值得重新考虑了；二、日本人以为消灭了狼群就使我们失去了庇护，却没想过狼群的消失也让汪支队行动起来更加自由，即将来临的冬天又会对日本人大兵团野外作战带来许多困难，如果我们留下来发起反攻，格节战场的主动权说不定又会回到我们手里；三、在我军被围困的一个多月内，省委与我音信断绝，相互不了解情况，即便要继续执行他们两个月前发出的那个突围西上哈东的指示，也要先派出交通员和省委联系、报告并得到批准后再行动；四、我军在狼谷内的粮食储备已告穷尽，就是要西上哈东，也要先从敌人那儿搞到粮食。

没有谁相信上面这四条貌似无可辩驳的理由是让秋叔叔下决心留下来不走的真正原因。秋叔叔决心留下不走的原因其实非常简单：他不愿意。长达月余的狼群之围，刚刚于这个黎明看到的那幅地狱似的景象，被围困得奄奄一息的我，最后是那头在太阳里自杀的狼，已经使他在思考下一步的行动时完全情绪化了。秋叔叔没有讲出的话其实全队都听到了，那本来也就是他们自己愤怒的心声：日本人刚刚用一幅活地狱般的战场景象赤裸裸地向我们发出了威胁，我们要是走了，就真是被日本人吓倒了，打败了！不，日本人可以杀死我们，却不能打败我们。我们留下来，就是要让他们知道这个！日本人在中国土地上屠杀中国人不行，他们屠杀中国狼也不行！从某种意义上讲，狼群正是因为我们才全体战死，现在连最后一头狼也自杀了，我们要是走了，谁为它们报仇——我们这些中国人不为中国的狼向日本人讨还血债，谁为它们讨还血债？！

没有任何人提出任何异议，这个决定被通过并被迅速执行。一名交通员被紧急派往哈东，寻找省委和三军。秋叔叔和汪大海兵分两路，离开狼谷，第二天夜里就用一连串疾风骤雨般的战斗行动袭击了大山区边缘的二十几个日军警察所和据点。一度在狼谷地区沉寂下去的枪声，突然又在格节河两岸的广大地区激烈炸响！

河原信行失算了。狼谷之战后他曾经私下认为，失去狼群掩护的秋雨豪一定会带着他的游击队"逃之夭夭"，这样他就可以向上司交差，离开格节回旅顺或东京。游击队重新在距离狼谷很远的地方活跃起来让他大吃一惊，不仅如此，这个一向心高气傲的日酋还第一次由于他管辖地区的"治安情况严重恶化"而受到了佳木斯日军司令官田圆直木的训斥。河原一下想到了许多事情：第一，秋雨豪和他的游击队比他这个日本人想象得更强大,更坚韧,要消灭甚至赶走它他都要花费比过去多十倍的心力;第二,如果他不能迅速消灭格节游击队,就有可能被长期"粘"在格节,甚至像中井弘一一样"栽"在秋雨豪手里,身败名裂。河原方寸已乱,恼羞成怒,他对游击队、对秋雨豪,更主要的是对自己前程的恐怖越多,理智就越少,在这个冬天指挥日军对游击队展开新一轮"讨伐"战时就越显得举止失措。河原先是率领刚刚离开狼谷的一千多名日军士兵,盲目地在游击队出现的广大区域加紧"围剿"行动,然后又跟着游击队的脚印二次进入深山,在林海雪原里,在风雪怒号、摄氏零下三四十度的严寒里穿梭往返,住雪窝子,寻找游击队"决战"。大批日本兵被冻伤,失去了战斗力。游击队却在一次次将日军引进深山老林后突然出现在山外甚至格节城中,袭击日军据点、仓库、警察所,搞到粮食、弹药、被服和药品后迅速撤进深山,让日本人再也发现不了自己的踪迹。而当河原信行在山里转来转去找不到我军就要撤出时,游击队却又出现了,跟在他们身边打,让其无法离开。到了这时,格节战场的局势已发生了根本逆转:表面看去仍是日本人攻我们守,实际上却是我们攻对方守。日本人"讨伐"了我们一年,我们不但熬过来了,还重新夺回了战争的主导权,是我们胜了而不是日本人胜了!

……我没有参加这个冬天的战争。虽然我从二十七号密营里获救时还有最后一口气,但在秋叔叔将我背进二十八号密营之后,我的死亡进程不但没有停止,相反好像还加快了。死亡早就像一只车轮那样滚动起来,只是因为获救前还有一个松下浩二牵系着我的心,使它不至于滚得太快,现在松下浩二也不在我心里了,我知道他也被救了,于是这只轮子就越滚越快了。长期围困的后果开始显现出来:我更长时间地昏迷不醒,无论谁也不能唤醒我了。秋叔叔原以为我一旦获救就一定能活过来,现在却发觉我仍然随时都可能死去,正在死去!秋叔叔带队伍离开狼谷时留下了赵阿姨、小玉照顾我和同样昏迷不醒的松下浩二。秋叔叔临行前甚至没有再多看我一眼,他只是红着眼睛很凶地对赵阿姨下命令说:过些日子我还要回来,你们一定把英子给我弄活!到了那天她要是还没醒,我跟你们没完!秋叔叔走后整整三个月都没回来过一趟,我知道那是为什么:他害怕回来后发现我已经死了,他一天不回来,我在他心里就仍然活着!

一年多后我才从一个知情者——汪大海——嘴里得知,秋叔叔当时没有立即率队西上最主要的原因竟是为了我。他在遭遇狼围的一个多月里曾为自己一手造成了我的死悲愤不已,接着又为在二十七号密营里发现我还奇迹般地留有最后一口气悲声大放，现在他将我救进了二十八号密营，却还是要眼睁睁地看着我死，这时他心里会涌满怎样的一种悲愤苍凉，你就想想吧！秋叔叔等不到天亮就连夜带队伍离开了狼谷，正是因为他不忍心也不愿意看着我死，他宁愿在他离去时相信我还活着，并且能一直活下来！秋叔叔并非不想立即率队西上哈东，但他这时更明白我不能和他们一起上路——他不知道队伍暂时留下来我是不是就能慢慢活转，可他确实知道一旦全军西行，我一定会死在担架上无疑。自从有过狼群之围，我这个人、我的生和死就成了秋叔叔心中一块永远的痛，他这时心疼如割地认为，我已经为他的过错死过一次了，现在就是让他自己死一百次，也不能再让我死了，尤其是不能让我死在西征的路上！秋叔叔仍然准备走，但他不愿现在走，他要等我活过来、身体恢复到能够随队西行的时候再走。有过狼群之围九死一生的经历之后，秋叔叔内心里更热烈更执着地要实现一个愿望：将我活着带到哈东，和小玉一起托付给省委机关，安置到哈尔滨的音乐学校去！——秋叔叔一直没有忘记他在心里对我死去的妈妈许下的诺言：一定要好好照顾我，让我一直活下去，活到战争结束，活到他能送我回朝鲜和爸爸团聚的日子！

你记好了，这个冬天，秋叔叔仅为了等待一个流落异乡的朝鲜孤女活过来，恢复体力，能和他一起西上，推迟了全军的行动。而为了保护我和赵阿姨、小玉、松下浩二，他一冬天都带着队伍远离我们藏身的狼谷和日本人激战。是他使我、也使松下浩二突然拥有了一个与世隔绝、没有战争和死亡的冬天，一个童话般多雪和宁静的冬天。

我甚至想说，它还是我少女时代最安全、温馨、幸福的冬天……

60

但这个冬天真正救活我的人却是赵阿姨。

一个先被狼群后被日本人困在山洞里长达三十八天的人，原来还能不时嚼几粒黄豆，后来基本上只能偶尔咽下一点水，虽然没死，但到了获救的日子，我和一个死人也差不多了。不但赵阿姨和小玉再也不能唤醒我，就是她们喂我水和食物（二十八号密营里仍然只有黄豆，狼群之围解除后从洞外的埋藏点上挖回来的，小玉和赵阿姨天天将它煮熟，嚼成糊抹到我嘴里），我也不会咽了。我的味觉和吞咽功能完全失去，胃早就停止了蠕动！

整整六十五年了，我和赵阿姨，我们娘儿俩隔着生死之河，一直默默地对视。就连秋叔叔生前，我也没让他知道这个秘密……秋叔叔只知道赵阿姨曾在全队遭遇狼群之困的最后几天生下一个死婴（那是一个女婴），却不知道——可能也没有想过——自己的妻子也是一个女人，一位母亲，她怀了她的孩子十个月，即使一直在日寇的"讨伐"和围困之中，她也早就习惯于孩子的存在。一旦失去她，这个母亲并不会觉得自己丢失的是一个出生前就死掉了的孩子，而是一个曾在她心里活过、无数次在梦中叫过她妈妈的女儿……事后包括秋叔叔在内谁都没注意到赵阿姨发生了什么变化……白天里，她好像什么事也没有，可实际上她的精神已经迷乱，到了夜晚，她就会为找不到自己那个需要哺乳的婴儿痛苦得发疯，一个人爬起来，像患夜游症的病人一样在岩洞里到处乱转！秋叔叔将我救回到二十八号密营又离开后的一天深夜，我一个十五岁的人，一个在昏迷不醒中咽不下什么食物和水的人，竟然也成了一个婴儿，被她抱到了自己怀里，这时，头脑不清醒的赵阿姨一边狂喜地叫着我的名字，一边用力将奶水挤到我嘴里去——她把我当成了她丢失了又被找回来的婴儿！

最早发现了这件事的小玉大吃一惊。开始赵阿姨还只在夜深人静时偷偷解开怀给我喂奶，以后就是白天，她也像是一位普通的幸福的母亲，随时解开怀给我喂奶了。刚刚经历了长期的围困，又生下一个孩子，赵阿姨早就瘦成了一副骨头架子，说这时她的乳房里能够流出奶水是不对的，那是她的血水，它们流进我嘴里变成了奶水，温暖滋润了我的口腔、食道和胃，我的口腔有了反应，我的胃也一点点恢复了蠕动！赵阿姨一旦亲眼看到正在死去的我吃了她的奶又有了一点活气，她的迷乱就结束了，她又知道我是谁了，可这时的她仍然坚持给我喂奶。无论是白天还是深夜，我那越来越自觉、有力的吮吸让她看到了正在死去的我重新活过来的希望，也让她那痛苦的灵魂得到了慰藉。这时的赵阿姨仍然把我看成是她的女儿——过去我只是她的游击队女儿，现在吃了她的奶水，就是她的亲生女儿。她就是不愿那么想，也不可能了！

这件事在我也是一样……以前我虽然生活在中国，却从来都把自己看成是一个朝鲜人，一个朝鲜孩子，现在我却朦胧觉得自己也是一个中国人、一个中国孩子了。我的血管里有赵阿姨的血水在流淌，我的生命里有她的生命，我就不可能只是朝鲜人的女儿了！

赵阿姨不但救了我，也救了松下浩二。我不敢说她也曾把他抱到怀里，像喂一个婴儿一样给他喂过奶……赵阿姨是一位伟大的母亲，她就是在失去孩子的痛苦和疯狂的迷乱中那样做了，也是有可能的。她或者已经那样做了，或许只是让小玉帮着将奶水挤在碗里，再一点点灌进那个和我一样只剩下一口气、什么食物也接受不了的日本孩子嘴里。赵阿姨既然发现乳汁对昏死的我有作用，是不会不给洞内另一个昏死的孩子喂奶的。我再说一句，赵阿姨是不是亲自奶过日本孩子我不知道，可松下浩二确实吃过赵阿姨的奶，因为我亲眼看到过赵阿姨和小玉给松下浩二喂奶水的情景：那好像是一个下午，洞内的光线不太明亮，我从昏迷不醒中睁开眼睛，脑瓜并不清楚，可我还是看到了，就在我身边的草铺上，小玉抱起松下浩二，赵阿姨一手托起他的头，一手将盛在碗里的奶水一点一点灌进松下浩二微微张开的嘴里……赵阿姨一条腿坐着，一条腿跪着，头发披散着，赤裸的胸膛还没来得及掩上！

她的脸本来是涨红着，目光严厉。可是忽然脸色骤变，嘴唇发抖，声调开始打战。

"你干吗流眼泪……你不要流泪，以你现在的身份，也不该流泪，再说我快要讲到一些可以被看成是快乐的日子了……我和松下浩二正在醒来……我得告诉你我也十分感谢小玉，感谢岩洞深处那盘小小的石磨。没有这盘石磨，仅靠赵阿姨的乳汁，我和松下浩二甚至赵阿姨本人都不可能活过那个冬天。赵阿姨用乳汁救活了我和松下浩二，小玉则用这盘不知何时搬进洞里的石磨磨碎水泡软的黄豆，做出了豆浆和热腾腾的豆渣，救了产后身体极虚弱的赵阿姨，也让我和松下浩二从垂死中一天天地开始了复苏！"

我的眼睛渐渐睁开……昏睡的时间一天天减少，醒过来的时间一天天增多。我的目光依然迷离，意识恍惚，没有感觉，意识不到什么，自然也没有思维。我的生命进入到一种平静而简单的、内外一概空无一物的状态里。这仍是一种昏迷不醒，一种睁着眼的沉睡，生命中那些惨痛的记忆和恐怖却因而被隔绝了……但我毕竟是在一点点苏醒，我渐渐能看得远一些，洞外那被洁净的雪原遮盖的曲曲折折的山峦线，雪原上突然显得疏离的林木，林木背后蓝玻璃一样的天空……如果说过去的苏醒属于肌体，这时的苏醒则属于心灵。以心理学家的眼光看，你也可以说我的生命中一点点地多了力量，已经有可能重新关注这个世界了……隆冬时节，二十八号密营十分隐蔽的出口被积雪半埋，从洞外望去它只剩下一个不起眼的半圆形的山隙，可是每个白天和夜晚，我从洞内向外望到的却是一个个完整的冬日，一个个完整的冬日的世界。那里有冻得硬邦邦的、厚厚的积雪层，有从积雪层中伸出的长长短短脱净了叶片只剩下细秆儿的野芦苇，苇丛后面则是一线蜿蜒起伏的积雪的山脊或是风雪中的一片山林……如果天空在飘雪，无论是零星的雪花还是大雪纷飞，洞外的世界都不再是一幅平面的不变的图景，而是一幅或多幅立体的、交错重叠的图景：位于最前面的景物仍然是洞口外的冻雪层和野苇丛，然后就是漫天纷飞的雪花或大雪片，再往后便是森林，森林后面还是森林……之后才是模糊的天空，可它似乎与越往上看就越密集的雪花融为一体了……

也有许多晴朗的日子，白天和夜晚，风停雪止，这时你又能从洞外的野苇秆后面，从那又成了一幅简单的平面图的雪原之上，看到一轮黄黄的、拼命发散着光泽却不会有多少光泽但依然让人感到温暖的太阳，或是一弯悬于明净夜空中的月牙儿，后者旁边还会现出三四颗大而亮的星星，如同人在冬夜不眠的眼睛……世界那么安静，整个狼谷，整个格节河流域，整个小兴安岭山脉，如同一片亘古以来无人涉足的禁地。我还没有——也不能——更多地想象什么，依旧浑浑噩噩的内心就被这荒凉和寂静中蕴含着的另一种巨大的东西打动了：和平。突然不再有战争、屠杀、死亡，不再有恐怖、突然袭来的锥心的痛苦、无边无际的悲哀……和平。是的，和平的日子多好啊！

当然不只晴朗的日子。即便是那些风雪怒号的白昼和夜晚，这种仿佛无边无际的和平的感觉，不再有战争、杀戮、死亡和痛苦的感觉，也会突然袭上你的心……就像一只母亲的手，为你在寒冷的冬夜里盖上一条军毯……你感觉到了这只温暖的大手，可你不愿醒来，你宁愿就这样在这只笼罩了大地和山谷的母亲之手的爱抚下甜甜睡去，直到永远……你甚至愿意相信这玻璃样凝固、又像玻璃一般透明、还像玻璃一样美好的荒凉与寂静是什么力量也打不碎的……我仍然不会想到自己生命中那一点悄悄的感动来自何方，可我那尚未完全苏醒的心底，我相信至少还是明白了下面的一点点：我之所以感动，是因为这寂静和荒凉所蕴含的巨大的和平的感觉，它所带给我的安全感是我不习惯的，深深感到意外的。长久以来我更习惯生活在其中的另一个充满惊恐、死亡的世界奇迹般地远离了我！洞外风雪呼啸，酷寒难耐，战争仍在林海雪原中展开，鲜花般的生命迅速开放了又凋零，可我却舒舒服服地在这个除了游击队无人知道的山洞里躺着，温暖又惬意……你既然想到了这个，就不能不感动，随后心里便不能不生出一缕突然的惊悸：这是真的吗？谁能保证它不是一场梦？只要一觉醒来，这个冬天连同你现在感觉到的一切平静、安详、幸福，都会像梦中的景物一样消失!……

　　我生命中刚刚开始的苏醒，就因为方才的一点惊悸，突然停止了。我的心又像一头受伤的野兽一样疼痛地叫起来：也许我真的是在一个梦境里，可我愿意在这里待下去，我不想再失去它！

　　我不知道自己又处在新的危险中了，一个依然生命垂危的人，一个感觉、意识、思维能力就要苏醒但还没有苏醒的人，一旦他自己突然拒绝苏醒，仍会重新陷入昏迷，直到死亡——在内心深处，那仅有一点生命的亮光闪动的地方，我甚至下意识地渴望这样死去！

　　可我还是被惊醒了，现在想起来，那个清晨我感觉到的一切，仍然像一场令人难以置信的梦！

61

　　我又在洞口外的雪地上，看到了那头额上有白斑的母狼！

　　又是一个风雪过后的早晨，别人都还睡着，我却头一个睁开了眼睛。我的依然昏沉沉的心被惊动了，却不知道惊动它的是什么，甚至也想不到它是被惊动了。我仍旧躺着，斜过眼睛望洞口外的风景……阴沉多日的天空放晴了，阳光低而平地越过大峡谷对面的山脊线，落在洞外的苇丛间，一时间每一根苇秆，每一片枯干的苇叶，都被它照得金灿灿明亮亮的了！我的心简单而迟钝，我一直认为这个冬天是一场梦，于是这个金色的清晨，洞外那一根根仿佛镀了金的苇秆，薄如金箔的苇叶，都成了梦中的景物……我从心底欢叫了一声，马上就被接下来看到的事吸引住了，越发高兴了：洞口外金灿灿的苇丛中，几棵苇秆忽然摇晃起来，不是大片的苇丛随风摇曳，而是单单只有这几棵摇晃越来，像是突然活了似的，给人的感觉更像一场梦了；接着从这些摇动起来的苇秆间，又有一个不停摇晃着的金色的脊梁出现了，慢慢地向前蠕动，移向洞口，怕冷似地抖嗦着，随时都要垮下去似的。这仍然是场梦，不过梦中的情景有点可笑了……但那条金色的摇晃着的脊背还是摇晃着进了洞，包裹在它周身的金色一下就不见了，我看到了一双血红、饥饿、病弱的眼睛，一条奄奄待毙的狼……它望了望我，两条前腿一软，就瘫倒在地上了！

　　它就是那头额上有白色斑点的母狼。我头一眼就看清了。自从那个黎明我趴在秋叔叔背上亲眼看到了它在东方的山冈上一轮初升的太阳中自杀的身影，就以为它死了！它带给我的悲痛那么巨大，从此我的心里就不只为我自己的身世和遭遇，也为它的遭遇和死储满了一口泪水之湖……可它竟没有死！我的大脑里惊奇而且混浊不清，或者说正因为有了太多的惊奇才越发混浊不清。我迷迷糊糊想：它没有死，肯定不是它不想死，是它那天早上没有死成，它要摔碎自己脑袋的一块石头并不像它想的那么坚硬。它不能不活下来，让天地一样广大的哀伤继续压迫蹂躏着自己的灵与肉……我还觉得自己飞快地想到了下面的一切：母狼的巢穴仍在洞外的苇丛中，它没有死，就只能回到这个巢穴里来，这个冬季里它一直和我们比邻而居；母狼一动不动地躺卧在那儿，什么也没有吃过，一个失去所有亲人的狼也像一个失去一切的人，是没有力气也不想去寻觅食物的。它会一边在风雪酷寒中簌簌发抖，一边闭着眼等待自己慢慢死去……今天它到底支撑不住了，不是支撑不住死，而是病弱的躯体——那架生命的机器本身——再也支撑不住饥寒的折磨。于是它就爬起来，摇摇晃晃地走进了这个人住的洞穴。它一定早就知道我们住在这里面！

我摇摇晃晃地爬起来，梦游一般向洞口走去。这像是夜半时分突然出现的亮丽无比的黎明，洞外这金灿灿的苇丛和雪原，这条从苇丛中姗姗走出、进洞后訇然倒下、在我的感觉中无疑等同于死后复生的母狼，都给了我一种超越了真实和梦境的强烈震撼……我越觉得自己头脑清醒，越觉得它是不可能的，母狼已经死了，就越相信这是我的一场梦；可我越相信这是一场梦，内心里就越是充满了只有在梦中才会感觉到的巨大难耐的悲伤，为母狼，似乎也是为自己……我现在才意识到自从有过那个黎明，我对母狼的感情就变了。它不再是那头先是在溪水边和我遭遇、然后引来公狼堵在我和松下浩二的洞口、终于又引来狼群、差点将我们围困至死的狼，不，它现在和我一样，只是一头被凄苦的命运抛弃到这条山谷、失去了所有亲人、自己也九死一生的狼，一头身心承受着外人难以想象的巨大痛苦、悲愤和不幸的狼！

何况它还是狼谷里唯一活下来的狼，一头仅有的没被日本人杀死的狼。它的不死就像我的不死，本身就是个梦里才会出现的奇迹！

现在我来到母狼跟前了，我更清楚地看到了它！无论是这之前还是日后，我都没再看到形象这么可怕的狼了，母狼甚至都不像是一头狼了：最触目惊心的是除了一层纸一样薄、不像是长在身上而像是胡乱蒙上去的皮，这头狼就只有一堆长长短短杂乱凑合到一起的骨头了。骨头和皮之间，没有一点脂肪层或者肌肉的过渡，根根骨头都刀尖地立着，枝枝杈杈地要将那层薄而且看上去朽破不堪的皮捅破透出来，却又没有捅破露出，只一根根将它挑起，就像一堆竹竿挑起一床破被单。这床薄薄的破被单上又蒙着那么厚的一层雪，都被冻上了，如同一层冰甲，刚才你从它身上看到的金灿灿的闪光并不是真出了什么奇迹，而是阳光在冰甲上的反射。而这时你却仍然能想到这是一头狼，一个生命，但却没有任何生命的迹象，有的、你能感觉到的只是恐怖——一头只有在梦中才能看到的狼，一种只有梦中才有的恐怖！

可我还是蹲下来了，正因为我知道是在梦中，心里才涌满了越来越巨大的悲伤，母狼已经死了，或者还没有死，是它自动走到我的梦里来了，我怜恤这头母狼，其实是在怜恤自己，我也只能在梦中怜恤它，试着将狼谷内仅剩下的这一头狼救活过来了！……我知道母狼听到了我的脚步声，却没有睁开眼，它一定是没有气力了。如果我是清醒的，我一定会因为畏惧，因为知道它仍是一头狼而不敢靠近它，可我知道这是一场梦，最后的一点戒心也不存在了……我将手中的豆渣饼放到母狼瘦骨嶙峋的头前面，大着胆子用指头触了触它的鼻子。母狼一定又冷又饿，再不吃点东西，它就要死了！……母狼的眼睛突然睁开，最初它没有望见我，后来望见了，目光里仍显出了陌生、猜疑和敌意，我却没觉得害怕，因为我是在梦里！我如此贴近地坐在母狼跟前，与它眼睛望着眼睛，觉得母狼的眼睛越来越大，慢慢地它们又不像狼的眼睛，而是一双劫后余生、垂垂将死的人的眼睛了。这样一双眼睛，它们表达的神情只能是极度的悲凄与惨痛，恍惚间，你就像贴近水面望见了自己，自己的另一双眼睛……

母狼一定也从我的眼里看到了自己的另一双眼睛。已不知不觉为发生的事——我仍然觉得是一场梦——疯狂起来的我这时还突然大声对它说起话来，我说：吃吧，吃吧，把它一点点吃下去，你就不饿了，也不会觉得这么冷了！我注意到母狼眼里最后一点猜疑和敌意如阳光下的残雪一样一点点融化了，就像在一场离奇而又美丽动人的梦境里发生的那样，我注意到这双眼睛里浮出了一丝感动，接着就有一滴混浊的泪水，顺着它的眼角流淌了出来！

我感觉到的却是现实中的疯狂。她又一次在狼身上赋予了人的感情。我感到了恐怖。不感到恐怖是不可能的。

一定是我的喊声惊醒了赵阿姨和小玉，等到她们惊恐不安地爬起来走到我背后，我和母狼的关系已被确定。母狼并没有马上吃掉那个豆渣饼，它既没有力气吃下它，也像是没有兴趣了……可是我不能让它这样，我一定要让它吃下去，我一定要让这头狼活下来，我不能让狼谷内最后一头狼也在我面前死掉！我的心越来越狂热，如梦游者一般大声喊着母狼，将已经放在狼头前面的豆渣饼重新捡起来掰碎，一小块一小块地送到母狼的嘴边去。母狼的目光也渐渐变得热切了，一点点有了光泽，它的嘴动了一下，又动了一下，艰难地吃了起来！赵阿姨后来说，当时她认为我一准是疯了，不但我疯了，母狼也疯了，在一幅彼此涌动着爱和感动之情的图画中，母狼和我之间——不，是人和野兽之间的天然隔阂完全不存在了。而且，这时我和狼还都沐浴在从洞口伸长进来的金色光照里，看上去人不再是人，狼也不再是狼了！赵阿姨还说，直到母狼一点点地吃完了半个豆渣饼，我才回头，蓦然看到了她和小玉，这时我的脸色一点点变了！置身梦境的感觉消逝，我瞪大一双惊恐的眼睛望着她们——我醒过来了，刚刚从一场大梦中醒过来！

以后三天里我一直守着母狼。母狼一直在昏睡，就像刚刚被救进二十八号密营的我；时不时地，它也能悄然醒来，无知无识地睁开眼睛。只要我能感觉到它有一点进食的愿望，就一口口掰开豆渣饼喂到它嘴里。这时母狼就用一双人一样聪明的眼睛望着我，一点点用力吃掉那些食物。它不会说话，可我知道它已经认得我，正流着泪水表达对我的感激。三天后母狼的身子忽然动了动，像要站起来，却没有成功。到了第四天拂晓，我还睡着，却听到耳边有咻咻的喘息，一团毛刺刺的东西正温柔地扎着我的脸。我睁开眼，一下坐直了！原来是母狼，不知何时走到我枕边来，依偎着我卧下了！

这头狼真正活过来，能给洞里的我们带来欢乐，是一个月后的事情了。相比之下，母狼恢复的速度比我和松下浩二还要快，这时它已是一头整天围着我们活蹦乱跳的狼了。一个夜晚，我们——洞内的四个人：赵阿姨、小玉、我、松下浩二——围着一堆火坐着，一边喝着火上刚刚烧开的水，一边说笑，洞内洋溢着不常见的欢快的气氛。谁也没有注意到，这种气氛竟感染了母狼。小玉不经意地回一下头，脸色陡然变了，叫道：

"英子，快看你的狼！"

母狼正在我们身后跳舞。围着我们和我们中间那堆火，一遍遍转着圈子。先是两条前腿高高跃起，然后落下去，就在这一刻后腿跃起，它们落地没落地的当儿两条前腿又高高跳了起来，如此往复不已。这不是当初我在东方的山岗上、在初升的太阳里见过它跳的那种舞，那时它的头垂得那么低，用力往地上摔，今天母狼的头高高昂起，两只人一样聪明的眼睛里亮晶晶地闪烁着极度欢快、幸福、喜悦的光！啊，那时的它一定觉得自己成了我们中的一员，我们的欢乐也是它的欢乐，自从它生活在我们中间，自己也是快乐的了，也要向我们表达它的快乐！可它不能像人一样说话，它就围着营火和营火边的我们，情不自禁地舞蹈起来——母狼是要以自己的方式加入到我们中间来，加入到我们的快乐中来！

我们不知不觉就被感染了。我们也被迷惑了。开始我们还只是呆呆地望着这头舞蹈的狼，张大嘴说不出话来。这事来得太突然，我们需要一个由惊愕到渐渐明白、也即迅速被感染和迷惑的过程，一个由感觉到母狼是狼到觉得它成了我们中间亲密的一员的过程。这个过程很快过去了。母狼像个孩子一样因为我们的关注而越发兴奋，它的湿润的目光更加水亮亮的，像晶莹的宝石一样熠熠闪光，它的情绪更热烈，舞蹈更起劲儿，跃起落下的频率更快，每一次跳得更高，落下的动作更有力更有节奏感了。忽然，不是我而是一直不大敢靠近母狼的小玉带头为它鼓起掌来。我们热烈的、后来渐渐有了节奏的掌声加深了洞内的欢乐气氛，母狼就在这样的气氛和鼓励中，跳得更加忘情和欢乐了！

即使当篝火熄灭、狼的舞蹈停止、大家都已安睡，这种迷幻般的欢乐气氛仍没有从洞内消逝。它甚至进入了这天晚上我的梦境。梦境中的我仍然是欢乐的，被一种说不清楚的东西深深感动着。我睡得特别沉，一个梦也没有。一个人要能一直这么睡下去，长睡不醒，那该多好啊！

老人又一次沉默。我刚刚以为她的心仍在那个夜晚流连不去，她的脸色就变了，感动的光辉消逝，几天来我见惯的暗灰底色的苍白又出现了。与此同时，她的眼神也是冷淡、严厉的了。

我醒了。

我是第二天早上猝然醒过来的。梦境的感觉完全消逝。睁开眼就马上又透过洞口望见了一切：被阳光照亮的金灿灿的雪原；金灿灿的苇丛；生命已完全复原、英姿勃勃地立在洞口阳光中的母狼。我望见了这些日子里忘掉的世界，那里依然响彻着枪声，战争和死亡的啸叫仍在追逐我。我活过来了，却仍在这个世界里！

我听到了音乐。久违的音乐会，一边是《荒山之夜》，一边是《罗密欧墓前的朱丽叶》……不，那时我只知道它们是我的音乐，我的音乐会。悲怆、激烈，充满着苦闷和撕心裂胆的痛……它们合成了一体，也在这个清晨悄然归来。一切都没有改变，连它们也没有改变，它们也是我生存的这个世界的一部分！

我想到了松下浩二。这是我苏醒后第一次清楚地想到他。在我的音乐会中想到他。一个意念在我心里悄悄生长起来。刚刚归来的音乐会遮掩、弱化了其中的严酷和不可能，却把其中诗意的、浪漫的、想象的成分扩大了，强化了，于是我随后下定的决心，我执意要做的事，在我的感觉里，也一开始就像是被洞外山林中那个庞大的乐团动情地咏唱着了！

62

"浩二……"

"姐……"

"你醒着吗？"

"醒着，姐。"

……

"浩二，你醒了很久了吗？"

"醒了很久了，姐。浩二一直在等姐姐醒来。"

……

"浩二，你要是真的醒了，姐就有件事要问你。姐知道不该问，姐自己就知道答案，可我还是想问，我想听你亲口说出你的道理。"

"姐……"

……

"浩二，那天日本人已经来到洞外，你为啥就没冲他们喊一声？……你就是喊不出声，也该打响一枪，让日本人发现山洞，找到你……姐知道你做梦都想回日本，你为什么没有打响那一枪……"

"姐姐……"

"浩二，你不想说，可以不说。"

……

"姐，你真想知道为什么？"

"姐真想知道。"

我感觉到了,他在沉吟。

"姐,我没那么做,是我不想跟他们走,还害怕这个。我更害怕他们发现了山洞,我身边就没有一个一直抓着我的手不放的姐姐了。我不想跟他们走,是因为咱们俩说好的,要一起咬着牙活到战后,回到中国来团聚。"

我陡然一惊——我果然没有猜错!

"可是你就没想过,日本人不发现我们,姐也会死,假如秋叔叔不来的话……秋叔叔只要晚来一天,姐和你也是死……你那样做了,咱们两个中间,就有一个能活下去……"

浩二的话里多了一点泪音。

"姐呀,你错了。你到了今天还把浩二看成是一个他们那边的人。你是谁?他们是谁?你和秀子姐姐是我在世上的最后两个亲人,他们却是些杀了人还要吃人肉的日本人,是你的仇人也是我的仇人……既然浩二九死一生从那边逃出来了,怎么还会想到回去……你怎么能想到,我会把咱们共同的仇人引进洞,眼睁睁看他们杀了你!"

……

"浩二,姐懂了。"

"姐,我的话还没说完呢……我当时那么做,说是为你,更是为了我……"

"为你?"

"对。姐,我不想那样做,是我知道秋叔叔会来,知道我们受狼群围困的日子就要结束,知道我们能活下去。"

我的大脑一点一点清醒,就像被清晨的阳光透进林间,一点点照亮其中的昏暗。

"啊,姐明白了……你也感觉到了,日本人和狼群的战争一结束,秋叔叔就会来……"

"对。"

"可我说过了,万一秋叔叔没来,或者晚一天来,你和我还是会死。"

"姐,秋叔叔不会不来。因为这个山洞里有你。"

"有我?"

"姐,你还记得有个晚上我对你说的话吗?那天在洞里,我相信我真的要死了,我对你说起我的身世,说起被俘后一直不明白你和秋叔叔为什么一直没有杀我,相反却一次次救了我。我说有过那个晚上我想明白了，知道你们到底是些什么人了。你们是些普普通通的中国人和朝鲜人，就像我和我的秀子姐姐是普普通通的日本人一样。那时我心里就像点着了一盏灯，想到我和你或许不会死。"

"不会死？"

"因为你们是人呀，姐姐。因为我身边有你。只要秋叔叔不死，他是不会让姐姐死的；只要姐姐不死，你也不会让我死……"

"可是万一日本人不走，秋叔叔就不能来，我们还是会死！……"

"姐姐，日本人怎么会不走呢？他们是为消灭我们洞外的狼群来的。这你单凭枪声就能听明白。他们来了，消灭了狼群，就会走的。他们走了，秋叔叔和游击队就会来！"

"浩二，你就没有想过，他们也是为了消灭游击队来的。消灭不了游击队，他们就不会走……"

"姐姐，想过。可我也知道他们消灭不了游击队。他们消灭了狼群，狼谷里就不会再有游击队了；没有了游击队，日本人就会走——那时，秋叔叔就来了！"

我的心一时堵得厉害。我相信我的声音大一点儿了——

"浩二，你就没想过，你是个俘虏呀，就是秋叔叔来了，也许会扔下你不管的，因为你和我都快死了——"

"姐，那不会。明白我们就要死了，那些天你的手一直抓着我的手，我的手也一直抓着你的手，就是昏死过去时我们也没松开过。浩二知道只要你不会把我丢在那个山洞里，秋叔叔也就不会！

"姐，就是你昏迷不醒的日子里，你的手也一直抓着我的手，好像你一身上下都死过去了，就是因为你放心不下我，就是怕我一个人死去时孤单，害怕——就是这一点念想，让你没有死。后来秋叔叔来了，你的手还不愿松开我的手，终于让秋叔叔明白了你的心思，也让人把我抬进了这个山洞。到了这里，还是因为你的手一直抓着我的手，赵阿姨和小玉姐明白了你是那么想让我活下去，给我吃的，喂水给我喝……姐，就是因为你一直没忘了我，因为你的手一直抓着我的手不放，赵阿姨还让我吃了她的奶水……这时她就不只是可怜我了，像你一样，她也把我看成了自己的孩子……"

他大声地哽咽起来……可是我们的谈话还没有完。它还刚刚开头。

"浩二，别哭了，姐还有话呢……姐今儿早上有许多话要跟你说……就是你刚才的话都对，就是你和我果然被救了，活到今天了，可你有没有想过，你当时不跟日本人走，以后就得长期留在游击队里了，跟我们走了，也许真的要等到战争结束，你才能离开中国，回日本去和秀子姐姐团聚……浩二，秋叔叔曾说过要通过交换战俘把你交换回去，可是你要明白，不管是他，还是队伍里的每一个人，都知道指望日本人回心转意比登天还难，他们永远也不会把抓到的中国游击队员看成战俘，于是你也就没有了通过交换战俘回去的机会，只能继续待在游击队里。我们和日本人打多少年，你就得跟我们在一起多少年。我们一天不赢，你就一天不能回日本去。浩二呀，游击队的日子你都看到了，日本人天天'讨伐'，我们缺衣少食，活着像一个个野人，而且时时刻刻都得准备死，你就没想过，那天要是跟日本人走了，你或者就能活着，相反留在游击队里却会死——你就一点儿也不担心这个？"

沉默。他不再哽咽。

"姐，我想到过，可是我不担心那个。我就是想明白了，才要留下来和你们在一起的。"

我愣了一下。

"姐不明白。"

"姐，你应当明白。说到底，浩二不想离开游击队，是不想离开你，离开秋叔叔，还有赵阿姨和小玉姐，今天她们也像你和秋叔叔一样成了我的恩人，我的亲人。可是归根到底，浩二愿意长期留下来，是不想离开你。

"不，我说错了！还在二十七号密营里躺着等死的时候，我就想过了，要是真不能马上逃出中国、逃回日本和秀子姐姐团聚，要是我一定得在长期留在游击队和回到他们那边去作出选择，我就选择留在游击队里……留在这里，浩二也知道自己随时会死掉，可是我更知道我也不容易死，但要是回到那边去，浩二却一定会死！

"姐，浩二到咱们队伍里好几个月了，浩二就是个傻子，也该明白一些事了。这些日子里跟你在一起，跟你们在一起，浩二明白的头一件事就是：日本人把事情想错了。他们打进来的时候，不知道自己要和谁作战。他们不知道自己并不是要同哪一个或者一群中国人、朝鲜人作战，他们是要同人作战。到了今天，别的事我不知道，也不相信，但我知道并且相信不管他们眼下多张狂，都打不败中国人和朝鲜人。他们不是打不败他们，他们是打不败人！姐，你想一想，一年都快过去了，他们出动了那么多人，反复'清剿''讨伐'，可还是连秋叔叔的一支小小游击队都打不败，怎么能打败中国人呢？他们不是打不败游击队，他们是打不败中国人，是打不败人。哪怕他们打败了游击队,只要打不败人,他们自己就一定得被打败——游击队是谁的游击队呢?姐,游击队是人的游击队!日本人被打败的一天,就是战争结束的一天,我只要能活到那一天,离开游击队回日本和秀子姐姐团聚的日子就到了,你回朝鲜去和爸爸团聚的日子也到了。再下来,就是你和我回到中国团聚的一天!

"姐,你说得对,虽然我知道日本人会被打败,可我也知道这个日子绝不会很快到来。日本人不知道他正在跟人打仗,他们不知道也不相信自己会失败,他们才不会轻易放下武器呢。他们既然进了中国,就没再想过丢了夺到的一切回去。中国人也一样(今天我不知道是不是也该把你看成是一个中国人),除非把日本人打趴下,踏到泥地里去,他们也就不会放下武器(是日本人不让他们放下武器),战争怎么能很快结束呢?战争一天打不完,你和我,还有秋叔叔、赵阿姨、小玉姐,就难说自己不会被打死。可就是这样我还是不愿回到他们那边去!

"姐,我的心思你可能还不懂。我的心思是:就是那天我打了一枪,让他们发现了山洞,就是我忍心看着他们杀了你以后把我弄回去,我这个就要死的人又有多少活下来的机会呢?离开了你,我身边就没有一只一直抓着我不愿松开的手了,也不会出现一个用自己的奶水将一个日本俘虏喂活过来的赵阿姨,浩二一个只剩下最后一口气的人怎么还能活得过来呢?我不还是要死吗?……就是万一我活过来了,被他们弄回去后我在他们眼里还是一个痴呆,一个傻子,一个开过两次小差又被俘虏过的人,又有谁会怜恤我,不会像过去那样天天打我,打我的头,让我天天犯了'病'在泥地上打滚呢!……退一步说我就是没有被他们打死,也还是回不了日本,我会天天被他们逼着进山和秋叔叔、和咱们的队伍、和姐姐你作战!姐,浩二要是那天被他们弄走了,就是今天不死,明天也是个死,我刚才说过了,日本人打不赢这场战争又不愿意认输,我除了死在战场上还有什么前途?浩二要是回到那边去不能回日本和秀子姐姐团聚,还要死在战场上,浩二回去干什么?浩二干吗不留在英子姐姐这里,留在秋叔叔的游击队里,留在人这里!不管这场战争要打多少年,也不管我要在游击队里待多少年,只要浩二活着,我在日本北海道的姐姐就总有个盼头,要是我死了,我的秀子姐姐就连个盼头都没有了!再说我和英子姐姐约好的那件事怎么办?我答应过你,你也答应过我,不管多难,我们姐弟俩都要咬着牙活到战后,回到中国来团聚!

"啊,姐,这就是今天我要告诉你的话。浩二当然知道留下来也会死,到了今天,浩二也算死了无数次了,浩二已经不怕了。浩二想留下来,只是想一直活下去,和你们在一起,我心里头一直觉得自己一定能活下去!因为我是在人的队伍里,和你、秋叔叔，和用自己的奶水救活了我的赵阿姨在一起，和不但把我当作人还当作亲人的人们在一起，老天爷就是一定要让浩二死，我也愿意死在这些人中间，死在自己的亲人们身边，何况我心里明白，只要我一直和你们在一起，就有很大的希望不死，就有希望活着回日本去！

"姐，你怎么不说话？……姐，你别哭。哪天秋叔叔回来了，你把我的话告诉他，求他同意浩二长期留在游击队里。我当过日本兵，想参加游击队是不可能了，可就是做俘虏，我也愿意留下来。我不会再违反战俘纪律，不会再逃跑，因为我今天明白天下之大，已没有浩二可去的地方了。除了回日本和秀子姐姐团聚，浩二今生今世最愿意待的就是这里了！……"

他一直在哭，后来不哭了……我的心一直在疼，在音乐会中疼，在我如同被一轮明月照亮的暗夜般的心中疼……我的心快速地硬下来，我开口说：

"浩二，姐姐今天也有几句话要对你说。

"姐姐有一个计划。这个计划是：等秋叔叔回来，我就对他说，我想请他派出一支小队伍，把你送出游击队，去南方寻找铁路线，再从那里帮你爬上火车，逃出战争，逃出中国，逃回日本和秀子姐姐团聚！"

"姐——！"他低低惊叫了一声。

"浩二，你甭激动。姐姐之所以会想到这个，下这么个决心，第一是为你，第二就是为自己。

"浩二，你不能长期留在游击队里。姐姐的道理是：虽然你看出来了，战争打到最后，日本人一定会失败，可姐姐看得比你更清楚，我们距离这一天还很远。无论是我、秋叔叔和赵阿姨，还是游击队的每个叔叔，都可能会死。你要留下来，很可能也会和我们一起死。

"浩二，姐姐想对你说的是，我走进游击队并一直待在这里，是因为我不能不待在这里，因为我是个流落到中国的朝鲜孤儿，因为妈妈死后我无家可归，还因为妈妈生前将我托付给了秋叔叔。从进入游击队的第一天，秋叔叔就一直在想办法送我出山，去一个能够安全活下来的地方，直到战争结束。秋叔叔还一直想照妈妈和我的心愿，送我去读一所音乐学校，将来做个音乐家。虽然秋叔叔还没能实现他的愿望，但我知道只要他不死，就一定会尽力让这件事成功。浩二，这就是姐姐今天待在游击队里的全部原因。在秋叔叔为我找到那样一个地方以前姐姐除了待在这里无处可去，姐姐心里除了那个读音乐学校的希望以外别无希望。你和姐姐不同，你不是中国人，也不是我,不是小玉,你只是一个被人强迫着来到中国、眼下又放下了武器的日本孩子,你没有必要待在游击队里和我们一起战死,你应当走,应该马上离开这里!

"浩二,姐姐刚才说我要帮你离开中国也是为了自己……姐姐的意思是:虽然有秋叔叔、赵阿姨,有游击队的叔叔们,虽然秋叔叔不死就一定会履行他在心中对妈妈许下的诺言,姐姐是不是真能活着离开游击队,心里并不知道。进山快一年了,秋叔叔为了把我送出去,能做的事情都做了,秋姑为我而死,秦叔叔、胡爷爷、胡奶奶为我而死,可我今天还是留在这里。姐姐不是害怕了,心里头最后一线亮光也没有了。不是。姐姐和你一样九死一生,尤其是我们刚刚一起经历过狼群的围困,现在什么也不怕,连死都不怕了!姐姐时刻准备出山,准备到一个秋叔叔能够放下心来的安全的地方活下去,可姐姐也时刻都在准备死!浩二,姐姐要是死了,就不能回朝鲜和爸爸团聚了,对于我的死、死在哪里、妈妈和英男的死等等,这一切爸爸都不会知道了。浩二,姐姐不害怕爸爸知道妈妈、我和英男的死,可我害怕他一直不知道我们的死,害怕他会为寻找我们的下落受苦一世,心疼一世!

"浩二,有过了狼群之围,你今天一定在心里把我们俩看成了两个身世、经历、处境差不多一样的人。可我和你不一样。你知道你在日本的姐姐眼下住在北海道,你只要能平安地逃回日本,就知道到哪儿找她,能在哪儿找到她,姐姐我却连爸爸眼下身在何处、是否还活在人间都不知道,姐姐就是回到朝鲜,也找不到爸爸!浩二,只要秋叔叔点头,游击队马上就能帮你逃出中国去,可我不行,除非出了奇迹,除非当年答应帮妈妈寻找爸爸的崔庸健叔叔突然出现在我面前,告诉我他知道了爸爸的确实消息,我可能非要等到战争后才有可能找到爸爸了。而眼下距离战争结束的一天那么远,我觉得自己的眼睛一点也看不清它!

"浩二,这就是我要请求秋叔叔帮你赶快离开中国的原因。要是我现在不快些想办法把你送走,我们两个人都有可能死掉,可要是我这么做了,做成功了,你我两个人中就至少有一人会在战争结束前就逃出去,一直活下去!浩二,既然今天你把我看成是你的亲人,我也把你看成我的亲人,姐姐现在就想托付给你一件非常非常要紧的事情:万一我把事情做成了,秋叔叔同意送你逃出战争,逃回了日本,而我却没能活到战后,平安活下去的你要是有机会,一定要代我去一趟朝鲜,找到爸爸,把我的事、妈妈和英男的事讲给他听。你一定要告诉他,自从爸爸离开中国,我和妈妈、英男一直都在想他,都在等他回到我们身边来。你还要告诉他:直到最后一刻,我都想回朝鲜去和他团聚,秋叔叔、秋姑、赵阿姨、游击队的叔叔们也一直都在帮我实现这个愿望，只是我们都没有成功罢了！

"浩二，这就是姐姐的计划。今天姐姐仍然只能留在游击队里，我能为你做的事就是这个。秋叔叔一回来我马上对他讲这件事。秋叔叔一定会听懂我的话，他一定会答应我的请求。那时你就能随着他派出的一支小队伍，走出狼谷，走出格节，在南方的铁路线上爬上火车，离开中国，离开战争，回到日本去！"

房间里的光线暗淡。我没有注意到老人一直在流泪，此刻看到了。虽然如此，一种极为庄严肃穆的情感，那种被人称为内心的光辉的东西，却也如同黎明时冲破沉沉夜色的朝霞，清晰而明亮地在她的神情和目光里显现出来。

为了我的决定，松下浩二整整哭了一早上。这个清晨也是我人生的一个分界岭。在它之前我还只是一个孩子，只能想到自己，也只为自己活着；在它之后我就是一个突然长大的人了，我心里有了别人（松下浩二），并且只为他活着了！

63

秋叔叔带队伍回到狼谷，是这年 12 月底的事情。此前我已就自己的计划征得了赵阿姨和小玉的支持，在那些风雪怒号的白天和夜晚，她们热泪盈盈地听懂了我和松下浩二的故事，也就一下子明白了我的心！

虽然知道秋叔叔就要回来，可当他比预定的日子更早地出现在洞口时，我们还是感到了突然。

"——英子，你还活着！"

这是一个傍晚，秋叔叔从洞外的漫天风雪中走进来，第一眼看到我，就吃惊地大叫起来，一双红红的眼睛也湿润了！

虽然离别时他下令给赵阿姨和小玉，一定要救活我，可在以后的三个月里，他不知不觉就已觉得我不在人世。现在看到我活得好好的，他突然激动了！

"秋叔叔——！"

我叫了一声，向他怀里扑过去。这一刻我已经明白了他见到我时为什么会如此吃惊，心里一酸，也"哇"的一声哭了！

小玉也跑过来,扑进惊喜交集、泪眼模糊的秋叔叔怀里。最后是赵阿姨……我们像是他的三个女儿,紧紧抱住他,大声喊着,笑着,哭着。

　　"好了,好了。"秋叔叔好不容易才平静了,将我们三人一起紧紧搂抱一下,眼里噙着泪,笑着松开,眼睛依旧只是奇迹般盯着我,不相信地说:

　　"英子,你真的没事儿了?……走两步让秋叔叔看看!"

　　我破涕为笑,在岩洞里来回走了几步。他看见了,眼里又涌出了兴奋的泪花,说:

　　"好,这下秋叔叔放心了,你能跟着我们行军了!"

　　他大步往里走,一边不在意地浏览着这个他离别已久的山洞,嘴里还念叨着:"英子呀英子呀,秋叔叔想得不错,你这个人是不容易死的……狼群围了你三十八天你都没死,我们把你救出来了你就更不会死了……"冷不丁他住了嘴,望到了洞内另一个从草铺上站起迎接他的人。秋叔叔脸上的笑容消失,神情顿时变得冷淡、严厉甚至愤怒!

　　进入二十八号密营三个月后,无论是我还是赵阿姨和小玉,都习惯于把松下浩二看成自己人了,可在秋叔叔望见松下浩二的一刻,我却猛地打了个冷战:原来在秋叔叔心里,浩二也早就不在人世了,今天看到他还活着,秋叔叔不但吃了一惊,而且他的一切也都在秋叔叔心里复活了,什么都没改变,在秋叔叔心中,松下浩二仍然只是一个俘虏!

　　有件事今天我已经明白:尽管退入狼谷前秋叔叔决定留下松下浩二不杀,但他并不喜欢这个日本兵,他当时这么做仅仅出于当天夜里他对汪大海讲过的那些理由,它们虽然只是些形而上的理由,秋叔叔却越不过它们去,因为他是信仰这些理由的,不是他自己而是这些他无法越过的理由让他做出了那个决定。在做出不杀日本兵决定的秋叔叔背后还有一个更真实、更人性化的秋叔叔,后一个他永世也忘不了秋姑是怎么死的,老邵头和秦叔叔怎么死的,他至死都不会再喜欢任何一个日本人……我还明白了,狼谷之战后他虽然将我活着救了出来,离开狼谷时却以为我还是会死,再回到狼谷来,我已在他心里死去三个月了,他也为我的死乱箭穿心般地悔恨和痛苦了三个月。在他心里,我的死又是和他做出了不杀那个日本俘虏的决定引起的。秋叔叔不能原谅自己,同时捎带着他也不愿意原谅那个因他的决定活下来的日本俘虏。这天回来后看到我还活着,秋叔叔如同看到一个奇迹,悲喜交加,但心中早就形成的对俘虏的强烈的憎恨和厌恶的情绪却没有随之消逝,于是一眼望见松下浩二也和我们一起住在这个山洞里,好好地活着,它们马上化作冷淡、严厉、恼怒的表情,在脸上鲜明地显现出来!

松下浩二的心是敏感的。和我们一起在这个岩洞里生活了三个月后,他自己也不习惯于把自己看成外人了。可是他的目光刚和秋叔叔的目光碰触了一下,原本小心地洋溢在脸上的笑容就消失了——这张脸霎时间一片苍白!

秋叔叔只将自己的目光在松下浩二身上停留了短短的一瞬就转了回来,拉过一个树墩子坐下。我的感觉是:他连多看松下浩二一眼也不愿意!

"英子,小玉,给我们生火,洞里也这么冷,要把秋叔叔冻坏了!"他仍旧大声大气地喊。不过进洞之初的欢乐,已经在他的嗓音里消逝了!

我们忙起来,跑进跑出,为他和他的几名警卫生起一堆火。秋叔叔看到了浩二却不想和他说话,坐下去时连身子也背对着他,眉宇间隐藏着怒火,所有这一切都让已从草铺上站起来的松下浩二呆在那儿了!他本想笑着和秋叔叔搭讪两句的,却什么话也没有说出,又在草铺上规规矩矩坐下了!

——啊,这个头开得可不好!我想。

可我已经不能只关心他了。火生起来了,秋叔叔抬起头,漫不经心地朝洞口扫视了一眼,就看到了这段时间一直远远地警觉地站在那里的母狼。

一开始他没有想到那是一头狼。

"瞧你们日子过得!……打哪儿弄来一条狗?"他用一种随便的和不满的声调说。

没有人回答。赵阿姨正往火上架一口装满水的日本行军锅;小玉回到洞底磨豆腐做豆渣饭;我抱着一捆柴,从一个外人不会注意的侧洞里往外走。听见他的话,赵阿姨怔了一下,回头看了看我;我没有看她,却下意识地瞅了一眼母狼。当时的感觉是:赵阿姨本想用一句轻描淡写的话对秋叔叔说出真相,可是陡然间,她心里一定也像我一样咯噔一下:要让秋叔叔明白那是一头狼,是不容易的!

母狼浑身上下的毛却在这一刻炸起来!一群陌生人的到来已让它部分地恢复了狼性,只是看到我们对秋叔叔那么亲热,它才尽力隐忍着。可这会儿所有坐在火堆边的陌生人都回头望它,我和赵阿姨投向它的目光也大异,它心里逐渐积累起来的惊慌和敌意就爆发了。母狼灵巧地向后一跳,目露凶光,直直地对着秋叔叔他们龇起牙齿,低低地噪叫起来:

"呜呜呜——!"

秋叔叔坐在那里一动不动,脸色却起了变化。他回头诧异地望赵阿姨一眼,眼里渐渐迸出了火星。

"怎么？……这是一头狼？"他尽管小声却很严厉地问。

看得出他在克制自己的情绪，不然就要勃然大怒了！

火堆旁的人一时僵坐在那里，面面相觑；有的人可能想过应当有所行动，但就像人在遭遇不测时常会发生的那样，想到要做什么，结果却什么也没做。更大的可能是：他们怕自己做了什么（譬如说跳起来掏枪），会打破目前人和狼之间的对峙局面，引发冲突和流血！

母狼突然叫起来时我也猛然愣住了，这些日子里我也习惯了这头和我们朝夕相处的母狼，根本没想到会发生这种事！不过我马上就醒悟了，丢下怀里的柴，大步向母狼走去！母狼看到我，目光顿时变得温柔些许，低低地冲我叫一声，仿佛在说：你看你去哪里了？他们是谁？……我搂着它的脖子蹲下来，手在它头上抚摸几下，小声叱斥了两句。母狼偏过头来，委屈地、依然十分戒备地看了看我，不大甘心似的……但是过了一会儿，由于我的手一直没有停止抚摸，它那身乱纷纷炸起的毛到底落下去，目光也完全温顺了。

接着，我强迫它跟我回到我的铺位上去，在它常卧的地方卧下来。

洞里的紧张气氛缓解了。但自从秋叔叔回到洞内一眼看到松下浩二后就在他心中积聚着的不快甚至愤怒并没有消散。架在火上的水开了，围坐在火堆边的叔叔们开始喝水，秋叔叔也一口一口喝水，可他还有他身边的人，都仍然不时警觉地望一眼卧倒在他们身后草铺上的母狼。

我没有走开。我站在母狼和他们中间。这一会儿我没有再想到松下浩二，我已经想不到他了。

秋叔叔也没有再想到他。秋叔叔想的仍然是母狼。

"英子，真是一头狼？"过了一会儿，秋叔叔突然又问。看他的眼神，我知道无论是他还是火堆边的别人，都仍然不相信这件事是真的。游击队的密营里，竟养着一头狼！不过这时秋叔叔也给了我另一种感觉：即使我的答复是肯定的，他也不会吃惊了！

我看了一眼赵阿姨。赵阿姨冲我点了点头。

"是一头狼。可它现在不是一头狼了。"我匆匆地说。我知道我什么也没有说清楚，可又觉得已经把什么都说清楚了。

"你们一起养的，还是你一个人养的？"秋叔叔又问，目光有点锋利。

赵阿姨走过来，挡在我面前，生气地说：

"开头是英子一个人,后来是我们大家一起养的!"

秋叔叔不再说什么了。表面上看他低下头,用很大的气力去将火拨旺,用心烤他的军大衣和毡靴,可是忽然间,我觉得他哪怕真想忘记洞内的松下浩二和母狼,也没有做到。秋叔叔没想到也不喜欢自己回到这个岩洞,会发现里面有一头狼,还有一个他以为死了却没有死的日本俘虏!

那个念头又在我心里冒出来:无论对母狼、松下浩二还是我自己——我的那个计划,这都不是好兆头!

母狼真是聪明。洞里的气氛那么严峻,沉默中暗藏着剑拔弩张,它不会感觉不到的,可它却埋头在我让它躺下的地方安静地卧着,一动不动,双目紧闭,眼皮也不颤动一下。

过了好大一会儿,秋叔叔想起了更要紧的事,对身边的警卫们说:

"好了,你们也暖和得差不多了,快去通知各队领导来这里开会!"

警卫们走出去了,火堆旁只剩下秋叔叔一个人,低头严肃地想着一个什么问题。我松了一口气——秋叔叔这会儿想的不再是母狼,也不是和母狼离得很近的松下浩二了!

赵阿姨刚才去了我们称之为大伙房的那个侧洞,听到秋叔叔的话,又走出来,近乎无声地来到我身边。

"英子,今晚你甭干别的了,把'花花'看好。"她低声说,用手悄悄指了指母狼("花花"是我给母狼起的名字,因为它脑门上那块白斑),"雨豪不喜欢它,也不习惯,'花花'也不习惯他们。马上就要在这里开会了,别叫它闹出乱子来!"

我的刚刚松弛了一点的心又揪紧了!我点点头,走回到自己的铺位去,在母狼身边坐下,另一边就是松下浩二。母狼感觉到我的手又在一下一下爱抚它,一直紧闭的眼睛突然睁开,目光聪明柔顺,它望了望火堆边的秋叔叔,又回头望了望我,仿佛在说:既然他是你的朋友,既然你们那么喜欢他,我也就不嫌弃他们了。可是,要我马上喜欢他,也办不到⋯⋯

来开会的人陆续出现了,今天会有十几二十人在这里吃饭,我本应当去帮着赵阿姨和小玉忙活。再说我也想到了:不能把母狼留在这里,母狼和这些来开会的人终归不能相互习惯,我该把它带进岩洞深处,带进"大伙房",躲开他们!

我就要站起来,母狼也受到了惊动,睁开眼站起来,摇摇尾巴,像是一下就明白了我的心思!可是这时,却有一只手从另一边伸过来,暗中拉紧了我的衣袖!松下浩二！方才他一直胆怯地局缩在自己的铺位上。现在感觉到我要走，他却一把拉住了我！

"姐，你甭走……！"他用低得几乎听不见的声音说。

不但他的声音，还有他那只手，都在微微打战！

"浩二，别怕，秋叔叔不是外人！"我悄悄地给他打气。

可我也没带着花花走。因为松下浩二的手并没有松开，还因为我这时突然看到了汪大海——他还刚刚走进洞口，松下浩二的手立马又下意识地抖起来了！

"浩二，别怕！"

"姐……"

他的声音颤抖，脸色越来越白。汪大海的到来，一定让他想到了被俘后他们之间发生的一切，想到了狼谷和狼群！

这是游击队退入狼谷后五个月来我头一次看到汪大海。除了身上的衣服，脸上多了几块冻伤，他身上的一切都没有改变，剽悍、狂暴、凶狠，脸上和眼睛里大火一般燃烧着仇恨、愤怒的光，却又蒙着薄薄一层血色的泪水，令人心悸！

而且，又是几个月过去了，无论他的神情，还是他那时刻圆瞪的眼睛里的寻寻觅觅的光，都会让你感觉到他曾拥有过的疯狂与迷乱仍在：似乎到了这时，汪大海真正想做的仍然是亲手活捉住一个日本兵，用自己想象到的最解恨的办法把他杀死，为妻子报仇！

洞中的松下浩二一眼看到他的同时，汪大海也看见了洞中的松下浩二！他们之间一定有一种可怕的缘分：尽管松下浩二被俘几个月后已大变了样子，且早就换掉了日本军服，汪大海还是一眼就认出了他，目光闪电划过夜空般一亮，大吃了一惊似的，脸上顿时腾腾地燃起了大火！

可他随即就看到了坐在松下浩二身边的我，看到了我和松下浩二紧握在一起的手。因此他竟没有注意到卧在我身子另一边的母狼！像是陡然间又想到了什么，脸色红起来又暗下去，接着，他不朝我们这边看了，大步走向秋叔叔，在火堆边坐下，也只留给我们一个脊背！

松下浩二的手本不发抖了，这会儿又抖起来。

"浩二，不怕。姐在这儿。"我低声对他说，一边用力握紧他的手。

"姐，浩二不怕。"他说，像是内心突然强大起来。但是我明白，说出这句话以后，他的手是不抖了，可一颗被高度惊扰的心，并没有完全平静下来！

——只要汪大海坐在这个岩洞里,他就不可能完全平静!

我还想到了秋叔叔:若不是今天他从秋叔叔表情中捕捉到的信息也不好,他的心不会一下就高度紧张起来……

汪大海坐下后一次也没再回头看松下浩二。我说不清楚为什么,却觉得他没看也是在看!他的后脑勺上面仿佛有一双眼睛,正一眨不眨地盯着松下浩二!

秋叔叔还不知道我和松下浩二之间发生的事,今天仍把他看成是一个日本俘虏,汪大海和秋叔叔不同,近几个月来,汪大海也许早把松下浩二忘了,但今天一眼望到松下浩二,后者在他眼里就仍然是一个刚刚被他抓到的日本兵,一个和杀死秋姑的日本兵没什么两样的日本兵,他仍然不可能放过他的!

秋叔叔回来以前,我天天都盼着他带队伍回来,好对他说出我的计划,可今天他们回来了,我却突然发觉自己首先要保护的竟然还是松下浩二的命!无论是秋叔叔还是汪大海,在松下浩二身上给我的感觉都不好。今晚我一步也不能离开松下浩二!

但是会议开始了。随着聚集在火堆旁的人们的注意力转向他们需要讨论的大事,我也清楚地感到无论是我还是松下浩二和母狼,都被我担心的人忘了,就连松下浩二自己,也似乎悄悄松了一口气。这时我离开了他和母狼,起身去帮赵阿姨和小玉做事——虽然做着事,我仍旧不敢放松对秋叔叔和汪大海的注意。汪大海就不说了,连秋叔叔我也觉得他一直对母狼和松下浩二暗藏着杀机。我已不敢相信这一夜一定会出事,可也不敢相信它就不会出事,不敢相信松下浩二和母狼真的安全了!

后来正是这种心情,让我又回到了母狼和松下浩二身边。赵阿姨也不放心母狼,催着我回来和它待在一起。我并不想知道会议的内容,可还是无意间听到了,并很快被它吸引住了,有一阵子甚至忘掉了松下浩二和母狼!

她微微抬起头,不望我而望着我身后,目光空茫却有力。只有望见了遥远岁月的老人,才会有这样的目光。

1935年12月,一直隐蔽于狼谷内休养的我们并不知道,格节地区的战争又进入了一个艰苦的新阶段。这个冬天河原信行用尽了全力,仍没能消灭或者将游击队赶出格节,相反由于天寒地冻,又不断地遭遇失败,他手下的一千八百名日军,被击毙和冻伤的人数竟超过了四分之一,到了守则有余战则不能的地步。河原痛定思痛,终于明白要在这个冬季消灭或赶走秋雨豪都不可能了。现在他屡受上司训斥,处境艰难,回头想他的前任中井弘一,竟觉得当初后者对游击队采取的被他嗤之以鼻的战术还是有道理的!中井弘一当初的战术是四面包围加重兵"讨伐",河原反复思虑后决定将这一战术修正后重新用于格节战场,对游击队实施一种被他在关东军司令部的仇人蔑称为"只围不剿"的新战法。河原的心思是:格节之战从这一年的五月打到年末,尽管日军屡遭挫败,损失惨重,但游击队当初为支撑战争储存的给养也应该被消耗得差不多了。冬天还没过去,不到明年四月,春天就不会来临。这段时间仍然是他的机会:只要他用重兵将游击队的活动区域团团封锁,不让一粒粮食、一寸布、一粒子弹、一片药"流"进去,不需要等到明年四月,哪怕他一直守在封锁线上按兵不动,秋雨豪也将被冻死饿死,至少会弹尽粮绝。他知道游击队一定不会坐以待毙,秋雨豪一定会主动出击,攻击日军的封锁线,这正是他围而不"剿"的目的之一:我不去攻击你,我一直守在设防坚固的阵地上以逸待劳,为了活命你却不可能不来攻击我,那时我就可以利用自己兵力和火力的优势大量消耗你,直到你被迫下决心全军突围。当然也可能出现另一种情况:游击队宁愿冻死饿死也不去主动攻击日军封锁线上的坚固阵地,或者秋雨豪的储藏比他想象中还要充裕,不需要主动攻击日军封锁线或者突围。河原对此仍有办法:一旦发现你不愿意主动攻击我的封锁线,为促成你下突围的决心,我的封锁圈每隔一段时间便向前压迫收缩一下,直到把游击队重新压缩进狼谷里去。今天狼谷已是一条普通的山谷,河原相信秋雨豪绝对不会再次退入狼谷,一旦感觉到游击队有被逼入绝境的危险,秋雨豪就会按他的愿望率队突围,离开格节。河原此时已不敢想象自己能彻底"剿灭"格节游击队,他念念不忘的只是把它撵走,但是他发现,哪怕做到这一步也不容易,他必须像自己的前任中井弘一当初那样对游击队紧逼不舍,必须摆出一副决心将其逼入绝境的架势,这样才能让秋雨豪下定决心突围。还有一点这个阴险狠毒的日酋也想到了:关东军司令部那些嫉妒他的背景和前程、一心巴望着他在格节战场身败名裂的人一定不会想到,他是不会对游击队只围不剿的,他的目标不只是让游击队离开格节,他还要让秋雨豪走了以后再也不敢回来,要做到这个,他就一定要在游击队离开格节时给它一次沉重打击:走我还是让你走,可我不能让你好好走,我要打疼你,让你记住格节不是好来的,走了就再也不想回来!

河原信行的这一套"收缩压迫"的包围战术刚刚实施,格节战场的局势马上就再次发生了逆转。日军从山里全部撤出,在当年中井弘一设置封锁线的地方重新设置了两道封锁线。从表面上看，河原不再主动"讨伐"游击队，实际上，他却每过数日就将包围圈不动声色地向以狼谷为中心的游击队活动区域收缩一次。日军由运动战转入阵地战，我军则由机动灵活的游击战被迫转入内线攻坚作战。一年的反"讨伐"战争过后，我军已近弹尽粮绝之境，又无法得到补充。原来被动的一方重新掌握了主动，游击队却陷入了新的被动之局。离开狼谷重新投入战斗后情绪一直十分激烈的秋叔叔猛然醒悟：给养严重匮乏的游击队已不堪久战，失去狼群的狼谷也不能再守，趁着日军还没有最后将我军逼进狼谷，逼入绝境，他应当痛下决心执行省委指示，立即率队向哈东突围！

如果后来那位知情者对我说的话是对的，日本人帮助游击队解除狼群之围后秋叔叔没有马上率军西上，仅仅是因为他看到我一旦随军西行一定会死，但三个月过去后的这个黄昏他再次回到狼谷，我的事已不能影响他率队突围了，因为我在他的心里早就死了。及至他回到洞里看到我还活着，身体已基本复原，对他下定率队西上的决心就更没影响了。不，回来后一眼看到我可以和他们一起行军，秋叔叔西上的心情反而更加急切了——只要还没能把我安全地送出游击队，我就是秋叔叔心里最大的一块病。而要是这次真的能成功地带我（当然还有小玉）西上哈东，交给省委转到哈尔滨或者大连去，进一所音乐学校，他最大的一块心病才能祛除。以后就是照他自己想象的那样一定会牺牲在抗日战场上，他也能够瞑目了！

这天晚上召开的就是研究突围的会议。不是应不应当突围而是如何突围，前者早在秋叔叔率队撤回狼谷前就决定了。全部侦察工作已经完成，连突围路线都定了，现在要商定的只是具体的突围方案。大家在激烈争论后终于做出决定：全队分为两队突围，但两队选择同一条路通过敌封锁线，如果第一队通过时没被发觉，第二队便迅速跟进，并担任后卫，对付可能尾追上来的敌人；若第一队通过敌封锁线时被发现，该队便就地转入进攻，吸引和调动敌人，掩护第二队秘密通过，自己再视情况跟进还是重回狼谷，待机再行突围。秋叔叔和汪大海议定的结果是：这次由秋支队做第一队打前锋，汪支队做第二队打后卫。会议结束时，秋叔叔发出命令：全队从现在起用三天时间做准备，突围途中的干粮各队自行解决，大后天晚上六点秋支队出发，一小时后汪支队跟进。

然后，他像又办完了一件大事那样长出一口气，用那双被火光映得亮晶晶的眼环顾一下大家，说：

"好，现在散会，吃饭！"

64

她沉吟了一瞬。

汪大海知道洞里卧着一头狼，比任何人都晚。这件让别人十分震惊的事对他却似乎没有一点影响。汪大海不怕狼，倒是母狼有点怕他。会议进行期间，可能是有人提醒了汪大海，他回头望我一眼，又望了望我身边的狼。母狼这时还没完全睁开眼睛，就本能地哆嗦了一下。狼的嗅觉比人敏锐，也许这个杀气腾腾的人刚出现在洞里，它就从他身上嗅出了特殊的气味——那头被他活剥的幼狼留下的血腥气，马上惊慌起来。会议一直开了两三个小时，母狼都一动也没有动，更没有再冲谁叫上一声，很可能就同汪大海坐在我们前面大有关系，它害怕他的神情和目光，害怕他身上的气味！

赵阿姨和小玉把饭端过来了，一大锅豆浆，一大锅炒熟的豆腐和豆渣。这是用洞里剩下的最后一小口袋黄豆磨的，对于这批刚回到狼谷的人却是玉液琼浆。会场上的气氛活跃了，人们大呼小叫，兴高采烈。秋叔叔也招呼赵阿姨、小玉、我过去和他们一起吃！我又一次注意到了：他的目光也扫过了松下浩二，但却像洞里没这个人一样！决定了全军突围的大事以后，松下浩二这个人既不在他眼中，更不在他心里了！

我有点急了。这是视若无睹。一个冬天的残酷战争过后，秋叔叔的心里多了一点令人惊骇的东西，从他的眼睛里火星一般时不时地闪烁出来。还有汪大海，他仍没再回头看松下浩二一眼，可我却相信他片刻也没忘记浩二。就是事前答应帮我的赵阿姨和小玉，也没有哪怕再给我和松下浩二一个鼓舞的眼神，她们给我的感觉是临时也变了卦，想避开一件待会儿一定要爆炸式地发生的事情！我知道那是什么事：游击队一旦决定突围，松下浩二的去留和生死马上又成了问题！浩二显然也意识到这一点了，那只原本已悄然松开的手又伸过来，暗暗抓紧了我的手！我的心既急切又激动，一边握紧他的手，不让他过分紧张，一边紧张地望着火堆边那些人——这么多人尤其是汪大海还坐在洞里，我不便对秋叔叔开口。可只要他们一走，我就要对秋叔叔说出一切！我要让他明白，我和松下浩二要么一起留，要么一起走，要么是生，要么就一起死！

赵阿姨和小玉没有过去和火堆边的男人们一起吃饭，看着他们笑着、闹着，狼吞虎咽地吃着，还互相争抢，两个人的眼里都涌满了泪水。这时你能看出他们过去几个月的日子，不少人可能多少天都没吃过一顿饱饭了。她们远远地躲在一边看这些人吃，我没有过去吃饭这件事就被忽略了。但秋叔叔是个细心人，他还是朝我投来不解的、稍显恼怒的一瞥！

篝火旁的男人们很快将那两大锅饭吃完了。赵阿姨一直担心他们吃不饱，可他们吃饱了，只是意犹未尽。男人们一吃饱就会现出本相，孩子般地快活起来，抽烟、打闹、取笑，无论是洞外的风雪，还是三天后的突围，都不放在心上了。赵阿姨走过去收拾被他们撂在地上的碗。我一直不知道她这时是不是对秋叔叔小声说了一句什么，但秋叔叔站起来了，皱一下眉头，大声发话：

"好了，都给我回去吧，突围的事要抓紧布置，各队今夜就开始做准备！"

正嘻嘻哈哈闹成一团的人立即就散了，他们严肃起来，起身跟秋叔叔、赵阿姨、小玉和我告别，走出岩洞。我的眼睛盯着汪大海——吃饭时唯独他没怎么动，别人玩笑时他也没有参与，只是一动不动地坐着，山一样地沉默着不说话！我的心跳得怦怦响，我盼着他也走，快和别人一起离开这个岩洞！

汪大海站起来了，没有再回头看我和松下浩二，就一步步走向了洞口……他就要走到洞口了……我的心里风一样掠过一阵轻微的狂喜：他一定是想着大后天率队突围的事，把我和松下浩二忘了！果然是那样，就是老天开了眼，听到我心中的祝祷！

忽然我又有了一个发现：不但我正紧张地盯着汪大海，赵阿姨、小玉也从秋叔叔背后悄悄地、紧张地盯着他！我刚才怀疑她们俩是不对的，这个夜晚，从头到尾，她们也和我一样一直为松下浩二悬着一颗心！

但是，我最不愿意看到的事还是发生了！汪大海再有一步就要出洞，可他却在这时站住了，突然想起来什么似的，猛地回转身来，根本不看我和松下浩二，只是声若洪钟地对秋叔叔说：

"司令，要突围了，你这次非要带秋支队打前锋，我也让了！俘虏你带着不方便，还是让我带着吧！"

我的第一个反应是我刚才的念头多么幼稚呀，汪大海根本就没有忘掉浩二，这个夜晚他一时一刻都没忘掉他！这之后才是那种头顶响起一个霹雳的感觉：汪大海要带走松下浩二了！他一定早就打定了这个主意，起身时之所以没有马上对秋叔叔讲，是他还没想好怎么讲，可这一刻他想好了，也讲出来了！浩二和我们一起待了几个月，中国话已能听懂不少，这时他也浑身一震，脸唰地一下就白了！

今天我仍能记起秋叔叔的表情。秋叔叔的表情是淡漠的，疲倦的，仿佛他刚才已把俘虏的事忘了，汪大海此刻又让他想起来，是一件令他非常不愉快的事；秋叔叔恼怒的并且因此迅速明亮起来的目光依次掠过汪大海和松下浩二——虽然我和浩二坐在一起，他却没看见我似的——脸上又一点点浮出了薄薄一层冷淡、厌倦和憎恨的光！

"啊……"他说。

"不——！"我大叫一声，截断了他的话，跳起来。

我不能不大叫这一声，我觉得接下来他就要说出那两个可怕的字了！秋叔叔一定是没有马上想到汪大海要带走松下浩二的真实用意，秋叔叔对自己在游击队的威望充满信心，他可能会想自己不久前既已亲自对汪大海宣布了留下俘虏不杀的决定，就是让他带走俘虏，他也不敢对浩二怎么样。更大的可能是秋叔叔这一刻什么也没有想到。更真实的原因——我今天这么想——还在于狼谷大战结束后，秋叔叔从感情上就不能原谅自己当初决定留下这个俘虏了。松下浩二眼下在他心中引起的只是狼围期间的痛苦与屈辱的回忆。但是，此刻他哪怕只是出于不愿见到浩二的目的让汪大海将他带走，松下浩二也是个死！

秋叔叔和汪大海一起转过脸来望我。我注意到了他们的目光——秋叔叔的目光犀利而恼怒，汪大海的两只圆睁着狮子般的大眼则简直要喷出火来，将我活活烧死！

"你……你……你到底想干什么！"他大叫着，一时间我觉得自己又成了他的仇敌！

整个夜晚连一眼也没朝我和松下浩二望的赵阿姨突然从秋叔叔身后走过来，站在岩洞中央，面对汪大海，看似平静，其实却十分坚决地说：

"大海，你和雨豪都弄错了。松下浩二不是俘虏了。你们没回来的时候，我已经批准他加入咱们的队伍了！"

汪大海愣住了，巨大的惊诧让他的脸色骤然变白，很明显他完全不相信赵阿姨的话，接着这张脸又腾腾地红了，目光本来就是愤怒和明亮的，现在更亮了，左腮上的伤疤一下一下抽搐。过了一分钟，他才炸雷似地不连贯地吼出了声：

"这是怎么……怎么回事儿！谁干的？！你们怎么能让他玷污……我不同意！……这不行！"

秋叔叔脸色惨白。他望了松下浩二一眼，像是进洞后第一次看清这个人，然后他把目光移向赵阿姨，怒容如同团团块块的乌云在脸上清楚地翻腾起来。他就要大怒了，却还没有大怒，赵阿姨就顶住他那双灼人的目光，走到他跟前，低声说了一句什么话。秋叔叔的表情马上改变了。

"大海，你先回去，让我问问是怎么回事。"他大声说，语气强横，表明自己不是要和对方商量，他只是简单地发出了一道命令！

汪大海那双愤怒、迷狂、明亮如同血灯般的眼睛再次和秋叔叔仇敌一般对视着，长时间互不相让……接着，他虽然最先从这种可怕的对峙中退了出来，却用这如同一双枪口似的眼睛缓缓地、扫射般地望着我们每一个人，炸弹落地般扔下了几句话：

"你们给我记好了！你们这样不行！除非汪大海死了，让一个日本兵参加格节游击队，就办不到！我——不——同——意！"

汪大海走了，他最后转身走出岩洞时，步态有点不稳，就像他刚刚在这里受了重伤！

岩洞里突然安静下来。没有人说话，甚至也没有人再动一动。赵阿姨的话最初也让我大吃了一惊。她会随机应变说出它们来我万万没有想到，但松下浩二马上就听懂了，他的身子微微一震，比我还要吃惊，可我感觉到了，他不但一点也不拒绝赵阿姨的话，甚至还为赵阿姨能说出那样的话猛然激动了！

半晌，秋叔叔重新坐回到篝火旁，不看我们，却用一种令人吃惊的、既愤懑又严厉的声调对赵阿姨和我说道：

"讲吧！怎么回事！"

我朝赵阿姨望去，发现她也在转过脸来望我。赵阿姨正在用目光提醒我！我的心咯噔一下，立即意识到自己的机会到了！当然不是最好的机会和场合，气氛也不是我一直期望的，可我一旦失去了它，也许就不会再有更好的机会了！

"秋叔叔，我和松下浩二现在不是看守和俘虏的关系了，而是姐弟……"我一开口就泪流满面。秋叔叔不会给我很多时间讲我们的故事，我只能拣最主要的说给他听，而最主要的就是：松下浩二眼下对于包括秋叔叔在内的每一名游击队员来说可能仍是一名俘虏（赵阿姨刚才讲的话不是真的），对我来说却是亲人。我现在是他的姐姐，他是我的弟弟！

可我还是讲出了一切。我让自己镇静，我在自己的讲述中迅速长大：二十七号密营；母狼；公狼；狼群之围；我和松下浩二在那个山洞里的长谈，它使我们重新认识并有了那个战后之约；我们一次次地相互拯救。最后是我的计划，我对他许下的诺言，我对秋叔叔的请求。以前我从来没想过让松下浩二加入游击队，今晚赵阿姨突然将它说出来，我也就突然开了窍，发现这样做正是让松下浩二摆脱俘虏身份和处境的好办法，同时是一条捷径。一旦浩二成了游击队员，不管是汪大海还是别的任何人，都没有理由再杀他了！当然，我对秋叔叔讲得最多的还是我的那个帮松下浩二逃出战争、逃回日本的计划。以前这个计划在我心里显得合情合理和激动人心，任何人听了以后都会被它打动而支持这个计划，今天面对着秋叔叔，我原有的信心却突然打了折扣。我停了停，调整一下情绪，最后说出了一个刚刚才在心里形成的决定：如果秋叔叔不答应或者出于种种原因不能答应帮我实现自己的计划，我就请他放我离开游击队。就是一个人，我也要兑现我的诺言，帮松下浩二南下寻找铁路线，爬上开往朝鲜的火车，回日本和她的秀子姐姐团聚！

我说完了。说之前我心惴惴不安，说完后内心反倒踏实了，同时逼真地感觉到自己兴奋、激切和强大。我的决心已经下定，无论秋叔叔作何反应，我都觉得把多日没有过去的坎儿迈过去了。我依然幼稚的心认定了一条路：秋叔叔可以派队伍帮助我和松下浩二，也可以不帮助，但他没权利阻止我离开游击队。我从来都不是、别人也从没认为我是一名真正的游击队员，我只是一个被命运抛弃到中国、抛落到游击队营地里的朝鲜孤女，我连中国人都不是，我只是我自己。没有人，哪怕是秋叔叔也不能拦住我不让走，何况我一旦下了决心，是没有人能拦得住的！

65

洞里所有的目光都投向了秋叔叔。关键的决定命运的时刻到了。听我讲完我和松下浩二的故事时，秋叔叔一直低头向火，不说话，也不抬头看人。现在我说完了，他还是那么坐着，一句话也不说。火堆里的柴烧尽了，火焰熄灭，只剩下一堆红炭，自下而上将红亮的光反照在他那张被酷寒和战争剥去一层皮的黑脸上。除了惯常的忧郁和略显愤怒的情绪，我从这张脸上什么也看不到。但是他的坐姿不知何时已经变了，身体耸起，每一部分都不自觉地展开，根根骨头都显得僵硬。这是一种与我的期望完全不相同的姿态，一种惊讶、拒绝甚至无言的震怒的姿态。我看出来了，秋叔叔仍把我看成一个孩子，我的故事、我的计划、我的恳求，不仅不精彩，不动人，相反还是一堆不可思议的胡话、昏话、荒唐话。他之所以一直压抑着没有发火，是因为他或许在想：这个英子，竟能想出这样的主意，准是疯了！

洞内的空气完全变冷。我感觉到了，赵阿姨和小玉也感觉到了。我觉得松下浩二也感觉到了。我们面面相觑。浩二悄悄用手从下面拉了拉我的衣袖，他在安慰我，示意我坐下。我没有。我还要等待。一种同样愤怒的和委屈的情绪充塞了我的胸腔。我期望的不是这种结局。不，眼下我还没有得到任何一种结局。虽然此刻秋叔叔说出什么来我都不会吃惊和难过了，但我还是要得到他的回答。他不能一直这样不说话，不能这样对待我和松下浩二！秋叔叔突然令人意外地从火堆旁站起，一脸盛怒地朝洞内每个人盯了一眼，什么话也没说，就向赵阿姨为他准备的一个侧洞走去。对我刚才的话，他甚至不屑于给一个回答！

我的嘴唇哆嗦起来。我的心在打战！我本来希望事情会有另一种结局的呀。秋叔叔是天下最疼我的人，既然他能心疼我这么一个朝鲜孩子，为了让我活下来不惜让自己的亲人和同志牺牲，就该明白我的心、我的计划，像我一样心疼洞内这个身世凄凉的日本孩子，帮他逃出战争、逃回日本的呀！可是……

秋叔叔走进了那个侧洞。然后赵阿姨也匆匆地走进去，照料他睡下。接着小玉小心地瞅我一眼，去大伙房的侧洞洗刷锅碗瓢盆。接着秋叔叔的最后两名警卫也散了，宽大如同半个操场的主洞里，只剩下了我和松下浩二，连同仍旧闭着眼卧在我的草铺上一动不动的母狼。洞内发生了那么大的事情，它好像什么也没感觉到一样。我依然站着，被绝望塞满的心间如同清晨被大雾充塞的山谷。我的眼里满是泪水。我看到了秋叔叔的内心。今晚我以为自己讲得十分好，铁石心肠的人也会感动，可我的故事尤其是我最后的决心，在秋叔叔那里引起的却是另一种我没有料到的感情。我忘记了秋叔叔刚从战场上九死一生归来，忘记了回到洞里后他甚至都不愿多看一眼松下浩二，忘记了日本人几个月前刚刚杀害了他的亲妹妹秋姑。自从那天起秋叔叔的内心就如汪大海一样激烈，只是因为他是这支队伍的当家人，才不能表现得如同汪大海一样疯狂。我今晚的话本是想感动他却激怒了他，秋叔叔一定是这么想的：这个英子，他怎么能对我说这些话！我们不杀这个日本俘虏也就罢了，她居然还把他看成了亲人和兄弟，要我派支队伍送他平安地逃回日本去！她忘了自己的亲兄弟是英男，忘了英男是被日本人放狗活活吃掉的！秋叔叔一定还想过了：哪怕是发生过你讲的那些事，哪怕遭遇狼围前后你们相互救过对方的命，你提出现在这样的要求也太过分了！不说我绝对不会为一个日本孩子做这样的事，就是我疯了，愿意去做，从狼谷南下的铁路线，你知道要通过多少道日军封锁线，会死掉多少人？英子，你一准是疯了！你忘记了你是谁，我们是谁，俘虏是谁了！不是看你小，又是个有病的没爸没妈的孩子，我就过去给你两耳光，让你的小脑袋瓜清醒过来！还有什么你不答应我就和松下浩二走，一个人也要帮他找到铁路线，爬上火车，等等。你以为你是谁？无论你还是松下浩二，只要你是游击队的人，谁的去留和生死，都只能是我说了算！

这个夜晚以前，我什么结果都想到过，就是没想到会是这一种！我第一次发现没有秋叔叔点头，我真的什么也做不成！

"英子，睡吧。"赵阿姨又从秋叔叔的洞里走出来，站住了，远远地望着我，说。她脸色苍白。我的话刚才在秋叔叔心里引起了什么样的反应她看得比谁都清楚。她的表情说明事情没有成功她比谁都替我难过，可眼下秋叔叔正在气头上，她也很难帮我！

我在草铺上坐下来。我的心却突然变得那么沉静。时间一秒一秒流逝，我也一点点地猜懂了秋叔叔。我对松下浩二的情感是一回事，我救过他他也救过我是一回事，但让秋叔叔派游击队保护一名日本俘虏逃出中国又是一回事。我的错误在于我只想到我的故事，却忘掉了秋叔叔、游击队同日本人之间的故事！无论如何我还是等到了一个结果，秋叔叔不可能帮我和浩二了。不，今晚秋叔叔也没有答应让浩二加入格节游击队的请求。而只要他不答应这件事，浩二的生命就仍旧时刻处在危险中！

我的心硬起来。我不再流泪。虽然我的计划暂时失败了，虽然浩二的生命重新处在危险中，我也不是什么事都不能做。就是不离开这里，松下浩二在他们眼里仍是俘虏，他在我心中却永远只是弟弟，只是一个亲人，我不能马上帮他逃回日本，也要用自己的身子护着他，不允许任何人伤害他的性命。谁要想杀浩二，他就先杀了我！

"浩二，睡觉。"我看了他一眼，说。我的语调是沉静的和有力的。浩二感觉到了。我睡下了，接着他也紧靠着睡下。我有好长一段日子没想到他还是个日本俘虏了，现在我想到了，于是也就跟着想到只要秋叔叔没有亲口撤销对我的任用，我就还是他的看守，以后的日子里，我就以这种身份保护他。浩二一晚上饱受惊吓，我这时不知道他是怎么熬过来的，但他毕竟熬过来了。一只手又从被角下摸索着伸过来，像狼围时期的每个白天和夜晚，像到了这个山洞后的每个白天和夜晚，默默抓住了我的手。浩二的手温暖、有力，不再发抖。今晚他应当害怕，可他没有那么害怕，几个月的生生死死之后，他就在这个夜里突然表现出了内心的稳重与强大！

我们都没能马上睡着。巨大的失望刚刚来临的一瞬，我们虽然英勇地接受了，却没来得及咀嚼，没有认真思考后面的事情。命运注定这一夜我和他无法成眠。赵阿姨和小玉回到我和松下浩二身边,窸窸窣窣地弄响铺草,半天才睡下去;我以为秋叔叔在他的侧洞里睡下了,可是一抬头,却又看到他走出来,一个人重新坐回在火堆旁,烘烤脱下来的毡靴和汗袜子。已经躺下的赵阿姨看见了,又爬起来给他在火上添了一抱柴。火焰重新燃起来,洞内一时间又变得异常明亮,冷下来的空气也重新温热了。赵阿姨没有走,她也在秋叔叔身边坐下,接过他手中的靴和袜,一件一件帮着烤。秋叔叔没有离开火堆,他取出烟袋,大口大口地抽。

啊,这一夜秋叔叔也无法入睡。如果说他刚才一言未发就离开了是因为愤怒,此刻坐回到这里,就只因为内心里泛起的烈火燃烧般的痛苦了。秋叔叔不明白我对一个俘虏——归根结底还是个日本人——怎么会生出那样一种山高海深的柔情,他当然不能答应我的请求,因为这在他听来如同天方夜谭,但这个请求本身却剑一般刺疼了他的心,让他愈发怒不可遏地想起了一年来他在战争中目睹和亲历的一切。他怀疑我从狼群之围中带出来的昏迷是不是仍在继续,不然我怎么能说出那样的疯话?不,真正让秋叔叔痛苦的是:执行游击队不杀俘虏的政策是他的事,像英子这么一个孩子,母亲和弟弟都惨死在日本人手里,她为什么还要拼上命去保护一个日本俘虏?他无法解释这里面发生了什么,但要他相信我真疯了又很难,于是一个新的、给他带来了更强烈的愤怒的问题就浮现在脑海里了:这是怎么了?到底出了什么事?!

假若后来的事没有发生,秋叔叔或许永远都不会理解也不会原谅我了!在他和我与松下浩二之间,横亘着一座血泪冻凝而成的高峻的冰山,我们站在冰山的一方,他站在另一方,哪怕通过心灵彼此也望不见对方。但是秋叔叔渴望看透我的心和松下浩二的心。他痛苦,是因为他不想看到我这样,政策是政策,不杀俘虏是不杀俘虏,可我这样待一个日本兵,在他的感觉里依然是对包括母亲、英男、秋姑在内的所有牺牲者的背叛。他是一直在想方设法让我活下去,可他不想让我以这种令他惊愕、愤怒和痛苦的情感活下去,出山,西上哈东,去哈尔滨读音乐学校,活到战争结束,然后回朝鲜与爸爸团聚。秋叔叔不是为了这个才让我活下来的,于是他无论如何也睡不着了,爬起来坐着,一边抽烟,一边继续让愤怒和一种类似屈辱的情感肆意蹂躏自己那颗已经血流泪汩的心!

那件事情就在这时发生了。我说的是母狼。整个晚上我以为它睡了,其实没有,它一直在悄悄地在关注着洞内发生的一切。长久地感觉着秋叔叔和别的叔叔们来到洞里后给赵阿姨、小玉和我带来的那么大的欢欣,它一开始时对包括秋叔叔在内的这些陌生人怀有的戒心就消失了。那时它也许就想像以前融入我们的欢乐中一样,也跑过去融入秋叔叔他们中间去，但汪大海坐在那儿，他妨碍了它。现在不一样了，汪大海走了，留在洞里的都是可以让它放心的人，母狼是那么聪明，它一定早就察觉了秋叔叔是多么爱我，而在我和秋叔叔发生过一场情绪激动的谈话之后，那种已在洞里持续了一晚上、让它也跟着快乐起来的气氛却受到了伤害，而它是不愿意那样的，今晚它还没有参加到我们的欢乐中来，没有享受到这种欢乐，并且有意让已经暗含了紧张关系的我和秋叔叔和解……谁也没有注意到它是什么时候离开我，摇着尾巴跑向那堆重新燃亮的火堆边去的，秋叔叔和赵阿姨也没有注意到它，等到他们看到它时，母狼的眼睛已经闪烁着善良的、喜悦的光，围着火堆和火边的秋叔叔、赵阿姨，欢乐地舞蹈起来！

"它这是——怎么啦？！"秋叔叔陡然色变，几乎要大叫起来。他的叫喊惊动了我们，我、小玉、浩二一下全从被筒里立起身子来看，马上看到了火堆边的一幕！

啊，你当时要是也能在场就好了。最初的一刻，秋叔叔完全惊呆了。一头狼突然出现在他身边，以一种奇怪的但明显是欢乐的姿态跳起来，落下去，眼睛里充盈闪烁着善良、快活和亲昵的光，就像一个受宠并知道自己受宠的孩子，正在长者慈爱和纵容的目光下陶醉于自己喜爱的游戏里，又因为明知这表演和游戏会给自己带来奖赏更加陶醉，不能自已……这一刻赵阿姨也呆住了，用惊恐的眼神看着母狼，生怕它做出什么意想不到的事来，竟没有马上回答秋叔叔的话。但秋叔叔已不再需要她的回答了，隔着熊熊燃烧的火焰，我注意到最初一瞬的惊骇已从他脸上逝去，此刻他正目不转睛地望着母狼，两只眼睛越来越明亮，神情越来越狂热，秋叔叔不由自主地进入一个奇迹并接受了它，从某种意义上说，他还渐渐地以一种人在奇迹中常会有的不真实感和兴奋感参与到了奇迹之中，他的感觉、心智都已跨越了现实与奇迹的边界。边界这边，狼终究还是一头狼，尽管他现在已经知道那是一头驯顺的狼，但在边界那边，狼仍然是狼，但首先就不再是一头现实的、对人具有威胁意义的狼，而成了一头出现于奇迹或者童话中的狼，一头拟人化的、失去了狼的特征、具有了人的特征的狼，过不了许久，这头狼或许就会像人一样讲起话来，那时你就会发觉它原本是一个有了狼的外貌和人的心灵的人。秋叔叔迷幻了，秋叔叔在迷幻中越发睁大了眼睛，秋叔叔的神情在改变之时仍是愤怒的，可是渐渐地，一种新的欢喜和感动的光出现在他的脸上，秋叔叔的目光里，浮出了一层明亮的和欢乐的泪水！

有了掌声。先是赵阿姨，她第一个意识到正在发生的事情的意义，并且被感动了，就鼓起掌来。接着是秋叔叔，开始时一下一下地拍，后来就有了力量和节奏。然后是小玉和我。我还没能像赵阿姨那样及时意识到狼的舞蹈正在改变秋叔叔的内心,让我感动的是母狼自己。它知道我被秋叔叔冷落了,于是就走了过去,向他表示亲热,像是要代我告诉他:你甭生气,她其实仍像过去一样爱你,把你看成是自己在游击队的父亲。掌声雷动。火也燃得更旺了,受到鼓舞的母狼眼里欢乐的亮光就要像水一样溢出来,它感觉到了我们的感动,尤其是秋叔叔的感动,自己就更快乐了,舞蹈得更有劲,舞姿也几臻于完美——我甚至想说,这是我看到的"花花"最优美最快乐富有激情的一次舞蹈。亲眼见到过这场舞蹈之后,世上所有的舞蹈,都称不上舞蹈了!

类似的夜晚过去我们经历过,但它对于秋叔叔却是一个迷幻之夜。秋叔叔的脸上开始时还只是一种人在奇迹面前的惊奇、感动和置身梦境一般的神色,渐渐地,他像是从奇迹的境域里清醒了过来,一种新的、沉重而庄严的思考的表情浮现在他的脸上。他仍然像是有点悲喜交加地凝视着正围绕着他和火堆热情舞蹈着的狼,同时又像是被一种由它引起的、刚刚从心灵深处冒出的思想震撼了,并且陷入了更深刻的迷幻之中,目光更加明亮,神情愈益狂热。秋叔叔就这样坐着,一动不动,直到火堆转暗,母狼结束了自己的舞蹈,摇着尾巴一身快乐地回到我身边来卧下。而这一刻,无论我还是洞内的其他人,都清清楚楚地意识到秋叔叔的心情完全改变了。

接下来没发生什么事情。火堆里的柴又熄尽了,秋叔叔站起来,一步步走回自己住的侧洞。他走得很慢,步子很重。秋叔叔已经想到了什么,他的内心正在经历一场风暴,可我当时却无法知道它是一场怎样的风暴,这场风暴在他灵魂的雪原上掀起了怎样的一种狂野猛烈的景致,更想不到今晚由一头会跳舞的狼带给他的奇遇会和松下浩二的命运息息相关。但它们确实息息相关!

秋叔叔走进了自己的侧洞。岩洞中央,那堆红红的炭火的光焰更暗了。我们重新睡下。洞内的最后一点声响归于寂灭,洞外的风雪声却响亮起来。母狼带给我的兴奋过去了,巨大的失望和沮丧突然涌满了我的心,整个晚上我都在悄悄盼望奇迹,它发生了,但不是我希望中的那一个。秋叔叔直到最后也没有提到我的计划,我一直认为,如果他答应了我的请求,做了那件事,才是这场战争中发生的奇迹,与之相比一头狼突然于深夜围绕着一名游击队首领舞蹈起来算不上什么。我抓紧松下浩二的手,想到自己不会睡着,他也不会,这一夜我们俩都将无法成眠,但过了一会儿,我们还是慢慢地睡着了。

我很快进入一个梦境:母狼还在秋叔叔身边舞蹈,我的心里涌满了欢乐,想到秋叔叔进洞后一直对母狼心怀隐隐的敌意,让我一直为它悬着一颗心,现在却发现事情变了：秋叔叔亲眼看到的不只是"花花"的舞蹈，还从它那明亮、诚挚、善意的目光里，透视到了某种意想不到的真情，人一样的深情。啊，秋叔叔一定感觉到了，人和狼之间其实不一定真地存在一条不可逾越的界河。秋叔叔内心的风暴就在这时呼啸起来：他由母狼想到了松下浩二，想到了其实在中国人和我身边的日本俘虏之间，也不一定存在一条不可逾越的界河！如果是这样，秋叔叔就会明白我为什么会为一个日本孩子向他提出那样的请求了，秋叔叔就会懂得我的心，不会认为我真的疯了！

我的眼睛不知何时已突然睁开。我是被喊醒的，我知道，但方才的梦境美丽而又动人，我愿意认为自己还在梦中，并开始经历一个新的奇迹：秋叔叔又从他的侧洞中走出来了，点燃了洞内唯一的油灯。他不但粗声粗气地喊醒了我和赵阿姨，还喊醒了松下浩二。接着，小玉也醒了。

这一刻我望着秋叔叔的眼睛。秋叔叔坐下了，在原先的火堆旁。虽然火光不再照亮他的脸和他的眼睛，但我还是看见了并且立即吃了一惊：秋叔叔眼睛的神情比母狼围着他舞蹈时还要迷幻和激烈。那场风暴没有过去，但已经越过了以前我隐隐在他心中望见的那座不可逾越的山、那条不可逾越的界河了……秋叔叔越是激动看上去就越是严厉，他目不转睛地、几乎有点愤怒地逼视着松下浩二，话却是大声对我说出的：

"英子，你刚才说，这个这个……松下浩二想参加我们的游击队？"

我的脑子里"啪"的一声响了，仿佛有什么东西炸出了一小片白光。置身梦境的感觉不存在了，我意识到了这是现实的场景。我激动得微微打战：秋叔叔像是改主意了，我和浩二的机会到了！——我也起了高声，说：

"报告秋叔叔，是！"

"他为什么要参加游击队？他参加咱们的队伍干什么？"秋叔叔的声音更大，听起来更像是怒不可遏了。

泪水迅速涌入我的眼中。我也恼怒了，在梦境中我以为秋叔叔已经懂得了我的心，可眼下发觉他根本不懂。我事先想也没想，就冲口而出，大声地喊出了下面的话：

"他想参加游击队，是因为他觉得咱们游击队对他好！因为他想活下去！虽说他是个日本人，可我知道他和我一样，和我们一样，也是一个人，有一颗人心！"

秋叔叔沉沉地望着我，目光里的感情迅速发生了变化。猛然，他背过头去，不再让我和松下浩二看到他的眼睛。

"你能保证他能像你一样，入了队真和我们一条心？你能保证他不再有一颗日本强盗的心？"

这个冬天，我是第一次听到秋叔叔用一种略带颤抖的高声说话。奇怪的是，他分明是在质问我，听来却又像是在质问自己的心。

我片刻也没犹豫就回答了他的话：

"秋叔叔，我能保证！不是浩二自己要参加游击队，是我要介绍他参加的。因为他只有一颗日本人的心，没有一颗日本强盗的心。"

秋叔叔猛地转过脸来，目光更明亮，更狂热，其中有水银一样的东西正在流淌。他沉沉地望着我，望了好久，眼里一直有两种力量在斗争，一种是信任的、我得称之为善和爱的力量，另一种是怀疑、仇恨和憎恶的力量，开始时后一种力量一直占着上风，但是渐渐地，那种水银一样明亮的流动的东西扩散开来，前一种力量完全充满了他的眼睛、他的心。

"让松下浩二穿好衣服，我要和他谈谈！"

我让浩二穿好衣服，我自己也穿好了衣服，站到秋叔叔面前去。

秋叔叔站了起来。这一刻他脸上原有的狂热和迷幻的亮光似乎都不见了，灯火照见的地方，我只看见一种超乎寻常的庄严，不知为什么，我今天甚至觉得那是一种与巨大的、突然涌上来的悲伤相伴的庄严。

赵阿姨、小玉也都穿好衣服，站到了我们身后。小玉还走过去端起了秋叔叔放在身边木墩子上的灯。

秋叔叔盯着松下浩二，目光里似乎又有火星在闪烁。

"松下浩二，我现在以格节游击大队司令的身份问你，你真的愿意并申请参加格节游击大队吗？"

我记得清楚，就是这一刻，浩二的眼睛一下湿润了。虽然他已能听懂秋叔叔的话，我还是把后者的话正式翻译了过去。不过浩二没哭，秋叔叔神态的庄严，周围我们这些人的庄严，让洞内的气氛立马庄严起来。他感受到了这种庄严，抹了一把泪，勇敢地迎着秋叔叔的目光，绷直上体，大声回答：

"嗨！"

秋叔叔眼里那种水银般明亮的东西流淌得更快了。他的目光犹如两把利剑，要把松下浩二的五脏六腑刺穿。

"松下浩二，你认为日军侵略中国，是对中华民族犯下了滔天大罪吗？"

"松下浩二,你为什么要参加格节游击队?

"松下浩二,你愿意以你的生命保证,永不背叛中华民族的解放事业,发誓同日寇血战到底吗?你甘愿为了抗日到底忍受各种困苦艰难,愿意为最后的胜利流尽最后一滴血吗?

"松下浩二,一旦批准你参加了游击队,你能始终如一地服从纪律、听从指挥吗?

"……"

秋叔叔刚刚对浩二提出第一个问题,我的心就像起了大火!秋叔叔的问题正是每一名新队员入队时他一定要提出、后者一定要回答的问题,而后者一旦回答,就将被他和回答者认为是这名新队员亲口发出的誓言。秋叔叔今晚向浩二这样发问,那至少表明他已部分改变了主意,不再坚决拒绝批准浩二加入游击队了!

可这也是我最担心的一刻。原来我觉得自己对浩二知之甚深,现在却不敢相信他真能做出令秋叔叔满意的回答了。一个誓死抗日的中国人回答上面的问题是容易的,可他是个日本人,我不知道他有没有每个中国人都该有的觉悟和决心!

浩二又一次令我惊讶。对秋叔叔的每一个问题,浩二的回答都是肯定的!而且,在作出这些回答时,他还痛苦而激烈地流下了眼泪!

"秋叔叔,不,秋司令,我认为日本军侵略中国,杀人放火,无恶不作,是犯了滔天大罪!

"我要参加游击队,不是只想讨个活命。原先我确实是这么想的,可在咱们的队伍里待了几个月后,就不这么想了。日本军侵略中国,不但对你们中国人犯了大罪,也对我这个日本人、对我的秀子姐姐犯了罪。是他们把我逼到这儿来的,是他们一次次把我逼上了死路,要是没有英子姐,没有你和赵阿姨,我早就死了,不是死在枪口下,就是死在狼嘴里!今天我终于明白了,要想早日回到日本,和我的秀子姐姐团聚,就得早一天打败日本军!我自愿参加格节游击队,就是为了这个!

"秋叔叔,我愿意以性命保证,永不背叛中国人抵抗日本军的事业,保证服从纪律,听从指挥,战斗到底,不怕死!

"不将日本军赶出中国,我决不放下武器!

"要是我自食其言,甘愿接受最高处罚!

"秋叔叔,相信我吧,他们让我死,你们却让我活。我还吃过赵阿姨的奶水,自从浩二生下来,除了母亲的奶水,就只有赵阿姨舍得用奶水喂过我。我就是死,也不会背叛咱们的游击队!

"……"

我止不住眼泪。我的心又欢喜又悲伤。浩二也在流泪。赵阿姨和小玉也哭了。我们越是流泪,秋叔叔庄严的神情中潜藏的悲伤就越显著,但他没有流泪,他越来越像一个梦中人,以梦中人特有的狂热的和不真实的姿态走掉了又回来,从自己的侧洞里取出一面格节游击大队的队旗,挂到洞壁上,然后回转身,对着松下浩二,一字一字地说:

"我以格节游击大队司令的身份,正式批准你加入我们的队伍。现在举起你的左手宣誓——"

他举起自己的左手,浩二也举起了自己的左手。

"我——"

"我——"

"日本人松下浩二——"

"日本人松下浩二——"

"在此庄严宣誓——"

"在此庄严宣誓——"

"志愿参加格节游击大队,听从指挥,服从纪律,英勇战斗,保守机密,永不叛变!"

"我……"

"若有变节行为,任何人都有权对我执行死刑——"

"若有……"

天亮了。秋叔叔在岩洞外面集合秋支队,宣布日俘松下浩二正式成为格节游击大队的一名队员。并宣布这名新队员隶属二支队(秋支队)赵玉珠小队,与我组成一个新的战斗小组,任命我为小组长,同时解除我原先担任的看守日本俘虏的职责。

"英子,松下浩二过去由你负责,以后还由你负责。今后他跟随你行动,明白了吗?!"队伍解散后,秋叔叔让我一个人留下,大声说。

秋叔叔的表情和昨夜完全两样,说这番话时他目光如炬,神情冰冷而又严厉。我吃了一惊,觉得他似乎是又为昨夜做的事懊悔了!

"秋叔叔——!"

"好了!"他粗鲁地打断我的话,"赶快让他做准备,和我们一起突围!记住,路上别叫他出了乱子!"

我的心又悬起来!突然,我想到我应当再次提出自己的请求。

"秋叔叔,要是你不想让浩二入队,你就放他走,你能派一支队伍帮我和他去找铁路线自然好,要是不能,你就放他和我两个人走!"

秋叔叔大怒,耳根都气红了。

"你这个英子,你到底咋啦?你以为你是谁?你给我记好了,除了让他参加游击队,别的我什么也没答应!"

说完他就走了。秋叔叔态度的改变让我相信他一定觉得自己批准浩二参加游击队,是我让他做的一件本不愿做的事,现在他对我又气又恨!

昨晚宣誓仪式结束、重新睡下后,我曾为浩二加入游击队高兴得哭了好久。我知道秋叔叔仍然没有同意我的计划,但只要浩二成了游击队员,他的身份就改变了,无论是汪大海还是别人都不可能随便杀他了,以后的日子里,我至少不用每天为他的安危提心吊胆了,而且他和每一位游击队员间的感情障碍无形中也会消失,他会在这个环境里生活得更愉快更自由一点。但是现在,我又不敢这么想了:秋叔叔是个一诺千金的男子汉大丈夫,就是不满意自己做的事,也是不会反悔的,因此浩二的生命终究是不会再出问题了,可是,秋叔叔也是绝对不会为一个他心里其实依然十分憎恶的日本人——眼下虽然成了他的战士,他却依然不相信他——逃出中国,派一支游击队的,浩二以后只能长期在游击队里待下去了!

我忽然担心起来:浩二昨晚说的都是真心话吗?他说愿意长期留在游击队里抗日到底,真的要他这么做时他会愿意吗?他就不想活着回日本去见他的姐姐了吗!

白天忙着准备突围的事,我们没有时间单独说话,夜里大家都睡下后,浩二才碰碰我的手,悄悄用日语说:

"姐,别担心我。秋叔叔能让我加入咱的队伍就够了!甭难为秋叔叔,他是个中国人,日本军杀死过他的亲妹子,你要他眼下就帮我逃回日本去,他真地办不到!"

我把我的担忧说了出来。

浩二沉默着,再开口时,话里已有了泪音:

"姐,我怎么会不想回日本呢?我天天都梦见我回去了,见到了秀子姐姐,她快为我把眼睛哭瞎了!可是留下来也好,既然不能马上回日本,我宁愿一直留在咱们队伍里,直到战争结束。姐姐,你放心,就是那样我也挺得住!记得我对你说过,待在这里,就是待在自己人中间,待在人中间;待在那边,就是和杀人的人在一起,结果还是个死!"

过了一会儿,他变得又平静又刚强。

"姐,别以为昨夜里我对秋叔叔说的不是真心话。秋叔叔批准我加入游击队,是他开始信任我,要拿我当真正的人看了。他不杀我就是我的恩人,我不能对他说假话。日本军侵略中国确实犯下了滔天大罪,我要是个中国人,也早就加入游击队了。姐,我想我眼下也不能说是个完整的日本人了,自从你、秋叔叔、赵阿姨,一次次救了我的命,我就觉得自己多多少少也是中国人或者朝鲜人了! 既然我是中国人或者朝鲜人,加入格节游击队,长期留下来跟日本军干,我也就有资格了! 姐,除了你和小玉姐(你们是要被秋叔叔送到哈尔滨去的),这里的叔叔阿姨都会留下来跟日本人干到底,他们能这样,我也能这样,应该能! 他们能为赶走日本军而死,我为什么就不能!"

他想了想,又说:

"姐,有件事你要明白:就是秋叔叔让我加入了游击队,短时间内我在大家眼里还是个俘虏。你千万别以为一开头他们也会像你一样待我。咱的队伍要上路了,我求你还像以前那样用绳子牵着我的手,拉着我走路。这不是委屈我,这是保护我。我都想过了,我要想在秋叔叔、汪队长眼里不再像个俘虏,就得好好干。我一下还不能让他们都相信我,可过不了多久我就会让他们相信的,我要让他们知道世上不只有杀人放火的日本人,还有我这样的日本人!"

这一夜我和浩二又流了不少泪。浩二的话让我的心放宽了。我没有再同他提到那个计划,由于秋叔叔不点头,那个计划已经不能实现,而在浩二成了游击队员后,甚至我们俩离开游击队自己去实施这个计划也变得不可能,浩二已是游击队的人,没有秋叔叔的命令他已不能做任何事。浩二明白这一切,于是这个计划在他心里一定被放弃了。这不是他的愿望,但他只能这样。可我没有放弃那个计划,我不愿意! 因为战争,因为狼群之围,因为进山后秋叔叔每次让我逃出战争都失败了,在我自己还没清醒地意识到的当儿,我就已对自己是否真能活下去逃出战争生出了很深的怀疑。这种感觉给我带来的绝望越多,帮助浩二逃出战争的渴望就越是成了我生命中最积极最热烈最迫切的事。时到今日,朦朦胧胧地,浩二能不能成功地逃出战争已成了我自己的事,他在我心里也成了那么一个人:我和他不只是战场上相认的异国姐弟,不,我们还在某种更深层的意义——命运的意义——上成了同一个人,我就是他,他也就是我,我们都没想到会进入战争却进入了战争,并被命运残忍地抛到了异国他乡,随时可能惨死。我们都渴望逃离,可现在看来那似乎是根本不可能的,一种潜藏很深的生命意识告诉我战争不会轻易放走我们，它以一种人不能理解的执着和残忍一定要抓到我们，至少是其中的一个，而这时我就会想到，我们俩既然同命相连，那么只要能有一个人逃出去，也就是两个人都逃出去了！我的意思是，在当时那种特殊的情形下，我已无家可归而且前途未卜，只能让浩二先逃出去！只要他能成功地逃离，我会觉得自己的一部分生命也跟着逃出去了！我从没跟任何人透露过这种疯狂的心思，可它却成了当时支撑着我活下去的主要力量和希望！如果浩二逃不出去或者我放弃了帮他逃走的计划，我会觉得那就像我放弃了帮助自己逃出战争的最后一线希望，我是不是还愿意努力支撑着活下去，就难说了！

还有，对我来说，浩二仍然是个日本人，一个日本孩子。既然日本兵侵略的是中国和朝鲜，那么将他们赶出去就是中国人和朝鲜人的事。哪怕从这一点上说，他这个日本孩子也不该长期留在游击队里，留在战争里，更不该死在其中！

至于如何实施这个计划，我却没有认真去想，再说也没时间了，迫在眉睫的事情是突围——再有两天，格节游击队就要行动了！

66

她望着远处。她的目光在变化，那里有许多情感在翻滚，如同雷雨季节天空里的云团。

再开口时，她的声调变得急切而伤感，并且突然战栗起来。

"我要说到我和母狼的分别了……我本想将它漏过去，这些年来我都不愿碰触到它……可是不能……年轻的时候工作忙，想到它的时候还不多，离休后就不一样了。特别是最近几天，白天里，我坐在这里跟你讲自己的旧事，格节游击队的旧事，松下浩二的旧事，可到了黄昏，你一离开这里，我就会清晰地想到它，看到它的样子，整夜整夜想它！"

啊，是母狼和它的舞蹈，让秋叔叔在回到狼谷的当天夜晚陷入了迷幻，跨越了横在一个中国人和一名日本俘虏间的仇恨的冰山与界河，接纳浩二加入了格节游击队，不然我真不知道下一步会发生什么。虽然我发过誓要保护他，但假如汪大海或秋叔叔一定要于突围前杀掉他（他们一定能找到理由，譬如带在路上不方便等等），我一定是保不住的。浩二死了我也会死，我说过了，他的生命也成了我的生命，帮他逃出战争的希望成了我活下去的主要原因和目标，他要是死了我怎么还可能活下去？就是伤心，我也会伤心死的，就是不会伤心死，上了战场我也会于悲愤绝望中主动扑向敌人的枪口，甚至干脆开枪自杀（别以为我干不出来，那时候我什么都能干出来）！母狼救了浩二的命，也就救了我的命，可就在这时，我却失去了它！最初是我忘记了它，只想着松下浩二，等我终于能想起它时，发现它的心已和我可怕地疏远了！

枪声。是的，现在我又听到了枪声，一声一声，此起彼伏……自从秋叔叔带队伍回来，决定了后天突围，各队自行解决给养，寂静已久的狼谷里就又响起了枪声！

枪声响起的同时，在这条大山谷里响起了狼嗥……自从狼群惨遭日本人屠戮，我就再没有听到那样规模的狼嗥了……它们没有让我重新感觉到狼作为一个集群的存在，相反还加倍使我想到了一场空前的大劫难后这条山谷里的狼是那么少，那么分散和无助。它们之所以会在这个时刻不同寻常地哀嗥起来，是因为又有人在捕杀它们了，它们不是在嗥叫，而是在为新的劫难和自己的末日哭泣！

最先从骤起的狼嗥声中醒悟过来的是秋叔叔，他站在那儿听着，听着，脸上突然就变了颜色，像狼群之围刚刚解除的那个清晨我听到的一样，不知不觉就咯咯吱吱地磨起牙来！

"强林，去二十七号密营，向汪支队长传达我的命令，不准再打狼了！谁再打狼，我枪毙谁！"他回过头去，怒冲冲地朝自己的警卫喊。

强林被他的脸色吓住了。可他没有马上走，他还有些疑问："司令，要是汪支队长问，为啥不让打狼，我咋说？"

秋叔叔完全转过身子来望着他，眼睛里的血光一下子像是要愤怒地溢出来了！

"你告诉他，这不是日本的狼，是中国的狼，日本人杀它们，我们还要杀它们吗？我们连个种也不给它们留下吗！"

"明白了！"强林答应一声，跑了出去。

狼谷内猎狼的枪声停了。但不大一会儿工夫，汪支队又就地找到了大批"给养"，它们就是密营外积雪下被冻得硬邦邦的狼尸！

啊，你还记得这些狼尸吗？我跟你说过它们的。日本人将它们横七竖八留在战场上，泡在溪水里，挂在枝梢间，经过暴雨和山洪的冲刷，本已成了一具具腐尸，后来冬天到了，大雪和严寒中止了腐败的进程，将它们掩埋起来，你以为这下它们可以安息了，但是……它们现在又被一具一具地刨出来，化冻去皮，放到大锅里煮，这哪里是些什么"狼肉"，其实都是些腐尸啊，汪支队刚刚开始都煮这些狼尸，狼谷内的空气就不是空气了，一股恶臭，一种说不出来的可怕的腥气在山谷里、岩洞内、森林间弥漫开来，混杂在你的呼吸中，附着在山石、林木、雪地之上，无论你走到哪里，都躲不开它，而只要它一钻进你的鼻孔，你再想不让你的五脏六腑翻江倒海地抽搐，要想不吐个肠干肚净，已经办不到了！

但就是这样的"给养"也是不能拒绝的，出发的日子很近了，部队再出去打"给养"已来不及了，秋叔叔明白怎么回事后虽然又皱了眉头，却没有再阻止大家这么干。转眼间汪支队在煮，秋支队也在煮，所有的营地都架起了大锅，狼谷内那股特殊的气味，就越发浓重，大雾一般聚集在谷内，甚至飘向谷外，将更广大的一片山林的空气也毒化了！

狼的嗅觉是敏锐的，枪声停息下来后遍布整条大山峡的狼嗥本已消逝，这种大规模蒸煮狼尸的腐臭气刚刚在山谷内弥漫开来，狼们就以更大的声浪，惊惶地、凄惨地、此起彼伏地哀嚎号起来。只要你认真听一听，就会明白，现在它们已不只是为自己的未来悲嚎了，它们也是在为死去的狼还要遭遇如此的命运，甚至是为生而为狼这件事本身痛哭。狼谷内这最后的一小批狼，它们从白天嚎哭到夜晚，又从夜晚嚎哭到黎明，它们的哭声惊天动地……

我就是这时失去了我的"花花"。第一天，由于早上发生了很多事情（其中最重要的就是秋叔叔当众宣布松下浩二入队），我没有联想到狼谷里的枪声和狼嗥和洞中的母狼会有什么关系，可是正从那时起母狼就变得烦躁不安了。它小声地叫着，一会儿跑出洞，一会儿又跑回来，用人一样畏惧和慌乱的眼神望着我。可我那时心里只有松下浩二和秋叔叔对他的新态度，一点也不想理睬"花花"。直到这天夜里，我要睡下了却发觉它不在洞内，才想到一个白天我都没看见它了。我走出岩洞去找它，借助雪地的反光，一眼看到它就站在洞外那广大的苇丛中，一片被积雪压倒的苇秆间，浑身湿漉漉的，脊背上披着雪。见我朝它望，"花花"竟凶恶地冲着我，低声地、充满威胁地吼起来：

"呜——！呜呜——！"

我被它同时摆出的攻击姿态吓了一跳，还没明白发生了什么事，就记起它现在待的地方，正是以前它和公狼、幼狼的巢穴。我大吃一惊了：不知为什么，"花花"竟离开了我！——发生了什么事？

我心疼地叫起来。从它身上，它的神情里，我又看出了两个月前走进我们栖身的岩洞时的可怜的母狼！

"花花！花花！是我！"我叫道。

它现在认出我了，一身炸起的毛落下去。但我刚刚向它走去，它就浑身一抖，像是害怕了，向后一跳，重新冲我龇起了牙齿——不过这一次与其说是威胁，不如说是它在讨饶：

"呜……呜呜……"

忽然间我听到了狼嗥。整条大山峡内此起彼伏的狼嗥。出洞时我就听到了它们，可我没有将它和母狼的逃离想到一块儿去。长期以来在我心里母狼已经不是狼了，它几乎就是一个人，一个不会说话、没有人形的人！我明白出了什么事：母狼是被狼谷内浓重地弥漫开的蒸煮狼尸的气味儿吓坏了，被夜晚来临后越发凄厉的狼的哀鸣吓坏了！

说到底，它还是一头狼，有着狼的感觉、狼的心、狼的恐惧和悲哀啊！

可我还是不愿相信它连我也不再信任了！我曾经救过它的命，我们相依为命地在一个山洞里度过了生命中最脆弱的时刻，没有我就没有现在的它，反过来说没有它可能也就没有我的苏醒，没有今天的我！何况我还看出来了，眼下它并不是怕我而是怕这满山满谷的气味和狼嗥。我继续坚定地向它走去。母狼叫了一声，没有逃走，更没有扑过来，却浑身发抖！

"花花！花花！"我叫着，心更疼了，我走过去，蹲下来抱住它的头，用手抚摩它，用自己的脸蹭它的脸。母狼不动了，却抖得更厉害，可我却意识到它不害怕了。赵阿姨和小玉跑出来，问我怎么了，出了啥事？我以为母狼已经安静了下来，可是从峡谷那一侧一个似乎离我们很近的地方，突然又传来了一声长而凄厉的狼嗥！母狼像是猛地被内心里一直潜藏的恐惧冷不丁惊醒了，用力挣脱我，向后一个大跳，就跳出了一丈多远，吼了一声，转身逃走了！它逃上几十米外的一座小山岗，高高地竖起尾巴，挺立在雪地里，凶悍地、极度恐惧地嗥叫起来：

"嗷儿儿儿儿儿——！"

我呆在那儿了，我慢慢地站起来，血腾地冲上我的头。母狼，我的母狼，它连我也不相信了！在它的内心里，我突然看到了一双敌意的如同冰层一样寒冷的眼睛在闪光！"花花！花花！你回来！你今天怎么了？……"我叫着，哭起来，不是为我自己，而是为它，为它此刻的恐惧和内心中一定涌满的巨大悲伤——像我一样的悲伤，为了我在它心中刚刚发现的那道冰层一般寒冷的敌意与仇恨！

母狼不理我。母狼威风凛凛地站在那里，警觉地注意四周的动静，又长长地、愤怒地叫了一声。但它也没有马上离去，它就要永远离开我们了，又似乎有点留恋，留恋我，留恋我们一起栖居过的岩洞。

"英子，回去吧，你越站在这儿，它越害怕，越不敢回来，咱们走了，它说不定就不害怕了，就回来了！"赵阿姨站在我身后，大声提醒我说。

我没有马上离开母狼，我担心我一走，它就不见了！虽然我从没那么想过，可在这么多狼谷的日子过去以后，母狼和松下浩二其实成了两个在我心目中地位相等的"人"，是我最心疼、牵系得最重的"人"，因为别人是不需要我牵系的，别人都牵系着我，我能牵系、需要我牵系的只有松下浩二和我的母狼——我用"人"称呼"花花"你一定觉得不习惯，可是在我心里，它和松下浩二甚至我自己又有什么不同呢？我们是两个孤儿，它也是一个被狼谷之战摧残的孤狼，因为它是狼，于是越发像一个无依无靠的孤儿，我在内心深处觉得它的生命比我和松下浩二还要脆弱，没有我的牵系和关照，它会像浩二一样无法活下去，哪怕是到了现在。汪大海已经发现了它，他要是想杀掉它，那是随时都能做到的！不，我不离开它，我救了它，就不想让别人再杀死它，煮熟了做干粮！

再说，尽管有了它方才的表现，我还是不能相信，它心里对我就没有一点爱了，仅仅是狼谷内的这股气味，仅仅是别处的几声狼嗥，就能将我留在它心里的爱和关切一笔勾销？我不相信！

可我到底没有等到它重新走回来。母狼走了，不是走向我，而是走向大山峡那边一头又在嚎叫的狼。我还是不愿回去，我失望了，可是我觉得这里更痛苦的应当是"花花"。是内心里潜藏的死亡恐惧阻止了它重新走回来，我现在失去它，就永远也见不到它了！

赵阿姨和小玉在洞里等不到我，又走出来。赵阿姨说：

"英子，你回来吧，说到底那是一头狼，我们走了，它总是要回到狼群里去的！它要是真想走，就让它走吧，我们到底不能带走它啊！"

我听她的话回到洞里去了，不是她的话，而是我的绝望让我走回去的。不过赵阿姨的一句话还是如同兜头浇了我一桶冷水：是的，它到底是一头狼，我们走了，它还是要回到狼群中去的，啊啊！可我当初救它，喂养它，和它一起生活了这么久，就是再让它回去做一头狼吗？难道我的爱和关照、赵阿姨和小玉的爱和关照，竟然不能在它心里长久地留下一点人的东西吗？我不相信，母狼会回来的！

我抱着这种信念回去了，我得承认，这时我又想起了松下浩二，想起了我一直隐隐担忧的事：昨晚他对秋叔叔说的是不是真心话？他不会是只为了活命，才说出那些誓言吧？我没有想到母狼，可是母狼晚上的表现却加深了我的隐忧，要是那样，我就不只失去了母狼，还要失去这个我像自己的生命一样珍视的日本弟弟了！我的心是那么急迫，我想马上听到他说出自己到底是怎么想的，一时间他变得比失去母狼对我还要重要了！

　　就是这天夜深人静后，浩二用日语说出了一番让我宽心的肺腑之语。我高悬的心落下了，这时才又一次想到了洞外的母狼。它仍然没有回来——这时我才发觉，其实我心里一直都是相信它会回来的。可它没有！

　　直到天亮母狼也没有回来。第二天母狼仍然没有回来。我们也要准备"给养"，没办法，赵阿姨也只能比着葫芦画瓢，带我们在洞里架起大锅煮狼尸。我没有参与这件事，浩二让我放了心，我的心就又全部转向了母狼！从早到晚我一直在发疯般地寻找它。我还是不能相信它真地会离开我，我真地会在离开狼谷时不能同它告别。我知道我不能带它走，可我却那么想找到它，和它告别。明天就是最后一天，黄昏时我们就要走了。它毕竟是我的朋友，还帮过我和松下浩二，九死一生的狼谷岁月让我和它结下了难以割舍的亲情，此去哈东，万水千山，无论如何，在我都可能是永远的离开。我想我再也不会回来了，不是成功到达哈东后由秋叔叔交给满洲省委，去哈尔滨或大连音乐学校，活到战争结束，就是死在突围途中。我只能和它分别，而且是永别。我却在离别的时刻失去了它，让它在心里对我留下了背叛、恐惧和仇恨的印象。我可以恋恋不舍地同它分手，怀着生死相隔的心绪永离，却不愿意这样诀别，这样的诀别不是我的本意，也肯定已经撕碎了"花花"的心！

　　那天我找遍了营地四周的林子和峡谷，一声声呼唤它的名字，都没有再看到它的影子。回到洞口我才想起来："花花"昨天夜里可能还没走，是早上我们洞内也飘出了煮狼尸的气味最后把它吓走了！它是被它一直信任的人——我、赵阿姨、小玉——做的事吓跑的，它不可能真正理解，也绝不可能原谅我们，为什么也要做别人正在做的事！

　　天黑下来时我已经疯了。我相信我已永远失去了我的母狼。我像个孩子一样痛哭了一场，为"花花"也为我自己。"花花"误解了我，可我又怎么向它解释，日本人杀死了狼群，我们却又要把这些死狼煮熟了吃肉，我们在它的伤口上又撒了盐，这些狼尸中，你怎么知道没有它死去的亲狼！

"英子，英子，你醒一醒，花花不是一个人，那是一头狼啊孩子！"赵阿姨搂住我，一声声劝我。

我不哭了。这一次我真地像是被人猛击一掌那样清醒了，想到了我是一个人而"花花"是一头狼。可是回头望一眼赵阿姨，我又不相信她刚才的话了，此刻她和小玉的眼里，也噙满了红红的泪水！

快天亮时我在梦中忽然听到了"咻咻"的喘息，我觉得母狼回来了，正用柔软的皮毛和我耳鬓厮磨。我在梦中忘记了自己已失去了母狼，欢喜地伸出手，去抱它的头，却没有抱到。冷不丁一下我醒了，睁开眼，身边什么也没有！

我坐起来，大声喊醒赵阿姨、浩二和小玉：

"'花花'刚才回来了，我的'花花'回来跟我告别了，你们看到我的'花花'了吗？你们看到它了吗？"

我知道他们没有看到，那只是一场梦罢了。接下来又是一场号啕大哭，我明白"花花"真地走了，在我离开狼谷以前就走了，它肯定认为我也背叛了它，对我又恨又怕，怎么还会回来和我作最后的告别呢？

这天黄昏，秋支队率先离开狼谷。这时我平静了一些，对和"花花"见面已不抱希望了。我只能这么想：现在是它自己在躲我，拒绝与我见面，它本来就是一头狼，现在又回到了狼的世界里去了。尽管如此，我还是无法彻底不让自己想它。一个新的思想突然冒出来，让我心疼得再也受不了：这些日子里，母狼已和我、和我们大家一起生活惯了，这是一种人的生活；离开我和我们以后，它还能适应这条山谷里的生活、适应狼的生活吗？要想活下去，它必须重新变成一头狼，而变成一头狼又会让我心里极为难过！在我的感觉里它早就是一头有了人性的狼了，是我和赵阿姨、小玉把它变成一头有了人的思想、感觉、意识的狼的啊！

夕阳西下，雪色如血。我们从狼谷踏上西征之途。尽管我自己心疼如割，也知道自己再也顾不到"花花"了，出发前我最后一次在洞里为它留下一点食物——一小块豆渣饼，一块煮熟的狼肉。今生今世，我再也不能见到它了，我能为它做的事就是这些了，啊！

队伍翻过分界岭时我已不再想它，前面的路正长，我的手牵着浩二的手，我需要忘却。可是从我们身后的岭脊线上，这时却骤然传来一声凄厉、嘹亮的狼嗥！

"嗷儿儿儿儿儿——！"

小玉走在我身后，她最先回头一看，立马大叫了一声：

"英子！快瞧，你的母狼！——它来送你了！"

我没想到的事情发生了：我在最后的时刻看到了我的母狼，高高立在岭脊线一块孤岩之上，黄昏的日光将它的躯体映照得通红发亮。"花花"的头高昂着，以一种孤独强悍的姿势，一副伤感的眼神，眺望着林海雪原间这队渐去渐远的人马，人马中瘦小如孩童的我。它在与我进行最后的告别！我的心像开锅的水一样沸腾起来，泪如泉涌——我的"花花"，我的狼谷年代的朋友，到底战胜了内心的猜疑、恐惧和仇恨，赶来送我了！它也像我不能忘记它一样无法忘记我，在我离去之时，留在它心里的依然是割舍不断的亲情！

"花花，回去！回去吧，别忘了我，我也不会忘掉你的，我的花花！……"我站在那里，大声喊着，哭着，全队人都在看我。我明白，它现在又成了一头地道的野狼，可在这生死离别泪眼遥望之际，这件事却让我刀割般疼着的心感到了安慰！母狼雄赳赳地立于分界岭上，无所畏惧，英姿勃勃，让我的最后一块心病也祛除了：它离开我们以后一定能活下去，我不用再为它担心！"花花"，你在最后时刻赶来送我，是帮了我，让我从此不再牵挂你的生死！眼下，让我一心牵挂的只有松下浩二，我的日本弟弟了！……

秋叔叔也在望"花花"，血红的眼睛里闪烁着激烈的光。啊，这一刻秋叔叔想到了什么？

……我一直在颤抖。

一天都在颤抖。不是为她的疯狂的故事，而是为她讲述自己这个疯狂的故事时的平静。她讲着它们，竟像讲一个平常的事。

她可能早就习惯它们了，根本没有意识到在我心里它们不但是不平常的，而且是可怕的，疯狂的。不但故事本身充满了疯狂的思想、意念和行为，她今日能如此平静地叙述它们，本身就是疯狂。

我恐怕还不能一下子适应这种疯狂。可我正在适应它。我在说出此中的疯狂时已经疯狂了吗？

她一直在沉默。她是不是把我忘掉了？她在自己内心的视野里还在同那头被她留在狼谷的母狼喃喃地说着自己疯狂的话语吗？

我站起来。

"对不起,我可以走了吗?"

她正视了我一眼,目光如炬。

"你还没走吗?……对了,你还有一件事没有问。关于音乐会。你好像一直都在关心音乐会。

"音乐会一直都在,我的音乐会。自从决心帮助松下浩二逃出战争,它一直在我的生命中回旋。我在它的如歌的咏唱中经历了秋叔叔批准松下浩二加入游击队的那个充满迷幻和激动的夜晚,也在同一种如歌的咏唱中经历了这个和母狼分别的黄昏。"

"对不起……今天我想早点走。"

"走吧。走吧。祝我们以后都能交上好运……"

她望着我,眼神怔怔的,目光却极悠远,说出的话如同呓语。我浑身又在打战——这一会儿她到底是在对我讲话,还是依然对那头高高站立于黄昏的分界岭上的母狼?!

日记（2）

今天下午我在《东北抗联烈士名录》里,找到了关于赵玉珠烈士的简略记载：

赵玉珠,1910年生于黑龙江省格节县城东关。父亲是一富裕的木材商人。18岁毕业于格节县立女中,因不满封建婚姻,只身逃入关内,就读于北京女子师范学堂,19岁参加中共北平地下党,成为中共最早的女党员之一,先后任北平地下党东城区委委员、上海中央妇女劳工部执行委员,武汉"二七"大罢工总指挥部妇女行动委员部委员。罢工失败后逃往上海,流落街头。"九一八"事变后与秋雨豪结婚,一同奉命回东北,参与组织领导格节地区的抗日武装斗争,任中共格节中心县委妇女委员、格节游击大队妇女工作委员会主任,协助秋雨豪组建了东北抗日联军第十六军的前身格节游击大队。1935年12月,赵玉珠同志在一次突围战斗中英勇牺牲,年仅25岁。

老人的话没有错。我在我现在搜集到的任何一本东北抗联烈士名录中都没找到霍小玉烈士的名字和生平事迹。

可是在新版的任何一本东北抗联烈士名录中，都将有霍小玉这个名字。我保证。

电话记录

努力争取了五天之后，科学院病理研究所的陆子羽教授仍没答应和我见面，只答应和我通电话回答一些问题。他是国内研究记忆方面疾病病理的权威。

下面是今晚的电话记录：

我：陆教授，这些天我一直想向你请教的是：我遇上了一位老人，至今仍能异常清晰地讲出六十多年前自己经历的每一件事，包括大事和小事，它的每一个细节，人物的每一种目光、声音、气息、表情、感觉……你认为她讲出的一切都可能是真实的吗？

陆（沉吟有顷）：你怀疑你听到的东西都是她的错觉或者幻觉？

我（有点拿不准地）：不……我说不清楚。

陆：她讲的这些事美好还是悲惨？给她带来的是痛苦还是欢乐甚至狂喜？

我：悲惨。……不过美好还是悲惨对记忆者来说会有区别吗？

陆：当然。如果她在六十余年后还能清晰地讲述自己经历的悲惨故事，包括每一个细节，那么这些事就非常有可能——不，我几乎可以断定——是真的。

我：为什么？

陆：非常简单。人和其他动物一样，有一种记吃不记打的天性。说得通俗点就是人只会记住自己愿意记住的事情。尤其是老人，她经历了一生，能够记住的——愿意记住的——只会是人生中最愉快的事情。如果没有这种事情或者这种事情不多，她就会幻想自己生命中发生了这种事情。

我（不甘心地）：难道她就不会幻想自己经历过许多悲惨故事？

陆（沉吟，突然有点激烈，加重了语气）：人一生中是不会缺少悲惨事件和关于它的记忆的，不需要幻想。人缺少的、到了晚年需要靠幻想在自己的经历中添加的只会是美好的和欢乐的事情。

（沉默。我没有想到他的话对我的打击会如此沉重。我的感觉就像自己是在一场噩梦中，一直被某种异常恐惧的力量压迫着，追逐着，喘不过气来，又无处可逃，却明白这有可能是一场梦。但就在这一刻却有人在耳边一声断喝，说我正在经历的根本就不是一场梦！）

陆：喂，喂，你怎么不说话了？你在听我讲吗？

我：哦，我在听。你还没有回答我的问题。我是想请教，一个人怎么能在六十多年后依然那么清晰地记得当年的每一件事和事中的每一个细节，甚至别人的和自己的每一种眼神、语气、动作、感情……你不觉得这会让别人觉得有点匪夷所思吗？

陆（平淡地）：我理解你的困惑。你说的这种情况如果是真的，她就是个病人。

我（大吃一惊地）：你说什么？她是个病人？

陆：对。一个人，而且是一个老人，能将数十年前发生的每件悲惨的事纤毫毕现地回忆起来，一点也不错，她就是患有一种病。这种病的名字叫作记忆残留。

我：我不明白……

陆：一个正常人的记忆力就像一张蛛网，时间和她经历的事情就像是空气中纷飞的杨花柳絮，大的挂住了，小的就漏掉了。人的后一种能力通常被称为遗忘，岁月越久，遗忘在人的生命进程中具有的积极意义就越大。没有遗忘，你的记忆之网上的负载就越来越重，更多的新事物，尤其是愉快的和幸福的事物就无法进入和留驻。许许多多的旧事会像陈年的飞絮一样一层层地积压在上面，让它不堪重负。简单地说就是一句话：没有遗忘，人就不能生活，因为太阳对于别人每天都是新的，对她来说却一直是旧的。

我（又开始发抖，并且知道为什么发抖）：陆先生，你是说，六十多年来，她可能一直都患有这种叫作记忆残留的病……她不但从小是个病人，六十多年来一直都是个病人？

陆：你说什么？她从小就是个病人？

我：对。她从小就有严重的幻听。她一直能听到一场——不，是无数场——音乐会。即使上了战场，枪声大作，弹雨横飞，她听到的也不是战场的声音，而是一场音乐会——战场音乐会。

陆（越来越感兴趣，语气越来越热烈）：这是一个值得研究的病例。有可能的话请你带这个病人来见我……幻听是一种最为典型的记忆残留，虽然记忆残留者的症状不止幻听一种。

（无语。原来她一生都是病人……）

陆：喂，你怎么又不说话了？

我：哦，没什么。

陆（更加热心地）：患记忆残留的人有可能终生都是不幸的，正常人记住的是自己想记住的和愿意记住的事情，患记忆残留的人记住的却是自己经历过的一切。正常的记忆对人来说是一种幸福，对她却是一种永远的伤害，她将在这种伤害中度过一生。

（原来，当我走近她、毫无感觉地用自己的问题去伤害她以前，她已经在这种伤害中度过了漫长的一生……）

陆（仍在滔滔不绝地讲话）：如果我猜得不错，这种类型的病人一般总显得十分孤僻，喜欢独处，常常是些自愿将自己放逐到正常人生活之外的人。一生与之做伴的仅仅是他们自己那显得过于清晰和沉重的记忆……喂，你在听我说吗？你怎么又不说话了？这个病人到底是谁？……

我挂断了电话。我正在做什么？我一天天地到她家去，是在用她自己的记忆折磨一个身患顽病而不自知的老人……

难道她的病、她的记忆、她经历过的那些真实的事件、场景、细节、表情、目光、感情……对她的生命来说还不够残酷吗？难道六十余年的记忆残留对她的后半生还不够残酷吗？！

……

音乐会

YINYUEHUI

朱秀海·著

下册

团结出版社

英子,你就当自己还是个孩子,一直坐在大连的剧场里欣赏世界著名乐团的演出好了。你经历的一切非常可能都是假的,只有朝朝暮暮聆听到的音乐会才是真的。你不是在经历人间的苦难,而是在这个辽阔无垠的音乐学校里完成你的音乐课。

——书中人语

人 物 表

金英子　朝鲜籍烈士孤女、格节游击大队及抗联十六军女战士
秋雨豪　格节抗日游击区创始人、抗联十六军军长，后牺牲
赵尚志　抗联三军军长、北满抗联总司令，后牺牲
汪大海　格节抗日游击区创始人、抗联十六军副军长，后牺牲
秋　云　秋雨豪之妹、汪大海之妻、格节游击大队女战士，后牺牲
赵玉珠　秋雨豪之妻、格节游击大队女战士，后牺牲
霍小玉　格节游击队女战士、烈士孤女，后牺牲
老邵头　格节游击大队炊事员，后牺牲
卞　霞　抗联十六军女战士，后牺牲
邱　梅　抗联十六军女战士，后牺牲
安福顺　抗联十六军女战士，后牺牲
胡秀芳　抗联十六军女战士，后牺牲
张老爹　抗联三军独立三十二团团长、邱梅之夫，后牺牲
胡爷爷　地下交通员、抗联十六军后方密营管理员，后牺牲
胡奶奶　地下交通员、胡老爹之妻，后牺牲

松下浩二　日军俘虏、格节游击大队和抗联十六军战士
中井弘一　日军驻格节地区司令官，战犯，日本战败后自杀
河原信行　日军驻格节地区继任司令官，战犯，获释后死于1972年中日恢复邦交之际

目　录
Contents

正　篇
上　部

第一天 ····· 005

第二天 ····· 046

第三天 ····· 115

日记（1）····· 164

第四天 ····· 166

第五天 ····· 238

第六天 ····· 320

第七天 ····· 358

日记（2）····· 437

下　部

第八天 ····· 443

第九天 ····· 469

日记（3）……………………………………………………… 517

第十天（录音Ⅰ）……………………………………………… 519

第十一天（录音Ⅱ）…………………………………………… 654

第十二天（大结局）…………………………………………… 724

附 篇

给局领导的正式报告……………………………………………… 737

附件一 中国某驻日机构关于前侵华日军士兵、抗联老战士
松下浩二及战犯河原信行回国后情况给××局老干
处的复函（摘要）………………………………… 740

附件二 有关抗联十六军情况的简略说明…………………… 743

日记（4）………………………………………………………… 744

留给自己的秘密录音文档……………………………………… 747

下 部

第八天

给局领导的第一份报告

局领导：

　　此次受命执行特殊任务，已用去了七天。由于一些目前无法用一句话说明的原因，我必须向你们报告，原定期限内我已不能结束调查，写出正式报告。

　　坦率地说，我不喜欢目前做的事情。开始我就不愿意承担这个任务，现在就更不愿意了。为单位服务了七年之后，我现在神经衰弱，失眠贼严重。但这又是一项一定要有人完成不可的任务，你们要是觉得我仍然合适做这个工作，坚持要我做完，我就做下去，直到结束。但必须满足我的一个条件：不要再让处长天天给我打电话，要求我在一个很具体的时限内完成它。

　　不是我不想尽快把事情做完，是我眼下越来越无法预知调查的范围，以及全部完成它真正需要的时间。老实说，我对这次调查的内容和规模已失去控制。

　　我再说一遍，如果你们觉得有谁比我更适合做这个工作，就让他来替换我。我将乐意接受局里分配给我的任何新工作。

　　上次曾要求局里致函我国驻日机构协助调查。此事没有忘掉吧？当然眼下还不十分着急，但它对我最后做出调查结论将十分重要。

　　此报告当否，请指示。

职：马路

21日夜上

（报告是昨夜写的，今晨送到局里。中午接到处长电话，传达局长口头指示：不换人。换人更浪费时间，让他抓紧写出报告。局长原话：事情的来龙去脉就那么难弄清楚吗？一个星期了，这小子干什么呢！）

67

"今天你来得挺早。"

"啊，我起早了。"

"今天我也起得早。夜里刮大风，看样子要下大雪，我起来看我的窗子关严了没有。"

昨天离开时我无意间注意过，像过去每一天一样，她的每扇窗子都关得严严实实。她不该有这样的怀疑。

"窗子是都关着。六十多年了，我的窗子总是关着。可有时风雪太大，也会打破玻璃。"

我听不懂她的话。今天窗缝处又加了透明胶条，两块黑色厚重的窗帘，也拉得只剩下一道细窄的缝，好让日光透进来。

今日没有大风雪。那束日光正好落在老人苍老的脸上。今日她的目光与神情都有些异样。不，不是悲伤或痛苦。它们是沉静的，沉静，但更多的是肃穆。

格节游击队的突围路线仍是秋叔叔过去选的那一条。因为虎跑地区埋伏着大批日军，几个月前我们才放弃了突围计划，暂时退入狼谷。现在这一地区仍有河原信行的三道封锁线，但比起别的路线，它仍有优点：第一，从狼谷到达虎跑一路山高林密，有利于我们隐蔽行军，突然出现在敌人面前；第二，同别处比，虎跑的地形特殊，敌三道封锁线相距不远，我军有可能在一天时间内对其实施连续突破，一旦突围成功，还能迅速向西遁入海一样宽广的小兴安岭原始森林，日寇休想再抓住我们！

那天夜晚的风雪就很大。不，它是我一生中见过的最厉害的大风雪。这样的风雪之夜人一辈子只要经历过一次，就会永远记住它。风势是那么猛，你行进在林海雪原间，甚至弄不清它是哪个方向刮过来的；它把大森林摇撼得那么厉害，山上山下，一棵棵合抱粗的树也像根根小树苗那样偃仰起伏，满山遍野，全是骇人的"吱吱咔咔"的轰响；那风声真大真亮啊，它充满天地，响彻你的耳廓，让你的心里也同时浩荡着同一场大风暴，山山岭岭全是冰雪；风卷着雪片，在林间狼奔豕突，一忽儿你只能听见它在近处的叫喊，如同一千把螺号同时吹响，一忽儿近处的风声落下去，你又听到了远处的风雪声，低沉、浑浊、愤怒有力，如同辽阔的地平线上擂响了一万只战鼓。狂风中的雪片也不是雪片，每走一步，时时刻刻，它们都像无数冰冷锋利的刀子，上上下下切割着你周身每一块没有用破布片完全包裹住的皮肤。尽管出发前我们把所有的衣服都捆绑到身上、手上、脚上、脸上，一步步行进在雪窝子里，仍觉得自己什么也没穿一样在零下四十度以下的风雪酷寒中跋涉……真是林海雪原啊！近几年我回去几次，给死去的亲人扫墓，再没有见到过那样广袤无边的林海和雪原，随着森林面积的缩小，好像雪原的面积和厚度也小了……无边的林海，无边的雪原，人深一脚浅一脚地行走，嘴里的一点热气刚刚哈出，立即就结成了冰，继续往前走，身上就会"噼噼啪啪"发出玻璃碎裂般的响声。至于眉毛和眼睫毛，早就成了冰挂，口鼻四周的破布片上也渐渐堆起厚厚的冰，只是人的感觉已开始麻木，意识不到它们罢了……

可我们仍然在前进。你觉得在这样的风雪中根本迈不动脚步，可你同时也明白只能一步步朝前走。我们走过一条又一条雪谷，其中有的雪谷很长很大，走着走着，你会突然绝望地想到再也不会走到头了，再也走不出去了，今夜全队和你自己都要冻死累死在这里了，可这时你却发觉雪谷到了尽头，你已经进了另一条雪谷；这另一条山谷积雪很厚却没有树木，因为两侧的山高而感觉不到风，只能听到山那边的风雪呼啸，你还刚刚为此而庆幸，却又拐进了新的一条雪谷，在这里行走你听不到风声，却一连几小时行走在硬扎扎的风势里，稍不留神，风就像把正在艰难前行的人像个雪团一样吹到一个谁也不知道的地方去，影子一样一晃就不见了，再也找不到你这个人了！常常会突然遭遇一些极为危险的路段，走在山顶的人被风吹下去，一眨眼不见了，而在另一些地方，你走在谷底，却会被一个个随风滚动的雪阵——东北人称为"大烟泡"——吞没，刚刚你还在走，可是一回头就不见你了，那时大家就高声喊着，用手扒呀扒呀，好半天才扒出来，你只剩下一口气了。我们越过了三道冰河，两道冰河上积雪深厚，走上去后才发觉脚下原来是冰面，最后一道河上却没有雪，那条河道也兼做风口，走在上面一个跟斗一个跟斗地摔。前半夜我的头脑还比较清楚，进入后半夜就渐渐麻木了,林海雪原茫茫无尽头,我们的行军在我的感觉里似乎也失去了方向感和目标,只是不停歇地走啊走(害怕一停下来就再也走不动了,只有不停地运动才不至于被冻成冰柱),至于往哪儿走,何时才能走到此次行军的终点,不但引路的尖兵不知道,我自己关于它的意识也一点点地模糊了。

我没有完全睡过去直到被不知不觉冻死在路上,和浩二一直在我身后走着有关系,尤其是跟那根拴在我和他手脖子上的绳子有关系。出发前我们俩和赵阿姨、小玉一起被秋叔叔安排在队伍中间。虽然浩二说过要我还用绳子拴住他的手,我却没那么做。我不愿意!不管浩二如何看自己,我作为姐姐却不能不认为他已经是个游击队员,是个游击队员就没有再被人拴住手行军的道理。我不愿意这么做还是想让全队所有人包括秋叔叔在内都明白至少在我心里浩二和别人也和我没什么不同,我要让我的日本兄弟从参加游击队的第一天起就抬起头来,不再将自己看成一名俘虏!队伍集合时秋叔叔没忘记走过来看看我和松下浩二准备得怎么样,秋叔叔望向浩二的目光仍然明亮而严厉——那一刻我的心怦然一动:也许浩二说得对,此次突围事关全队存亡,秋叔叔就是让他参加了游击队也还是有些放心不下,我不能在这时还让他对浩二心存一丁点儿猜疑。我灵机一动拿出了那根绳子——不是特意为浩二准备的,绳子当年是游击队行军的必备之物——一端拴在浩二左手脖子上,一端拴在我右手脖子上。我这样做可以有多种解释:一种解释是为了行军时不被风雪吹散,上山下山还可以相互拉扯一把;另一种解释就是秋叔叔和我都明白的:我不会让松下浩二出乱子的!这时我注意到秋叔叔眼里又有火花一闪——我明白这一眼的意味儿:我做的事让他吃了惊,却让他对我和松下浩二都放了心!

行军开始后我没有解开那根绳子。原先想解开的,但马上就觉得还是不解开的好。如此狂暴的大风雪,这样的严寒和漫长的征途,人一不小心就会被风刮走,被大雪泡埋掉,或者一步走不动给冻死在路上!浩二不像我,他是第一次经历游击队的风雪夜行军,没有这根绳子,他会受不住,会死在半道上的!

——他要是死在这行军的中途,死在茫茫雪原上,我就更不能帮他逃出中国、逃出战争了,那和我生命的一部分死在这里了又有什么不同?

"浩二——!"

"姐姐——!"

"你怎么样?"

"姐,你说什么——?"

风雪把我们的话吹得零零碎碎。

"能行吗？——走——得——动吗？"

"姐——走——得动——"

"记住——我的话——走得动也得——走——走不动——也——得走——！"

"姐——我知——道——"

"前面——上坡——姐拉着——你走——！"

"不——我——能行——我是个——男——我拉——着——你——走！"

浩二原先一直走在我身后，现在呼哧呼哧喘着，大步冲到前面，拉紧了拴在我和他手上的绳子！

后来我们连话也说不出来了，没有气力了，但是那根绳子代替语言成了我们交流和表达关切的工具：

"浩二，走稳了，脚下别打滑！"

"姐，上坡了，跟在我后面走！"

"抓住这棵树，让风吹下去就找不到你了！"

"姐，抓住我的手，让我拉着你走！"

有那么几次，过风口或者走过冰河，要是没有那根绳子，我不知道自己是否真能闯得过去。浩二也一样，至少有一次，他差点被一阵狂风从山顶刮到山下去，是我一下抱住了一棵大树，拽紧绳子，才在赵阿姨和小玉的帮助下，将他生生地拽了回来！

赵阿姨和小玉这时也发现了那根绳子，明白了它的作用。

"小玉，好孩子，来，咱俩也拴上根绳子，你拉着我，我拉着你！"

再后来，队伍里不少人也都自动两人一组，相互在手脖子上拴上了绳子。

我的意识更加混沌了，浩二也一样。虽然知道只要睡着了就会不知不觉停下来冻死，可还是要睡着过去。还是那根绳子，让我们俩不时从混沌中清醒过来一次，又清醒过来一次……

大约凌晨三四点钟，我已经以为这趟行军再也不会结束了，一直用急行军速度走在一面大山坡上的队伍却突然停了下来。前面没有传来口令，可大家都知道虎跑到了！正前方山下，那个影影绰绰的谷口，就是日军的第一道封锁线！

我惊醒过来，心怦怦地大跳！

"浩二，到地方了！"

"知道了，姐。"

从这时起我就觉得哪儿有些不对头。这种预感来自队内骤起的、谁也没有明言的紧张情绪。长期的战争生活常会在某一天拂晓突然给你这样一种警示，前面是什么敌情你还不知道，可你已清楚地知道自己正面临险境。我们面向西北方停留在山坡中腰，身体左侧是山顶，右侧是一条深谷。风雪仍在呼啸，我却感觉到了寂静，它就来自前方山下这条深谷的出口——在战场上，一切好事情都是自然的，过分的寂静总和埋伏、突然炸响的枪声、死亡相连。这个拂晓，如果谷口或周围那儿有日军的一点灯火就好了，就自然了。可是没有，谷口及四周除了风雪声，什么也没有！

忽然就有了一种大难临头的预感！似乎我们正在接近的不是一道山口，而是日军早已布好的一张死亡之网！

一个侦察小队被派下山去。雪深林密，他们的身影只在我眼前一晃就不见了，化在夜气里了一样。我觉得我们等了很久，身陷罗网的感觉越来越强烈，脑子里胡乱想到天就要亮了，侦察小队不会回来了！这时我回头看了一眼浩二，他睁大眼睛趴在雪地上，紧张地望着谷口，像个第一次参加战斗的新兵一样紧张得微微打战——他可不就是一个头一次参战的新兵嘛！

"浩二，你怕了吗？"

"姐，不——我不怕！"

说不害怕，声音却在发抖。

"好兄弟，别怕！等会儿跟着姐，姐往哪跑你就往哪跑。姐趴下你就趴下！"

"知——知道了。"

我还想说几句什么安慰他，可已经来不及了。前面传来了口令。我还没听清什么，队伍就已向山下快速运动了。我大吃一惊：侦察小队还没回来，谷口一声枪响没有，怎么就动起来了！恍惚间我又觉得我们不是在向谷口运动，而是在向回跑！"一定出事了！"我想，"我们掉进了陷阱，不突围了……"这么一想，心里更慌乱了，我猛拉一下拴在浩二手上的绳子，拉起他来跟着队伍向山下一阵狂跑！一边跑还一边观察着四周，觉得队伍的情形不好，大家是那么乱，动作那么惊慌！

转眼之际我们就到了谷底。我和浩二晕头晕脑地跟着跑，忽然发现队伍距谷口只剩下百米左右。我恍然大悟：刚才队伍是在向谷口运动而不是撤退！全队在雪地里匍匐下去，一个跟着一个向谷口爬！我心里又是一惊：全队要冲击敌人的封锁线！身陷危局的感觉并没有消失，我拔出短枪，迅速地解开了拴在松下浩二和我手脖上的绳子，塞进口袋里。浩二立即明白了我的意思，虽然夜色依然浓重，我仍然觉得这时他的脸更白了。

"浩二，记住要一直跟着我，别跑丢了！"

"姐，知道了——"

前面的人已经动了，我跟着他们向前爬。浩二跟在我身后。虽然不放心他，我也没时间做别的事情了。枪声就要响起，它马上就要响了。我想着，立马就有了那种薄刃在喉的冰凉感觉！

可是没有枪声。再往前爬，我看到了日军在谷口修筑的工事：两座半永久式地堡，一道掩体，掩体前是一道铁丝网。铁丝网和掩体从谷口向两侧山上蜿蜒伸去，直达山顶。我的目光往山顶一瞥，那里还有地堡，甚至还有一座炮楼——日军果然在这里驻有重兵。眼下只要响一声枪，我军就会全部暴露于敌人三面火力的包围之下！但让我越来越不明白的是：前面的队伍非但没停下来，相反还加快了速度，人们像是更慌乱，更不顾一切了。我机械地往前爬着，不时回头看一眼浩二，心里只剩下一个即将全军覆没的可怕念头！忽然，我的心情变了：我军前锋已接近敌阵地前的铁丝网，仍然没有枪声。这就是说，这里可能没有敌人！

一声低哑的口令从前面传过来："全队，快速通过！"

我仍然不明白前面发生了什么。我将口令听错了，以为那是秋叔叔让大家"准备战斗"。在我身边，一位长着连鬓胡子的叔叔也把机枪架起来。我把短枪的保险打开，回头对浩二发出命令：

"准备战斗！"

浩二的目光在雪夜里一闪。出发前我自作主张发给他一枚手榴弹，现在他把它高高擎在手里。

"姐——我——准备——好了！"他说，话音尽管还在打战，却比方才有了更多的勇气。

队伍又朝前运动了。大胡子叔叔也收了机枪，转眼就从我身边消失了。我吃了一惊：周围什么人都没有了，我和松下浩二被丢在后面了！

"浩二，快！快跟上！"

我爬起来，拉起松下浩二的手向前跑，一下撞到一个人身上，是赵阿姨！

"英子！"

"赵阿姨！"

"松下浩二在哪儿?"

"在这里。"

小玉从赵阿姨身边的雪堆里爬出来。

"大家做好准备,准备通过敌封锁线!"赵阿姨说。

这时我才看清,前面的队伍已在穿过那道不知何时被剪开了一个大口子的铁丝网。还是没有枪声!前面传来秋叔叔低而严厉的声音:

"后面的,快跟上!"

前面的队员们差不多是站着跑向铁丝网,然后弯腰从那里钻过,消失在网后敌人的掩体中。赵阿姨爬起来,拉起小玉,回头看我一眼,喊:

"英子,浩二,跟上!"

浩二又明显有点胆怯了,我一下拉起了浩二的手,跟在赵阿姨身后往前跑。

到达铁丝网前面时我们重新匍匐在地,我的精神紧张到了极点。日寇的地堡近在咫尺,他们这时开枪,我的脑袋、浩二的脑袋、赵阿姨和小玉的脑袋,即刻都要开花!

可仍旧没有枪声——谷口没有枪声,两侧山顶上也没有枪声!

我和浩二跟在赵阿姨和小玉后面爬过铁丝网,翻进敌掩体。我明白为什么没有枪声了。我一骨碌滚落下来,砸到一个比雪硬却比别的东西软的物体上。睁大眼朝它看,一颗心即刻要炸裂:是一具日军尸体,还保留着体温。原来,在我不知道的时候,最先派出的侦察小队已潜入掩体,悄无声息地杀掉了日军哨兵!

五分钟后我们已出了谷口,进入密林。我以为枪声一定会在背后响起,可在山林里走了很久,身后仍没有响起枪声!队伍里的气氛明显活跃,我的感觉却和别人不同。因为该响的枪声没响,我们可能真的刚刚进入日军的包围圈,或者说在对方设下的陷阱里陷得更深了!

天色正在泛白。我回头看了一眼浩二。浩二的脸还是纸一般白,但是,一种新的英勇的精神,已经从眼睛里悄悄显露了出来。

"浩二,怎么样?"

"姐,没什么。"他说,想笑一笑,却没有笑出来。

我还想说点什么话鼓励他,但枪声就在这时,从我们身后刚刚被突破的日军封锁线方向,猛然炸响起来。我军侦察小队摸掉了敌阵地上的哨兵,摸掉了敌地堡里的日军,却没能打掉山顶上炮楼里的日军,他们没有发现我们,却发现了随后越过封锁线的汪支队。这些远远传来的枪声虽不能伤害我们,却将我们的处境变得异常凶险。

我们不能不以更快的速度扑向日军第二道封锁线，可到了那里，我们也只有用强攻的手段通过了！

68

赶到日军第二道封锁线时天已大亮。这也是一个山口，不同的是它的一侧是绝壁，另一侧却是深涧。除非从日军阵地上通过，我们别无他路可以通过。身后的枪声越来越近，可以感觉到第一道封锁线的日军正在追来，我军就是不想立即通过，也不能了。队伍一路狂奔，在靠近山口的林子里停下来，跑在最前面的侦察员回头报告了一个惊人的消息：日军阵地上没有发现敌人！

秋叔叔满脸是汗，双目鲜红如同要滴血，和侦察员对视一眼，豹子般地吼了一声：

"报错了信儿，我杀你的头！"

"司令，没错！"勇敢的侦察员大声回答。

秋叔叔侧耳听听身后愈发激烈的枪声，充血的眼睛渐渐放亮，猛地举起手枪，大声喊道：

"弟兄们，冲过去才有活路！冲过去——！"

他率先向前方山口冲过去了！全队紧跟着他冲出林子，冲上山路，一路向前猛冲。我和浩二被队伍中一下高涨起来的最后拼死一搏的气氛裹挟着，猛然激动了，也"哇哇"地叫着，冲向前面的山口。我的心一时变得疯狂而急切，觉得不只是自己，包括秋叔叔，每一名队员，都相信我们已落入敌方的陷阱，正走向河原信行为我们设下的死亡之地，可我们别无选择，就是死，也要勇敢地冲向前去撕破它！不这样是死，这样做了也是死，那就这样做了去死！

离开狼谷后我第一次忘记了浩二，也是唯一一次忘记了浩二！

就在这时我听到了耳边响起一个不顾一切的怒吼："啊……啊……啊……啊……！"是浩二，短短几秒钟，他就变得我认不出来了！死亡的气氛裹挟了我也裹挟了他，此刻他也一定认为自己要和队伍里的每一个人一样就要死在前面的敌阵地上了，他的眼睛瞪得那么大，一脸疯狂的神情，高举着仅有的一枚手榴弹，像一颗出膛的子弹，从狂奔的游击队员中间穿过，射向前方的敌阵地——浩二，他要去和前面的敌人拼命!

"浩二——!"我大叫一声,忘记了我自己,也不顾一切地跟着他冲了上去。

正在狂奔中的人们都看到了这一幕:秋叔叔看到了,赵阿姨也看到了……所有的人都像是受到了感染,秋叔叔又发一声喊,队伍以更快的速度,扑向了敌阵地!

这以后一段时间我的眼前就只剩下纷乱的和一闪即逝的光和影的碎片了,我自己的生命,松下浩二的生命,成了这些碎片的一部分:一棵又一棵披雪的、残留着黑褐色枯叶的赤桦树,一片片树皮斑驳残破的白桦树林,然后就是雪地、雪地……阳光在赤桦树干和枯叶上鳞鳞片片地闪烁,在白桦树干和枯叶上斑斑点点地闪烁,在水杉林的树干上跳跃闪烁,在每一块林间雪地上明灭闪烁……我为自己今天仍然能记得它们感到吃惊,我不能解释为什么会这样,那时我觉得它们就是我生命的最后时刻见到的世界了……所有这一切光和影的碎片在我眼前纷纷掠过,我的生命本身则变成了一个简单的意念:冲过去!冲到浩二前头去!我们不是冲向生,而是冲向那一声就要从前面敌阵地上响起的枪响,冲向死!

——我是姐姐,我不能让浩二死在我前头!

我冲到浩二前头去了,我看见敌人阵地了,一排几座地堡,由掩体相连,前面照例又是一道铁丝网,几名冲在最前面的队员正在剪开它。天明了,风停雪住,明亮的阳光将敌阵地前的雪地照得直晃人眼。只是没有枪声。没有枪声。我甚至觉得痛苦了:我们就要踏上敌人的阵地,为什么还没有枪声!为什么?

枪声就在这时响了!不是我们的队伍割开铁丝网,开始越过敌阵地时,也不是全队通过敌阵地之后,而是队伍一半通过、一半尚未通过时,枪声猝然炸响!

不是侦察员的错。山口敌阵地上真的没有日军,枪声是从左侧山上的地堡里打下来的!

这是一挺机枪,它还刚刚"嗒嗒嗒"地响起,两名正在敌阵地上跳越的队员便迎着我们的面向后倒来!一股热血"啪"地打在我身边,将厚厚的雪地击出了一个鲜红的洞!我愣了一下,马上反应过来,随即心里就起了一声尖叫:快通过,再迟一秒钟,就过不去了!我身上本来已没有力量了,这时却又有了力量,回头一把抓住浩二,三步并作两步跳过日军阵地,接着就是一个前冲,扑倒在雪地上!

敌人的机枪子弹几乎就在同时落在我们经过的地方!接着,从另外一些我不知晓的方向,敌人的步枪、机枪一起响起,将山口那片平展展的雪地打得尘烟乱迸,鲜血飞溅!

我说不清楚当时的几分钟我和松下浩二是怎么熬过来的。我那时一定明白盯上我们的敌机枪要是再响起来，我们俩的身子准会被它打成筛子，于是在落地的一刹那，我便抱住浩二，就势在雪地上滚了起来！那一刻我一点也没发蒙，我的意识高度清晰，知道只有迅速滚动，才能最大限度地减少被射杀的可能。最不可思议的是我一边抱着松下浩二滚动，脑海里还一边继续留下了那些碎片式的印象：弹雨纷纷落在我们身前身后，在雪地上打出的洞不只是黑色的，还有许多是红色的；子弹落地时不但带来了一缕缕青烟，还夹杂着一缕缕血红的烟；这些青色的红色的烟时时不离我们左右，有的甚至穿过我和松下浩二的衣服，打出一簇簇金色的火星，可被它们击中的地方却没有马上迸射出鲜血……冷不丁一下我们俩停下了，侧眼一看，我们的半边身子已经悬空，下面就是那条一眼没有望见底的深涧！

"姐，滚下去——！"一个声音在我耳边响亮起来。

我闭上了眼睛，想也没想，就要响应松下浩二的呼唤了。可还是这一瞬间，我又猛然止住了滚下去的冲动。不，除非日本人将我们俩打死，我一定不自己滚下去，也不让浩二滚下去！我想活着，浩二也想！浩二的姐姐还在日本等他，爸爸也还在朝鲜等我，我们不能死！我——不——愿——意！我脚下一使劲，两个人又从涧边滚了回来，然后一动不动伏在弹雨横飞的雪地上。

心底陡然间又发出一声尖叫：要是我们一定得死在这儿，就死在这儿好了，可我们就是不滚崖！

一挺机枪从我们身后的日军阵地上激烈地叫起来！这是游击队的机枪，是汪支队赶上来了，正向日军还击！马上日军机枪的射击声就乱了，落到我们身边雪地上的子弹稀少了！一个声音高叫着："弟兄们，爬起来，冲过去——！"

我和浩二已经死了，不是真死了，是我们觉得自己死了，但秋叔叔的这一声沙哑的、撕心裂肺的叫喊重新在我们死去的身躯内灌进了生的意识和力量！我们彼此松开，迅速爬起，冒着弹雨向前面山坡上猛跑——山坡很陡，爬不上去，我们就紧贴着崖壁向前狂奔。崖壁只有丈把高，却挡住了来自左后方敌人的子弹！

我不知道我们在那条一侧是深涧、一侧是山崖的谷地里狂奔了多久，我一次也没有再回头去看那道差点置我与浩二于死地的敌阵地。我还明白，虽然我们又越过了一道敌封锁线，可此时无论前方后方还是两侧的山林里，都响起了大批日军的枪声！我的预感被证实了，由于我们没能神不知鬼不觉地越过敌第一道和第二道封锁线，全队已更深地陷入了敌人增援部队的包围！

我又一次看到了狂奔中的松下浩二。他面色惨白，浑身上下像是浇了开水一样腾腾地冒着蒸气，头上脸上小河般流淌着道道汗珠。浩二的眼睛还像刚才扑向敌阵地时瞪得那么大，那么圆，充满着疯狂、可怕、怒冲冲的神情，我几乎认不出他来了！浩二在狂奔，可他不是一个人狂奔。如果说方才通过敌两道封锁线时是我拉着他，现在却是他拉着我了，就像被俘第一天被动地拖着我躲避日军的追击那样。不知什么时候，那根绳子又拴回到了我和他的手脖子上，他就是靠着这根绳子拉着我狂奔。浩二自己并不知道，他第一次上战场，第一次冲过敌人的枪林弹雨，就变得不是原先的浩二了，他的心间仍然充满了对死亡的恐怖，可是他的表现却让我看到了另一个人，一个不知不觉就在疯狂中变得勇猛和不顾一切的战士！

69

这个白天剩余的时间怎么过去的我现在一点儿也记不得了。它不像是一个完整的白天，而是一连串被切割成碎片的恐怖瞬间的累积，这每一个可以让你生也可以让你死的瞬间都长得如同一个白昼，反过来整个白昼却似乎成了短短的一瞬。在来自四面八方的敌人火力打击下，我们一直顺着那道长长的峡谷向前冲击，虽然前方也响着枪声，但似乎只能继续向前走，才有可能冲出敌人已布下的罗网一样。事实上这个白昼不是几个瞬间，那道一边是断崖一边是深涧的山谷已成了一个恐怖的走廊，一条死亡的巷道，我们就在这条长长的巷道穿行，在敌人用枪弹布下的死亡之网中间奔走跳跃。我们不时会遇到从前方或左边山坡上树林中冒出来的一股一股的日军，我们在行进中与日军遭遇，又在行军中与日军对射，消灭他们或者从他们布下的火网中冲过去。我们有时在高低不平的谷地上穿行和战斗，更多时间则在靠近谷地的林间穿行和战斗。林地里有的地方雪很厚，有的地方却很薄，林子疏朗开阔，火光在这棵树那棵树后面明亮地一闪一闪，阳光也在这片那片洁白或深红的雪地上明亮地一闪一闪，大树、人们活动的身影、闪亮的雪地和枪口喷射的火光，又成了一些零碎的一晃即逝的碎片，鳞鳞片片地在我的眼前和感觉、记忆中闪过了又消逝。开始时我还能听到枪声、人奔走的足音、大口大口的喘息和怦怦的心跳，可是渐渐地我又什么也听不到了，我听到的只是我的音乐，我的音乐会——不是那场每逢上战场就风雪大作般嘹亮起来的音乐会，也不是我和松下浩二被困狼谷时听到的那场整个山林和世界都在为你深情吟唱的音乐会,而是新的音乐,新的音乐会,疏淡、辽远,而又轻盈、活泼,如同一群精灵在林间快乐地嬉戏。有点像李斯特的音乐,譬如他的《树影瑟瑟》和《精灵之舞》……

我没有打断她,虽然很想打断。《精灵之舞》,那确实是一支儿童嬉戏般快乐的、无忧无虑的曲子!

此时在她耳边响起的,绝不可能是它!

她定睛望了我一秒钟。我注意着她的表情。她刚才已听到了音乐,可是由于我的凝视,这会儿又从音乐中走出来了。我看得清楚,她是猛然走出来的。

我们队伍里的人越来越少,可它毕竟仍是一支队伍,仍在英勇地突围。而且,由于汪支队在后面对追击之敌实施了顽强阻击,我们还是把最后突破第三道封锁线的时间拖延到了天黑之后。虽然我们仍然非常可能全军覆没,但至少我们用一天的英勇战斗为自己又赢来了一个黑夜,拥有一个黑夜,对一支身陷绝境的游击队来说常常就意味着又有了生机!

天黑下来了,我们这支队伍中最后剩下的人在靠近敌第三道封锁线的林子里集合。我又看到了秋叔叔、赵阿姨、小玉和一直拉着我前进的松下浩二,听到了周围依然响个不停的枪声。我注意到不知何时,浩二手里已经有一支长枪,身上横竖缠着好几条子弹袋。冲过第二道封锁线时他的帽子滚落到雪地上,后来一直光着头跑,这会儿头上却戴上了一顶日军的狗皮帽。我这时才对白天发生的许多事情有所理解。譬如一整天的奔跑中,我总觉得有个白白的影子在我面前晃动着,一会儿到了左边,一会儿晃到了右边,此刻才明白,这个白影子就是赵阿姨,她不知何时身上披上了一块白色布单样的日军雪地伪装服,她之所以会一直在我眼前晃来晃去,是因为她一直奔走在我和小玉、松下浩二前面,一直在有意无意地为我们遮掩来自前方的子弹;我还模模糊糊地理解了,无论如何,秋叔叔选择这个时刻这条道路突围,还是有些出乎河原信行的意料,于是当我们突然出现时,驻守敌第一、二道封锁线的日军其实处在一种非常麻痹松懈的状态中。哪怕我军突破了敌第二道封锁线,日军也没能及时组织起更大的力量对我实施包围和攻击,他们仓促调集来的无非是虎跑一带的日伪警察,枪打得很多很响,却没有太强的攻击力,不然我军赶不到敌第三道封锁线前,就早被围歼在这条雪谷里了。但是过了这个白天就不一样了,一天时间能让河原信行做很多事情,首先他发觉了格节游击队的企图和行动方向,其次他可能已命令驻守其他地方的日军火速增援虎跑地区的日军,他本人也可能已亲率大军赶来,试图一举将我军聚歼在这里……

必须利用这个黑夜。哪怕只耽搁到天亮,我们也完了!

我能理解的事情秋叔叔早就想到了。天刚黑透,他就在这片林子里,对全队剩下的三四十个人发出了最后的战斗号令:

"弟兄们,前面就是日军的第三道封锁线,也是最后一道封锁线。能在今夜冲过这道封锁线,我们就能活,就能去往哈东,和赵尚志军长的抗联三军会师,继续战斗;今夜过不了这条封锁线,我们就是死!我知道大家已经精疲力竭,可是格节游击队的存亡,我们大家的生死,都在这最后一夜的拼死一搏当中。弟兄们,日本人能杀死我们中的任何一个人,可他们消灭不了格节游击队,扑不灭中国人民抗日救国的烈火!大家准备好,跟我走!"

没有人多说什么话,队伍就出发了。每个人身上多余的东西都扔掉了,我敢说此时此刻,已没有一个人还有那样的奢望,以为这一仗过后自己还能活着。一种极为悲怆的情感潮水一般涨满了我的胸:是的,秋叔叔说得对,也许我命定了不能活着冲出去,浩二、秋叔叔、赵阿姨,还有别的叔叔,都会死在这次突围战斗中,但是日本人绝不可能将我们赶尽杀绝,只要有几个人哪怕一个人成功突了出去,日本人就没有全赢,我们就没有彻底失败,格节游击队的大旗就不会倒,我们的人就会继续战斗下去!

我们在敌第三道封锁线前的洼地里隐蔽下来。秋叔叔最后扫了大家一眼,神情激动:

"弟兄们,要是等会儿我们被打散了,有谁没有突过去,就自己摸回狼谷。我向大家保证,我们还会打回去的!"

没人说话。昏暗的夜色里,每个人的眼睛都被即将到来的战斗激动着,闪着亮光。这样的闪光与晴朗下来的夜空一样,是蓝色的!

"如果被打散了,冲过敌封锁线的人就单独或结伴向西、再向北前行!五十里外的格棱沟,是我们全队最后的集合地点,我将在那里等大家三天——听清楚了吗?"

"清楚了!"大家低沉有力地说。

秋支队最后的三四十人分成三队,一队担任突击,一队火力掩护,我、赵阿姨、小玉、浩二,连同几名伤员为第三队。秋叔叔给我们的任务是:紧跟在突击队后面,相机突围!

没有一句多余的话,突围行动就开始了。我和浩二、赵阿姨、小玉趴在雪窝子里,身边是一棵高大的水杉,眼望着秋叔叔亲自率领突击队向日军阵地悄悄爬去。我的心又悬到了喉咙口上,大脑变得极为简单:所谓突围,就是秋叔叔他们一旦从敌阵地上打开缺口,就拉上浩二不顾一切地向前跑,在敌人阵地上跑,在弹雨硝烟中跑,一直跑进对面的山林,跑进夜色深处,一步也不停!

"浩二,准备好了吗?"

"姐,准备好了!"

我们没有解开拴在两人手脖上的绳子,相反还拴紧了它。

赵阿姨最后一次检查了我们的战斗准备。

"英子,小玉一直拉肚子,跑不动。等会儿我得拉着她跑,你和浩二,就靠你们自个儿了!"

"阿姨,我知道!"

"夜里看不清别的,你就瞅我身上披的这件白色伪装服。我拉着小玉朝哪儿跑,你和浩二就相互拉扯着朝哪儿跑!我要是趴下了,你们也赶紧趴下!"

——她已经在我们三个被她看成孩子的人前面跑了一整天,为我们挡了一整天的弹雨,现在,她还在我们前面跑着,为我们引路,为我们挡住第一批子弹!

"赵阿姨——!"

"听话!眼下不是哭的时候!"

"阿姨,我没哭!"

"好孩子,不哭就好!不管到了啥时候,都要记住你秋叔叔的话。我们这些大人会死,你们这些孩子却不会!你们应当活下去,你们能活到胜利的一天!"

"阿姨,我们记下了!"

由于是夜间,秋叔叔他们爬向日军第一道阵地时并没费多少周折。我、赵阿姨、小玉、浩二亲眼看到他们顺着一道流水沟爬了上去……但就是这时,日本人的枪声响了!

最先响起来的又是一挺机枪!在日军的所有武器中,听起来最令人恐怖的就是机枪声了!它还刚刚在夜暗中打出第一串火光,前后阵地上的日本人就全被惊动了。也正是因为有了这些火光,我才看清了敌人在最后一道封锁线上前后共设置了三道阵地!霎时间,无数粒红虫似的子弹朝秋叔叔他们置身的流水沟打过来!我的心猛地一沉，泪水立即打湿了眼睛——流水沟里应当响起还击的枪声，可是没有，一声枪响也没有——秋叔叔也许被击中了，也许他们全都牺牲了！

有枪声在我们身旁激烈地响起！这是负责火力掩护的叔叔们在射击！原来他们也已前进到了流水沟右侧，占领了一个小土岗，架起了机枪！马上，三道敌阵地上射击的子弹都转向了他们！但他们仍然在射击，那挺属于游击队的机枪仍在"嗒嗒嗒"地啸叫！

我的心振奋起来，我张大嘴巴，瞪大眼睛望着前方的流水沟。我盼望出现一次勇猛的冲击，一次奇迹般的跃起和跨越，秋叔叔的队伍会随着一声激动人心的呐喊冲向敌阵地，那也就是我和赵阿姨、小玉、浩二从卧倒处跃起向前冲击的时候！一天来秋叔叔带着全队一直在敌人的火力网中冲击，我相信这次秋叔叔也会那样，我会逆着火光，再次看到秋叔叔他们在敌阵地上奔跑跳跃的无畏身影！

时间一秒钟一秒钟地过去。我方火力队的支援渐渐弱下去，前面流水沟那儿依然毫无动静。难道……不，我绝不那样想，我绝不相信！

可是我不敢再看身边的赵阿姨了，战场上的火光映照过来，一闪一闪地照亮了她的脸。这张脸白得可怕，颧骨尖刺一样突出，眼睛又圆又大，里面涌满了恐怖与激烈，薄薄的嘴唇一点血色也没有……骤然间我觉得这已是一张死人的脸，或者说是蒙在死人脸上的一张薄纸！有过许多场战斗，我一直和赵阿姨在一起，从没见过她会这样……赵阿姨是亲眼看到秋叔叔身处绝境，我刚才想到的事情她也想到了，脸才变成这个样子的！

"赵阿姨——！"

我低低地、惊惶地叫了一声。可她一点反应都没有，赵阿姨的全部精神都集中到前面那条无声无息的流水沟里了！她的心、她的魂魄、她的生命，都不在自己身上而在她丈夫身上了……忽然，我下意识地觉得她就要大叫一声，身子随着灵魂跃起，飞向前面的流水沟、飞向秋叔叔——这不是幻想，我还刚刚想到这些，赵阿姨就像是忘了迎面飞来的弹雨，从地面上爬起来，摇摇晃晃地扶着身边的那棵水杉，站定了！

"阿姨，你——！"是小玉，低低地、惊恐地叫了一声，其中蕴含的与其说是恐怖的不如说是绝望的意味，我至死也不会忘记！

这时敌第一道阵地后方，却响起了一片枪声……是秋叔叔他们！我眼泪飞溅。原来秋叔叔他们没有被全部打死在敌第一道阵地前的流水沟里，当火力队与日军激烈对射的时候，他们已成功地跃进这道敌阵地，并从那里打开了缺口，向敌第二道阵地发起了攻击。方才敌第一道阵地里没有响起枪声，说明那里的战斗是用大刀片和刺刀匕首解决的！

此刻秋叔叔他们正奋勇地向敌第二道阵地冲去！来自敌第二、三道阵地上的弹雨不再理会我方的机枪，一起向他们打去！……赵阿姨这时站着，她比我们更清楚地从火光中看到了秋叔叔的身影！一道火光亮起，我在她的眼角边看到了飞溅的泪花！

"英子，小玉，弟兄们，前进——！"她喊了一声，低头拉起小玉，一手举着枪，摇摇晃晃地向前方冲去！

我的头响了一声，心里有一个声音在高叫：是时候了，冲啊！我一跃而起，拉一下浩二，几乎和赵阿姨并成一排，向被我军突破的敌第一道阵地奔跑——我们必须紧紧跟上突击队！

我们登上了敌第一道阵地，飞蝗般的弹雨迎面呼啸而来，再次把我们打趴在掩体里。我们的身下横竖躺的都是死人。忽然，一个满脸血污的家伙从我和浩二身下冒出来，将我们掀翻。借助地面上的火光，我看清楚了，这是一个没死的日本兵！

"呀——八嘎——！"他大叫着，向我扑过来，两手卡住我的脖子。浩二愣了一下，"哇"地大叫了一声，从后面扑过去，搂住日本兵的脖子，要将他扳倒。日本兵两手用死力在我脖子上掐了两下，以为我死了，丢开手转身又卡住了浩二的脖子，将他压倒在地上！

"姐姐——！"浩二叫了一声。

这是一个个头挺大的日本人，腰粗得像水桶，体重肯定超过一百公斤。我被他那两只铁钳似的手卡得两眼发花，头晕乎乎的，一时间什么也不知道……可我听到了浩二的叫喊，摇摇晃晃地站起，一时清醒，一时迷糊。日本兵肯定弄坏了我的咽喉，我一口一口吐着，喉咙口断了一样剧痛。接着我不吐了，大口大口地呼吸呛人的硝烟，头脑又清楚了，猛回头看到了日本兵和被他压在身下的浩二。日本兵这时已完全占了上风，再晚一分钟他就要把浩二的脖子折断了。我"哇"地叫一声，向日本兵扑去！

我和浩二与这个体重力沉的日本兵厮打了好久，最后浩二不是用枪而是用刀（我和他的枪厮打中都不知丢到哪儿去了），一下一下捅死了他！他死了我还不相信他死了，掐在他脖子上的手还是不敢松开！

一串子弹"嘭啪"打在掩体上。我猛地松开日本兵，将浩二的头按下去，却找到了我的短枪。我们抬起头来。我的一只手一直没离开浩二的脸，无意间，我发觉他满脸湿漉漉的！

"浩二，你哭了？"

"不，姐，我没有！"他抬起头，让我从火光中看清了他的脸。此时浩二一脸泪水，可也一脸狂怒，豹子一样勇悍和愤激。"姐，咱们向前走！"

我们没能马上离开这道掩体。从第二道敌阵地上，无数的子弹倾泻过来，一时打得飞沙走石。我们蜷缩在掩体里，紧紧抱在一起……不知道过了多久，枪声依然激烈，却没有子弹打在我们头顶了，我松开了浩二，探头向前望去，却首先听到了一阵惊天动地的呐喊：原来，不久前被敌火力压制住的突击队正从前面一片雪地里跃起，齐声呼喊着，向敌第二道阵地发起冲击！

眼泪又一次打湿了我的眼睛！我的心激动得像要跳出来！我要寻找赵阿姨，这一刻她应当带着我跟着突击队冲击。忽然我发觉自己找不见赵阿姨了，却看到小玉就在我身边很近的地方一口一口地干呕。我冲她喊一声："小玉，赵阿姨呢？我们快跟上秋叔叔！"拉起浩二就跃出了掩体。一串子弹落在面前，我们又停下了，回头一看，赵阿姨一手举枪，一手拉着小玉，冲了过来。火光之中，我看到小玉不是在跑，而是在踉踉跄跄地被赵阿姨拖着走！

"英子，浩二，冲啊——！"赵阿姨喊着，吃力地拖着小玉，向前冲去！

一串子弹尖啸着从我耳边划过。我低下头，马上拉着浩二跳起，跟在赵阿姨和小玉后面朝前冲，去追赶前面的突击队。渐渐地，我自己也喘不过气来了，刚才那个日本兵，严重地伤害了我，我也像小玉那样边跑边呕吐了！

"姐，你怎么啦？"浩二叫起来，却没有停下脚步。接着，原本被我拉着的那只手变得有力了。现在又不是我拉着他跑，而是他拉着我跑了。我们奔跑，跳跃，卧倒，起立，再卧倒，凭直觉和预感躲闪着迎面飞来的子弹……赵阿姨和小玉开始还在我们身边，后来我就看不到她们了！

后来我们卧倒在突击队曾经卧倒过的雪地中央的一个坑里……不，它已经不是坑了，仅在这个直径不足一米的地方，就躺有三名游击队员的尸体，他们的体温还没有散尽……我们大口大口喘气，刚才的一阵狂奔耗尽了我全部的气力。我的知觉仍没能完全恢复，但我却又一次想起了赵阿姨和小玉！她们在哪里？我要找到她们，跟上她们！

我从这个雪坑里举目前望。我没有看到赵阿姨，却一眼看到了前面的战斗：突击队正向敌阵地发起一轮新的冲击，火力队仍在我们左前方掩护秋叔叔他们的冲锋……也就是说，刚才秋叔叔率领突击队进行的第一次冲击失败了。我紧张地盯着再次冲向敌阵地的叔叔们的背影，渴望从中间找到秋叔叔，却只于火光中看到一些晃动的黑色的背影……敌人的火力又猛烈起来，进攻的队员们——我看到的是那些黑影——纷纷倒下。一眨眼进攻者全看不到了，战场上只剩下敌人的枪声、弹雨和一丛丛高烧的战火。我的心一下就像是被捅了一刀，猛地疼起来：冲击失败了！秋叔叔他们都被打死了！

我忘掉了赵阿姨和小玉，喉咙里"咯吱"一声，就要哭出来！

但这时枪声又响了！不是从突击队员纷纷倒下的地方，而是从左前方的火力队那里。我们的机枪又在激烈地啸叫！我重新抬起头，被前方的情景惊呆了：敌第二道阵地前，那挺一直对我军凶猛射击的机枪下面，出现了两个人！一大丛火光明晃晃地映照着他们，这是两个矮矮的人，两个没有腿的人！我一点也不明白这两名重伤员是怎样爬上敌阵地的，我也不知道他们是谁，可我目睹了他们最后时刻的战斗！火光映亮了他们自己，也映亮了两人手里高举的手榴弹！他们并没有马上拉响它们——也许我当时神志恍惚，竟觉得自己从密集的枪声里听到了他们那英勇的、视死如归的大笑——接着手榴弹就响了，爆出不大一团火光，硝烟散去，两名勇士不见了，日本人的机枪也哑下去！

敌阵地前突然站起一个人。最初一瞬间我没有看清他是谁，但他回过头来了，冲着身后喊了一声：

"弟兄们，冲啊——！"

是秋叔叔！随着他的一声喊，从他的身前身后，我原来以为已经死去的叔叔们又站了起来，向敌阵地发起了冲击！日本人本可以做出种种反应的，可他们竟没有！刚才还枪声震耳的战场上，突然陷入一片死寂，如同一片坟场！

不过枪声还是响了。日本人在刹间的惊愕后反应过来了！由于秋叔叔他们已登上敌第二道阵地，掩体内的敌人便把枪横过来，朝突击队射击。我眼看着两名跟在秋叔叔身边的队员倒下去了，接下来，倒下去的就是秋叔叔了！

就在这时我听到了"呀"的一声叫喊。是赵阿姨！现在我看到她了，她就在我身后不远的地方趴着，一手仍旧紧紧抓住小玉，另一只手死死地抓了一把地上融化的雪浆。接下来，她就一声长啸，从我身边跃起，高声呼喊着，向敌阵地冲过去！我本能地喊一声，想伸手拉住她，却来不及了，浑身上下立马像被子弹击中一样痉挛起来！

火光照花了我的眼，我又看不见赵阿姨了，我听到的只是她那一声长长的、与其说是英勇不如说是悲凄的叫喊："雨豪——豪——豪——！"这声喊响彻山谷，惊天动地，即使战场上的枪声震耳欲聋，我还是听到了它，连同它在群山间引起的连绵不绝的回响！……忽然我又在火光中看见赵阿姨了，平日里她走路轻飘飘的，一阵风都能刮走似的，自从生过孩子，她的身体一直不好，此刻她生命中的一切疾患和痛苦却像都消失了，她在一丛丛战火中奔跑，跳跃，如同一道狂风……她没有直接奔去救自己的丈夫，却奔向了敌阵地另一侧的一个机枪阵地。我的头脑疼极了，也清醒极了：赵阿姨知道刚才将秋叔叔打趴下的就是那挺机枪，眼下真正威胁秋叔叔生命的还是它，于是她就径直朝它奔了去。赵阿姨，我的游击队母亲，除了亲娘之外世上仅有的一位用奶水喂养过我的人，此刻想到的只有一件事：那挺机枪就要打死她的丈夫了，她不能让它那样，除此之外她什么也想不到，什么都记不得了！

我没有看她，我故意偏过脸去望窗子和透过窗帘射进来的那道明亮的日光，却知道眼泪正从老人脸上滚落下来，虽然她依然平静。每一滴泪珠都那么大，那么饱满，我听到了它们在地上击打出的"啪啪"的响声。

赵阿姨还在半道上就被击中了，开始她一直在飞奔，第一次被击中后飞奔变成了走，再一次被击中后就变成了爬……但她最后还是以惊人的毅力到达了日军机枪阵地。我知道为什么她没有在被敌人第一次击中时倒下，她是想倒下的，可是那挺敌机枪仍在威胁着秋叔叔的生命，她的丈夫、她的亲人还没有脱险，她怎么能倒下呢？她已经不能干掉前面的敌机枪了，可她仍能用自己的躯体、自己残存的生命，吸引住这挺机枪，将它的火力吸引过来，以此来护佑自己的丈夫！赵阿姨一定是这么想的，于是她就一直没让自己倒下和死去；最后一段路程她已经不能叫喊，可这时我却听到了她的歌声……后来我问别人，当时是不是也听到了赵阿姨在唱歌，他们说没有听到，可是我听到了，我没有听清歌词，可我听到了赵阿姨最后的歌唱，她就在这歌唱中一点一点向前爬行，将日本人的机枪一直引向自己。就要完全死去的赵阿姨，一天来一直用自己的身躯为我们遮挡子弹，到了这一刻，她想的只是用自己残余的生命保护自己的丈夫！

赵阿姨不仅保护了秋叔叔，也保护了整个游击队。她倒在敌机枪阵地前的一瞬，秋叔叔已再次猛然跃起，带着突击队冲过敌第二道阵地，呼喊着冲向了敌第三道阵地，像一阵飓风，一道闪电，将敌人最后一道阵地上的防御冲击得七零八落。随后跟进的我们，也在一片混乱中，一鼓作气冲过敌最后一道阵地，冲进夜色深郁的山林！

我一直记不得最后一段路我和浩二是怎么冲过去的。赵阿姨牺牲的一刻，我耳边的音乐会突然变了，那场久违的风雪森林音乐会突然回来了。我又成了当初那个比自己更英勇、更忘我的人，我拉着浩二的手，已经冲上了敌人的阵地，顺手提起一挺日本人丢下的机枪，端起它向前面的残敌猛烈扫射！我看到的不是敌人也不是自己人，我看到的只是赵阿姨最后的死，是敌封锁线上的一片火光，是我自己和我身后的日本弟弟浩二的死！我疯狂地大叫着，手指扣紧扳机，机枪一直"嗒嗒"地响着，喷出一道火舌。我越过一道敌堑壕又一道敌堑壕，越过一片开阔地又冲向更前面的开阔地。我一直向前猛冲啊！心里只剩下一个念头：一定要护住我身后的浩二——不，一定要护住身后的英男！

我的身旁突然又亮起一道跃动的火舌，一个没有完全变腔的男孩子的一声大喊。"啊——啊——啊——！"我听出来了，是我的弟弟浩二，他也端起一挺机枪，在我的右侧打响了！"啊，浩二！"我的心慌了，他是要保护我才这么做的。不，我是姐姐，我不能让迎面飞来的日本人的枪弹打死他，我要冲到他前面去！

突然的停顿。她睁大的眼睛里真地如同起了大火！

直到打光了机枪里的子弹，我和浩二的枪声才停下来，跟着秋叔叔他们冲进了前方的山林！

当夜我们一口气向西、又向北行进了五十多里，天亮后到达了预定的集结地——格节河上游的格棱沟。这儿已是小兴安岭原始林区的腹地。我们必须在这里等待汪支队。秋叔叔清点队伍，全队只剩下二十三人。队伍里没有了赵阿姨，也没有了小玉！

我们在这个临时营地等了三天，其间派出去接应被打散的零星队员的小分队陆续带回了汪支队突围后剩下的十七名队员，但是里面没有汪大海！

队伍原定第四天早上启程西行，拂晓时秋叔叔却接到了一个令人迷惑又吃惊的消息：虎跑地区的日军突然撤走，昨天下午起那里就一个日本兵也见不到了！

河原信行为什么突然搞了这么个动作，秋叔叔并不明白。可是既然敌人撤走的消息是确实的，他就不能马上率队伍西行了。三天来，虽然他对谁也没说过一句，可大家都明白，他忘不了死在突围路上的赵阿姨，忘不了失散在那里的汪大海和小玉，忘不了每一名倒下的英勇的弟兄。他知道他们很可能都牺牲了，可只要情况允许，他总是要为他们收尸并且掩埋起来的，他不能不最后尽一尽丈夫、战友、叔叔的心！

当天早上，一支小队伍在营地里集合，秋叔叔带着我们出发了！

松下浩二在虎跑突围中扭伤了脚脖子，秋叔叔要他留在营地里养伤，可他却突然号啕大哭，坚决要求跟秋叔叔一起回去。他的心事我明白：他想再去看一眼赵阿姨，在浩二心里她也是他的游击队母亲，在他生命垂危昏迷不醒的时候，赵阿姨也用乳汁救活了他，像我一样，他也想再见她最后一面，在她的坟前痛哭一场。此外，他和我一样也迫切想知道小玉的下落。如果说赵阿姨是我们两个人共同的母亲，小玉就是我们共同的游击队姐妹，没得到她的确实消息前我们就是走了，也不会安心！

秋叔叔开始不同意浩二和我们一起去，后来看他哭得凄惨，眼圈一红，就扭过脸去，大声说：

"好，走吧！"

有过虎跑突围战斗中浩二的表现，秋叔叔这时已不用过去的眼光看待浩二了。他现在看他，已经和看任何一个队员没什么区别了！

……那天我们在原始森林里走得很慢，秋叔叔走走停停，像是再也走不动似的。直到夕阳西下时分，我们才到达原来敌第三道封锁线所在的地方。我们在日本人丢弃的阵地上寻找赵阿姨和别的烈士，可那里已没有一个完整的人了……日本人肢解了所有烈士和他们的遗体，山坡上下，雪地里，路边的小树林中，到处都是薄雪半遮的断肢、内脏和头颅！

最先发现赵阿姨头颅的是她的丈夫，她为之拼死去救的那个男人……秋叔叔在距她牺牲处不远的一个雪窝子里，弯腰将那个已面目全非的头颅捧起来，就势蹲下去，突然耗尽了全身的气力一样……然后，他就撩起衣襟，一点点擦赵阿姨脸上的冻雪和泥点。他擦得那么仔细，手放得那么轻，就像赵阿姨仍然活着，现在睡着了，怕吵醒了她一样……不，我知道的，赵阿姨活着时他也从没有这么珍惜过她，没这么温柔地给她擦过一次脸……

他终于擦净了那张双目紧闭、眼窝深陷、虽死犹生的脸，双手将这张惨白的脸、这个头颅，紧抱到自己怀里，看样子就要站起身来了……他差不多已经站起来了，身子却突然朝前一扑，扑通一声倒下了！

"秋叔叔——！"我们呼喊着扑过去，将他扶起来。秋叔叔醒过来了，睁开眼，一口一口吐，全是殷红的血！……

我们在小树林里埋葬了赵阿姨，她的头颅和残肢，连同别的烈士的头颅和残肢……我以为已经昏倒过一次的秋叔叔这时会大哭一场，当初秋姑惨死在狼谷谷口，他就曾大哭过一场，可这次他没有这样……我看得清清楚楚，他不是不想哭，但巨大的悲痛像只铁手一样扼住了他的喉头……秋叔叔坐在合葬赵阿姨和烈士们的坟前，一次次想哭却哭不出来！

秋叔叔没有放声大哭，其他人的喉头也都仿佛被同一只手扼住了，我们想哭，可是也哭不出声！

但是坟场上的沉寂被一个孩子突起的哭声打破了。浩二在赵阿姨的坟前跪下，紧闭双目，双手合十——这是日本人的礼节——突然忍不住号啕大哭！……我有一种感觉，看到秋叔叔这么难受，他也本想抑制住不哭的，但最后还是没有挺得住！

浩二一哭，刹那间全场的人都大哭起来！原本只有小风吹动枯叶窸窣作响的坟地里，猛然响起了长江大河般的悲声！

她的眼里汪满了红红的泪水，却没有落下来。她的神情，依然沉静而肃穆。

只是没有小玉，也没有汪大海。那天我和浩二都疯了，我们在雪地里爬，在残断的肢体堆里扒，想找到小玉，哪怕是她零散的残尸。可我们没有找到，任何让我们确信小玉已经死去的证据都没有找到！

啊，今天我想多跟你说几句小玉。以后可能就没有机会说到她了。六十多年过去了，我在任何一本东北抗联烈士名录中都没有见到她的名字……小玉比我还小一岁，那年虚岁才十五，一名十五岁的游击队小妹……

小玉是格节游击队里最漂亮的姑娘……年轻时也有人说我漂亮，可跟小玉比，我就不行了。小玉是天生丽质……听人说，她有点混血，一张圆圆的小脸，深深的眼窝里镶嵌着一双漂亮的大眼睛，肤色白里透红，红里透白；她的头发有一点自来卷，发梢还有一点浅黄，稻草那样的颜色；小玉的目光如同冬日的山泉水一样清澈，说起话来嗓音清亮，全是乐音，没有一点浊音，那是个唱歌的好嗓子……行军战斗的日子里，她也和我们大家一样，可一到宿营地，随便弄点水洗一洗，这个人就红是红，白是白，如同上天恩赐给我们的仙女……说句实话吧，虽然我一直幻听耳边有一场音乐会，可真正会唱歌、能给全队带来欢乐的却是小玉，她有一副银铃般嘹亮、百灵鸟般婉转的歌喉……有一回，就连死去的老邵头都说，小玉这丫头长得太好了，以后不管哪个男人娶了她，都会把她捧在手心里，当宝贝供着的。小玉嫁了人，生小子就可惜了，应当只让她生姑娘，一个一个，生出十个八个，那时我们身边，就不是一个天仙似的女儿，而是一大群仙女了！

几十年过去了，战争在我心中划开的伤口有许多已慢慢愈合，可小玉这道伤口，直到今天仍在流血、疼痛……之所以会这样，还不仅因为她那么小又那么漂亮却死了。真正的原因是在格节游击队里，除了松下浩二，只有我们俩是一样的人：一样的年龄，一样的身世和命运。说我们俩是真正的相依为命，才一点儿也不错。她牺牲以前，我虽然也时时想到自己可能走不出战争了，但在内心深处，由于小玉活得好好的，每天眉开眼笑，一闲下来就高高兴兴地唱歌，我又觉得自己应当相信秋叔叔说过的话了：这场战争是要死许多人，可我和小玉却不会，我们会一直活下去，直到胜利，因为我们是两个孩子！可就是这一天，我内心里这个信念垮了，因为小玉死了！

小玉会死，我同样会死！

因为没有找到小玉和汪大海，秋叔叔就带着我们越过敌第三道封锁线继续往回找……我们在半里外的白桦树林边找到了小玉。最初我和浩二都没有发现什么。我们一直往前走，积雪遮盖了不久前这里发生的惨剧。但这时秋叔叔跟过来了，一眼瞥见了脚下那个白雪半遮的突起。

"这是什么？"他小声问了一句，像是自言自语，接着又用脚踢了踢。

那是一堆灰烬，周围散落着一些削尖的细树枝，甚至还有两根枪通条，上面穿着一些烤得焦黑的东西。我还是没有认出那是些什么，可是一回头，我们——秋叔叔、浩二、我却在这堆灰烬边上，看到了一长一短两只被卸下的手臂！

人的手臂。小玉的手臂。我几乎一下就知道了！两只手基本上是完整的，断臂上的肉却大部分都被割去了，只剩下了白骨。

那一刻每个人都想到了什么，立即把脸转向旁边的桦树林——

就在那里，我们看见了我们的小玉姑娘！

小玉一定是在赵阿姨扑向敌机枪阵地时被落下了。没有了赵阿姨，也就没有了那个拉着她狂奔的人。而等到她从虚弱中抬起头，我们全队已突围过去，日本人又把突破口给堵上了。小玉无法通过封锁线，她可能想到了秋叔叔事先讲的话：如果谁被落下了，过不了封锁线，就自己回到狼谷去，于是，她也转头走向了回狼谷之路！

她本来已逃离了敌封锁线啊，这里距日军阵地那么远，如果不是一队日本兵偶然在这里发现她，她至少能在桦树林子里躲起来的。可是没有，她还是被发现了！

可怜的小玉，一定是和从敌第二道封锁线上赶来追击汪支队的日本兵不期而遇了。她发现他们时他们也发现了她。小玉这时还刚刚跑进桦树林，就被一串子弹击中了后背，它们像折断一根轻巧的树枝一样，一下将她细嫩的腰肢折断了，并且因剧痛而反转过来，面向着侵略者，一条腿跪着，一条腿半立，上半身向后斜斜地倒过去，没有倒在地上，却向后倒在一棵拳头粗细的白桦树干上！

老人全身都在打战。

"你看过那些历史图片吗？比如说南京大屠杀的图片？……你要是看见过，我就不多说了。"

小玉中弹后可能还没有马上死。假如她当即就死了，我后来拂掉她脸上的积雪时，看到的就不会是那样一种神情。

一种极为恐怖的表情，只有死时受到最悲惨的折磨的人才会有那种神情。那张娇美的脸被可怕的惊惧和疼痛完全扭歪了，变形的眼睛大瞪着，眼珠突出来，嘴微微张开，好像有一声撕裂般的喊叫被卡在喉咙里了，到底没有喊出来……我不想多说了……小玉是裸体的，那些野兽只给她留下半张完整的脸，其余的部位，就只剩下骨骼了。

他们把她吃了，就因为她是个姑娘！

在小玉的遗骸前，我们足足站了十分钟，谁也没有动。没有人哭。秋叔叔没有，浩二没有，我也没有。我们被眼前的惨景骇呆了。过去我们也听说过，甚至也见到过被日本人吃掉的女孩子，可今天被他们吃掉的却是我们自己的姐妹，是小玉，而且被吃得这么彻底！我们看到了眼前的事实却仍然无法相信它是真的，而当明白过来这确实是真的时，我们的胸口就像是被一座山完整地、结结实实地堵上了！哭，哭不出声；吐，吐不出来！

最先颤抖起来的不是别人，正是秋叔叔。随着这风一样掠过他全身的颤抖，也许是凭第六感，我突然清清楚楚地意识到他身上开始发生一种变化——他似乎不再是一个人，而是一块巨石，一座人形的雕像，正在裂开，就要轰隆隆地崩塌了！

我们掩埋了小玉的遗体。可是只有我一个人知道，秋叔叔再也不是过去那个秋叔叔了，巨石一样坚强的秋叔叔，因为刚刚经历过的一切，他的心，他的身躯，开始碎裂了！

时间还不到中午。透过黑色窗帘缝射进来的一缕阳光仍然明亮。我一动不动地坐着，觉得老人成了一尊石像，正在我的感觉中渐渐远去。

忽然，她急急地说：

"你可以走了。我想一个人哭一会儿……你连这个都没看出来吗？！"

心口突然大堵。我站起。

"且慢。有件事我要告诉你……以后你就甭问我了，就从这一天起，我的耳边、我的生命里就没有音乐会了——日寇残杀了赵阿姨，活活吃了小玉，也让我失去了生命中最珍贵的东西——我的音乐和音乐会！

"你能理解这件事吗？"

我忽然战栗起来了。不是在别的时候，就是此刻！

没有了音乐会，她就得自己去面对真实的战争了！

"我……能理解。"我说。

我要走。我要马上走。我又在发抖了。不是为了她失去的音乐会，而是为了她今天讲述赵玉珠、霍小玉烈士牺牲过程时脸上一直保持的沉静与肃穆的表情。肃穆我可以理解，沉静就不容易了。可我现在懂了。因为今天的太阳只有对我才是新的，对于她，它却是六十余年前的旧太阳了。

第九天

给局领导的第二份报告

局长：

　　昨天中午处长传达了你对我昨天报告的口头批示。可是思量了一天，我仍决定再打一份报告，请局里考虑给我换一个工作。

　　不全是因为昨天报告里的原因。真正的原因是：我突然意识到我根本不适合做目前的工作。

　　昨天夜里我和科学院病理研究所的一位权威通了电话。我从他的谈话中知道了一种中国人很少知道的病：记忆残留。

　　我的调查已进行了八天。八天来我的失眠越来越严重，也让被调查者陷入了痛苦的回忆。我不知道这样下去，我会不会任务还没完成，精神就已崩溃。

　　我没有她的经历，可能负担不起她一生都在负担、回忆和咀嚼的那些残留的记忆。将她讲述的那些旧事接过来压在我的心头一点也不是我的愿望。

　　我真正担心的是我自己可能也患上了那种叫作记忆残留的可怕的病。

　　此致

　　敬礼

职：马路
1月23日晨

　　（局长批示：派个人去问问他，到底出了什么事？我们让他去做这项调查是相信他的能力。我昨天说过不换人，今天还是这个意见：换人更浪费时间。有困难让他说出来我们帮他解决。病了就去住院。什么记忆残留,听都没听说过。口头指示:对了,明天叫他先去住院,不要动不动就打报告。

晚上回家我看到了这个批示。处长说你到底怎么回事儿,我说没什么,真的没什么,我的主意变了,现在如果真地让我丢下这件事,我还做不到了。请向局长报告,除了调查结束后给局里写一份正式报告,我不会再打别的报告了。)

70

"今天天气不错。"

"是不错。您老的气色也不错。"

"是吗?……坐吧。咱们往下说。"

我坐下。打开录音机。

河原信行从虎跑撤走全部日军的秘密第二天我们就知道了。被秋叔叔派回狼谷方向寻找汪大海的一支小分队没发现他的下落,却意外地将三个月前派往哈东的交通员迎回到了新营地。这位交通员叔叔给秋叔叔带回的消息是惊人的:我们要西上哈东寻找的赵尚志军长和他的抗联三军已不在那儿了,他们已经来到了格节,正在寻找我们,向我们靠拢!

今天我要简短捷说。1935年6月省委第一次指示我们撤向哈东时,北满日军主力三万余人就已对我抗联三军的哈东根据地珠河、宾州、五常、阿城完成了"铁壁合围";9月,河原信行率日军与狼群在狼谷大战之际,我哈东根据地终于在顽强支撑三个月后全线崩溃;11月底,从根据地中心区退至根据地边缘的抗联三军在弹尽粮绝、伤亡惨重、进退失措的情况下,被迫撤出哈东,且战且走,辗转进入吉林东部,与李延禄的抗联四军会合,以求得喘息之机。赵军长最初想与四军联手,在吉东重建一块巩固的、可让三军和四军长久立足的根据地,可刚刚入12月,将我哈东根据地夷平的三万日军又尾追而来,在松花江南岸形成了对三、四两军新的合围。两军缺衣少食,四面受敌,被迫再次放弃我吉东根据地,合兵一处向松花江北岸突围。交通员告诉秋叔叔,赵尚志军长之所以会这样做,是因为眼下松花江南岸的我军根据地已全部丧失，全北满只剩下江北秋雨豪创立和坚守的一小块以狼谷为中心的游击根据地还存在着，除了率军过江向格节游击队靠拢，他和四军军长李延禄已没有更好的地方可去。秋叔叔这时才知道，他率领格节游击队离开狼谷、踏上西行之路的当天夜晚，三、四军主力也沿着一条长满芦苇的干河床，成功地钻出江南日军的合围圈，踏冰越过松花江，进入了格节南部。赵军长随即指挥三、四两军以摧枯拉朽之势，席卷沿途的日伪据点，使江北的斗争形势立即为之一变！被抄了后路的河原信行急忙收缩兵力，死守格节县城，除县城及周围五十华里的地盘还在日本人手里，其余广大地区全成了我军天下。交通员叔叔说：眼下赵军长一边以一连串极具他个人特色的凶狠猛烈的战斗扫荡沿途日伪势力，一边四处派人寻找格节党组织，并向以大裂谷狼谷为中心的原格节游击根据地靠拢，准备与秋雨豪和格节游击队会师！

　　这位交通员带回的其他重要消息有：一、年初遭到大破坏后由哈尔滨撤往哈东的满洲省委已不存在，基于斗争需要，远在莫斯科的中央代表指示南满、东满、北满各自成立省委，领导当地的抗日斗争。二、目前北满省委尚未成立，只有一个临时省委随三军行动。三、赵军长让他提前赶往狼谷知会秋叔叔，他带过江的不只是三、四军主力，还有一个在全北满地区重整旗鼓的完整计划，其中的要点有四：一是与格节游击队会师后正式成立北满省委，统一领导北满党和军队的斗争；二是以格节根据地为中心，重建范围广大的北满江北根据地，使我军拥有巩固的战略后方；三是大力扩充队伍——除尽可能扩大三、四两军的兵力外，还要将在连绵血战中为我北满军保留了最后一块根据地的格节游击大队扩编为一个新的军，番号是东北抗联第十六军，用以保卫未来的北满根据地；赵军长计划的第四点更惊人：响应中央这年 8 月 1 日通过巴黎《欧洲时报》发表的抗日宣言，在他暂时无法与南满杨靖宇的抗联一军、王德泰、魏拯民的抗联二军、东满周保中的抗联五军取得联系的情况下，先以三、四、十六军为中心，团结活动在松花江中下游的谢文东抗日救国军、李华堂反日支队、祁致中"明山队"，成立东北抗联总司令部和东北反日政府，统一领导和指挥北满和松花江中下游的对日战争。秋叔叔从交通员叔叔那儿得到的最后一个消息是：这次三、四军北上，同样陷入日军重围的谢文东、李华堂、祁致中也带着自己的人来了。北满临时省委给秋叔叔的指示是：尽最大努力准备粮食和营地，迎接北满抗联主力在格节的大会师！

　　你可以想象这些消息在我们心里引起的石破天惊的感觉。战争就是这样，经常会以它的变幻莫测令人头晕目眩，其中的玄机真是不可思议……在这个就要过完的

1935 年，省委一直指示秋叔叔率队西上，与三军会合，至少有两次秋叔叔就要执行省委的指示了，却又出于各种原因，没经省委批准就擅自留下了。就当时东北党内的严峻气氛而言，秋叔叔这样做是要承担重大风险的，如果哈东根据地没有失守，他这次即使成功地将全队带到了那里，仍有可能以自己的"严重违纪行为"受到严厉惩处，甚至可能被杀头。可现在事情突然翻了个个儿：正因为他的大胆"违纪"，没有让格节游击队过早地离开格节，才在地理和心理的双重意义上——心理的意义更大些——为突然陷入绝境的我北满抗联主力保留了一块可以信赖的根据地，并为北满抗联的决策者和公认的领袖赵尚志指引了一个突围、重新获得喘息之机的方向。

北满地区的抗日武装斗争就此将掀开全新的更加悲壮动人的一页……多少年过去了，有一个秘密我一直藏在心底，不愿讲出来：正因为秋叔叔和他的游击队历尽艰难守住了江北的这一小块根据地，伟大的抗日民族英雄赵尚志至死都对他怀有深深的感激与敬佩之情。稍微了解一点抗联历史的人都知道，赵军长生前虽是位叱咤风云的抗日名将，在自己人中留下的口碑却不好，最后几年他几乎和所有的抗联将领都闹翻了。赵叔叔牺牲于 1942 年初，那时北满地区的斗争形势已异常严峻，他在自己的队伍里不但失去了领导权，连能和他一起说话的人也没几个了，就是这时，一天他还是突然对我提起了秋叔叔。"英子，我只对你一个人说，"他满怀悲愤，喃喃如同自语，"秋军长死得太早了，要是秋军长在，北满的斗争形势肯定不会是这样！……"

我扯远了。开头还说什么今天我要简短捷说呢……交通员带回的消息在全队每个人心里首先引起了深深的震惊。我们刚刚离开狼谷，刚刚经历了虎跑地区的大血战，踏上西上之途，为此秋叔叔失去了赵阿姨，游击队失去了汪大海和包括小玉在内的数十名久经战阵的勇士，现在却有人告诉我们，不要再远行了，原先的目的地早就不存在了，相反我们要去寻找、投奔的人和他的队伍，却已到了我们身边，眼下不是我们把他们的根据地看成自己新的家园，而是他们把我们刚刚丢弃的根据地当成了奔投之地，早知如此，我们就不用冒死突围，赵阿姨、汪大海、小玉他们也就不会死了……对大家的胜利信心打击最大的是此一事变深处蕴含的东西：赵尚志本人和他的哈东根据地以及抗联三军一直是我们心中的旗帜，即使在狼谷之战中最艰苦的日子里，甚至是在狼群将我们围困得差点全军覆没的时候，一想到它们我们心里也是热乎乎的，因为那时对于队伍里的许多人来说，抗战必胜的信念并非全部源于自己的斗争，而是源于自己的战斗之外，因为在北满和东北的大地上，战斗着常胜不败的赵尚志！可是现在，不但哈东根据地不存在了，赵尚志本人和他的队伍也被日本人追杀得无路可退，竟退到我们的一小块根据地上来了！还有：赵尚志是日寇在北满追杀的头号劲敌，他走到哪里，一定还会把日寇的"讨伐"大军带到哪里，不用怀疑，过不了多久格节地区就将成为大批日军聚集的地方，敌我双方进行大对决的主战场，以前分散笼罩在北满和吉东上空的战争乌云，就要全部笼罩到格节的上空、笼罩在我们自己的头上了！

交通员带回的消息还让队里许多普通队员心底藏了很久的一个梦想破碎了。经历了一年的大血战，他们迫切希望能随着全队西上哈东的行程的结束，得到将息、休养、充足的饮食、服装和弹药的补充、队伍的扩大等等。现在这一切都因刚刚到来的大事变失掉了，等待着他们的，除了血战还是血战，而且是更大规模、更加惨烈的血战！

秋叔叔在这一关键时刻显示了他的力量。哈东根据地的丧失、三军和四军事实上的失败、北满抗日斗争中心向格节根据地的转移等等，对他的打击和别人一样大，但作为一名誓死抗日到底的游击队领袖，他不但看出了这些消息在队员们心里造成的消极影响，还知道怎么做才能将这些不利因素化作重新投入战争的勇气。秋叔叔在人们只看到黑暗的地方看到的却是光明。他对大家说：弟兄们，别气馁！哈东根据地虽然沦陷了，吉东游击区也被敌人占领了，但我们格节游击队还在，赵军长李军长和他们的队伍还在！弟兄们，当初我们弃家舍业、进山打游击，难道真的相信斗争会一帆风顺，一点挫折也遇不上吗？我们真的相信过自己轻轻松松地就能把日本人撵出去吗？我们不是早就下定了与敌偕亡、为国效死、不成功就成仁的决心吗！我们当然知道日本人眼下十分强大，可是我们自己也很强大！弟兄们，我们的强大不在于有多少人和枪，而在于我们是这块土地的主人，我们不是为了保卫别人，而是为了保卫我们的父母兄弟姐妹，保卫我们中国人在这块土地上世世代代生活下去的权利，保卫我们中国人的尊严而战。是日本人把我们逼上了不归之路，我们除了战斗别无选择，我们的力量就藏在我们心里，藏在我们与敌人不共戴天的血海深仇中，日本人可以暂时打败我们，也可以打败三军和赵尚志军长，但只要他们一天不消灭我们，我们心中仇恨的火焰就不会熄灭，我们与之血战到底的钢铁般的意志就不会有半点动摇！弟兄们，三军四军在哈东和吉东是败了，可他们到了格节，对我们来说却只意味着抗日力量的空前壮大，预示着一个以格节为中心的新的北满根据地的出现！三军和四军一直是我们的大哥哥，我们是它们的小弟弟，现在大哥哥主动向小弟弟靠拢过来，尤其是赵军长，一直是我们心目中的英雄，我们马上就能见到他们，以后就要和他们一起战斗了，这有什么不好！被困狼谷的日子，大家都觉得一支游击队的力量太单薄，日本人想怎么欺负我们就怎么欺负我们，和三军四军会师后就不会这样了，我们有赵军长和李军长，有英勇善战的三军和四军，日寇再想像过去那样欺负我们，办不到了！相反，我们却要和三、四军合兵一处，向敌人发起反攻，北满抗日武装在格节和全北满取得伟大发展和胜利的日子为期不远了！

在我的记忆中，秋叔叔就只对大家说了上面这一席话。但有这一席话就够了，没有人再说什么，一种新的坚韧、乐观、兴奋的精神，突然就在情绪消沉的队伍里出现了。赵尚志的到来标志着一个新的更加严峻的斗争时期的开始，但秋司令的话也是对的，赵尚志和李延禄亲率大军过江，要在这里团结起北满和吉东的所有抗日军，建立一块大面积的巩固的根据地，格节游击大队以后就再也不用孤军血战了，北满和吉东的形势也会面目一新，我们为什么就不能相信它是一件鼓舞人心的大喜事呢！

刚刚回到队里的交通员又被派回赵军长那儿，秋叔叔建议后者将新的根据地中心设在虎跑突围后我们的新营地格棱沟一带，这里已是小兴安岭原始林区腹地，便于我军大兵团隐蔽和回旋。秋叔叔自己则立即率领情绪转变过来的队伍投入了迎接大会师的斗争。虎跑突围后失去爱妻的秋叔叔，面对着小玉的残骸哭不出声、在我的感觉里像一尊石像那样突然崩裂的秋叔叔，此时化作一团烈火，一道狂飙，一柄利剑，四面出击，扫荡山里山外没能及时撤回格节城的日伪警察所、镇公所、物资仓库、日资煤矿和林场，杀死守敌，夺取枪支、弹药、粮食和冬衣。与地下党断绝已久的联系也恢复了，格节北半部范围广大的敌占区迅速变成了"红区"，人民群众欢欣鼓舞，游击队也由虎跑突围后的五十多人扩大到三百余人，重新编为六个支队。与此同时，一批新密营也在格棱沟建立起来，这是秋叔叔让留守人员为就要赶来会师的各路抗日军准备的驻扎地……我还是简短捷说吧，也就是半个月左右，一个以格棱沟为中心、方圆百余里的新的游击根据地已初具规模。剩下的事，就是派人为赵尚志的大军引路了！

1936年1月中旬，大家期盼的北满抗日武装力量的大会师终于实现。在格棱沟中心密营前的林间空地上，北满、吉东抗联的一代领袖赵尚志、李延禄、秋雨豪、李兆麟、祁致中，以及谢文东、李华堂等人，连同他们的队伍，历史性地聚合到了一起。随后就是著名的格棱沟会议。这次会议的内容和意义你在任何一本抗联史书上都能读到，这里我只要交代一下它的成果就够了：虽然赵军长在全东北建立统一的抗联总司令部的目标没有实现，李延禄和四军也由于没有得到东满省委的指示（四军一直由东满省委领导），无法参加赵尚志领导的东北（其实是北满）抗联总司令部，并在会后不久就回到了江南，但格棱沟会议还是促成了全北满和部分吉东抗日武装力量的大团结和大联合。会上成立了实际上由赵尚志领导的北满省委，秋叔叔也第一次进入了省委班子，一个名义上是全东北的、实际上是北满的抗联总司令部和"东北反日政府"建立起来，赵尚志众望所归地出任"东北抗联"总司令，非党抗日武装领导人李华堂出任"东北反日政府"的委员长，北满和吉东的民族反日统一战线大致形成。在新成立的北满省委和东北抗日联军总司令部主持下，格节游击大队被正式改编为东北抗联第十六军，军长秋雨豪，全军扩大到八百多人，有了六个师的番号、一个军部和一个后方勤务队。不仅如此，省委和北满抗联总司令部还同时决定把一直活跃在黑龙江、松花江、乌苏里江汇合处的虎林、饶河游击队改编为抗联第七军，将谢文东的"抗日救国军"改编为抗联第八军，李华堂的"反日支队"改编为第九军，一直孤军奋战在哈东五常地区、没能来格节参加大会师的汪雅臣"双龙队"被改编为第十军。一年后，北满抗联总司令部又将祁致中的"明山队"改编为抗联第十一军。会师结束，在格棱沟营地里，省委和北满抗联总司令部隆重为新编成的抗联各军举行授旗仪式，赵尚志亲手将抗联十六军的第一面军旗——也是历史上仅有的一面军旗——授予秋叔叔。接过军旗时，秋叔叔热泪盈眶，代表全军将士庄严宣誓：头可断，血可流，坚决抗日到底，为把日寇赶出东北和中国，誓死战斗到最后一兵一卒！

赵军长——现在应当称他赵司令了——的抗联三军也获得了大发展。过去关于赵尚志，我们听到过许多传说，但只是到了会师以后，我们才真正明白他在全北满有着怎样的影响和威慑力。格棱沟会议期间，从周围数百里主动赶来参加会师、要求他收编的队伍就达四五十支之多，一时间江北地区山林间几乎所有的"红枪队""山林队"都在我们营地里出现了，他们中有自发的抗日武装，因为仰慕赵尚志真心来投，也有不少是座山雕、许大马棒那样的"胡子"，这类人占山为王，打家劫舍，日本人要在全东北"绥靖治安"，他们也成了"讨伐"对象，主动或被迫地卷入了对日作战。听说赵尚志到了江北，慑于他的威名，害怕不来投他会遭到三军的无情打击，不得已前来虚与委蛇一番。赵叔叔这时的表现完全像一个天才的军事战略家和组织家，对所有来投的"山林队""红枪会"等等，他一体接纳，真心实意者经过考察他照单全收，半心半意和假心假意者他也慷慨收编。他知道这些人要求他给的只是一个番号，有了这个番号他们既可自保，又能在遭遇日军进攻时求我北满抗联主力"拉一把"。赵叔叔不拒绝给这些"胡子队"一个番号，但他每在名义上"收编"一支这样的队伍，也就借机对其绳之以抗联的"法律"，譬如严令其不准与我军为敌、不准祸害老百姓、不准通敌等等。赵叔叔当然知道这些队伍并不都会铁心跟他抗日到底,但他收编了他们,也就不费一枪一弹把这些可能投敌的队伍变成了同盟军……格棱沟会议结束时,三军的总兵力——至少在名义上——已由进入格节时的一千多人扩大到创纪录的六千人,其中三千是虚的,是他收编的"红枪会"和"山林队"的人数,另外三千却是实的,是三军的基本队。失去哈东根据地后的三军,就在这时完成了空前的大补充。赵尚志似乎不费吹灰之力,就实现了自己重建一支大军的雄心!

我也有了自己的收获。我的收获是见到了赵叔叔。我说过的,小时候他曾作为满洲省委的军委书记在我家住过,事隔多年,他却仍能一眼认出我。原来妈妈牺牲的消息也早就传到了哈东,赵叔叔这次见到我,一开口就说到了妈妈。我已经有好久没想到妈妈了,赵叔叔让我又想起了她和英男的惨死,想到了她作为一名抗日女英雄在北满抗联将士中受到的尊敬,一转念却又想到身为一名孤儿的我在妈妈牺牲后的遭遇和命运,忍不住扑到赵叔叔怀里大哭起来。铁打的赵尚志——那年月无论我们还是敌人都这么说他——这时紧紧把我搂在胸前,一滴泪也没掉,可他的脸色变了,浑身突然剧烈地发起抖来。"英子别哭,"他大声说,像是恼了,"好孩子不要哭,赵叔叔就是不能听到咱们的人哭!咱们是中国人,中国人流血不流泪!留下气力杀日本人!"他的声音更大了,几乎在吼叫,"记住,赵尚志不会放过一个日本人的,只要他踏上了我们的土地,我就要让他们一个一个地死无葬身之地,一个也甭想再逃回去!……"赵叔叔吼完这番话,过了大半晌浑身的颤抖也没消失,这时的他就像一个害了伤寒病的人,脸色灰白,独眼圆睁,下意识攥紧的拳头咯咯作响。开始我还沉浸在自己的悲哀里,冷不丁一下哭声就止住了!

我想到了浩二,我的日本弟弟,他也是个日本人,赵叔叔憎恨日本人天下闻名,眼下他还不知道自己的队伍里就有一名日本人活着。他要是知道了,会怎样对他,我可一点也不知道——我一定不能让他知道了这件事!

71

大会师期间我身边也发生了一些事:随着斗争形势的好转,游击队和格节地下党关系的接通,又有十一个女孩子先后被送到了队伍里。她们中年龄最大的是邱梅,二十三岁,一位不久前牺牲的游击队员的寡妻;最小的叫下霞,只有十五岁,佳木斯女二中的学生，父母都是地下党员，一个月前双双被日本人捕杀，就在日本兵赶往学校抓她前半小时，被人直接从教室里接走，星夜兼程送进了抗联营地。秋叔叔将她们和我、浩二合编成一个后方勤务队，由军长直接领导，邱梅大姐当队长，我和松下浩二仍旧单独编为一个战斗小组，我还是组长。秋叔叔没有让我们勤务队——其中就包括我和浩二——参加大会师前他率领全队向日伪势力展开的大反攻，他让我们留在格棱沟修筑密营，为迎接大会师做准备。大会师实现以后，我们勤务队则被他派去为参加格棱沟会议的抗联领袖们做饭。就在这长长的一段日子里，我心中突然生出一种感觉：我和浩二看不到他了。大会师前他忙着率队向敌人展开反攻，回营地的时间很少；大会师以后他天天地同赵尚志叔叔和其他抗日领袖在一起，每天的会都要开到深夜。会议进行时秋叔叔基本上不会离开会场——会场就在他和赵尚志合住的那个木刻楞里，他算是东道主——不过就是会议暂停、让大家出门透一口气的时候，他也总是和赵叔叔形影不离。他们常常一起走出木刻楞，顺一条小路走过门外称作"大伙房"的地窨子（我、浩二、邱梅大姐就在那里面为他们做饭），走向营地前方的森林。离得这么近，每天开饭时都会见面，他却一次也没有离开过赵叔叔他们，单独走进"大伙房"看一眼我们。

秋叔叔变了。我是通过自己内心深处那双随着年龄渐长悄悄明亮起来的眼睛看到这一点的。时光进入1936年，我虚岁已经十六，虎跑突围对我来说不只是一道生死之坎，还是一道年龄和心理成长之坎。我自己甚至也明白这个。虽然冬天仍没过去，四周的山林依旧白雪皑皑，一道道冰河闪着明亮的寒光曲曲折折地盘旋于峰峦叠嶂之间，我仍然透过自己内心的眼睛看到了渐渐变蓝的天空，感觉到扑面而来的寒风已不像以前那样凛冽。春天还没有到来，但春天就要来了，我生命的春天。在过去我的眼睛只能看到一层景物的地方，现在我意识到自己能看到——也许是想象到——另一层或多层景物了。我在凛冽的寒风中"看"到了温暖的春风，在广大无边的冰雪里"看"到了春水和将要到来的满山新绿。我也感觉到了那些正在我生命中发生的只与我自己有关的改变：也许是斗争形势暂时好转，进山一年多来第一次有了较为安定的生活，已是虚岁十六岁仍没有来过红的我第一次来了红，接着，我发觉我一向平平的小胸脯也一天天起了神秘的变化，它们还是那么小，却开始悄悄隆起，越来越丰满。有句话你听了一定难以置信，但却是真的：直到这一天之前，我虽然知道自己是个女孩子，却不懂得什么是女孩子，可现在我懂了。我在这种发生在身体内外的变化中头晕目眩，又羞愧不安，但这种变化还是不知不觉地改变了我，我的目光，我的形体，我的心态，突然都是新的、女性的了。我用这种目光透视自己和别人，于是就发现了更多的新东西，几乎是一个全新的世界，而我自己，也在这个世界里令人害怕地长大起来！

秋叔叔变了。在他似乎是无意中表现出的对我和松下浩二的冷淡和疏远中，我生命深处的那双能够透视到更多事情的眼睛一下就看到了某种更真实的、让我的心剧痛起来的迹像象。不是长达一年的大裂谷和狼谷之战，也不是差点让格节游击队全军覆没的狼群之围，而是不久前的虎跑突围，是赵阿姨、小玉和众多游击队员的惨死，汪大海的失踪（现在我们认为他一定是牺牲了！），突然改变了秋叔叔。站在这道生命的分界岭上回头望，是以前的秋叔叔，冷静、乐观、热烈而威猛，一双明亮的、具有穿透力的眼睛，一张永远洋溢着信心之光的脸，这光不是外在的而是由烈火般燃烧的生命激情从内向外自然而然透射出来的；站在这道生命的分界岭上望过去，是今天的秋叔叔，乍一看什么变化也没有发生，但只要是你用心朝他多看两眼，就能发现他和以前的生还几乎每一个细微处都不一样了：秋叔叔他的目光依然是亮的，细看你却会发现它们之所以明亮是由于他的一双血红的眸子上始终蒙着一层抹不去的泪水，而且这泪水不是他自己能感觉到的或者能控制的，它们自心灵之泉中渗出，闪烁着悲惨的光泽，在主人意识不到的时刻悄悄涌出，让看到它们的人一下子就悲从中来……不，还不只如此，有了这层泪光，你还会突然觉得这双眼睛的主人以后不管再望到什么都不会像过去那样清晰了，无论是一座雪山还是一棵大树，一片天空，一朵白云，他能望见的都会是一汪泪水；秋叔叔瘦骨嶙峋的脸上的表情依然坚定、刚烈、自信，不过有了这样一双眼睛，脸上原有的一些特征就像是突然被一只看不见的手改动了，一些新的、让你的心灵为之悄悄打战的东西悄悄凸显出来；一举手一投足之间，他的动作仍然果断有力，但不知为什么不再像过去那样敏捷和准确了，常常正在做着一件事，他的手好好的就会突然痉挛起来……毫无疑问，这个人依然是抗联十六军的核心和灵魂，这一点并没有改变，改变的是一些不易觉察的东西：以前我熟悉的那个大将风度的秋雨豪不在了，现在的秋叔叔有点像秋姑死后的汪大海——生命中隐蕴着巨大的悲痛与愤怒，如同乌云中隐藏着可怕的雷电，却又突然暴露出了某种他自己根本没有意识到的无法负载这些沉重、悲苦和愤怒的脆弱。他就像是一尊从上向下由内到外不为人知地崩裂出许多细纹的雕像，虽然还没有轰然坍塌（像我在小玉坟前想到的那样），但距离那一天也为时不远了。秋叔叔生命的光焰，就像一盏灯油燃尽的灯，要熄灭了！

我一点也不喜欢自己透过内心深处的眼睛看到的东西。夜里我为我在秋叔叔身上看到的死亡征候偷偷躲在被子里失声痛哭。渐渐地我甚至自己也明白了秋叔叔今日为什么不愿见我和松下浩二：因为小玉。他曾当面对我和小玉保证过我们一定能活到胜利的一天，因为我们是孩子。可现在小玉死了，他没能保住她，而他却是个把自己说出的每句话都当成誓言的人！我还明白了，秋叔叔不愿意见我、他生命中突然出现的脆弱，一定还和他内心中积聚的巨大的痛苦与悲伤有关：以前他没能很好地保护住秋姑，这一次又没能在虎跑突围中保护好赵阿姨，说到底她们才是他生命中最亲的两个亲人！他可以承受得了自己的死，却无法承受秋姑、赵阿姨尤其是小玉的死！秋叔叔不愿意见我，是怕一见到我就会想到秋姑、赵阿姨，特别是惨死的小玉！

可是我不想让秋叔叔死！对我来说他不只是一位游击队的领袖，一位叔叔，他还是一位恩重如山的父亲，我永生永世也忘不了的亲人。哪怕是在赵阿姨和小玉死去后他突然对我表现出的疏远和冷淡里，我仍然能够看出和感觉到他那双噙着厚厚一层泪水的眼睛从没有真正离开过我，不，它们一直都在从远处悄悄地望着我！他也许在想：秋姑死了，赵阿姨死了，小玉也死了，我们这四个当初随他一起进山的人只剩下我一个了，他真能保住得我吗？秋叔叔不知道我已经不是个孩子了，我长大了，他心里想些什么我都能猜到了！秋叔叔，无论是小玉还是我，也无论我们是生还是死，你都竭尽了心力，小玉死时不会怪你，不是你和赵阿姨没能照顾好她，是那时有更多的人需要你和赵阿姨照顾！以后我就是死，也不会怪你的！我已经拖累了你、秋姑、赵阿姨和别的叔叔们，为了我已经死了那么多人，现在你也要死了！心痛而死。不，秋叔叔，你不能死，我不愿意让你也随着秋姑、赵阿姨和小玉死去！只要你能不死，只要你能养好内心的伤痛，重新变成过去那个刚强、勇武、快乐、生气勃勃的人，我宁愿自己先死！

72

大会师期间另一个变化极大的人是浩二。虎跑突围中，我已亲眼看到了他的英勇，老实说最后不是他用那挺机枪在我的身边疯狂突击，然后又拉着我的手一口气奔走了五十里山路，我很难想象自己会不会像小玉那样落到日本人手里，被他们烤着吃掉！但在浩二心里，情景却不是这样，他觉得自己那天一直恐惧万分，所谓的英勇冲击行为只是他于一种后来我称之为战场迷狂的精神状态下作出的本能的和应激的反应，过后他不但说不出他和我是怎么从那条长达十余华里的死亡之谷里冲过来的，也记不清最后冲过敌第三道封锁线时他是不是真地用一挺机枪帮助我和全队开辟了通道。他能记得的只是赵阿姨和小玉的死！

浩二在赵阿姨的坟前放声大哭……这件事昨天我说过了。我没说的是：站在小玉被吃得只剩下一副骨架的遗体前，浩二突然晕了过去！从虎跑回到格棱沟营地后浩二病了一场，等他能重新爬起来时，他身上发生的变化几乎让我失声叫起来！

"浩二——"

"姐，秋司令是不是带人打鬼子去了？"一见面，他就用一种委屈、愤怒至极的腔调冲我大声喊道，脸色铁青，两眼晃动着泪水。

"是啊，怎么啦？"我走上去，问，一边惊奇地打量着他那消瘦得不成样子的脸和身子。

"他们走时怎么不带上我？"他的叫声更响亮了，"秋叔叔说我已经是个游击队员了，可他去打仗还是不叫上我！……他还有你，是不是直到今天还是信不过我！啊啊啊……"

他蹲下去，捂住脸大哭起来。

忽然我明白了他的心思，走过去抱住他。"浩二你别胡思乱想！"我也喊起来，"秋叔叔走时也没有带上我，没带上我们，你能说他也信不过我们吗？"

浩二不服气地越发厉害地哭着，抬起头来喊：

"可你们是个女的，我不是！我是男的……就是你不说我也知道，小玉姐是因为我才死的，我想去打仗，为死去的小玉姐和赵阿姨报仇！啊啊啊……"

我吃了一惊，急忙喊：

"浩二你胡说什么？怎么是因为你？小玉的死和你有什么关系！"

浩二渐渐止住哭声，回头愤怒地望我一眼，大声地恨恨地喊道：

"姐，你怎么啦？……要是咱们的队伍里没有我这个人，赵阿姨丢开小玉姐扑向日本军阵地后，你就会拉上她的手跟着队伍跑！可是你要拉着我跑，就不能去拉她了，小玉姐那时已经跑不动了，没有人拉她一把，她就被那群野兽吃啦！"

最后一句话他是山崩地裂地喊出来了。喊出这句话，他再次捂住脸号啕大哭起来！

这次他哭的时间更长，我走过去劝他，没想到劝着劝着自己也和他一起搂抱着哭起来。浩二的话不全是他自己的瞎琢磨，当时要是我身边没有松下浩二，赵阿姨为救秋叔叔扑向敌阵地时，我确实不会丢下小玉不管，那样小玉也许就不会死了！

可我马上又想到不能这么想！浩二可以这么想我却不能。我只能继续对他说小玉的死真的和他没关系。过去他是日本兵，但参加格节游击队后他就和我、小玉一样是游击队员了，如果我一定要拉着一个人突围，拉着他还是拉着小玉是一样的！我还告诉他：突破敌最后一道封锁线时如果不是你抱着一挺机枪帮我，我说不定也像小玉一样被人吃掉了！浩二你千万不要再为小玉的牺牲折磨自己，你、我、赵阿姨、秋叔叔在这件事情上都没有错，杀死小玉的是日本人，我们应当从现在起在心底立下誓言，要一个一个杀死那些将小玉烤着吃掉了的日本兵，为惨死的人报仇……

这以后我们又在那片草地上坐了许久。浩二和我都没有再说什么，可是我明白，他有一些更惨痛的心里话没有说出来。

"姐，等秋司令回来，你帮我求求他吧，"后来他说，"哪怕只相信我一次，只让我和咱们的队伍出去打一仗呢！我就是死了，也不会再像眼下这样觉得自己愧对小玉姐，天天心痛得睡不着了。姐，我这样活着生不如死！你一定要帮帮我！……我真想去杀那些吃人的日本人，他们不是日本人，他们玷污了日本人！……"

我惊讶地望着他，觉得自己第一次从他的一双泪眼里看到了一个新的松下浩二。我觉得自己清楚地望见了他的心。以前我虽然觉得我们之间情同手足，可不知在我这儿还是在他那儿，总有一点说不清的东西妨碍着我们，就像有一条雾中的河，让你看不清对岸全部的风景。现在我突然明白看清楚了：原来我如此仇恨的"日本人"几个字在他心里和在我心里是完全不同的，因为他自己是日本人，他的秀子姐姐也是日本人，他无论如何也不能承认所有的日本人都是坏的。但是今天，他自己非常简单地就跨过了心中的最后一个障碍，将日本人和正在中国土地上吃人的日本鬼子分开了，他还为自己找到了参与战争杀死日本兵的理由！

赵阿姨和小玉的死突然让他长大了，我想——不是长大成了一名合格的抗联战士，而是长大成了一个人，这个人依然是日本人而不是中国人或朝鲜人，但他已经是个人了，他拥有了一双能辨别人间善恶的眼睛！以后无论是顺境还是逆境，也无论是生是死，我都不用再担心他了！

但我却没有帮助他实现自己的心愿。首先是秋叔叔离开营地后，直到大会师前几天才回来，这时大反攻已经结束，接下来的事是准备会师，没有仗打了。其次，我没有也不想告诉浩二的是，虽然当时我答应了要帮他，随后我的心思就变了。我的心思是：如果赵阿姨的死还没有让我想到什么，小玉的死和秋叔叔生命中突然暴露出的脆弱，却让我清楚地意识到自己或早或晚也是要死；赵军长和大批北满抗日武装的到来，预示着日军也将麇集格节，一场大规模也更为残酷的战争将在我们这儿展开；我是逃不出这场大战了，随着哈东根据地的陷落和省委转移到格节，我自己不再能被秋叔叔托付出去，送进哈尔滨的音乐学校。大会师后秋叔叔、赵叔叔和北满临时省委的其他负责人都没有再提起这件事，我知道这不是疏忽，其中唯一的解释是无论是在哈尔滨还是别的城市，现在他们都没有力量为我找到一个可以藏身到战争结束的家和一所音乐学校了，我只能继续待在山里，参加以后的大战！但在这场大战之前，我却应当——也有可能——帮助浩二逃出战场，离开中国回日本去！

我在无边的黑暗中望着自己。我的眼里噙满泪水。我觉得我第一次清楚地看到了一个真实的自己：生在亡国的惨痛之中，随父母颠沛流离到了异国，然后又失去父母和所有的亲人成了孤儿，终于要在一场战争中悲惨地死去。我从来没有想到自己真是一名游击队员，现在却发觉从进山的头一天就拥有了一个普通的游击队员的命运。不，因为日本人有吃女孩子的嗜好，我还非常可能像小玉那样惨死。可是一想到我在自己死去之前还能让另一个人活着离开战场，我的悲惨的心就不那么悲惨了，它变得简单、绝望、坚定而又急切：只要我能帮助浩二逃出战争，逃回日本，活到战后，我自己的一部分生命也就跟着他逃出去了，我这个被命运抛到异国他乡的朝鲜孤儿，就没有全死在这场战争里！浩二要么马上就逃走，要么像我一样永远也逃不出去了！

还有赵叔叔，我真怕日子久了他会发现浩二的存在。到那时他会对他怎么样，我是不是还能保护得了浩二，就难说了！

我急切地等待着机会，要跟秋叔叔重提浩二的事。有过了虎跑突围、赵阿姨和小玉的惨死，我觉得秋叔叔不可能对我的请求一点也不予考虑了。毕竟在赵阿姨的坟前，秋叔叔透过泪眼重新发现过浩二仍然是他当初认出的那个日本孩子，一个和小玉、我一样年龄的孩子！

可在找秋叔叔谈这件事以前，我要先和浩二谈一谈，我需要他的配合。虎跑突围后他变得那么厉害，一心要亲手杀死几个日本鬼子，现在大战在即，我却要秋叔叔送他走，他会同意吗？

一个晴朗的午后，干完"大伙房"里的活，我把浩二叫到营地外的一条冰河边，在一片无雪的枯草地坐下来。

严寒的冬季还没有过去，春天连一点影子也没有。可是接连好几天，风停雪住，太阳明晃晃的，蓝天辽远，大地森林一片宁静，给人的感觉是春天就要来了……我凝视着远方的一座雪峰和雪峰下的乌色森林，猛然间觉得喉头有点堵！

掐指算起来我和浩二在一起已经半年多了。我已经习惯于和这个早就被我视为亲骨肉的人朝夕相处，像照料英男那样照料他了！一旦秋叔叔答应了我的请求，他可能很快就要离开我了。我还担心他不愿离开游击队，可今天刚想到他会离开自己，我的心就疼了！

"姐，你怎么啦……病了吗？"浩二望见我的脸色不对，惊慌地问。

我摆摆手让他靠近我坐下。我恨起自己来——你是怎么啦？正因为你已习惯于将他看成是自己的亲人，不愿让他和你一起死在将要到来的大战中，才让浩二离开你——你为什么又这么想不开了！

浩二一直担心地望着我，他不知道我在想什么。

我让自己平静下来，说：

"浩二，姐姐把你叫出来，要跟你说一件事。大会师结束了，昨天李军长已带着自己的队伍走了，马上谢文东、李华堂、祁致中也要带人走了……"

浩二静静地听着，眼里现出一点焦灼——他不明白我为什么要跟他谈这些事。照游击队的纪律，是不准谈这些事的。

我不望他的眼睛。我望着远方那座在晴朗的蓝天和阳光下闪亮的雪峰。

"浩二，他们有的走了，有的就要走，接下来就是战争。姐姐觉得，你也该走了！"

听了我的话，浩二大叫一声，脸色登时白了。"姐呀，你要对我说啥？"他已经越来越惊慌了！

心疼的劲儿没有过去，可是我挺住了——我故意提高声调，凶凶地说：

"你总不会忘了我们俩说过的事情吧？……姐想等秋叔叔的会一开完，就跟他提送你走的事！姐这回琢磨着，也许咱们能成功！"

浩二的眼睛越睁越大，脸上迅速闪过那么多复杂的一闪即逝却又相互冲突的感情，其中有惊讶，恍然大悟后突然在心底汹涌起来的激动，同时又有犹豫和猛然而至的拒绝。

"姐，可是我……不！"

虽然我已有了那种预感，心还是大跳了一下！

"怎么？——你不愿意？"

"姐,我不是不愿意,我是不能!我也不想——这么走我对不起赵阿姨,也对不起秋叔叔和你!你们都没有走,我却走了!我向游击队的队旗发过誓的,要和你们一起战斗到底!……我最对不起的是小玉姐,她因为我而死,我却什么也没为她做,回日本去了!……就是真能回去,我也会瞧不起自己的:小玉姐死后我是发过誓的,至少要亲手杀死一个日本鬼子——不,姐,我不能走!"

他用双手捂住脸,泪水从他的指缝里流下来,忽然他两手背在脸上一抹,头高高地昂起来了!

"可是浩二——"

"姐,甭说了,"他跳起来打断了我的话(这是第一次,过去从没有过),望着冰河曲曲折折向远方的林海伸去,脸上已没有一滴泪水,有的只是决绝、愤恨和狂怒。"我说过了不走就不会走,如果你和秋叔叔——你们——真把我当成自己人看,就不要再提这件事!姐,我想走,想离开中国,可不是这会儿!"说最后一句话时他的声音忽然变了调,成了哭腔!

我得承认,虽然我事先想象到了他会拒绝(如果不这样说不准我还会失望),但他的心情如此执着,情绪这样激烈,还是让我感动了!——浩二比我期望中的他还要像一名抗联战士,像我的弟弟!

我也站起来,顺着他的目光望着伸向远方的冰河。这一刻,我的心里平静而满足。我说:

"浩二,即使为了赵阿姨和小玉,你也要听姐姐的安排,一旦秋叔叔答应了,马上离开这里!

"浩二,姐姐眼下还不知道秋叔叔会不会答应这件事。但是你,你自己,首先就要答应姐姐,同意姐姐这么做。姐姐这么做,第一个是为你,为你的秀子姐姐;第二也是为我,为秋叔叔,为死去的赵阿姨和小玉。事情很清楚,我们不会再西上哈东,姐姐也不会再在队伍西上哈东后被托付出去。小玉死了,赵阿姨死了,姐姐也会死,你要是留下,很可能也是一个死。但你要是听了姐姐的话,成功地逃回日本,你就不会死了。我们这三个人——我、小玉、你——我们这三个没长大的孩子,就至少有一个人没有死,日本人再想把我们和我们的大人们——秋叔叔、赵阿姨、秋姑、汪大海——一起赶尽杀绝,就永远也办不到了!

"浩二,这就是姐姐今天要对你说的话。你去生,姐姐去死。浩二,难道你不想活下去吗?难道你真的不想回去和秀子姐姐团聚吗?人活着多好,每天都能看到今天这样的天空、雪原、冰河、森林，你可以走出大山，去哈尔滨或者大连念书，进一所梦寐以求的音乐学校。可这些事情都不属于姐姐了，它们也不属于秋姑、赵阿姨和小玉，但它们有可能属于你。既然如此你为什么一定要拒绝它？你有什么权利拒绝它，在我这个要去死的人面前？我说过了，你去死，我们去死，并不是你一个人的事，这是我们大家的事。你是我们中间的一个，命运让我们被迫卷入了这场战争，我们活过，战斗过，你要不走，我们的命也就是你的命，你的命也就成了我们大家的命，但是你走了就不同了，我们的命没有成为你的命，你的命却改变了我们的命。我死了，小玉死了，赵阿姨和秋姑死了，关于我们这些人的一切，我们的战斗和死亡，就没有什么人会知道了。但只要你活着，我们中间就有一个人、一张嘴活着，有关我们的一切，就有一个人会一直代表我们记着，等待有一天能够向全世界的人讲出去，这样我们的命也就被改变了——是你改变的！

"不，只要你活着，我们大家也都活着。小玉没有死，赵阿姨和秋姑没有死。我也没有死，我们都在你的心里、嘴里活着，于是也就都在世上活着，我们也就再也不会死！

"姐姐让你离开这里还出于自己的一份私心。姐姐想让你离开时特别记住我的一生。姐姐已经把自己的全部经历，我的每一位亲人的遭遇，都告诉你了。姐姐的一生虽然短暂，但它也是一个人的一生，一个女人、一个没长大的少女的一生。我的命运悲苦而又凄凉，却一直是在好人中活过来的。秋叔叔赵阿姨是怎么待我的你都知道了，以后几天里，我还要将秋姑的事一件件告诉你，将格节游击队进山后每一个为我牺牲的人的事告诉你。我要你一定记住它们，不单是为了有朝一日你能将它们都讲出去，让别人记住世上曾有过我这么个微不足道的人，更是想通过你让世人知道我的命其实没那么苦，我身边有过那么多待我如同亲人的人，想通过你让他们记住秋叔叔、秋姑、赵阿姨、秦叔叔、胡爷爷和胡奶奶的名字。我还想让你战后一个人去朝鲜找我的爸爸，将这一切全告诉他，也让他知道，虽然他的女儿死了，可她最后的日子是和这些人在一起的，她不能说自己的日子过得不好。不，你要让爸爸相信，他女儿最后的日子是幸福的，快乐的。

"浩二，走吧。我再说一遍。你去生，我去死，我们分开走上两条不同的路。我们都是抗联战士，每个人肩上都担着责任。我的责任是在以后的日子里，和秋叔叔、赵叔叔他们一起战斗到死，你的责任就不同了，你要负担着我的嘱托、负担着让我、赵阿姨、秋姑、小玉死而复生的重任逃出中国，活下去，直到战后，实现让我们不死的愿望。你是不是能一直活到那一天，关系着一个人、一群人、一支抗联队伍的命运。这就是你的命，和姐姐不同，但一点也不比姐姐的命轻松……"

浩二没有听完我的话就受不住了，他突然扑到我的怀里，大放悲声……他哭得长久、惨痛而又酣畅，最初让我害怕，但是渐渐地我明白了：他接受了我的安排，这个正在埋头痛哭的人，这个虎跑突围后一直在狂热的复仇情绪中不能自拔的人，现在又是个恢复了人的正常感情和理解力的日本孩子了！

73

战争的乌云正在远处聚拢，却还没有向我们头顶黑沉沉地压过来。格棱沟会议期间，关东军司令部虽然雪片般地接到了河原信行有关赵尚志过江北上与秋雨豪的游击队"合为一股"的急报，却没有马上采取行动。南次郎不相信赵尚志真地率部过了江，他担心赵尚志正跟他玩"声东击西"的把戏。格节游击队在中井弘一和河原信行长达一年的"讨伐"中已差不多被消灭殆尽，秋雨豪已率其"残部"经虎跑地区"西窜"。赵尚志目下弹尽粮绝，急需得到补充和喘息，秋雨豪走后以大裂谷——狼谷为中心的格节"匪区"已不存在，他要到那片人烟稀少得不到接济的地方去干什么？南次郎刚刚"剿平"我哈东根据地，他觉得此时自己的眼睛和赵尚志的眼睛紧盯的仍是那里。赵尚志在哈东经营多年，这次虽然败了，谁知道他会不会在日军刚刚撤出时再杀将回去呢？可南次郎也没接到赵尚志重回哈东的消息，于是赵叔叔过江后停在江南的三万日军既没有跟着过江，也没有接到命令杀回哈东。赵叔叔之所以率军过江是他事先不知道格节游击队和根据地的情况，南次郎没有紧跟过来却是因为太了解那里的情况，然而这样的阴差阳错，却难得地给了我军一段没有战争的日子，在格节完成了集结、休养和补充。

但我们自己却没有想到这段日子会那么长，我们以为它可能会持续几天，最多十几天，要不了半个月，最多一个月，南次郎屯聚在江南的大军就会在我新的北满江北抗日根据地重新搅起漫天腥风血雨。我焦急地等待着格棱沟会议结束，它不结束我就不能向秋叔叔提到浩二的事，就是我说出来秋叔叔也没有时间理会，可是我又害怕他们的会一直白天晚上地开下去，那样我就是想在大战前将浩二送走，可能也来不及了——日本人会给我们留下那么多的时间吗？

格棱沟会议就在这时突然结束了！头两天还说不知道要开多少天，忽然又说已经结束。四军军长李延禄、八军军长谢文东、九军军长李华堂、新编北满抗联独立师师长祁致中（后来的十一军军长）相继带着自己的人走后，在秋叔叔和赵叔叔的木刻楞里继续开的已经是三军和十六军的联席会议了。现在就连这个会议也结束了！一天午后，我终于一个人见到了秋叔叔。当时我正从我和浩二住的地窨子里端一筐干菜，从秋叔叔的木刻楞前走向做"大伙房"的地窨子，秋叔叔难得地一个人从木刻楞里走出来，并且——已有好久没这样了——一眼就盯上了我。

"英子——！"

我站住了。秋叔叔已好久没有主动搭理过我了。今天，他的眼睛里又有了我！

"秋叔叔——！"

秋叔叔瘦得更厉害了，脸上胡子拉碴，颧骨高突，两腮塌成了坑，像一个久病初愈的人那样脸色白中泛青。但是有一点很明显，他的心情比起前些天轻松多了。

"英子，你干什么呢？"

"邱梅大姐让我拿些干菜！"

"今晚上要给我们吃干菜了？"

"嗯。"

虽然只说了几句平平常常的话，我的心却热起来！

——看样子，我可以跟他提起浩二的事了！

——秋叔叔这会儿心情不错，我要是不抓住这个机会，就可惜了！

"秋叔叔——！"

他就要从我身边走过去了，这时又站住，回头。

"英子，有事吗？"

我的眼泪下来得这么快，连我自己也没想到——一个我和浩二不可能成功、秋叔叔还是不会答应的念头陡然涌上我的心！

秋叔叔的脸色变了。秋叔叔经历的死亡越多，越是不能容忍别人在他面前流泪——忽然，我看到他发乌的嘴唇微微抖起来，他不看我，脸扭到一边去，急急地说：

"英子，你是不是有事？——有事就快说！"

我三下两下抹掉了眼泪。秋叔叔现在尤其受不了我的眼泪。他在我的每一滴泪水里都能模糊地看到死去的赵阿姨和小玉的影子！我要赶快告诉他，我今天在他面前流泪另有原因!

"秋叔叔,大会师是不是快完了?"

"嗯。……你问这件事干什么?"

"你还记得离开狼谷前我对你说的事吗?大会师完了,李军长谢军长他们都走了,这里只剩下咱们自己和赵叔叔的队伍了……松下浩二也该走了!"

秋叔叔显然不想再低头看我,可这时他还是下意识地低下头,吃惊地看了我一眼!

"松下浩二?"

"对。他不是中国人,也不是朝鲜人,我们马上就要打大仗了,别人都不该走,可他是个日本孩子,他和这场战争没有关系……秋叔叔,我求你赶在日本人赶来以前派人帮他逃走吧,帮他逃出中国!我和小玉死就死了,可是他也和我们一样是个孩子!我们和他不一样,我们无处可逃,可他可以逃回日本去……秋叔叔,你就放他一条生路吧!"

我不想哭,可此刻我的心那么绝望,又觉得秋叔叔还是有可能不答应这件事——赵阿姨和小玉刚被日本人惨杀,松下浩二到底是个日本人——还是忍不住哭了。我还一下子逼真地想到了浩二的死:浩二现在不是个日本兵了,他是个抗联战士,穿的是抗联的军装,扛的是抗联的枪,日本人要是抓到了他,会不会发现原来他也是个孩子,身上的肉还比较嫩,像吃掉小玉一样将他烤着吃掉?!

秋叔叔没有马上回答我。他愣了一下,像被人冷不丁抽了一鞭子似的,脸色苍白地看我一眼,一句话也不说,就突然离开我,走了!

我失望地站在那里,噙着两眼泪水!我望见他没有走回木刻楞,却一路头也不回地走向了营地前面的林子深处……忽然我的心里像是被烙铁烙了一下似的疼了,心情随之大变!我不敢相信自己的直觉是对的,但又不敢不相信它是不对的!

我丢下手中的干菜筐,向秋叔叔走进去的那片林子飞奔!

秋叔叔坐在林子边一块石头上,前面是一道长而曲折的大山峡。秋叔叔听到了我的脚步声,却没有回头。待我一步步走近,他背对着我,突然冷冷地说:

"英子,我现在问你,这个松下浩二,你真敢相信我们放他回去,他不会再回到中国杀人吗?……你真敢相信他不是要回到日本人那儿去,把我们的事情告诉对方,引他们来'讨伐'我们吗?"说到这里停了停,我忽然清晰地听到了他急而粗的喘息,"英子,你真地相信他,不会再成为我们的敌人吗?"

我没有片刻的犹豫，就回答了他的话：

"秋叔叔，我相信！"

——我明白，只要我有片刻的犹豫，秋叔叔也会不相信我的话！

这以后他沉默地望着前方。大山峡就在他视线所及的地方拐了个弯，两座雪山重叠在一起。他不回头！

这一刻异常漫长，我的神经被它越拉越长，几乎要断了！

"好吧！"他突然斩钉截铁地说，"你现在就回去，告诉松下浩二，后天夜里我们有人南下，到江南去侦察敌情——这个不要告诉他！——你让他跟着他们走！"

我本想对秋叔叔大喊一声，喊出我的激动与感谢，可我没喊。我怕再多说一句话秋叔叔就会反悔。我看出来了，作出这个决断在他仍是那么艰难！

74

我在我和浩二住的那个堆放杂物的地窖子里找到了浩二。我以为听到这个消息他会激动得大哭一场，可是令我意外的是，浩二在我上气不接下气地说完了这件事之后，却一动不动地站在那儿，脸上不但没显得过分的欢喜，相反倒像阴了天一样迅速黑下来！

"浩二，你怎么啦？"我吃惊了，盯着他的眼睛大声问——我怀疑他是不是承受不了生命中的这一重大事变，脑子变糊涂了。

半晌他才把脸转向我。这时我才发现，他的脸上有泪。

"秋叔叔……"

他眼里的一点什么东西让我又吃了一惊！

"浩二，难道……你料到了秋叔叔会答应？"

他沉重地点了点头。

"为……为什么？"我不明白他的话，声音抖起来。

"因为……秋叔叔一直都没打算杀我。我猜他一直都在想着……怎么让我离开游击队！"

"你……你怎么知道的？谁告诉你的？"

"没有人告诉，我自己琢磨出来的。其实你在狼谷里头一次跟他提这事儿，他心里头就答应了……可那时他不能这么说，因为敌情紧迫，他只能带着我们突围……我估计那时秋叔叔想的是要把我、你、小玉姐一起带往哈东，然后再从那里帮我逃回日本！"

"可我们离开狼谷时他对你和我那么严厉——"

"秋叔叔离开狼谷时对你和我那么严厉，是他还不知道自己的心愿能不能实现，他不想让我们心存一点能够活下去的幻想，他想要我们能一心一意、奋不顾身地跟他突围出去！"

我吃惊地望着他。这么说来，今天他听到我带回来的消息不像我想的那样激动就很自然了。令我深感意外的是这么个我一直看成是弟弟的人竟比我更早猜出了秋叔叔的心思。

"浩二，你是什么时候猜……为什么没告诉姐？"

他的脸色陡然难看了。

"姐，我是怕……怕我猜错了，我不敢告诉你！"

他终于蹲了下去，捂住脸无声地哭起来。我的心忽然刀绞般地疼了！浩二后天就要走了，真像我说的那样，他去生，我去死，今生今世我们再也见不到了……

哭了一会儿，浩二猛然想起了什么，抬起头来望着我，说：

"姐，浩二这两天一直想去找秋叔叔……浩二想让你跟我一起逃出中国，逃到日本去！"

他的话又让我大吃一惊！方才我将秋叔叔的话告诉他时，一直不明白他脸上飞快掠过的一片光影意味着什么。现在我恍然大悟了！很可能从他猜到秋叔叔有一天会答应帮他逃走时起，就在琢磨刚才说的事情了！原来我在想如何帮他逃走时他也在想着如何帮我逃走！以前我同他说到我的计划时他之所以没有跟我提到他自己心里也在酝酿的计划，那是他终究对自己能否离开游击队没有把握，但现在不同了，秋叔叔答应了我的请求，他可以不再对我隐瞒自己的计划了！

一股热流涌过我的心！妈妈、秋姑、赵阿姨、小玉相继死去之后，除了秋叔叔，我不知道世间还是不是有人真正记挂着我的生死，今天我却从这个于九死一生中认下的日本弟弟心里感觉到了它，明白了究竟还有第二个人牵挂着我！我抱紧了松下浩二，感动地抽泣起来……可我的头脑又一点点冷静下来：我能跟他一起逃到日本去吗？心里涌上来的第一个回答就是否定的：不能。浩二自己要逃回日本原本就是个非常冒险的几近异想天开的计划，就是秋叔叔答应帮他过江南下，爬上开往朝鲜的火车，他是不是真能顺利到达釜山，然后神不知鬼不觉地逃回日本呢？只要路上出一点差错，他的计划，我今天为此做的一切就都是白费，连浩二自己是生是死，我都会一无所知！

何况还要带上我！

啊，不。我不能跟他一起逃往日本。他自己还是个孩子，怎能带着我一起逃回去呢？就是他能成功地逃回日本，以后的生活道路会不会顺利，他这样的逃兵能不能隐姓埋名地在北海道那样偏僻的地方一直活到战后，我还不知道，还要忍不住为他担忧，怎么会和他一起去那个国家，在他和他的秀子姐姐的肩上压上我的生死呢？一旦到了日本，我怎么活下去呢，真能活下去吗？

啊，不不，这还不是问题的核心。问题的核心是我愿不愿意逃到那个国家去！……不，我不愿意！日本是浩二的故乡，却不是我的。浩二的亲人在日本，我的亲人却在朝鲜，在中国！我真正想回的地方是和中国山水相依的祖国，和我唯一活在世上的亲人爸爸团聚。能够回朝鲜见到我的亲人之前，中国就是我的故乡，秋叔叔他们就是我在世间的亲人。浩二也是我在世间的亲人，可他要逃回的那个国家，却是我仇人的国家！我一生一世，都不愿到那个国家去！每个人都有自己的命，就是死，我也只想到朝鲜，死在中国。逃回日本那是浩二的命，留在中国却是我的命！

浩二在一旁用热切的充满期盼的目光望着我。一刹那间这双眼睛里泪光闪烁。浩二一定陷入热烈的幻想中了……他已经在想象逃亡成功后我和他以及他的秀子姐姐在一起度过的愉快的日子了……我不能一口拒绝他，要是他相信自己走后我一定会死，他就是逃回了日本，日子也不会好过的。他会天天为我担忧，甚至会为我的死而伤心至死……不，我不想让他这么走，我要让他回到日本后相信我仍然活着，活得还很好！

"浩二，姐姐谢谢你，"我说，"可是姐姐不能跟你一起走。虽然姐姐前天跟你说过你去生姐姐去死的话，可那是姐姐说着玩儿的……秋叔叔一直答应过要把姐姐送出山，送进一所音乐学校去……你知道秋叔叔说过的话都是会算数的，也知道姐姐多么盼望长大了像妈妈一样做一名音乐家……浩二，姐姐实话告诉你吧，秋叔叔说了，你一走，他就要派人把我送到哈尔滨去了……过上一年半载，姐姐也许就要开始自己的音乐课了，要是跟你走，姐姐就进不了音乐学校，当不了音乐家了……不过你能说出让姐姐一起走的话，姐姐还是很高兴，真的很高兴！

"浩二，姐姐这次就是没有跟你一起走，我的心也跟着你走了，你要记着姐姐的话，无论你到了哪里，姐姐的心都和你在一起呢！没有力量的时候，失去信心的时候，绝望的时候，都要这么想！……浩二，姐姐真想和你一起走，不是和你一起逃到日本去，姐姐是想一直把你平安地送回日本……可是姐姐做不到，一旦上了路就靠你一个人了……浩二你一定要坚强，路上要一直想着姐姐对你说过的话，你和姐姐在二十七号密营里的约定，记住无论遇上了多大难，我们俩也要咬着牙活下去，活到战后，回中国来，在我们死去的亲人的坟前团聚，为他们扫墓……"

浩二望着我的目光一点点地改变。他不知道应不应当相信我的话，但后来好像还是信了。

这天半夜，我们睡了一觉后再醒来，浩二谈起的已经是以后的事了。

"姐，再过两天浩二就要走了……白天你提起过我们俩的那个约定，你的话浩二记住了，无论以后出了什么事我都会咬着牙活下去，活到战后回到中国来，和你、和咱们死去的亲人——你妈妈（不，是咱们的妈妈）、秋姑、赵阿姨、小玉——团聚。可是你自己也不能忘了这个约定。你自己无论如何也要活下去，活到战后，让我能在这里找到你！"

忽然，我哭了起来。

"姐，浩二为啥要说这些傻话呢？……浩二害怕自己走后姐姐不会离开这里，秋叔叔没能把姐姐送进哈尔滨的音乐学校，姐姐会真像你说过的那样，让自己去死，让我去生……姐姐，要是那样，浩二就是活着回到了日本，活到了战争结束，你要是死了，浩二到了中国，还能跟谁团聚呢！我们两个人，只要有一个人死了，就是咱们的仇人赢了，咱们输了，是咱们被打败了，那时我一定会死！……"

我紧紧搂抱着浩二。我的心就像被人一刀一刀地刺成了肉片片！浩二，姐姐不敢相信自己真能活到那一天，可只要你能活到那一天，就是咱们赢了……可我不能将这些话讲出口！我说出来的是另外一些话：

"浩二，好兄弟，睡吧，你的话姐姐记下了！姐姐不会死，你一走，秋叔叔也就会派人把我送走的……姐姐一定记住咱们的约定，无论多么艰难，都一定要咬牙活到战后，姐姐不为别的，就为了和你战后在中国团聚，我也要一直活着！……"

她的目光一变。

第一天就这么过去了，第二天也过去了。第三天的上午和下午也过去了。如果不是天黑前接连出了几件事，浩二当天夜里一定随十六军的侦察队走了！

可他没有走成。因为这些事情发生了！

第一件事是虽然整个大会师期间我们一直瞒着赵尚志叔叔，不让他知道浩二的事，但这天黄昏他还是知道了！

如果浩二不是一心想要向秋叔叔辞行，如果他不是一个孩子，越到分手时心里越放不下我的安危，这件事本来不会发生。但浩二对秋叔叔充满感激之心，既不能不在临行正式跟秋叔叔告别，又仍然不大相信我对他说过的话，渴望亲耳听秋叔叔也像我一样对他说出那些保证，于是就鼓足勇气，一个人去了秋叔叔和赵叔叔合住的木刻楞。

他在门外喊了一声"报告"，得到了允许！

赵叔叔不在，木刻楞里只有秋叔叔一个人，正趴在墙上研究一张军用地图。浩二脚跟啪地一碰，举手敬礼，大声喊：

"军长！"

虎跑突围后这些天，秋叔叔对浩二在营地里的存在已经习惯了。但浩二一个人来找他却是第一次。他有些诧异，转过身认真看他一眼，问：

"啊，是你？……什么事？"

秋叔叔心里装的事一定太多，完全把浩二天黑后要走的事忘了……浩二脚跟又是一个立正，大声道：

"报告军长，抗联十六军士兵松下浩二天黑后就要离队，特来向军长辞行。感谢军长不杀我，还派队伍送我离开中国！"

秋叔叔眼睛里有亮光一亮……自他答应了我的请求，松下浩二这个人在他就已成了过去，可这一会儿浩二让他又想起了自己。

"哦。"秋叔叔说。分别时刻，秋叔叔对松下浩二的态度里并没有太多温情，话也说得十分简短。"我知道了。啊，对了，路上要小心，听指挥。"忽然他意识到自己的话说得太少了，这个人就要走了，一去不返，"啊，到了地方，会有人去铁路上联系，帮你爬上火车。……好了，祝你一路顺利。我这里还有事，你可以走了！"

说出最后一句话时秋叔叔的语气已恢复了平日的严厉。他确实有更重要的事情要去想：赵尚志在上午的会上提出了一个扩大根据地的新计划，他需要好好研究一下这个计划。但说完这句话后他并没有马上转向地图，他还在等待。松下浩二会在最后再向他敬一个礼，离开这间木屋。

但是浩二没走。他还有别的事要问。

那一瞬间过去了,秋叔叔发觉松下浩二既没有举手敬礼,也没有要走的意思,脸上顿时现出一点困惑。

"你……还有事吗?"

松下浩二双脚跟第三次碰响,大声说道:

"报告军长,士兵松下浩二想知道,我离开以后,军长真地打算把英子姐姐送到哈尔滨读音乐学校吗?她……她真地不会死吗?"

秋叔叔最初一秒钟皱了一下眉头,他一定没听清对方说了些什么,就是听清了也不会马上明白他的意思;但过了这一秒钟就不一样了,他不但明白了对方的意思,还对松下浩二提的问题本身感到了惊愕!秋叔叔脸色微变,盯着面前这个就要远行的前日本俘虏,不高兴地说道:

"松下浩二——你到底想问什么?"

浩二在他的渐渐明亮有力的目光逼视下有点胆怯,可他终究没有完全失去自己的勇气!

"秋……叔叔,浩二是想……想知道我走后英子姐姐能不能活下去。军长答应过英子姐姐的妈妈,要让她平安地活过这场战争,回朝鲜和爸爸团聚。秋叔叔还答应过要送她去读音乐学校!……秋叔叔,浩二今天要走,想问秋叔叔能不能给浩二一个保证,说你一定能兑现自己的诺言?"

秋叔叔的脸色已经非常难看了。可最令他困惑不解的是:这个前日军战俘为什么要他回答上面的问题?

"松下浩二,你先回答我,你为什么要问这些事情?……是你自己想知道这些事,还是英子让你来问的?"

浩二盯着秋叔叔,他注意到说出最后一句话时仿佛被一柄利刃戳伤了心口,因为痛苦来得突然,表情几乎有些狰狞了!可这一刻他忽然一点也不害怕了,他知道,现在不问清这件事,以后自己就没有机会了!

"报告军长,是松下浩二自己想知道这些事。"他用很大的嗓门说,"浩二是想说,要是军长……要是秋叔叔做不到这些事,要是……要是英子姐姐留下来一定会死……浩二大胆请求军长,今天夜里让她跟我一起逃到日本去!"

秋叔叔终于明白了,他在最后的这一刻清晰地看到了正从浩二眼里涌出的泪水……秋叔叔的脸色一点点涨红,接着又一点点惨白……他目不转睛地盯着松下浩

二,突然意识到自己又像被困狼谷时那样在咯吱咯吱地磨牙,这磨牙的声音就停止了……秋叔叔勃然大怒:

"松下浩二,你不觉得你刚才问的这些事情都是我的事吗?……英子能不能活下来,我还能不能送她去读音乐学校,都是我和英子以及英子妈妈的事,是我们抗联十六军的事,你就要走了,这不是你的事!

"英子不能和你一起逃到日本去。且不说你不一定能平安地将她带往日本,就是你能,她也不能去!我不愿意!

"你走吧,记住是中国人放你走的,记住我们不杀你,放你走,是因为我们——我和英子——明白你还是个孩子,不是我们的敌人。可是英子是生是死,你就不用费心了!英子妈妈生前把她托付给了我,她就是我们的人;既是我们的人,她的生死就和你没关系!……听懂我的话了吗?走吧!"

浩二不只是听懂了秋叔叔的话,他还从秋叔叔的声音、神情、目光中听出了他没说出的愤怒和更多的话。浩二这时才意识到自己在离别之际办了一件蠢事!秋叔叔是我的也是他的恩人,他却在向对方辞行——很可能是永别——之际深深地伤害了他的尊严,也伤害了抗联十六军和全部中国人的尊严!秋叔叔没有对他保证说一定要兑现自己的诺言,却通过别的一些语言和态度让他感觉到了:只要站在自己面前的抗联十六军的军长不死,只要这支抗联的队伍里还有一个人活着,他的英子姐姐就一定能活下去!浩二热泪盈眶,在他的心目中,无论是秋叔叔还是抗联十六军都是不死的,于是她的英子姐姐,也就是不死的了……

她喘了一口气。

直到这时赵叔叔还没有回来,浩二两眼含泪,最后一次碰响脚跟,向秋叔叔行了一个军礼,喊:

"报告军长,浩二走了,您多保重!"

秋叔叔轻易不向部下还礼,可是这一次,却漫不经心地举起右手,还了浩二一个军礼!

不早不晚,就在这时,名满天下、所有踏上北满土地的日本人谈之色变的抗日大英雄赵尚志,一脚门里一脚门外地走了回来!

这是性命攸关的一刻——

赵尚志叔叔走进来时，虽然看到了浩二，却没有想到他是个日本人，于是也就没有过多地注意他。如果浩二不去打扰他，以后的事情仍然不会发生。但浩二这时似乎觉得既然和总司令遇上了，不和对方搭讪是不礼貌的，就在转身离去之际又猛地冲赵叔叔来了一个立正，然后是"啪"的一个敬礼，喊道：

"司令官好！"

赵叔叔显然被他这不同于一般抗联战士的立正动作和他的一声喊惊动了，诧异地回头看他。"你好。"他说，一边心不在焉地打量了浩二一眼，又打量了一眼……忽然，他的神情一动，脸色变了，向秋叔叔回过头去，问：

"秋军长，这个人……他是谁？"

两点不安的亮光在秋叔叔眼里飞快地闪过又熄灭。他可能已经觉得事情不好，就故意冲赵叔叔一笑，轻描淡写地说：

"哦，这是我们十六军的新战士，叫松下浩二……松下浩二，我们这里不叫司令官，你应当叫他总司令！……"

赵叔叔的神情和目光在随后的一霎间发生了迅速变化：震惊、愤怒，难以置信……浩二的大脑此时一定极为清醒，不但想到了赵叔叔是一个极端憎恨日本人的人，自己被他发现多么危险，还从秋叔叔的话里听出了至关重要的一点警示：你现在不是一名日本兵了，你是一名抗联十六军的战士！……浩二再次转动身体，"啪"的一声碰响脚跟，冲赵尚志叔叔鞠了一个九十度的日本躬，嘴里喊：

"总司令好！"

赵叔叔看了他一眼，又看一眼秋叔叔……秋叔叔此刻尽可能显得神情平静而又安详；浩二则显得沉着而又坚定，捎带着还装了一点傻……赵叔叔的脸色依然十分难看，可最初一刻的乌云翻滚电光乱闪却没有发展下去，化作雷霆万钧般的愤怒。

令人吃惊的是，过了一会儿，赵尚志在屋里踱了几步，还回过头端详着浩二的脸，不情愿地同他聊了两句：

"嗯……你叫什么？松下浩二？……你是什么时候被俘的？……在这里还习惯吗？……"

浩二大声地、响亮地回答了他的话。秋叔叔也抓紧时间插进来替他作一些解释。接着，秋叔叔突然抬头，对浩二大声说：

"好了，松下浩二，你回去吧，我和总司令还有事要商量！"

浩二再次举手向两位抗联领袖敬礼，退出了木刻楞。他和秋叔叔这时都松了一口气：浩二天黑就要走了，赵叔叔就是一时不会忘掉队伍里有一个日本人，也不能对他怎么样了！

但是……接下来又发生了一件事：一个不久前被赵叔叔收编、外号叫"一道风"的山林队头头，早上刚刚离开格棱沟，天擦黑时就又带着人风风火火赶了回来。一个惊人的消息马上在营地里传开：据"一道风"从他安插在格节城中的"内线"那里得到的情报，虎跑突围后一直下落不明的汪大海还活着，没有死，现在就被关在格节城日本人的监狱里！

汪大海被俘的经过我们后来才知道：掩护全队突围后汪大海本已越过敌最后一道封锁线，但就在这时他摔下了一条深谷，左腿骨折，与队员们也失散了。这时他已经没想还能活着回到队伍里，为了不让日本兵天亮后察觉我军突围后逃遁的方向，他咬牙拖着一条伤腿朝相反的方向爬去。两天后他已爬得离战场很远，但还是被一支日军搜索队发现了。由于他不是在战场上被抓到的，又没有武器，秋姑死后誓死不穿缴获的日军军装，一身"老炮"的打扮，日本人就没敢断定他就不是一名进山来下套子的"老炮"。日本人没有杀他却也没有放过他，万一他是一名被打散的游击队员呢？他们把他放到大车上拉进了格节城去过堂。汪大海一旦明白日本人不知道自己是谁，心里就有了主意，受尽酷刑什么也不招认。日本人厌烦了，将他投入大牢，指望那里会有人认出他。"一道风"一直不愿说他的"内线"是怎样认出汪大海的，他只是不停地说，要救你们就得赶快去救，再过三五天，日本人就要把他和监狱里所有身份不明的"犯人"一起活埋了！

如果"一道风"送来这个情报时赵尚志不知道抗联营地里有一个叫松下浩二的日本人，或者相反，赵叔叔虽然知道十六军里有一个松下浩二，"一道风"却没有赶回来报告汪大海的消息，天黑后浩二仍会照计划踏上逃亡之路。可是这两件事一前一后发生了，浩二再想顺顺当当地走，就不可能了！

75

汪大海是名满北满的抗日骁将，大会师前赵叔叔就在自己重建北满新的江北根据地的计划中为他安排了一个重要位置。今天既知道他还在日本人监狱里活着，将他救出来，在以后的抗日大局中独当一面，就成了赵尚志下决心要做成的事情！

秋叔叔何尝不想救出汪大海。他是他的战友，他的妹夫，两人自从离开乌兰镇进山打游击，一直肩并肩经历腥风血雨，每当到了危难关头，总是汪大海挺身而出，率领汪支队承担最凶险、最容易牺牲的任务。汪大海于虎跑突围后失踪，让秋叔叔深感痛心，一个原因是他觉得对不起死去的妹子秋姑，秋姑生前虽没有亲口对他讲过，他也会想到过秋姑死时一定会要求他照顾好自己的丈夫——可他没有做到，让汪大海在虎跑战斗中牺牲了，连个尸身也找不到！今天突然有了汪大海的消息，秋叔叔要救出他的心情，比赵尚志叔叔还要急切！

从这时起他也就开始设计营救汪大海的方案了。但是，等他去了外面一趟走回木刻楞，赵尚志叔叔的主意已经定了！赵叔叔的主意是：

"雨豪，我想好了。为了救出汪大海，我让'一道风'再去一趟格节城，面见河原，就说我们要和他交换战俘！"

"交换战俘？"

最初一霎间他没听懂对方的话，但话一出唇，他就醒悟了！

"总司令，你是说……那个松下浩二？"

"不错！"赵叔叔说。

秋叔叔激动起来，目光明亮如水：

"总司令，这恐怕不行！松下浩二早就不是战俘了，他是我们抗联十六军的战士，我们不能为了让一个自己人活下来，让另外一个自己人去死，这是一；第二，你就是想用交换战俘的法子救出汪大海，也不可能，日本人抓到咱们的人以后从来不把他们当战俘，这么做反而容易引起河原信行的疑心，暴露了汪大海的真实身份……还有，日本人既不承认被他们抓到的我们一方的人是战俘，也不允许自己的人做俘虏，你现在把松下浩二交给他们，河原信行就是不会枪毙他，也会想尽法儿将他折磨至死！"

赵叔叔回过头来，认真地盯着秋叔叔看。他惊讶的不是秋叔叔会如此激烈地反对他的想法，而是后者竟会这么在乎一个俘虏的生死。

赵叔叔的脸色不好看了！

"雨豪，你听我说：第一，日本人不愿承认我们的人是战俘，更不愿和我们交换战俘，那是过去。这一次不同了，这一次是赵尚志要和他们交换战俘，不然我就指挥大军端掉他的格节城，我说到就能做到；第二，一个日本兵的性命再要紧，也赶不上把汪大海救出来要紧！日本人不会原谅这个松下浩二当了俘虏，却还不至于马上杀掉他（这话是你刚才说的），但河原信行却有可能在最后几天内杀掉汪大海！第三，你说松下浩二不是战俘了，是一名抗联战士，那就更好，我也没把他当俘虏看，我看他是自己人。眼下北满抗联的每一名官兵都要全力以赴去营救汪大海，他正好适合担任这个任务……我再说一遍，我只是让他装成一名俘虏，到格节城里帮我们把汪大海换回来！事成后只要日本人不杀他，他自己还愿意回来，我们的队伍仍然欢迎他！……不，等到他回来那一天，我还要专门为他记大功，开庆功会哩！"

赵叔叔的话不是没有一点道理，尤其是他前面讲的两个理由，句句都是秋叔叔无法反驳的！赵尚志在全北满甚至整个东北地区令所有日本人闻风丧胆，眼下松花江南的三万日军尚未过江，格节地区的敌人只有一千多，我军可直接投入战斗的兵力就有四千余人，如果他提出交换战俘的要求河原信行却不答应，他一怒之下真会命令大军去端掉河原的格节城；其次他何尝不知道汪大海如今命在旦夕，多耽搁一天他就是个死，少耽搁一天他或者就能活！但是，要他下决心同意用松下浩二去换回汪大海的命，他仍然不能马上答应。

秋叔叔双手抱头，在屋地上蹲下来，声音里全是苦痛：

"赵大哥，我说不过你，你的话都有道理……可有些事你并不知道，这个松下浩二，我已经答应过他和英子了，再过一会儿，他就要跟随我的一个侦察小队过江南下，爬火车逃回日本去了！刚才你见到他时，实际上他是来向我辞行的！……我是他的军长，已经对他说出了那样的话，要帮他逃出中国，逃回日本，现在再去告诉他，你不能走了，我要用你去交换汪大海……不说他不答应，就是他不得不答应，我也在他和英子面前失了信！我想就是大海自己知道了这件事，他宁可自己去死也不会同意我这样做的！……就在他来向我辞行的时候，我还刚刚为一件别的事告诉过他，只要是我们中国人自己的事儿，就由我们自己来办，我们就是再难办到，也不会让他替我们去办！对了，还有一件事你可能没想到，就是他今天在你我跟前不得不答应我们，实际上他心里却不愿意，到了日本人那边去不配合我们，我们仍然救不回汪大海！……"

赵叔叔用一只独眼严厉地盯着秋叔叔——他是我认识的另一类抗联领袖，勇猛、顽强、自信，决心一旦下定就绝对不会再改变，处理别人的感情问题像处理军事问题一样简单。但秋叔叔的一席话尤其是最后一句话还是又让他的眉头拧成了一个疙瘩，他不高兴了，问：

"雨豪，你老是提到英子——英子和这个松下浩二有什么关系？！"

秋叔叔发火了，他用低沉的忍无可忍的声调喊道：

"英子和松下浩二有什么关系？……英子从狼嘴里救过他的命，他也从狼嘴里救过英子的命！要不是英子，早在狼群围困结束时我们就把他扔掉了，他就死了；要不是他，英子在虎跑突围时一定也像赵玉珠和小玉一样死掉了，是这个松下浩二拉着英子一路狂奔，英子才逃了一个活命！……"

赵尚志是北满地区党和军队的最高领袖，他一旦下了决心别人是无法再去改变的。但是这天晚上，秋叔叔的话却让他动容了。赵叔叔在木刻楞里转了一圈，就自己把想法改变了。

"来人！"他大声地不耐烦地朝门外喊，"去找松下浩二，我要亲自跟他谈话！……通知三军和十六军的部队，今晚的一切行动取消。没有我的命令，任何人不准离开营地一步！"

接着，他回头望着秋叔叔，热辣辣说：

"雨豪，你放心，他要是真不愿意，我是不会强迫他的——你说得对，不管是救汪大海还是让英子活下去，都是我们中国人自己的事，他不愿帮我们，我们就自己做！"

76

这天晚上，等我做完事回到地窖子里，浩二已被赵叔叔派来的人喊走了。这时已有不少人听说了赵叔叔的打算，纷纷传言他就要把松下浩二作为战俘送还给日本人，交换汪大海了！

这个消息对我又是个晴天霹雳！我的心急起来！开头我不敢相信它是真的，可大家都这么说，我不能不急急地跑去找赵叔叔问个究竟，到了他和秋叔叔住的木刻楞前却被拦住了！赵叔叔的警卫说总司令给过我们命令，在他和秋军长同松下浩二谈话期间，不准任何人打扰！我又慌慌地跑去找原定天黑后就带浩二一起走的侦察小队的队长，问他事情是否有变化，他也告诉我，自己已接到命令，任务暂时取消，什么时候走，要听新的指令！

我回到地窖子里，坐在地下痛哭起来。我这时已知道事情有八成是真的了，而且——当时我那么崇拜赵叔叔，一秒钟也不怀疑过他这么做是正确的。浩二去了，说不定真能兵不血刃地救出汪大海。让我心如刀绞的是浩二！踏上中国土地一年多来，经历了数不清的凶险与苦难，有九条命也死光了却没有死，眼看自己朝思暮想的愿望就要实现了，仅仅因为一个天黑前才来到营地里的情报，一切又都化成了泡影，我的年方十五岁的日本弟弟，又要冒着生死未卜的危险，回到虎狼窝般的日本人那里去了！……

可我要改变它却无能为力。不只是我，虽然我还没见到秋叔叔，心里却明镜般地想到就是他，今天也无法改变就要发生的事情！能想出这个主意的人只可能是赵叔叔，而他一旦下了决心，八匹马也休想让他回头……我什么都想到了，看到了：明天，浩二就是不想去格节城里换回汪大海，也不能了，他一定要回到日本人那边去了——他回不到日本了！

我记不清自己一个人独坐了多久，流了多少泪，才听到外面的脚步声——浩二回来了！

我猛地站起来冲向地窖子入口。要被送回到日本军营里的人是浩二，眼看就要逃出战争回到日本和秀子姐姐团聚了，希望突然破碎的人也是他，被送到日本人那边去以后吉凶未卜生死难料的人还是他，我不知道浩二此刻的心情该是多么苦痛，多么不情愿，多么无奈！

我在地窖子入口的月光下看到了他。我没有看到他的脸，他的脸隐在黑暗中。"浩二——！"我喊了这一句，声音就哽咽了，泪水夺眶而出，心疼得站都站不稳！

"姐姐！"浩二叫一声，抢上前来一步搀扶住了我！人处在大难中，他的两只胳膊依然有力，让我微微抖了一下！——浩二此刻并没有我想象的那么悲伤，面对着突然降临到生命中的厄运，他表现出了难以置信的沉着、冷静和大气！

"浩二，赵叔叔到底跟你谈了什么？"我迫不及待地问，心里仍然保存着一线希望——我听到的消息也许是假的！

"姐，咱们进去……进去再说。"浩二说道，突然，我从他的嗓音里听到了一声战栗和哽咽——啊，那件事是真的了！

他将我一直扶进地窖子，然后依傍着我坐下。我还没一点准备，他就转身猛地扑进我怀里，紧紧搂着我，将他的脸紧贴着我的脸……我以为他就要放声大哭，可是没有。他就那样用尽全身力气紧紧地搂了我很长时间，让一阵突然袭上来的战栗从自己身上慢慢消失，也让内心里沸腾的情感平静……终于，他松开了我，端端正正地坐在我身边，一双眼睛被射进地窖子的月光照得亮晶晶的……浩二沉默地望着前方，有一会儿什么话也没说，我却突然从他的无言中清晰地感觉到了一种和年龄不相称的坚忍，连同藏在这种坚忍后面的更为深沉的、生命也为之震颤的激动！

"浩二，快告诉姐，赵叔叔刚才跟你说了什么？"我忍不住，又语带绝望地叫起来。

他突然开口说话了：

"姐，明天我就要以一名战俘的身份，到格节城里去，帮我们的人救出汪支队长了！"

他的话音不高，一点也不像我想的那么激烈。可我仍然觉得，激烈的是他的内心，平静的只是语气和外表。

"你答应了他？你真地要去做这件事了？"虽知道事情不可避免，但听到他亲口对我说出这件事，我的心还是猛地刺疼了，我再次失声喊道。

"是的。"浩二又用那种貌似平静、其实却很激烈的口吻清晰地回答了我。

我揣摩着他的心，忽然觉得他之所以答应去做那件事，一定是不敢在赵叔叔和秋叔叔面前说出自己的拒绝，其实却心有不甘！

"不，浩二，"我用更尖厉也更痛苦的声音叫道，"这不是你情愿的，是不是？姐姐知道你的心，本来你今夜就要跟侦察小队走了，本来你就要逃出战争、逃出中国、逃回日本，和秀子姐姐团聚了，赵叔叔突然间又把秋叔叔决定过的事全变了，你心里难过，你不情愿去，却又说不出那个不字来，是不是？……浩二，姐姐马上就去找赵叔叔和秋叔叔，我去替你告诉他们，第一，你现在已经不是战俘，他们不该还把你看成战俘；第二，秋叔叔已答应让你离队，你也不再是一名抗联的战士了，你只是你自己，要是你自个儿不愿意，他们谁也不能强迫你！……好了，你就在这里坐着，我现在就去！我要告诉赵叔叔，我是你的姐姐，你是我的弟弟，我要替你把憋在心里说不出来的话说出来，我要对他说，他不该逼你冒生命危险做这件事，他没有这种权利！"

我就要跳起来了，浩二却从黑暗中伸过一只手，用力拽住了我。

"姐，你甭去！"浩二前面的话说得都很缓慢，唯有这句话说得异常急切，"总司令没有逼我。今晚总司令——秋军长也在场——只是把我叫去问了些别的事：我是谁，从哪儿来，这一年多的经历，我和姐姐在狼谷内度过的日子，虎跑突围中我们俩是怎么跟上队伍的，等等，他们一句也没提起让我以战俘身份去救汪支队长这件事。明天去格节城里交换汪支队长的任务，是我主动要求的！"

"你？"我又大吃了一惊，"怎么会——！"不，我不相信，这也不是真的！

"姐，还没走进总司令和秋军长的木刻楞，我就听说他们要找我谈的事情了！最初我的心思也和你现在一样，可是一想到秋叔叔——不，尤其是赵总司令，他那么恨每一个日本人——竟然信任我这个曾当过日本兵的人，让我去执行这项又危险又光荣的任务，我的心思就变了。姐，赵总司令和秋叔叔都是中国人里面的大英雄，他们一定是觉得只有用这样的法子，才能从日本人那儿救出汪支队长，要不他们绝对不会让我冒这样的险。他们能在我这个日本人身上下这么大的决心，冒的风险和我一样大……不，也许更大，毕竟我到底是个日本人，在抗联队伍里待了这么久，什么都懂。如果他们的决心下错了，我背叛了他们的信任，他们就不但救不了汪支队长，还会害了他！咱们今天的营地、咱们的队伍，都有可能受到损失！姐，我待在咱们队伍里这么久，一直盼望的就是别人不拿我当外人，就是把我当成是真正的抗联战士信任！今天我看到了，总司令和秋叔叔信任我，他们把汪支队长的性命，把咱们抗联队伍数千人的安危，全部大胆地托付给了我。就为了这个，我松下浩二哪怕粉身碎骨，也应当去！

"姐，这还不是最重要的，最重要的是：要救汪支队长，除了我，没有第二个人更合适。我要是不去执行这个任务，他就一定会牺牲！"

"浩二——"

"姐，你是知道我的。虎跑突围后大会师前的日子里，我一心想让你替我求一求秋叔叔，批准我和咱们的队伍一起出击，哪怕只能亲手杀掉一个日本鬼子，我也会觉得为咱们死去的亲人报了仇！赵阿姨当初就没有白白地用奶水一点一滴救活我的命，小玉姐也就不算白白地为我被鬼子吃掉！……姐，可是我没有实现自己的愿望，却要这样走了。说实话，我心里难过，我想我不能这么走，我想我要是能带上你一起逃往日本，在北海道的深山里躲过战争，躲到战后，再回朝鲜去和朴雄哲爸爸团聚，我就是没有亲手杀死一个鬼子，但也算是亲手救活了一个人，算是为死去的金妈妈、秋云妈妈、赵阿姨和活着的秋叔叔做了一件事……可是无论是你还是秋军长，都没有答应我，我连帮助你逃到日本活下去的愿望也实现不了……我以为我真的就要这么走了，什么也来不及做就离开了中国，离开了你和秋叔叔，那样我就是回到日本，活了下去，心里仍会难过，为赵阿姨和小玉、为你和秋叔叔，但更主要的是为自己难过……我也是个人，一个顶天立地的人，自小虽没读过书，可也知道中国人有句古语叫作滴水之恩涌泉相报，不然你就是一个没有廉耻、没有心肝的人，那些舍了自己的命救你、让你活下去的人就是白白地救了你！……但是苍天有眼，它没有让我什么也不做就走了，他留给了我一个机会去救汪支队长！我真高兴，我到底能用自己这条由你、赵阿姨和小玉姐舍命救活的命去换回一条别人的命了，到底能为咱们的亲人、咱们的队伍做一件事情了！等我做完这件事再回来，离开你和秋叔叔回日本去，心里就不会那么难过了——我还是没能亲手杀死一个鬼子为赵阿姨和小玉姐报仇，可我却像赵阿姨和小玉姐那样，也用自己的命救活了一条别人的命！……"

我望着他的脸。一缕清蓝的月光伸长进来，我看到了他的双颊上两道清亮的泪水滚滚而下！可是又一次震撼了我的心的是他最后说出的一句话。"浩二，"我叫起来，"你说你……去了那边还要回来？你真的还能回来吗？啊！"

他的头猛地昂起，转过来望我，目光坚定、决绝、明亮。

"姐，我当然会回来！我不回来，怎么回日本，见我的秀子姐姐？你那个帮我逃亡的计划，怎么实现？"

我的心怦怦地狂跳起来！

"浩二，是不是赵叔叔和秋叔叔答应了，只要你回来，就还照原来的计划，马上派人帮你逃回日本去？"

"总司令不只答应了这个，他还亲口对我说，他以抗联战士的荣誉担保，不但要将我送到日本人那边去，还要帮助我从那里逃出来！姐，总司令说：明天我和'一道风'他们前脚走，他后脚就派一支精干的小分队潜入格节城西门外河对岸的林子里。这支小队伍会在那片林子里待上十天，只要十天内我能想办法逃出城，逃进那片林子，他们就能将我接应出来！然后他就专门为我派出一支队伍，护送我过江南下，一直把我送到铁路线上，爬上火车，逃回日本！"

"这是真的吗？！……赵叔叔真的对你这么说过？！……要是这样，姐姐的心就能放下一点儿了！"我紧紧抱住浩二，脸贴着他的脸，大声呜咽起来。虽然浩二还是要去日本人那边交换汪大海，虽然他此去依然是再入虎穴，生死未卜，但听他亲口说出他和赵叔叔秋叔叔已经有了一个新的逃亡计划，我那一直刀绞般疼的心还是好受了一些。最重要的是我已经感觉到了：面对着生命中又一次突然的事变，浩二的表现比我想象中还要坚强十倍。我的日本弟弟在命运的黑色旋涡里已能处变不惊，像一名真正的抗联战士，一个顶天立地、上刀山下火海都无所畏惧的男子汉！松下浩二他真的长大了！想到这件事，纵然知道他前面的路仍然是高山深谷，刀丛剑树，我也不像先前那样担心了！

这个夜晚我们并头睡在草铺上，我像当年搂着英男睡觉一样，将浩二的头紧紧搂在怀里。事情已经被确定了,我们的话反而少了,可是直到后半夜,浩二和我还是没有睡着。我们知道同浩二谈过话以后赵叔叔就把"一道风"叫了去,让他连夜下山,去和格节城里的河原信行"搭话",说他有一个表弟,是长年钻山的"老炮"——名字你去查一查,现在汪大海说自己叫什么,我的表弟就叫什么——眼下被日军错抓到牢里。他赵尚志只有一个老姑,老姑只有这一个儿子,想请河原司令官给他个面子,把这个表弟给他放出来。"你对他说,我赵尚志可以保证我这个表弟不是抗联,"他对"一道风"说,"我不会白占他的便宜,我这里还有个日军俘虏,关在地窨子里半年了,只要他愿意交换,我就把这个俘虏给他送回去。如若不然,我只好和他兵戎相见,那时候玉石俱焚,就不能怪我赵尚志没给他面子了!"赵叔叔还对他说:事情办好了我给你三十条枪,事情办砸了你给我三十条枪!"一道风"一听这话就害怕了,他知道赵叔叔这话什么意思,他那个小小的山林队总共只有三十条枪!"报告总司令,我一定想办法办好,一定办好!……""一道风"走了,不到明天早上不会赶回来,虽然他不回来,和日本人交换"战俘"的事能不能实行还不知道,虽然他有可能一去不返——若没把事情办好,日本人不答应,又暴露了汪大海和赵尚志的特殊关系,汪大海一定是个死,"一道风"再回来见赵叔叔等于是送死……虽然想到了这些,我心里灌满的仍是生死离别的痛楚。脑子里涌上来又落下去的,全是分离之后可能发生的事情!

"浩二。明天他们要是真把你带走了,到了那边,姐就是想护着你,也护不上了……"

"姐……"

"浩二,姐还担心他们打你……在咱们这边,没有人打你,这都半年多了,你再没有犯过病。到了那边,要是他们打你,你就用胳膊护着头,只要不让他们打你的头,你的病就不会犯……"

"姐呀……"

"你做过抗联的俘虏,到了那边,他们是不会放过你的,他们可能会打你,关你的禁闭,罚你做苦工……记住姐的话,不管他们怎么待你,你都不能死……你要是死了,赵叔叔派去的队伍就接应不到你了,我在这里等不到你,你在日本的秀子姐姐也见不到你……浩二,你去了,就把我的心也带去了。英男死了,要了我半条命,你要是再死了,就会要了我剩下的半条命!……"

"姐,别说了,我知道,我都知道!……"

"姐要说。过了今儿这一夜，姐就是想说，也不能了。到了那边，他们叫你吃你就吃，叫你喝你就喝，只有吃了喝了，逃出来时才有力气，他们才追不上你——"

"姐——"

"不要因为你和赵叔叔有了那个计划，知道赵叔叔的小队伍会在格节西门外的林子里等你十天，就一定要在这十天里逃回来……浩二，姐姐有句话你要记住，日本人不会那么容易让你逃出城的。就是过了和赵叔叔约定的日子，就是在这十天里你一直找不到机会，也不要破上自个儿的命往外逃。一旦让他们发现，你就活不成了。你逃回来，是要回日本，要是为这个把命也赔上，不管是日本的秀子姐姐还是我，赵叔叔和秋叔叔，都不会原谅你！你就是一时回不来，秋叔叔和我也不会怪你，咱们的部队不会离开北满，只要你活着，和咱们的队伍，和姐姐和秋叔叔，就总有见面的机会，无论你啥时候逃回来，秋叔叔和我都会认你，像现在这样信任你，姐姐都会要求秋叔叔派人帮你逃出中国，逃回日本！"

"姐，别说了，我记下了，都记下了……"

"不，姐就是要说。有句话姐不想说，可还是要交代你……你到了那边，河原信行会逼着你做坏事，他们会要你说出在抗联队伍里都看到了什么，听到了什么，营地在哪里，他们会逼你带他们来摸咱的营——"

浩二在黑暗中急切地打断了我的话：

"姐，你甭对我说这个！到了那边我该怎么说，怎么做，浩二和总司令、秋叔叔都商量过了，你放心，我有办法对付他们！姐，天亮后赵叔叔就会派人来，用黑布把我的眼蒙上，耳朵堵上，再用绳子结结实实捆住我的手脚，等'一道风'见到我，要让他认为我一直被单独关在地窖子里，今天是头一遭被拉出来，头一遭听到人声，见到阳光，过去半年里我什么也没看见，什么也没听见，也不知道咱们营地位于何方……回到那边，他们一定要我带路，我就领着他们在山里瞎转，反正我对他们讲过了，我什么也没见到，什么也没听到。他们过去就认为我是个傻子，以后我还会让他们觉得我是傻子——"

"浩二——"

"姐，你放心，我不会让赵叔叔、秋叔叔和你久等，这会儿我连怎么逃回来都想好了……万一我到时候回不来，那就是说我的打算落了空，你和赵叔叔、秋叔叔就不要等了……这个世界上有没有我不算啥，但绝不能让咱的队伍因为等我吃了亏，那样我就是死了，心里也会难过！"

后来我们都沉默了。该说的话都说尽了……天快亮时，浩二最后说：

"姐，我真地要去了！就是拼上命也没回来，你也不要觉得我会为今天下决心去做的事后悔。姐，走进咱们的队伍以前，我只是个什么也不是、谁也瞧不起、谁都要欺负的日本孩子，一个一辈子倒霉、倒霉到死的人……可现在我不这么小看自个儿了，我到了中国，进了抗联，遇上了你、赵阿姨、小玉姐，遇上了秋叔叔。日子虽然不长，可是和你们在一起，我头一回觉得自己也是个人了，我不是傻子、废物。是你们改变了我，让我知道世上除了秀子姐姐还有那么多像你们这样的好人。到了那边，就是他们发现我是抗联的人，要枪毙我，我也不会难过。我会为自己能这么死去哈哈大笑，因为我到底成了个像你们一样的人才死的，是为了救咱们的人死的！姐，你可不要以为我说了这话就真地会死，不，我是想在临行前把心里话全讲出来，让你和秋叔叔放心……姐，浩二过去就像一根草，一个小虫子，谁随便踩上一脚就会死，可今天我不是了。一个知道自己是人的人是不容易死的，就是他们逼我死，我也不死。姐，打今儿起，我的日子就和以前不一样了，我的日子被分成了两段：过去我咬牙活下去，是为了回去见我的秀子姐姐，但是打今儿往后，我咬牙活着就是为着回咱们的队伍里来，见你和秋叔叔了！……"

我仍然心如刀绞，可是我已经说不出什么话来了。哪怕说到生与死，浩二心里似乎也比我还要明白了。剩下的时间里，我能做的事情就是一直把他抱在怀里，一次次亲吻他的脸，好像只有这样，才能给这个即将重入虎穴生死难料的人更多的力量和勇气，也给我自己更多的力量和勇气一样……

77

天亮了。我心里仍然有一个隐秘的希望，其实从昨天浩二要被送到日本人那里去的消息刚刚被证实，"一道风"刚被赵叔叔派走，这个隐秘的希望就一直藏在我心里：希望"一道风"没把赵叔叔交给他的事办成，希望他一去不复返，汪大海却被赵叔叔用别的法子救了出来，这样就好了，已经做好准备的浩二就不用再回到日本人那里去了！

和我内心的渴望相反，这天清晨，比约定的时间还要早，"一道风"就带着他的人急匆匆地赶了回来。他们是连夜赶回来的；不但回来了，他还为赵叔叔带回了一封河原信行的亲笔信。河原在信中写道：久仰赵将军大名，私心敬服阁下是一名真正的军人，同时认为自己也是一名真正的军人，因此既不会拒绝与赵将军在战场上兵戎相见，也不会拒绝阁下的请求，按照国际法有关条款与贵军交换战俘。他让赵叔叔如约把俘获的日本兵交给"一道风"带回格节，他则以日本军人的名誉保证，让来人完好无损地把赵叔叔的"表弟"带回去。"切切此心，望阁下明鉴！"

赵叔叔看完这封信微微冷笑，他对秋叔叔说这个老鬼子到底还是知道我嘛！不是他们突然改了脾性，愿意把被俘的我军官兵也当战俘看了，是他明白此刻我北满抗联主力齐集格节，他敢说一个不字，我就会指挥大军去格节城端他的老窝。本总司令现在到了江北，关东军司令部大概正重新调集兵力，准备对我实施一场新的大"讨伐"，眼下他的使命很可能是要牢牢守住格节城这个据点。他哪里是要和我交换战俘，他是想以此与我暂免刀兵相见，行的是一条缓兵自保之计！

虽然如此，赵叔叔仍旧让人安排"一道风"歇息、吃饭，自己和秋叔叔先一起走到我和浩二的地窨子里来。

"松下浩二同志，准备好了吗？"

"准备好了，总司令！"

"那我可要捆人了！"

"捆吧！"

赵叔叔挥了挥手，他的一个警卫过来，用绳子捆上了浩二的手脚，又在他眼上蒙了厚厚的一块黑布。

"浩二同志，过一会儿他们就来把你带走。记住咱们说好的事，十天以内，我的人都会在格节城西门外河那边的树林子里等你！"

"总司令，我记住了！"

"等他们把你接回来，我要为你开庆功会，亲自派人送你过江，安排你爬上火车，回日本去！"

"放心吧，总司令，我一定回来！"

这以后赵叔叔和秋叔叔一直陪着浩二和我站着，直到"一道风"和手下的几名胡子吃完饭，过足烟瘾，走过来用一副临时绑起来的担架抬走了浩二！

这一行人顺着营地前的雪路走下山去时，我的心比被人用一把刀一下下割着还难受！我渴望担架上的浩二能回头再望一眼，哪怕他什么也望不见……不，只要他回头一望，就仍然能够望见我！

可是没有。他们快走到山腰里了，浩二仍然没有回头一望……现在他们走到了山下，消失在林海里，浩二还是硬着心肠，没有回头朝营地方向、朝着他知道会一直目送他远去的英子姐姐望上最后一眼！

我忍不住一个人跑到林子里哭起来……我觉得浩二这一去，就再也不会回来了！

就是在这片林子里，我哭着哭着就不哭了。浩二他们刚走远，一支精干的作战小分队就从这里被赵叔叔派出去，任务是人不知鬼不觉地跟在"一道风"后面，一路护送和监视他们，直到亲眼看见他们真地进了格节城。其后这支队伍的任务就是秘密潜入格节城西门外小河对岸的树林子，等候接应浩二！

我不知道的另一件事是：早在昨天夜里，"一道风"下山后，三军和十六军的部队就在赵叔叔统一指挥下，突然移向格节城四周，摆出了一个大规模进攻的态势。这天早上浩二刚离开，仍滞留在格棱沟密营里的十六军后方勤务队也立即接到命令，迅速后撤五十华里，进入格节、萝北交界处的旮旯沟密营隐蔽。格棱沟密营里只留下了一个小分队，等候"一道风"赶回来复命。

当天夜里，赵叔叔和秋叔叔又亲率一支队伍，突然出现在距格节城不足十华里的一个叫石人塘的大镇子上。赵叔叔在一个日伪警察所里坐了一会儿，抽了一袋烟，留下了一个自己的帖子。天亮时这个帖子已到了河原信行手中，他明白赵叔叔的意思：假如他收下浩二后却不按"约"顺顺当当地把赵尚志的"表弟"交出去，赵尚志的攻击姿态就会立即变为攻击行动！

河原没有失"约"。浩二离开格棱沟营地的第二天中午，"一道风"和他的人就用同一副担架，将血肉模糊、昏迷不醒的汪大海抬了回来。除了一息尚存，他几乎就是个死人了！

留在格棱沟的小分队继续将他抬进了旮旯沟密营。三军的随军医生立即为他施行了急救，我也被秋叔叔派去做临时护士，为奄奄一息的他剥除血衣，清洗伤口，喂水喂饭。除了大小便的事不归我管，其余的事我一个人全包了。到了第四天汪大海醒了，睁开沉重的眼皮，第一个认出的人不是一直守在他身边的秋叔叔，而是秋姑死后他一向视若仇人的我！

"英子……"他喃喃地说。

汪大海活过来了，我却不想在他身边再待下去了！已经过了四天，赵叔叔派往格节城外接应浩二的小分队还没回来。我心里装着的只是为换回汪大海重入虎穴的浩二了。我请求赵叔叔和秋叔叔，允许我回到格棱沟密营去等他！

我以为他们不会答应。但是这一次，赵叔叔却答应了，还另外派了一支小分队，和我一起回旮旯沟，任务是等候和接应前往格节城外接应浩二的小分队。

浩二是在十天限期的最后一个深夜，被赵叔叔派往格节城外的小分队抬回来的。一眼看到担架上的他，我几乎觉得这是另外一个人。浩二遍体鳞伤，浑身上下又脏又臭，眼梢嘴角都是血，剃得精光的头上鼓着一个个肿包。听到我扑上去喊他的名字，浩二才从一场大梦中醒来一样，缓缓睁开眼……看清了是我，他也只是嘶哑地喊了一声"姐姐——"，就又昏死过去了！

我们也把他连夜抬回到了旮旯沟。我在他身边守了三天三夜。浩二几次醒来，就犯了几次"病"，浑身抽搐，牙关紧咬，口吐白沫，不省人事。他把我和闻讯赶来的秋叔叔和赵叔叔都吓坏了！

"这是不是羊角风啊！"赵叔叔说，事到如今，他比我们中的任何人都似乎更信任和钟爱松下浩二了，"赶快叫军医来，好好给他治！"

从逃出格节城到离开我们，浩二又在我身边厮守了十三天。这些日子里，在军医的精心治疗下——有时赵叔叔也过来亲自给他喂药——他一天天好起来，不再犯"病"了。

"松下浩二，你可要快点好啊，"赵叔叔不止一次这么说，"等你好了，要是你还想回日本，我就派人送你去——要是你不想走了，我就留下你给我做副官。记住，我赵尚志决不食言！"

几天后的一个夜晚，渐渐清醒的浩二终于向我讲述了他逃出格节城的经过。

……浩二作为战俘被交换回去的当天就被关押起来，开头还没有打他，河原首先对这个在战场上"失踪"半年的人今天居然还能活着被送回来感到惊奇，又一厢情愿地认为他既在游击队营地里待那么久，就一定知道不少事情。他当天没有审浩二，第二天早上，他才决定亲自见见这个如同死而复活的人。

浩二说，头一次被带到这个凶残狡诈的日酋面前，他怕得厉害，心都是抖的。

"可就在这时我想到了你。想到了总司令和秋军长，想到了出发前我自己的决心和计划。我对自己说：你不能怕，你现在不是一名日本兵，你是一个抗联战士，一个人，你就应当表现得像一个人，一个抗联战士。这么一想，我不但不害怕了，还一眼看清了这个河原和别的日本军官一样，也是个狂妄自大的家伙。对这样的家伙，你只能骗他。"

"浩二，你骗了他？"我忍不住叫起来。

"对。我别的不能做，可是我能装傻呀。这个法儿是我行前就想好的……这时河原就问我怎么被俘的，几个月来跟着游击队藏在哪里，我都看见了什么，咱们抗联的队伍有多少人，等等。"

"你怎么回答的？"

"我告诉他，这几个月我一直被蒙着眼，捆着手脚，被人在山里牵来牵去，一到宿营地，就关进了地窨子，什么也没看到，什么也听不见。

"然后我就开始犯傻，他问东，我说西，像是听不懂他的话。河原很快就被我弄得不耐烦了，派人去找我过去的伍长，问我的脑袋是不是有问题。这家伙是在我们原先所在的旅团离开格节时病倒了，然后就留下的。伍长说我的脑子不是有病，我根本上就是个傻子。河原生气极了，当即就给了我一巴掌，让伍长把我带走，先关起来，过两天送到惩戒营去！

"你没有听说过惩戒营？这是个专门惩罚作战不力的士兵和逃兵的地方，类似于军营监狱或者苦役队。真到了那里，打仗时会让你在前头冲锋，不打仗就去伐木，做苦工。

"一听说要把我送进惩戒营，我的心就灰了。我想：这下坏了，赵叔叔还派了一支队伍在西门外等着我呢，英子姐姐还在抗联队伍里一天天盼着我逃回去呢！真要是让他们把我送进惩戒营，我就再甭想逃出来了，那时别说回日本，就是想再见你和秋叔叔一面，也不能了，他们一定会把我折磨死在那里！

"伍长从河原那里把我弄出来，关进军营里的号子。这些号子原本是为惩罚犯了小错的日本兵建的。我现在想，他们没把我关进监狱而是关到这里头，一定是觉得过不了几天我就要被送进惩戒营，何况我又是个傻子，好不容易从抗联队伍里被交换回来，等于是从死里捡回了一条命，就是用鞭子赶我也不会跑了。接下来，很可能河原也相信了我是个傻子，转眼就忘了我，我才没有马上被送进惩戒营。可我不知道哪天河原就会想起这件事，到时我还是要被送进去。我不能干坐着等死，我得想想办法尽快逃走！

"我忘告诉你了，自从我被关进号子，伍长和他手下的兵就开始折磨我。他们这样做是否得到了河原信行的允许，我不知道。头天把我带回来，伍长这个坏蛋就不慌不忙地在号子门口把我痛打了一顿，然后他的上司和上司的上司也来看热闹，过后每个人都忍不住高高兴兴地痛打了我一顿。他们当然认为应该狠狠地揍我，因为我没有为天皇陛下战死却当了游击队的俘虏，还在游击队营地里待了好几个月。

"这一天我还没有犯'病'。我在咱们这边养了几个月，再犯'病'也不容易了。可是到了第二天，伍长手下的兵开始轮番打我，我却犯了'病'。离开咱们队伍时我就想好了，只要一回那边，他们一定还像以前那样往死里打我，拿折磨我这个'傻子'开心。我不能让他们随意打，那样他们会把我打死的。我想只要他们一打我，我就犯'病'给他们看。这天他们正打得起劲儿，我一头倒在地下，两眼翻白，口吐白沫，做出人事不省的样子。那帮家伙见了，不明就里，伍长就哈哈笑着说你们不知道，这是他又犯'病'了。打我的家伙听了，跟着哈哈大笑，一哄而散。但就是这样，其中一个家伙仍不愿放过我，别人走了，他还用脚一下一下死命踢我的肋巴骨，我疼得在地上打滚，却咬紧牙关不叫一声，只要叫一声就露馅了，他们就会看出我是装的。可是到了最后，我还是忍不住叫起来，我想这下完了，心里一急，真地就犯了'病'！

"真犯病和假犯病不一样，那个家伙不打我了，他像拖个死人一样把我拖进号子，扬手而去，门也不锁。天黑后我才醒过来，知道自己真地犯了'病'，反倒不害怕了。我知道他们还会打我，我还会犯'病'，但这件事现在有可能反过来帮我，反正他们都认为我是个傻子，我就在他们眼前做个傻子好了。他们再打下去，我就越来越'傻'，让他们越来越不戒备我，这样说不定就有逃走的机会了。第二天，那帮家伙又走过来，看我醒了，嘻嘻哈哈地又打了我一顿，果然我又犯了'病'。这次是假的，我有意在地下打滚，往水坑里滚，往粪桶边滚，滚得满身脏兮兮臭烘烘。这个办法见了效，有几个家伙本想过来打我，一闻见我身上的臭味儿，就捂着鼻子走了……后来为了骗他们，只要看见有人过来，我就犯'病'，满地乱滚，胡言乱语。这样过了五天，负责看押我的那个老兵完全懈了劲儿，号子门也不常关了。

"可我没敢马上跑。我明白，我只有一次机会，万一我被发现了是在装疯卖傻，我就完了。我对自己说：赵总司令讲过让西门外小树林里的队伍等我十天，我不能着急，我要一次成功！

"我先试着走出号子，在营院里乱转，见到谁都傻笑，说些疯话。那些人就打我，我就躺在地下乱滚。慢慢地，我发觉他们不但真把我当成了傻子，还认为我不是一般的傻，人人都嫌我脏，嫌我臭，看见我就躲。就是营门口的哨兵，也不大理我。又过了两天，我慢慢悠悠，试探着往营门外走，走出去又走回来，哨兵没管我，只用眼角瞄着我，不让我走远！我却趁机看清了营门外的地形：原来这座军营不在城里而在城外，出了营门，往前走几百米，就是一片树林子！

"可我还是不敢贸然逃走。我害怕营门口哨兵手里的枪。我一旦让他起了疑,哪怕隔得老远,他也能一枪把我撂倒。可我也有我的法子。一天接着一天,我仍旧一个人晃晃悠悠地往营门外走,有时走得远,有时走得近,有一天大着胆子走进了树林子,但那次我没有马上逃,因为我知道哨兵的眼睛一直盯着我,再过一会儿不见我回去,他一定会发警报的。我手里拿着胡乱捡到的东西,一根树枝,一个蘑菇,念念叨叨地往回走。果然,第二天我再出门往外走时他就不那么在意我了。到了第九天,我照例大着胆子走进小树林,待了一会儿,仍没有人过来找我。这时我的心一热,就觉得有个声音对自己说:你得逃了,此时不逃,可能就没有这么好的机会了!我的心跳得厉害,我一跃而起,就朝着林子深处跑。跑了一阵脑子清楚了。我不能这么直着跑,我得转个弯子,那样他们万一发现我逃走了,也不会追到我!

"姐,我本该一直往格节城西门外的树林子逃,却一路拐向了西南。我在山里绕了一夜又一个白天,后来还是迷路了。天黑下去,这是最后一天,我看到了北斗星,明白我该朝哪里走,我走了半夜,到底到了格节西门外小河对岸的林子里。一见到咱们的人,我就晕倒了!……"

"浩二,好兄弟,真是好样的!……"我把他搂在怀里,感动地哭起来。浩二也哭了。我们痛痛快快地哭着,一直乌云密布的天空似的心忽然云散天开,变得敞亮了。我忽然想到了一件事:浩二已做完了他答应做的事,接下来就该由赵叔叔履行自己对他许下的诺言了!

78

赵叔叔派人送松下浩二远行,是一个天色晴朗的黄昏,距离他从格节城逃回已有二十余日。原来说好松下浩二一逃回来就送他走,可先是由于他身上的伤太重,后来赵叔叔和秋叔叔又率队离开了旮旯沟密营,分散在格节、通松、萝北间范围广大的深山老林里设置密营,事情竟一天天拖了下来。这时我又听到了消息,包括北满抗联总司令部在内的所有部队都要向西北转移到通松河右岸小兴安岭深处去。我想既是这样,送浩二离开的事肯定还要往后拖。不料就在这天下午,赵叔叔和秋叔叔一起飞马回到旮旯沟营地,紧急派人告诉我,让浩二准备一下,马上随北满省委派往东满五军军长周保中处的小队伍一起走。这支小队伍途中要穿越哈尔滨通往朝鲜的铁路线。赵叔叔交代这支队伍的头头，让他们在那里通过地下党的关系，帮浩二做好安排，秘密爬上火车。

事情虽然来得很突然，我和浩二却没有吃惊和措手不及的感觉。事实上，自从他再次回到营地和我朝夕生活在一处，我们过的就是一种等待分别的日子了。两个人心里都明白，虽然还没有确定走的日子，可它还是一天天地迫近了。说是分别，非常可能就是永别，我们正在经历的，其实是最后的团聚。

接到命令后我很快就帮浩二收拾好了，其实没有什么要收拾的，不过是随身穿的几件衣服，在路上吃用几天的干粮。我第一次从自己心里发觉，这些日子里我们不但已经习惯了相聚，甚至也习惯了分别。我和他表现得都足够冷静和克制。我们没有悲声大放，没有涕泣横流，甚至没有说更多的话。该说的话早就说尽了，最重要的几句话早就印到了心底，不想再重复。我还注意到，虽然他朝思暮想的事就要变成现实，浩二却并不怎么激动，更不快乐。

赵叔叔又一次派人来到我们的地窖子，通知我和浩二，出发的时刻到了。

我们抬起头互相看一眼，一刹那间两人心里似乎都有千言万语，可又说不出来。猛地，浩二将脸扭到了一边去！

"姐，"沉默了好长一阵子，他似乎终于平静了，开口说道，却没有回头看我，"姐，浩二要走了！"

"走吧。"我简单地说，这一会儿我的心里像滚油煎似的。我只想让他什么也别说，快点走，免得两个人都更难受。我也不敢正眼看他，怕我的眼泪流下来就止不住。今天浩二要远行，我这个姐姐不该流泪。这时流泪是不吉利的！

浩二把脸转回来。

"姐，浩二……浩二要走了，有句话不知道该说不该说。"

我想：他真是要走了，话说得这么客气，让我伤心。"浩二，有啥话你就说，说了姐就送你走！"

他默默地看了我一眼，又猛地把目光移开了。

"姐，我走了以后，要是秋叔叔不能马上送你去哈尔滨读音乐学校……我没有别的意思……我相信秋叔叔，可是……万一秋叔叔做不到……我劝姐姐嫁个人吧！"

我吃了一惊——离别之际，真没想到他会说出这个！

"浩二，你胡说个啥——"

浩二的脸白了。可他是认真的——从没有这么认真过！

"姐，这些天我一直都在想……有句话我一直憋在肚子里，不敢讲出来，我怕姐姐生气……今儿浩二要走了，想要姐姐跟我一起走又不能……自打跟姐姐认识，我就觉得，姐姐心里要是有个人牵挂着，你就能活下去！……以前是英男弟弟，后来是浩二……被狼群围在二十七号密营里那会儿，你心里要不是放不下浩二，也会死的……以后没有浩二了，我真担心姐姐心里没人牵挂，再遇到那样的时候，你就不愿意再活下去了……姐姐，答应我，我走了以后，你就学学我日本的秀子姐姐，嫁个人吧……浩二知道秀子姐姐今天一准还活着，浩二走了她本来是活不下去的，可她嫁了个人，心里还有另一个人牵挂着，说不准就活下来了，为了那个人她也不能死……

"姐，浩二走了，你就是再想牵挂他，也牵挂不到了……要是你能嫁个人，再生个孩子，你心里就又有人牵挂了，就是遇到天大的难处，遇到死了也比活着好的时候，你也会咬着牙活下去，为了他们活下去，一直活下去……那样，等到战后浩二再来中国，我就真地能和我的英子姐姐团聚了！……"

说这些话时他一直强忍着，不让自己哭出来。可刚刚说完这些话，他就"哇"的一声哭出来了，又马上止住——他也知道，亲人离别时是不能哭的！

但一串串硕大的泪珠，还是顺着他的脸颊扑簌簌地滚落下来。

"浩二，你说的是啥呀！"我冲他大喊一声，眼泪也落了下来。这时我想到的是：浩二到底是个孩子，他知道自己走后一场空前惨烈的大战就要爆发，除了马上离开营地的他，每个人都生死未卜，包括我，可他不想让我死，就因一时迷乱说出了上面的话！……不，我不生气，今天是他远行的日子，仅仅因为他临行时待我的这一片心，无论他说出什么我都不会生气。"浩二，快把眼泪擦掉，"我说，"咱们走吧，赵叔叔和秋叔叔他们，恐怕等急了呢！"

最后几片黄亮的晚霞还横在天边，离别的时刻到了。一支小队伍集合在出山的路口。不但赵叔叔和秋叔叔来了，抗联十六军里熟悉浩二的人都来了。浩二眼里噙着泪，脸上却一直带着笑，一个个和他们拥抱、告别。队伍就要出发，我以为没时间单独和他说两句话了，浩二却突然回过头，眼圈大红，紧走两步来到我面前，猛地抱住我，一点点跪下来，大声地、悲怆地喊道：

"姐姐，你多保重，浩二真地走了——！"

"浩二……！"

"姐姐，一定记住浩二的话啊——！"

"浩二呀——"

我再也忍不住了，骨肉分离的感觉再次刀一样割疼了我的心，眼泪河水般地流淌！这一会儿浩二比我还难受，他大放悲声，几个人赶上来拉他也拉不起。可是很突然地，他却猛地自己站起来了，擦一把脸上的泪，转过身，大步流星地向山下走去！我以为他至少会再回一下头，但他没这么做！

我不怪他。就是这一刻我们姐弟俩也是最知心的……他这么毅然决然地离开我，是怕时间拖下去，会让我和他更加伤心难过！

我以为我就这样送走了我的日本弟弟松下浩二……可是，像所有生死离别的场面一样，你以为事情到此要完结了，可它并没有完结。一个拄着拐杖的人突然跌跌撞撞地从营地里冲出来，挤过人群，急急地冲浩二的背影大声喊道：

"松下浩二——！你等一等——！"

一个令我难以想象的场面出现了：不是别人，竟然是当初那个要在狼谷里拿浩二喂狼的汪大海，那个被浩二舍身相救的汪大海，也赶出来为浩二送行了。他一直都在养伤，显然刚刚知道浩二要走，马上不让人搀扶就赶了过来，却只看到了浩二的一个背影！

松下浩二听到了这一连串在群山间引起连绵回声的呼喊。他惊讶地站住，回头望着我们。汪大海以惊人的力量摔开一条拐杖，仅靠着一只拐，一瘸一跌地向山下冲去！松下浩二看到了，马上回身朝山上跑过来！

他们两个人在山腰间一棵独立的大槲树下相聚，然后紧紧地搂到了一起！我看得清楚，这时汪大海匆匆地凑到浩二的耳边说了一句什么；浩二却又猛然抬头向我们回望了一眼，这一眼我本能地觉得他是在望我……接着，他也急急地附在汪大海耳边说了句什么，于是汪大海也回过头，朝我们回望了一眼！

我的感觉是：自从秋姑死后他眼里蒙上那样一层泪水，今天是第一次重新真实地看清了我们这些人，看清了这个世界！

然后他们就分开了。松下浩二紧跑几步，赶上了前面等他的队伍。汪大海则久久立在那棵高大的槲树下，望着这支小队伍越走越远。直到它隐没于山下林间，看不见了，他仍在那里站着！

半个月后前往东满的小队伍就回来了。由于这时日军大举合围我江北根据地的前哨战已经打响，他们完成任务后连续穿越了敌十几道封锁线才找到队伍。队伍的头领向赵叔叔和秋叔叔报告：出发后第五天，他们带松下浩二摸到了铁路线上，在一个小车站里和地下党接上头，当天夜里就帮浩二爬上了一列无须检查就能通过中朝边境到达釜山港的货车，行前还为他准备好了足够十天吃的干粮和水。

我在赵叔叔和秋叔叔的木刻楞里亲耳听到了这个消息。直到这时，浩二走后那块一直压在我心上的石头才沉重地落了地……我想这下好了，浩二一定能平安回到日本，和他的秀子姐姐团聚，我不需要再牵挂他了！

夜里我一个人在营地外面的林间坐了好久。月色如染，林海茫茫。得到这个消息前，我虽然明知浩二走了，无论生死再也顾不上他了，可我的心里还是天天惦念他，甚至觉得小分队此去不会顺利，用不了多久浩二就会再回到我身边来。可现在我却不能不相信松下浩二永远地走了，今生今世我再也见不到他了！

我知道这是好事，对于浩二来说。可我刚想用这个想法宽慰自己的心，它就被一种新的感觉震撼了。四处一片寂静，只有从营地里传来点点滴滴的声响。我突然觉得孤独得厉害，仿佛过去几个月里，自己一心帮松下浩二逃走，是陷入一个疯狂的梦里去了！今天我终于梦醒，发现自己仍旧置身于一个冰冷的战争的世界里，一个没有生的希望只有死和苦难的世界里。只有它对我才是真实的，只有它才是我自己的世界！

松下浩二就在这一刻从我生命中消逝了。不，没有完全消逝，但这个人连同关于他的记忆一下变得对我完全不重要了。我对他的感情淡了。现在重要的是我自己，是马上就要打响的战争。以后的日子里，我甚至很少想到他！

她的目光执着地望着窗外的天空。我知道她在想什么。也知道她为什么这么快就忘记了那个日本兵和她为他做的一切。今天她不会再说什么了。天已经黑了，我该走了。

日记（3）

今天我没有发抖。

不是没有听到昨天那样足以令人发抖的故事。即使听到了，也没有发抖。

昨晚和陆教授通电话后那种可怕的感觉消逝了，就是它让我给局里写了第二份报告。不过一旦坐到老人面前，我就不觉得自己喘不过气儿来了。我不但又成了我自己，某种意义上，我也成了她……

仅仅是试着去负载沉重，也是一种不愧于往日的英雄的行为。

今天她也没说到音乐会。她说过自从日本人残杀了赵玉珠和霍小玉，音乐会就从她的耳边消逝了。我的耳畔却一整天都回响着音乐，它是轻柔的，似有若无，又充满着深情，如同歌唱……

总之我很平静吧。晚上我洗了个澡，看了两小时电视，上床后还看了一会儿书，然后熄灯，睡觉。

闭上眼睛就看到了那片闪着皑皑白光的雪原。远处是茫茫林海，它们大概是乌褐色的吧？我看到了两队小黑点似的人，一队在雪原上林海间向前蠕动，另一队原地站着，朝远行的一队中的一个人招手……

我醒了。我开亮灯躺着。六十余年前，这竟是一幅真实的场景，是一些真实的人在招手。他们和我一样都是活生生的人，有着我今天这样的呼吸、心跳、感觉和思绪。

我一直望着他们，就是望着他们也需要力量……我以为我又要失眠了，可最后还是睡着了……睡梦中看见的仍然是林海雪原，依然是那样一幅真实的送别图。

远行的人终于可以平安地到家了吧……那些送他远行、为他祝福的人，会有怎样的命运呢……这个真实的故事里的真实的女主人公，她自己肯定还会远行，那么哪里有一条属于她自己的路呢？

第十天

录音 I

79

"马路：你是叫马路吗？听说你住院了。我不能坐在这儿等你，再过些天就是春节了，我还有比眼下更要紧的事要做，必须赶快把我的事情对你讲完。"

我接着说下去……1936年3月，格棱沟大会师后两个月，关东军司令部终于断定赵尚志真的进入了格节北部山区，与秋雨豪的游击队"合为一股"。为一举"剿灭"我北满抗联主力，随后的一个月内，他们将原本滞留于江南的三万日军悉数移师江北，兵分三路，由南、西、东三面形成了对我江北根据地的包抄态势，与此同时，原部署于黑龙江南岸一线的万余日军也奉命掉转枪口，由北向南杀来，与松花江南来的三路日军一起完成了对我军的四面合围。日本人这次是下了决心，一定要在当年"解决"赵尚志，然后移兵南满，"剿灭"另一个心腹大患——杨靖宇和他率领的南满抗联武装。四万正规日军加上格节地区的敌伪武装，敌人此次向我江北根据地投入的总兵力已超过去年"讨伐"哈东根据地时的规模，达到了创纪录的五万七千人。

我军这方面，新任北满抗日联军总司令赵尚志率领的只有三军和十六军的四千余人。为打破敌人灭绝性的"大讨伐"，保卫根据地和抗联队伍，赵叔叔果断放弃原来那个就地扩大根据地和队伍的计划，决定兵分两路行动：一路由三、十六军全部主力组成西征军，他亲自率领，趁敌合围圈尚不巩固之际离开格节，向西南方突围，跳出敌合围圈后经通松、乐浪，大踏步向西跃进至数百里外敌兵力空虚的嫩江平原，在那里创建新根据地。赵尚志认为此举首先将打乱日军合围企图，迫使其不得不从"讨伐"我江北根据地的作战部队中抽调大批兵力尾随我军西上，从而使其对我江北根据地的合围尚未开始就名存实亡，战场将在我西征军引领下由格节根据地沿松花江北岸向西转移到敌人后方，江北根据地则可就此躲过一劫，虽不能公开却可隐蔽地存在下来；其次赵叔叔率我军主力西征，还可解除根据地已很严重的"粮荒"，到敌占区就食，获得新的兵员和武器弹药补充。一旦到达嫩江平原——赵尚志相信那是没有问题的——我军将视情况决定下一步的行动：如大批日军一直尾追不舍，他就率领我军在东起嫩江西至大兴安岭东麓的广大地域内拖着日军长途跋涉，只要能拖上三个月，他相信日军就会被我军拖垮，我军的反"讨伐"战斗就取得了决定性胜利，建立新根据地的工作也将随之展开；如果出现另一种局面：敌人置我军主力于不顾，仍下决心集中兵力"讨伐"我江北根据地，我西征军就将一不做，二不休，放手在嫩江地区打击敌伪力量，创建出一块新的更大规模的根据地。我军主力西征的同时，另一路由三、十六军的老弱残兵组成，在秋雨豪、李兆麟领导下留守江北根据地。赵尚志和北满省委给他们的任务是：主力西征之初尽可能虚张声势，牵制日军，保证主力突围成功；我西征军一旦突破敌围，将大批日军引向松花江中游和嫩江平原，则以自己的力量尽可能地保卫、扩展和建设根据地，为迎接最坏情况下在嫩江平原站不住脚被迫千里东归的西征军储备好粮草弹药——即便如此，我军这时肯定也已粉碎了日军的"大讨伐"！

早在松下浩二离开旮旯沟密营之日，我军与敌人在根据地边缘的前哨战就已打响。二十多天后，赵叔叔和秋叔叔分别派往敌占区的侦察队陆续回归，周边敌情愈加明朗，这个新的英勇的反"讨伐"作战方案也就迅速在北满省委和三、十六军联席会议上被通过。鉴于我西征军的成功与否直接关系着全局的胜败，两军几乎所有的主力部队都被编进了这支队伍，只剩下伤病员、老兵一百余人被编进了留守部队。整编完毕，两军领导人最后一次在旮旯沟营地开会，具体部署突围及留守作战。伤势基本痊愈的汪大海参加了会议，被任命为十六军副军长兼六师师长，负责率领十六军主力随赵尚志远征。赵叔叔最后在会上宣布："兵贵神速，所有西征部队务必于今明两天做好一切准备，后天拂晓开始行动！"

80

由于我们十六军女兵队——本来叫十六军后方勤务队，叫着叫着就成了女兵队——一直和北满抗联总司令部在一起,当天上午会上决定的事情我们很快就知道了。局势险恶,主力即将西征,无论是西征军还是留守部队包括我们自己都面临着一场旷日持久生死难卜的大战与恶战,这些我们都知道。哪怕命令我们吃过这顿饭就开步走,大家心理上也不会吃惊。我们没有准备的是会议结束后发生的另一件事,它对我们来说如同闷雷砸顶,又如堕入一个可怕梦魇,不仅手足无措,甚至想喊也喊不出来,想挣扎也没有力量!

啊,多少年来,我一直将这件事闷在心里……早在它发生之前,我就比别的姐妹更早地有了一点不祥的预感。啊,不,你不要以为我会觉得自己比身边的女战士们更聪明,和这些入伍不久的姐妹们相比,我年龄虽然小,却是个老抗联。大战在即,全军主力即将破围西出,赵叔叔留给秋叔叔和李兆麟叔叔的只是一支百余人的老弱残兵,这一切都给了我一种阴沉忧郁的感觉。赵阿姨和小玉死后秋叔叔的身心已那么脆弱,我不敢想象主力离开后他率领着那支自保尚且不足的小队伍怎么在根据地里坚持斗争,我更不愿意想象的是我自己和我们这批女兵的前途。赵叔叔带领主力千里远征,路上疾风血雨,每一处都是战场,就他的本意而言,不可能愿意带上我们一直走。到了危急关头,我们这些女孩子走又走不快、跑又跑不动。赵叔叔指挥部队作战一向如疾风飘雨,西征军跳出包围圈以后,我军生存和取胜的关键就在于速度,别说秋叔叔出发前不愿带上我们,就是带了我们,一旦遇到必须下决心甩包袱的情况,作为我军的最高统帅,为了全军的生存与胜利,他很有可能眉头都不皱一下就那么做的,那时我们这些被甩掉的人就将沦于死亡之地。可是留下来至少又是我的心不愿意的——妈妈死后,秋叔叔一家为保住我的生命,能做的事全做了,秋姑甚至为我牺牲了生命,如果赵叔叔一定让秋叔叔留下我们,秋叔叔是不可能拒绝的——主力西征后他仍然是十六军军长,我们仍然是他的战士,他不能不留下我们并承担起保护我们的重担——可是姐妹当中也许只有我心里明白:秋叔叔已不是原先那个秋叔叔了,他就是有这份心,也没有这份力了。他做不到这个了!

就我内心的渴望来说,我当然愿意留下来和秋叔叔在一起。松下浩二走后我就知道自己走不出这片林海雪原了,我将死在这里。明白了这一点我心里没有添加更多的悲伤,相反倒觉得生命的黑夜里突然亮起一片清晨的日光,我看了我的过去、现在和将来,我的生死、我的命运和归宿,心便像一块石头那样硬邦邦的了。我甚至想过如果我也像小玉那样死,能否经受住最初的恐怖和痛苦——我相信一旦有过最初的恐怖和痛苦后人就死了,以后再发生什么就不会知道了——我让自己闭上眼,身临其境地感受了一刹那间的可怕战栗和撕裂般的疼痛，然后睁大了眼睛！我大口大口喘气，心脏狂跳不止，可是我知道自己挺过来了，小玉的遭遇可能就是我的遭遇，但她却似乎用自己的悲惨的死替我经历过了第一次！可我知道我不会留下来的，浩二走时曾当面问过秋叔叔能否保住我不死，秋叔叔当时的回答是简单的，却让我听出了弦外之音。秋叔叔当时说那是他的事，是抗联十六军的事，是中国人的事，并没有直接回答浩二能还是不能。秋叔叔的回答给我印象极深，我知道哪怕到了今天，他已经成了一尊从内部开始崩裂的石像，随时都可能坍塌，虽然他不像以前那样有力量，只要我和他一起留下，他就仍会像以前一样，为了不让我死，宁可自己死去。可这次不愿意的是我：我反正是要死的，死在这里和死在大军西征的路上又有什么不同！如果我注定了要像小玉一样被日本人烤着吃掉，剩下的一副骨架葬在哪里又有什么关系？妈妈死后我一直是秋叔叔和他全家肩上的一个沉重负担，只要我活一天，这个负担就一天不能从秋叔叔心头拿掉。而只要我不留下，留守江北根据地的秋叔叔肩头的重担就会减小一点，这小小的一件事也许就能帮他熬过生命中这段最脆弱的日子，熬过"大讨伐"，继续活下去，与日寇战斗到底。我就是死了，至少也没在害死秋姑之后再害死他——我的游击队父亲！

这天中午，北满省委和三、十六军联席会议在赵、秋两军长的木刻楞里结束之时，我灵魂里翻腾的就是这样一些思想。我一边和姐妹们在十几米外的"大伙房"里为参加会议的人做饭，眼睛一边却盯着就要从木刻楞中走出来的赵、秋两叔叔。我命运中的又一个关键时刻到了，我知道这个，可仍然想知道我和我们这群女兵的走和留在赵、秋两军长（赵叔叔这时仍兼任三军军长）那里是怎么决定的，它将决定我死于何方，又事关秋叔叔的生和死。开会的人们纷纷从木刻楞中走出来，赶到"大伙房"外的林子里来吃简单的午餐：每人一个大糠菜团子，一碗大锅煮的酸菜汤。我看到了久违的汪大海，看到了三军和十六军的每一位师团长，里面有我熟悉的，也有我不认识的，却没有马上看到赵叔叔和秋叔叔。我有点失望，以为赵叔叔和秋叔叔会因为别的事不到我们这里来吃饭了。我将不再可能仅仅从他们的神情与目光中看出我想现在就知道的事。可就是这时他们二人从木刻楞里走出来，一边走一边还在小声议论着什么。从这一瞬间起我的目光就再没有离开他们，这是躲在远处悄无声息的凝视，却又是专注的、不知不觉就令我整个人紧张起来的凝视。秋叔叔神情严肃，大战在即，赵尚志这次事实上要带走十六军的全部主力，只将一支不能打仗的小队伍留给他和李兆麟，支撑根据地内的危局，但此事仿佛并没有给他带来更多的沉重与忧郁——忧郁是有一点，却不像我想象的、应该从他脸上和眼睛里感觉到的那样浓厚。秋叔叔的沉静让几个月来瘦得如同一个影子一样的他在我眼里突然显出了一种出乎意外的高大，一种发自生命内部的刚毅与坚强。仿佛从这一刻起，不是别人，也不是赵叔叔留给他和李兆麟叔叔的那支老弱残兵，而仅仅是他自己，他的这副看上去就让人想落泪的高而瘦的骨架，已经孤独地把主力离开后守卫根据地的沉重全部承担了起来！变化最大或者说根本没有变化的是赵尚志叔叔。开过整整一上午的会议后走出木刻楞，他明显带着一脸倦意，可是刚走到我们这群女孩子中间，他脸上的倦容就消失了。赵尚志叔叔在我的印象中一向不苟言笑，可唯独这一天，虽然敌军云集，大战在即，从他那张洒满斑斑点点阳光的脸上却看不到丝毫的沉重与压抑，相反却似乎因为全军即将投入这场大战、因为他的一个会将日本人统治的北满地区搅得天昏地暗的反"讨伐"计划就要付诸实施而满面春风。赵叔叔从我们手里拿走一个米糠团子，接过自己的一碗酸汤后还破例同我们这群女战士说了好几个笑话——我刚才会得出他根本没有变化或者变化最大的矛盾印象就是因为这个：没有任何迹象表明一场要在北满掀起腥风血雨的大战对他的坚定、强悍的性格造成了可以感觉到的影响，却又非常大地改变了他的情绪。几十年过去了，他讲的笑话我一个也没记住，却记住了自己当时的感觉：赵叔叔的心情真好，如同冬日最晴朗的天空一样万里无云。

　　但我更多地注视的却是秋叔叔，有一种直觉是只有从秋叔叔的神情中，我才能早一点发现自己正在寻找的那个答案。猛地我发现秋叔叔也于一抬头之际瞥见了我，并且由我转眼看见了林子里的那一群女战士。我有了一个惊心动魄的感觉，随即一种极清醒的意念就涌上心来：方才秋叔叔神情镇静与我和我们这群女孩子无关，他神情中的那点沉重和忧郁也与我们无关。我恍然大悟：无论是秋叔叔还是赵尚志叔叔，走出木刻楞前都还没有想到我们，他们尚未对我们的走或留作出任何决定！秋叔叔随即又望了我一眼，这新的一眼如此凌厉有力，没有利剑般地伤害到别人，却一下就让透过树枝洒到赵叔叔脸上也洒到他脸上的明亮阳光熄灭了！秋叔叔这一刻也注意到了我在远远地、悄悄地用疑问的目光凝视他，于是他刚才投向我的令人惊心的一瞥还刚刚和我的目光碰触了一下，就迅疾地移开了去。我没能再看到他的眼神——如果我的感觉没错（我相信那是不会错的），他和赵叔叔走出木刻楞时还没有想到为我和我身边的一群姐妹做出一个决定，那么有了方才那疾如飞鸟的一瞥，我们这些人的去留和生死就突然沉甸甸地压在他的心头上了！

　　我敢说他的心思这时起就不在午饭上了，他的心思在我们身上，也在赵叔叔身上。虽然他是十六军军长，是我们这群女孩子的直接上级，但要做出那个关于我们的、可能早就在他心里酝酿过的决定，仍然需要得到赵叔叔的支持与帮助。这是一个冬将尽春未来的阳光明媚的中午，由于赵叔叔兴致很高，林子里一直荡漾着快乐的笑声，但是秋叔叔没有笑，他一直没有笑。

我的眼里满含泪水。我不再注视秋叔叔了。我想也许是我错了。赵阿姨和小玉死后我一直用痛苦的心情感觉着秋叔叔，一直觉得他的生命进入了一个极为脆弱的时期，随时可能崩裂，这个中午望见他时才会有那样一些想象。也许秋叔叔方才一眼望见我时神情骤变是出于别的原因……我不愿再想下去了，我的心剧疼过了，此刻却开始变得坚定和镇静。不管是走是留，秋叔叔能为我们做出的都只是一个决定。生和死既然不是他能决定的，那就是我们自己的事，我自己的事。生死既然是我自己的事，我就有了更多的自由去左右它，生不是我能左右的，死却是我能左右的！……可秋叔叔和赵叔叔已经吃完了自己的午饭，站起来顺原路走回自己的木刻楞，半道上秋叔叔好像低声对赵尚志叔叔说了一句什么，赵叔叔就站住了，两人改了主意似的，一起转身走向营地前面的林子……我的眼睛不由自主地尾随着他们往回走，一个念头一下从心底冒出来：我不敢肯定秋叔叔刚才对赵叔叔说的是我们这群女孩子的事，可我凭直觉相信他说的就是我们的事。啊，秋叔叔是要和赵叔叔讨论、决定我们这群人的走和留了！……开始还能透过树丛望着他们的背影，后来就看不见了。我的心一颤！我正在遥望的不是赵叔叔和秋叔叔的身影，而是我们这些人的生与死，我自己的生与死，同时也是秋叔叔自己的生与死！

我痴痴地望着两位军长走进了那片林子。我想知道他们走出来时会做出怎样一种决定。可是午饭开过了，对我的心情一无所知的邱梅大姐像往常一样招呼我和大家收拾吃饭的人胡乱丢下的碗筷，放进大筐抬到营地左下方的冰河边去洗。我不能不去，但是哪怕我抬着大筐，一步步离开营地，走下山坡，走向冰河，仍然一次次回头朝那片乌色的林子里张望。我想：赵叔叔和秋叔叔这会儿就要走出来了，那件对我、我们和秋叔叔同样性命攸关的大事已经决定了！尽管走和留对我来说都是一个死，却具有两种完全不同的意义：为了秋叔叔，我宁愿赵叔叔能答应把我们这些女孩子都带走，只让秋叔叔和他的小队伍留下。而我真正相信和盼望的是：处于生命中最脆弱时期秋叔叔能因为我们的走，因为心上不再牵挂我们这群人，尤其是我，或许就能熬过这场战争活下来。我有一种说不出道理却极为逼真的感觉：只要他熬过这段时间，他那因赵阿姨和小玉的死从内部崩裂的心灵与生命一点点愈合，他就还会是原先那个生龙活虎的秋叔叔！——秋姑死了，赵阿姨死了，这一家人中剩下的只有秋叔叔，我生前死后都不再能报答他们的恩情，就让我用我的离开，减轻他生命的负担，帮助他英勇地活下去吧，我死前也只能用这种方式为他做一件事了！

81

午饭后直到黄昏我们都是在营地下面的冰河边度过的。先是在冰洞里洗刷锅碗瓢盆，接着邱梅大姐从哪里弄来一堆衣服让我们洗（为部队洗衣服也是我们的任务，但不经常）。我们一点也不知道这段时间营地里发生了什么。很久我都没有忘记走进林子的秋叔叔和赵叔叔，没有忘记午饭时秋叔叔给予我的那些沉重的感觉和印象。但是——我又要说我还是个孩子了——过了一段时间，我内心的注意力还是被眼前正在做的事情转移了。

夕阳西下时分，我差不多把它们全忘了——谁说得准呢，也许午饭时秋叔叔心情不好是因为别的事，饭后他和赵叔叔走进林子要谈的是别的问题！

但不幸的是我午饭时对秋叔叔的感觉与想象都是对的。这天午饭前身为十六军军长的他确实还没有为我们这群十六军女战士的走与留作出决定。饭后他和赵叔叔一起走进林子说的正是我们的事，作出的决定却不像我原来想的那么简单。两位军长只在林子里待了十几分钟就走出来了，他们作出的是一个对我们来说如同遭遇了雷击的决定：就在那天晚上，他们要安排我们十六军女兵队的全体十二个女孩子一起出嫁，然后随自己的"新郎"分散到三军和十六军的主力部队去，后天拂晓大军西征，我们也跟着一起走！

啊，我不知道秋叔叔心里什么时候有了让我们出嫁的念头，它很可能早就在他心底酝酿着了，一旦主力西征的事定下来，他马上发现自己必须将它付诸行动。有一种广泛流传的说法是秋叔叔当天午饭后并不是要同赵叔叔讨论自己的这个决定，像我当时敏锐地感觉到的那样，他只是想请求赵叔叔的帮助。秋叔叔本想在十六军内部自行解决这事，可他的标准很苛刻，新郎必须是未婚的师团以上干部，十六军里显然没有这么多合适的"新郎"，于是他就在这天午饭后把赵叔叔拉进了林子，让他帮自己一个忙，在三军里为我们物色几个合适的新郎。

赵叔叔那么豪爽的人，听了他的解释（这些解释我们永远也不会知道了），当即就答应了。

"行！这好办，给他们娶媳妇，谁敢不愿意？"他说。

秋叔叔却认为事情不会像赵叔叔想得那么顺利。"总司令，这件事情……时间太短了，怕三军的弟兄想不通！"他有点担心（也有人说是故意激将）地说。

赵叔叔不高兴了：

"什么想不通！做什么工作？不做工作！——雨豪，要不干脆这样，我回去发个通知，叫三军和十六军的团以上干部都到总司令部开会。人到齐了，我就叫没结婚的给我举手，到门口排队，你去把你的那些女孩子们叫过来，也排成一队，往我那一队光棍对面一站，我们就当众宣布他们是抗日夫妻了——这是命令，愿意不愿意都得愿意！"

"可是——"

"别可是了，晚上我们再风风光光地给他们举办一场婚礼，我这个总司令主婚，你这个省委委员、军长证婚，他们够有脸了。不过雨豪，我们三军可是穷得很，连个洞房也布置不起，更拿不出聘礼，听说你手里东西不少，既然要把你的女孩子嫁过来，就不要舍不得每人送一份嫁妆！……"

这天下午，如果我们仍像往日一样待在营地里，事情是不可能瞒住我们的。可我们偏偏都被邱梅大姐带到营地下面的河滩旁，对这件已在营地内高速运转起来的大事，竟一点风声也没有听到！

秋叔叔没有照赵叔叔的办法做。三军的事如何办他不便参与，十六军的人他还是要召集起来谈一谈话的。他把全军的师团干部叫到一起开会。刚说出怎么回事，会场上就吵成了一团：

"军长，不行不行！你叫我干什么都可以，但是结婚——你还是撤了我吧！"

"军长，我虽说没结婚，可家里有个未过门的媳妇儿，我要是在这里结了婚，她娘家人会把我们家的祖坟都刨了的！"

那些事不关己的人趁机拿别人取乐：

"你家里还有没过门的媳妇？你家里穷得连头母牛都养不起！要不你能跑出来干抗联？"

"你少胡说，我干抗联是因为……"

"四团团长家里是有个没过门的媳妇，可他正是要逃婚才跑出来！他跟他那个封建包办的童养媳早没关系了！哈哈哈……"

秋叔叔听不下去了，他拍了一下桌子，站起来，虚弱的身体摇晃一下，脸色白得吓人。

会场上立即鸦雀无声。

"弟兄们，你们这是干什么！"他大声地、悲愤地说，"这是叫你们结婚？这是给每个没结婚的同志一个任务！这些女孩子是什么人？不是烈士遗孤，就是咱们牺牲的弟兄的亲人！一场大仗就要打起来，你们都要随主力远征，留在根据地的只是一小队老弱残兵……你们要是也不心疼她们，谁心疼她们？你们不带走她们，谁带走她们？你们不保护她们，谁保护她们？"他的声音越来越高，又突然低下去，"你们都知道小玉……那孩子是怎么死的，你们……还能……忍心让她们也一个个让日本兵吃掉！"说到这里他说不下去了，嘴唇打战，"行了，这个会不开了！你们……想得通也好，想不通也好，没结婚的给我留下，结了婚的都走！谁不愿意，就……走好了！"

没有人再说什么。真正的原因是谁也不愿意抬头看军长那双噙着一汪血一样的泪水的眼睛。会场上的气氛全变了。过了一会儿，结过婚的人走了，没结婚的人一个也没走。

三军那边，赵叔叔说是不开会，但见秋叔叔给十六军的师团干部开会，他到底还是把几个未婚的团以上干部找了去，三言两语就把事情给他们挑明了。

三军的干部都是赵叔叔带出来的，脾气性格就是他的翻版。

"总司令，你也别逼着我娶媳妇，你干脆毙了我算了！"

"说得对，人可死，婚不结！"

"……"

据说，赵叔叔一闻此言，目眦尽裂，怒道：

"你以为我不敢枪毙你们？谁不听话，我就枪毙他！……哼，你们想没想过，我们从哈东打到下江，又从江南打到江北，要不是秋雨豪和十六军钉子一样钉在这里，我们到哪里找到这么块立足之地，哪里会有三军今天的大发展？也不用我枪毙你们，日本人早把你们都毙了！眼下人家有困难，请我们帮一下忙，你们却是死活不行！我看你们是忘恩负义！……你们说不行，我说行！我已经答应了秋军长，你们想叫我把吐出的吐沫舔回来，我舔得回来吗？就是能舔回来，我也不舔！——早说过不能给你们民主，现在会不开了，你们给我回去反省，但是我的命令，必须执行！……"

新郎的事大致安顿完毕，秋叔叔和赵叔叔通了个气，才到河滩里来找我们。这时距天黑只剩下一个多小时，婚礼那时就要举行，我们这些马上就要出嫁的人，却还一点消息也不知道!

……秋叔叔在河边找到我们时,邱梅大姐已带大家洗完了那一大堆衣服,正在洗刷多余的炊具。大战在即,所有用不着的营具都要洗刷干净埋起来。我们毕竟是些女孩子,哪怕大敌压境,生死未卜,仍旧什么感觉也没有似的,一边干活,一边唱歌。

我们唱的是北满抗联总司令部政治部主任兼十六军政治部主任李兆麟新近作词作曲的《露营之歌》——

(沙沙的电流声。接着,我就听到了她那苍老的略显沙哑的歌声。)

> 铁岭绝岩,林木丛生,
> 暴雨狂风,荒原火畔战马鸣。
> 围火齐团结,普照满天红。
> 同志们!锐志哪怕松江晚浪生。
> 起来吧,果敢冲锋,
> 逐日寇,复东北,天破晓,
> 光华万丈涌。
> 浓荫蔽天,野花弥漫,
> 湿云低暗,足溃汗滴气难喘。
> 烟火冲空起,蚊吮血透衫。
> 战士们!热忱踏破兴安万重山。
> 奋斗啊!重任在肩,
> 突封锁,破重围,曙光至,
> 黑暗一扫完。
> ……

秋叔叔从山坡上走下来时,我们的歌声并没有停止。一个名叫何英英的女孩子首先发现了他,叫起来:

"看,秋军长来了——!"

大家都回过头去望他,脸上现出惊奇和笑容。即使是这时,歌声也没有停止。在我们心里,军长虽然是全军的,但更是我们这些女孩子的,他不只是军长,还是我们的亲人，几乎是我们每个人在抗联队伍里的父亲，他什么时候都可能来看我们，这没什么。大家先前只是为自己唱，只是觉得自己青春的声音很好听，自己也想听到如此美妙的歌喉而唱，现在不少人却是为秋叔叔唱了……就是几个已停止唱歌的人，忽然也意识到了这一点，重新参加进来。一时间，我们的歌声在这片被夕阳的余晖照得十分明亮的河滩里响亮而欢悦，我们希望秋叔叔喜欢我们的歌声，我们想让他知道我们大家都爱他！

秋叔叔听到了我们的歌声，他也一定从歌声中听出了我们内心的欢悦。这不是我们对自身所处的真实环境感觉到的欢悦，而是青春的生命无论何时何地都会不由自主地表现出的欢悦，是我们对于一个自己敬爱和信赖的人出乎意料地来到我们中间感觉到的欣喜。我们的欢悦不说明我们的长大，只能越发让他感觉到我们仍然很小。

我是女孩子中最早停止歌唱的一个。我紧张地注视着秋叔叔。我不是一个刚入队三个月的新兵，我是个久经战阵的老抗联了，秋叔叔的出现让我一下想起了午饭时从他身上感觉到的那一切，想到了那个他可能已经作出来我却仍然不知道的决定。我突然警觉起来！

秋叔叔在山坡上停了一下。他为什么停了这一下呢？是因为他听到了姐妹们的歌声了吗？……那年月我的眼神儿特好，隔着很远的距离，我仍然看到了下面的情景：秋叔叔脸色苍白，身子摇晃了一下，就像被人打了一拳似的！秋叔叔抬头向山坡下的我们望了一眼，神情里忽然多了一点令人不安的东西……接着，他就加快步子向我们走下来！

歌声停了。已经有人像我一样感觉到了事情有点非同寻常。但在许多姐妹心中，那种简单的欢悦并没有马上消失。秋叔叔还没走近我们，大家就争先恐后喊起来：

"秋叔叔——！"

"军长，你怎么——"

最后一个人也扔掉正在洗的东西站起来，笑着，叫着，望着秋叔叔，眼睛里闪着幸福的光！

秋叔叔在河边停住，用那种他不自知却令我们心碎的蒙着一层泪水的目光朝我们每个人都望了一眼。秋叔叔脸上一直隐忍着怒意，这一刻却要表现得镇静和坚忍。他甚至想笑一下，却笑得很惨淡，也很疲倦——我的心立即跟着大跳了一下！

"姑娘们，都到我这里来。今天有事要跟你们讲——很重要的事！"

他的声音里突然涌进了一种力度，我听出来了，他不知为什么又愤怒了。一定是午饭时他还没做出的那个关于我们的去留的决定已经做出来了，可他自己又不满意这个决定，他此刻的愤怒不是对我们而是对自己，我想。我的心又大跳一下。也许秋叔叔认为，他就要对我们说出的决定对于我们大家来说是残酷——这时我脑海里飞快地想到了一个字：走！——可是不（我马上激动起来），如果真是那样一个决定，不是让我们留下而是跟西征军走，那正是我渴盼的！……秋叔叔，不要为你不得已做出的决定难过，只要你能熬过这场大战活下去，你的游击队女儿是生是死，又算得了什么——反正我们都可能死掉！

但是——我明白——这一刻我想到的事别人是想不到的！姐妹们听了秋叔叔的话，依然像一群天真的孩子一样围到了他身边。秋叔叔飞快地看了大家一眼，眼圈猛地红了——他的一双眼睛本来就是血色的，我不应该再能看到他的眼圈发红，可我就是看到了——秋叔叔瞅了一眼我们就迅速移开视线，他抬起头，眯细眼睛，眺望河对岸的林海雪原！

然后，我们就听到他用清晰、坚忍、越到后来越显得愤怒的声音说道：

"姑娘们，有件事我要告诉你们，后天晚上，北满抗联的主力——我说的是三军和十六军主力——就要从根据地出发，西征嫩江了！

"有些情况你们可能知道，日本人这次动员了大批兵力来'讨伐'我们。为了打破合围，保住根据地和咱们的队伍，赵总司令决定带主力杀出重围，到敌占区去建立新的根据地。我本人对这个计划也是赞成的！

"你们都要随主力走，路途遥远，可以说是千山万水。你们是些女孩子，年龄又小，英子十六岁，卞霞只有十五，邱梅妹子最大，也只有二十三岁，让你们跟大部队走这么远的路，我不放心！"

我的心一紧：莫不是他又不想让我们离开他了！

"……我和赵总司令商量好了，决定让你们跟队伍十几个没结过婚的师团干部一起走，让他们照顾你们！"

——原来是这样！

不只是我，别的姐妹也没谁往别处想秋叔叔的话——既不是往别处想他的话的场合，大多人也还没到那样的年龄！

可是秋叔叔回过头来了，用他那双令人心碎、今天又有点让人害怕的眼睛轮流望着我们的脸，把他最后的也是最重要的话说了出来——

"姑娘们，秋叔叔是来告诉你们，今晚我要把你们嫁出去，嫁给我刚才说的那些人，让他们带着你们走！"

他把话说完了。说完这些话对他而言是不容易的，我们的反应也是他早就预料到的，于是在随后的一刻，秋叔叔的表情不但更愤怒，其中还添加了另一种不近人情的坚执和冷淡。河滩上一片死寂。包括我在内，没有人听不清秋叔叔的话，可谁也不敢相信自己真地听清了他的话！过了一分钟，又过了一分钟，大家你看我，我看你，脸都被吓黄了……还是我们中年龄最大的邱梅大姐，首先乍着胆子，可怜巴巴地笑着，嘴唇打着颤，大声说：

"秋叔叔，你……你别吓唬我们，我们都胆小啊！"

听了她的话，几个胆大的姐妹的脸色也跟着变回来，其中两三个也笑出了声，说：

"秋叔叔，你刚才……刚才真吓坏我们了！"

"秋叔叔，你现在就是想把我们嫁出去，谁愿意娶我们哪！"

"……"

在一群女孩子中间，什么都会传染，尤其是情绪和心理，尤其是在大家都渴望着某一种结果的时候。河滩里响起了一片可怜巴巴的笑声。大家都笑了，没有想到要笑的人也笑了，因为她们也渴望秋叔叔方才只是跟我们大家开了个玩笑，一个她们自觉承受不起的玩笑！

但是秋叔叔没有笑。于是我也没有跟她们一起笑。和在场的每个姐妹一样，我也被秋叔叔的话吓坏了，一时无法相信自己的耳朵，脑袋轰隆隆直响！我望见了秋叔叔的眼睛！秋叔叔眼睛里有一种对他来说少见的只有遭遇强敌才会闪现出来的怕人的感情——一种将所有的痛苦、悲伤都压抑下去的非要这么做不可的感情！秋叔叔不愿我们看清他的内心，可我还是看到了！这也就是说，他方才的话是真的！

这一刻秋叔叔感觉到了我们不愿相信他的话，也感觉到了我们的眼神、笑容既可怜又恐惧，但他自己却不想再在我们中间待下去了，多待一会儿他的决心也许就会动摇……秋叔叔像天下最铁石心肠的人一样，简单地对我们说出了下面的话：

"我的话说完了。总之事情已经定了，当命令执行吧！天黑后我和赵总司令为你们举行婚礼，然后你们就跟着自己的男人走！"

说完，他一分钟也没停，就站起身，大步往坡上走回去。走了两步又回头，语气又严厉又生硬：

"你们都做点准备，不管怎么说也是你们的终身大事！都洗洗脸，回去换身干净衣裳，梳梳头，像个要出嫁的样子！"忽然，他的目光掠过众人，落在我和邱梅大姐脸上，"——英子，你比她们入队的时间早，还有你，邱梅妹子，你是她们的队长，这里的事情你们负责一下！"

说完他就急匆匆走了，一次也没有回头。好像再待上一会儿，他的坚忍和镇静就要崩溃，他对自己或别的什么人，就要勃然大怒！

河滩上的死寂仍然持续着。我相信这会儿不少人的心已经慌了——她们仍然不敢相信那件事是真的，却也不敢相信它是假的了！于是我们中间一个肠子最不会打弯的何英英——有些刻薄的男队员背地里叫她"傻大姐"——就冷不丁冲秋叔叔的背影喊了一句：

"秋——叔叔，你让我们嫁给谁呀——？"

秋叔叔听到了她这一声喊，站住了，他没有回头——我突然觉得他是不想回头，怕再看到我们可怜的脸色和目光——粗声地生气地说：

"你们嫁给谁，要听组织上安排！"

说完话他就走了，步子迈得很大，一转眼就消失在坡顶林子里了！

河滩上响起了哭声。第一个哭的不是别人而是一直没有开过口的卞霞，她是我们中间年龄最小的人，她哭着扑进了胡秀芳的怀里！接着，哭声就在整个河滩上爆炸般地蔓延开来！

这时每个人都明白秋叔叔刚才的话不是玩笑了！不管愿意不愿意，我们——不，是每个人自己——今晚就要嫁人了！可是嫁给谁，我们却不知道！

女战士们——还是称她们为女孩子吧，入伍时间最短的卞霞兵龄只有二十天——互相搂抱着，放声大哭！我们不能不哭，也只有一场恸哭才能表达这件突然发生的事在我们心中引发的惊惧！什么？让我们嫁人？这个主意谁想出来的？为什么？为什么偏偏让我们嫁人？

不，我们不想嫁人，谁愿意嫁人让谁嫁好了，我们这些人不愿意！我们尤其不愿意让别人如此草率地让我们嫁人！我们当然是抗联战士，要执行命令，可我们也是我们自己。除了邱梅大姐，我们都还是些黄花闺女，不是万恶的日本人毁了我们的日子，逼得我们不得不走进抗联队伍，我们谁也不会待在这里！

啊，就是我们不得已走到了这里，也没有想到要在这里嫁人。大战在即，每个人都生死未卜，别说结婚，有时就连我们是不是女人都不愿意记得过于清楚。可就在这种时候，没有谁跟我们商量一下，却要我们嫁人，这怎么可以，又怎么可能！

秋叔叔，是你来告诉我们，这件事是你决定的！自从我们没有了爹妈、丈夫、亲人，走进咱抗联的队伍，你就成了我们的亲人，成了我们的兄长和父亲，可是你，也不该这样待我们！……你可以去问问世上每一个女孩子，嫁人是不是和生命本身一样，是她心中最神圣、最要紧、最不能有一点马虎的事情？除了她自己，世间还有哪一个人有那种权利（亲生父母除外），可以随便地让她嫁人，而且是在这种时候出嫁，嫁给一个我们根本不知道的男人？

只要她是个情窦初开的少女，心里都会藏着一个关于出嫁、婚姻、家庭的美丽梦想，就像每一朵含苞欲放的花儿里都珍藏着一粒孕育幸福的种子一样。可是骤然间，一只手粗暴地伸向你生命的园圃，掐走这朵花，毁掉那个虽然遥远却美丽得令你心荡神摇的梦！……秋叔叔，我们自己宁愿死，也不愿意糊里糊涂地失去了这个梦！

不……我们在那片夕阳下落、暮气升起的河滩里，不只是为已经降临到自己身上的可怕命运大放悲声，还为这种命运降临到自己头上，我们却只能接受不能反抗的现实痛哭！为我们知道哭也没有用而哭！除了相互拥抱在一起忘情地大哭一场，我们还能怎样安排自己，还能给自己怎样的安慰，又怎么让一颗心从最初的惊颤和惨痛中一点点清醒过来，意识到那件事已是我们不可避免的命运呢？怎么能让自己镇静一点，试着想一想天黑后就要发生的事呢？——天哪，我真的就要这样嫁出去了吗？为什么会是这样？……

在这群号啕大哭的女孩子里面，我不敢说自己是第一个从泪浪滔滔中抬起头，重新审视一下眼前这个已经完全变了样的世界的人，却敢说是最早清醒过来的人之一……跟秋叔叔进山后，我已经历过游击队亲人的惨死，大裂谷之战和狼谷之战，一次次逼上眉梢的死亡，送走松下浩二后我更是下定了死的决心，本以为自己不会再在任何突发的事变面前感到惊恐，可今天发生的事，还是让我的心从最初一瞬间就慌了，害怕了！我甚至在明白事已成真的那一刻周身寒战！……结婚？出嫁？我才十六岁，除了在一些遥远的梦境里，我一次也没有想到过它……说没想过是不诚实的，自从有一天来了月经，意识到自己身体各部分都在变化，我就知道我长大了，我的脸腮、眼眉、额角、鼻梁、身条儿，单个看它们还是过去的样儿，合在一起我就变成了另外一个人，一个就要长成、尚未长成而显得分外好看的姑娘——可是，就是这样，我仍然没想过只要待在抗联队伍里，自己有一天会像别的已经长大的十六岁的女孩子一样出嫁！

干吗要隐瞒呢，已经有好几次了，我发现队伍里有人用模糊的爱慕的目光悄悄地注视我，而我不但不反感他们用这种像是发现了一个新人、一件珍宝的目光看我，自己也禁不住意外地从那些偷觑我的人身上发现了同样多令自己眼热心跳的变化。他们发现我像一棵春天的小树一样抽条长高，周身亮丽起来时，我也觉得他们一天天变得英俊剽悍，是些真正的男子汉了。但这样的事情不常发生，即使发生了，我的心思甫动，也会马上像一支在茫茫荒野里刚刚点燃的烛火，被来自周围山林的大风扑灭……不，我是不会傻到让自己真喜欢上一个年轻男人的，比起这些小伙子和我生命中涌动的新鲜的青春的活力，我更知道自己是什么人并且置身何处：我是在战争里，在抗联队伍里，等在我前方的不是生而是死。无论别人投来的爱慕的目光多么美好，无论喜欢上一个人并且以身相许想起来多么令人迷醉，今生今世我都不会更多地去想它们了。它们不属于我。我只属于战争，属于死！

可今晚我却要出嫁了……一场大战就要打响，西征大军就要出发，而秋叔叔也将和李兆麟叔叔一起率领一支不能打仗的小队伍投入保卫根据地的残酷战斗，他怎么会突然想到要我们出嫁呢？秋叔叔不知道我们中间没有一个人愿意这样草草地在抗联部队的密营里、在荒山野岭间出嫁吗？他不知道出嫁对我们来说一生只有一次吗？……我的头脑一点点从炸裂似的剧痛中清醒过来……秋叔叔这样做，到底是为什么？

啊，我明白了——我的心里有一道闪电亮起——秋叔叔是真的要让我们出嫁吗？自从在小玉的遗骨前经历了生命的突然崩溃，秋叔叔可能就知道自己以后再没有力量保护我和我们这些女孩子了，可他在接纳我们进他的队伍时，也就对我们的亲人包括我们自己许下了保护我们不死的誓言。秋叔叔从来没对我们说出过这些誓言，可我知道这些誓言就在他心里，他一刻也没有忘记过它们！

啊，秋叔叔一定长时间地在心底痛彻骨髓地咀嚼过小玉的死，站在他的角度，他一定对小玉的死因有过非常简单的理解：虎跑突围开始后小玉一直被赵阿姨拉着奔跑，如果不是后来自己的妻子为了救他丢开了小玉的手，那个可怜的孩子就不会被日本人吃掉！秋叔叔一准明白他不能不让我们这些人跟随大军西征——就是他的身体不像今天这样虚弱，就是他仍然如过去一样强壮，有过虎跑突围的惨痛经历，他也不敢再相信自己和自己那支百余人的老弱残兵，真能在日后的大战中保住这么多女孩子不死了！对他而言做出让我们离开他的决定一定比我们觉得自己要离开他更为艰难，可他还是做出了这个决定，这说明他对以后这场战争的残酷性是清楚的。他必须要我们和大部队一起走，毕竟跟着大部队走，我们存活下去的机会要大得多！赵叔叔带走了他一手创建的十六军主力，身为满洲省委的一名委员他不能说什么，可他却有可能让主力把我们也带走！

但是，真的要让我们与他分离，秋叔叔第一个想到的肯定就是必须为我们每个人都找到一只能让他信赖的、无论到了多么危急的关头都会拉着我们奔跑的手，一只能保护我们不死的手！秋叔叔一定知道，不让我们出嫁也能为每个人找到一只拉着我们狂奔的手，可是一想到赵阿姨和小玉的惨死，他就不敢这么自信了，到了生死之际，他不能保证这样一只手不会松开。他一定想到了：仅仅让我们成为别人的负担是不行的，还要让我们成为他们舍了命也要保护的亲人——成为他们的妻子！

　　啊，现在我知道在一场大战开始之际，秋叔叔想的和我想的是多么不同了：和秋叔叔一样，我也想离开他，和大军一起西征，可我想到的只是死，只是用自己的死救秋叔叔，不让他虚弱的肩上继续负担保护我活下来的责任，不让他因此而像秋姑那样死去，可秋叔叔想到的却是让我、让我们这些姐妹们，午饭后他和赵叔叔在营地前的树林子里要作出的不是一个让我们如何去死的决定，而是一个如何让我们活下去的决定。今天他让我们集体出嫁，就是为了这个！

　　啊，秋叔叔！如果我的想象有几分是真实的——我已经知道它们是真实的了——我就不该再和别的姐妹们一样号啕大哭。她们中间还没有谁真正见识过日寇的残暴，不能领会秋叔叔的心思是可以原谅的，可我要是还和她们一起哭，就不该被原谅了！——亲爱的姐妹们，我们哭给谁听？我们十二个人，统共只有一个真心疼爱我们的秋叔叔，只有秋叔叔一个人在我们不能不和他分别时想到了怎样让我们不死啊！

　　我不哭了。我从邱梅大姐怀里抬起头，擦掉了眼泪。可我仍然止不住胸中那如同大河奔流一般汹涌强大的悲伤。这悲伤已经不是来自意识表层或者事件本身，它来自另外的地方，来自明白了秋叔叔的心意，也明白自己别无选择、只能被动地服从命运的摆布之后——它来自人的心灵深处。只是到了这时你的心才明白你将在这个晚上失去什么。你的前面闪闪发光的仍然是一个死（嫁了人难道你就不会死了吗？那只手真能在危急时刻一直拉着你狂奔至死也不分开吗？），可死之前你却要为了一个你最敬爱的人——秋叔叔——出一次嫁。你不想出嫁，是你还没出嫁，就已清清楚楚地感觉到今天的出嫁只是一次虚幻的生命经历，你能得到的安慰仅仅是你通过这个经历实现了一个隐秘的心愿：秋叔叔会因为亲眼看到你嫁给了他为你挑选的人而放心地让你离开他，卸下那个一直压在他心头的山一般沉重的誓言，让他也许真能像你想的一样度过生命中这段最脆弱的日子活下去！

　　可就是这样你又有什么选择？你没有别的选择。你只有这么一个选择。没有别的选择是因为你的前方只有一个闪闪发光的死，就像一条在夕阳的光照下流淌的河——好大一阵子我一直眯着眼睛,冷冷地注视着冰河那边的林海雪原,觉得自己的内心绝望而清晰:只要秋叔叔不再能将我送出抗联队伍,我就不能在接下来的这场大战中活下去;万幸我活下去了,可是我能在以后所有的战争中幸存吗?我明白是不可能的。跟随秋叔叔进山时我身边有过秋姑、赵阿姨和小玉,现在她们一个个都相继死去,下一个为什么就不该是我?既然统归是一个死,我为什么还要这么在乎死前是不是嫁过一回人?为什么还要为此这么悲伤?我为什么就不能变换一下心情,认为自己真地要出嫁了呢?我不是也曾在那些无人知晓的暗夜,在自己不多的几次梦中,忘掉像一条大河一样横亘在自己生命前方的死,真实地想象过自己出嫁吗?十六岁的我已不是个小女孩,就是天下太平,我仍然拥有自己的父母和家,我不是也到了谈婚论嫁的时候了吗?在那样的夜晚,我不是也梦想过自己像世上所有的女孩子一样穿上新嫁衣、被人背上花轿,抬进一个张灯结彩的家,然后夫妻结拜、送入洞房坐床,然后……然后像别人一样有一个自己的丈夫、自己的家和儿女吗……今天除了死我已没有余生,为什么就不能把将要发生的事看成我一直期盼的和憧憬的呢?我为什么要认为秋叔叔今天为我选择的新郎,就不如梦中那一个好呢?……

河滩上的哭声还在继续……我的心却在苦痛中渐渐变硬,如同冰河边的一块石头。夕阳的余晖早在河道里和林海间熄灭,暮气越来越浓,但在目光能及的河对岸,仍有一座从林海中耸出的雪峰长时间被最后一道晚霞照得金灿灿的。我久久地望着它,一颗被泪水沐浴过的心忽然热辣辣地转向了一件事先没有想到的事情!

——秋叔叔今晚要我嫁给的人是谁?如果我真要把今晚的出嫁看成是梦想了一生的那一次,这个人是谁就比任何事更疼地牵扯动我的心了!毕竟从现在起直至我死,他都将成为我生命中最要紧的人!我的脑海里飞快闪过一些人的面容,内心甚至有了些轻微的激动!我想到了三军和十六军的那些未婚的年轻英俊的师团长,他们中就有一个我暗中心仪的人!

啊,秋叔叔会把他配给自己的游击队女儿英子吗?果真如此,就是我离开秋叔叔后仍会死在西征途中,但只要是能和那个人成亲,哪怕婚后作为人妻——也许还要作为人母(?)——要承受更大的艰难和不幸,我也不会后悔的!毕竟我的一生虽然短暂,还是嫁给过一个梦中倾心过的男人。而对方的目光也像清晨林间的第一缕阳光,曾经照亮过我青春的心!

82

可是这个人愿意娶我吗？——一颗心刚刚为他激烈地跳动起来，我就又打了一个冷战。我马上想到了：就是我愿意嫁给他，他愿意吗，在这种时候？战争对于我们女人有多么沉重和残酷，对他就有多么沉重和残酷！不，战争对他们这些男人比对我们还要沉重和残酷，他们和我们一样随时可能死亡，却仍要被赋予保护我们的责任！没有我们，他们的日子就够难过了，可是今天晚上，我们这些人还要嫁给他们！

一旦娶了我们，他们和我们就不再是一般的战友，而是一生一世不可分离的夫妻。到了最后关头，哪怕他只剩下一口气，也有责任拉起我的手奔跑！这个男人不死，是不可能让自己的女人被日本人抓到活活地烤了吃掉的！

如果虎跑突围后秋叔叔在他的许多不眠的长夜里想到的就是这件事，我们这些傻丫头，还在这里抱头痛哭什么！比起我们，今天应当大哭一场的是这些男人！

我突然受不了身边的哭声了！

"都别哭了！"我突然转向大家，大喝一声，"我有话要说！"

河滩里的哭声低了下去。每一张泪水纵横的脸都抬起来，惊讶地、有所期待地望着我——她们一定是以为我想出了办法，能让秋叔叔取消天黑后的婚礼！

"姐妹们，你们想过没有，秋叔叔今天为什么让我们出嫁——"

我嗓音嘶哑，怒气冲冲的脸上满是泪水。邱梅大姐后来对我说，我那时的表现像个疯子。

"姐妹们，你们抱在这里大哭，以为你们自己有多委屈！可你们想过没有，真正应当哭的是秋叔叔！要是你们不知道秋叔叔为什么这样做，我现在就说给你们听——"

我给她们讲了小玉的死，讲了秋姑的死和赵阿姨的死，还讲了秋叔叔在小玉遗骨前经历的身心俱裂的一刹那。我看到了，刚刚听我讲完小玉的惨死，几个平日胆小的人就浑身发起抖来！

"秋叔叔不是要我们嫁人，他是要在西征开始前，给我们每个人找到一个能拉着我们不放的手，他是想让我们活下去！"

我说完了该说的话。邱梅大姐像是被我的话惊醒了，想起秋叔叔离开时的嘱托，三下两下抹去脸上的泪，大声地、嘶哑地说：

"姐妹们，听我的话，都别再哭了！

"大姐也有话要说！英子刚才的话都是对的！军长知道我们不想这么出嫁，可还是要我们出嫁，那就是说他知道我们只能这样出嫁！……姐妹们，我是个不识字的人，说不出太多道理，可是我的话你们一定都听懂了吧！

"姐妹们，我们这些人自从走进抗联队伍，就没打算再活下去。我们连死都不怕，干吗还怕嫁人！秋军长今天送我们出嫁，是他不想让我们死，他是想让我们熬过眼前的年月活下去！为我们自己，也为了秋叔叔的一片心，今天我们就——出嫁！"

河滩里的哭声本已低下去，这时又高涨起来！

……不过这也是最后一次高涨了。如果说从方才的哭声里能够听到的只是无边无际的痛苦与悲伤，此时的哭声里却多出了醒悟、平静和英勇。等这一轮哭声大致停息，每个人眼里闪现出的就是悠远、决绝和无所畏惧的泪光了！

"姐妹们，我们就要出嫁了！……今天是我们大家的好日子，我们听军长的话，好好梳洗一下，打扮得漂漂亮亮的，让咱们的男人、咱们的亲人把咱们娶回去！……我再说一遍，从现在起咱们谁也别哭！咱们不哭，咱们唱歌，咱们要唱着歌出嫁！"邱梅大姐说。可她一边说着不哭，一边却又泪如雨下！

……河滩里点点滴滴的哭声一直没有完全停止，可歌声还是响起来了。开初它还是低沉的，和哭声混杂在一起，如同呜咽，分不清哪是歌声，哪是哭声。渐渐地，它变得高亢了，大家的眼里仍然噙满泪水，可是大家已不再哭泣，而是在歌唱。这时邱梅大姐真成了我们所有人的大姐，我还没想到该做什么，她就指挥大家十分干练地行动起来：她派何英英几个人回营地里抱来干柴和一项日式帐篷，在河边支起来，然后在帐篷里支起一口大锅，从河里取水烧热，让我们每个人洗净了头脸和身子，换上自己最好的衣服；然后她坐下来，一个一个地帮我们梳头、开脸，用炭灰一笔笔地给我们描出细细弯弯的眉，她还不知从哪儿找来了两大张红纸，教我们如何用它润红自己那苍白无血色的脸和唇；接着，天黑之前，她又把红纸分开，让我们每人为自己和我们的"新郎"扎一朵红纸花……邱梅大姐一直手脚不停地为我们忙活，我们在她的灵巧的手下一个个变得干净、漂亮了。我们的眼里一直含着泪水，可是我们的歌声一直回荡在冰冷的河滩里。我们唱的，依然是李兆麟叔叔的《露营之歌》。

（我又一次听到了那苍凉沙哑的歌声。）

荒田遍野，白露横天。
野火晶莹，敌垒频惊马不前。
草枯金风急，霜晨火不燃。
弟兄们！镜泊瀑泉唤醒午梦酣。
携手吧，共赴国难，
振长缨，缚强虏，山河变，
片刻熄烽烟。

朔风怒吼，大雪飞扬，
片马踟蹰，冷气侵人夜难眠。
火烤胸前暖，风吹背后寒。
壮士们！精诚奋发横扫嫩江原。
伟志兮！何能消减，
全民族，各阶级，团结起，
夺回我河山。
……

　　几十年后的今天，我只要平神静息，仍能听到回荡于那片荒凉河滩上的歌声……我知道这仍然是幻听，我不可能再听到它了，可是不，歌声似乎就在不远的近处缭绕，在我的房间里，在门口和窗外，在我随便走去的任何地方，我不但随时都能够听到它，只要我愿意，还能随时看到这天黄昏的景象，看到那些打扮得齐齐整整的姐妹们。她们都还那么年轻，如同一棵棵刚刚生出春天的新芽的小树，每个人都有一张含苞欲放的鲜花般的脸庞，一对清纯的、美丽的、含泪的眼睛……书上常说，人的生命只有一次，可是每当我看到她们，就会想起另一句话：不，不是人的生命而是人的青春，少女的青春，只有一次。战争的年代里，人确实能够死而复生，譬如虎跑突围后的汪大海，譬如被狼群在狼谷内围困了三十三天的我和松下浩二。可是少女的青春，却不会再回来，她们从那一天失去了它，就永远失去了它……

　　我们还是静下来听一听她们的歌唱吧……这些年里，我常常喜欢一个人坐在这里，静静地听一听姐妹们的歌唱……它们当然不是快乐的歌唱而是悲情的歌唱，她们唱着李兆麟叔叔的《露营之歌》却又不是在唱它，而是在唱自己心中最后的惨伤和苦痛；她们是在歌唱又不是在歌唱，而是在诀别，对自己将要永远逝去的快乐的无忧无虑的少女时光，对这个黄昏以前自己所有关于青春、人生和未来的憧憬与梦想。但是这一切都很快就过去了，也正是从这歌唱里，我们听出了新的英勇的精神，硬着心肠不顾一切向前走去的决心，命运中的一切不测、苦难、恐怖都不可能摧毁的人的尊严和信心。……我们开始平静，眼里始终含着泪水，但我们的歌唱却越来越高亢，越来越嘹亮。我们知道我们正在翻过命运中最险峻的一座山，最冰冷刺骨的一条河。翻过这座山，涉过这条河，我们就是我们自己又不是我们自己了，我们成了一个新人，自此以后无论在生命的前方会遭逢怎样的苦难与不幸，我们都会面带微笑平静地走过去，一次也不会回头，不愿意回头……因为最痛苦的时刻已经过去了，我们已经歌唱着把一生中最美好的时光、最值得珍惜的东西都留在这个黄昏，留在高山和冰河这一边了，无论是生是死，我们都不需要再珍惜自己了……

83

西天边最后一抹晚霞落下去，我们回到了营地里。所有女战士中，只有卞霞一个人不洗脸、不梳头、不换衣服，什么也没做，一直在痛哭。她是我们中间最后一个无论如何也不要嫁人的人。她的理由很简单：我不会老待在这里，过一阵子，佳木斯就会有叔叔来接我回去。我要读书。这是送我来这里的叔叔亲口讲的，怎么会有错呢？卞霞还告诉邱梅大姐，她在学校里有了恋人，怎么能在这里嫁人？不，就是叫她死，今晚她也不嫁！

秋叔叔那边却已打发刘传宝来，说再过一个小时，婚礼就要开始。这段时间他要我们一个个地到他的木刻楞里去，和选定的"新郎"见面。接着，刘传宝就照着手里的名单，叫走了何英英！

何英英走时脸都白了，她用那样的眼神回望我们，仿佛不是要她去会自己的"新郎"，而是要她去受一次严刑拷打。从河滩上回来时，我们一个个都觉得自己有了副铁石心肠，可这一会儿，刚刚知道每个人就要和自己的"新郎"见面，一颗心马上又大乱了。我的心也慌了，不要自己往那个方向想，还是止不住要往那里想：秋叔叔给何英英配的男人是谁？他配给我的男人又是谁？——秋叔叔会不会猜到我的心，让我嫁给那个人呢？！

啊，你一定想知道他是谁！这会儿我可以告诉你，那是我的初恋。他是三军五师十五团年方二十一岁的兰团长，名字我就不讲了吧，在北满抗联总司令部下属的队伍里，他虽然不是最年轻的团长，却是最让营地里的女孩子心动的团长……就是今天，他在我心里的形象依然高大、英俊、年轻，我对他的感情，一点儿也没有变……

但在这样一个充满种种不测的黄昏，我却不知道再过一会儿能否在秋叔叔的地窨子里看见他！队里有十二个女孩子，其中有几个在我的感觉里至少和我一样漂亮，虽然以前他曾经无意而又似乎有意地用令人心颤的目光注意过我，可我也不敢保证他就不会用同样撩人的目光注视过别人！他是未婚的，又是团级干部，符合秋叔叔的条件，就是他不情愿，也一定要做我们中间哪个女孩子的"新郎"。他心里真有我吗？下午秋叔叔召集他们开会时，万一他说自己暗中喜欢的是别人，我该怎么办？

不，不不。秋叔叔今天做这件事是不会征求他们的意见的！一时间我觉得自己的心更慌了。如果秋叔叔征求他们的意见，可能没一个人愿意在大军西征前和我们结婚；再说他要征求意见，最先应当来问我们，让我们说出自己是不是有钟情的人。秋叔叔没这么做，道理很简单，他不能这么做：且不论那些符合条件的"新郎"们不会愿意和我们结婚，就是他们在秋叔叔和赵叔叔的严令下不得不点头答应，我们中的姐妹真地同意嫁给他们中的这一个或那一个吗？我知道两军中没结婚的师团长很少，秋叔叔是不是真能为我们凑齐十二个"新郎"都难说。今晚他既然下决心要把我们全都嫁出去，当然不会去征求任何人——不管是我们的还是他们——的意见。秋叔叔只能给我们来个"拉郎配"！

啊，这样想我的心就松弛了一点……如果今晚我们的"新郎"只能由秋叔叔和赵叔叔商议着分配，那么我……除了下霞，我在我们这群人中年龄最小，不，真正的理由只有我自己能想得到，秋叔叔即使待别人也像一位父亲，可他待我只会比别人更好。我比眼前的任何别的女战士都更早进入游击队，我是他的、秋姑的和赵阿姨的真正的女儿……秋叔叔还对我妈妈许下过那样的誓言，这些誓言今天他已无法兑现，但在他就要给我们这些人"分配"新郎时，一定不会不想到苦命的英子和别人都不同，他应当待她好一点……秋叔叔会想到不管是怎样一种出嫁，今晚也是英子的出嫁，是英子一生的大事，哪怕为了我那死在日寇屠刀下的生母，为了我的两位惨死在战场上的游击队母亲秋姑和赵阿姨，为英子是个流落到中国的不幸的朝鲜孤女，为他那已经不可能兑现的送我去哈尔滨读音乐学校的誓言，他也会想到把队伍里那个最令女孩子们倾心的"新郎"配给我，让我的不知何时就要惨死的生命中多一点暖意和亮色！……

可是我也马上不安地想到了一个最有可能与我竞争兰团长的人，她就是这时仍在地窨子里嘤嘤哭泣的卞霞……卞霞比我还小，比我还可怜，像当初的我一样，她也是个被命运突然无辜地抛进抗联队伍的小女孩，却对自己置身何处和将要遭遇什么茫然无知！虽然直到此时她还是死也不愿出嫁，可我明白，秋叔叔既已下了决心，今晚她不出嫁就是不可能的！……卞霞在佳木斯城中长大，我不以为她比我长得好，却不能不承认她比我这个游击队里的女孩子洋气。如果秋叔叔让那个令我心动的人自己挑选，他不一定不会挑到长得像个洋娃娃的卞霞；如果秋叔叔不让他选择，卞霞仍有可能得到我想嫁给的人！没有别的原因，因为她年龄最小，哪怕为了哄她出嫁，秋叔叔也有可能把兰团长给她——除了把最好的礼物送给最小且最爱哭闹的孩子，做父亲的人又怎能让她一直哭下去呢！

我的心又慌了。我想到了两军中另外几个年轻的师团长……但是天哪，越是到了这种时候，我越是发觉自己真心喜欢的人只有兰团长，别的人我一个也不喜欢，一个也不能接受！让我今晚嫁给他们中的哪一个，都不如让我去死！

但是我连多想这件事的时间也没有了。何英英回来了，胡秀芳走了；胡秀芳回来，安福顺又走了……凭她们回来时的表情，你一眼就能看懂她们的心，明白她们对分配给自己的"新郎"满意还是不满意。大致满意的人会悄无声息地坐回到自己的铺位上，她们也难过，也流泪，却不会放声大哭；不满意的人进门前还勉强能忍得住，进了门往往就会猛扑到离她最近的或平时最好要的一个姐妹怀里大放悲声……可是我却越来越不能体会她们心中的悲伤了，我的精神越来越紧张，我关心的只是秋叔叔到底把谁配给了她们，其中有没有今晚我想以身相许的那个人！

说实话，事情开始前，我还觉得秋叔叔会第一个把我叫去，我在心里一直认为他待我应当与别的女孩子不同……可是没有。随着地窨子里的女孩子一个个被叫走又很快走回来，我听清楚并记下了配给她们的一个个"新郎"的名字，其中并没有我一直默默向神祝祷让秋叔叔留给我的那个人，而那几个我不想嫁的人，却全都做了别人的"新郎"！忽然我觉得自己已经不经意地窥视到了秋叔叔心底的一个秘密，并且不那么紧张和害怕了：秋叔叔没有最先叫我去，就是想把我留到最后，也把我想嫁的那个人留到最后……兰团长是今天所有女孩子心中的梦和疼痛，秋叔叔这样做，是想减少一点她们的痛苦！

但是还有卞霞。秋叔叔没叫到我，同样也没有叫到卞霞！

……

天黑下来了，从秋叔叔那儿回来的人说，两位军长住的木刻楞前的空地上，已高高燃起了两堆篝火，那是为今晚的婚礼准备的。卞霞终于哭累了，不哭了，听了这话又哭起来。我悚然一惊，猛地意识到除了刚刚被叫走的吕丽，地窨子里只剩下邱梅大姐、卞霞和我没被秋叔叔叫到了……最后一个走回来的李芝兰趴在邱梅大姐怀里哭了一会儿，猛然想起什么似的抬起被泪水打湿的脸，说：大姐，我知道吕丽要嫁给的人是谁，他是三军七师的副师长……去掉这一个，三军支援过来的五个人中，就只剩下兰团长和独立三十四团的团长"张老爹"了，我们十六军自己的人已经分配完了，你和英子、卞霞三个人，就只剩下这两个人了！

我记得再清楚也没有：李芝兰刚刚说出这几句话，邱梅大姐的脸色就变了。此前我还以为她比我们每个人都坚强，这时才知道错了。她是我们姐妹中间唯一结过婚的人，可对于今晚的再嫁，对于自己要嫁给一个什么样的人，她和我们一样惊慌！……邱梅大姐嘴唇颤了几颤，转过脸来觑了我和卞霞一眼，才低声地、严厉地对李芝兰说：

"你——你胡说！"

李芝兰立即就明白她的意思，闭上嘴不再说什么。可是邱梅大姐自己却越来越支持不住了，她的脸色越来越难看，眼神一点点黯淡无光，终于像是堕入一个白日梦里去了！

"邱梅大姐！……大姐！……"我们围过去，叫道。她一动也没有动，眼里突然滚下大滴大滴的泪珠！

"英子，听我说，这会儿我身上一点劲儿也没有……看来瞒是瞒不住了，你去跑一趟，报告军长说卞霞她太小，一直都在哭，她不想出嫁，怎么劝也不行，你就让军长遂了她的愿好了！"

"大姐——！"

"还有……你去报告军长，说我……就说我想好了，我愿意嫁给独立三十四团的张团长！"

"大姐——！"我再次失声大叫。独立三十四团的张团长名叫张猛子，"张老爹"是我们背后给他起的绰号。这个团是三军过江后收编的一支"山林队"，"张老爹"是它的头头。他倒不是土匪，抗日也坚决，人也和气，可看他的样子，至少也有四十岁了，邱梅大姐却只有二十三岁，鲜花一般的年龄！

邱梅大姐到底把头转过来，脸上努力现出一丝微笑。

"英子，大姐真地愿意嫁给张团长……他就是年纪大了点儿，没什么不好。你我刚才都听芝兰妹子说了，秋军长那里只剩下两个人，我们这里却还剩下三个，既是这样，卞霞她年龄小，我们俩就别让她遭这份难了！——"说到这里她的喉咙里呜噜噜一阵响，过了一分钟才重新抬起头，脸上现出了更多的笑容，"英子，兰团长人很好，又年轻，大姐我配不上他，能配上他的人第一是卞霞，第二是你。我是个二婚，愿意嫁个年龄大点的，只要人家要我……你就这样跟秋叔叔说，快去！"

"大姐——！"我大叫着，哭起来。

"英子，别哭！"邱梅大姐用手指抹去我脸上的泪，看了一眼大家，声音忽然变得简捷有力，"今天是咱的好日子，秋军长和总司令一定是不会让咱嫁给不值得嫁的人！姐妹们，咱们谁也甭为谁伤心，不管咱们嫁的是谁，都是咱们应当嫁的人，咱们都要高高兴兴！"

"大姐——！"

她又把脸转向我。

"好，去吧！——不，对大姐笑一笑！……这下好了，记住我的话，别跟我争！"

我擦干了眼泪，冲她点点头，站起来往外走。一种要哈哈大笑起来的力量突然出现我心里，连同另外一种疯狂的、不管刀山火海也要往前闯的冲动的力量，它们如飓风般在生命中盘旋了起来！啊，比起邱梅大姐，我方才的想法多么可憎！我不愿多想兰团长了，要是过会儿秋叔叔要我嫁给"张老爹"，我就会嫁给他。让兰团长娶了卞霞或者邱梅大姐好了！……我反正是个早晚要死的人，就是嫁给了"张老爹"，我也不是嫁给了他，我只是嫁给了我自己的苦命，嫁给了一种和以前想象不同的死！

84

刚刚出了地窖子，我就碰上了刚从秋叔叔那里回来的吕丽。她的脸上还挂着泪珠，看见我一惊，抬起头说："英子你去哪儿？秋叔叔让我回来告诉你，他要你这会儿就到他那儿去呢！"

我的脸上立马大火般烧起来。如果秋叔叔现在叫邱梅大姐过去，我会觉得他八成要让她嫁给"张老爹",现在秋叔叔让我先去他那儿,我就真地不敢相信秋叔叔不会把我嫁给"张老爹"了,毕竟我还没见到秋叔叔,他还不知道卞霞死活不愿出嫁。我冷不丁想到了一件事:邱梅大姐虽是我们中的一员,可她毕竟已经二十三岁,结过一次婚,不能算是姑娘了。眼下秋叔叔那里只为我们三个人剩下两个"新郎",会不会是说他一开始时就没打算把邱梅大姐嫁出去?

要真是这样,我和卞霞两个人就一定有一个人要嫁给"张老爹",我比卞霞大一岁,又是个老抗联,秋叔叔不让我嫁给"张老爹",难道还会让卞霞嫁给他?

可是我仍要朝前走。那种忍不住要哈哈大笑的力量、那种疯狂的不顾一切的力量,不但主宰了我的心,这会儿还愈发强大了!哈哈,虽说我什么都知道了,可我还是要去!我就是要去,让秋叔叔亲口告诉我,他是不是真地要把我嫁给"张老爹"!

我在秋叔叔木刻楞前的空地上远远地站住了,我真地看到了"张老爹"!他一个人蹲在木刻楞外面,低头闷闷地抽烟。听见我的脚步声,他迅速地茫然地抬起头看了一眼——我浑身激灵打了个寒战,马上让自己镇定下来,速度之快令自己也十分吃惊!不,不不,就凭他这一眼——我飞快地想——秋叔叔要我嫁的人不是他!"张老爹"此时肯定知道自己要娶的是谁,可他一眼看到我,脸上竟连一点局促不安的情感也没有流露!相反,他还像平日那样,跟我打了个招呼:

"英子,你也来了……"

"张团长——"

"进去吧,进去吧,"他叹气一样地说,目光是慈爱的,又是忧郁的、烦恼的,"秋军长正等着你呢!"说着,他浓浓地吐出一口烟,又冲我苦笑了一笑——我感觉出了他的意思:我有我的苦恼,你有你的,咱们谁也帮不了谁!

我在木刻楞门前站住了,我的心已不像几分钟前那么疯狂,却比方才还要激动不安。我既已猜到今晚秋叔叔让我嫁的人不是"张老爹",那他今晚真会让我嫁给兰团长吗?我打了一个冷战:今晚他真会让一直都在痛哭的卞霞嫁给"张老爹"吗?……忽然我觉得这几乎是不可想象的……不不,就是让我嫁给"张老爹",也不能让卞霞嫁给他,"张老爹"毕竟太老了,卞霞要是知道了他这么安排她的终身,一定会支持不住,立马就晕倒,更别说今晚真地让她出嫁了!……我想起临出门时邱梅大姐对我的嘱咐:是的,要是只有"张老爹"和兰团长,就让我和邱梅大姐出嫁好了,卞霞那么小,就不要非逼她像我们一样嫁人了!

可不知为什么,一脚就要迈进秋叔叔的木刻楞,我又觉得刚才想到的事情绝对不可能发生！……卞霞可以不出嫁，我也就可以不出嫁了，大家也都可以随自己的心意不出嫁了，秋叔叔是不会答应的！他当然也不会让卞霞嫁给"张老爷"，嫁给"张老爷"的人肯定还是邱梅大姐，那么我和卞霞两个人就只有兰团长一个"新郎"。我们中必须有一个要嫁给另外一个原先根本不在原先的名单里的人——这个人是谁？

我喊了一声"报告"，走进木刻楞。秋叔叔果然在等我，站在他身边的是多日不见的汪大海。没有兰团长，也没有另一个已在我想象中的人！

一点绝望的情绪突然冰水一样流过我的心！我一下变得那么急切！现在我最想弄清楚的是我和卞霞的事：我们两个到底谁能嫁给兰团长！我不能直截了当地问秋叔叔这件事，可我能将来时邱梅大姐让我代她请求秋叔叔的话说出来，只要他对这个请求作出了一个答应，我也就马上知道了自己想知道的事！

我的声音尖细而颤抖——我就用这种连自己也感到陌生的嗓音急急地叫起来：

"秋叔叔，卞霞一直在哭，谁劝都不行，她死活不愿出嫁！……邱梅大姐让我来报告，她说她要替卞霞求求你……"

我说完了邱梅大姐让我说的话，立即就意识到了一件很重要的事：秋叔叔原本要对我说出别的话——一定关于我的"新郎"——可是一听我说到卞霞，他的话头就被堵住了。显然秋叔叔从下午到现在一直都是烦恼和激动的，我的话刚说完，他一下子显得更加怒不可遏！……秋叔叔心力交瘁的身子摇晃了一下，一双蒙着泪水的眼睛几乎要喷出火来，他仇人似地盯住我，猛然一声大喝：

"不行！"

我的心一颤……全身像风中之叶一样疯狂地颤抖！

"你给我回去！"秋叔叔还在喊，我又一次感觉到他把叫我来这里的目的全忘了，"你先把她叫过来见我！……不，你给我站住！"

我要走了又站住，转身回望着他的面容和眼睛。秋叔叔脸上忽然清晰地现出一点惨痛，并且像颜料见了水似的迅速散开……秋叔叔正在为我们受苦！我心里一抖，想到了。秋叔叔的心早已崩裂，今天他已承受不了太多的苦楚了！……接着，我听到一个低低的声音，它是秋叔叔讲出来的，却又一点也不像是他讲出来的！

"英子，秋叔叔问你……要是卞霞这孩子知道……知道秋叔叔今晚要她嫁给三军十五团的兰团长，她还会死活不愿出嫁吗？"

秋叔叔说这句话时蒙着泪光的眼睛直直地望着我，脸上的神情不像在询问，而像是一种类似绝望与痛苦之下的企求……可是我已经注意不到这些了，我的视线已经模糊，心怦怦大跳，血往头上涌！……三军十五团的兰团长，我和所有姐妹们心中最美满的姻缘和"新郎"，原来秋叔叔早把他留给了卞霞！那么今天他要配给我的"新郎"是谁？难道……难道他会因为我不是一个中国人，因为我只是一个被妈妈寄付于他的朝鲜女孩，根本没打算让我出嫁？要不到了这会儿，他怎么只给我、卞霞和邱梅大姐剩下两位"新郎"？……

可是……可是如果他不打算让我出嫁，又怎么能给我找到一只无论何时都会拉着我狂奔、保护我不死的手？秋叔叔今晚让我们出嫁不就是为了这个吗？难道他想让姐妹们随主力西征，却要留下我和他一起坚守根据地？

不！就是秋叔叔真有这样的打算，我也不会留下！为了让秋叔叔能熬过这场大战活下去，我必须走，我现在只想到要走！秋叔叔让不让我出嫁都不重要，重要的是他得让我离开他，和大军一起西征！

秋叔叔正在等待我的回答。这一会儿他眼神中的痛苦和几近绝望的光，像是要把他自己也熔化了！

"秋叔叔，卞霞……卞霞她会同意的！"

我不可能不说这句话！首先这回答是秋叔叔殷切渴盼的；其次在我看来，卞霞既然已不能不出嫁，让她嫁给兰团长，她还有什么不满意的？她一准会点头！

秋叔叔转过头去，忽然我看不见他眼里水一样明亮痛苦的光了！……我听到的只是他的声音：

"那你赶快回去！把她叫来，我这就派人去喊兰团长——这会儿就让他们见一见！"

我一句话也没有说就转身奔出了木刻楞，没有注意"张老爹"还在门外蹲着，苦恼又诧异地望着我刚走进去又跑出来……我再多待一秒钟就会忍不住涌满了胸膛的悲伤，哇地一声哭出来……我发疯一般往前跑，没有跑回我们住的地窖子，喊卞霞来见秋叔叔，却迷迷糊糊一径跑进了营地前面的林子！

只有到了这里，周围再没有一个人，我才脸朝下扑倒在一棵巨树的盘曲扭结的老根上，尽情地痛哭起来！

啊，直到这时，我才明白自己今晚其实是渴望出嫁的！秋叔叔让我们全体出嫁前我没有想过要出嫁，可有过这么一个下午，我在心里已习惯于想象自己要嫁给那个年轻俊美的男人了，已经习惯于想象虽然自己将不久于人世，但是由于秋叔叔那颗一定要保住我们不死的心，我在离开人世前居然也能像千千万万生活在亲生父母身边的女孩子一样做一回新娘，有一个属于自己的丈夫和家了！如果真像松下浩二说的那样——我难得地想起了浩二临行前说的话——事后我还能为他也为我自己生下一男半女，那么我这个苦命的丫头就和世上所有比我幸运的女人没什么不同了！就是不久后我还是要死，也不像现在这样死得那么可怜了！是的，如果真能嫁给那个令我心动的男人，哪怕只是过上短短一段新婚的日子，我就是死也比世上许多女人都幸运了——她们是女人，我也是女人，可我嫁给的是一个自己喜欢的男人，为了这个男人我情愿替他去死！

可是……仅仅因为营地里有一个比我小一岁又死活不愿出嫁的卞霞，我就永远地失去了那个人儿！我失去的不只是一个男人，还有我出嫁的愿望，我在艰难的年代里成为一个幸运的女人的唯一的机会！啊啊……

我不知道自己哭了多久……我还像一部什么电影里的女主角，于痛不欲生之际，从地下爬起来，发疯一般穿过森林，一步步跑下山坡下的冰河……但是我的感觉和思想却在这里发生了变化……独自一人步入冰河之前，我的心还为自己失去的好日子——出嫁后与兰团长在一起的日子——痛苦得抽搐，步入冰河后连这种痛苦都不在了，它在我疯狂的哭泣中一点点消散在依然寒冽的早春的空气里了，消散在冰封的河面上了……我的生命似乎成了一只被抽去一切内质的空壳，肉体和思想一样轻若浮云。金英子这时虽然活着却如同死去，心里反觉得轻松了，没有挂碍……事情已经发生了，秋叔叔不会收回成命的，卞霞是你的姐妹，她真的比你还小，遭遇到今天的命运，比你还要可怜，内心比你还要惨伤……金英子，自从你有一天明白秋叔叔不可能再将你送到哈尔滨去读音乐学校，不就看清自己的生命中只有一个死了吗？从那时你想到的就不再是生而是死，是如何去死。你帮助松下浩二逃离中国，逃出战争，其实就是你那个早就存在于心底的如何去死的计划的一部分。后天拂晓你下定决心跟西征军一起走，不再连累秋叔叔，是这个计划的另一部分。一旦踏上了西征之途，前面的千山万水，每一步路、每一片山坡、每一道沟壑，都会有你的葬身之处，今天是不是能嫁给三军十五团的一个姓兰的团长，是不是能够出嫁甚至嫁给一个什么人，又有什么？你竟会为今天再也不能嫁给一个依然活着的人痛不欲生，这不是可笑吗？你在这件事上想错了，你错在自己又去想如何活着，却不是如何去死！

我独自一人站在暮气四合的冰河上，放声大笑起来。那种疯狂的不顾一切的力量又控制了我。让卞霞嫁给兰团长吧，如果秋叔叔没有让我出嫁的打算，那就更好！没有今天下午的事，我的心就不会被扰乱！但愿我心里暗暗爱恋过的男人能一直拉着卞霞的手狂奔下去，但愿能像秋叔叔希望的那样，保住这个不久前还是佳木斯女中学生的小小人儿不死！至于我自己，却不会跟秋叔叔一起留下来，我一定要跟主力一起走，不让我走我就自己偷偷地走！……我向营地走回去，我进了地窨子，卞霞已经不在，原来秋叔叔等不及，又派了人来，让邱梅大姐和她一起去了。和我睡邻铺的安福顺悄悄对我说，卞霞一直在哭，邱梅大姐怎么劝都不行，可是秋叔叔派的人一到，她却突然改了主意，拉起邱梅大姐就去了！安福顺说看她不像是改了主意，她是想去当面拒绝或者说服秋叔叔不让她出嫁，才这么毅然决然地去了，谁知道呢，万一她真地说动了秋叔叔……

我在冰河上变得无比寒冷、一直在哈哈大笑的心猛地抽搐了一下！秋叔叔并没亲口对我说今晚就不让我出嫁了，万一……万一这会儿秋叔叔答应了卞霞的请求，他是不是又会让我嫁给梦中的爱人？！

我坐下来，不让自己的心跳得过于猛烈。我要坐在这里等待邱梅和卞霞归来。不，不是等她们——我又一次到了这样的时刻——我在等我的命！

几分钟后邱梅大姐和卞霞一起回来了。卞霞脸白白的，邱梅大姐则一脸不安。我不觉紧张地站起来，希望能从她们脸上看出我自己的命运。卞霞坐下了，不知为什么还朝我看了一眼，立即又捂着脸哭起来！

啊，如果她不哭，我心里的最后一点希望还不会破灭，她这一哭，我心中的希望就像风中的蛛网般飘散了……我的头晕了一下，又晕了一下！

"英子——！"邱梅大姐远远看到我的脸色十分难看，跑过来扶住我，惊慌地问，"你怎么啦？"

心里那个冰冷的、哈哈大笑的声音又响亮起来……嘴里说的却是：

"大姐，我没事儿！——卞霞她的事怎样了？"

邱梅大姐没在地窨子里说下面那些事，她把我带出去，才将自己方才看到的一切都告诉我：她陪着卞霞到了秋叔叔那儿，见到了"那个人"，卞霞开头还是不停地哭，可最后到底抬头看了对方一眼，接着就不哭了——她答应了！

哈哈大笑的声音猛然沉下去，心却在疼痛中一点点收缩，终于成了一疙瘩冰冷的铁，一块冷硬的石头！邱梅大姐望着我，眼里忽然涌满泪水……我这个只要去想如何死的人，居然让她看出了心事！

——不！

那个哈哈大笑的声音又在生命中、在那条空旷的寒冽的冰河上响亮地回荡起来……那个被邱梅大姐看出心事的人不是我!我并不想出嫁,一定要出嫁,也不在乎让我嫁给哪一个依然活着的人!

"大姐,你们回来时秋叔叔还说了什么?他是不是不让你我两个嫁人了?他想让我们俩嫁给谁?"我突然改变话题,大声问。

"啊,"邱梅大姐一惊之下想起来了,含泪的眼睛略微有点惊慌地直视着我,"秋叔叔叫我通知你现在就到他那儿去!"

85

……我迈步走过那道门槛。木刻楞里仍然只有秋叔叔和汪大海两个人。我没有看到第三个人——我要嫁的"那个人"不在!

"秋叔叔,我来了!"我几乎是用欢喜的颤抖声调说。内心的飓风仍在,但它的呼啸声悄然远去!

——也许秋叔叔让我来,就是要通知我,由于我身份特殊,今晚不要我出嫁了!可我必须做好准备,跟随汪大海率领的十六军主力西征!

屋里的两个人原本背向着屋门,听见我的声音,都转过身来看着我。西征在即,汪大海一身戎装,眼睛血红,脸上洋溢着杀气。但他们两个人默默地望着我,一时谁也没有开口!

我等待了一分钟。这一分钟秋叔叔的情绪就发生了变化!进门时他的目光还较为平静,此刻却一下变得激动而又异常严厉,拒人于千里之外似的。

"英子,你来了?"

"秋叔叔——"

"你肯定知道我让你来干什么。我把话说得简单一点吧。我要让你见见组织上给你安排的'新郎',你今晚要嫁的人就是他……"

飓风又在地平线的远处呼啸……我的心骤然变得不安。我叫起来:

"秋叔叔,他是谁?我要见见他——!"

直到这时我也还没多注意站在秋叔叔身后的汪大海。我的脑子又糊涂了,一时竟想象不到除去兰团长,秋叔叔还能给我找到怎样的一个"新郎"!

我永远也忘不了这样的一瞬:秋叔叔看看我,又看看身后的汪大海,忽然用他那双令人心悸的眼睛直视着我，单刀直入地说：

"英子，汪副军长——汪大海——就是你今晚要嫁的人！好，我走了，你们俩单独谈一谈吧！"

第一秒钟我没有作出任何反应。但是马上，我脑子里就像是有一发炮弹落地爆炸了！我的眼睛闭上又睁开……我不敢相信自己听错了秋叔叔的话，可也不敢相信他的话就是真的！

汪大海？怎么会是他？……他是谁？秋姑的男人，秋叔叔的妹夫！我从小叫着他叔叔长大……在过去的岁月里，虽然我们彼此厌恶，可在我心里他仍然是一个长辈，一个和秋叔叔差不离的、父亲一般的人！而且，他至少比我大十岁！

不，内心中最难逾越的障碍还是秋姑！秋姑是我的游击队母亲，因为秋姑，我才一直觉得汪大海像一个父亲。哪怕秋姑死了，她仍然是我的妈妈，是汪大海最亲的人！我尤其不能忘记掉正是秋姑的死让汪大海长期处于疯狂之中，并从内心里恨我……可是现在，秋叔叔却让我嫁给他！

不，这怎么可能？难道这么短的时间，汪大海就忘掉了秋姑？就算这个男人对秋姑感情不专一，就算他现在忘记了秋姑，秋叔叔将我分配给他做"新娘"时，难道会忘掉自己死去的妹妹？

……我把目光转向秋叔叔，我指望从他那里得到一个回答，让我明白是他错了。秋叔叔却望了我最后一眼，什么话也没有再说，就"咚咚"地走了出去！随后，我就听到他在门外大声气恼地责问一个什么人——是"张老爹"："你怎么样？想好了没有？"然后又是更大的一声吼："那是谁？去把邱梅给我叫来！……"

我把目光转向汪大海。现在木屋里只有我和他两人了。我相信自己的目光中不仅有巨大的惊愕和愤怒，还渐渐地就充满了鄙夷和不齿……秋叔叔喊我来以前，一定就把事情跟他讲了，不然此刻他会像我一样震惊和不安……不，就他以前的性格，汪大海此刻会像当众受辱一样勃然变色，大怒一声，或者同秋叔叔争辩，或者干脆留下一个"不"字摔门而出……可他没有。我给了他作出恰当反应的时间……汪大海像棵树一样长在那里，除了一点尴尬和苦痛的神情蓦然袭上了他的脸，这个人连一点惊愕的意思也没有表现出来。接着，就连这点尴尬和苦痛的神情也从他脸上逝去了。他不但没有因为和我——一个过去大概也被他视为女儿辈的人——由于秋叔叔刚刚讲过的事面对面地站在一起感到难堪，相反他那张有着一条斜斜的刀疤的丑陋的脸上，还悄悄地令我意想不到地现出了某种镇定、从容和激烈！

不过我还是感觉到了：这一刻对他来说也是可怕的，在我到来以前，对于秋叔叔的安排，他一定和我一样深感意外和羞耻，可到了这会儿，我却一点也看不出他有拒绝这种安排的愿望！……啊，我一定是想错了：非常可能是出于男人的那种丑恶的愿望，他在我到来前就厚颜无耻地接受了秋叔叔的安排！

卑鄙，不要脸……原来过去在秋姑坟前的表演都是假的，只要看到另一个女人，一个比他年轻十岁的女孩子，他就露出了恶浊的本相……

我哭了。我的眼泪静静地顺着脸颊往下流。我不能大声哭给这个人看！我更不能原谅他！过去哪怕是我最不能忍受他的时候，也是把他当一名顶天立地的抗日英雄看的！今天，他若是真愿意娶我这个女儿一样的人，还是个顶天立地的男人吗？就是为了他自己，刚才秋叔叔说出这个安排时，他也该像一座活火山一样爆发，吼出一个惊天动地的"不"字！那样他能得到解脱，我也就解脱了！但他却答应了。就是这会儿，他也一直在沉默！我再一次看透了他的心：尽管感受到了我锋利的目光中的逼问和斥责，连同巨大的愤恨和轻蔑，他仍旧执意要接受秋叔叔的安排，和我结婚！

啊，汪大海也在看我！他此刻投向我的目光形成了对我心理的最后一击！这目光镇静有力，并且越来越大胆，越来越无所顾忌，仿佛最尴尬的一刻已经过去了，无论我多么恨他、鄙视他，他也要做他决定做的事情了。这目光止住了我的泪水，让我重新看清了自己的处境：他敢在我面前表现得如此坚定和无耻，显然是他知道秋叔叔在我走进这间木屋前就把事情定下来了，我就是不同意和他结婚也办不到了——秋叔叔不会答应的！

我内心的愤怒高涨起来。飓风在生命的雪原上呼啸……我能接受他单独与我相处时的紧张与窘迫，却受不了他的镇定与无耻。我仍然可以反抗，可以冲出去，对秋叔叔大声喊出那个"不"字！啊，我的天哪，这会儿别说是"张老爹"，就是抗联队伍里的任何一个人，只要不是汪大海，我都愿意嫁给他！

我已经转过身去了，却没有迈开步子……我要是冲出去了，秋叔叔会有什么反应？……啊，我已经料到秋叔叔的反应了：秋叔叔听了我的话，立马会勃然大怒，他会气急败坏地、仇人般地盯住我，冲我大喝一声"不行"！不，秋叔叔或许不会做出那种反应，秋叔叔会突然回过头来看我一眼……我则会在他的这一眼里望见他心里正暗自闪动的那层痛苦的泪光！我会再次感觉到这个由于赵阿姨和小玉的死而像一尊石像一样崩裂的人，身子会不由自主地摇晃起来，随时都可能倒下去——我的那一个"不"字，会不会成为对他的最后一击，让我不惜离开并愿意以一死来保卫的秋叔叔轰然倒地！

我的头脑一点点地冷静……啊，秋叔叔！他为什么要为我做出这样的安排？我刚才想到的一切他没想到吗？他忘了秋姑的死，忘了秋姑死后汪大海对我怀有的深深的仇怨吗？秋叔叔知道这些还做出了这样的决定，到底是为什么？！！！

归根结底，秋叔叔为什么要我们出嫁？他要我们出嫁，是他知道在即将来临的大战中，我们每个人都需要一只强壮有力的男人的手拉着我们狂奔。秋叔叔不惜过早结束我们的少女时代，要换回和保住的仅仅是我们的不死！就这一点论，他把我配给汪大海就没有做错什么：汪大海不是比今晚所有要和我们的姐妹结婚的"新郎"都更强壮有力吗？只有将我交给这样一个男人，他才会完全放心！

秋叔叔为我做出的一定是他认为最好的安排！可是他忘了，我不只是个需要男人的手拉着狂奔的女孩子，是个他一定要保住不死的朝鲜孤女，我还有着一颗敏感的少女的心，有着天下所有的少女都会有的情感和向往！我可以接受死并知道自己正走向死，也可以由不愿出嫁到愿意出嫁，却不愿意仅仅为了身边能有一只强壮有力的手嫁给一个我不该嫁也不愿嫁的男人。秋叔叔不知道，一个明白自己必死无疑的人生前如果一定还要出嫁，她嫁人的标准就和婚后是不是会有一只粗壮有力的手拉着她狂奔没有关系，她愿意嫁给的只会是世上最年轻美貌的新郎，她真想做一回也只是这样一位男人的新娘！

然而此刻我却不能想这些了，命运的车轮一旦转动起来就不会因为你的拒绝而停止……那个哈哈大笑的力量，那个疯狂的不顾一切的力量，化作一个悲凄的声音，飓风在我心里呼啸起来……金英子，你以为你是谁？你真有权利要求秋叔叔为你特意安排一个比别人——譬如说邱梅大姐——更好的"新郎"吗？你不接受汪大海，邱梅大姐就可以不接受"张老爹"，甚至卞霞也可以不接受你暗自倾心的兰团长，今晚你也就一手毁掉了这场集体婚礼！为了让秋叔叔能活下去，你已下决心随大军西征，但是只有让他亲眼见到今晚的集体婚礼顺顺当当地举行，你也照他的安排嫁给了面前这个男人，他才会从心底呼出一口气，放心让你随汪大海一起西征，这个身心俱已崩裂的人，才会觉得能为你和姐妹们做的事做完了……只有那样，他才可能不死！

可是……让今晚的婚礼顺顺当当地举行是一回事，嫁给汪大海又是另一回事！我为什么不能和对面这个无耻地沉默着的男人谈一谈，谈出一个别的结果来？我可以和他一起参加今晚的婚礼，做他的"新娘"，让秋叔叔满意，但那不是真的，只要我们一离开秋叔叔，踏上征途，我和他的"婚姻"就悄然结束，我还是我，他还是他。我反正是要死的，西征前一定要让秋叔叔认为我有了好的归宿，可我不一定非为此牺牲我自己，违心地嫁给汪大海！……一个稍显恶毒的意念油然浮上脑际：我从这一刻就要让汪大海知道，如果他真对我有什么想法，那就是打错主意了！——我一定要这样做！

走进木屋后直到这一刻，我还一句话也没跟他说。可是现在，我却要主动跟他搭话了——

"汪叔叔——你真地愿意和我结婚？"

我鄙夷地直视着他，故意提高声调叫了一声"汪叔叔"。我已经很久没喊过他"叔叔"了，今天在这种场合，他不会听不出我的嘲讽和嘲讽中赤裸裸的恶毒与愤怒。

"我服从军长的命令。"汪大海回答。他的回答不卑不亢而又十分强硬。我立即意识到自己并没有占到上风！

"可要是我不愿意呢？……汪叔叔，要是我嫌你老，想嫁给别人呢？"我也被他激怒了，用更恶毒、更疯狂，也许还有了些无耻的声调说道——它们是我现在能够拥有的最有杀伤力的武器！

"英子，你现在不是个孩子了。眼下不是我在向你求婚，是组织上安排你和我结合。你可以不接受我，但你一定要接受组织的安排！"汪大海说。啊，我真恨他，他一定看透了我的心，话说得比刚才还要沉着、镇定了。我还第一次听出了自信——他像我一样知道今晚要发生的事一定都会发生！与此同时，他那红红的眼睛里，也头一次烈焰一般闪烁出了愤怒亮光！

——可我还有别的武器！

"你说得对，为了秋叔叔，我可以接受你说的'组织安排'。不过汪叔叔，举行婚礼以前我还是要清清楚楚地告诉你，我可以和你一起参加婚礼，但我永远也不会嫁给你。你一定知道，我从来没有喜欢过你。不，今天我还从心眼里瞧不起你，恨你，你让我恶心！"

他的身子颤了一下，如同遭遇了电击。我心中油然掠过一阵快意！但是只过了一会儿，脸上的神情就表明他又恢复了镇定。这个可恨的男人，这么快就看透了我在为他设置陷阱了吗？

"你瞧不起我也罢，恶心也罢，但是今天晚上，我们还是要结婚！"他一字一字地说，像枪弹一发一发击中了我的心。啊，我真恨他的镇静与恶毒！

"你就这么不要脸？"我的声音高起来，颤抖起来，"一个在婚礼前就声明不愿和你做真正的夫妻的人，一个声明恨你、见到你就觉得恶心的人，今晚你也愿意和她举行婚礼？……你就没想一想，你就是千方百计利用今天的机会娶了她，只要她铁了心不做你老婆，你还是娶不到这个女人？"

我说出了我能想出的最恶毒最具污辱性的话——要是我刚才的话还没有像子弹一样打穿他的心，那么这一下就不可能不致他于死地了！

我的希望又一次落了空。

"不，我不这么看。现在我提醒你，只要我们一起参加了婚礼，我和你就是正式夫妻！你愿意也罢，不愿意也好，以后都只能和我以夫妻名义一起生活……还有，你大概认为自己是个聪明人，那你就应该比我更清楚秋军长今晚让你们出嫁的本意，不要再用这样的语气和我说话！……对了，我要提醒你，金英子同志，你现在也是一名抗联十六军的老战士了，就是心里一千个一万个不同意嫁给我，就是你一心只想和我做假夫妻，今晚也要表现得像是和我做了真夫妻。还有，大军西征以后，至少在外人面前，你和我至少也要装成是一对真夫妻。"——他沉吟了一下，语气变得更加咄咄逼人——，"以后无论是对谁，你都不能将我这一会儿说过的话讲出去，秋军长和总司令也不行！不过话又说回来了，你就是说出去我也不怕，我不会承认的！好了，咱们说得够多了，我要走了！"

我用惊讶的目光直视他一眼。我的心里一亮！直到此刻他才将自己的真实想法讲出来。我为什么就没有想到，他也许根本不想和我结婚！他之所以答应和我结婚同样是因为秋叔叔！还有——最要紧的一点——要是他同意和我假结婚，我和他还有什么分歧！

"慢！汪副军长，"我不叫他"汪叔叔"了，"要是你也同意我们今晚是假结婚，我们就不用谈下去了。但是婚礼过后，你要信守你的诺言！"

"我什么也没同意。"他要走了，又站住，回头冷冷地回答了我，声音突然变大了，像是他忍耐够了，要吼起来，"我当然会记住我说过了什么，但是你也要记住我刚才对你说过的话。我再重复一遍：婚礼过后，人前人后，你我的表现都得像是一对真正的夫妻！"

他又要走，但我不会让他顺顺当当地就把我打发掉的！

"汪副军长，你等一等，我还有话要说！"

他努力保持的镇定突然崩溃，刹那间怒容大起。

"你还有什么话——！"

"汪副军长，你已经答应过我们只做名义上的夫妻。这一点你要记住，不然我今天就不和你一起参加婚礼。其次，只要你记住了这个，在西征路上我就和你配合，做一对假夫妻。但是西征一结束，不管我是死是活，你一定都要向大家——包括秋军长和赵总司令——宣布我们的婚姻是假的，金英子从来就没有和你，也没有和另外什么人做过夫妻。我就是死了，也还是个清清白白的女儿家！"

汪大海本已转身向着门口，此刻突然回头，深深地刀剜似地看了我一眼！忽然，我清楚地从这双暴怒的眼睛里看到了一点连他自己也没意识到的悲哀和厌恶交织的亮光一闪而过……他脸上的肌肉大动，嘴唇下意识地抖着，停了一会儿才勉力控制住自己激动的感情，用一种低沉、吓人、忍无可忍的语气对我说：

"你还没有活到西征结束那一天呢！……就是真到了那一天，该当众宣布什么也是我的事！你今天说这件事不是太早了吗？！"

他就这样大踏步走出了木屋。我没想到事情到了最后竟是这样一种结局！我忽然想到一件事：如果他刚才的话是骗我呢？如果他心里想的是和我真结婚，嘴里却只说要我在今晚的婚礼上和他装成是一对夫妻，等婚礼过后，我就是再不愿意和他做真夫妻也不成了！

真要是这样，我该怎么办？

我能不参加晚上的婚礼吗？我能吗？

我不能。如果我不参加，别人也就可能不参加，秋叔叔精心组织的集体婚礼就办不成，秋叔叔也许就会真地轰然一声倒地！

只要我不愿意看到秋叔叔身心俱碎，就不能不参加！

我可以参加婚礼。可就是参加了婚礼，我还是我，只要我不愿意，我就不会真正成为汪大海的妻子！

秋叔叔就在这时大步走了回来，一看到我，眼里竟迅速闪过一丝惊诧，随即就是大火般冲天而起的怒意。他连一秒钟也没留给我，就冲着我大吼了一声：

"你怎么还没走？！——有什么想不通的，过了今儿晚上再说！现在先给我回去，准备参加婚礼！"

秋叔叔在门外同"张老爹"和邱梅大姐的谈话显然并不顺利！可我的眼泪还是一下子就流了出来！秋叔叔，你不要发火，英子这就走，马上就离开这里。就因为我又看到了你蓄积在眼里的那一层血红的泪水，别说叫我参加今晚的婚礼，你就是逼着我真和汪大海做夫妻，就是叫我现在去死，我也不会说出一个"不"字！

"秋叔叔，我走了——！"

我哽咽一声跑出去。木屋外的雪地上，"张老爹"仍旧蹲在那儿，满脸愧色，狠命抽烟；离他不远的地方，站着苦命的、守寡不到五个月的邱梅大姐。她背对着秋叔叔今晚配给她的"新郎"，伏在一棵细弱的白桦树干上一下下拭泪，却没有或者说是不敢哭出声。可她那单薄的身子，却在一刻不停地发抖！

秋叔叔走回木屋去了，刘传宝却还在这两个人身边站着，看守犯人一样看着他们。

"怎么啦？是邱梅大姐不愿意？"虽然我心里悲伤如堵，可还是站住了，忍不住开了口——我不能不关心和我一样苦命的邱梅大姐！

让我意外的是，刘传宝这时却冲"张老爹"努了努嘴。"邱梅倒是愿意，"他说，"是他难说话——！"

我忽然明白了，到了这会儿，秋叔叔还没有做通的，是这个"张老爹"的工作！

这一刻以前，我心里盛满着高山深湖般的委屈与惨痛，都没有哭出声来，此刻却忍不住为邱梅大姐呜咽出声了！我一口气冲到"张老爹"面前，边哭边大声嚷嚷起来：

"'张老爹'，你有啥了不起？你还看不上邱梅大姐？她今年才二十三，比你至少年轻十七八岁！……秋叔叔让她嫁给你，是委屈了她！你还不愿意娶她，你不觉得你不配吗？她就是结过一次婚，可他的男人，是咱抗联的烈士，外人不可怜她，你是个抗联的团长，也不可怜她吗？……"

我一口气说了那么多，说完了又号啕大哭。"张老爹"被惊动了，他抬起头，茫然地、满脸愧色地望着我；邱梅大姐也跑过来搂住浑身打战的我……这时"张老爹"抬头看了邱梅大姐一眼——我相信这是他第一次正眼看清楚她——嘴唇抖抖的，半晌才吐出一句话：

"好妹子们，我哪敢……我是怕我……怕我委屈了她呀！……"

我不哭了。我一下子就清醒了！原来不是"张老爹"不愿意，是他痛惜邱梅大姐……我不为邱梅大姐难受了，我三下两下挣脱她的怀抱，跑开了。让邱梅大姐和"张老爹"——不，现在我想叫他"张大哥"了——两个人待一会儿吧！今天他们相互间还不太熟悉，过了这个夜晚，他们可能就是世上最亲的人，要一起度过将来每一个艰难的日子了！

……我又一次跑进了营地前方的密林，扑倒在厚厚的落叶层上，无声地痛哭了一场……我为邱梅大姐哭，也为自己，为所有的姐妹们……我忽然意识到，无论自己做了多少准备，对于今晚就要发生的事心里仍充满了无边的恐惧，连同一种被命运挟持着往前走、不知会走向何方的感觉……我头一次清楚地想到，今晚婚礼过后，汪大海要是真想和我做夫妻，我是没有力量拒绝他的！

如果真是这样，我能怎么办？我只能忍受……我的思绪回到汪大海身上，第一次不把他当成叔叔和秋姑的丈夫，而是当成一个男人、一个就要做自己丈夫的人去想……作为男人他是孔武有力的，他还是一名抗日英雄，我和他做了真夫妻，他一定会拉着我的手在枪林弹雨中狂奔，无论何时都不会丢弃我……可是我要的真是这样活下去吗？我的情况是根本就不想活下去了，我宁愿去死，也不愿意嫁给他！……

可是我舍不下的是什么呢……我从极度的心痛和由此引发的眩晕中重新清醒过来……我就要死了，还有什么值得我珍惜呢？我不舍得给他的是自己清白的女儿身，可是我一旦死去，我的身子真能完完整整清清白白地入土吗？我不把它给汪大海，是要留给日本人，让他们一块块割下肉来烤着吃掉吗？……

我哭够了。内心中汪洋大海般的悲伤过去了。今晚要发生的事是我不能控制的，它一定要来就快来吧！汪大海要是想和我真结婚，我就和他真结婚。不过就是做他的女人罢了，不过就是把自己要死的身子给他罢了，我不会再珍惜自己，不管是生命还是别的，至少汪大海不是日本人，他愿意拿去就拿去好了！

我回到了营地里。邱梅大姐已经回来了，卞霞还在哭，这时听她的哭声，你不觉得她是心里难过，而像是身体的哪一个部位比如说心脏受了重伤，哭声是那个受伤的部位在剧烈地作痛……姐妹们全都准备好了，坐在那儿，鬓边插一朵红纸花，手里拿着另一朵，准备在婚礼仪式上戴到"新郎"胸前去。邱梅大姐走过来，眼里含着泪，也分给了我两朵花……

歌声又低低地响了起来。我们在歌声中度过了出嫁前的最后十几分钟。我们歌唱，是因为出嫁的时刻就要来了，因为我们必须用尽全部的精神力量忘掉胸中那如同秋水般泛滥汹涌的悲伤，为将要开始的生活和命运积蓄起足够的勇气；我们歌唱，还因为突然间都想到了，我们这群朝夕相处的姐妹，只有这么一个机会在一起歌唱了，今晚的婚礼一结束，我们就要分别，有生之日是否还能见面，就不一定了……

86

婚礼开始前我们停止了歌唱。邱梅大姐又让大家洗了脸,很仔细地擦去眼里残存的泪水。营地里又燃起了一堆篝火,加上黄昏时点燃的一堆,秋叔叔和赵叔叔木刻楞前的空地上,就有了两大堆熊熊燃烧的篝火。不知何时屋檐下的木墙上已贴上了四块方方正正的红纸,上面黑墨汁洋洋洒洒地写着"结婚典礼"四个大字。虽然我们内心惨痛,但在三军、十六军军部那些赶来看热闹的人们眼里,它却依然是件大喜事。他们里三层外三层地挤满篝火四周的空地,给现场带来了热烈和喜庆的气氛。最先出场的不是我们这些新娘和新郎,随着一阵有所期待的掌声,最先走进场地中央、站在主席位置的是赵叔叔和秋叔叔。赵叔叔首先开口说话,他让大家安静,然后郑重宣布东北抗日联军第三、第十六军集体婚礼现在开始!他的话引起了一片掌声。赵叔叔接着宣布了他和秋叔叔的分工:他主婚,秋叔叔证婚。又是一阵掌声。掌声中,赵叔叔高声宣布:

"现在,请新人入场——!"

场内外掌声更热烈了,场地上的两堆篝火,也燃得更旺了。此前我们和我们的新郎们已被人引导着,来到秋叔叔赵叔叔木刻楞两侧的空地上等着,这时就又有人走来,引导我们各自排成一队,走进人群中央,分开站在篝火两侧,一个新郎面对着一个新娘。虽然没有新嫁衣,没有金的和玉的首饰,没有迎喜的喜乐和喜宴,精心梳洗过的我们入场时仍引起了一阵阵惊叹:瞧我们抗联的姑娘们,多漂亮,多水灵!站在我们对面的新郎却不同,他们中没有人为今晚的婚礼特意做什么,仍旧是平时的破军衣,胡子拉碴,满脸灰土,有的人还叼着旱烟袋,边走边吸,他们中甚至没有谁为我们哪怕胡乱洗一把脸!这两支队伍的表情、仪态也不相同:新娘们端庄、拘谨、胆怯,让人一眼就能看出来,她们虽然神情悲凄,内心惨伤,却是严肃认真的,把这场婚礼看得和生命本身一样庄重与神圣;新郎们则不然,他们给大家的感觉不像是新郎,倒像是一些临时被拉过来凑数的人,因为不能不来扮演眼下的角色感到尴尬和可笑,于是就边走边向这儿那儿飞出一些自嘲的眼神和微笑,将一种不自在、不严肃的感情传染给周围那些看热闹的人,像是在说:你们瞧瞧,把我们弄成什么样了,哎呀呀……

这样的情绪总能很快得到回应和传播，现场气氛有点不严肃了，它还是一场婚礼，却又越来越像一场玩笑。赵叔叔的反应那么敏锐，别人还没意识到什么，他脸上的笑容就不见了，眉头皱起，独眼冒火，冲着那些正做出种种怪模怪样表情的新郎大吼了一声：

"全体听口令——立正！"

现场登时变得鸦雀无声。这些刚才还是一副业余新郎模样的男人，立马像新栽的小树条一样站得笔直！

赵叔叔用那只骇人的独眼一个个逼视着他们。过了漫长的一分钟，才炸雷般地吼出了声：

"我本想过一会儿再对你们讲话，可你们自己让我改了主意，我现在就讲话！"

站在他身后的秋叔叔担心地看他一眼，可是已经迟了。赵叔叔一旦被惹恼，他要说的话，那是非吼出来不可的！

"——你们都给我站好！……那是谁？我叫你稍息了吗？——给我立正！"

"新郎"中那个胆敢将立正姿势擅自改为稍息的人站直了。

"我要问你们了，今晚你们干什么来了？一个一个地说！"

没人回答。寂静中，赵叔叔在等待。可还是没有一个人说话。

赵叔叔的声音一下又提高了两个八度：

"我问你们哪！——你们干什么来了，知道不知道？！"

"知道！"众新郎脸都青了，齐声高叫，如同平地爆响了一颗炸雷。

赵叔叔"哼"了一声，动动身子，显然对这一声回答还算满意，却依然余怒不息："你们知道？……我看不见得！我再告诉你们一遍，今晚在这里举行的是东北抗日联军第三军、第十六军的集体婚礼。作为主婚人，我现在问你们这些新郎官儿，有没有谁不愿意结婚？——有没有？！"

没人回答。确切地说是没人敢回答。新郎官们一个个两眼直视，胸部高挺，两腿绷得像筷子一样直，就是不看赵叔叔咄咄逼人的目光！

"我再问一遍——有没有？有了就举手！"隔了一秒钟，赵叔叔又炸雷般吼了一声。

除了篝火发出的极大的噼啪声，现场一点声息也没有。欢乐的气氛不见了，我能感觉到的只是从背后吹来的飕飕冷风。

"你们没人举手，那就是说你们都愿意！谁要是不愿意，我可以不让他结婚……

你们女同志呢？"赵叔叔又把他那一发怒就显得格外凶狠可怕的目光转向我们，"你们有没有谁不愿意？"

静极了的空气中，仍然只有木柴燃烧、爆炸这些十分细微、听起来却异常响亮的声音！

赵叔叔的目光再一次掠过我们的脸。熊熊的火光下，我注意到那已经是一张铁青的被愤怒扭曲得变形的脸了！

"既然你们没有人不愿意，那就好！我们今天为你们在这里举行婚礼，在你们是人生的一件大事，在我们东北抗联，也是一件大事，一件喜事！我现在正式代表北满省委和东北抗联总司令部，代表秋军长和我自己，向你们表示祝贺！"

没有人说一句话，甚至没有人动一动。

"弟兄们，姐妹们，刚才我问你们，有谁不愿结婚，我可以马上让他走！可是你们中没一个人开口，那就是说，你们今天都是自愿的！你们可想好了，要反悔就是今儿，就是现在，明天再反悔，我就不答应了！到现在这会儿，你们这些人还只是同志、战友，过了这一会儿，你们就是夫妻，是生死都不离散的亲人了！

"我为什么要说这个？你们有的人清楚，有的人不清楚！就这一会儿前，我还听人说，你们中间有的人说什么我和秋叔叔是拉郎配，不民主，打算用假结婚糊弄我们俩，有的还准备这次西征结束，就公开宣布今天的事不算数！我明明白白地告诉你们，虽然我们今晚在这里为你们举办的婚礼简陋一点，匆忙一点，可是婚礼就是婚礼！从今以后，只要你们还是抗联的人，我赵尚志的人，你们就不是假夫妻或者一时的夫妻，你们就是一辈子的夫妻！我再说一遍，你们今儿愿意在这里结婚就结，不愿结就算，但要是今儿在这里结了婚，以后又赖账，那可不行，我——不——答——应！"

他真的又等了一分钟，一个个去看那些直眉瞪眼笔挺站立着的"新郎"。没有人开口，一分钟飞一样地就过去了。

"好了，我也等过了，民主过了，你们都愿意结婚，这档子事儿就算过去了！可是今天我还要对你们这些新郎说几句丑话。我这叫作丑话说到前头，先小人后君子。你们中间是不是有人想过，大战在即，我和秋军长把这些女战士嫁给你们，是给你们添累赘？你们真要有人这样想，你们就错了！不，我的好弟兄们，这会儿你们就抬起头来看看，站在你们对面的都是谁？他们不是我们牺牲的战友的女儿，就是他们的媳妇，她们是别人吗？她们是我们的亲人，你的亲人！爱惜她们，保护她们，本来就是你们的责任！我说的对吗？

"你们再睁大眼看一看，世上还有比她们更漂亮的姑娘吗？她们只有十六七岁，最大的二十三，最小的才十五，她们还是一朵朵娇嫩的鲜花呀！让她们这样嫁给你们，我和秋军长就不难受，就不心疼？我实话告诉你们，我们难受，我赵尚志心疼！你们再瞅瞅自个儿，一个个灰头土脸，邋里邋遢，让她嫁给你们，心里憋屈的应当是她们，不是你们！我还要再说一句丑话：婚后哪一个敢不爱惜她们，我赵尚志决不答应，决不饶他！我知道马上就有大战，可是不管环境多艰苦，就是到了生死关头，只要你们活着，她们也得活着！打完这一仗我是要找你们要人的！我和秋军长今天把她们嫁给你们，就是把她们的命托付给了你们，你们都给我记好了！

"姑娘们，孩子们，我要对新郎说的话讲完了，现在要对你们讲两句了！你们都叫我赵叔叔，我和秋军长也把你们看成自己的姐妹和孩子！因为你们是些女孩子，不是死了爹娘，就是战殁了丈夫，不得不来到咱们的队伍里，你们受的苦比我们男人还多，一想到这些事，我和秋军长心里就难受！姑娘们，今晚让你们这样出嫁，我知道你们中间很多人心里头委屈，可你们也要明白，你们是一群特殊年代的特殊的孩子，我和秋军长今天只能让你们这么出嫁！你们能这么听话，我和秋军长高兴，为你们高兴，也为你们死去的亲人高兴。今天我也想让你们记住一些话：你们不是普通的女孩子，你们都是光荣的抗联战士，你们今天嫁的人同样是咱抗联的英雄，你们嫁给他们，不算辱没你们！就是眼下对他们还不很了解，没有信心，以后做了夫妻，慢慢就会了解，就会有信心的！赵叔叔刚才对新郎们说了那么多话，现在也要对你们说同样的话：你们今天和他们做了夫妻，就是一生的夫妻，赵叔叔要求你们也要和他们生死不离，不管到了什么时候，只要你活着，也要让他活着！……"

他停顿下来，目光炯炯地望了望全场的人。现场气氛不知何时已经变了，就连赵叔叔的脸上和目光里，原有的怒气也不见了，它们化为了一种难以描摹的深情，深深地打动了我的心！

没有突然爆发出哭声，可是在场的每个人眼里，都悄悄涨满了泪水！

谁也没有让泪水流出来，因为赵叔叔自己没让眼里的泪水漫溢出来！

"好了，我的话完了，"赵叔叔最后环顾了一下大家，松了一口气，嘴角上艰难地浮出一丝笑容。"婚礼进入下一个议程，由秋军长，也是我们今天的证婚人，宣读喜结连理的新婚夫妇名单！"

秋叔叔向前走一步，拿出一张红色的纸片，用水光迷蒙的眼睛环顾了一下四周的人群，开始大声地宣读纸上的人名。忽然我觉得自己不能止住眼里的泪水了，那个时刻真的到了！我真的就要出嫁了！婚礼越是向前延续，我越是对来自篝火那边队伍中似乎一直在紧张地盯着我的目光充满反感！那是汪大海的目光，赵叔叔方才用那样的深情称颂了我们今天的婚礼，他却仿佛直到此刻仍担心我不会顺顺当当地嫁给他！我不想注意他了，我必须注意现场正在进行的事情：随着秋叔叔念出一个个名字，按照事前的安排，一对对新人就分别从自己的队里走出，走向篝火的另一端——对着赵叔叔和秋叔叔的主席位置形成的新人的队里去。然后新娘转向自己的"新郎"，颤颤地将一直拿在手中的红纸花别上对方的前胸。掌声重新响起来，越来越热烈，充满感动。这时我在掌声中看到了动人的一幕：如果说赵叔叔讲话之前，这场婚礼在不少"新郎"心里还像一场游戏，此刻我看到的却是一个个神情庄严、认真而激动的新郎了；当新娘们尽力抑制住泪水，抬头看他们一眼，将那朵红纸花别到他们胸前时，这些钢铁般的男人，竟然一个接着一个，动情地将自己的新娘抱到了怀里！他们中有的人一天前还不知道世上有这么一个女子，现在却将她单薄的身子搂得那么紧，那么用力！这些从不流泪的男人眼里，也一双双一对对地闪动起了晶莹的泪光！我还注意到了，在他们宽阔的怀抱中，新娘们一个个仿佛突然不见了，她们那原本就娇小的身躯和新郎们高大粗壮的身子从此刻起就融合成了一体……不，这时你不会觉得那只是肉体的融合，那也是两个生命、两颗灵魂的融合，有了这样的融合，你完全可以相信他们今生今世再也不可能分得开了！

一阵激动、压抑却又如同低低的歌唱般的呜咽声悄悄响起来！它们来自那些被自己刚刚得到的亲人紧紧拥抱的新娘，还来自围观的人群……

……秋叔叔念到我的名字了，现场上那么多的目光刚才一直在注意别人，现在也齐刷刷地投向了我和汪大海……我不知不觉打了个寒战，那目光仍在紧张地注视着我，他已经走出新郎的队伍，向篝火那边结成双双对对的新人的队伍走了两步，可还是因为这警惕的让我反感的目光，我没有马上举步。眼前的一切到此还不是真实的，可是只要我朝那个队伍一举步，它就变成真实的了！秋叔叔和赵叔叔正在盯着我，现场的所有人也盯着我，我不能不走出去，走向那个队伍、那个人，可我确实不想向前跨出这会把一切变成真实的一步！

但是汪大海注意到了我的犹豫。他先是用利剑一般明亮、犀利的目光盯了我一眼，接着就改变了方向，两步来到我身边，一下就将我半拥起来，向前面走——我是被他暗中用力地推进新人队伍里的！然后他又看见了我手中的那朵红纸花，他等了我一瞬间，我没有主动给他戴上，还是他自己——故意在别人眼中显出一种很随便的态度——从我手里拿走了那朵花，三下两下扎到胸前的衣服上，接着就伸出双臂，像别人拥抱自己的新娘一样拥抱了我！

这时掌声更热烈了，人们已不再注意我们，所有的目光都转向最后一对新人，这是邱梅大姐和"张老爹"。汪大海一刹那前将我抱得那么紧，人们的目光刚刚转向新的一对人，他就马上放开了我，于是我就回过头，看到了此时的"张老爹"和邱梅大姐："张老爹"完全变了样子，我差点儿认不出他了！这个天黑时还死活不愿娶邱梅大姐的东北汉子脸上火烧云一般大红着，像是用尽气力才抑制住了满眶的热泪。从婚礼仪式开始，他一直坚持着不让自己向邱梅大姐那边看一眼，像是只要看她一眼，就会玷污了她似的……不，他不像是在参加自己的婚礼，而像是在参与一个比婚礼更庄重、盛大、神圣的仪式……当秋叔叔念到他和邱梅大姐的名字时，他终于从自己站立的地方走出，动作笨拙而拘谨，含泪的目光仍旧避着邱梅大姐，不过他的头昂起来，目光一下子变得坚忍、刚毅和明澈，脚步也不再踉跄……我注意到邱梅大姐也没有看他，她一直红着脸低头站着，听到了自己的名字，下意识地咬了咬嘴唇，就低下头迈开步子，跟在他身后向我们的队伍走了过来……掌声鼓励着他们，像受到了催促一样，她的脚被绊了一下，又站稳了，步子更快了，比"张老爹"更早走到了自己应当站的地方……现在两人终于走到了一起，此前两人谁都没有朝谁看过一眼，可这一瞬间，她却猛然抬起一双满含热泪的、燃烧着炽烈感情的眼睛，看了看"张老爹"。我注意到了看这一眼时邱梅大姐的神情，她一定是头一次认真看这个男人，第一次看清这个男人，他的面容、目光和身材，可也就在这一刻，出乎所有人的意外，她跟着就主动地急切地扑向了他的怀抱，让对方拥抱他，好像她不是几小时前才认识他，不是刚刚才看清楚他的脸，而是认识了对方一百年，也望眼欲穿地等了他一百年，今天终于如愿以偿地等到了他，迫不及待要投入他的怀抱，满怀怨尤和满足地哭诉一番：我等你等得太苦了，现在你还是来了……不，事情不仅仅如此：她刚刚还将自己的脸深埋进丈夫的胸膛，亲情就像无数看得见的可以触摸的嫩叶，从她春天的白桦树一般苗条细弱的身上蓬蓬勃勃地生长出来，将她的新郎——这棵弱不禁风的白桦树所渴望依傍的大榉树浓密地簇拥住了，遮盖了它的繁荫……"张老爹"这时终于低下头瞧了她一眼，两串硕大的泪珠啪嗒嗒落下来！它们落得那么快，一眨眼就落完了，再没有了，好像那个男人眼里只有这么些泪水，一下子就全为扑向自己怀里的这个女子流完了，剩下的就只是一双血红的、湿润的男人的眼睛了！他在眼泪落下来的刹那间用熊一样长而有力的双臂搂紧了她,仿佛她不是一个人,而是一件珍宝,害怕再从自己怀里丢掉一样!我的泪眼模糊了,等它们再睁开,我就看不见邱梅大姐了,她消失在新郎宽阔的胸膛和他那件当外衣用的肥大而脏污的熊皮大氅里了!一棵细瘦苗条、嫩叶片儿闪着春天明媚阳光的白桦树不见了,只剩下那棵顶天立地站着、用自己的浓荫遮没了一切的大榉树了……泪水再次涌满了我的眼,我又什么也看不清了,可那颗一直为邱梅大姐悄悄高悬的心,却突然落了地!赵叔叔和秋叔叔为她挑选了一个"新郎"中年龄最大的男人,却也为她找到了一个最可信赖、能够以命相托、也值得以命相托的丈夫。以后无论他们走到哪里,我都不会为邱梅大姐担心了,也不再会认为邱梅大姐是个苦命人了。在我们这些姐妹中间,她的命不会比任何别人更苦,至少不会比我更苦,从今天起,她很可能是我们中间最幸运的人了!……

87

　　掌声稀落。篝火仍在砰砰啪啪地燃烧。随着最后一对新人站到一起,无论是我们还是围观的人,都觉得婚礼就要结束了。没有喜乐,也没有喜宴,但它是隆重和动人的。大家的目光转回婚礼的两位主持者,并从赵叔叔脸上清楚看出了婚礼接近尾声的迹象。我的眼里仍旧满怀泪水,那是不自觉的,为邱梅大姐也为自己今天的遭际。我透过它们望着秋叔叔,我也想在秋叔叔脸上看出婚礼就要结束的信号,那时我就可以离汪大海远一点,让自己放松地喘出一口气……秋叔叔将手中那片红纸折叠起来放进口袋,回头征询似的看了一眼赵叔叔,也像是要问他那个问题:差不多了吧?赵叔叔点一下头,好像在说:可以了,后天拂晓大军就要西征,让他们都早点回去……秋叔叔回头看了看全场,最初的感觉是他想简单地说两句,就宣布婚礼结束……可是……这时他又突然朝我们望了一眼,这一次他望见的不是新郎,而仅仅是我们这些新嫁娘!随着这最后的一眼,一种突如其来的感情就涌上他的眼,让他的脸色也变了。我明白发生了什么:从婚礼开始到现在,他的心里虽和我们一样惨伤,但能看到我们照他的愿望顺顺利利出嫁,这颗心又一直被欢乐感动着了。秋叔叔不可能不感动:大战之前,主力西征前,他到底为我们每个人都找到了一个归宿,找到了一只他可以充分信任的手,找到了一颗会把我们当成生死不渝的亲人相待的忠诚的火热的心。可是……可是真到了就要由他宣布婚礼结束的一刻,那点一开始就深藏于他心底、刚刚被欢乐掩盖的惨伤，就又在他没有意识到的当口，猛然翻涌上来。这时的他似乎比我们每个人还要明白，婚礼的结束就是他和我们这些人分离的开始，自此我们就将跟随自己的丈夫，各自奔向自己的前途，去生或者去死。今日一别，他有可能再也见不到我们中的这一个那一个甚至全部，而他到底是我们的军长，我们的叔叔，我们的游击队父亲！今天他不只是在打发自己的女战士出嫁，还是在打发自己的女儿和姐妹出嫁，打发她们上路。他知道自己让她们嫁去之处不是花团锦簇、莺声燕语的洞房，而是更为残酷的战场。为了让我们生，他不得不把我们嫁出去；可一旦将我们嫁了出去，他也就再不能保护我们了……秋叔叔可能还没有想到要说什么，就开了口：

"弟兄们，姐妹们，同志们，刚才我把新人的名单念完了，他们已经走到了一起。今天的婚礼，到这里本该结束了。

"婚礼开始前我本想讲几句话的，可赵总司令刚才把什么都讲了，他讲的都是我想讲的，所以我就不想再讲了，没有更多的话要讲了。

"可是……可是……我就对今晚出嫁的姑娘们再讲几句吧。刚才赵总司令对新郎们提出了那么高的要求，他要他们和你们生死不离……现在我也叮咛你们几句！姑娘们，出嫁前你们还是些孩子，别人也都把你们当孩子看，可是今天出了嫁，你们就是大人了！虽然总司令方才要求你们的新郎和你们生死不离，只要他们活着就要让你们活着，可是你们也要明白，你们自己首先就要争气，不要让自己真成了他们的累赘。秋军长要你们记住自己首先是一名抗联战士，其次才是丈夫身边的妻子！无论前面有刀山剑树，火海冰河，你们也都要能独立地、坚强地战斗下去，冲破一切艰难活下来，直到这次'反讨伐'战斗结束，直到中国人打败日本人的那一天！

"我要交代给你们的第二句话是：别忘了现在的身份。除了做一名英勇无畏的抗联战士，你们从今天起还要爱你们的丈夫，无论何时何地都要信赖他们，像珍惜自己的生命一样珍惜他们的生命。赵总司令方才要他们生死不渝地爱你们，也要你们和他们同生共死，这话你们一定要记清楚！你们的秋军长希望这次大战后——不，是一年以后，两年以后，三年以后，直到我们把日本人赶出中国——我不但能像今天这样一个不落地看到你们，也能一个不落地看到他们！秋叔叔希望到了那一天，不是你们中的这一个或几个，而是你们全体和他们全体，一个不少地回到我和赵总司令面前来，叫我们一声军长、总司令、叔叔！

"我还要对新郎们讲几句话……我确实没什么话说了，可是……我想说什么么？……啊，不要以为今天这里举行的是一场普通的婚礼。今天在这儿嫁给你们的，也不是十二个普通的新娘。今天以前，这些女孩子大都没了父母亲人，十六军就是她们的家，她们每个人都是十六军的女儿！我请求你们以后一定要善待她们，你们善待她们，就是善待抗联十六军，善待她们牺牲的父母和亲人，善待每一个死去的和眼下还活着的十六军将士，善待我秋雨豪！……有句话我本不想说，可还是说出来罢，就是万一有一天我不在人世了，你们也不要忘了我的话！站在这里的每个人明天都有可能牺牲，但是抗联十六军会永远在北满广阔的土地上，在黑龙江和松花江之间，一直战斗下去，直至我们取得最后的光荣的胜利！你们今天把她们从这里带走，到了胜利的那一天，或者是我，或者是别的历尽艰难英勇战斗活下来的十六军将士，就会找到你们，他们会问：某年某月某个傍晚，在北满江北根据地的一座密营里出嫁的我们十六军的姑娘们在哪里？当初我们军长将她们中的一个托付给你，现在她还活着吗？……你们一定要记住我今天说的话，我坚信，无论我们的战斗还要持续多少年，无论我们还要付出多大的牺牲，抗联十六军都一定会有人活到那一天的……就算今晚在场的十六军的人一个也没有活到那一天，就算死去的人不会发问，历史也会发问！弟兄们，我相信到了那一天，你们一定会给我、给十六军所有的生者和死者、给历史一个圆满的回答，那也将是一个让你们自己和你们的子孙后代骄傲的回答！……"

秋叔叔的话讲完了，开始很突然，结束也同样突然。很可能秋叔叔原先根本没想到讲出这样一番话，但他还是讲出来了。与其说是这些话本身，不如说是他话中含蕴的对我们这群女孩子的骨肉深情，震动了每个人的心，再次令人惊诧地改变了现场的气氛。他没讲完时，婚礼现场还只有他一个人的声音像只孤独的鸟儿上上下下翻飞；他刚刚讲完最后一句话，余音未息，先是从新娘们中间，接着从围观者中间，就爆发出了响亮的呜咽！姐妹们一个个丢下自己的新郎，扑向秋叔叔……秋叔叔，你的话我们都听懂了，你的女儿要离开你了，让我们跪下来跟你告别，感谢你父亲一样的深情！

我最后一个向秋叔叔扑过去。我之所以比姐妹们晚了一步，是因为我与她们突然爆发般地哭起来的理由不同：她们是为与秋叔叔分离而哭，为秋叔叔最后一刻突然袒露给她们的对于我们每个人的深情而哭，我却是为刚刚从他话里清楚地听出的一点异常惊心的征兆——生命力的衰竭，不自觉泄露出的对死亡的预感——而哭！……秋叔叔，早在赵阿姨和小玉惨死之日，我就觉察到你身心俱裂，已将不久于人世，可这些日子里你没死，我还以为你撑过去了，只要我和姐妹们离开你，你肩头上不再像以前那样负担着大山般的沉重，就能熬过生命中这一段最脆弱的时光活下去，为了这个我宁愿离开你去死，今晚也就是为了这个，我才接受了这场婚礼，并假装接受了身边的这个"丈夫"。现在我才明白，原来虎跑突围后这些天来你没有死是你知道自己还不能死，你还没有把领导抗联十六军的责任托付给赵叔叔，也没有把我们这群无父无母的孤儿托付给你信得过的人！今天你终于做完了所有这些事情，终于可以松一口气了！不知为什么，我还是第一次有了下面一种感觉：死现在对你来说非但不是痛苦，还成了身经百战后终于可以躺下休息一下的机会，成了终于能卸去责任和死去的亲人、战友团聚的机会……所有这些可怕的意念那么突然地攫住了我的心，我一下就被它们吓住了，"哇"的一声大哭起来，瞪大恐惧的眼睛，发疯般地扑向了秋叔叔——我自己的秋叔叔，我一个人的秋叔叔，如果我离开你以后你还是会死，我又为什么要离开你，为什么接受今晚的婚礼和身边的汪大海，我为什么还要这样委屈和牺牲自己？！

秋叔叔事先一点准备也没有地接受了婚礼的最后一幕。他愣了一下，双颊忽然现出大片惨白，瘦得不成样子的身子跟着摇晃一下……忽然，他从最初的惊讶和轻微的眩晕中清醒了，慌忙弯下腰，一个个去拉那些扑倒在他脚下的姐妹，口中一边大声地、亲切地叫着每个人的名字……我看见了，这时他的眼睛还想微笑一下，改变现场的气氛，可是大滴大滴的泪水，还是顺着他的脸颊滚落下来！

"邱梅，起来！……英子，快起来！……孩子们，你们都快起来呀！……"

婚礼就在这时结束了。赵尚志叔叔快刀斩乱麻地结束了它。赵叔叔憎恶哭泣，尤其不喜欢眼前这突然出现的悲怆的一幕。这个对眼泪和日本人同样视若仇雠的人一定恼怒地认为，别说是出嫁，就是生离死别，这些女孩子在秋雨豪面前也哭够了。赵叔叔一个眼神，新郎们就纷纷走过来，一人一个把我们从秋叔叔身边拉开了。接着，赵叔叔就从自己站立的地方向前走了一步，哑着嗓子高声宣布：

"婚礼到此结束，解散！"

88

秋叔叔的木刻楞前的空地上，转眼间人影零落，只有我们这些新人还站在那儿。刚刚还在熊熊燃烧的篝火塌了架子，发出两声闷响，然后一点点熄灭。夜暗卷土重来。一场令人内心惨伤而又头晕目眩的婚礼转瞬之际就梦一般消逝了，而一些新的、陌生而意外的感觉和思想，却在我的头脑里蓦然清晰和汹涌起来……

秋叔叔没有走，他的事情还没有完。婚礼结束时，他又对大家说，今晚还为每一对新婚夫妇准备了一份礼品，东西不多，但都是生活必需品，算是十六军和他这个军长送给我们大家的一点心意。他让大家排队，到存放战利品的小仓库领取。他讲这番话时，小仓库的保管员、一名姓李的抗联战士已把准备好的礼品一份份取出，放到做仓库的那座小木屋的窗棂上，那是一床日本军毯，一块可以铺也可以搭帐篷的日式军用雨布，两条毛巾，连同一根大红的蜡烛……军毯和雨布固然是难得的好东西，可是最让刚刚做了新嫁娘的姐妹们感动的却是那根红蜡烛！没有人知道秋叔叔是从哪儿搞到它们的，可他还是赶在我们出嫁前为大家准备了它，有了它，我们这些抗联女儿的婚礼和洞房之夜，就像一个真正的婚礼和洞房之夜了！

秋叔叔啊，你的女儿至死也不会忘记这根红蜡烛，不会忘记你待我们的那份恩情！啊秋叔叔……

（录音磁带在空转。从沙沙的电流声中，我突然听出了"啪嗒""啪嗒"的声响，那是大滴大滴的泪水滚落下来打在地板上的响声！）

别人走去领取新婚礼品时我没和汪大海在一起。如果说婚礼进行时我的头脑是昏沉沉的，不清醒也不需要清醒，此刻它却随着热闹散去、冷风劲吹而急速地冷静下来。我心里忽然有了种急切的愿望，仿佛不马上离开这里，某种我不甘心就范的事、至此仍然认为不真实的事就要发生了似的。我对我刚刚在婚礼中的表现感到吃惊。不，扮演那个虚假的新娘角色是我不愿意的，现在舞台上丝竹喑哑，灯火阑珊，真的和假的演员一起没入黑暗，我还站在这里干什么？我尤其不愿意加入那个领取新婚礼品的队伍，队伍里的人们刚才和现在经历的都是他们一生中真实而重要的一幕，我却不愿与之有任何干系！不，甚至这么想一想也让我浑身微微打战。但是我的意识又是分裂的，我越是认为方才的婚礼对我是不真实的，就越不能不承认至少在别人尤其是汪大海眼里，它是百分之百真实的。我和汪大海一起参加了集体婚礼，我现在是他的合法的和为大家公认的妻子了！

由于我一直远远地站着，没有走过去，我和汪大海就成了最后一对领取礼品的人。是汪大海自己去领回了那份属于我们的礼品，这段时间我的注意力被部分地转移，并越来越感动和惊愕：就在我的眼前，那些不久前还十分陌生的新人，相继领到自己的新婚礼品后，正一双一对地离开。刚才他们站在一起还觉得别扭，这时你在他们中间——尤其是在那些新娘们身上——能够发现和感觉到的就只是新婚夫妻间才会有的呢喃亲情了。我的天黑前在河滩和住处抱头痛哭的姐妹们，眼下那么乖顺地带上自己早就收拾好的个人物品，被他们的丈夫一个个抱上战马，随着串串马蹄声响，几乎有些迫不及待地消逝在愈加浓重的夜色里了，甚至没有一个人想到应当和为她们做了这一切的秋叔叔最后道一声别。我站在那里，突然发现自己越来越不能理解一件事情：一场婚礼怎么就能使她们内心的感情发生这么大的变化？好像秋叔叔也好，我们这些就要各奔东西的姐妹也好，忽然都再也比不上她自己那个黄昏时还哭得死去活来不愿嫁的丈夫了。然而这一串串在夜色中响起并渐渐远去的马蹄声却再一次让我想到了自己：她们所以会这样，是因为她们明白自己的婚姻是真实的！如果她们的婚姻是真实的，那么我自己和汪大海的婚姻呢，它也是真实的吗……

这个夜晚匆匆离开的姐妹中有一个我再也没有见到，她就是何英英……也有几对没走，其中一对是邱梅大姐和"张老爹"。"张老爹"的独立三十四团据守的山头离根据地太远，赵尚志让这个团原地坚持斗争，不随主力西征，他们没必要马上连夜赶回去。秋叔叔让人把邱梅大姐和"张老爹"的洞房安排在我们女兵队原先住的地窨子里，我注意到这件事对我的直接影响：今晚就是我不愿跟汪大海走，也不能再回到原先的住处去了！

一种深深的无路可走的悲哀利剑般刺痛了我的心！无论我和汪大海的婚姻是真是假，我都只能跟他到六师营地里去了，都只能做他名义上的妻子了。我不得不跟他走的另一个原因是秋叔叔，这段时间里秋叔叔一直站在我们身旁，默默地望着我们大家也望着我和汪大海，没有离开。我忽然想到至少为了让秋叔叔相信我是心甘情愿跟汪大海走的，日后不再牵挂我，今晚我也要把没有演完的戏演下去，像别的姐妹一样和自己的"新郎"一起走回新的营地。刚才我心里还曾责备她们一个个走时不跟秋叔叔告别，猛然间我也不想那样做了。六师的营地距军部不远，西征前我一定还有机会见到他，和他告别！猛地我明白了姐妹们的心了：她们的心不会那么冷，刚刚嫁了丈夫就忘了秋叔叔……不，一定不是这样的，她们想的是今天秋叔叔已把我们都嫁出去了，不管未来是生是死，今晚都是我们最后离开他的日子！既然是分离，那就断然地分离，让他觉得你已从他身边一去不返，让他的异常惨伤的心不再牵挂你，不再因牵挂你而继续受苦！

可是我真能跟汪大海回去吗？我真的要做他的妻子吗？……

汪大海领取到那份礼品后朝我看了一眼。尽管在黑暗中，我也能感觉到他的目光异常严厉，却又多少有点不安，既在命令我跟他一起走，又像是——这一点我拿不太准——在暗示我另一件事：就是你不想跟我走也要跟我走，军长看着我们呢！我的心像是突然被烫了一下：走，我就跟着你走！

我走了。我离开了秋叔叔。从军部到六师的营地之间，是四月的积雪初化的林子。我在林中疾走，心中的悲伤汹涌澎湃。为了不至于大哭失声，我走着走着就跑起来，直到相信已经走得很远，秋叔叔看不见我也听不到我的哭声，脚步才慢下来，随即喉咙里就响起了一串呜咽！

汪大海没有让我痛痛快快地哭上一场。他很快就跟上来了，站到了我的身后。我一旦意识到他那山一样的沉默和沉默中暗蕴的愤怒，就哭不下去了。我冷不丁想到了此刻对我是多么重要：我已经最后离开了秋叔叔，以后就要和身后这个男人一起生活了；他在众人眼里已经是我的丈夫，但至少眼下还不是，在我心里不是！我需要在这个最后的时刻里让他亲口说出我渴望听到的那种承诺，我仍然不愿意嫁给他，我想要他从这一刻起确认我和他的婚姻关系是假的，在别人眼里我们是夫妻，可我们自己知道我只是我，他也只是他，我们井水不犯河水！

我背对着他擦干了眼泪，转身过来。我在墨蓝的夜气中望着他。我相信自己的目光是明亮的和强悍的！

"汪副军长，我就要跟你去六师了。现在，我想让你亲口对我说一句话！"

汪大海沉默着，他的眼睛像星星一样在黑暗中闪烁，粗重的呼吸愤怒而急促。

"你有什么话，想说就说吧，"他回答，尽力不让自己早就积蕴起来的怒意一下就倾泻出来。但他从来不是个会伪装自己的人，他的语气强硬，而且不耐烦。

可是今天这个晚上，眼下这个时刻，我面对他站着，一点畏惧之心也没有！我就要死了，选择西征和今晚这场婚礼不过是选择一种死法，我什么人也不怕！

"汪副军长，虽然我和你一起参加了婚礼，以后在别人面前也会承认是你的女人，可你自己心里明镜似的，我是不会嫁给你的！秋姑死后我一直就不喜欢你，现在尤其讨厌你，我可以嫁给咱们队伍里的任何人，就是不会嫁给你！我今天把话都说出来了，你要是不愿意，要是你对今晚的事打的是别的主意，从这会儿起你就得明白没有那样的事！你是个男人，虽然秋姑死了不到一年，你要是想再娶，谁也拦不住你，可是你绝对娶不到我！西征一开始，你就可以公开声明我们不是夫妻，你想娶谁做老婆就娶谁好了，我一定帮你的忙，证实你我不是夫妻，你完全有权利娶别的女人！还有，秋叔叔今晚让我们出嫁，是想要让你们保护我们，不让我们死，我既然说了刚才的话，就不会指望还会得到你的保护。西征一开始，无论是生还是死，我都不会让你保护我，那是我自己的事，你和我谁和谁都没有关系！

"你听明白了吗，这就是我现在要对你说的话！为了让秋叔叔相信我的生死已有了保障，今晚我不能不跟你走，但是到了那里，这些话就没有机会说了……好了，现在我的话说完了，你应该明白我的意思，你要说什么，就说吧！"

夜色浓重。除了他闪闪发亮的眼睛，我看不清他的脸，可我突然听到了一种声音，它是那么可怕，如同飓风袭来前寂静的林间忽然炸响起无数树枝被摧折的声音，又如同夏日暴雨大作前地平线远处隆隆滚过的雷声……我听清楚了，那是汪大海的牙关在嗒嗒作响，随着这种响动，他全身的骨头也似乎都咯咯吱吱地响起来！显然我的话极大地刺伤了他，让他像狮子一般发怒了！

——虽然在暴怒中，他的声音却依旧是低沉的，尽可能不让它传向四方，但这种尽力压抑却又无法压抑的吼声，听起来却格外骇人！

"你——什么时候了，你还对我说这个？……你把我——"他没说完这句话就猛地打住了，一瞬间我又只能听到激怒中他牙关的磕碰声和浑身骨骼的响声了，忽然他像是终于想起应该对我说些什么了，声音变得更加凌厉和沉浊，"——金英子，我警告你，不管你自己认为我们今天结婚是真是假，但是从现在起，无论在别人面前，还是你自己心里，都得认为我们已经是夫妻了！你愿意跟我在一起也得跟我在一起，不愿意跟我在一起也得跟我在一起，这是赵总司令和秋军长的命令，也是我给你的命令！……还有，今后的日子还很长，你给我记好了，再不要对我提起刚才那些话——只要这样的事再发生一次，我就饶不了你，我就惩罚你！"

他大喘着粗气，咆哮一般说完了这些话，一分钟也没迟疑，迈开大步就走，一次也没回头看我，似乎根本不在乎我会不会独自留在黑暗的林地里，又像是明知我此时无处可去，只能跟他走，故意对我不睬不顾！啊，我真生气，我满腔愤怒，浑身抖个不住，可是我也意外地从他的话里感觉到了一点新的模糊的含意，某种我还不大有把握的警示：汪大海，今晚他也可能根本不在乎我是不是愿意和他结婚，我是为了秋叔叔才和他一起参加了婚礼，他也可能是为了秋叔叔才答应了此事！不……我还不能让自己这么想，至少在他眼里，我和他还是结婚了，哪怕只是为了让他面子上过得去，我也不能不承认是他的女人！如果是这样，又和我心甘情愿做了他的女人有什么不同！

可我也只能跟在他后面走，我已经回不到秋叔叔身边去了，我也不愿意再回去！

我没有马上跟过去。我依然原地站着，望着汪大海走去的方向。人们常说一日长于百年，这一刻对我来说就如同百年。我就要跟他走了，我想，这是我的命，可我刚才对他表明自己的态度还是做对了，我至少已让他明白，别以为他在统领十六军主力千里远征之际接受了秋叔叔的嘱托，做了我的丈夫和保护人就是我的恩人了，可以对我为所欲为了。我可以死，他想近我的身子，却不能够！我答应出嫁是为了参与西征，参与西征是为了离开秋叔叔，离开秋叔叔却不是为了生，而只是为了死！——我既已不能出山走进哈尔滨或大连读音乐学校，又无望回到朝鲜与爸爸团聚，连在死前嫁给我的初恋兰团长的机会也失去了，我一生中一个愿望都没有实现，现在剩下的能够拥有的最后一个心愿就是无论如何也要保住我的女儿身了。我要清清白白地去死，干干净净地离开这个世界，我一定要做到这个！

……

六师的营地在一片森林覆盖的山岗上，面对着一道同样上上下下林木稠密的山谷。山谷对面是又一座高耸入云的大山和密密匝匝的原始密林。越来越清朗的夜气化作一汪液态的墨蓝，在山谷上下流动……我跟在汪大海身后走进营地。师政委已带人将原先他和汪大海合住的地窨子打扫干净，做了我和汪大海的"洞房"。走进去时，我发现这里的地上铺了新麦草，棚顶吊起了一盏擦得很亮的马灯，正对着入口处的土壁上还贴上了一个红布剪出来的"喜"字。政委和几位一直等在洞房里的团长为我们又举行了一个简单而热情的仪式。政委是三军调来的，原先是个矿工，人健谈而诙谐，他先郑重地讲了一通祝贺我和汪大海新婚的话，以主人的身份欢迎我重回六师（他知道我原来就是汪支队的人），接着又在这个被他称作"不平常"的日子里，代表全师官兵特意送给我一块他亲手缴获的日本怀表。这位后来牺牲在西征途中、我一直没有记住姓名的神情愉快的人最后抱歉地说：刚刚接到赵总司令的命令，六师作为全军的前锋，后天夜里部队就要提前开始行动，眼下距离出发的时间只剩下一天一夜，大家都需要休息，你们也早点歇吧，"闹房"的事，等西征胜利后再说！

政委带上人走了。我的"戏"还没有演完，我想，不，不是没完，而是刚刚开始。虽然我认为我和汪大海的婚姻是假的，但在这些质朴热情的抗联人眼里，它却是真的，我成了汪大海的妻子，他们也对我生出了一种新的尊敬的态度，将我看成了一个新的人，一个成人，这似乎也正是汪大海本人的愿望……我的表演还不错，我一直很平静，不像他们想的那样激动和羞涩，却也不至于将心底无时不在的戒备、紧张和抗拒流露到脸上来，让他们察觉；我对汪大海是冷淡的，没有表现出新婚夫妇间应有的柔情蜜意，却也不至于在需要两人一起逢场作戏时有意给他难堪，让人看出破绽。同时我也觉得自己没有给汪大海留下幻想：我这么做不是我改了主意，愿意做你的妻子了，不，我只是在演戏，别的事你想也不用想！

我没有想到的是政委走出去时汪大海也跟着他们走了，最初我以为他是去送他们，但是我错了，汪大海显然有什么大事要和政委马上商量。一眨眼工夫，地窨子里就剩下我一个人了！

政委和汪大海没有一起离开时，我虽然在汪大海面前佯装镇静，心里却越来越紧张，越来越恐慌，我害怕政委他们走，害怕"洞房"里只剩下我和汪大海两个人的时刻到来！我的心情在走进这里之前和以后竟会发生那样的变化，自己也没想到。走进来以前我觉得自己还是有力的，只要我不同意，汪大海就是想对我做什么，他也不能够（虽然他在一直不答应我的要求、认为我们的婚姻是假的这件事上做得有点卑鄙，可至少他在众人面前一直像个顶天立地的男人，我想他总不会强迫我做他的女人），可到了这一刻，我却突然不那么自信了。"洞房"内的灯火、它的四壁，地上的新铺草，墙上那个孤零零的"喜"字，连同那根刚刚被一个我还不知道姓名的小警卫悄悄点燃的红烛，都似乎在渲染一种气氛，成就一桩大家已认可的事实，让我猛然模糊地意识到这个已成了我和汪大海"新房"的地窨子空间不大，而且完全有了一种私人性质，意味着一旦那个刚刚走出去的男人走回来，以丈夫的身份要求我做他的女人就成了理所当然的事了……一种孤独的悲愤的感情蓦然袭上我的心！啊，我真的以新娘的身份坐在这个显得如此陌生的地窨子里，坐在他们为我布置的"洞房"里了！……如果那个男人压根儿就不认为我们的婚姻是假的，如果他像天下所有的"新郎"一样认为婚礼过后就对自己的"新娘"拥有了做丈夫的权利，我该怎么办？……

不！我的心惊叫起来！我坐下又站起，不不！就是他想那样做，我也不答应！我会反抗的。我不愿意！

啊，我和汪大海之间不是有过荒山般广远的游击队岁月吗？我们一起战斗，爬冰卧雪，冲锋杀敌，经历过胜利和狂喜，也目睹过死亡、鲜血和眼泪！因为秋姑的死，他对我生出过那么深的怨恨和敌意……今天明知道我不愿嫁给他，他怎么还会宁愿面对我内心的极大鄙视做我的真正的丈夫呢？他和秋叔叔一样明白他比我大整整十岁，知道我甚至算不上一个真正的抗联战士，我只是一个被妈妈托付给抗联队伍的朝鲜孤女，我只是暂时滞留在这里，我的真正愿望是活着回朝鲜去和爸爸团聚，秋叔叔答应过并不惜牺牲自己的亲人帮我实现这个愿望！汪大海不会想不到这个，他的发妻秋姑就是为这个而死——我知道自己会死在这里他却不会想到我想的是什么——既然如此，他又为什么不但一定要我和他结婚，还要让我真的做他的女人呢！

啊！现在我不明白的还不是他今晚要做的事，我不明白的是我今天两次向他表明心迹，他却为什么没有明确地对我表示他接受了我和他假结婚的要求，愿意和我达成这样的默契呢？达成这样的默契对他来说一点儿也不难，只要他对我不存坏心肠，而那对我却意味着由结婚带来的所有的惊恐和羞耻感都将不再存在，我的心会一下安静下来，我仍然会和汪大海一起西征，一起出生入死，可那时我就是死也会满心平静，也会是幸福的，因为不管别人怎么看汪大海和我的关系，我自己却知道我是清清白白地死去的，我不是作为汪大海的妻子，而是作为我自己死去，一生没有实现任何一个心愿的我，到底实现了一个最后的心愿！

可是……这个汪大海等会儿真的会对我做那种事吗？难道他就不怕我会拼死抗拒吗？这个汪大海，他对自己的前妻情深意厚，秋姑死去以后长期陷入迷乱和疯狂，今天为了让我这个还不能说真正长大的小姑娘做他的女人，就真会一下子卑鄙恶毒了吗？他就没有想到自己这样做既玷污了金英子，玷污了秋姑，也玷污了自己对秋姑的感情吗？

不过……等一会儿他回到地窖子里，真要我做他的妻子，我又能抗拒得了吗？面对着像他那样一个孔武有力的男人，我又能抵抗多久呢？我已在今天的婚礼上和他走到了一起，他名正言顺成了我的男人，这是他在向我要求做丈夫的权利，谁又能责怪他呢？

我为什么不能认为汪大海至今仍处在精神的迷狂中呢？秋姑死后他就一直处在这样一种心境里，他对妻子的死心痛至极，才有了之后的反应，今天也是这种反应的一种吗？他会不会错把我当成秋姑，忘了我到底是谁呢？虎跑突围后松下浩二冒死将他救回来，我曾觉得他整个人渐渐苏醒，终于变得沉默寂静，开始向正常的人回归，但为什么不可能是我错了，汪大海还是过去的汪大海，经历了一场挫折后，他的狂迷反倒变得更隐蔽更强大了呢！秋姑为了我而死，他失去了妻子，今晚他则在一场集体婚礼中重新找回了一个妻子，至于我是不是秋姑，他又怎么能看得清呢……

如果是这样……我今天在这里遭遇的痛苦、羞耻和不堪就是为死去的秋姑做出的牺牲了！不过……不过这是秋姑当初舍命救我的初衷吗？秋姑不会愿意看到这一幕的！还有，难道汪大海就没有清醒过来的一天吗？一旦他的狂迷结束，真的睁大眼睛，发现自己做了什么事，他不会羞惭至死吗……

汪大海进来了，我的心蓦然抽紧！可他一转身又走出去了，我听到了他响亮的脚步声越来越远，抽紧的心又一点点松缓……不，在我面前，他永远是强悍的……我的决心一下就垮掉了。如果他真的还处在狂迷的状态中，我的抵抗不但不能唤醒他，反倒会简单地激怒他！

我为什么不能自杀呢？我本来就没有想到要活，我今晚答应出现在婚礼现场是为了秋叔叔，我既然要死，死在西征途中和死在这个地窨子里又有什么不同呢？死是那么简单，我只要拿起我身边的短枪，瞄准太阳穴猛地一搂什么都没有了。苦痛、恐惧、羞耻、如同浩漫的秋水一样无边无涯的悲伤……都结束了！

可是我却不能自杀！……啊，西征军还没有离开根据地，秋叔叔还在我身边，我的自杀会成为对他脆弱的摇摇晃晃的生命的最后一击！秋叔叔是为了让我活才让我出嫁，我却因为不愿成为汪大海的妻子在自己的新婚之夜开枪自杀，秋叔叔会怎么想？他会认为他本想救我却亲手杀了我，秋叔叔一定会这么想的，小玉的死对他来说就是致命的，我的死则将最后断送他的命！

为了秋叔叔，我就是自杀，也一定要等到大军西行之后……和秋叔叔的生命相比，我的羞耻和苦痛连同我的生命又算得了什么……我不就是为了让秋叔叔活下去才答应嫁人的嘛，如果我嫁了人以后又因为自杀要了秋叔叔的命，我还为什么要让自己蒙受这一番羞惭！……

汪大海还没有回来。我从地窨子外听到各种各样的响动，每声响动都让我想到是他回来了，悚然一惊后浑身紧张得发抖。可它们都不是汪大海的脚步声……时光在流逝，不知不觉间我的心境就变了，那种我一直回避的、我和汪大海的婚姻正变得真实的感觉，开始悄悄地左右我的思想。忽然间我想到了一件事：万一汪大海正是因为秋姑死后留在心底的惨痛不能消除，才答应秋叔叔娶我做他的妻子呢？万一他今晚和我结婚，正是为了从心底忘掉秋姑，回到正常人的精神和生活中来呢？万一他是在极清醒的状态下做这件事呢……真要是这样，秋叔叔不让别人而单单让我嫁给他，就有了新的解释：秋姑为我而死，现在他又把我给了汪大海，今天的我就是昨天的秋姑。秋叔叔可能会以为也许他这样做了，汪大海心底的惨痛才能得到缓解，这个因妻子牺牲长期陷入悲惨的迷狂状态的人才会慢慢复生。而汪大海自己为了最后忘掉秋姑，也接受了这样的安排！

我没有顺着这个思路想下去，我不敢想下去了！如果这个猜测是对的，汪大海今天愿意娶我并且执拗地不接受我只和他做假夫妻的要求，就是有道理的了！……汪大海还没有回来……可是他会回来的，我随时都可能在地窖子里听到他的脚步声……我的心又开始一颤一颤地惊跳了：如果他想要我是为了因我而死的秋姑，我还能拒绝他吗？！

啊啊，我的悲痛和惨伤到底来自何方？……如果一个人的妻子为你舍身而死，你就不能为将她的丈夫从悲痛和迷乱中解脱舍弃自己的身子吗……秋叔叔今天已把你的生命托付给这个男人，他就为你的生死负起了全责，就成了你的恩人，你为什么就不能做他的妻子，给他安慰、快乐和一个女人能给予他的全部温柔呢？今晚这种抗联队伍的婚礼，这样一身布衣一朵纸花做新娘，固然不是你过去的少女的梦想中所盼望的，但你生在苦难的年代，置身于抗联密营之中，前方就是战争和死，嫁一个汪大海这样的丈夫，像今晚这样出嫁，坐在这种地窖子洞房里等待你的新郎走进来，不是命运赐予你的最大恩惠吗？你真的不愿意像今晚这样出嫁，做新娘，和一个男人生儿育女，像世上千千万万的女子一样活一世吗？你难道没有想过，今日这样嫁人对别人也许不算好，对你却已是最好的了……

……汪大海仍然没有回来。不知为什么我想到他可能不会回来了，并为此感觉到了一点惊慌！……不，他会回来的，我对自己说，大军就要出征，他有许多事要做，回来晚一点可以理解，但他既已经下决心娶我，就不会忘记今晚地窖子里还坐着他的新娘。他要是故意躲开我，走进这个地窖子洞房前就会答应只和我做假夫妻了……从半地下式的门洞里涌进来的夜气让我打了一个冷战，我忽然大吃一惊了：我是在等汪大海吗，像天下所有入了洞房的新娘，孤寂地坐在婚床的边缘，焦急又恐惧地等候着自己的新郎？……外面是窸窸窣窣的风声，时光在我的躯体内如大河之水一样流淌，忽然，我又有那种新婚的、初为人妇的感觉了！

——如果这是一个真实的新婚之夜——如果它就是我的新婚之夜呢？

……我无法回答自己。我的心仍然慌得不行。我没有想到会是这样，可我却越来越真切地意识到已经是这样了。夜越来越深，时光在流逝……我枯坐着，听风动山林的喧哗，哨兵的脚步声，他们换岗时的口令，拴在后面林间的战马的偶尔一声嘶鸣……这是一个不同寻常的、岑寂辽远的神秘之夜，即使我坐在这里，也能透过没有遮挡的入口，望见前面的山谷和山谷那边山冈上的森林，森林上方的一小块夜空。天与地，峰与谷，近处的清晰的树干和远方模糊成团的林子，都成了液态物，在一个昏暗的、高低参差的凹面上不停地回旋、涌流……夜已经够深了，汪大海还没有回来，我没想到会闭上眼睛却已闭上了眼睛,闭上了又睁开……我在等待那个男人,我已经不羞于承认这件事了,只要他不回来,这个夜晚连同它带给我的全部恐惧与苦痛就不会结束。一切都还没有开始哪。

汪大海就要来了,走向这个地窖子,走向我,走向我的身子和生命。我已经不像刚才那样悲伤了。我的悲伤如同大海,深广无涯,可我不愿意再想它们了。汪大海来吧,让我做你的女人,如果只有这样你才能忘掉秋姑、平息失去秋姑的惨痛,你就来要我吧。金英子让你失去了一个妻子,现在又还给你一个妻子。我不想做你的女人,我不愿意,可我知道自己没有理由也没有力量抗拒。你一直是个力大无比的人,想必今晚仍是这样,你也许只会在我身上看到秋姑,但那对我是一样的。可你也许不会明白,从今天起我也不是我了,我分成了我的身子、我这个人和我的心。我的身子、我这个人是你的了,可是我的心仍没有嫁给你,我不愿意。为了今天发生的事,我心里至死都会涌满长江大河般的悲伤。我知道我的悲伤来自何方了:我今晚为了秋姑嫁给汪大海,为了自己一生的最后一个心愿——保住秋叔叔不死——嫁给汪大海,可是我自己的最后一个心愿呢?我一生中一个心愿都没实现,最后连清清白白地死去也不能够,我也是一个女孩儿、一个人,这就是我的一生一世吗?我就这么死去了吗!啊啊……

我睁开了眼睛。我睡着了吗?没有。我的全部意识只在这个黑夜、在门外液态的山林沟谷间流淌……可那惊动我的心、一下让它重新灌满了泪水的是什么呢?自从赵阿姨和小玉在虎跑突围中牺牲,自从我那个黄昏和秋叔叔一起亲眼看到赵阿姨被切成碎块的遗体和小玉被吃得只剩下半边脸的骨骼,我的耳边和生命里就没有了音乐!日本人的暴行结束了我在抗联队伍里的幻听,可是今天,在我的新婚之夜里,我却又听到了音乐!

啊,那是一场音乐会。不是大裂谷时期我时时从行军和战斗中听到的疯狂的风雪森林音乐会,也不是和松下浩二被围困在狼谷时从无边的死亡的预感中听到的那场安魂曲般的音乐会,不是《荒山之夜》和《罗密欧墓前的朱丽叶》,是另一场音乐会……它是全新的,又像是久违的、在遥远的年代非常熟悉的;开始时它还充满了悲伤,渐渐地这悲伤中就幻化出了新的主题,温馨、宁谧、平静而欢乐,然后还有感动,来自心灵深处的欢悦与感动,从巨大的被克制的悲伤深处升起的欢悦和感动……

开始我还只在前方那片模糊的液态的山林里听到它……竖琴奏出夏日的山泉水叮咚滴落的响声,大提琴拉出夜浑厚而辽远的岑静,连同沉浸在这广漠的液态的夜色之中的悲伤，浩瀚的水面一样广阔的悲伤……然后小提琴在夜色之上，悲伤之上，轻盈地奏出了感动和欢悦的主题，它仍是悲伤的，却又真诚地表现出了欢悦和对一颗悲伤的心的抚慰……它还是热烈的，满含着眼泪，却又满含着热切的希冀……随即是一个无歌词的歌唱，在竖琴、大提琴、小提琴之后响亮起来，从液态的梦一般的山林背后，从墨蓝的夜的深处……我听出来了，我的心激动得要跳出胸膛了……这是一个母亲的歌唱，像是我的生身母亲金顺姬，又像是我的游击队妈妈秋云，还像是我的另一位游击队妈妈赵玉珠，多少还像我的游击队姐妹小玉……它是在为一个年轻美丽的生命歌唱，又是在歌唱这个年轻美丽如同幽谷奇葩的生命今夜的开放。母亲知道它在悲伤，知道它还在为这个时刻胆怯，母亲不能为它做什么，只能用这样的歌唱抚慰它的羸弱的心，含着热泪告诉它，这虽然不是它渴望中的开放，却也是人生中一次极美丽的开放，是它生命中最盛大的节日，母亲要用自己的歌唱，鼓舞它勇敢些，再勇敢些，向着这个生命的盛大节日开放……母亲还是为女儿九死一生今天仍然活在人间并且能像别人的女儿一样拥有这样一个人生的盛大节日歌唱，为做了新娘的女儿今夜无与伦比的美丽和就要像鲜花一般盛开歌唱。母亲忍不住要歌唱，她就是嗓音嘶哑内心充满惨伤也要歌唱，因为她明白这对于女儿已经是最好的了，无论用多少眼泪和歌唱，都无法表达自己心中的幸福和欢畅……

我凝神谛听着母亲的含泪的歌唱，一时间我的心里只有它和它身后的乐队了……可是液态的山冈和沟谷的又一侧，一支新的乐队也加入了演奏。接着，从其他的方向，整个夜的林间，都有乐队在演奏了。它们形成了一个完整的、彼此配合得异常和谐的庞大森林乐团，有时整体演奏，有时分作一个个声部，交相呼应，将那个原本从巨大的悲伤深处悄悄升起的感动、欢悦的主题，变成了一种新的强有力的气势磅礴的欢乐的大合奏，而此时那个孤独的母亲的歌唱，也化作了一群母亲的欢悦的合唱。我听出了都是谁的歌声，妈妈来了，秋姑来了，赵阿姨来了，连我那惨死在日本人手里的游击队小姐妹霍小玉也来了，是她们一起远远站在对面的山冈上，密林深处，深情地为英子的新婚之夜歌唱……这场专为我一个人举办的山林婚礼音乐会此时也进入了它最抒情和最高潮的阶段，原先它内里潜藏着的一点催人泪下的惨伤不见了，孤管只弦变成了繁管急弦，无歌词的母亲的合唱变成了山山岭岭都用自己的回声参与的更大范围的合唱，六师营地四周的每一片森林，都成这场音乐会的一部分了。

但它还只是音乐会的开始的一个乐章啊。犹如一场真正的婚礼音乐会，第一乐章过后，液态的山林间，急管繁弦听不见了，一个新的无歌词的女声的歌唱孤单地升起来，响亮起来。这是一个年轻的生命在为自己歌唱，她在回应那些母亲的歌唱，她想告诉她们，她知道自己的生命是美丽的，今晚她的生命尤其美丽，她也知道这是她鲜花的生命的一个节日，不想开放也要开放。她听懂了母亲们的鼓励、感动和祝福，今夜她就不想歌唱也禁不住要歌唱，为自己的生命、也为对面山林里的母亲。歌唱是她的渴望，就像母亲们渴望在这个夜晚为自己的女儿歌唱一样。

于是她唱起来了……夜色笼罩下的无边的山野里，只有她的歌声了。这是欢悦的歌唱（为了母亲）也是悲伤的歌唱（为了自己），在每一个颤抖的音符里，每一个像被荆棘划破的歌喉的鸟儿那样清脆婉丽而又痛苦得滴血的乐句里，在每一个像夜间的孔雀一样开了屏收起、收起又展开的乐段里，你都能感觉到湖水一般蓄满于她的心灵里的泪水……她不想这样开放，虽然她知道开放是无可逃避的，但这是她美丽生命的第一次也是唯一的一次开放，她本来是可以迎着灿烂的朝霞，在一个阳光明媚、百鸟啼鸣的清晨更绚丽地开放的呀，本来是可以只为自己和自己的初恋开放的呀……她歌唱，是因为此时她心里如同蓄满了音符一样蓄满了哀痛，还因为她像渴望音乐一样渴望着的母亲的抚慰，今晚她那颗流血的心，多么需要音乐和母亲更多的慰藉呀……

这个孤独的歌唱声升起来了，又落下去，音乐会马上又响亮起来，连同母亲的合唱，这是她对前面那个孤独的歌唱的回答……她在用歌声倾诉，即使一朵花儿不能在阳光明媚的春天的黎明怒放，只能像这样在残冬的深夜盛开，那也是美丽的幸福的开放，和那些尚未开放就被严酷的冬季扼死的青春生命相比，和那些刚刚开放就惨遭践踏化作泥土的生命相比，你今日的开放不只是美丽的还是幸运的，最重要的是生命，你还活着，而别人却得不到它了。你活着，就是最好的，如果不但拥有着青春的生命而且还拥有了开放，你就比世上任何一个同龄的姑娘都要幸运了，你应当珍惜，不该排斥它……而且，你还是在满山满谷的音乐、在一场仿佛天地山林沟谷都在为你演奏、歌唱的夜晚盛开，你拥有的是世间最大的婚礼乐队，谁也不可比拟的新婚的祝福，因为你不是被一个母亲的手送走的，你是被你一生中有过的三位母亲和一个最亲近的游击队姐妹送走的，你在经历自己的洞房之夜时一点儿也不孤单……

可是那个孤单的如同泣血的歌唱声又响亮了起来，它在回答母亲们的歌唱。可是为什么我心里依然涌满了海一样的悲伤呢？为什么我会觉得那么苦痛，仿佛不是让我出嫁而是让我死一次呢？我真地敢相信这个男人，将我的一切都托付给他吗？我真敢相信这个男人能让我不死吗？我真地敢想象自己能在山林里、在抗联的队伍中，在吃人的日本人的围追堵截下活下去吗——我真敢生出这样的奢望吗？

音乐会又响亮了，然后是母亲的歌唱……母亲的歌声为什么会颤抖起来呢？她们的歌唱为什么会变得那么急切和热烈呢？母亲们用她们的歌唱反驳着我的软弱，我内心的黑暗和惨伤，她们知道归根结底我不愿意嫁给汪大海是因为我不愿意再活下去，因为我看不见远方山脊线的黎明，我的眼前只有这无边无际的黑夜和其中隐藏的恐怖。妈妈——我的生身之母金顺姬——在严厉地责骂我，我的游击队母亲——秋姑和赵阿姨——在温和地责备我，我的游击队姐妹小玉在含泪嗔怪我，她们的歌唱显得慌乱不和谐，一个声音变成了几个声音：英子，英子，你忘了你秋叔叔对我许下的誓言了吗？你难道认为秋雨豪是个不履行自己誓言的中国人吗？英子呀我的女儿，你对我的丈夫和亲人汪大海——现在也是你的丈夫和亲人了——失去了信任吗？你觉得他既然代替我哥承担了保护你的责任，还会轻易让你死掉吗？英子我的孩子，你不相信你秋叔叔我的丈夫会想尽办法让你活下去吗？我为了他死，也是为了你死，因为我知道只要他不死，就不会让英子我的女儿死的！我没有女儿，他也没有，你就是我们的孩子呀！英子呀我的好姐妹，你难道不知道，自从我死了以后，秋叔叔自己不死，他就不可能让你死吗？秋叔叔今天既然如此安排你的未来，那就是说，他知道他这样做才不会让你像我一样惨死！……

可是我的母亲们呀，我的好姐妹小玉呀，自从松下浩二走后，我就没有相信过自己还能活下去，难道秋叔叔今天要我嫁给汪大海，我就真能活下去了吗？此次日军用五万七千人围攻我们，我们要遭遇的不是一个而是无数的河原信行，我真能在枪林弹雨中被汪大海的手紧紧拉着，走过一千里路途，活着到达嫩江平原吗？就是到了那里，日本人就不会继续"围剿"我们，我没有死在这一条山沟里，就不会死在另一条山沟里了吗？日本人不在这里烤着吃我，就不会在那里烤着吃我吗？……我的这双眼睛，真的能看到黑夜过后的曙光吗……

英子呀英子，难道你能不能活下去，真的就这么重要吗？难道你不能活下去，今夜就不愿出嫁了吗？日本人要你死，出嫁却要你活，我们战斗，我们狂奔，我们死，不都是为了不死吗？英子呀我的好孩子，包括我哥在内，世上没人能保住你不死，但只要你自己不愿意死，不相信自己会死，你就是死了，也是没死，日本人杀不死不愿死的抗联战士！他们以为杀死了你妈，杀死了我和你赵阿姨，可我们不是还在你心里活着吗！我们在你心里、在我哥心里，在我丈夫也是你的丈夫汪大海心中活着，就是在世上活着，在人间活着，我们就是没死！英子呀，哪怕我们会死，我们也要出嫁，也要生活，日本人不会想到当他们大军压境、发誓将咱们的人赶尽杀绝之时，抗联队伍里却有人在娶亲，有人在出嫁，想不到我的游击队女儿英子在经历自己的新婚之夜！好英子，振作起来，勇敢些，再勇敢些，我们不死，我们要活，我们出嫁，像世上的每个女人一样活一次！

……

啊，从深夜到黎明，我一直睁眼坐着，聆听着这场回响在群山密林间的音乐会，聆听着亲人们动情的含泪而又欢悦的歌唱。我知道这是幻听，比过去更热烈也更疯狂，却又觉得它不是，至少不完全是幻听。它是一场真实的、只在我的新婚之夜、为我一个人演奏的音乐会，我的婚礼音乐会。母亲们也只为我一个人歌唱。我的生命如同一片枯叶，从人间向黑暗无底的死的深渊飘坠，我的内心悲苦而凄切，而最主要的是，我是那么恐惧，浑身像筛糠一样在发抖，进山以后那一直陪伴着我度过了艰难岁月的音乐会怎么会不回到我身边来呢？我的死去的母亲们，知道女儿今天不想出嫁也要出嫁，怎么会不回到我身边来呢？我以为已经永远失去她们了，音乐会和母亲们，可她还是在我最需要她的时刻，最软弱最害怕而又无处逃遁只能闭上眼睛承受因而浑身战栗的时刻回来了，用宏大无边、深情而嘹亮的演奏和歌唱陪伴我经历了十六年的人生中最不同寻常、最悲凄绝望而又恐怖的一夜。我开始还没有听出什么，可是渐渐地，我听懂了，无论是这场彻夜回响的山林婚礼音乐会，还是母亲们含泪的欢悦的歌唱，都是在咏唱生、光明、勇气、信心和力量，排斥死、黑暗、失望、怯懦和恐惧……没有这场婚礼音乐会和母亲们的祝福与歌唱，我有的只是一个人世间最凄苦、不幸的新婚的夜晚，有了它们，我的新婚之夜就突然变成了世间最隆重、最气派、最动情的婚礼之夜了。我这个被无边的恐惧和羞耻感折磨得浑身打战的新娘，恍然间也成了世间最幸福的新娘了！

汪大海一夜没有回来，一直到天亮都没有回来！

89

吃早饭时我才得知他昨夜哪儿去了。他不是有意回避我，他只是带人追秋叔叔去了！

沙沙的电流声。接着我听到她的声音急促了。

"秋叔叔就要死了。你能让我尽情地哭一场吗？……"

好像有人——我听出来了，是老人的大女儿，有事总是她和我联系，正和母亲争执。可是接下来，我就听到了哭声！

无论是母亲和弟弟英男惨死的时候，还是秋姑、赵阿姨、小玉的牺牲，她都没有如此放纵过自己的哭声。

足足十分钟，可能时间更长，后面的哭声被掐掉了。换上一盘新磁带，我马上又听到了她的声音。

我好了。可以继续说下去了。

不过我恐怕只能简单地跟你讲讲秋叔叔的死了。我怕我讲得太多太详细，自己又会忍不住哭起来。总而言之，时至今日，我仍然坚信婚礼前自己对他的观察和担忧是对的，秋叔叔的生命已到了最脆弱的时刻，小玉和赵阿姨死后他的身心之所以还没有破碎，是他还惦记着自己亲手带进山、历尽艰难创建的抗联十六军，惦记着我们这些女战士，他就是想到了自己将不久于人世，也知道自己还不能死……可是为我们这些女战士举行的婚礼结束的一刻，秋叔叔心里的感情就不一样了。目送最后一对新人离开他而去，秋叔叔一定会想到他一生中的最后一件事终于完了！他会突然呼出一口气，生命中出现一种从未有过的轻松！已经很久很久，他都没有这么轻松过了，现在他终于可以这样了！

这个夜晚，婚礼过后，秋叔叔欣慰的恋恋不舍的目光一定在夜色里凝视了很久，直到最后一对离他而去新人的身影消逝在夜色下的山林深处……接着他回到自己的木刻楞里，他的心情不只是轻松的、快活的，还是激动的。他可能以为身心的彻底放松很快会接踵而来，可是没有。带游击队进山后他已习惯了在山一样的重负下生活，一旦突然轻松下来，想到西征军出发之前自己已无事可做，甚至可能会让他的生命里生出一种失重的感觉……我说过了，卸去生命中最后的也是最大两项负担——十六军主力和我们这些女战士——之后，秋叔叔终于可以放松地休息一下了，他的身心已经崩裂，随时都可能破碎，但有关他个人身体和精神状态的一切，秋叔叔自己是不会意识到的。这个夜晚，即使他内在的生命张力已经开始松弛，他也仍然难以适应它，他想到的仍然是自己的就要参与西征的部队，除了赵尚志给他和李兆麟叔叔留下的那一小队人，几乎整个抗联十六军，这次都将被赵叔叔带走。他的心会疼痛地想到这支队伍可能还会回来，可能再也不会，而队伍里的那些人都是他的战友，他亲自将他们带进抗联的队伍，现在却要和他们分手……秋叔叔这时一定非常想再为自己的部队做点什么事，给每个人做点什么事，像安排我们每个人出嫁一样，他可能也想到这是他为自己的队伍做的最后一件事了……秋叔叔对于主力西征后他和李兆麟叔叔率百余名老弱残兵留守江北不会有畏惧之心。作为北满地区和赵尚志、李兆麟齐名的抗日将领，他在统率大军千里长驱攻城拔寨方面固然不如赵尚志，但率领一支小队伍，在日寇重压下坚守一块自己开辟的根据地，赵尚志很可能就不如他了。敌军一到，根据地全面沦陷，他和李兆麟的任务不是带这支老弱残兵跟日本人打而是藏。以留守部队这点单薄的兵力，和日寇硬拼无异于以卵击石，但若是他打定主意藏，日寇纵有数万大军，要在茫茫林海里找到他们并将其消灭，同样如大海捞针一般难。仗打到这个地步，留守部队不可能以打为主而只能以藏为主，在他眼里这藏就是打：只要日本人不能"剿灭"这支小部队，势必就要留大批兵力，长期"讨伐"这块根据地（兵少了无济于事），如此他和李兆麟就带着这支小队伍牵制了日军兵力，有力地支援了西征；而只要日寇不能"剿灭"他们，即便日本人占了江北根据地，这块根据地也仍然存在。日本人不可能旷日久长年复一年待在这里，就是他们能这么做，也没有足够多的兵力占领广大无边的山林中的每一部分，这样江北根据地仍会存在，只是范围大小而已，而一旦赵尚志在嫩江平原站不住脚，率西征大军归来，这里的局面马上又会焕然一新！

这天深夜秋叔叔在他和赵叔叔住的木刻楞里转着圈子，赵阿姨死后他已不抽烟了，可据说这天夜里他又抽起来……他的生命长久以来犹如一支离弦之箭，急急地向前飞驰，现在却要让这支箭突然停下来了。主力西征前他已无事可做，以后如何在根据地坚持斗争他又早已了然于心，他只想为自己西征的部队做点什么，于是他就果真想起了要做一件事：黄昏前他把汪大海叫到自己那里。要他和我一起参加晚上的婚礼时，曾听汪大海随口说过：六师自备的粮食不足。想到六师，秋叔叔也就想到了其他各师，而他也就马上决定，连夜出发，到百里外一个叫老气泡的屯子去取粮。十六军在那里秘密存放着一千多斤粮食，本是为最困难时期坚守根据地留下的，现在他要把它弄回来，让西征的十六军主力带走——他能为自己的部队、自己的兄弟们做的，就是这个了！

秋叔叔就这样走了，婚礼结束后一个时辰不到，他谁也没有告诉，就匆匆带上自己的十几名警卫，飞马从营地离开了！秋叔叔出发时心情一定很急的，他必须在明晚部队出发前将粮食弄回来，分到每个参与西征的十六军将士的干粮袋里。他不想告诉别人的原因也很简单，他怕那样会受到别人的阻拦，特别是害怕赵尚志和汪大海阻拦他，尤其是赵尚志叔叔，是能够以总司令的名义拦住他的……

啊，多少年了，只要想到秋叔叔的牺牲我都要哭，可是每次痛快地哭过一场后，我就会闭上眼睛，想一想秋叔叔生命中的这最后一个夜晚，它是只属于秋叔叔一个人的……我说过了，这是我的洞房之夜，夜色清朗，景色动人，茫茫无际的夜的山林化作一汪无尽的液态的墨蓝，连空气也是深蓝色的，风感觉不到似的柔和，林木静寂，如同无声的歌唱……秋叔叔就在这样的夜色里策马上路、急奔，身后是他亲手调教出来的十几名身手矫健的骑手。秋叔叔骑在马上的姿态是极美的，他座下的那匹白马飞驰的姿态也是美的……秋叔叔不是去执行作战任务。老气泡虽位于根据地北缘，距由黑龙江岸边南下压向根据地的日军攻击线很近，却一直没发现过敌情。秋叔叔或许会想到，他身后的人们或许也想到过，他们这天深夜的出行只是纯事务性的，只是去为西征的十六军搬运粮食，从始至终，这如同在无言地歌唱着的夜的林间，都不会突然响起枪声……

可枪声还是响了。这天夜里，汪大海听到秋叔叔出发的消息，不放心他的安全，急忙带人追上去。第二天清晨，他已和秋叔叔合兵一处。他们到了老气泡，什么意外也没发生，稍事休息，一行人就驮着粮食从那里离开了。以后他们在一条寂静的林间山道上急驰了一个多钟头，不只没有发现敌人，甚至没有遇上一个人！

没有人能够想到，甚至谁也没有一点预感，可就在这时，迎面响起了枪声！

开枪的是已部署就绪、即将向格节根据地大举攻击的日北线"讨伐"军秘密向根据地派出的一支侦察小队，十几个鬼子，夜间摸进来，由于不认道，天亮才潜入根据地纵深十多华里。这时他们待在路边的树林子里，惊魂未定，就看见沿着山道，一队抗联兵马径直朝他们藏身的地方急驰而来！这队鬼子一定以为他们被发现了，慌乱中噼里啪啦地放开了枪，然后"呼啦"一声逃走。鬼子们放枪只是要掩护自己回逃，但这些胡乱射出的子弹中的一发，却偏偏一下击中了秋叔叔的左胸。从那一刻起，秋叔叔就不能说话了！

我最后一次见到秋叔叔已是这天黄昏。汪大海他们是用担架徒步把他抬回来的，不是指望还有希望救活他，而是不想让他死前再受马背颠簸之苦，这是他们能为自己的军长做的唯一的事情了……赵叔叔闻讯后马上从五十里外的三军十一师赶回来，只望了秋叔叔一眼，这个刚烈的从来不流泪的汉子，眼圈就唰地一下大红了，回头脸色铁青地责问：秋军长的警卫在哪里？谁让他去老气泡的？赵叔叔悲愤难言，拔出枪来对汪大海说：查出来是谁，立即给我枪毙，一个也不饶！这时秋叔叔用自己那濒死的、明亮的、水蒙蒙的目光恳求赵叔叔安静下来，他的嘴唇哆嗦着，想说又说不出。赵叔叔只看了他一眼就转过脸去了，无言地收起手枪，宽恕了那些没有保护好秋叔叔的人。可是赵叔叔没有宽恕那支给予秋叔叔致命一击的日军。他下令驻守在老气泡地区的三军十九师，立即向对面的日军发起大规模攻击，为秋雨豪讨还血债！

我听到噩耗后从六师营地跑进秋叔叔的木刻楞，他躺在草铺上，已是弥留中的人了……我扑倒在他身边，嗓子眼里只喊出一声"秋叔叔——"，就哭得说不出话来了！北满抗联的所有将领都在，每个人的眼窝里都蓄满了泪水，可是没有一个人放任自己的悲伤，山洪暴发般响亮地哭出声来……秋叔叔正在死去，受到致命一击后他一定长时间痛苦过，我看到他时，他的嘴角和胸部仍残留着他与痛苦激烈搏斗过的痕迹，可是此刻无论是肉体之痛还是心灵之痛，都似乎已离他远去了，不能再伤害他了，眼前在秋叔叔身上进行着的是一种更为庄严肃穆的事情，那是一个摆脱了痛苦和全部生命沉重的人，正平静、安详地离开我们。这时不但他的肉体，也包括精神，都变得无比轻盈，正向一个我们不知道却本能地相信那是个光明、美好，更主要的是和平、幸福、没有战争的地方飞去……在这样的时刻，你会突然醒悟到哭是不合适的，是对面前这个伟大和神秘的进程的扰乱和亵渎！

可是我仍然悲声大放。我想的只是我自己，想的只是我的秋叔叔，他就要死了，我是为了不让他死才决定出嫁的，可是他却在我就要离去之前死了，为了给我们多弄一点粮食上路！秋叔叔，你的游击队女儿虽然想到过你生命的脆弱和你的死，可我的心，我的生命的全部，却不能接受这个，在我的感觉里，无论是为着北满抗联还是为英子自己，你都不能死……别人死我也痛苦，也撕心裂胆，可唯独你不能死，你的死对我和抗联十六军来说是不可想象的！但你还是要死了……

我的哭声却被打断了！是汪大海，用一只布满老茧的粗硬的手，一把将我从秋叔叔身边揪起来，这一刻我也于一瞥之际望见了赵叔叔朝我投射过来的血红的愤怒的目光！……我不哭了，不是我心里不难受、不悲伤，是我不敢在赵尚志面前哭了，今天他还是受不了别人的哭声！……我站在汪大海身后，泪眼婆婆地望着那个仰面躺在草铺上的人，在记忆里永远留下了临终的秋叔叔的面容。秋叔叔神情平静，最后留在他脸上的不是苦楚，而似乎是一缕轻松的笑意，仿佛能以这样的方式、在这样一个时刻死去是满意的，他的死在自己心里，与痛苦、悲伤没有一点关系……我猛地又觉得自己明白了秋叔叔的心：他终于赶在生命的最后一刻，为西征的十六军将士弄回了粮食。由于某个日本兵慌乱中发射了一枚枪弹，现在他一生的事情都做完了，不要再负担什么，牵挂什么了，可以长久地休息了……不，他终于可以涉过那道生与死之河，走去与死去的亲人团聚了……

我以为他就要这样去了，再也不会睁开眼看我们。经历着秋叔叔这庄严的死亡进程，我似乎觉得那也是在经历我自己的死亡进程。我有一种感觉，似乎越是到了最后时刻，秋叔叔就越是清醒，知道自己正在死亡，而这样死去本身又是他愿意的。可就在这时，秋叔叔却像是被什么东西惊动了，一只眼皮跳了一下，一直平静地闭着的眼睛跟着就一点点睁开了！——我的心怦怦跳起来，一下就有了那样的印象：秋叔叔已经走了，却又回来了，他还有一些没完的事需要交代！

秋叔叔散漫的目光一点点聚拢起来，这是那么困难，他几乎不能做到了，可还是成功了……秋叔叔的头已不能挪动，他斜视过来的目光第一眼瞅见的就是汪大海！然后是他的警卫强林和放在他头边的那个旧作战图囊。强林只愣了半秒钟，就明白了他的意思，跑过去拿过作战图囊，取出一面不久前才在十六军成立大会上由赵尚志代表北满省委授予秋叔叔的红旗——抗联十六军的军旗！它原先一直整整齐齐地在秋叔叔的作战图囊里叠着，强林这时将它放到秋叔叔胸前的手中。秋叔叔的手也不会动了，可他右手的大拇指，这时却微微动了一下，斜射的目光一时间明亮而激烈，无限深情地望向了汪大海。屋里所有人马上都明白他的意思是什么了。他就要死了，仍没有忘记抗联十六军，没有忘记抗联十六军的军旗，他要把这面军旗，连同十六军，一起托付给汪大海！

我一直记得当时的情景：汪大海愣了一下，脸色霎时变得灰白，马上又腾腾地红起来。他跟跄地向前走了一步，扑通一声单膝跪倒，血红的眼泪大滴大滴掉着，却没有哭，从秋叔叔——不，是秋军长——手中庄重地接过了那面军旗。然后，他站立起来，向军长举手行了一个军礼！

包括我在内，在场的人又以为秋叔叔就要走了，将军旗庄严地移交给汪大海，他把最后的也是最大的一件心事也交代完了……可是我又错了，闪烁于秋叔叔眼角的那一线明亮的水蒙蒙的光并没有黯淡下去，相反却继续在他可能已不大能辨得清的人们中间一个个搜寻着……忽然我甚至觉得此刻他脸上现出了一点急切和痛苦的感情……我不知道他还在找谁，他就要最后走向那条不归之路时，谁又是那个他心中至死还在牵挂的人！

秋叔叔的目光又一次明亮地斜向了汪大海，其中的一点痛苦变成了一种无法排遣的惨痛了！……汪大海的脸色剧痛，忽然他明白了，身子只一闪，就将方才被他拽到身后的我用力向前猛推了一把，我一个趔趄，往前迈一步，跪倒下来，秋叔叔的目光也就在这时转向了我，斜视的目光一下变得明亮和欣慰，早就干涸的眼窝里还奇迹般浮出了些微湿润的水光……忽然，秋叔叔的目光又转向了汪大海，汪大海这一次比上次明白得更快，他马上在我身边跪下了，望着秋叔叔的眼睛，拿起我的手，紧紧握在自己的掌心里，神情庄重地向草褥上的秋叔叔点了一下头！——虽然当时我不完全明白这个只有眼光和眼光相碰触的仪式意味着什么，可我还是看出了，在让我嫁给汪大海之后，秋叔叔现在又一次将我托付给汪大海，而汪大海也在众人面前，在秋叔叔面前，庄严地作出了一个承诺！

秋叔叔走了。他是在目睹了我和十六军的军旗一起被他亲手托付给汪大海之后，面带笑容，放心地向着那个我们有一天也会走去的远方去了……秋叔叔的目光一点点散漫，黯淡，眼皮一点点沉重，终于完全合上了——一位伟大的民族英雄，一位至死也没有忘记对我母亲许下的誓言的中国人，我的游击队父亲，就这样离开了人间！

我扑倒在秋叔叔身上，放声大哭。这一会儿，我心里有一点明白秋叔叔为何要我嫁给汪大海了！只要秋叔叔还能保护我，他就不会让我离开他，现在他让我离开，那是他知道自己没有力量了。在他之后，他认为最有可能像他一样保护我的人就是汪大海！啊，哪怕到了不得已要把我们大家一起嫁出去的时刻，我在秋叔叔心里仍是个和别人不一样的姑娘，就是在他死去的时候，也要再一次将我庄重地托付给他最信赖的人！

我哭昏过去又被人用冷水激过来……整个营地内哭声一片。只有赵尚志叔叔，独自一人走出屋子，走进了密林深处。警卫要跟着他去，被他血红着眼睛，吼了回去：

"你跟着我干什么？——真想看看我是不是会哭吗！"

第二天我们为秋叔叔举行了葬礼，赵叔叔破例答应了我们这些刚出嫁的十六军女战士的请求，同意我们以女儿的身份为秋叔叔穿孝。这天我们十二个姐妹回来了九个，没回来的几个已随丈夫远行。邱梅大姐的丈夫"张老爹"一夜之间就从哪儿搞来了许多白布，让我们能一身缟素地送别秋叔叔。自从他为姐妹们做了这件事，我们就不再叫他"张老爹"，只叫他张大哥了；也在这天夜里，没有任何人通知，每一个十六军官兵头上都自发扎起了一条白布孝带；天亮后，赶来参加葬礼的三军官兵也自发地为秋叔叔戴孝，就连赵叔叔，头上也出现了一条长长的白布孝带……那样的年月,一寸布都不容易搞到,这么多的白布,无论是三军还是十六军官兵,不跟日本人拼命是办不到的。下午出殡之时,满山飞白,哭声动地啊……没有这场葬礼,北满抗联的两支队伍——西征部队和留守的小部队——就是两支准备与日寇以死相拼的队伍了;有过这场葬礼,它们还成了两支戴孝出征的哀军!

我眼看着汪大海他们埋葬了秋叔叔,这天我流光了一生的眼泪……落葬时我忽然生出一种冲动,要跳进墓穴里去,永远和秋叔叔躺在一起。是汪大海悄然无声地攥紧了我的手,那么用力,我的骨头都差点儿被他攥碎了,我才没有跳进去!这时我回头看他一眼,发现他的眼窝里涌动着的又不是泪水,而是像秋姑死后那样浓稠的血水了!

葬礼进入尾声时我抬起了头,完全无意识地望见了一轮半噙在云海间的如血的残阳,以及残阳光照下被灰白漠漠的雾气半遮的群山与林海。我忽然想到未来的西征之路将是多么漫长。我已经不哭了,我心里只剩下了苍凉,如同眼前的群山一样广远、又如生命中的悲伤一样深重的苍凉。我遽然一惊地想道:秋姑死了,赵阿姨和小玉死了,秋叔叔也死了,在今天的抗联十六军中,我熟悉的格节游击大队的老战士所剩无几。不管我愿不愿意,汪大海都是命运留给我的最后一个亲人了!

90

这天黄昏,葬礼一结束,西征军就进入了待命状态,十六军六师作为前锋,夜半就要起行。全军二百多匹马全集中给了我们,以强化这支队伍的运动速度和突击力量。我也分到了一匹马,秋叔叔的大白马,一袋饣匋饣囵粮食,一袋草料,十几发子弹。千里远征,山高水长,风雨饥寒,敌围重重,我靠的就是这些了。

天黑下来我的准备工作已经做完。余下的时间我是在秋叔叔墓前度过的。部队就要出发,我想这一去我们如能在黑嫩平原站住脚,部队就不会再回来了,就是有一天部队真能打回来,我也不敢想象自己还会活着。母亲死后是秋叔叔将我带进了抗联队伍,没有他我早成了路边的枯骨,今天就要永别了,我想去看他,在他身边多待一会儿,跟他作最后告别!

秋叔叔的墓坐落在一片背阴的松林里……这两天,向阳的山坡上雪都化了,背阴处的林子里还有残雪……一眼看到那座新坟,我控制不住自己心中的悲伤,一头扑上去，用手背堵住嘴，忘情地哭了一场！

……后来我哭够了，在秋叔叔坟旁厚厚的落叶层上仰面躺下，就像在秋叔叔身边躺下一样……悲伤得到了倾泻，心里不那么堵了……刚刚我还觉得死去的秋叔叔离我很近，这一刻心里却真真切切地想到他已离我很远了，他确确实实是死了，现在我就是想亲近他，他也不会知道了。我不是他落葬时失去他的，而是方才渴望投入他的怀抱的一瞬间永远地失去了他！孤独无助的感觉如同无边的海浪扑上我的心，我忽然打了个冷战，意识到自己并不是和秋叔叔在一起，而是和一座新坟、和我自己在一起！这种意念是可怕的，却让我的思绪真正离开了秋叔叔：我又为秋叔叔哭了一场，觉得自己在心里默默向他最后告过了别，现在应当单独为自己想想了。从今天起，已经没有人能替你想事情并做出每一个决定了！

可我没能进入到自己渴望的心境里去……随着方才的那一个冷战，我的脑瓜已经乱了！我的耳边响起了音乐，不是过去我讲过的那些音乐会，也不是昨夜刚刚聆听到的山林婚礼音乐会，它根本就不像是一场音乐，而只是一些阴沉凄冷杂乱疯狂的音乐片断，一些开头令人心悸随后就令人恐惧和疯狂起来的单调与凛厉的音响，就像画家用大堆大堆颜料在画布上浓重地涂抹出的色块，它们也只是些大块大块不和谐却强烈地针刺般地轰击着你的听觉的音块，让你的大脑无法忍受，剧疼，眩晕，如同一支嘹亮的蜂鸣器那样响起来……今天我已经明白它由什么而起：虽然我在松下浩二离去之后就下定决心去死，但那时对死的感觉仍然不知不觉是和秋叔叔联系在一起的；哪怕当我下决心离开秋叔叔随西征军而死，我的死仍是以让秋叔叔活下来为前提的，我并不觉得自己的死是孤单的，但是今天不一样了，我仍然要随军西征，可是随着秋叔叔的死，随着我刚刚在秋叔叔墓旁意识到的一件事——秋叔叔什么也不知道了，我的死就因其孤单而突然变得异常可怕了！没有人还会知道我的死，我将一个人孤零零地去死！

我说过了，当时我的头脑就乱了，我不知道发生了什么。我过去拥有的那个神志清醒的内心世界崩塌了，我的精神不是在这崩塌中陷落，相反我觉得它却在随着它的崩塌而上升，上升。我的脑瓜里成了混沌的一片，我只是觉得恐惧，莫名地恐惧；只是觉得寒彻骨髓，浑身发抖，不停地发抖！而耳边那些大块大块凄厉嘹亮的音响，那些让我的心神整个儿地疯狂迷乱起来的音块，却一直在撞击着、回旋着、啸叫着！

我哆哆嗦嗦地从秋叔叔墓旁坐起来，背靠着一棵小松树。我的目光无意识地移向面前的空谷，空谷对面的山林，一时间什么也没有想……世界正在我的眼前变化。

刚刚那个一片浓稠的墨蓝的夜，不知何时已悄悄幻化成一个新的月明之夜。一弯残月斜挂在我头顶的森林上空，我看不到它，却在对面谷地和山林上方瞥见了它淡漠漠的光辉。这光辉只薄薄地敷在林梢层，没有月光落下的广大的夜的森林的色调也还是由原先的漆黑一团变成了较为透明的钢蓝，森林与谷地间流动的夜气则由凝重的墨蓝化为开阔的灰蓝，而那由于月光的照临突然无限辽远起来的夜空则被濡染成更为明亮的瓦蓝色……在这样的夜空下，你看到远远近近高低参差的森林的清晰的远景和近影，瓦蓝色天幕上那一两片雪白的边缘模糊的薄云。月光没有亮起来时山林作为一个整体的影像是巨大、阴冷、模糊不清的，充满着死的气息，月光一旦亮起来，原本作为一个整体的山林就被分化了，近处一棵棵高大的松树、桦树、榉树，远处从上而下斜着展开下来的林木的梢层，都突然清晰、独立、具象地展现在你眼前了，让你不能不惊异它的鲜明、生动，它的富于变化和勃勃生气……

我的耳边和大脑里仍然激荡着、撞击着那些令人心紧缩、头痛如裂的音响，我整个人如同一片绵软的浮云，在无边的心悸与眩晕中飘浮，可我还是无意识地被这个在我的感觉中惊人的奇异的月夜吸引住了（它本是普通的，只在我的疯狂的感觉里奇异），我无法集中心神注意和欣赏它，却还是不知不觉地就在注意和欣赏它了，而我刚刚开始将注意力移出内心，转向这个月夜，不久前让我疯狂的音乐——我还是称它为一场音乐会吧，十几年后我在中央音乐学院听肖斯塔科维奇的作品，记不清是《第五交响曲》还是《列宁格勒交响曲》，我就听出来了，它就是这天夜里我在秋叔叔墓旁听到的音乐会，我为我重新听到它而一时失去理智，从教室里狂奔而出，不过这已是后话了，你要是真想知道我的感受，不妨找来肖斯塔科维奇的作品听一听——也就不知不觉地像大潮一般退去了。一个人在疯狂中，他的精神变化是和正常人不同的。一下子我什么声音也听不到了……大地真安静，安静到了极致，静到你像是新生出了一双耳朵，能听到夜、山林、谷地如同在梦中的均匀的呼吸。我的心依然惨伤，却那么喜欢它们，喜欢这原本就存在的、只是刚刚被月光照亮的早春之夜，它在我眼前展开的景色和广大无边的寂静，它们就像一只失去却又突然归来的母亲的手，悄悄地抚慰了我，又让我突然渴望起更多的抚慰……我听到的寂静继续扩张着我的听觉，或者反过来，是我的疯狂扩张的听觉变成了无数只看不见的手，越来越大地伸向这个寂静无边月明无边的夜……我开始听到声响了，模糊而细碎，无可名状，却又广大无涯，最初我以为自己又听到了我曾在洞房之夜里听到过的、来自山林的音乐，那场婚礼音乐会，在我平生第一次真正感到生命孤单无助的夜晚，在我将死却又重新为孤单的死感到极端恐怖的时刻，又来到我的身边，陪伴和安慰我……不，我听清楚了，它们不是，它们全是来自山林、来自自然的声响：营地那一侧冰河在嘶嘶啦啦地解冻；寒冽中带有暖意的春风呼啦啦地拂动万千林梢；一头结束了冬眠的熊钻出洞穴，一步一步弄折了一冬天堆积在洞口的枯枝，发出一声睡意惺忪的低吼……左前方山崖上，凝固了一个冬天的泉水重新在山林间滴落；身边的草芽正钻破厚厚的落叶层长出来；头顶上方的树枝，去年的枯叶落地，今年的新叶萌生；越过空谷，从对面山坡林子里，传来一只野鸡清脆的啼叫，它叫了一声，接着又是一声……经由寂静中如同心脏一样有力搏动着的大地母体本身，从遥远的南方、东方和西南方，轰隆隆地、惊天动地地传来了另一种更为巨大、沉闷、充满着骇人的激情与力量的响声！我就是内心仍不十分清醒，我就是从这时起到以后的一段时间内一直处于疯狂与迷乱里，这天夜里也听出来了，这是松花江、格节河和通松河开江了！我的眼睛望不到那里，却似乎亲眼看到了开江的景象：原本坚厚如墙能跑炮车的冰面一夜之间全部开裂，咆哮的春水从上游携带着硕大的冰排，浩浩荡荡而来，野马群般横冲直撞，摧毁障碍，冲上江岸，一往无前地奔向东方！一天之前它们还是三条冰封的巨龙，一动不动，声息全无，可一旦开了江，它们就是三条水势浩大、不可阻挡的巨龙了！

  我的恐惧而疯狂的心再次被这个月夜里的声响迷乱、震撼了。所有这些远方的和近处的，巨大的细小的声响（认真听起来其实无所谓巨大或细小，最细小的声音也是巨大的）都不是孤立或者分散并存的，那是冰封了一个冬季的大地在第一缕春风的吹拂下苏醒过来了……此前我在秋叔叔墓旁感受到的只是自己的孤单的死，此刻全身心感受到的却是正在这块大地上进行的生命的复苏和再生——不是某一个地方、某一个生命在复活、苏醒，而是所有的地方、每一种生命甚至无生命之物——一棵树、一株小草、一只蚯蚓、一头蛹、一眼山泉、一线细流——都在苏醒和复活！世上的一切，都在勇敢地告别冬季，迎着春天张开自己的声音、形象、色彩，新生与重生，奔流与飞泄，歌唱和舞蹈！……

  我的思绪也如一条刚刚解冻的小河一样轻快地奔流起来……我贪婪地在这个给了我那么多恐怖、悲伤、激动和欢乐的春夜里注视着、谛听着，一次也没有想过让已深藏在心底的那种我将孤独地死去的苍凉的意识消退，它们就不知不觉地消退了。我在这广大无边、生气蓬勃的复活与苏醒中感受到的另一种东西，一种新的生的感情和力量，像涓涓细流一样流入了我的心。是的，死的力量是巨大的、无情的，我方才已经感受到了；可是生的力量也是巨大的，势不可挡的。只要你的心底还藏有一颗渴望复活的种子，无论多么漫长的冬天，都不能阻止你重新活一次。一个活的生命，是不会那么容易死的！

我的问题——死的问题——仍然没有解决，但现在的我却和以前的我不一样了。以前我只知道将死在西征的途中——我是为了让秋叔叔活下来才决定参加西征，并同意与汪大海举行婚礼的，现在秋叔叔死了，我却仍然要做汪大海的女人，和他一起西征，我内心的惨痛原本大半是为了这个——现在我却意识到了还存在着另一种情况：我随时都可能死，但也仍然有可能不死；就是我身边许多人都会死，我也仍然有机会战胜每一次死亡活下去。活下去不是真地认为自己还能活到胜利的那一天，而是想知道自己的力量到底有多么大，像我这样一个柔弱的女孩子，生的力量到底有多大，日本人要用多长时间，用多大的力气，才能杀死我！

那一点在婚礼过后一直压迫着我、像香火样灼痛着我的心的痛苦，忽然也以一种非常简单化的方式，获得了缓解。

我只能跟汪大海一起走，那我就跟他走。我还是不想做他的女人，因为我疼惜我自己、我的女儿身。可若是他一定要我的童贞，那也由他去……自从有了这一夜，我就不会再为别的什么哪怕我自己的女儿身活着了，我只为一个目标活着——我一定要看看，如果我不死，如果我不顾一切要活下去，日本人到底要用多少时间才能杀死我！……

有件事我现在就要告诉你，从这个晚上起，我的耳朵和生命中又有了两场音乐会，一场是狂乱嘈杂、令人眩晕发疯的音乐会，我知道它是死的音乐会，它时常使我记不清楚自己是谁并且置身何处；另一场是我在这个夜晚听到的春天的音乐会，它由春天的音响幻化而成，一次再次地帮我从疯狂和迷乱中找回失去的现实感，明白我是谁、位于何处、我正在做什么，我称之为生的音乐会。除了它们，我已经听不见世上还有别的声响，世界上别的声响还在，它们也分为生和死的两部分，融入了这两场音乐会。我知道我仍然在幻听，但我既不能不在死的音乐会中疯狂，就不甘心不让生的音乐会时时将春天的音响、乐句和旋律灌进我混沌迷乱的心。只要我的生命中有它在回荡，我就什么也不怕，什么也不在乎了！

……

出征的时刻到了。汪大海走来找我，牵着他的大青马和我的大白马。钢蓝色的夜气仍液体般在林间流动。我站起来，隔着很远的距离和他对视了一眼。忽然间我觉得跟他说什么都是多余的了。我在众人和他自己心中都成了他的女人,如果他这会儿就想要我,我就给他好了!汪大海,你要来就来吧!

汪大海只严厉地看我一眼,就像是一下看透了我的心。我的生命像是停滞了,我几乎成了一个死人——我觉得他就要大步向我走过来了,我真地要成他的女人了!

不,他没有走过来。之所以会这样我以为仅仅是因为来不及了。旁边林子里,一支马队已奔驰起来。汪大海站着,突然用一种我早已习惯的愤怒声调说:

"过来上马,快走!"

91

我一直记得这个夜晚。在我的印象里,它就像一道在夜色中闪动着明亮星光的分界之河,将我和我的过去隔开,河上没有一座桥或是一个渡口可以让我回去。月儿落了,被月光淡开的钢蓝色的夜气重新变得浓稠。从出征的第一刻起,我对我自己连同身处的世界的感觉就全变了。我是汪大海的女人,我又是我自己,我和那个决心做和已经自认为是汪大海女人的我合于一身,却又是两个人。我不但有了它,还有了两场在我耳边和生命中交错回响此起彼伏的音乐会,它们从这个夜晚我们踏上征途伊始就宏大嘹亮起来。我不是在一种真实的感觉中出征,而是在一场气势浩大的音乐会中、在我是我又不是我的疯狂迷乱的状态中出征,自身也似乎从一开始就变得透亮、轻盈、可以乘风飞翔、能被一切穿透也能穿透一切了。我和周围的世界依然紧密地联系在一起,却又被嘹亮的音乐会、被这种我既是我又不是我的疯狂感觉分开;生死对我依然重要,却又不再那么重要,似乎随着自己做了汪大海的女人,一切过去能给我带来无限恐惧、令我心痛如割的事情,包括死本身在内,今天虽依然能让我动情,可又忽然变得像我自身一样轻飘、虚渺若浮云了。我的意识真切而又恍惚,记忆力显得随意和缺乏连贯性,我不再能记住完整的事物或一件事的全过程,记住那些应当记住的事物,我的记忆仿佛成了一张挂在春天柳枝上的蛛网,自己并不能留住什么,是东来西去的风,让它挂住了那么多飞花与飘絮。有些记忆转瞬即逝,有些却在大脑里留下了持久的印痕,几十年后的今天,依然鲜明。

我清晰地记住了这天的夜行军。西征行动开始之夜,我军的第一个奔袭目标在百里之外,队伍一出发,沿途百里的夜景便同时在我眼前展开。钢蓝色的夜气到了夜半愈加浓稠，一开始我们像是在无边无际的钢蓝色的液体之河里游泳。近处的和远处的山林是一片片巨大的交相重叠的黑影，区别仅在于近处的山林之影是在没有月光却仍显得清亮的钢蓝色液体之河中跳跃与舞蹈，远处山林则在那条模糊地分开了天地的暗黑的细线上下起舞与旋转。夜空清朗，墨蓝，可是奔驰在山谷间的我们却几乎看不见几尺开外的人和物，似乎这个晚上我们的眼更适宜于眺望夜空，眺望远方。天气比隆冬时节还要冷冽，却已透出春天才会有的清新，你沉浸其中，不像是在呼吸而像是自动被它们灌满了五脏六腑，浑身上下每个细胞都是这带有春天气息的液体，你和你座下的马不再是人和马，而是两条鱼，在一望无际的钢蓝色液体中潜行。你觉得比想象中的你还要年轻、振奋、有力。你是一条鱼，一条沉浸在嘹亮的音乐会中的鱼，一条新生的鱼……

我至今还没有忘记营地下方那道长长的倾斜的大山坡。为什么单单记住了它而不是别的什么，至今我也说不清楚。即使在夜色中，它也显得无比宽阔高峻，也许正因为是在夜色中，它才会给我留下如此的印象。我们从营地所在的山冈林地里放马走下来，起初还是慢走，人碰着人，马碰着马，不但人小心翼翼，你能感觉到马也走得小心翼翼。我们进了山坡上部的杂木林，上马又下马，下马又上马，走了很久，大山坡和覆盖了它的林子仍没完没了地向下倾斜和延伸。我心里有点急了，想这样走下去，天亮前要赶到目的地是不可能的，天亮前是不是能走下这面山坡、走出这片林子都成问题。我还刚刚想到这里，大山坡和山坡上的林子就到了头，像在童话中一样。我们到了坡底，拐进一条长长的峡谷，人和人、马和马立即拉开了距离，还像是转眼间，人和马都不再那么小心翼翼，可以放开胆量走了！

我的心情亢奋而又激烈。以为只要下了山，上了路，全师便会一路狂奔，利箭般向我们的攻击目标驰去。前锋的突击行动就该是这个样子。可是前面的马和骑手并没有跑起来，他们还在走，人无声无息，马迈着细步，同正常的夜间行军没任何不同。我更着急了，又以为这种小步跳跃式的行进只是暂时的，待前面的人和马间距拉大些，全队就会骤然飞奔起来。不是我自己渴望飞奔，是我意识里觉得全队今夜应当飞奔。飞奔，然后就是枪声和火光、冲击与厮杀！

我们已经进入一道陌生的谷地里了，比刚才那条我熟悉的峡谷更开阔，两侧的山也更高更险峻，流淌于谷地和两侧山林间的钢蓝色几乎浓稠到手也划不开的程度，于是这时钢蓝色成了深墨色。一线细细的刚刚融化的冰河在谷底中央流淌，只有它如同一根亮白的曲折而绵长无尽的带子，于周围浓稠的深墨色中自下而上反映着清朗的天色和稀疏的、闪烁的星光。山谷一下又变窄了，我们走进一道断崖陡立直上青冥的深涧，还走进了深涧般的黑暗，夜气浓到了极致，深墨色变得漆黑一团。马蹄铁碰撞着涧底的卵石，铿锵有声，不时溅出火星。那一线细白的带子样的冰河仍被星光从暗黑的谷底一小段一小段地映现出来，不时闪现出粼粼的暗白的光，不像是水光而像是一段段泛着白光的石头或者一群夏夜才有的飞萤……渐渐地我的眼睛适应了这深渊般的谷底的黑暗，将天地山林沟崖重新分辨出来：一切都是粗线条的，一切都是影子，团团块块，浓淡不一，巨大却不显得沉重，随着马队的行进不停地跃动和变幻……山谷又开阔了，开阔而弯曲，闪着银白亮光的冰河连贯起来，千曲百折，两侧山影在渐渐淡开、重又恢复的浓稠的钢蓝色的夜气中重叠高低。队伍里没有人声，可是二百余匹战马走在同一条山谷里，无论是响动还是气息仍鼓荡着人心和人心中嘹亮的音乐会。马在走动，马在呼吸，马蹄咯嚓咯嚓地踏碎残冰，人身上的枪械随着马的每一步跃进在磕碰中发出声响，人和马的气息合在一处，置身其间你能嗅到浓烈的干草味、汗味、马粪味、枪油味、烟味，以及这个春夜从远方漫溢过来的广大无边的冰雪消融的气味。忽然你不觉得自己是在钢蓝色的液态的夜气里游泳了，你仅仅是在这支马队行进时的音响、气势、氛围中游泳，你被它们裹挟并不知不觉没于其中，就像一条鱼没入了深水，注意到的只是水底的景色……我想说的、记得最清楚的是人的眼睛，马的眼睛，一双双一对对，在星光下发亮，随着人与马的位移突出了退后，退后了突出，警觉，激奋；还有人的呼吸，马的呼吸，它们粗重、急促、响亮，充盈着饱涨着简单而又强大的战斗与厮杀的渴望，仿佛立刻就会飞起来跃进敌阵似的……如同我的音乐会里多了许许多多支乐队，越来越激烈地演奏着男性的音乐，每一个音符都铿锵有力！我的心狂跳起来：我真喜欢这样的音乐、这样的夜行军！

　　等我终于能够想起马队也许会一直这样不紧不慢地走到目的地时，几个小时已经过去了。我已经忘掉了出发时期待的那种风驰电掣狂飙突击式的急行军。我开始想我们会一直这样走到天亮，但似乎又是一眨眼的工夫，马队就奔跑起来。狭窄的谷地在前方完全展开，两侧高低起伏的山影低落下去，那一线跟随我们流了半夜的银白色的冰河也在谷口和我们分手，打了一个弯儿流向下面一片望上去十分广阔的山间平畴。走在最前头的一匹马率先跑起来，接着整个马队如同骤起的狂风，一个停顿也没有，立时就转入了飞奔。这件事令我猝不及防，身子在马背上大颠一下，下意识地抓紧了马缰。汪大海一直走在我前面，这时回头看我一眼，在一阵骤起的急雨落地般的马蹄声中说了句什么，我没有听清。事后我想他一定是在命令我抓紧马缰跟上大队。

真正明白他的命令的不是我而是我座下的大白马，还没有得到我的任何指令（我还不太懂如何对它发号施令），仅仅因为受到整个马队的情绪感染，它就已有力地打了个响鼻，浑身肌肉猛地抽紧，伸开，纵身向前一跃，便夹在前前后后的战马中间，风一样狂奔起来！

我的耳边只有风声了。大白马划出的风声，整个马队二百余匹战马的庞大身躯同时划破夜气穿过夜暗撕裂出的风声。如果钢蓝色的夜气是一匹一直随着我们在两侧夜色中展开的绸缎，此刻我听到的就是它被无数只铁蹄骤烈切割成碎片时发出的呼啦啦的如同炸裂般的巨响……风声和这种无数只马蹄撕裂绸缎般的炸响合为一个海潮般汹涌澎湃的整体，呼啸着迎面而来，似乎不是你和你的战马在穿透夜气本身，甚至也不是在穿透这大起的风声和炸响，而是它们在穿透你的耳膜、皮肤和骨骼，你的身体和马的躯体一下都成了能让它们随意穿越的空洞……风声如潮，不只是它在呼啸，一瞬间内仿佛是整个黑夜、黑夜里的每一团影子都在呼啸，都在飞驰而过。我本能地、无师自通地抓紧马缰，两腿夹紧马腹，身体低低伏在马背上，任随大白马一起一伏地跳跃飞驰。我的眼前只有风声呼啸中黑夜的影子，但我觉得自己还是奇迹般地看清了一切：大白马完全展开了，它的两条前腿迎风跃起，平平地向前伸出，身子随之起飞，与前腿尽可能成为笔直的一条线，接着后腿也飞起来，伸展起来，这时它不再是一匹马，它成了水中之鱼，空中之鸟，夜暗中飞鸣的一支离弦之箭；这时也不是风声在穿透它，而是它在穿透如潮的风声。然后它的四蹄一前一后地落下来，软软地，大跨度地，可只是一瞬间，似乎还没有点到地下，它们又重新跃起，四蹄又和躯体成为一条直线，飞行在空气和风声之中。而随着它的每一次飞翔与跃落，从我身体两侧滑过去的夜的影子也越来越快，转眼之际它们就不再是团团片片的黑暗，而是一道道飞速出现和消逝、前后直直拉伸的暗黑的线和面了，一切确定的东西都消逝了，世界不再是你于方才的行军中熟悉的天地山川林木在黑暗中的影子，它成了也许是只剩下这些向后划的、密集的、消逝了又出现、出现了又消逝的线、面和风声了。你也不再伏身于马背之上，而是伏身于一道线、面和风声的大河里了。再后来，面也没有了，只剩下一些直直的线，只剩下那条汹涌如潮的风声的大河了……

我的感觉变了。我觉得自己飞起来。我在马背上飞翔，也在我自己的感觉和想象中飞翔，在展开于内心视野中的正在靠近的战场上空飞翔，并从中感到了一种真实的又似游戏的轻盈、狂欢与感动。一方面，我知道这样的奔驰意味着战斗就要打响，我差不多已从灌满两耳的风声中闻到了火药味儿，我是那么渴望全队能速度更快地飞到目的地；另一方面，这样的飞奔，连同就要展开的战斗，在我心中的感觉又和过去不同了。风声成了我的音乐会，音乐会成了我耳边的风声。离开秋叔叔的墓地时我曾想过要像一棵随着春风的降临复活的小草一样活下去，为了证明我不是那么容易被日本人杀死而不惜做汪大海的女人而活下去，到了这一刻我却因为自己的飞翔、因为隐隐发觉那个不再珍惜的女儿身的我在风声和音乐会合二为一的巨大音浪中似乎真的轻盈得如同一只鸟和一片云而简单地兴奋起来。这样的感觉给了我一种新的模糊的意识：如果你的生命只剩下一个能穿透一切也能被一切穿透的空壳，如果你真的成了一只飞翔于战场上空的鸟或者一朵云，那么无论是即将打响的战斗还是战场上疯狂呼啸的弹雨，对于你都不会有任何威胁了，你现在飞翔在这支马队之中，又翩翩翱翔于它之外，你在你自己的队伍上空飞翔，在你自己的头顶上飞行，紧张、兴奋、什么都看得见，却一点也不会觉得沉重……

我们在距离西征途中第一个要攻克的敌据点——卧虎岭镇——东门外一里的林子里下了马，但是我的飞翔并没有结束。我仍在飞，在自己的想象中飞，在想象中的战场的高空中飞，在我的和如潮的风声合为一体的疯狂音乐会的高扬的音符、乐句和旋律中飞。我仍然记不住以后发生的所有事情，却大致记住了那些给我留下了印象的场景与细节：全师下马后我和另外几个人被汪大海留在树林子里照看马匹，他则率领其余的人扑向仍在夜色中酣睡的卧虎岭镇。汪大海已在有意保护我了，我的心一动，随即就以一种刚刚生出来的温柔心境接受了这种安排。我现在是他的女人了，我想，他已开始保护我了。最明显的是，六师只有我一个是女的，汪大海对我作出这种安排在众人眼里似乎是天经地义的。哪怕是一天以前我也不会接受这种安排，要知道过去我一直是个一听枪响就红着眼睛冲向前去的游击队员，可今天我却愿意留下来看马。看马也是重要的，更重要的是这样做你会让他、也让所有的人觉得你真的认可自己是他的妻子了，你以这种新的身份和心态接受了他的关照与温柔。过去不参加战斗我是会羞愧的，现在我既然不全是我，而是全队公认的汪大海的女人，是一只飞翔在战场上空的鸟或者一片云，我就不觉得羞愧了！

他们走了，一转眼就没入林中，我看不见他们了。我站在林子边缘一棵树后面，眺望着前方山冈下面的卧虎岭镇。夜色依然深重，可在我的身后，远处曲折的山际线上一片模糊的清蓝的曙色业已泛起。除了东方，头顶的天空中笼着沉重的乌云，暗黑如锅底，随即林子内外就下起了小雨，但战斗也就在淋淋沥沥的雨中、在拂晓的昏暗的天色下打响了。我先是在黑沉沉的与四围的山峦连成一片的卧虎岭镇看到了骤起的火光，然后才听到了炸响的枪声。明亮的火光一团团一丛丛冲天而起，将依然昏暗的空宇一次次照亮。我一开始就惊讶地发觉这些火光不是在镇外竟是在镇内燃起。我不知道汪大海他们是怎么打进去的（后来才听说镇内早有了我们的内线，是他们给我军打开了寨门），似乎枪一响他们就突入深沟高垒的镇内。枪声和火光在我的头脑里削弱了一点疯狂，多了一点现实感，我觉得那是一场正在进行的战斗了。枪声激烈，从那座于黑暗中不时燃起一团团耀眼火光的镇子里，似乎模糊传来了不知是我军还是敌人的声嘶力竭的呐喊。雨越下越大，我甚至从雨中听到了一两声嘶哑的春雷，但它仍不能阻住人的望眼，也没能遮没远方山脊线上渐渐上升、扩大的清蓝的天色。卧虎岭镇之战仍在继续，枪声依然一阵阵骤然响起又遽然停歇，火光仍在一团团亮起又熄灭，不过慢慢地，像是所有的枪声和火光都被雨水濡湿了，在昏暗的天幕下，战场上的一切都被减慢了速度。枪声不再激烈，由刚才短促密集、此起彼伏的炸响变成了一声声单调的、尾音长长的、不连贯的轰鸣与回响。也许战场确实已经扩大，远远听去，枪声不只响在镇内的黑暗与火光之中，也沿着镇子的暗黑的轮廓线，延伸到镇外黑黝黝的群山中了；火光仍然一团团升起、落下，再升起、再落下，有的仍在镇子里，更多的却像是在镇外。我以为这种情景预示着战斗快要结束，我的心里真切地涌出了一阵狂喜，可这以后无论是枪声还是火光，都没有像我想的那么快地停止或熄灭。不，真正令我惊讶的时刻至此才刚刚来临，无论是镇内还是镇外，枪声和火光的密度与数量突然又比以前更大更多了。战斗仿佛刚刚开始！我参加抗联一年多，不说身经百战，五十战还是有的，却第一次在这个雨天的早晨，远远站在一片拴了战马的林子边缘，眺望一场进行得异常激烈的厮杀。微明的天色下，分不清镇子还是野外，一团团火光从暗沉沉的山地里缓缓炸起，上升，落下，发出红亮的光芒；前一轮火光刚刚落下，新一轮火光又腾起，上升，展开。渐渐地，你会注意到随着雨势越来越大而愈加昏暗的天幕下到处都是此落彼起的红亮的火光了，它们一团团，一丛丛，交替闪动，照亮黑暗又没入黑暗；枪声引起的轰鸣和回响也不再局限于卧虎岭镇方向那片大地和矮山，它扩大到了四周围广大的重重叠叠的山群，并在一点点渐蓝渐亮的天穹下引起一波波巨大的、撕裂般的回声……我从来不说战争景象是一幅让人心动的画图，可是这个早上，这一幅铁与血的战争画卷却真实地激荡了我的心，让在感觉中一直置身事外的我开始真实地为我们的队伍，也为那个被我视为丈夫的男人焦灼起来！

天终于大亮了，雨却不停。汪大海派人来通知我们，将战马带进镇子。原来镇子已被拿下，是赵叔叔派来增援六师的十六军四师、五师到了，打响了肃清镇外日军的战斗，随即又代替六师接管了这个镇子，连同六师缴获的日军军火及粮食仓库。我原以为我们会在卧虎岭镇待上几小时，躲一躲下得越来越大的雨，可我们只在镇子里吃了一顿饭，便急急奉命上马，以强行军速度扑向西方的二个突击目标！

　　离开卧虎岭镇西门时我回头望了一眼。镇子内外枪声仍然激烈，一团团火光仍在雨中的群山间起伏升沉。我用一种梦中人似的目光看了一下汪大海和他身后的队伍，注意到他们每个人身上都溅满了鲜血，队伍的长度也比昨夜缩短了近二分之一。每一块胡乱包扎在人们头、脸、手上的绷带都是新缴获的雪白的日本洋布撕成的，随着人和马的跃动，一块块暗红色的血迹渐浸渐大，犹如一朵朵盛开在白色背景上的娇艳之花。汪大海此时蓦然回首——很专心很突兀的一眼，又是恍若隔世的一眼——他在寻找我，这时他大概又记起我是他的女人了。而随着他在身后找到我的马和马上的我，眼里的一团死气就活了，明亮的火光一样跃动起来。但也只是这一眼，他就又策马飞奔起来。汪大海双眼充血，苍白的脸上挂满了水珠，颧骨那片像要刺破纸一样薄的皮肤突出来。我的大脑依然恍惚，我仍然有一种在空中飞翔的感觉，想象力却又一次逼近了真实：这个白天无论对我们还是对赵叔叔以及整个西征主力来说都是宝贵的和性命攸关的，我军已开始行动，卧虎岭镇已被打下，麇集于江北根据地四周的五万七千名日军已悉数被惊动，只有不惜一切代价连续突击，快速挺进，比规定时间更早地打通突围路线，才可避免全军陷入重围。要生，就前进，要死，就停下来休息！

92

　　以后整个白天我都是在飞驰和战斗中度过的。我很想给你说清楚这天经历过的一切，可是我做不到，我的大脑里那张挂在春天的柳枝上的蛛网给我留下的只是些零碎的记忆，一些与夜晚和拂晓不同的战争景象：阴沉沉的天空下，被雨水打湿的山林；从你身边飞速划过的白亮亮的岩石、树木、水流；整个队伍越过山梁，驰下溪谷，涉过一条流着巨冰的长河（后来我才明白它还就是通松河），这时突然在你面前展开一面积雪不化的大山坡或一片同样广大的铺满皑皑白雪的谷地，亮白的颜色晃得你睁不开眼睛。枪声一直在响，忽然激烈，又骤然稀疏。日本人对赵叔叔选择这条山高林密的路线突围显然缺乏准备，突破卧虎岭镇后我军前锋一路遭遇的阻击线大致是仓促设置的，但日本人在这条不是重点设防的路线上部署的阻击线之多仍然是惊人的，我军刚刚突破一道阻击线，就会遇到另一道阻击线，不得不在一路狂奔中不间断地突破它们。从再次出发时起，我的身边就总有一群战士簇拥着，我没有机会投入战斗，于是每一场遭遇战对我都变成了一次在枪弹密集的呼啸声中跃马破围的经历。白昼的来临也使我的精神发生了变化：头脑像是越来越清醒，越来越接近现实，不过这更多的清醒和现实感只与我对一件事的感觉有关：我身边的这群战士们包括汪大海正用自己的身体掩护我，他们这样做像是下了决心不让我死，而我也就简单地接受了这种与其说是来自别人不如说是来自自己内心的暗示，一旦枪声大作，全队边射击边冲锋，我便下意识地将单薄的身子伏在马背上，头偏过马脊梁，躲避每一颗会猝然击中我的子弹。有一刻我心里忽然热辣辣地想到我这样做并不全是为我自己，我也是为了让正在浴血苦战的汪大海他们少分一点心于我的安危。慢慢地连这件事我也感觉不到了，能感觉到的只有身下的大白马，我和它身子贴着身子，几乎融成了一体，在枪声中和飞蝗般的弹雨中高速奔驰。每一次冲过敌阵地时我都像被催眠似地闭上眼睛，任凭大白马在躺满人和马的堑壕上下奔突跳跃，而当枪声渐稀，耳边又只剩下风声和大白马的喘息声时，我才会试探着睁开眼，微微抬起身看一看周围的人和世界。簇拥在我身边的战士们数量在减少，但一次接着一次溃围成功的马队仍在飞奔。有一忽儿我注意到一匹黄马，从很早以前就在我身边跟着我，现在还跟着我，马上的人一直伏身于马背之上，保持着每一次突围时的姿势。我一直没想过他死了，不过就是明白了这个也不会过多注意他，这一天要我用心注意一个人是不可能的！

　　我又觉得自己是在飞了。我在疾驰的马队中间飞，在如潮的风声中飞，在不时大起的枪声与呐喊声中飞，耳畔的生与死的音乐会由于融入了大量男性和战争的音响嘹亮如歌。我的头脑又变得混沌、疯狂、迷乱，同时被一种恶狠狠的激奋情绪控制着。拂晓时我还觉得战争是与我不相干的，我就像一只灵活的鸟或一片轻盈的云，飞翔在战场的上空，现在我却是和我的大白马一起飞，首先是在真实的战场上飞，其次才是在战场的上空飞。我和我们的人一起穿透着风声、枪声、呐喊声和汹涌澎湃的音乐之潮，也让风声、枪声、呐喊声与汹涌澎湃的音乐之潮穿透着我们，我们自己就成了风声、枪声、呐喊声和激荡着生与死旋律的音乐大潮的一部分。我们自己就是枪弹，就是一道无坚不摧的狂风！……

　　白天过去了，好像早上从卧虎岭镇出发刚一会儿，黄昏就来了。没有上午和下午。雨还在淋淋沥沥地下，却比白天小了许多。队伍终于在一道山谷出口处停下了。

枪声依旧激烈，但一天来它头一次不再具有紧迫的和必须马上投入战斗的意味。我们勒马立在高处，放眼坡下的谷口和谷口外的一条大河谷。开始时连汪大海都不信，这道东西横亘的河谷就是简易地图上标出的三天突围计划中最后要突破的乐浪河河谷。过了这条河谷，我军就彻底跳出了日军包围圈，三军近期收编的两个"独立旅"、一个"独立师"一直活动于此处，他们已受命援助和接济西征部队，作为前锋的十六军六师的任务就完成了。这时汪大海回头看了一眼队伍，出发时二百余人马，现在只剩下六十多骑。但是攻击的手势还是挥了出去，这一支人数大减的队伍，仍像一道狂风，向在暮气中沉沉响着枪声的大河谷扑了过去！

  我和另外三人三马被留在谷口高岗上。到了这里，我的头脑又清醒了一点，能看清和思索一些眼前的事了：汪大海给我们四人的任务是回头组织防御，但我还是一下就明白了，他这样做的目的仍在于要保护我；身后的枪声越来越近，这就是说，赵叔叔率领的主力——至少是主力的一部分——仅靠双脚，就大致跟上了我们这支骑兵。我甚至也大致理解了汪大海此时的心情与决定：他也没有想到我们一天就走完了原定三天的路程，是日本人过于密集的阻击线逼得我们有了如此不可思议的突进速度。眼下凭枪声就能听出河对岸敌防守力量薄弱，只有继续突击，一鼓作气拿下河谷，才能保证我军后续部队顺利渡河，指挥员这时稍有迟误就有可能铸成大错，让我军失去渡河西进的良机。然而这也是这支前锋部队的最后一次攻击，一旦失败，留在谷口高岗上的我们就成了后续部队的前卫线。我想到了这一点，却没想到如果汪大海他们一旦全部牺牲对我意味着什么。我仍然只能进行最简单的思维，而我也只需要这样的思维，有这样的思维就够了。

  于是拂晓后我又一次服从了命令，站得远远地目睹了这支队伍的又一场突击。谷口高岗下是一面高而陡的大山坡，生满高大稠密的松林和赤桦林；坡下靠近谷底，一条亮白的河汊子深深地伸进林子，将山坡和乌色的森林一分为二，但坡上的松树和赤桦树也顺着河汊子两侧一直伸向谷底，密密地长到河边，半遮了宽阔的主河道，让我无法看清它的全貌。一条不大有人行因而显得并不清晰的山路由高岗而下，很快就消失在森林之中。汪大海带领队伍策马冲下坡去时我的心一下提了起来。林子广大而密集，他们几乎一下就消逝在其中，我什么也看不见、什么也听不见了！我的心突然被揪紧了，难受起来：我为这支队伍担忧，也为汪大海担忧。我又一次想到了：他们去了也许就再也不会回来了！

  此后的一个多小时过得十分漫长。我仍然像拂晓时在卧虎岭镇外那样瞪大眼睛，望着战场的方向。我听到枪声了。先是对岸响了一声,接着像是大山坡底部的森林里,我们的人也开了一枪。拂晓时我还能伴着枪声看到火光,现在却只能听到沉闷的枪声,看不到战场,更没有火光,而战斗开始后枪声也一直是稀疏的,半天响一下,半天响一下,像是也被这个雨天打湿了。我一直疑惑我们的队伍没有发起攻击,不然枪声就不会如此稀疏。我的心急起来,虽然一直为汪大海他们的生死担忧,此刻却又火辣辣地盼望他们能一鼓作气地由谷底渡河,杀上日军的阵地,让我们也让距我们越来越近的主力平安地渡过这条河。我的头脑又简单又急切:只有汪大海他们冲过河去,突破了日军的阻击线,我军才能最后冲出死地,踏上生途,他们自己也才能活下来!

一个多小时后我对冲下河谷的汪大海他们已完全绝望。我一直望不见敌我双方厮杀的景象,可从河谷对岸,日本人的枪声却密集一阵稀疏一阵响个不停,带着雨天特有的潮湿和沉闷的意味,让一直觉得战斗还没真正打响的我怀疑战斗是不是早就在进行,不是我们在进攻日本人,而是日本人在单方面消灭我们。令我越来越感到惊慌的不是日本人连发的机枪声,而是隔一会儿就会突然响一下的单发的步枪射击声,只要它沉闷地响一下,我的心就猛地一个哆嗦,马上想到我们的人又有一个被击中了!我没有注意到雨已经停了,天色亮起来,暮气正在河谷里氤氲升腾,最初是从河谷底部密密的森林里,从依然白亮亮的河汊子里,也从刚才还能让我从两岸森林之间看到的一线灰白色河面上,而从西北方云层后面透出的红亮的霞光则大片大片斜照着谷坡中段以上的森林的表层。枪声紧了一阵,突然停息。我等待着它重新响起,那将意味着战斗仍在进行,可像是有人故意地跟我作对一样,枪声再也不响了。我等着,等着,突然明白了也相信了一件事:战斗结束了,我们的人全死光了,他们没能突破日军的最后一道防线,他们甚至没能冲过谷底的大河!

几乎是一闪念间,我就打定了一个主意——

我的时刻也到了!

死的时刻到了!

早在秋叔叔死去之时,我就死了;当我不得已违心地嫁给汪大海之时,我就死了。我没有死仅仅因为刚刚那些冲下河谷的人们在今天的战斗中一直用自己的生命保护着我,可现在他们都死了,我也不要再活下去了!

不管汪大海是不是我的亲人、我的丈夫,今天这一队为我也为全军悉数牺牲的人却是我的亲人。他们全死了也就是说我的亲人们全死了,他们全死了我为什么还要活着!

死是什么?刹那间我想到了秋叔叔、秋姑、赵阿姨和小玉,想到了妈妈和英男,想到了汪大海和他率领的这些刚刚死在谷底的亲人们。死就是休息,死了一切就解脱了。不再有恐惧、痛苦和羞耻感,不再有活着时日日夜夜负担的所有沉重。还有:死了也就逃出了战争。日本人只能打死我一次,他们再也不能用死来威胁我了!

我策马向下面的河谷冲去!

"英子——!"留在高岗上的三个人齐声高叫起来。我听到了却又没有听到。我的决心单纯、明确而又坚定,我要单人独骑冲过大河,冲向敌阵!

……我和大白马没入了深林。又是风声,又是生和死的音乐会。我和大白马如同箭镞一般飞翔。我们在残留着片片积雪的林海深处飞,又像是在林海的上空飞,在音乐会的巨大声浪中飞。我们飞过大山坡上部的松树林,飞过保留着去年的红色叶片的赤桦林,擦着那道弯进大山和林海的长长的灰白色河汊子飞下去……突然,我望见那条刚才还半隐在两岸林海间的大河了,原来它竟是一条极宽阔的灰白的流冰的大河!我从飞翔中抬起眼睛,向前方的河面和对岸望去,我以为我已经望不见我们的人了,可随即我就吃了一惊!就在我身边,树林边的草丛中,一挺机枪又"哒哒哒"地响起来,是我们的机枪!这同时我也望见了河对岸的敌阵地,那里也有枪口正吐出点点火舌!而在我的前后左右,如同骤然起了惊雷,汪大海高喊了一声什么,我没听清,数十骑人马从林间呼啸而出,向宽阔的流着几尺高浮冰的汹涌的大河冲去!没有人让我和大白马停止飞翔,是大白马听到身边的机枪声自己停下来了。随即我和它一起一边在林间激奋地转着圈子,一边目睹已经开始了的渡河突击战斗:灰白色的河面上,拥挤的大块大块的浮冰之间,我看到了正在向对岸艰难泅渡的我们的人和马!敌人的枪弹密集地向他们扫射着,叭叭地落到河水里,打在浮冰上。我们的机枪也响亮地向着河对岸倾泻着弹雨。子弹和子弹在河道上空砰砰地撞出火光。忽然,我看到一名骑在马上泅渡的我们的人被击中了,灰白色的河面上,迅即开放了一大朵暗红的血花,而他座下的马,也在一大块浮冰的撞击下惊慌地掉过头来,阻挡住了旁边的人和马,渡河的队形立时大乱!

一挺机枪从河面响起来!"哒哒哒哒哒哒——!"我的眼睛模糊了,又清晰过来,是汪大海!是他将机枪架在一块浮冰上,击毙了那匹在河道里横冲直撞的马,掩护全队冲击!

耳边的音乐会响亮起来。方才是死的音乐会,此刻却又是生的音乐会了。我泪花飞溅！而在河对岸，敌人阵地后面的山坡上，在被暮气和晚霞残余的光分割的林子里，我于一瞥之际看到了什么？我看到了我们的一支小队伍，由六师政委率领，正悄悄地自上而下摸向敌阵地！是的，我隔着足有两公里的直线距离清清楚楚地望见了他们！于是也就明白了：方才一个多小时内，汪大海一直在用那些单调和沉闷的枪声吸引敌人，掩护政委他们从另一个地方悄悄过河，现在他们终于绕到了敌人背后，从山上杀下来了！

"啊——啊——啊——！"

我喊起来，还没意识我自己在喊就已喊出声来了。我的喊声穿越黄昏河谷上方的空气，心中的愤激和快乐再一次让我流出了眼泪。音乐会的音浪宏大、沉浑而嘹亮，我又开始飞翔了。我的面前就是那道流冰的大河。我也要直飞过去，比汪大海他们更早地杀入敌阵，因为我在飞，他们却只能泅渡！我和大白马一起跃入了冰河，我没有听到落水的声响，猛然感觉到的彻骨的寒意却让我的喊声猝然中断。随即一串子弹从我的耳边掠过去！水势汹涌，大白马开始还能斜着身子滑行，忽然一个旋涡打来，我和它就没入了深水……

我在冰冷的水中挣扎起来。音乐会中断了，可我仍觉得自己在飞。我连喝了几口冰水，昏过去，一块卡住我喉咙的冰又让我苏醒过来。大白马带我重新浮出了水面，奋力挣扎着，躲避着旋涡和一块块浮冰。我们沉下去，又浮出来。即使这时我仍能听到音乐，清楚地意识到大白马没有抛弃我，它正在奋力与激流、旋涡和浮冰搏斗，向对岸划行。忽然我又听到嘹亮的枪声了。我又在水面之上了，生和死的音乐会依然宏大而嘹亮！

我再一次沉没下去，没有感受到原先渴望过的死的轻松，就什么也不知道了，没有人帮助我们，是大白马像一条大鱼似的，从水下冲过激流，躲过水面上的浮冰，将我带上了对岸。它上了岸就站在那儿，像人一样冷得浑身一阵阵抽搐。我就在这颤抖中苏醒，一口口呕吐，然后才直起虚弱的身子，睁开了眼睛，突然发觉我和我的大白马竟然是第一个登上了河岸！我惊讶地望见了我与日军阵地近在咫尺，日军阵地里一个光着头的日本兵也扭过头来吃惊地望着我和我的大白马，仿佛我们是从水底一下冲上岸来的一样！我既没有看清他的脸，也没作任何思索就拔出枪来，"砰"地给了他一枪！

这一枪惊动了大白马——很可能它早就惊了——疯狂地嘶鸣一声，前蹄高高腾起，真像是要飞起来一样，在日军阵地上来回狂奔起来！

接下来我就什么也看不到、什么也听不清了。只有呼呼的风声，其中夹杂着依稀的枪声和人的模糊的呐喊。音乐会还在，和大作的风声一起，可也只是死的乐句、旋律和音响了。我是抱着只身独骑冲向敌阵地一死的决心来的，可大白马真的将我只身独骑带进敌阵地后，我却想不起也做不了任何事情了！秋叔叔留给我的大白马代替我做了能做的一切，它在敌阵地上的疯狂奔走践踏扰乱了日军的战斗，几乎只是一会儿工夫，从背后林中杀下来的政委他们以及正面泅渡过来的汪大海他们就一起杀上了敌阵地。到了这时我就是想做什么也来不及了，大白马正在带着我狂奔，一人一骑突驶到我面前，一把将我从大白马上揪下来，然后他自己也飞身落马，重重地将我压倒在河滩的草地上。我一抬头，几乎脸贴着脸看见了怒目金刚似的汪大海，心里一惊，就昏了过去！

再醒过来时我已被一名汪大海的警卫生拉硬拽进了山坡上的林子。他显然是奉汪大海之命负责看紧我，不让我再窜出去。河滩里的血战并没有结束，与我军相比日军的人数并不少。这时我趴在那儿，犹如在梦中一样望见了汪大海：他和我们的人都没了马，手中只有大刀和枪刺，正一对一或者一对二地同日本人展开肉搏战。汪大海就在离我很近的地方——林子边缘，不到两丈远——抢起一把大刀，一次次地向日本兵砍去。每砍一刀，日本人头顶或身上就会飞起一道彩虹；再砍一刀，又飞起一道彩虹……

战斗结束时天快黑了。紧跟在我们后面渡河的十六军四师和五师帮助六师最后结束了战斗。在我的全部抗日生涯里，这是仅有的和最为奇特的一次：我一直待在战场上，盯着汪大海与日本兵血战，却没有参加战斗。我先是趴在那里看着他，后来又慢慢站起来看着他，心也模模糊糊地知道为他揪疼着，却依然像是在瞪大眼观看一场梦中之战！

是汪大海帮我从这种状态清醒过来。杀掉最后一个日本人，他跟跟跄跄地向前走了几步，抬起头看了一下战场。方才还一片杀声的战场上突然寂静下来，河滩上尸横遍地，枯草上涂满鲜血。他瞪大眼睛在尸体中一个一个辨认着自己人，看不出此刻他的脸上有什么表情。但他像是忽然想到了什么，猛回首看到了站立在林边一棵大树后面的我，却让我在这一瞬间看到了从他脸上和眼睛里一闪而过的惊讶。这不是一般的惊讶，而是一个已死去或者已觉得自己死去的人突然又回头看到人间。他惊讶的是我居然还活着，同时也惊讶于自己根本就没有死！

我们只隔着林边那棵大树对视了一刹那，他的脸色就变了，身子摇晃一下，就剧烈地颤抖起来，一直可怕地圆睁着的眼里，大滴大滴渗出了泪水！

他不会为别人依然活在人间落泪，只会为突然看到我仿佛死而复生落泪——我的心仍旧是恍惚迷离的，可我还是明白了这一点，接着我的心就像被人用力猛撞了一下钟一样"嗡"的一声响了！陡然间我觉得他原来待我竟是这么好，过去对他一直十分冷硬的心一下变软，痛起来！他的身子又摇晃了一下，我什么也没想——那时还不能够——就风一样地冲出林子，紧紧地抱住了他，口里喊着他的名字，我不想让他真地倒下去！汪大海在我的扶持下站稳了，浑身却一直抖得厉害！我一直搂着他站着，站着，站了很久，平生第一次意识到：过去我只觉得自己需要他的保护，只知道自己成了他的累赘，今天才明白，汪大海这个铁骨铮铮的汉子，他也有受不了的时候，他也同样需要我！

93

我对汪大海的感情就从这时悄悄起了变化。处在那种有时清醒有时迷乱的状态下，我根本不可能细想其中的原因，我只要朦胧中感觉到它就够了。我心里仿佛又生出了一双眼睛，开始重新望见汪大海，连同我和他的关系。过去我全身心地觉得我仅仅是他的一个负担，现在却突然发觉，在这场看不见尽头的残酷而血腥的战争中，不只我的生命是脆弱的，他的生命也是脆弱的。他可以保护我，我也可以保护他。这样我们之间就拉平了，谁也不欠谁的了！

你能理解这个发现对我的特殊意义吗？你应当能！……自从失去秋叔叔并与姐妹们分离，明白自己眼下不是作为一名抗联战士而是一个被人从内心深处怜恤的弱女子、一个别人不得不承受起来的负担活着，我对自己的生命就已心存轻蔑。一个时不时就会突然涌上来的冲动是：为了让别人好好地活下去，战斗到底，我真的应当活着吗？不！可是现在，这个仍被一场生和死的音乐会裹挟着的、精神时时陷入狂迷的我，却为自己找到了一条活下去的理由！原来我活着还是有用的，汪大海身边需要一个人，这个人不一定非是我不可，但他确实需要一个可以在激战之后扶持和给他慰藉的人，一个女人，而我就是这样的人！一句话，我在这支队伍里找到了自己应当在的位置！

当天夜晚我们在距乐浪河河谷二十里外的密林里宿营。十六军四师负责留守河谷，五师随我们一起到达。这里距日军大规模集结地相当远，人烟稀少，道路不通，起码日军一天之内要赶来是不可能的。赵叔叔派了一名骑兵通信员从后面赶来通知，说他和主力也将于下半夜到达，然后稍作休整，天亮全军继续西行。汪大海回头检阅自己的队伍，发现天黑之前最后在乐浪河谷的一场血战过后，全师仅剩下了二十七人，而且除我之外，个个遍体鳞伤，血肉模糊！

一堆堆篝火在暗黑的、湿漉漉的林间燃起来。没有人安排我做什么，可我知道自己该做些什么。我充当了这支一到宿营地就死一样倒在地下的队伍里每个伤员的护士和炊事员。我为每一个人包扎伤口，一些人身上的可怕的伤口这时仍在流血；我在火上架起了日本行军锅，将携带的干粮倒进锅里煮，放上盐，用临时能找到的种种容器把煮好的粥盛出来，一个个唤醒大家，让他们吃。最后我也用自己的日式行军饭盒给汪大海盛了一盒粥，端过去送给他，再把他脱下的衣物拿到火边烤干。我做这些事时心情平静，就像我真是他的媳妇，为他做这一切是我的本分。我还帮助几乎每个人喂了马，连同我的大白马。做这些事时我没有想到多朝汪大海坐的地方望，可我知道他一直都在默默地注视我。他不会知道我心中发生的变化，可显然发现了今晚我在这支队伍里起的作用。我一下子就让他意识到我的存在是重要的，没有我今晚这片林子里就可能没有火，没有热汤热水，伤员身边没有护士，营地里甚至不会有人走动，那种只有置身其中就能感觉到的非人间的气氛就不会被改变。我做的一切，连同我在林间走来走去的身影，让这支队伍血战之余重新感受到了日常生活的景象、音响、气味与光影。这一切都是平凡的，却使那些像汪大海一样认为自己已置身另一世界的人重新回到了人间！

直到下半夜我才最后烤干自己的衣服，回到汪大海身边，背靠大树依偎着他坐下来，闭上眼睛。想睡一会儿。我这么做时仍旧什么也没想，却一步就涉过了出发时我还觉得无论如何也涉不过去的河。在我的并不十分清楚的意识里，汪大海已经是我的丈夫了，而且还是一个需要我帮助和扶持的丈夫。现在我的事做完了，自然应当回到他身边来，与他肩并肩依靠在一起，度过黑夜剩下的时光！

汪大海没有拒绝我。我以为他睡着了，其实他只是闭着眼睛。这件事也没有让我心里生出一点惊讶，相反如果这时他拒绝让我依偎在他身边睡去，我才真会吃惊。我的行动肯定惊动了他，使他的身子微僵了一下，就接受了我。此后我不敢肯定汪大海睡着了，也许睡着了，也许根本没有，但我却睡着了，睡着之前曾有过一个预感，觉得他想伸出一只胳膊来紧紧将我搂抱过去……不，这不是预感，而是我的期待，我已经承认自己是他的妻子了，主动来到了他身边，他应当伸出那只胳膊来，将我搂进他的怀抱……

我甚至还做了一个梦。我的愿望在梦中实现了：汪大海用双臂拥抱了我，我现在是睡在他火烫的怀抱里了……就是在梦中，我也能感觉到他周身上下呛人的烟草味、枪油味和血腥味，它们一起浓郁地包裹了我，令我窒息，又让我明白自己必须习惯这种气息并且喜欢它，这是男人的气息，我的丈夫的气息。我第一次在梦中感激起秋叔叔来，是他给了我这样一个温暖的男人的胸膛和怀抱……

我在拂晓的黑暗中冷不丁地醒过来。我是被冻醒的。睁开眼时并不知道夜深到了何时。汪大海去了别处，只有我一个人背靠树睡着。营地里所有的人都还沉睡不醒，唯独没有他。我悚然一惊，浑身发冷，头脑顿时清醒了许多，刚要为昨夜做的事大吃一惊，就于万籁俱寂中听到了一种我十分熟悉却又一时怎么也想不起来是什么的声音。篝火的余烬隐约映亮着距我一丈远的林间，我的眼睛死死地盯住声音响起来的方向，心里陡然涨满了恐怖。声音越来越响亮了，伴随着一个庞大的身躯蹚过灌木丛的窸窸窣窣的响动。猛地，我的大脑里像是打开了一扇门，我听出这是一匹马的蹄音了，几乎就在同时，首先是马的硕大的头颅、然后是马脖子、再后来便是马身和依然伏在马身上的那个人，依次从黑暗里出现，被篝火的余光映亮了。接下来这匹马站住了，就站在我的大白马身旁。我心头像是起了一个炸雷：是那匹昨天一个白天里一直跟随着我并从一侧护卫着我的黄马，那个当时就趴在马背上的抗联队员。这一次我的头脑极为清醒，一开始就明白这位抗联战士是为我死的，他先是替我挡住了一发本来应当击中我的枪弹，死后又和他的黄马一起一直奔驰在我旁边，不管是有意还是无意，都继续保护了我！我和他们是在黄昏时我独骑冲下乐河时分开的，现在，这匹忠诚的黄马居然也驮着他的主人涉过那道流冰的河跟了上来，找到了我和我的大白马！

我想站起来，可我站不起来，我只能从背靠的树干上一点点坐直。我一阵阵打着寒战，就像有人把冰水一桶桶浇到我的身上。我在黑暗中看不清那名抗联队员耷拉在黄马身子一侧的脸，它完全隐在黑暗中；可越是看不见，我的心里就越感到恐怖。一瞬间我想到了刚刚过去的一天里发生的一切：要不是这匹黄马和马上的人，我早就像倒在突围途中的那二百多名抗联将士一样死掉了；出发时我内心深处还强烈地拒绝做汪大海的妻子，可只是一天之内，我竟完全改变了初衷，心甘情愿地扮演起了这样一个角色……所有这些清醒的意念一个一个地袭击了我，让我惊讶，并强化了此刻充满我周身上下的恐怖感觉。然而即使在如此清醒的状态下，我对自己主动来到汪大海身边做他的妻子也一点儿都不觉得后悔，恰恰相反，现在让我感觉恐惧并为之寒战的倒是另一件刚想到的事了：今夜汪大海虽然没有拒绝我睡到他身边，可他终究没有把我搂进自己的怀抱！因为黄马和马上的死者，还因为此刻我在这一小片被篝火的余烬照得若明若暗的林间感受到的巨大恐惧，我突然异常急切地盼望着汪大海赶快回来，回到我身边来，让我真实地而不只是名义上拥有他，也让他真实地而不是仅在我的感觉里拥有我！只有这样我才不会死去，这颗异常清醒的、在极度的恐惧中怦怦狂跳的心，才会安静下来！

我的心情又变了。不是汪大海需要我，而是我需要他，仅仅是我需要他。为了我自己，我也渴望成为他的妻子！

94

西征主力全部赶到时天已大亮。我们就在自己的营地里与赵叔叔会师。在这里，我们经历了命运的又一次大转折！

十六军六师幸存的全部二十七人在黎明的山冈上列队迎接自己的总司令。赵尚志只在我们前面走了一趟，看了我们大家一眼，脸上现出一点诧异的神色，接着就变得怒气冲冲了！他只简单地对大家说了一声"弟兄们辛苦了！"就宣布队伍解散，就地休息，却把汪大海叫走了。鉴于十六军六师突围一天两夜以来遭遇的敌情和受到的损失，他要求立即召开省委会议，重新研究修订全军的西征计划。

会议就在山下的林子里召开。我们站在山冈上就能听到他用自己的大嗓门悲愤至极地喊出来的话：

"十六军六师的弟兄们为了全军顺利突围，付出了惨重的牺牲！他们的战斗是英勇的，牺牲是光荣的，他们的任务完成得很好，我建议省委给予通报嘉奖！但是，十六军六师的牺牲也提醒了我们，我军的西征可能要比原先想象的还要艰难！六师眼下还剩下二十七个人，其中还有伤员，再往前走是不行了。秋雨豪军长牺牲后我就一直在想，江北根据地不能只留下李兆麟一个人，应当再派一名能独当一面的军事干部打回去，坚持那儿的斗争，万一我的话不幸言中，我们虽然到了嫩江却站不住脚，还要打回来，他就能为我们保留一块落脚的地方，我们就还有希望东山再起！……"

他说出了他的新计划：让汪大海率领十六军六师最后的二十七人离开西征队伍，

打回格节，尽一切可能牵制日军兵力，使其不能全力向西——赵叔叔还对汪大海说：我赵尚志和全军将士仰仗你了！

省委会议通过了他的建议。

汪大海从山下走回来时林子里一片寂静。所有的人都站立起来，用沉默而有力的目光望着他，他却什么人也不看，低着头站在大家面前，至少有一分钟一句话也没说出来。从战争的全局考虑，赵叔叔作出这样的安排是有道理的，日本人已知道我全军溃围而出，一定会迅速变更部署，倾巢西来，这时一支游击队忽然在敌后出现，至少会扰乱其视听，使其不能全部西进。而只要敌人稍有犹豫，我西征主力就能甩掉追兵，急速跃进到黑嫩平原；赵叔叔的另一个感觉也是对的：秋叔叔死后格节地区需要一位能征善战的军事指挥员留下来坚持斗争，而所有人中最合适的当然是汪大海。可这一刻就我们的心情而论，没有一个人能立即接受省委的决定并认为它对我们来说是公正的。我们刚刚充当了全军的前锋，血战竟日，为全军开辟了通路，二百余人的队伍损失了九成。以后的路虽然很长，敌情可能也比预想的要严重，但赵总司令不可能再让我们做前锋，他就是想这么做我们也没有力量了，以后虽不免仍要跋山涉水，风餐野宿，可毕竟我们是和主力队伍在一起，不会再有昨天那样的血战，也不会再有更多的人牺牲。可是突然间一切都变了，省委又要我们打回去，这是要我们重回刚刚逃离的虎口，还要在里面拔牙！——这不是叫我们生，是叫我们去死！

极为压抑的沉寂持续一分钟后，队伍就爆炸般地喧哗起来。几乎所有人都一起向汪大海喊出了自己的满腔悲愤：

"副军长，省委是什么意思？……要人打前锋、要死人的时候他们想到了我们，现在西征的路我们给他打通了，好走了，他们倒要扔下我们了！"

"大海，赵尚志肯定是早就想好了，他一直都在利用我们十六军！先是利用我们在格节根据地站住脚跟，后来又利用我们为他的部队打前锋，现在我们只剩下这些人，又全是伤员，他觉得我们没用了，要甩掉包袱了！"

……

我一直注意着汪大海。现在我是以另一种心情注意着他的每一个脸色和眼神了。他是我的丈夫，我生命的信心和依靠，我们这支队伍的主心骨。我注意到，从回到队伍里的一刻起，汪大海的脸色就变了。昨天黄昏血战后重新浮出的一点活人的生气遽然消失，代替它的，又是我在乐浪河河谷里看到的可怕的死气了！

"都给我闭嘴——！"他抬起血红的眼睛，冲着队伍狮子一样地大吼了一声，脸上的刀疤开始颤跳,"你们是怎么啦?你们是不是被昨天那一仗吓怕了?……要真是那样,谁想走现在就可以走了!我们是什么人?我们是抗联战士!我们是中国人!不就是个死吗?我们不早就下定了死的决心吗?叫我们回去我们就回去——格节是我们的故乡,我们是要回故乡打日本鬼子,给咱死去的亲人报仇,还有谁不愿意吗?——不愿意的出列!"

没有人出列。刚才还人声鼎沸的队伍霎时间鸦雀无声。每个人都在望他,每个人也都觉得自己懂得他的心情:汪大海也知道赵尚志的命令对我们是不公正的甚至是残酷的,但他同时也知道这个命令是正确的,如果他是赵尚志,为全局考虑也会这么做。而且,哪怕那个命令真的是让他带我们回去送死,他也明白它是不可违抗的。他只能执行这个命令!

"解散!收拾一下,我们马上走!"

队伍解散了。汪大海久久地站在原处。我又朝他望了一眼。这一眼的印象太可怕了:赵叔叔的一个命令,又让我的丈夫从人间回到了另一个世界,现在他看人的脸色和眼神,又不像是一个活在这个世界上的人了!

十分钟后我们沿着一条小路下山,回头向东。昨天河谷血战后汪大海他们失去了所有的战马,只有我的大白马和那匹拂晓时回到队伍里来的忠诚的黄马还在,今天汪大海让两个脚被打坏的伤员骑上它们,和我们一起行军。出发时我们也没有和赵叔叔告别,那是没必要的,也没有人愿意做。可是他的命令却被我们这支被哀痛与愤懑痛苦地灼伤着的队伍执行了。我们回头走去,迎接正跟随西征军蜂拥向西的大批日军,迎接我们自己的和日本人的死!

事后我才知道,我们离开时赵叔叔也已带着他的队伍西行。战争简化了抗联队伍内部人和人的关系与感情。情势是危急的,他接到的最新情报是日军正以他没有想到的速度在前面一线设置新的合围圈,而从东方追来的敌人距他也不远了。因此,不但我们没想到分手时和他告别,他也压根儿没想过和我们告别。赵叔叔没有时间也没有这个心情,前方和后方出现的险恶敌情,就够他倾尽全力去对付了!

95

这个中午我们回到了乐浪河边。虽然大批日军已出现在我们昨天的泅渡点两岸,我们还是在它的上游找到了一个早被人废弃的渡口,用一条隐藏在河汊子里的无主的独木舟,把自己连同大白马和黄马一起运到了东岸。这里已是通松的地界,山林里到处都是日军的搜索队,我们已完全和西征主力脱离,汪大海才停了下来,想下一步该怎么办!

"弟兄们,赵总司令不让我们随主力西征有他的道理,我们里头除了伤员还是伤员,跟着大队只会成为负担。"他冷静了很多,开口说道,"可是留下来我们就仍是一支不可小觑的队伍。格节是我们的故乡,我们就打回去,坚持斗争,等待主力归来!"

没有人关心与主力会师的事,现在连主力能不能打回来都是问题,可是没有人说这个。大家提出的问题是:

"副军长,我们往哪儿走?"

汪大海也正在想这件事。事实上,他已经下定了决心!

"日本人最想不到我们会出现在哪里?"

大家沉默。我一下子想起了秋叔叔带我进山后走过的地方、经历的战斗和赖以栖身的密营。我首先就想到的就是昝晃沟密营,那儿有秋叔叔的墓,还有李兆麟带的留守小分队。可我不知道汪大海这一刻想到了哪儿!

大家的目光都望着他,就像过去每到这种时刻就齐刷刷地望着秋叔叔一样。

"副军长,你决定吧!你说我们朝哪儿走,我们就朝哪儿走,你说怎么干,就怎么干!"等了一会儿,六师三团外号叫"洪胡子"的洪团长率先代表大家开了口。他是六师三个团唯一活下来的团长。

汪大海把血红的目光移向每一个人:

"弟兄们,我们不能回昝晃沟,那儿眼下一定到处都是敌人。我们也不能回狼谷,因为那儿没有敌人。我们回去的任务不是躲起来而是立即投入战斗,在敌人的后方扰乱他,支援主力西征。因此我决定:我们回到狼谷前的大裂谷去,回到最靠近格节县城的密营里去,从那儿突然对敌人展开攻击!"

枪声激烈。渡河时还显得遥远的日军突然就距我们很近了。而且是两队日军,同时在我们左右两侧出现!

汪大海站起身来朝响枪的方向望,这时他的情绪既冷静又激烈:

"弟兄们,看今天的情形,我们每分钟都有可能和日本人遭遇!万一被打散了,如果你仍记得自己是个中国人,是一名光荣的抗联战士,三天后就自动到大裂谷中段的葫芦谷密营会合。我只在那里等大家三天,过了这三天,哪怕只剩下一个人,我们也要对日本人的后方展开攻击,以抗联十六军的名义、以秋雨豪军长的名义!"

那一刻群情激昂,每个人眼里都闪出了泪花:

"大海放心,只要我们不死,我们都会去大裂谷中段的葫芦谷密营和你会合!"

"不是鱼死,就是网破,我们坚决战斗到底!"

"……"

汪大海大手一挥,说:

"好,出发吧!"

以后两天里我们走走躲躲,躲躲走走,这天天黑时终于到达了通松河河边。大家心里很高兴。过了这条河就是格节,就回到了我们的故乡!

汪大海没敢大意。我们一直在河边芦苇丛中藏到半夜才开始渡河。秋叔叔留下的大白马和那匹忠诚的黄马这次又成了我们渡河的帮手。它们一次次听话地去而复返,让我们的人或伏在它们身上,或拉着马尾和马鬃,分成好几批平安地过了河。这时就连汪大海似乎也松了一口气,带着大家找到一个隐秘的山坳,生起火来烤衣服煮饭吃。

这天夜里什么事也没发生。就连前两天东归时一路响个不停的枪声也没有再听到。所有的人都乏透了,做完一到宿营地主要由我做的那些事已经很晚,我刚在汪大海身边坐下,就一下睡着了。

一夜无事。天大亮了大家才醒过来。我一惊之后睁开眼,发觉汪大海已经醒了,正倾耳谛听着周围山林里的动静,突然他喊了一声"快走"!

我们火速离开了宿营地,虽然大家从四周围山林里听到的只有风声和风声深处的寂静。我一点儿也没想到汪大海的预感竟会那么灵验。我们这支队伍还刚刚由岸边的林子向东北走进一条山沟,迎面就遭遇到了日军!

"哒哒哒——"

是日本人先发现了我们,第一串机枪子弹飞来,就击中了骑在大白马和黄马上的伤员,同时击中了走在大白马前面的黄马。好几道血柱立即泉水般从我身前的人和马上高高地喷出来,打到我和汪大海身上!

"卧倒——!准备战斗——!"汪大海连喊了两声,用一只有力的臂膀将我按倒在地,另一只手里的枪就"啪啪"地打响了!

首先是那匹忠诚的黄马，在我眼前轰然倒下来，犹如倒下了一座山。倒下去时它的眼睛依然大睁着，给我的永远的震撼是它这时似乎还活着，至少它那双大睁着的忠诚而温顺的眼睛依然活着，还在望着我！而另一匹马，秋叔叔的也是我的大白马，却被猝然炸响的枪声惊动了，在敌我之间的荒山沟里狂奔起来！

我在这种生死关头还说我最后一次看见了大白马奔跑的英姿，显然是不合适的。可即使到了今天，它在我心里也不只是一匹马，还是我的战友，秋叔叔牺牲后我和他在精神上的最后联系……大白马狂奔在敌我之间的荒草间，狂奔在敌我双方射出的子弹织成的火网中，它的美丽的头、修长的颈、腰、腿一次次在飘散着血腥和死亡气味的虚空中弓弦一般拉直，落地，再拉直，再落地；与此同时它那长长的美丽的鬃毛和长尾逆风飘飞，或者齐刷刷成为向后飞起的一缕，或者因为转弯而飘散成纷纷高扬的一片，而无论是一缕还是一片，在初升的阳光的照耀下都美得无与伦比……这是我的也是秋叔叔的大白马的最后一次的奔驰和飞翔，在战场上飞翔，在布满死亡陷阱的空气中飞翔，在它生命的最后一刻，在将它视为亲人的我的望眼里飞翔，在我耳边陡然嘹亮起来的生和死的音乐会中飞翔……

后来它还是倒下了。它一定是中了弹，可它不像忠诚的黄马，中弹后马上倒在我眼前，在我的视野里——这时它已奔驰到距我至少有二百米的山林边去了——大白马倒下的动作那么缓慢，那么优美，几乎不能说是中弹倒下，只像是它跑着、跑着，突然觉得累了，要卧倒休息一会儿，就最后高高地跃起，一个动作一个动作地卧倒了下去！全身卧倒后它的头颅也没有马上着地，好像它还要满怀深情地望一眼自己为自己选择的这片休憩之地，残雪间的枯草已微微泛青，树梢也开始淡淡飘出春天的鹅黄，而在前面不远的山坡下，就有一道已在阳光下变得清澈明亮的细细的溪水。一片水草丰美的土地……

从我们的背后，枪声也响起来，子弹贴着我和汪大海的头顶掠过去！我又感觉到了：这一刻前汪大海还是镇静的，可是背后的枪声一响，他就突然焦急起来！

"弟兄们快上山——！"他猛地从草丛里跃起，惊天动地地大喊了一声，然后一把拉起我，朝左侧山坡上狂奔过去！

全队随即开始行动了！从沟底看不见人的枯草丛里，我们的人一个接着一个跃起，向两侧的山坡上奔跑。来自前后两方的敌人的子弹像长了眼睛一样朝他们打去，如同割庄稼一样将奔跑中的人一个个拦腰折断，击倒。抗联十六军六师的最后一支队伍，就这样被打散了！

等我的头脑从一时的昏厥中稍稍清醒一点，我和汪大海已在山林间脚不沾地地飞奔着了！此前的事情我只能恍惚记得一点点：他喊了那一声，像掂一只小鸡那样把我从地下掂起来，三步两步就冲上了长满马尾松的山林，然后，就剩下了飞奔，飞奔，我被他有力地攥在那只手里，什么也想不到，什么也做不了了！

我不知道我们一起狂奔了多久，我相信这段时间里我肯定又昏迷过去了，后来我又醒过来。枪声远了又近了，我听到了汪大海越来越粗重的喘息，看到了他那双睁大的、充血的、非人的眼睛。我想喊一声，让他把我放下来，可是他的手依然那么有力，我一点声音也喊不出来！

我可能又昏厥过去了。醒来时我们已被一支日军赶进了一片沼泽。是冰冷刺骨的水一下激醒了我，我睁开眼，看到自己和汪大海的四周已是水天一片，水面上漂浮着一墩墩刚刚返青和尚未返青的水草，而这时我也看到了夕阳，早上我们在那条山沟里遭遇敌人时它还是一轮旭日，可此刻它竟然是一只圆圆的、黄中透红的、快要落山的夕阳了！

那是一片足有上百亩面积的林间沼泽。汪大海带着我尽可能往里面走，可是枪声仍没有离我们远去，就在我们被撵进这片生死难测的沼泽的同时，一队日本兵——不少于百人——也赶到了沼泽边缘。我不能断定他们是否发现了我们，我们和他们之间不但隔着上百米的水面，还隔着一座漂浮在沼泽中央的由枯黄的水草堆积成的小"岛"。可是这个"岛"马上就不能遮蔽我们了，日本人迅速在沼泽四周围散开，频繁地向"岛"上开枪，子弹穿过草堆，纷纷落在我们身边的水中。汪大海只用他那双血红的非人的目光看我一眼，我就明白他的意思了，闭上眼睛，屏住呼吸。是的，我的感觉没错，一队日本人突然出现在能看到我们的地方，他紧紧搂住我，猛地蹲下去，没入了深水！

这一刻我以为我们就要死了，并且以为这就是汪大海的意思。我们被包围了，就要被发现，可他宁愿我和他一起自溺而死也不愿意做日本人的俘虏。我对这样死去一点也不觉得遗憾，甚至也没感到半点意外。我愿意这样死，和我的丈夫一起死，至少这样我就不会落到日本兵手里，像小玉那样惨死了！

可我们没有死，至少这一次没有死。这好像还不是汪大海的意思。他带着我沉下去，又一点一点地让我的和他的眼睛、鼻子浮出水面。汪大海做这一切时用的力是那么大，一双铁臂将我搂得那么紧，让我觉得自己的骨头都要被他的手弄碎了，我一点儿也动不了，挣扎一下也不行。于是他全身沉下去时我也跟着沉下去，他的脸浮出来换气时我也跟着浮出来换气！

　　刚刚重新看到被阳光照亮的水面，我也就看到了日本人！他们仍然站在百余米外的沼泽边，朝我们藏身的这片水里望。有那么一忽儿我觉得他们一定望见我们了，不然一个大个子日本兵就不会冲着我们所在的水面对别的日本兵指指点点，并且马上举枪瞄准。一个意念猛地掠过我的心：我和汪大海就要死了！我想再次沉下去，可汪大海没这么做，我想动也动不了，于是只能眼睁睁地望着日本兵一个个地举起枪，朝我们这边瞄准。我的心情就像一个面对着行刑的刽子手的死囚，毫无反抗能力地等待着把自己打死的那一枪，又为它即将响起来紧张得浑身僵硬。日本人就要开枪了，就要开枪了，我想。可他们又没有马上开枪，他们一直在瞄准，瞄准……我受不了，我的精神就要崩溃，心里醉汉般升起一种冲动，要挣脱汪大海，冲出水面，迎着日本人的枪口扑过去。与其这样熬下去最后还是个死，不如早一点让他们痛痛快快地把我打死！

　　我还刚刚想到这些，就被汪大海感觉到了，在水下用两只铁臂更有力地搂紧了我。可我们鼻子眼睛周围的水面却被轻微地搅动了，一刹那间，我们身边，"呼啦啦"起了一阵风声。一开始我还想日本人到底朝我们开枪了，一种绝望的快意像通红的弹刃一样钻透了我的心。我闭上眼睛又睁开，不，日本人没有开枪，因为没有子弹"吱吱"叫着打进我的身体，也没有子弹"扑扑"地落进我们周围的水中。激起刚才那阵响亮的风声的是一群被我和汪大海从近处水面上惊飞的野鸭子！

　　日本人的枪声就在这时响了，"砰——！""啪——！"但所有的子弹都是冲着高飞上天打了一个旋儿转向左前方苇丛的野鸭群去的。我和汪大海依然沉在水里，一动不动。我的饱受着巨大恐怖摧残的心，也随着这阵枪声轻飘飘地沉下去，沉下去，打着转儿沉向无边的黑暗的水底，就像一片在秋风中飞旋下落的枯叶！

　　日本人的枪声很快又把我重新唤醒过来。我缓缓地睁开眼睛，没有望见日本兵和被他们一只只从半空中击落的野鸭子，却贴近水面望见了一轮正在西北方山林间下坠的夕阳。落日在我和汪大海生命的最后时刻突然变得那么大又那么圆，它的广大明亮的余晖不仅映亮了天空和山林，还似乎特意地将这片沼泽水面映得亮晶晶的，如同起了大火。我的眼睛和汪大海的眼睛也在这片被映得亮晶晶的水面之上，被反射的阳光映照得无法全部睁开。可是我还是想睁开。野鸭子越来越多地落到沼泽里，日本人马上就会走进来打捞这些牺牲品，那些开始我觉得是指向我和汪大海的其实却是指向野鸭子的枪口并没有撤去，在一生的最后时刻，我想再仔细地看一眼落日余照下莽莽苍苍的山野和森林，看一眼这片生长着野草、苇丛，有着开阔明亮水面的沼泽地，看一眼这整个的世界。我曾作为一个人、一个生命，在这个世界上存活了近十六年，今天就要和它告别，我发觉我对它居然还是有些留恋，就像对自己的苦难的生命依然有所留恋一样。这山、这林、这沼泽、这落日，这全部的世界，我都曾拥有过，它们是世上所有人的，也是我的，今天仅仅是我的。我不害怕死，可是这个晚上，在重新嘹亮起来的生的音乐会的声浪里，我突然为失去它们也为失去自己的生命难过起来！……

96

落日终于沉入遥远的山脊线下面去了。可能是害怕往沼泽里走得太深会陷进去，日本兵并没有走到我们潜身的地方打捞被他们击落的野鸭子。我原来以为日本人天黑前就会离去，那时我们就能活着走出沼泽。现在日本人没有走，天黑透了他们还没走，却在沼泽边燃起一堆堆篝火，将这里做了今晚的宿营地！

我和汪大海动起来。这时我们可以从水底直起腰来了。我们屏住呼吸，朝四周望去，寻找逃脱的机会。天黑得越深，日本人的火光就越是明亮。它们不是几处或十几处，而是围着这片水面广袤的沼泽，团团连成了一线。我们明白了，天黑后聚集到这片沼泽边的日军不是减少了而是大大地增加了。这里成了一支少说也在两千人以上的日军的野营地！

日本人围着一堆堆篝火吃着、喝着，结束了一天的战斗，显然没遇到强敌的他们在火堆旁叫着，跳着，呜哩哇啦地唱着些我听不清楚的日本小调，他们面前的火堆越大，火光越明亮，越不能看到沼泽中的我和汪大海，我们与他们的距离足以避免被发现，却无法走出去。这一夜走不出去，明天早上就更走不出去了，黄昏时我们之所以没被发现，是一群野鸭子转移了日本兵的注意力，到了明天早上也许就没有一群野鸭子保护我们了，只要天一亮，等待着我们的，就还是死！

风也刮起来了，北国早春夜间依旧寒彻骨髓的风。寒风袭过山林，扫荡着沼泽的水面，将身旁小"岛"上的枯草刮得哗啦啦地响。天黑前待在水里，全身心都在感觉日本人，我和汪大海还想不到冷，这一忽儿，黑暗刚刚帮我们稍稍放松了对周围的日本人的注意力，我们就感到冷了！连续几小时浸在水里，浑身的棉衣早已湿透，此刻迎风一吹,就如同浑身上下披上了一层冰甲,每一根骨头连同五脏六腑都在哆嗦了!开始一阵子我的身子还在嗦嗦发抖,牙齿嗒嗒直响,后来感觉就变了,浑身上下如同被放置到一个大火炉里完整地烤着了,我觉得那么冷又觉得那么热,比疼痛还要疼痛,比熬煎还要熬煎,我在灼热的烤炙中浑身抽搐,一点点融化……

我望着汪大海的眼睛……是的,在这样一个夜晚,我还能望着谁的眼睛呢?我当然可以望一望头顶的星辰……这些不知从哪个世界来的、悄悄地笼罩在我头顶上的白亮的星星,距离我真实的生命处境那么遥远……我就要死了,我的耳边只剩下了死的音乐会,而且就连它也是那么微弱,我的身子一点点软下去,软下去,汪大海就要抱不住我了!

汪大海的眼睛也在星光下闪烁,他也在望着我。他一定是望到了我眼睛里的绝望和死气,眼里的两片星光摇闪起来……我知道他也没有力量了,可他还是再一次将一点点瘫软下去的我抱起来,更紧地搂抱到了自己的怀里!

即使被他宽阔的胸膛重新包裹起来以后,我的感觉仍然是在被烤炙,不过渐渐地我不再是被烧烤着的牺牲了,我自己也成了一盆红通通的炭火,也在燃烧,也在烤炙着别人了!

我是不是小声地呻吟起来了,我不敢确定……我一定不省人事了……可我却在苏醒,比想象中更早地苏醒……一个人正用自己的胸膛温暖着我,在我失去知觉之后,为了不让我死去,他不只扒开了自己的衣服,还扒开了我的衣服,将他的心口紧紧贴上我的心口,用他的最后一点体温将我暖活了过来!我醒了,意识到他为我做了什么和正在做什么,却什么也没有做,我本能地渴望更紧地贴近他的胸膛,我觉得他的赤裸的胸膛比任何时候任何人的胸膛都更像一团正在燃烧的火,那么暖和,那么明亮……明亮……明亮……我愿意全身一丝不挂地跳进这团熊熊燃烧的大火,融化在这团明亮耀眼的生命的火光之中!

从上半夜我的生命意识开始模糊直到临近拂晓,汪大海一直用一个不变的姿势紧紧搂抱着我,站在结了一层薄冰的深水里,站在一夜的寒风之中。是他心口对着心口重新将我暖和过来的,而这时他的身子却越来越重,越来越向下沉坠。一直捂在我胸口前的那盆炭火越来越凉,差不多成了一块冰坨,而我自己的赤裸的胸膛对于他却成了一盆火,越来越烫,越来越火光冲天……我不敢说我的意识已完全清醒,可我明白一件事,我必须紧紧地抱住他,不让他的冰冷下来的心口离开我的心口,也不让他的脸离开我的脸。虽然天亮后我们还是会死,可这个时候,我不想死!就是要死,我们也要这样站着一同死去!

汪大海的胸口又有了一点温热……他的生命在我的怀抱里一点点复苏……然后他睁开眼,于是我脸贴着脸地看到了他眼中明亮的泪光……拂晓时分,沼泽上弥漫起了浓重的大雾,咫尺间不见东西,他动了一下,又动了一下……我们彼此没有松开对方,就朝岸边方向摸索过去。我们必须离开,我们一定要离开,不能等到天亮。汪大海真的活过来了,他的脚步踉跄,却仍然比我有力……雾中的沼泽真静,有了雾和没有雾真是大不相同,有了雾围在沼泽边的日军在我们的感觉中就似乎不存在了,于是那种薄刃在喉的死亡感觉也就暂时离开了我们,虽然离我们不远,也就是一尺和一米的差别,可毕竟远了一些。我们弄出了很大的水声,并且也知道自己弄出了很大的水声,却还是松开对方,让日本人听了去吧,我们在这样的雾中相互搂抱着深一脚浅一脚地走着,一点儿也不害怕!

靠近岸边时我们还是分开了。脚下水越来越浅,我们也觉得自己真的清醒了。虽说是分开,其实我们仍然相互拉着对方的手,我们不想弄出更多的水声,就重新把全身没入水中,一步步爬着走,雾仍然很大……

我们上了岸。上了岸的我们仍旧手拉着手走过了日军的营地。我们每走一步都能清晰地听到自己的足音,可他们没有听到,或者说没想到或没在意。大雾一直在掩护我们,既掩护我们的身影也掩护我们走动的声音……

走出日军宿营地汪大海就拉着我的手狂奔起来!我们一口气跑进了前面山林深处,然后跑哇,跑哇,上一道山梁,下一条深谷,又上一道山梁,又下一条深谷……终于跑不动了,四肢瘫软,眼前金蝴蝶乱飞,扑通一声倒了下去!

97

睁开眼又是一个黄昏。丝丝缕缕的阳光斜着射进林间。我仍然极度虚弱,但令人难以置信的是,我还是比汪大海更早地苏醒了,看到并且恍恍惚惚地记下了这一次苏醒——

自从前天半夜渡过通松河后吃了一顿饭,我们再没吃过东西,到了这时我还能醒过来,本身就是个奇迹。其实我的苏醒是不完全的,精神依旧恍惚,与其说是苏醒,不如说是从昏睡转向了一种人在虚弱中常会生出的半真半幻的状态之中。我没有想到饿，没有想到我们眼前的处境，却像触摸到真实的东西一样感觉到了幸福！

这种幸福既是醒过来的一刹那充满黄昏的宁静带给我的，又来自我的发现：原来这片广大的林间只有我和汪大海两个人……昏倒过去时我们并不知道，哪怕是在倒下去时，他也还在紧紧搂抱着我，我们是搂抱着度过这个白天的。现在我醒了，他还在昏睡，可我仍然在他的胸前，在他紧紧的怀抱中，就像一个婴儿，一个极易失去的珍宝，想动一下都难。像昨夜在沼泽里一样，我们仍旧赤裸着前胸，心口贴着心口，肌肤贴着肌肤，脸贴着脸……我一动也不想动，我觉得这样真好，我是那么幸福。有过昨夜沼泽里发生的一切，我们的关系在我的感觉里完全变了，他不再只是我名义上的丈夫，他又一次救了我，最重要的是他还成了人世间第一个和我肌肤相亲的男人，我从心灵里觉得他是我的丈夫了！

我的眼里含满了热泪。只有眼前这一刻，我才真正懂得他打心里是多么疼我、珍惜我……不久前我还激烈地拒绝做他的妻子，现在却怀着一腔感激为自己做了他的妻子而庆幸。躺在汪大海的怀抱里被她珍宝似地搂抱着，心存的死亡恐惧一下就消失了。仅仅为了这个，你心里就会涌起那样一种冲动，想将自己的一切包括生命都献给他，现在就给……

我又昏睡过去了……这一刻我的心境有点像入了洞房的新嫁娘，本来在等待，没想到要睡过去，可还是睡着了，然后就是一个长长的断断续续的梦。我在梦中趴在我丈夫的背上，看到了一个新的清晨，他正背着我，一步一步艰难地在深山里跋涉，有时干脆是爬行……我知道他这是带我朝哪里走：他带我朝他和两天前被打散的抗联队员们约好的地方走，朝大裂谷中段的葫芦谷密营走！

我又昏迷过去了，昏迷过去时又听到了枪声。可我不害怕了，我是趴在我丈夫的背上，在一场幸福的梦中……再醒来时我已躺在葫芦谷密营里了。一群人，包括六师三团的洪团长，正手忙脚乱地将米汤一口口喂进汪大海嘴里。我的丈夫他脸色青紫，牙关紧咬，死人一样躺着，米汤灌到他嘴里，转眼又顺着嘴角流下来。我的心一紧，又昏死了过去！

我和汪大海的命后来是他们用米汤一口口从死亡的路上灌回来的。洪团长他们在距密营五十里外的山里找到了我们俩，那时汪大海已背着死人似的我在山里爬行了一天一夜，他自己也几乎成了一个死人。洪团长他们坚持一口一口地给我们灌米汤，灌不进去也灌，撬开牙关灌，先是我醒了，过了两天，到底把眼看着没什么指望的汪大海也灌醒了。汪大海活过来，我才真的活过来！

这以后我们又喝了整整十天的米汤……除了米汤，我们的胃不接受任何食物，吃进什么都会吐出来……十天后我们能坐了，彼此用恍若隔世的目光望了一眼。我什么都想起来了，为我们的遭遇流出了眼泪。汪大海分明也想到了什么，脸上突然浮出那种我早已见惯的愤怒表情，摇摇晃晃地站起，走到洞外去了！

这天夜里他们就袭击了靠近格节县城的一个日本警察所。从此时起，他们没有哪一夜不出击，没有哪一夜不打掉一个日伪据点。有一回他们甚至在大白天摸进了戒备森严的格节县城，将炸弹扔到日本军营的大门口，撤退前还在大街上贴下一张由抗联十六军军长秋雨豪"署名"的通告：父老乡亲们，抗联十六军又打回来了，别相信日本人的话，秋雨豪没有死，他还活着，誓与日寇血战到底。乡亲们，快起来，拿起刀枪，杀死日本兵，我们坚决不做亡国奴！

从战术的角度讲汪大海这么干不是在跟日本人作战，而是在跟他们拼命。自通松河东岸被打散，活着回到葫芦谷密营的六师官兵只剩下十七人，其余的人哪里去了是不需要多问的。但从战略上说，这支小小游击队的自杀性的攻击对于牵制大举"围剿"江北根据地的日军、支援主力西征却起到了不可估量的作用。自秋叔叔带队离开狼谷，格节的大部分地区在日本人眼里就已"太平"了，河原信行为此还受到了奖励。可是现在，赵尚志刚刚率部"倾巢西出"，一支号称秋雨豪亲率的游击队又出现在日军"后方"，展开疾风暴雨般的战斗，不可能不立即引起上至关东军司令官下至河原信行的极大重视。赵叔叔率主力西上后负责率全部五万七千名日军"围剿"我江北根据地的日军最高指挥官曾想过要立即移师西上，现在他的意见被关东军司令官否定了。已与赵尚志、秋雨豪打了多年交道的他认为，赵尚志既要全军西出，不留下一支游击队牵制"讨伐"根据地的日军是不可想象的，而要留下一支游击队，它的首领肯定是秋雨豪，即使以他一个敌人的眼光看，也没有人比秋雨豪更有能力在格节地区拖住日军；另外，虽然据传是赵尚志的部队连续突破了卧虎岭镇直到乐浪河谷的所有日军阻击线，但眼下向西猛然突击的抗联部队到底是不是赵尚志的主力还要观察。兵不厌诈，赵尚志也许是在调虎离山，用一支猛打猛冲的小队伍让他产生错觉，以为赵尚志真的倾力西上而大举移师跟进，从而毁了自己这场已部署好的大"讨伐"。而无论发生了哪一种情况，日军继续照原来的部署在我江北根据地实施大"讨伐"就成了必要。这样，我西征主力在第二阶段行动开始时遇到的险恶局面就被大大化解，而汪大海领导的这支小小游击队的处境却空前严峻起来。

这些日子我和一个年过五十的老抗联队员一直待在密营里。自从汪大海被米汤灌活、能够摇摇晃晃地走出地窖子那一天起，我就没有再和他住在一起。我甚至不能经常见到他。就是有时带队伍回来，他也自己住在另一个地窖里，对我不管不顾。我一天比一天看得更清楚：哪怕我和他有过沼泽地的一夜，哪怕我打心眼里认定了他就是我的丈夫，他也仍然没有拿我做他的妻子。我的一种怀疑到这时似乎得到了证实：他当初答应和我结婚，仅仅是因为秋叔叔要他这么做；那天夜里在沼泽中，他也只是为了救我的命。汪大海并不需要我这个妻子，他心里装着的可能仍然只是死去的秋姑！

我的短暂的因为有了汪大海这个丈夫而感到幸福和安全的时期结束了。既然他不需要我，从没在心里将我看成是他的妻子，我就仍然只是他生命的负担，我为什么一定要成为一个打心眼里不喜欢我的人的负担？我为什么不去死！

可就是死，我也只能在战斗中死，在和日本人的最后一拼中死——此刻我又觉得自己只是一名抗联战士了！

这次率领万余名日军从南向北"讨伐"我江北根据地的是佳木斯日军司令官田圆直木，而负责"讨伐"大裂谷地区的是河原信行从格节县城带出来的整整四千名日军。只是第一次交火，我们这支虚张声势的游击队就被彻底击溃了。以十七人对付四千人，被击溃是不可避免的。那天上午，刚刚在葫芦谷口和敌人接上火，我们就不行了，河原先是用炮轰，后来又派骑兵往上冲，只是一眨眼工夫，我们的阵地就被冲破了，队伍再一次被打散！

因为战场就在葫芦谷外，回到大裂谷后我终于第一次参加了战斗。令我稍感安慰的是我在战斗中对日本人开了枪，消灭了其中的一人一马。接下来炮弹就接二连三地打过来，又是汪大海伸出一只手，猛地拉起我，朝茫茫山林里狂奔，狂奔！

我的头又眩晕了。我不是在跑，我又是在飞。死亡的音乐会雷鸣般在我耳边轰然而响，从中我不但清楚地听到了弹雨嗖嗖地划破空气的声音，听到了早已被忘却的、此刻又猛地让我心悸的日本狼狗的狂吠。我还没来得及多想，就再次失去了知觉！

98

我就要死了吗？死了是多么好！……我就像漂浮在一条河里，在河水中沉浮……

这就是死吗？早知死过去是这么轻松，这么舒适，我为什么不死？……

睁开眼睛又是一个早晨，不过是一个奇异的早晨。唤醒我的不是身后飞来的枪弹和日本狼狗的吠叫，而是另一些声音，过去——尤其是童年——我对它们是很熟悉的，可进山当了一年多的游击队员后，我却一下子听不出是些什么声音了……

是的，我一点一点听清楚了，是鸟儿在叫！……可能是山雀子，也可能是百灵，也许是鸹鸟，总而言之都是些春天的鸟，它们的叫声如同大森林的新叶那么稠，如同撕裂绸缎一样清脆婉丽……我闭上眼睛，静静地听这些鸟叫，眼泪一点点打湿睫毛……我竟没有死，刚才睁开眼我就感觉到了，我和汪大海依旧活着，不是倒在一个地窨子或一个山洞中，而是双双趴伏在一个半废弃的木刻楞里……木刻楞虽说早没有了门窗，窗下却有灶有锅……那些明亮、欢悦、让我觉得是到了一个新的世界的鸟叫声，就是从没了窗棂的窗外林子里传进来的！

风声……远远近近此起彼伏的林涛……巨大的透过风声、林涛和叽叽喳喳的鸟叫渐渐显现在我心底的巨大的寂静——只有广袤无边的大森林里才会有这样的寂静……接着，就从寂静中，听到了一条大河之水汹涌奔腾的宏大嘹亮的响动……

这是什么地方？……我置身于茫茫林海的深处，人迹罕至的地方，我心里明白，又不明白……人的世界上还会有这样的地方，只有宁静，只有音乐化的大自然的声音在我耳畔回响，在我快要死也许已经死去的时刻，它却让我奇迹般地听到了童年最喜爱的音乐会，正是它们，曾治好过我的幻听……我真的活着吗？抑或是到了阴间……到了阴间，我当然就再也听不到枪声和日本狼狗的狂吠，看不见血淋淋的死亡了！

那么和我一起躺在屋地里的汪大海呢，这个已被我在心底认定、他自己却不承认更不愿做我的丈夫的人，他也死了吗……我现在看清我们是怎么躺着的了……我不知道我们何时进了这个木刻楞，却看出他像是一进门就脸朝下扑倒在地上，不省人事了……但他却仍像从沼泽地里逃出的那个黄昏，是紧紧搂住我扑倒的，昏死过去时仍没有丢开我。他搂得我这么紧，和我身子贴着身子，脸贴着脸，如同搂着一个他极易失去却又异常害怕失去的珍宝，一个就是昏死过去时仍要拼命保住的亲人！……

我再一次闭上眼睛，流出了泪水……第一次是因为听到了鸟叫，由鸟叫听出了风声、林涛和巨大沉寂中的大河奔涌的声响，觉得我和他到了一个非人间的世界；这一次却是由于发觉哪怕我们已经死去，我仍然在汪大海的怀抱里，我直到自己生命的最后一刻都被汪大海紧紧搂抱着……只要像现在这样，我就又觉得自己是他的妻子，或者他承认了我是他的妻子；哪怕我们是在阴间，只要靠紧这个宽厚坚实的胸膛，我就还是什么也不怕……我是个人,是个女人,我也像别的人、别的女人一样生到世上,活了一次,我也出过嫁,做过新娘,在新婚之夜聆听过自己的婚礼音乐会,死之前对生早已绝望,心里仅剩下的最恨的一件事就是我原来不爱、今天却疯狂地爱上的丈夫不承认我真的嫁给了他,是他的第二位妻子。我一生中没有实现任何一个愿望,要是连这最后一个愿望也实现不了,我的一生就一点儿也不像个人了,我就是白白地来到死之时还有些留恋的人世间走一遭了!

可现在我不恨了,我们死了,死时我被他紧紧地抱在怀里,就像抱着自己的妻子,就像我们也和别的夫妻一样已经一起过了百年,像世间那些最情深意重的夫妻一样实现了他们的誓言,不求同生,但求同死。我们一起活过了人生最艰难的岁月,现在一起死去……

我的神志仍旧恍恍惚惚,一半如在梦中,可我能认出这是哪儿了……在喧闹欢快的鸟叫声中,清晨带着凉意的空气一波波涌进屋内和胸腔,我的记忆一点点恢复……这是去年夏天,我短时间离开游击队后,和胡爷爷胡奶奶在深山老林中流浪时住过的一个家,而我于巨大的寂静中听到的那条气势汹涌的大河,就是流淌在原始森林中的通松河!

我心里有点欣喜了……我没有想别的,虽然我认出了此处……他仍然昏睡不醒,可我不想叫醒他,今天我全身心地觉得自己是他的妻子,胡爷爷胡奶奶的家是我的家也是他的家,他在我昏迷中将我带到这里来,就是把他自己也带回了这个家!不管是格节城还是大裂谷,与这里相距都是那么遥远;我们又是在另一个世界里,我终于不要再担心还会听到枪声和日本狼狗的狂吠了!……既是到了家里,我就知道能在哪里找到粮食、火具和盐。我以前是这个家的孙女,眼下是这个家的女人,我丈夫的妻子,我要像天下所有的女人那样,一大早就起来,到大河里取水,为我的男人做早饭……也许这不是真的,可我既然已觉得自己到了一个没有战争和死亡的世界里,我和我的亲人就要像依然活在世间的夫妻那样高高兴兴地过日子……

我心中的欢喜大了……我怕弄醒了我的丈夫,悄悄地、一点点地从他怀抱里脱身出来。我做这件事时心里充满着游戏的感觉。我成功了,手扶门框站起身子来,低头看地下的他,还是没有醒!——一时间我望着他,错不开眼珠了,我心里充满了柔情和怜爱,真想扑到他身上,再亲亲他,将他亲醒,和我一起分享这个非人间的、安宁得令人落泪的清晨——只有我和他两个人的清晨!

我止住了自己的冲动……初醒时心里涌起的悲伤一点儿也没有了,此刻那里只剩下一种极为简单的感动与欢悦……我转过身去，目光透过没有门扇的门望出去，望见了前方深深的河谷，从山腰一直生长到谷底的绿色翁郁的森林，两岸林子间显露的一线亮蓝色带子一样的河。空气越发像清澈凉爽的水流，自动流进你的胸膛和大脑，你的躯体和四肢。你的生命就像是一块龟裂的土地，一点点被它浇灌着，滋润着，转眼间就已苍翠欲滴！

我从灶上整个儿地揭下锅，蹑手蹑脚走出木刻楞，快步向谷底跑下去。我的快乐因为惊奇加大了：二十多天前从西征的路上返回时，林间还是残雪片片，今天从山顶直到谷底，全是一片亮眼的绿色了。森林是绿的，绿得深沉厚重；灌木丛和草丛是绿的，绿得鲜艳蓬勃。在这广大无边的绿色背景中，我又看到了五颜六色的花，它们一丛丛一簇簇地开放，满坡满谷深厚明亮的绿色都没能掩饰它们的妖艳美丽，反倒像是有意地烘托出它们才是春天真正的女儿，不是森林和灌木丛而是它们装点了春色……我在这些野花中徜徉，心里的惊奇与简单的欣喜像暴涨的水位一样在升高，我仍然不能相信这是真实的世界而不是一个非人间的世界，我甚至觉得我不是在那暴涨的欢乐的河水的水面而是被它没了顶，梦中一般沉入其中了，我忍不住掐了一朵红色的花斜插入鬓，我想等我到了水边，看一看自己，也许真成一个新嫁娘了……我飞奔一样到了谷底，站在水边，却把在水中照一照自己的倩影的事忘了：就在这一片非人间的世界里，在两岸浓绿的森林、新草和缤纷的鲜花之中，我看到了那条河并完全惊呆了。二十多天前它还是一条灰色的流冰的河，此刻一下子展开出现在我面前的竟是一条仿佛经过了新生的大河，它的水流饱涨，水势汹涌，水面凸鼓，一直涨出了原有的河床，一直浸入谷地腰部的山林，被两岸山色濡染得一片嫩绿，又在阳光下闪闪发亮。我眯细眼睛望着它，心就在这一刻被打动了：望见这条大河以前，我的不甚清晰的意识里装满的还只是阴间和死，此刻却感觉到了一种当时说不清楚的东西，一种仿佛被强大的激流卷入漩涡而无法自持的眩晕，一种比死亡更强大的声音、力量与渴望。直立在两岸直到水边的森林屏障似的将这条春天的生机勃勃的大河保护起来，头顶上则是比大河还要宽阔、明净、蔚蓝的晴空……我一直觉得自己是在梦中，现在却似乎觉得不像是在梦中了——我就是个在北方的林海中长大的孩子，可我仍不敢相信自己的眼睛，相信如堕无边血海般的人世间真会有这样美丽、宁静的地方，可我又不敢不相信我看到的一切！今晨我和汪大海究竟置身何处？

我心里的欢悦和感动加大了，回到山腰中的木刻楞里，生命意识中的现实感没有增添，如在梦中的感觉却又一点点恢复了。我已经不敢相信太好的事情会发生在我这个命苦如同黄连的人身上了!汪大海,那让我的心起了无限多的爱怜与亲近的愿望的亲人,还在那里趴着,睡着,一点声息也没有……我放下手中的锅,又忍不住看了他一眼。在简单的欢悦和感动之上,我的心里起了一点新的甜蜜的变化,像望见大河时一样又一次感动了!我忽然想到我和他还是新婚啊,有过沼泽里那肌肤相亲的一夜,我似乎在梦中一直渴望有这么一天,这样一片安静的林子,这样一座小木屋,让我和他两个人在一起,像天下所有的新婚的人,度过自己生命中一段最甜蜜的日子,人们常说的蜜月。我没有想到,这个梦今天早晨居然实现了……我仍然不想惊动他,我的丈夫,他刚刚又一次把我从日本人的枪弹和日本狼狗的追逐中救出来,现在他是累了,让他睡吧,睡吧……

我用舞蹈般的步子跳过他,把刚打回来的一锅水放到灶上。我进了屋又出屋,在木刻楞四周我知道的地方果然找到了小半口袋黄豆、一小袋苞米糁子、一块包在油布里的盐和火具。我回到屋里来,一边打火做饭一边又回头怜爱地看了一眼身后的丈夫。我想把他的身子翻过来,不再让他这么脸朝下趴着,他一直这样睡我看着都难受!我还是没有动手。就让他这么睡吧,他一直这么睡着,一定觉得这样睡着很好,也许他正在做一个好梦,我不忍心打断它……我忽然想到别的初嫁的女孩子会不会也像我一样,静静地守在自己的丈夫身边,就像守着自己生命中的全部快乐与幸福,恨不得用自己的全部生命去拥抱他,爱他,让他快乐,让他幸福……今天这个早上我和汪大海是否真实地活在人间不重要,重要的是我觉得这一天成了我生命的节日,一生中第一个也可能是最后一个节日。我这个漂泊异国无家可归注定会死无葬身之地的朝鲜孤女,竟然也像天下所有最有福气的女孩子一样,拥有了一个将你的生命看得比自己的生命还要珍贵无比的丈夫,一个你自己也愿意为他而生为他而死的丈夫,一个你正在用全部身心感觉、靠近、拥抱、钟爱的亲人,正和他在一间孤僻无人的山林木屋里过自己新婚的幸福时光。我真想和他这么一天天过下去啊,能过多久就过多久,直到最后的日子,然后就和他一起死……

我的渴望是不是太多了呢?我想。我真爱我的丈夫啊,哪怕只能和他单独过一个月……不,我想和他一起住下去,半年,一年,我们可以在这里开荒种地,生男育女……以后我就是真死了,心里也不会再留下一点点遗憾,毕竟和世上别的女人比,我该有的都有了,死之日我也可以这样对人说:我也像你们一样幸福地过了一世!……

我煮好了一锅苞米糁子饭,汪大海还没有醒……我是那么傻,竟一直没去想他为什么一直沉睡不醒。先前我只是觉得我的亲人累了，为了让他多睡一会儿，我宁愿忍着连续两日没进过食的肚子里的绞疼，静静地坐在灶前等他醒来……我是他的女人了，我想做一个好女人，一辈子恭恭敬敬等他，每顿饭做熟了都让他先吃，让他吃饱了我再吃……可是坐着坐着，我像突然被一个来自心底的声音惊醒了：你还活着，因为你早就醒了，你还知道饿！你的丈夫这会儿还没醒，一动不动，他不是死了又是什么！

我疯狂地扑过去……我在他肩头和腿上发现了三处贯通伤。三处伤口一直在悄悄渗血。我真该死，竟没有嗅到和满屋清晨的清凉空气混杂在一起的血腥味儿……汪大海、我的丈夫还没有死，还有微弱的呼吸和心跳，可他已经深度昏迷——很可能他带着我一头扑倒在这间木刻楞里时，就昏死了过去！

我大喊起来，哭了，喊他的名字，猛烈地摇晃他……忽然我清醒了一点，住了手，撕下自己身上的军衣为他包扎。我真害怕他不会再醒过来了，可他还是醒了，睁开眼，半天才看清了我，眼里马上涌出一层薄薄的愤怒的泪水！

"你……你怎么还在这儿……你快走……明天日本人……就会赶到这儿！"他用一种几乎听不到的声音说，脸上习惯地现出严厉甚至是厌恶的表情，"你……不要管我……沿着通松河向北……去找李兆麟！"

说完话他又昏死过去……我大哭起来，生命中延续了一早上的欢乐消逝，明白自己又回到了原来那个没有安宁只有血泪的世界里。我的丈夫还没有死，可他就要死了。我以为会在这座小木屋里开始我们的蜜月，我的蜜月，可我的蜜月还没开始，就被日本人毁掉了。我很可能再也不会有自己的蜜月了！

我哭了一阵子停下来。我又听到了鸟叫、风声、林涛和大河奔涌的响声，可它们对我已没有任何意义了。我跪坐在死一样躺着的丈夫身前，一动不动，生命中重又冰水样灌满了愤怒和悲伤。我的蜜月就这么完了，我的新婚、我一生最应当感觉幸福的时光就这样完了！我的蜜月完了，我的一生也就这样完了！

不能。我不能让我的丈夫就这样死。他是我的丈夫啊，我在人间的最后的亲人啊，今天早上以前，他身负三处贯通伤，最后还是将我活着带出了日寇的合围圈！只是因为我没有注意到他负了伤，让他一直在昏迷中流血不止，他才要死了，不然他的伤虽重，却不是致命的，是我自己疏忽大意，才让我在人间最后一个亲人走向了鬼门关！

我的脑子又迷乱了……我又想到我和汪大海归根结底都要死，但他至少今天还没有死。我们今生今世不会再有平静安宁的生活，不会再有儿女，可我却想让自己的也让我们的蜜月延续。被清晨的自然的音响遮蔽的死亡音乐会卷土重来，嘹亮而狂暴，我心中的另一支音乐——不是生的音乐会，而是我自己的音乐——同样嘹亮与激烈。我早就知道生命是暂时的，今天死和明天死其实并无差别，可人一旦开始了自己的蜜月并且不想放弃它，多活一天和少活一天就截然不同了。多活一天，你的蜜月就延续一天，你的快乐和幸福就增添一分，你如果能一天天挣扎着活下去，以后的日子直到死就都会成为你的蜜月！……

99

我就在这一刻决定了，我决不撇下汪大海一个人离开，我要一直和他在一起。和他在一起，就是和我自己在人间最后的亲人在一起，和我的蜜月在一起。虽然他醒过来时警告过我日本人很快就会跟到这里，日本人要在整个江北根据地实施拉网似的大"讨伐"，怎么会不到这儿来呢？但在他们到来以前，我和我的丈夫仍能住在这里，继续我们的蜜月。这里是我们的家，我新婚的洞房。我的新郎今天身负重伤，昏迷不醒，正需要一个疗伤的地方，这座大河边森林中的小木屋就是我能为他找到的最好的疗伤之所。这里多美呀，多安宁呀，只要你想听，马上就能够听到鸟叫，听到风声，听到林涛和大河奔涌的声音……

一旦明白了自己要什么我就动手做起来：我从锅里盛出苞米糊糊，将汪大海的头搂在怀里，心里充溢着无限的温情和爱，一点点喂他吃下去。他又醒过来，却已经认不出我，只是出于本能机械地咽下了一口口饭，又昏沉沉地睡倒；接着我为他处理伤口。我烧了一锅水，放进一点盐，为他清伤，再将火药和盐敷在创面上，撕碎身上的衣服紧紧将它包扎好。这中间他疼得清醒过来，出了一身大汗，可没有呻吟。我的刚强的丈夫，一声也没有呻吟！

然后我也吃了点东西，紧紧贴在他身边，搂着我的丈夫，与他脸贴着脸睡下了。我觉得很好。这就是我的蜜月，守着自己的丈夫，自己小小的家。清晨戴在头上的花擦到了我丈夫的脸，我将它取下来，想了想又戴到另一边。我还是新娘，正在度新婚的蜜月啊。忽然我心里的花开了。我又悄悄离开了我丈夫，爬起来出了木屋，向河谷方向飞奔。我一边跑一边采花，转眼间怀抱里就有了一大抱五彩缤纷的鲜花了。我跑回木屋，用鲜花编出一个个花环、花篮和花冠，用它们把我们的洞房、我的洞房装点起来。我在壁缝里插上花束、挂起花环，在窗台上放一只花篮，玩笑般地将一只精巧的花冠戴到昏睡中的丈夫头上，然后将剩余的鲜花，一朵朵插满自己的双鬓。重新在我丈夫身边躺下时，木屋在我的眼里已成了花的世界，洞房成了花香四溢的洞房，我和我的丈夫，也成了鲜花丛中的幸福的新人了……

我睡着了。这一觉好长好长。突然醒来时已是午后，我一惊坐起，不知为什么那颗心突然惊慌起来。我满耳听到的仍是鸟叫、风声、林涛，连同巨大的寂静中凸显出来的大河奔涌的声响，没有枪声和日本狼狗的狂吠，可我还是惊慌了。是的，汪大海还睡着，他的头上还戴着那顶漂亮的花冠，这花冠改变了他脸上的神情，使这个秋姑死后突然变得丑陋和凶狠的人的面部多了一层常人沉睡中自然而然显现出的温柔和宁静的光辉。我想到惊动我心的是一件什么事了。我们的蜜月正在这座鲜花盛开的木屋里延续，可他说过日本人很快就要来的。日本人来了，我和他该怎么办！

走。一个声音非常明确非常肯定地响起来。这仍然是我的心声。我们可以留在这里让日本人杀死我们。不，我会在日本人和日本狼狗杀死我们以前用一枚一直随身带着的手榴弹先结果了我们自己。但是我不想这样。我想带上我的丈夫离开这里，我想让我的蜜月继续像今天这样延续下去！我也可以自己走，我这样做了汪大海是不会责怪我的，如果他现在是清醒的，说不定还会用枪逼着我离开他。但我不愿意。带上他不是为了让他活，那是不可能的，凭我一个弱女子的体力，不可能带着他走很远很久，到时候我们仍然会让日本人杀死，但就是这样，我仍然要带他走。带上他走就是带上了我的新郎走，带着我的蜜月走，即使是在日本人的追逐之下逃亡，我的蜜月也还在延续，我就是想让它一天天地延续下去啊！

我开始为想象中的逃亡做准备，日本人每分钟都会来的！我将我在木屋前后找到的黄豆和苞米糁子全部炒熟，装进一条用军裤改做的可以挂到脖子上的袋子里；又从屋梁上找到一挂给野猪下套子用的麻绳，做了一副简单的背兜。我还要带上我和汪大海的两支短枪，十几发子弹，那枚护身的手榴弹和所有的盐。黄豆和苞米糁子炒熟了可以放更长时间，盐和子弹不但可以护身，维持生命的能量，还是我为汪大海治伤用的药，它们是那么珍贵，我把它们藏进贴身的衣袋。我带着手榴弹是准备将它放在我和汪大海之间，一旦到了最后关头就果决地拉响。我做完了这一些，将准备好的东西堆到一处，以便有了紧急情况可以马上行动，想了想又决定把木屋里的锅也带走。带上它不是为了煮饭，而是要用它烧水，为汪大海洗伤。在荒山野岭之间，要想寻到一口铁锅是不容易的。

天黑前我已经把事情做完了。一个人跪坐在汪大海身边,我蓦然想到,自己要带着他走向何方?当然这不一定是必须要确定下来的事情,可既然要带上他远行,既然渴望让自己的蜜月延续,我就不能不自己做主将这件事定下来。汪大海早上醒过来时曾要我离开他北上寻找李兆麟叔叔和他的小队伍。小兴安岭林海茫茫,我不知道李叔叔他们眼下藏身何处,就是我一个人走,我也不愿轻易相信自己真能找到,何况我还下决心要带上汪大海走。但逃亡的方向还是确定了:沿着通松河向北走,向格棱沟、旮旯沟方向走,去找我们的队伍。我知道我们是走不到目的地的,我也并不奢望这个,我所以确定向北走是因为我们的逃亡需要一个方向,一个能给自己带来希望的目标。我忽然明白自己真正的也是最后的一个心愿:我背上汪大海向北走,不是真的为了逃亡,而仅仅是为了有一天让他重新睁开眼睛,在生命的最后一段日子里接受我做他的妻子。我一定要让他承认我是他的妻子,我一定要做到这个,然后和他像世间所有最相亲相爱的痴情夫妻一样相互拥抱着去死,死在一起。每个活着的女人都会死,但要是能了却这个心愿,金英子死时就不遗憾了,因为我到底不是孤零零地死在中国,像世上所有出过嫁、有过丈夫、度完了自己的新婚蜜月、被男人宠爱过的幸福的女人一样死的,和自己的丈夫、亲人一起死的!

　　天黑下来了。这是个没有月光却星光漫天的春夜。做好了逃亡准备的我又在汪大海身边睡下了,紧紧贴着他的身子、他的脸……夜气冰凉,夜深沉无际。林间的风大了,满山满谷汹涌澎湃的涛声仿佛大河涨水一样一起涌到屋外。在一种低低的、仿佛响彻了群山和林海的啸音之下,我又一次听到了河谷下方那条大河汹涌的流淌。这不是一个平静的夜,一切都在摇荡、飘坠、飞翔、奔涌、旋转和呼号,我置身丈夫的身边,就像置身于星光下无边的波涛之上,随着水波的起伏升沉摇坠,渐渐没入深水……可是我的一点知觉一直警醒着,不敢放弃谛听林海和大河流向的远处……我忽然隐隐约约听到一种声音了,细而微弱,却渐渐清晰而明亮……那是谁又在夜的山林间歌唱?是秋叔叔的歌唱、妈妈的歌唱、秋姑和赵阿姨含泪的歌唱吗……

　　啊,我听清楚了,又是婚礼之夜的音乐会,连同秋叔叔、母亲们和小玉的歌唱。他们是在为我和汪大海歌唱,但主要是为我,为我的蜜月,我于迷乱中下定的那个执着的决心,将蜜月延续下去的决心,带着汪大海逃亡的决心……啊,我明白了,从日本人到来的那刻起,我背上汪大海,就不是去生,而是去死……婚礼音乐会眼下就在今夜愈发汹涌澎湃的大河的对岸,秋叔叔、妈妈、秋姑、赵阿姨、小玉他们就在一河之隔的林间歌唱,他们将一直用殷切的目光望着我背起我的丈夫沿着河的这一边逃亡，望着我用这一种方式延续自己的蜜月和蜜月里的幸福与快乐。以后的日子里他们和他们的歌唱将一直伴随我和我的丈夫，哪怕汪大海一直不会再醒来，背着他前行的我也不会孤单一人；我们俩终将在某一个白天或夜晚走完生命中的最后一次旅途，但那也不可怕，日本人的杀戮只会帮我们扔掉自己沉重的血肉的躯壳，让灵魂能轻盈地飞扬起来，越过这条在星光之夜里涌动的大河，回到河对岸幽黑的山林间，与我的和他的亲人们相会，那时我们就会在一起歌唱……

婚礼音乐会越来越响亮了，亲人们无字的歌唱越来越动情，他们要告诉我什么？他们要让我知道我正在做一件不会有任何结果的事，但只要是我做了，就是我一生的成功，我这个弱女子也就像秋叔叔、汪大海，像我的妈妈们一样完成了一生中最了不起的事业。我不只是在度我的蜜月，我也是在抗争。不是中国人、朝鲜人在抗争日寇，我的抗争已经与民族、国家、军队的抗争无关，我已经超越了它们，头脑里也不再能想到它们或记得它们，我的残存的生命里只剩下一个浮泛的意念：这只是一个人的抗争。人对她生到世上后就必须面对一直压迫着她的生命的强大的和非人的力量的抗争。一个人对一个世界的抗争。站在我这一边只有茫茫林海，只有风声、林涛、这条大河的奔涌声，只有河对岸的亲人、音乐会和他们的歌唱。与今天的抗争相比，自己以前的抗争都算不得是真的抗争，只是不停地在寻找机会逃避死亡，现在不是了。我——一对名叫朴雄哲和金顺姬的朝鲜夫妻的女儿，在秋叔叔的游击队里长大，在秋姑和别人的死亡中一次次活下来，又在秋叔叔殷殷的望眼中出嫁，于母亲们彻夜的歌唱中度过自己的新婚之夜，在沼泽里和丈夫肌肤相亲，和他成了同一个人、同一个生命，今天又成了这个共有的生命的负担者——在一生的最后一段日子里，清清楚楚地意识到战争已成了一个人的战争，游击队成了一个人的游击队，抗联十六军成了一个人的十六军。我要接替所有牺牲的亲人和十六军将士继续我们的战争，同时也是自己单独一个人同那种生下来就在压迫我、蹂躏我、毁坏我的一生一世的力量作战。这才是我的战争，我自己的。我要抗争到底，然后回到河那边亲人的身边去，和他们一起，为后来的人，后来的抗争者，也为我自己曾有过的不屈和抗争歌唱……

天蒙蒙亮了……我睡过去了吗？我一直在梦中吗？我猛然惊醒，睁开眼睛看到屋外的天色……木屋里依然一片昏暗，我忽然想到了我的丈夫，伸出一只手摸他的脑门。汪大海的脑门和脸颊热得烫手！他在发烧！

"大海！大海！……"我大声叫起来。汪大海一言不吭。我以为他是更深地昏迷在高烧中了，可他却猛地像个好人似地直挺挺坐起来，瞪大血红的眼睛，向我喊：

"英子……枪声……快跑!"

是的,枪声!它不是汪大海的幻觉,从水一样涨满了黎明的寂静深处,我也听到了它!

我随着汪大海的喊声坐起,头脑一下子就像泼了凉水一样清醒。汪大海的眼睛在黑暗中变得那么亮,如同两颗燃烧的星星。他在恼怒地望我,并用一只僵硬的手,猛推了我一把:

"快走!……怎么还不走!不要管我!我命令你——!"

他恼怒是他看清了,直到此刻我仍没有照他昨天的命令离开他。如果他一直是清醒的,一定不会让我背上他走。可他刚说完最后一句话,钢铁一般直硬的身子就轰地一声向后倒下了。他又陷入了长久的昏迷!

枪声又响起,这是第二声,我迅速站起,我的心平静如水,日本人来得比我想象得更早,但我已赶在这一刻前做好了准备。我当然可以带着汪大海暂时躲进附近的森林,待日本人离开后再回来,但我却更愿现在就带着汪大海长行,日本人不会留下这座木屋继续做我们的新房。日本人既然来了,这片河谷和山林里就不会再有和平与宁静。我先用绳编的背兜将汪大海背上身,然后在胸前挂上粮食口袋,在身体两侧披挂上了短枪,最后又在脸前挂上了那口铁锅,我走出木屋。这时日本人的枪弹已嗖嗖地划破河谷上方的空气,飞到我的头顶上来了!

100

刚刚背起汪大海,气喘吁吁地爬上离木屋最近的山头,日本人就到了。此时不只南方,东方,甚至河谷对岸,都响起了枪声。我没有听到日本狼狗的吠叫和喘息,这让我一时狂跳不止的心安定了不少。显然这不是"讨伐"大裂谷的那支日军。木屋旋即就被点燃,在清晨的光照里升起一缕白烟,我没有看到火光。匆忙中我只来得及把汪大海和我埋在山顶厚厚的落叶下,只露出一只眼睛,最先出现的一队日本人就上了山。我的心又狂跳起来,不是害怕而是恨:我和我的丈夫还刚刚开始我们的蜜月长行,就要被日本人捉到了!我和我的新郎就是死,也应当在我们往前走了许久、经历了一些难以忘怀的甜蜜和惊险的日子之后。我一直注意着山下上来的那队日军,没提防一队日军突然出现在我的眼前。我这一惊不小,差点没喊出声来——一个日本鬼子就站在汪大海藏身的落叶堆前，不是我方才有意在眼下他站立的地方和汪大海之间横了一根小腿粗的枯枝，他再向前一脚，就能踩到昏迷中的汪大海身上！

可是这个日本兵没有再径直往前走那一步！也许因为和我们离得太近，日本人的眼像狼眼一样都是直的，只朝前方看，他竟然没有发现眼皮底下的落叶里有什么异样。可他并没有马上走，他一直在那里站着。我的心方才已经停止跳动，这会儿又一下一下惊跳起来：他和汪大海相距不过咫尺，只要我的丈夫昏迷中轻轻哼一声，日本人就会发现我们！

时间一分一秒地过去，我越来越觉得我和我丈夫的死不可避免。但也就在这时，我的耳边又突然听到了风声。不，不是幻听到的声音，在我和我的丈夫最需要掩护的时刻，它来了，并且带来了满山遍野震耳欲聋的林涛。林木的枝条拼命摇摆起来，打疼了那个日本兵的脸，于是他站了一会儿，就转身离开我们，向左前方走过去了！

直到天黑我们都没有离开那儿，我甚至怀疑我和汪大海是否曾动弹过一下。我在等待日本人的"讨伐"大军全部过去，可是前一队日军刚走，后一队日军又出现了，一直折腾到天擦黑，拖拖拉拉走在最后的一队日军才从我们身边走过。我仍旧一动不动地趴着，惊讶地发现进山一年多来，唯有今天面对近在咫尺的日本人我没有打战。我只是大汗淋漓，里里外外的衣服全部湿透。终于相信日本人真的全部过完我才想起汪大海，并被刚刚冒出来的意念吓了一跳：整整一天，在一批批日本兵眼皮底下，汪大海竟没有吭一声！一个可怕的预感涌上了心头：他一定是死了！一天里我都没有打战，这一刻却打战了，我三下两下扒开落叶，扒出了汪大海，伸手去摸他的脸。汪大海还没有死，他还有呼吸，脸上火烫火烫，鼻孔里的热气灼痛了我的手——他仍旧昏迷不醒，只是在昏迷中！

黑夜降临，喧闹了一天的山林渐趋沉寂。我背起我的丈夫，继续向北走。日本人就在附近露营，他们并没有走远，可我并不惊慌，我的心比白天还要沉静。我的丈夫还活着，却又随时可能死去。白天要夺走他生命的是日本人，现在对他威胁最大的则是一直持续的高烧和昏迷。我向北走就是向山下走，向淡淡星光下鼓涨着春水的河谷里走。那里有清凉的水，而我的丈夫却在高烧，它会要了他的命！我走下河谷，一直没有遇上日本人，虽然隔着一座山头，我就能望见日军营火的红光！

我在水边将汪大海放下来。河水冰凉，我让他平躺在地面湿润、清凉的水边，一边喘息，一边双手捧起水来，喂到他那被烧出一圈圈燎泡的嘴里；我解开他的衣服，用冰凉的河水为他洗脸、擦身，我甚至把他的两条腿——包括那条大腿根受伤的腿——半浸入河水，觉得只有那样做才能帮他去热。我虽然带了一口锅，却不敢生火，就在河边解开破布做成的绷带，用满河闪烁着星光的清水为他洗涤和冷却伤口，擦干后重新敷上盐和火药。我一点儿也不知道汪大海是什么时候醒的，可他醒了，当我重新背起他一步步离开河边向山上爬去时，忽然觉得背后多了一双眼睛！汪大海在望我，一双像星星一样亮晶晶的眼睛里浮动着水光。他刚才一定是又疼醒了，可他咬紧着牙关，一声也不哼。这时的我却没气力了，两眼一黑倒在地上，和汪大海一起顺山坡往下滚，一直滚进了水边的苇丛！

　　第二天太阳照亮河谷时我才蓦然醒来。我被河面上反射的阳光灼疼了眼睛。我的第一个意念是汪大海不见了！我吓坏了，翻身坐起，惊慌四顾，瞅见苇丛中多了一条被人体碾倒的路。我慌忙顺着它往前爬，我看到他了！他就趴在距河水只有半步远的地方，一只前伸的胳膊已浸到了水中，却在那里昏了过去！我忽然想起汪大海想干什么了，昨晚醒来后他发现我还是没有执行他的命令，扔掉他一个人走，相反却背着他开始了艰难的逃亡，过去我一直是他生命的负担，现在他却成了我生命的负担！他知道只有自己解决掉了自己，我才会不再管他，一个人逃脱！我虽然懂得他的心，被激怒的悲伤的心却不能原谅他！汪大海，我不想撇下你走是因为我不能那样走，不想那样走，我是你的妻子，是你在世间的最后一个亲人，我和你都到了生命的最后一段日子，我想进行一生中最后的抗争，想把这段日子全部变作自己的新婚蜜月。我的抗争已经不是要杀死日本人，而是要在你身旁坚守你和我的生命，坚守我的也是你的新婚蜜月。只要他们还没有杀死我们，只要我们还活在人间，我们就是抗争的胜利者，我和你就是在自己的蜜月中。没有你，我的抗争就没了内容和意义，我的生命里就不但没有了新郎，也不再有蜜月的日子！我将他从水边拉回来，扑上去打他的脸。我只打了一下就停了。大约是因为他的一只手长久浸泡在河水里，这一忽儿我发觉他烧得竟不那么厉害了！我悲喜交加，一时又抱起他，脸贴着他的脸哭起来！河水帮他意外地退了烧，让我的心受到鼓励。新的一天开始，躲藏在苇丛深处，我看到了日本兵三三两两到河边打水，可他们竟不能看到我！太阳高升，枪声四起，我没有马上背起汪大海离开。我坐在水边苇丛深处，摸出一把炒熟的苞米糁子放到嘴里嚼成糊糊，一口一口抹进我丈夫的嘴里。汪大海的眼睛睁开又闭上，他咽不下去，我趴到河边喝一口水，再嘴对嘴帮他把食物一点点灌进去。喂完了他我也就着河水吃了两把炒黄豆，我觉得力气又来了。我背起汪大海，沿着河边的林子和苇丛，继续向北方走！

　　接下来几天的情形和头天差不太多。我们时刻都会和日军遭遇，走着走着就会听到枪声大起，或者发现一队日本兵迎面走来。我和汪大海目标小，又一直紧靠着河边走，哪怕与日本兵只有几十步之遥，也能迅速藏进一丛灌木或一片苇丛。有一次我和他还一起藏进了苇丛后面的河水里。汪大海一直昏迷不醒，你带他去哪里他就无知无觉地待在哪里，不像个丈夫，倒像个听话的任由母亲摆布的婴儿，我一个人在这些地方屏神静息，等着被日本人发现，时常会觉得这一次将不可避免，却又一次次平安逃脱。我越来越不愿意离开河边还由于有了头天的经验，它现在对我和汪大海不再只具有指示前行方向的作用，更重要的是我还需要这一河洁净冰凉的清水帮我丈夫清洗伤口和退烧。今天的人们一定会认为用河水直接洗伤不但愚蠢而且极其危险，可在那时我这么做却没有给我丈夫带来坏结果，在我那一团迷雾似的感觉中，我似乎还正让他的伤势一点点好起来。我守着这条河也是为我自己，无论何时，背着瘦成一把骨头的他仍觉得山一般沉重的我渴了累了都能喝到水。可夜间宿营时我也不敢离河水太近，我担心汪大海还会趁我睡熟时爬向它。我找的宿营处总是尽可能隐蔽，又远得足以让他不能够有力气爬过去。即使这样，我还是不能放心，每当我做完该做的一切，精疲力竭，就要昏昏睡去以前，还要用布带把他的手和我的手捆在一起，只要他一动，就会惊醒我。

可我这时这样做已经是多余的了。最初几天的高烧退去后，汪大海的伤势并不见好，却也没有继续恶化，那个年月，从小兴安岭密林深处流出的水至少还像儿童的心灵一样洁净；无论白天还是夜里，汪大海清醒过来的次数越来越少，但又不是一直人事不省，他的生命似乎进入了一种介乎于昏迷与清醒之间的状态。我需要他醒来他就会醒来——比方说每次找好了宿营地，我喂他食物和水的时候，他就会把眼睛慢慢睁开，望着我，像是知道我要他做什么；每次我要为他清洗伤口、在伤口上抹盐和火药，他也大致醒着，并且一定是觉得很疼，浑身上下才会一阵阵发抖。这时他湿润的眼睛里的神情常常让我觉得他对我这时在做什么也是明白的，并努力要表现出他的感谢和英勇。可也往往是在这时，我也不止一次觉得他仍然是在沉睡，他似乎没有真正清醒时疼得厉害——一旦我不需要他醒着，他立即就会昏睡过去。这时你要再唤醒他就不容易了，要费好大劲儿，在他耳边喊上好久才能让他重新勉强睁开黏涩、沉重的眼皮瞅你一眼，这一眼你不觉得他是在看你，他的目光茫然、空洞，望着你又不像是望着你，而是望着别人，望着你身后的某个方向，这时你会突然觉得他根本就没有醒！陷入这种精神状态的汪大海眼里一点儿也没有令我不安，我根本没想到高烧之后他的生命正经历一个越来越衰弱和接近死亡的时期。他所以没有死只是因为一直很强壮的躯体内的生命力还没有耗尽,但却正在耗尽。相反此时汪大海在我的蜜月式的感觉里显得比以前更安静、驯顺,虽然神志尚不清醒,身上却差不多不烧了,眼下他只是有一点虚弱——话又说回来了,哪怕那时我知道他正一天天接近死亡,也不会放弃他。我自己的疯狂就不亚于汪大海的虚弱:他是我的丈夫,我的新郎,我的亲人,我心目中的抗日英雄,只要我不愿意放弃我的抗争,我的蜜月,就是他真的已经死去,身魂两离,就是我身上背的是一个死人,我也会一直坚持下去。透过坚执而混沌不清的表层,我在自己的心底其实早就认为自己和汪大海没有差别,我们每时每刻都在死亡里——或者已经死去,或者正在死去,我和他距离那个可以清楚地望见的目的地一样远近。实际上,汪大海一直像沉浸在深水里一样沉浸在自己的虚弱中还安慰和帮助了我:至少我不担心他会在与日本人遭遇时发出声响,将我们从树丛或河水边暴露出来。

我不愿离开身边这条大河的更重要的原因还是那场来自河对岸林间的婚礼音乐会,是秋叔叔和母亲们动情的歌唱。自从我背起汪大海走上北上的旅途,我自己就像没入深深的河水一样没入这场婚礼音乐会和亲人们的歌唱里了。日日夜夜,时时刻刻,我的耳边一直回荡着它,我的生命像在起伏不定的水波中一样随着它的宏大无边的、深情的歌唱似的音浪飘浮和飞翔,我既是在日军的身旁,和死亡一起长行,更是在一场仿佛自我的洞房之夜就开始演奏的、直到此刻仍没有终止也不会终止的婚礼音乐会中远行,在亲人们祝福的歌唱中远行。我不离开这条河,就是不离开这场音乐会,不离开我的亲人们和他们热切的望眼以及动人的歌唱。亲人们的歌唱上达云霄,响彻千山万壑,与之相对白天和夜晚随时会在我身边不远处响起的枪声就不算什么了。我傍着这条河行走,就是每日每时在自己婚礼的音乐中走,在自己新婚蜜月的日子里走。我不但感觉不到痛苦,甚至还觉得这是我一生中极为幸福的日子。我的蜜月在延续,日本人没能扼杀得了它,还有我的生命、汪大海的生命也在延续,在最幸福的时光里延续!

我的头上一直戴着花。汪大海的头上也戴着花。踏上逃亡之路的那个黎明我没有意识到自己和汪大海头上还戴着昨日从河谷里采摘的花,直到第二天早上,在河水边,我才看到了自己头上的花,于是也就看到了我当初戴在汪大海头上的花环。我将旧花取下,顺手从河边盛开的野花丛中掐来新花重新插满我的双鬓。我是在自己的蜜月里啊,我还是个新娘子啊。我在水中看到了满头鲜花的我,我觉得自己真是一个好看的新娘。我回头看了看汪大海,一颗心又像大河涨水般涌满了柔情。我想让他跟我一样美丽，他是我的新郎啊，和我一样在自己新婚的蜜月里啊。我从他头上取下那个已凋萎的花环，重新为他编织了一个更漂亮的戴上头，然后才背上他开始行军。河对岸的亲人们会看到我们的，十六军全体牺牲的伯伯叔叔们也会看到我们的。他们会发现蜜月中的英子看上去有多漂亮，重新做了新郎的汪大海看上去有多漂亮！

我们走得很慢并且越来越慢。背着汪大海行军——虽然他已瘦成了一副骨头架子，可仍然十分沉重——我们不可能走得很快。一个像我这样的普通抗联战士当然不了解日军"讨伐"我根据地的具体部署，我知道的、令我心里微微起了惊讶的只有一件事：自从我背起汪大海逃亡，日日夜夜，一队又一队日本人便再也没有离开过我们的左右。不过渐渐地就连这种环境我也习惯了。日子一天天过去，我的身子越来越弱，既然每天身边都是日本人，日本人的威胁在我的心中就变得渐次麻木和迟钝，它们开始退居其次，占据主要位置的只是我的丈夫和我自己了。开头一些日子，为了甩掉身边的日军，我曾背着汪大海拼命往前赶，但赶来赶去，我发觉自己甩掉了身后的日军，却走进了前面更多的日军之中。我忽然明白我是在日本人的重重包围中了，它们是甩不掉的。我既不知道这次日军的重围有多少重，也不知它的范围有多大。既然我已无法走出重围，只能天天和这些日本人在一起，再拼命挣扎着往前走就没必要了，何况我也没有了力气。我开始放慢我们的行程，原本每天要过五个山头，现在就过两个甚至一个，无论白天还是夜晚，也无论是清晨还是中午，实在走不动或者不想走了我就停下来，在河边找一个地方藏身（我宁愿称之为宿营）。出发时带的一点炒苞米糁子已经吃完，炒黄豆也越来越少，距离一直出现在我意识中的下一个目的地——我和胡爷爷胡奶奶住过的深山中的家——大约还很远，我应当把它们全部留给我的丈夫。宿营后我仍旧将这些炒豆一口口嚼碎喂进汪大海嘴里，给我自己准备的则是周围一切可吃的东西。山林里的春天已深，到处都是疯长的青稞子，我的饭就是这些草丛里的野菜、苦菜、死人耳朵、萋萋草、地谷皮。野菜也不是随处可见，有时宿营的地点选择得不对，我就不得不饿着肚子过夜，实在受不了就去河边苇丛扒新鲜的芦根。芦根是苦的，不过它就是苦，我也品不出味道来了。也有运气特好的时候，冷不丁碰上一大片苦菜，我会把什么都忘记了，坐下去大把大把抓过来大嚼。再往前面走，能不能找到一片野菜地成了决定我这一天走多远、在哪里宿营的主要原因，会不会遇上日本人则完全不重要了。饥饿既然超越日军成了对我的生命和蜜月的更大威胁，它们在我心里的位置就颠倒过来了。我们仍在往北走，我们仍旧每日每时在山林里与一支支日军周旋，我们依然在躲避、奔逃、隐藏，我仍在用河水、盐、火药给昏睡不醒的汪大海"疗伤",盐和火药用完了改用林间发现的草药(那是胡爷爷胡奶奶当年告诉我的,办法是放在嘴里嚼碎糊到伤口上),但随着身体一天天虚弱下去,意识也渐渐模糊,脚下的步子跟跟跄跄,对眼前发生的一切的感觉也和最初不一样了,真实的成了幻景,幻景却成了真实。我仍然在走,昏倒后爬起来再走。我觉得更加沉静,更加从容不迫,其实是大脑对外界的反应一天天迟钝,越来越迟钝。

可在我生命的深处,却有了另一种极为清楚的感觉:我觉得自己越来越轻松,心胸宽广,觉得正在走自己最后的人生之路,前面很快就会出现那个光明和自由之门。我在这种感觉里变得强大和无所畏惧。为躲避日本人,有一阵子我只选择夜间行军,天一亮就找个地方藏好,现在我不再守这样的规矩了,就是大白天,如果我觉得自己吃饱了,身上有了力气,也敢背着汪大海朝前走了。我不再刻意地避开日本人,虽然一队日军出现在身边,我还是会带着汪大海躲藏,但有时我也敢就地在林中或河边坐下,不躲也不藏,安静地等他们出现。我想知道他们到底会不会走到我面前来。我在每日的行程中昏倒的次数越多,每日走的路就越少。头晕、肚子里咕咕叫,两腿发软,一不小心就会和汪大海一起摔倒。现在是我说了算而不是日本人说了算,我说不走就不走了。有时早上刚翻过一个山头,我就停下来了,用一天里剩余的时间去寻找宿营地和食物,不管身边是不是就走动着一队队的日本人!

即使在这些最后的日子——躺下去就不知道还能不能醒来,或者行军途中突然发觉日本人已发现了我们、被身后的枪声追得上气不接下气、随时都可能昏倒死去——来自身边这条碧蓝的大河对岸的音乐会连同亲人们的歌唱也没有停止。以前它们还总是夜晚嘹亮白日喑哑,这时无论昼夜它们都是嘹亮、宏大、颂歌一般的了。只要我还能倾听到它们,只要它们还在我的耳边萦绕,我的生命就不会完全绝望,我的心就会一直像河谷上方的天空,洁净、蔚蓝、明亮。是的,明亮这个词很准确……出发时我一次也没有想过脚下的路有多长,我们是否真能到达目的地,或者就是千辛万苦到了,是不是真能找到自己的队伍,我不去想它是因为我一开始就知道想它没有意义。我是为了延续自己的蜜月开始了自己的抗争之路,现在我抗争过了并且仍在抗争,我的蜜月一直在来自河那边的婚礼音乐会和亲人们动情的歌唱中延续。只有我一个人知道今天我每天背着汪大海北行并不真是在背着汪大海北行,而是在等待。生命中最后一个日子就要临近,他的和我的。我是他的妻子,希望他能在这个日子到来之前清醒过来承认这个。他承认了这个我的一生就圆满了。当然我愿意我们能活得更长久,使我的蜜月更久地延续下去,让我有时间成为他真正的妻子。我今天仍然挣扎着带他北行，就是为了这些，仅仅是为了它们！

等每日出现在身边的日本人在某一个早上突然全部消失，四周围的山林重新变得一片静谧，神志也已不十分清醒的我费了很大的劲儿才明白：过去的日子里我们和日军的前进方向是一致的。我们是在向北去找自己的队伍，日本人却也在由南向北拉网似地"清剿"主力西征后残留在根据地的抗联部队。我为摆脱日本人背着汪大海走得越快，就越没有可能和走得同样快的日军脱离。今天我越来越跟不上日本人的步子了，也就和他们脱离了！

但我仍在北行。除了这件事，我已经记不清该做别的什么了。我们还没有到达我印象中那新的一个胡爷爷胡奶奶在深山里的家，我们已没有粮食，这些日子里汪大海也要跟着我吃野菜和芦根。我把它们嚼碎了抹在他嘴里。可是我的新郎需要粮食。我想在那里找到粮食喂他，让他尽快醒过来认我这个妻子！

我到底没能做到这个。一天中午，我还刚刚发现了一片疯长的苦菜地，将汪大海撇在一边，坐在那里野人似地大嚼，抬头就看到一支队伍正迎面走来。我一次次睁大眼睛看他们，只是看不清楚，我知道他们是自己人，从日军人拉网式"讨伐"中逃出来了，心里并不惊慌，可我越是想看清走在最前头的那个人的脸，这个人的脸就越像大河里的涟漪，一圈圈地化开。他都扑上来抱住我了，我还是看不见他的脸，看不见哪……

醒来后我和汪大海已躺在河边土崖下一个地洞里了。在那里过了许久我才明白，从我背着汪大海踏上北上之路到和自己人奇迹般地相遇，我们已在山林里走了一个月零十天。它带给我的安慰是：我们每天都可能死，可我们活着。我不但延续了自己的蜜月，靠自己的力量挣扎着活了下来，还生平第一次让自己的丈夫也活了下来……

101

和我们相遇的并不是留守根据地的李兆麟支队，而是当初用松下浩二从格节城里换回汪大海的"一道风"和他的山林队。日寇向北"讨伐"了格棱沟一带后又回头向南"清剿"，他们救了我们却不想带我们一起走。几天后，我们俩的情况稍有好转，"一道风"就把我们俩安置在一个日本人不易发现的河边的土洞里，留下了在当时来说还算充裕的粮食和一罐治枪伤的草药膏，就和我们分开了。

土洞里又只剩下我和汪大海两个人了。最初一两天，依然虚弱的我们只是并排躺着，可我们毕竟活过来了，头脑也清醒了。经过"一道风"山林队里那名治枪伤很有办法的老草医的治疗，汪大海肩部和腿部的伤势停止恶化，伤口基本消肿，一点点收敛。我的大脑清醒后的第一个感觉是：汪大海醒过来很久了，并且已经从别人那里知道了过去四十天里发生的事情。

我不是从他的话语中感到这些的，恰恰相反，我是从他那大山一样的沉默、那已重新在昏暗中闪烁明亮的目光里感到的。汪大海就是一声不吭我也明白他此时心情激动，明白他就是心情激动也不愿将他正在想什么告诉我的。他这么个人，你就是救了他的命，也甭想他会亲口对你说出一句感激的话，相反他只会为自己在过去的日子里差点也把你拖进鬼门关而深感恼怒。但是他身上发生的变化有一点还是被我捕捉到了，并马上打动了我的心：无论如何，他第一次不再把我看成个小孩子了，他开始把我也当作一个成年人、一个同样值得尊敬的抗联战士来感觉和思量了！

……最初两天就这样过去了。"一道风"山林队走了，日本人又回来了，我不知道它们是不是那些曾和我们一起北行的日军。我和汪大海依然随时可能被发现，但我一点儿也不惊慌。我们藏身的土洞位于河边一座土崖的反斜面上，不是面对着东方的森林，而是面对着春水鼓涨的河谷，只有一个出口可与外界联通，就是它也在"一道风"山林队离开时给削平了，日本人进不来，我们也出不去。我们不需要出去也不想出去，我们有粮有药，洞里还有一线泉水，以前我们向北走是要找自己的队伍，现在我们已经找到自己的队伍并得到了帮助。我们已不能长行，只能在这里躺着，等待汪大海的伤痊愈，也等待我自己的体力和精神一点点恢复。

我知道我们之间会有一个倾诉的日子。我的心对我说会有这样一个日子。不只是我，连同汪大海，都需要这样一个日子。我们已在沉默中感觉和沟通，但这还不够。河那边山林中宏大、动情的婚礼音乐会还在，亲人们含泪的欣喜的祝福和歌唱还在，我的蜜月没有结束，我不想让它结束，还觉得我的真正的蜜月、我们的真正的蜜月刚刚开始。它曾被前一时期的逃亡推迟，现在又回来了，我清晰地听到了它向我走近的脚步声。

就是到了这一天，我仍没想过自己真能活下去，我能想象的、能把握的幸福仅仅是死前做汪大海真正的女人。这不是他的愿望，而是我的愿望。有一天我忽然明白了：需要一个人先开口。我不先开口，要等他先开口，是不可能的。

我知道需要等待。它不是那么容易到来的。需要有开口的机会，需要有那样的气氛和渴望。

我原以为它要等很久才会上门，可是我错了，它突然就来了，比我想象得更早。

这是一个雨夜。头天日本人一直在我们藏身的这片山林里闹腾，天黑后才走掉，接着就沙沙地下起了细雨。我仍然像过去那样担负着照料汪大海的责任，但现在许多事他都可以自己做了。我们简单地吃一点"一道风"山林队留给我们的豆饼，喝了点泉水，就又应着雨声躺下了。汪大海没有睡着，我也没睡着，可他坚执地沉默着，只要他这样，我就知道自己还不能开口。

后来我睡着了，没想到会这样。听着洞外淅淅沥沥的雨声，想到明天日本人也会因为下雨停止在这片山林里搜寻，心里不知不觉地就水纹一样荡开了一种许久没有过的安全感。我觉得一点睡意也没有，透过近处的雨声，觉得自己能一直听到雨水落在河面上的浩大声响，听到雨点打在满山林叶上发出的惊天动地的轰鸣。我以为这一夜我是睡不着了，这样辽阔沉远的雨声，听得越久越像是音乐，一场新的动人的山林音乐会。我开始倾听这夜雨下的音乐会，不知不觉竟睡了过去。

我睡得很沉。醒过来时雨声还在，不过听上去似乎比入睡时小了。忽然觉得那个时刻到了。汪大海没有睡着，他在我身边睁大眼睛躺着。我要不就现在开口，要不就永远没有机会开口了。

"大海，你睡着了吗？"

没有回答。

"大海，我知道你醒着，知道你在听我说话。你要是不想说啥，就不开口好了。

"大海，我今晚想对你说的只有一句话：我不想只做你名义上的妻子，我想和你做真正的夫妻。

"大海，大军西征前秋叔叔为我们举行婚礼时我错看了你。其实你并不想和我结婚。你一直把我看成个没长大的孩子。你那时所以答应了，是你不能不接受秋叔叔的嘱托，代替他负担起保护我的责任。赵阿姨和小玉牺牲后秋叔叔就身心俱裂，他也是个人，知道自己活不太久，就将我托付给了你。

"我不知道那天我走进秋叔叔的木屋前你和他都谈过些什么。现在你就是不说我也明白，那天你答应从他手里接过来的绝不只是一个人，你还接受了一个誓言，妈妈生前死后他对她许下的誓言。秋叔叔知道自己不能再履行这个誓言，于是就想到了你，把我托付给了你，托付给了你率领的十六军主力，托付给了他最信赖的人。

"在旮旯沟营地举行婚礼时我不了解你和秋叔叔的真实想法，不过就是知道了，我也不会接受你做我的丈夫。秋姑死后你我就开始相互憎恨，我知道你有理由恨我，可知道了这个我仍然无法不让自己恨你（以前我只认为那是憎恶，其实憎恶也是恨）。为什么会这样我一点也不知道。但是哪怕是为了履行秋叔叔对妈妈许下的誓言，让我活下去，仅仅因为要我做你的妻子——即使是名义上的——我也不愿意。原因很简单：自从虎跑突围中死了赵阿姨和小玉，自从知道秋叔叔已不再可能将我托付给省委、送到哈尔滨读音乐学校，我就知道自己要死了。请求秋叔叔派人帮松下浩二逃回日本是我的死亡方式，大军西征前暗自决定和你们一起走、不再要秋叔叔负担我的生死也是我的死亡方式。既然认定了一个死，我干吗还要接受一个自己一直憎恶的人，哪怕让他做我名义上的丈夫。

"何况那天我并不知道在你和秋叔叔之间有过一场托付。我以为秋叔叔为了救我们已经疯了，你也疯了，真要娶我做自己的妻子。我之所以还是跟你一起参加婚礼不是改变了自己的意志，而是要让秋叔叔满意。那时我就觉得他要死了，我想让他真以为我已经嫁给了你，生命有了新的保障，那样他也许就能活过来。大海，我是为了让秋叔叔活下去才嫁给你的！

"我为了让秋叔叔活下去决定随主力西征，为了这个同意出嫁，可他还是死了！秋叔叔死了，我就更没有任何理由活下去了。从那时我就不是我自己而是一个介乎于生死之间的人了！

"可我这时也只能以你的妻子的名义随队出征了。我愿意随军西征不是为了生，而是为了死。既然秋叔叔将我交给了你，我也只能跟着你去死。无论这样死还是那样死，死在这里还是死在那里，对我已经没什么意义了！

"直到那时你都没有对我多说一句话。其实只要你说你也不想娶我，只是为了秋叔叔，不能不那样。你只要说出这些话我心里乌云就会消散，可你就是不说。你不说我就没法不对你的心思胡猜乱想。秋叔叔以为结婚会让我们靠得很近，可它却让我的心离你越发遥远。

"但我还是得到了你的保护。以你的女人的身份，不，是以抗联十六军副军长妻子的身份。西征的头一天你就利用了自己的和我的特殊身份保护了我，我们的西征结束后你又一次次地从死里救了我。没有你，我也像秋姑、赵阿姨、小玉她们一样，早成了山林间的一堆白骨。

"是你在救我的过程中让我知道了你的真心，你坚持要和我结婚并执意认为我们是真结婚，只是要负担起秋叔叔交托给你的责任。秋叔叔生前你还只是答应了他，你可能只认为自己是在执行一个命令，秋叔叔死后它就成了你必须履行的誓言。当初我宁死也不愿意和你结婚的原因非常简单：我不喜欢你。我相信你坚持要和我结婚的同时却根本不愿意和我真正结婚同样是因为你也一点儿不喜欢我。现在不同了，离开西征主力返回根据地后这些日子里，我懂得了你，你大概也懂得了我。

"不管你现在到底怎样看我，眼下在我心里，你都是我的丈夫了。不只是丈夫，还是我在北满抗联最敬重最信赖的人，是我在人间唯一的亲人。大海，今天我对你的敬重不是以前对秋叔叔赵叔叔那样的敬重，今天我敬重你，首先就因为你是我的丈夫，我对你怀有一种只有夫妻才会有的同生共死的深情。我的亲人，自从日军那天把我们逼进沼泽地，你心口对着心口将我暖和过来，我又心口对着心口把你暖和过来，我和你就不是以前的关系了。我是个女孩子，你是我的丈夫，是我今生第一个与之肌肤相亲的男人。从那时起，我对你就不可能再是别的什么人，你对我也不可能是，我只能是你的妻子，你也只能是我的丈夫了！

"大海呀，今天你肯定已经知道过去的四十天我们是怎么活过来的。如果你不是我的丈夫，如果我不把和你在一起的日子看成是我的蜜月，我们的蜜月，我不可能一个人背着你在山林里走这么远的路，我们走不到这里就不会遇到'一道风'的山林队，遇不到他们我们就会死。大海，这些日子我并不是在背着你向北寻找我们的队伍，我没有想过我们真的逃过这一劫，我只是不甘心我的新婚蜜月、我们的新婚蜜月还没开始就结束。我们是抗联战士，可我们也是人，我们——尤其是我——也是活一世呀，我不想就这样死，我想在死之前像世上所有的女人一样活一次，我要出嫁、有自己的丈夫，和他过一个长长的新婚的蜜月。然后我就死，和你一起死。

"可我们没有死。直到今天，我才真实地觉得自己获得了重生。既然我还活着，既然我们还活着，我就不能不对你——天底下我唯一的丈夫和亲人——提出这样的要求。大海，背上你上路时你在昏迷中，肯定没有想过会真的做我的丈夫，今天到了这里，你一旦醒过来，不想做我的丈夫也不能了。我的要求是，我想要你像世间所有的丈夫那样待我、爱惜我，我想给你——也给我自己——生一个孩子！

"别为我说出这样的话吃惊。我马上就会告诉你我为啥要你这么做。

"我仍然不认为我们或者我自己能活过这场战争。正因为我知道不能，才想抓住仍旧活在人世的时间，真实地做一回女人。父母把我生在人间，虽然颠沛流离，身世凄凉，可我毕竟在亲人们的呵护下长大了，我吃尽了人间苦也享受了常人难以遇到的爱，秋叔叔又亲自为我安排了婚事，事到如今，我相信他是让我嫁给了天底下最好的丈夫。我们还一起拥有了一个长长的蜜月。不,只要我们活着,每一天都会是我们的蜜月。我该有的都有了,该经历的都经历了,该受的苦受了,该享的福享了,我唯独没有的,就是做你真正的妻子,为你也为我自己生下一儿半女!

"啊,大海!回头去想,我觉得你和秋叔叔当初都错了。秋叔叔一直认为包括他自己在内,格节游击队的叔叔阿姨们都会死在这场战争里,唯独我和小玉能活到胜利的一天。可后来小玉还是死了!小玉死了秋叔叔就把他的信念和希望寄托到我一个人身上,寄托在你身上。在他心中,别人谁都可以死,唯独我不会死,也不能死!

"虽然他没亲口对我说过,可我知道他心里就是这么想的。我在他心里不只是一个托付,一个必须履行的誓言,还是一个必胜的信念。为了让我活下去他才让我嫁给你。你不顾我的反对执意和我举行婚礼,正是要把自己的决心和信念展现给他,要他放心。秋叔叔死时把我的手交到你手里时,他的心一准是平静的,因为他相信你一定能让我一直活下去,相信中国人朝鲜人一定能够胜利!

"连我自己过去也相信这个。但到了今天,经历了这么多生生死死的日子,我对这一点就不完全相信了。

"不要以为我绝望了,对胜利失去了信心。我只是不相信我自己能一直活下去。事情明摆在这儿,只要日本人像今天这样强大,只要他们一年年这样'剿灭'我们,我们中的这一个或那一个人——不是全部——要想保证自己能活到战后,几乎是谎话!你和我不会一直这么幸运。只要有一次不幸运,我或者你就会死。但话又得说回来,我们死了并不是说中国人和朝鲜人都死了,抗联的事业就完了。我们死了,千千万万的中国人和朝鲜人还在,赵叔叔还在,杨靖宇叔叔还在,抗联的队伍还在。只要日本人不将中国人朝鲜人赶尽杀绝,战斗就会继续下去,胜利的一天就会到来。中国人朝鲜人加起来有好几亿,日本人想杀也杀不完,这样一想,就是我们死了,胜利的还是中国人和朝鲜人!

"让我难过的、不甘心的只是我们自己。虽然最后我们会胜利,可我们还是要死,我这个人和你这个人还是要死!我不是别人,我只是我自己,父母把我生下来,不是为了让我流落中国,在游击队的山林和洞穴里过一生,然后被日本人杀死,或者像小玉那样被他们活活吃掉。妈妈生我到世上,是想让我像人一样活一生。我死了,世界上就再没有我这个人了,我也不会再拥有这个世界了!就是日本人败得再惨,我也不能再走回人间活一遭了,我不甘心的,就是这个!

"这就是我想和你做真正夫妻的原因。我已经是个十六岁的大姑娘,太平年月里我这样大的人也要出嫁、给人家做媳妇、生儿育女了。我的一生也是一生，我也想像太平年月的女人一样嫁人，为你生儿育女！虽然我和你都会死，可我们也不那么容易死，多少回我们都活过来了，我们还能一天天活下去！我们虽不能活到胜利，但我们一天天活下去仍是可能的，比我们想象中活得更久仍是办得到的！

"这还不是全部原因。大海，我虽然嘴里说着死，心里却并不想死！日本人最后一定会杀死我们，可只要我和你生下一男半女，只要他能活下去，我和你就仍有一线生命活在人间，只要孩子能在苦难中长大，中国人和朝鲜人的事业就仍有希望。秋叔叔活着时常说一句中国古书上的话：楚虽三户，亡秦必楚！想生下一儿半女也是为我自己。秋叔叔活着，让我一直活到战后是他的责任，他对我妈妈和我的誓言；现在他死了，活下去直到战后就成了我对他的责任和誓言。哪怕只有我的孩子活下去了，我想我仍然没让死去的秋叔叔失望，没有让死去的秋姑、赵阿姨、小玉她们失望，那时他们也会明白，秋叔叔的话说到底还是对的，他说我能活到胜利的一天，我就活到了胜利的一天——尽管活下来的只是我的一部分生命！

"我想和你生下一男半女，还是为着我心中那个至今也没完全忘掉的傻想头：我想他要是能替我活到胜利，说不准也能替我实现自己今生没能实现的梦——我说的是他也许就能去读一所音乐学校，长大了像我的妈妈那样，做一名出色的音乐家！我的一线生命在他身上，他做了音乐家，也就是我做了音乐家！

"你一定以为我疯了。这么艰难的年代，你和我要挣扎着活下去尚且不能，万一真生下了他，孩子怎么活下去！大海，这些事我都想过。世上是有奇迹的，它们每日每刻都在发生。自从走进游击队，我能一直活到今天，本身就是奇迹！你两次负伤能活到今天是不是奇迹？我会嫁给你、你会娶我做妻子是不是奇迹？还有松下浩二，你大概不会忘记他吧？他是个日本兵，被抓后每天都可能死，就因为他执意要活下去，回日本见他的姐姐，最后居然美梦成真！说到松下浩二，我又想起来了，是他离开时第一个提起这个话题，说我该找一个人结婚，为他生个一儿半女。他原话的大意是：姐，你结了婚，心就被一个人拴住了，就是到了最难的时候，你为了他也会挣扎着活下来！要是再生个孩子，你就更不能死了！今天想来，浩二的话说得对，过去四十天里要不是心里有你，我自己可能早就倒下了！对了，我现在就要告诉你：你是个男人，是个抗日英雄，就是我生下了一儿半女，也不会让他拖累你，他或者会拖累我，可那不重要，真正重要的是有了他我就会不顾一切地活下去，日本人没有杀死我的孩子以前我这个母亲是不会死的，除非他们先杀死了我！你现在可能明白了，人在生死之际，心里有没有一个人牵挂着大不一样，我要和你生个孩子，不是让自己更悲惨地死，而是让自己更坚强地活，活得更久！

"有句话我还是说出来吧，我想跟你要个孩子，最后一个原因也是为了你。有了他，就是有一天我死了，你仍然会为了我们的孩子不顾一切地活下去，你活下去了他就能活下去，我的一线生命、我的梦想就能实现了，我这一生一世，就没有白活！

"大海，我的话说完了。我没有疯。我今天头脑格外清醒。我既然把话都说出来了，就是对我在人间最后一段日子里要行的路作了决定。你现在可以不回答我。可你把事情想清楚以后一定要告诉我。我知道你不会让我失望。"

我的话就在这儿打住了。直到天亮汪大海还在沉默，但我知道，自从我说完上面的话，他的内心、他以后的生活和命运，就不会再和以前一样了。我等着，等着，忘记了外面下个不停的雨，仍没有等到他开口。我不在乎，他就是永远不开口，就是他不愿意答应我的请求，我也把最难说的话说出来了，至于以后会发生什么，就不是我一个人能左右的了。想到这里，我的身心完全放松下来，不再去想身边的汪大海，过了一会儿，就在洞外那广大无边的音乐化的雨声中睡着了。

102

一个白天什么事也没发生。我做着我平日该做的事，他也像往日一样平静地躺着，避开我的眼睛，沉默着不说话。可我知道，我们的谈话并没有结束，是他用自己坚执的沉默暂时中断了它，现在它每一分钟都可能重新开始。

夜又来临。做完了该做的一切，我回到他身边躺下。我有一种感觉：要不今晚，要不他永远不会开口说什么了！毕竟，不开口也是一种回答，一种不让双方都感到尴尬的拒绝。

夜很长也很黑。淅淅沥沥的雨声小了，风声却在山林间飒飒瑟瑟强大起来。我一直没睡着，我担心我睡着了，他会放弃那将要开始的谈话。

直到下半夜，他还是没有开口。我知道他醒着并且心情激动，可他就是没有开口。不，他还在严肃和痛苦地思考。我不着急，我可以等待。

我开始觉得这一夜不会发生什么事了。我错了。睡意刚刚烟一样在意识里弥散开，身旁就响起了他浑厚、沙哑、仿佛被雨水打湿了的声音：

"英子，你睡着了吗？"

我没回答。我的心怦怦跳起来！

"我知道你没有睡着。你不会睡着。这样的夜晚，不管是你，还是我，咋能睡得着呢？

"英子，昨儿你对我说了那么多话，今儿我也想对你说说我的心里话。你说得对，到了今天，能够在一起谈谈心的人，也就是你跟我了。

"从昨夜到现在，我一直在想你的话。现在我想告诉你我的决定。我愿意答应你的要求，和你做真夫妻，不再做假夫妻。

"要是一天前有人说我会作出这样的决定，我一定会认为他是在侮辱我，是在玷污秋军长要我和你结婚的本意，我会为这个跟他拼命！你昨天说过，秋军长死了，可直到今天，已经两三个月了，我还是觉得他没死，他一直在我们身边，那双血红的眼睛每天都在望着我，也望着你，我没有一天不在梦中看到他这双眼睛！

"英子，你还记得吗？我当初就反对他带你和小玉进山。表面上看我是怕你们成了游击队的拖累，实际上却是害怕你们死。那时我还是你们的叔叔。你们还是两个孩子，人小体弱，跑不快，队里没有谁比你们更容易落入敌手。我这个人平日对你们很凶，真实的原因是我受得了别人的死，却受不了你们俩的死。

"我承认自己没有受得住秋云的死。她死得那么惨烈，我眼睁睁地看着她被日本狼狗撕成一片片，却不能救她！我是她的丈夫，一个山上，一个山下，眼睁睁地看着她那样死，我怎么能不发疯，怎么能不举起枪来，给她一个痛快的了断！

"现在想来，从那一天起我可能就疯了。虽然秋云是日本人害死的，可我心里老是忘不掉一件事：到底是我一枪打死了她！你一定记得第二天早上我活捉了一条狼，后来又活剥了它。剥完那头狼我心里只剩下了一件事，日本人怎样对待我的妻子，我就怎样对待他们——我要亲手抓到日本人，然后就一个个拿他们去喂狼，我一定要这么做！

"英子，是你让我从疯狂中清醒过来的，你知道吗？是你救了我，在我娶你之前。不，这些事情你不知道。秋云死后你被秋军长送出了山，回来的第二天就帮我逮住了松下浩二。那一刻我多么解恨，我仰天大哭大笑，激动得浑身打战，觉得真是苍天有眼，我的大仇就要报了！当天晚上日本人把我们撵进狼谷，可就是我们那天平安回到了十七号密营，我也会把抓到的日本俘虏带进狼谷，交给狼群的！！

"你妨碍了我。你救了松下浩二。那时我既不理解你，更不能原谅你。我也无法理解秋军长第二天晚上为什么不让我再拿松下浩二去狼谷里喂狼，反而让你和他一起进了二十七号密营。狼群之围解除后我没有再见到你们，只听说你和松下浩二被秋军长从二十七号密营里抬出来时都已奄奄一息，看样子是活不成了。那时我的想法是你们俩一准死了，可是全军从狼谷突围前我却又在二十八号密营里看到了你和他，突围前秋军长还居然批准松下浩二加入了游击队，你还要游击队派出一路人马帮他逃回日本去。我不理解你们想做什么，这个世界每天都在死人，这是个让人死而不是让人生的世界，你们却要让一个仇敌逃回日本！我想一定不是我疯了，而是你和秋军长疯了。你们是在做一件异想天开根本就办不成的事！

"我一点儿也没想到，虎跑突围后救了我的命的竟然就是这个被你和秋军长保住不死的松下浩二。我没想到正是你们那被我看成是发疯的行为——让松下浩二活下来并批准他加入游击队，跟随我军西上——给了我重生的机会。松下浩二回日本军营换我时我还不相信他真是为救我而去，我想他也许只是要回到日本人那里去才答应了赵总司令。但他救了我以后真的又冒死回到我们的队伍里来了，正是后面这件事深深震动了我的心。我恍然大悟：一个日本兵所以会有这样的觉悟，原因只能到你、秋军长过去对他做过的事情中去找，到你们对他的真心里去找！

"英子，我就是这时清醒了。回头想秋云死后发疯的人是我，相反你、秋军长和那个日本兵才是清醒的。以前我一直认为你要秋军长派队伍帮松下浩二逃回日本是极为荒唐的，绝不可能成功，但在松下浩二逃回来的当天，我就知道事情一定会成功，松下浩二真心是要逃回日本去，而你和秋军长则是真心要让这个日本孩子活下去！我看懂了你和秋军长与我的不同。在松下浩二的事情里，你、秋军长没有别的力量和秘密，你们的力量和秘密仅仅在于不是想让人死而是想让人生。这件事也解开了我心中的另一个谜团：过去我一直觉得秋军长将你这么个女孩子留在游击队里是危险的，你一定会比别人更早地死，可直到今天你仍然活着，不但活着，还救活了一个日本兵，又因救活了这个日本兵救活了我，你的生命力比我的更强大、更坚韧。我朦朦胧胧地想：你能活到今天不是你比别人幸运，而是你身上有一种我过去理解不了的力量，一种非常可能让你像秋军长希望的那样一直活下去，活到胜利的力量。——一句话，你身上有一种生的力量，而不是死的力量！

"松下浩二离开格棱沟营地那天我赶出来送了他。当我和他拥抱在一起时，过去那个汪大海就死了，活着的就是一个新人了。战争让我部分丧失了人性，其中最重要的部分就是善良，现在又悄悄地回来了！今天我可以对你讲出我和松下浩二之间也有一个秘密：浩二走时最割舍不下的人就是你，最后一刻他附在我耳边说的话还是——汪支队长，我要走了，你一定答应我，帮我照顾好英子姐姐！他甚至还告诉了我你们的那个战后之约。松下浩二说：我们就是为了这个才要活下去，我希望到了那一天，我还能见到我的英子姐姐，真能和她团聚！

"英子，那一天我就记住了浩二的话！自从他舍生忘死从日本人那儿将我救出来，他在我眼里就是一个抗联十六军的忠诚战士了。他在远行之前信任并且托付给我的不只是你这个他视为亲人的人，他托付给我的还是一个朝鲜女孩和一个日本籍的抗联战士对胜利的信心——我怎么能不把他的话字字都刻在心上！

"英子，现在我可以告诉你西征之初我答应和你'结婚'的真实原因了。不只是有了秋军长的庄重托付，在这个托付之前已经有过松下浩二的托付了。秋云死后我就发誓不再接近女人。不是觉得那样做对不起她，我是怕我一旦真对这个女人发生了感情，日寇会再次把她杀死。可是无论为了松下浩二的嘱托，还是为了让秋军长实现他在你妈妈生前死后许下的誓言，他的话一出口我就答应了。我之所以答应还因为当时我一下子就明白了秋军长的用心：他已经不再能对金大姐履行自己的誓言（他早就知道不能再将你送往哈尔滨去读音乐学校了），只能将你连同这个誓言一起托付给我。我还知道他的本意并不是要我真娶你为妻，他只是让我在西征途中保护你不死！是你走进木屋后对我说的话让我警觉起来。我忽然想到我不能答应和你做假夫妻，至少我不能让你相信我和你是假夫妻，那样的话秋军长的愿望就有可能落空，我想让你以十六军副军长妻子的身份受到全军上下的保护就不可能。西征路上千山万水，枪林弹雨，靠我一个人是保护不了你的，可是如果大家都认为你是十六军副军长的妻子，所有的人都会站在你周围保护你！秋军长单单让你'嫁'给我很可能就是因为他想到了这一层！一个十六军战士，哪怕自己死，也不会让自己副军长的妻子被打死或者落入敌手！有了这样一个身份，就是有一天我死在西征路上，保护你活下去也会成为十六军全体将士的责任，不战到全军覆没，你就不会死！

"我想让你相信我们是真夫妻的另一个原因是：虽然我们之间什么事也不会发生，但一旦你习惯做我的妻子，心态和行为就会变化，你会不知不觉地接受十六军将士的保护。秋军长在他死去之前将你庄重地托付给了我，而一旦你承认你是我的妻子，我死后继续保护你也会成为我留给十六军全体壮士的最重要的遗嘱，哪一天抗联十六军不存在了，你流落到北满抗联任何一支队伍里，保护你、让你活下来也会成为这支全部战死的抗联队伍留给他们的庄严遗嘱。只要北满还有一个抗联的人活着，他们就会继续替秋军长、替我、替十六军将士保护你活下去!

"我当然也想过能活到胜利。只有到了这一天我才会对你说,我们的婚姻一直都不是真的,它只是秋军长——还有逃回日本的松下浩二——的一个托付,现在我的责任尽完了,剩下的事情是要完成秋军长的另一个愿望,将你送进哈尔滨的音乐学校。那时整个东北都是我们的,这件事非常容易做到。秋军长对金大姐的最后一个许诺是把你活着送回朝鲜和爸爸团聚。我想只要你爸爸活着——英子,我相信他也一定活着——秋军长这个愿望也会实现。这样,我自己也就实现了对松下浩二的许诺,他可以回到中国和你团聚了!到了那一天,我们这些中国人:秋军长、秋云、赵玉珠、我……就把曾经对一个朝鲜人和一个日本人——你妈妈和松下浩二——说过的话全部兑了现,那时我们就可以说:我们没有食言!

"我没有想到自己的生命竟如此脆弱,很快就失去了保护你的能力。刚刚过去的四十天里,不是我保护了你,而是你保护了我,你又一次让我看到了奇迹!

"英子,以前我一直把你看成一个孩子,有了过去四十天的经历,我不再把你当孩子看了,你用你的行为证明自己是个值得尊敬的战士。我现在像尊敬一个大人、一个历经劫难依然不死的抗联战士一样尊敬你,也像尊敬我的抗联妻子一样尊敬你。

"是的,你昨天说得对,无论是我还是你,活到今天都仍然是一种幸运,我们不一定能一直幸运下去,但我们也不会轻易被日本人杀死,因为我们心里一直牵挂着我们未死的亲人,牵挂着我们已死的和未死的亲人的嘱托。我答应做你的丈夫,和你生儿育女,当然这要等到以后,不是今天。日本人要把我们赶尽杀绝,我们却在山林里举行婚礼,商量着生养自己的儿女!你说得对,只要我们有了孩子,哪怕有一天我们中间的一个死了,另一个仍会咬牙挣扎着活下去,为孩子活下去,同时也就让自己活了下去!就是我们俩都死了,只要孩子不死,我们的一线生命就仍然活着,我们的斗争就没有结束!有一个孩子还会在今天的年月里满足我们像常人一样过着和平生活的愿望。日本人侵入朝鲜和中国,想毁掉的正是我们作为人的生活,可是有了孩子,我们的生活、人的生活就没有被全部毁掉。我们的孩子真地活到了胜利的一天,我们自己也就活到了胜利!

"后代人也许根本不能理解我们的婚姻和爱情。但只要他们了解了今天发生在山林里的事,他们就会懂得我们这样做的理由。他们会记住:中国人和朝鲜人曾被自己的敌人逼到这步田地,而即使到了这步田地,我们也还执意要像人一样活着,日本人至死也没有把我们变成和他们一样的野兽!

"英子，你干吗要哭……我说完了，从现在起，我们就是真正的夫妻了。可我还有一个要求：假如哪一天我在战斗中死去，你已经怀了或者生下了我们的孩子，一定要另外找一个抗联战士，和他结婚。我要你牢牢记住的是：和谁结婚、在抗联队伍里结多少次婚都不重要，重要的是让我们的孩子活下去，让你自己一直活下去，活到胜利，作为我们这些死去的人的代表，看一眼和平生活的阳光！……"

103

一个月后我们离开了那个土洞。日本人对我北满江北根据地长达半年的"讨伐"到底结束了，我和汪大海仍然沿着通松河向北走，寻找自己的队伍。他的伤虽没有好利索，但拄着一条棍子行军已经没问题了。参加游击队后从没有过的长时间的休息，尤其是"一道风"留给我们的粮食，让他的体质和精力一点点恢复，脸上还难得地浮出了一些红润，使他突然显得年轻了。

我们白天一起相互搀扶着走，走到哪里，夜里便在哪里露宿。已经是这一年的七月，躺在林间露宿，上面是灿烂的星空，身下是厚厚的软绵绵的落叶，身边是无边无际的大森林和一条鼓涨着夏日的雨水的大河，不仅完全没有问题，相反还会觉得十分惬意。

沿途我找到了当年胡爷爷胡奶奶带我住过的一个个家。我们常常会在那里找到粮食和盐，然后我们就会在那里歇息一阵，再继续朝前走。

我和汪大海做了夫妻。这个夜晚的来临是突然的，又是我一直盼望的。这是我真正的新婚之夜，我以平静的、欣喜的心态接受了它。我的丈夫，他也满眼泪光地接受了我。

这是一个星光灿烂之夜。我躺在那里，透过头顶稀疏的林叶，望着天空中一颗大而亮的星星。我从身边的森林和河谷对岸又听到了属于我的——不，现在也属于我亲爱的丈夫——的婚礼音乐会，听到了亲人们给予我们的含泪的祝福和歌唱。那一刻我相信自己的眼里也洒满了亮银般的星光，我仰望着那颗将成为今晚我的命运和幸福的见证人的星辰，同时想象到这颗又大又亮的星辰也正从天幕上居高临下地俯瞰着我，它的光芒里也洒进了我的明亮和幸福的目光。经历了无数的苦难和恐惧之后，我又有了新的生命经历。我尝到了做女人的痛楚和欢乐。有过这样一个夜晚，无论是活,还是死,我对自己作为女人的一生都不会留下遗憾了。一个女人来到世间,能够经历和拥有的一切,我都经历和拥有过了。我现在需要的只是一个属于我和我丈夫的孩子,一个将把我们短暂的生命带进胜利和永恒的亲人。

我们在林中漫游了整整两个月,我的蜜月也就一直持续了两个月。我得承认我们一直处在新婚的狂欢里。我知道我们在做什么,汪大海也知道。我们在狂欢中盼望和接受着生,逃避和抗拒着死。正因为我们知道死离我们很近,我们就越发珍惜眼前的生和生之欢乐。我们时常完全沉浸在欢乐里,忘记了置身何地,忘记了时间和时刻躲藏在我们身边的死亡。我觉得我不再是我,汪大海也不再是汪大海,我们只是两个人,两个自盘古开天辟地到如今一直活着的人,在日与夜、天和地、森林和大河、星光与心灵之间狂欢,为生而狂欢。这时候的我和汪大海,差不多是天下最幸福的人了。

几乎就在这同时,我开始了另一种倾听。每一时刻,每一分钟,伴着来自天地间的音乐,我都在倾听我体内随时可能出现的另一颗心跳,孩子的心跳。我像等待和接受我丈夫一样平静地等待着它。我明白,只要有了它,我和汪大海的欢乐里、我自己的欢乐里,就会多出一份深沉、激动与庄严。我不再只是一个女人,从那时起我还是一个母亲了……

两个月后我们找到了李兆麟率领的留守支队。汪大海重新被任命为北满抗联总司令部新编独立师师长,率领一支百余人的队伍投入恢复根据地的斗争。我被留在旮旯沟以北五十公里一个叫扫帚岭的后方密营里,做看护伤员的工作。令我微微有些失望的是,我一直在倾听和等待的那个心音,却没在我体内响起。

我还能怀孕吗?我不知道。也许我一生都不能怀孕了,长年的游击生涯毁了我的生育能力。可是我真想有一个孩子啊,让他帮助我、代替我和我的丈夫活到胜利,活到永远!

我的孩子,你在哪里……

最后一盘磁带还有半盘空着。录音机在转动,我听到的却只是沙沙的电流声了。

第十一天

录音 Ⅱ

104

1937年八九月间，我终于听到了那个盼望已久的心音！

这时我们回到抗联队伍里已将近一年。这年的4、5月间，当初率领北满主力西征的赵尚志叔叔回到了根据地。他和他的队伍来回两千里远征，经历了大小上千次血战、消灭日伪军近万名，却没能如他愿以偿地在嫩江平原上站住脚，不得不穿越黑龙江南岸荒无人烟的雪原，辗转东归。出发时三千八百余人，归来后只剩下八十几人。1937年，北满地区的抗日斗争陷入低潮，抗联武装遭遇重创后被迫躲进深山老林休养生息。由于关东军重兵"讨伐"南满杨靖宇的抗联一路军，北满我军的压力减轻，我们一边坚守根据地，一边开荒种地，自己想办法生存下去，却意外地过了一段相对平静的日子。

回头想一想，可能就因为有了这段日子吧，尽管吃的多是野菜和谷糠，我和汪大海的体质仍不知不觉得到了恢复。我们还有了更多时间在一起，这样，有一天，我就发现自己怀上了……

自从听到那个心音，我的心情就被一种悄悄地强大的力量改变了……过去一年间，我以为自己已不能怀孕了，可是今天，这个孩子还是来了，他的出现立即将我的生命截然分成两段。过去我的生命里只有我自己，我曾经渴望活着，又曾经渴望死去。我内心的目光始终是外向的，关注的是自己置身的不断变幻的死亡处境，自己身边的人（婚前是秋叔叔、秋姑、赵阿姨和松下浩二，婚后是汪大海）；这以后起我的目光就不是外向的而是内向的了。我的刚刚被上天赋予形质的孩子，成了我生命中最重要的部分，是他而不再是包括汪大海在内的任何别人日日夜夜吸引着我的关注和爱。我的感觉里，在我白昼的思想和夜晚的梦境里，他还刚刚出现，就已经是一个真实、完整、有思想有感觉的人了。我通过自己那双母性的、内视的、温柔慈爱的眼睛望见了他。我的孩子，他是娇小的，柔嫩的，却又像人间最漂亮的婴儿一样有形有声，有鼻子有眼，有呼吸和心跳，而且，从那一刻起他就认得我这个妈妈……啊，我的孩子有一双点漆般黑亮的眼睛，不管白天还是夜晚，只要我有时间想他，他就会用那双漂亮的黑眼睛出神地望着我，小小的嘴角溢出一丝甜美的微笑，好像在悄悄喊我：妈妈，妈妈，你做我的妈妈，我做你的孩子，这多好哇！这种时候，我的心就像受热的蜜糖一样，完全融化了！

我曾对你讲过，我是出于一种什么样的心态，主动要求和汪大海做了夫妻，并渴望生下一个孩子。那时我想的与其是孩子，不如说是我自己。可是，当我真的听到他的心跳之后，转眼间一切似乎全不一样了。以前我想到的只是自己的生和死，哪怕如愿以偿地生下一个孩子，我想到的依然是自己的死；现在我根本想不到它了，我甚至再也想不到自己，我想到的仅仅是我的孩子！像每个感觉到自己将要做母亲的女人一样，在那些听不到枪声的漫长黑夜里，我躺在地窨子里，全身心地感受着腹中的生命，常常难以成眠。这时我就会想到与孩子出生相关的每一件事情。我的孩子，在他出世见到妈妈、见到世界上第一缕阳光之前，他一直会在我腹内平安长大吗？就是他能平安长大，他会平安地出世吗？他的妈妈是一名抗联女战士，爸爸是一名抗联将领，我们俩都无家无业，大山、森林、密营就是他出世后看到的家。还有所有的高山、大河、风雪饥寒、行军与作战，流血与牺牲，他出世后，爸爸妈妈面对着多少危险，他也就面对着多少危险，而同时他又只是一个毫无自卫能力、全靠妈妈和爸爸佑护的婴儿！……我的心一丝丝地疼起来，我激动而愤怒！不，只要我的孩子能够平安出世，他就会像世上所有的孩子一样是个幸福的孩子，我不是他的妈妈吗？我会很好地带他，抚养他。白天行军我可以把他背到背上，晚上我让他在我的胸怀里入睡。只要我不死，他就会平安地活着，一天天长大……不，就是我死了，他也会活下去，我会在生前就把他托付给他山林中的叔叔阿姨，就像妈妈生前把我托付给了秋叔叔、秋姑、赵阿姨一样。我死了，他们也会像秋叔叔他们保护和抚养我一样将我的孩子抚养成人的，我一点也不怀疑这个！

怀孕的日子越长，它在我腹内闹的动静越大，我关于他不管遇到任何危难都会活下去的信念就越是坚定。我甚至一次次地在梦中清楚地看见了不同年龄段中成长的他：襁褓中的他；趔趄着学走路的他；半大孩子时的他……有一天夜里我梦见他已长大成了一个青年，英姿勃勃地站在我面前，说："妈，我走了！"我的梦被他的话吓醒了，心怦怦跳个不停，我知道他说他走了什么意思，他这是出发打鬼子去了，我的长大成人的儿子，世界上最英俊的青年，像他的爸爸和妈妈那样，像一个小英雄一样，出发打鬼子去了！我知道自己完全醒了，同时又觉得那个梦是真的，知道我没有理由阻止他，可我的一颗心，还是陡然间就为他高悬起来！

我还是先把该讲的事情都讲完吧，这能帮助你听懂后面的故事……1937年初秋，在扫帚岭后方密营里并不是只有我一个人怀孕，和我一起怀孕的还有胡秀芳和安福顺。她们两个人一个嫁给了李兆麟留守支队的团长，另一个嫁给了这个团的政委，主力西征时她们随丈夫一道留下，而那些踏上征途的姐妹和他们的丈夫，则一个也没有回来。那段日子里和我们三人一起留守密营的女战士还有卞霞，由于她的丈夫于西征前瞒着赵叔叔将她托付给了留守支队的战友，她也活了下来，而她的丈夫——那位曾经成为我的初恋的年轻英俊的团长——却没有随赵尚志叔叔归来。我们四个人中只有她没有怀孕，虽然卞霞从不和我们说实话，可我们都明白，她和我们一样参加了格棱沟的集体婚礼，却像当初的我一样，坚持没有和自己的丈夫成为真正的夫妻。卞霞怎么会和那位已牺牲的团长结婚呢？就是现在，她身在密营，心里想着的仍是佳木斯的叔叔，仍是后者送她来时说过的话。她一天到晚想的，仍是回佳木斯去读书，见自己情牵梦绕的情郎！

此外和我们一起生活的还有一对你根本想不到的老人：我以为早就死去了的胡爷爷和胡奶奶。两位老人在通松城外的山边和我分手，当下就离开了那里，回到了深山，一直向北进入扫帚岭原始林区，才搭了一间小屋住下来。是去年我军西征后李兆麟叔叔率队北撤，发现了他们，两位老人才到了队伍里。和胡爷爷胡奶奶的重逢给我带来的欢乐无法形容，等我、胡秀芳、安福顺相继怀孕，两位老人尤其是胡奶奶终日守在我们身边，对我们的帮助和安慰太大了。年轻时胡奶奶帮人接过生，没有谁要她那样，老人就自动成了我们的护理员。三个怀孕的女战士中我的月份最大，胡奶奶不止一次帮我看过，她说我会是个顺产，并且说我肚脐眼下方有一条黑线，将来一准要生个小子！

怀孕后我对我丈夫的态度也变了。我仍在尽力照料他的生活，可我的心已多半不在他身上了。过去对我显得那么重要的他忽然间不重要了。汪大海对我到底还是怀上了我们俩的孩子心中似乎比我还要激动，他不但一点儿不嫉妒我对孩子的爱，相反还变成了一个最温柔最体贴的男人。他甚至也一夜夜地梦见孩子。他比过去更关心我了，不过我并不领情，他与其说是在关心我，不如说是在关心自己的孩子。他对孩子的爱让我嫉妒。

从1937年的8、9月到次年3月，我们一直过着极为温馨的日子。夜间我和汪大海常常默默地躺在一起，秋天倾听山林里的落叶风，冬季倾听暴风雪的呼啸……我们凝神倾听的其实只是儿子在我腹内的心跳。我们都在等待，我已经有了七个月身孕，孩子很快就要出世。我的心境幸福而平静，就像我们和我们的孩子已经这样平静而幸福地过了一辈子一样。

我不再能听到音乐会。长期浸润在大自然的音响和儿子的心跳声中，像童年时随母亲来到乌兰镇那段一样，我的幻听不治而愈。可在我的感觉里，音乐会并没有离去，只是我现在听到的音响，比过去幻听到的任何音乐都更美妙动人了，它本身就是我最爱听的音乐会！

105

1938年3月的一天早上，我和扫寻岭密营的姐妹们正在做饭——我清楚记得，是米糠加一点玉米面的团子，锅底再加一把火就熟了——从密营的四面八方，突然响起了枪声！

啊，早在枪声响起之前，头一年的冬天，日本人一边加紧"讨伐"杨靖宇，一边再次策划了一场对北满和整个下江地区规模空前的"大讨伐"。由于前一年的大规模"讨伐"已严重削弱了赵尚志和东满周保中的队伍，我军各部被迫移向西起格节东至乌苏里江西岸的下江地区，关东军司令部认为全歼北满和东满我军的时机已到，下决心在这一地区实行"军、警、宪、特总动员"，以超过七万人的兵力进行一次毕其功于一役的最后"清剿"。关东军司令官给参与这次"三江大讨伐"的日军各部的"训令"是：如不能彻底"剿灭"各抗日军残部，所有参与"讨伐"的日伪军一律不准返回军营！

我军像往常一样及时接到了情报。赵尚志意识到这将是我军与日寇的关键一战，为了取得苏联方面的援助并与长期音讯隔绝的中央取得联系，1938年1月1日凌晨，他肩负着北满省委和全军将士的希望，踏冰夜过黑龙江，进入了苏联境内。一件始料不及的事随即发生了：赵叔叔刚过境，就被苏方逮捕了。苏方不承认他的"东北抗联总司令"的身份,并以他们与日本人有协定为由,将赵叔叔关押了一年零八个月之久。赵叔叔过江前曾与送行的人约定,不出一个月,他一定原路返回,但几个月过去了,他仍然杳无音信,日寇准备好的"三江大讨伐"却于此时打响,北满我军在最需要一个统一的坚强的领导的时候群龙无首,总体大溃败的局面立即出现。

最先遭受日军大举攻击的正是我江北根据地。它位于小兴安岭东部,下江地区的西缘,日本人"三江大讨伐"的总体部署正是由西向东,第一步将我军赶出赖以藏身的山林,然后向东压迫,直至三江汇流处的富锦、同江、抚远。六十年前三江平原的最东端还是一片广漠无际的死亡沼泽,人一旦走进去就再也出不来。但这只是表层的原因。深层原因是:自从1934年冬秋叔叔举起抗日义旗,我格节根据地已成为日本人在全东北范围内稳定其统治的心腹大患。他们认为北满抗联内最有战斗力的部队是赵尚志直接领导下的三军和十六军,而三军和十六军的根据地就在格节。日本人下的决心是首先使用重兵摧毁我江北根据地,使三军和十六军失去依托,并由此向东形成对我下江各军的"席卷之势"。为取得这决定性一战的胜利,日本人在"讨伐"之初就对我根据地内部实施了所谓"标本兼治",他们大举入山,将山民们一个不剩地迁出,房子粮食庄稼地全部烧毁,不让我们得到任何群众帮助;做完这件事后,日军二次大批进山,不以搜寻打击我军有生力量为目标,而以发现、摧毁我军密营和给养储藏地为主要目标,意在"大讨伐"之初就让我军陷入藏无所食无粮的绝境,被迫主动出击,在日本人于四面八方预设的伏击阵地中打转转,无法脱身,最终被消灭。为实现这一目标,进攻一开始他们就使用了最丧心病狂的一手——一座山一座山地纵火,大面积焚烧原始森林。关东军司令部甚至就此发出过一道"训令":只要能让抗联绝迹,哪怕烧光了"满洲国"最后的一棵树,也在所不惜!

我军失去赵尚志的另一个后果是情报立即不灵。1938年3月的那个清晨,扫帚岭后方密营突遭大批日军包围袭击前,我们对敌人已经开始的"三江大讨伐"还什么也不知道。我们甚至不知道赵叔叔几个月前已去了苏联,音信全无。不但我不知道,就是几个月来一直奉命率部守卫扫帚岭密营的汪大海,也没有听到任何人对他通报情况。于是这个清晨密营四周骤然响起枪声时他和我们同样觉得突然。事实上,这场"三江大讨伐"对一直平静地生活在扫帚岭密营里的每个人来说都显得极为突然。我们刚刚还在山里过着自己的日子,一点准备也没有,战争和死亡就一下子逼到了眼前。

枪声改变了一切。无论是汪大海的抗联独立师,还是密营里的我们,我腹中的孩子,每个人的命运都在这一瞬间变成了另外一副样子!

106

随着枪声烧上来的是大火。它从西、北、南三面燃起,林子里全红赤赤的,大团大团的黑烟比火势更早更凶猛地涌向密营。那个早上部队没有行动,汪大海还在睡觉。不只他一个人还在睡,全独立师一百来人都在睡,饭还没有做熟嘛。汪大海的第一个反应是一跳出了屋门,看那渐渐由四周逼近的大火浓烟。这时我也从对面厨房的板棚里拎掇着两手跑出来,瞪大失神的眼睛望他,一个劲儿地问他这是怎么啦,这是怎么啦?汪大海没有回答我,他只看了我一眼,胡子拉碴的嘴一抖,大声说了一句我怎么也想不到的话:

"英子,这儿住不成了!——你得换地方生咱们的孩子了!"

直到今天我还能清楚地想起他当时的脸色,就像今天他还站在我面前似的!——绝对不是害怕,像他那样久经战场,听到枪声是不会害怕的,他的脸只是有点变色,好像我不能在这里生孩子,真是他此刻最惦念最遗憾的事情!转眼间他就恢复了常态,愤怒而坚定,提着枪对从地窨子里跑出来的战士们沉沉地喊:

"集合!我们被包围了!马上突围!……一团打前锋,顺山沟向东,二团、师部和女兵班跟进,三团断后——立即行动!"

一眨眼工夫,他不但已下定了突围的决心,还把它变成了行动!

现在我明白刚才一闪即逝地出现在他脸上和眼睛里的东西是什么了,那是一点伤感,一点无奈和惨痛,为我也为我们就要出世的孩子。过去的日子里,汪大海有过痛苦的日子,有过激怒、仇恨和狂迷,可从来没有过伤感。我的心刚刚模糊地碰触到它,就被惊动了!接下去出现的一个念头就是逃,快喊出胡爷爷胡奶奶和卞霞他们,向密营东方那条还没有被大火浓烟笼罩的山沟里逃。不是为了我——这时我心中一丁点也没有想到我自己——只是为了我的孩子!这时我突然明白了:汪大海不是为自己和我伤感,而是为我们的孩子伤感!

——不,我就是死,也要保住我的孩子!

我肯定是第一批冲下东方沟底去的人中间的一个。我已经开始了狂奔,我的头脑里除了过去习惯的恐怖感,还多了早就丧失的、今天又突然回到生命中的惊慌。背后枪声震耳,子弹如同飞蝗,"啾啾"叫着飞来,可它们没有进入我的感觉中心,在我的感觉中心的是我的孩子，正是他让我心里灌满了惊恐。我很快又进入了那种什么也想不到、只能机械地倾听、感觉死亡恐怖并本能地躲避它的境地。我既是狂奔，也是在林中飞行；子弹在追逐我，我在躲避它们，每一次追逐和躲避的游戏结束，下一轮同样的游戏已经开始，不同的是我的孩子也参与着这场游戏。后来我明白自己为何全身战栗了：我害怕一发或一梭子子弹击中我的肚子。我跑着，跑着，渐渐地头晕目眩，上气不接下气，我的速度慢下来，双手捂住肚子跌跌撞撞地走，仿佛这样就能使我的孩子免遭致命的伤害似的。我又开始跑了，是胡爷爷和胡奶奶架起我的双臂在跑，然后是汪大海的几名警卫，他们分别架着我、胡秀芳、安福顺和两位老人跑。枪声激烈，我的意识模糊了又清晰，我在一直穷追不舍的日本人的枪声中听到了我军且战且行的脚步和汪大海的叫喊。我的丈夫，他带人在我们身后掩护我们，同时也是在掩护我们的孩子！

　　背后的枪声终于沉寂。不，枪声仍满世界响着，是它们暂时离我们远了。一直在身后狂追的日军没有跟上来，大家东倒西歪地躺下，张大嘴好一阵子喘息。汪大海从断后的部队里赶上来，两眼血红，目光凶狠，枪口冒着蓝烟。回望扫帚岭上的密营，只见一支大火炬直上青天。我觉得这时他真想走到我身边来，可枪声突然又从左边山林里响起，一梭子子弹打在沟底水坑里，水花像碎玉一般飞扬，又明晃晃地下落如雨。我们的人一跃而起，继续向前飞奔。一切又重新开始：我们这些女人老人在前面奔逃，后面敌人的、我们自己的枪声响成一片，汪大海又回到了后尾的队伍里！

　　天黑时我们一直已顺着这条长长的山沟向东狂奔了一百多里。这样的数字和平年代的人们听来一定不可思议。就是我们自己，也不知道自己已离开扫帚岭那么远。日本人一整天都在我们背后狂追，我们身不由己地向前猛跑，刚刚甩掉一支日军，觉得可以喘息一会儿，马上就遇上了另一支日军，于是就再次激战，冲过火网，继续向东走。向西走是根本不会想也想不到的，你刚刚从日本人布下的死亡罗网中脱离，不可能再想到钻回去。黄昏时我们终于甩掉最后一支日军，意想不到地发现了一个没被日本人焚毁的小山村。村子只有几座木房子，没有一个人，也许全被日本人赶到山外"大屯子"里去了。一天来没命地狂奔后谁都不像是自己了，身子散了架一样，头是晕的，不少人一进村就死一般倒在地上。这时我发觉胡爷爷胡奶奶还在我身边，我的丈夫汪大海也还在队伍里，他们分头去找，竟找到了一些山民埋藏在地下的囫囵苞米，就地用火烧熟了给大家吃。

　　日本人也像是疲乏了，一夜村子四周都没有再响起枪声——枪声仍旧不绝，有些地方一直很激烈，但它们离我们很远。汪大海检点队伍，一百七十多人只剩下了六十多人。我觉得早上密营遭遇突袭时他还没想到整个下江地区发生了什么，但有过这么一个白天，夜里又一个人久久地站在村外，听远方时起时伏的枪声，看一处处燃烧的山林，他已清楚地意识到他和他的队伍遭受的不是一次普通的日军袭击，而是一场新的部署极为周密的大"讨伐"。尽管我们逃脱了追击，但仍处于日军四面八方的重重合围之中！

汪大海意识到这个夜晚他必须做出决定。像白天那样全师一起突围目标太大，队伍里还有三名孕妇，无论如何他不能让我们和我们的孩子——其中一个也是他自己的孩子——和他们一起牺牲。既然不能全队一起冲出日军包围圈，继续像白天一样一窝蜂地向东狂奔就没了意义。就全师的处境论，现在已经不是不让日本人消灭我们的问题，而是不能让他们全部将我们消灭的问题。既如此，队伍就必须分散，突围目标越小，越容易躲过日军的搜捕。我们不可能都活过这次"讨伐"，却应当争取至少让一部分人——尤其是队伍里的两位老人三个孕妇加卞霞共六个人——活过这次"讨伐"。汪大海一定还格外沉痛地想到了：我们三个即将临盆的人已经狂奔了一天，再跟他们狂奔下去随时都可能惊动胎气而早产。如果他不想办法让我们躲到一个能避开日本人的地方先把孩子生下来，我们和我们的孩子就一定会死！

一个分头突围的决定在这天深夜作出来。汪大海的部署是：拂晓时全师六十余人分为三个团，由重新任命的三个团长率领，向东、西、北三个方向同时突围。我和卞霞、胡秀芳、安福顺及两位老人和向西那个团在一起，胡秀芳、安福顺的丈夫都在这个团，他们的任务是保护我们返回扫帚岭密营。遭遇日本"讨伐"的经验告诉我们，越是被他们焚毁的密营越安全，何况那里还有我们埋藏的粮食，日本人不可能把它们全挖出来烧掉。只要有粮食，我们就能活下去，生下肚里的孩子。我们行动前，汪大海自己率其余两路主动向东攻击，将肯定会从四面围上来的日军吸引过去，掩护我们转移，然后他们再分散突围！

完成部署之后他走到我住的屋子里来。意识到汪大海和我有话要说，胡爷爷他们悄悄地离开了。汪大海坐下，于是我和他有了下面一番谈话：

"英子，我来告诉你，天一亮我们要分开！"

"我知道了！"

"我本该和你一起走。可我明天要带队突围，还要掩护你们，不能跟你一起走！"

"我懂！"

"部队分散了，活动起来方便。过不了多久，我就会回扫帚岭找你们！"

"知道！"

"……还有一件事。我们现在只是猜度扫帚岭的日军会撤走。万一不是那样，你们就从那儿再朝南走，回狼谷去！"

我的眼睛抬起，瞪大。

"回狼谷？"

"对。那里很久没有我们的队伍活动了，日本人应当比较麻痹。过些天我在扫帚岭找不到你们，也会到狼谷找你和孩子——记住，这个秘密只有我和你两个人知道！"

我庄重地点了点头。我不能流泪。

"好，我没什么说的了。"他站起来，停了一下，要走，忽然抬起头看着屋顶，"英子，还有一件事——"

我的心怦怦大跳。我知道他要说什么，可我不想听！

"——啥事？"

"把孩子生下来。记住我们决定做夫妻时说过的话。相信我们能活下去。相信你自己能活下去——为了孩子也要活下去！"

"知道！"

"我不会有事。可是万一……你一定要照咱们的约定，再嫁一个自己队伍的人，将自己和孩子一起托付给他。无论多难，你们都要咬着牙活下去，一直活到胜利！"

"我——"

"好了，我的话说完了。我走了！"

他一转身就走了，似乎明白我要做什么，没有让我来得及哭出声就走了。他走了我忽然不想哭了！我一动不动地僵坐在那里，心像一口高涨着悲伤之水的大湖，湖水却在一波一波激荡。我连站起来送他到门外的气力也没有了。他走前最后的一句话，像子弹一样击中了我！

木屋里只有一点松明子火，也被汪大海走时卷起的风吹灭。我独自对着黑暗，面对着自己生命中的一个最黑暗的时刻。门外是墨蓝色的夜。林涛如同雷震。我心情激动，脑海里流过的思想却异常简单：汪大海是对的。他刚才和我告了别，可我不想和他告别。我要等他回来，和我、和我们的孩子重逢。从今天起，从此刻起，我就为了这个活着!

我的心已有一点慌，可我不愿承认。我本想冲出去追上他，分手前最后一次拥抱他，送上我最热烈的亲吻，可我没有这么做。我不愿意！我只想把这次离别看成一次平常的分手！

日本人是次日凌晨三四点钟从两侧山头上向山下摸过来的。我的记忆是那时快到拂晓，但还不是拂晓。天几乎全黑着，东方谷口那儿，有一点点灰白泛起，人的大脑要不是格外清醒，还分不清它是曙光还是夜色。好在村外的哨兵睡着了又被偷袭者漫山遍野的沉重脚步声惊醒，什么也没瞅见就开了一枪！

有这一枪和没有这一枪大不一样！它响起的时间只比日本人摸进村子早那么一点点，却让我军及时撤出了村子，在谷底和山坡边散开。枪声大作，村子转眼就被日本人的烧夷弹打燃，明亮的火光照耀着沉沉的暗夜。日本人从四面包围上来，这四面中，只有顺谷底向东一面日军进攻线上的兵力较为稀疏。危急中那个分散突围的计划已不能实施，汪大海在村口的火光映照下挥枪向东一指，对大家高喊一声："弟兄们，跟我来——！"队伍就一窝蜂地向东方谷口冲了过去！

这时我一直和姐妹们以及胡爷爷胡奶奶在一起。我就要跟着队伍跑，突然被谁朝反方向猛推了一把，一个人低声急促地说了一句——

"英子，胡爷爷，你们快走！"

是我的丈夫汪大海。他在最后一刻提醒了我们。胡爷爷当下就明白了，带着我们一闪身进了林子，顺山坡向上疾走几步，趴在地下一道雨裂沟里。马上我就听见了日本人从身边跑下去的擂鼓般的脚步声，他们用日语发出的叫喊，一转眼这脚步声又消失了，胡爷爷站起来，颤颤地喊：

"孩子们，快跟我跑，往山上跑——！"

我脑子里这时已大致明白汪大海刚才做了什么：他在千钧一发之际急中生智，将日本人从我们身边引开，让我们原地留了下来，却把他自己和自己的队伍推向了死！我们虽然暂时与日本人脱离，可我们和他们离得并不远，我们要活命，就要赶紧向西逃进密林，躲藏起来！

我们从地下爬起，手拉着手，发疯般地艰难地向山上攀爬。我们和自己的队伍分开了，现在没人能够帮助、保护我们了，死亡像不时飞来的弹雨，仍在身后紧追不舍。要活命——这时我一心想的仍然是肚里的孩子——就得向坡上拼命逃，不顾一切地跑，跑不动了四肢着地，爬！

我们爬上了山顶，像是有人猛推了一把似的，我回头向东方的谷口望去。曙色已大片大片出现在天际，黑白两色的山林与黑红两色的硝烟烈焰下，我看到了日本人设置于谷口的火力封锁线上喷出的一团团火光。震耳的枪声中，那儿也响彻着我军的远远听来显得微弱的喊杀声。我觉得自己望见了汪大海，他不是和自己的队伍一起，而是一个人，在烈火硝烟中跃动着身子，扑向看来绝对不可逾越的日军封锁线。一时我觉得自己听到的杀声就是汪大海身后的战士们为师长喊出来的。我看不见这些喊杀的战士，却看见了已从背后包抄过去的日本人，他们走得很慢，却一步步向前走着，丝毫没有停下来的意思！

　　来自那个方向的枪声突然又稀疏了下来！我远远地看到一队日军正向东方追击，心中一喜，泪水夺眶而出：汪大海没有死，我的丈夫带着他的队伍，再次冲出了日军封锁线，向东方突围而去！

107

　　很快我们又离开了那里。胡爷爷、胡奶奶和卞霞分别照顾着我们三个怀孕的人，继续向前走。我们的亲人引走了日本人，我们却仍然没有脱离死境。前面山头上又出现一队日本兵。我们不能不快快逃走！

　　最后我们找了一条山体中的隙缝躲起来。我们实在跑不动了。刚开始时没有感觉，可是这一会儿，首先是我，肚子疼起来。我觉得事变发生以来一直在沉默的孩子被惊动了。胡爷爷是我们中间唯一的男人，自然而然成了我们这支小队伍的临时负责人。前面又响起了枪声，他不能不让我们藏起来，到夜里视情况许可再行前进。

　　这个白天有时从我们身边、有时就从我们头顶，走过去十几队日本兵。我们始终处于随时准备奔出去与敌人最后一拼的紧张状态中。我一次也没想到过突围东去的汪大海，我能想到和关心的只是我肚里的孩子，就连日本人一次次从身边走过去我也不能忘记他。我清醒着，并且清醒地觉得肚里的孩子也和我一样清醒着，连续两天的战斗和狂奔已让我也让他受尽了惊吓与折磨，可此时他像天下最懂事的孩子一样知道外面正在发生什么，折腾了一阵就安静了。我的孩子，他还没有出世，就和妈妈一起经历恐惧和死亡了。不，我和我的聪明的孩子不会这样的，我不甘心，日本人要是一心想杀死我，就杀死我好了，可是要让我的孩子死，那绝对办不到！

直到天全黑下来幸运仍一直庇佑着我们。日本人一队队走过去了。胡爷爷把我们喊起来，一行人手拉着手继续西行。现在我们与自己的队伍已经失散，汪大海就是会派出一支队伍回头寻找和保护我们，也不一定能找到我们了。我们只能自己回扫帚岭密营去，而由于大半个白天一直躺着不动，我的肚子真的不疼了——我的聪明的孩子，他终于完全安静下来，在母亲的腹中睡着了！

　　三天后我们回到了被日本人焚毁的扫帚岭密营。一路上我们没有东西吃，就吃雪，边走边在黑暗中摸索积雪下落叶中的榛子。大森林有时是很慷慨的，一天夜里我一次就在脚下一条雨裂沟里摸索到了足有两公斤多的干榛子，那一定是松鼠从各处捡来过冬的，它捡得太多了，冬天快过去了还没吃完。正是这一堆榛子，保证我们挣扎着回到了扫帚岭！

　　我们是黎明前回到山下沟底的。几天前我们正是从这里开始了向东方的狂奔。每个人都一点力气也没有了，胡爷爷让大家歇了一会儿，天大亮了才开始往山上爬。我和胡爷爷走在前，胡奶奶搀扶着安福顺跟在我们身后，稍远一点是卞霞和胡秀芳。我走着，走着，抬头一眼望见了半山腰那很大一片被烧得焦黑的林地，我们的被烧成废墟的密营就在其间。我望见了它，却冷不丁一下站住了——就在我们头顶不远的地方，隔着一片残留的半人高的幼松林，我听到了一种眼下对我已显得陌生的语言——一群日本兵正在他们的阵地后面用日语谈话！

　　那一刻我呆住了，可我没有惊慌。惊慌也没用。我就那样站住，回头看一眼胡爷爷。胡爷爷也听到日本人说话的声音了，他也看我一眼，向身后使了一个眼色，一只手用力架起我的胳膊，转身向山下走。他的眼神那么可怕，跟在我们后面的胡奶奶和安福顺只是惊讶地瞅了我们一眼，就什么都明白了，也急忙转身下行，行动却比我和胡爷爷慌乱多了。明白得最晚的是走在最后的卞霞，看到我们掉头向下，连她身边的胡秀芳都看出什么来了，转身走下去，她却还愣愣地站着，不知道或者不相信什么似的望着我们……终于她什么都明白了，却又比谁都害怕，转身就朝山下跑。雪层下的石块被她踢得骨碌骨碌往下滚，落到涧底，发出巨大的响声。接着，枪声就响了！

　　这天早上我们失去了胡秀芳。卞霞向山下跑时只顾她自己，忘了拉起胡秀芳一起走。日本人的枪声一响，卞霞再回头寻找落在后面的胡秀芳，已经来不及了，日本兵的子弹——不是步枪子弹而是机枪子弹——从胡秀芳的背后打进去，从前面飞出来的就是浓稠鲜红的血浆了！胡秀芳没有马上倒下，中弹的一瞬间她猛地用双手捂住了被击穿的肚子，疼极了似的，脸上现出极为惊诧的神情，好像她根本不明白怎么会是这样！接着，她的身子整个儿地向前倒去，不是倒向身边的路，而是倒向前面陡峭的悬崖，这时她的一双手，仍然捂着肚子，像是在最后一刻还要保护自己的孩子一样！……

我们又一次在山林里狂奔。我的孩子又一次被惊动，拼命在我肚子里踢踏，我却不敢再心疼他，也不敢心疼我自己了。这天早上，我心里想到的只能是不让背后的日本人追上我，不让呼啸的子弹跑得比我更快，不让它们像击穿胡秀芳那样击穿了我。我的心肠变得那么狠，再后来就完全忘记了他。我只记得跑，拼命跑，从早上跑到中午，终于听不见枪声了，才一头扑倒在地上，死了一样！

肚子就在这一刻绞疼起来。一上午我都没想到孩子，这一刻如同被突然的剧痛击倒了。那不是一般地疼，就像一把刀子一下插进你的小腹，一下一下用力地搅，你肚子里不是一个地方疼，而是到处都是伤口，都在翻江倒海地疼。我想喊却喊不出声，我在地下打滚，像棵被斧头砍伐的大树一样浑身震抖不止，我咬紧牙关，弄破了舌头和嘴唇，想让自己好受一点……忽然我喊出来了，一声一声，像野兽一样嚎叫，浑身大汗淋漓。我就这样一声一声号着，翻来覆去地在地上打滚，直到完全没有了力气，肚子也不那么疼了！

胡奶奶、安福顺、卞霞一直守在我身边。安福顺和卞霞的脸白得像两个死人。卞霞的表情是那么反常，好像在地下疼得乱滚的不是我而是她，到了后来她的眼神也不对了……天黑后我不号了，胡奶奶把耳朵贴到我肚子上听了半天，泪水莹莹地抬起头，庆幸地笑着，说：

"英子，还好。他还有心跳。"

我哭了。我从她的眼神里又看到了我的孩子！我的孩子，你还活着，比妈妈想象中的你还要坚强！

我们没有在那里待下去。我想起了汪大海的话。扫帚岭密营已回不去了，日本人不会很快离开这里，明天他们还会漫山遍野地捕杀我们。为了我的孩子活下来，我要马上逃离这里，到狼谷去！我对胡爷爷、胡奶奶、安福顺和卞霞说出了和汪大海分手的那个晚上他对我讲过的话，我说不管你们走不走，我都要向南走，向汪大海最后指给我的藏身之处走，在那里生下我的孩子，等待我的丈夫和我们的队伍。胡爷爷胡奶奶支持我的意见，他们认为此刻他们的职责就是照顾我和安福顺。亲眼看见过早上胡秀芳的牺牲，安福顺比我更急切地要离开这里，只有卞霞一言不发，这天从早到晚发生的事已把她变得非常厉害，你甚至一眼都不敢认她了。可是既然事情已经决定了,她也只能跟着我们一起向南走,向狼谷走。

为避开日本人的"搜剿"队,这次我们选择了一条隐蔽在林间沼泽地里的小路。这条路过去只有格节游击队的队员走过,我们这支五人小队伍里知道它这条路的只有我自己。遍地冰雪覆盖着森林也覆盖了林间隐秘的沼泽地,覆盖了这条沼泽中的小路。好在是3月,厚厚的积雪下面依然是坚硬如铁的冻土和冰,可以不用担心会陷进去。需要担心的是这条路连常年钻山的"老炮"也不大愿意走,人留下的痕迹很少,非常容易迷路。但比起这个,我毕竟更害怕像胡秀芳那样被日本人从背后射穿肚子。不,我宁愿因迷路死在荒原里,也不能让日本人伤害我肚里的娇儿!

这次行军我们走了多少天我已经记不清了,再说也不需要记清。日子是无尽头的,只要你还活着,它们就流水般地走过来,无休无止。需要记住的只是黎明和黄昏,是随时都可能出现的日本人。最初几天,我们总是选择天黑了以后再走,天不亮就找个地方躲起来。我们已经没什么吃的了,于是森林里的一切都成了我们的食物。长期的林间生活已使我们对发现森林田鼠和松鼠藏"粮食"的地方有了特殊本领。有时我们甚至能碰到冬眠的蛇。途中我们还意外地遇到了两处被日军破坏的抗联部队的密营——不知是哪一支队伍的——从中扒出了一些没被完全烧毁的粮食,就那样填进嘴里,也不生火,居然吃得津津有味。我们已经不在乎时间,为了多找到一点粮食粒儿,我们在这两座被焚烧掉的密营里盘桓好几天,直到每人都积攒了一小口袋各种各样的粮食粒儿,才重新上路。进入沼泽地深处后我们不大担心日本人了,夜间行军变成了白天行军,速度明显地加快。可我们仍然不可能走得很快,虽然大家都急着赶往狼谷——谁知道汪大海是不是已经带着队伍到了那儿,正焦急等待着我们呢——我们的问题是我们的力气很虚,只能相互搀扶着前行。

夜里常常几个人找一棵树,靠在一起坐着睡,四周围拍出雪墙,抵挡林间呼啸的寒风。有时气温下降到零下三十度,风雪大作,闭上眼睛时偶尔也会想到天亮时我们自己会变成冰人。这样想着心里也不会泛起一丝温热,好像早已认定,即便真是那样也不值得惊奇。值得惊奇的事情已经发生了,那就是我们每次醒来后都发现自己居然还活着,没有死!

无论白天行军途中,还是夜里睡着以前,我想的都是我的孩子。尤其是走进林中沼泽之后,没有了每时每刻闻枪声而狂奔的危险,我突然发现自己忽然有了更充裕的时间、更温柔的心情去想他。在扫帚岭遭遇日军那天,他曾在我肚子里大闹过一回,此后再没有那么闹过,无论白天还是夜晚,也不论是正常行军还是为躲避日军发现大步疾行，他都乖乖地像个小猫一样睡在自己的地方，安静得很。说实话我担心他受过那么多颠簸和折磨后是不是还活着，每天醒来梦中，我都用自己的方式——长在自己体内的一双耳朵——倾听那个随时都会让我疯狂起来的心音。有一阵子我觉得它不像日本突袭扫寻岭密营前那样响亮和强大，但在后面的日子里，就是这样一种心跳我也觉得它依然是强壮的和响亮的了。我和胡奶奶都曾担心过我会因为上一次的绞疼而早产，可是没有——我觉得不是我而是他自己，知道那会使他的妈妈失望和痛苦万分而不想那样做。

再后来我甚至还获得了这样一种安慰：我的孩子不但活着，而且十分清醒。他这个尚未出世的人十分理解妈妈的遭遇和妈妈的处境。它很安静，因为他明白自己应当安静，他想用这样的方法帮助母亲也帮助自己。我的孩子，他是那样聪颖灵透，还在妈妈的肚子里，就什么都懂，什么都知道，像妈妈一样，他也不想死去，他要和妈妈一起咬着牙活下去，他也相信我们能一直活到胜利的一天！

这一次重回狼谷，将近二百里风雪长途，如果不是和我的孩子在一起，我是没有力气走完的。我感觉中的最大变化是我现在不是一个人了。即使是最难行的路，最寒冷黑暗的夜，或者连日找不到吃的饿得两眼发黑，每当我一念之间想到放弃，就会马上想到还有另一个人和我在一起，他是我的孩子，也是另一个人，会是一个日子越久越显得比母亲更有耐力、更英勇沉着的男子汉。我的孩子不满地望着一时怯懦的妈妈。孩子沉默着不说话，可是他的眼神严厉而痛苦，他是在责备妈妈吗？我在冥冥之中望见了这双眼睛，心立马就会剧疼起来：啊，我难道还是为我自己活着吗？自从生命里有了他，我就只愿意为他活着了！我也是在为他的父亲汪大海活，或许他真的到了狼谷，正焦急地等待我们，等待他的就要出世的孩子！我不能让我的孩子和他的爸爸失望，我要挣扎着走下去，就是一步步往前爬，我也要回到狼谷，让我、我的孩子和他的父亲团聚！

108

很快我就不能只想我的孩子和我丈夫了，我的心思被身边发生的事扰乱了！

自从那个清晨，在扫寻岭目睹了胡秀芳被日军从背后射穿肚子而死，卞霞就不大对头了。当然开初没有谁想到别的什么，胡爷爷甚至觉得我们几个人中不是老人就是孕妇,只有她负担最轻,最不需要别人牵挂。可是就在我们进入林间沼泽半个月后,一天早上醒来,卞霞突然直着眼睛,用极响亮的声音喊:

"瞧,瞧,不是我撒谎吧,何叔叔来了,他要带我回去念书了!"

当时大家躺在一个避风的山凹里。卞霞的话是用极清醒的语调喊出来的,于是一刹那间,每个人都怔住了。

"霞,孩子,你说啥?"胡奶奶身子一折坐直了,又关切又惊慌地问。

卞霞像是完全醒了,眼睛睁得更大,不说话。后来,她的嘴唇一下一下颤抖,突然大哭起来。

天已经大亮,我们露营的地方极易暴露,胡爷爷招呼大家快起身走。卞霞和我们一起上了路,没看出她有什么异样,大家放心了,私下里觉得她是做了噩梦。

啊,如果我们中哪一个人——比方说是我——更细心一点,如果那时我的心胸更阔大一些,我生命的目光不只是全部向内转向自己的孩子,应当能及早察觉到卞霞精神上发生的那些变化。一些蛛丝马迹我实际上已经注意到了,却没有用心去想!

六十多年过去了,今天我得承认自己那时一直不喜欢卞霞。不只是在格棱沟集体婚礼前觉得被她抢走了本该属于我的兰团长,她一直念念不忘的那位何叔叔带他走进抗联密营后我就没喜欢过她。不只是我,别的姐妹也在感情上明显地与她保持着距离。不过话也许该反过来说,是卞霞自己一直有意要保持着她和大家的距离。她始终不愿承认自己是个抗联女战士,只说自己是送他来的何叔叔暂时寄放在密营里的,到时候这位叔叔就会带她重回佳木斯。此外我们还觉得她有点瞧不起我们,她是城里的洋学生,我们在她眼里则是一群似乎生下来就属于抗联密营的无家可归的可怜儿。最让我们不喜欢的一件事是,日本人杀了她的父母,将无家可归的她送进抗联队伍,她不觉得这是在保护她,不想着怎样报仇雪恨,而只是觉得这是委屈了她,耽误了她在佳木斯女中的读书和恋爱。一句话,既然她不把自己看成是抗联的人,也就不可能把我们这些姐妹看成姐妹;她不把我们看成姐妹,我们也就不可能把她真看成抗联姐妹。我们天天在一起,可我们的心却是疏远的。

但我们同时却明白她是抗联的人,与我和别的姐妹一样是一个烈士遗孤,那个有关带她来抗联密营的何叔叔还会带她回去的想法不过是一场白日梦。不说这个许诺一开始就是假的,即便那是真的,她也等不到何叔叔了,据我隐隐约约听到的消息,不久前日伪特务机关又对佳木斯地下党进行了一次大搜捕,何叔叔和另外几位叔叔一起遇难。这件事大家都知道,唯独没人告诉她。我们可怜卞霞,知道该让她从白日梦中醒来，是她自己拒人于千里之外的态度阻止了我们。另外我们还害怕一旦说出真相，卞霞就会支持不住，她的内心就会崩溃！

可是有过胡秀芳被日本人击穿腹部的那个早上，卞霞的神情举止就有了变化。我不知道她想没想过如果当时她不是一惊之下丢下行动不便的胡秀芳，只顾自己逃跑，弄落了脚下的石头，或者即使这样仍能在节骨眼上拉胡秀芳一把，胡秀芳和她的孩子或许仍能躲过日本人的枪弹。就是胡秀芳后来还是会被日本人打死，但在我们的感觉里至少不会被日本人那么准地击穿肚子里的孩子！卞霞那一刻丢下胡秀芳不管，却又一回头看到了胡秀芳的死！我后来觉得，一向只愿沉迷于自己的白日梦的卞霞正是此刻第一次睁开了眼睛，看到了真实的死亡景象——那一刻还没过去，她就不是原先那个卞霞了！

可是我们自己也在林中雪地上艰难地狂奔，为了躲避日本人的枪弹，在我和安福顺，说得更真切一点，则仅仅是为了不让日本人的枪弹像击穿胡秀芳肚里的孩子一样击穿我们肚里的孩子！走进沼泽地后敌情不再那么紧张，可我们自己也到了随时可能倒地不起的地步，除了我们自己，我们已经不能更多地顾到卞霞我的妹妹了！这时牵着卞霞的手行走的人是胡奶奶，可她已是七十多岁的老人了，管得了卞霞的白天，却管不了夜间。何况卞霞第一次说胡话后一直没有再出别的事，就连胡爷爷和胡奶奶，也悄悄地放了些心。可是五天后的早上，我们从宿营处的大树下醒来，胡爷爷支起了我们在路上捡到的一口锅，放进雪和几天前从鼠洞里扒出的一些粮食煮成稀粥，然后大家趴在锅沿儿上，你一口我一口地喝。忽然胡爷爷一惊，想起了什么，叫起来：

"卞霞呢？……卞霞在哪儿？"

果然卞霞不在。大家昏昏沉沉的脑瓜猛醒：卞霞一定出事儿了！

"大家赶快分头去找！"胡爷爷喊一声，想站起来，却滑了一跤。"两人一组，别迷了路，把你们自己也丢了……"我和胡奶奶一起走，走好远，还听到胡爷爷在断断续续地喊。

我们在附近的林子里疯找起来。胡奶奶觉得丢了卞霞是她的责任，边走边喊边哭，我的心也被她哭喊得伤感起来。我也放声大哭，和胡奶奶一起喊叫卞霞的名字。这个寒冷的无风的早上，置身于茫茫无边的冰雪沼泽之中，我第一次真切地想到并且确信卞霞肯定早就疯了。胡秀芳的惨死撕碎了过去她一直蒙在自己眼上的纱幕，让她看清了自己的生命真相。卞霞既回不到原来的梦里去，又不愿意走进自己刚刚看到的这个新的极为恐怖的生命真相里去，她就只能疯了！

那个清晨我对卞霞的感情全变了，迎着渐起的风雪，喊着她的名字，我的心里充满了愤怒和自责——我早就看出卞霞不对头，却没有想到为她做点什么！胡秀芳死后卞霞就不是一个正常的人了，又失去了我们的帮助和保护，她一准是死定了，我再也见不到这个模样儿俊俏的女孩子了！不管有多少缺点——何况是不是缺点还不一定呢——她都是我的抗联姐妹，我也是她在人间最后的几个亲人中的一个！

我和胡奶奶走了整整一天，直到黄昏时回到原来的宿营地，仍然没找到卞霞……我不知道……说不清楚……如果卞霞真的在那天走失了，一个人茫然无知地立在风雪覆盖的沼泽地里，让夜间再起的大风雪永远地掩埋住她幼小的尸身，直到永远，今天说到她时我的心也许不会这么疼……这天从早到晚，无论是我和胡奶奶还是胡爷爷和安福顺，谁都没有找到卞霞，是她半夜里自己从越来越大的风雪中走回宿营地的。胡奶奶是她回来后看见她的第一人，老人觉得卞霞是她弄丢了，一直哭到半夜仍不能入睡……也许那一刻她已经闭上了眼睛，可是全部生命意识都没有睡去，猛地睁开眼睛，就见卞霞一身冰雪，直直地站立在她面前，胡奶奶像狼一样嗥了一声，爬起来扑过去，紧紧抱住卞霞。我们大家全醒了。卞霞自己却像什么事也没发生过一样，怔怔地望着胡奶奶和我们大家，脸上慢慢现出一点欣喜，说：

"我听到何叔叔在叫我。我去了，没赶上他。一定是我去得太晚了，他等不及，就走了……"

说完话她"哇"的一声放声大哭。胡奶奶将卞霞搂在怀里，和她一起大哭。我和安福顺也扑上去，紧紧搂着她们，陪着她们一起大哭。我们自己在哭，却也听清了卞霞的哭声——那根本就不像是一个神志迷乱的人在大声号啕，而是一个头脑正常并且异常清醒的人在恸哭。于是遽然间，她为之大放悲声的事也似乎不是假的而是真的，她日日夜夜都在盼望的何叔叔真地来过又走了，因为等不及她而走掉了，卞霞从此再也等不到他了！

再往前走我的心就分出了一半给卞霞。白天里，胡爷爷照顾我和安福顺，胡奶奶单独照顾她。到了夜里，我和胡奶奶、安福顺三人轮流将她搂在怀里——我们不能马上让她的神志完全恢复正常，这件事我们无法做到，可我们能用自己的胸口给她一点温热，我们能把自己的手和她的手拴在一起，不让她再一次迷失。倒是卞霞自己，有过那次迷失和恸哭，情况渐渐好了一些，她的心仍旧是糊涂的，但有时却会突然完全清醒过来，冷不丁地说出些比正常人还正常的话，把我们吓上一跳……

109

走出沼泽地后就到了虎跑。剩下的几十里路我们是在对狼谷的期盼和遐想中挣扎着走完的。据估计应当是四月了,每日流动在林间的寒风开始变弱也变得温柔,脚下的冰雪也在晴朗的日子里悄悄融化——冰冻的外壳还在,内里却一点点松软和空疏——再后来,一天的跋涉过后,竟不能找到一块稍微干燥点的地面宿营了。

可我们离它毕竟一天天近了。狼谷让我想到了不知不觉忘却的一切:秋叔叔,二十七号和二十八号密营,松下浩二,那头叫"花花"的母狼,狼群之围和人狼大战……狼谷还让我想到了现在和未来:汪大海一定早就突出重围到了那儿,我就要在那里生下我们的孩子……啊,狼谷,你又一次春风一般在我孱弱的心间荡起了激情与感动!最后一个早上启程时,望着已在眼里的狼谷四周层层叠叠的山,我胸中涌动的不只是回归故里似的快乐,还有马上就要和我的丈夫团圆、就要投入亲人怀抱的幸福期待了!

天黑前我们到了狼谷。狼谷内外一片沉寂,这里果然没有敌人!

虽然离开很久,我还是一眼就在茫茫雪林中找到了翻越分界岭通往二十七号密营的豁口。汪大海知道这个豁口,也知道我在谷内住过的地方只有二十七、二十八号密营,他一定是正在这两个岩洞里等我们,等我和他的孩子!

我们是爬着通过豁口的。实在走不动了。刚进入狼谷,我就趴在地下,一声声喊起来:

"大海——!我们回来了——!下边有人吗——"

两位老人和安福顺也跟着我喊起来:

"汪师长——!弟兄们——!我们到了——!快来接我们呀——!"

我们的声音微弱、颤抖,其间洋溢着九死一生后就要重逢的欣喜,在如同深渊般寂静的谷内却传得很久很远。豁口离二十七号密营只剩下几百米,如果汪大海他们真地回来了(你瞧我用了"回来"两个字),并且一直在焦急万分地等我们,就能听到我们的呼喊!

没有人回答。我的喊声、我们的喊声如同从水里冒出气泡转瞬就消逝在空气中一样,消逝在谷内广大的死寂里。我心里有点慌了,拄着一根棍子站起来,摇摇晃晃往下走。我仍不敢相信汪大海他们还没回来。我们做夫妻时早就说好的，一旦有了孩子，为了他我会一直咬牙活下去，汪大海虽没有像我这样说，可我相信，自从我肚里怀上他的孩子，他也不那么容易死去了，因为他也不会不牵挂自己未出世的孩子，也会不顾一切活下来！

……我没费很大气力就带着大家找到了二十七号密营。一切都没有变，挡在洞口的厚厚一丛荆棘还在，虽然枝条上还没有长出叶子，但杂生在它根部的一丛一人高的枯草严严实实地封住了洞口。我拨开荆棘和枯草，朝洞内喊了一声，又喊了一声，仍没有听到回音。我钻进去，知道里面已经没有人了，可还是又喊了一声……

我无力地瘫坐在洞里，双手捂住脸，忘情地号啕大哭！

这时我也觉得汪大海他们不会在二十八号密营里了。两座密营仅隔着一道山溪，要是他们藏在那边，汪大海是会派人守在这里等我们的。不，如果他们果真比我们先到了狼谷，为了自身的安全也会在豁口那儿布上警戒哨。那里没有他们，这儿和二十八号密营也就不会再有他们！

这也就是说，我的丈夫和亲人、我孩子的爸爸，我不顾死活要回到狼谷与之团聚的人，不知道为什么竟然还没有带队伍回到这里！

哭过一场后我的情绪也稍稍平静了。我出了岩洞。仅仅为了验证自己的感觉，我也要马上去一趟二十八号密营。胡爷爷、安福顺陪我一起向左下方的裂沟里走，胡奶奶留下来照看神志仍然不清的卞霞。一路上全是冰雪，我绊了一跤又爬起，继续向前走。即使知道汪大海他们还没有回来，不到二十八号密营看一眼，我仍然不愿放弃最后一线希望！

——他们不应当不来！尤其是他，知道我就要生产，亲口嘱咐我一旦扫寻岭密营不能藏身就到这里来，自己就不该失约，不该置我们母子、置我们这些老人和女孩子的死活于不顾！

我远远地就听到了瀑布泻入沟底的喧哗……顺着长满桦树的斜坡走下沟底，眼前的景物一点点转换了我的心思。我忽然记起了一件事：秋叔叔将我和松下浩二送进二十七号密营的那个黎明，我就是在眼前这条山溪对面，看见了一头后来被我亲手救活的名叫"花花"的母狼！

我的大脑里还刚刚浮现出当时的情景，溪水对面就响起了一声凄厉、响亮的狼嗥——

"嗷儿——儿——儿——儿——！"

某种在我心里冰封已久、近乎完全忘却的恐惧猛地苏醒了,我周身上下迅速寒颤起来!

对面苇丛中,走出了那头狼!

胡爷爷和安福顺的脸白了。胡爷爷只是突然受到了惊吓,安福顺却大约是平生第一次如此近距离地、几乎是面对面听到狼嗥,不但脸上的肉被吓得哆嗦起来,两条腿一软就要倒下去——又被胡爷爷拉住了!

"狼!"安福顺最先小声叫起来,嗓子像岔了气,听起来完全不像她的嗓音了!

"不错,是头狼,"胡爷爷故意轻描淡写地说,怒容涌上了脸,"别怕,咱们手里有枪,看我打死它给你们吃肉!"

他放下安福顺,伏下身去,急急地从身后摸枪。

一点电光石火样的东西在我脑海里爆炸了——

"花花——!"我大喊起来。

不错,是我的花花!两年多时光过去了,花花变得很多,可它还是那么瘦,脑门上的白斑,也一点儿没有变!

看母狼一跃一跃自苇丛中冲出来的架势,它是打算过溪朝我们扑过来的。喊出那一声前我已看清了它的眼睛——一双血红、疯狂的眼睛,其中鼓涨着的全是野性、残忍的神情!开初我还怀疑它最初叫了那一声是由于我们惊动了它,看到这样一双闪烁着亮光的凶猛和兴奋的眼睛,我的感觉就变了——不,它之所以嗥叫,只是由于发现了可以猎取的食物!

可是母狼又冷不丁地站住了,像是某种来自远方的已经模糊的记忆猛地击中了它……它站在溪水那一边,紧张地摇着尾巴,盯着我望,神情似乎有点发怔,面部和眼睛里的野性依旧——我那一声说不出什么滋味的叫喊,只是暂时阻止了它向我们凶猛地扑过来!

我的眼睛湿了!走进狼谷,我没能像期望的那样和汪大海重逢,却看到了它。这一刻,我也觉得像是见到了一个久别的亲人!

"花花——!"

我又大叫了一声。以为那点久远的模糊的记忆像是被闪电照亮的黑夜中的景物,正清晰地在它的头脑里闪现,那时它就能认出我来!我心里又欣喜又冲动,我想涉过溪水,朝它扑过去,将它的头搂抱进自己的怀里!

可我没能这么做,为我的表现大惊失色的胡爷爷不管安福顺了,他用一只苍老有力的手，快得难以想象地抓住了我的胳膊，让我动弹不了。然后，他就迅速抬起了另一只手里他自己那把连准星也没有的"老炮"——一支自造的火药手枪——瞄准了母狼！

"不——！"我大叫起来。在胡爷爷眼中我一定是疯了，我用手一下把他的枪口按下去！"不，不要！"我一声声大叫着，眼睛却恐怖地盯着我的母狼！

胡爷爷手里的枪没有响……母狼眼里的恍惚一闪又消逝，它明白刚才那个圆圆的枪口指向它意味着什么了。也许连一秒钟也不到，它的眼神又亮了，它面部的表情，它的整个体姿，也像最初走出苇丛时一样激动、野性、凶恶了！

"啊——啊——嗷儿——！"它伸直脖子，长长地叫一声。我听出来了，这是它在对我们——也是对我——发出攻击前的警告！

下面几件事是在同一时间内发生的，我只能一件件叙述它：随着这声狼嗥，胡爷爷又把枪举起来，我则再次把他的枪口压下去；随着母狼的最后一声嗥叫，它身边的苇丛里又有一只脊背高过它半尺的公狼蹿出来，发出一声比母狼的叫声还要凄厉和嘹亮的长嗥；接着，又有三条半大不小的幼狼蹿出了苇丛，围在母狼和公狼周围，虎视眈眈地望着我们，作出随时跃过溪流扑向我们的架势！

这头凶猛的公狼刚刚出现，一直躲在我和胡爷爷身后的安福顺就"呀"地叫一声，回头朝坡上跑，却被胡爷爷一把揪住——胡爷爷是个"老炮"，明白在山里遇到什么野兽，只要你站着不动，它们至少不会马上扑过来，但要是你一跑，它知道你怕它，就会立刻放心大胆冲过来的。假若他年轻几岁，手里又有枪，一个人也能对付这大小五头狼，可是今天，他和我们一样早就耗尽了体力，又要保护着身边这两个怀孕的女人，对付这一窝以逸待劳的狼，就有些力不从心了！

——他只能让我们停在这里，与狼群眼睛盯着眼睛，毫不退缩，先拖下去让对方不敢发起攻击，再想别的脱身之计！

公狼和母狼没有马上冲过来。这一刻我的头脑极为清醒，一只手仍旧死死抓住胡爷爷的枪筒，不让它再抬起来。不是害怕这支没有准星的枪一下打不中对岸领头的公狼，反倒会激怒它，让它闪电般扑过来咬住我们的脖子，而是我心里没有忘掉方才一瞬间的印象：在对面的狼群中，至少"花花"已经模糊地认出了我，而只要它认出了我，我们就不是危险的！

"花花……！"盯着母狼的眼睛，我又颤颤地高叫了一声。

母狼半天没有动弹，它的眼神仍是陌生、野性、凶恶的，可是有了这一声喊，它那激动的马上就要朝我们扑过来的体姿却抖了一下。母狼的眼睛一眨不眨地盯着我——我想从它的眼神里发现一丝温情，却没有看到，但是过了一会儿，它和身前的公狼交了交颈，没有向我们发起攻击，就慢慢地转身走回去了！

接着公狼也走了，眼神光恨恨地，不知是遗憾，还是不平。

然后小狼也消逝在苇丛中了……

胡爷爷不愧为是个有经验的"老炮"，对岸的一小群狼退走之后，他仍然没有带我们仓皇而逃。他只是朝我们使了个眼色，让我们学着他的动作离开：他没有转身，而是像方才那样跪着，两腿和一只手着地，一步步向后移，另一只手依然警惕地举着枪，眼睛一眨不眨地盯着对岸的苇丛！

我和几乎已经瘫倒的安福顺学着他的样儿，也一步步地向后退，到底退上了斜坡，退进了坡上那片稀疏的桦树林。

狼群没有追过来，安福顺却再也站不起来了！

胡爷爷的估计是对的。狼群并没有真的从对岸退走。我们刚刚退出这边的溪滩，它们就又从对面苇丛中走了出来，只是看到我们依然正面向着它们，没有放下手中的枪，才没有全体跃过溪水，猛扑过来咬断我们的脖子！

110

我和安福顺在岩洞里倒下来。我断断续续地告诉胡爷爷：我们不用再去二十八号密营了，方才的母狼、公狼和小狼就是从苇滩后面的洞口流水般蹿出来的。洞里住着母狼的一家，我们的亲人是不会住在那里的。也就是说，他们真的还没有回到这里来！

夜来临了。死一样躺在岩洞深处的我迷迷糊糊地睡过去又醒来。透过洞口的荆棘丛望外面清亮的月色。我又听到了狼嗥，长长短短，高高低低，声音威猛沉浊的是公狼，嗓音尖细参差不齐的是几条半大的小狼，很久很久以后才发出一声凄厉、响亮的嗥叫的才是我的母狼"花花"！

天亮后胡爷爷把我们叫到一起，做出了安排。他说："孩子们，既然我们没有在这儿找到咱们的人，当务之急就是要保护咱们自己。照眼下的情势瞧，日本人今年是傻子吃秤砣——铁了心要把我们灭得一个不剩了。虽说眼下他们还没想到狼谷，以后迟早会想到的。我们五个人，现在就要想好鬼子来了，该怎么对付！"

还有下面那几头狼，他说。它们离我们太近了。只要留它们在那儿，我们就不安全。必须马上消灭它们！

"不——！"

我叫起来，我说出了其中的原因。可是无论胡爷爷胡奶奶，还是已被吓坏的安福顺，都不相信一头狼也会被人驯养，他们尤其不相信两年多后，母狼就是当初曾被驯养过，今天还能认得出来我。我不得不讲出更多的事情：我和"花花"的第一次相遇，一头堵在我和松下浩二岩洞口的公狼，我和他与这头公狼在洞外林中的搏斗，由枪声引来的狼群之围和后来的人狼大战，我和松下浩二被秋叔叔赵阿姨救出二十七号密营后从东方山冈上一轮红彤彤的旭日中看到的悲愤自杀的母狼的黑色的跃动的身影……胡爷爷后来终于说他也不是没有看出一点异样，仔细回想昨天的事情，他也发觉我们与狼紧张对峙时，表面上十分凶狠的母狼其实还是有些踌躇不前，不然它们距我们极近，他可以一枪打死母狼或公狼中的一头，却来不及击毙其余的狼，它们一起扑过来，我们就惨了，你和小安子（安福顺）的身子这么沉，跑也跑不动，躲也躲不掉……

但胡爷爷也不敢全然相信溪水对岸的狼乃至谷内其他的狼会一直和我们和平相处。虽然没有在这里见到我朝夕盼望的丈夫和他的队伍，但有一件事大家心里却是清楚的：我们只能藏在这里等我们的亲人了。是汪大海叫我们到这里来的，他们一旦突围成功准会来这里和我们会合；安福顺是七个月的身孕，我是八个月的身孕，就是走我们也走不了，只能在这里生孩子。狼谷内外眼下静得很，日本人短时间内很可能还想不到它，虽然河原信行自信已彻底"剿灭"了这里的狼群，可从昨天重新见到的母狼一家和夜间远远近近响起的狼嗥声来看，两年多后，狼们显然又在这条大山峡内重新繁衍起来。与狼生活在一起是可怕的，但藏在这条重新响起狼嗥的山谷里也可能是最安全的。唯一的问题是要防备它们。胡爷爷斩截地做出了决定：白天由他、胡奶奶、我和安福顺轮流在洞口警戒，夜里我们女人躲进内洞，他一个人在洞口守着，防备狼！

我们在洞外的林子里找到了一点粮食。不多，只有几十斤。还是两年多前那个夏夜，秋叔叔将我和松下浩二送到这个山洞时告诉我的。这之前我模糊地记得格节游击队离开这里时，汪支队为了筹措到足够的给养，连腐败的狼尸都煮了带走，地下不可能还埋着粮食。可胡爷爷还是让我带他到那些可能埋有粮食的树下去找，竟然意外地在第五棵树下刨出了一袋黄豆，有五十多斤，因为秋叔叔当初在粮包外面包着一层日本油布，它们到了这会儿仍然没有生过芽也没有发霉。胡爷爷十分高兴，他说虽说少了点儿可我们还是有了粮食，有了它我们暂时就不怕了，日本人不来我们还可以到林子里捡榛子、松籽吃，眼看就开春了，还可以挖野菜、挑菌子。汪大海他们不会让我们在这里等很久的，他们一来，我们就有救了！

当夜我们在岩洞里燃起了一小堆篝火。白天不敢烧火，怕烟从洞口冒出去被人发现。夜里我们围着火堆睡在内洞里，胡爷爷守在洞口。我睡下了，却久久不能睡着。我想到的事情既多又乱：我的丈夫、我的亲人、我孩子的爸爸——汪大海今天还没有带队伍归来，他们到底在哪里，怎么样了？我的孩子近日来在我的肚子里越来越安静，像是突然沉沉睡去，也让我害怕，我不敢那么想却止不住自己流水般的思绪：他真的还活着吗？还有和我一溪之隔、住在二十八号密营里的"花花"，它此刻在干什么，它也在想我吗？它还能想到我吗？还有格节城里的日酉河原信行，他真能忘掉狼谷吗？此时此刻，北满、吉东、东满的日军全部出动，漫山遍野拉网式搜索，要最后一次"剿平"三江地区的抗联，他会独独漏掉狼谷，不再到这里"清剿"一回吗？……狼谷还是原来的狼谷，密营还是两年多前的密营，重回旧地，触景生情，我还难以自抑地想到了当初和松下浩二在这个岩洞里遭遇狼围的日子……浩二，我的兄弟，今天你在哪里？你一定早就回到日本，回到了秀子姐姐身边了吧？此时此刻你快活吗？你心里还记得中国还有一个受苦受难的朝鲜姐姐吗？……

我的心里突然只剩下了母狼。我不愿再想松下浩二了，他已经走了，就和我没有任何关系了；我也不再愿意过多地想我的丈夫和我的孩子，我的孩子在我的腹内沉沉地睡着了，我的丈夫正和他的队伍穿山越林，双脚踏碎冬末春初的残冰，一步步坚定执着地向狼谷、向我和他的孩子走来……我不是在沉寂如同另一世界的夜声中，从时不时响起的狼嗥里突然想到了母狼，相反却是在狼嗥完全消失时猛然想到它的！方才狼谷内外狼嗥声声，让我感觉到我自己、我的孩子和我们这几个人与那些野性的生灵离得是多么近，几乎在咫尺之间，同时又让我觉得我与我的"花花"的距离是那么远，竟是不能用里程来衡量的，那个曾在我的照料下流出眼泪，曾为了让我和赵阿姨、小玉、松下浩二高兴，在二十八号密营的篝火边绕着我们舞蹈的"花花"，竟然又成了一头和原先一样的狼。不，谁说得准呢，也许我现在走到洞口，就能看到我和松下浩二刚进这个洞时发生过的事——一头大公狼犬坐在洞外，等候我们中的人一出洞，就扑上来咬断他的脖子！

啊，不！

我还是不相信会发生这样的事。不相信"花花"一点儿也记不得我对它的爱和保护，就像我不相信回到日本去的松下浩二会一点也记不得我对他的恩情一样！昨天"花花"在溪水对面的表现不是那样的！那头肯定是在我们离去后与它结缡的土黄色大公狼不认识我，可"花花"是应当能认出我的。只要它认出了我，就不会再让一头大公狼堵上我们的洞口！

……现在我侧耳听着洞外的声音。我想从无边的寂静里听到狼踩在落叶上的沙沙的蹄音。可是没有这种声音。我听到的只有时光在天地间如洪水一般流动的宏大喧嚣的响声，偶尔也能听到谷内谷外隐隐传来的林涛，沉重而微弱……

我没有想到自己会睡着，可能我也没有真睡着，我只是打了一个盹，头脑马上就清醒过来，全身跟着起了一层鸡栗，我不相信我想到的事是真的，却还是害怕地坐起来——就这一会儿，洞外就坐着一头大公狼！

也许不只那头公狼，还有母狼。谁知道呢？它到底是一头狼，又和我分离了整整两年，记不起我也是可能的！

我被吓坏了，身上一阵阵发冷。内洞里静悄悄的，我摸索到了枕边的短枪，指头压上扳机，站起来向外走。

胡爷爷趴在洞口睡着了，我不想惊动他。我悄悄拨开荆棘丛走出去！

外面月华如银。枝头还没有叶子，林间落到地下的月光就多过了阴影。我一眼就看清了，洞外没有公狼，只有一个模糊的人影，正无声地向前飘动！

我浑身出了一身冷汗，认出了那是谁！她是卞霞，我那可怜的神志错乱的抗联妹子！

我紧跟上去。我的影子在月光下大约也像是在飘动，而不是行走……我在洞口下面的林子里撵上了她，一句悲凄、惊恐的埋怨话还没出口，就被不远处的一声狼嗥堵在嘴里了！卞霞回头看我一眼——目光清亮——如同一个正常人！

"英子……姐，"她突然极清晰地开口说道，这是我第一次听她叫我"姐"，"刚才我又听到何叔叔喊我了，他让我赶快收拾了跟他一起回佳木斯去上学……"

"卞霞，好妹子，快跟我回去！"

她的神态语气表明她又深深地陷入自己的幻觉里了，根本听不见我用惊恐的声音发出的呼喊。突然，她流出了眼泪——神志不清以来，她是第一次流泪！

"英子……姐，我刚才真是听到了何叔叔在喊我。可是我也明白，这是假的！

何叔叔没有来，也不会来了！从他把我送进抗联密营，对我说了那些话，就是在骗我！"

"卞霞——"

"英子……姐，可我还是不相信他会骗我。我不愿意相信那么好的叔叔也会骗人！不，我不是不愿意相信，实话告诉你吧，只有一天到晚想着、相信何叔叔会来接我回佳木斯，待在抗联密营里，我才不那么害怕！

"我知道日本人会咋样对待咱抗联的女孩子。小玉的事你们不告诉我，我也知道了！我还听说过，他们一抓到我们，就要强奸我们，把棍子往人的那个地方捅，活着割我们的肉烤着吃。他们还喜欢切掉我们的乳房，放在嘴里咂着玩儿……就因为我知道他们会怎样，我才一天也不愿待在抗联的队伍里，才不让自己怀疑何叔叔会骗我……你懂我的话吗？只要我信这个，我就会觉得我和你、和安福顺、胡秀芳大姐不一样，你们的命里只有日本鬼子，早晚你们都要被日本鬼子强奸、切乳房，活着割下肉来烤着吃。你们觉得自己是一个个活人，我看你们却是一个个只有骨头没有肉的死人。我不想和你们在一块儿，是因为我只愿意相信那些事和我没有关系，我反正是要被何叔叔接走的！

"可我今天知道我错了，我这会儿才明白过来，不过这会儿明白过来也不晚！"她哑笑了两声，听来十分恐怖，"可我心里还是难受。我心里迷得很，觉得眼前全是雾……何叔叔不来，我就和你、和安福顺、和死去的胡秀芳大姐一样了，日本人抓到我们后咋样对待你们，也会咋样对待我了。我有时知道害怕也没用，可我还是害怕，心里还是迷，还是难受啊……"

她呼出了一口气，直直地看着我，突然用极响亮极悲惨的声音喊出了最后一句话："英子姐，我难受啊——啊——啊——！"

她的泪水刚才已经不流了，现在又流起来。我紧紧抱住她，惊恐地喊她的名字。她的神情仍是迷乱的，刚才的话也全是于神志不清中说出来的，可她这些在深度迷乱中说出的话，在我的感觉里却比清醒时说过的话都还要清醒！

胡爷爷和胡奶奶出现在坡上林子里，边跑边喊怎么了怎么了。我泪流满面，扯着卞霞的手走回去，如同扯着一个飘行的影子。回到洞内她马上就躺下睡着了。我的心却一直在发抖。不，我没有在洞口外发现狼，既没有公狼也没有母狼，可是为了保护随时可能再次走失的卞霞，我不能不去消除时刻存在的狼的威胁——何叔叔真的不会来了，能保护卞霞的人只有我们，只有我这个被她喊作姐姐的人了！

由于溪水那边有狼，两天来我们只好去岩洞右边很远的地方去打水。我们要一直在这里躲藏下去，等待我们的亲人，生下我们的孩子，就不能不消除它们的威胁！

消除威胁有两种办法。一种是用枪。我们五个人除去卞霞还有四个人四把枪。主动去攻击大小五条狼，没有问题。狼谷一带早已没有人烟，就是枪响了大概也不会被日本人听到吧？可是……万一枪声传出分界岭，引来日本人，我们就完了。

不，真正的原因还不是这个。我的头脑越是告诉我说上面的办法最简单、最直截了当，我的心就越是强烈地反抗它！

不……

我不能相信母狼就一点儿也记不起我了，我更愿意相信第一次见面时它已多多少少想起了我是谁。它自己当时虽然摆出了一个攻击的姿势，却没有鼓励公狼和小狼真的向我们发起攻击，尽管从它的目光里你能感觉到它们的肚肠正被饥饿之火猛烈烤炙着——另一个证据是：今天夜里，它和它的公狼知道我们躲在这个岩洞里，却没有堵在洞口外，等候向我们发起致命的一扑。如果是那样，卞霞这个人早就不在了！

啊，我想那天我一定是疯了。我不能用自己的枪杀死我曾救活过的母狼，就是它让我明白了人和狼也可以和平相处的道理，无意间消除了我在帮助松下浩二逃出战争、逃回日本前的最后一点心理障碍，最终成就了我的日本弟弟浩二的再生。直到今天，我仍然认为那是我作为一名抗联战士，更是作为一个人，在与日本鬼子的残酷战争中取得的最大胜利——让一个人死容易，可是让一个人生，就不容易了！

我不能用子弹对付母狼。我要让它重新认出我。在没有做出更多的和更为果敢的事情让它辨认出我之前，或者最后证实它确又变成了一头真正的野兽之前，我决不放弃将它重新引领到我身边、变成原来那条视我为亲人的狼的念头！

我没有向任何人说出我的打算。我知道我正在做一件会被他们认为发疯的事。我冒的风险极大，甚至有可能搭上我和我孩子的两条命！

不。我的内心深处有一种直觉，说那是不会的。我的生命中还有另一个生命，他告诉我这样做不只是为了卞霞和我们大家，也是为了母狼和它的一"家"——就是母狼自己，也不愿意重新变回一头没一点人性的狼吧！我们既然回到了狼谷，要在这里留下来，一旦它的一"家"执意与我们为敌，它们就一定会被我们悉数射杀！

天亮后我手里提起那口日本行军锅，自告奋勇去打水。胡爷爷守了一夜洞口，累了，睡了；胡奶奶以为我仍是去另一个地方打水，没有拦我。眼下卞霞成了废人，昨夜又一次迷失在洞外，现在胡奶奶不敢再离开她一步，在余下的我和安福顺之间，她更信任的是我。她根本想不到我要去那里打水！

我出了洞，一手提锅，一手提枪，向西北方裂沟里走。刚刚走下斜坡，走进那片稀疏的桦树林，就听到了一声凄厉、凶猛的狼嗥！

"嗷儿——儿——儿——儿——"

是母狼在叫！它就站在溪水对岸，高昂着头，眼睛里满是焦灼和急切的神情——也许只是我的想象？我脚下一滑绊倒了，滑下了残雪片片的林坡。母狼忽然看见了我，一声长嗥卡在喉咙里没有叫出来——这一刻，我在它眼里看到了什么？我的"花花"，我的游击队岁月的伴侣，我的不会说话的朋友，自从前天见过一面后，它一直站在溪水对面等着我再次出现吗？

我跌跌撞撞地奔下溪滩，扔下手里的锅，趟过没膝的溪水，一点儿也没感觉到它冰冷刺骨。我忘情地扑向了母狼，母狼浑身抖了一下，也大着胆子迎上来……我们一起倒在苇丛的边缘，我搂抱着它的头，它的脸也在拱我的脸，一边匆忙地热烈地在我全身到处舔着……我们在绵软的苇丛中轻盈地翻滚、翻滚，如同久别重逢的亲人。阳光不时透过苇叶照亮了它的眼睛，也照亮了我的眼睛，人和狼的眼睛里都闪烁着欢乐的泪光……

我闭上了眼睛。我的耳边又回响起了久违的音乐会，是亲人团聚的音乐会，一场历尽劫难失散的亲人终于活着在这个世界上重逢的音乐会！我不以为我的"花花"没有听到它，它和我一样沉浸在这场令人感动得落泪的欢乐的音乐会中，忘了时间和别的一切，只想拥抱、亲吻、翻滚……

不知过了多久，我才注意到溪水对岸站着手里提着枪的胡爷爷和安福顺，我觉得他们的脸都不是平常那个样子了。可是我的眼睛又闭上了，我只想聆听我和"花花"团聚的音乐，只想在这片洒满阳光、残雪融尽的苇丛中和它一起嬉戏……

将这场欢乐的重逢和嬉戏结束掉的是公狼。它不知何时已从苇丛背后的山洞里走出，远远看到我和母狼的游戏，一定是惊呆了，迅速跑过来，随即发出了一声可怕的长嗥——

"嗷儿——儿——儿——！"

但它没有冲我扑咬过来，跟在它身后的小狼也没敢这么做，它们像人一样惊奇——狼越小眼神越像人——地望着我和它们的母亲，迷惑地相互看着，又看它们的父亲。那做父亲的狼虽然迷惑，却越发震怒了！

"嗷儿——儿——儿——！"

它又叫了一声，显得急躁而怒不可遏。首先是母狼，从我的拥抱中挣扎出来，却又警惕地挡在我和公狼中间，不让它伤害我。突然，它也冲着公狼，凶猛地叫了一声——

"嗷儿儿儿儿——儿——儿——！"

我涉水回到对岸，再回头去，公狼和母狼已双双站在水边。公狼不再怒不可遏，"花花"却用一双恋恋不舍的目光望着我——它不但完全认出了我，还像以前那样依恋我了！

"'花花'，你想过来就过来，我就在这边洞里——！"我像对人说话一样朝溪水对岸喊着，一边挣脱胡爷爷的手，用刚才扔在地下的日本行军锅打了一锅水，泼泼洒洒地端着往坡上走。胡爷爷和安福顺警惕地走在我背后，防备公狼和母狼追过来，对我们不利——可它们没有，只是在我们走进坡上的桦树林中时，"花花"才最后响亮地不舍地叫了一声——

"嗷儿——儿——儿——！"

我像是在梦中一样，一直觉得还会发生什么事情。天黑下来了，洞里又燃起了一堆火。我们用架在火上的行军锅煮粥吃。这时守在洞口的胡爷爷忽然叫了一声：

"英子，你快来看——！"

我知道一天来我心里放不下的事是什么了：母狼一定会到这里来找我的，一定是它找我来了！

洞口外果然立着我的"花花"。我奔出去，拨开荆棘丛，搂着脖子将它领进来。安福顺惊叫了一声，卞霞本能地将身子缩成一团。我的"花花"似乎一眼就看清了洞内的一切，明亮、欣喜的目光盯上了那堆熊熊燃烧的火。接着，它就像我多次梦到的一样，围着这堆火和火边的我们，舞蹈起来！

——我的"花花"，本来差不多变回去了，又成了原本意义的野兽，可是由于它心里一直没有完全忘记和人一起度过的日子，由于我早上大胆走过去和它相认，保留在它心灵里的有关人的记忆，又在这个夜晚复活了，它又成了一条人格化的狼，一条有着人一样的感情、思想、愿望的狼，一条欢乐、幸福、陶醉的狼！

///

但这也是母狼的最后一场舞蹈了。人与狼的欢会刚开始一会儿,洞外就响起了公狼响亮的嗥叫!

原来它跟在"花花"身后找过来了!我还在错愕中,还没来得及作出反应,母狼就一扭身跑了出去!它穿过荆棘丛竟没有费多大劲儿!我跟着它来到洞外,看到公狼小声地、不满地哼哼着,用脖子也用庞大的身子裹挟着母狼,和小狼们簇拥成一团,急急地向裂沟方向跑去。公狼跑着跑着,又停了一下,回头示威性地冲我和我身后的胡爷爷愤怒地长嗥了一声:

"嗷儿——儿——儿——儿——!"

母狼走了,再也没有回来过。我知道是什么原因,公狼嫉妒"花花"和我的感情,"花花"却畏惧公狼。它不是不来而是不能,我一点也不责怪它。毕竟分离之后它又有了自己的"家"。只要它还能记得起我,只要它和公狼以及小狼在溪水那一边过得好,最重要的是只要它们不会涉过溪水来危害我们,我对我的"花花"就满足了——毕竟狼也要过它狼的日子!

但我们还时常见面。一般情况下总是我去看它。我喜欢借着打水的机会走到溪边去,望一眼对岸的苇滩。我想我自己也许能见到我的"花花",也许见不到。但是几乎每一次,只要我出现在溪水对岸,我的母狼不是急匆匆地从洞里跑出来,跑过苇滩来见我,就是已经感觉到了我要来,早早地站在溪水另一边等我。母狼用那样的目光望我——不只是人的目光,还是亲人的目光——每一次都要让我流出眼泪。我的"花花"与我隔着一道丈把宽的溪水小声地叫着——我又要说那样的话了:如果它真的是个人,如果它能够说话,一定要开口和我说话,可它偏偏是狼,不能说话,于是就只能用亲昵的腔调一声声地叫唤……

有时候,或者是它,或者是我,也会涉过溪水,和对方走到一起去。我的身子已沉,我已不能和我的"花花"载驰载奔,在苇丛里、在溪水这边的草滩上,在林间或者溪水中舞蹈,可哪怕我们仅仅只是相拥在一起,只是在草地里和苇丛间搂抱着翻滚,我们只是相互忘情地亲吻,我们也都是幸福的……每一次这样的相会总会引来公狼,但它也只是站在我们旁边,像个对妻子与别的女人的友谊又吃醋又无可奈何的丈夫，看着我们快乐地嬉戏，一边不满地大声地哼哼着。我和"花花"的嬉戏有时也会引来我们的人，胡爷爷、胡奶奶、安福顺……他们呆呆地站在一旁，像在梦中一样看我被一群狼围绕着，和母狼在草地里苇丛中颠扑游戏。他们已经相信那群狼不会加害于我，一颗颗心却还是怦怦大跳不止，对眼前的景象既惊骇又深感新鲜，不敢相信自己的眼睛。我没有想过这样的相会除了对我和"花花"有意义之外还有别的意义，但它确实有了别的意义：日子一天天过去，无论是溪水这边的人还是溪水对岸的狼，彼此都熟悉了对方，最初相遇时双方潜存的戒备和恐怖之心，不知不觉就消逝了。

我们和一群狼，成了很好的邻居！

日本人来了。他们是突然来的。此前我们已回到狼谷十几天，甚至没有远远地模糊地听到一声枪声。这种地老天荒般的寂静给了我一种错觉：也许我和胡爷爷想得对，当初先是中井弘一，后来又是河原信行，对这里进行了长达整整一年的"讨伐"，别说抗联队伍，就连狼群也被他们消灭了。两年来我们的人一直没回这里来活动，日本人可能已不把它放到心上了，这次大"讨伐"，或许真能漏掉它！

那是一个奇怪的早上……说它奇怪，是因为这个早上到来时，大家好像都把可能正在临近的危险忘了，直睡到日上三竿还没醒来。尤其是我，在一个春天似的梦境里陷得那么深，甚至梦到了童年时母亲带我在大连的剧场听音乐会的情景……直到洞外呼呼地响起那种可怕的声音，才猛地被惊醒了！

最早醒来的是胡爷爷和胡奶奶。他们也不是被枪声惊醒的。惊动他们的是清晨波动的空气。四月下旬的狼谷背阴处，残雪还在消融，早上的空气冷得刺骨，守在洞口的胡爷爷却突然感觉到洞外透过荆棘丛波散进来的空气是摇动的和热乎乎的。开始一瞬间他什么也没想，只是本能地回头摇醒了睡在身边的老伴，没头没脑地说了一句：没想到天说热就这么热，往年……话还没说完，他的脸色就变了。醒过来的胡奶奶此时也感受到了从洞外一波波涌进来的热浪，她也说了一句：天热会这样？这像是谁在外头烧荒。话说到这里她的脸也白了。胡爷爷异常严厉地看了老伴一眼，说：你在这守着，我出去瞅瞅！说完就提着他那把缺准星的火药枪出了洞。胡爷爷最后的一眼肯定一下拨亮了胡奶奶的心，她喊了一声："老头子，你等着我——"也跟着出了洞！

他们一出去就没有再回来！可他们交谈时我差不多已经醒了，虽然尚未完全清醒，但他们一走我就啥都明白了，一团团灼热的空气已涌进了内洞！

很快我就模糊地听到了枪响，同时更清楚地听见了呼呼的火苗在洞外窜动的声音！忽然，我的眼前一片红亮，原来洞口的荆棘丛和茅草也烧起来了！

我"啊"地叫了一声，爬起来蹿到外洞去，目光透过缭绕在荆棘枝条上的点点火苗，望见了外面的山坡。我望见的不是一棵棵燃烧的树，而是正在满山满谷燃烧的森林！没有了山也没有谷，没有了大地和天空，有的只是红通通的扭结在一起的火焰，高高蹿起直上九霄的火焰！

我的目光模糊了又清晰，我又看到洞口的火焰！由于洞外有一片空地，洞口的荆棘丛和茅草不是被蔓延过来的大火，而是被空气中不断蓄积和膨胀的热量点着的。它们开始还在一根根枝条上跳跃、奔走，燃得噼啪作响，后来就烧成了熊熊的一团。我听到我的头发、眉毛呲呲啦啦被烤焦的声音，闻到身上的衣服迅速冒出一团糊味，可是最让我恐怖和悲从中来的却还是洞口的火——它烧掉了那丛荆棘和荆棘中的茅草，以前它们一直掩护着这个岩洞和洞中的我们，从此刻起，岩洞和洞里的人就要无遮无挡地暴露给敌人了！

睡在内洞的安福顺也跑出来，像我一样扑倒在地下，看着洞口的火，傻傻地问了一句："胡爷爷跟奶奶呢？"没有得到我的回答，就什么都明白似的，捂着脸大哭起来！我不担心她，她至少还被吓哭了，说明到了此刻头脑还清醒；这会儿一下揪住我心的是卞霞，现在洞外起了大火，这个神志不清的人会有什么反应？我回头朝内洞望去——火光映射在洞底，我在它一亮一亮的闪动中看到了她！卞霞端坐在那里，目光随着火光一下一下跳跃。她神情木然，无喜无忧……不，也许是感觉到我在望她，她忽然无声地咧开了嘴，像是要哭，结果却笑了————点点如鲜花怒放般绽开的疯笑！

我的心像被重物猛击了一下，甚至都感觉不到疼了！不久前的一个夜晚，卞霞在洞外月明中对我说过那些听起来极为清醒的疯话后，我就应当理解她此时的疯笑了。自那个夜晚后，她那颗疯狂的心可能就只剩下等待了，现在等到它了。她不惊奇，她笑了，因为她把一定会来的事情等到了！

可是我也不能再注意卞霞了。我已经听到枪响，洞口外的大火过后一定就是日本人。日本人还是没有忘掉这条连狼群也被他们消灭了的大山峡！大约是为了一劳永逸地灭绝可能藏匿在谷内的抗联部队，他们今天"讨伐"伊始就使用了最恶毒和屡试不爽的一招。已经消灭了狼群，再烧光了森林，我们在狼谷内真的就再无藏身之处了。可是一转念我又把这些忘了，我必须想日本人来了，我们该怎么办？！

最初一忽儿我想的仍是胡爷爷和胡奶奶。由扫帚岭到这里，一直是两位老人在照顾我们，现在日本人来了，我们的生命危在旦夕，自然首先想到他们。他们出去了，可他们会回来的，我们应当等他们回来拿个主意。洞外的荆棘丛一烧毁，这个洞我们就不能待了，只能走！可一转念我又想道：洞外这么大的火，我们往哪儿走？大火燃尽日本人就要进谷，我们两个老人，三个女孩子，其中两个还是孕妇，一个神志不清，就是跑出去，又能走多远？

然而心里还在焦急地等待胡爷爷和胡奶奶回洞。不知道他们能带着我们往哪里逃，怎么逃，但还是觉得只要他们回来，我们就能立即逃出这个岩洞，甚至能逃出狼谷！

我不想死！这一刻我比任何时候都更强烈地感觉到死离我是这么近，又是那么容易。亲人（我说的是汪大海）不在身边，我们眼看着又将失去栖身之所，由于肚里的孩子，我走又走不了，藏也无处藏——却比任何时候更渴望活！孩子还没生下来，心中还牵挂亲人（汪大海）的死活，我不想死，也不能死，就是死，也要等到和我的丈夫再见一面，把孩子生下来，亲手交给他！

我不知道大火在洞外山坡上下烧了多久，在我的感觉里它忽然漫长得让人发疯，及至火势小下去，原有的森林不见了，漫山遍野令人吃惊地剩下了大片大片黑乎乎的树桩，有的还在烧，有的在冒烟。忽然我想到我们终于可以逃出洞了，同时也就想到了另一件事：胡爷爷、胡奶奶没有回来，也不会再回来了！那时我还没有想到他们会死，山上山下只有火，没有枪声，我怎么能想到他们会死？可那一会儿我的头脑格外清醒：两位老人当然还活着，却出于某种我想不到的原因不能回来了。我的理由只有一条：要是他们能回来，一定早就回来了，洞外一直是火海一片，他们在火海里是找不到藏身之地的！

可我仍然在等。直到天黑，才确信两位老人真的不会回来了，不，这时想到的是他们真的不能带我们离开这个已不能藏身的山洞了！要想逃走，要不想死在这里，只能靠我们自己、靠我自己了。洞内三个人中我是最老的抗联战士，没有了胡爷爷和胡奶奶，带她们出逃就是我的责任！

从没有任何遮挡的洞口，终于透进一股稍微清凉的空气！山上山下仍然一处处亮着火光，火光上方的天空却暗了下来。白天的大火让我和安福顺跑到了外洞又退回到内洞里，搂紧卞霞趴在隔开内洞和外洞的石门槛下。这会儿，我却像是突然听到了一个命令似的站起来。这个命令是：要走，现在就该走了！

"福顺，卞霞，咱们走吧——！"

我说出了这句话,两个如在梦中的人点点头,像是听懂了我的话,又像是仍在梦中。经历了一天的火烤烟熏,我觉得连安福顺的神志也不清醒了。我要带她们去哪儿,她们就会跟着我去哪儿……对了,三个人相互搀扶着向外走时,卞霞的脸上又一次浮现出无言的疯笑!

跌跌绊绊地出了洞口,我并没很清楚地想到要向西北方裂沟那边走,就已经带着她们走了过去。人的精神处在疯狂和迷乱中,会不由自主地接受环境和心理给他的暗示。出了洞口,我就看见右方和正下方仍有大火在燃烧,我们自然而然就转向了左边的裂沟。那儿还有一道溪水,水可以避火,大约也会给我们留下一条逃生之路!

我们在只剩下残桩的林间飘行,顺着同样只剩下树桩的斜坡滑下沟底。每个人都扑向了溪水,尽情地喝呀喝,喝了许多,混沌的头脑渐渐清醒。安福顺突然抬起头望我,目光里的意思很明显:英子,我们这是往哪儿走?我们能走到哪里去!

她的眼里涌满了泪水。卞霞喝了水却站直身子,朝前面望。她仍在疯笑,眼里却像安福顺一样闪动起了泪光——这种含泪的疯笑格外可怕,又格外可怜!

正前方的山林中,大火仍旧熊熊燃烧,每一座山头都是一支冲天的火炬。大火今早上本是从谷外烧进来的,这时却又像波动的浪涛,由狼谷内向外吞没着分界岭上的森林。继续向前走,只能走进滚动的火海里去!

回头走也不行。也是一片火海。日本人天亮后一定会进谷,那时二十七号密营就将被发现。左面是瀑布高悬的断崖,右边是大火熊熊的深谷。我们无路可走!

我的目光落到溪水对岸。大火过后,现在已成了狼巢的二十八号密营外的苇丛已被烧光,那个小小的三角形的洞口紧贴地表显露出来。这个洞口地势低,不受人注意,日本人明天或许不会注意到它!

我扯起小安子和卞霞涉水到了对岸。还没走到那个三角形的洞口,就听到了一串愤怒的低吼:

"呜呜呜——!"

是守在洞口的公狼向我们发出了威胁。这低沉有力的叫声凶残强悍,没有一点妥协的意思,却又满含凄惨,如同哀求。只有劫后余生而又再次面临灭顶之灾的生灵才会发出如此痛苦绝望的声音。我们在洞口站住。不,我们不能进去。硬要进去肯定会与公狼有一场殊死搏斗。我和安福顺是孕妇,卞霞疯了,我们不是它的对手!

不!还不是这个。如果因为我们要进去藏身而必须将母狼一家——尤其是我的"花花"——驱赶出来死掉,我是做不到的!这一刻我已经觉察不到它的命不如我的命宝贵,我只是觉得狼的命也是命,它和我们一样有权利一直活下去!

我扯着卞霞和安福顺离开了二十八号岩洞。离开的最直接的原因是卞霞盯着公狼的一双在夜暗中显得红亮如血的眼睛,浑身突然刮风般地大抖起来,身子眼看着就要瘫软下去,而那头一直不喜欢我们、不愿意让我和母狼过分亲热的公狼则看出了我们的胆怯,眼里开始闪出恶毒的亮光,随时都可能向我们发起攻击!

四处的大火将这个黑夜照得如同白昼。卞霞仍然在疯笑。我们不能回去,只能踏着被烧成平地的苇滩继续向前方走。我们没想过再回二十七号密营。我们深一脚浅一脚地踏进一片大火焚烧过的林地,本能地躲开一片片仍在燃烧的残火,觉得自己大致是顺着大山峡的走向朝西北方走。我们的速度也许不能快过正由谷内向分界岭席卷过去的火海,可我们能跟在火海后面向狼谷外面走。只要翻过分界岭,我们也就有了生的希望。我们走得很慢,途中先是我、后来是安福顺,肚子疼起来,走不了路,躺在地下打滚。疼定之后我们嘴里大喘着气继续向前走,心里只剩下一个念头:走,在天亮以前走出狼谷,活下去!

后来我们就深深地走进了一片没有火光的火烧林。我们不知道自己是迷失在里面了,却以为方向一直是对的。我们走一阵停下来歇一阵,疯狂的意识里只有一点不愿说出的诧异:我们上山下沟,走了这么久,为什么还没有走上分界岭?

天微微亮了。我们仍在行走,抬起头,一下就愣住了。正要爬上去的山坡既陌生又熟悉——熟悉的是地形,陌生的是这片山坡上没有了平时常见的树木。想了想,我突然像被人一刀劈开了顶门穴:天哪,我们在山林中转了一夜,竟又回到了昨晚逃离的二十七号密营!

黎明时分的火光仍在四处星星点点燃烧。曙光初照中卞霞脸上的疯笑越发灿烂骇人。我们耗尽了气力,无处可去,而密营就在眼前,我们无法抵挡它的诱惑。

我们爬着上坡,进洞,倒在地下。

枪声就在这时响了。本可以再次冲出洞口,还有时间。可这一刻我脑子里清清楚楚地想到了一件事:我逃过了无数次的死,这次却逃不过了!

腹疼如绞。我到日子了。最后一夜疯狂而徒劳的奔波过后,许多天来一直静悄悄没有动静的孩子猛然醒过来了,开始撕裂我的身子。我的第一声叫喊还没喊出,羊水就破了!

我大声号叫。重回洞里后卞霞和安福顺死一样趴在我身边,一点反应也没有。日本人进了谷,我却要生产了。从这一会儿起,我再也帮不了她们,她们也帮不了我!……我的惨叫声终于让安福顺抬起头,用一双非人的眼光直勾勾地瞪着我,傻了一样,什么也没做。

最初一轮阵痛退下去了,我也不知道怎么还会有那样大的气力,竟能挣扎着跪起来,两只手一左一右抓起她们,用力向洞口推去。我又听到了我的叫喊,它也不像人的叫喊了:

"快走!你们俩……给我快走——!"

安福顺和卞霞生生被我用尽最后一点气力推出去了。我扑倒在洞口,没有气力再动。虽然卞霞听不懂我的话,但我觉得安福顺一定听得懂:我要死了,可她们不能死,我们不能都死,我要她们自己走!

新的一波阵痛猛烈地袭击了我。我又一声声惨叫起来。等我再次挣扎着抬起头朝洞外望去,那里已没有安福顺和卞霞了!

112

我心里一块石头轰然落地。阵痛又退下去了。安福顺一定明白了我的意思,带着卞霞走了,我想。她们至少不会像我,只能在这里束手待毙。过去我不敢想到我自己的死,因为我还没生下我的孩子,现在不一样了,孩子就要出世了,我就是想走也走不了,只能把活下去的希望托付给她们(尽管卞霞神志迷乱),让她们活下去,我去死!

和我的孩子一起死!我的游击队营地里的娇儿,生命中的生命,珍爱中的珍爱,我的心中之花,妈妈在世上最疼的人,你今天一出生,就要和妈妈一起死了!

啊,我不想让你死——我的孩子。我和你爸爸当初要生下你,是想让你接续我们的生命,在我们倒下以后。是想让你在艰难中长大,代替我们活到中国人、朝鲜人胜利的一天哪!

可你来到世间的时候太不巧了。妈妈不该这时生你。妈妈现在不是把你生在人间,而是生在野兽之谷,枪刺之下,地狱之门。你就是再想活,妈妈就是再想让你活,也不能了!

不是我们不想活,是日本人不让我们活。我的孩子,你虽然还没出世,可还是要记住这个,死了也要记住!

你的生命或许只有半天、一小时或是几分钟。可是和妈妈一起死，对你也不一定不是件好事。就是有妈妈，你活下去也是难的；没有妈妈，我更不知道你怎么活得下去！妈妈当然盼着你能替我和你的爸爸活到胜利，可妈妈也知道那一天到来前我的娇儿会遭受什么样的罪！你和妈妈一起死，至少你不会活下来受罪了，至少妈妈瞑目之时，不会因为不得不把你无依无靠地丢在世上而痛入骨髓！

好孩子，走吧！就是没有了我们娘儿俩，我们的人也能继续战斗下去！你爸爸还在，日本人用尽所有的枪弹都杀不死他！他是我们家的战神，是中国人、朝鲜人的战神，日本人能打死人，却打不死我们的神！只要他活到了胜利，也就是我们一家人活到了胜利，你秋爷爷一直埋藏在心底的最后一个愿望也就实现了。这个愿望是：日本人到底没把格节游击队——抗联十六军——彻底消灭光，我们还是有人见到了和平的阳光！

我的儿，这些天你在妈妈腹中那么安静，我都害怕你是不是死了！啊，我不让自己这么想，我知道不会这样，你活着，你是那么聪明，知道妈妈正在难中，你自己也在难中，你就像个最乖最懂事的孩子一样一声不吭地躲在一个别人看不到的角落，睁大你漂亮的眼睛望着妈妈！啊，我的孩子……

洞外枪声不算激烈，这儿一枪，那儿一枪，却越来越近。不，是那个时刻——死的时刻——越来越近。日本兵的兽蹄还没有踏进这个岩洞，我刚刚从又一阵撕裂般的剧痛中明白过来一点，目光便又转向了洞外。日本人来吧，你们能杀了我和我的孩子，却杀不了安福顺和卞霞，杀不了汪大海——我的亲人，哈哈，哈哈哈哈！你们的目的是要杀掉我们所有的人，只要我们中间还有一个人活下去，你们就失败了！哈哈！哈哈哈哈！

我不想待在洞口了。反正日本人会来，反正我会看到他们野兽般的嘴脸！阵痛又开始撕裂我了。我不怕日本人，可我不想让这群野兽亲眼看到我分娩时的痉挛和痛苦。我在阵痛的间隙中向内洞爬呀爬，用尽全力爬过了石门槛。我昏过去马上又被痛醒。我在地上打滚。转眼间我不但记不得世上还有日本人，也记不得还有自己了。我能感觉到的只有我的孩子一次次挣扎着冲出母腹的巨大力量，连同他带给母亲的超出了一切想象的疼痛……

啊，要是我能在这一刻生下我的孩子，我和他都是幸运的了！有过昨晚整整一夜的奔波，我和我孩子的气力都耗尽了。我不知道过了多久，阵痛仍在发作，却不像开始时那样频繁了，但是我的痛苦却在延续，并且又增添了惊慌：虽然我知道孩子生下来也是个死，我却仍然希望他能顺顺利利地生下来，我比害怕自己死更害怕我生不下他，让我的孩子死在妈妈腹中……

时已过午。猛地我又不能想我的孩子了。枪声更近了，甚至隐约听到了日本兵的脚步声。我有些惊奇：从天亮到这会儿，日本人竟然还没有踏进这个裸露的岩洞！

脑子里刚刚闪过这个念头，眼前模糊地一晃，洞口就一前一后有两个人影闪进来！最初我以为是日本兵闯进来了，睁大眼睛看去，到底看清了，那竟是安福顺和卞霞，是早晨被我推到洞外去的她们又跑了进来！

"啊……啊……啊……啊……"

我的心既愤恨又吃惊！要是我能喊，一定喊出声来了！这两个人，本来能想办法逃走，我对她们活下去寄予了那么多的期望，她们竟这么不争气，又跑了回来！

因为她们的离开，死到临头的我眼前曾亮起一束光。我反正要死了，只要她们活着，也就是我活着！现在这束光熄灭了，我的心变得又凄惨又黑暗！

不……我死就死了，可我不能让我们三个人加上我的孩子都死。她们和我不一样，就是到了这时她们也还能逃，不该丧失信心！

日本人马上就到，藏在这个完全暴露的洞里她们死定了！可是卞霞神志不清，安福顺生性怯懦，能带她们逃走的仍然是我！

我还能吗？我自己就要死了！

我也许能将她们再次轰出洞。那样日本人一来，她们就是不想逃，也得逃了！

阵痛突然停止。我不知道是它真的停止了还是我刚刚想到要它停止，它就停止了。我咬紧牙关，挣扎爬出内洞，爬向洞口，自己也不明白从哪儿来的一股气力，竟然跪坐起来，一手一个，再次从地下拉起了卞霞和安福顺！

"混蛋！懦夫！走！……你们……跟我冲出去！"

我嘶哑地喊着，凶恶而又愤怒，觉得自己浑身又有了气力！

"英子……你们走吧！我害怕……我走不动，我……"不是卞霞而是安福顺，虽被我拉了起来，却无论如何也不愿出洞，还放声号啕大哭起来！

"你——！"

我怒不可遏，一巴掌掴在她脸上。真没想到，到了紧要关头，安福顺甚至还不如精神错乱的卞霞！

"快走！你想让他们吃了你吗？……你不可怜自己就不可怜你肚里的孩子吗！跟我走——！"

我的话到了这儿突然打住。近在咫尺的一声枪响不但堵住了我没说出的话，也制止了安福顺的哭声。这次没用我催促，安福顺"噌"的一声就飞了出去，一转眼就不见了！

我的身上像起了大风，拉起卞霞奔出洞口。枪声从右后方山坡上传来，我本能地拉着她的手朝左侧裂沟方向跑。一串子弹飞来，噼里啪啦打在面前的树桩上。我一个跟斗摔倒在地。睁开眼时，卞霞也不在身边了！

我看见日本兵了！他们出现在我们刚刚逃出的岩洞下的大山坡上，出现在依然在燃烧的坡底的谷地中。我转过脸向右看，天哪，漫山遍野，到处都是日本兵！

我的眼睛睁大了。我明白日本兵为何直到此刻才出现在洞外了：他们行动迟缓，是因为他们要对狼谷进行一次彻底的拉网式的"搜剿"。每一片火烧后的林地，每一条沟汊，每一道山隙，他们都不会放过！

带安福顺和卞霞逃出来以前，我已不再想到活下去了。可一旦到了这里，看见了活生生的日本兵，心里早已消逝的恐怖感觉，又像火苗一样"砰"地燃着了！

我现在藏身的地方是裂沟顶部一道残雪尚存的山缝。日本兵暂时还看不见我，可只要他们再往前面走一段路，就看到我了！

我想翻身离开石缝，顺着斜坡往裂沟下面滚。一回头又望见了大峡谷底部出现的日本兵！斜坡上的桦树林已被烧光，下面是空阔的河滩，我径直滚下去，也会被他们发现！

前面十几米的地方，背靠立壁似的断崖，幸存着一小片灌木丛。它所以没被烧掉，一是因为那里是个背阴的小山凹，二是它靠近飞流直下水花四溅的瀑布。

我身下的山缝一直伸向它！

我想也没想就顺着山缝向它爬过去。一边爬一边觉得自己已被一双日本兵的眼睛盯上了。我是逃不掉的！

但我仍然在爬！我咬住牙不让自己回头看。此刻求生的愿望如此强烈，哪怕日本兵的枪口顶上我的后背，他的枪声没响，我就还会往前爬！

没有枪声。我爬进了那片只有半人多深的灌木丛。山缝在这里没有消失，我扒开里面的落叶钻进去，再把湿漉漉的枯叶堆在自己的身上、头顶！

我的心一点儿也没有放松，相反还更为绝望了。朝这里爬时我没有很好地观察过它，爬进来以后才发现这只是很小的一片灌木丛，里面杂生的荆条、曲曲柳和一人高的干蒿草相当稀疏，虽然它不足以引起日本兵的注意，但只要有一个日本兵走来，低下头瞅一眼,就能发现藏在石缝间落叶下的我!

可我已没有别处可去。我只有这一小片灌木丛和这一道山缝。不,我身上还有一颗手榴弹。那是无论何时都带在身边的。我把它取出来攥到手里。只要那个我已经想象到的日本兵走近这片灌木丛,我就扑过去,拉响它!

正一点点走近的死亡再次让我忘记了肚里的孩子和阵痛。我的眼睛透过眼前的枯枝残叶,向右方望见了自己刚刚离开的岩洞。一群日本人已经发现了它,如临大敌般分散卧倒,一个日本兵抬手往洞里扔了个东西,跟着是"轰"的一声响,有烟从洞口涌出。烟散开了,我又看到了日本兵,他们大约是冲着洞里喊了句什么,然后站起来,端着枪冲了进去!

转眼间他们就走出来了。一个日本兵枪刺上挑着谁扔在洞里的一件破衣服。另一个手里提着我们没有吃完——舍不得吃,要留给我们坐月子——的半口袋黄豆,随手扔到身边一堆火里。周围的日本兵一时都朝那边涌过去,显然他们认为自己找到了一个不久前还有抗联战士住的岩洞!

一个身材高大的日本兵出现了,他走进洞里又走出来,竖起指挥刀在空中划了一个圈,凶恶地喊了一句什么——我听不清那是什么命令,却明白他是要身边的日本兵在岩洞周围仔细搜索!于是洞外那些站着不动的日本兵四散开去,其中的一部分继续向裂沟方面走来,离我藏身的地方越来越近!

我的耳边回响起了音乐、音乐会。不是哪一场音乐会,而是我随秋叔叔走进抗联队伍以后在我耳边响起过的每一场音乐会,它们混杂在一起,同时爆炸般地响亮起来。既有最早的风雪森林音乐会,也有后来的《荒山之夜》和《罗密欧墓前的朱丽叶》,有跟随汪大海西征途中听到过的生与死的音乐会,甚至还有我背着汪大海——我的丈夫沿通松河北上寻找我军时日日夜夜谛听到的婚礼音乐会,以及亲人们隔岸的歌唱。我就在这一场杂乱无边而又雄浑激昂响彻天地的音乐的声浪中,度过了我生命中最黑暗的一天里最悲惨的时光!

113

啊,我的头已经晕了……我已经抵近地看清了这队日本兵,他们不是过去我在战场上见惯而熟悉的日本兵……最初是发现他们和别的日本兵走过来时留在身后的景象不同：走在别处的日本兵身后虽然也亮着火光，但只是些零星的火光，是昨夜直到此时仍没有烧尽的山林在自燃；这队显然是不久前才走过分界岭上的豁口参加进来的日本兵，从哪儿走过，哪儿就会重新火光冲天。他们也不像别处的日本兵那样慢慢走着，搜索着，不怎么开枪，这队日本人边走边开枪，他们显然没什么目标，可也正因为没有目标，他们才见到什么就打什么——这是一队鬼子中的鬼子、恶魔中的恶魔，他们走到哪里，就不折不扣地将死亡和毁灭带到哪里，不但是活物，就连死物，他们也不放过！

接着我就听到了一种沉重的奇怪的声响。一开始我不明白那是什么声响，后来他们走近了，我才明白原来这一大队日本兵中，许多人两腿间都拖着一条粗重的铁链，是这些铁链和地面石头摩擦相撞才发出那样骇人的声响。所有这些声响汇集起来，就成了一种震人心魄的巨响，如同闷雷滚过山野！

这些戴着脚镣的日本兵和别的日本兵不同，他们个个军衣褴褛，胡子拉碴，每人胳膊上还都钉着一只白布黑字的袖标。开始我没有看清上面的日本字——但很快就看清了，那几个字的意思是：惩戒营。

惩戒营！日军的惩罚营！早在三军和十六军会师之际，松下浩二自告奋勇回日本军营去救我的丈夫汪大海，我就风闻过日军的惩戒营。当时它给我的印象是那么可怕，几乎让我觉得和传说中的食人魔窟没什么区别。据说这些惩戒营中不但关着日军内部各种所谓的"违反军纪者"，还关进了更多以杀人为乐的魔王、生吃人肉者（请记住不是吃人肉者，吃人肉而不生吃人肉是不会关进来的）、施虐狂、性变态者。那些作战失利又不肯切腹自杀的军官也被关进来接受"惩戒"，并且时常成为惩戒营里的头头。杀人魔王、生吃人肉者、施虐狂、性变态者之所以也被关进惩戒营，往往由于他们即使按照日本人的标准看也已经疯狂。日军今天竟会让他们也投入对狼谷的最后一次"讨伐"，显然不是因为兵力紧张，而是想用把他们推上战场的方法施加"惩戒"。但是这样的"惩戒"，却给了这些丧心病狂又被关了太久的家伙提供了尽情发泄和施行暴虐的机会！

又一波阵痛恰在这时发作。我的孩子，如果你能不再动弹，妈妈这会儿已经把你忘了！妈妈和你就要死了，既然这样，你为什么还想出世，你干吗还要出世！

日本兵离裂沟越来越近。我只要忍不住阵痛惨叫出一声来，我们母子俩顷刻间就是个死！……现在令我全身一阵阵战栗的又不是死了，不，如果阵痛一直持续下去，我就是想在日本人来临之际拉响怀中的手榴弹，也有可能做不到！正在向我走来的不是一群普通的日本兵，向我走来的是一群刚从"惩戒营"里放出来的嗜血的野兽，一群就是按日本人的标准也已经成了最疯狂最凶残的野兽，金英子和她的孩子今天要是落到他们手里，这群野兽会怎样摆布我和我肚里的孩子，我真是不敢想象！

我下意识地咬住嘴唇……我把自己的双唇咬出血……我不让自己出声！不过我到底有没有忍住，一声也没叫，自己也不知道。由于这群身份特殊的是日本兵边走边胡乱开枪，时不时还要停下来，用手中的火把点燃身边所有可以点燃的东西（我真佩服他们，像是石头也能被他们呼呼作响地点燃起来），我就是哼出了声，不到近处他们也是听不见的！忽然我的阵痛连同号叫都停住了，耳边的音乐会洪亮了，昏沉的头脑也一下变得极为清醒：几个走在最前面的日本兵已到了裂沟边缘，我不能昏过去。昏过去我和我的孩子就惨了！我不怕死，可我怕死在这群可怕的日本野兽手里！

我尽可能地把头深埋在落叶中，只露出一只微睁的眼。我的心像是不跳了，我屏住呼吸，同时攥紧了怀中的手榴弹，一只手指拉紧了弹弦！

眼前出现了几条打着黄色绑腿、系着铁链的腿，有些腿连绑腿也没打，铁链直接捆在肉上，被磨破的地方鲜血淋漓！

他们没有走得太近，也没有走得太远——我想好了，只要有一双腿走近，我就拉响手榴弹——但是接下来这些哗啦啦地拖着铁链的腿就顺着斜坡走下了裂沟。我将眼睛悄悄睁开，向上看，看到又有一个日本兵走了过来，朝我藏身的灌木丛瞥了一眼！这个日本兵手里也举着火把，似乎想过来点燃这一小片草木，但不知是因为脚下不好走（地下又湿又滑），还是觉得这片灌木丛太小，藏不住人，就改了主意，跟随前面的日本兵走下了裂谷！

可我又不再注意他了！我的目光又被远远站在五十米外的裂沟沟沿上的日本兵吸引了过去！他就是方才在二十七号密营前举起指挥刀让惩戒营的日本兵对岩洞周围仔细搜索的那个老日本兵，此刻手里依然挥舞着军刀，向身前身后的日本兵发出一连串搜索攻击的命令。我还没有记起此人是谁，周身的血就像汽油碰到火星一样爆炸了——不，我不能相信自己还能在这里看见他，他已经死了！

——可我今天偏偏又在这里看见了他，他还活着！

中井弘一。你一定早把他忘了。这天，我却又亲眼在狼谷内看到了这个与我有着血海深仇的日酋！

我浑身抖个不停！牙齿咯咯作响！一刹那间我心里什么也没有了，只有仇恨和被欺骗的愤怒感觉——原来我的仇人没死，他只是被弄进了日军惩戒营。这个杀人恶魔，今天还成了惩戒营的指挥官！

如果我手里有枪，我会立马不顾一切地朝他开一枪的，至于以后会怎么样想也不会去想！就是没有枪，只有一颗手榴弹，只要他站的地方离我近些，我冲出去后能三步两步到他身边，拉响弹弦和他同归于尽，我也愿意那样做！妈妈和英男死了，秋姑死了，赵阿姨和小玉死了，秋叔叔也死了，当年进山的格节游击大队的人活着的只剩下我和汪大海等三五个，我今天也要死了，但我们的、我自己的最不共戴天的仇敌——中井弘一，却还活着，这不公平！只要能杀掉他，什么孩子、丈夫，活到胜利的一天，我都不要了！

可是中井弘一离我太远，我现在向他冲出去，到不了他跟前，就会被他身前身后的日本兵乱枪打死！这个老鬼子，杀人恶魔，我杀不死他，自己却要死在他面前，我不甘心，也不愿意！

随后的几分钟我可能又晕了过去，刚刚受到的巨大震撼让我短暂地失去了知觉。再睁开眼，我的仇人、我们格节游击队的最大仇敌——中井弘一又不见了！最先下沟的日本兵已到了沟底，停在溪水边。阵痛仍在，但它有点像退潮的波涛，只在远海里——躯体深部的某个地方——隐隐地翻滚咆哮！

我的心境忽然变了。我不再注意也不想心疼我的孩子了。我甚至厌恶起他来。我的儿，你不该这个时候来，你妨碍了妈妈做她一生中最想做和最该做的事！我不想这么快死，中井弘一还没有死，大仇没有报，我怎么能死？中井弘一之所以能活到今天，一定是上天听到了我的祝祷，特意让他活下来，留给我亲手杀掉他！啊，我是多想在死之前亲手杀掉他啊——我一定要亲手杀掉他！

又一队戴着"惩戒营"标记的日本兵走过来了，与前面的日本兵相比，他们军衣更烂，面目更可憎，步履更蹒跚，拴在他们脚下的铁链仿佛也更重。这队日本兵被一个戴着同样标记的日本军曹驱赶着，成散兵线搜索前进。其中一个年纪看上去不太大的日本兵走在散兵线里，日本军曹不停地用脚踢他，踢一脚他的身子趔趄一下，踢一脚又趔趄一下，像是要摔倒，却又没摔倒。忽然，日本军曹站住了，回头冲别的日本兵喊一句什么，走在他身后的日本兵就站住了，然后分开向左右两侧的林地里搜寻。这个年龄不大、帽檐压得低低的日本兵却像是没听见似的，腿上的铁链子哗哗响着，继续直着往前走，将身后的日本兵撇下去一丈多远。日本军曹似乎习惯了这个日本兵的行为，只看了他一眼，并没有追过来，而这个仿佛没有感觉的独自往前走的日本兵，却离我越来越近！

啊，你想问我什么感觉？……没什么感觉。耳畔的音乐会响亮而愤怒。没有恐惧，只有对正在发展的势态本身的注意。日本兵走到了裂沟沟沿上，不经意地朝我所在的灌木丛扭了一下头。不知事情真的发生过，还是我的感觉，这时我觉得他的身子微微一震！忽然，一直表现得木呆呆的他机警地回头看一眼，接着就迅速转过身，向我藏身的地方快步走了过来！

如果我刚才一直觉得他有点傻，这一刻我的想法全变了！

我感觉不到自己的身体，也感觉不到自己的手了！我只能感觉到怀里的手榴弹和缠在左手手指上的弹弦。最后的时刻到了，可是我心里实在是恨——我没有杀掉中井弘一，没有报得了自己的和格节游击队所有死去的叔叔阿姨的血海深仇，就要和眼前这个日本兵同归于尽了！

如果不是我脑海里有什么东西猛地一闪，不等这个日本兵靠近，我就冲出去了！是他走路的姿势，让我的记忆中有火光唰地一亮……我没有冲出去，他却在灌木丛边停下来，此前他仍然低着头走路，这时才抬起头，朝我藏身的地方一瞅！

那是一双失神的眼睛，一双被泪水长期浸泡后发炎红肿边缘溃烂的眼睛，一双没料到会在这里发现什么的黯淡无光的眼睛！

可他看见了我，接着就看见了我的眼睛。原本昏暗无光的眼神，骤然明亮起来！

我也看到了他的眼睛！既陌生又熟悉，一双似曾相识的眼睛！

我不敢相信真会是他。我隔着草木的枝叶看不清他的全身，可我看到的这双眼睛，确实是我曾在狼谷内认下的日本弟弟松下浩二的眼睛，是救了汪大海、后来被赵叔叔派人送出格棱沟营地、送上开往朝鲜的火车逃回日本去的抗联十六军战士松下浩二！

他显然也没想到会在这里发现我。望见我的一瞬间，他也下意识地张大了嘴巴！

一刻长于百年。我又想说这句话了。那一刻我不恐惧，可我突然觉得悲惨！

浩二，怎么是你？你不是逃回日本去了吗？为什么又回来了，还是在日军的惩戒营中，和一群杀人魔王、生吃人肉的人、性变态者在一起！和中井弘一在一起！到底出了什么事？

不，我觉得悲惨的是我自己。我曾经以为既然连狼都可能变成人的朋友，一个人——松下浩二是个人哪——一定也能成为我的兄弟。浩二走时我们还约好了双方都要活到战后，回到中国来团聚。可是今天，我们姐弟俩却在这种时刻、这种地方团聚了,而他又成了一个日本兵,我们俩则又成了不是你杀了我就是我用手榴弹将自己和你一起杀死的敌人!

啊,在这漫长得无尽头的一瞬间,虽然因为我发现了他是我以前认下的日本弟弟松下浩二而没有立即冲出去拉响手榴弹,可这一刻的迟疑并不是放弃。我等着他的下一个动作。我本能地觉得他的下一个动作不是机械地调转枪口冲我开枪,就是恐怖地发出一声大叫。那时我仍旧可以拉响手榴弹!

松下浩二忽然转过身去,因为他听到了背后的脚步声。这一会儿我只在注意他,竟忘记了被他落到后面的日本军曹和鬼子兵。松下浩二的身子陡然一震——这是第二次,我感觉到了——突然沿着方才走过来的路,迎面向着日本军曹走回去,还像方才那样低着头走,谁也看不见的样子!

他还只走两步,就一头撞到了正向我藏身的灌木丛走来的日本军曹怀里!

"八格——!"日本军曹被激怒了,恶声恶气地骂了一句,接着是"啪"的一个耳光,松下浩二"呀"地叫了一声,身子向后倒下去,正好倒在我藏身的灌木丛前面!

他的身子遮住我的视线,一时间我什么也看不见了!

接着他一声接一声地惨叫起来,是日本军曹在打他,他在地下翻滚,却一直挡着日本军曹走过来的道儿!过了一会儿,日本军曹不再打他,他却仍然一动不动地躺在那里,傻子一样大哭着!

"呜呜……姐姐……呜呜……他们又打我了……呜呜……姐姐……我要回家……"

我一直认为,是他的哭声分散了日本军曹和其他鬼子兵的注意,使他们没有再走向我藏身的一小片灌林丛。浩二傻子一样的哭声在鬼子兵中间引起的只是阵阵哗笑,没有人埋他。只有一个鬼子兵走过来踢了他一脚,就笑着走了。浩二像个死人一样躺在地上,日本军曹则和他前后的鬼子一起,从距我只有几米的地方走下裂沟,将浩二一个人扔下不管了。

后面仍不断有戴着惩戒营标志的日本兵走过来,可是显然都看惯了被毒打后傻子一样痛哭的浩二,没有人理会他。浩二也就一直躺在我眼前几米远的地下,一直在悲号,一直没有离开!

我的兄弟,我的亲人,他用自己的身子,挡住了鬼子兵中最嗜血的一群走向我的路,在我死到临头时保住了我的命!

114

现在我要给你说到安福顺和卞霞的死了。还有母狼一"家"的死。是的,他们都死了!

松下浩二没有走。他仿佛是哭够了,坐起来,像过去刚刚犯过"病"时一样,傻呆呆地望着地下。他没有回过头来望我,我也不敢开口跟他说话——耳边的音乐会越发杂乱、狂野、嘹亮!

我的眼睛透过灌木枝条转向裂沟,突然望见了溪水对面的苇滩。

大批日本兵已涉过溪水,从被烧成一片灰烬的苇滩上走过,走向西北方的火烧林。中井弘一指挥的惩戒营的鬼子兵却大部散开在二十八号密营周围的山坡和谷地里。刚刚毒打过松下浩二的日本军曹则带着他那一拨鬼子兵,散在溪水这边的斜坡和火烧林里搜索,大约仍想从这片被焚毁的山林里找到抗联队员!

几个日本兵向苇滩后面山根处走去。那儿仍有三三两两的苇秆长长短短地立着,没有被烧掉,再往前一点,就是我的母狼"花花"一"家"藏身的洞口。我刚刚想到那一小片苇秆会不会被鬼子兵点燃,就被他们点着了!

六十多年了,我今天要对你讲实话,这时我已经想不起安福顺和卞霞了,在我的感觉里,她们也像我一样躲藏到哪儿去了。我想到的只是我的母狼——日本兵刚刚点燃了二十八号密营前的最后一丛苇秆,我的心马上就为母狼和它一"家"揪疼了!

我盯着那个地方看,盯着站在那里的日本兵看。现在连最后一小片苇秆也烧尽了,他们不会不发现那个低低的三角形的洞口了吧?我的"花花",连同它的公狼,是不是也能像人一样沉得住气?它们到底是狼,只有狼的心和狼的神经……

时间一秒一秒地过去。二十八号密营前,只有日本人断断续续的无意义的叫喊,却没有狼从洞里猛蹿出来!刚刚点燃那片苇秆的日本兵离开了洞口,继续向前搜索。我仿佛被一根细线高高悬着的心落下去,随即就生出了巨大的疑惑:母狼一"家"难道不在洞里了,那么多日本人出现在洞外,竟没能惊动它们?!

就在这时我听到了一声尖叫!饱涨着无法控制、无限胀大的死亡恐惧,从日本兵刚刚离开的二十八号密营里发出。接着就有一个人冲出了岩洞,冲过苇滩,几乎是从日本兵中间箭一般地穿过，向前方的大山峡狂奔而去！

我不相信那会是安福顺，从成了狼巢的二十八号密营里冲出来的只可能是狼。可仅凭那一声长久的没有人腔的尖叫，我就知道她是安福顺！我只是不理解，离开二十七号密营后，她怎么会藏进了已成了狼巢的二十八号密营——果真那里不再有狼了吗？！

可我已什么都不能想也想不到了，我听到了枪声！不是一声两声，而是来自四面八方的密集的齐射！

我今天仍然认为，要是洞口外那几个日本兵没有离去，安福顺是不会狂奔而出的。这以前安福顺的精神一定就崩溃了，出现在洞外的日本兵是压垮她神经的最后一根稻草。自从日本人进入狼谷，她的心和生命就一直在渴望着这样一次狂奔，不是为了摆脱死亡而只是为了摆脱对于死亡的恐惧。刚才日本兵给了她机会——他们出现在洞外，又走了，于是安福顺就从洞口冲了出来，沿着苇滩、顺着溪水，一路响亮地大叫着，向下面的大山峡狂奔而去！

也许我猜得不对，她不是在极度迷乱的状态下飞奔出洞的，她这样做的时候头脑仍然清醒。她并非不知道出洞后将遭遇什么，这一刻她受不了的不再是死也不是对死的恐惧，而仅仅是生。这一刻她渴望摆脱生命的意念同过去摆脱死亡和死亡恐惧的意念一样强大。她的最后一次狂奔在这样的意念中开始，在日本兵纷飞的枪弹结束，生命意识完全消失的一刹那，她的感觉可能并不是痛苦而是轻松，因为无论是生的沉重还是死的恐惧，一下都从她身上解脱了！

啊，六十余年过去了，安福顺这天黄昏的狂奔和死在我的记忆里仍然如同一次幸福而美丽的飘行。我只能这么跟你讲她的死了……她的狂奔显然是无目标的，奔出洞口后一路笔直地向前跑，同时喉间发出那声悲凄而响亮的叫喊。日本兵的枪声不是在这声喊发出的同时响起来的，这声长长的叫喊如同一条长线在空气中划行了一半，日本兵的枪声才骤然而起……但是尖叫声没有中断，那条响亮的长线还在空中飞行，同时安福顺仍顺着苇滩、溪水向前飘行，她穿过了枪林弹雨，穿过一条条交叉飞过黄昏时明亮空气的蓝色烟缕，穿过一片片只剩下焦黑树桩的山林，一直飘行了将近百米，才将两只细长的胳膊向上一扬，突然变得轻盈无比的身子向上一跃，仿佛要一直升上天空去似的，头部随后优雅地向后折转过去，折转过去，慢而从容，像是要回过头来看一眼自己生前最后住过的地方一样……枪声停息，尖叫声停息，一颗美丽的生命——应该说是一大一小两颗生命——的最后一次美丽的飘行也缓缓中止……我可怜的抗联姐妹安福顺，怀着她没有出世的孩子，就像一片被折断的羽毛，缓慢地飘落，飘落，落到地上，再也没有飘起来！

……

二十八号密营方向一片沉寂。我忘了"花花"一家，又想起了它们，是安福顺的死又让我想起了它们。这时我确信它们不在洞里了，它们在大难来临前就逃走了！

没有逃走的是我和安福顺，还有卞霞！

我还刚刚想到这里，就从很近处听到了一个声音——一串疯笑！

卞霞！是她在疯笑！原来和我失散后，我藏在沟沿上，她就藏在距我几十米远的沟腰里！

不是日本兵把她搜出来的。一路尖叫着狂奔的安福顺被打死后，裂沟两岸的日本兵都啊啊狂叫着，顺着溪水奔过去看，根本没有回头去搜查她藏身的那片火烧林。她却在谁也没注意的当儿，自己从只剩下根根残桩的林子中走了出来！

已经不是原先那个疯狂的卞霞了。这一刻她的模样撼动了我的心，也让被她的疯笑声惊动后回过头来的日本兵呆住了！卞霞身上的军衣原先就是破烂的，但它们看上去大致还是衣服，可这一会儿，除了零星几块布片还挂在胸前，她那还没发育成熟的胴体差不多完全是赤裸的；卞霞脸上依然带着一成不变的疯狂的笑容，不过她眼里的光，却让我遽然想到她比任何时候都更加清醒！

不，还不止这些，当她从火烧林中站起，一步步向日本兵走去时，一边嘻嘻地疯笑，还一边用两手最后扒开了挂在胸前的破布片，露出了少女的青苹果似的乳房！

一时间日本兵的枪声不响了，也再没有了其他的声音和躁动。对这个突然自己走出来的全身赤裸的抗联女战士，连日本兵也没能立马作出反应。

就是这时，我听到了卞霞最后说出的话！

……卞霞从火烧林中走出几步就站住了，和听到她的疯笑声回头站住的日本兵隔着一丈多远，一边疯笑着，一边大声说出的话是：

"哈哈！你们不是要抓我吗？来呀！来呀！我自己走出来了，你们抓吧！哈哈哈哈！你们不是要吃我的肉吗？你们吃吧！哈哈！你们不是要强奸我吗？我来了，你们强奸我吧！我是个黄花闺女，我是个女抗联……听说你们喜欢割掉女孩子的奶子，你们割吧！哈哈！嘻嘻！嘻嘻嘻嘻！哈哈哈哈！……"

说出这些话时，如果她确是疯狂的，什么也不知道，什么也不明白，今天我的心里还好过一些！但是……但是我知道不是这样的，我也说不清为什么，就是那一刻，我突然意识到她的疯狂非常可能是假的，卞霞到了最后惨死的时刻一点也不疯了，自从那个夜晚，她一个人飘出二十七号密营，对我讲过那样一通话，她就一直是清醒的！今天她所以要疯笑着走向日本兵，是她愿意想象并且相信自己是疯了，她可能觉得，只要自己真的疯了，忍受不可避免要遭遇的惨死就会容易一些！

话音突然中断。换了一盘磁带，我才又听到了声音。

一大群——几十个——日本兵哈哈笑着向她围过去，从那时我就看不见卞霞了。从那时我也就觉得世上没有卞霞了，既没有了她这个人，也没有了她的声音、她的笑。声音是有的，可从蜂拥围上去的日本野兽们中间，我听到的只是另外一个撕裂般的叫喊。它可能是任何人的，却不是卞霞的，因为我根本不敢相信那是人的叫喊！

话音再一次中断。我等着，等着，终于又等到了她那苍老的声音。

后来我一定是又昏过去了。哪怕我的耳边一直嘹亮地回响着音乐会的巨大声浪，我也无法不让自己听到卞霞凄惨的叫喊，无法想到此刻的她根本就没有疯！我还刚刚想到自己要晕过去，我就晕过去了。晕过去对我是件好事，至少我可以不用再听到卞霞受难的叫喊声了！

我被一声猝然响起的悲怆的狼嗥惊醒。这是一声石破天惊般的嗥叫，一声忍无可忍终于爆发——不能不爆发——的嗥叫！睁开眼就看到了我的母狼"花花"！它不是从溪水对岸安福顺方才狂奔而出的岩洞里，而是从溪水这一边火烧林中的一个土洞——距离卞霞藏身的地方不远，日本兵没有发现它——一跃而出，凄厉地长嗥一声，如同一支利箭飞起，射向了淹没了卞霞的鬼子兵！

只听到"呀"的一声惨叫，我的"花花"已经咬住了一个兽兵的脖子，和他一起滚翻在地！

——母狼是那么聪明，一定是在安福顺逃进二十八号密营以前，就像人一样明白了那个山洞已不能再守，和公狼一起带着小狼逃到了溪水这边火烧林中的一个土洞里（后者也可能是它们早就发现了并掩盖起来的）。日本兵杀死从二十八号密营里飞奔而出的安福顺，它忍住了；刚才日本兵又抓住了从火烧林中走出的卞霞，蜂拥而上去蹂躏她，母狼也没有马上冲出来。但是，它到底还是没有承受住卞霞这一声又一声没有人腔的惨叫，终于蹿出了土洞，向面前的日本兽兵发起了闪电般的攻击！

我现在明白了，回到狼谷内这些天，虽然安福顺、卞霞她们和它并不十分亲近，可我的母狼、我的"花花"还是在和我的重新亲近中认识并熟悉了她们，就像当初它在二十八号密营里由于接受我而和赵阿姨和小玉亲近起来一样！

日本兵抓到卞霞时它和它的一"家"在火烧林的土洞里还是安全的。如果它能忍得住就好了，可是如果它真能忍得住，怎么还能算是我的母狼！承受得住这种叫喊的是野兽的心而不是母狼的心！

从它大叫一声飞出土洞的一刹那，我就明白我的母狼和它的一"家"要死了！随着它的出现，三只小狼也跟着跃出土洞，跟在母亲身后，嗥叫着扑向了日本兵！

团团围住卞霞的日本兵顿时大乱，哇哇大叫的声音响彻山谷，愣了一下才想到四散奔逃。一个眼看逃不掉的鬼子，一边向后倒去，一边对近在咫尺的母狼掉转了枪口！

我望见了公狼！母狼出洞时它没有出现，小狼出洞时我还是没有看到它，但这时我望见它了。就听一声怒嚎，如一道闪电划过，这头过去在我面前一直表现得威风凛凛的大公狼冲着那支朝母狼竖起的三八枪飞了过去！鬼子兵手里的枪响了，没有击中母狼，却被公狼死命地咬住脖子。公狼和日本兵一起摔倒在地下，一路朝沟底翻滚下去！

泪水夺眶而出，我什么也看不见了！我的"花花"，我的亲"人"，你死掉已经六十多年了，可今天你在世上最亲近最信赖的人，仍然在想：也许我当初从死亡中救了你，让你和我一起过人的日子，也是害了你。如果你仍然像过去一样只是一头狼，你就不会那么敏感和脆弱，竟然受不了那些一次再一次"讨伐"狼谷、枉称自己是人的野兽对人的暴行了。你本来就是一头狼，疯狂、暴虐和残忍本来应是你的天性，可是有一天竟然连你也受不了这些人中野兽的疯狂、暴虐和残忍了。我伤心的不是你的死，人和狼一样，都是要死的，我伤心的是你竟然不是作为一头狼而死，而是作为有了人的思想和情感的狼而死！

你那时一定想到了自己冲出土洞后的死，却肯定没想到你冲出来了，你的孩子们也会跟出来，它们不可能不奋不顾身地保护你，因为你是它们的母亲！你也一定没想到公狼会跟着冲出来，可是我的"花花"呀，你是它的爱呀，回到狼谷后它一直那样嫉妒我对你的感情，也嫉妒你对我的感情，这件事就是在狼之间，也有真挚的爱！

公狼热烈地爱着你,当它发觉那些人中野兽里有一个竖过枪口对准你,不可能不一跃而起,飞过来咬断他的脖子!一旦公狼也投入了厮杀,你的一"家",就为了你——不,也许全是为了死去的安福顺和正在惨死的卞霞——全部投入了一场从开始就注定是有死无归的战争!

啊……啊……啊……啊……

我没能看到这场惨烈而悲壮的搏杀的全过程。等我能够擦去眼泪,看清下面溪滩里的景象时,搏杀已经结束,硝烟却还在一缕缕飘散。沟腰中、溪水边倒着四五个日本兵,有的重伤,有的被咬断了脖子,一声也不吭,分明是死了。我的"花花"和三只小狼也死了,和死伤的日本兵胡乱倒在一起。只有那头大公狼,倒下了却还没有死,一声一声不屈地长嗥!到了这时,它仍是威猛不可侵犯的!

公狼最后的死是悲惨的。一个半边脸和身子被血染红的日本兵脚下拖着铁链,一声声高声叫喊着,端起枪走过去,朝已不能动弹的公狼疯狂地开枪,打一枪公狼嗥叫一声,打一枪公狼嗥叫一声。这个发了疯的日本兵一连朝公狼身上打了十几枪,公狼也就叫了十几声。最后一枪是冲着公狼的脑袋开的。枪声响过,我再也没有听到公狼那呐喊般的嗥叫!

这时我又看到了卞霞!她从一个刚才我看不到的地方爬起,身上连一块碎布片也没有了,就那样全裸着,散乱的头发盖着脸,趔趔趄趄地走了几步,突然向一个日本兵平端的枪刺猛撞过去。刺刀尖扎进了她的心口,她什么感觉也没有似的,双手抓住刀身,又朝自己的心口猛地用了一下力,又用了一下力!我知道下面一种感觉没有道理,可还是相信它是真的:卞霞第一下用力,枪刺就扎上了心脏,可她还怕自己不死,又第二次用力,将枪刺全部扎进了身体,连刺刀尖也从后背透了出来!

啊,亲眼看到枪刺一段段扎进卞霞的身体,我感觉到的不是痛苦,而是快意。我一定是疯了!那一刻我想到的是:日本兵再也不能蹂躏我苦命的抗联妹子卞霞了!他们再也做不到了!

我浑身一阵阵激烈地战栗。我看到了安福顺的死,母狼一"家"的死,此刻又看见了卞霞的死。忽然我又想抱紧怀中的手榴弹冲出去了,和斜坡下、溪滩里杀死我的母狼和卞霞的日本兵一起痛痛快快地死!我甚至悄悄地弓起了身子。可是只动了一下我就不动了!我惊动了肚子的孩子!方才我真的把他忘了,这时他却用一阵撕裂般的剧痛击晕了我!我又动不了了,我的下体在流血,我死死咬住早就被咬得鲜血淋漓的嘴唇,不让自己叫出声来!而且,一抬头我又看到了坐在我面前的松下浩二!他还在用身子挡住日本兵走向我的路。现在我敢相信他了,这是他眼下能想到的唯一办法,他想用这种办法保护我,我逃出战争被送回日本后又悲惨地回到了中国的日本弟弟,他也不想让我死!

但这时真正改变了我的心情的却是中井弘一。我又远远地望见了他!显然是方才的枪声、狼嗥和人的惨叫惊动了他,让他从前方火烧林中走了回来。中井弘一站在裂沟尽头,安福顺倒下去的地方,与我相隔二百多米远,但我仍觉得自己清清楚楚地看见了他脸上气急败坏的表情。他看了一眼被乱枪打死的安福顺,这会儿又抬头远远望见了刚刚在溪滩里倒下的狼、卞霞和日本兵。中井弘一怒不可遏、杀气腾腾地叫喊起来,大意是干吗还愣着,再给我仔细地搜,不管是中国人,还是中国狼,统统死啦死啦的!

我知道这是为什么:他和河原信行可能都认为眼下狼谷里既不会再有狼,也不会再有抗联战士了,狼谷内的狼和抗联战士都被他们杀净了!可今天他不但在这里发现了抗联的营地和抗联的人,还发现了一如继往地与日本人为敌的狼。中井弘一不可能不惊慌,也不可能不愤怒!

我的心又抖起来:啊,他要是顺着裂沟一直朝我这边走过来就好了,那时我就从藏身的地方翻身滚下沟底,拉响手榴弹,与他同归于尽!

夕阳西下,暮色升腾。已经准备在溪水两边野营的日本兵又动了起来,他们拖着哗哗响的铁链子,散开到四周山林里重新搜索。中井弘一没有走过来,他就站在我能看到却没有力量到达的裂沟尽头,一步也不再往前走!

一个声音高叫着:我不能滚到沟底去和杀死卞霞和母狼的日本兵同死,在杀死中井弘一前我不能死!他们逼我死,我也不死!

115

日本兵对这片山林进行的又一番大搜捕直到天黑才停下来。这段时间里松下浩二一直在我面前坐着,傻子一样低着头,什么也不看,一动也不动。一拨拨日本兵从他面前走过,大约见惯了他这副痴傻的模样,不时有人走过来给他一顿拳脚,然后哈哈大笑而去。打翻在地的浩二就躺倒在那儿哭,哭一会儿又自己打住,重新傻呆呆地坐着。也有日本兵不在眼前的时候,可他既没有回头朝我藏身的灌木丛看一眼,也没有悄声对我说一句话。天黑下来时，我的心情变得异常悲惨：我的不知出于什么原因竟没能回到日本去的弟弟松下浩二，重新到了这群吃人的野兽当中，可能真被他们打傻了，今天我见到的松下浩二已经不是赵叔叔、秋叔叔和我当初送走的那个他了，他非常可能真的傻了、"病"了！

啊，如果他真傻了、"病"了，他今天与我的重逢与相认、他对我的保护就是不可靠的！在我们姐弟俩四目相对的一霎间，他可能凭借脑海里残存的一点记忆模糊地认出了我，但也只是认出了我而已。他没有冲我开枪也没有嚷嚷起来不是因为他认出了是我，就是他今天在这片灌木丛里看到的人不是我，就是他根本没有认出是我，浩二也是不会开枪杀人的，他就是傻了、"病"了也不会再沦落成一个杀人恶魔。可要是这样，他今天一直坐在我面前就不是有意掩护我，而仅仅因为白天那个日本军曹把他打倒在这儿了。浩二就是傻了、"病"了也不会不明白无论他走到哪儿，都还是要挨打，于是就倒在这里不想走了！

浩二，我的亲人，也许你还是认出了你的异国姐姐——英子，可是你已不能像个正常人那样表达人的感情了！你一直坐在这里不是为了保护她，而只是渴望靠她近些，重新感受以前在她身边待着时感受过的温情。你重新被弄到这群兽兵中后受到了太多的凌辱，就是成了一个傻子，心头也蓄满了委屈和眼泪，你想坐在自己依稀辨认出的亲人跟前痛痛快快地哭一场。浩二，像你这么个人，从生下来到今天，除了坐在姐姐身边痛哭一场，又能用什么样的办法排解你受到的蹂躏呢，你又怎样向世人诉说你心中的悲伤和苦楚呢……浩二我的弟弟，姐姐哪怕死到临头，也不愿意亲眼看到你又成了这副模样。你和姐姐曾经有过一个约定，你说过我们要一起咬牙活到战后，回到中国来团聚，姐姐没有想到我们会这样团聚……姐姐知道你生不如死，姐姐今天也要死了，你保护不了我，任何一个日本兵越过你走到我面前来，姐姐马上就得死，可是看到你又成了这个样子，我还是觉得比我自己死内心都要惨伤！

浩二，姐姐将你从狼口里救出来，帮助你逃出战争、逃往日本，今天想来，那是姐姐一生中最大的成功。不，最大的成功是我觉得我把你重新变成了一个人——也不，你本来就是一个人，是我还有我的丈夫汪大海将你从兽群中解救了出来，让你回到了人间。姐姐这一生是拖累别人、拖累那些顶天立地的人的一生，姐姐一生只为我们这些自称为人的人做了一件事，那就是既没有让你死也没有让你沦落成野兽。可我今天发现，我的力量还是没有野兽的力量大，他们让我在死前又看到了你。像你这样子在一群野兽中待下去是不可能活到战争结束的，要在兽群中活下来你自己就要变成野兽，可你变不成野兽了，你就是傻了、"病"了也依然记得自己是人，这样你仍然要死！

浩二，你跟姐姐一起死吧！姐姐怀里还有一颗手榴弹，既然不能像人一样活着，姐姐就成全你，让你像人一样死。只要一个日本兵越过你走过来，姐姐就和你一起死。我不想用这颗手榴弹炸死一个兽兵了，这个世界上野兽横行，多炸死一头少炸死一头都没有意义。既然这是个不让人活的世界，该死的就是我们，我们就该有决断勇敢地去死！

……

夜色浓重。日本兵并没有撤走，他们在裂沟两边就地露营。一群日本兵也在我前面一丈多远的地方上燃起了篝火，七八个兽兵围火而坐，互相恶骂着，时不时还动起刀子来。他们没有过来喊浩二，夜色越深越显得木呆的浩二自己也没有主动凑过去，他仍然坐在我前面，泥塑木雕一样。

他们吃了我的抗联姐妹卞霞和安福顺，吃了我的母狼"花花"一"家"……最初我见沟上沟下远远近近一丛丛篝火边的日本兵用枪刺、通条或者小树枝串起什么放到火上烤，同时嗅到一阵阵难闻的血腥味和焦糊味儿，还没悟过来，可是猛地我就全明白了。这群脚上拖着铁链、军衣褴褛的兽兵是不可能自己背着肉上战场的！……

我一定又晕过去了。不是在安福顺、卞霞和"花花"一"家"惨死之际，而是这样一个漫山遍野的日本兵烤食人肉和狼肉的夜晚，我感觉到了一生中最大的恐惧……小玉以前也是被日本人吃掉的，但我没有亲眼看到日本人烤吃她的场面，没有闻到人肉被烤炙时发散的特殊气味……但是今天我亲眼看到了这种场面，嗅到了这种气味！

录音再次中断。又换了一盘磁带。

……时光一点点滑过去。夜在加深。身边的瀑布、日本兵的厮打和叫喊、篝火的噼啪声混在一起。后来除了瀑布声，一切声息都低落了下去。日本兵吃饱喝足，就在篝火边躺下去睡觉。我清醒过来了，忽然大为惊讶：松下浩二和前面那堆篝火边的日本兵显然是一伙，可他们吃"东西"时却一声也不招呼他。他和他们，好像完全不相干！

不——我忽然又想到了——正因为他们不理他，他也不搭理他们，这伙近在咫尺的日本兵才没有越过他，走到我藏身的地方来！

不管浩二有没有意识到他是在掩护我，直到此时他都掩护了我！

但是这个意念马上就被击碎了！还是白天在我面前打倒他的那个军曹，整个晚上一直在吃，别人都睡下了他还在吃，这会儿终于吃饱了也喝足了，没有去睡，却从篝火旁摇摇晃晃站起，伸了一个懒腰，回头不经意地看一眼半隐在夜色里的松下浩二，目光陡然一亮，嘴角现出恶笑，一把从另一个仍在吃着的日本兵嘴边夺过什么来，大步走到松下浩二面前，一手从后面按住他的脖子，一边把手里的东西往他嘴里塞，同时大声狂笑着喊：

"你的，米西米西——！"

浩二挣扎起来，嘴里叽里咕噜地大叫，躲开哈哈大笑的日本军曹的手。对方却不松开。篝火边最后几个还坐着的日本兵都站起来看，大声狂笑着，叫着，闹着，其乐无比！

这场胡闹最终以一个令我怦然心碎的事件的发生而结束：一直努力挣扎的浩二忽然停止扭动，四肢一软，向后横倒在地上！远处跳跃的火光映照着他的脸，透过灌木丛的枝叶，我又一次看到他两眼翻白，牙关紧咬，嘴角流涎，全身一下下大力抽搐起来！

两年前离开我时，他的"病"已全好了。可是今天，他的"病"比我最初发现时还要厉害！他就那样一直躺在地上，一下一下地搐动，给我的感觉是他这一回一定要死了！

日本军曹和围上来看热闹的日本兵哈哈笑着离开了他，回到篝火边找地方睡下。夜一点点静下来，我又清晰听到了近处瀑布的喧哗，远远近近日军野营地里大大小小零碎的声响，还听到了篝火边日本兵长长短短的鼾声！

……说不清什么时候，也许下半夜了吧，我注意到一直死人样躺在地下的松下浩二无声地坐了起来。这一次他坐得比天黑前离我还近。我看到的仍然是天幕下一个淡黑的瘦小的背影。接着，我面前的落叶窸窣响了一阵，我的脸碰到了一只冰凉的手，鼻孔迅即嗅到了一股又熟悉又陌生的气味——一块高粱米饭团子的气味！

——我的日本弟弟、我的亲人，他不但一直在保护我，还给我了一个在他也肯定是极为宝贵的饭团子！

不远处山坡上就有站哨的日本兵走来走去。睡觉前折磨过浩二一回后，夜里又没有人理他了。由此我明白了浩二眼下在日军惩戒营里的处境。他们又把他当成了傻子和"病"人，除了频繁地打他，变着法儿折磨他取乐，并没有人特别注意他！浩二的"病"也许犯得很厉害了，可他却一点也不傻，方才他就是用自己的"傻"和"病"骗过了所有的鬼子，掩护了身后的我！

就是现在，也没有什么人注意他！

那只触到我脸上的手缩回去了。留下的是饭团子！我仍然不敢和他说话。风从背后岭脊线上吹来，只要有一点声音，日本兵就能听到！

忽然，我听到浩二一个人用日本话小声自言自语起来——

"别打我，你们别打我。我说实话，我说实话。我跑了三回。头一回船刚到日本，还没上岸，就被你们抓住了。第二回，船没有离中国，就又被抓到了。你们打我，打我的头，你们打得好狠哪……第三回，我爬上了开往朝鲜的火车，到了釜山，上了一条运木材回日本的船，到了北海道。可是我没有见到姐姐，姐姐搬走了，搬哪儿了不知道。可是她给邻居留下了话，要是我能回来，就去长崎一个叫下村美枝子的女人家里找她。可也有邻居说自从姐夫被征了兵，去了中国，她也做了慰安妇，随军出征了。有的人说她已经死了！

"我没有到长崎去。我还刚刚逃回北海道，就被宪兵知道了。他们一直都在抓我。我在山里躲了半年，还是被他们抓到了！"

这时他"啊"的叫了一声，就像真有人又打了他一样。

"你们别打我呀，我还没说完呢。姐姐，姐姐，我不是不想回来看你呀。他们一抓到我，就给我带上脚镣，塞进运兵船的底舱，送回中国来了！"

风清晰地将他的话向前面醒着和睡着的日本兵耳朵里刮去。一个日本哨兵脚步咚咚地走过来，可他还在絮絮叨叨地讲！

"我有病，我傻。他们知道我傻，他们都打我，都打我的头。我的头疼啊，我的头一疼就要裂开。我的头又裂开了！疼！疼啊！"

他抱着头在地下滚起来。正要走过来的日本哨兵半路上又站住了，他看清了是谁一个人坐在夜色中自言自语，哼了一声又走掉——我的心悬起来又落下去：他们对这个"傻子"一个人没完没了地"说胡话"，早就不在意了！

浩二的声音微微抬高了：

"姐，以前我想错了，我以为只要能逃回日本，逃到北海道，就能躲过战争活下去了，可眼下无论是北海道还是全日本，都躲不开战争了。姐姐，日本也没有我活下去的地方了！

"姐，说实话我想到过死。既然不能活下去，我就死吧。可是我忘不了你。你在送我走时说过，我们有过一个约定，一定要活到战后，到了那一天我们姐弟一定要团圆。我几次要死，几次又想到要为这个活着。姐，他们想打死我。可是我不死。我要回家见姐姐哩。我不傻，我也没有病。我的病都是他们打的。我不是不想回来，可他们看得严，我也不知道姐姐眼下到底在哪。可是今天，我找到姐姐了！"

那个走回去的日本哨兵又走回来，"啪"地给浩二一枪托，喝道：

"你在胡嘟哝什么——住嘴！"

浩二没有知觉似的，倒下又坐起来，继续用日本话自言自语——

"姐，你可不能死。我不相信你会死。咱们说好了的，你也不死，我也不死，不管多难，都要活下去。只要不死，我们就有机会团聚。以前浩二没回到日本，这会儿我回来了，我们就要团聚了。只要他们打不死我，只要有了机会，我就要回来和你团聚，你要等着我！姐，你一定要记住我的话，就在家里等我！"

他没有再说下去。夜声寂然。篝火边的日本兵仍在长一声短一声地打鼾，就连回到不远处的山坡上转悠的日本哨兵也没有再理他。可他的最后一句话，最后一句话中"家里"这两个字，却像烧红的烙铁一样灼疼了我的心！

浩二被抓回中国后一定就被送进了惩戒营。他一定每天都想逃回到抗联队伍里来，却没有机会。他来狼谷前并不知道能在这里见到我。但他现在见到我了，以后一定会回到这里来找我！

他之所以要像刚才那样说话，是他白天亲眼看到了安福顺和卞霞的死。无论是小安子还是疯狂的卞霞，都是自己不愿再活下去，主动将自己暴露给日本人的。他理解她们为什么这么做，却害怕我也学她们那样！

不！没有在这儿看见重新回到兽群中的浩二，我或者已经打算像她们那样死了。今天见到了他，听了他刚才的一番话，我就不会那样做了！

过去我只是为着丈夫和没生下来的孩子、为着秋叔叔生前那个让我一定要活到胜利的庄重嘱托活……可是从这一刻起，浩二的生命又到了鬼门关前，我又成了他挣扎着活下去的原因，就不能不也为着他挣扎着活下去了！

可是天就要亮了，浩二我的好兄弟。你今天做到了不让日本兵发现我，明天也许就不能了！但就是到了那时，我也要听你的话，不到非死不可之际，我就是咬着牙不死！

……

天微微亮了。这一夜既短暂又漫长。我要等待的大天亮还没到来，日本兵就出动了。我又一次看到了中井弘一，他仍然离我很远，指挥着这队惩戒营里的日军，在前面的山坡下匆匆集合，和满山遍野重新冒出来的日军一起，沿着大山峡和两侧的山坡继续向西北方"讨伐"过去！

　　也许是曙色朦胧，日本兵的行动仓促而又忙乱，与我近在咫尺的这伙鬼子离开时竟没有谁再理睬我藏身的灌木丛。浩二也跟他们走了，他不比他们走得早，也不比他们走的时间晚。而且直到最后，他都没有再回头看我！

　　狼谷安静了。在我的感觉中，这巨大的安静也是突然来临的。只剩下了满山满谷浓烈的焦糊味，被烤炙的随热风一起飘散在空中的血腥气，只剩下我藏身之处这片残存的灌木伴着山风一阵阵抖嗦。我不敢相信自己真的活下来了。直到午后时分，我挣扎着爬起来，看清了这片山地里再没有一个日本人，才猛然醒悟了：我真的活了下来！我——没——有——死！

116

　　我就在那片灌林丛中生下了我的娇儿。头天黎明我开始阵痛和破水，黄昏时下霞扑上日本人刺刀尖的一刹那，我的阵痛就停止了。可是这一会儿，日本人走了，我的阵痛又恢复了……

　　生孩子前我就有了那种可怕的预感：刚刚过去的一天一夜里，我的孩子在他应该出世时没有出世，虽然妈妈的命奇迹般地保住了，可是我的孩子却在妈妈的肚子里被窒息了。我的儿，我的生命之花，妈妈的心肝宝贝，这些日子里我活下来的理由和希望，生下来就死了！……他死在妈妈的腹中，也是死在日本人的屠刀之下。妈妈为了让他也让自己活下去，一直拼命阻止他出世，于是他就死了！

　　生下孩子已是黄昏。为了生下他我一次次死去活来。发现自己生下一个死婴时我一定疯了。我像一头母狼那样用牙齿咬断孩子的脐带，脱下军衣将他包裹起来，并不知道自己的上半身已经赤裸……我刚才说过我一定疯了是因为我的头脑全乱了，虽然早有预感，这时却不相信孩子真的死了，我一手紧紧地将他抱在怀里，另一只手支起身子向外爬。我忽然觉得胡爷爷、胡奶奶还活着，安福顺和卞霞也还活着，他们全都藏在二十七号密营里，我要找他们去，让他们帮着唤醒我的娇儿……我终于站起来了,抱着我的孩子,走出那片灌木丛,一声声呼喊着胡爷爷和胡奶奶,呼喊着安福顺和卞霞的名字。我的声音在空旷的山间回响,一遍又一遍,却没有听到一声回应!

一个儿子。天下最漂亮的小子。要是他活着,现在也有六十多岁了。可是没有,他生下来就死了……

忽然我又觉得胡爷爷他们是在二十八号岩洞里了,他们和母狼一"家"藏在一起!我是那么生气,我在难中,他们竟不来帮我!我转身向二十八号密营爬,我要爬过那道溪水,找到他们,责备他们……

我从裂沟沟沿上滚下去。我在溪水边停了下来。我在那里见到的第一个人就是卞霞……我不想过细地说了,我在那儿看到的只是半个她,一半是她,一半是骨骼……旁边是母狼和它的一"家"……不,我看见的只是一堆狼骨……接着,我又在裂沟尽头找到了安福顺,她的身子整个儿都没有了,只有一大一小两个头颅,人或者骨架却不知去哪里了。可我知道那就是安福顺和她的孩子。小安子向着天空大睁着眼睛,仿佛对自己的死亡比别人还要吃惊……

我没有找到胡爷爷和胡奶奶。我抱着我的孩子在安福顺"身"边躺了一夜。我又昏死过去了……第二天中午,我在二十七号密营背后的山坡上找到了胡爷爷和胡奶奶。他们被烧得焦黑,和地下被烧倒的树桩没什么两样,不是偶然发现了那支没有准星的火药枪,我就认不出他们了……

长久地躺在两位老人身边,我依稀想起了三天前那个早上两位老人出洞后响起的枪声。日本人此时已封锁了分界岭,胡爷爷和胡奶奶从火海里冲出,刚走到这里,就被埋伏在岭脊线上的日本人击中了……然后就是满山熊熊燃烧的大火!

我不知道又过了几天几夜,直到怀里的孩子都有味儿了,我才把他埋进土里。还知道做这件事,说明我还没有全疯。这以后我觉得自己也要死了。我是为了孩子活下来的,现在我的孩子死了,我为什么还要活着……

我不想离开狼谷,我就想死在这里,和我孩子在一起。我已经想不到松下浩二和我的丈夫汪大海了。我也想不到我在朝鲜还有一位亲人——童年时就离开我和妈妈回国的爸爸。

她突然停顿了一下,虽然我感觉到了。这里本不应当停顿,她也没想到停顿。

那些日子我不知道自己是怎样活下来的，可我还是活了下来……

我有时一连好几天昏迷不醒地躺着，醒过来就爬到裂沟底溪水边喝点水……我真不知道自己是靠什么活过来的……春天来了，我吃过地下刚刚长出的青草芽，也可能吃过别的东西，不是我要隐瞒什么，我真地说不清！

接下来发生的事情如同一场梦，可就是这场梦，让完全疯狂的我又一点点地恢复了人的感觉，又记起了自己是一个人、一个抗联十六军的战士！

一天早上，我睁开眼睛，发现自己在溪水边躺着，对岸苇滩上，一个男人拄着棍子，正朝我走来……我看不清他的脸，只能模糊地看清他是一名抗联队员，我们的人。可是他走得很怪，他分明远远地就望见了我，一直朝我走，却又那么容易跌倒，几乎是一步一跌，就像小孩子玩耍一般。后来，他就不玩这套跌倒了再爬起的把戏了。他改了花样，开始在地下爬，爬得很用力，却老也到不了溪水边。我都要笑话他了。这个人到底爬得离我近了——仍没有到溪水边——他要抬起头来看清我，却没有了气力。我想看清他是谁，脑子里却找不到一点与他相关的印象。但是，过了一会儿，那个趴在对岸溪滩上一动不动的人，却让我听到了一个久违而又熟悉的歌声：

$$3\ 3\ 3\ |\ 3\ 3\underline{2\ 3}\ |\ 5\ 5\underline{6\ 5}\ |\ 3\cdot\underline{2}\ 1\ |$$
桔梗啊　桔梗啊，　桔呀　梗呀，
$$3\ -\ 3\ |\ \underline{2\ 3}\underline{2\ 1}6\ 5\ |\ 6\ 1\cdot\underline{6}\ |\ 5\ -\ -\ |$$
白　白的　桔梗哟　长满山　野……

我的漆黑一团的头脑瓜里有火光一点一点闪亮。多么熟悉的歌声！这是《桔梗谣》，是爸爸妈妈当年参加的光复会的会歌，是他们和他们的同志在大连郊外——我家的小木房子里碰头时总要唱的歌！我以为自己早就把它忘掉了，可这个我记不住的男人，竟然会唱这首流落到了中国的朝鲜志士才唱的悲愤摧心的歌！

这个人为什么要唱这首歌？看得出来他能走到这里，已经不行了。可他还要唱这首歌！以前爸爸他们把这首歌当作光复会成员的联络暗号，今天这个人莫非也要用它和我相认？

我也低声嘶哑地唱了起来：

```
3 3 — | 3 3 2 3 | 5 5 6 5 | 3·2 1 |
只要   挖出   一两   棵，
3 3 3  | 2 3 2 1 6 5 | 6 1·6 | 5 — |
就可以  满 满地装上  一大   筐……
```

我唱着、唱着，脑子里的雾气一点点散开，我想起对岸的人是谁了！我真不敢相信——难以置信——那人竟是当年和爸爸一起从大连回朝鲜去执行暗杀使命的安荣光叔叔！凭着这支只有我们俩才能听懂其含意的朝鲜民歌，我认出了他，他也认出了我！

"英子，真的是英子吗？……"

"是我。安叔叔……我爸爸呢？你是来找我的吗？我爸爸他为什么不来……他还活着吗？……"

安荣光叔叔告诉我的消息对我又是一个晴天霹雳。原来，妈妈生前带着我们到处流浪时一直在思念的人，秋叔叔、秋姑、我的丈夫汪大海他们多年来发誓保护我不死、准备等战后送我回朝鲜去与之团聚的人，妈妈和英男死后我在人间的最后一个亲人，我的亲爱的爸爸朴雄哲，早在当年回国的路上就被日本人逮捕了。安叔叔说，当时爸爸本可以不暴露，可是为了掩护他，爸爸主动向日寇投出了一个炸弹。安叔叔在混乱中逃掉了，爸爸却在被捕的第二夜被日本人送上了绞架！

啊，原来我和妈妈在大连郊区的木屋里为分离后与爸爸的团聚朝思暮想时，我的爸爸就不在人间了！我们当年苦苦思念的就是一个死去的爸爸了！

安荣光叔叔还告诉我他是怎么来到这里的。爸爸死后不久，他就在中朝边界的山里见到了崔庸健叔叔，那时崔叔叔就知道了爸爸牺牲的消息。这些年来，我一直认为崔叔叔言而无信，他答应过妈妈帮我们寻找爸爸，却一去音信杳无。原来他是不愿意也无法将这个可怕的噩耗告诉我们！

离开妈妈和我几年后，崔叔叔今天已在乌苏里江西岸的富锦、饶河领导抗联第七军。安叔叔说崔庸健叔叔知道妈妈牺牲的消息已有一段时间了，那时他就想派人来接我到七军去。爸爸死后安叔叔一直觉得照顾我们全家是他的责任。但因为十六军和七军之间音信阻隔，他不知道到哪里来找我和妈妈。这次日本人将北满和三江地区的抗联力量一起"讨伐"，七军被迫向西突围，与我丈夫汪大海的北满抗联独立师残部相遇，这时崔叔叔才知道了妈妈和英男牺牲的消息，知道了我眼下有可能藏在哪里。

安叔叔又一次自告奋勇来找我，崔叔叔不但答应了，还派出一支小分队和他一起来。安叔叔说出了崔叔叔的打算：虽然我的亲人都不在了，可抗联七军还在，他和安叔叔还在。他要把我接到七军，然后再想办法送回朝鲜，托付给一个可靠的人。照我丈夫汪大海的指引，安叔叔先是带着小分队到了扫帚岭，在那里与日军遭遇，同去的人全死了，只剩下他一个逃出来。来到狼谷前，他已十几天没吃过一点东西了。安叔叔没有想到自己还能到达狼谷，就是到了这里也没想到真能找到我，但他却还是在死去前到了狼谷，并且找到了我！

啊，与爸爸牺牲的消息相比，安叔叔带来的另一个消息更加沉重，它一下就击碎了我的心！我一直在狼谷里等待的亲人和丈夫，我死去的孩子的父亲汪大海，也在安叔叔出发的前一天牺牲了！和我们分手的早上，他为掩护我们率队向东突围，腹部负了重伤，肠子被打出来，是他的弟兄们抬着他冲出了敌人的重围，一直向东，进入了茫茫无边没有人烟的大草甸子（就是今天的北大荒），并在那里和崔庸健的七军一部相会。汪大海将我的消息告诉了崔叔叔也就将我重新托付给了后者，弥留之际，他还郑重地将当初秋叔叔托付给他的十六军军旗交给了安叔叔，让安叔叔转交给我。汪大海最后的遗言是：如果我愿意随崔叔叔回朝鲜，就让我将这面军旗转交给仍然活在人间的十六军战士；如果我不愿意离开中国，这面军旗就托付给我永远保存！安叔叔边说边从怀里取出了它。我还没有亲手接到这份遗赠，他的头一低，就死过去了！

我在溪水对岸双手捧起了那面军旗。这时我头脑已多半清醒。我刚刚躲过一场劫难，失去了儿子，又在一天之内失去了世界上最后两个最亲的人，我的爸爸和丈夫！我拿到的，却是我们抗联十六军的军旗！

我手扶着一棵被烧黑的树桩站起来。就是安叔叔还有力气带我回去，我也不会回去了！不能回去了！爸爸已不在人间，而我孩子的爸爸、我的丈夫汪大海，则把抗联十六军的军旗托付给了我！我要是离开中国，就该找到一个仍旧活着的十六军战士，将这面神圣的军旗转交给他，可是现在胡爷爷胡奶奶、安福顺、胡秀芳、卞霞都牺牲了，活在人间的十六军战士就只剩下我一个人了！

啊，我为什么还要回去？爸爸死后，祖国已没有一个让我思念和牵挂的亲人。而在脚下这块土地上，却埋葬着我的母亲和弟弟，我的丈夫和儿子，我的游击队父亲秋雨豪和母亲秋姑、赵阿姨，埋葬着那么多为我死去的人，有的人我知道名字，有的我连名字也不知道。我走了，中国的土地上就没有抗联十六军了，可只要我一个人还留在这块土地上，光荣的抗联十六军就依然存在，她的儿女就还在战斗，日本人就没有将她彻底消灭!

再说就是我愿意,安荣光叔叔也不能带我走了!这天他昏死过去就再没有醒来。为了光复祖国,许多朝鲜志士被杀死、冻死、淹死、当作"圆木"被送到731部队作活体试验……安荣光叔叔是被饿死的,当年像他这样死的人并不少……

我在溪水边用枯叶简单地埋葬了他。随后我站起来,仰望天空。天空很蓝,蓝得没有一丝纤尘,已经是五月的天空了;日本人的"三江大讨伐"还没结束,但在被烧得焦黑一片的狼谷,却也漫山遍野地生长起了茂盛的新绿。草木可以被烧毁,可是生命之根没有死,狼谷还是那个狼谷!

我突然想起了一个人,一个抗联十六军的战士,他还没死,他说过还要回来!

——松下浩二。我的重新被抓回到日本兽兵群中的弟弟。没有他,在狼谷内坚守着抗联十六军大旗的人只有我一个,他要是能够回来,守在这面大旗旁的抗联十六军的战士就有两个了!

我又想到了中井弘一。我还没有亲手杀死他。过去是他杀死了妈妈、英男和秋姑,今天他又在狼谷里杀死了我的娇儿。杀不死他,我既不想离开中国,也不想死!

我要一直在这里等。等松下浩二回到抗联十六军的队伍里来(眼下这支队伍就是我,我就是这支队伍),也等中井弘一再次进入狼谷,让我亲手杀掉他!浩二会回来的,最后一次离别时他告诉我他会回来;中井弘一虽然没有告诉我,但我知道自从他在这次"讨伐"中发觉狼谷内仍有抗联的营地和没被"剿灭"的狼,这个一心要把我们的人和狼斩尽杀绝的老鬼子就不会不再来"讨伐",那时,我就有了杀死他的机会!

117

我为自己选择了最后的阵地。走进二十八号密营,一直走向洞底,有一道不为人知的滴水的石隙,最窄处仅能容像我这样一个从来就没有真正长大过、只有骨头没有肉的人侧身爬过去;进了石隙一直斜斜向上,你会发现一个仅容一人蜷身的石室。石室的真正位置在溪流后面高耸的石壁上,一边是飞流直下的瀑布,一边是陡直前伸的山体。当年和赵阿姨、浩二藏身此处,为弄清洞里的一线流水是从哪儿来的,我和小玉偷偷地顺石隙爬上来过,发现了石室和它开向瀑布下的裂沟的一个只有茶杯口大小的窗口。洞内的流水来自小窗口外的瀑布溅过来的水星与飞沫。重回狼谷后，我用它做我们几个人的藏身之处显然不行，但今天我要用它做自己最后一战的阵地，却完全够了！

我知道我选择的阵地万无一失。石室的小窗口正对着溪流和裂沟。中井弘一上次来已发现这儿有一道溪水，下次进入狼谷一定还会把这里当作日军的野营地。只要他再次出现在裂沟里、溪流两岸，我就能一枪打死他！

我有了确保能击毙中井弘一的枪。安荣光叔叔来到狼谷之前我没枪，我自己的短枪在日本人放火焚烧狼谷的当天夜里就跑丢了，后来在二十七号密营背后的山坡上发现的胡爷爷的火药枪也被烧坏了。不过就是它们还在，我也不能用它做我最后一战的武器——一旦中井弘一出现在裂沟里，靠我的短枪和胡爷爷的火药枪是打不到他的。可我眼下有了安荣光叔叔背来的一支长枪，一支真正的日本造三八大盖。虽然只有三发子弹，可对我来说已经够了！

然后就是等待了……

我在狼谷内听到了最动人的音乐会和歌唱。这仍然是我在自己的婚礼之夜、在我背着我的丈夫汪大海沿通松河北上时听到的死去的亲人们的歌唱。不过此时参与合唱的人中增加了爸爸、我的丈夫汪大海。我的儿子也和他的爸爸在一起，和我所有的亲人在一起，用稚嫩的嗓音为妈妈唱歌和祝福。我听到了，我时时刻刻沉浸在这响彻天地间的动情的歌唱中……

我还在狼谷内看到了漫山遍野的鲜花……春天真的来了，尽管被一场大火烧成了灰烬，春天一到，大地山川依然生长起一派鲜亮的新绿。我现在什么都能生吃，生吃草，生吃树叶和树皮，喝溪水，我不但没有死掉，相反倒越来越有气力了。我开始只是能走动，渐渐地又能狂奔了……我每天都到儿子的坟上去看我的孩子，到埋葬其他死者——包括"花花"一"家"——的地方去看望它们。一天早上，我的儿子的小小的坟头上，竟然摇摇晃晃地长出一根花茎，开出了一朵漂亮的花！

这是春天来后我在狼谷内看到的第一朵花，一朵漂亮的小花，花瓣是蓝色的，花蕊金黄，里面躺着一粒圆圆的露珠，就像儿子漂亮的眼睛！

我回头望去。我的快乐无法形容。我在身后每一片林间草地上，都看到了大片大片灿烂开放的鲜花！

我疯狂地在一朵朵鲜花下面扒着。我看到了，鲜花下面不是抗联队员的骨骸，就是迭股交脊的狼骨。一朵最美丽的花，甚至是直接从一个死者的颅骨内长出来的！

我在响彻天地的颂歌式的音乐会中，在亲人们动情的歌唱中，望着这满山满谷的鲜花，大哭然后大笑。我知道他们都是谁的化身了。我在坡上谷下蹒跚和飞奔，我能一朵一朵叫出他们的名字。他们过去是我，现在都是世间之花。我忽然醒悟到一个真相：我以为已经死去的这些人和狼都没有死，他们活着时是鲜花一样的生命，此刻生命又还原成了鲜花。

我自己的生命也是一朵花——活着时也是鲜花般的生命，死后也是美丽的鲜花……

3 3 3 3 1 3 | 3 4 3 3 1 7 6 | 3 1 7 6 3 1 7 6 | 3 — | 3 4 3 3 1 3 | 1 7 6 3 1 7 6 | 3 — | 4 3 2 4 3 2 | 1 7 6 1 7 6 | 3 — | 3 1 7 6 | 3 — | ……

松下浩二来吧。日本人来吧。中井弘一来吧。我——流落中国十八年的朝鲜孤女、格节游击队和抗联十六军坚守在抗日阵地的最后一名战士——准备好了！

118

1938年6月中旬的一天中午，我的机会到了。

七万余日伪军对我北满和吉东抗联武装进行了长达三个月的"大讨伐"，包括中井弘一率领的关东军北满惩戒营在内的一路日军，完成了自南向北拉网式的一次大"搜剿"，又沿原路返回。我的判断是对的，中井没有忘记狼谷。他在没有别的日军参与的情况下，又率领他的那一营兽兵，回到了狼谷！

中井弘一这次是顺着大山峡由西北杀回来的。他们刚进狼谷我就听到了枪声。我提前进入了我的战位，并用准备好的石块堵死了和二十八号密营相通的石隙。我把抗联十六军的军旗放在岩洞深处——一个只有我和松下浩二知道的石缝里，别人找不到它，但是只要松下浩二一回到这里，就能找到它！

为了提高射击的精度，我在石室里用石块为自己垒了一个枪架，将三八枪稳定在上面。这样再看到中井弘一时我就不会由于发抖而击不中他了。想了想我还卸去了长长的枪刺。即使我在暗处，枪刺的反光也能让出现在溪沟里的日本兵——包括中井弘一自己——发现我。我不怕他发现我在哪里，我怕的是我还没有击毙他，他就发现并消灭了我!

接下来事情的发展顺利得出奇,连我自己也没有想到。中午时分日本兵就到了,果然贪慕这一溪哗哗流淌的净水,走着走着就停下来。突然我就看到了中井弘一,他从二十八号密营前新生的苇丛间大步跑过来,站在溪水边,举起军刀,向自动停在此地休息的日本兵发出了继续搜索攻击的命令。我看到了他却没有马上开枪,不是位置不好,而是很好,是因为我还没有从眼前走过去的日本兵中发现松下浩二!

唯一的意外就出在这里。中井弘一发出命令之后,日本兵一群群一伙伙散开在周围的山地里,中井弘一这时却突然回过头来,直直地盯住了我藏身的石室。不,这一瞬间我的感觉是:虽然相距百十米,我的藏身之所又处在阳光照不到的暗处,这个杀人如麻的老鬼子还是一眼就发现了我,同时也就意识到了自己身处险地——中井弘一此刻全身正面对着我,头部、胸部全都暴露在明亮的阳光中,他的生命像一张纸一样摊开于我的枪口之下!他可能想到过离开,却来不及了,我是不会让他再逃掉的!

——浩二,我不能等你了!我要报仇了!

但我还是瞄了很久。枪口一直有一点晃动。我让自己平静,等待心跳得不那么疯狂。我开了一枪,几乎没有听到枪响!

333313 | 3433176 | 31763176 | 3 — | 343313 | 176 3176 | 3 — | 432432 | 176176 | 3 — | 3176 | 3 — | ……

这一枪我击中了他的胸部。击中后我看到的是他心口处猛地炸开了一朵血花!但他还没有倒下。这也没有出乎我的意料——中井弘一这样一个鬼子,你一枪是打不死他的!

可他已经不能走也不能转身了。我觉得第一枪的作用仅仅是将他定在了那儿,可这也够了!我将枪口微微抬起,瞄准这头野兽的脑袋——不,瞄准他那双此刻仍在阳光下闪动着凶光的眼睛——枪"砰"的一声响了!

333313 | 3433176 | 31763176 | 3 — | 343313 | 176 3176 | 3 — | 432432 | 176176 | 3 — | 3176 | 3 — | ……

这一次我又击中了。我知道我已经打死了他，不可能打不死。他的头部跳起了一条细细的血线，在阳光下亮闪闪地落下去。他那个被我第一枪定住的身子，直直地向前——不是向后——跪倒在了地下，接着就一点点抽搐着（死时他也会抽搐，我真解恨），侧身倒下了！

枪声大作。日本兵在我面前的溪沟里跑来跑去，胡乱放枪。我却极为平静。我的大仇得报，剩下的事情就是死了。至于抗联十六军军旗，自己死前似乎已经托付给我的弟弟松下浩二！

日本兵再次放火烧了这片新生的山林。他们窜进二十八号密营，一直搜索到了我藏身的石室之下。为了泄愤，他们还用自己携带的小炮直接轰击瀑布后的石壁——虽没有在那里发现我，但还是大致判断出了击毙中井弘一的子弹是从哪儿飞来的。第一发炮弹打到石壁上炸开，我就昏死过去。第二发炮弹却又将我炸醒过来。击毙中井弘一后我的心本已平静，这连续两发炮弹却重新炸起了我的火气。我将最后一发子弹压进枪膛，迎着大团大团涌进石室的炸烟最后一次架枪，瞄准了裂沟尽头日军炮阵地上的射手。我开了一枪，没有看清是否打死了我瞄准的那个日本兵，就被又一发炮弹震晕过去！

……夕阳西下。狼谷内再次出现了死一样的沉寂。我醒过来，意识到失去了指挥官的日本兵已经逃走。我扒开堵死的石隙，走出石室，走到战场上来。我心里还有一件事没了。我是那么着急，却想不起是什么事。走出二十八号密营，冷风一吹，我想起来了！

松下浩二！我原来想趁着刚才的一阵混乱，我的兄弟浩二可以从日本兵中间逃掉，藏起来，直到我走出来找他！

我走过苇滩，走进溪水，又顺着它一直走到裂沟尽头。我一边走一边大声喊浩二的名字！可我听到的却是另外一个声音——被我最后一枪击中的日军炮兵发出的呻吟！日本兵仓皇撤退时抬走了被我击毙的中井弘一，却把他扔到了这里！

"啊……啊……啊……八格……"

我走近过去，看到了他。这是一个年岁和浩二差不多的日本兵，脚上也带着铁链，红着眼睛边呻吟边恶毒地叫骂着什么人……蓦地，他看到我了，眼神里现出极度的恐怖和慌乱，呻吟声也停了。但是只过了一秒钟，他又恶狠狠地叫骂起来！

但他已注定活不成了。他的胸膛已被日本人自己制造的枪弹打得稀烂。随着他的呻吟声和叫骂声越来越弱，他那越来越像人的求救的眼神就越显得可怜。我突然想到这个进了日军惩戒营的人很可能是又一个松下浩二,而现在他就要死了,虽然他不愿意……

我弄了些溪水来喂他,然后坐在他身边,看着他一点点死去。越是到了死亡的时候,我越是觉得他更像个人而不是原来那样的一头野兽……我不想问他什么,虽然我想从他嘴里打听出我的弟弟浩二的下落!

天黑下来时,日本兵越来越虚弱了。我忽然想到这时再不开口打听浩二的下落,就没有时间了!

"啊……你是问……松下……浩二,"他断断续续地回答了我的话,对我能用日语和他交谈没有一点吃惊的意思(可能也没有力气吃惊了),"他……聪明……早就……逃掉……了,十多天……前……他就……逃掉……了!"

"逃掉了?"我大叫起来,"在哪儿逃掉的?"

"像是……像是……一个叫……叫做……格棱……沟……的……地——"

他没将这句话说完,头一歪就死了,我的心却像春风中的杨柳枝条一样飞扬起来。我的弟弟浩二,格节游击队和抗联十六军活在人间的另一名战士,早在日军"讨伐"到格棱沟时就逃掉了!他没能在狼谷内逃掉,只能在格棱沟逃掉,那里也是他住过的地方!可是眼下他在哪里?

浩二一定也在回狼谷的路上!我不用想就猜到了他回狼谷来走哪一条路。当初秋叔叔批准他加入格节游击队后全队由狼谷西上走的是哪条路,今天浩二就会走哪条路。小兴安岭林区广漠无边,他只认得这条路,只有走这条路才不会迷失!

我要去迎接他,带上抗联十六军的军旗,迎接我的又一次从野兽中逃出的亲人。没有我的接应不知道他能不能一直走到狼谷来。安荣光叔叔就是在饥饿中坚持走到狼谷后死的,我不想让浩二也这样死!

……两天后的那个黄昏,我在虎跑谷口左侧赵阿姨和小玉的坟前找到了昏迷不醒的浩二,他的腿上仍带着铁链……走到这里他一定觉得自己支持不住了,可他就是死,也愿意死在自己人身边,死在真正的人的身边……

找到他时我也支持不住了……第二天拂晓露水下来了我们才相继醒来,这时浩二先睁开眼看见了我,就用尽全力爬了过来,和他的姐姐拥抱在一起。浩二这时想放声大哭,却已经哭不出来了……

"明天你到我家里来吧。我的故事已到了尾声。你来了,我给你说一说它的结局，你就可以回去复命了。

"记住不要来得太晚。我自己总是起得很早，游击队时养成的习惯。不论是你还是别人，既然和我有约，来得太晚我都是不习惯的。"

录音带转完了。可我仍然坐着。我一直坐到深夜。

我的耳边一直回响着那一串无字的歌唱——我的"病"又犯了吗？

第十二天

（大结局）

早上我到得极早。她已经坐在那里了，面色潮红，目光明亮，完全不像个八十一岁的老人。

"可以谈了吗？"
"可以了。"

1938年7月，我和浩二野人似的在虎跑、格棱沟、旮旯沟一线山林里游荡了一个月，没找到自己的队伍，又辗转回到了狼谷。十天后，一支抗联小分队来到了狼谷，找到了我们。这是邱梅大姐和她的丈夫张大哥（我过去喊过他"张老爹"）的队伍。他们也以为不会找到我了，没想到我还活着，并且是和原本已经逃回日本的松下浩二在一起。

我一点也没想到，当我的丈夫将抗联十六军的军旗托安荣光叔叔转交给我保存时，他也就把一个庄严的政治遗嘱留给了东北抗联的所有将领。得知这个消息后，已率军再次西上嫩江平原的李兆麟叔叔立即下令留在江北和下江地区的所有北满抗联部队寻找我和其他失散的抗联十六军女战士，同时寻找抗联十六军的军旗。张大哥和邱梅大姐没去过狼谷，他们从自己位于乌苏里江西岸的密营远涉数百里，历时一个月，九死一生才到了这里，找到了我和松下浩二。然后他们将几近疯狂、完全认不出他们、时时昏迷不醒的我们带走，向东进入大草甸子，与崔庸健叔叔的七军会合，进入后者在虎林、饶河的密营，直到秋天过完，进入冬季。这时崔叔叔要率一支队伍回朝鲜开展斗争，他问我愿不愿意回去。我虽然仍常常昏迷，却清醒地谢绝了他的好意。不，我不能回朝鲜去，我是活下来了，可我身边还珍藏着抗联十六军的大旗，那上面有秋叔叔、秋姑、我的丈夫汪大海和千千万万中国抗日志士的鲜血，是他们让我活下来的，我的生命就是他们的生命、他们生命的凝聚和延续。我走了，抗联十六军就不存在了，我留下来，抗联十六军就还在这儿，这支英雄的队伍就还在战斗！

我不走还因为浩二。和我一样，虽然一个秋天过去了，他的身体和神志仍未能完全恢复，我不想再贸然请求比如说崔叔叔帮他爬上火车，逃回日本去，浩二已逃回去一次了，却没有逃出战争！可是我又不愿意长期将他留在身边，那样他就仍然没有逃出战争。要确保他活下来，我得想一个别的办法，可我一时却还想不出这个办法！

崔叔叔走后，张大哥和邱梅大姐带着我们一起回到了他们自己在完达山中的密营。年关甫至，由于叛徒的出卖，张大哥和邱梅大姐不得已带最后十几个人突围，用担架抬着仍不能走路的我和浩二，越过冰封的乌苏里江，向东退入苏联境内。我们旋即被苏军缴械，关进监牢，像当年过江的赵尚志叔叔一样。

1939年4月，在我方的强烈要求下，苏军终于同意我们与被关押在伯力（哈巴罗夫斯克）的赵叔叔相见，以最后确定我们的身份。这年6月，苏方认可了赵叔叔和我们的身份，同时也由于日苏关系严重恶化，决定提供武器弹药，由赵尚志率领在不同时期陆续过境被扣押的抗联队伍打回中国去。浩二就在这时和我分手，由于他是日本人，苏方与赵叔叔谈判后决定"借"他去后方某情报机关"协助"工作。我特别让赵叔叔问对方"协助"工作什么意思，是不是还要回到战场上去？对方回答说不会，就是在苏军后方做一般工作，不会再让他回中国。这时我心里才一块石头落了地。浩二虽然还是没有逃出战争，但他却逃出了死境！我和浩二洒泪分手，一遍遍嘱咐他要好自为之，知道自己照顾自己，要是我能再入苏境，一定去看他！

这段时间我心里还有一块一直高悬着的石头落了地。从苏军的看守所被释放后，我请求对方的军医专门为浩二的"病"做了确诊。结果发现像我最初怀疑的那样，他长期患有的只不过是一般的癫痫，而且是后天不良的生活环境诱发的。回到自己队伍里不长时间，这"病"就又好了，一直没有复发过。

这年6月，我在赵叔叔带领下又一次回到中国。五个月后，由于急需解决东北抗联的组织问题，我们又回到了伯力。在这次会议上，北满、东满抗联领导层改组，赵叔叔出任周保中任总指挥的东北抗联第二路军副总指挥，包括我、张大哥、邱梅大姐在内的原北满抗联的人回到了李兆麟任总指挥的东北抗联第三路军。短暂休整后我们又一次越境回到东北，进入三路军根据地所在的嫩江平原和大兴安岭交界的山里，重新投入战争。这次回伯力我没能见到浩二，只模模糊糊打听到他在伯力以北一个名叫瓦舍夫斯柯耶的秘密地点过得很好。1941年冬天，杨靖宇将军牺牲，南满一路军失败，余部退入苏境，与先前退入苏境的二、三路军余部会合，成立了东北抗联教导旅，周保中任旅长，李兆麟任政治副旅长。次年秋天，我们这支队伍接到命令，第三次退入苏境，参与抗联教导旅的成立和轮训。半年后集训结束，开始以伯力为后方基地，轮番回国内开展斗争，直到1945年8月，中国人民和世界人民取得了反抗日本法西斯战争的最后胜利。这段时间我一直没见到浩二。那时队伍里纪律很严，就是回到苏联境内整训，要见什么人也是不容易的，需要层层报告，而每次我提出要见浩二，苏方都会告知我方因其工作性质特殊，"不便相见"。我没有多想什么，能不能见他不重要，只要知道他现在很好，一直平安地生活在苏军后方，我就满足了——我真正的愿望不就是让他活下去，活到战争结束嘛！

从1939年第一次越境回国到1945年8月抗日胜利，我在抗联营地里又度过了六年漫长而艰难的时光，但它们大多只是我一个人的故事了，与松下浩二无关。我需要对你讲明的是：假如说秋叔叔、汪大海活着时，让我活到战后还只是他们个人的愿望，他们牺牲之后，让我这个朝鲜孤女一直活下去直到战争结束，就成了全体东北抗联将士的责任和愿望。秋叔叔和汪大海死了，可他们却将抗联十六军的军旗和我一起，作为他们生前最后的遗嘱，留给了所有活着的人。而由于我和汪大海有过短暂婚史，重回三路军阵列后我已不只是一个流落中国的朝鲜孤女，而成了抗联十六军原副军长的遗孀。从周保中旅长、李兆麟副旅长直到我在每个密营里遇到的抗联战士，都对我怀有汪大海当年已经预见到的尊敬之情，只要一到那些看似无法逃命的时刻，总会有一只强有力的手突然伸过来，拉起我狂奔。已经没有人会派我执行那些可能导致牺牲的任务，除非突遭敌情，不得不如此。在我这一方，我也同样记得一直活下去是秋叔叔、汪大海生前对我的最大期望和最庄重的嘱托，又由于无法再将十六军军旗转托给他人（除了浩二，只有邱梅大姐是原十六军的人，但他后来嫁到了三军部队，与我和浩二分手后再没有见面），我也就更不能死了。事实上，到了这时，活下去不死，让秋叔叔当年的愿望变成现实，已成了我此生最大的责任和使命。身体和精神基本恢复后我想起了汪大海在我们俩的定情之夜说给我的话，那时他说我要是不在了，你就再嫁，不为别的，仅仅是为了能让心里有一个人牵挂着，不会想到死；对他来说，则是要保证队伍里始终会有一个男人拉着我的手狂奔！

重回三路军密营一年后我又做了新娘。你根本猜不出我的第二任丈夫是谁，他就是格棱沟密营集体婚礼上娶了卞霞的让我伤心欲绝的那个人，原三军十五团的兰团长。赵叔叔西征归来后连卞霞都认为他牺牲了，可他只是和十几名战士一起与主力失散，后来就留在当地坚持战斗，直到李兆麟叔叔率三路军主力回到嫩江平原，他才率领自己的人辗转数百里归了队。我又一次怀孕。1942年秋天，我的第二个孩子在伯力后方基地出生。是个女孩，没有我亲手埋在狼谷里的孩子漂亮，却比他强壮。产后半年我奉命紧急带一部电台回国，不得已将他送进苏方的一个保育站临时收养。第二年春天任务结束，我回去找我的女儿，不但没找到她，连保育站也不见了。最让我难受的是谁也说不清它去哪儿了。我的第二个孩子，就这样无缘无故地失踪了！我为此事大病了一场，差一点死掉！

但我还是挣扎着活了过来。因为心里有我的丈夫，更有秋叔叔、汪大海活着时说过的话！我还不时想到浩二，为了我和他的那个战后之约，我也不能死掉！不久我就接到了第二位丈夫牺牲的消息：他一个人被上百名日本人围在大兴安岭山中，坚持了一天一夜，最后用一发子弹结束了自己年轻的生命！

1943年秋天，为了有理由不再让我回国冒险，周保中旅长将我调到身边任机要员。在他的关照下，我第三次结婚。丈夫也是一名朝鲜难民，在杨靖宇将军麾下当过团长。我们刚度完蜜月，他就带五个人回国执行任务，一去不返，连一点音讯也没有。次年初我第四次结婚，这一次多少算是真正的恋爱，丈夫是我自己找的，周保中身边的警卫参谋，我们一起工作，渐渐地萌生了感情。婚是结了，可我却再未生下孩子！

我第一次结婚时的主婚人、我在中国的又一位亲人、伟大的民族英雄赵尚志1942年2月牺牲。死前四个月，他率一个小队回国开展斗争，被日本特务诱骗至黑龙江省鹤立县一个伪警察署附近的菜园子里害死。赵叔叔没能活到胜利的一天，可他实现了自己"死也死在战场上"的誓言。

1943年3月，邱梅大姐和张大哥（张老爹）在他们一直坚守的完达山密营里遭日军袭击，与队伍离散，被赶进深山老林。一个月后找到他们时人已死了多日，身上没有弹孔，他们是相互搂抱着饿死的。他们死后，我不但是秋叔叔当年带进山的格节游击大队里最后一个活下来的人，还成了参加过格棱沟密营集体婚礼的姐妹中唯一活下来的人。而我和浩二，则真的成了抗联十六军活在人间的最后两名战士！

她的微红的目光直直地注视着我。

我还要告诉你的是：音乐会以及亲人们的歌唱从来就没有离开过我。有了它们，我的抗联生涯就不是完整意义上的抗联生涯，它还成了一场永远没有完结也不会完结的音乐会。我并不是一个人孤独地活在人间，除了丈夫和新结识的战友，我还年复一年日复一日和我的亲人在一起，和亲人们的歌唱与祝福在一起，和我的音乐会在一起（你现在可能已经明白，无论是最早的那场风雪森林音乐会，还是后来的《荒山之夜》和《罗密欧墓前的朱丽叶》，还是后来的生与死的音乐会，来自通松河那一边的歌唱，其实都是我自己的音乐会，我的音乐会）。死去的亲人们陪着活着的我一起战胜了每一个充满死亡恐惧的日子，也帮助我无数次地鼓起勇气战胜了死亡本身。

我能够坚持活下来的另一个直接原因是松下浩二。有六年时间他与我音信隔绝，但我却一直能从苏方得到消息，说他安全地活着。浩二活着，我和他的战后之约就仍旧有效，我当然就不能随便让自己死。

1945年8月8日，苏联对日宣战。次日，苏军突破日军防线，进入东北。抗联教导旅兵分数路参与了解放中国的伟大进军。15日日本投降，昔日不可一世的关东军放下武器。中国人民终于赢得了胜利，看到了和平生活的第一个清晨的第一缕阳光！

胜利与和平到来之日我仍在伯力。记得那天下午我独自坐在黑龙江北岸，望着南岸的国土。我有一种大梦初醒、残景仍在、如真似幻的感觉。回头想过去十二年的岁月，才发觉虽然我一直没有也不敢忘记秋叔叔的遗言，没有也从来不敢不为实现这一遗言奋力战斗和挣扎，可在冰封已久、雪埋深厚的心灵里，却从来没有也不敢相信自己真能活到实现秋叔叔遗言的一天。此时我才发觉，秋叔叔那时的话真是对的，和我一起进山抗日的大人们都死了，当初仍是一个孩子的我却活了下来！日本关东军十数年如一日消灭了格节游击队和抗联十六军，却没能杀死我这么个孩子！我终于活着看到了和平生活的阳光！

1945年9月10日，苏军解放长春后半个月，我随东北抗日联军总指挥周保中将军乘苏军飞机到达长春。在伪"满洲国"军政部的地下室里，我见到了赵叔叔和另一位已经显得陌生之人的头颅。周总指挥热泪滚滚，告诉我那是杨靖宇将军的人头。我一下愣了，痛哭失声。接着我就在泪光中清清楚楚地看到了那两只玻璃容器里慢慢开放出了两朵艳丽的花，和当年我在狼谷里看到的漫山遍野的花一模一样！

我没有想到我还会在战俘营里认出另外两个人。你肯定不知道我要说的是谁!

我说的是中井弘一和河原信行。

我以为我在狼谷内打死了中井弘一。可我没有打死他。这个老鬼子,我两枪都击中了他的要害部位,居然还是没打死他!

中井弘一是在最后一次甄别日军战犯时被我认出来的。此前两次在日军中逮捕战犯,他都躲过去了。可这一次我却意外地在一群伙夫中认出了他!

他居然听说过我的名字,知道一些关于我的故事,于是也就没有再试图隐瞒自己的身份。

审讯过程中,我和他有过下面一番对话——

"中井,事到如今,你还有什么话说?"

"虽说胜败兵家常事,但我还是恨!"

"应该恨的是我们,是我,你有什么资格恨?你恶贯满盈,现在报应的时候到了!"

"我恨的是我们竟没有把你们一个不剩地杀死!恨的是我那时杀人太少!你们说我残忍,其实我残忍得还不够。要是我当初能见一个杀一个,把中国人朝鲜人杀得一个不留,今天就不会有这样的下场!"

"可是这件事你永远做不到了!现在是你落在我们手里了,你逃不掉最严厉的惩罚!"

"我承认你们赢了。可我就是不服。你们可以杀死我,可服不了我的心。为了天皇陛下的大业,为了实现日本民族世世代代要踏上大陆的愿望,我从出征之日起就没想活着回去。有几次我差一点就要切腹自杀了,可就因为心里不服,才忍辱负耻地活了下来。我真没想到,最后还是你们赢了,我输了,我真盼望还有来世,还有下一次!"

我被他的故意挑衅激怒了。

"如果还有来世,如果还有下一次,你们还是赢不了。因为你们不是人,你们只是一群嗜血的野兽!只要世界还是人的世界,你就休想真正踏上大陆,霸占中国人和朝鲜人的土地!"

"那不一定。我现在认为,如果我能再生,我一定会再回来。那时我就不会犯同样的错误,我会从踏上大陆开始,见一个杀一个,不,那时我要杀的是你们的子孙——我一定要杀光你们的子孙,让这块土地上一个中国人和朝鲜人都不留!西人有句话叫不自由毋宁死,我会让所有的日本人都记住一句话,踏不上大陆,大和民族毋宁死！"

当天夜里中井弘一切腹自杀。听到这个消息时，我吃了一惊，马上想到，他一定是到他的那个"来世"去了，他死时叫喊的仍是那两个字：不服！

另一名战犯河原信行却活下来。解放后经过审判，被判刑十年，1955年刑满遣返回国。在长达十年的服刑期里，据说他一直孤身独处，沉默不语。

崔庸健叔叔1945年8月以前一直率部在朝鲜境内与金日成将军并肩作战。1945年朝鲜民主主义人民共和国成立，崔叔叔致函周保中将军，问我是否愿意回国。可我身为中国人的媳妇，又是新成立的东北民主联军副总司令周保中的译电员，不能回去也不愿回去。我想亲眼看到中国人民完全胜利的一天到来。1950年10月，驻军云南的我突然接到了去北京音乐学院就读的调令。当时我已不在周保中将军身边，可我知道事情一定是他为我做的：抗联十六军军长秋雨豪牺牲十四年后，周叔叔仍记得当初他对妈妈和我许下的誓言——不但要让我平安地活到战后，还要实现我童年的梦想、妈妈的梦想，送我进一所音乐学校！秋叔叔那时候说的话，中国人那时说的话，到了这一天，每一句都成了现实！

可我却没有从这所多年梦寐以求的学校毕业。我只在那里听了几天课就被送进了医院。老师用乐器或者留声机演奏出来让我们欣赏的每一支音乐作品，都让我听出了自己在抗联岁月中聆听过的、长年累月在耳边回响的音乐会。它们让我如临其境般听到了当时和它们在一起的其他音响：亲人们牺牲前的惨叫与呼喊、震耳欲聋的枪声、人狂奔时的脚步声、剧烈的气喘与心跳，还有狼嗥、日本人血洗狼谷屠杀中国狼群的隆隆炮声、狼群向日本人发起反击时的震天动地的蹄音，还有"花花"一"家"死前的嘶鸣与咆哮……所有这些声音都和音乐会的声浪混在一起，铺天盖地而来，使我辨不清哪儿是我的音乐课，哪儿是我在狼谷岁月中幻听到的音乐会。我突然受不了它们，一次一次从课堂里狂奔而出……

后来我明白了。我是一个人坐在医院一间连门缝都糊严的病房里明白过来的。我的音乐课已经上过了。整个抗联时期，整个狼谷年代，都是我的音乐课。那些日子里我什么样的音乐课都学过了，眼下老师在课堂上演奏的每一支曲子，我都不但聆听过而且异常熟悉……

出了医院我进了大学。我不能再学音乐了，领导让我去学中文。毕业后我进了国家机关的机要部门，只有在那里，我才有条件将自己关在一间四面封闭的房子里，不让任何声音特别是乐音飘进来，重新引起我关于抗联十四年岁月的幻听。后来我年龄大了，不再适合机要部门的工作，领导又把我派到我们局的图书馆里做了馆长。到了那里，我仍然有许多时间可以一人独处。但是所有这些一直关心我的人不知道，我的幻听从来也没有停止，那是不可能停止的！

剩下的事情你从我的档案里都会知道。我在抗联岁月里失去了两个孩子，却在新中国成立后一连生下了八男两女。如今我的大女儿五十岁，小儿子也有三十八了。他们都很健康，没有幻听。小时候我让他们和我住一起是不能不这样，一结婚我就总会让他们马上搬出去。我不能和他们住一起。让他们和我住一起，就是让他们——而不是让我，我有自己的音乐会——终日生活在没有声音的世界里。他们毕竟是和平年代的阳光照耀下的孩子呀！

李兆麟将军1946年在哈尔滨被国民党特务暗杀。周保中将军1962年积劳成疾去世。东北抗联活得最久的著名将领是原四军军长李延禄叔叔，他一直活到1980年，享年九十岁。其余的人解放后星散到全国，相继凋零，十年前我的丈夫也走了。那一天我发现，别说在北京，就是在全中国，活下来的抗联战士也不多了！

可我还活着，我今年八十一了。我活着，却时刻准备着到阴间去，和我的亲人：秋叔叔、汪大海、赵叔叔、周总指挥、秋姑、赵阿姨、小玉、邱梅大姐、卞霞等相会，和那些生生死死都和我在一起的人，在漫长的抗联岁月里为我这个无家可归的朝鲜孤女死去的人，连同我死在狼谷、失踪在苏联的儿女相会。他们眼下都在那边哪。就在这会儿，他们也仍在那边歌唱着呢。整整一支抗日大军，都在那边哪。只有去了那边，我才能回到我们的人中间。我人在阳间，心却在阴间了。

但我一直没有死。我对自己这个一生"病"入膏肓的人能活到现在也深感惊讶。我问自己，既然自1939年你和松下浩二在伯力分手后就再没能够见到他，既然你从抗战胜利后南京政府第一批遣返的日军士兵名册里意外地查到过松下浩二这个名字，又是五十多年过去了，松下浩二都没有来中国赴约，你为何还要坚守当年的约定，一定要活在人间、活在中国，年复一年地等他。浩二只比我小半岁，活着今年也八十一了，要是他早就不在人间，我哪怕再坐等五十年，也等不到他了；要是他没死，还记得那个约定，五十多年不算短，他要来也早该来了，至少在中日恢复邦交后就该来，他至今没来，说明他——不管出于何种原因——都不会来了。可是我——是我的心——不这么认为。虽然我还不知道浩二1939年在伯力和我分手后发生了什么事，最后竟让他的名字出现在南京政府战后遣返的日军士兵名册上，但至少我知道他当时还活着，并且是活着回到日本去了！无论这中间出了多少意外、遭遇过多少不幸，他到底还是实现了自己的誓言，咬牙坚持活到了战后！——我理解他当时为何不留在中国找我：那时中国内战方殷，他一个缴了械的日本兵是没有权利选择走与留的；还有——更大的也是更可能的一个原因——他一定是想再回到日本去寻找他的秀子姐姐。他与她在战争期间失散，现在战争结束了，他想自己大约可以找到她了！

浩二很可能就这样回到了日本。他或许找到了秀子姐姐，或许没有。但从那一天起，我知道他的愿望就是回中国和我这个姐姐团聚了。尤其是共和国成立之后，他一定知道自己回中国与他的英子姐姐团圆的时候到了。五十多年来我天天都盼他回来，我也觉得他每一天都可能突然回来，出现在我家门口，我一开门就看到了他！可他没有回来。没有回来，我也不相信别人的话——似乎他根本不愿意回来了。不，那是不可能的，世上只有我一个人知道他不能回来的真正原因：他不能回来，不是他不愿回来赴我们当年的战后之约，而是他受到了阻碍，他还没能找到机会，像当年多次逃出日本军营那样逃回来！

我告诉你一件事：我从来没有怀疑过他一定会逃到中国来和我相会。我是他在人间的亲人，他仅有的两个姐姐中的一个。你们这代人有你们的生活，我们那代人有我们的生活。回头看，我这一生不但是生活在战争和音乐会里，还一直都生活在誓言里：秋叔叔一家对妈妈的誓言；汪大海西征前对秋叔叔的誓言；秋叔叔死后我心中对他说过的誓言（一定活下去）；最后一个就是浩二对我、我对浩二的誓言，活到战后并在中国团聚。没有誓言我们也许会死掉，可是有了誓言，无论是他还是我就有了责任，我们就必须继续活着，直到誓言实现。不但离别后几十年间我一直在牵挂浩二，我知道他也一定天天都在牵挂我。仅仅是这种牵挂，就会让我们坚持活下来，直到团聚的一天。我相信他一定会回来，还因为他也知道当年令日寇闻风丧胆的抗联十六军只剩下我和他两名战士了，我们在中国的团聚，是格节游击大队和抗联十六军历尽苦难和血战活下来的全体将士的团聚，虽事隔五十多年，它仍然是我们全队和全军的胜利大团聚——这是秋叔叔的愿望，也是当年我们每个游击队员和十六军战士的愿望！

浩二果然来了。他没有忘记六十六年前的约定，万里迢迢，避开家人，闯过海关，拖着有病之身，一个人跑到中国，像我几十年里一直想象的那样，突然出现在我家门口，按响了门铃。他是我的亲人，我抗联十六军的战友，又病得很重，回国几十年几乎全傻了，却还是找到了我的家门。就是对这件事我也不会感到惊奇：他连战争和无数次死亡都逃过去了，还会因为痴呆而逃不出日本、找不到我在北京的家吗？我是姐姐，他是弟弟，我们又是战友，他来了，我怎么能不留他在我家里住下呢！

可他的儿子不一样。他的儿子是日本人，只要我活着，只要他是作为一名日本公民而不是我弟弟的儿子来敲我的门，他就不能进我的家。我老了，想不让日本人踏上中国的土地已经做不到了，可能这么做也不需要，但我仍然能不让日本人进我的家门。我不愿意！

"好了，你走吧。去向领导汇报吧，我把一切都给你讲过了，怎么办是你们的事。我对浩二说过了，吃过晚饭我就带他——不，不是带，他虽然痴呆，却仍知道要我像当年在山里那样用绳子牵着他的手——去天安门广场看看。我知道他是想看看今天的中国。广场上人太多，我不牵着他的手，说不定他会走丢。当然，我不会真用绳子牵着他，我会用别的东西，比如说一条丝巾，拴住他的手往前走。我看出来了，住进我家只有十来天，他的病又不大发作了，神情也不像刚来时那么傻了！

"过几天我就和他一起去东北，我们当年说过要活到战后，两人一起到格节去祭奠所有死去的亲人——我的妈妈和弟弟、秋叔叔、秋姑和赵阿姨、那些死在大山密林里连坟墓也没有的人，包括我的丈夫汪大海……小伙子，六十多年了，我一直不向别人讲我的抗联故事，真正的原因是这个故事还没有结局。由于浩二的回归，我的故事有了它该有的结局。这是一个大团圆的结局、大胜利的结局，至少对我个人是这样的。从东北回来后，我一生的事业就完了，浩二也许和我一起留在中国，也许他还回他的祖国日本，但那不重要了。浩二的到来也让我最终有了机会，将自己的故事——它实际上也是我一生的负担——全部说给你听。我将它说给你，也就将我和我们这一代人的负担转移给了你和你的同代人，现在我可以放心地到我的丈夫汪大海、我的父母、弟弟和死去的儿女那里去了，到秋叔叔、赵叔叔和周总指挥领导的那个长长的战斗的队伍里去了。秋军长、赵总司令、周总指挥一定会马上就认出我和浩二，并像当年每次给我们任务时一样，响亮地发出命令：

"'英子，浩二，日本人来了，准备打——！'"

附 篇

给局领导的正式报告

局领导：

本月14日中午12时左右，我局干休所离休干部金英子（女，朝鲜族，81岁，正局级待遇）家门前发生了一起涉外事件。奉局长指示，我于次日至26日用12天时间就事件起因对金英子同志本人进行了调查。现将调查结果详报如下：

一、事件经过：

2001年1月13日晨6时，我局离休干部金英子在家里接待了来自大阪的日本老年男子松下浩二。因事起仓促，金英子同志听到门铃响，开门后即发现该日本公民已站在门外，且此人又是其一直等待的抗联十六军老战友，故事情发生后并没向有关方面报告，加之该干休所门卫警惕性不高，不仅让一日本公民公然闯入，甚至在金英子同志允许该日本公民在自己家中留宿一天一夜后仍没有发现。次日上午8时，一名自称松下猪太郎的日本中年男子突然找到我局干休所所在地派出所，查找金英子同志居处并声称她绑架并有可能非法拘禁了其父松下浩二。该日本男子并称其父患有精神方面的严重疾病，已不能对其言行负责。他要求派出所：（一）保证日本公民松下浩二之生命安全；（二）责令金英子停止对其父人身自由及名誉权之侵害，解除非法拘禁，将其父交还给他带回日本。派出所王所长（名王健）立即向有关方面报告了此事，并通过上级机关向日本驻华领事馆查证松下浩二是否是松下猪太郎之父，得到肯定答复后由上级批准，该所长用电话与金英子同志联系，询问并证实了日本公民松下浩二的确在其家中，即带日本公民松下猪太郎来至我局干休所，欲让其走进金英子家中与其父松下浩二相会，却在金英子同志家门外同时遭到双方拒绝。松下猪太郎不承认其父在侵华战争中有过被俘和参加抗日联军的历史，自称其父此次避开家人不远万里偷偷潜逃至中国来"寻亲"，完全是精神错乱之举，甚或是金英子及家人秘密"挑唆"所至，足令整个关东地区之松下家族为之蒙羞；金英子则声称她绝对不允许除松下浩二外任何日本人进自己的家门，这位抗联老战士根本不承认松下浩二以外的任何日本人是人。随后适逢金英子之长女刘桦（某外贸公司副总经理，日语甚好）来看母亲，与松下猪太郎就日寇侵华暴行及松下浩二是否被俘和参加抗日联军之事发生激烈争执，几近肢体冲突。后赖派出所王所长制止，事件方暂时平息。

当晚日方领事馆向我国外交部门发出信函，正式要求"帮助解救"被中方公民"绑架"及"非法拘留"之日本公民松下浩二。有关部门致函我局迅速调查此事并将结果上报。此时该事件已完全转化为所谓"涉外事件"。

二、事件真相：

（1）金英子同志简历（略）。

（2）金英子与松下浩二在抗联时期的共同经历（略，附上调查期间金英子谈话录音46盘）。

（3）为全面了解情况，调查期间我处通过某驻日机构对松下浩二其人进行了专题调查。结果见附件一。

三、初步结论：

（1）金英子同志所谈与日本公民松下浩二之抗战经历基本可靠；

（2）松下浩二1935年至1939年间参加过抗日联军并做过有益的工作这一点基本可靠；

（3）由（1）和（2）可知，松下浩二是抗战期间我英勇战至全军覆没之抗联十六军（简介见附件二）失散人员基本可靠；

（4）由当年松下浩二数次奇迹般逃出日本军营之经历分析，今日他又一次摆脱家人监视逃出日本与其"中国姐姐金英子"作战后团聚之事件基本可靠；

（5）由上述各点可以判定，松下浩二拥有双重身份：既是日本公民和其子松下猪太郎之父，又是我抗联十六军英勇不屈之老战士，他有权在中国享受一名老抗联战士应享有的尊敬与权利（包括探亲权、在中国境内的居住权、旅行权及所有应当给予一名进入晚境且在病中的抗联老战士的福利待遇）。

此报告

当否，请指示

局老干处：马路
二〇〇一年二月一日

（另：据查，这段时间内松下浩二仍一直住在金英子家里。其子松下猪太郎则留住北京饭店，等待结果。

又：松下猪太郎这个名字没有贬义。在日本，"猪"字出现在名字里，意为富足。）

附件一　中国某驻日机构关于前侵华日军士兵、抗联老战士松下浩二及战犯河原信行回国后情况给××局老干处的复函（摘要）

……

松下浩二，男，日本兵库县人，现年81岁。1934年加入侵华日军，进入中国东北作战，自称1935年被中国抗日游击队俘虏，其后因不满日本政府的战争政策，参加由秋雨豪、汪大海领导的格节游击大队，1936年间在我抗联将领赵尚志和秋雨豪帮助下逃回日本，半年后被抓获，重新送回东北，1938年夏再次逃回抗联部队，次年转入苏联远东军区第二情报所受训，三个月后即被派遣与一潜伏小组回中国执行情报搜集任务，因其多年不愈之顽固性癫痫适于日本人进山"讨伐"时发作，被同伴遗弃。其后他独自一人在山里流浪，终于次年1月与一队驻守乌苏里江西岸之日"边防军"相遇。他自称为了活下来不得已装成疯子，终于蒙混过关，却又一次进了惩罚营。1941年前后，日本关东军主力大部调往中国关内前线，惩罚营也分散入关，他和他所在的日本陆军一〇八四师团一起去了菲律宾，这时他又一次逃跑被发觉，再次被送入惩罚营，在吕宋岛做苦役，直到日本战败前夕随该师团回到中国南京驻防。

1945年日本战败后松下浩二于当年11月间被南京政府由上海遣返回国。松下自称他当时其实想回到中国东北寻找一名叫金英子的中国姐姐，并向南京政府负责遣返的军官讲了自己在东北被俘并参加抗联的经历，却被对方斥为"荒诞不经"而第一批遣返回国。

松下浩二一直称他战争期间不断逃亡的目的是要回日本寻找父母死后抚养他长大的姐姐田仓秀子。可我们调查的结果是他最后还是没有找到他的姐姐。田仓秀子，本名松下秀子，1934年嫁夫田仓荣造，由兵库县迁居北海道，后者于1935年被征入

附件一　中国某驻日机构关于前侵华日军士兵、抗联老战士松下浩二及战犯河原信行回国后情况给××局老干处的复函(摘要)

伍,太平洋战争爆发后死于印度尼西亚的爪哇岛。田仓秀子本人1936年初被征为随军慰安妇,辗转在中国南京、上海和菲律宾的日军慰安所"服务",1943年病死。松下浩二1945年随日军战败回国时,田仓秀子已丧身异国有两年。

松下浩二也没有再见到其伯父松下淳。松下淳,兵库地方的地主兼米店老板,日军战败前举家迁往广岛躲避,恰逢1945年8月8日美军向广岛投下第一颗原子弹,松下淳一家全部毙命,无一人幸存。经查松下浩二突然成了松下淳所遗产业的唯一继承人。

松下浩二1946年1月结婚。妻子渡边和子,兵库县大地主兼资本家渡边独行的独生女。这场婚姻在当时被当地媒体称作是财产的联姻。松下浩二与妻子生下长子猪太郎后便被送入精神病院,长期留院治疗,产业完全由妻子掌管。五十年代,松下和子以经营稻米和农业机械发家,积累下庞大家财。六十年代转入新兴电子产业,七十年代主营半导体,八十年代转向通信产业,现已成为日本关东地区资本最雄厚的超大型企业之一。五十年来,松下和子虽也几次将丈夫从精神病院接出,并相继与他生下三男两女,但松下浩二多数时间仍在精神病院度过。据传他的症状之一便是坚持认为他在中国东北还有一个原籍朝鲜的姐姐,他不但被中国的游击队俘虏过还参加过抗日联军。几乎每一年,他都向妻子要求回中国去找他的这位名叫金英子的姐姐,为此甘愿放弃所有财产。但和子和他的长子猪太郎却坚持认为,这正是他病重的表现,必须继续留院治疗。

从去年年初开始,据传松下浩二就已气息奄奄,将不久于人世。不料今年1月11日,他却突然从精神病院失踪。院方一天后才通知其妻其子。谁也不知道他一个行将就木的病人,妻子儿女都认不大清,怎么还能瞒过所有人,一个人办理了所有的手续,偷偷飞往中国,并且异常顺利地找到了你局离休干部金英子同志的家。

……

此事目前尚未在日本国内尤其是关东各地引起注意。松下家族一开始就严密封锁消息,不让这桩他们认为的"家丑"播扬出去。看来关于此事,他们今后仍会低调处理。从商业利益考虑,他们也不会大肆张扬此事,当今日本国内右翼思潮抬头,他们怕自己的家族和企业因为松下浩二曾经是一名被俘的日军并参加过抗日联军而丧失"名誉"。

前日本战犯河原信行的情况如下:

河原信行1955年被遣返回国后一直深居简出。由于他有皇室背景,与当时许多刑满释放回国的日本战犯不同，他没有遭遇过生计无着的窘境。河原信行于1972年中日恢复邦交这一天突然中风去世。据说原因仅仅是他害怕中国人，他尤其害怕见到依然活着的抗联老战士，而随着中日恢复邦交，人员来往肯定增加，抗联老战士去日本访问的可能性也是很大的。这位前战犯数十年间虽然没有参加过任何中日友好的活动，却也没有和右翼沆瀣一气。

……

附件二　有关抗联十六军情况的简略说明

抗联十六军，全称东北抗日联军第十六军，由中共地下党员秋雨豪、汪大海等人创立的格节游击大队改编而成。其活动年月大致为1934—1938年（含格节游击大队活动时间），其后残存力量并入北满抗联总司令部及东北抗联第三路军，其番号一直存续到1941年抗联教导旅在哈巴罗夫斯克（伯力）成立之日。

据研究抗联历史的专家多年来的不完全统计，1934年冬至1941年冬格节游击大队及抗联十六军番号存续期间，累计参加这支队伍的中国公民及朝鲜流亡难民达六千三百余人，1945年秋日寇投降时，全军存活者仅金英子及松下浩二（原籍日本）两人。除秋雨豪、汪大海等二百余人留下姓名外，其余英烈姓名均湮没无考。

日记（4）

2001.1.28 夜

昨晚，我在天安门东侧地下过街道的出口，看到了那两位老人。

她用丝帕牵着他的手。不注意你是看不见这条丝帕的，他的手插在她的腋下，那条丝帕就藏在她手中。

他神情痴呆，但不像人们包括他自己的儿子松下猪太郎讲得那么严重。老人的嘴角还在流涎，可面色红润，双目明亮，神情兴奋。看得出来，面对眼前的热闹景象，他显得欣喜和平静。

后来想明白了，游子回国后常常就是这种表情。

那位做姐姐的人不时用手帕帮他擦去嘴角的涎水。一边走一边不停地细心地对他说着什么。那是和面前的广场和在广场上享受和平生活的人们有关的话题，与此时的他们自己有关的话题。

还有，她也很兴奋，兴奋、喜悦而平静。

经过漫长时间的等待，终于等到亲人回家的人都会这么喜悦和平静。

一男一女不远不近地跟在他们身后，眼睛盯着前面的两位老人，看着他们走进广场，融入欢笑的人流之中，像是怕他们迷失（这是可能的，今晚来广场看春节灯展的人实在太多了），彼此却刻意保持着距离，脸上显现着一方对另一方坚决拒绝与不屑一顾的严峻表情。他们的内心的风景，与今晚广场上的欢乐情调格格不入。

我不想注意他们了，我望着前面越走越远的老人。他们渐渐消失在明亮的灯火下，消失在熙熙攘攘的人群中，我看不见他们了。

※　※　※

今天下午我再次造访了老人的家。

她和那个日本老兵——其实我心里想的是那个老抗联战士——不在。早上他们就走了，坐北京至哈尔滨的快车去东北了。

特意赶来帮她看家的小女儿帮我打开了我一直没有走进去的最后一个房间,一边用怀疑的态度望着我。

"你们为什么都没有和老人住在一起?"我一边明知故问,其实是想分散她的注意力,一边走进去。

"她不让我们和她一起住。我母亲身子一向很好。"小女儿不情愿地说。

房间里的景象和我的估计基本相符,可我还是感到了震惊。

窗户被黑布窗帘蒙得严严实实。窗下分开摆着两张床。正面墙上那面军旗。红色已经发暗,但上面的字迹依然清晰。

大中华民国东北抗日联军第十六军

夜晚,睡在这里的人一定会以为自己回到了当年的洞穴之内。她的记忆和心智不可能不一点点地被唤醒……

"你到底要找什么啊?……什么东西落下了?"

小女儿已经有点不耐烦了。像那位不愿让别人知道父亲做过俘虏还参加过抗联的异国男子一样,她似乎也不愿意让别人更多地窥视到母亲生活中的秘密。

很可能她也认为母亲和一名日本老兵这样生活在一起是疯了。外人看到这一切让她感到丢脸。

"对不起,"我忙着解释,"我已经找到我的东西了。"

我知道我的东西在哪儿。我把它放在一个地方,让老人不知不觉拿进了这个房间。

我顺利找到了我的录音机。

"打扰了,对不起。"在门口,我对她说。

我也知道为什么今天她大姐不在。那位一直住在北京饭店的日本人也一定不在了。像昨晚我在天安门广场上看到的情景一样,他们俩是又不远不近地跟着两位老人去东北了。

回家后我打开了录音机,先听了一遍,然后将它变成一份录音文件,存入电脑并加了密。以后只要轻点一下"我的文档",再点击"秘密文档

101",打进密码，就可以清晰地听到它了。

我以为整整十二天过后，我对老人一切都了解了，可我只是在听了这段录音之后，才明白我并不知道藏在她心底的最最惨痛的秘密！

可我决不把这个秘密说出去。我所以将它变成秘密录音文档留在电脑里，是我只想为自己保留这个秘密！

留给自己的秘密录音文档

沙沙的电流声。磁带空走的声音。

……

开始了谈话。谈话断断续续。

"浩二,你睡着了吗?"
"姐姐……"
"你看看我们住的屋,像不像狼谷里的密营?"
"唔……"
"我要是再把窗帘拉上就像了。拉上窗帘,这屋里就全黑了。"

……

拉窗帘的声音。沙沙的电流声。
"浩二,现在像不像狼谷的密营?"
"唔……"
"你来了,加上我,再加上我的母狼'花花',加上赵阿姨和小玉,该来的人就都来了。"
"唔……"

磁带长久空转的声音。响起风声和断断续续类似抽泣的声音。

……

"浩二,你听,外面下雨了。"
"姐姐,下雨了……树叶要落了……秋天……秋叔叔怎么还不来……他还会来吗?"
原来不是抽泣,是淅淅沥沥的雨声。

……

很久很久,只剩下了风声、雨声和磁带空转声。我以为他们不会再谈下去了。

……

"浩二，今天姐姐把那些事都跟那个年轻人说了。我的事，还有你的事。我们俩的事。"

"我们俩的事……"

"还有'花花'的事，也说了。"

"'花花'……"

"我的事真的做完了。相信不相信它，都是后代人的事了。"

"秋风起……树叶落……秋叔叔就要来了……"

停顿与沉默。我以为磁带又会空转很久，但是没有。

"浩二……"

"姐……洞外……雨停了……秋叔叔能来看我们了……"

"秋叔叔来了，你是不是还想回日本去？"

"不……不回去了……秀子姐姐死了……早在我最后一次回到日本前……她就死了……我在梦中想念的亲人死了……我就不走了……浩二就和英子姐姐，还有'花花'，还有赵阿姨和小玉姐，还有秋叔叔，一直住在这儿……住在这里好……没有人打我的头……"

……

"浩二，姐姐其实还有一件事没有对那个人说，也没有对你说！"

"姐……"

"我想说，可到了最后……到了最后……姐还是没说……我怕那不是真的……我没做过那样的事……姐姐也有不能对人说的事情！……"

"姐……秋天过去……就是冬天……狼谷里要下雪了……"

"浩二，姐知道你现在的脑子还糊涂着，姐姐能对你说……我们最后一次在狼谷里分别，你救了我，又被中井弘一的惩戒营裏挟走了……第二天我发现胡爷爷死了，胡奶奶、安福顺、卞霞、'花花'一'家'，都死了……我的儿子生下来也死了……从那天起我就疯了……"

"姐……"

"后来那些日子，我不知道我是咋活过来的……我见啥吃啥……我吃草、吃树皮……可能也吃过别的东西……"

"姐……"

"他们吃了安福顺，吃了卞霞，吃了'花花'一'家'。我不知道那些日子里我是不是也吃了他们丢在火堆旁的那些烤得半生不熟的东西……我可能根本没吃，但也可能吃了！"

"姐——"

"浩二，我吃过亲人们的肉，吃过'花花'的肉啊……我是活下来了，可我也吃过人肉啊！我是照着秋叔叔的嘱托活下来了，可我到底还是被他们——日本人——变成了吃人的野兽！……姐姐一直不想这样，可是……可是浩二，那些日子里，我还是被他们变成了野兽！

"姐姐难受啊！一辈子最难受的就是这个啊！……"

我没有听错，接下来骤然而起的并不是雨声，而是山崩地裂一般悲愤的呜咽！

（全书终）

二〇〇一年八月一日　北京公主坟